LE SANG
ET LA CENDRE

De la même autrice
aux Éditions J'ai lu

La foudre et la fureur
À huis clos
À demi-mot
Jeu de patience
Jeu d'innocence
Jeu d'indulgence
Jeu d'imprudence
Jeu d'attirance
Jeu d'inconscience
Obsession
L'éternité c'est compliqué
Si demain n'existe pas
Ne te retourne pas

Numérique
Jeu de confiance
Jeu de méfiance

Ombre et mystère
1 – Envoûtée
2 – Troublée
3 – Fascinée

Lux
1 – Obsidienne
1.5 – Oubli
2 – Onyx
3 – Opale
4 – Origine
5 – Opposition

Origine
1 – Étoile noire
2 – Flamme obscure
3 – Nuit scintillante

Covenant
1 – Sang-mêlé
2 – Sang-pur
3 – Éveil
3.5 – Élixir (numérique)
4 – Apollyon
5 – Sentinelle

Dark elements
1 – Baiser brûlant
2 – Toucher glaçant
3 – Ultime soupir

JENNIFER L. ARMENTROUT

LE SANG ET LA CENDRE

1. Le Sang et la Cendre

ROMAN

Traduit de l'anglais (États-Unis)
par Cécile Tasson

J'AI LU

Collection dirigée par Thibaud Eliroff

Retrouvez-nous sur Facebook :
www.facebook.com/jailu.collection.imaginaire

Titre original
FROM BLOOD AND ASH

À vous, lectrices et lecteurs.

1

« On a retrouvé Finley à l'orée de la Forêt sanglante, ce soir. Il est mort. »

Je levai les yeux de mes cartes. De l'autre côté de la table rouge cramoisi étaient assis trois hommes. J'avais choisi mon siège pour une raison bien particulière. Plus tôt, en me frayant un chemin dans la salle, je n'avais rien ressenti en les approchant.

Aucune douleur physique ni émotionnelle.

En temps normal, je ne cherchais pas à savoir si quelqu'un souffrait. Le faire sans raison me semblait terriblement intrusif. Malheureusement, au milieu d'une foule, je rencontrais parfois des difficultés à contrôler mon niveau d'empathie. Il y avait toujours une personne dont la peine était si profonde, si vive, qu'elle devenait une entité à part entière. Je la percevais sans même ouvrir mes sens. J'étais incapable de l'éviter ou d'y échapper. Ces individus projetaient leur agonie sur le monde qui les entourait.

Comme il m'était interdit d'intervenir, je faisais semblant de ne rien sentir. Je ne devais jamais parler de ce don que les dieux m'avaient octroyé, mais surtout ne jamais, ô grand jamais, l'utiliser.

Bien sûr, je faisais rarement ce que l'on me disait de faire.

Dans tous les cas, en sondant ces hommes, je m'étais rendu compte que leur moral était plutôt bon, ce qui était surprenant lorsqu'on connaissait leur métier. C'étaient des gardes du Mur, une muraille colossale construite en roche calcaire et en fer provenant des mines des pics de l'Élysée. Depuis la fin de la Guerre des deux rois, quatre siècles plus tôt, le Mur s'élevait tout autour de Masadonia. Chaque ville au sein du royaume de Solis était protégée par un Mur. Des versions plus petites entouraient les villages, les camps d'entraînement, les communautés agricoles et hameaux.

Ce que les gardes voyaient au quotidien, ce qu'ils devaient faire, était souvent source d'anxiété. Cela allait bien au-delà de simples peaux arrachées et d'os brisés.

Ce soir-là, leur angoisse n'était pas la seule chose qui manquait à l'appel. Ils avaient également laissé au placard leurs armures et leurs uniformes. À la place, ils étaient vêtus de chemises larges sur des pantalons en daim. Cependant, je savais que, même en civil, ils restaient à l'affût de la Brume tant redoutée et de l'horreur qu'elle apportait, et de ceux qui complotaient contre l'avenir du royaume. Ils étaient armés jusqu'aux dents.

Moi aussi.

Dissimulée sous les replis de ma cape et la robe au tissu fin que je portais en dessous, une dague à la poignée froide qui ne se réchauffait jamais vraiment au contact de ma peau était accrochée, dans un fourreau, autour de ma cuisse. On me l'avait offerte le jour de mes 16 ans. Ce n'était pas ma seule arme ni la plus dangereuse, mais c'était celle que je préférais. Le manche avait été sculpté dans un os de Lycan, une créature disparue depuis très longtemps qui n'était ni humaine ni animale, mais les deux à la fois. La lame, elle, était une pierre de sang taillée, aiguisée comme celle d'un rasoir.

Comme à mon habitude, je m'étais lancée dans une aventure terriblement imprudente, inconvenante et tout à fait interdite, mais je n'étais pas stupide au point d'entrer dans un établissement tel que *La Perle Rouge* sans arme, les connaissances pour m'en servir et la capacité d'agir sans hésiter.

« Il est mort ? » répéta l'autre garde. Plus jeune, il avait les cheveux bruns et un visage doux. Il me semblait qu'il s'appelait Airrick. Il ne devait pas être beaucoup plus vieux que moi. J'avais à peine 18 ans. « Si ce n'était que ça ! Finley a été vidé de son sang. Sa chair était déchirée comme si des chiens sauvages l'avaient mâchonné avant de le mettre en morceaux. »

Mes cartes devinrent floues. De petites billes de glaces se formèrent au creux de mon ventre. Les chiens sauvages ne faisaient pas ce genre de choses. Sans parler du fait qu'il n'y en avait aucun à proximité de la Forêt sanglante, le seul endroit au monde où les arbres saignaient et peignaient les écorces et les feuilles en rouge écarlate. La rumeur mentionnait d'autres animaux, des rongeurs et des charognards surdimensionnés qui se nourrissaient des cadavres de ceux qui s'attardaient trop longtemps dans les bois.

« Vous savez ce que ça signifie, reprit Airrick. Ils ne sont pas loin. Une attaque est sans doute…

— Je ne crois pas que cette conversation soit appropriée », le coupa un garde plus âgé. Je le reconnaissais.

Il s'appelait Phillips Rathi. Il était posté au Mur depuis plusieurs années, ce qui était très rare. L'espérance de vie de ces militaires était plutôt courte. Il me désigna d'un mouvement de tête. « Il y a une dame parmi nous. »

Une dame ?

Seules les Élevées étaient appelées ainsi. De plus, je ne correspondais pas à la clientèle habituelle de *La Perle Rouge*. Si l'on me démasquait, je me retrouverais dans un pétrin sans précédent et serais sévèrement réprimandée.

Dorian Teerman, le duc de Masadonia, ne demandait qu'à me punir et, bien entendu, le seigneur Brandole Mazeen, son confident le plus proche, se ferait un plaisir de regarder.

Soudain anxieuse, je toisai le garde à la peau sombre. Il était impossible que Phillips me reconnaisse. La partie supérieure de mon visage était dissimulée derrière un loup que j'avais ramassé dans le jardin de la reine des années plus tôt et je portais une cape bleu turquoise très simple que j'avais… euh… empruntée à Britta, l'une des nombreuses servantes du château que j'avais entendue parler de *La Perle Rouge*. Avec un peu de chance, elle ne se rendrait pas compte de l'absence de son vêtement avant que je le remette à sa place au petit matin.

De toute façon, les habitants de Masadonia qui savaient à quoi je ressemblais se comptaient sur les doigts d'une main et aucun n'était là ce soir.

En tant que Pucelle, qu'Élue, je portais d'habitude un voile qui couvrait mon visage et mes cheveux. Seuls mes lèvres et mon menton étaient visibles.

Je doutais que Phillips puisse m'identifier grâce à ces parties de mon corps. Si cela avait été le cas, nous ne serions pas assis ainsi. Il m'aurait déjà embarquée, sans brutalité, pour me ramener à mes tuteurs, le duc et la duchesse de Masadonia.

Il n'y avait aucune raison de paniquer.

Je forçai les muscles de mes épaules et de ma nuque à se détendre avant de sourire. « Je ne suis pas une dame. Vous avez le droit de parler de tout ce que vous désirez.

— Quand bien même, un sujet moins morbide serait plus approprié », répondit Phillips en adressant un regard appuyé à ses deux collègues.

Airrick reporta son attention sur moi. « Toutes mes excuses.

— Vos excuses ne sont pas nécessaires, mais je les accepte. »

Le troisième garde baissa la tête et, les yeux rivés à ses cartes, me demanda pardon à son tour. Ses joues avaient rosi, ce que je trouvais particulièrement adorable. Les soldats du Mur suivaient un entraînement intensif. Ils devenaient maîtres dans l'art de manier des armes et de se battre à mains nues. Lors des expéditions au-delà de l'enceinte, ils faisaient couler le sang et voyaient la mort en face.

Malgré tout, cet homme réussissait encore à rougir.

Je m'éclaircis la gorge. J'aurais voulu glaner des informations au sujet de Finley. Était-il un garde du Mur ou un membre des Chasseurs, une division de l'armée qui assurait la communication entre les villes et escortait les cargaisons et les voyageurs ? Ceux-ci passaient la moitié de l'année en dehors de la protection du Mur. Il s'agissait de loin du métier le plus dangereux. Aussi, ils ne se déplaçaient jamais seuls. Beaucoup ne revenaient pas.

Ceux qui y parvenaient étaient changés à tout jamais. La mort semblait suivre le moindre de leurs pas et se répandre autour d'eux comme la peste.

On les disait *maudits*.

Sentant que Phillips n'accepterait pas que l'on poursuive cette conversation, je ne formulai aucune des questions qui dansaient sur le bout de ma langue. Si Finley avait été accompagné et si lesdits compagnons avaient été blessés par ce qui l'avait tué, je le découvrirais bien assez tôt.

J'espérais simplement ne pas avoir à entendre des hurlements de frayeur.

Les habitants de Masadonia ignoraient le nombre exact de personnes qui revenaient maudites de l'autre côté du Mur. Ils en croisaient un ou deux par-ci, par-là, mais n'avaient pas conscience de la réalité du problème. Si cela avait été le cas, la panique et la terreur auraient mis le feu aux poudres au sein d'une population qui n'imaginait pas l'horreur qui se déroulait à l'extérieur.

Mon frère Ian et moi, au contraire, la connaissions trop bien.

C'était la raison pour laquelle, alors qu'autour de la table, les sujets de conversation devenaient plus mondains, je rencontrais des difficultés à me départir de la sensation glacée qui me prenait aux tripes. Un nombre incalculable de vies était sacrifié chaque jour, volontairement ou non, pour assurer la sécurité de ceux qui vivaient à l'intérieur, mais le système n'était pas infaillible. Il avait déjà échoué, pas seulement ici, mais à travers le royaume de Solis dans son intégralité.

La mort…

La mort trouvait toujours un chemin.

Arrête, m'ordonnai-je lorsque l'angoisse menaça de me submerger. Je n'avais pas fait tout ce chemin pour réfléchir aux informations pourtant secrètes que je possédais. J'étais venue ici pour vivre, pour ne pas rester éveillée toute la nuit, incapable de dormir, seule, avec le sentiment de ne rien pouvoir contrôler, de ne pas savoir qui j'étais, uniquement… ce *que* j'étais.

Un nouveau tour de cartes fut distribué. J'avais suffisamment joué avec Ian pour savoir que je ne pourrais jamais gagner avec les miennes. Lorsque j'annonçai que je me retirais, les gardes hochèrent la tête. Je me levai. Chacun me souhaita une bonne soirée.

Tandis que je me frayais un chemin entre les tables, j'acceptai une flûte de champagne que m'offrit un serveur. En la tenant dans ma main gantée, je tentai de retrouver la sensation d'excitation qui avait bourdonné dans mes veines quand je m'étais engouffrée dans la rue, plus tôt dans la soirée.

J'observai la salle sans me servir de mes sens. En plus de capter les peurs que projetaient les gens, je pouvais également savoir si quelqu'un souffrait sans le toucher. Il suffisait qu'il se trouve dans ma ligne de mire et que je me concentre. Ce n'était pas la façon dont je le voyais qui changeait. Je sentais son angoisse à l'intérieur de mon corps.

En règle générale, la souffrance physique était chaude, mais celle qui était invisible…

Elle était presque toujours froide.

Des cris grivois et des sifflements me sortirent de mes pensées. Une femme s'était assise sur le bord de la table à côté de celle que je venais de quitter. Elle portait une robe en satin et en gaze rouge qui couvrait à peine ses cuisses. Un homme attrapa le bas du très court vêtement dans son poing.

Un sourire coquin aux lèvres, elle lui tapa sur la main pour le repousser, puis s'allongea sur la table. Son corps arqué était d'une sensualité inouïe. Sa chevelure blonde et épaisse se répandit sur les pièces et jetons abandonnés. « Qui veut gagner le droit de passer la nuit avec moi ? » Sa voix était grave et rauque. Elle fit glisser ses doigts le long de la taille de son corset à froufrous. « Je peux vous assurer, les garçons, que je vaux bien plus que n'importe quel trésor.

— Et s'il y a égalité ? » demanda l'un des clients. Son manteau parfaitement coupé suggérait qu'il était un marchand fortuné ou un quelconque homme d'affaires.

« Alors, la nuit sera encore plus amusante pour moi », répondit-elle en descendant sa main sur son ventre, puis de plus en plus bas, jusqu'entre ses…

Les joues en feu, je détournai aussitôt le regard et pris une gorgée de champagne. Mon attention se porta sur un chandelier en or rose qui illuminait la pièce. Sa présence prouvait que *La Perle Rouge* était un commerce florissant et que ses propriétaires possédaient des relations haut placées, car l'électricité était très chère et son utilisation contrôlée par la cour royale. Pour avoir accès à un tel luxe, ils recevaient vraisemblablement des invités de marque.

Sous le chandelier, une autre partie de cartes battait son plein. Parmi les joueurs, il y avait des femmes. Leurs cheveux étaient coiffés en chignons complexes ornés de cristaux, mais leurs vêtements étaient bien moins affriolants que ceux des employées. Elles portaient des robes aux teintes vives comme le violet ou le jaune, ou pastel comme le bleu clair et le lilas.

La seule couleur qui m'était autorisée était le blanc, aussi bien dans ma chambre qu'en public, mais les sorties étaient rares. C'était la raison pour laquelle j'étais fascinée par les différentes teintes et la façon dont elles mettaient en valeur la peau et les cheveux de ceux qui les portaient. Moi, à côté, je ressemblais probablement à un fantôme qui hantait les couloirs du château.

Ces femmes étaient également affublées d'un loup qui couvrait la moitié de leur visage pour protéger leur identité. Je me demandais qui elles étaient. Des épouses enhardies que l'on avait laissées seules une fois de trop ? Des jeunes femmes qui ne s'étaient pas encore mariées ou qui étaient déjà veuves ? Des servantes ou des femmes qui travaillaient en ville de sortie pour la soirée ? Y avait-il des dames et des seigneurs en Attente parmi les personnes masquées à cette table ou dans la foule ? Venaient-ils pour les mêmes raisons que moi ?

L'ennui ? La curiosité ?

La solitude ?

Dans ce cas, nous nous ressemblions davantage que je l'avais imaginé, même s'ils étaient les deuxièmes-nés de nobles et qu'ils avaient été offerts à la cour royale à leur 13e anniversaire durant le Rite annuel. Et moi… j'étais Penellaphe du château des Teerman, membre de la famille des Balfour, et favorite de la reine.

J'étais la Pucelle.

L'Élue.

Dans moins d'un an, lors de mon 19e anniversaire, je m'élèverais comme toutes les dames et les seigneurs en Attente. Nos Élévations seraient différentes, mais l'évènement serait le plus important depuis la première Bénédiction des dieux, après la fin de la Guerre des deux rois.

Si ces personnes se faisaient attraper, les conséquences seraient moindres. Moi, en revanche, je devrais faire face au mécontentement du duc. Les lèvres pincées, je sentis une pointe de colère m'envahir et se mélanger à un résidu poisseux de dégoût et de honte.

Le duc était un personnage abject aux mains baladeuses qui prenait un plaisir malsain à punir les autres.

Toutefois, je refusais de penser à lui. Ou de m'inquiéter d'une quelconque punition. Si c'était pour faire ça, autant retourner immédiatement dans ma chambre.

En écartant le regard de la table, je me rendis compte qu'il y avait aussi des femmes sans masques qui ne cachaient pas leur identité. Elles souriaient, riaient avec les gardes et les marchands, discutaient avec des hommes et des femmes masqués et les employés de *La Perle Rouge* dans des coins sombres. Elles ne craignaient pas d'être vues.

J'ignorais qui elles étaient, mais elles possédaient la liberté à laquelle j'aspirais.

Cette indépendance, je la cherchais ce soir. Grâce à mon loup, personne, mis à part les dieux, ne saurait que j'étais ici. Et j'avais décidé depuis longtemps que les dieux avaient bien mieux à faire que me surveiller. S'ils m'espionnaient, pourquoi ne m'avaient-ils pas punie pour les nombreuses choses interdites que j'avais faites au cours de toutes ces années ?

Non, ce soir, je pouvais être celle que je désirais.

La liberté me faisait tourner la tête. Plus encore que les graines de pavot vert que certains fumaient.

Ce soir, je n'étais pas la Pucelle. Je n'étais pas Penellaphe. J'étais simplement Poppy, un surnom dont m'avait affublé ma mère et que seuls Ian, mon frère, et un nombre restreint de personnes utilisaient.

En tant que Poppy, je n'avais pas de règles strictes à suivre, aucune attente à combler. Je n'avais pas à m'inquiéter de l'Élévation dont la date fatidique approchait à grands pas, et pour laquelle je n'étais absolument pas prête. Il n'y avait aucune peur, aucun passé ni futur. Ce soir, je m'autorisais à vivre un peu, ne serait-ce que durant quelques heures, et faire le plus d'expériences possible avant que l'on me ramène à la capitale, à la reine.

Avant d'être offerte aux dieux.

Un frisson descendit lentement le long de ma colonne vertébrale. L'incertitude et un soupçon de désespoir m'envahirent. Je les repoussai, car je refusais de leur donner de l'espace dans ma vie. Réfléchir à ce qui m'attendait, à ce qui ne pouvait être changé, n'avait aucun intérêt.

Et puis Ian s'était élevé deux ans plus tôt et dans les lettres qu'il m'envoyait, il était toujours le même. La seule différence était qu'au lieu de me raconter des histoires de vive voix, il le faisait par écrit. Le mois dernier, il m'avait parlé de deux enfants, un frère et une sœur, qui avaient nagé jusqu'au fond de la mer de Stroud et s'étaient liés d'amitié avec le peuple de l'eau.

Peu de temps après son Élévation, sur ordre du roi et de la reine, il avait épousé la dame Claudeya.

Ian ne mentionnait jamais sa femme dans ses lettres.

Cette union le rendait-elle heureux ? Mon sourire s'évanouit. Je fixai ma boisson rosée et pétillante du regard. Je l'ignorais. Tout ce que je savais, c'était qu'ils s'étaient rencontrés quelque temps seulement avant le mariage. Comment cela pouvait-il être suffisant ? Ils étaient quand même censés rester ensemble pour le reste de leur vie.

Et les Élevés vivaient très, très longtemps.

J'avais encore du mal à accepter qu'Ian était l'un d'entre eux. Il n'était pas un deuxième fils, mais comme sa sœur était la Pucelle, la reine avait demandé aux dieux de faire une exception et ils avaient accepté. Personnellement, je n'aurais pas à vivre ce qu'il avait vécu, autrement dit un mariage arrangé, car pour les Élevés, la beauté était la qualité la plus importante. C'était ce qui rapprochait une personne du divin.

Et même si j'étais la Pucelle, l'Élue, on ne me voyait pas ainsi. Je n'étais pas belle. Le duc n'arrêtait pas de me le répéter.

J'étais une tragédie.

Sans m'en rendre compte, j'effleurai la dentelle irritante sur le côté gauche de mon masque. J'écartai aussitôt la main.

Un homme que j'identifiai comme un garde se leva d'une table et se tourna vers une femme qui arborait un loup blanc comme le mien. Il lui tendit la main et lui parla, mais sa voix était trop basse pour que je l'entende. Elle lui répondit avec un hochement de tête et un sourire. Quand elle se leva, sa robe lilas retomba autour de ses jambes comme un liquide. Il la guida vers les deux seules portes accessibles aux clients, une de chaque côté des chambres communicantes. La droite menait à l'extérieur, la gauche à l'étage, vers des pièces plus privées où, selon Britta, il se passait tout un tas de choses.

Le garde et la femme masquée disparurent derrière celle de gauche.

Il avait posé la question. Elle avait accepté. Peu importait ce qui se passerait à l'étage, ils y avaient consenti tous les deux, que cela dure quelques heures ou toute une vie.

Je continuai d'observer la porte un long moment après qu'elle se fut refermée. Était-ce une des raisons pour lesquelles j'étais venue ici ce soir ? Pour… faire l'expérience du plaisir avec la personne de mon choix ?

Je pouvais le faire. J'avais surpris des conversations entre les dames en Attente qui n'étaient pas obligées de rester vierges comme moi. Selon elles, il existait de nombreuses façons pour une femme de prendre du plaisir tout en conservant sa pureté.

Sa pureté ?

Je haïssais ce mot et ce qu'il signifiait. Comme si ma virginité déterminait ma bonté, mon innocence ! Comme si sa présence ou son absence était plus importante que les centaines de choix que je faisais chaque jour.

Au fond de mon esprit, je me demandais comment les dieux réagiraient si je la perdais avant de les rejoindre. Refuseraient-ils de voir tout ce que j'avais accompli pour la simple et bonne raison que je n'étais plus pucelle ?

Je ne pouvais pas en être certaine, mais j'espérais que cela ne serait pas le cas. Je n'avais pas l'intention de coucher avec quelqu'un ce soir, ni la semaine prochaine, ni… jamais, mais je voulais pouvoir prendre la décision moi-même.

J'ignorais comment je pourrais me retrouver dans une situation où le problème se poserait, mais j'imaginais que certaines personnes étaient prêtes à s'adonner avec joie aux actes auxquels les dames en Attente avaient fait allusion et qui avaient cours, ici, à *La Perle Rouge*.

La nervosité me serra la poitrine. Je me forçai à boire un peu de champagne. Les fines bulles me chatouillèrent l'arrière de la gorge et apaisèrent la soudaine sécheresse de ma bouche.

Pour être tout à fait honnête, j'avais décidé de sortir sur un coup de tête. La plupart du temps, j'étais incapable de m'endormir avant l'approche de l'aube. Quand je réussissais à trouver le sommeil, je le regrettais presque. Rien que cette semaine, je m'étais réveillée trois fois d'un cauchemar, mes propres cris résonnant à mes oreilles. Lorsqu'ils apparaissaient ainsi, en cascade, j'avais l'impression qu'ils essayaient de me dire quelque chose. Mon instinct, aussi légitime que ma capacité à ressentir la douleur, me hurlait de rester sur mes gardes.

Je pris une légère inspiration avant de reporter mon attention sur la salle. La femme en rouge n'était plus allongée sur la table. Elle avait pris place sur les genoux du marchand qui lui avait demandé ce qui se passerait si deux hommes gagnaient. Il examinait ses cartes, mais l'une de ses mains se trouvait à l'endroit où elle-même s'était touchée un peu plus tôt, enfoncée entre ses cuisses.

Oh là là.

Je me mordis les lèvres et me détournai avant que mon visage tout entier ne prenne feu. Je me faufilai dans un espace adjacent, en partie dissimulé derrière un panneau, où l'on jouait également aux cartes.

Ici, il y avait davantage de membres de la garde. Certains, je les reconnaissais, faisaient même partie de la Garde royale. Ils étaient des soldats, tout comme ceux qui étaient postés au niveau du Mur, mais étaient chargés de protéger les Élevés. On avait plusieurs fois tenté d'enlever des membres de la cour pour obtenir une rançon. Dans ce genre de situation, personne n'avait jamais été sérieusement blessé, mais d'autres agressions plus violentes avaient également eu lieu. C'était la raison pour laquelle les Élevés possédaient une garde rapprochée.

Je ne savais pas quoi faire. Au lieu de rester plantée à côté de cette plante en pot à petites fleurs rouges, j'aurais pu me joindre à une autre partie de cartes ou me lancer dans une conversation avec l'un des nombreux clients qui s'attardaient autour des tables, mais je n'étais pas douée pour parler de tout et de rien avec des inconnus. J'étais capable de dire des choses bizarres ou de poser une question incohérente, sans aucun rapport avec la discussion. Ce n'était donc pas une option. Il valait sans doute mieux que je rentre dans mes appartements. Il se faisait tard et…

Une sensation étrange m'envahit soudain. Une espèce de chatouillement apparut au niveau de ma nuque, puis s'intensifia au fil des secondes qui s'égrainaient.

J'avais l'impression d'être épiée.

J'observai la salle autour de moi. Personne ne semblait m'accorder la moindre attention alors que je m'étais attendue à découvrir quelqu'un à proximité. La sensation était vraiment très puissante. La gêne se répandit dans mon ventre. J'étais sur le point de me tourner vers la sortie, lorsque les notes douces et légères d'un instrument à cordes s'élevèrent à ma gauche. Mon regard se posa sur des rideaux en gaze rouge sang qui ondulaient tranquillement, soulevés par les allées et venues dans l'établissement.

Je me figeai pour écouter. Le tempo s'accéléra, puis ralentit et fut bientôt rejoint par les battements sourds d'un tambour. J'oubliai la sensation d'être épiée. J'oubliai de nombreuses choses. Cette musique était… Elle ne ressemblait en rien à ce que je connaissais. Elle était plus profonde, plus riche. Elle ralentissait avant d'accélérer. Elle était… sensuelle. Comment Britta, la servante, avait-elle dépeint la danse à *La Perle Rouge* ? Elle avait baissé la voix pour en parler. Son interlocutrice avait paru scandalisée.

En longeant le côté de la pièce, je m'approchai des rideaux et tendis la main pour les écarter.

« Je ne pense pas que tu aies envie d'aller là-bas. »

Surprise, je me retournai vivement. Une femme se tenait derrière moi. C'était une employée de *La Perle Rouge*. Je l'avais remarquée plus tôt. Pas parce qu'elle s'était trouvée au bras d'un marchand ou d'un homme d'affaires à mon arrivée, mais parce qu'elle était splendide.

Ses cheveux d'un noir de jais étaient joliment bouclés et sa peau était d'un marron éclatant. Elle portait une robe rouge sans manches avec un décolleté profond. Le tissu moulait les formes de son corps à la perfection.

« Pardon ? » m'excusai-je, prise au dépourvu. Je baissai la main. « Pourquoi ? Ils ne font que danser.

— Que danser ? répéta-t-elle en posant les yeux sur les rideaux. On dit que danser, c'est comme faire l'amour.

— Je… Je n'avais jamais entendu ça. » Lentement, je regardai derrière moi. À travers les rideaux, je devinais ceux qui se mouvaient en cadence avec la musique. Leurs mouvements étaient empreints d'une grâce fluide et captivante. Certains dansaient seuls. Leurs courbes et leurs silhouettes se devinaient facilement. D'autres…

Je pris une grande inspiration et reportai vivement mon attention sur la femme devant moi.

Ses lèvres peintes en rouge s'étirèrent en un sourire. « C'est la première fois que tu viens ici, n'est-ce pas ? »

J'ouvris la bouche pour nier, mais je sentais que le moindre millimètre de mon visage était en feu. C'était un sacré révélateur. « Ça se voit tant que ça ? »

Un rire rauque lui échappa. « Non, mais moi, je remarque tout. Je ne t'avais jamais vue ici.

— Comment pouvez-vous en être sûre ? » Je portai la main à mon masque pour m'assurer qu'il n'avait pas bougé.

« Ton masque est bien en place. » Un éclat étrange, presque entendu, brillait dans ses yeux marron et or. Ils n'étaient pas tout à fait noisette. Le doré était bien trop présent et chaud pour ça. Ils me faisaient penser à une autre personne aux iris ambrés. « Je retiens tous les visages, à moitié dissimulés ou non, et je n'ai jamais vu le tien. Donc tu viens pour la première fois. »

En toute franchise, j'ignorais comment répondre à cela.

« Mais c'est également une première pour *La Perle Rouge.* » Elle se pencha en avant et baissa la voix. « La Pucelle n'avait jamais franchi ses portes jusqu'à ce soir. »

Une onde de choc me parcourut. Je resserrai ma prise sur le verre de champagne que la condensation avait rendu glissant. « Je ne sais pas de quoi vous parlez. Je suis la deuxième fille…

— Tu es comme une deuxième fille, mais pas comme tu voudrais me le faire croire, m'interrompit-elle en touchant mon bras à travers ma cape. Ne t'en fais pas. Tu n'as rien à craindre. Je garderai ton secret. »

Je la dévisageai pendant une bonne minute avant de retrouver l'usage de la parole. « Supposons que vous disiez la vérité. Pourquoi vous tairiez-vous ?

— Pourquoi pas ? rétorqua-t-elle. Que gagnerais-je à parler ?

— Les faveurs du duc et de la duchesse, par exemple. » Mon cœur battait à cent à l'heure.

Son sourire s'effaça. Son regard se durcit. « Je n'ai que faire des faveurs des Élevés. »

À la façon dont elle avait prononcé ce mot, on aurait pu croire que je lui avais suggéré de courtiser un tas de bouse. J'aurais voulu la croire, mais aucun habitant du royaume ne serait passé à côté de la chance de gagner l'estime d'un Élevé. À moins que...

À moins qu'il ne reconnaisse pas la reine Ileana et le roi Jalara comme les souverains légitimes. À moins qu'il ne soutienne celui qui se faisait appeler le prince Casteel et prétendait être le véritable héritier au trône.

Le problème était qu'il n'était ni prince ni héritier de quoi que ce soit. Il n'était rien d'autre qu'un rescapé d'Atlantie, le royaume corrompu qui s'était effondré à l'issue de la Guerre des Deux Rois. Un monstre qui avait causé des ravages et fait couler le sang des innocents. L'incarnation du mal absolu.

Il était le Seigneur des Ténèbres.

Malgré tout, certains le soutenaient. On les nommait les Effondrés. Ils avaient pris part aux émeutes et étaient à l'origine de la disparition de nombreux Élevés. Par le passé, les Effondrés avaient uniquement semé la discorde à travers de petits rassemblements et des protestations. Ces évènements avaient été rares et espacés par peur du châtiment réservé aux traîtres. Leurs procès n'en avaient que le nom. On ne leur laissait aucune chance. La prison, même à long terme, n'était pas pour eux. Leur mise à mort était rapide et efficace.

Mais récemment, les choses avaient changé.

Beaucoup croyaient que les Effondrés étaient responsables de morts mystérieuses de gardes royaux haut placés. À Carsodonia, la capitale, plusieurs d'entre eux étaient tombés du Mur de manière inexpliquée. Deux avaient reçu des flèches en pleine tête à Pensdurth, une ville plus petite sur la côte de la mer de Stroud, près de la capitale. D'autres s'étaient simplement volatilisés en traversant des villages et n'avaient plus jamais refait surface.

Quelques mois plus tôt, un violent soulèvement s'était terminé en bain de sang à Trois-Rivières, une ville commerçante foisonnante de l'autre côté de la Forêt sanglante. Le manoir du Blason d'Or, la résidence royale qui y était située, avait été incendié et réduit en cendres, comme les temples. Le duc Everton avait péri dans les flammes aux côtés de nombreux gardes et serviteurs. La duchesse en avait réchappé par le plus grand des miracles.

Les Effondrés n'étaient pas seulement des Atlantiens qui se cachaient parmi le peuple de Solis. Certains partisans du Seigneur des Ténèbres n'avaient pas la moindre goutte de sang atlantien dans les veines.

J'examinai la superbe femme d'un œil nouveau. Pouvait-elle être une Effondrée ? Je ne comprenais pas que l'on puisse soutenir ce royaume conquis. On pouvait avoir une vie difficile et être malheureux dans cette société, mais il ne fallait pas oublier que les Atlantiens et le Seigneur des Ténèbres étaient à l'origine de la Brume et de l'horreur qui pourrissait à l'intérieur. Cette même horreur qui avait probablement pris la vie de Finley, celle d'un nombre incalculable de personnes, y compris celle de mon père et de ma mère, et qui avait laissé ses stigmates sur mon corps.

Repoussant mes doutes un instant, j'ouvris mes sens. Je voulais déterminer si elle ressentait une grande douleur, quelque chose qui allait au-delà de la souffrance physique, un mal qui prenait ses racines dans le deuil ou l'amertume. Ce genre de sentiments poussait à commettre des actes terribles pour essayer d'apaiser ses angoisses.

Rien de tout cela n'émanait d'elle.

Cela ne signifiait pas pour autant qu'elle n'était pas une Effondrée.

La femme pencha la tête sur le côté. « Je te le répète : tu n'as rien à craindre de ma part. Lui, en revanche ? C'est une autre histoire.

— Lui ? »

Elle se déplaça sur le côté tandis que la porte d'entrée s'ouvrait. Un courant d'air froid annonça l'arrivée de nouveaux clients. Un homme entra, suivi d'un autre plus âgé avec des cheveux blond-roux et un visage parcheminé, hâlé par le soleil…

Mes yeux s'arrondirent. Je n'arrivais pas à y croire ! Il s'agissait de Vikter Wardwell. Que faisait-il à *La Perle Rouge* ?

L'image des femmes aux robes très courtes et à la poitrine en partie exposée aux regards de tous me vint à l'esprit. Je pensai également à la raison de ma présence ici. J'écarquillai les yeux de plus belle.

Oh, mes dieux.

Je n'avais plus envie de réfléchir au but de sa visite. Vikter était un membre chevronné de la Garde royale, un homme qui avait déjà bien entamé sa quatrième décennie d'existence, mais à mes yeux, il était plus que ça. C'était lui qui m'avait offert la dague accrochée à ma cuisse, lui qui avait bravé la coutume pour m'apprendre à m'en servir, mais également à manier l'épée, à toucher une cible avec une flèche et même à faire tomber un homme de deux fois ma taille sans arme.

Vikter était comme un père pour moi.

Il était également mon garde du corps depuis mon arrivée à Masadonia. Il n'était pas le seul. Il partageait cette tâche avec Rylan Keal qui avait remplacé Hannes, mort durant son sommeil un peu moins d'un an plus tôt. Cette perte tragique avait été inattendue, car Hannes n'avait eu que 30 ans et avait été en pleine santé. Les guérisseurs pensaient qu'il avait souffert d'un problème cardiaque sans le savoir. Quand bien même, il était difficile d'imaginer qu'une personne en bonne santé puisse s'endormir et ne plus jamais se réveiller.

Rylan ignorait à quel point j'avais été entraînée, mais il savait que je me débrouillais avec une dague. Il n'avait pas la moindre idée de la raison pour laquelle Vikter et moi nous éclipsions parfois hors de l'enceinte du château. Il était gentil et baissait souvent sa garde, mais nous n'étions pas aussi proches que Vikter et moi. Si Rylan avait passé la porte à sa place, je n'aurais eu aucun mal à partir sans me faire surprendre.

« Mince », jurai-je en tournant la tête. Je remontai ma capuche pour dissimuler mon visage et mes cheveux dont la teinte cramoisie était plutôt reconnaissable. Malheureusement, même ainsi, je savais que Vikter finirait par me repérer.

Il possédait un sixième sens commun à tous les parents et qui se réveillait chaque fois que leurs enfants faisaient des bêtises.

Lorsque je jetais de nouveau un coup d'œil vers l'entrée, je sentis mon ventre se nouer. Il s'était assis à l'une des tables en face de la porte, de la seule sortie.

Les dieux me détestaient.

C'était la seule explication. Je ne pouvais pas partir sans me faire repérer par mon mentor. Il ne me dénoncerait pas, mais j'aurais préféré me terrer dans un trou rempli de cafards et d'araignées plutôt que de lui expliquer la raison de ma présence à *La Perle Rouge*. Sans parler des remontrances qu'il me ferait. Rien à voir avec les discours et les punitions que le duc adorait délivrer. Le genre qui s'insinuait sous la peau et faisait culpabiliser pendant des jours.

Parce qu'on savait qu'on le méritait.

Et pour être franche, je n'avais pas la moindre envie de voir le visage de Vikter lorsqu'il découvrirait que je me trouvais ici. J'osai un nouveau coup d'œil dans sa direction…

Seigneurs. Une femme était agenouillée à côté de lui et avait posé une main sur sa jambe !

J'avais envie de m'arracher les yeux.

« C'est Sariah, m'expliqua mon interlocutrice. Elle l'accapare dès son arrivée. Je pense qu'elle en pince pour lui. »

Je tournai lentement la tête vers elle. « Il vient souvent ? »

Elle eut un sourire en coin. « Suffisamment pour savoir ce qui se passe derrière le rideau rouge et…

— Stop ! » l'interrompis-je. Je ne pouvais pas non plus m'arracher le cerveau. « Je n'ai pas besoin d'en savoir davantage. »

Son rire fut doux. « Tu as le visage de quelqu'un qui a besoin de se cacher. Et oui, ici, à *La Perle Rouge*, on reconnaît facilement ce genre d'expressions. » Elle s'empara de mon verre de champagne avec grâce. « Il y a des chambres inoccupées à l'étage. Pousse la sixième porte à gauche. Tu y seras en sécurité. Je viendrai te chercher quand la voie sera libre. »

Alors que je la regardais dans les yeux, le doute m'envahit. Malgré tout, je l'autorisai à me prendre par le bras et à me mener vers le côté gauche de la pièce. « Pourquoi m'aidez-vous ? »

Elle ouvrit la porte. « Parce que tout le monde devrait avoir le droit de vivre un peu, ne serait-ce que pour quelques heures. »

Elle venait de dire à voix haute ce que j'avais pensé tout bas quelques minutes plus tôt. Bouche bée, je me figeai.

Elle referma derrière moi en me faisant un clin d'œil.

Le fait qu'elle ait découvert mon identité ne pouvait pas être une coïncidence. Et comment avait-elle pu me répéter mes propres pensées ? C'était impossible. Un rire rauque franchit mes lèvres. Cette femme était peut-être une Effondrée, en tout cas, elle n'appréciait pas beaucoup les Élevés, mais elle aurait très bien pu être prophétesse.

À ma connaissance, leur lignée s'était éteinte.

Je n'arrivais toujours pas à croire que Vikter était ici et qu'il venait assez souvent pour qu'une des dames de compagnie s'amourache de lui. Je ne savais pas pourquoi j'étais aussi surprise. Après tout, les membres de la Garde royale n'avaient pas ordre de rester chastes. Ils avaient même le droit de se marier. Nombre d'entre eux ne cachaient d'ailleurs pas leurs mœurs légères. On les leur pardonnait, car leur vie était sans cesse en danger et ils mouraient souvent très jeunes. Ce qui me chiffonnait, c'était que Vikter avait eu une femme. Elle était décédée en couches, avec son bébé, bien avant que je le rencontre. Son amour pour elle, pour sa Camilia, était toujours aussi fort que lorsqu'elle avait été vivante.

Mais ce qui se passait ici n'avait rien à voir avec l'amour. Tout le monde se sentait seul à un moment ou à un autre. Peu importait que son cœur appartienne à une personne qu'il n'étreindrait plus jamais.

Cette pensée m'attrista. Aussi, je me tournai vers l'escalier étroit éclairé par des lampes à huile fixées au mur et soupirai. « Dans quel pétrin me suis-je encore fourrée ? »

Les dieux seuls le savaient. Je ne pouvais plus reculer.

En gravissant les marches jusqu'à l'étage, je glissai la main sous ma cape pour garder la dague à portée. Le couloir était plutôt large et étonnamment silencieux. Je ne savais pas à quoi je m'étais attendue. Sans doute à entendre… des bruits.

Je secouai la tête et comptai les portes jusqu'à atteindre la sixième sur la gauche. Je posai la main sur la poignée. Elle n'était pas verrouillée. Au moment où j'allais l'ouvrir, je m'arrêtai. Qu'étais-je en train de faire ? N'importe qui, n'importe quoi pouvait m'attendre là derrière. La femme du rez-de-chaussée…

La porte voisine s'ouvrit et un rire d'homme résonna dans le couloir. Prise de panique, je me précipitai dans la pièce et refermai derrière moi.

Le cœur battant à tout rompre, je regardai autour de moi. Il n'y avait aucune lampe, seulement un bougeoir supportant plusieurs bougies sur une cheminée. Un fauteuil faisait face à l'âtre vide. Sans même regarder, je savais que le seul autre meuble était un lit. Je pris une grande inspiration. Le parfum m'emplit les narines. Cannelle ? Et autre chose, une odeur qui me rappelait les épices et le pin. Je me tournai…

Un bras s'enroula autour de ma taille et me colla contre un corps très dur, indubitablement masculin.

« Voilà, murmura un homme à la voix grave, qui est inattendu. »

2

Interloquée, je levai les yeux, une erreur que Vikter m'avait pourtant appris à ne pas faire. J'aurais dû sortir mon arme. Au lieu de cela, je restai tétanisée. La prise autour de ma taille se resserra et une main se posa sur ma hanche.

« Mais c'est une très bonne surprise », reprit-il en me libérant.

Je regagnai aussitôt mes esprits et me retournai vers lui. Ma capuche dissimulait toujours mon visage. Je tendis la main vers ma dague, puis relevai la tête… et la relevai encore…

Oh, mes dieux !

Je me figeai. En voyant le visage de cet homme dans la lueur des bougies, une onde de choc venait de me parcourir et de me dérober toute capacité d'action.

Je ne lui avais jamais adressé la parole, mais je savais qui il était.

Hawke Flynn.

Lorsqu'il était arrivé de la capitale, quelques mois plus tôt, pour rejoindre la Garde du Mur, tout le monde au château des Teerman l'avait remarqué. Je n'y avais pas échappé.

J'aurais voulu me mentir à moi-même et dire que c'était à cause de sa taille étonnante. Il mesurait presque trente centimètres de plus que moi. Ou parce qu'il se mouvait avec une grâce innée, une fluidité de mouvements propres aux prédateurs comme les énormes félins gris des cavernes qui vivaient dans les Terres désolées. J'en avais vu un spécimen dans le palais de la reine, une fois, quand j'étais enfant. L'animal sauvage avait été enfermé dans une cage. La façon dont il allait et venait dans un espace bien trop petit pour lui m'avait autant fascinée qu'horrifiée. J'avais vu Hawke faire les cent pas ainsi lors de plus d'une occasion, comme si lui-même avait été prisonnier. C'était peut-être aussi à cause du charisme qui émanait de lui alors qu'il n'était pas beaucoup plus vieux que moi. Il avait sans doute l'âge de mon frère à un ou deux ans près. À moins que la raison soit sa capacité à manier l'épée. Un matin, alors que je me tenais près de la duchesse sur l'un des nombreux balcons du château au-dessus de l'espace d'entraînement, elle m'avait confié que Hawke était venu de la capitale avec des recommandations élogieuses et qu'il deviendrait sans doute le plus jeune membre de la Garde royale. Elle avait été incapable de détourner les yeux de ses bras luisants de sueur.

Moi aussi.

Depuis son arrivée, je m'étais surprise à me cacher plus d'une fois dans des alcôves sombres pour l'observer s'entraîner avec les autres gardes. Mis à part les réunions hebdomadaires du conseil de la ville qui se tenaient dans la Grande Salle, c'était le seul moment où je le voyais.

Bien entendu, la raison de mon intérêt pour Hawke aurait pu être qu'il était… très beau, tout simplement.

Les hommes étaient rarement mis en avant pour leur beauté, mais je ne trouvais aucun autre mot pour le décrire. Il avait des cheveux noirs et épais qui ondulaient au niveau de la nuque et tombaient souvent sur son front. Ils effleuraient alors ses sourcils tout aussi foncés. Les pleins et les déliés de son visage me faisaient regretter de ne pas savoir me servir d'un pinceau ou d'un crayon. Ses pommettes étaient hautes et larges et son nez étonnamment droit pour un garde. La plupart d'entre eux avaient eu le nez cassé au moins une fois. Sa mâchoire était carrée et ses lèvres, bien dessinées. Les rares fois où je l'avais vu sourire, ses lèvres s'étaient retroussées en coin, du côté droit, et avaient révélé une fossette marquée. J'ignorais s'il possédait la même sur la joue gauche. Toutefois, c'étaient ses yeux qui me captivaient le plus.

Leur teinte me rappelait celle du miel liquide. Je n'avais jamais vu des yeux de cette couleur. Et il avait une façon de toiser les gens bien à lui, comme s'il les mettait à nu. Je le savais, car j'avais senti son regard sur moi lors des conseils, même s'il n'avait jamais vu mon visage ni mes yeux. L'attention qu'il me portait était simplement due au fait que j'étais la première Pucelle depuis des siècles. Quand je sortais en public, tout le monde m'observait, aussi bien les gardes, les seigneurs et les dames en Attente que les villageois.

Toutefois, c'était peut-être le fruit de mon imagination, nourri par mon petit désir bien dissimulé qu'il soit aussi curieux à mon sujet que je l'étais au sien.

Ces raisons expliquaient sans doute pourquoi je l'avais remarqué, mais il y en avait une autre, bien plus importante, et j'avais un peu honte de l'admettre.

Chaque fois que je le voyais, j'ouvrais systématiquement mes sens. Je savais que c'était mal, car je n'avais aucune raison valable de le faire, rien qui ne justifiait cette invasion de sa vie privée. Je n'avais aucune excuse, à part l'envie de découvrir pourquoi il ressemblait à un félin en cage.

Hawke était toujours en souffrance.

Ce n'était pas une douleur physique. C'était bien plus profond que ça. J'avais l'impression que des morceaux de glace s'enfonçaient dans ma peau. La peine qui le suivait comme son ombre était vive et ne semblait pas discontinuer. Pourtant, elle ne l'empêchait jamais d'avancer. Si je ne l'avais pas cherchée, je ne l'aurais jamais sentie. Il réussissait à contenir son agonie. Je ne connaissais personne d'autre qui en était capable.

Pas même les Élevés.

En leur présence, je ne ressentais absolument rien, alors qu'ils étaient capables d'éprouver de la douleur physique. Savoir que je n'avais pas à m'inquiéter de percevoir leur douleur aurait dû me donner envie de rechercher leur compagnie, mais, au contraire, cela me mettait mal à l'aise.

« Je ne m'attendais pas à te voir ce soir », dit Hawke. Il avait un sourire en coin, celui qui ne dévoilait pas ses dents et creusait la fossette sur sa joue droite, mais n'atteignait pas vraiment ses yeux. « Ça fait à peine quelques jours, ma douce. »

Ma douce ?

J'ouvris la bouche pour protester, mais la refermai aussitôt en comprenant ce qui se passait. Je clignai des yeux. Il me prenait pour quelqu'un d'autre ! Une personne qu'il avait clairement déjà rencontrée ici. J'observai ma cape, le vêtement que j'avais emprunté. Avec sa couleur bleu pâle et sa fourrure blanche, il était assez unique.

Britta.

Pensait-il que j'étais Britta ?

Nous faisions à peu près la même taille, un peu plus petites que la moyenne, et la cape dissimulait mon corps qui n'était pas aussi fin que le sien. Malgré tous mes efforts, j'étais incapable d'obtenir la même silhouette élancée que la duchesse Teerman et d'autres dames.

Étonnamment, une infime part de moi, celle qui se cachait, était… déçue et même un peu jalouse de la jolie servante.

J'examinai Hawke. Il était vêtu du pantalon et de la tunique noirs que tous les gardes portaient sous leur armure. Était-il venu ici tout de suite après son tour de garde ? J'observai rapidement la pièce autour de moi. Il y avait une petite table à côté du fauteuil. Dessus étaient posés deux verres. Hawke n'avait pas été seul avant mon arrivée. Avait-il été avec une autre femme ? Derrière lui, le lit ne semblait pas… avoir été utilisé.

Que devais-je faire ? M'enfuir ? Cela soulèverait des questions. Il en parlerait à Britta, mais du moment que je lui rapportais sa cape et son masque avant qu'elle ne s'aperçoive qu'ils avaient disparu, tout irait bien.

Malheureusement, Vikter était sans doute encore au rez-de-chaussée et la femme aussi.

Mes dieux. Elle était forcément une prophétesse ! Mon instinct me soufflait qu'elle avait été au courant que la chambre était occupée. Elle m'avait envoyée ici exprès. Avait-elle su que Hawke serait là et me confondrait avec Britta ?

Cela me paraissait difficile à croire.

« C'est Pence qui t'a dit que j'étais là ? » demanda-t-il.

Mon souffle se bloqua dans ma gorge. Mon cœur, lui, se mit à marteler mes côtes. Pence était un garde du Mur qui avait environ le même âge que Hawke. Un blond, si mes souvenirs étaient corrects. Je ne l'avais pas vu en bas. Aussi, je secouai la tête.

« Tu m'as cherché alors ? Tu m'as suivi ? reprit-il d'un air désapprobateur. Il va falloir qu'on en discute. »

Son ton était étrangement menaçant. Il me donnait l'impression que l'idée que Britta le suive ne lui plaisait pas beaucoup.

« Mais pas ce soir, apparemment. Tu n'es pas très bavarde », me fit-il remarquer. De ce que je savais de la servante, elle était tout sauf réservée.

Dès l'instant où je prendrais la parole, il saurait que je n'étais pas celle qu'il pensait et je... je n'étais pas prête à ce qu'il le découvre. Je ne savais pas ce que je voulais. Ma main avait quitté le manche de la dague. J'ignorais ce que cela signifiait. Tout ce que je savais, c'était que mon cœur battait toujours aussi fort.

« On n'est pas obligés de parler. » Il saisit le bas de sa tunique et avant que j'aie eu le temps de prendre ma respiration, il la retira et la jeta sur le côté.

Bouche bée, j'écarquillai les yeux. Ce n'était pas la première fois que je voyais le torse d'un homme, mais je n'avais jamais vu le sien. Ses muscles qui ondulaient et se bandaient d'habitude sous le tissu fin des chemises que les gardes portaient durant l'entraînement étaient à présent nus. Il avait les épaules carrées et le torse puissant, dessinés par des années de préparation physique intense. Une légère toison recouvrait son bas-ventre, sous son nombril, et disparaissait sous ses braies. Je baissai les yeux encore plus bas. Une chaleur intense m'envahit. Une chaleur d'un genre différent qui ne faisait pas que me rougir les joues. Elle s'insinuait également dans mes veines.

Même dans la lueur des bougies, je pouvais voir à quel point son pantalon était serré, à quel point il moulait son corps et laissait deviner ce qu'il dissimulait.

La tendance des dames à donner bien trop de détails de leur vie privée et ma fâcheuse manie à écouter aux portes m'avait conféré une très grande imagination.

Une sensation inconnue s'insinua au bas de mon ventre. Elle n'était pas déplaisante. Au contraire. C'était une sensation de chaleur, de picotement, qui n'était pas sans rappeler une première gorgée de champagne.

Quand Hawke avança vers moi, mes muscles se crispèrent et mon instinct me souffla de m'enfuir, mais je me forçai à demeurer immobile. Je savais que j'aurais dû m'écarter. J'aurais dû prendre la parole et lui avouer que je n'étais pas Britta. J'aurais dû partir immédiatement. La façon dont il s'approchait, avalant la distance qui nous séparait avec ses longues jambes, aurait révélé ses intentions même s'il n'avait pas retiré sa tunique. Je n'avais pas beaucoup, bon d'accord, aucune expérience, mais au fond de moi, je savais que s'il m'atteignait, il me toucherait. Voire pire. Il se pourrait qu'il m'embrasse.

Ce qui était formellement interdit par la loi. J'étais la Pucelle, l'Élue. Sans parler du fait qu'il me prenait pour une autre femme et qu'il avait clairement été avec quelqu'un avant que j'arrive. Cela ne signifiait pas qu'il avait *été* avec cette personne, mais c'était une possibilité.

Malgré tout, je ne bougeai pas et ne dis rien.

J'attendis. Mon cœur battait si fort que j'avais l'impression que j'allais m'évanouir. De petits frissons parcouraient mes mains et mes jambes.

Alors que je ne tremblais jamais.

Qu'est-ce que tu fabriques ? me souffla la partie la plus raisonnable de mon esprit.

Je vis un peu, murmurai-je à mon tour.

Tu fais surtout preuve d'une stupidité sans bornes ! rétorqua la voix.

Elle avait raison, pourtant, je ne fis rien.

Les sens en ébullition, je regardai Hawke se poster devant moi et lever les bras. Il saisit l'arrière de ma capuche. L'espace d'un instant, je crus qu'il allait la baisser et mettre fin à cette mascarade, mais ce ne fut pas le cas. Il la fit seulement glisser de quelques centimètres.

« Je ne sais pas à quoi tu joues ce soir, dit-il d'une voix suave, mais je veux bien y participer. »

Son autre bras m'entoura la taille. Quand il me pressa contre son torse, je hoquetai de surprise. Cette étreinte n'avait rien en commun avec celles, plus brèves, que j'avais reçues de Vikter. C'était la première fois qu'un homme me serrait ainsi dans ses bras. Il n'y avait pas le moindre espace entre son torse et ma poitrine. Le contact me fit l'effet d'un électrochoc.

Il me souleva sur la pointe des pieds, puis mes orteils quittèrent le sol. Sa force était incroyable. Je n'étais pas particulièrement légère. Stupéfaite, je posai les mains sur ses épaules. La chaleur de sa peau me brûlait à travers le tissu de mes gants, de la cape et de la fine robe blanche que je portais d'habitude pour dormir.

Il pencha la tête et je sentis son souffle chaud contre mes lèvres. Un frisson d'impatience descendit le long de ma colonne vertébrale alors même que l'incertitude me serrait le ventre. Toutefois, les deux émotions n'eurent pas le temps d'entrer en conflit. Il se retourna et avança avec la même grâce féline que je lui connaissais. En l'espace de quelques battements de cœur, il m'avait allongée sur le lit. Sa poigne était ferme, mais il faisait attention à ne pas me blesser. Il semblait avoir conscience de sa force. Quand il se positionna sur moi, sans retirer la main de derrière ma tête, son poids sur mon corps me grisa. Puis ses lèvres rencontrèrent les miennes.

Hawke était en train de m'embrasser.

Ce baiser n'était pas doux ni tendre comme je l'avais imaginé. Au contraire, il était violent, écrasant. On aurait dit qu'il marquait son territoire. Quand je hoquetai de surprise, il en profita pour approfondir le baiser. Sa langue rencontra la mienne. Je ne m'y attendais pas. La panique grandit au creux de mon ventre, ainsi qu'autre chose, une sensation bien plus puissante, un plaisir dont je n'avais jamais fait l'expérience. Sa bouche avait le goût de la liqueur dorée que j'avais goûtée en cachette, un jour. J'avais l'impression de sentir sa langue sur mon corps tout entier. Ma peau se hérissa de chair de poule, ma poitrine devint très lourde, une tension délicieuse serra mon bas-ventre et descendit un peu plus bas. Soudain, je ressentis d'étranges pulsations entre mes jambes. Je tremblai et enfonçai mes doigts dans ses épaules. Je regrettais de porter des gants, car j'aurais voulu sentir sa peau contre la mienne. À ce stade, je n'aurais sans doute pas pu me concentrer sur ses émotions. Il pencha la tête sur le côté et m'effleura de sa…

Il brisa soudain le baiser et se redressa légèrement. « Qui es-tu ? »

Mon esprit fonctionnait au ralenti et ma peau bourdonnait. Je clignai doucement des paupières. Ses cheveux noirs lui tombaient sur le front. La lueur vacillante des bougies créait des ombres sur son visage.

Ses lèvres paraissaient aussi gonflées que les miennes en avaient l'air.

Il bougea si vite que je fus incapable de réagir. Il tira sur ma capuche et dévoila mon visage masqué. Il haussa les sourcils tandis que mon esprit s'éclaircissait. Mon cœur battait toujours à cent à l'heure, mais pour une raison bien différente. Malgré tout, mes lèvres me démangeaient toujours à cause de son baiser.

Mon premier baiser.

Les yeux dorés de Hawke se posèrent sur le haut de ma tête. Il retira sa main qui était toujours sous ma nuque. Lorsqu'il souleva une mèche de mes cheveux, je me crispai. Dans la lumière des bougies, ils paraissaient auburn foncé. Il pencha la tête sur le côté.

« Tu n'es pas celle que je pensais, murmura-t-il.

— Comment l'as-tu deviné ? demandai-je, sans pouvoir m'en empêcher.

— Parce que la dernière fois que j'ai embrassé la propriétaire de cette cape, elle a failli avaler ma langue.

— Oh », murmurai-je. Étais-je censée faire ça ? Cela n'avait pas l'air très agréable.

Il me dévisagea d'un air pensif. Il était toujours à moitié allongé sur moi. L'une de ses jambes était même logée entre les miennes. J'ignorais quand cela était arrivé. « Tu as déjà été embrassée ? »

Le rouge me monta aux joues. Oh, seigneurs, était-ce si évident ? « Bien sûr ! »

Il eut un sourire en coin. « Tu mens toujours comme ça ?

— Non ! mentis-je aussitôt.

— Menteuse », murmura-t-il d'un ton presque taquin.

La honte m'envahit et étouffa le plaisir dévastateur comme si j'avais été plongée dans une flaque de neige fondue. Je le repoussai d'une main sur son torse nu. « Écarte-toi.

— J'avais plutôt l'intention d'écarter autre chose. »

La façon dont il prononça ces paroles me fit plisser les yeux.

Hawke s'esclaffa. C'était la première fois que je l'entendais rire. Lorsque je le croisais dans la Grande Salle, il se montrait silencieux et stoïque comme la plupart des gardes. Quand il s'entraînait, je le voyais parfois sourire en coin, mais je ne l'avais jamais entendu rire. Étant donné que j'avais conscience de la souffrance qui l'étreignait, je n'avais pas été certaine jusqu'à cet instant qu'il en était capable.

Mais il le pouvait et c'était un son franc, profond et agréable. Il me caressa de l'intérieur jusque dans mes orteils. Je me rendis alors compte que c'était également la première fois que je l'entendais parler autant. Il avait un léger accent qui donnait une inflexion musicale à son discours. J'aurais été incapable de dire d'où il venait. Après tout, je n'avais jamais voyagé ailleurs qu'ici et la capitale, et il était rare que l'on me parle directement ou que l'on prenne la parole en ayant connaissance de ma présence. À ce que j'en savais, il s'agissait peut-être d'un accent relativement commun.

« Tu devrais vraiment bouger, lui lançai-je même si j'appréciais son poids sur moi.

— Je suis très bien où je suis, rétorqua-t-il.

— Eh bien, pas moi.

— Et si tu me disais qui tu es, princesse ?

— Princesse ? » répétai-je. Il n'y avait pas de princes ni de princesses dans le royaume, mis à part le Seigneur des Ténèbres qui s'était autoproclamé ainsi. Il n'y en avait plus depuis qu'Atlantie avait disparu.

« Tu es plutôt exigeante. » Il haussa les épaules. « Et j'imagine que c'est aussi le cas des princesses.

— Tu te trompes. Pousse-toi. »

Il haussa un sourcil. « Vraiment ?

— Ce n'est pas parce que je te demande de te lever que je suis exigeante.

— Je ne suis pas d'accord. » Il s'interrompit. « Princesse. »

Mes lèvres frémirent, mais je réussis à me retenir de sourire. « Tu ne devrais pas m'appeler comme ça.

— Alors comment dois-je t'appeler ? Tu as un nom, peut-être ?

— Je suis… Personne, répondis-je.

— Personne ? Quel drôle de nom ! Les petites filles qui s'appellent ainsi ont-elles toutes l'habitude de porter les vêtements des autres ?

— Je ne suis pas une petite fille, crachai-je.

— Je l'espère bien. » Il marqua une pause. Ses lèvres se retroussèrent en coin. « Quel âge as-tu ?

— Je suis assez vieille pour être ici, si c'est ce qui t'inquiète.

— En d'autres termes, assez vieille pour te déguiser, faire croire à une personne que tu es quelqu'un d'autre et la laisser t'embrasser…

— J'ai compris ! le coupai-je. Oui, je suis assez vieille pour tout ça. »

Il haussa un sourcil. « Je vais me présenter, mais quelque chose me dit que tu sais déjà qui je suis. Je m'appelle Hawke Flynn.

— Enchantée », répondis-je et je me sentis idiote.

La fossette sur sa joue droite se creusa davantage. « C'est le moment où tu me donnes ton nom. »

Ni mes lèvres ni ma langue ne bougèrent.

« Alors, je continuerai de t'appeler princesse. » À présent, son regard était beaucoup plus chaleureux. Je mourais d'envie de savoir si sa douleur s'était atténuée, mais je résistai à la tentation. La souffrance avait peut-être complètement disparu. Dans ce cas...

« Le moins que tu puisses faire, c'est m'expliquer pourquoi tu ne m'as pas arrêté », reprit-il avant que j'aie eu le temps de céder à la curiosité et d'ouvrir mes sens.

J'ignorais comment répondre à cette question. Moi-même, je ne le comprenais pas.

Ses lèvres se retroussèrent en coin. « Je ne pense pas que ce soit seulement à cause de mon charme dévastateur. »

Je plissai le nez. « Bien sûr que non. »

Un bref éclat de rire lui échappa, comme sous le coup de la surprise. « J'ai l'impression que tu viens de m'insulter. »

Gênée, je grimaçai. « Ce n'était pas mon intention...

— Tu m'as blessé, princesse.

— Ça m'étonnerait. Tu as forcément conscience de ton apparence.

— C'est vrai. Elle a poussé certaines personnes à prendre des décisions discutables.

— Alors pourquoi as-tu dit que tu étais insulté ? » Je compris qu'il me faisait marcher. Vexée de ne pas m'en être rendu compte tout de suite, je tentai de nouveau de le repousser. « Tu es toujours allongé sur moi.

— Je sais. »

Je pris une grande inspiration. « C'est très impoli de ta part de ne pas bouger alors que je t'ai clairement demandé de me libérer.

— Et c'est très impoli de ta part de pénétrer dans une chambre habillée comme...

— Ton amante ? »

Il haussa un sourcil. « Je ne l'aurais pas appelée comme ça.

— Alors comment l'appellerais-tu ? »

Toujours à moitié allongé sur moi, Hawke sembla réfléchir à la question. « Une… bonne amie. »

Une part de moi était rassurée qu'il ne se serve pas d'un terme désobligeant pour la désigner, comme ceux qu'utilisaient d'autres hommes pour parler des femmes avec lesquelles ils étaient intimes, mais… une bonne amie ? « Je ne savais pas que les amis se comportaient ainsi.

— Je suis prêt à parier que tu ne sais pas grand-chose sur le sujet. »

La réalité de sa remarque était difficile à ignorer. « Et tu as compris ça avec un seul baiser ?

— Un seul baiser ? Si tu savais le nombre de choses que l'on peut savoir avec un seul baiser, princesse ! »

Je le dévisageai. Je me sentais tellement… inexpérimentée ! La seule chose que j'avais apprise de ce baiser était ce qu'il m'avait fait ressentir. On aurait dit qu'il avait cherché à me posséder.

« Pourquoi ne m'as-tu pas arrêté ? » Son regard glissa sur le masque que je portais et descendit plus bas. Je m'aperçus que les pans de la cape étaient ouverts et dévoilaient la robe très fine et son décolleté plutôt osé. Que m'était-il passé par la tête lorsque j'avais choisi de l'enfiler ? C'était comme si, inconsciemment, je m'étais préparée à… quelque chose. Mon estomac se noua. Non, j'avais surtout voulu me convaincre que j'étais capable de sortir habillée ainsi.

Hawke me regarda de nouveau dans les yeux. « Je crois que je commence à comprendre.

— Est-ce que ça veut dire que tu vas enfin te lever ? »

Pourquoi ne l'as-tu pas forcé à le faire ? murmura cette voix stupide, mais très logique et raisonnable, dans ma tête. C'était une excellente question. Je savais me servir du poids des hommes contre eux. Surtout, j'avais ma dague sur moi et rien ne m'empêchait de l'attraper. Pourtant, je ne l'avais pas touché et je n'avais pas non plus cherché à mettre de la distance entre lui et moi. Qu'est-ce que cela signifiait ? Je… Je supposais que je ne me sentais pas en danger. Du moins, pour l'instant. Je ne savais pas grand-chose au sujet de Hawke, mais il n'était pas un inconnu. Je n'en avais pas l'impression. Je n'avais pas peur de lui.

Hawke secoua la tête. « J'ai une théorie.

— Je l'attends avec impatience. »

La fossette sur sa joue gauche se creusa. « Je crois que tu es entrée dans cette pièce avec un but bien précis en tête. »

Il avait raison, mais quelque chose me disait qu'il n'allait pas deviner pourquoi.

« C'est pour ça que tu n'as pas parlé et que tu n'as pas essayé de me corriger quand je t'ai prise pour quelqu'un d'autre. Tu as peut-être même emprunté cette cape en particulier parce que tu avais une idée derrière la tête, continua-t-il. Parce que tu voulais quelque chose de ma part. »

J'étais sur le point de nier, mais aucun mot ne franchit mes lèvres. Le silence n'était ni un aveu ni un démenti, pourtant, je sentis mon ventre se serrer de nouveau.

Il se déplaça légèrement et posa la main contre ma joue droite, les doigts écartés. « J'ai raison, n'est-ce pas, princesse ? »

Le cœur battant à cent à l'heure, je tentai de déglutir, mais ma gorge était sèche. « Peut-être… Peut-être que je suis ici pour… la conversation.

— Pour parler ? » Il haussa les sourcils. « De quoi ?

— De tas de choses », répondis-je.

Son visage s'adoucit. « Comme ? »

Pendant plusieurs secondes, mon esprit demeura complètement vide. Alors, je lançai la première chose qui me passa par la tête : « Pourquoi as-tu choisi de travailler sur le Mur ?

— Tu es venue jusqu'ici pour me poser cette question ? »

À son ton et à son expression, il était clair qu'il ne me croyait pas, mais je hochai quand même la tête. Intérieurement, j'ajoutai ce moment à la liste des exemples qui démontraient que j'étais incapable de faire la conversation.

Il resta silencieux un instant avant de répondre : « J'ai rejoint la Garde du Mur pour les mêmes raisons que la plupart des gens.

— C'est-à-dire ? demandai-je alors que j'en avais ma petite idée.

— Mon père était fermier. Cette vie n'était pas faite pour moi. Il n'y a pas beaucoup d'autres opportunités que de rejoindre la Garde royale ou protéger le Mur, princesse.

— Tu as raison. »

La surprise déforma ses traits. Il plissa les yeux. « Que veux-tu dire par là ?

— Il est rare que les enfants fassent un métier différent de celui de leurs parents.

— En d'autres termes, la majorité des enfants ne réussiront pas à s'élever dans la société ni à faire mieux que ceux qui les ont précédés ? »

Je hochai comme je le pus dans cette position. « Le… L'ordre naturel des choses ne le permet pas vraiment. Un fils de fermier deviendra un fermier ou…

— Ou choisira de rejoindre la garde où il risquera sa vie contre un salaire régulier dont il ne pourra peut-être même pas profiter ? termina-t-il à ma place. Il n'y a pas beaucoup de choix, pas vrai ?

— Non », admis-je. En réalité, j'y avais déjà pensé. Hawke aurait pu s'épanouir dans un autre métier. Il aurait pu devenir marchand ou Chasseur. Ces deux professions étaient risquées, car elles nécessitaient de sortir régulièrement du Mur, mais elles n'étaient pas aussi dangereuses que celle de garde du Mur au sein de l'Armée royale. La source de ses angoisses se trouvait-elle dans ce qu'il avait vu en tant que garde ? « Il n'y a pas beaucoup de choix, mais je pense, non, je sais qu'intégrer la garde demande une dose certaine de force mentale et de courage.

— Tu le penses de tous les gardes ? Tu les trouves courageux ?

— Oui.

— Les gardes ne sont pas tous des hommes bien, princesse. »

Je plissai les yeux. « J'en ai conscience. La bravoure et la force n'ont rien à voir avec la bonté.

— On est au moins d'accord sur une chose. » Son regard se posa sur ma bouche. Ma poitrine se serra soudain très fort.

« Tu as dit que ton père était fermier. Est-il… A-t-il rejoint les dieux ? »

Une expression étrange passa sur son visage, mais elle disparut si vite que je n'eus pas le temps de la déchiffrer. « Non. Il est vivant et en pleine santé. Et le tien ? »

Je secouai légèrement la tête. « Mon père… Mes parents ne sont plus de ce monde.

— Je suis navré de l'entendre », compatit-il. Il paraissait sincère. « La douleur de la perte d'un parent ou d'un membre de la famille dure longtemps après leur disparition. La peine s'estompe, mais ne disparaît jamais vraiment. Des années plus tard, on se surprend à penser qu'on ferait n'importe quoi pour qu'ils reviennent. »

Il avait raison. C'était peut-être la source de sa souffrance. « Tu as l'air de bien connaître la question.

— Oui. »

Je pensai à Finley. Hawke l'avait-il connu personnellement ? La majorité des gardes étaient proches et développaient un lien plus fort que celui du sang. Même s'il n'avait pas connu Finley, il en avait forcément connu qui avaient subi le même sort. « Je suis désolée. Je suis désolée pour celui ou celle que tu as perdu. La mort… »

La mort était une constante.

J'en étais souvent témoin. J'étais tellement protégée que cela n'aurait pas dû être le cas, mais je voyais la mort bien trop souvent.

Il pencha la tête sur le côté. Une de ses mèches brunes tomba sur son front. « La mort est comme une vieille amie. Parfois, tu ne l'attends pas, mais parfois, si. Ce n'est ni la première fois, ni la dernière qu'elle viendra te rendre visite, mais ça ne rend pas les disparitions moins difficiles ni impitoyables. »

La tristesse menaçait de s'installer dans mon cœur et d'envelopper la chaleur qui s'y était logée. « C'est ça. »

Soudain, il baissa la tête. Ses lèvres étaient à quelques centimètres des miennes. « Je ne crois pas une seconde que tu sois venue ici pour la conversation. Tu n'es pas entrée dans cette chambre pour parler de choses tristes que l'on ne peut pas changer, princesse. »

Je savais pourquoi j'étais venue ici ce soir. Hawke avait raison. Je n'avais pas envie de parler. J'étais venue ici pour vivre. Pour faire des expériences. Pour choisir. Pour être quelqu'un d'autre. Rien de tout cela ne nécessitait de discuter.

J'avais déjà fait l'expérience de mon premier baiser. Je pouvais m'arrêter là ou continuer et faire de cette soirée la nuit de nombreuses premières fois que j'aurais moi-même choisies.

Étais-je… ? Étais-je sérieusement en train d'envisager d'aller jusqu'au bout, peu importait ce que cela impliquait ? Seigneurs. J'y pensais vraiment. De petits frissons me traversèrent. Pouvait-il les sentir ? Ils se rejoignirent au creux de mon ventre et formèrent des petites boules de désir et d'appréhension.

Si l'on me jugeait impure, je serais condamnée à une mort certaine.

On m'exilerait du royaume.

3

À ma connaissance, une seule personne avait été jugée indigne lors de son Élévation. Son nom avait été effacé de notre histoire, tout comme la moindre information à son sujet et la raison qui avait mené à son exil. On lui avait interdit de vivre parmi les mortels. Sans famille, ni soutien, ni protection, elle avait été condamnée à une mort certaine. Les villages et les fermiers protégés par de plus petits Murs et des gardes moins importantes souffraient d'un taux de mortalité terrible. Alors, une personne seule…

Mon Élévation serait différente des autres. Toutefois, on pouvait quand même me juger indigne d'un tel honneur. Ma punition serait sans doute à la hauteur de ma chute. Mais à cet instant, je n'étais pas capable de faire face à cette réalité.

Non.

C'était un mensonge.

J'en étais parfaitement capable. Je n'en avais simplement pas envie. Il était clair que je ne comptais pas quitter cette chambre. Je ne faisais rien pour freiner Hawke. Je ne comprenais pas ce qu'il faisait encore là, avec moi, mais j'avais déjà pris ma décision.

Déstabilisée, j'humectai ma lèvre inférieure. J'étais presque prise de vertige. Cela ne m'était jamais arrivé. Il baissa ses longs cils d'une épaisseur incroyable et son regard intense se posa sur mes lèvres. Cela me fit l'effet d'une caresse. Je frissonnai.

Les yeux plus brillants que jamais, il dessina le contour de mon masque du bout des doigts jusqu'au ruban de satin qui disparaissait sous mes cheveux. « Je peux l'enlever ? »

Incapable de prononcer un mot, je secouai la tête.

Il se figea un instant, interdit, avant de retrouver son sourire en coin. Sa fossette manquait néanmoins à l'appel. Il éloigna sa main du masque et fit glisser ses doigts le long de ma mâchoire jusque sur ma gorge à l'endroit où la cape était attachée. « Et ça ? »

Je hochai la tête.

Avec dextérité, il écarta les pans de la cape et, du bout des doigts, suivit le contour de mon décolleté qui se soulevait en rythme avec ma respiration. Il éveillait une myriade de sensations en moi, si nombreuses que j'étais incapable de les séparer.

« Que veux-tu de moi ? demanda-t-il en jouant avec le petit nœud entre mes seins. Dis-le-moi et je le ferai.

— Pourquoi ? lançai-je. Pourquoi ferais-tu… ça ? Tu ne me connais pas. Tu croyais que j'étais quelqu'un d'autre. »

Une expression amusée anima son beau visage. « Je n'ai rien d'autre à faire et je suis intrigué. »

Je haussai les sourcils. « Tu n'as rien d'autre à faire ?

— Tu préférerais que je compose des poèmes à ta beauté qui m'ensorcelle alors que je ne vois qu'une partie de ton visage ? De ce que je distingue, il semble très joli. À moins que tu ne préfères que je t'avoue que tes yeux me fascinent. Ils ont l'air d'être d'une magnifique teinte verte. »

Je fronçai les sourcils. « Non. Je ne veux pas que tu mentes.

— Ce ne sont pas des mensonges. » Il tira sur le nœud pour le défaire et pencha la tête. Ses lèvres effleurèrent les miennes. Le léger contact fit naître une vague de désir au fond de moi. « Je t'ai dit la vérité, princesse. Tu m'intrigues. Et c'est assez rare pour le souligner.

— Et alors ?

— Alors… », répéta-t-il en riant. Sa bouche glissa contre ma mâchoire. « Tu as changé mes projets pour la soirée. Je comptais rentrer à la caserne et profiter d'une bonne nuit de sommeil. Tout ce qu'il y a de plus ennuyeux, mais si je reste avec toi, cela ne le sera pas du tout. »

Je pris une faible inspiration. Contre toute attente, ses paroles me flattaient, mais j'étais toujours sceptique quant à ses motivations. J'aurais aimé pouvoir poser la question à quelqu'un d'autre, mais cela aurait été étrange… et gênant.

Je repensai alors aux deux verres sur la petite table. « Tu… Tu étais avec quelqu'un avant moi ? »

Il releva la tête pour me regarder dans les yeux. « Pourquoi cette question ?

— Il y a deux verres à côté du fauteuil, lui fis-je remarquer.

— Tu es bien curieuse pour une femme qui ne veut même pas me dire son nom. »

Mes joues s'empourprèrent. Il marquait un point.

Il resta silencieux si longtemps que je commençais à douter. Je n'aurais sans doute pas dû me soucier du fait qu'il avait été avec quelqu'un d'autre durant la soirée, mais c'était le cas. Cela confirmait le fait que cette situation était une erreur. J'étais complètement dépassée par les évènements. Je ne savais rien de lui, de ce que…

« J'étais avec quelqu'un », répondit-il. La déception m'envahit. « Un ami. Pas le même genre d'ami que la propriétaire de cette cape. Je ne l'avais plus vu depuis longtemps. On a discuté en privé. »

Mon désarroi s'atténua. J'avais l'impression qu'il me racontait la vérité. Il n'avait aucune raison de me mentir. Il n'avait qu'à claquer des doigts pour trouver des dizaines d'autres femmes qui auraient été ravies de l'intriguer.

« Alors, princesse, si tu me disais ce que tu veux de moi ? »

Je pris une nouvelle inspiration vacillante. « Je peux tout te demander ?

— Tout. » Il bougea la main et la plaça sous mon sein. Du pouce, il en caressa le centre.

C'était une caresse légère comme une plume, pourtant je sentis des éclairs de plaisir me transpercer. Mon corps réagit par instinct et se cambra.

« J'attends, souffla-t-il en recommençant et en faisant partir en éclats ma concentration déjà mise à rude épreuve. Dis-moi ce que tu aimes. Je ferai encore mieux.

— Je… » Je me mordis la lèvre. « Je ne sais pas. »

Le regard de Hawke trouva de nouveau le mien. L'espace d'un instant, je me demandai si j'avais commis un impair. « Je vais te dire ce que je veux, moi. » Son pouce décrivait de lents cercles autour de la partie la plus sensible de mon sein. « J'aimerais que tu retires ton masque.

— Je… » Un frisson aigu, dévastateur, me parcourut. Le plaisir me montait à la tête avec délice. Je ne… Je n'avais jamais rien ressenti de tel. Cette douce douleur m'était inconnue. « Pourquoi ?

— Parce que je veux te voir.

— Tu me vois déjà.

— Non, princesse. » Quand il baissa la tête, ses lèvres frôlèrent le décolleté de ma robe. « Je veux te voir, pour de bon, quand je ferai ça sans ta robe entre ma bouche et ta peau. »

Avant que j'aie eu le temps de lui demander ce que cela signifiait, je sentis sa langue chaude et humide à travers ma fine robe en soie. Je hoquetai de surprise, choquée par l'acte en lui-même et par la lave en fusion qu'il avait déversée dans mes veines. Sans me quitter des yeux, il referma la bouche sur la pointe de mon sein. Il le suça longtemps et avec ardeur. Mon hoquet se transforma en gémissement dont j'aurais probablement honte plus tard.

« Enlève ton masque. » Il releva la tête et glissa la main jusqu'à ma hanche. « S'il te plaît. »

Si j'acceptais, il ne me reconnaîtrait pas. Avec ou sans masque, Hawke ne saurait jamais avec qui il se trouvait, mais…

Si je me dévoilais devant lui, aurait-il la même réaction que le duc ? Me dirait-il que j'étais une œuvre d'art et une tragédie tout à la fois ? Lorsqu'il sentirait les sections de peau plus dures et légèrement surélevées au niveau de mon ventre et de mes cuisses, retirerait-il sa main d'un air de dégoût ?

J'eus soudain très froid.

Je n'avais pas réfléchi à ça.

Pas du tout.

La merveilleuse chaleur grisante s'évanouit. Hawke n'était pas un Élevé, mais d'un point de vue physique, il leur ressemblait. Il était presque parfait. Je n'avais jamais eu honte de mes cicatrices, car elles me rappelaient le drame auquel j'avais survécu, mais s'il…

Il fit descendre sa main à l'intérieur de ma cuisse, à l'endroit où ma robe s'ouvrait. Soudain, il se figea. Il venait de sentir la poignée de ma dague. « Qu'est-ce que c'est ? »

En un clin d'œil, il la sortit de son fourreau. Ses doigts s'étaient rapprochés dangereusement de l'une de mes cicatrices. Je me redressai, mais il fut plus rapide.

La lueur de la bougie se reflétait sur la lame rouge. « Pierre de sang et os de Lycan.

— Rends-la-moi ! » m'exclamai-je en m'efforçant de me mettre à genoux.

Son regard alla de la dague à moi. « C'est une arme très spéciale.

— Je sais. » Mes cheveux tombèrent en avant, sur mes épaules.

« D'une valeur non négligeable, continua-t-il. Comment s'est-elle retrouvée en ta possession, princesse ?

— On m'en a fait cadeau. » C'était la vérité. « Je ne suis pas idiote au point de me rendre dans un lieu comme celui-ci sans protection. »

Il me dévisagea un long moment avant de reporter son attention sur la dague. « Se promener avec une arme dont on ne sait pas se servir n'est pas très intelligent non plus. »

L'agacement me submergea aussi vite que le désir qu'il avait fait naître en moi quelques minutes plus tôt.

« Qu'est-ce qui te fait croire que je ne sais pas m'en servir ? Le fait que je sois une femme ?

— Tu ne peux pas m'en vouloir d'être surpris. Les femmes de Solis n'ont pas vraiment l'habitude de manier la dague.

— Tu as raison. » Sur toute la ligne. Dans notre société, il n'était pas convenable pour une femme d'apprendre à utiliser des armes ou à se défendre. Cela m'avait toujours révoltée. Si ma mère avait su se battre, elle aurait peut-être encore été en vie. « Mais je sais m'en servir. »

Le coin droit de ses lèvres se retroussa. « Maintenant, je suis vraiment intrigué. »

Se déplaçant à une vitesse folle, il enfonça la lame dans le matelas. Décontenancée, je me demandai ce que les propriétaires de *La Perle Rouge* en penseraient… jusqu'à ce qu'il se jette de nouveau sur moi. Alors, il me força à m'allonger et je sentis encore une fois son poids sur mon corps. Il se pressa contre moi de la plus délicieuse des façons, et fit rencontrer les parties les plus intimes de nos anatomies. Sa bouche effleura la mienne et…

Un poing s'abattit sur la porte, l'empêchant de continuer. « Hawke ? s'enquit un homme. Tu es là ? »

Il se crispa et ferma les yeux. Son souffle chaud dansait contre mes lèvres.

« C'est Kieran », précisa l'homme. Son nom ne me disait rien.

« Comme si je ne le savais pas », marmonna Hawke dans sa barbe. Un petit gloussement m'échappa. Lorsqu'il rouvrit les yeux, il me sourit.

« Hawke ? » Kieran frappa de plus belle.

« Tu ferais mieux de lui répondre, murmurai-je.

— Bon sang », jura-t-il. Il tourna la tête et cria : « Je suis légèrement occupé.

— Navré de l'apprendre », rétorqua Kieran alors que Hawke reportait son attention sur moi. Le messager insista. « Mais je suis obligé de t'interrompre.

— Et si tu continues à frapper à cette porte, je serai obligé de te casser la main », l'avertit Hawke. J'écarquillai les yeux. « Quoi, princesse ? dit-il à voix basse. Je suis vraiment intrigué.

— Je vais devoir prendre ce risque », affirma Kieran.

Un grognement de frustration remonta des profondeurs de la gorge de Hawke. C'était un son étrangement animal. J'en eus la chair de poule.

« L'émissaire est arrivé », ajouta Kieran à travers la porte.

Des ombres surgirent sur le visage de Hawke. Ses lèvres remuèrent comme s'il murmurait quelque chose, mais je fus incapable de l'entendre.

Un frisson glacé fit reculer un peu de la chaleur que je ressentais. « Un… émissaire ? »

Il hocha la tête. « Nous attendions un ravitaillement, m'expliqua-t-il. Je dois y aller. »

Je hochai la tête à mon tour, car je comprenais qu'il devait partir. Je passai la main entre nous et saisis les pans de la cape.

Pendant un long moment, Hawke ne bougea pas, puis il se redressa et se leva. Il ramassa sa tunique qui gisait par terre en criant à Kieran qu'il arrivait. J'arrachai la dague plantée dans le lit et la rangeai rapidement dans son fourreau tandis qu'il se rhabillait et passait un baudrier autour de ses épaules, sécurisant la ceinture autour de sa taille. Il y avait un emplacement de chaque côté pour ses armes, armes que je n'avais pas remarquées jusqu'à présent.

Il attrapa deux épées à lame courte posées sur un coffre à l'entrée. La prochaine fois que je rentrerai dans une pièce, je me jurai de faire plus attention à ce genre de détails.

Les lames étaient taillées en pointes très aiguisées. Elles étaient faites pour le combat rapproché. Leurs côtés étaient crantés de façon à déchirer la chair et les muscles.

Je savais m'en servir, mais je gardai cette information pour moi.

« Je reviens le plus vite possible. » Il glissa les épées dans leurs fourreaux contre ses flancs. « Je te le promets. »

Je hochai de nouveau la tête.

Il me dévisagea. « Promets-moi que tu m'attendras, princesse. »

Mon cœur s'emballa. « Promis. »

Il se retourna et s'avança vers la sortie, puis s'arrêta. Il reporta son attention sur moi. « J'ai hâte de revenir. »

Je ne dis rien tandis qu'il quittait la pièce. Il ouvrit à peine la porte et se glissa par l'interstice. Lorsqu'il la referma derrière lui, je recommençai à respirer et baissai les yeux vers ma robe. Le tissu au niveau de ma poitrine était encore humide. La soie blanche était presque transparente. Le rouge aux joues, je me levai sur des jambes étonnamment tremblantes.

Je posai les yeux sur la porte avant de les fermer. Je n'étais pas certaine d'être déçue ou rassurée que nous ayons été interrompus. Sans doute un mélange des deux sentiments… parce que j'avais menti à Hawke.

Lorsqu'il reviendrait, je ne serais plus là.

« Qu'as-tu fait hier soir ? »

La question me fit relever les yeux du biscuit que j'étais en train de dévorer. Je regardai la dame en Attente assise en face de moi.

Tawny Lyon était la deuxième fille d'un riche marchand qui avait été offerte à la cour à l'âge de 13 ans durant le Rite. Grande et élancée, la peau brune, avec de beaux yeux marron, elle était la cible de nombreuses jalousies. On confiait parfois aux dames et seigneurs en Attente des missions en plus des préparations qu'ils effectuaient pour rejoindre la cour après l'Élévation. Étant donné que nous avions le même âge, elle était devenue ma dame de compagnie quelque temps après son Rite. Ses obligations étaient de me tenir compagnie, bien entendu, mais également de m'aider à prendre mon bain ou à m'habiller si je le désirais.

Tawny était l'une des rares personnes capables de me faire rire pour des choses ridicules. En fait, elle était l'une des rares personnes qui avaient le droit de me parler. Elle était pour moi ce qui se rapprochait le plus d'une amie et elle comptait beaucoup à mes yeux.

Et j'avais l'impression que c'était réciproque. Ou, du moins, qu'elle m'appréciait. En réalité, elle était obligée de rester à mes côtés jusqu'à ce que je la congédie à la fin de la journée. Si elle n'avait pas été assignée à ce poste, nous ne nous serions jamais rapprochées. Ce n'était pas une critique de ma part, mais une acceptation des faits : dans un autre contexte, elle aurait été comme tous les autres. On lui aurait interdit de m'approcher et ma présence l'aurait sans doute mise mal à l'aise.

Lorsque je pensais ainsi, j'avais le cœur lourd. Un morceau de glace dans la poitrine. Pourtant, même si notre amitié était liée à son devoir pour la couronne, je lui faisais confiance.

Jusqu'à un certain point.

Elle savait que je m'entraînais au combat, mais elle ignorait que j'assistais parfois Vikter et que je possédais un don très particulier. Je gardais tout cela pour moi, car je craignais que ces informations ne se retournent contre elle ou mettent en danger d'autres personnes.

« Je suis restée ici. » Je fis tomber les miettes beurrées de mes doigts et désignai mes appartements relativement spartiates. Nous étions installées dans l'antichambre qui donnait sur la chambre à coucher. Il y avait seulement deux fauteuils devant la cheminée, une armoire et un coffre, un lit, une table de chevet et une fourrure épaisse sous nos pieds. Les autres avaient bien plus de… confort. Tawny, par exemple, possédait une chaise magnifique ainsi que des tapis tous plus doux les uns que les autres. D'autres dames et seigneurs en Attente avaient des coiffeuses ou des bureaux, des bibliothèques murales et même l'électricité.

Au fil des années, toutes ces choses avaient été retirées de mon lieu de vie pour me punir de différentes transgressions.

« Tu n'étais pas dans ta chambre », affirma Tawny. Un chignon basique retenait avec peine la masse impressionnante de cheveux bouclés châtains et dorés qu'elle possédait et les empêchait de tomber devant son visage. Plusieurs mèches s'en étaient échappées et effleuraient ses joues. « Je suis venue voir si tu n'avais besoin de rien juste après minuit. Tu n'étais pas là. »

Mon cœur tressaillit. S'était-il passé quelque chose ? Le duc ou la duchesse avaient-ils envoyé Tawny me voir ? Dans ce cas, Tawny n'aurait pas pu mentir, mais si une telle chose s'était produite, j'aurais déjà été mise au courant.

Le duc m'aurait convoquée dans son cabinet privé.

« Pourquoi as-tu pensé que j'avais besoin de quelque chose ? l'interrogeai-je.

— J'ai cru avoir entendu ta porte s'ouvrir et se refermer. Alors, j'ai décidé de venir voir, mais il n'y avait personne. » Elle marqua une pause. « Pas même toi. »

Il était impossible qu'elle m'ait entendue rentrer. J'avais utilisé l'ancienne porte d'accès des serviteurs. Elle grinçait autant qu'un vieux sac d'os, mais sa chambre se trouvait du côté opposé de la mienne. Cet accès était l'unique raison pour laquelle je n'avais jamais cherché à déménager dans la partie rénovée, la plus récente du château. Grâce à lui, je pouvais me rendre dans n'importe quelle partie du palais et aller et venir à ma guise sans être vue.

Cela compensait le manque d'électricité et les courants d'air glacés qui s'engouffraient régulièrement à travers les interstices des fenêtres même lorsque le soleil était au beau fixe.

Les mains moites, je jetai un coup d'œil à la porte close qui donnait sur le couloir. Quelqu'un d'autre était-il venu me voir ? Non. Si cela avait été le cas, je l'aurais su. Tawny avait sans doute imaginé ce qu'elle avait cru entendre.

La connaissant comme je la connaissais, je savais qu'elle ne laisserait pas tomber le sujet. « Je n'arrivais pas à dormir.

— À cause des cauchemars ? »

Je hochai la tête. La compassion qui illumina son regard me fit culpabiliser.

« Je trouve que tu en fais beaucoup, en ce moment. » Elle s'adossa à son fauteuil. « Tu es sûre de ne pas vouloir prendre l'une des potions de sommeil que le guérisseur a préparées pour toi ?

— Certaine. Je n'aime pas l'idée de…

— D'être assommée et de ne rien pouvoir contrôler ? termina-t-elle à ma place. Ce n'est pas si terrible, Poppy. Cela permet d'avoir une bonne nuit de sommeil profond. Franchement, tu dors tellement peu que ça ne te ferait pas de mal d'essayer. »

L'idée d'avaler un produit qui me plongerait dans un sommeil si profond qu'il faudrait qu'une armée déboule dans ma chambre pour me réveiller me faisait transpirer à grosses gouttes. Je me retrouverais sans défense. Il était hors de question que j'accepte une telle situation.

« Alors, qu'as-tu fait ? » Une pause. « Je devrais plutôt te demander : où es-tu allée ? » Elle plissa les yeux. Tout à coup, les coutures délicates de ma serviette me parurent fascinantes. « Tu as fait le mur, c'est ça ? »

À cet instant, Tawny venait de prouver qu'elle me connaissait aussi bien que je la connaissais. « Je ne vois pas ce qui te fait dire ça.

— Parce que ce n'est pas dans tes habitudes, par hasard ? » Quand je levai les yeux vers elle, elle rit. « Allez, raconte-moi tout. Je suis sûre que c'est bien plus intéressant que ce que j'ai fait, moi. J'ai passé la soirée à écouter maîtresse Cambria à se plaindre du comportement inapproprié de telle dame ou tel seigneur en Attente. J'ai dû prétexter un terrible mal de ventre pour m'échapper. »

Je gloussai. Cela ne m'étonnait pas de Tawny. « Les maîtresses ne sont pas toujours de très bonne compagnie.

— C'est le moins que l'on puisse dire », rétorqua-t-elle.

Le sourire aux lèvres, je saisis ma tasse de café à la crème. Les maîtresses étaient les servantes de la duchesse. Elles l'aidaient à gérer la maisonnée, mais également à surveiller les dames en Attente. La maîtresse Cambria était un véritable dragon. Même moi, elle me terrifiait.

« Je suis sortie, admis-je.

— Et où es-tu allée sans moi ?

— Ça ne va pas te plaire.

— Je n'en doute pas. »

Je la regardai de nouveau, timidement. « *La Perle Rouge*. »

Ses yeux s'arrondirent. Ils semblaient faire la même taille que les soucoupes disposées sur la desserte entre nous. « Tu es sérieuse ? »

Je hochai la tête.

« Je ne… » Elle prit une grande inspiration. « Comment ?

— J'ai emprunté la cape d'une servante et j'ai utilisé le masque que j'ai trouvé.

— Tu… Petite voleuse sournoise.

— J'ai remis la cape à sa place ce matin. Tu ne peux pas me traiter de voleuse.

— Ce n'est pas la question. » Elle se pencha en avant. « Comment était-ce ?

— Intéressant », répondis-je. Lorsqu'elle me supplia de lui donner plus de détails, je lui racontai ce que j'avais vu. Fascinée, elle semblait boire mes paroles comme si j'étais en train de lui décrire le rituel qui permettait d'atteindre l'Élévation.

« Je n'arrive pas à croire que tu ne m'aies pas emmenée. » Elle se laissa tomber en arrière en faisant la moue, puis se redressa tout aussi vite. « Tu as reconnu quelqu'un ? Loren dit qu'elle y va presque tous les soirs. »

Loren, une autre dame en Attente, racontait beaucoup de choses. « Je ne l'ai pas vue, mais… » Je m'interrompis. Je ne savais pas si je pouvais lui parler de Hawke.

Je m'étais éclipsée environ dix minutes après lui. À mon grand soulagement, Vikter avait disparu, lui aussi. L'inconnue qui en savait plus qu'elle ne l'aurait dû également. Dans ma fuite, je m'étais efforcée de ne pas repenser à ce qui s'était passé dans cette chambre.

Bien entendu, à l'instant où je m'étais allongée dans mon lit, tout m'était revenu en mémoire. Mon esprit avait rejoué le moindre de ses mots, la moindre de ses caresses jusqu'à ce que l'épuisement ait raison de moi. Je m'étais réveillée en proie à une frustration étrange et à une douleur sourde dans ma poitrine et mon bas-ventre.

« Mais quoi ? » demanda-t-elle.

Je voulais le lui dire. Seigneurs, je voulais parler de ce qui s'était passé avec Hawke à quelqu'un. Des centaines de questions menaçaient de m'échapper. Toutefois, les évènements de la veille ne devaient pas être pris à la légère. J'avais franchi une ligne rouge. Personnellement, je n'avais pas l'impression de m'être pervertie, ni même d'avoir fait quelque chose de mal, mais mes gardiens ne partageraient sans doute pas mon avis. Les prêtres et prêtresses non plus. Me rendre à *La Perle Rouge* était quelque chose. Offrir mon corps, que façon que ce soit, en était une autre. Cette in… ation pourrait être utilisée comme une arme.

Je faisais confiance à Tawny, mais, comme dit précédemment, jusqu'à un certain point.

Même si le simple fait de penser à Hawke me serrait délicieusement le ventre, cela ne se reproduirait plus. Lorsque je le verrais durant le conseil de la ville, il ne saurait pas que c'était moi qu'il avait appelée « princesse ». Il ignorerait qu'il m'avait donné mon premier baiser.

Ce que nous avions fait… Cela m'appartiendrait à moi et à moi seule.

Il ne pouvait pas en être autrement.

Je soufflai lentement et tentai d'ignorer la boule qui m'obstruait la gorge. « Mais beaucoup de gens portaient un masque. Elle y était peut-être, mais je ne l'ai pas reconnue. J'ai pu croiser n'importe qui sans le savoir.

— Si tu retournes à *La Perle Rouge* sans moi, je percerai des trous dans les semelles de tes chaussures », m'avertit-elle en jouant avec les perles brodées sur le col de sa robe rose.

Un éclat de rire m'échappa. « Waouh. »

Elle gloussa.

« En fait, je suis contente que tu ne sois pas venue avec moi. » Face à son air renfrogné, j'ajoutai rapidement : « Je n'y aurais pas dû y aller moi-même.

— Non. Se rendre à *La Perle Rouge* est formellement interdit. Mais tout autant que de s'entraîner à manier une dague ou une épée comme un garde du Mur. »

C'était quelque chose que je n'avais jamais pu cacher à Tawny et elle ne l'avait jamais répété à personne. C'était la raison pour laquelle je savais que je pouvais lui faire confiance sur certains points. « Oui, mais…

— Comme la fois où tu as fait le mur pour aller assister à des duels. Ou la fois où tu m'as convaincue d'aller nous baigner dans le lac…

— C'était ton idée ! » la corrigeai-je. Le fait qu'elle accepte de m'aider à commettre des actes interdits était une autre raison pour laquelle je lui faisais en grande partie confiance. « Et c'était également ton idée de retirer nos vêtements avant de plonger dedans.

— Qui se baigne tout habillé ? demanda-t-elle, avec un regard innocent. C'était une idée commune, merci bien. On devrait recommencer. Bientôt. Avant qu'il fasse trop froid pour même mettre le pied dehors. Je pourrais passer la matinée à dresser la liste des choses que tu as faites et qui sont interdites par le duc et la duchesse ou du fait de ton statut de Pucelle, mais jusqu'à preuve du contraire, il ne s'est rien passé. Les dieux ne nous sont pas apparus pour te déclarer indigne.

— C'est vrai, admis-je en lissant un pli de ma jupe.

— Bien sûr. » Elle attrapa une petite viennoiserie ronde saupoudrée de sucre et la fourra dans sa bouche. Contre toute attente, pas le moindre grain de sucre ne tomba sur elle. En comparaison, il suffisait que je regarde en direction de ce genre de douceurs pour me retrouver couverte de poudre blanche à des endroits incongrus. « Alors, quand y retournons-nous ?

— Je… Je ne crois pas que ce soit une bonne idée.

— Tu n'en as pas envie ? »

J'ouvris la bouche, puis la refermai. Je ne voulais pas autoriser mon esprit à emprunter ce chemin, car le problème était que je me languissais d'y retourner.

Quand, allongée dans mon lit, j'avais cessé de me repasser de façon obsessionnelle les images du temps que j'avais passé avec Hawke et de revivre le désir terrassant et l'excitation qu'avaient fait monter en moi ses baisers, je m'étais demandé s'il avait tenu sa promesse, si partir avait été la bonne décision.

Évidemment, aux yeux de mes gardiens et des dieux, cela avait été le choix le plus sage. Mais d'un point de vue personnel… aurais-je dû rester et faire l'expérience de toutes ces choses avant qu'il soit trop tard ?

Mon regard se porta sur les fenêtres d'où était visible la partie ouest du Mur. Les seuls mouvements que l'on percevait étaient ceux des gardes qui patrouillaient au sommet. Hawke se trouvait-il parmi eux ? Pourquoi me posais-je une telle question ?

Parce qu'une petite part de moi regrettait de ne pas être restée. Je savais qu'il faudrait un long moment avant que j'arrête de me demander ce qui se serait passé si je n'étais pas partie. Aurait-il réellement accédé à toutes mes requêtes ?

J'ignorais ce que cela aurait signifié. J'avais quelques idées. Mon imagination était débordante. J'avais entendu les histoires d'autres personnes, mais elles n'étaient pas les miennes. Ce n'était que des pâles copies de la réalité.

Si je retournais à *La Perle Rouge*, j'aurais l'espoir de l'y retrouver. Voilà pourquoi je ne pouvais plus jamais m'y rendre.

En jetant un coup d'œil à mon armoire ouverte, j'aperçus mon voile blanc aux délicates broderies dorées. Une grande fatigue m'envahit alors. Même s'il avait été conçu avec la soie la plus fine et la plus légère, je sentais son poids sur mes épaules. Lorsqu'on me l'avait placé sur la tête pour la première fois à l'âge de 8 ans, j'avais paniqué. On aurait pu croire que dix ans plus tard, je m'y serais habituée.

Je n'avais plus l'impression d'étouffer ni d'être aveugle, mais il me paraissait toujours aussi lourd.

Accroché à côté se trouvait le seul vêtement coloré de mon armoire, un éclat rouge au milieu d'une mer de blanc. Il s'agissait d'une robe de cérémonie cousue en vue du Rite qui approchait. Elle m'avait été apportée la veille, durant la matinée. Je ne l'avais pas encore essayée. Ce serait la première fois que je serais autorisée à être présente et à porter une autre couleur que du blanc. Mon voile, lui aussi, resterait au placard, mais je serais masquée comme tout le monde.

L'unique raison pour laquelle j'étais autorisée à assister à ce Rite alors que l'on m'avait interdit de participer aux précédents était qu'il s'agissait du dernier avant mon Élévation.

Ce détail tempérait mon enthousiasme.

Tawny se leva et se dirigea vers l'une des fenêtres. « On n'a pas eu de Brume depuis un certain temps. »

Elle avait l'habitude de sauter du coq à l'âne. Pourtant, cette remarque me prit au dépourvu. « Qu'est-ce qui t'a fait penser à ça ?

— Je ne sais pas. » Elle recoiffa une mèche de cheveux derrière son oreille. « Enfin, si. J'ai entendu Dafina et Loren discuter hier soir, m'expliqua-t-elle. Un chasseur leur aurait confié que de la Brume se serait formée de l'autre côté de la Forêt sanglante.

— Je n'en ai pas entendu parler. » Mon ventre se noua. Je me souvins de Finley. Tout à coup, je regrettai d'avoir mangé autant de tranches de bacon.

« Je n'aurais pas dû te le répéter. » Elle se tourna vers moi. « C'est juste que… ça fait des dizaines d'années que l'on n'a pas vu de Brume aux abords de la capitale. Ils n'ont jamais eu à s'en inquiéter. »

Peu importait où l'on se trouvait. Il ne fallait pas prendre la dangerosité de la Brume à la légère. Elle pouvait réapparaître, même après des décennies. Je le gardai pour moi.

Elle s'écarta de la fenêtre et vint s'agenouiller à côté de mon fauteuil. « Je peux être franche avec toi ? »

Je haussai les sourcils. « Parce que, d'habitude, tu ne l'es pas ?

— Si, mais cette fois, c'est... différent. »

Curieuse de savoir à quoi elle faisait référence, je hochai la tête pour lui signifier de continuer.

Tawny prit une grande inspiration. « Je sais que nos vies sont différentes, comme nos passés l'ont été et notre futur le sera… Mais tu vois l'Élévation comme une mort, alors que c'est exactement le contraire. C'est la vie. Un nouveau départ. Une bénédiction…

— Tu commences à parler comme la duchesse, la taquinai-je.

— Mais c'est la vérité. » Elle me saisit la main. « Tu ne vas pas mourir dans quelques mois, Poppy. Tu seras bien vivante et tu ne seras plus obligée de suivre toutes ces règles. Tu habiteras à la capitale.

— J'aurai été offerte aux dieux, lui rappelai-je.

— N'est-ce pas merveilleux ? Tu vas vivre une expérience que très peu de personnes peuvent se targuer d'avoir vécue. Je sais… Je sais que tu crains de ne pas revenir, mais tu es la Pucelle préférée de la reine.

— Je suis sa seule Pucelle. »

Elle leva les yeux au ciel. « Tu sais très bien que ce n'est pas la seule raison. »

Oui, je le savais.

La reine avait fait plus pour moi que ce qui lui était demandé. Cela ne changeait pas le fait que mon Élévation serait différente de la sienne.

« Lorsque tu reviendras, Élevée, je serai à tes côtés. Imagine toutes les bêtises que l'on va pouvoir faire. » Tawny serra ma main un peu plus fort. Dans ses yeux, je vis qu'elle croyait dur comme fer que cela se produirait.

C'était une possibilité.

Mais pas une certitude. J'ignorais ce qu'être offerte aux dieux signifiait. Alors que le moindre détail de l'histoire de notre royaume semblait avoir été documenté, certains évènements et pratiques paraissaient avoir été oubliés. Je n'avais jamais trouvé d'écrit concernant la Pucelle précédente. J'avais demandé à la prêtresse Analia une centaine de fois de m'expliquer ce qui m'attendait. Sa réponse avait toujours été la même.

Une Pucelle ne se pose pas de questions quant aux plans des dieux. Elle leur accorde toute sa confiance sans avoir connaissance de leur teneur.

Cela voulait peut-être dire que je n'étais pas digne d'être une Pucelle, car j'avais du mal à faire confiance sans posséder la moindre explication.

Tawny n'avait pas ce problème. Vikter et Rylan non plus, comme toutes les personnes que je connaissais. Même Ian.

Toutefois, aucun d'entre eux n'avait été offert aux dieux.

Je sondai le regard de Tawny à la recherche du moindre indice de terreur. « Tu n'as jamais peur ?

— De l'Élévation ? » Elle se leva et noua ses doigts devant elle. « Est-ce que je suis nerveuse ? Oui. Est-ce que j'ai peur ? Non. J'ai hâte de commencer ce nouveau chapitre de ma vie. »

Une vie qui lui appartiendrait tout entière. Elle se réveillerait et mangerait quand elle le voudrait, passerait ses journées au gré de ses envies et avec les personnes de son choix au lieu d'être forcée de me suivre comme une ombre.

Quand on voyait les choses sous cet angle, elle n'avait rien à craindre. Je n'avais jamais réfléchi à ce que l'Élévation signifiait pour elle.

En règle générale, Tawny ne rechignait pas à prendre part aux aventures que j'imaginais. Parfois, elle apportait même ses propres suggestions. Si les dieux nous observaient, ils risquaient de la juger indigne pour avoir participé à mes bêtises, surtout aussi près de l'Élévation. Ce n'était pas la première fois que cette pensée me traversait l'esprit, mais l'idée que mon attitude puisse gâcher son avenir ne m'avait jamais autant frappée.

La culpabilité m'envahit. Je sentais son amertume dans le fond de ma gorge. « Je suis vraiment égoïste. »

Tawny cligna les yeux d'un air hébété. « Pourquoi dis-tu ça ?

— Je n'arrête pas de râler et de me plaindre. Je gâche un moment important pour toi. Tu dois être excitée et moi, je n'y pense même pas.

— C'est vrai que vu comme ça… », répondit-elle avant de rire. C'était un son doux et chaleureux. « Tu ne gâches rien du tout, Poppy. Promis. Ta vision de l'Élévation n'a aucun effet sur mon enthousiasme.

— Tu me rassures, mais je devrais me montrer plus excitée pour toi. C'est ce que font les… » Je pris une légère inspiration. « Amies.

— Tu es contente pour moi ? demanda-t-elle. Même si tu t'inquiètes pour ton propre sort ? »

Je hochai la tête. « Bien sûr.

— Alors, tu as agi comme une amie. »

Peut-être avait-elle raison. Dans tous les cas, je me promis de mieux faire, à commencer par ne plus mettre en péril son Élévation en l'associant à mes escapades. Je pourrais vivre avec les conséquences d'être déclarée indigne, car cela serait ma vie et le résultat de mes propres actions. Toutefois, je ne pouvais pas faire cela à Tawny.

Je ne pouvais pas vivre avec cela sur la conscience.

Ce soir-là, j'avais terminé de dîner dans mes appartements lorsque Vikter frappa à ma porte. Lorsque je regardai son visage doré, marqué par la vie sur le Mur et des années exposé au soleil, je ne pensai pas un instant à l'endroit où je l'avais vu la veille. Je ne ressentis aucune gêne. Je n'en eus pas le temps. À son expression, je compris tout de suite qu'il s'était passé quelque chose de grave.

« Qu'y a-t-il ?

— Notre présence est requise », répondit-il. Mon cœur remonta le long de ma gorge. Il n'y avait que deux scénarios possibles. Le premier était que le duc voulait nous parler. L'autre était tout aussi terrible, mais pour des raisons différentes. « Ils ont trouvé un maudit. »

4

Sans perdre la moindre seconde, on quitta la pièce et le château à travers l'ancien passage des serviteurs. On traversa ensuite la ville, aussi silencieux et invisibles que des fantômes, jusqu'à une vieille porte en bois usée.

Le mouchoir en tissu blanc coincé sous la poignée était la seule chose qui distinguait cette maison du Quartier bas de la ville des autres bâtisses courtes et étroites collées les unes aux autres.

Après avoir jeté un coup d'œil aux deux gardes qui discutaient dans la lumière jaune d'un lampadaire, Vikter retira rapidement le mouchoir et le glissa dans une poche à l'intérieur de son manteau foncé. Le petit carré de tissu blanc était le symbole d'un réseau de personnes qui croyaient que tout le monde, même les créatures les plus violentes et destructrices, méritait de mourir dans la dignité.

C'était également une preuve de haute trahison et de déloyauté envers la couronne.

J'avais découvert le secret de Vikter par hasard à l'âge de 15 ans. Un matin, il avait quitté notre entraînement en urgence. Une telle douleur mentale avait émané du messager que je m'étais doutée que quelque chose n'allait pas. Alors, je l'avais suivi.

Vikter n'avait pas été ravi. Ses agissements étaient considérés comme une trahison et se faire attraper n'était pas le seul danger. Cependant, la façon dont ce genre de choses était habituellement réglé ne m'avait jamais plu. Alors, je lui avais supplié de m'autoriser à l'aider. Il avait refusé – sans doute une bonne centaine de fois – mais je n'avais rien lâché. Et puis je possédais le don parfait pour l'assister. Vikter le savait. Son empathie pour les autres n'avait fait que me motiver davantage.

Cela faisait à présent trois ans que nous travaillions main dans la main.

Nous n'étions pas seuls. Il y en avait d'autres. Certains étaient des gardes, d'autres des citoyens ordinaires. Je n'en avais jamais rencontré aucun. Hawke aurait très bien pu en faire partie.

Mon ventre se creusa, puis se tordit avant que je puisse repousser les pensées liées à Hawke hors de mon esprit.

Vikter tapa doucement, puis posa de nouveau la main sur la poignée de son épée. Quelques secondes plus tard, les gonds de la vieille porte usée grincèrent et elle s'ouvrit en tremblant, révélant le visage rond et pâle d'une femme qui avait les yeux rouges et gonflés. Elle n'avait sans doute pas plus de 30 ans, pourtant, la façon dont elle fronçait les sourcils et les rides qui encadraient sa bouche la vieillissaient de dix ans. Son apparence fatiguée s'expliquait par une douleur bien plus profonde qu'une douleur physique, causée par l'origine de la pestilence qui nous parvenait depuis l'intérieur de la bâtisse, derrière elle. Sous la fumée épaisse et entêtante de l'encens se devinait l'odeur terriblement douce et amère significative de la pourriture et de la décomposition.

D'un maudit.

« Avez-vous besoin d'aide ? » demanda Vikter à voix basse.

La femme tritura le bouton de sa blouse froissée. Son regard méfiant alla de Vikter à moi.

J'ouvris mes sens. Une souffrance ancrée dans son âme se déversait d'elle en vagues que je ne pouvais voir, mais elle était si puissante qu'elle donnait l'impression d'être une entité tangible autour de son corps. Je la sentais traverser ma cape et mes vêtements, griffer ma peau avec ses ongles glacés et rouillés. On aurait dit qu'elle était mourante alors qu'elle ne souffrait d'aucune blessure ni d'aucune maladie. Pourtant, sa douleur était aussi vive et dévastatrice.

Je réprimai l'envie de faire un pas en arrière et frissonnai sous ma cape épaisse. Mon instinct me criait de mettre de la distance entre nous, de m'éloigner le plus possible. Sa peine s'accrochait à ma cheville comme un boulet qui m'attirait vers le bas tout en se refermant autour de mon cou. L'émotion me serrait la gorge. Le goût amer du désespoir m'emplissait la bouche.

Je tentai de fermer le conduit, mais il était resté ouvert trop longtemps. J'étais désormais sensible à son angoisse.

« Qui est-ce ? demanda-t-elle d'une voix rendue rauque par les larmes qu'elle avait versées.

— Quelqu'un qui peut vous aider », répondit Vikter d'une voix que je connaissais bien. Il prenait ce ton calme à chaque fois que j'étais sur le point d'agir sur le coup de la colère ou de faire quelque chose d'irréfléchi… ce qui, si on l'écoutait, arrivait bien trop souvent. « Je vous en prie. Laissez-nous entrer. »

Ses doigts se figèrent contre le bouton au niveau de sa gorge. Elle hocha brièvement la tête, puis recula. Je suivis Vikter à l'intérieur et examinai la pièce peu éclairée qui semblait servir de cuisine et de séjour. Il n'y avait pas d'électricité. Seulement des lampes à huile et d'épaisses bougies en cire. Ce n'était pas étonnant. L'électricité avait bien été installée dans la partie basse de la ville. Elle éclairait les rues et certains commerces. Toutefois, seuls les plus riches y avaient accès chez eux et ceux-ci n'habitaient pas dans le Quartier bas. Ils vivaient plus près du centre de Masadonia, à proximité du château des Teerman, le plus loin possible du Mur.

Ici, il était tout proche.

Je me forçai à prendre une légère inspiration et à ne pas remarquer que la peine de la femme recouvrait les murs et les sols d'une substance noire visqueuse. Sa douleur s'était amoncelée ici, parmi les bibelots et les assiettes en argile, les couvertures matelassées aux bords déchirés et les meubles usés. Je serrai mes mains l'une contre l'autre sous ma cape et pris une grande inspiration, plus profonde, avant d'observer davantage ce qui m'entourait.

Une lanterne était posée sur une table en bois à côté de plusieurs bâtons d'encens incandescents. Autour de l'âtre en brique étaient disposées plusieurs chaises. Mon regard se posa aussitôt sur la porte de l'autre côté du foyer ouvert. La tête penchée sous mon capuchon, je plissai les yeux. Sur le manteau de la cheminée était posée une lame fine à la teinte bordeaux qui luisait dans la faible lumière.

De la pierre de sang.

La femme s'était préparée à prendre les choses en main, mais si elle l'avait fait, vu ce qu'elle ressentait déjà, les conséquences auraient été désastreuses.

« Quel est votre nom ? » demanda Vikter en baissant la capuche de sa cape. Il faisait toujours cela. Il montrait son visage pour rassurer la famille ou les amis, pour les mettre à l'aise. Une mèche de cheveux blonds tomba sur son front alors qu'il se tournait vers elle.

Je ne dévoilai pas mon visage.

« Ag… Agnès, répondit-elle en déglutissant. J'avais… entendu parler du mouchoir blanc, mais je… je n'étais pas certaine que quelqu'un viendrait. Je me suis demandé s'il ne s'agissait pas d'un mythe ou d'un piège.

— Ce n'est pas un piège. » Vikter était l'un des gardes les plus intraitables de la ville, peut-être même du royaume, pourtant, je savais que lorsque Agnès plongea son regard dans le sien, elle n'y lut que de la bonté. « Qui est malade ? »

Sa gorge ondula encore une fois. Elle ferma les yeux très fort. La peau de ses paupières se fripa. « Mon mari, Marlowe. Il est chasseur pour le Mur. Il… Il est rentré à la maison il y a deux jours… » Son souffle se bloqua dans sa gorge, puis elle soupira bruyamment. « Il est resté absent plusieurs mois. J'étais si heureuse de le revoir. Il m'avait terriblement manqué. Les jours passant, j'ai craint qu'il soit mort sur la route. Mais il est revenu. »

Mon cœur se serra, comme piégé au creux d'un poing. Je repensai à Finley. Avait-il été un chasseur, lui aussi ? Avait-il fait partie du même groupe que Marlowe ?

« Au début, je l'ai trouvé un peu fatigué, mais cela ne m'a pas inquiétée. Son travail est épuisant, reprit-elle.

Puis il a commencé… Il a commencé à développer des symptômes durant la nuit.

— La nuit de son retour ? » Seule une petite touche d'inquiétude s'était glissée dans le ton de Vikter, et mes yeux s'écarquillèrent d'autant plus sous le coup de la consternation. « Pourquoi avoir attendu si longtemps ?

— Nous espérions qu'il s'agissait d'autre chose. D'un rhume ou de la grippe. » D'une main, elle se remit à jouer avec les boutons de sa chemise. Les coutures commençaient à apparaître contre les petits disques en bois. « Je… Je n'ai compris qu'hier soir que c'était bien plus grave. Il ne voulait pas que je le sache. Marlowe est un homme bon, je vous le jure. Il n'avait pas l'intention de le cacher. Il voulait simplement… résoudre le problème lui-même, mais…

— Mais la malédiction ne le permet pas », termina Vikter à sa place. Elle hocha la tête.

Je reportai mon attention sur la porte. La malédiction se développait différemment en fonction de chacun. Chez certains, elle prenait effet en l'espace de quelques heures. Chez d'autres, un jour ou deux étaient nécessaires. À ma connaissance, personne n'avait dépassé les trois jours. L'homme ne tarderait pas à succomber à son tour. Ce n'était qu'une question d'heures, voire de minutes.

« Tout ira bien », la rassura Vikter. C'était un mensonge, bien entendu. « Où est-il ? »

Elle pressa sa main contre sa bouche et désigna la porte close d'un geste du menton. Les manches de sa blouse étaient tachées d'une substance sombre. « Il est encore lui-même. » Ses paroles étaient un peu étouffées. « Il est… Il est encore là. C'est comme cela qu'il veut se présenter devant les dieux. Pendant qu'il a encore toute sa tête.

— Y a-t-il quelqu'un d'autre avec lui ? »

Elle secoua la tête et expira de manière saccadée.

« Lui avez-vous dit au revoir ? » lui demandai-je.

En entendant ma voix, elle sursauta. Ses yeux s'arrondirent. Étant donné que ma cape ne dévoilait aucune de mes formes, j'imaginais qu'elle était surprise de découvrir que j'étais une femme. Personne ne s'attendait à ce que le sexe « faible » s'occupe de ce genre d'affaires.

« C'est vous », murmura-t-elle.

Je me figeai.

Ce ne fut pas le cas de Vikter. Du coin de l'œil, je le vis poser la main sur la poignée de son épée.

Agnès se déplaça très vite. Vikter était sur le point de brandir son arme, mais avant que lui ou moi ayons pu réagir, elle tomba à genoux devant moi. La tête baissée, elle noua ses mains en signe de prière.

Estomaquée, je tournai lentement la tête vers Vikter. Il haussa un sourcil.

« Ils ont parlé de vous », murmura-t-elle en se balançant d'avant en arrière avec des mouvements brusques. Mon cœur aurait très bien pu s'arrêter. « Ils disent que vous êtes l'enfant des dieux. »

Je clignai des yeux une fois, puis deux. De la chair de poule se forma sur ma peau. Mes parents avaient été des êtres de chair et d'os. J'étais loin d'être le rejeton d'un dieu, mais je savais que de nombreux habitants de Solis voyaient la Pucelle ainsi.

« Qui a dit ça ? » demanda Vikter en m'adressant un regard qui signifiait clairement que nous en reparlerions plus tard.

Agnès leva son visage mouillé de larmes. « Je ne veux causer de problème à personne. Je vous en conjure. Leur but n'est pas de répandre des rumeurs. Ils ne font pas non plus preuve de malveillance. Seulement… » Elle s'interrompit et son regard trouva de nouveau son chemin vers moi. Sa voix diminua jusqu'à ne devenir qu'un murmure. « On dit que vous avez le don. »

Effectivement, quelqu'un ne savait pas tenir sa langue. Un maigre frisson s'enroula autour de ma colonne vertébrale, mais je le sentis à peine, car la douleur de la femme palpita, explosa. « Je ne suis pas quelqu'un d'important. »

Vikter prit une inspiration sonore.

« Agnès, je vous en prie. » Sous le couvert de ma cape, je retirai mes gants et les rangeai dans une de mes poches. Je glissai ensuite une main en dehors des pans du lourd vêtement et la lui tendis. Je risquai un coup d'œil en direction de Vikter.

Il fronçait les sourcils.

Quelque chose me disait que j'allais en entendre parler. Toutefois, peu importait la leçon de morale que je recevrais. Cela en valait la peine.

Agnès contempla ma main, puis, lentement, elle leva un bras et déposa sa paume contre la mienne. Lorsqu'elle se releva, j'enroulai les doigts autour de sa main fraîche et pensai au sable doré étincelant qui bordait la mer de Stroud, à la chaleur et aux rires. Je revis mes parents. Leurs visages n'étaient plus très nets. Le temps les avait rendus troubles, un peu flous. Je sentis la brise humide et chaude soulever mes cheveux, le sable sous mes pieds.

C'était le dernier souvenir heureux que je gardais de mes parents.

Le bras d'Agnès trembla et elle prit soudain une grande inspiration. « Que faites… ? » Elle s'arrêta. Sa bouche se détendit et ses épaules s'affaissèrent. Sa souffrance suffocante s'apaisa, se recroquevilla sur elle-même comme un château de cartes au cœur d'un ouragan. Ses cils auxquels étaient accrochées des perles de larmes clignèrent rapidement et une teinte rose apparut sur ses joues.

Je la lâchai dès que la pièce me parut plus… ouverte, légère… plus fraîche. L'ombre d'une douleur aiguë subsistait encore, mais elle était désormais gérable pour elle.

Et pour moi.

« Je ne… » Agnès posa la main sur sa poitrine et secoua légèrement la tête. Le front plissé, elle observa ma main droite. Alors, avec une certaine hésitation, elle plongea de nouveau les yeux dans les miens. « Je peux de nouveau respirer. » Quand elle comprit ce qui venait de se passer, de l'admiration apparut dans son regard. « Le don. »

Consciente de la boule de tension qui grandissait en moi, je dissimulai de nouveau ma main sous ma cape.

Agnès tremblait. L'espace d'un instant, je craignis qu'elle ne se prosterne de nouveau à mes pieds, mais elle n'en fit rien. « Merci. Merci de tout mon cœur. Mes dieux, mer…

— Vous n'avez pas besoin de me remercier, l'interrompis-je. Lui avez-vous dit adieu ? » lui demandai-je encore une fois. Le temps passait et nous n'en avions pas beaucoup devant nous.

Les yeux brillants de larmes, elle hocha la tête, mais cette fois, sa douleur était canalisée. Les résultats de mon intervention ne dureraient pas. La souffrance referait surface. Mais, avec un peu de chance, lorsque cela se produirait, elle serait capable d'y faire face. Dans le cas contraire, la peine demeurerait pour toujours en toile de fond, comme un fantôme qui hanterait les moments les plus joyeux de sa vie jusqu'à ce qu'elle devienne sa normalité.

« Nous allons le voir, annonça Vikter. Vous feriez mieux de rester ici. »

Agnès opina en fermant les yeux.

Il posa la main sur mon bras et se tourna. Je le suivis. Alors qu'il atteignait la porte, quelque chose attira mon attention sur le fauteuil le plus proche de l'âtre. Une poupée de chiffon au cou distendu avec des cheveux jaunes en laine était à moitié cachée sous le coussin fin. J'eus la chair de poule tandis qu'une sensation de malaise naissait dans mon ventre.

« Allez-vous… ? s'enquit Agnès. Allez-vous rendre sa mort plus douce ?

— Bien sûr », répondis-je en me tournant vers mon mentor. Je posai la main sur son dos et attendis qu'il se baisse pour lui murmurer : « Il y a un enfant. »

La main sur la poignée, il se crispa. Je penchai la tête en direction du fauteuil. Son regard suivit ce que je lui indiquais. Je n'étais pas capable de sentir la présence des gens. Je ne ressentais leur douleur qu'une fois que je les avais vus. Si un enfant se trouvait dans cette maison, il se cachait sans doute. Peut-être n'était-il même pas conscient du drame qui se déroulait.

Mais cela n'expliquait pas pourquoi Agnès ne nous en avait pas parlé.

La sensation de malaise grandit. Dans mon esprit, j'imaginais les pires scénarios. « Je m'en occupe. Tu te charges du reste. »

Il hésita. Une lueur inquiète brillait dans ses yeux.

« Je suis capable de me débrouiller seule », lui rappelai-je. Ma capacité à me défendre reposait sur ses épaules, car il m'avait tout appris.

Il poussa un soupir rauque, puis marmonna : « Cela ne veut pas dire que tu dois le faire. » Il recula quand même et se retourna vers Agnès. « Serait-ce déplacé de ma part de vous demander une boisson chaude ?

— Oh, non. Pas du tout, répondit Agnès. Je peux vous faire du thé ou du café.

— Auriez-vous du chocolat chaud ? » s'enquit-il. Je souris. C'était un produit que les parents avaient toujours dans leurs placards. On aurait pu croire qu'ils cherchaient des preuves supplémentaires de la présence d'un enfant, mais en réalité, le chocolat chaud avait toujours été son péché mignon.

« Oui. » Agnès s'éclaircit la gorge, puis j'entendis un placard s'ouvrir.

Vikter me fit signe de la tête. Je m'approchai, plaçai la main sur la porte et la poussai.

Si je n'avais pas été préparée à la puanteur trop douce et terriblement aigre, je me serais évanouie. Mes yeux s'adaptèrent à la faible luminosité de la chambre éclairée à la bougie, mais chacune de mes inspirations me donnait envie de vomir. La solution était sans doute de… moins respirer.

À cet instant, cela me paraissait tout à fait sensé.

Je balayai rapidement la pièce du regard. Elle était presque vide. Elle contenait seulement un lit, une grande armoire et deux tables de chevet qui semblaient à peine tenir debout. Ici aussi, des bâtons d'encens brûlaient, mais le parfum ne couvrait pas la pestilence ambiante. Je reportai mon attention sur le lit, sur la personne qui était allongée en son centre et dont l'immobilité n'était pas normale. Je pénétrai complètement dans la chambre et refermai la porte derrière moi. En avançant, je glissai ma main droite à l'intérieur de ma cape, jusqu'à ma cuisse. Mes doigts s'enroulèrent autour de la poignée toujours froide de ma dague. Je me concentrai sur l'homme, ou sur ce qu'il en restait.

Il était jeune, avec des cheveux châtain clair et de larges épaules tremblantes. Sa peau avait pris une teinte grisâtre et ses joues étaient creuses comme s'il n'avait pas mangé depuis des semaines. Des ombres se dessinaient sous ses yeux qui étaient parcourus de spasmes toutes les deux secondes. Ses lèvres étaient plus bleues que roses. Je pris une grande inspiration et ouvris de nouveau mes sens.

Il souffrait beaucoup, autant sur le plan physique qu'émotionnel. Ce n'était pas la même douleur que celle d'Agnès, mais elle était tout aussi puissante et intense. Ici, la peine ne laissait aucune place à la lumière. Ici, on n'avait pas seulement du mal à respirer. On s'étouffait. Car il n'existait aucun moyen d'échapper à un tel sort.

Un frisson me parcourut. Je me forçai à m'asseoir à côté de lui. Je sortis ma dague de son fourreau, mais la laissai cachée sous ma cape. De ma main libre, je baissai le drap avec précaution. Son torse était nu. La sensation de l'air frais contre sa peau cireuse intensifia ses tremblements. Mon regard descendit jusqu'à son ventre concave.

Alors, je vis la blessure qu'il avait cachée à sa femme.

Elle se situait au-dessus de sa hanche droite. Sa peau avait été perforée à quatre endroits différents. Les plaies étaient regroupées par deux. Les deux premières à quelques centimètres des deux autres, parfaitement identiques.

Il avait été mordu.

Une personne non renseignée aurait tout de suite pensé à une bête sauvage. Mais ce n'était pas la morsure d'un animal. Il s'en dégageait du sang ainsi qu'une substance plus sombre, plus grasse. Des veines bleu-rouge à peine visible partaient de la blessure, se répandaient sur son bas-ventre puis disparaissaient sous les couvertures.

Un gémissement empli de douleur me fit relever la tête. La façon dont il retroussait les lèvres démontrait qu'il était très proche de subir un sort encore plus terrible que la mort. Ses gencives saignaient et rougissaient ses dents.

Des dents qui étaient déjà en train de se transformer.

Deux en haut. Deux en bas. Ses canines avaient commencé à s'allonger. J'examinai sa main qui se trouvait à côté de ma jambe. Ses ongles avaient également poussé et ressemblaient à présent à des griffes. D'ici une heure, ses dents et ses ongles durciraient et s'aiguiseraient. Ils seraient capables de transpercer la peau et les muscles.

L'homme deviendrait l'un d'entre eux.

Un Vorace.

Mû par une soif de sang insatiable, il massacrerait tous ceux dont il croiserait la route. Et si quelqu'un survivait à son attaque, il finirait par devenir comme lui.

Il n'existait qu'une seule exception…

Moi, je ne m'étais pas transformée.

Lui allait se changer en l'une de ces créatures qui vivaient en dehors du Mur, à l'intérieur de cette épaisse Brume qui n'avait rien de naturel, la malédiction que le royaume vaincu d'Atlantie avait abattue sur nos terres. La Guerre des deux rois avait pris fin depuis plus de quatre cents ans, pourtant, le fléau existait toujours.

Les Voraces étaient une création des Atlantiens, le fruit de leur baiser empoisonné qui avait agi comme une infection et avait transformé des hommes, des femmes et des enfants innocents en créatures assoiffées de sang dont le corps et l'esprit avaient été tordus et décharnés par une faim incessante.

Même si la majorité des Atlantiens avait été tuée et que le peuple était proche de l'extinction, il y en avait encore un certain nombre. Il suffisait d'un seul d'entre eux pour créer une douzaine de Voraces, sinon plus. Ils n'étaient pas complètement sauvages. Ils pouvaient être contrôlés, mais seulement par le Seigneur des Ténèbres.

Cet homme s'était défendu et avait réussi à s'échapper, mais il avait eu conscience de ce que cette morsure signifiait. Nous l'apprenions dès notre plus tendre enfance. Cela faisait partie de l'histoire tachée de sang de notre royaume. Il était maudit. On ne pouvait rien y faire. Était-il rentré faire ses adieux à sa femme ? À son enfant ? Avait-il cru qu'il serait différent ? Béni par les dieux ?

Élu ?

Cela n'avait pas la moindre importance.

Avec un soupir, je reposai le drap et laissai le haut de son torse découvert. En essayant de ne pas respirer trop fort, je posai ma paume à plat contre sa peau. Sa chair… la sensation était dérangeante. J'avais l'impression de toucher du cuir glacé. J'imaginais les plages de Carsodonia, la capitale, et les eaux bleues éblouissantes de la mer de Stroud. Je me rappelai les nuages, à quel point ils étaient épais et moelleux. La paix ressemblait sans doute à cela. Je pensai également au jardin de la Reine en dehors du château des Teerman, où je pouvais être moi-même sans réfléchir ni ressentir quoi que ce soit, où tout, y compris mes propres pensées, était calme.

Je me remémorai la chaleur que le moment bien trop bref en compagnie de Hawke m'avait fait ressentir.

Les frissons de Marlowe s'arrêtèrent. Les spasmes au niveau de ses paupières ralentirent. Les plis aux coins de ses yeux se lissèrent.

« Marlowe ? » l'appelai-je sans prêter la moindre attention à la douleur sourde qui menaçait d'exploser derrière mes globes oculaires. Elle laisserait place à une migraine. C'était toujours le cas lorsque je déployais mes sens ou utilisais mon don.

Le torse sous ma main se souleva violemment. Les cils collés papillonnèrent. Quand il ouvrit les yeux, je me tendis. Ils étaient bleus. En grande partie. Des traits rouges striaient ses iris. Bientôt, la teinte d'origine aurait complètement disparu. Il ne resterait que la couleur du sang.

Ses lèvres sèches s'entrouvrirent. « Êtes-vous… Êtes-vous Rhain ? Êtes-vous venu m'emporter dans l'au-delà ? »

Il me prenait pour le dieu de l'homme du peuple et de la fin, un des dieux de la mort.

« Non. » Sachant que la douleur resterait suffisamment longtemps en sourdine, je levai la main gauche et fis la seule chose qui m'était formellement interdite. Pas seulement par le duc et la duchesse de Masadonia ou par la reine, mais aussi par les dieux. Hawke m'avait demandé de le faire, mais j'avais refusé. Je retirai mon capuchon, puis le loup que je portais au cas où ma cape aurait glissé et lui montrai mon visage.

Je pensais ou, du moins, j'espérais que les dieux feraient une exception pour un cas comme celui-ci.

Son regard strié de rouge se promena sur mon visage. Il examina d'abord mes boucles cuivrées qui tombaient sur mon front, puis le côté droit de mon visage et enfin le gauche. Il s'attarda davantage sur ce dernier, sur la preuve de ce que les griffes d'un Vorace pouvaient faire. Je me demandais s'il pensait la même chose que le duc.

Quel dommage !

Ces deux mots semblaient être les préférés du duc. Ainsi que : *Tu m'as déçu.*

« Qui êtes-vous ? demanda-t-il d'une voix éraillée.

— Mon nom est Penellaphe, mais mon frère et certaines personnes me surnomment Poppy.

— Poppy ? » murmura-t-il.

Je hochai la tête. « C'est un surnom étrange, mais ma mère m'appelait ainsi. Alors, c'est resté. »

Marlowe cligna lentement les yeux. « Que faites-vous… ? » La peau aux coins de ses lèvres se fendit. Du sang et du liquide noir suintèrent de ces nouvelles plaies. « Que faites-vous ici ? »

En me forçant à sourire, je raffermis ma prise sur ma dague et commis encore un acte pour lequel j'aurais pu être jugée indigne… mais ce n'était pas la première fois que je dévoilais mon identité à un mourant et cela ne m'était jamais arrivé. « Je suis la Pucelle. »

Son torse se souleva sous le coup d'une inspiration et il ferma les yeux. Un tremblement le parcourut. « Vous êtes l'Élue. “Née dans le linceul des dieux, protégée même dans le ventre de sa mère, voilée depuis la naissance.” »

C'était tout moi.

« Vous… Vous êtes ici pour moi. » Il rouvrit les paupières. Je remarquai que le rouge s'était étendu et qu'il ne restait que très peu de bleu. « Vous allez me permettre de… garder ma dignité. »

Je hochai la tête.

La plupart des personnes mordues par les Voraces ne mouraient pas paisiblement dans leur lit, de la manière la plus douce possible. On ne leur montrait pas la moindre pitié, ni sympathie. En général, on les traînait jusqu'en place publique où on les brûlait vifs devant la foule. Peu importait qu'ils aient été maudits en protégeant ceux qui applaudissaient leur mise à mort ou en essayant de rendre le royaume meilleur.

Le regard de Marlowe se posa sur la porte close derrière moi. « C'est… C'est une femme bien.

— Elle aussi, elle a dit que vous étiez un homme bon. »

Ses yeux effrayants revinrent vers moi. « Je ne le… » Sa lèvre supérieure se retroussa, révélant une canine particulièrement pointue. « Je ne le serai plus très longtemps.

— Non, c'est vrai.

— J'ai essayé de le faire moi-même, mais…

— Ce n'est pas grave. » Lentement, je sortis la dague de sous ma cape. La lueur de la bougie la plus proche se refléta sur la lame rouge foncé.

Marlowe la contempla. « De la pierre de sang. »

Avant l'apparition de la malédiction, un mortel pouvait être tué de nombreuses façons différentes, mais une fois que les symptômes étaient là, seules les flammes et la pierre de sang étaient efficaces. Les Voraces ne craignaient que la pierre de sang et les pieux fabriqués avec des arbres de la Forêt sanglante.

« Je voulais… Je voulais juste dire au revoir. » Il frémit. « C'est tout.

— Je sais », lui assurai-je, même si j'aurais préféré qu'il ne revienne jamais. Je n'étais pas obligée d'être d'accord avec ses actes pour les comprendre. La douleur commençait à reprendre le dessus, à chaque palpitation, elle étendait sa toile. « Vous êtes prêt, Marlowe ? »

Il regarda une dernière fois la porte avant de fermer les yeux. Alors, il hocha la tête.

Mon cœur était lourd. J'ignorais si c'était mon propre chagrin ou le sien qui me pesait. Je me déplaçai légèrement. Il existait deux façons de tuer un Vorace ou un maudit à l'aide d'une lame en pierre de sang ou un pieu : transpercer le cœur ou détruire le cerveau. La première solution n'était pas immédiate. La personne pouvait se vider de son sang pendant de longues minutes avant de mourir. C'était douloureux et… salissant.

Je posai la main gauche contre sa joue trop froide et me penchai en avant.

« Je ne… Je ne suis pas le seul », murmura-t-il.

Mon cœur s'arrêta. « Quoi ?

— Ridley… Il a… Il a été mordu, lui aussi. » Sa respiration se fit chuintante. « Il voulait dire au revoir à son père. Je ne sais pas si… s'il a réussi à régler son problème tout seul. »

Si ce Ridley avait attendu que les signes de la malédiction apparaissent, il n'avait pas pu se faire le moindre mal. Quelque chose à l'intérieur du sang des Voraces, des Atlantiens, déclenchait un instinct de survie surdéveloppé.

Seigneurs.

« Où habite son père ?

— À deux pas. La troisième maison. Bleus… Je crois que les volets sont bleus, mais Ridley… il vit dans les dortoirs avec… les autres. »

Oh, mes dieux. Cela pouvait rapidement tourner à la catastrophe.

« Vous avez bien fait de m'en parler, lui dis-je même si j'aurais préféré qu'il me le confie plus tôt. Merci. »

Marlowe grimaça. Ses paupières se rouvrirent. Il n'y avait plus la moindre trace de bleu dans ses iris. La transformation était proche. Il ne restait sans doute plus que quelques secondes. « Je n'ai pas… »

Je frappai à la vitesse des vipères noires qui se cachaient dans les vallons menant aux temples. La pointe de la dague transperça la partie la moins solide à la base de son crâne. Inclinée vers l'avant, entre les vertèbres, la lame s'enfonça profondément et sectionna le tronc cérébral.

Un spasme le traversa.

Puis ce fut terminé. Sans le savoir, il avait expiré son dernier souffle. Sa mort avait été aussi rapide que possible.

Je retirai mon arme et me levai du lit. Les yeux de Marlowe étaient fermés. C'était… un soulagement. Ainsi, Agnès ne verrait pas à quel point il avait été près de se transformer en créature de cauchemar.

« Puisse Rhain vous escorter jusqu'au paradis », murmurai-je en essuyant le sang de ma dague avec une petite serviette qui avait été étendue sur la table de chevet. « Et puissiez-vous trouver la paix éternelle parmi ceux qui ont trépassé avant vous. »

Me détournant du lit, je replaçai la lame dans son fourreau, remis mon masque en place et relevai ma capuche pour dissimuler mon visage.

Ridley.

Je me dirigeai vers la porte.

Si Ridley était encore en vie, il ne lui restait que quelques minutes avant sa transformation. Il faisait nuit. S'il se trouvait dans le dortoir, près de ses compagnons endormis…

Je tressaillis.

Peu importait qu'ils soient entraînés au combat. Dans leur sommeil, ils étaient aussi vulnérables que n'importe qui. Soudain, je m'inquiétais pour un garde du Mur en particulier. La terreur me transperça la poitrine et le ventre.

D'ici quelques minutes, un massacre aurait peut-être lieu.

Pire encore, la malédiction s'étendrait et je savais, plus que quiconque, à quelle vitesse elle pouvait ravager une ville. Il ne resterait plus rien à part des flaques de sang dans les rues.

5

On laissa Agnès dans la chambre. Elle serrait la main relâchée de son mari contre sa poitrine et écartait les cheveux tombés devant son visage avec tendresse.

C'était une image qui resterait gravée en moi pendant très longtemps.

Mais pour le moment, je ne pouvais pas me permettre de me laisser distraire. Vikter m'avait appris l'existence de la petite fille de la famille. Elle se trouvait chez des amis. On lui avait dit que son père était malade. Vikter ne voyait pas de raison de ne pas croire Agnès. J'étais rassurée de savoir que ma pire crainte n'était pas devenue réalité. Que l'enfant n'avait pas, lui aussi, été maudit. Il suffisait d'une morsure pour contaminer un proche et même si la transformation de Marlowe n'avait pas été complète, dès le moment où il avait été blessé, il avait sans doute eu des accès de rage et de soif.

À présent, je me trouvais devant une autre petite maison, dans l'ombre d'une ruelle étroite jonchée d'ordures, en train d'écouter l'histoire d'une nouvelle tragédie. À l'instant où j'avais répété la confession de Marlowe à Vikter, nous nous étions dépêchés de nous rendre chez le père du militaire, car sa maison était plus proche que les dortoirs. Sa voix était lourde de souffrance tandis qu'il contait à Vikter ce qui s'était passé. Comme je risquais d'avoir envie de soulager sa peine, je m'efforçais de ne pas le regarder. Ma migraine avait déjà atteint la limite du supportable. Lorsque Vikter lui avait demandé s'il avait vu son fils, le vieil homme avait tout de suite compris de quoi il s'agissait.

Ridley n'avait pas réussi à régler son problème lui-même.

C'était son père qui s'en était chargé.

Celui-ci avait désigné l'endroit où il l'avait enterré dans le jardin, sous un poirier. Il lui avait ôté la vie la veille.

Je pensais toujours à cet évènement terrible lorsqu'on quitta le Quartier bas pour traverser la forêt dense près de la Citadelle afin d'éviter les gardes. Plusieurs années plus tôt, des animaux, tels que des biches et des sangliers, avaient prospéré à l'intérieur du bois du Rêveur, mais après des années de chasse intensive, il ne restait plus que des rongeurs et de grands oiseaux prédateurs. Désormais, le bosquet servait plus ou moins de frontière entre ceux qui avaient de l'argent et ceux qui n'en avaient pas. Les épaisses rangées d'arbres effaçaient les habitations minuscules dans lesquelles la majorité des citoyens de Masadonia vivait aux yeux de ceux qui possédaient des maisons faisant trois fois la taille de celle où Agnès était en train de pleurer son mari. Une partie, proche du centre de la ville, avait été déboisée pour créer un parc où étaient organisées de fêtes et des célébrations. Les gens s'y promenaient à cheval, y vendaient des marchandises ou pique-niquaient lors des beaux jours. Le bois s'étendait jusqu'à l'enceinte intérieure du château. Littéralement.

Très peu de personnes le traversaient, car on le disait hanté par les âmes de ceux qui y avaient trouvé la mort. Ou était-ce par les esprits des gardes ? Ou des animaux tués lors des chasses ? Je n'en étais pas certaine. Il existait énormément de versions différentes. Peu importait. Cela nous arrangeait bien. Grâce à cette crainte, nous pouvions aisément nous glisser hors du jardin de la Reine jusque dans le bosquet sans être vus, tant que nous gardions un œil sur les patrouilles. Depuis ce bois, on pouvait se rendre n'importe où.

« Il faut qu'on parle de ce qui s'est passé dans cette maison, annonça Vikter alors qu'on se frayait un chemin avec seulement un rayon de lune pour nous guider. Les gens commencent à parler. »

J'avais su que ce moment viendrait.

« Tu n'aurais pas dû utiliser ton don devant elle, ajouta-t-il à voix basse même s'il y avait peu de chance que l'on soit entendus par autre chose qu'un raton laveur ou un opossum. Tu n'as fait que confirmer qui tu étais.

— Si les gens parlent, ils ne le font visiblement qu'entre eux, rétorquai-je. Il fallait que je fasse quelque chose. La douleur de cette femme était insoutenable. Elle avait besoin de souffler.

— Insoutenable pour toi aussi ? » devina-t-il. Quand je ne répondis pas, il reprit : « Tu as mal à la tête ?

— Ce n'est rien, lui assurai-je pour éviter d'entrer dans les détails.

— Rien, grogna-t-il. Je comprends ton besoin d'aider les autres. Et je le respecte. Mais tu prends des risques, Poppy. Personne n'a encore vendu la mèche. Ils se sentent sans doute redevables, mais cela peut changer du jour au lendemain. Il faut que tu te montres plus prudente.

— Je suis prudente », lui dis-je. Même si je ne voyais pas son expression, car il avait, comme moi, relevé sa capuche pour dissimuler son visage, je savais qu'il m'adressait un regard incrédule. Je souris brièvement. « Je sais quels sont les risques…

— Et tu es prête à faire face aux conséquences si le duc découvre ce que tu fais ? » contra-t-il.

Mon ventre se creusa. Je triturai un fil qui se détachait de ma cape. « Oui. »

Vikter jura dans sa barbe. Si la situation avait été différente, je me serais moquée de lui. « Tu es aussi courageuse que n'importe quel garde du Mur. »

Comme, pour moi, il s'agissait d'un grand compliment, je me fendis d'un sourire. « Eh bien… Merci.

— Et aussi stupide qu'une nouvelle recrue. »

Mon sourire se transforma en grimace. « Je retire ce que j'ai dit.

— Je n'aurais jamais dû t'autoriser à m'accompagner. » Il saisit une branche basse et l'écarta. « À force de te promener en ville, tu vas te faire repérer. »

Je me baissai pour passer, puis me retournai pour le regarder. « Tu ne m'as rien autorisé du tout, lui rappelai-je. Tu n'as pas réussi à m'en empêcher. Nuance. »

Il s'arrêta et m'attrapa par le bras pour me forcer à lui faire face. « Je comprends pourquoi tu veux aider. Tu n'as rien pu faire pour ton père et ta mère. »

Je tressaillis. « Ça n'a rien à voir avec eux.

— C'est faux et tu le sais. Tu essaies de compenser pour ce que tu n'as pas pu faire quand tu étais enfant. » Sa voix était si basse que je l'entendais à peine par-dessus la brise qui agitait les feuilles au-dessus de nous. « Mais c'est plus que ça.

— C'est-à-dire ?

— Je crois que tu as envie qu'on t'attrape.

— Quoi ? Tu le penses sérieusement ? » Je reculai pour me libérer de sa poigne. « Tu sais ce que le duc me ferait s'il le découvrait.

— Crois-moi, je le sais très bien. Je n'oublierai jamais toutes ces fois où j'ai dû te raccompagner jusqu'à ta chambre. » Sa voix se durcit. Le rouge me monta aux joues.

Je détestais cette situation.

Je ne supportais pas ce que je ressentais à cause des actes de quelqu'un d'autre. Je haïssais cette honte qui menaçait de m'étouffer.

« Tu prends trop de risques, Poppy. Tu sais très bien que tu ne réponds pas seulement au duc ou même à la reine, reprit-il. Parfois, je me demande si tu ne cherches pas à être jugée indigne. »

La colère m'envahit. Au fond de moi, je savais que je réagissais ainsi parce que Vikter rouvrait de vieilles blessures et s'approchait trop d'une vérité que je dissimulais et que je ne voulais pas regarder en face. « Peu importe que je sois attrapée. Les dieux sont déjà au courant, non ? Si on ne peut rien leur cacher, je ne prends pas de risques supplémentaires.

— Tu ne devrais pas en prendre du tout.

— Alors pourquoi as-tu passé les cinq dernières années à m'entraîner ? m'enquis-je.

— Parce que je sais que tu as besoin de sentir que tu peux te défendre, répondit-il. Après ce que tu as subi et ce avec quoi tu dois vivre, je peux comprendre le besoin de prendre ta protection en main. Mais si j'avais su que cela t'amènerait à te mettre dans des situations où tu risques d'être exposée, je ne t'aurais jamais formée.

— Eh bien, il est trop tard pour changer d'avis.

— C'est vrai. » Il soupira. « Mais tu évites de répondre.

— De répondre à quoi ? demandai-je en feignant l'ignorance.

— Tu sais très bien de quoi je parle. »

Je me retournai en secouant la tête et recommençai à avancer. « Je n'aide pas ces gens pour que les dieux me jugent indigne. Je n'ai pas aidé Agnès dans l'espoir qu'elle parle et que mon secret s'évente. Je les aide parce qu'ils vivent une tragédie et qu'ils ne devraient pas avoir à regarder leurs proches brûler en place publique. » J'enjambai une branche tombée à terre. Ma migraine grandissait de plus en plus. Toutefois, cela n'avait rien à voir avec mon don. C'était plutôt lié à cette conversation. « Désolée de gâcher ta théorie, mais je ne suis pas masochiste.

— Non, dit-il derrière moi. C'est vrai. Tu es terrifiée, c'est tout. »

Bouche bée, je fis volte-face. « Terrifiée ?

— Par rapport à ton Élévation, oui. Tu as peur. Il n'y a aucune honte à l'admettre. » Il continua d'avancer jusqu'à se retrouver face à moi. « Du moins, pas à moi. »

Je ne pourrais jamais l'admettre devant mes gardes ou les prêtres. À leurs yeux, mes craintes seraient un sacrilège, comme si seul quelque chose d'horrible pouvait expliquer la cause de ma peur et non pas le manque d'information que je possédais sur mon Élévation.

Savoir si j'allais vivre.

Ou mourir.

Je fermai les yeux.

« Je comprends, répéta Vikter. Tu ne sais pas ce qui va se passer. Je comprends, vraiment, mais Poppy, peu importe que tu prennes des risques injustifiés exprès ou non, peu importe que tu aies peur ou non, le résultat sera le même. Tout ce que tu feras, c'est t'attirer la colère du duc. C'est tout. »

Je rouvris les paupières. Devant moi, il n'y avait que l'obscurité.

« Quoi que tu fasses, on ne te jugera jamais indigne. Tu t'élèveras. »

Les paroles de Vikter me tinrent éveillée une bonne partie de la nuit si bien que je manquai notre session d'entraînement matinale qui avait habituellement lieu dans une ancienne chambre de la partie presque abandonnée du château. Sans surprise, ce matin-là, il ne vint pas frapper à l'ancienne porte des serviteurs.

Si cela n'était pas la preuve qu'il me connaissait bien, je ne savais pas ce qui l'était.

Je n'étais pas en colère contre lui. Cela m'arrivait souvent de ressentir de l'agacement ou de l'irritation envers lui, mais je ne lui en voulais jamais vraiment. Il le savait sans doute. Il avait simplement… touché un nerf sensible la veille et il en avait conscience.

J'avais des doutes quant à mon Élévation. Je le savais. Lui aussi. Qui n'en aurait pas eu ? Même si Tawny croyait dur comme fer que je reviendrais en tant qu'Élevée, personne ne pouvait en être certain. Ian n'était pas comme moi. Aucune règle ne lui avait été imposée lorsqu'il avait séjourné à la capitale ou quand il avait grandi ici. Il avait eu droit de s'élever, car il était le frère de la Pucelle, de l'Élue, et car la reine avait demandé que l'on fasse une exception.

Alors, oui, j'avais peur.

Pour autant, est-ce que je faisais exprès de repousser les limites et de danser joyeusement sur la ligne dans l'espoir d'être jugée indigne et de perdre mon statut ?

C'était… Cela aurait été incroyablement irrationnel de ma part.

Mais je pouvais l'être, parfois.

Lorsque je voyais une araignée, par exemple. Je réagissais comme si elle avait la taille d'un cheval et l'esprit froid et calculateur d'un assassin. Ça, c'était irrationnel. Être désignée indigne signifiait que je serais condamnée à l'exil, ce qui équivalait à être condamnée à mort. Si je craignais de mourir durant mon Élévation, être exilée n'arrangerait pas vraiment ma situation.

Je craignais de mourir, mais ce n'était pas seulement pour cela que je me méfiais de l'Élévation.

Le problème était que je n'avais pas le choix.

J'avais acquis mon statut à ma naissance, de la même façon que les deuxièmes fils ou filles. Et même si aucun n'avait l'air de s'inquiéter pour leur futur, on ne leur avait pas non plus demandé leur avis.

Lorsque j'avais aidé Agnès ou quand je m'étais dévoilée devant Marlowe, je n'avais pas eu la moindre arrière-pensée. Je l'avais fait parce que je le pouvais, car cela avait été mon choix. Je m'entraînais à manier l'épée et l'arc pour les mêmes raisons. Qu'est-ce qui me poussait à faire le mur pour assister à des combats clandestins ou pour nager nue dans le lac ? Pour visiter des tripots ou pour rôder dans les parties du château qui m'étaient interdites d'accès et écouter des conversations que je n'étais pas censée écouter ? À quitter mes appartements sans Vikter ni Rylan pour espionner les bals qui se tenaient dans la Grande Salle et les promeneurs du bois du Rêveur ? Qu'en était-il de *La Perle Rouge* ? Et du fait d'avoir laissé Hawke m'embrasser ? Me toucher ? Toutes ces choses, je les avais faites parce que c'était *mon* choix, mais… Pouvait-il y avoir du vrai dans ce que Vikter avait suggéré ?

Et si, au fond de moi, je n'essayais pas vraiment de profiter de la vie et de faire l'expérience d'un maximum de choses avant mon Élévation ? Et si, inconsciemment, je tentais de faire en sorte que l'Élévation en elle-même n'ait pas lieu ?

Ces pensées me troublèrent tout au long de la journée. Pour une fois, mon confinement ne me pesait pas. Du moins, ce ne fut pas le cas jusqu'au coucher du soleil. J'avais congédié Tawny plusieurs heures avant le dîner, car cela n'avait aucun sens qu'elle reste à côté de moi pendant que je fixais la fenêtre d'un air morose. Au bout d'un moment, mon comportement finit par m'énerver et j'ouvris vivement la porte.

Rylan se trouvait dans le couloir.

Je me figeai.

« Tu vas quelque part, Pen ? » demanda-t-il.

Pen.

Il était le seul à m'appeler ainsi. Cela me plaisait. Je lâchai la porte qui se referma lentement et me heurta l'épaule. « Je ne sais pas. »

Le sourire aux lèvres, il passa une main dans ses cheveux châtain clair. « Il est l'heure, c'est ça ? »

Je jetai un coup d'œil derrière moi, vers les fenêtres. C'était le crépuscule. La surprise m'envahit. J'avais gaspillé une journée entière à regarder mon nombril.

L'heure était venue. Je hochai la tête et allai sortir quand…

« Je crois que tu oublies quelque chose », me dit-il en tapant un doigt sur sa barbe.

Mon voile.

Seigneurs. Un peu plus et je pénétrais dans le couloir sans lui ou sans une capuche. Mis à part mes gardiens, le duc, la duchesse et Tawny, seuls Vikter et Rylan avaient le droit de me voir sans mon voile. La reine et le roi le pouvaient également, ainsi qu'Ian, mais ils ne résidaient pas ici. Si quelqu'un s'était trouvé dans le couloir à cet instant, il ou elle se serait probablement évanoui(e) sous le coup de la surprise.

« Je reviens tout de suite ! »

Son sourire s'élargit tandis que je me retournais et courais dans ma chambre pour enfiler mon voile. Il me fallut un peu plus de deux minutes pour accrocher toutes les petites chaînes qui le maintenaient en place. Tawny le faisait beaucoup plus vite que moi.

Je traversai de nouveau la porte…

« Chaussures, Pen ! Tu devrais mettre des chaussures. »

Je baissai les yeux vers mes pieds et poussai un grognement que n'aurait pas dû pousser une dame. « Décidément ! Un instant. »

Il ricana.

Le cerveau en ébullition, j'enfilai mes chaussures usées, qui n'étaient rien de plus que du satin et une fine semelle de cuir, puis rouvris la porte.

« Dure journée ? s'enquit Rylan en me rejoignant dans ma chambre.

— Journée étrange, rétorquai-je en me dirigeant vers l'ancien accès des serviteurs. Que je préférerais oublier.

— C'est l'heure que tu as oublié, visiblement. »

Il avait raison. Sauf s'il s'était passé quelque chose, Vikter et lui m'attendaient toujours juste avant le crépuscule.

D'un pas vif, on descendit l'escalier étroit et poussiéreux. Il s'ouvrait sur un espace près de la cuisine. On empruntait cet accès pour éviter d'être vus, mais cela arrivait parfois. Les serviteurs travaillant en cuisine se figèrent en plein mouvement tandis que Rylan et moi les dépassions. Leurs uniformes marron et leurs toques blanches les rendaient presque indiscernables les uns des autres. J'entendis un panier de pommes de terre s'écraser par terre et quelqu'un réprimander sèchement le coupable. Du coin de l'œil, j'aperçus les têtes floues se baisser comme s'ils priaient.

Je ravalai un grognement. Rylan, lui, agissait comme d'habitude. Il faisait comme si leur comportement n'avait rien d'anormal.

« Tu es l'enfant des dieux. »

Les paroles d'Agnès me revinrent en mémoire. Les gens me considéraient ainsi à cause du voile et des peintures et des œuvres d'art qui représentaient la Pucelle.

Et du fait qu'ils ne me voyaient pratiquement jamais.

On se dirigea vers la salle de banquet. De là, on pouvait entrer dans le hall et se rendre au jardin de la Reine. Il y aurait davantage de serviteurs, mais il n'y avait pas vraiment d'autres moyens d'y accéder de l'intérieur du palais sans escalader un mur. On avait dépassé à moitié la longue table lorsque l'une des nombreuses portes présentes des deux côtés s'ouvrit derrière nous.

« Pucelle. »

Une série de frissons me parcourut sous l'effet du dégoût. Je connaissais cette voix. J'aurais préféré continuer d'avancer et faire semblant d'avoir perdu l'ouïe.

Mais Rylan s'était arrêté.

Si je ne l'imitais pas, cela se terminerait mal pour moi.

Après avoir pris une grande inspiration, je me tournai pour faire face au seigneur Brandole Mazeen. Je ne remarquai pas ce que la plupart des gens voyaient : un homme brun d'une vingtaine d'années d'apparence, très beau et très grand. Moi, je voyais une brute.

Un homme cruel qui avait oublié depuis longtemps ce qu'être mortel signifiait.

Contrairement au duc qui semblait me mépriser sans raison, je savais précisément pourquoi le seigneur Mazeen prenait un malin plaisir à me persécuter.

Ian.

Tout était parti de la chose la plus futile et insignifiante qui soit. Un an avant l'Élévation de mon frère, celui-ci avait battu Mazeen à une partie de cartes durant laquelle il avait accusé Ian d'avoir triché. J'avais été présente, alors que je n'aurais pas dû l'être, et j'avais commis l'erreur de rire. Pour la simple et bonne raison que le seigneur était terriblement nul au poker. À partir de cet instant, ce dernier avait commencé à nous mettre des bâtons dans les roues dès qu'il en avait eu l'occasion. Cela n'avait fait qu'empirer après qu'Ian s'était élevé. Il s'était alors mis à… assister le duc durant ses *leçons*.

Les mains jointes, je restai silencieuse tandis qu'il approchait à grands pas. Des braies noires recouvraient ses longues jambes et il portait une chemise noire, elle aussi. Ses vêtements obscurs créaient un contraste étonnant avec sa peau pâle et ses lèvres de la couleur des fruits rouges mûrs à point. Quant à ses yeux…

Je n'aimais pas les regarder directement. Ils semblaient insondables et vides.

Comme tous ceux des Élevés, ils étaient tellement noirs que l'on ne distinguait pas les pupilles. Je me demandais de quelle couleur avaient été ses yeux avant son Élévation et s'il s'en souvenait. Ce seigneur paraissait avoir une vingtaine d'années, mais je savais qu'il s'était élevé après la Guerre des Deux Rois en même temps que le duc et la duchesse. Plusieurs siècles auparavant.

Quand je ne répondis pas à son salut, il eut un sourire crispé. « Je suis surpris de vous voir ici.

— Elle fait sa promenade du soir, déclara Rylan avec calme. Comme elle en a le droit. »

Des yeux plissés, brillants comme des éclats d'obsidienne, se posèrent sur le garde. « Je ne vous ai pas adressé la parole.

— Je me promène », intervins-je avant que Rylan ne dise autre chose.

Ce regard perturbant et impénétrable se tourna vers moi. « Vous vous rendez au jardin ? » demanda-t-il avec un sourire en coin. Sa question me prit par surprise. « N'est-ce pas où vous allez toujours à cette heure-ci ? »

Si.

Mais je ne m'étais pas attendue à ce qu'il soit au courant.

Je hochai la tête.

« Il faut que l'on avance, déclara Rylan. Comme vous le savez, la Pucelle ne doit pas s'attarder dans les couloirs. »

En d'autres termes, je n'avais pas le droit d'interagir avec les gens, même pas avec les Élevés. Mazeen le savait.

Mais il n'en avait que faire. « La Pucelle se doit également de faire montre de respect. Je souhaite m'entretenir avec elle et je suis certain que le duc serait terriblement déçu d'apprendre qu'elle a refusé de me parler. »

Je me redressai instantanément. La colère me monta à la tête si vite que je faillis saisir la dague accrochée à ma cuisse. Dans un sens, ma réaction me choquait. Qu'aurais-je fait si je ne m'étais pas arrêtée à temps ? Je l'aurais poignardé ? Je réprimai un éclat de rire.

Pourtant, la situation était loin d'être comique.

Sa menace à peine dissimulée de se plaindre au duc avait été efficace. Il nous avait acculés dans un coin, car même si je n'étais pas censée interagir, le seigneur Mazeen était un proche du duc. Si je m'échappais, je serais punie. Rylan aussi. Et si les punitions que je subissais n'étaient pas à prendre à la légère, celles qu'encouraient Rylan étaient bien pires.

Il risquait d'être renvoyé de la Garde royale et le duc ne manquerait pas d'annoncer qu'il avait perdu ses faveurs. Rylan se retrouverait sans travail et déshonoré. Ce n'était pas l'exil, mais sa vie deviendrait très difficile.

Je carrai les épaules. « Rien ne me ferait plus plaisir que de discuter avec vous. »

Un air satisfait apparut sur son beau visage. Je mourais d'envie de lui mettre mon poing dans la figure. « Venez. » Il s'avança et passa un bras autour de mes épaules. « Je désire m'entretenir en privé avec vous. »

Rylan tenta de s'interposer.

« Tout va bien », lui dis-je alors que c'était loin d'être le cas. Je me tournai vers lui pour m'assurer qu'il m'écoute. « Vraiment. Il n'y a aucun problème. »

La mâchoire serrée, il observa le seigneur. Je voyais bien qu'il n'était pas content de la tournure qu'avaient prise les évènements. Pourtant, il se contenta de hocher brièvement la tête. « Je reste ici.

— À votre place », rétorqua le seigneur.

Mes dieux.

Les Élevés ne se comportaient pas tous de la même façon que lui qui brandissait son pouvoir et son rang comme une épée enduite de poison. Pourtant, le seigneur Mazeen n'était pas le pire représentant de son espèce.

Il me guida vers la gauche. En nous voyant, une servante manqua faire tomber le panier qu'elle portait. Il ne parut pas la remarquer. L'espoir que je nourrissais qu'il se contente de s'écarter de quelques mètres mourut rapidement quand il m'emmena dans l'une des alcôves obscures entre les portes.

J'aurais dû m'en douter.

Il repoussa d'épais rideaux blancs et me tira sans ménagement dans l'espace étroit qui avait pour seule source de lumière un minuscule chandelier fixé au-dessus d'un fauteuil au coussin épais. J'ignorais quelle était l'utilité de ces pièces à moitié dissimulées, mais je m'y étais retrouvée coincée à plus d'une occasion.

Je fis un pas en arrière, surprise que le seigneur m'y autorise. Il m'observa. Son rictus refit son apparition sur ses lèvres. Je me plaçai de façon à me rapprocher de l'un des rideaux. Lui s'assit sur le fauteuil, les jambes tendues devant lui, et croisa les bras sur son torse.

Le cœur battant la chamade, je choisis mes mots avec soin. « Je ne peux vraiment pas m'attarder. Si quelqu'un me voit, cela me causera des ennuis auprès de la prêtresse Analia.

— Et que se passerait-il si cette bonne prêtresse apprenait que vous vous êtes attardée quelque part ? » demanda-t-il. Il paraissait détendu et relaxé, mais je n'étais pas dupe.

Les apparences pouvaient être trompeuses. Les Élevés étaient très rapides quand ils le désiraient. Ils se déplaçaient si vite qu'on percevait à peine leurs mouvements.

« Le répéterait-elle au duc ? reprit-elle. J'aime assister à ses leçons. »

Le dégoût enfonçait ses racines au plus profond de mon corps. Évidemment qu'il appréciait les *leçons* du duc ! « Je n'en suis pas certaine.

— Cela vaut peut-être le coup de le découvrir, fit-il remarquer d'un air nonchalant. Pour moi, en tout cas. »

Je serrai les poings. « Je n'aimerais pas déplaire au duc ou à la prêtresse. »

Il baissa les yeux. « Je n'en doute pas une seconde. »

Une douleur aiguë naquit à l'endroit où j'enfonçais mes ongles dans mes paumes. « De quoi vouliez-vous me parler ?

— Vous oubliez vos manières. »

Je m'efforçai de rester calme et de me retenir de lui répondre comme je le souhaitais. Dans ce genre de situation, je n'étais pas mécontente de porter un voile. S'il avait pu me voir, il aurait lu mes sentiments sur mon visage.

Autrement dit, une haine féroce.

Il s'amusait à me malmener et prenait du plaisir à me mettre mal à l'aise, mais son comportement était encore plus ignoble avec les serviteurs. J'avais entendu les anciens murmurer des mises en garde aux nouveaux. Il fallait à tout prix éviter d'attirer son attention ou ses foudres. Avec moi, il ne pouvait pas tout se permettre. Avec les servants, en revanche, il n'avait probablement aucune limite.

Je relevai le menton. « De quoi vouliez-vous me parler, *seigneur* Mazeen ? »

Il esquissa un sourire froid. « Je me suis simplement rendu compte que cela faisait longtemps que je ne vous avais pas vue. »

La dernière fois qu'il m'avait coincée remontait à seize jours. Bien trop peu de temps à mon goût.

« Vous m'avez manqué », ajouta-t-il.

J'en doutais.

« Je suis attendue, mon seigneur… » Je pris une grande inspiration. Il venait de se lever. En l'espace de quelques secondes, il se retrouva face à moi.

« Vous m'insultez, déclara-t-il. Je vous ai avoué que vous m'aviez manqué et votre seule réponse est que vous devez partir ? Vous me blessez. »

Le fait qu'il avait presque prononcé les mêmes mots que Hawke deux nuits plus tôt n'échappa pas à mon attention. La façon diamétralement différente dont je réagissais, également. Les paroles de Hawke avaient été taquines, celles du seigneur Mazeen résonnaient comme une menace. Je n'étais pas charmée par son comportement. Il me révoltait.

« Ce n'était pas mon intention, me forçai-je à lui dire.

— Vous en êtes sûre ? » demanda-t-il. Je sentis son doigt contre ma mâchoire avant de l'avoir vu bouger la main. « J'ai la nette impression que, au contraire, c'était précisément votre intention.

— Pas du tout. » Je m'écartai.

Il me saisit aussitôt par le menton et maintint mon visage en place. Lorsque j'inspirai, j'eus la pensée étrange que ses doigts sentaient comme une fleur, un parfum sucré et musqué à la fois. « Si vous voulez que je vous croie, il va falloir vous montrer plus convaincante.

— Je suis désolée de ne pas l'être suffisamment à votre goût. » Il me fallut redoubler d'efforts pour garder un ton posé. « Vous n'êtes pas censé me toucher. »

Avec un sourire arrogant, il fit glisser son pouce froid le long de ma lèvre inférieure. J'eus l'impression que des milliers de petits insectes rampaient sur ma peau. « Et pourquoi donc ? »

Il le savait très bien.

« Je suis la Pucelle, répondis-je malgré tout.

— C'est un fait. » Sa main descendit le long de la dentelle râpeuse qui recouvrait ma gorge, puis poursuivit son chemin jusque sur ma clavicule.

Ma propre paume me démangeait. Je mourais d'envie de sentir la poignée de ma dague contre ma peau. Mes muscles étaient tendus, prêts à agir et à l'arrêter. Un frisson me parcourut tandis que je repoussais le désir de me défendre. Les conséquences n'en valaient pas la chandelle. Je ne cessais de me le répéter tout en positionnant ma main vers le centre de ma robe. Ce n'était pas seulement la peur de la punition qui me retenait. Si je montrais ce dont j'étais capable, le duc comprendrait que l'on m'avait entraînée et il ne lui faudrait pas beaucoup de temps pour déterminer que Vikter était le responsable. Et la punition que je subirais ne serait rien à côté de celle de mon mentor.

Toutefois, j'avais mes limites.

Je reculai d'un pas pour mettre de la distance entre nous.

Le seigneur Mazeen pencha la tête sur le côté et ricana. L'instinct reprit le dessus. Je voulus traverser les rideaux, mais je ne fus pas assez rapide. Il m'attrapa par la hanche et me retourna. Avant que j'eus le temps de réagir, il avait passé un bras autour de ma taille et m'avait plaquée contre lui. Son autre main demeura au même endroit, entre mes seins. La sensation de son corps contre le mien, son simple contact, m'emplit de dégoût.

« Vous souvenez-vous de votre dernière leçon ? » Son souffle était glacé contre ma peau, en dessous du voile. « Je doute que vous l'ayez oubliée. »

Je n'en avais oublié aucune.

« Vous n'avez pas émis le moindre son. Pourtant, cela devait être très douloureux. » Sa prise se resserra autour de ma taille. Malgré mes connaissances limitées à ce sujet, je savais ce que je sentais dans mon dos. « Je dois bien avouer que vous m'avez impressionné.

— Vous m'en voyez ravie, crachai-je.

— Ah, le voilà ! murmura-t-il. Ce ton qui ne sied pas à la Pucelle. Celui-là même qui vous a valu des ennuis une ou deux fois, voire des dizaines. Je me demandais combien de temps il vous faudrait pour l'utiliser. Je suis sûr que vous vous souvenez également de ce qu'il s'est passé la dernière fois que cela s'est produit. »

Évidemment, je m'en souvenais très bien.

Je m'étais emportée et avais répondu au duc. Il m'avait frappée si fort que j'avais perdu connaissance. Lorsque je m'étais réveillée, avec la sensation d'avoir été piétinée par un cheval, j'avais trouvé le duc et le seigneur affalés sur le canapé. Ils semblaient avoir bu une bouteille entière de whisky pendant que je gisais sur le sol. Durant des jours, j'avais eu l'impression de me remettre d'une mauvaise grippe. J'avais sans doute souffert d'une commotion cérébrale.

Pourtant, voir le duc, d'habitude si impassible, écarquiller les yeux sous l'effet du choc en avait valu la peine.

« Je devrais peut-être aller voir le duc moi-même, réfléchit-il à haute voix, lui expliquer que vous m'avez manqué de respect. »

La fureur faisait bouillir le sang dans mes veines. Je fixai les pierres grises du mur. « Laissez-moi partir, seigneur Mazeen.

— Vous ne me l'avez pas demandé assez gentiment. » Il pressa davantage ses hanches contre les miennes. La colère me rougit les joues. « Vous ne m'avez pas dit "s'il vous plaît". »

Il était hors de question que je le fasse. À ce stade, peu importait les conséquences. J'en avais assez. Je n'étais pas un jouet. J'étais la Pucelle et même s'il était plus fort et se déplaçait plus vite que moi, je savais que je pouvais lui infliger des dégâts. L'élément de surprise était de mon côté et j'avais les jambes libres. Je les écartai légèrement alors qu'une chose humide rencontrait ma mâchoire…

Tout à coup, un cri résonna jusqu'à l'intérieur de l'alcôve. Le seigneur fut tellement surpris qu'il desserra sa prise. J'en profitai pour me libérer et me tourner vers lui. Le souffle court, je glissai ma main à travers la fente de ma robe et la posai sur la garde de ma dague.

Le hurlement recommença, aigu et empli de terreur. Le seigneur jura dans sa barbe.

Profitant de la distraction, je sortis de l'alcôve au lieu de dégainer ma dague et de lui trancher ce qui était, j'en étais persuadée, sa possession la plus chère.

Il repoussa les rideaux d'un air rageur pour me suivre, mais les cris avaient ameuté de nombreuses personnes dans la salle du banquet. Des serviteurs. Des gardes royaux. Il ne pouvait rien faire de plus. Je croisai son regard à travers le voile. Je le savais. Ses narines se gonflèrent. Il le savait aussi.

Les hurlements reprirent et captèrent mon attention. Ils provenaient d'une pièce attenante. Deux portes plus loin. La porte était ouverte.

Rylan me rejoignit. « Pen… »

Je le contournai et continuai d'avancer en direction du son. Ce qui s'était passé au sein de l'alcôve avec Mazeen passa en second plan. Mes doigts s'enroulèrent autour de mon arme. Ce genre de vacarme n'était jamais bon signe.

Une femme sortit de la pièce en courant. C'était la servante qui avait porté le panier un peu plus tôt. Le visage dénué de toute couleur, elle ouvrait et refermait sa main contre sa gorge. Elle recula en secouant la tête.

J'atteignis la porte au même moment que Rylan et jetai un coup d'œil à l'intérieur.

Je la vis immédiatement.

Elle était allongée sur un canapé ivoire. Sa robe bleu pâle était froissée et remontée jusqu'à sa taille. Un de ses bras pendait mollement dans le vide. Sa peau avait la couleur de la craie. Je n'avais pas besoin d'ouvrir mes sens pour savoir qu'elle ne ressentait aucune douleur.

Elle n'en ressentirait plus jamais.

Je levai les yeux. Sa tête reposait sur un coussin et formait un angle peu naturel avec son cou.

« Tu ne devrais pas regarder. » Rylan m'attrapa par le bras. Cette fois, je ne résistai pas. Je ne l'empêchai pas de m'écarter de la scène. Mais j'avais déjà tout vu.

J'avais remarqué les deux points rouges sur sa gorge.

6

Rylan m'escorta aussitôt jusqu'à ma chambre. Le seigneur Mazeen, lui, resta figé, flanqué de plusieurs personnes, le regard rivé sur la morte. J'aurais voulu le pousser et fermer la porte. Le problème n'était pas seulement qu'elle était en partie dénudée, dévoilée aux yeux de tous. Ce qui me gênait, c'était la fascination morbide qui balayait toute notion de dignité.

Même s'il ne restait d'elle que cette enveloppe, elle n'en demeurait pas moins un être humain. Elle avait été la fille, la sœur ou l'amie de quelqu'un. Pourtant, les gens parleraient en priorité de la façon dont elle avait été découverte, la jupe relevée, le corsage baissé jusqu'à la taille. Il y avait bien assez de témoins comme ça.

Malheureusement, je n'avais pas eu le temps d'agir. Et, désormais, le château était verrouillé. Le moindre centimètre carré de la petite centaine de pièces du palais était passé au peigne fin à la recherche du coupable et de victimes supplémentaires.

Tawny faisait les cent pas devant la cheminée en jouant avec les perles de son corsage. « C'était un

Vorace », souffla-t-elle. Sa robe violet foncé tournoyait autour de ses jambes. « C'était forcément un Vorace. »

Je jetai un coup d'œil à Rylan qui était adossé au mur, les bras croisés. En temps normal, il ne restait jamais dans ma chambre. Ce soir-là était une exception. Vikter assistait les gardes dans leurs recherches, mais il ne tarderait sans doute pas à revenir.

J'avais retiré mon voile. Aussi, Rylan n'eut aucun mal à me regarder dans les yeux. Il avait vu la fille, lui aussi. « Tu crois que c'était un Vorace ? »

Il ne répondit pas.

« Qu'est-ce que cela aurait pu être d'autre ? » Tawny se tourna vers moi. J'étais assise dans un fauteuil. « Tu as dit toi-même qu'elle avait été mordue…

— J'ai dit que cela ressemblait à une morsure, mais… pas à celle d'un Vorace, rétorquai-je.

— Je sais que tu as déjà vu de quoi les Voraces sont capables. » Elle s'assit en face de moi tout en continuant à jouer avec ses perles, tout comme Agnès avait trituré les boutons de sa blouse. « Mais comment peux-tu en être certaine ?

— Les Voraces possèdent quatre longues canines », lui rappelai-je. Elle hocha la tête. Tout le monde le savait. « Elle n'avait que deux marques, comme si…

— Comme si deux crocs acérés avaient transpercé sa gorge », termina Rylan à ma place. Tawny tourna vivement la tête vers lui.

« Et si c'était un maudit ? Quelqu'un qui ne s'est pas encore totalement transformé ? s'enquit-elle.

— Alors, les empreintes auraient été celles de dents normales… ou de Vorace selon le stade de contamination, répondit Rylan en secouant la tête, le regard perdu à travers la fenêtre, en direction du Mur. Je n'ai jamais rien vu de tel. »

J'étais obligée d'admettre qu'il avait raison. « Elle… Elle était pâle, plus encore qu'un cadavre classique, comme s'il ne restait plus une seule goutte de sang dans ses veines. Même si le coupable avait été un Vorace avec seulement deux crocs… » Je grimaçai. « La plaie aurait été plus… grossière. Elle n'aurait pas été aussi nette. On aurait dit…

— Quoi ? »

Je baissai les yeux vers mes mains tandis que l'image de la femme me revenait à l'esprit. Consentante ou non, elle avait clairement partagé sa couche avec quelqu'un et, à ma connaissance, les Voraces ne s'intéressaient à rien d'autre qu'au sang. « On aurait dit que quelqu'un avait été dans cette chambre avec elle. »

Tawny s'adossa à son siège. « Si ce n'était pas un Vorace, qui aurait pu faire une telle chose ? »

Cela aurait pu être n'importe qui dans le château : un serviteur, un garde, un visiteur… un Élevé. Pourtant, cela ne paraissait pas logique. « La plaie était au niveau de la jugulaire. Il y aurait dû avoir du sang partout. Je n'en ai pas aperçu une seule goutte.

— Ça, c'est vraiment très étrange. »

J'opinai. « Et sa nuque était presque brisée. Ce n'est pas le genre des Voraces. »

Tawny croisa les bras sur sa poitrine. « Je ne veux pas savoir de qui c'est le genre. »

Moi non plus, mais je savais qu'il existait des personnes en ce monde capables des pires atrocités, dont des Élevés. Ils avaient d'abord été mortels et la cruauté semblait être l'un des traits de caractère que l'on conservait après l'Élévation.

Mes pensées se tournèrent vers le seigneur Mazeen. Il était cruel, il aimait s'en prendre aux plus faibles et, après notre dernière interaction, je le soupçonnais d'être capable de bien pire, mais aurait-il pu faire une telle chose ? Je frissonnai. Même si c'était le cas, pourquoi l'aurait-il fait et comment ? Je n'avais aucune réponse à ces questions.

Il y avait bien une chose qui aurait pu être coupable, mais cela était impossible. Je ne pouvais y croire.

« Est-ce que… tu l'as reconnue ? demanda Tawny d'une petite voix.

— Non, mais à la vue de sa robe, elle était sans doute une dame en Attente ou une visiteuse. »

Tawny recommença à toucher les perles de son corsage. Le silence envahit l'espace. Quelque temps plus tard, Vikter nous rejoignit. Dès qu'il entra dans la pièce, il s'entretint avec Rylan à voix basse. Quand il s'éloigna de lui en soupirant, il s'assit contre la malle qui se trouvait au bout de mon lit. Je me glissai jusqu'au bord de mon siège.

« Nous avons inspecté chaque millimètre du château. Aucune autre victime ni aucun Vorace n'a été découvert, nous apprit-il en se penchant en avant. Le commandeur Jansen pense qu'il n'y a plus de menace. » Il s'interrompit et releva la tête, les yeux plissés. « Pas plus que d'habitude, bien sûr.

— Est-ce que… tu l'as vue ? » demandai-je. Il acquiesça. « Penses-tu qu'il s'agisse d'une attaque de Vorace ?

— Je n'avais jamais rien vu de tel, avoua-t-il répétant malgré lui les mots de Rylan.

— Qu'est-ce que cela signifie ?

— Je n'en sais rien », dit-il en se frottant le front.

Je l'observai avec attention. Je remarquai qu'il se massait le front et quand il regardait dans la direction de nos sièges éclairés par des lampes à huile, il plissait les yeux. Parfois, Vikter souffrait de migraines.

Cela n'avait rien à voir avec les maux de tête que je ressentais lorsque j'ouvrais mes sens ou que j'utilisais un peu trop mes dons. Elles étaient bien plus graves. La lumière et le bruit le rendaient nauséeux et sa tête le lançait.

Lorsque j'ouvris mes sens, je sentis une douleur vive derrière mes yeux. Je mis aussitôt fin à la connexion que j'avais établie. Dans mon esprit, je visualisai une corde qui nous reliait et la coupai en deux. Je n'avais pas la moindre envie d'être incapable de trouver le sommeil à cause d'une migraine.

« Si ce n'était pas un Vorace, y a-t-il des suspects ? demanda Tawny.

— Le duc pense qu'il s'agit de l'œuvre d'un Effondré.

— Quoi ? m'exclamai-je en me levant d'un bond.

— Ici ? À l'intérieur du château ? s'écria Tawny.

— C'est son avis. » En me voyant m'approcher de lui, Vikter redressa la tête. Il avait l'air soucieux.

« Et vous, qu'en pensez-vous ? demanda Rylan de sa position, près de la porte. Parce que j'ai du mal à imaginer comment un Effondré aurait pu infliger de telles blessures sans verser la moindre goutte de sang.

— Moi aussi, murmura Vikter sans me quitter des yeux. Il aurait été impossible de nettoyer la scène du crime, surtout quand on sait que la victime a été vue vivante une heure avant la découverte de son cadavre.

— Alors pourquoi le duc est-il persuadé qu'il s'agit d'un Effondré ? s'enquit Tawny. Il n'est pas idiot. Il aurait dû parvenir aux mêmes conclusions que vous. »

Je posai négligemment ma main sur la nuque de Vikter en prétextant d'attraper une petite couverture en fourrure. Sa peau était chaude et sèche. Je pensai à la plage et au rire de ma mère. À l'instant où il prit une grande inspiration tremblante, je sus que sa douleur s'était atténuée.

« Je ne sais pas ce qui pousse le duc à penser une telle chose. Il a sans doute ses raisons. » Il m'adressa un regard empli de gratitude tandis que je retirais ma main et retournais à mon siège où je plaçai la couverture sur mes genoux.

Tawny me toisa un instant avant de respirer profondément et de reporter son attention sur Vikter. « Savez-vous qui elle était ? »

Il se redressa. Cette fois, quand il reprit la parole, il était clairement plus concentré. « Un serviteur l'a identifiée. Le nom de la victime était Malessa Axton. »

Ce nom ne m'était pas familier, mais Tawny, elle, souffla un « Oh ».

Je me tournai vers elle. « Tu la connaissais ?

— Pas très bien. Je savais qui elle était. » Elle secoua légèrement la tête. Plusieurs mèches de cheveux s'échappèrent de son chignon. « Il me semble qu'elle est arrivée à la cour plus ou moins en même temps que moi, mais elle était souvent en compagnie d'une dame qui vit sur les Allées radieuses. Je crois qu'il s'agit de la dame Isherwood », ajouta-t-elle.

Les Allées radieuses était le surnom des rangées de maisons les plus proches du château et du bois du Rêveur. La majorité des demeures opulentes appartenait à des Élevés.

« Elle était si jeune. » Tawny posa la main sur ses genoux. « Il lui restait tant de belles choses à vivre. »

En étirant mes sens vers elle, je me rendis compte que sa tristesse faisait écho à la mienne. Ce n'était pas la terrible douleur de la perte d'un être cher, mais le chagrin qui accompagnait n'importe quelle mort, surtout lorsque celle-ci n'avait aucun sens.

Rylan demanda à Vikter de le suivre à l'extérieur. Au bout d'un moment, Tawny s'excusa pour retourner dans sa chambre. Je me retins de la toucher. Je savais que si je le faisais, je lui prendrais sa peine. Je l'avais déjà fait à son insu, mais je ne tenais pas à recommencer. Demeurée seule, je m'approchai de la fenêtre et observai la lueur projetée par les torches de l'autre côté du Mur. Vikter entra de nouveau.

« Merci, dit-il en me rejoignant. Ma migraine commençait à me handicaper.

— Contente d'avoir été utile.

— Tu n'y étais pas obligée. J'ai toujours la poudre que le guérisseur m'a préparée.

— Je sais, mais mon don te soulage plus rapidement sans t'endormir ou te donner des vertiges. ». Il s'agissait de deux des nombreux effets secondaires de la poudre brunâtre.

« C'est vrai. » Il resta silencieux un instant. Je savais que ses pensées étaient aussi troublées que les miennes.

J'avais du mal à croire que le coupable était un Effondré, même si j'imaginais qu'un objet tel qu'un pic à glace aurait sans doute pu causer des blessures similaires. Toutefois, poignarder quelqu'un au niveau de la jugulaire sans répandre de sang me paraissait improbable. Quant au mobile, il était incompréhensible. En quoi créer ce genre de plaies pouvait-il avoir une importance ? À ma connaissance, la seule chose qui pouvait être à l'origine de ce type de blessures allait à l'encontre de toutes les croyances des Effondrés.

« Rylan m'a tout dit. »

Les sourcils froncés, je levai les yeux vers lui. « Ah oui ? »

Son regard de la couleur de la mer sonda mon visage. « Il m'a parlé de ce qui s'était passé avec le seigneur Mazeen. »

Mon ventre se noua. Je détournai la tête. Je n'avais nullement oublié ma rencontre avec lui, mais ce n'était pas l'évènement le plus inquiétant ni le plus traumatisant qui avait eu lieu durant ces dernières heures. « A-t-il fait quelque chose, Poppy ? » me demanda-t-il.

La chaleur, brûlante et suffocante, me monta aux joues. Je pressai mon profil contre le cadre de la fenêtre. Je ne voulais pas y penser. Je n'en avais jamais envie. La nausée me prit à la gorge. Je ressentais une honte étrange, comme si ma peau était poisseuse et sale. Je ne comprenais pas pourquoi je ressentais tout cela. Je savais que je n'avais rien fait pour attirer l'attention de Mazeen et même si cela avait été le cas, cela ne lui donnait pas le droit d'agir ainsi. Pourtant, quand je me remémorais la façon dont il m'avait touchée, comme s'il en avait tous les droits, j'avais envie de m'arracher la peau.

Je ne voulais pas penser au fait que le cri de la servante m'avait sauvée, même si, à ce moment-là, je n'avais aucune idée de la raison de son effroi.

Je repoussai tout cela dans un coin de mon esprit, même si je savais que tout me reviendrait bientôt en plein visage, sans doute lorsque j'essaierais de trouver le sommeil. « Il m'a simplement tapé sur les nerfs.

— C'est vrai ? »

Même si mon compte-rendu était bien loin de la vérité, je hochai la tête. Mentir ne me posait aucun problème. De toute façon, qu'aurait fait Vikter s'il l'avait su ? Rien. Il était suffisamment lucide pour admettre qu'il était impuissant.

Sa mâchoire se crispa. « Il faut qu'il te laisse tranquille.

— Je suis d'accord, mais j'arrive à le maîtriser. »

Plus ou moins.

Je ne voulais surtout pas penser au fait que j'avais été à deux doigts de commettre un acte impardonnable. Si j'avais dégainé mon arme et l'avais utilisée, il n'y aurait plus eu aucun espoir pour moi. Mais, les dieux m'en soient témoins, je n'aurais ressenti aucune culpabilité.

« Tu ne devrais pas avoir à le faire, rétorqua Vikter. Et lui devrait savoir qu'il ne doit pas se comporter comme ça.

— À mon avis, il en a parfaitement conscience, mais il s'en moque. » Je me tournai afin de m'asseoir sur le rebord de la fenêtre. « Tu sais que j'ai vu la victime. J'ai vu comment elle a été… abandonnée. À mon avis, elle a été avec quelqu'un, de façon consentante ou non. »

Il hocha la tête. « Le guérisseur qui a examiné son corps pense en effet qu'il y a eu une relation physique avant sa mort, mais il n'a pas trouvé de trace de lutte. Il n'y avait pas de sang séché sous ses ongles ni de peau. Toutefois, on ne peut pas en être certains. »

Je pinçai les lèvres. « À mon avis, cela ne peut pas être l'œuvre d'un Effondré. Même s'il avait réussi à former ses plaies sans… mettre du sang partout, quel message aurait-il cherché à nous envoyer ? La seule créature qui peut laisser ce genre de blessures est… »

Le regard de Vikter croisa le mien. « Un Atlantien. »

Rassurée qu'il l'ait dit à ma place, je hochai la tête. « Le duc le sait. Quiconque a vu ces blessures ne peut penser le contraire. Pourquoi un Effondré incriminerait-il un Atlantien ?

— C'est pour ça que je ne crois pas que ce soit un Effondré », déclara-t-il. Un étau se referma autour de mon cœur. « Il semblerait qu'on ait réellement affaire à un Atlantien. »

Un Effondré qui évoluait librement à travers le château des Teerman était inquiétant, mais la possibilité qu'un Atlantien s'y soit infiltré sans que personne s'en rende compte était véritablement terrifiante.

Il fallait que je trouve une preuve qui montrait que Vikter et moi étions paranoïaques. Aussi, à l'aube, alors que la vie du château était la plus calme et sachant que Rylan protégeait l'accès à ma chambre, je me faufilai jusqu'au rez-de-chaussée et dépassai la cuisine où régnait un silence de mort.

Une fois le soleil levé, je n'avais pas à m'inquiéter de croiser le seigneur Mazeen ni aucun Élevé.

Dans le hall de réception, je me dirigeai vers la droite et avançai vers la seconde salle où je retrouvais souvent la prêtresse Analia pour mes leçons hebdomadaires. À l'intérieur du couloir faiblement éclairé, je cherchai du regard la pièce dans laquelle Malessa avait été découverte.

La porte était close.

Je m'en détournai et refermai la porte de la salle derrière moi sans un bruit avant de m'approcher d'un pas leste vers une chaise en bois brut. Dessus reposait un livre que je n'aurais jamais pensé lire de mon plein gré un jour.

J'avais l'impression d'avoir parcouru *L'Histoire de la Guerre des Deux Rois et le royaume de Solis* au moins un million de fois. Je l'attrapai, m'approchai de l'unique fenêtre et l'ouvris aussitôt, tourné vers les faibles rayons de soleil. Je parcourus les pages fines avec précaution, consciente que si j'en déchirais une, la colère de la prêtresse Analia serait terrible. Très vite, je trouvai le passage que je cherchais. Seuls quelques paragraphes décrivaient les caractéristiques physiques des Atlantiens, leurs traits de caractère et ce dont ils étaient capables.

Malheureusement, l'ouvrage ne faisait que confirmer ce que je savais déjà.

Je n'avais jamais vu d'Atlantien. Du moins, je ne le pensais pas. C'était bien le problème. Ils ressemblaient à des mortels. Même les Lycans dont la lignée était éteinte, qui avaient vécu jadis auprès d'eux en Atlantie, pouvaient se confondre avec des mortels alors qu'ils ne l'avaient jamais été. Leur capacité à se fondre dans la population qu'ils subjuguaient et chassaient faisait d'eux des prédateurs expérimentés et particulièrement dangereux. L'un d'eux aurait pu passer à côté de moi sans que je m'en rende compte. Les Élevés n'auraient rien remarqué non plus. Pour une raison qui m'échappait, les dieux ne leur avaient pas donné ce don lorsqu'ils avaient instauré la Bénédiction.

Tandis que je survolais les différents paragraphes, un terme me sauta aux yeux et me retourna l'estomac. *Crocs*. Même si je savais très bien ce que le livre disait, je lus le passage.

« *Entre 19 et 21 ans, les descendants de sang atlantien quittent l'état vulnérable de l'immaturité et les esprits malfaisants présents dans leur sang se réveillent. Au cours de cette période, on constate une augmentation troublante de leur force, ainsi qu'une capacité à se remettre de la plupart des blessures mortelles. Il est important de noter qu'avant la Guerre des Deux Rois et l'extinction des Lycans, un rituel de fusion des âmes avait parfois lieu entre les Atlantiens d'un certain rang et les Lycans. Nous possédons très peu d'informations au sujet de ce rituel, mais certains pensent que les Lycans en question se retrouvaient dans l'obligation de protéger les Atlantiens.*

« *Chez un véritable Atlantien, les canines supérieures se transforment en crocs. Elles s'allongent et deviennent acérées, mais seul un œil avisé peut les distinguer.* »

Je repensai aux deux petits trous dans le cou de Malessa. Les crocs des Atlantiens n'étaient peut-être pas aussi longs et visibles que ceux des Voraces, mais le duc aurait pu ordonner que l'on examine l'intérieur de la bouche de toutes les personnes présentes dans le château.

Je devais admettre que c'est une solution plutôt invasive.

Je repris la lecture.

« *Après l'apparition des crocs, une nouvelle phase de leur évolution débute. Ils commencent à ressentir la soif. Tant que leurs besoins contre nature sont satisfaits, leur vieillissement ralentit de manière drastique. On estime qu'une année pour les mortels équivaut à trois décennies pour un Atlantien. Le plus ancien Atlantien connu est Cillian Da'Lahon, qui a vécu deux mille sept cent deux années civiles.* »

Cela signifiait qu'un Atlantien pouvait avoir l'apparence d'une personne de 20 ans, mais avoir en réalité plus d'une centaine d'années, peut-être même plus de 200 ans. Mais contrairement aux Élevés, les bénis des dieux qui restaient figés à l'âge auquel ils avaient reçu la Bénédiction, ils continuaient de vieillir. Les Élevés les plus âgés en apparence semblaient avoir 30 ans. Et ils pouvaient vivre une éternité.

Les Atlantiens comme les Élevés vivaient de très longues vies. C'étaient ceux qui se rapprochaient le plus de l'immortalité, des dieux.

Personnellement, je n'imaginais pas vivre si longtemps. Je secouai légèrement la tête et poursuivis.

« *À partir de ce moment, les Atlantiens sont capables de transmettre les mauvais esprits présents dans leur sang aux mortels, créant ainsi des créatures violentes et destructrices connues sous le nom de Voraces qui partagent des caractéristiques physiques similaires à celles de leurs créateurs. Cette malédiction est transmise par le biais d'un baiser empoisonné…* »

Ce baiser empoisonné ne désignait nullement les lèvres de deux individus entrant en contact. Les Atlantiens agissaient de la même façon que les Voraces, mais plus… proprement. Ils mordaient les mortels pour boire leur sang, une pratique nécessaire à leur survie.

Leur espérance de vie extraordinaire, leur force et leur capacité de guérison venaient du fait qu'ils se nourrissaient d'humains, leur principale source de nourriture. Je frissonnai.

C'était un Atlantien qui avait mordu Malessa et l'avait vidée de son sang. Il n'y avait aucun doute possible. Cela expliquait pourquoi il n'y avait aucune trace de sang par terre et pourquoi elle avait eu l'air si pâle.

En revanche, je ne comprenais pas pourquoi on lui avait brisé le cou et l'avait donc tuée avant que la malédiction s'empare d'elle. Pour quelle raison ne lui avait-on pas permis de se transformer ? La morsure se trouvait en évidence, comme si on avait voulu qu'on la voie, comme s'il s'agissait d'une sorte de mise en garde.

Un Atlantien se dissimulait parmi nous.

Je refermai le livre et le reposai avec précaution sur le siège. Mon Élévation aurait lieu lors de mon 19e anniversaire. C'était à peu près à cet âge que les Atlantiens atteignaient leur majorité. La coïncidence n'était pas vraiment étonnante, car nous avions jadis prié les mêmes Dieux.

Mais les dieux les avaient désavoués.

En sortant de la pièce, j'allais retourner dans la cuisine quand mon regard se posa sur la porte derrière laquelle Malessa avait été trouvée. Il fallait que je rentre dans ma chambre avant que les serviteurs ne commencent leurs tâches. Pourtant, ce n'est pas ce que je fis.

Je traversai l'espace qui me séparait de la porte. Celle-ci n'était pas fermée à clé. Aussi, je tournai la poignée et, sans réfléchir à ce que je faisais, ni où je me trouvais, je me glissai à l'intérieur. Les appliques murales baignaient la pièce dans une douce lumière.

Le canapé avait disparu. Son emplacement était vide. Il ne restait que les fauteuils d'appoint et la table basse sur laquelle un arrangement floral délicat était posé. J'avançai sans vraiment savoir ce que je cherchais.

À part le meuble manquant, tout semblait à sa place, mais l'air était étrangement froid, comme si l'on avait laissé une fenêtre ouverte, mais il n'y en avait pas de ce côté de la Grande Salle.

Pourquoi Malessa s'était-elle aventurée ici ? Avait-elle lu un livre ? Avait-elle eu rendez-vous avec une autre dame en Attente ? Ou peut-être la dame Isherwood ? Ou s'était-elle cachée ici pour retrouver quelqu'un en qui elle avait confiance ? L'attaque était-elle venue par surprise ?

Un frisson dansa le long de ma colonne vertébrale. Je ne savais pas ce qui était le pire : être trahi ou ne rien voir venir.

Non, en fait, je le savais. La trahison était bien pire.

Je fis un pas, puis me figeai et baissai les yeux. Il y avait quelque chose derrière le pied de l'un des fauteuils. Je le ramassai. La tête penchée sur le côté, je fis courir mon pouce sur la surface blanche et lisse.

C'était un pétale de fleur.

Lorsque son parfum parvint à mes narines, je fronçai les sourcils. Du jasmin. Je me sentis soudain nauséeuse. C'était une réaction étrange. D'habitude, j'aimais beaucoup cette odeur.

En me relevant, j'examinai le vase sur la table. Il contenait, entre autres fleurs, plusieurs lys blancs. Aucune branche de jasmin. Perplexe, je reportai mon attention sur le pétale. D'où venait-il ? Je m'approchai du bouquet et le déposai au milieu des autres fleurs, puis j'observai une dernière fois la pièce. Aucune trace de sang sur le tapis blanc cassé que la moindre goutte aurait suffi à tacher.

J'ignorais ce que j'étais en train de faire. Si des preuves avaient été trouvées, elles avaient été déplacées, et même si cela n'avait pas été le cas, je n'avais aucune expérience en la matière. J'avais seulement besoin d'agir et de prouver que mes peurs les plus terribles étaient infondées.

Malheureusement, il n'y avait rien à faire ni à trouver ici. Il fallait simplement accepter la réalité. Et quel était mon credo au sujet de la vérité ? Qu'elle était parfois terrifiante, bien sûr, mais qu'elle allait main dans la main avec le pouvoir.

Je n'étais pas du genre à me détourner de la vérité.

Ce matin-là, j'avais rejoint ma chambre sans le moindre problème et j'avais passé le reste de la journée enfermée à l'intérieur, ce qui ne changeait pas vraiment de mon quotidien habituel.

Tawny était passée me voir brièvement, jusqu'à ce que l'une des maîtresses la fasse appeler. Le château n'avait pas été mis sous scellés, mais j'aurais cru que l'attaque ralentirait au moins les préparations du Rite.

C'était clairement une idée saugrenue. Un tremblement de terre ne se serait pas mis en travers du chemin du Rite.

Je réfléchis un long moment à ce qui était arrivé à Malessa. Plus je pensais aux raisons pour lesquelles le duc aurait menti au sujet du tueur étant un Effondré, plus je comprenais sa tactique. Il agissait de la même façon que Phillips, le garde du Mur, qui n'avait pas voulu parler de la mort de Finley pour éviter que la panique et la peur ne prennent racine et se propagent.

Mais cela n'expliquait pas pourquoi le duc ne se montrait pas franc avec la Garde royale. S'il y avait un Atlantien parmi nous, les gardes devaient se tenir prêts.

Car si les Élevés étaient forts et puissants, les Atlantiens l'étaient aussi, peut-être même davantage.

Peu de temps avant le crépuscule, Rylan frappa à ma porte. « Tu veux essayer d'aller dans le jardin ?

— Je ne sais pas. » Je jetai un coup d'œil aux fenêtres. « Tu penses que ça ira ? »

Rylan hocha la tête. « Oui. »

L'air frais me ferait du bien. Il fallait que je me change les idées, mais cela me paraissait… Je ne savais pas vraiment. Cela ne faisait pas encore vingt-quatre heures que Malessa avait été assassinée, pourtant, dans le palais, c'était déjà une soirée comme les autres.

« Tu n'es pas obligée de rester ici », dit Rylan. Je l'observai. « Sauf si tu en as envie, bien sûr. Mais ce qui s'est passé hier, avec cette pauvre fille et avec le seigneur, ne doit pas t'empêcher de faire ce qui te fait plaisir. »

Un léger sourire étira mes lèvres. « Et tu en as probablement assez de rester planté dans le couloir. »

Rylan rit doucement. « C'est possible. »

Je reculai en souriant. « Je vais chercher mon voile. »

Il ne me fallut que quelques minutes pour mettre l'accessoire en place et me préparer. Cette fois, personne ne nous arrêta en chemin. Comme à l'accoutumée, certains serviteurs cessèrent leurs tâches pour me regarder, mais tandis que j'avançais en direction de mon endroit préféré à l'intérieur de l'enceinte du château, mes inquiétudes et mes pensées obsessives s'envolèrent comme elles le faisaient toujours. Quand je pénétrais dans le jardin tentaculaire, mon esprit se détendait et mes soucis cessaient de me ronger.

Je ne pensais plus à Malessa ni à l'Atlantien qui s'était introduit dans le palais. Je n'étais plus hantée par l'image d'Agnès tenant la main ramollie de son mari ou par ce qui s'était passé à *La Perle Rouge* avec Hawke. Je ne réfléchissais même pas à l'Élévation qui approchait ni à ce que Vikter m'avait dit. Au cœur du jardin de la Reine, je vivais le moment présent au lieu de me laisser emporter par le tourbillon du passé et du futur empli de « et si ? ».

J'ignorais pourquoi ces jardins se nommaient ainsi. À ma connaissance, cela faisait très longtemps que la reine ne s'était pas rendue à Masadonia. Le duc et la duchesse l'avaient probablement baptisé ainsi en son honneur.

De mon vivant, la reine n'avait jamais mis les pieds à l'intérieur des jardins luxuriants du palais.

J'observai Rylan en coin. En temps normal, la pire menace à laquelle il devait faire face était une averse soudaine, mais ce soir-là, il était plus alerte que jamais. Son regard scrutait continuellement les nombreux chemins. Au début, j'avais cru que ces petites sorties l'ennuieraient, mais il ne s'était jamais plaint. Si Vikter m'avait accompagnée, il n'aurait eu de cesse d'énumérer ce que nous aurions pu faire à la place.

En y réfléchissant, Rylan appréciait sans doute ces escapades… et pas seulement parce que cela lui évitait de rester dans le couloir devant ma chambre.

Un vent frais souffla à travers le jardin et souleva mon voile ainsi que de nombreuses feuilles. J'aurais aimé pouvoir le retirer. Il était suffisamment transparent pour que je voie au travers, mais à la tombée de la nuit et dans des lieux mal éclairés, je rencontrais des difficultés à me repérer dans l'espace.

Je me dirigeai vers une grande fontaine décorée d'une statue en marbre et calcaire qui représentait une Pucelle voilée. L'eau s'écoulait inlassablement de la cruche qu'elle tenait, le son me rappelant le roulement des vagues s'engouffrant dans les criques de la mer de Stroud. De nombreuses pièces de monnaie scintillaient sous l'eau comme autant d'offrandes aux dieux dans l'espoir que les souhaits de leurs propriétaires se réalisent.

Je m'approchai de la partie la plus excentrée qui débouchait sur une haie courte, mais épaisse, de jacarandas qui dissimulaient les murs intérieurs séparant le château des Teerman du reste de la ville. Les arbres étaient très grands. Ils atteignaient plus de quinze mètres de haut et à Masadonia, leurs fleurs en forme de trompettes d'une teinte lavande vif étaient présentes tout au long de l'année. Les feuilles ne tombaient que durant les mois les plus froids, lorsque la neige menaçait. Alors, une mer violette se répandait sur le sol. Ces arbres étaient d'une beauté à couper le souffle, mais je les appréciais également pour le service qu'ils me rendaient.

Car les jacarandas dissimulaient les parties effondrées du mur à travers lesquelles Vikter et moi nous faufilions pour accéder au bois du Rêveur.

Je m'arrêtai devant une masse de vrilles entremêlées. Elles grimpaient et s'accrochaient à une treille en bois aussi large que les jacarandas étaient grands. Après avoir jeté un coup d'œil au ciel qui s'obscurcissait rapidement, je regardai de nouveau devant moi.

Rylan se plaça à côté de moi. « On est arrivés à temps. »

Un sourire éphémère étira mes lèvres. « Ce soir, oui. »

Quelques minutes s'écoulèrent en silence, puis le soleil accepta sa défaite face à la lune. Les derniers rayons s'éloignèrent des vrilles. Alors, des centaines de boutons tremblèrent et s'ouvrirent lentement, révélant des pétales magnifiques de la couleur d'une nuit sans étoiles.

Des roses qui ne s'épanouissaient que la nuit.

Je fermai les yeux et respirai leur arôme légèrement sucré. Leur parfum était le plus fort lorsqu'elles s'ouvraient et lorsqu'elles se refermaient à l'aube.

« Elles sont très jolies, commenta Rylan. Elles me font penser à… » Ses mots se transformèrent en grognement étranglé.

Je rouvris vivement les yeux et me tournai vers lui. Un cri d'horreur se logea dans ma gorge. Rylan était en train de reculer, une flèche plantée en pleine poitrine. Une expression incrédule déformait ses traits. Il releva la tête.

« Sauve-toi », hoqueta-t-il. Du sang coulait au coin de ses lèvres. « Cours ! »

7

« Rylan ! » Je me précipitai à ses côtés. Quand ses jambes cédèrent sous son poids, je passai un bras autour de sa taille pour le rattraper, mais il était trop lourd. Je tombai avec lui. Je m'écorchai les genoux sur le sol, pourtant, je m'en rendis à peine compte. Je pressai mes mains contre sa blessure pour tenter d'arrêter l'épanchement de sang. Lorsque j'ouvris mes sens, je m'attendais à ressentir sa douleur. « Rylan… »

Mes mots moururent sur ma langue. Ils avaient un goût de cendres.

Je… Je ne sentais rien. Ce n'était pas normal. Il aurait dû ressentir une souffrance terrible. Je pouvais l'aider. Je pouvais le soulager, mais il n'y avait rien ! Quand j'examinai de nouveau son visage, je le regrettai aussitôt. Ses yeux étaient ouverts et son regard vide fixait le ciel. Sous mes mains, son torse ne se soulevait plus.

« Non », murmurai-je. Dans mes veines, mon sang se transformait en glace et en grésil. « Rylan ! »

Il n'y eut aucune réponse, aucune réaction de sa part. Sous son corps, une flaque de sang se répandait sur le sentier et s'insinuait dans les symboles gravés dans la pierre. Un cercle avec une flèche en son centre. L'infini. Le pouvoir. Le blason royal. J'appuyai plus fort contre sa poitrine. Mes mains tremblantes étaient couvertes de sang. Je refusais de croire que…

Derrière moi, des pas résonnèrent comme un coup de tonnerre.

Je tournai la tête dans leur direction. Un homme se tenait à quelques mètres de là. Il serrait un arc contre son flanc. La capuche de son manteau dissimulait son visage.

« Tu vas faire ce que je te dis, Pucelle. » Sa voix rappelait le crissement du gravier. « Personne ne sera blessé.

— Personne ? hoquetai-je.

— Personne d'autre », se corrigea-t-il.

Je l'observai. Sous mes paumes, le torse de Rylan était toujours immobile. Au fond de moi, je savais qu'il ne se soulèverait plus jamais. Il avait été mort avant même de toucher le sol. Il n'était plus là.

Une douleur terriblement aiguë et réelle m'envahit. Une vague de chaleur s'engouffra dans mes veines et atteignit mon cœur, emplissant le vide que je ressentais. Mes mains cessèrent de trembler. L'étau qu'avaient formé la panique et le choc se desserra et laissa place à la rage.

« Lève-toi ! » ordonna-t-il.

Je m'exécutai lentement. Ma robe rendue poisseuse par le sang de Rylan collait au caleçon fin que je portais en dessous, au niveau des genoux. Les battements de mon cœur ralentirent. Je glissai la main à travers la fente de ma tenue. Était-ce la personne qui avait tué Malessa ? Si c'était le cas, il s'agissait d'un Atlantien. Si je voulais avoir une chance de survivre, il fallait que je sois rapide.

« On va sortir d'ici, dit-il. Tu ne vas pas faire le moindre bruit ni me causer le moindre ennui, d'accord, Pucelle ? »

Mes doigts se refermèrent sur la poignée lisse et froide de ma dague. Je secouai la tête.

« Parfait. » Il fit un pas vers moi. « Je n'ai pas envie de te faire du mal, mais si tu m'y obliges, je n'hésiterai pas un seul instant. »

Je demeurai parfaitement immobile. La fureur grandissait en moi comme un brasier. Rylan était mort à cause de moi. En tant que garde personnel, c'étaient les risques du métier, mais il était mort, car cet homme pensait que je ne lui opposerais aucune résistance. Malessa, elle, avait peut-être été violée avant d'être assassinée et pour quoi ?

S'il s'agissait d'un Atlantien ou d'un Effondré, il n'avait pas l'intention de m'enlever pour demander une rançon. On se servirait de moi pour envoyer un message. Trois Élevés avaient été kidnappés à Trois-Rivières. Ils avaient ensuite été renvoyés en plusieurs morceaux.

À cet instant, je me moquais bien de connaître les projets de cet individu. Tout ce qui m'importait était qu'il avait tué Rylan, Rylan qui avait trouvé les roses de nuit aussi belles que moi… Il avait peut-être également assassiné Malessa et laissé son corps exposé aux yeux de tous de la manière la plus irrespectueuse qu'il soit.

« C'est bien, m'encouragea-t-il. Tu es sage. Ça montre que tu es intelligente. Continue comme ça et je ne te ferai aucun mal. » Il tendit la main vers moi.

Aussitôt, je dégainai mon arme et me baissai pour passer sous son bras.

« Qu'est-ce que… ? »

Une fois derrière lui, j'attrapai l'arrière de son manteau et enfonçai ma lame dans son dos à l'emplacement exact que m'avait enseigné Vikter.

Celui du cœur.

Malgré l'effet de surprise, il réagit rapidement et tenta de s'écarter, mais il ne réussit pas à échapper entièrement à mon attaque. La lame s'enfonça dans son flanc, à quelques centimètres du cœur. Du sang bouillonna hors de la plaie.

Il cria de douleur. Le son me fit penser à un chien. Lorsque je retirai mon arme, un tout autre son lui déchira la gorge. Un grognement grave qui me donna la chair de poule et alluma des signaux d'alerte à l'intérieur de mon esprit.

L'espace d'un instant, il n'avait pas paru humain.

Je resserrai ma prise sur la dague et me préparai à l'attaquer de nouveau. Il se retourna vivement. Je ne vis pas son poing bouger jusqu'à ce qu'il s'écrase contre ma mâchoire, au coin de mes lèvres, et m'empêche de viser correctement. Un goût métallique explosa dans ma bouche. Du sang. La lame s'enfonça de nouveau dans son flanc, profondément, mais pas assez pour le tuer.

« Sale garce », grogna-t-il en abattant son poing sur le côté de ma tête.

Le coup fut aussi soudain qu'étourdissant. Je reculai. De petites lumières dansaient devant mes yeux et ma vision s'obscurcissait aux coins. Je faillis m'effondrer. Seule la volonté me permettait de tenir debout. Si je tombais, je savais que je ne me relèverais pas. Ça aussi, Vikter me l'avait appris.

Clignant rapidement des yeux, je tentai d'éclaircir ma vision. L'homme se tourna vers moi. La capuche de son manteau était tombée en arrière. Il était jeune.

Il n'avait sans doute que quelques années de plus que moi. Ses cheveux sombres étaient en bataille. Il avait une main appuyée contre ses côtes. Du sang s'écoulait entre ses doigts. Le flot était important. J'avais sans doute touché un organe vital.

Parfait.

Les lèvres retroussées en un rictus féroce, il plongea son regard dans le mien. Malgré la faible lumière du clair de lune, je parvenais à voir ses yeux. Ils avaient la couleur de l'eau gelée. Un bleu pâle et lumineux.

« Tu vas me le payer », gronda-t-il d'une voix encore plus râpeuse, comme si sa gorge se remplissait de pierre ponce.

Je m'efforçai de rester immobile. Mon instinct me disait que si j'essayais de m'enfuir, il me poursuivrait comme un prédateur. Et si je décidais de me battre, je ne devais pas rater mon coup. « N'approche pas. Je ne manquerai pas ton cœur une troisième fois. »

Il rit. Un frisson glacé me secoua. C'était un rire trop grave, trop… différent. « Je vais prendre un malin plaisir à arracher la peau de ton squelette fragile. Peu importe ce qu'il avait prévu de te faire. Je me baignerai dans ton sang et me repaîtrai de tes entrailles. »

La peur menaçait de prendre racine, mais je refusais de la laisser faire. « Quel programme formidable !

— Oh, il le sera. » Il sourit alors. Ses dents étaient tachées de sang. Il fit un pas vers moi. « Tes cris… »

Tout à coup, un sifflement perçant résonna au loin parmi les arbres et le réduisit au silence. Il se figea. Ses narines palpitèrent. Le bruit recommença. L'homme semblait trembler de rage. La peau autour de sa bouche blêmit et il recula.

Ma main était ferme sur ma dague, mais tandis que je le toisais, mes jambes commençaient à trembler. Je refusais de cligner des yeux.

Il ramassa son arc tombé à terre puis se redressa en grimaçant. Il croisa encore une fois mon regard. « Je te reverrai bientôt.

— J'ai hâte », crachai-je.

Il eut un sourire mauvais. « Je te promets de te récompenser pour ta répartie. »

Quelque chose me disait que ce n'était pas le genre de récompense que j'apprécierais.

Il recula jusque derrière les roses, puis se retourna et bondit, disparaissant rapidement dans les ombres épaisses qui se formaient sous les arbres. Je restai immobile, le souffle court, pour m'assurer qu'il ne me tendait pas un piège et ne reviendrait pas dès que j'aurais le dos tourné. J'ignorai combien de temps je demeurai ainsi, mais quand je compris qu'il était réellement parti, les tremblements se propagèrent jusqu'à ma main.

Lentement, je baissai la dague et examinai les éclaboussures sanguinolentes qu'il avait laissées à l'endroit où il s'était tenu. J'exhalai brièvement et portai mon attention sur les roses. Des gouttes de sang brillaient sur les pétales d'onyx.

Un frisson me parcourut de la tête aux pieds.

Je me forçai à me retourner.

Rylan se retrouvait toujours à l'endroit où il était tombé, les bras ballants, et les yeux ternes. J'ouvris la bouche pour parler, mais aucun mot n'en sortit. Je n'avais pas la moindre idée de ce que j'avais voulu dire.

Alors que je regardais ma dague, j'eus soudain envie de hurler.

Garde ton sang-froid. Garde ton sang-froid.

Il fallait que je trouve quelqu'un pour aider Rylan. Il ne pouvait pas rester allongé ici et personne ne devait me voir avec une dague ensanglantée à la main. Personne ne devait savoir que je m'étais battue contre notre agresseur. Je pinçai les lèvres. Elles tremblaient, elles aussi.

Garde ton sang-froid.

Alors, ce fut comme si l'on avait appuyé sur un interrupteur. Les tremblements cessèrent. Les battements de mon cœur ralentirent. Ma respiration n'était pas revenue à la normale, mais je fus capable d'avancer et de me pencher pour nettoyer ma lame sur le pantalon de Rylan. « Je suis désolée », murmurai-je. La culpabilité me démangeait la peau, mais je n'avais pas d'autre choix. Je rangeai la dague dans son fourreau. Ma tête et mon visage me lançaient. « Je vais aller chercher quelqu'un qui s'occupera de toi. »

Il ne me répondit pas. Il ne me répondrait plus jamais.

Je m'élançai sur le sentier sans vraiment comprendre ce que je faisais. Un engourdissement avait envahi mon corps, en s'infiltrant par mes pores et en s'installant dans mes muscles. Les lumières des fenêtres du château me guidèrent alors que je contournais la fontaine et m'arrêtais brusquement. Des bruits de pas résonnaient face à moi. Je glissai la main jusqu'à ma dague et enroulai les doigts autour de…

« Pucelle ? Nous avons entendu des cris », dit une voix. Il s'agissait d'un membre de la Garde royale qui s'occupait souvent des dames et des seigneurs en Attente. Lorsqu'il m'aperçut, ses yeux s'arrondirent sous le coup de la surprise. « Est-ce du… Seigneurs, que vous est-il arrivé ? »

Je voulus répondre, mais les mots refusaient de se former sur mes lèvres. Un autre garde jura, puis un troisième plus grand, avec des cheveux blonds, les dépassa. Son visage buriné était stoïque. *Vikter.* Il m'examina de la tête aux pieds, en s'attardant sur mes genoux, mes mains et, enfin, la partie non voilée de mon visage.

« Tu es blessée ? » Il me saisit par les épaules. Sa poigne était douce et sa voix encore plus. « Poppy, as-tu été blessée ?

— Non, c'est Rylan. Il… » Je dévisageai Vikter. Soudain, je repensais à ce que Hawke avait dit à propos de la mort qui surgissait sans prévenir. C'était quelque chose que je savais déjà. Pourtant, elle avait quand même réussi par me prendre par surprise.

« La mort est comme une vieille amie qui vient te rendre visite. Parfois, tu ne l'attends pas, mais parfois, si. »

La mort m'avait rendu visite alors que je ne l'attendais pas.

« Comment est-ce arrivé ? » demanda la duchesse Teerman. Les bijoux en forme de fleurs qui ornaient sa chevelure et la maintenaient en place étincelaient sous la lumière du chandelier. Elle faisait les cent pas dans la salle où l'on accueillait d'habitude les invités. « Comment quelqu'un a-t-il pu pénétrer dans les jardins pour essayer de l'enlever ? »

Sans doute de la même façon que l'on s'était introduit dans le château pour tuer une dame en Attente la veille.

« Une patrouille inspecte le mur intérieur au moment où nous parlons », répondit Vikter à la place. Il se tenait derrière le canapé en velours sur lequel j'étais perchée. J'étais terrifiée à l'idée de répandre du sang sur les coussins dorés. « Mais j'imagine que le coupable est passé par la section détériorée par les jacarandas. »

La même section que Vikter et moi traversions pour sortir du palais sans nous faire remarquer.

La colère étincela dans les yeux sombres de la duchesse. « J'exige qu'on les arrache », ordonna-t-elle.

Je hoquetai.

« Pardon, mademoiselle », murmura le guérisseur qui tapotait un linge humide contre ma lèvre. Il le tendit à Tawny qui lui en donna un propre. On l'avait fait appeler à l'instant où j'avais mis les pieds dans le salon.

« Ce n'est pas grave », rassurai-je l'homme aux cheveux argentés. Ce n'était pas à cause de lui que j'avais sursauté. Le désinfectant piquait un peu, mais c'étaient les paroles de la duchesse qui m'avaient fait réagir. « Ces arbres ont des centaines d'années…

— Ils ont vécu une vie longue et prospère, dit la duchesse en se tournant vers moi, ce qui n'est pas votre cas, Penellaphe. » Elle s'approcha. La couleur écarlate de sa robe longue me faisait penser à la flaque de sang qui s'était formée sous le corps de Rylan. Je mourais d'envie de m'éloigner, mais je ne voulais pas l'offenser. « Si cet individu n'avait pas pris peur, il vous aurait enlevée. Ces arbres auraient été le cadet de vos soucis. »

Elle n'avait pas tort.

Seul Vikter connaissait la vérité, savait que j'avais réussi à blesser mon adversaire avant qu'il soit rappelé.

Nous ne pouvions pas partager les détails, car nous ne pouvions pas nous permettre d'être découverts, mais Vikter demanderait aux guérisseurs de la ville de garder l'œil ouvert au cas où ils apercevraient quelqu'un portant de telles blessures.

Quant aux arbres…

Ils étaient à l'origine de la détérioration du mur, mais dans mes souvenirs, cela avait toujours été le cas. Le duc et la duchesse avaient été au courant de son état. Ils avaient simplement choisi de ne pas le réparer.

« Ses blessures sont-elles graves ? demanda-t-elle au guérisseur.

— Ce sont des plaies superficielles, Votre Grâce. Elle aura quelques hématomes et quelques douleurs, mais cela guérira très vite. » Lorsque le vieillard se leva, ses jambes rouillées grincèrent. Son long manteau noir retomba derrière lui. « Vous avez eu beaucoup de chance, jeune Pucelle. »

Ce n'était pas de la chance.

Je m'étais préparée à une telle confrontation.

C'était la raison pour laquelle je me trouvais ici, avec une lèvre déchirée et une tempe douloureuse. Malgré tout, je hochai la tête. « Je vous remercie pour votre aide.

— Pouvez-vous lui administrer quelque chose pour la douleur ? interrogea la duchesse.

— Oui, bien sûr. » Il se traîna jusqu'à sa sacoche en cuir posée sur une petite table. « J'ai exactement ce qu'il faut. » Il fouilla un instant, avant de brandir une fiole contenant une poudre rose blanchâtre. « Cela atténuera la douleur, mais la rendra aussi somnolente. Ce remède a un effet sédatif. »

Je n'avais pas la moindre intention d'avaler le contenu de cette fiole. Néanmoins, il la confia à Tawny qui la glissa dans la poche de sa robe.

Lorsque le guérisseur fut parti, la duchesse se tourna vers moi. « Laissez-moi vous regarder. »

Avec un soupir fatigué, je tendis la main vers mon voile. Tawny s'approcha. « Laisse-moi faire », murmura-t-elle.

J'allais l'en empêcher lorsque mon regard se posa sur mes mains. Elles avaient été nettoyées à l'instant où l'on m'avait fait entrer dans le salon, mais il y avait encore du sang sous mes ongles et à certains endroits sur mes doigts.

Le corps de Rylan était-il toujours allongé dans le jardin à côté des roses ?

La dépouille de Malessa était restée des heures dans cette chambre avant d'être emportée. Je me demandais si on l'avait rendue à sa famille ou si elle avait été brûlée par précaution.

Tawny détacha mon voile et me le retira avec délicatesse pour éviter qu'il ne s'emmêle dans les mèches de cheveux qui s'étaient échappées du chignon que je m'étais fait ce matin-là.

La duchesse Teerman s'agenouilla devant moi. Ses doigts froids s'attardèrent sur ma peau autour de mes lèvres, puis contre ma tempe droite. « Que faisiez-vous dans le jardin ?

— J'admirais les roses. Comme chaque soir ou presque. » Je levai les yeux. « Rylan m'accompagne toujours. Il ne… » Je m'éclaircis la voix. « Il n'a pas vu celui qui l'a attaqué. La flèche l'a touché en plein cœur avant qu'il ne se rende compte de la présence d'un intrus. »

Son regard insondable plongea dans le mien. « Il semble qu'il n'était pas aussi alerte qu'il aurait dû l'être. Il n'aurait jamais dû être pris par surprise.

— Rylan était très compétent, répondis-je. Son assaillant était caché…

— Si compétent qu'il est tombé à cause d'une flèche ? s'enquit-elle d'une voix douce. Cet assassin était-il à moitié fantôme qu'il n'a pas fait le moindre bruit ? Qu'il n'a pas annoncé sa présence ? »

Je me crispai. Je repensai au son qu'il avait produit. Il n'avait pas semblé humain. « Rylan était alerte, Votre Grâce.

— Que vous ai-je déjà dit ? » Ses sourcils délicatement arqués se soulevèrent.

Luttant contre mon impatience, je pris une faible inspiration. « Rylan était alerte, *Jacinda* », me corrigeai-je. De temps à autre, il lui plaisait que j'utilise son prénom. Le problème était que je ne savais jamais quand je devais le faire ou non. « L'homme… il était très silencieux et Rylan…

— A été pris au dépourvu. »

Je tournai si vite la tête dans sa direction que ma tempe me lança de nouveau. L'incrédulité m'envahit.

Les yeux bleus de Vikter croisèrent les miens. « Il appréciait vos promenades nocturnes. Il ne pensait pas qu'une menace pouvait se présenter à ce moment-là. Alors, il a baissé sa garde. Les évènements d'hier auraient dû le pousser à se méfier. »

C'était ce qui s'était passé. Rylan n'avait eu de cesse d'observer le jardin et les sentiers. Mes épaules s'affaissèrent. Tout à coup, mes pensées changèrent radicalement de direction. *Ian.* « S'il vous plaît, ne dites rien à mon frère. » Je regardai la duchesse et Vikter tour à tour. « Je ne veux pas l'inquiéter. Même si je vais bien, il se rongera les sangs.

— Je devrais en informer la reine, Penellaphe. Vous le savez, répondit-elle. Je ne peux pas savoir à qui elle décidera d'en parler. Si elle pense qu'Ian doit être mis au courant, elle le fera. »

Je me refermai davantage sur moi-même.

Le bout de ses doigts froids me toucha la joue gauche. Je reportai mon attention sur elle. « Comprenez-vous à quel point vous êtes importante, Penellaphe ? Vous êtes la Pucelle. Vous avez été élue par les dieux. L'Élévation de centaines de dames et seigneurs en Attente à travers le royaume est liée à la vôtre. Il s'agira de l'Élévation la plus importante depuis la première Bénédiction. Rylan et les membres de la Garde royale ont conscience que s'il vous arrivait quelque chose, ce serait une catastrophe. »

J'appréciais la duchesse. Contrairement à son mari, elle était gentille et, l'espace d'un court instant, je l'avais cru inquiète pour moi en tant que personne, mais, en réalité, elle se faisait davantage de souci pour ce que je représentais. Pour ce que la société perdrait s'il m'arrivait malheur. Ce n'était pas seulement ma vie qui était en jeu, mais l'avenir des centaines de personnes qui s'apprêtaient à s'élever.

J'aurais dû être habituée, pourtant je ne pouvais pas m'empêcher de ressentir une pointe de tristesse.

« Si les Effondrés réussissaient à stopper l'Élévation, ce serait leur plus grande victoire. » Elle se leva et lissa sa robe. « Ce serait une attaque particulièrement cruelle envers notre reine, notre roi et les dieux.

— Alors, vous… vous pensez qu'il s'agit d'un Effondré ? s'enquit Tawny. Il n'essayait pas de l'enlever en échange d'une rançon ?

— La flèche qui a tué Rylan était marquée, répondit Vikter. Elle portait la promesse du Seigneur des Ténèbres. »

Sa promesse.

Mon souffle se bloqua dans ma gorge. Je cherchai le regard de Tawny. Je savais ce que cela signifiait.

« Nous renaîtrons
Dans le sang et la cendre. »

C'était la promesse qu'il faisait à son peuple et à ses sympathisants, à tous ceux qui étaient disséminés à travers le royaume, qu'ils se relèveraient. Une promesse qui avait été écrite sur les devantures des magasins vandalisés de toutes les villes, qui avait été gravée sur les ruines du manoir du Blason d'Or.

« Je dois être franche avec vous, dit la duchesse avant de se tourner vers Tawny. Je vous fais confiance pour que ce que je m'apprête à vous dévoiler ne se retrouve pas murmuré sur les lèvres d'autres personnes.

— Bien sûr, promit Tawny tandis que je hochais la tête.

— Nous avons des raisons de penser que l'assassin qui a sévi hier était un Atlantien », déclara-t-elle. Tawny hoqueta de surprise. Je n'eus aucune réaction. Après tout, Vikter et moi étions arrivés à la même conclusion. « Nous ne voulons pas que cette nouvelle se répande. La panique qu'elle causerait… Cela ne nous apporterait rien de bon. »

Lorsque je jetai un coup d'œil à Vikter, je me rendis compte qu'il observait la duchesse avec attention. « Vous pensez que c'est le même homme qui a cherché à m'enlever ce soir ? Le même homme qui est responsable de la mort de Malessa ?

— Je ne peux pas l'affirmer, mais il semblerait que le responsable du traitement honteux qu'a subi notre dame en Attente se soit immiscé dans un groupe qui nous a rendu visite hier », expliqua-t-elle en se dirigeant vers la crédence contre le mur du fond. Elle se servit un verre de boisson transparente contenue dans une carafe. « Nous avons fouillé le château à la recherche d'intrus. Nous pensions que le coupable était parti et qu'il souhaitait simplement nous montrer à quel point il leur était facile de nous infiltrer. Il nous semblait qu'il n'y avait plus de menace immédiate. »

Elle prit une gorgée. Lorsqu'elle l'avala, ses lèvres se tordirent. « Visiblement, nous avions tort. Même s'ils ne sont plus dans le château, ils n'en demeurent pas moins présents en ville. » Elle se plaça face à moi. Sa peau naturellement albâtre était plus pâle que jamais. « Le Seigneur des Ténèbres a décidé de s'en prendre à vous, Penellaphe. »

Je frissonnai. Mon cœur manqua un battement.

« Nous vous protégerons, reprit-elle, mais je ne serai pas surprise d'apprendre qu'une fois au courant de l'affaire le roi et la reine décident de prendre des mesures drastiques concernant votre sécurité. Ils pourraient vous rappeler à la capitale. »

8

« Je ne crois pas que l'homme que j'ai vu dans le jardin était le Seigneur des Ténèbres », confiai-je à Vikter alors que nous sortions du salon et passions sous les larges bannières blanches qui portaient le blason royal doré. Il nous escortait, Tawny et moi, jusqu'à ma chambre. « Lorsqu'il a menacé de faire un festin de mes entrailles, il a fait allusion à quelqu'un d'autre. Il a dit qu'il se moquait bien de ses plans. Si le Seigneur des Ténèbres est derrière tout cela, j'imagine qu'il parlait de lui.

— Je soupçonne celui qui vous a attaqués d'être un Effondré », admit Vikter, la main posée sur le manche de son épée à lame courte. Il observait les moindres recoins du couloir comme si des Effondrés avaient joué à cache-cache derrière les statues et les lys en pots.

Plusieurs dames en Attente discutaient. Quand on les dépassa, elles se turent. Certaines se couvrirent les lèvres avec leurs mains. Si elles n'avaient pas été au courant des derniers évènements, la quantité de sang qui tachait ma robe venait de leur apprendre qu'il s'était passé quelque chose.

« On aurait dû passer par l'ancien chemin », marmonnai-je. Elles n'avaient déjà pas l'habitude de me croiser, alors me voir dans cet état nourrirait les rumeurs de la semaine.

« Ne fais pas attention à elles. » Tawny se positionna de manière à me dissimuler aux yeux des curieux tandis que nous avancions. Elle portait toujours la fiole emplie du remède blanc que je n'avais nulle intention d'utiliser.

« C'est peut-être une bonne chose qu'elles te voient, au contraire, déclara Vikter au bout d'un moment. Ce qui s'est passé hier soir et à l'instant doit rappeler à chacun que nous traversons des temps incertains. Nous devrions tous être sur nos gardes. Personne n'est réellement en sécurité. »

Un frisson me parcourut l'échine. Je me sentais toujours aussi engourdie. Rien ne me paraissait réel. Pourtant, ce qui était arrivé à Rylan l'était bel et bien. Mon cœur me faisait bien plus mal que ma mâchoire et ma tempe meurtries. « Quand… Quand auront lieu les funérailles de Rylan ?

— Sans doute demain matin. » Vikter baissa les yeux vers moi. « Tu sais que tu ne peux pas y assister. »

Les Élevés ainsi que les seigneurs et les dames en Attente n'étaient pas censés assister aux funérailles d'un garde. Cela ne se faisait pas, tout simplement. « Il était mon garde personnel. Il était mon… garde. Je me moque de la bienséance. Je n'ai pas assisté aux funérailles de Hannes à cause du protocole alors que j'aurais voulu être présente. » La culpabilité à ce sujet continuait de me ronger, en général à 3 heures du matin, lorsque je n'arrivais pas à dormir. « Je veux être là pour Rylan. »

Tawny avait l'air de vouloir intervenir, mais elle savait que cela ne servirait à rien. Vikter, lui, se contenta de soupirer. « Tu sais que Sa Grâce n'approuvera pas.

— Il n'approuve pas grand-chose. Il pourra rajouter ceci à la liste interminable des façons dont je l'ai déçu.

— Poppy », dit-il sur un ton d'avertissement. La manière dont il serrait les dents me rappela notre dispute de la veille. « Tu peux continuer à agir comme si la colère du duc était sans importance, mais tu sais que cela n'atténuera pas le poids de sa fureur. »

J'en avais conscience, mais cela ne changeait rien. J'étais parfaitement prête à assumer les conséquences que ma décision engendrerait. C'était la même chose lorsque j'aidais ceux qui avaient été infectés par les Voraces. « Je m'en moque. Rylan est mort devant moi et je n'ai rien pu faire. J'ai nettoyé… » Ma voix se brisa. « J'ai nettoyé mon arme sur ses vêtements. »

Vikter s'arrêta lorsqu'on entra dans le hall et posa la main sur mon épaule. « Tu as fait ce qui était en ton pouvoir. » Il la serra. « Tu as fait ce que tu devais faire. Tu n'es pas responsable de sa mort. Il a effectué son travail, Poppy. Si je devais mourir en te protégeant, ce serait la même chose. »

Mon cœur s'arrêta. « Ne dis pas ça. Ne dis jamais ça. Tu ne mourras pas.

— Cela arrivera un jour. Si j'ai de la chance, Rhain viendra me rendre visite durant mon sommeil, mais il est possible que je tombe sous le coup d'une épée ou d'une flèche. » Son regard plongea dans le mien à travers le voile. Ma gorge se noua. « Peu importe comment ou quand cela se passera. Ce ne sera pas ta faute, Poppy. Je refuse que tu perdes du temps à te morfondre dans la culpabilité. »

Les larmes qui m'emplissaient les yeux floutaient son image. Je ne pouvais pas imaginer qu'il arrive malheur à Vikter. Perdre Hannes et à présent Rylan, dont je n'étais pas aussi proche, avait déjà été suffisamment douloureux. À part Tawny, Vikter était la seule personne dans ma vie qui savait pourquoi j'avais du mal à dormir et pourquoi je ressentais le besoin d'être capable de me défendre. Il savait plus de choses que mon propre frère. J'aurais l'impression de perdre mes parents une seconde fois, en pire, car au fil du temps les souvenirs de ma mère et de mon père, leurs visages et le son de leur voix, s'étaient évanouis. Ils étaient à jamais figés dans le passé, simples fantômes de ce qu'ils avaient été, alors que Vikter était dans le présent, brillant et riche de détails.

« Dis-moi que tu le comprends. » Son ton s'était adouci.

Je ne comprenais pas, mais je hochai tout de même la tête, car c'était ce qu'il avait besoin de voir.

« Rylan était un homme bon », déclara-t-il d'une voix enrouée. Pendant un instant, le chagrin assombrit son regard, prouvant que la mort de Rylan ne le laissait pas indifférent. Il était simplement trop professionnel pour le montrer. « Je sais que je n'ai pas donné l'impression de le penser devant Sa Grâce et je reste sur mes positions. Rylan s'est laissé distraire, mais cela peut arriver au meilleur d'entre nous. Il était un excellent garde et il tenait à toi. Il n'aurait pas voulu que tu ressentes la moindre culpabilité. » Il serra de nouveau mon épaule. « Allez viens. Il faut que tu te changes. »

Quand on atteignit mes appartements, Vikter examina chaque recoin et s'assura que l'accès à l'ancien escalier des serviteurs était fermé à clé. L'idée qu'il éprouve le besoin de fouiller ma suite était plus que troublante, mais je supposais qu'il appliquait le principe qu'il valait « mieux prévenir que guérir ».

Avant qu'il ne nous quitte, une partie des propos de la duchesse me revint en mémoire. « Le groupe dont la duchesse a parlé… Savez-vous qui sont ses membres ?

— Je n'étais pas au courant de son existence. » Vikter jeta un coup d'œil en direction de Tawny qui portait une pile de serviettes propres dans la salle de bains. En général, il parlait ouvertement devant elle, mais tout ceci… n'était pas commun. « Ce n'est pas surprenant. On ne me tient pas au courant de toutes les allées et venues.

— Donc, le duc essayait juste d'éviter la panique, suggérai-je.

— La duchesse a toujours été plus directe. J'imagine, en revanche, qu'il a dit la vérité au commandeur. » Sa mâchoire se crispa. « J'aurais dû être mis au courant immédiatement. »

Il aurait dû l'être. Peu importait qu'il ait déjà soupçonné la vérité.

« Essaie de te reposer. » Il posa la main sur mon épaule. « Si tu as besoin de quoi que ce soit, je serai juste derrière la porte. »

Je hochai la tête.

Un bain chaud me fut rapidement préparé près de la cheminée, puis Tawny fit disparaître ma robe souillée. Je ne voulais plus jamais la revoir. Je m'immergeai dans l'eau fumante et me frottai les mains et les bras jusqu'à ce que la chaleur et la friction les fassent rougir. Soudain, l'image de Rylan apparut dans mon esprit, l'expression choquée sur son visage lorsqu'il avait baissé les yeux vers son torse.

Je fermai les paupières et glissai davantage sous l'eau, jusqu'à ce que ma tête soit tout à fait immergée.

Je restai ainsi jusqu'à ce que mes poumons brûlent et que le visage de Rylan disparaisse. Ce n'est qu'à ce moment que je m'autorisai à refaire surface. Alors, je restai là, les genoux ramenés contre ma poitrine, jusqu'à ce que ma peau se fripe et que l'eau refroidisse.

Quand je me levai, j'enfilai la robe de chambre épaisse que Tawny avait laissée sur un tabouret et avançai pieds nus sur le carrelage réchauffé par le feu de cheminée jusqu'à mon miroir. Avec ma paume, j'essuyai la condensation qui le recouvrait et regardai mes yeux verts. Mon père nous les avait transmis à Ian et moi. Notre mère avait eu les yeux marron. Je m'en souvenais. Un jour, la reine m'avait dit qu'à l'exception de ce détail, j'étais le portrait craché de ma mère au même âge. J'avais ses sourcils marqués et son visage ovale, ses pommettes anguleuses et ses lèvres pulpeuses.

Je penchai la tête sur le côté. Les rougeurs et les meurtrissures au niveau de ma tempe et au coin de ma bouche étaient à peine visibles. Le baume que le guérisseur avait frotté sur ma peau avait grandement accéléré le processus de guérison.

Il s'agissait sans doute du même remède que celui que j'utilisais pour soigner les marques qui striaient souvent mon dos.

Je repoussai cette pensée dans un coin de mon esprit et observai ma joue gauche. Cette blessure avait guéri, elle aussi, mais elle avait laissé des traces.

Je m'attardais rarement sur mes cicatrices. Pourtant, ce soir-là, j'en ressentis le besoin. J'examinai la bande de peau irrégulière d'un rose plus pâle que celui de mon teint. Elle prenait naissance sous la racine de mes cheveux, descendait le long de ma tempe, à quelques centimètres de mon œil gauche, et venait finir sa course près de mon nez. Une autre blessure plus courte se trouvait plus haut. Elle zébrait mon front et scindait mon sourcil en deux.

Je levai mes doigts humides et les pressai contre ma cicatrice la plus longue. J'avais toujours pensé que mes yeux et ma bouche étaient trop grands pour mon visage, mais d'après la reine, ma mère avait été considérée comme une très belle femme.

La reine Ileana parlait toujours de ma mère avec une tendresse teintée de tristesse. Elles avaient été proches et je savais qu'elle regrettait d'avoir accédé à la seule requête que ma mère ne lui avait jamais demandée.

La permission de refuser l'Élévation.

Ma mère avait été une dame en Attente offerte à la cour. Mon père, lui, n'avait pas été un seigneur. Elle l'avait préféré à la Bénédiction des dieux. Ce genre d'amour était… Disons que je n'avais aucune expérience dans ce domaine et je n'en aurais probablement jamais, mais de toute manière, personne à part eux n'avait jamais vécu une telle situation. Ce que ma mère avait fait était sans précédent. Elle avait été la première et la dernière à prendre une telle décision.

À plus d'une occasion, la reine m'avait confié que si ma mère s'était élevée, elle aurait probablement survécu cette nuit-là. Mais dans ce cas, cette nuit fatidique n'aurait peut-être jamais eu lieu. Je ne serais pas née. Ian non plus. Elle n'aurait pas épousé notre père et si elle s'était élevée, elle n'aurait porté aucun enfant.

Les suppositions de la reine ne rimaient à rien.

Toutefois, si mes parents avaient su se défendre lorsque la Brume nous avait surpris cette nuit-là, ils seraient peut-être tous les deux encore en vie. C'était pertinemment parce que je savais me défendre que je n'avais pas été enlevée par un homme déterminé à faire tomber les Élevés et qui n'avait pas peur de faire couler le sang pour y parvenir. Il en allait de même pour Malessa. Si elle avait su se battre, le résultat aurait peut-être été le même, mais elle aurait eu une chance de s'en sortir.

Je plongeai de nouveau les yeux dans ceux de mon reflet. Le Seigneur des Ténèbres ne m'attraperait jamais. C'était une promesse pour laquelle je tuerais et mourrais sans hésitation.

Je baissai la main, puis me détournai lentement du miroir. J'enfilai une chemise de nuit, laissai la lampe allumée à côté de la porte, puis m'allongeai dans mon lit. Vingt minutes plus tard tout au plus, un léger coup résonna contre la porte de la pièce attenante. Tawny m'appela.

Je me retournai. « Je suis réveillée. »

Elle entra, puis referma la porte derrière elle. « Je… Je n'arrive pas à dormir.

— Je n'ai pas encore essayé, admis-je.

— Je peux retourner dans ma chambre si tu es fatiguée, me proposa-t-elle.

— Tu sais très bien que je ne m'endormirai pas tout de suite. » Je tapotai la place à côté de moi.

Après avoir traversé l'espace qui nous séparait, elle saisit la couverture et se glissa dessous. Elle s'allongea sur le flanc pour me faire face. « Je n'arrête pas de penser à tout ce qui s'est passé alors que je n'étais même pas présente. Je n'imagine pas ce qui se passe dans ta tête. » Elle s'interrompit. « Non, en fait, je sais. Tu es sans doute en train de planifier ta vengeance sanguinaire. »

Sa plaisanterie parvint à me faire sourire. « Ce n'est pas tout à fait faux.

— Quelle surprise ! » Sa bonne humeur s'évanouit. « Cela paraît tellement irréel. D'abord, Malessa, maintenant, Rylan. Je l'ai vu juste après le dîner. Il était vivant. Il allait bien. J'avais aussi croisé Malessa hier matin. Elle souriait. Elle avait l'air heureuse, avec son bouquet de fleurs à la main. C'est comme si… j'étais incapable d'accepter le fait qu'ils n'étaient plus là. Comment peut-on disparaître d'un seul coup, sans crier gare ? »

Tawny faisait partie de ces privilégiés qui n'avaient jamais été touchés de près par la mort. Ses parents, son frère aîné et sa sœur étaient vivants. Hormis Hannes, personne de son entourage n'était décédé.

Même si la mort était une vieille amie, ses interventions me prenaient toujours par surprise. Comme Hawke l'avait si bien dit, cela ne rendait pas les disparitions moins difficiles ni impitoyables.

Je déglutis.

« J'ignore comment ça s'est passé pour Malessa. » Je supposais que son expérience avait été terrifiante, mais le formuler à voix haute n'aurait rien apporté. « Mais pour Rylan, ça a été rapide. Vingt ou trente secondes, puis il était mort. Il n'a pas beaucoup souffert, et même si c'était douloureux, en très peu de temps, c'était terminé. »

Elle inspira profondément et ferma les yeux. « Je l'aimais bien. Il n'était pas aussi strict que Vikter ou réservé que Hannes et les autres. On pouvait discuter avec lui.

— Je sais », murmurai-je. Ma gorge me brûlait.

Elle demeura silencieuse un moment avant de reprendre la parole. « Le Seigneur des Ténèbres. » Elle rouvrit les yeux. « Jusqu'à présent, pour moi, c'était plutôt…

— Une légende ? »

Elle hocha la tête. « Bien sûr, je savais qu'il était bien réel, mais on en parle toujours comme si c'était le croquemitaine. » Elle s'emmitoufla davantage dans les couvertures et les remonta jusqu'à son menton. « Et si c'était le Seigneur des Ténèbres dans le jardin ? Et si tu avais réussi à le blesser ?

— Ce serait… fantastique, et Vikter et toi, vous m'en entendriez parler jusqu'à la fin des temps, mais comme je l'ai déjà dit, je ne pense pas que c'était lui.

— Heureusement, tu savais quoi faire. » Elle tendit le bras pour me prendre la main et la serrer. « Sinon…

— Je sais. » Durant des moments comme celui-ci, il était difficile de se rappeler que c'était le devoir qui nous avait rapprochées et avait créé le lien qui nous unissait. J'étreignis sa main en retour. « Je suis simplement contente que tu n'aies pas été avec moi.

— J'aimerais dire que j'aurais souhaité être là pour que tu n'aies pas à affronter ça toute seule, mais en vérité, je suis contente de ne pas l'avoir été, avoua-t-elle. Je n'aurais pas arrêté de crier et de te distraire.

— Ce n'est pas vrai. Je t'ai montré comment te servir d'une dague…

— Connaître les bases, ce n'est pas la même chose que d'attaquer un autre être humain. » Elle retira sa main. « Non, je me connais : je serais restée plantée là et j'aurais hurlé à pleins poumons. Je n'ai pas honte de l'admettre. D'autant que ma voix aurait sans doute alerté les gardes plus tôt.

— Tu te serais défendue. » J'en étais convaincue. « J'ai vu à quel point tu peux devenir hargneuse lorsqu'il ne reste plus qu'un seul gâteau. »

La peau autour de ses yeux se plissa. Elle s'esclaffa. « Évidemment ! On parle de gâteaux. Je pousserai la duchesse du balcon pour avoir le dernier. »

Un bref éclat de rire s'échappa de ma gorge.

Elle sourit de nouveau avant de se raviser. Elle jouait avec un fil de la couverture. « Tu crois que le roi et la reine vont te demander de retourner à la capitale ? »

Les muscles de mes épaules se tendirent. « Je ne sais pas. »

Ce n'était pas tout à fait vrai.

Si nos souverains décrétaient que je n'étais plus en sécurité à Masadonia, ils exigeraient mon retour à la capitale, presque un an avant mon Élévation.

Mais ce n'était pas à cause de cela qu'un froid intense avait envahi mon cœur et se répandait dans la moindre parcelle de mon corps. La duchesse m'avait clairement fait comprendre que sa plus grande préoccupation était le fait que rien ne vienne contrecarrer l'Élévation. Et il y avait une manière de s'en assurer.

La reine pouvait demander aux dieux d'avancer la date du Rite.

Peu après l'aube, alors que le soleil brillait étonnamment fort pour un matin à l'approche de l'hiver, je me tenais près de Vikter. Nous nous trouvions au pied des Collines immortelles, sous les temples de Rhahar, le dieu éternel et, d'Ione, la déesse de la réincarnation. Les temples s'élevaient au-dessus de nous, chacun construit à partir de la pierre la plus noire de l'Extrême-Orient et tous deux aussi grands que le château des Teerman, plongeant la moitié de la vallée dans l'ombre, à l'exception de l'endroit où nous nous trouvions. On aurait dit que la lumière des dieux nous éclairait.

En silence, nous regardions le corps de Rylan Keal, enveloppé d'un linceul, être soulevé et déposé sur le bûcher.

Lorsque je l'avais rejoint sans ma tenue d'entraînement habituelle, vêtue de blanc et voilée, Vikter n'avait pas émis le moindre commentaire. Il avait su qu'il n'aurait pas pu m'en dissuader. Alors, en silence, nous nous étions rendus à l'endroit où les funérailles de Masadonia avaient lieu. Bien que ma présence ait attiré de nombreux regards, personne ne m'avait demandé de comptes tandis que nous nous approchions du bûcher. De toute façon, même si quelqu'un m'avait fait une remarque, je n'aurais pas changé d'avis. Je me devais d'être présente pour Rylan.

Entourés des membres de la Garde royale et de la Garde du Mur, nous nous tenions à l'arrière du groupe. Je ne voulais pas m'approcher trop près par respect. Rylan avait été mon protecteur, ainsi qu'un ami, mais pour eux, il avait été un frère. Sa mort les touchait différemment.

Pendant que le haut prêtre vêtu de blanc louait la bravoure et la force de Rylan et parlait de la gloire qui l'attendait auprès des dieux et de la vie éternelle, je sentis une sensation glacée grandir dans ma poitrine.

Rylan avait l'air si frêle sur le bûcher. On aurait dit qu'il avait rapetissé. Le prêtre jeta de l'huile et du sel sur son corps et un parfum sucré emplit l'air.

Le commandeur de la Garde royale, Griffith Jansen, avança, torche à la main. La cape blanche sur ses épaules ondulait dans la brise légère. Il se tourna dans notre direction et attendit. Je ne compris pas tout de suite pourquoi.

Vikter.

Étant donné qu'il était celui qui avait travaillé le plus étroitement avec Rylan, la tâche d'embraser le bûcher lui incombait. Il esquissa un pas en avant, puis s'arrêta. Il se tourna vers moi. Il était clair qu'il ne voulait pas me laisser seule. Il oubliait sans doute que j'étais entourée par des dizaines de gardes et qu'il était donc peu probable qu'il m'arrive quelque chose.

Seigneurs. Je venais de me rendre compte que ma présence interférait avec son désir ou son besoin de présenter ses respects. Je ne pensais pas une seconde que c'était la raison pour laquelle, la veille, il avait initialement refusé que je l'accompagne, mais je n'avais même pas envisagé ce que cela signifiait pour lui.

J'avais l'impression de m'être comportée comme une gamine égoïste. J'allais lui dire qu'il pouvait y aller, que j'étais en sécurité, lorsque…

« Je m'en occupe », déclara une voix grave derrière moi, une voix qui n'aurait pas dû me paraître si familière.

Mon ventre se creusa, comme si je m'étais tenue au bord d'un précipice, et en même temps, les battements de mon cœur s'accélérèrent. Je n'avais pas besoin de me retourner pour savoir de qui il s'agissait.

Hawke Flynn.

Oh, mes dieux.

Avec tout ce qui s'était passé, j'avais presque oublié son existence. « Presque » étant le maître mot, car le matin même, je m'étais réveillée remplie du regret de ne pas avoir attendu son retour à *La Perle Rouge*.

La possibilité d'être capturée et utilisée par mes ennemis de la pire des façons ou d'être tuée avant d'avoir eu la chance de faire l'expérience de toutes ces choses dont les gens parlaient en chuchotant me terrifiait.

Le regard d'acier bleu-gris de Vikter se posa quelque part, par-dessus mon épaule. Un silence tendu s'abattit sur le groupe. Plusieurs gardes nous observaient. « Vraiment ?

— Je la protégerai avec mon épée et ma vie si nécessaire », répondit Hawke qui vint se placer à côté de moi.

En attendant ses paroles, ma poitrine se gonfla, alors que je savais pertinemment que c'était la promesse que formulaient les gardes qui protégeaient le Mur et les Élevés.

« Le commandeur m'a dit que vous étiez le meilleur soldat du Mur. » La mâchoire tendue, Vikter parlait à voix basse. Seuls Hawke et moi pouvions l'entendre. « Que cela faisait des années qu'il n'avait pas vu un tel niveau d'excellence à l'arc ou à l'épée.

— Je suis doué dans mon domaine.

— C'est-à-dire ? rétorqua Vikter, comme pour le mettre au défi.

— Pour donner la mort. »

La réponse simple et courte qui quitta ses lèvres qui m'avaient paru si douces et si fermes à la fois contre les miennes me prit par surprise. Ces mots ne me faisaient pas peur. Au contraire. Je ressentais un sentiment diamétralement opposé et cela aurait sans doute dû me perturber. Ou, au moins, m'inquiéter.

« Elle incarne l'avenir de ce royaume » le mit en garde Vikter. Un mélange de gêne et de tendresse m'envahit. Il avait exprimé ce que tout le monde, de la duchesse à la reine, aurait dit, mais je savais que pour lui, l'important était *qui* j'étais et non pas ce que je représentais. « N'oubliez pas à côté de qui vous vous tenez.

— Je sais parfaitement qui elle est », répondit Hawke.

Un éclat de rire hystérique remonta le long de ma gorge. Il n'avait pas la moindre idée de celle que j'étais. Heureusement, grâce aux dieux, je parvins à me retenir.

« Elle est en sécurité avec moi », ajouta-t-il.

Je l'étais.

Et à la fois, je ne l'étais pas.

Quand Vikter me consulta du regard, je me contentai de hocher la tête. Je ne pouvais pas parler. Si j'ouvrais la bouche, Hawke risquerait de reconnaître ma voix et alors... Seigneurs. Je n'imaginais même pas sa réaction.

Après un dernier regard d'avertissement à Hawke, Vikter tourna les talons et se dirigea vers le garde qui tenait la torche. Mon pouls ne s'était pas calmé. J'osai un coup d'œil en direction de Hawke.

Et le regrettai aussitôt.

Dans la lumière vive du matin, avec ses cheveux noir bleuté coiffés en arrière, ses traits étaient plus durs, plus marqués. Étrangement, il en était d'autant plus beau. La ligne de ses lèvres était parfaitement droite. Il n'y avait aucune trace de fossette. Il portait le même uniforme noir qu'il avait revêtu à *La Perle Rouge*, ainsi que l'armure en cuir et en métal de la Garde du Mur et une épée sur le côté. La lame en pierre de sang était d'une teinte rubis vif.

Pourquoi s'était-il porté volontaire pour veiller sur moi ? Des membres de la Garde royale étaient présents, des dizaines qui auraient pu s'en charger à sa place. En examinant la foule, je m'aperçus qu'aucun d'entre eux n'osait se tourner très longtemps dans ma direction. Était-ce parce qu'ils n'avaient pas l'habitude de me voir ? Ou craignaient-ils le châtiment du duc et des dieux ?

Du fait de leur fonction, il leur fallait donner leur vie pour une personne qu'ils ne pouvaient pas regarder trop longtemps ni approcher sans permission sous peine de commettre un grave outrage. La terrible ironie me pesait sur les épaules.

Mais Hawke était différent.

Il était impossible qu'il sache que j'étais celle qu'il avait rencontrée à *La Perle Rouge*. Il n'avait jamais entendu le son de ma voix avant cet incident et je doutais que mon menton et mes lèvres soient reconnaissables.

Selon la duchesse, il était arrivé de la capitale avec des recommandations élogieuses et deviendrait probablement l'un des plus jeunes gardes royaux existants. Si c'était ce qu'il désirait, se porter volontaire l'aiderait sans doute à atteindre son but. Après tout, une place venait soudainement de se libérer.

Et n'était-ce pas sinistre de penser ainsi ?

Un muscle se tendit au niveau de sa mâchoire. Le mouvement me fascina… jusqu'à ce que je me rappelle la raison de ma présence et celle-ci n'était pas de reluquer Hawke sous le couvert de mon voile. Je reportai mon attention sur Vikter qui approchait du bûcher.

Je pris une faible inspiration. Lorsqu'il baissa la torche, je voulus détourner le regard ou fermer les yeux, mais je me retins. J'observai les flammes lécher le petit bois, puis le crépitement du feu résonna dans le silence. Mon estomac se tordit tandis que le brasier enveloppait le corps de Rylan. Vikter mit un genou à terre et baissa la tête.

« Vous lui faites un grand honneur en étant présente. » Hawke parla doucement, pourtant sa voix me fit sursauter. Je tournai la tête dans sa direction. Ses yeux étaient si étincelants que l'on aurait dit que les dieux avaient poli eux-mêmes deux gemmes d'ambre avant de les lui offrir. « C'est un grand honneur pour nous tous. »

J'ouvris la bouche pour lui faire remarquer que Rylan et chacun d'entre eux méritaient bien plus que l'honneur de ma présence, mais je me retins. Je ne pouvais pas prendre ce risque.

Le regard de Hawke glissa sur ma mâchoire inférieure, s'attardant sur le coin de ma bouche, ma peau était toujours enflammée. « Vous avez été blessée. » Ce n'était pas une question, mais une affirmation prononcée sur un ton dur comme du granit. « Vous pouvez être sûre que cela ne se produira plus jamais. »

9

La peau moite de sueur, je me baissai et fis volte-face. Ma longue tresse épaisse virevolta autour de moi. Je donnai un coup de pied et touchai Vikter au niveau du mollet. Déstabilisé, il trébucha sur le côté. Je me redressai juste à côté de lui. Il fit mine de m'attaquer à son tour avant de se figer. Il baissa les yeux vers la dague que j'avais pressée contre sa gorge.

Le coin de ses lèvres s'affaissa.

Je souris. « J'ai gagné.

— Gagner ou non n'est pas la question, Poppy.

— Ah non ? » Je baissai mon arme et reculai.

« L'important, c'est de survivre.

— N'est-ce pas la même chose ? »

Il m'adressa un regard en coin et se passa la main sur le front. « Je suppose qu'on peut le voir ainsi, mais ce n'est jamais un jeu.

— J'en ai conscience. » Je rangeai ma dague dans son fourreau contre ma cuisse. Vêtue d'un collant épais et d'une vieille tunique de Vikter, je traversai la pièce jusqu'à une table en bois usée. J'y attrapai un verre d'eau et en pris une grande gorgée. Si j'avais pu m'habiller ainsi tous les jours, j'aurais été la plus heureuse des femmes. « Mais si c'était un jeu, j'aurais gagné.

— Tu as seulement réussi à avoir l'avantage deux fois, Poppy.

— Peut-être, mais les deux fois, je vous aurais tranché la gorge. Vous avez eu l'avantage trois fois, mais les blessures que vous m'auriez infligées auraient été superficielles.

— Superficielles ? » Un éclat de rire lui échappa. C'était assez rare pour le mentionner. « Il n'y a que toi pour trouver une éviscération superficielle. Tu es vraiment mauvaise joueuse.

— Je croyais que ce n'était pas un jeu ? »

Il poussa un soupir amusé.

Le sourire aux lèvres, je haussai les épaules et me déplaçai afin de lui faire face. De la poussière dansait dans l'air, illuminée par les rayons de soleil qui filtraient à travers les fenêtres ouvertes. Cela faisait longtemps que les vitres avaient été retirées. En hiver, la température était glaciale et en été, la chaleur était insoutenable. L'avantage était que personne n'aurait pensé à venir nous chercher ici. Alors, je m'accommodais des écarts de température extrêmes.

Les funérailles de Rylan avaient eu lieu la veille. Le château n'était pas encore éveillé. La majorité du personnel et des habitants du palais observait le même rythme de vie que les Élevés et à cette heure-ci, les serviteurs, ainsi que le duc et la duchesse, me croyaient au lit. Seule Tawny savait où je me trouvais. Rylan n'avait pas été au courant, car Vikter était toujours celui qui me protégeait le matin.

« Comment va ta tête ? demanda-t-il.

— Bien. »

Il haussa un sourcil blond. « Est-ce que tu me dis la vérité ? »

De la blessure que l'on m'avait infligée, il me restait un léger hématome bleu-violet au niveau de la tempe. La peau autour de ma bouche avait perdu sa rougeur. J'avais encore une coupure superficielle à l'intérieur de ma joue et le moindre grain de sel semblait s'y loger quand je mangeais, mais mis à part ce détail, j'étais en pleine forme. Je refusais de l'admettre, mais Vikter avait sans doute eu son rôle à jouer dans ma guérison. Après tout, c'était lui qui m'avait fait promettre de me reposer la veille.

Après les obsèques de Rylan, j'avais passé la journée dans mes appartements où j'avais lu l'un des livres que Tawny m'avait apportés. L'histoire de deux amants maudits pourtant destinés à être ensemble. Ce titre tombait dans la catégorie des « choses que Penellaphe avait interdiction de lire », autrement dit tous les ouvrages non éducatifs ou qui ne parlaient pas des dieux. J'avais terminé le roman la veille et me demandais si Tawny pourrait m'en procurer un autre. J'en doutais. La préparation pour le Rite lui prenait la plus grande partie de son temps. Lorsqu'elle n'était pas capable de m'apporter de la lecture, je me faufilais simplement à l'intérieur de l'Athénée et me servais. De plus, à cause de ma tentative d'enlèvement et ce qui était arrivé à Malessa, je ne voulais pas qu'elle se promène toute seule.

Moi non plus, je n'aurais pas dû m'aventurer dehors, mais l'Athénée n'était pas très loin, seulement à quelques centaines de mètres du château, facilement accessible à travers le bois du Rêveur. Avec un déguisement, personne ne saurait que j'étais la Pucelle.

Malgré tout, j'aurais eu l'impression de prendre des risques inconsidérés si peu de temps après l'attaque.

« J'ai eu un peu mal hier soir, mais ce matin, tout va bien. » Je m'interrompis. « Sa droite laissait à désirer. »

Vikter ricana. Il avança en glissant son épée à lame courte dans son fourreau. « Tu as bien dormi ? »

Je pensai à mentir. « Ai-je l'air de ne pas avoir dormi ? »

Il se plaça devant moi. « Tu ne dors jamais beaucoup. J'imagine que ce qui s'est passé avec Rylan a rendu ton sommeil encore plus agité.

— Oooh ! Tu t'inquiètes pour moi ? le taquinai-je. Tu es vraiment un bon père. »

Son expression se durcit. « Arrête de changer de sujet, Poppy.

— Pourquoi ? Je suis douée pour ça.

— Non. Pas du tout. »

Je levai les yeux au ciel et soupirai. « J'ai eu du mal à m'endormir, mais ça fait longtemps que je n'ai plus fait de cauchemars. »

Vikter me sonda du regard, comme s'il essayait de déterminer si je mentais ou non. Il était probablement capable de s'en rendre compte. Et je ne mentais pas. Pas vraiment. Je n'avais plus eu de terreurs nocturnes depuis que je m'étais rendue à *La Perle Rouge*. Je ne comprenais pas pourquoi.

Peut-être que m'endormir en pensant à ce qui s'était passé dans cette chambre empêchait mes traumatismes de remonter à la surface. Peu importait la raison. L'essentiel était le résultat.

« D'après toi, qui va remplacer Rylan ? » Je changeai de sujet avant qu'il puisse poursuivre son interrogatoire.

« Je n'en suis pas sûr, mais je suppose que cela sera décidé bien assez tôt. »

Mon esprit se tourna aussitôt vers Hawke, alors qu'il ne faisait probablement pas partie des candidats potentiels. De nombreux gardes du Mur étaient là depuis plus longtemps que lui. Malgré tout, la question m'échappa. « Tu crois qu'il pourrait s'agir de celui qui est arrivé de la capitale récemment ? Le garde qui est resté près de moi lors des funérailles ? »

Qui m'avait assuré que je ne serais plus jamais blessée ?

« Tu parles de Hawke ? demanda Vikter en rangeant sa seconde épée.

— Oh, c'est comme ça qu'il s'appelle ? »

Il me regarda dans les yeux. « Tu mens très mal.

— Ce n'est pas vrai ! m'indignai-je. Et à quel sujet ai-je menti, au juste ?

— Tu ne connaissais pas son nom ? »

Priant pour que le rouge de mes joues ne me trahisse pas, je croisai les bras sur ma poitrine. « Pourquoi le connaîtrais-je ?

— Toutes les femmes de la ville le connaissent.

— Quel rapport avec moi ? »

Ses lèvres frémirent comme s'il réprimait un sourire. « C'est un très beau jeune homme. Du moins, c'est ce que l'on m'a dit. Il n'y a rien de mal à ce que tu le remarques. » Il détourna le regard. « Du moment que c'est tout ce que tu fais. »

Le rouge de mes joues s'intensifia. J'avais déjà fait bien plus que cela.

« Quand aurais-je le temps de faire autre chose que le remarquer, ce qui est, dois-je te le rappeler, strictement interdit ? »

Vikter rit encore une fois. Je fronçai les sourcils. « Depuis quand les interdictions t'arrêtent-elles ?

— C'est différent, répondis-je en me demandant si les dieux allaient me foudroyer sur place pour oser mentir de manière éhontée. Et je te le répète : quand aurais-je le temps de faire une telle chose ?

— Je suis content que tu me poses la question. Tes petites escapades doivent cesser. »

Mon estomac eut un soubresaut. « Je ne vois pas de quoi tu parles. »

Il ne prêta pas attention à ma dénégation. « Je n'ai jamais rien dit quand Tawny et toi faisiez le mur, mais après ce qui s'est passé dans le jardin, il faut que vous arrêtiez. »

Je refermai la bouche.

« Tu croyais vraiment que je n'étais pas au courant ? » Un sourire suffisant étira lentement ses lèvres. « Je te surveille même quand tu penses que je ne suis pas là.

— Eh bien, c'est… dérangeant. » Je ne voulais pas savoir s'il savait que je m'étais rendue à *La Perle Rouge*.

« Dérangeant ou pas, souviens-t'en la prochaine fois que tu sors en cachette au beau milieu de la nuit. » Sans me laisser le temps de répondre, il ajouta : « Quant à Hawke, je dirais que son jeune âge ne joue pas en sa faveur pour obtenir le poste.

— Mais ? » Le cœur battant la chamade, je remarquai à peine que Vikter me prît le verre des mains.

« Mais il est incroyablement talentueux. Il est bien plus compétent qu'une grande partie des membres de la Garde royale. Je ne cherchais pas à flatter son ego hier. Il vient de la capitale où on le tient en haute estime et il semble proche du commandeur Jansen. »

Il termina mon verre d'eau. « Alors, cela ne m'étonnerait pas qu'il soit promu à la place des autres. »

À présent, mon cœur martelait ma cage thoracique. « Mais… Mais pour devenir mon garde personnel ? Quelqu'un connaissant mieux la ville serait sans doute plus approprié.

— En réalité, un nouveau venu qui ne se repose pas sur la familiarité des lieux serait le meilleur choix, dit-il. Il verrait les choses différemment que nous qui sommes ici depuis des années, voire plus longtemps. Il remarquerait des faiblesses et des menaces qui nous échappent à cause de la monotonie. Et hier, il a montré qu'il n'avait aucun problème à s'imposer, alors que tous les autres sont restés les bras ballants. »

Tous ces arguments paraissaient sensés, mais… il ne pouvait pas devenir mon garde du corps personnel. Si c'était le cas, il faudrait que je lui parle et alors, il finirait par me reconnaître.

Et après, que se passerait-il ?

S'il était proche du commandeur et déterminé à gravir les échelons, il n'hésiterait pas à me dénoncer. Après tout, les militaires les plus gradés qui avaient une chance de vivre suffisamment longtemps pour connaître une retraite très bien payée étaient les gardes royaux qui protégeaient le duc et la duchesse de Masadonia.

Durant la journée, lorsque le soleil était haut dans le ciel, la Grande Salle où se tenaient le conseil hebdomadaire de la ville et les grandes célébrations était l'une des plus belles pièces du château.

Des fenêtres plus grandes que la majorité des maisons s'élevait tous les cinq mètres et laissait entrer les rayons chauds et lumineux qui se réverbéraient sur le sol et les murs en calcaire blanc. Les vitres offraient une vue magnifique sur les jardins à gauche et sur les temples perchés sur les Collines immortelles.

De lourdes tapisseries blanches étaient accrochées entre elles, décorées du blason royal doré. Des piliers blanc crème parsemés d'éclats d'or et d'argent étaient répartis de manière uniforme à travers la longue et large pièce. Du jasmin blanc et violet se déversait d'urnes en argent et emplissait l'air de son parfum doux et sucré.

Le plafond peint à la main était le véritable chef-d'œuvre de la Grande Salle. Les dieux y étaient tous représentés pour veiller sur nous : Ione et Rhahar. La flamboyante rousse Aios, déesse de l'amour et de la fécondité. Saion, le dieu à la peau noire du ciel et de la terre. Il était la terre, le vent et l'eau. À ses côtés se trouvaient Théon, dieu de l'entente et de la guerre, et sa jumelle Lailah, déesse de la paix et de la vengeance. La déesse de la chasse, Bele, était une brune armée d'un arc. Il y avait également Perus, le dieu du Rite et de la prospérité, avec ses cheveux blancs et son teint pâle. À côté de lui se tenait Rhain, dieu de l'homme du peuple et de la fin. Puis il y avait celle qui m'avait donné mon nom : Penellaphe, déesse de la sagesse, de la loyauté et du devoir, ce que je trouvais profondément ironique. Les détails apportés à leurs visages étaient d'une finesse incroyable… à l'exception de celui de Nyktos, le roi de tous les dieux, celui qui avait perpétré la première Bénédiction. Son visage et sa silhouette étaient comme le clair de lune : argentés et étincelants.

Toutefois, tandis que je me tenais sur l'estrade à gauche de la duchesse assise sur son trône, aucune lumière ne filtrait à travers les fenêtres. Dehors, il faisait nuit noire. Plusieurs candélabres et lampes à huile disposés pour diffuser le plus de lumière possible projetaient une lueur dorée dans toute la salle.

Les dieux n'évoluaient pas à la lumière du jour.

En conséquence, les Élevés non plus.

Ian était-il parvenu à s'habituer à ce rythme ? Les jours de soleil, il avait passé son temps dehors, à écrire dans l'un de ses journaux, à consigner n'importe quelle histoire qui lui passait par la tête. Écrivait-il à présent sous le clair de lune ? Si l'on me rappelait à la capitale, je ne tarderais pas à le savoir.

L'inquiétude s'empara de nouveau de moi. Je la repoussai avant qu'elle ne grandisse. J'examinai la foule qui emplissait la pièce en tentant de me convaincre que je ne cherchais pas un visage en particulier, mais c'était peine perdue.

Je savais que Hawke était présent. Il l'était toujours. Mais je ne l'avais pas encore aperçu.

Fébrile, je détachai mes mains nouées et bougeai tandis que quelqu'un, un banquier, continuait de faire les éloges des Teerman.

« Tout va bien ? » demanda Vikter en baissant la tête. Il parlait à voix basse pour que personne ne nous entende.

Je me tournai légèrement sur la gauche en hochant la tête. « Pourquoi ?

— Parce que tu n'arrêtes pas de remuer, comme si tu avais des araignées à l'intérieur de ta robe, depuis le début de la séance », répondit-il.

Des araignées à l'intérieur de ma robe ?

Si cela avait été le cas, je ne me serais pas contentée de remuer. Je me serais déshabillée en hurlant. Peu importait qui m'aurait vue nue.

En réalité, je ne savais pas vraiment ce qui me rendait si nerveuse. C'était un mélange d'éléments, dont les évènements récents, mais… il y avait autre chose.

Tout avait commencé après que j'avais quitté Vikter. J'avais eu un léger mal de tête que j'avais attribué au coup de poing que j'avais reçu et à mon probable zèle durant l'entraînement… même si je ne l'aurais jamais avoué à voix haute. Après le déjeuner, la peine s'était envolée et avait été remplacée par une énergie nerveuse débordante. Cela me faisait penser au mélange de grains de café qu'Ian m'avait envoyé de la capitale. Tawny et moi n'en avions bu que la moitié d'une tasse. Pourtant, nous avions été toutes les deux survoltées pendant toute une journée.

Fournissant un effort plus conscient pour rester immobile, je déplaçai mon regard vers la gauche, vers le jardin où, auparavant, j'avais trouvé la paix. Mon cœur se serra. Je ne m'y étais pas rendue la veille ni ce jour-là. L'accès ne m'y était pas interdit, mais je savais qu'à l'instant où je mettrais le pied dehors, je serais entourée de gardes.

Je me demandais comment se passerait le prochain Rite.

De toute manière, même si j'adorais le jardin et les roses qui y poussaient, je n'imaginais pas y retourner. Il suffisait que j'en distingue les contours dans le noir à travers les fenêtres pour revoir le visage dénué d'expression de Rylan.

Après avoir pris une légère inspiration, je reportai mon attention sur l'avant de la salle. Les membres de la cour, ceux qui s'étaient élevés, se tenaient devant l'estrade. Derrière eux se trouvaient les dames et seigneurs en Attente. Les membres de la Garde royale étaient disséminés parmi eux, vêtus d'une cape blanche ornée du blason royal doré. Marchands, hommes d'affaires, villageois et fermiers emplissaient le reste de la pièce. Tous étaient venus faire une requête à la cour, exprimer leurs doléances ou s'attirer les bonnes grâces du duc et de la duchesse.

De nombreux visages qui nous toisaient avaient les yeux agrandis par l'émerveillement et la bouche bée. Certains voyaient pour la première fois la duchesse Teerman, une très belle brune, et le duc à la beauté froide dont les cheveux étaient si blonds qu'ils étaient presque blancs. Beaucoup ne s'étaient jamais trouvés aussi près d'un Élevé.

À les voir, on aurait dit qu'ils étaient en présence des dieux eux-mêmes, et dans un sens, je supposais qu'ils l'étaient. Les Élevés étaient les descendants de dieux, par le sang, sinon par naissance.

Et puis… moi aussi, j'étais là.

La majorité des gens du peuple qui se tenaient dans la Grande Salle n'avait jamais vu de Pucelle. Cela me valait des coups d'œil furtifs emplis de curiosité. Je supposais que la nouvelle de la mort de Malessa et celle de ma tentative d'enlèvement s'étaient propagées. C'était sans doute l'une des raisons de l'agitation ambiante.

Tawny semblait y être immunisée. Debout à côté de moi, elle avait l'air à moitié endormie. Lorsqu'elle réprima un bâillement, je dus me mordre l'intérieur de la joue pour ne pas rire. Cela faisait deux heures que nous étions ici. Je me demandais si les fesses des Teerman leur faisaient aussi mal que mes pieds commençaient à me faire souffrir.

J'en doutais.

Ils paraissaient parfaitement à l'aise. La duchesse portait une robe en soie jaune et je devais admettre que le duc avait fière allure avec son pantalon noir et sa veste en queue de pie.

Il me faisait penser au serpent clair sur lequel j'étais tombée, petite, près de la plage. Magnifique à regarder, mais à la morsure dangereuse, voire mortelle.

Je ravalai un soupir tandis que le banquier continuait sa litanie sur leurs grandes qualités de leaders. Je tournai la tête vers les temples quand…

Je le vis.

Hawke.

Une sensation étrange, infime, prit résidence dans ma poitrine. Il se tenait entre deux piliers, les bras croisés sur son large torse. Comme la veille, il n'y avait pas de sourire taquin sur ses lèvres et ses traits auraient pu être considérés comme sévères si des mèches de cheveux rebelles de la couleur de la nuit n'étaient pas tombées sur son front pour adoucir son expression.

Un picotement descendit le long de ma colonne vertébrale et répandit de la chair de poule sur mon corps tout entier. Hawke fixait l'estrade, l'endroit où je me trouvais. Malgré la distance et le voile devant mon visage, j'aurais juré que nous nous regardions dans les yeux. L'air quitta mes poumons. La salle tout entière sembla disparaître. Plus aucun son ne me parvint tandis que nous nous toisions.

Mon cœur battait très fort. Je serrai et desserrai les poings contre mes flancs. Il m'observait avec insistance, soit, mais c'était le cas de nombreux autres. Les Élevés eux-mêmes me fixaient de temps à autre.

J'étais une curiosité, un numéro secondaire que l'on montrait une fois par semaine pour rappeler à tous que les dieux intervenaient parfois directement dans les naissances et les vies.

Malgré tout, mes jambes étaient flageolantes et mon pouls battait comme les ailes d'un oiseau, comme si j'avais passé une heure à m'entraîner au combat avec Vikter.

Magnus, l'un des intendants du duc, annonça le prochain intervenant. « M. et Mme Tulis ont demandé un entretien, Vos Grâces. »

Vêtu d'habits simples, mais propres, le couple aux cheveux clairs se détacha du groupe de ceux qui patientaient à l'arrière. Le mari avait passé son bras autour des épaules de son épouse, plus petite, et la serrait contre lui. Les cheveux coiffés en arrière, le visage blême, la femme ne portait aucun bijou, mais dans ses bras, elle tenait une petite chose emmaillotée qui bougea lorsqu'ils avancèrent. De petits bras et de petites jambes étiraient la couverture bleu pâle. La tête légèrement inclinée, l'homme et la femme fixaient le sol. Ils ne levèrent pas les yeux avant que la duchesse ne leur en donne la permission.

« Vous pouvez parler », les exhorta-t-elle d'une voix féminine envoûtante, avec une douceur infinie. Elle avait la voix de quelqu'un qui n'avait jamais élevé la voix ni frappé quiconque sous le coup de la colère. Ces deux affirmations étaient vraies et comme toujours, je me demandais ce que le duc et elle avaient en commun. Je ne me rappelais pas la dernière fois que je les avais vus se toucher, même si ce n'était pas une condition nécessaire à la vie maritale des Élevés.

Contrairement à eux, des sentiments forts unissaient clairement M. et Mme Tulis. C'était évident dans la façon dont il serrait son épouse contre lui, la manière dont elle le regarda en premier avant de se tourner vers la duchesse.

« Merci. » L'expression nerveuse de la femme se posa sur le duc. « Votre Grâce. »

Celui-ci hocha la tête en guise de salut. « Tout le plaisir est pour nous. Que pouvons-nous faire pour vous et votre famille ?

— Nous sommes venus vous présenter notre fils », expliqua-t-elle en tournant le bébé en direction de l'estrade. Son petit visage était rouge et fripé. Il cligna de ses grands yeux.

La duchesse se pencha en avant, mais ses mains demeurèrent nouées sur ses genoux. « C'est un trésor. Comment s'appelle-t-il ?

— Tobias, répondit le père. Il ressemble à ma femme, mignon comme tout, si je puis dire, Votre Grâce. »

Un sourire étira mes lèvres.

« Vous avez raison, acquiesça la duchesse. J'espère que le bébé et vous vous portez bien ?

— Oui. Je suis en parfaite santé, tout comme lui. Sa naissance a été une joie, une véritable bénédiction. » Mme Tulis se redressa et pressa l'enfant contre sa poitrine. « Nous l'aimons énormément.

— Est-il votre premier fils ? » demanda le duc.

La pomme d'Adam de M. Tulis ondula lorsqu'il déglutit. « Non, Votre Grâce. Il s'agit de notre troisième fils. »

La duchesse tapa dans ses mains. « Alors, Tobias est réellement béni des dieux. Il recevra l'honneur de les servir.

— C'est la raison de notre présence ici, Votre Grâce. » L'homme retira son bras des épaules de sa femme. « Notre premier fils, notre cher Jamie, il… il est décédé il y a moins de trois mois. » Il s'éclaircit la voix. « Les guérisseurs nous ont dit qu'il s'agissait d'une maladie du sang. Tout est allé très vite. Un jour, il allait bien, il courait partout et faisait tout un tas de bêtises. Le lendemain matin, il ne s'est pas réveillé. Il est resté ainsi quelques jours avant de finalement nous quitter.

— Je suis terriblement navrée de l'apprendre. » Le chagrin emplit la voix de la duchesse alors qu'elle s'adossait de nouveau à son siège. « Qu'en est-il de votre deuxième fils ?

— Nous l'avons perdu de la même maladie qui a emporté Jamie. » La mère se mit à trembler. « Il n'avait pas encore 1 an. »

Ils avaient perdu deux enfants ? Mon cœur saignait pour ces parents. Même si je connaissais trop bien la douleur du deuil, j'avais du mal à imaginer ce que l'on ressentait lorsqu'on perdait un enfant, encore moins quand on en perdait deux. Si je m'ouvrais à eux et en faisais l'expérience, je savais que je voudrais les aider, et je ne pouvais pas le faire. Pas ici. Alors, je verrouillai mes pouvoirs.

« C'est une véritable tragédie. J'espère que vous vous consolez en sachant que votre très cher Jamie est en compagnie des dieux, avec votre deuxième-né.

— Bien sûr. C'est ce qui nous a permis de surmonter leur perte. » Mme Tulis berça doucement le bébé. « Si nous sommes venus aujourd'hui, c'est que nous espérons… nous souhaitons vous sommer… » Elle se tut. Elle semblait incapable de poursuivre.

Ce fut son mari qui continua à sa place. « Nous sommes venus ici aujourd'hui afin de vous supplier d'exclure notre fils du Rite jusqu'à ce qu'il atteigne la majorité. »

Un hoquet de surprise générale parcourut l'audience. Il venait de toute part.

M. Tulis carra les épaules, mais ne se laissa pas démonter. « J'ai conscience que c'est beaucoup vous demander, ainsi qu'aux dieux. Il est notre troisième fils, mais nous avons perdu les deux premiers, et même si ma femme désirerait d'autres enfants, les guérisseurs le lui ont déconseillé. Il est le seul enfant qu'il nous reste et il sera également notre dernier.

— Il reste votre troisième fils », répondit le duc. Mon cœur se serra. « Que votre premier enfant se porte bien ou non importe peu. Cela ne change rien au fait que votre deuxième fils et, maintenant, le troisième sont destinés à servir les dieux.

— Mais nous n'en avons pas d'autres, Votre Grâce. » La lèvre inférieure de Mme Tulis tremblait. Sa poitrine se soulevait rapidement. « Si je tombais de nouveau enceinte, je pourrais mourir. Nous…

— Je le conçois tout à fait. » Le ton du duc était toujours le même. « Et vous devez comprendre que même si les dieux nous ont offert de grands pouvoirs et une grande autorité, nous n'avons pas la capacité d'intervenir par rapport au Rite.

— Mais vous pouvez parler aux dieux. » M. Tulis fit un pas en avant. Aussitôt, plusieurs gardes royaux approchèrent. Il se figea.

Des chuchotements s'élevèrent de la foule. Je jetai un coup d'œil en direction de Hawke. Il observait ce qui, en mon sens, était la troisième tragédie des Tulis qui se déroulait devant nous. Son expression était aussi dure que la pierre qui nous entourait. Avait-il des frères et sœurs qui avaient été sacrifiés au Rite ? Un proche qui avait reçu la Bénédiction des dieux et servait à la cour, quelqu'un à qui il ne pourrait plus jamais parler ?

« Vous pourriez intervenir en notre faveur auprès des dieux, n'est-ce pas ? » demanda M. Tulis. Sa voix était râpeuse comme du sable. « Nous sommes des gens bien.

— Je vous en conjure. » Des larmes coulaient le long du visage de la mère. Mes doigts me démangeaient. Je mourais d'envie de la toucher et d'alléger sa peine ne serait-ce que pour quelques minutes. « Nous vous supplions d'essayer. Les dieux sont miséricordieux. Nous prions chaque matin et chaque soir à Aios et Nyktos de nous offrir ce cadeau. Nous vous demandons simplement...

— Votre requête ne peut pas vous être accordée. Tobias est votre troisième enfant. C'est l'ordre naturel des choses », déclara la duchesse. Un terrible sanglot échappa à la femme. « Je sais que c'est difficile. Vous en souffrez. Mais votre fils est un présent pour les dieux. Ce n'est pas l'inverse. C'est la raison pour laquelle nous ne pouvons pas leur demander une telle chose. »

Pourquoi ? Quel mal y aurait-il eu à leur poser la question ? Il y avait certainement suffisamment de personnes au service des dieux. Un seul garçon n'aurait pas bouleversé l'ordre naturel des choses.

De plus, des exceptions avaient déjà été faites. Mon frère en était la preuve vivante.

De nombreux spectateurs semblaient pétrifiés, comme s'ils ne pouvaient croire l'audace de la demande. D'autres, toutefois, arboraient des expressions compatissantes, voire révoltées. Leur regard était rivé sur l'estrade, sur le duc et la duchesse Teerman et sur moi.

« S'il vous plaît, je vous en supplie. Je vous en prie. » Le père tomba à genoux, les mains en signe de prière.

Je hoquetai. Ma poitrine se noua. J'ignore comment cela arriva, ni même pourquoi, mais tout à coup, je perdis le contrôle sur mon pouvoir et mes sens s'ouvrirent. J'inspirai profondément tandis que le chagrin me submergeait comme des vagues glaciales. Sa force manqua me faire tomber à genoux. J'avais du mal à respirer.

Un instant plus tard, je sentis Vikter poser une main contre mon dos. Je savais qu'il n'hésiterait pas à me retenir si je faisais mine de me diriger vers eux. Cela me tua de rester plantée là sans rien faire, mais j'y parvins.

Détournant le regard de M. Tulis, je me forçai à reprendre une respiration normale. Les yeux grands ouverts, je passai la foule en revue et imaginai un mur dans mon esprit aussi haut que celui qui entourait la ville, si imposant et épais que la douleur des autres ne pourrait la traverser. Cela avait toujours fonctionné et ce fut le cas ce soir-là. Les griffes du deuil relâchèrent leur prise, mais…

Je posai les yeux sur un homme blond. Il se tenait quelques rangs plus loin, le menton baissé. Une grande partie de son visage était dissimulée derrière le rideau formé par ses cheveux. Je sentais… quelque chose me brûler à travers le mur que j'avais érigé, mais cela ne ressemblait pas à de la peine. Il s'agissait plutôt d'une douleur physique, brûlante. Un goût amer emplissait ma bouche, comme si j'avais avalé de l'acide. Cet homme souffrait, mais…

Déstabilisée, je fermai les yeux et reconstruisis le mur jusqu'à ne plus sentir que les battements de mon propre cœur. Au bout de quelques secondes, je fus capable de prendre une inspiration plus profonde et l'étrange sensation disparut. Je rouvris les paupières. M. Tulis continuait de supplier.

« Pitié. Nous aimons notre fils, disait-il en pleurant. Nous souhaitons l'élever pour qu'il devienne un homme bon, pour…

— Il sera élevé au sein des temples d'Ione et de Rhahar, où l'on s'occupera de lui et où il sera aux services des dieux comme cela est le cas depuis la première Bénédiction. » Le ton du duc était sans appel. Les sanglots de l'épouse redoublèrent. « À travers nous, les dieux vous protègent des horreurs vivant à l'extérieur du Mur. De ce qui se cache au cœur de la Brume. La seule chose qu'ils demandent en retour est que nous leur offrons des serviteurs. Voulez-vous prendre le risque de les mettre en colère pour garder votre enfant à la maison, qui finira par vieillir et sera peut-être emporté par la maladie ? »

M. Tulis secoua la tête. Il avait perdu toute couleur. « Non, Votre Grâce, ce n'est évidemment pas ce que nous souhaitons, mais il est notre fils…

— C'est pourtant ce que vous nous demandez, le coupa le duc. Un mois suivant le jour de sa naissance, vous le confierez aux hauts prêtres et vous en serez honorés. »

Incapable de regarder leurs visages souillés de larmes plus longtemps, je fermai les yeux. J'aurais aimé ne pas percevoir leurs lamentations non plus. Toutefois, il était trop tard. Je ne pourrais plus jamais effacer ce souvenir de ma mémoire. Et en toute franchise, j'avais besoin d'entendre leur douleur. J'avais besoin d'en être témoin et de me la rappeler. Servir les dieux à l'intérieur des temples était un honneur, mais il s'agissait également d'une grande perte pour les familles.

« Cessez de pleurer, implora la duchesse. Vous savez que tout cela est juste, car c'est ce qu'exigent les dieux. »

Pourtant, cela ne semblait pas l'être. Quel mal y aurait-il eu à demander aux dieux de faire une exception pour qu'un enfant reste auprès de ses parents ? Pour qu'il grandisse, vive et devienne un membre utile de la société ? Ni le duc ni la duchesse ne plierait. Comment un mortel pouvait-il rester de marbre face aux suppliques d'une mère et au désespoir de son mari ?

Je connaissais déjà la réponse à cette question.

Les Élevés n'étaient plus mortels.

10

J'étouffai un bâillement pendant que Tawny m'aidait à fixer mon voile. J'avais l'impression de ne pas avoir eu un seul moment de repos.

Mon esprit ne m'avait pas laissé tranquille de toute la nuit. Je n'avais cessé de penser à Malessa et Rylan, à la menace du Seigneur des Ténèbres et à ce qui s'était passé avec la famille Tulis. Le terrible désespoir qui avait déformé le visage de la mère tandis que son mari l'escortait hors de la pièce me hantait, tout comme la foule qui s'était écartée pour les laisser passer. On aurait dit que leur requête avait rendu les Tulis contagieux. Quand ils étaient partis, leur nourrisson serré contre eux, ils avaient laissé leur chagrin en arrière. Il avait continué de flotter dans l'air comme une entité tangible.

Mais ce n'était pas la seule partie de cette histoire qui m'avait empêchée de dormir.

La façon dont Hawke avait regardé le couple dévasté me revenait elle aussi sans arrêt en mémoire. La colère avait crispé sa mâchoire et réduit ses lèvres à une ligne fine et rigide. Il n'avait pas été le seul dans l'audience à arborer ce que l'on aurait pu qualifier de marque de ressentiment. Je repensai à l'homme blond que j'avais vu et à ce qu'il avait dégagé. C'était forcément une forme de douleur, car c'était ce que je ressentais chez les autres. Mais cela m'avait fait penser à la colère qui avait durci les traits de Hawke et d'autres personnes.

Des hommes et des femmes de rangs différents qui n'avaient pas regardé les Tulis avec dégoût. Au contraire, face à l'estrade, ils n'avaient pas réussi à dissimuler leur mécontentement et leur amertume. Certains d'entre eux avaient-ils confié leur troisième-né aux prêtres ? Verraient-ils bientôt leurs deuxièmes fils ou filles partir pour la cour après leur Rite ?

Le duc et la duchesse s'étaient-ils rendu compte de leur animosité ? J'en doutais. En revanche, elle n'avait pas échappé à la Garde royale.

Comme Vikter l'avait dit, nous traversions une période troublée et cela ne faisait qu'empirer. Les Effondrés n'étaient pas les seuls coupables. Certains problèmes pouvaient être attribués à « l'ordre naturel des choses », au Rite qui commençait à paraître anormal, surtout lorsque des circonstances comme celles des Tulis n'étaient pas prises en compte.

Pouvait-on changer les codes ? Était-ce seulement possible ? Cette question m'avait également tenue éveillée. À présent, les dieux avaient certainement assez de fils et de filles à leurs côtés. Le royaume tout entier était à leur service. Peut-être pourrions-nous procéder au cas par cas ? De nombreux parents étaient honorés de leur confier leurs enfants. Pour certains, une vie entière au service des dieux était une bien meilleure perspective que de rester à la maison. Pourrais-je changer l'ordre des choses lorsque je retournerais à la capitale, avant de m'élever ? Possédais-je un tel pouvoir ? J'en avais davantage que les dames et seigneurs en Attente. J'étais la Pucelle. Je pourrais parler à la reine de la part des Tulis. Et si les dieux me laissaient revenir ici en tant qu'Élevée, je continuerais à œuvrer en faveur du changement.

Du moins, j'essaierais, ce qui était toujours mieux que ce que le duc et la duchesse étaient prêts à faire. C'était ce que j'avais décidé avant de m'endormir enfin. Quelques heures plus tard, j'avais dû me lever pour rejoindre Vikter.

« Tu as l'air d'avoir besoin d'une bonne sieste, me fit remarquer Tawny en accrochant la dernière chaîne du voile.

— Si seulement je pouvais, soupirai-je.

— Je ne comprends pas pourquoi tu n'arrives pas à dormir pendant la journée. » Elle se plaça à côté de moi et tira sur le bas du voile afin qu'il tombe au milieu de mon dos. « Moi, il suffit que je m'asseye dans un fauteuil bien confortable…

— Pour t'endormir en quelques minutes. Ça me rend terriblement jalouse. » J'enfilai des chaussons blancs à la semelle bien trop fine. « Dès que le soleil est levé, je ne peux plus dormir.

— Ça, c'est parce que tu ne supportes pas de ne rien faire, répondit-elle. Quand on dort, on ne fait rien, ce qui est une chose à laquelle j'excelle. »

Je ris. « On est tous doués pour quelque chose. »

Elle m'adressa un regard acerbe. Au même moment, un coup franc résonna contre la porte. La voix de Vikter retentit. Je grognai, même si j'avais anticipé son arrivée. La prêtresse Analia m'attendait pour partager des prières. En réalité, elle passait surtout nos moments ensemble à critiquer toute ma personne, de ma posture jusqu'aux plis de ma robe.

« Si tu veux t'échapper, je dirai à Vikter que tu as sauté par la fenêtre », me proposa Tawny.

Je gloussai. « Ça ne me ferait gagner que cinq minutes d'avance.

— C'est vrai. » Tawny atteignit la porte avant moi et l'ouvrit à la volée. À l'instant où je vis le visage de Vikter, je me crispai. De profonds sillons creusés par la tension encadraient sa bouche.

« Qu'y a-t-il ? demandai-je.

— Le duc et la duchesse requièrent ta présence », annonça-t-il. Des nœuds d'appréhension se formèrent dans mon ventre.

Tawny m'adressa un bref regard nerveux. « Pourquoi ?

— Je pense que cela a un rapport avec le remplaçant de Rylan », répondit-il. Au lieu de ressentir du soulagement comme Tawny dont les épaules s'étaient détendues, je sentis ma gêne grandir.

« Sais-tu de qui il s'agit ? » Je le suivis dans le couloir.

Il secoua la tête. Une mèche de cheveux blonds tomba sur son front. « On ne m'a rien dit. »

Ce n'était pas inhabituel, mais étant donné que Vikter travaillerait en étroite collaboration avec la personne qui remplacerait Rylan, je m'étais attendue à ce qu'il soit l'un des premiers à connaître son identité.

« Qu'en est-il de mon rendez-vous avec la prêtresse Analia ? » demandai-je sans prêter attention à l'expression incrédule de Tawny qui se mit à avancer à côté de moi. Ma question me surprenait moi-même. Après tout, j'aurais presque préféré sauter par la fenêtre plutôt que de passer l'après-midi à l'entendre me répéter ce qui clochait chez moi. Toutefois, une sensation désagréable, angoissante avait pris racine au creux de mon ventre.

« Elle a été informée qu'il n'y aurait pas de session cette semaine, répondit Vikter. Je ne doute pas de ta déception. »

Je lui tirai la langue dans le dos. Tawny ravala un éclat de rire. Ensemble, on se dirigea vers l'extrémité de cette aile du château qui était pratiquement vide et on emprunta le couloir qui menait à l'escalier principal. Les larges marches en pierre donnaient sur le vaste hall d'entrée où les serviteurs dépoussiéraient les statues de Penellaphe et Rhain. Les effigies en pierre calcaire de deux mètres de haut se tenaient au centre de la pièce circulaire et étaient nettoyées chaque après-midi. Comment pouvait-il encore y avoir de la poussière dessus ?

Le hall menait ensuite à l'avant du château où se situaient la Grande Salle, les petits salons et l'atrium. Toutefois, Vikter nous conduisit sur la droite des statues, à travers une arcade ornée d'une guirlande verte et luxuriante. La gigantesque table de banquet destinée à des dizaines de convives était vide à l'exception d'un vase doré posé en son centre qui contenait plusieurs roses de nuit à longue tige. Le souffle coupé, je regardai longuement les roses tandis que nous dépassions la table en direction de l'une des portes, sur la droite, qui avait été laissée entrouverte. La vue de ces fleurs, leur parfum…

Je pouvais presque sentir le sang.

Tawny me toucha légèrement l'épaule pour attirer mon attention. Je soufflai et me forçai à sourire. Cela ne sembla pas la rassurer. Vikter poussa la porte de l'un des nombreux bureaux des Teerman au sein du château. On utilisait en général celui-ci pour les réunions les moins confidentielles. Lorsque je parcourus la pièce du regard, mon cœur s'arrêta.

Ce ne fut pas à cause du duc assis derrière son bureau noir, le visage pâle penché en avant, tandis qu'il inspectait le papier qu'il tenait à la main. Ce ne fut pas non plus à cause de la duchesse qui discutait avec le commandeur Jansen, debout à côté du bureau. Ce qui m'avait valu cette réaction était le jeune homme aux cheveux sombres, debout près du commandeur, vêtu de noir et de son armure en cuir et en métal.

Mes lèvres s'entrouvrirent. Mon cœur dégringola jusqu'au creux de mon ventre. Tawny, elle, s'arrêta brusquement. Elle cligna rapidement des yeux comme si elle était tombée nez à nez avec un dieu. Lentement, elle tourna la tête vers moi, un léger sourire aux lèvres. Elle paraissait curieuse et amusée. Si elle avait pu voir mon visage, elle se serait rendu compte que j'étais à deux doigts de m'enfuir.

À cet instant, je regrettais de ne pas lui avoir parlé de Hawke et de *La Perle Rouge*.

Même si je ne voyais aucune autre raison à sa présence ici avec le commandeur, je me raccrochais à l'idée que Vikter avait eu tort et que cette réunion n'avait rien à voir avec le remplacement de Rylan. Mais dans ce cas-là, pourquoi nous auraient-ils rassemblés ici ?

Aussitôt, une nouvelle crainte m'envahit. Et si Hawke avait découvert que c'était moi qu'il avait rencontrée à *La Perle Rouge* ? Oh, mes dieux. Cela paraissait improbable, mais le fait que Hawke devienne mon garde personnel l'était tout autant. Mon cœur s'emballa de plus belle, comme s'il faisait la course avec lui-même.

Le duc leva la tête de son document. Son beau visage froid ne donnait aucune indication par rapport à ce qui allait se passer. « S'il vous plaît, fermez la porte, Vikter. »

Pendant qu'il obéissait, les nombreux détails de la pièce majestueuse m'assaillirent. Le blason royal peint en doré sur le mur en marbre blanc derrière le duc était éblouissant. Les murs nus contrastaient violemment avec les cimaises noires qui couraient sur la longueur ainsi que la largeur de la pièce. Il n'y avait qu'un siège en plus de celui du duc. Un fauteuil à oreilles cossu de couleur crème qui, d'habitude, était occupé par la duchesse. Les autres options pour s'asseoir étaient les trois bancs en pierre calcaire.

La pièce était aussi froide que le duc, mais elle était bien mieux que celle qu'il préférait utiliser en temps normal. Celle où il m'avait fait appeler de trop nombreuses fois.

« Merci. » Un sourire figé aux lèvres, Teerman fit un signe de la tête à Vikter et posa la feuille de papier sur son bureau. Ses yeux noirs insondables se tournèrent vers l'endroit où je me tenais, juste devant la porte. Sa bouche se crispa. Il me fit signe de m'approcher. « Asseyez-vous, je vous en prie, Penellaphe. »

Les jambes étonnamment engourdies, je m'obligeai à parcourir la courte distance, consciente que Hawke observait le moindre de mes pas. Je n'avais pas besoin de le voir pour le savoir. Son regard était toujours très intense. Je m'assis au bord du banc du milieu et posai les mains sur mes genoux. Tawny s'installa derrière moi. Quant à Vikter, il se posta à ma droite, de façon à se placer entre le commandeur, Hawke et moi.

« J'espère que vous vous portez bien, Penellaphe ? » s'enquit la duchesse en s'asseyant sur son fauteuil à côté du bureau.

Avec un peu de chance, un simple « oui » suffirait. Je me contentai de hocher la tête.

« Je suis rassurée de l'apprendre. J'avais peur que d'assister au conseil de la ville si tôt après votre attaque se révèle trop fatigant », dit-elle.

Pour une fois, j'étais contente de porter un voile. Si mon visage avait été exposé, je n'aurais pas pu cacher à quel point je trouvais son inquiétude ridicule. Je m'en étais sortie avec des bleus. Je n'avais pas subi de blessures graves. Ma poitrine n'avait pas été transpercée par une flèche comme l'avait été celle de Rylan. Tout irait bien. *Tout allait bien*. Mais Rylan, lui, ne s'en remettrait jamais.

« Ce qui s'est passé dans le jardin est la raison pour laquelle nous sommes réunis ici », annonça le duc. Les muscles de mon cou et de mon dos se crispèrent. « En conséquence de la mort de… » Il fronça les yeux tandis que l'incrédulité m'envahissait. « Comment s'appelait-il ? demanda-t-il à la duchesse qui, elle aussi, parut indécise. Le garde ?

— Rylan Keal, Votre Grâce », répondit Vikter avant que je ne le fasse moi-même.

Le duc claqua des doigts. « Ah, oui. Ryan ! En conséquence de la mort de Ryan, il vous manque un garde. »

Je serrai les poings. Rylan. Son nom était Rylan. Pas Ryan.

Personne ne le corrigea.

« Encore une fois, ajouta le duc après une courte pause, les lèvres tordues en un simulacre de sourire. Deux gardes perdus en un an. J'espère que cela ne deviendra pas une habitude. »

À l'entendre, on aurait dit que c'était ma faute.

« Quoi qu'il en soit, le prochain Rite et votre Élévation approchant, nous ne pouvons pas nous attendre à ce que Vikter assure seul votre protection, reprit Teerman. Il nous faut remplacer Ryan. »

Je me mordis l'intérieur de la joue.

« Ce qui, je suis certain que vous l'avez compris, explique la présence du commandeur Jansen et du garde Flynn. »

Il me semblait que j'avais cessé de respirer.

« Flynn prendra la place de Ryan, avec effet immédiat », dit le duc, confirmant ce que j'avais deviné à l'instant où j'avais pénétré dans la pièce. Toutefois, l'entendre à voix haute rendait la chose plus réelle. « Je suis sûr que c'est une surprise pour vous. Vous n'ignorez pas qu'il vient d'arriver dans notre ville et qu'il est encore un jeune membre de la garde. »

C'était précisément ce que je pensais. Le duc lui-même semblait sceptique.

« Même si plusieurs gardes du Mur étaient en lice pour être promus, choisir Hawke n'a pas été un affront pour eux. » Il s'adossa à son siège et croisa les jambes. « Le commandeur nous a assuré que Hawke était l'homme qu'il nous fallait pour cette tâche. »

Je n'arrivais pas à y croire.

« Flynn est nouveau en ville, c'est vrai, mais il ne s'agit pas d'une faiblesse. Cela lui donnera la faculté d'aborder les menaces avec un regard neuf, déclara le commandeur Jansen qui répétait ce que Vikter m'avait expliqué. N'importe quel garde aurait négligé le potentiel d'une brèche dans le jardin de la Reine. Ce n'est pas par manque de compétences…

— Cela reste à voir », murmura le duc.

Le commandeur fit le choix éclairé de poursuivre sans prendre en compte ce commentaire. « Mais parce qu'un faux sentiment de sécurité et de complaisance apparaît lorsque l'on reste trop longtemps dans une même ville. Hawke ne connaît pas assez les lieux pour cela.

— Il a également fait l'expérience des dangers présents de l'autre côté du mur récemment », intervint la duchesse. Je tournai vivement la tête vers elle. « Votre Élévation aura lieu dans un peu moins d'un an. Peu importe qu'elle se déroule à la date prévue, ou plus tôt. Avoir quelqu'un avec ce genre d'expérience à vos côtés est inestimable. Vous n'aurez pas à vous entourer de chasseurs pour vous assurer de voyager en toute sécurité jusqu'à la capitale. Les Effondrés et le Seigneur des Ténèbres ne sont pas les seules choses que vous devez craindre là dehors, comme vous le savez. »

J'en avais parfaitement conscience.

Ses arguments étaient valides. Il n'y avait pas beaucoup de chasseurs et peu de gardes étaient capables de se rendre de l'autre côté du Mur. Ceux qui survivaient étaient ceux qui étaient doués pour…

donner la mort.

N'était-ce pas exactement ce que Hawke avait dit ?

« La possibilité que vous soyez rappelée de manière impromptue à la capitale a influencé ma décision, confirma Jansen. En temps normal, nous organisons les voyages de l'autre côté du Mur au moins six mois en avance. Si vous dépendez des chasseurs, lorsque la reine demandera votre présence à la capitale, vous seriez coincée ici jusqu'à leur retour. En revanche, si Hawke s'occupe de vous escorter, nous devrions pouvoir éviter ce genre de désagréments. »

Les dieux me détestaient. C'était officiel.

Étant donné que je m'adonnais régulièrement à des actes interdits, cela n'avait rien de surprenant. Peut-être m'avaient-ils surveillée et c'était leur punition.

Sinon, comment expliquer que parmi les gardes du Mur, le commandeur ne voyait personne plus qualifié ou adéquat pour ce rôle ?

Hawke était-il doué à ce point ?

Ma tête tourna vers lui sans que je lui en donne l'ordre. Je me rendis alors compte qu'il me fixait. Un frisson descendit le long de ma colonne vertébrale. Il me fit un léger signe de la tête et j'eus l'impression d'apercevoir un éclat malicieux dans ses yeux ambrés, comme si la situation l'amusait. C'était sans doute le fruit de ma paranoïa.

« En tant que membre de la garde personnelle de la Pucelle, il se peut que vous vous retrouviez dans une situation où vous la verrez sans son voile. » Le ton de la duchesse était doux, peut-être même un peu compatissant. Alors, je compris. Je savais ce qui allait se passer à présent. « Voir le visage de quelqu'un pour la première fois, surtout celui d'une Élue, peut s'avérer déstabilisant. Cela pourrait interférer avec votre capacité à la protéger. C'est la raison pour laquelle les dieux autorisent cette brèche dans le protocole. »

J'avais été tellement obnubilée par la peur qu'il me reconnaisse que j'avais oublié ce qui s'était passé lorsque Rylan avait été amené à travailler avec Vikter.

« Commandeur Jansen, je vous prie de bien vouloir quitter la pièce », lui dit le duc. Mon regard ahuri se posa sur lui. Il avait un sourire aux lèvres, un sourire joyeux qui, pour une fois, n'était ni forcé ni fugace.

Je ne remarquai pas que le commandeur était parti avant que le bruit de la porte se refermant derrière lui me fasse sursauter.

« Vous êtes sur le point d'être le témoin d'une chose que peu de privilégiés ont vue. Une Pucelle sans son voile », annonça Teerman à Hawke. Celui-ci ne me quittait pas du regard. Mes mains tremblaient sur mes genoux. Un vrai sourire apparut sur son visage et me retourna l'estomac. « Penellaphe, s'il vous plaît, montrez-vous. »

11

Dans ma vie, il y avait eu plusieurs moments qui avaient davantage ressemblé à un rêve qu'à la réalité.

La nuit où j'avais entendu les hurlements de ma mère et notre père nous crier de fuir en faisait partie. Autour de moi, tout m'avait paru trouble, comme si j'avais été présente, mais déconnectée de mon corps à la fois. Le massacre de mes parents avait été bien plus grave et traumatisant que ce qui se passait à cet instant. Toutefois, j'étais peut-être sur le point d'être démasquée. Si Hawke racontait au duc où il m'avait vue…

La bouche sèche, je sentis une poigne de fer se refermer sur mon cœur.

Peut-être Vikter avait-il raison de dire que je voulais que l'on me juge indigne de mon statut. Mais, même si c'était la vérité, si cela se produisait, j'espérais me trouver le plus loin possible du duc.

Hawke n'avait pas vu l'intégralité de mon visage à *La Perle Rouge*, ce soir-là, mais il avait vu suffisamment pour me reconnaître. Il finirait par me replacer. Sans doute après m'avoir entendue parler. Je n'avais jamais cru que ce moment aurait lieu ici, devant le duc et la duchesse.

« Penellaphe. » La voix du duc s'était faite menaçante. J'étais trop lente. « Nous n'avons pas toute la journée.

— Laissez-lui un peu de temps, Dorian, dit la duchesse en se tournant vers son mari. Vous savez pourquoi elle hésite. Nous avons le temps. »

Je n'hésitais pas pour la raison qu'ils imaginaient, celle qui faisait sourire le duc avec tant d'allégresse. Bien entendu, je n'étais pas très à l'aise à l'idée de dévoiler mon visage et mes cicatrices devant Hawke, mais à cet instant précis, c'était le cadet de mes soucis. Le duc était probablement en train de jubiler intérieurement.

Cet homme nourrissait envers moi la haine la plus totale.

Dorian Teerman prétendait le contraire. Il faisait croire à tout le monde qu'il me voyait comme un véritable miracle, l'Élue, tout comme sa femme. Mais je savais que ce n'était pas le cas. Les moments que nous passions dans son autre bureau étaient la preuve irréfutable de ses véritables sentiments envers moi.

J'ignorais exactement ce qu'il détestait à mon sujet, mais il devait y avoir quelque chose de particulier. À ma connaissance, il se montrait respectueux envers les dames et seigneurs en Attente. Moi, en revanche ? Il adorait plus que tout découvrir ce qui me mettait mal à l'aise pour pouvoir s'en servir par la suite. Si je voulais lui faire plaisir, il suffisait que je le déçoive et que je lui offre une raison de me donner une leçon.

Le visage en feu – à cause de la colère et de la frustration plus que de la gêne –, je tendis la main vers les chaînes qui maintenaient mon voile en place. Je les défis si violemment que je faillis les arracher. Tawny se leva et attrapa mon voile avant qu'il ne tombe par terre. Elle m'aida à retirer complètement la coiffe.

L'air frais me caressa les joues et la nuque. Je regardai le duc droit dans les yeux. J'ignore ce qu'il lut sur mon visage, mais son sourire s'évanouit et ses iris se transformèrent en éclat d'obsidiennes. Sa mâchoire se contracta. Je savais que je n'aurais pas dû, mais je ne pus m'en empêcher.

Je souris.

Ce n'était qu'un très léger sourire en coin. Les autres personnes présentes ne l'avaient probablement pas remarqué, mais le duc l'avait vu. Je le savais.

Il ne faisait aucun doute que je paierais pour mon insolence, mais à cet instant, je m'en moquais.

Quelqu'un bougea à ma droite, ce qui mit fin à mon face-à-face avec le duc et me rappela que nous avions de la compagnie. Il n'était pas le seul à m'observer.

Hawke ne voyait que le côté profil de mon visage, celui qui, selon le duc, était très beau. J'aimais croire que de ce côté, je ressemblais à ma mère.

Après avoir pris une légère inspiration, je tournai la tête pour lui faire complètement face. Pas de profil caché, ni de voile ou de masque qui dissimulait mes deux cicatrices. Mes cheveux avaient été tressés, puis enroulés en chignon. Eux non plus ne dissimulaient rien. Hawke pouvait voir tout ce que je lui avais dévoilé à *La Perle Rouge* et bien plus. Il voyait les cicatrices. Je me préparai à l'inévitable, comme le duc l'avait prédit, car au fond de moi, que Teerman comprenne pourquoi ou non, la réaction de Hawke m'affecterait.

Cela me ferait bien plus mal que de raison.

Mais il était hors de question que je le montre.

Le menton relevé, j'attendis qu'une expression de choc, de dégoût ou, pire, de pitié se peigne sur son visage. Je n'imaginais pas une autre réaction. La beauté était une chose hautement convoitée et vénérée. La perfection, encore plus.

Elle était considérée comme un trait du divin.

Les yeux dorés de Hawke parcoururent mon visage. Son regard était si intense que je sentais sa caresse sur mes cicatrices, mes joues et même mes lèvres. Un frisson dansa le long de mes épaules, puis il plongea de nouveau les yeux dans les miens. On resta un long moment ainsi, à se toiser. Toute trace d'oxygène sembla quitter la pièce. J'avais chaud comme si j'étais restée trop longtemps au soleil.

Tandis que je l'observais, je n'arrivais pas à déterminer ce que je lisais dans ses yeux. Dans tous les cas, je n'y décelai ni choc ni dégoût, et encore moins de la pitié. Son visage était neutre. Parfaitement neutre. Il y avait bien quelque chose dans son expression et dans la forme de sa bouche, mais j'ignorais de quoi il s'agissait.

Le duc reprit la parole d'une voix faussement agréable. « Elle est vraiment unique, vous ne trouvez pas ? »

Je me crispai.

« La moitié de son visage est une œuvre d'art », murmura-t-il. J'eus soudain très froid, puis très chaud et mon estomac se retourna. « L'autre est une tragédie. »

Un tremblement descendit le long de mes bras, mais je gardai la tête haute et résistai à l'envie d'attraper quelque chose, n'importe quoi, pour le jeter au visage du duc.

La duchesse parla, mais je n'entendis pas ses paroles. Hawke avança vers moi sans me quitter des yeux. « Les deux moitiés sont aussi belles que l'ensemble. »

Mes lèvres s'entrouvrirent et j'inspirai vivement. Je ne vis pas la réaction du duc, mais je ne doutais pas qu'elle fut cataclysmique.

Hawke posa la main sur la poignée de son épée et se courba légèrement sans jamais détourner le regard. « Avec mon épée, avec ma vie, je jure de vous protéger, Penellaphe, dit-il d'une voix grave et douce qui me fit penser à la richesse et à la décadence du chocolat. À partir de cet instant, jusqu'au dernier, mon existence vous appartient. »

Une fois la porte de ma chambre fermée derrière moi, je m'adossai au bois frais et soufflai bruyamment. Il avait dit mon nom en prononçant ses vœux pour devenir mon garde. Il n'avait pas fait cette promesse à ce que je représentais, mais à moi, en particulier, et c'était…

Ce n'était pas censé se passer ainsi.

« Avec mon épée, avec ma vie, je jure de vous protéger, Pucelle, Élue des dieux. À partir de cet instant et jusqu'au dernier, mon existence vous appartient. »

C'était ainsi que Vikter avait prononcé ses vœux. Hannes, puis Rylan également.

Le commandeur avait-il oublié de transmettre à Hawke la formulation correcte ? J'avais du mal à imaginer qu'il puisse omettre une telle chose. Lorsque Hawke s'était redressé, le regard du duc aurait pu embraser de l'herbe humide.

Tawny se retourna pour me faire face. Sa robe bleu pâle tournoya autour de ses pieds. « Hawke Flynn est ton nouveau garde, Poppy.

— Je sais.

— Poppy ! » Elle criait presque. Elle désigna le couloir du doigt. « C'est ton garde ! »

Mon cœur fit un salto arrière. « Ne parle pas si fort. » Je m'écartai de la porte et la pris par la main pour l'en éloigner. « Il est sans doute juste de l'autre côté...

— Parce qu'il est ton garde personnel, répéta-t-elle pour la troisième fois.

— Je sais. » Le cœur battant la chamade, je la tirai en direction de la fenêtre.

« Et je vais passer pour une horrible personne, mais il faut que je le dise. Je ne peux pas le garder pour moi plus longtemps. » L'excitation lui agrandissait les yeux. « C'est une sacrée amélioration.

— Tawny ! m'indignai-je en lui lâchant la main.

— Je sais. J'ai conscience que c'est affreux de ma part, mais il fallait que ça sorte. » Elle posa la main contre son cœur en jetant un coup d'œil en direction de la porte. « Il est plutôt... agréable à regarder. »

C'était le moins que l'on puisse dire.

« Et il espère clairement monter les échelons. »

Les sourcils froncés, elle reporta son attention sur moi. « Pourquoi dis-tu ça ? »

Je la dévisageai. Avait-elle seulement écouté le discours du duc ? « Tu as déjà vu un garde royal aussi jeune ? »

Tawny grimaça.

« La réponse est non. Tu n'en as jamais vu. Apparemment, se rapprocher du commandeur paie, lui fis-je remarquer alors que mon pouls s'emballait de nouveau. J'ai du mal à croire qu'il n'y avait personne d'autre de compétent. »

Elle ouvrit la bouche, la referma, puis plissa les yeux. « Tu réagis vraiment bizarrement. Je ne m'y attendais pas. »

Je croisai les bras. « Je ne vois pas du tout ce que tu veux dire.

— Ah non ? Tu le reluques tout le temps quand il s'entraîne dans la cour...

— Ce n'est pas vrai ! » En fait, si, elle avait raison.

Tawny pencha la tête sur le côté. « N'oublie pas que je te suis presque partout... et tu ne regardes pas n'importe qui. Tu le regardes lui. »

Je ne répondis pas.

« À t'écouter, on pourrait croire que tu es en colère qu'il ait été choisi. Et, à part si tu me caches quelque chose, je ne comprends absolument pas pourquoi. »

Il y avait des tas de choses que je ne lui avais pas dites.

À mesure qu'elle me toisait, son expression se fit soupçonneuse. « Qu'as-tu omis de me raconter ? Il s'est montré irrespectueux envers toi ?

— Quand aurait-il eu l'occasion de me parler ? rétorquai-je d'une voix faible.

— Tu te promènes toujours dans le château. Tu aurais pu entendre quelque chose sans avoir à parler directement à quelqu'un », fit-elle remarquer en faisant un pas en avant. Elle baissa d'un ton. « A-t-il été insultant ? »

Je secouai la tête.

« Poppy... »

Je ne voulais surtout pas qu'elle pense que Hawke avait fait quelque chose de mal. Ce fut la raison pour laquelle je m'empressai de lui dire la vérité. À moins que ce ne soit parce que le secret me tuait. « Je l'ai embrassé. »

Elle resta un instant bouche bée. « Quoi ?

— Ou plutôt, il m'a embrassée, me corrigeai-je. Enfin, on s'est embrassés. C'était un baiser mutuel…

— J'ai compris ! s'écria-t-elle avant de prendre une profonde inspiration. Quand est-ce arrivé ? Comment ? Et pourquoi est-ce que tu ne m'en as pas parlé plus tôt ? »

Je me laissai tomber sur l'un des fauteuils à oreilles devant la cheminée. « C'était… la nuit où je suis allée à *La Perle Rouge*.

— Je le savais ! » Tawny tapa du pied. « Je savais qu'il s'était passé quelque chose. Tu agissais trop bizarrement… Tu avais tout le temps peur d'avoir des ennuis. Oh ! Si tu savais comme j'ai envie de te jeter un truc au visage ! Je n'arrive pas à croire que tu ne m'aies rien dit. Je devrais aller le crier sur les toits du château.

— Tu pourrais. Il ne t'arriverait rien. Mais moi…

— Je sais. Je sais. C'est interdit, bla bla bla. » Elle se dirigea vers le second fauteuil d'un pas leste, s'y assit et se pencha vers moi. « Mais je suis ton amie. Tu es censée me confier ce genre de choses. »

Mon *amie*.

Je voulais y croire. Je voulais croire que nous aurions été amies si elle n'avait pas été ma dame de compagnie. « Je suis désolée. J'ai commis de nombreux actes interdits par le passé, mais cette fois… c'est différent. Je pensais que si je n'en parlais pas… Je ne sais pas…

— Ce ne serait pas réel ? Les dieux n'en sauraient rien ? » Tawny secoua la tête. « Si les dieux sont au courant maintenant, ils l'étaient alors, Poppy.

— Je sais », murmurai-je. Je me sentais coupable, mais je ne pouvais pas lui expliquer pourquoi j'avais gardé ces évènements pour moi. Je ne voulais pas la blesser et j'avais la sensation que la vérité lui ferait du mal. Je n'aurais pas besoin d'utiliser mes dons pour le savoir.

« Je te pardonne si tu me racontes tout, avec les détails croustillants », dit-elle.

Je lui souris et m'exécutai. Enfin, presque. Tout en détachant lentement mon voile et en le déposant sur mes genoux, je lui narrai comment je m'étais retrouvée seule dans une chambre avec lui et pourquoi il m'avait prise pour Britta. Je lui avouai qu'après avoir compris que j'étais quelqu'un d'autre, il m'avait proposé de faire ce que je voulais, puis qu'il m'avait fait promettre que j'attendrais son retour. Toutefois, je ne lui dis pas qu'il m'avait embrassée *ailleurs*.

Tawny me fixa avec encore plus d'émerveillement qu'Agnès lorsqu'elle avait compris que j'étais la Pucelle. « Oh, mes dieux, Poppy ! »

Je hochai lentement la tête.

« C'est tellement dommage que tu ne sois pas restée !

— Tawny. » Je soupirai.

« Quoi ? Ose me dire que tu ne regrettes pas d'être partie. Ne serait-ce qu'un tout petit peu. »

Je ne le pouvais pas.

« Je te parie que si tu étais restée, tu ne serais plus une vraie Pucelle.

— Tawny !

— Quoi ? » Elle rit. « Je plaisante. Tu serais à la limite. Dis-moi, est-ce que… ça t'a plu ? Ce baiser ? »

Je me mordis les lèvres. J'aurais aimé pouvoir mentir. « Oui, beaucoup.

— Alors pourquoi es-tu si énervée qu'il soit devenu ton garde ?

— Pourquoi ? Tes hormones t'empêchent de réfléchir clairement.

— Mes hormones m'empêchent toujours de réfléchir, merci bien. »

Je ricanai. « Il va finir par me reconnaître. Sans doute, dès qu'il entendra ma voix, tu ne crois pas ?

— J'imagine.

— Et s'il allait répéter au duc que j'étais à *La Perle Rouge* ? Que je l'ai... autorisé à m'embrasser ? » Et bien plus, mais un baiser était déjà assez incriminant. « Il est un des gardes royaux les plus jeunes, peut-être même le plus jeune qui ait jamais existé. Il est clair qu'il souhaite gravir les échelons et pour ça, quoi de mieux que de gagner la confiance du duc ? Tu sais comment ses gardes et ses serviteurs préférés sont traités. Ils sont presque mieux considérés que ceux de la cour royale.

— Je ne pense pas qu'il cherche à obtenir les faveurs de Sa Grâce, répondit-elle. Il a dit que tu étais magnifique.

— Il se sera montré gentil. »

Elle me dévisagea comme si je venais de lui apprendre que j'adorais manger les poils des chiens. « Un : tu es magnifique. Tu le sais...

— Je n'ai pas dit ça pour que tu me fasses des compliments.

— Je sais, mais il fallait que je te le rappelle. » Elle m'adressa un grand sourire. « Deux : il n'était pas obligé de réagir pendant que le duc se comportait comme le pire des salauds. »

Un sourire me démangea les lèvres.

« Il aurait pu se contenter de réciter ses vœux de garde royal qui d'ailleurs, dans sa bouche, étaient extrêmement sexy.

— Oui », admis-je. Avant ma nuit à *La Perle Rouge*, je n'aurais même pas remarqué la différence. « C'est vrai.

— Je me suis presque éventée. Mais revenons à nos moutons. Tu crois qu'il t'a déjà reconnue ?

— Je n'en sais rien. » Je laissai ma tête retomber en arrière contre le fauteuil. « Je portais un loup ce soir-là et il ne me l'a pas enlevé, mais je ne pense pas que ce soit difficile de reconnaître quelqu'un une fois le masque retiré. »

Elle hocha la tête. « Moi non plus. Et je préfère imaginer qu'un garde, surtout un garde royal, en est capable.

— Alors, ça signifie qu'il a choisi de se taire. » Lorsque Vikter et lui m'avaient escortée jusqu'à mes appartements, il était resté silencieux. « Sauf s'il ne m'a pas reconnue. La chambre n'était pas très éclairée.

— Dans ce cas, il te reconnaîtra quand tu ouvriras la bouche, comme tu l'as dit. Ce n'est pas comme si tu pouvais te taire quand tu es en sa présence, fit-elle remarquer. Ce serait suspicieux.

— Clairement.

— Et très étrange.

— Je suis d'accord. » Je jouai avec les chaînes de mon voile. « Je ne sais pas. Soit il ne m'a pas reconnue, soit il a décidé de ne rien dire. Peut-être compte-t-il me faire du chantage. »

Elle fronça les sourcils. « Tu es vraiment trop méfiante. »

Je voulus nier, mais me rendis compte que c'était la vérité. Aussi, je poursuivis : « Je ne pense pas qu'il m'ait reconnue. » Un mélange singulier de soulagement et de déception s'ajouta à ma fébrilité face à l'inconnu. « Tu sais quoi ?

— Quoi ?

— Je ne sais pas si ça me rassure ou si ça me déçoit. » Je secouai la tête en riant. « Je ne sais vraiment pas, mais ça n'a aucune importance. Ce qui… Ce qui s'est passé entre nous n'a duré qu'une soirée. C'était… passager. Cela ne se reproduira pas.

— Bien entendu, murmura-t-elle.

— De toute façon, il n'en a peut-être même pas envie, maintenant qu'il sait qui je suis. Enfin, s'il est au courant.

— Oui, oui.

— Ce que j'essaie de dire, c'est que ce n'est pas une option. La seule chose qui importe, c'est ce qu'il fera de cette information », terminai-je avec un hochement de tête.

Tawny semblait à deux doigts de taper dans ses mains. « Tu veux savoir ce que je pense ?

— J'ai peur, mais vas-y. »

Ses yeux marron étincelaient de malice. « Les choses sont sur le point de devenir bien plus intéressantes par ici. »

12

Le lendemain, en début d'après-midi, je me trouvais dans l'atrium aéré et ensoleillé avec Tawny et non pas une, mais deux dames en Attente. Je me demandais comment j'avais pu me mettre dans une telle situation.

Mes déplacements hors de mes appartements étaient toujours bien programmés, surtout lorsque je venais ici, afin de ne rencontrer personne. Lorsque j'étais arrivée, une demi-heure plus tôt, il avait d'ailleurs été vide.

Cela avait changé quelques minutes après m'être installée et avoir commencé à picorer les minuscules sandwichs que Tawny avait chapardés, quand Loren et Dafina étaient entrées. Bien que je me fusse assise comme j'avais été habituée à le faire – les mains légèrement serrées sur mes genoux, les chevilles croisées et les pieds repliés derrière l'ourlet ivoire de ma robe –, je n'aurais pas dû me trouver dans la même pièce qu'elles.

Pas à la même table, en tout cas. Cela aurait pu facilement être interprété comme une interaction, ce qui était l'une des nombreuses choses que les prêtres et les prêtresses m'interdisaient formellement. Selon eux, je ne pouvais m'autoriser une telle familiarité.

Alors, je ne discutais avec personne. J'étais sans doute l'image même de la sérénité et de la bonne éducation. On aurait facilement pu me confondre avec l'une des statues des Pucelles voilées. De l'extérieur, je paraissais très calme, mais à l'intérieur, j'étais épuisée, une véritable boule de nerfs. Cela s'expliquait en partie par le fait que j'avais très mal dormi. Cela faisait plusieurs nuits que je rencontrais des difficultés à trouver le sommeil. Mais aussi parce que je savais que l'on allait me tenir responsable de la présence de Dafina et Loren. J'ignorais si j'étais autorisée à venir ici. Cela n'avait jamais posé de problème. Personne ne m'avait jamais fait la moindre remarque, même si, les fois précédentes, je n'avais croisé que des serviteurs ou des gardes. Toutefois, ce n'était pas la seule raison de ma nervosité.

La cause principale se tenait au coin opposé par rapport à l'endroit où j'étais assise, la main appuyée sur la poignée de son épée, les yeux ambrés constamment en alerte.

Hawke.

C'était étrange de tourner la tête et de le voir là. Ce n'était pas seulement parce que, d'habitude, Rylan nous protégeait durant les brunchs que Tawny et moi prenions parfois dans cette pièce. Non, l'atmosphère était différente. Rylan avait gardé les yeux rivés sur les jardins et passé une grande partie du temps à discuter avec un autre garde royal posté à proximité. Pas Hawke. Il s'était placé au seul endroit de la pièce où il avait une vue d'ensemble sur l'espace lumineux et les jardins à l'extérieur.

Les fenêtres ne donnaient pas sur les roses.

En revanche, mon regard était constamment attiré par la fontaine de la Pucelle voilée.

Une seule journée m'avait suffi pour comprendre à quel point Rylan s'était relâché en termes de sécurité. Pour sa défense, personne n'avait attenté à ma vie avant cette attaque, mais il s'était ramolli. Le seul fait de le penser me rendait coupable. J'avais l'impression de le trahir. Mais ce n'était pas la seule différence avec les brunchs précédents.

La présence des deux dames en Attente était nouvelle. Quelque chose me disait que c'était la première fois qu'elles mettaient les pieds dans l'atrium depuis leur rite et leur arrivée au château des Teerman.

Dafina, deuxième fille d'un riche marchand, agitait un éventail pliable en soie lilas comme si elle essayait de tuer un insecte qu'elle seule pouvait voir. Bien que le soleil de fin de matinée se déversât à travers les fenêtres, il faisait frais. Je doutais que Dafina avait eu un coup de chaud entre une bouchée de sandwich au concombre et une gorgée de thé.

À côté d'elle, Loren, deuxième fille d'un négociant renommé, avait cessé de coudre les petites pierres précieuses sur le masque qu'elle porterait durant le prochain Rite et se consacrait de manière exclusive à l'observation des moindres faits et gestes d'un certain garde royal. Elle était sans doute capable de me dire combien de respirations Hawke prenait par minute.

Au fond de moi, je savais pourquoi je ne m'étais pas levée et je n'avais pas quitté la pièce comme j'étais censée le faire, comme Tawny s'y était attendue. Je comprenais pourquoi j'étais prête à risquer une punition.

Le comportement de ces deux dames en Attente me fascinait.

Loren avait déjà tenté d'attirer l'attention de Hawke plusieurs fois. Elle avait fait tomber son sac de pierres précieuses en faisant semblant d'être absorbée par l'observation d'un oiseau aux ailes bleues qui sautaient de branche en branche dans un arbre près des fenêtres. Hawke l'avait aidée avec galanterie. Puis Dafina avait feint de s'évanouir… à cause de quoi, les dieux seuls le savaient. Son décolleté avait glissé davantage sur sa poitrine. Je me demandais comment ses seins n'étaient pas encore sortis.

Moi, avec le genre de robes que je portais, je n'avais pas ce problème.

Manches fluides, perles minuscules, et corsage qui atteignait presque mon cou. Le tissu était bien trop fin et délicat pour que je puisse dissimuler ma dague contre ma cuisse, mais dès que je pourrais me changer, la lame serait de retour à sa place.

Comme tout bon gentleman, Hawke avait aidé Dafina à s'asseoir sur une chaise et lui avait apporté un verre d'eau aromatisée à la menthe. Pour ne pas être en reste, Loren s'était soudain plainte d'une migraine inexplicable. Elle s'en était remise à l'instant où Hawke lui avait adressé un sourire, celui qui faisait ressortir sa fossette sur le côté droit.

Migraine et malaise avaient été des pures inventions de leur part. J'avais ouvert mes sens par curiosité et n'avais ressenti aucune douleur ni aucune angoisse, seulement une tristesse sous-jacente qui était sans doute due à la mort de Malessa, même si elles n'en parlaient pas.

« Vous ne devinerez jamais ce que l'on m'a dit ! » Dafina fit claquer son éventail et jeta un coup d'œil vers Hawke en se mordant la lèvre inférieure. « Quelqu'un… » Elle fit traîner le mot avant de baisser la voix. « Fréquente régulièrement l'un de ces… » Son regard se posa sur moi. « L'un de ces endroits, en ville.

— Un de ces endroits ? » demanda Tawny qui en avait clairement assez de faire semblant qu'elles n'étaient pas là. Personne ne pouvait lui en vouloir. C'étaient ses amies. Et même si les dames en Attente avaient sans doute parfaitement conscience qu'elles n'auraient pas dû être assises à côté de moi, Tawny paraissait aussi amusée par leur comportement que moi.

Dafina lui adressa un regard appuyé. « Tu sais bien, le genre d'endroit où les hommes et les femmes vont jouer aux cartes, mais *pas seulement*. »

Tawny haussa les sourcils. « Tu veux parler de *La Perle Rouge* ?

— J'essayais de me montrer discrète. » Dafina soupira et jeta un coup d'œil dans ma direction. « Mais oui. »

Je faillis éclater de rire. L'idée que Dafina tente de me protéger de l'existence d'un tel lieu était hilarante. Je me demandais quelle serait sa réaction si elle apprenait que je m'y étais rendue.

« Et d'après tes sources, que fait-il là-bas ? » Tawny me donna un petit coup de pied sous la table. « J'imagine qu'il y joue aux cartes ? À moins que… ? » La main posée contre son cœur, elle se laissa aller en arrière contre sa chaise en soupirant. Une mèche se libéra du chignon compliqué qui tentait de contenir ses cheveux. « À moins que, d'après toi, il prenne part à des… jeux plus controversés ? »

Tawny savait pertinemment ce que Hawke faisait à *La Perle Rouge*.

Je mourais d'envie de la frapper… comme une Pucelle, bien sûr.

« Je suis certaine qu'il ne fait que jouer aux cartes. » Loren haussa un sourcil et pressa son éventail jaune et rouge contre le tissu bleu foncé de sa robe. Le contraste était atroce, mais également… intéressant. Je baissai les yeux vers son masque. Des petites pierres précieuses de toutes les couleurs étaient cousues dessus. Quand elle aurait terminé, on aurait sans doute l'impression qu'un arc-en-ciel lui avait vomi au visage. « Si c'est le cas, ce serait… décevant.

— J'imagine qu'il fait la même chose que tous ceux qui vont là-bas, fit remarquer Tawny dont les paroles dégoulinaient d'amusement. Trouver quelqu'un pour passer du bon temps. » Son regard malicieux croisa le mien.

C'était décidé : j'allais remplacer le sucre que Tawny adorait mettre dans son café par du gros sel.

Elle savait que je ne dirais rien, que je ne pouvais pas. Je n'étais pas autorisée à parler devant les dames et je n'avais pas encore ouvert la bouche devant Hawke. Et à part pour me demander si je voulais faire quelque chose après le dîner la veille, il ne m'avait pas adressé la parole non plus.

Cette fois encore, je ne savais pas si je ressentais du soulagement ou de la déception.

« Tu ne devrais pas suggérer ce genre de choses en telle compagnie », lui conseilla Dafina.

Tawny s'étouffa sur son thé. Sous le couvert de mon voile, je levai les yeux au ciel.

« Si Mlle Willa était encore en vie, je suis sûre qu'elle l'aurait attrapé dans ses filets », déclara Loren. Sa remarque capta mon attention. Parlait-elle de *la* Willa Colyns ? « Et après, elle consignerait tout dans son journal. »

Oui, c'était bien ça.

Mlle Willa Colyns était une femme qui avait vécu à Masadonia quelque deux cents ans plus tôt. Elle avait apparemment été très… active sur le plan sentimental et avait raconté ses aventures scandaleuses dans son journal intime. Il était conservé à l'Athénée de la ville comme un ouvrage historique. Je pris note de demander à Tawny de me le trouver.

« J'ai entendu dire qu'elle avait seulement écrit au sujet de ses partenaires les plus… performants, murmura Dafina en gloussant. S'il avait été mentionné, on aurait su ce que cela signifiait. »

Je savais ce que cela signifiait.

À cause de lui.

Je tournai le regard vers l'endroit où Hawke se tenait. Sa tunique et son pantalon noirs collaient à son corps comme une seconde peau. Je ne pouvais pas en vouloir à Dafina ou Loren d'être incapables de le quitter des yeux plus de deux minutes. Il était grand, musclé et l'épée accrochée à sa taille, ainsi que celle contre son flanc, rappelait qu'il n'était pas seulement ici pour rattraper des dames qui s'évanouissaient. La cape blanche de la Garde royale qui reposait sur ses épaules venait désormais compléter sa tenue.

Autour de lui régnait une sorte de tension non quantifiable, comme si la pièce était électrifiée. Tous ceux qui l'approchaient la percevaient sans doute.

Mon regard glissa vers son torse. Il avait été si dur contre moi, même sans armure. Cette pensée me fit rougir. Une lourdeur récemment devenue familière s'empara de ma poitrine. Tout à coup, la soie de ma robe me paraissait rugueuse contre ma peau sensible et brûlante.

Finalement, un de ces éventails stupides m'aurait été bien utile.

Je ravalai un grognement. J'avais envie de me frapper. Comme je ne pouvais pas le faire, je me contentai de prendre une rasade de thé pour soulager ma gorge asséchée et me concentrai de nouveau sur Dafina et Loren. Elles parlaient à présent du Rite. Leur excitation était comme un bourdonnement entêtant. Il ne restait plus qu'une semaine avant la célébration. Elle aurait lieu lors de la Lune des Moissons.

Leur enthousiasme était contagieux. Pour la première fois, j'y participerais, moi aussi. Pour passer inaperçue, je serais masquée et ne porterais pas de blanc. La plupart des gens ne se rendraient pas compte de ma présence. Bien entendu, il se pourrait que les deux gardes qui me suivaient comme mon ombre trahissent mon identité. Malgré tout, un frisson d'excitation mêlé à de l'inquiétude me parcourut. Lentement, je reportai mon attention sur Hawke.

Mon estomac se retourna.

S'il me voyait avec un masque, me reconnaîtrait-il ? Cela avait-il une importance ? Après tout, il se pouvait qu'il comprenne la supercherie avant la date du Rite. Il l'avait peut-être déjà fait.

Les jambes écartées de la distance de ses épaules, il observait notre petit groupe. Les rayons du soleil semblaient être attirés par sa présence. Ils caressaient ses pommettes et son front comme la main d'un amant. Son profil était parfait. Le contour de sa mâchoire était aussi finement ciselé que celui des statues qui décoraient le jardin et l'entrée du château.

« Vous savez que cela signifie forcément qu'il est proche, dit Loren. Le prince Casteel. »

Sous le choc, je tournai vivement la tête dans sa direction. Je n'avais pas suivi la conversation. J'ignorais donc comment le sujet avait été abordé, mais je n'arrivais pas à croire qu'elle avait eu l'audace de prononcer son nom. Je restai bouche bée. Seuls les Effondrés osaient le fait et encore, je doutais que l'un d'entre eux prenne ce risque au sein du palais. De plus, utiliser son titre de prince était passible de trahison. Désormais, il était le Seigneur des Ténèbres.

Dafina fronça les sourcils. « À cause de… » La mine renfrognée, elle m'adressa un regard torve. « À cause de l'attaque ? »

Je compris alors qu'elles avaient discuté de ma tentative d'enlèvement pendant que je…

Pendant que je me comportais exactement comme elles l'avaient fait plus tôt. Je m'étais perdue dans mes pensées et ma contemplation de Hawke.

« Il y a plus. » Loren reprit sa couture. Elle entreprit de broder un cristal rouge sur son masque. « J'ai entendu Britta discuter ce matin.

— La servante ? souffla Dafina d'un air dédaigneux.

— Oui, la servante. » La brune releva le menton. « Elles sont au courant de tout. »

Dafina rit. « De tout ? »

Elle hocha la tête, puis baissa la voix. « Les gens parlent devant les serviteurs comme s'ils n'étaient pas là. Aucun sujet n'est trop intime ou privé. Ils sont un peu comme des fantômes. Tout parvient à leurs oreilles. »

Loren n'avait pas tort. J'en avais été témoin auprès de la duchesse et du duc.

« Qu'a dit Britta ? » demanda Tawny en posant sa tasse sur la table.

Les yeux noirs de Loren s'attardèrent un instant sur moi avant de se fixer de nouveau sur Tawny. « Selon elle, le prince Casteel aurait été vu à Trois-Rivières. Il aurait allumé l'incendie qui a causé la mort du duc Everton.

— Comment quelqu'un peut-il affirmer une telle chose ? s'enquit Tawny. Personne ayant vu le Prince des Ténèbres ne révélera à quoi il ressemble ou n'a vécu assez longtemps pour en donner une description.

— Je n'en suis pas si sûre, rétorqua Dafina. D'après Ramsey, il serait chauve avec des oreilles pointues et très pâle comme… vous savez qui. »

Je ravalai un éclat de rire. Les Atlantiens étaient exactement comme nous.

« Ramsey ? L'un des intendants de Sa Grâce ? demanda Tawny d'un air perplexe. J'aurais dû formuler ma question autrement. Qui, parmi les gens dignes de confiance, peut affirmer une chose pareille ?

— Britta, elle, dit qu'il serait en réalité assez beau, ajouta Loren.

— Ah oui ? » s'enquit Dafina.

Loren accrocha la pierre à son masque. « Selon elle, c'est comme ça qu'il a réussi à pénétrer dans le manoir du Blason d'Or. » Sa voix perdit une octave. « La duchesse Everton aurait lié une relation de nature physique avec lui sans savoir qui il était. C'est comme ça qu'il aurait réussi à se promener librement dans le manoir. »

Et apparemment, Britta ne savait pas tenir sa langue.

« Elle se trompe rarement. » Loren haussa les épaules et ajouta un cristal vert à côté du rouge. « Alors, elle pourrait avoir raison au sujet du prince Casteel.

— Tu devrais arrêter de prononcer ce nom, lui conseilla Tawny. Si quelqu'un t'entend, on t'enverra aux temples plus vite qu'il ne t'en faudra pour dire "Je n'aurais pas dû". »

Le rire de Loren fut léger. « Je ne suis pas inquiète. Je ne suis pas assez inconsciente pour dire ce genre de choses dans des endroits où l'on peut m'entendre et je doute que les personnes présentes ici le répètent. »

Elle jeta rapidement un regard entendu dans ma direction. Elle savait que je garderais le silence, car dans le cas contraire, il faudrait que j'explique pourquoi j'avais pris part à cette conversation.

Ce qui, au passage, n'était pas le cas.

Je me contentais de rester assis sans rien dire.

« Et si… il était vraiment ici ? » Un léger frisson parcourut Loren. « En ville ? Et s'il était déjà entré dans le château ? » Son regard s'éclaira. « En se liant d'amitié avec quelqu'un, peut-être même cette pauvre Malessa ?

— Cela n'a pas l'air de t'inquiéter outre mesure, lui fit remarquer Tawny en soulevant sa tasse. Pour être franche, cela semble plutôt t'amuser.

— M'amuser ? Non. M'intriguer ? Sans doute. » Elle posa son masque sur ses genoux en soupirant. « Certains jours sont terriblement ennuyeux. »

Le choc causé par ses paroles me fit un instant oublier qui j'étais et où je me trouvais. Je me souvins seulement de parler à voix basse pour ne pas attirer l'attention. « Si je comprends bien, une bonne vieille rébellion rendrait les choses plus excitantes ? La mort d'hommes, de femmes et d'enfants vous procurerait une source de divertissement ? »

La surprise se lut sur son visage et celui de Dafina. C'était sans doute la première fois qu'elles m'entendaient parler.

Loren déglutit. « Je suppose que je… je me suis mal exprimée, Pucelle. Veuillez m'excuser. »

Je ne répondis pas.

« Ne faites pas attention à Loren, me supplia Dafina. Parfois, elle dit des choses sans réfléchir, des choses qu'elle ne pense même pas. »

L'intéressée hocha la tête pour le confirmer, mais personnellement, je n'avais aucun doute qu'elle pensait ses paroles. Une rébellion aurait rompu la monotonie de ses journées. Elle se moquait des conséquences que cela aurait sur certains et des morts potentiels.

Tout à coup, je me penchai en avant et me tendis. Mes sens venaient de s'ouvrir tout seuls et avant que je me rende compte de ce qui se passait, j'avais déjà établi un lien avec Loren. Une sensation se dégageait de la connexion, un mélange de courant d'air frais lors d'une journée chaude et d'un goût âcre comme celui d'un melon amer. Alors que mon cœur martelait mes côtes, je me concentrai sur les différentes émotions. On aurait dit… de l'excitation et de la peur. Loren me regardait comme si elle avait voulu ajouter quelque chose.

Je ne pensais pas que ces émotions étaient celles de Loren. Cela n'avait aucun sens. C'étaient sans doute les miennes qui influençaient mon don.

Dafina saisit son amie par le bras. « Allez viens, nous ferions mieux d'y aller. »

Elle ne lui laissa pas le choix. Elle tira Loren hors de sa chaise et l'escorta rapidement jusqu'à la sortie en lui murmurant à l'oreille.

« Je crois que tu leur as fait peur », dit Tawny.

La main tremblante, je pris une gorgée de ma boisson sucrée et citronnée. Je n'avais pas la moindre idée de ce qui venait de se passer.

« Poppy. » Tawny me toucha doucement le bras. « Tu vas bien ? »

Je hochai la tête avant de reposer la tasse avec précaution. « Oui, je suis juste… » Comment aurais-je pu l'expliquer ? Elle n'était pas au courant pour mon don et même si cela avait été le cas, je n'étais pas certaine de pouvoir mettre des mots sur ce qui s'était produit.

Je me tournai vers elle et ouvris mes sens. Comme avec Dafina et Loren, au début, je ne perçus qu'une tristesse ambiante. Aucune douleur trop profonde ni aucune émotion qui sortait de l'ordinaire.

Mon pouls se calma. Mon corps se détendit. Adossée à ma chaise, je me demandais si ma nervosité détraquait mes pouvoirs.

Tawny me toisait. L'inquiétude se lisait sur ses traits.

« Je vais bien, la rassurai-je à voix basse. Je n'arrive pas à croire que Loren ait dit une telle chose.

— Moi non plus, mais elle a toujours… eu un petit côté morbide. Dafina a raison. Elle ne le pense pas vraiment. »

Je hochai la tête. Qu'elle le pense ou non n'était pas vraiment le problème. Je pris une nouvelle gorgée de thé et fus rassurée de voir que ma main ne tremblait plus. Me sentant nettement plus normale, je mis cette bizarrerie sur le compte du stress et du manque de sommeil. Mes pensées se tournèrent vers le Seigneur des Ténèbres. Il aurait très bien pu se cacher derrière les attaques et en avait peut-être après moi. Cela ne signifiait pas qu'il était en ville. Cependant, s'il l'était…

En repensant au manoir du Blason d'Or, je ressentis un malaise. Il n'était pas impossible qu'une telle chose se produise ici, surtout quand on savait qu'un Atlantien et un Effondré s'étaient déjà introduits dans l'enceinte du château.

« Que vas-tu faire ? murmura Tawny.

— Au sujet du Seigneur des Ténèbres qui se promènerait en ville ? demandai-je perdue.

— Quoi ? Non ! » Elle me serra le bras. « À propos de lui.

— Lui ? » Je jetai un coup d'œil à Hawke.

« Oui, lui. » Elle soupira et me lâcha. « À part si tu as embrassé un autre homme pendant que tu étais *incognito*.

— Bien sûr. Des tas. Ils ont formé un club », rétorquai-je d'une voix sèche. Elle leva les yeux au ciel. « Je ne peux rien faire.

— Tu as essayé de lui parler ? » Elle se tapota le menton en le regardant.

« Non. »

Elle pencha la tête sur le côté. « Tu te rends compte que tu vas finir par ouvrir la bouche devant lui ?

— Qu'est-ce que je suis en train de faire ? » demandai-je même si je savais pertinemment que ce n'était pas la même chose.

Elle plissa les yeux. « Tu chuchotes, Poppy. Même moi, je t'entends à peine.

— Tu m'entends très bien », contrai-je.

On aurait dit qu'elle avait envie de me frapper de nouveau sous la table. « Je ne comprends pas pourquoi tu ne lui as toujours pas posé la question. Je comprends les risques que tu cours, mais personnellement, j'aurais besoin de savoir si oui ou non il m'a reconnue. Et si oui, pourquoi il s'est tu.

— Ce n'est pas que je n'ai pas envie de savoir. » Je jetai un coup d'œil en coin à Hawke. « Mais il y a… »

Je me crispai. Le regard de Hawke venait de rencontrer le mien. Il me fixait droit dans les yeux et même si je savais qu'il ne pouvait pas me voir à travers le voile, j'avais la sensation que c'était le cas. Il était impossible qu'il ait entendu notre conversation. Il était trop loin et nous parlions à voix basse, mais son regard était perçant, comme s'il voyait au plus profond de mon cœur.

J'essayai de repousser cette sensation, mais à mesure qu'il me toisait, le sentiment grandissait. C'était sans doute à cause de la couleur de ses yeux, une teinte étrange, d'un doré magnifique. On pouvait imaginer un tas de choses en plongeant à l'intérieur.

Tout à coup, il se détourna et pivota vers l'entrée. Déstabilisée, je repris ma respiration. Mon cœur battait à tout rompre comme si je courais de nouveau pour traverser le Mur.

« C'était… intense », murmura Tawny.

Je clignai des yeux avant de reporter mon attention sur elle. « Quoi ?

— Ça. » Elle haussa les sourcils. « Hawke et toi vous toisant l'un l'autre. Et non, je ne peux pas voir tes yeux, mais je sais que vous étiez absorbés l'un par l'autre. »

Je sentis le rouge me monter aux joues. « Il fait son travail et moi, j'ai… perdu le fil de la conversation. »

Tawny haussa un sourcil. « Vraiment ?

— Oui. » Je passai les mains sur mes genoux.

« Si je comprends bien, il ne faisait que s'assurer que tu étais encore en vie et…

— Et qu'elle respirait ? » suggéra Hawke. On sursauta toutes les deux. Il se tenait à quelques mètres de l'endroit où nous étions assises. Il s'était déplacé avec la furtivité d'un garde entraîné et la discrétion d'un fantôme. « Je suis son garde personnel. M'assurer qu'elle respire est ma priorité. »

Mes épaules se crispèrent. Qu'avait-il entendu, au juste ?

Tawny tenta sans grand succès de dissimuler un gloussement derrière sa serviette. « Je suis rassurée de l'apprendre.

— Si ce n'était pas le cas, on me démettrait de mes fonctions, ne pensez-vous pas ?

— Ah oui, vos fonctions. » Elle baissa la serviette. « Protéger Poppy en vous sacrifiant s'il le faut, ramasser des pierres précieuses tombées par terre… Vous devez être très occupé.

— N'oubliez pas que j'aide également les dames en Attente menaçant de s'évanouir à s'asseoir sur la chaise la plus proche », dit-il. Ses yeux étranges et ensorcelants brillaient d'un éclat malicieux. Il me fascinait autant que les dames en Attente. Ce Hawke était celui que j'avais rencontré à *La Perle Rouge*. Un puits de douleur dissimulé derrière une personnalité charmante et taquine. « Je possède de nombreux talents.

— Je n'en doute pas une seconde », rétorqua Tawny avec un sourire pendant que je me faisais violence pour ne pas ouvrir mes sens.

Il porta son attention sur elle. Sa fossette apparut sur sa joue gauche. « Votre foi en mes capacités me réchauffe le cœur, dit-il avant de jeter un coup d'œil dans ma direction. Poppy ? »

J'écarquillai les yeux derrière mon voile, mais demeurai muette.

Tawny soupira. « C'est son surnom. Seuls ses amis l'appellent ainsi. Et son frère.

— Ah, celui qui vit à la capitale ? » s'enquit-il sans me quitter du regard.

Je hochai la tête.

« Poppy », répéta-t-il. Dans sa bouche, on aurait dit que mon nom était enrobé de chocolat et qu'il glissait sur sa langue. « Ça me plaît. »

Je lui adressai un sourire tendu, en adéquation avec ce qui se passait dans mon bas-ventre.

« Y a-t-il une menace de cristaux égarés dont nous devons être averties, ou avez-vous besoin de quelque chose, Hawke ? demanda Tawny.

— J'aurais besoin de beaucoup de choses », répondit-il alors que ses yeux glissaient de nouveau vers moi. Tawny se pencha en avant comme si elle mourait d'envie de savoir de quoi il s'agissait. « Mais nous devrons en discuter plus tard. Vous avez été convoquée par le duc, Penellaphe. Je dois vous escorter jusqu'à lui immédiatement. »

Tawny se figea soudain. Je n'étais pas certaine qu'elle respirait encore. Une sensation glacée se déversa dans mes entrailles. Convoquée par le duc si rapidement après ce qui s'était passé la veille ? Je savais qu'il ne voulait pas me faire la conversation. Le seigneur Mazeen avait-il mis sa menace à exécution ? Le duc voulait-il me punir pour avoir soutenu son regard et lui avoir souri lorsque j'avais retiré mon voile ? Avait-il découvert que j'avais poignardé l'homme qui avait tenté de m'enlever ? Alors que la majorité des gens aurait loué le fait que j'aie échappé à un rapt, le duc Teerman, lui, se serait uniquement concentré sur le fait que j'avais été armée. Quelqu'un avait-il été témoin de la scène et m'avait dénoncée ? Avait-il découvert ce qui s'était passé à *La Perle Rouge* ? L'estomac noué, je dévisageai Hawke. Avait-il avoué quelque chose ?

Seigneurs, les possibilités étaient infinies et aucune n'était réjouissante.

Le ventre retourné comme si j'avais avalé du lait avarié, je réussis à afficher un sourire sur mon visage et à me lever.

« Je t'attendrai dans tes appartements », dit Tawny. Je hochai la tête.

Hawke patienta jusqu'à ce que je sois passée devant lui pour se placer légèrement derrière moi, une position qui lui permettait de réagir aux menaces venant de l'avant et de l'arrière. J'avançai dans le couloir, où des tapisseries blanches et dorées chatoyantes étaient suspendues aux murs, et où des serviteurs vêtus de robes et de tuniques bordeaux s'affairaient, accomplissant les diverses tâches nécessaires au bon fonctionnement de cette grande maison.

Il ne me conduisit pas à la salle de banquet. Il se dirigea vers l'escalier. Mon ventre se creusa davantage.

Après avoir traversé le foyer et approché le bas du grand escalier, il me demanda : « Est-ce que ça va ? »

Je hochai la tête.

« La convocation vous a mises mal à l'aise, votre domestique et vous.

— Tawny n'est pas ma domestique », lâchai-je sans réfléchir. Je jurai immédiatement dans mon esprit. C'était idiot d'avoir essayé de ne pas parler, mais il aurait mieux valu que cela se produise lorsque nous n'étions pas dans le hall, entourés d'un certain nombre de personnes.

Et j'aurais aimé que ma résolution dure au moins une journée entière.

Je pris mon courage à deux mains et jetai un coup d'œil furtif sur lui.

Son expression était parfaitement neutre. S'il avait reconnu ma voix, il ne laissait rien paraître.

Le mélange de déception et de soulagement me frappa de nouveau. Je regardai droit devant moi. Ignorait-il sincèrement que j'étais la femme de la chambre ? Devais-je m'en étonner ? Après tout, il avait d'abord cru que j'étais Britta et n'avait eu aucun problème à continuer quand il s'était rendu compte que ce n'était pas le cas. Qui sait combien d'inconnue il avait…

« Ah non ? s'enquit-il. C'est une dame en Attente, certes, mais l'on m'a dit qu'elle était également votre femme de chambre. Votre dame de compagnie.

— C'est vrai, mais elle n'est pas... » Je m'arrêtai alors que l'escalier esquissait une courbe. Il avait la main posée sur la poignée de son épée, à sa taille. « Elle est... » Il avait raison. Elle avait été assignée à mon service en tant que dame de compagnie. « Peu importe. Tout va bien. »

Il tourna la tête vers moi, ou plutôt la baissa, car même si je me trouvais sur une marche plus haute que la sienne, il était toujours plus grand. C'était injuste. Il haussa un sourcil et m'adressa un regard interrogateur.

« Quoi ? » demandai-je. Le cœur dans un étau, je levai le pied, mais pas suffisamment haut. Je trébuchai. Hawke réagit vite. Il enroula les doigts autour de mon coude pour m'aider à garder l'équilibre. Embarrassée, je marmonnai : « Merci.

— Vous n'êtes pas obligée de me remercier si vous n'en avez pas envie. C'est mon devoir de vous protéger. » Il marqua une pause. « Même de ces traîtres d'escaliers. »

Je pris une profonde inspiration. « Ma gratitude était sincère.

— Dans ce cas, toutes mes excuses. »

Je n'avais pas besoin de le regarder pour savoir qu'il souriait. Je pariais que sa fossette stupide avait fait grâce au monde de sa présence. Il se tut alors, et nous atteignîmes le palier du deuxième étage en silence. Un couloir menait à l'ancienne aile, où se trouvaient mes quartiers et ceux d'une grande partie du personnel. À gauche, l'aile la plus récente. L'estomac plein de petites boules de plomb, j'empruntai cette direction. J'étais tellement absorbée par ce qui m'attendait que je ne me préoccupais plus vraiment de savoir si Hawke m'avait reconnue ou, dans le cas contraire, pourquoi il n'abordait pas le sujet.

Il s'approcha des larges portes en bois au bout du couloir. Quand il ouvrit l'un des panneaux, son bras effleura mon épaule. Il attendit que je pénètre dans la cage d'escalier étroite. La lumière du soleil s'y déversait à travers les nombreuses fenêtres de forme ovale. « Faites attention. Si vous trébuchez ici, vous risquez de m'emporter dans votre chute. »

Je me rebiffai. « Je ne tomberai pas.

— C'est pourtant ce que vous venez de faire.

— Cela ne m'arrive jamais.

— Alors, vous me voyez flatté d'en avoir été témoin. »

À cet instant, j'étais contente qu'il ne puisse pas voir mon visage parce que j'étais certaine que mes yeux étaient si arrondis qu'ils dévoraient le haut de mon visage. Il me parlait comme aucun autre garde n'osait le faire, à part Vikter. Même Rylan ne s'était pas montré aussi… familier. On aurait dit que l'on se connaissait depuis des années plutôt que quelques heures… ou quelques jours. Peu importait. La façon nonchalante dont il s'adressait à moi était déconcertante.

Il me dépassa et atteignit le palier du troisième étage. « Je vous ai déjà vue, vous savez ? »

Mon souffle se bloqua dans ma gorge, mais grâce aux dieux, cette fois, je ne trébuchai pas.

« Sur les balcons les plus bas. » Après avoir ouvert la porte, il me fit signe d'entrer. « Vous m'observiez en train de m'entraîner. »

Le rouge me monta aux joues. Je n'avais pas pressenti une telle remarque. « Je ne vous observais pas. Je…

— Prenais l'air ? Vous attendiez votre dame de compagnie qui n'en est pas une ? » Hawke m'attrapa par le bras pour m'arrêter. Il baissa la tête jusqu'à ce que ses lèvres ne soient qu'à quelques centimètres de mon oreille à travers le voile et chuchota : « Je me trompe peut-être. Ce n'était pas vous. »

Enveloppée dans son parfum boisé et épicé, j'eus soudain le souffle coupé. Nous n'étions pas aussi proches que nous l'avions été cette nuit-là à *La Perle Rouge*, mais il m'aurait suffi de tourner légèrement la tête vers la gauche pour que sa bouche rencontre la mienne. Je ressentis de nouveau cette sensation de tiraillement dans mon ventre, encore plus bas qu'avant. « Vous vous trompez. »

Il me libéra. Quand je levai la tête, je vis qu'il souriait en coin. Mon cœur décrivait des figures étranges à l'intérieur de ma poitrine. Quand je posai le pied dans le couloir sujet aux courants d'air, mon pouls était sens dessus dessous.

Deux gardes royaux étaient postés devant les appartements privés du duc et de la duchesse. Plusieurs pièces de cet étage étaient utilisées pour accueillir divers membres de la maison et de la cour. Chacun possédait son propre espace et des suites reliées à leurs chambres, mais au vu de la position des gardes royaux, je savais que le duc était dans la suite principale.

L'angoisse refit son apparition. Elle s'insinua à travers mes veines. Pendant un bref instant, j'avais oublié la raison pour laquelle le duc m'avait convoquée.

« Penellaphe ? » s'enquit Hawke qui se trouvait derrière moi.

Alors, je me rendis compte de deux choses. La première était que je m'étais figée dans le couloir et cela devait lui semblait étrange. La seconde était qu'il m'avait à présent appelée deux fois par mon prénom au lieu d'utiliser mon titre de Pucelle. Il n'était pas Vikter. Ni Tawny. C'étaient les seuls qui se servaient de mon nom lorsque nous étions seuls.

Je savais que j'aurais dû le corriger, mais j'en étais incapable. Je n'en avais pas envie et cela me faisait aussi peur que ce qui m'attendait à l'intérieur du bureau du duc.

Après avoir pris une grande inspiration, je pressai mes mains l'une contre l'autre, carrai les épaules et avançai.

Les gardes s'inclinèrent à notre approche, mais évitèrent de me regarder dans les yeux. Celui qui avait la peau sombre fit un pas sur le côté et posa la main sur la porte. Il l'ouvrit lentement.

Sans réfléchir, je me retournai pour regarder Hawke une dernière fois. Pourquoi ? Je n'en avais pas la moindre idée. « Je vous attends ici », m'assura-t-il.

Je hochai la tête et me forçai à poser un pied devant l'autre en me disant que je m'inquiétais sans doute sans raison.

Une fois à l'intérieur de la suite, la première chose que je remarquai fut que les rideaux étaient fermés. La lueur de plusieurs lampes à huile semblait être absorbée par les boiseries sombres et les meubles en acajou et velours cramoisi. Mon regard se posa sur le large bureau, puis le buffet derrière, où plusieurs bouteilles en cristal de tailles différentes étaient emplies de liqueur ambrée.

Alors, je le vis.

Le duc était assis sur un canapé, un pied botté posé sur la table devant lui et un verre d'alcool à la main. Des frissons me parcoururent lorsqu'il me regarda avec des yeux si sombres que ses pupilles étaient presque indiscernables.

Cela me fit penser que lorsque je verrais Ian, ses yeux ne seraient plus verts comme les miens. Ils seraient comme ceux du duc. Entièrement noirs. Insondables. Seraient-ils aussi glaçants ?

Le duc n'était pas seul.

En face de lui se trouvait le seigneur Mazeen, affalé avec arrogance. Il n'avait pas de verre à la main. Ses doigts pianotaient paresseusement sur son genou plié. Un sourire suffisant ourlait ses lèvres parfaitement dessinées. Mon instinct me hurlait de m'échapper, car je ne pourrais pas lutter contre ce qui allait arriver.

La porte se referma derrière moi. Le son me fit sursauter. Je m'en voulais et espérai que le duc ne s'en était pas rendu compte, mais lorsqu'il sourit, je sus qu'il m'avait vue.

Teerman se leva du canapé d'un geste fluide et gracieux. « Penellaphe, vous m'avez terriblement déçu. »

13

Glacée jusqu'aux os, je pris une inspiration mesurée en l'observant boire une gorgée de son verre. Je savais que je devais choisir mes mots avec soin. Cela ne changerait en rien le sort qui m'attendait, mais cela en déterminerait la sévérité. « Je suis désolée de vous avoir déçue, lui dis-je. Je…

— Savez-vous seulement ce que vous avez fait pour me déplaire ? »

Les muscles de mes épaules se crispèrent. Mon regard se posa sur le coin de la suite où plusieurs cannes en bois rougeâtre étaient appuyées contre une bibliothèque. Elles avaient été taillées dans un arbre poussant à l'intérieur de la Forêt sanglante. Quand je reportai mon attention sur le seigneur Mazeen, je vis qu'il souriait. Je commençais à croire qu'il avait raconté quelque chose au duc, mais si je me trompais, cela me créerait davantage de problèmes.

Et il le savait pertinemment. Il se contentait de me toiser sans me donner la moindre indication. Il se pouvait qu'il soit simplement venu jouer les voyeurs. Il me parlait rarement lorsqu'il assistait à ces leçons.

D'habitude, son silence était un soulagement, mais à cet instant, il ne faisait qu'ajouter à mon anxiété.

Je me forçai à répondre, alors que tout mon être se révoltait contre mes paroles. « Non, mais je suis certaine que je suis fautive. Vous ne seriez jamais déçu sans bonne raison. »

C'était complètement faux.

Parfois, la façon dont je marchais ou coupais ma nourriture pendant le dîner suffisait à le mettre en colère. J'étais certaine que le nombre de fois que je respirais par minute aurait pu l'offenser.

« Vous avez raison. Je ne suis jamais déçu sans une bonne raison, acquiesça-t-il. Mais cette fois, je me trouve pris de court par ce que l'on m'a rapporté. »

Mon estomac se retourna. De la sueur perla à mon front. Seigneurs. Avaient-ils appris ce qui s'était passé à *La Perle Rouge* ?

J'avais craint que Hawke parle. L'idée m'avait obsédée et m'avait empêchée de dormir. Une part de moi n'avait sans doute pas voulu croire qu'il en était capable, car la terrible sensation de trahison avait un goût de nourriture avariée au fond de ma gorge. Hawke ignorait ce qui se passait dans cette chambre, mais il avait forcément su qu'il y aurait des conséquences. N'est-ce pas ? Il pensait sans doute que je ne recevrais pas plus que quelques remontrances. Après tout, j'étais la Pucelle, l'Élue.

Dans son esprit, on me ferait la leçon.

Hawke ne se doutait probablement pas un instant que les leçons du duc n'étaient pas… normales.

Quand il fit un pas vers moi, mon corps tout entier se tendit. « Retirez votre voile, Penellaphe. »

L'espace de quelques secondes, j'hésitai. Il n'était pas rare que le duc ou la duchesse m'en fasse la demande lorsque nous étions seuls. Ils n'aimaient pas parler à une moitié de visage. Je ne pouvais pas leur en vouloir. Mais, d'habitude, quand le seigneur Mazeen était présent, je gardais mon voile.

« Ne testez pas les limites de ma patience. » Il avait resserré sa prise sur son verre.

« Je suis désolée. Seulement, nous… nous ne sommes pas seuls et les dieux m'interdisent de montrer mon visage, répondis-je en sachant pertinemment que je l'avais déjà fait dans des situations très différentes de celle-ci.

— Les dieux ne condamneront pas la procédure d'aujourd'hui », m'interrompit le duc.

Bien sûr que non.

Le plus stablement possible, je levai les mains et défis les fines attaches du voile près de mes oreilles. La coiffe se détacha immédiatement. En gardant mon regard baissé, comme je savais qu'il le préférait, je le fis glisser sur mes cheveux qui avaient été attachés simplement contre ma nuque. Exposés à l'air, mes joues et mon front me picotèrent. Teerman s'approcha pour me prendre le voile des mains et le posa sur le côté. Je pressai mes mains l'une contre l'autre et attendis. Je détestais ça.

Mais je demeurai immobile.

« Levez les yeux », m'ordonna-t-il d'une voix douce. Je lui obéis. Son regard ébène parcourut lentement les traits de mon visage, centimètre par centimètre, sans rien manquer, pas même les petits cheveux cuivrés que je sentais boucler contre ma tempe. Son examen dura une éternité. « Vous êtes de plus en plus belle à chaque fois que je vous vois.

— Merci, Votre Grâce », murmurai-je malgré mon dégoût. Je savais ce qui suivait cette déclaration.

Du bout des doigts, il me leva le menton et tourna ma tête à gauche, puis à droite.

Il émit un claquement de langue. « Quel gâchis ! »

Et voilà.

Je restai silencieuse, préférant me concentrer sur la grande peinture à l'huile des temples, où des femmes voilées s'agenouillaient devant un être si brillant qu'il rivalisait avec la lune.

« Qu'en pensez-vous, Bran ? demanda-t-il au seigneur.

— Un véritable gâchis, comme vous l'avez dit. »

Je me moquais éperdument de l'avis du seigneur Mazeen.

« Les autres cicatrices sont aisément camouflables, mais celles-ci ? » Le duc émit un soupir que l'on aurait presque pu qualifier de compatissant. « Un jour, vous ne pourrez plus porter de voile pour cacher cet inconvénient défaut. »

La gorge nouée, je résistai à l'envie de m'écarter tandis que ses doigts couraient le long de ma peau déchirée.

« Savez-vous ce que son nouveau garde a osé dire ? »

Le seigneur ne parla pas, mais il avait sans doute secoué la tête.

« Qu'elle était magnifique, répondit le duc. Et c'est vrai que la moitié de son visage est à couper le souffle. » Il marqua une pause. « Vous ressemblez à votre mère. »

Choquée, je le scrutai. Avait-il connu ma mère ? Il ne m'en avait jamais parlé, pas une fois. « Vous la connaissiez ? »

Son regard croisa le mien. Il était difficile de fixer très longtemps l'obscurité infinie de ses yeux. « Oui. Elle était… spéciale. »

Avant que je puisse continuer de l'interroger, il ajouta : « Vous avez bien conscience que le garde ne pouvait pas dire le contraire ? Il n'aurait jamais avoué la vérité. »

Je tressaillis et ma poitrine se creusa.

Le duc, qui avait remarqué ma réaction, retrouva le sourire. « Je suppose que c'est une petite bénédiction. Les dommages à votre visage auraient pu être bien pires. »

Ils auraient pu inclure la perte d'un œil ou, pire, mener à ma mort.

Mais je gardais ma remarque pour moi.

Je reportai mon attention sur le tableau. Pourquoi, après toutes ces années, ses paroles pouvaient-elles encore m'atteindre ainsi ? Lorsque j'avais été plus jeune, elles m'avaient blessée au plus profond de mon âme, mais depuis un ou deux ans, je ne ressentais plus que de la résignation. Ces cicatrices n'étaient pas quelque chose que je pouvais changer. Je le savais. Pourtant, il venait de réussir à me heurter comme si j'avais de nouveau 13 ans.

« Vous avez vraiment de très beaux yeux. » Il écarta les doigts de mes cicatrices et pressa l'un d'eux contre ma lèvre inférieure. « Et une bouche joliment dessinée. » Il s'interrompit. J'aurais juré sentir son regard s'aventurer plus bas et s'y attarder. « La majorité des hommes trouverait votre corps plaisant. »

De la bile remonta le long de ma gorge. Ma peau me démangeait comme si des milliers d'araignées couraient à sa surface. Seule ma volonté me permettait de rester parfaitement immobile.

« Pour certains, cela suffit. » Teerman fit glisser son doigt le long de ma lèvre avant de baisser la main.

« La prêtresse Analia est venue s'entretenir avec moi ce matin. »

Attendez une minute… Quoi ?

Les battements de mon cœur ralentirent. La confusion prenait le pas sur mes autres émotions. La prêtresse ? Qu'avait-elle bien pu dire à mon sujet ?

« Vous n'avez rien à ajouter ? demanda-t-il en haussant un sourcil pâle.

— Non, je suis désolée. J'ignore ce que la prêtresse Analia vous a dit. Je l'ai vue il y a une semaine, dans le petit salon, au premier étage. Tout semblait aller pour le mieux.

— Je n'en doute pas, puisque vous n'avez passé qu'une demi-heure en sa présence avant de la quitter brusquement, rétorqua-t-il. On m'a informé du fait que vous n'aviez pas touché à vos travaux de broderie et que vous n'avez pas non plus engagé la conversation avec les prêtresses. »

L'agacement m'envahit, mais je savais que je ne devais pas y céder. Et puis, si c'était ce qui le contrariait, c'était bien moins inquiétant que ce que j'avais imaginé. « J'étais préoccupée par le prochain Rite », mentis-je. En réalité, je ne discutais pas avec les prêtresses parce qu'elles passaient leur temps à dénigrer les dames en Attente et à répéter qu'elles ne méritaient pas la Bénédiction des dieux. « J'étais probablement dans la lune.

— Je ne doute pas que vous soyez excitée par le Rite et si cela ne s'était produit qu'à une seule reprise, j'aurais pu fermer les yeux sur votre comportement. »

Il mentait lui aussi. Le duc ne fermait jamais les yeux sur ce qu'il considérait comme de mauvaises conduites.

« Mais j'ai également appris que vous vous trouviez dans l'atrium à l'instant », reprit-il. Mes épaules s'affaissèrent.

« Oui, c'est exact. Je ne savais pas que je n'en avais pas le droit, répondis-je et cela n'était pas un mensonge. Je ne m'y rends pas souvent, mais…

— Le fait que vous passiez du temps là-bas n'est pas le problème. Vous êtes suffisamment intelligente pour le savoir. Ne jouez pas à la plus maligne. »

J'ouvris la bouche avant de la refermer.

« On vous a vu parlant avec deux dames en Attente, poursuivit-il. Vous savez que c'est interdit. »

Consciente de ce qui m'attendait, je demeurai silencieuse. Je n'avais pas cru qu'il le découvrirait aussi vite. Quelqu'un nous avait probablement espionnés. Peut-être son intendant ou un autre garde royal.

« Avez-vous quelque chose à dire pour votre défense ? » demanda-t-il.

Je baissai la tête et fixai le sol. J'aurais pu lui raconter la vérité, que je n'avais prononcé qu'une seule phrase en présence des dames et qu'il s'agissait, à ma connaissance, de la première fois qu'elles se rendaient dans l'atrium. Malheureusement, cela n'avait pas la moindre importance. La vérité n'avait pas de valeur aux yeux du duc.

« Quelle Pucelle réservée », murmura le seigneur.

Je sentis la colère m'envahir, mais tentai de garder un ton aimable. « Je suis désolée. J'aurais dû partir à l'instant où elles sont arrivées. Je ne l'ai pas fait.

— Pourquoi ?

— J'étais… curieuse. Elles discutaient du Rite, lui répondis-je en levant les yeux.

— Cela ne m'étonne pas. Vous avez toujours été une enfant éveillée avec un esprit curieux. J'avais averti la duchesse que vous ne changeriez pas si facilement en grandissant, poursuivit-il les traits tendus, une lueur d'excitation dans le regard. La prêtresse Analia m'a également confié qu'elle craignait que vos relations avec votre dame de compagnie soient devenues trop familières. »

Quand il se retourna et lissa le voile qu'il avait posé sur le dossier d'un fauteuil, mon dos se raidit. L'arrière de mon crâne me démangea. « Tawny est d'une aide précieuse. Si ma gentillesse et ma reconnaissance envers elle ont été interprétées différemment, je m'en excuse. »

Il me toisa longuement. « Je conçois que garder ses distances par rapport à une personne avec laquelle on passe autant de temps soit difficile, mais une Pucelle n'est pas censée rechercher l'intimité du cœur ou de l'esprit auprès de ceux qui la servent, pas même auprès de ceux qui sont destinés à devenir des membres de la cour. N'oubliez jamais que vous n'êtes pas comme eux. Vous avez été désignée par les dieux à la naissance. Eux sont choisis au moment de leur Rite. Vous ne serez jamais égaux. Vous ne serez jamais amis. »

Les mots que j'obligeai mes lèvres à former me lacérèrent le cœur. « Je comprends. »

Teerman prit une nouvelle gorgée.

Combien de verres avait-il bus ? Les battements de mon cœur redoublèrent. Un jour, quand je l'avais contrarié, le duc avait entrepris de me donner une leçon après avoir consommé ce que les gardes appelaient la Ruine rouge, un alcool distillé au sommet des falaises de Givre. Le seigneur avait été présent.

Il m'avait frappée. J'avais mis plusieurs jours à m'en remettre et à pouvoir retourner m'entraîner avec Vikter.

« Je n'en suis pas certain. » Son ton se durcit. « Vous avez été choisie à la naissance, Penellaphe. Cela n'est arrivé qu'une seule fois avant vous. C'est pour cela que le Seigneur des Ténèbres a lancé les Voraces à la poursuite de votre famille. C'est pour cela que vos parents ont été massacrés. »

Je tressaillis de nouveau. Mon ventre se creusa.

« C'est douloureux, n'est-ce pas ? Mais c'est la stricte vérité. Cette terrible leçon aurait dû vous suffire. » Il posa son verre sur la table et se tourna vers moi tandis que le seigneur décroisait les jambes. « Mais entre votre absence de vigilance concernant le non-respect des limites, votre manque d'attention vis-à-vis de la prêtresse Analia, votre mépris flagrant aujourd'hui pour ce que l'on attend de vous et… » Il laissa traîner la syllabe, profitant de l'effet de suspens. « L'attitude dont vous avez fait preuve hier à mon égard… Quoi ? Vous pensiez que je ne parlerais pas du comportement que vous avez eu pendant que nous discutions du remplacement de Ryan ? »

L'air que j'inhalai n'atteignit pas mes poumons. Ce n'était pas son nom.

« Vous me regardiez comme si vous souhaitiez me faire du mal. » Il ricana, amusé par l'idée que je puisse faire une chose pareille. « Si les autres n'avaient pas été présents et nous n'étions pas censés parler du remplacement de Ryan par Hawke, cette réunion se serait terminée bien différemment.

— Rylan ! crachai-je. Son nom est Rylan. Pas Ryan.

— Ah voilà ! » Le seigneur Mazeen répéta les mêmes mots qu'il avait prononcés le soir où Malessa avait été découverte. Il ricana. « Pas si réservée, à présent. »

Je ne lui accordai pas la moindre attention.

Teerman pencha la tête sur le côté. « Vous voulez dire que son nom *était* Rylan. »

Je pris de nouveau une inspiration. Elle ne me calma pas.

« Quelle importance ? Ce n'était qu'un garde royal. Il aurait été honoré par le simple fait que je pense à lui. »

À présent, j'avais vraiment envie de lui faire du mal.

« Quoi qu'il en soit, vous venez de prouver que je dois redoubler d'efforts pour vous préparer à l'Élévation. Il semblerait que j'aie été trop clément avec vous. » L'éclat dans ses yeux étincela davantage. « Malheureusement, cela signifie que vous avez besoin d'une nouvelle leçon. Avec un peu de chance, cela sera la dernière, mais j'en doute. »

Mes doigts tremblèrent. La colère m'envahit si vite que je fus surprise de ne pas cracher du feu lorsque j'exhalai. Teerman n'espérait pas que ces leçons se terminent. Au contraire, s'il ne pouvait plus me donner de correction, il sombrerait sans doute dans une dépression nerveuse.

« Oui », crachai-je. Je perdais le contrôle. « Avec un peu de chance. »

Il m'adressa un regard acéré. Un long moment de tension passa. « Je pense que quatre coups suffiront. »

Avant que je puisse me rappeler qui j'étais et qui était Teerman, une fureur ardente se répandit dans mon sang et prit le contrôle. Rien de ce qu'il m'avait reproché n'avait d'importance. Cela n'avait rien à voir avec le fait que les Effondrés et le Seigneur des Ténèbres étaient derrière ma tentative d'enlèvement et le meurtre de Rylan. Les dieux avaient accordé aux Élevés une quasi-immortalité et une force incommensurable. Pourtant, il passait son temps à s'inquiéter des personnes à qui je parlais ? Je fus incapable de me retenir. Il fallait que je réponde : « Êtes-vous sûr que c'est suffisant ? Je ne voudrais pas que vous ayez l'impression de ne pas en avoir assez fait. »

Son regard se durcit. « Que dites-vous de sept, alors ? »

Le doute me traversa, mais j'en avais déjà reçu dix auparavant.

« Je vois que ce nombre vous convient. Qu'en pensez-vous, Bran ?

— Je pense que cela est suffisant. » Il était impossible de se méprendre sur l'empressement qui se dégageait de son ton.

Le duc reporta son attention sur moi. « Vous savez où aller. »

Gardant la tête haute, je fis tout ce qui était en mon pouvoir pour passer devant lui sans lui mettre mon poing dans la figure. Le chemin jusqu'à la surface brillante et dégagée de son bureau était le pire moment de cette mascarade. Les Élevés étaient plus forts que même le plus habile des gardes, mais ni Teerman ni Mazeen n'avaient participé à un combat depuis la Guerre des Deux Rois. Je n'aurais probablement aucun mal à les faire tomber à plat sur leur dos.

Mais après, que se passerait-il ?

Il y aurait d'autres leçons et l'incident remonterait jusqu'aux oreilles de la reine Ileana. Elle serait déçue, sincèrement déçue, et, contrairement au duc, je me souciais de ce qu'elle pensait et ressentait. Pas parce que j'étais sa préférée, mais parce que c'était elle qui s'était occupée de moi lorsque j'avais été une enfant blessée et terrifiée. Elle avait changé mes bandages de ses propres mains et m'avait serrée dans ses bras pendant que je pleurais et criais le nom de ma mère et de mon père. C'était également elle qui s'était assise à mon chevet quand je ne pouvais pas dormir, terrifiée par l'obscurité. Elle avait fait des choses qu'aucune reine n'était obligée de faire. Si elle ne s'était pas occupée de moi comme ma propre mère, j'aurais sans doute été perdue et n'aurais jamais pu m'en remettre.

Je m'arrêtai devant le bureau. Mes mains tremblaient de rage contenue. Au fond de mon cœur, je savais que si la reine Ileana avait été au courant de ce que le duc faisait dans cette pièce, les choses se seraient mal terminées pour l'Élevé.

Du coin de l'œil, je vis le seigneur se pencher en avant tandis que Teerman attrapait la canne fine et rouge et faisait glisser sa main sur sa surface.

Mais la reine n'en savait jamais rien.

Les lettres étaient toutes ouvertes avant d'être envoyées à la capitale. Je ne la reverrai pas avant mon Élévation. Alors, je lui raconterai tout.

Car s'il se comportait ainsi avec moi, il traitait sans doute d'autres personnes de la même façon. Même si aucune n'osait parler.

Il se positionna à côté de moi. Une lueur d'impatience brillait dans ses yeux. « Vous n'êtes pas prête, Penellaphe. Vous devriez avoir compris, maintenant. »

Je tournai la tête en serrant les dents et levai les mains vers la rangée de boutons qui fermaient ma robe. Mes doigts furent parcourus d'un unique tremblement avant de se figer. Pendant que je défaisais mon corset, j'avais plus que conscience que Mazeen s'était installé de manière à profiter du spectacle. Il avait une vue imprenable sur la scène.

Le duc resta à mes côtés et regarda le corsage de ma robe s'ouvrir, révélant le sous-vêtement trop fin en dessous. Le tout glissa sur mes épaules jusqu'à ma taille. L'air frais balaya mon dos et ma poitrine. J'aurais aimé ne rien ressentir. J'aurais voulu être forte, courageuse et impassible. Je ne voulais pas qu'ils voient à quel point cette épreuve était humiliante, à quel point cela me dérangeait d'être vue ainsi par quelqu'un que je n'avais pas choisi, quelqu'un qui n'était pas digne.

Mais j'en étais incapable.

Les joues rouges et les yeux brûlants, je repliai un bras sur ma poitrine.

« C'est pour votre bien, dit Teerman d'une voix rauque et sombre en se déplaçant derrière moi. C'est une leçon nécessaire, Penellaphe. Je dois m'assurer que vous preniez les préparations à l'Élévation au sérieux et que vous vous y consacriez pour ne pas déshonorer les dieux. »

Il paraissait sincère. On aurait presque pu croire qu'il ne faisait pas tout cela parce qu'il adorait infliger de la douleur, mais je le connaissais. Je savais ce que Mazeen m'aurait fait s'il l'avait pu et j'avais vu le visage qu'arborait le duc quand il me punissait. Je l'avais vue plusieurs fois lorsque j'avais commis l'erreur de le regarder. C'était le genre d'expression qui me disait que si je n'avais pas été la Pucelle, il m'aurait infligé une différente sorte de douleur. Tout comme Mazeen. Je réprimai le frisson que fit naître cette pensée.

Soudain, je sentis sa main sur mon épaule nue. Mon corps tout entier se révulsa. Sa peau était bien trop froide contre la mienne, mais le plus dérangeant était que ce que je ne sentais pas.

Je ne percevais pas la moindre émotion de sa part.

Aucune trace de cette angoisse, même infime, que tout le monde portait en soi. La source pouvait être ancienne ou récente, mais elle était toujours là. Aucune souffrance ne se dégageait de lui. C'était le cas de tous les Élevés. Ne pas ressentir sa douleur aurait dû me soulager, pourtant, cela me mettait mal à l'aise.

Cela me rappelait à quel point ils étaient différents des mortels, à quel point la Bénédiction transformait les humains.

« Tenez-vous, Penellaphe. »

Je plantai une main sur le bureau.

Le silence régnait dans la pièce. On n'entendait que la respiration lourde du seigneur. Puis la canne émit un léger sifflement dans l'air avant de s'abattre sur le bas de mon dos. Mon corps entier se mit à trembler alors qu'une douleur ardente me traversait. Le premier coup était toujours un choc. Peu importait le nombre de fois où cela s'était produit auparavant, ou que j'y étais préparée. Un autre atterrit sur mes épaules où la brûlure se répandit. J'en eus le souffle coupé.

Il n'en restait plus que cinq.

Un autre coup. Je tressaillis et relevai les yeux. *Je ne ferai pas un bruit. Je ne ferai pas un bruit.* Le coup suivant fit cogner mes hanches contre le bureau.

Le canapé grinça. Le seigneur Mazeen s'était levé.

La peau en feu, je me mordis les lèvres jusqu'au sang. À travers un voile de larmes, j'observai le tableau qui représentait des fidèles voilés. Si les dieux avaient choisi des hommes comme le duc de Masadonia et le seigneur Mazeen pour accéder à l'Élévation, quel genre de monstres avaient donc été les Atlantiens ?

14

En sortant des appartements du duc, je vis que les dieux m'avaient accordé une petite faveur. Hawke n'était plus là. C'était une véritable bénédiction. J'ignorais comment j'aurais pu lui cacher ce qui s'était passé.

Vikter se tenait à sa place, en silence, à côté des gardes royaux. Quand je posai le pied dans le couloir, le visage blême et la peau couverte d'une fine pellicule de sueur, aucun des deux ne me regarda.

Étaient-ils au courant de ce qui se passait derrière la porte du duc ? Je n'avais pas émis le moindre son, pas même lorsque Mazeen s'était approché du bureau et m'avait forcée à écarter mon bras de ma poitrine pour le poser à côté de l'autre. Pas même lorsque le sixième et le septième coup m'avaient donné l'impression d'être frappée par la foudre. Le seigneur avait regardé chaque entaille absorbée par mon corps avec des yeux emplis de désir.

Si les gardes étaient dans la confidence, je ne pouvais rien y faire. Je ne pouvais pas non plus contrôler la morsure amère de la honte qui me brûlait davantage que mes blessures.

Mais Vikter, lui, savait. Tandis que nous avancions vers l'escalier, les deux profonds sillons qui s'étaient creusés des deux côtés de sa bouche le trahissaient. À chaque pas, mes vêtements s'accrochaient davantage à ma peau enflammée. Il attendit que la porte de la cage d'escalier se referme derrière nous avant de s'arrêter sur le palier. Il baissa des yeux bleu clair emplis d'inquiétude vers moi.

« C'est grave ? »

Mes mains tremblèrent. Je les pressai contre ma robe. « Je vais bien. J'ai seulement besoin de me reposer.

— Bien. » Ses joues hâlées se marbrèrent. « Ta respiration est rapide et chaque pas ressemble à un supplice. Tu n'as pas à faire semblant devant moi. »

Il avait raison, mais admettre à quel point Teerman m'avait blessée aurait été comme avouer ma défaite. « Ça aurait pu être pire. »

Les narines de Vikter palpitèrent. « Cela ne devrait pas se produire du tout. »

Je ne pouvais pas le contredire.

« T'a-t-il déchiré la peau ? s'enquit-il.

— Non. Je n'ai que des marques.

— Que des marques. » Son rire fut rauque et dénué de joie. « À t'entendre, on dirait que ce ne sont que des égratignures. Pourquoi t'a-t-il punie, cette fois ?

— Lui faut-il une raison ? » Mon sourire était fatigué et fragile, la première fêlure qui briserait mon visage en mille morceaux. « Mon manque d'implication durant le temps que je passe avec les prêtresses lui a déplu. Et aujourd'hui, pendant que j'étais dans l'atrium, deux dames en Attente sont venues y prendre le thé. Ça n'a pas été à son goût.

— En quoi est-ce ta faute ?

— Depuis quand est-ce que cela a de l'importance ? »

Réduit au silence, Vikter me dévisagea. « C'est pour ça qu'il t'a frappée avec sa canne ? »

Je hochai la tête et mon regard se posa sur la fenêtre ovale la plus proche. Le soleil avait commencé à se coucher pendant que je m'étais trouvée dans la suite. Les escaliers n'étaient plus aussi lumineux ni aérés. « Il n'a pas non plus aimé mon attitude lors de la réunion d'hier. Il m'a déjà punie pour moins que ça.

— C'est pour ça que tu dois te montrer plus prudente, Poppy. S'il te bat parce que tu te trouvais dans la même pièce que d'autres personnes, que fera-t-il s'il a vent de tes petites escapades ?

— Ou que je suis le même entraînement que les gardes depuis des années ? » Mes épaules se crispèrent. Le mouvement tira sur ma peau. « Il me donnerait des coups de canne, bien sûr. Sans doute plus que sept. »

La peau dorée de Vikter pâlit.

« Il demandera peut-être à la reine de me juger indigne. Les dieux l'ont peut-être déjà fait, repris-je. Mais comme tu l'as déjà dit, peu importe ce que je fais : mon Élévation aura lieu. En revanche, que se passerait-il s'il découvrait que tu m'entraînes ?

— Peu m'importe. » Il n'avait pas hésité un instant avant de répondre. « Le risque en vaut la chandelle. Savoir que tu sais te défendre me suffit. J'accepterai les châtiments que l'on m'infligera sans jamais regretter ma décision. »

Je relevai le menton et le regardai dans les yeux. « Être capable de défendre mon foyer, mes proches et ma propre vie en vaut la peine, pour moi aussi. »

Il demeura silencieux un instant, puis ses yeux bleu hivernal se fermèrent. Il priait peut-être silencieusement. Je l'avais déjà vu faire plusieurs fois.

Cette idée me fit sourire. « Je suis prudente, Vikter.

— Cela ne semble pas suffisant. » Il rouvrit les paupières. « J'apprécierais que la reine te rappelle à la capitale le plus tôt possible. »

Je m'engageai dans l'escalier en frissonnant. « Parce que, comme ça, je ne subirai plus les leçons du duc ?

— Exactement. »

C'était une perspective réjouissante, d'autant plus que j'avais prévu de tout révéler à la reine.

« Était-il seul ? J'ai posé la question aux gardes, mais ils ont fait semblant de ne pas savoir qui était à l'intérieur avec lui », dit-il.

Ils savaient pertinemment qui se trouvaient avec le duc, à tout moment. Ils n'avaient simplement pas voulu l'apprendre à Vikter. Je n'en avais pas l'intention non plus. « Il était seul. »

Il ne répondit pas. Je n'étais pas certaine qu'il m'ait crue. Il était grand temps de changer de sujet. « Comment as-tu su où j'étais ? »

Il n'était qu'à une marche au-dessus de moi. « Hawke a envoyé l'un des intendants du duc me chercher. Il… se faisait du souci pour toi. »

Mon cœur manqua un battement. « Pourquoi ?

— Il m'a dit que Tawny et toi aviez eu l'air particulièrement stressées par la convocation du duc, m'apprit-il. Il a pensé que je pourrais lui expliquer pourquoi.

— Et c'est ce que tu as fait ?

— Je lui ai répondu qu'il n'avait pas à s'inquiéter et que je prendrais le relais pour le reste de la journée. » Il fronça les sourcils et me prit naturellement par le bras pour me soutenir. « Il n'a pas été très réceptif, alors j'ai dû lui rappeler que j'étais son supérieur hiérarchique. »

Je réprimai un sourire. « Je suis sûre qu'il l'a bien pris.

— Tu n'imagines même pas. »

L'escalier formait un coude. On arrivait au niveau inférieur. Savoir que je me rapprochais de mon lit me permettait d'avancer. Je réfléchis à la réaction de Hawke. « Il est… plutôt observateur, non ? Il a beaucoup d'intuition.

— Oui. » Vikter soupira. Il pensait clairement que ce n'était pas une bonne chose. « C'est vrai. »

Une trentaine de torches étaient allumées de l'autre côté du Mur. Leurs flammes étaient comme un phare au cœur de l'obscurité rampante, une promesse de sécurité au sein de la ville endormie.

Je posai un regard plein d'envie sur mon lit et jouai avec le bout de ma tresse en soupirant de fatigue. Le cauchemar d'une autre nuit m'avait sortie de mon sommeil, couvrant ma peau de sueur froide et faisant battre mon cœur comme celui d'un lapin pris au piège.

Heureusement, mes cris n'avaient pas réveillé Tawny. Cela faisait deux soirs qu'elle se couchait tard. Durant le premier, elle avait passé une grande partie de la soirée à s'occuper de mes plaies pour s'assurer qu'elles guériraient et la veille, elle avait été appelée auprès des maîtresses pour aider à la préparation du Rite.

Tawny avait utilisé une concoction très appréciée des guérisseurs donc les gardes se servaient fréquemment pour soigner leurs nombreuses blessures. Elle avait fait pénétrer le mélange d'arnica et de miel parfumé au pin et à la sauge dans la peau enflammée de mon dos. C'était le même remède que l'on m'avait prescrit le soir de ma tentative d'enlèvement. Le baume avait refroidi ma peau et apaisé la douleur presque instantanément. Toutefois, nous savions de précédentes expériences qu'il devait être appliqué environ toutes les deux heures pour avoir l'effet escompté.

Et cela avait fonctionné. Depuis la veille, je ne ressentais plus qu'une vague gêne, même si ma peau était toujours plus rose que d'habitude.

Je n'avais pas exagéré lorsque j'avais dit à Vikter, puis à Tawny, que cela aurait pu être pire. Dès le lendemain, les traces avaient presque disparu et la douleur avait été moindre. J'avais de la chance de me remettre aussi vite et encore plus que Teerman n'avait pas bu de Ruine rouge l'après-midi avant ma convocation.

Le duc avait connu ma mère. Comment ? À ma connaissance, elle ne s'était jamais rendue à Masadonia. Cela signifiait donc qu'il l'avait rencontrée à la capitale. Il était rare que les Élevés voyagent, surtout sur des distances aussi conséquentes, mais je savais qu'il ne m'avait pas menti.

Quand il avait parlé d'elle, une expression étrange était apparue sur son visage. De la nostalgie, mélangée à… quoi ? De la colère, peut-être ? De la déception. Le rapport qu'il avait eu avec elle était-il à l'origine de son comportement avec moi ?

Ou est-ce que je lui cherchais des excuses ? Quelque chose qui expliquerait sa cruauté ?

Je ne connaissais pas grand-chose à la vie, mais je savais que l'on ne pouvait pas tout expliquer. Les gens, Élevés ou non, n'avaient pas besoin de raison pour être qui ils étaient.

Avec un soupir, je me dandinai d'un pied sur l'autre. Je me terrais dans ma chambre depuis deux jours parce que le repos forcé était la seule façon de s'assurer que le remède fonctionne le plus vite possible, mais aussi parce que j'évitais... eh bien, tout le monde.

Hawke en particulier.

Je ne l'avais plus vu depuis que j'étais entrée dans le bureau privé du duc. Savoir qu'il s'était rendu compte que quelque chose clochait m'emplissait d'un sentiment mêlé d'anxiété et de honte, même si j'avais conscience que ce que faisait Teerman n'était pas ma faute. Je ne voulais simplement pas que Hawke comprenne ce qui se passait. Et il était assez observateur pour y parvenir.

Bien entendu, rester cloîtrée dans ma chambre pendant deux jours lui mettrait probablement la puce à l'oreille, mais au moins, il ne me voyait pas bouger avec précaution en attendant que mon dos guérisse.

Je ne voulais pas que Hawke me croie faible, alors que du fait de mon statut de Pucelle, c'était déjà probablement l'image qu'il avait de moi.

J'ignorais pourquoi. C'était peut-être lié à cet étrange mélange de soulagement et de déception que je ressentais chaque fois qu'il ne semblait pas se rappeler que nous nous étions déjà rencontrés à *La Perle Rouge*.

Lorsque je quittai le lit du regard, j'observai de nouveau les torches de l'autre côté du Mur. Les flammes étaient calmes ce soir, comme elles l'avaient été depuis plusieurs jours. Quand elles se mettaient à danser comme des esprits fous, alimentées par les vents du crépuscule, cela signifiait que la Brume approchait, un épais brouillard blanc qui répandait la mort sur son passage.

D'un geste absent, je passai la main sous les pans délicats de ma chemise de nuit pour saisir la poignée en os de la dague accrochée à ma cuisse. Mes doigts s'enroulèrent autour du manche froid pour me rappeler que j'étais prête à me battre si le Mur tombait.

Tout comme j'étais prête à affronter le Seigneur des Ténèbres s'il lançait une nouvelle attaque contre moi.

Ma main descendit jusqu'à mon genou et effleura la partie de l'intérieur de ma cuisse qui était granuleuse. Hawke avait failli toucher cette cicatrice. Comment aurait-il réagi, si cela avait été le cas ? Aurait-il eu un mouvement de recul ? Aurait-il fait semblant de ne rien avoir senti ?

J'écartai ma propre main. Il ne fallait pas que je réfléchisse à ce genre de choses. Les poings serrés, je repoussai vivement ces pensées. Je n'avais aucune raison de m'aventurer sur ce chemin. Rien de bon n'en ressortirait. Peu importait s'il me reconnaissait ou si j'avais juste été une fille parmi tant d'autres. Peu importait également s'il était retourné à *La Perle Rouge* comme il l'avait promis…

Je secouai la tête, comme si cela aurait pu disperser mes pensées. Cela ne fonctionna pas. Après deux jours d'isolation, je m'étais rendu compte que je pouvais répéter autant de fois que je le souhaitais que cela n'avait pas d'importance… mais je me voilais la face.

Même s'il l'ignorait, j'avais partagé mon premier baiser avec Hawke.

J'avançai en silence vers les fenêtres ouest à travers lesquelles le clair de lune argenté se déversait dans la chambre. Je posai les doigts contre la vitre et comptai les torches. Douze sur le Mur. Vingt-quatre dessous. Toutes allumées.

Parfait.

Tout allait bien.

Je pressai le front contre le verre fin qui n'empêchait absolument pas le froid de la nuit de pénétrer dans le château. À l'ouest, où Carsodonia était niché entre la mer de Stroud et les plaines du Saule, les vitres étaient obsolètes. Il y régnait un printemps et un été éternels. Ici, l'automne et l'hiver étaient rois. C'était l'une des choses de la capitale qui me manquait. La chaleur. Le soleil. L'odeur du sel et de la mer. Les baies et criques étincelantes.

Tawny, qui n'avait jamais vu de plages, les adorerait. Un sourire étira mes lèvres. Lorsqu'elle avait été appelée par l'une des maîtresses, elle m'avait adressé un regard qui signifiait clairement qu'elle aurait préféré récurer la salle de bains plutôt que de passer la soirée à tenter de satisfaire d'éternelles insatisfaites.

Je ressentais souvent la même chose lors de mes sessions avec la prêtresse. J'aurais préféré m'arracher les poils des parties intimes à la main plutôt que de passer des heures avec cette femme. Un vrai dragon.

D'ailleurs, il fallait sans doute que j'apprenne à dissimuler mes sentiments envers elle et les autres prêtresses.

Je n'arrivais toujours pas à croire qu'elle était allée voir le duc. Tout ça parce que je n'avais pas passé la moitié de ma journée à les écouter se plaindre.

J'enroulai mes bras autour de moi-même. Si seulement Ian avait habité à Masadonia ! Il faisait des cauchemars lui aussi. S'il avait été ici, il m'aurait distraite avec des histoires ridicules.

Souffrait-on toujours de mauvais rêves après l'Élévation ? Si non, c'était au moins un avantage.

Je reportai mon attention sur le Mur. Un garde patrouillait au sommet.

J'aurais préféré être là-bas avec lui, plutôt qu'enfermée entre ces quatre murs.

Les Élevés auraient été choqués de l'apprendre, tout comme de nombreuses personnes. L'idée que la Pucelle, l'Élue puisse souhaiter échanger sa place avec un homme du peuple, un garde, aurait été un affront envers les eux, mais aussi envers les dieux eux-mêmes. Partout, dans le royaume, les gens étaient prêts à tout pour être en leur présence.

Alors, oui, malgré les épreuves que je traversais, j'étais privilégiée… mais là-bas, sur le Mur, j'aurais pu me montrer utile. J'aurais protégé la ville et tous ceux qui me permettaient de mener une vie confortable. Ici, je ne faisais qu'atteindre de nouveaux sommets d'apitoiement. Pourtant je savais que mon Élévation ferait bien plus que protéger une seule et unique ville.

Elle assurerait l'avenir du royaume.

N'était-ce pas suffisamment utile ?

Je n'en étais pas certaine. J'aurais voulu être capable de fermer les yeux et de trouver le sommeil, mais je savais qu'il ne viendrait pas. Pas avant plusieurs heures.

Durant les nuits comme celle-ci, lorsque je savais que Morphée me fuyait, je cédais à la tentation de faire le mur et d'explorer la ville silencieuse plongée dans le noir jusqu'à trouver un endroit qui ne dormait pas, comme *La Perle Rouge*. Malheureusement, après mon enlèvement raté, cela aurait été du suicide. Même moi, je n'étais pas aussi imprudente et…

De l'autre côté du Mur, une flamme se mit à onduler. Je me penchai vivement en avant et, les mains pressées contre la fenêtre, j'observai la torche sans ciller. « Ce n'est rien, dis-je à la chambre vide. Ce n'est qu'une petite brise. »

Il y eut un éclat de lumière, puis un autre et encore un autre. La rangée de torches se mit à danser violemment. Des étincelles jaillirent dans les airs à mesure que le vent se levait. Je pris une grande inspiration. Elle se bloqua dans ma gorge.

La torche du milieu fut la première à s'éteindre. Mon cœur martela ma cage thoracique. Les autres subirent très vite le même sort, plongeant l'étendue dans le noir le plus total.

Je reculai d'un pas.

Des dizaines de flèches enflammées s'envolèrent. Elles formèrent un arc de cercle au-dessus du Mur avant de foncer vers le sol et de se ficher à l'intérieur des tranchées remplies de petit bois. Une barrière de feu se dressa tout au long de la muraille. Malheureusement, les flammes n'étaient d'aucune défense contre la Brume et ce qui l'accompagnait.

Le brasier rendait simplement visible ce qui se cachait dans le brouillard.

Je retournai à la fenêtre, soulevai le loquet et l'ouvris à la volée. L'air froid et un silence anormal se déversèrent dans la pièce tandis que j'agrippais le rebord en pierre pour me pencher à l'extérieur et tenter de voir ce qui se passait.

De la fumée s'élevait et s'entremêlait aux flammes. Elle se répandait dans l'atmosphère et sur le sol.

La fumée normale ne bougeait pas de cette manière.

Elle ne se faufilait pas sous le petit bois et n'était pas si blanche et épaisse contre le noir de la nuit.

Elle ne recouvrait pas les flammes pour les éteindre et ne laisser derrière elles qu'un brouillard épais qui n'avait rien de naturel.

La Brume n'était pas vide.

Elle était emplie de silhouettes déformées qui avaient autrefois appartenu à des mortels.

Le son des cors résonna aux quatre coins du Mur, rompant ainsi le silence tendu. En quelques secondes, les quelques lumières allumées derrière les fenêtres s'éteignirent. Un deuxième avertissement retentit. Le château tout entier sembla frissonner.

Je m'empressai d'attraper la fenêtre et de la refermer avant de me retourner. J'avais environ trois minutes devant moi, peut-être moins, avant que tous les accès soient verrouillés. Je me précipitai vers…

La porte de la pièce adjacente s'ouvrit à la volée. Tawny en sortit en chemise de nuit blanche vaporeuse, ses longs cheveux marron doré lâchés.

« Non. » Elle se figea. Le blanc de ses yeux arrondis par la peur contrastait avec sa peau brune. « Non, Poppy. »

Sans lui prêter la moindre attention, je me dirigeai vers mon coffre, soulevai son lourd couvercle et parcourus son contenu jusqu'à trouver mon arc. Je me relevai et le jetai sur le lit.

« Tu n'as quand même pas l'intention d'y aller ! s'exclama-t-elle.

— Si.

— Poppy !

— Tout ira bien. » J'enfilai le carquois dans mon dos.

« Bien ? » Lorsque je me tournai vers elle, elle me dévisageait, bouche bée. « Tu es la Pucelle. L'Élue.

Tu ne dois pas y aller. S'ils ne te tuent pas, Sa Grâce le fera. Je n'arrive pas à croire que je doive te le dire.

— Il ne le saura pas. » J'attrapai une cape noire à capuche et l'enfilai. Je l'accrochai au niveau de mon cou et de ma poitrine. « Il sera caché dans ses appartements derrière une dizaine de gardes royaux sinon plus, tout comme la duchesse.

— Les gardes royaux vont venir te protéger, toi aussi. »

Je soulevai l'arc par la poignée. « Je suis persuadée que Vikter a couru vers le Mur à l'instant où il a entendu les cors.

— Et Hawke ? C'est son rôle de veiller sur toi.

— Vikter sait que je peux me débrouiller seule et Hawke ne saura pas que j'ai quitté ma chambre. » Je marquai une pause. « Il ne connaît pas l'existence de l'entrée de service.

— Tu es blessée, Poppy. Ton dos…

— Il est presque entièrement guéri. Tu le sais.

— Et le Seigneur des Ténèbres ? Et si c'était un piège pour… ?

— Ce n'est pas un piège, Tawny. Je les ai vus dans la Brume », lui dis-je. Elle blêmit. « De toute façon, si le Seigneur des Ténèbres vient me chercher, je serai prête à l'accueillir. »

Comme je traversais la pièce, elle me suivit. « Penellaphe Balfour, stop ! »

Surprise, je me retournai et la trouvai juste derrière moi. « J'ai moins de deux minutes, Tawny. Après, je serai coincée ici…

— En sécurité », me rappela-t-elle.

Je posai ma main libre sur son épaule. « S'ils franchissent le Mur, ils s'empareront de la ville et trouveront un moyen d'entrer dans le château. Alors, plus rien ne pourra les arrêter. Je le sais plus que n'importe qui. Ils ont tué ma famille. Ils m'ont blessée, moi. Je ne resterai pas assise ici à attendre que cela se reproduise. »

Son regard sondait frénétiquement le mien. « À l'époque, tu n'avais pas le Mur pour te protéger. »

C'était vrai, mais… « Rien n'est infaillible, Tawny. Pas même le Mur.

— Toi non plus, murmura-t-elle, les lèvres tremblantes.

— Je le sais. »

Elle prit une grande inspiration. Son épaule s'affaissa sous ma main. « Très bien. Si quelqu'un entre dans la pièce, je lui expliquerai que tu es morte de peur et que tu t'es enfermée dans la salle de bains. »

Je levai les yeux au ciel. « Ça ne m'étonne pas de toi. » Je la lâchai. « Il y a plusieurs dagues en pierre de sang dans le coffre et une épée sous les oreillers…

— Pitié, ne me dis pas que tu dors sur une épée tous les soirs, me supplia Tawny d'une voix emplie d'incrédulité. Pas étonnant que tu fasses autant de cauchemars. Utiliser une épée en guise d'oreiller ! Les dieux seuls savent quel genre de malchance cela peut t'apporter.

— Tawny, l'interrompis-je avant qu'elle ne se lance dans une vraie tirade. S'ils entrent dans le château, sers-toi de mes armes. Tu sais les utiliser.

— Oui. » Elle le savait seulement parce que je le lui avais appris en secret, comme Vikter avec moi. « La tête ou le cœur. »

Je hochai la tête.

« Reviens saine et sauve, Poppy. Je t'en prie. Je ne veux surtout pas être assignée au service de la duchesse. Ou, pire, être donnée au temple pour servir les dieux. Ce serait un honneur, bien entendu, mais…, se reprit-elle en posant la main sur son cœur. Cette histoire de célibat… »

Sa remarque me vola un sourire. « Je reviendrai.

— Tu as intérêt, Poppy.

— Je te le promets. » Après avoir déposé un baiser sur sa joue, je me retournai et me dirigeai vers l'ancien accès des serviteurs, à côté de la salle de bains. Il me mènerait directement à la portion sud du Mur.

Quand j'ouvris la porte, les vieux gonds grincèrent.

« Poppy ! s'écria Tawny pour m'arrêter. Ton visage. »

Je ne compris pas tout de suite ce qu'elle voulait dire, jusqu'à ce que je me rende compte que je ne portais pas mon voile.

« Ah oui. » Je relevai l'épaisse capuche sur ma tête avant de disparaître dans l'escalier étroit et sinueux.

Le bruit du métal qui glissait contre la pierre résonnait alors que les épaisses portes en fer se baissaient en grinçant. Je descendis les marches cassées et irrégulières en courant. Mes pantoufles n'étaient pas très bien adaptées à ce genre d'activité, mais je n'avais pas eu le temps de sortir mes bottes de l'endroit où je les cachais, sous ma tête de lit. Si les servantes les trouvaient, elles en parleraient entre elles et au bout d'un moment, l'information parviendrait aux oreilles d'une personne en particulier.

Il me restait moins d'une minute pour sortir.

De la poussière et des cailloux tombèrent sur le sol tandis que le château tremblait. Le clair de lune s'infiltrait à travers les fenêtres brisées poussiéreuses. Je descendis les marches, sautai les deux dernières et me retrouvai dans le garde-manger vide. Mes mouvements ne me causaient qu'une légère douleur sourde au niveau des blessures qui guérissaient dans mon dos.

Dissimulant l'arc sous les pans de ma cape, je traversai la cuisine en courant. Ici, c'était le chaos général. Les serviteurs se pressaient pour accéder aux salles sécurisées qui servaient également pour le stockage des aliments. Les gardes, eux, se ruaient vers l'entrée principale où l'accès serait bientôt verrouillé. Personne ne me prêta la moindre attention. Je fonçai vers l'arrière de la pièce, où l'un des battants en métal était déjà à moitié descendu.

Je poussai un juron qui aurait fait rougir Vikter. Rylan, lui, aurait… S'il avait été là, il aurait souri. J'accélérai la cadence, puis me baissai. Mes chaussons en soie et en satin étaient parfaits pour glisser sur le sol. Je passai sous le panneau et manquai perdre l'équilibre en sortant dans l'air froid de la nuit. Derrière moi, la lourde porte termina sa descente. Je reculai avant de me retourner. Un grand sourire étira mes lèvres. Tawny aurait trouvé cela inquiétant, voire perturbant.

J'avais réussi à atteindre le pont.

Sans perdre de temps, je m'élançai à travers le passage étroit qui dominait maisons et boutiques. Je n'osai pas regarder en bas. Il n'y avait aucun garde-fou. Si je glissais…

Disons que ce qui vivait dans la Brume serait le cadet de mes soucis.

Arrivée à l'endroit le plus large du Mur, je jetai l'arc au sommet et m'y hissai. La peau cicatrisée de mon dos se tendit et me fit grimacer. Alors que j'étais distraite, ma cape et ma robe s'écartèrent, révélant presque toute la longueur de ma jambe. J'aurais aimé enfiler les braies fines souvent portées sous certains styles de robes, mais je n'avais pas eu le temps de partir à leur recherche.

Arc à la main, j'avançai vers la partie ouest du Mur. Lorsque je l'atteignis, le brouillard semblait s'être solidifié. Il s'en dégageait une odeur de métal et de pourriture. Devant, des archers patientaient dans leurs niches de pierre, tels des oiseaux de proie, avec leurs arcs bien tendus. Il ne fallait pas que je m'approche. Ils m'auraient remarqué et n'auraient pas hésité à me poser des questions. Le duc ne m'aurait pas tuée comme l'avait dit Tawny, mais je n'aurais pas échappé à l'une de ses leçons.

J'observai rapidement les alentours. La ville était tombée dans le silence et l'obscurité, à l'exception des temples dont les flambeaux n'étaient jamais éteints. Je me détournai de leurs flammes et du sentiment de malaise qu'ils me procuraient souvent et cherchai un poste vide sur le rempart. S'il appartenait à un garde, il aurait déjà été occupé.

En restant proche des ombres accrochées aux murs, je me faufilai à l'intérieur de l'enceinte. Quand je vis des carquois posés près de la courte échelle, mon sourire réapparut. Parfait. Les flèches en pierre de sang, dont les tiges étaient fabriquées à partir de bois de la Forêt sanglante, n'étaient pas faciles à dénicher quand on était la Pucelle. J'en attrapai plusieurs et gravis l'échelle.

En partie cachée derrière le mur en pierre, je déposai les carquois à côté de moi et en sortis une flèche. C'est alors qu'un son terrible résonna. Mes cheveux se dressèrent sur ma tête.

Cela démarra par un léger hurlement qui me fit penser au vent qui souffle durant la partie la plus froide de l'hiver, puis la plainte se transforma en cris stridents. J'en eus la chair de poule et pendant que je préparais mon arme, la nausée me tordit l'estomac. Ce son était gravé dans ma mémoire. Il hantait mes rêves et me réveillait nuit après nuit.

Des cris s'élevèrent en contrebas, un appel à faire feu. Fascinée, j'observai des flèches enflammées illuminer le ciel. Elles déchirèrent la Brume envahissante alors que les brasiers autour du Mur s'allumaient de nouveau et donnaient à la nuit des airs de crépuscule argenté.

Des gardes à pied attendaient leurs ordres au bas du Mur. Leurs armures noires les rendaient presque indiscernables. Je cherchai du regard la cape familière des gardes royaux. Là. Des cheveux blond pâle et un visage buriné de la couleur du sable. Mon cœur s'emballa. Vikter se tenait au centre du bataillon. Je m'étais attendue à le trouver à l'endroit le plus dangereux, pourtant je ne pus m'empêcher de ressentir une pointe de peur dans mon cœur. Vikter était l'homme le plus courageux que je connaissais.

Et Hawke ? Où était-il ? Dans le château, posté devant ma porte, persuadé que j'étais dans ma chambre ou au sommet du Mur ? Se trouvait-il en bas lui aussi ? Mon inquiétude grandit, mais je ne pouvais pas la laisser me contrôler.

En gardant un œil sur Vikter qui enfilait son casque, je saisis la corde de mon arc et la tirai en arrière. De nouvelles flèches s'envolèrent. Cette fois, elles allèrent plus loin. Quand elles transpercèrent la Brume, j'entendis leurs cris.

Puis je les vis.

Leurs corps pâles avaient la couleur du lait. Ils étaient dépourvus de toute couleur. Leurs visages étaient creusés et leurs yeux brûlaient comme des braises ardentes. La bouche grande ouverte, ils dévoilaient leurs dents acérées, pointues comme des crocs.

Leurs doigts étaient longs comme des griffes. Les deux pénétraient la peau comme dans du beurre.

Mes cicatrices en étaient la preuve.

Si nous ne leur avions pas ôté la vie avant qu'il ne soit trop tard, Marlowe et Ridley auraient ressemblé à ça. Aux créatures que le Seigneur des Ténèbres avait envoyées dix ans plus tôt pour nous enlever, mon frère et moi, à nos parents dans un massacre sanglant. Aux démons qui avaient failli me tuer avant mon 6e anniversaire, car l'appel du sang les avait poussés à mordre et à griffer tout ce qui se trouvait sur leur passage.

La source de tous mes cauchemars venait de jaillir hors de la Brume.

Les Voraces étaient là.

15

Et à présent, ils fondaient sur les gardes postés en dehors du Mur, les ensevelissant sous une vague qui ne craignait pas la peur. Des cris de douleur et de terreur transpercèrent la nuit. Mon souffle se bloqua dans ma gorge. En quelques secondes, je perdis Vikter de vue.

« Non », murmurai-je, les doigts tremblants contre la corde de mon arc. Où était-il ? Il ne pouvait pas être tombé. Pas aussi vite. Pas lui…

Je retrouvai sa trace un peu plus loin. Sans se laisser démonter, il brandit son épée dans les airs et décapita son assaillant tandis qu'un deuxième se jetait sur lui. Il se retourna vivement, évitant de justesse une attaque qui aurait déchiré son plastron.

Je n'eus pas le temps de ressentir du soulagement. J'observai la flèche à la pointe en pierre de sang d'un garde s'enfoncer dans la tête d'un Vorace et le faire tomber à la renverse. Du sang noir comme de l'encre se déversa de l'arrière de son crâne. Je me concentrai alors sur une autre créature et calmai ma respiration jusqu'à ce qu'elle devienne lente et profonde comme me l'avait inculqué Vikter. Des années d'entraînement m'avaient appris à ne pas trembler, l'expérience également. Ce n'était pas la première fois que j'assistais les gardes du Mur.

« Lorsque tes doigts se referment sur la corde, le monde autour de toi doit cesser d'exister. » Les instructions de Vikter résonnèrent dans mon esprit. *« Il n'y a plus que toi, la tension de la corde et ta cible. Rien d'autre ne compte. »*

Non, rien d'autre ne comptait.

Après avoir visé, je décochai un projectile. Il vola et frappa un Vorace au cœur. J'en tuai un autre avant même que le premier, qui avait été jadis l'enfant ou le parent de quelqu'un, ne touche le sol. J'en repérai un autre qui avait plaqué un garde à terre et lui arrachait son armure. Je lâchai la corde et souris lorsque le projectile s'enfonça directement dans sa tête. Tandis que j'armais ma prochaine flèche, j'aperçus Vikter. Son épée était noire de sang. Il la plongea dans le ventre d'un monstre, puis fit remonter la lame jusqu'aux côtes en criant.

Alors qu'il récupérait son arme, un assaillant lui sauta dessus par-derrière. Je tendis ma corde. La flèche transperça l'air et frappa la créature à l'arrière de son crâne aux cheveux épars. La chose tomba en avant. Elle était morte avant de toucher le sol.

Vikter tourna vivement la tête. J'aurais pu jurer qu'il me regardait droit dans les yeux, qu'il savait parfaitement de qui provenait l'attaque. Et même si je ne voyais pas son visage, je savais qu'il arborait cette expression qu'il affichait toujours quand il était fier et énervé en même temps.

Le sourire aux lèvres, je préparai une nouvelle salve. Pendant ce qui me sembla durer une éternité, je m'abandonnai à la bataille, tuant les Voraces les uns après les autres. Je vidai deux carquois avant que l'une des créatures ne parvienne à percer la ligne des gardes. Elle se précipita vers le Mur et, à l'aide de ses griffes, entreprit de l'escalader.

L'espace d'un instant, fascinée, je le regardai se hisser petit à petit.

« Mes dieux », murmurai-je.

Le Vorace laissa échapper un cri strident qui me fit sortir de ma stupeur. Je le visai et le touchai en pleine tête. L'impact le fit dégringoler du Mur.

Un hurlement à ma droite me força à me retourner. Un soldat tomba en avant et lâcha son arc. Un monstre le tenait par les épaules. Il enfonça ses dents acérées dans son cou.

Seigneurs. Ils avaient atteint le sommet du Mur.

Me retournant vivement, je lançai rapidement une flèche. Le coup ne fut pas fatal, mais la créature lâcha le garde et tomba à la renverse, en contrebas. Malheureusement, elle ne fut pas la seule. Le garde dégringola à sa suite. Je ravalai un cri en me disant qu'il avait de toute façon déjà été condamné, mais le terrible bruit qu'il émit en s'écrasant par terre me fit fermer les yeux.

Même si le cerveau de ces créatures était en putréfaction, elles étaient assez intelligentes pour s'en prendre aux archers en premier. Vikter m'avait dit un jour que la seule chose qui égalait leur soif de sang était leur instinct de survie.

Un hurlement aigu me rappela à l'ordre. À ma droite, un autre Vorace avait réussi à grimper sur le Mur et à attraper un garde. Ce dernier lâcha son arc et se jeta dans le vide avec son ennemi.

Ils s'écrasèrent tous les deux sur le sol.

Une nouvelle salve enflammée s'éleva dans l'air bien plus haut que le Mur. En retombant, elles frappèrent aussi bien les mortels que les monstres. Pardessus le son des hurlements et des cris surnaturels, on entendait des sabots marteler les pavés et la terre, mais moi, je fixais toujours l'endroit où le militaire était tombé, son corps grouillant de vermine.

Il s'était sacrifié. Cet inconnu avait choisi de se donner la mort plutôt que de laisser un Vorace atteindre l'autre côté du Mur.

Je clignai des yeux pour chasser mes larmes et secouai légèrement la tête. Des cris de guerre s'élevèrent de nouveau et m'incitèrent à me reprendre. Je me redressai juste assez pour voir ce qui se passait de l'autre côté. De nouveaux gardes à cheval franchirent la porte, des faucilles à la main. Le groupe se sépara en deux pour essayer de protéger l'accès à la ville. Dès qu'ils s'éloignèrent de l'entrée, le battant se referma derrière eux.

Un monstre se jeta sur l'un d'eux avec la vélocité d'un grand félin. L'impact fit tomber le garde de son cheval et ensemble, ils roulèrent sur le sol.

« Bon sang », soufflai-je en visant la créature qui entreprenait à présent d'escalader la façade.

Je la touchai au sommet de son crâne aux cheveux clairsemés et le fis glisser du Mur. J'engageai aussitôt une autre flèche et cherchai du regard d'autres ennemis qui auraient atteint le sommet. C'était la menace la plus pressante.

Rapidement, je compris que ces Voraces étaient différents. Ils paraissaient moins… monstrueux. Leur apparence aurait donné des cauchemars à n'importe qui, mais leurs visages étaient moins creusés que d'habitude, leurs corps moins décharnés. Avaient-ils été transformés récemment ? C'était une possibilité.

En bas, la bataille se calmait. Les cadavres s'amoncelaient. J'aperçus Vikter qui enfonçait son épée à travers le crâne d'un Vorace tombé à terre. Je posai un genou au sol pour jeter un œil par-dessus le Mur. Ma cape s'ouvrit et exposa presque toute la longueur de ma jambe, du mollet à la cuisse, à l'air glacial.

Il ne restait plus qu'une poignée de créatures. La moitié se nourrissait des gardes blessés, sans prêter la moindre attention à ce qui se passait autour d'eux. Je n'en voyais plus aux abords de la muraille. Après avoir calé une flèche contre mon arc, je visai l'un d'eux qui avait réussi à arracher l'armure de sa victime et se repaissait à présent de ses entrailles. De la bile remonta le long de ma gorge. Le garde était mort, mais je ne pouvais pas laisser cet être profaner son corps ainsi.

Concentrée sur la bouche couverte de sang et de chair, je tirai. Le choc le fit reculer. Toutefois, la satisfaction que je ressentis ne faisait pas le poids face au chagrin. La Brume avait commencé à se dissiper et à révéler le carnage. De nombreux hommes étaient tombés ce soir. Bien trop.

La pierre était froide sous mon genou nu. Je saisis une autre flèche et cherchai…

« Serait-ce la déesse Bele ou Lailah sous sa forme mortelle ? » s'enquit une voix grave derrière moi.

Je pris une grande inspiration et pivotai sur le genou. Le tissu de ma cape et de ma robe voltigea autour de mes jambes. L'arc au poing, je visai…

Hawke.

Oh, mes dieux…

Mon ventre se noua de soulagement et de crainte mêlés. Il se tenait dans un rayon de lune, comme si les dieux eux-mêmes lui avaient fait le don de la lumière éternelle. Des éclaboussures de sang noir parsemaient ses pommettes hautes et le contour acéré de sa mâchoire. Ses lèvres expressives étaient légèrement entrouvertes, comme s'il était incapable de respirer fort et ses beaux yeux étranges semblaient étinceler dans la faible lueur.

Il tenait son épée tachée de sang contre son flanc. Sa tenue en cuir avait été lacérée. Lui aussi avait failli succomber à l'attaque.

Hawke s'était trouvé de l'autre côté du Mur. Comme Vikter, en tant que garde royal, rien ne l'y obligeait. Pourtant, il y était allé quand même. Je ressentis soudain un grand respect pour lui. Cela me réchauffa de l'intérieur. Sans réfléchir, je me servis de mon don pour savoir s'il avait été blessé.

Un infime soupçon d'angoisse persistait en lui. La bataille l'avait apaisé, lui avait offert un exutoire, comme l'aurait fait mon contact. C'était temporaire, mais efficace. Il ne souffrait d'aucune blessure physique.

« Vous êtes… » Son regard était intense. Sans cligner des yeux une seule fois, il plaça son épée dans son fourreau à sa taille. « Vous êtes absolument magnifique. Splendide. »

Je sursautai. Il m'avait déjà dit qu'il me trouvait belle lorsqu'il avait vu mon visage, et il avait paru sincère. Souvent, ces mots ne signifiaient pas grand-chose. Il était rare que les gens les pensent réellement. Mais la façon dont il les avait prononcés en cet instant, alors même qu'il ignorait qui se trouvait devant lui, avait éveillé une délicieuse tension dans mon bas-ventre. Ma lourde capuche était toujours en place.

Il fallait que je parte.

J'examinai l'espace derrière lui, à la recherche du chemin le plus facile pour m'éclipser. Je déglutis. Hawke n'avait peut-être pas encore compris que j'étais la fille qu'il avait rencontrée à *La Perle Rouge*, mais je ne pouvais pas me permettre qu'il me reconnaisse ici. J'ignorais ce qu'il ferait s'il s'apercevait que je me trouvais sur le Mur.

« Je ne m'attendais vraiment pas à tomber sur une femme avec un talent pour le tir à l'arc sur l'un des remparts. » Sa fossette creusa sa joue. Je sentis une pression au bas de mon ventre.

Pourquoi avait-il un sourire aussi charmeur ? De nombreuses femmes étaient probablement tombées sous son charme.

Je doutais qu'une seule l'ait regretté.

Moi, en tout cas, je ne le regrettais pas.

Il tendit une main gantée vers moi. « Puis-je vous aider ? »

Ravalant un ricanement, je baissai mon arme. En silence, de peur qu'il reconnaisse ma voix, je lui fis signe de reculer. Il haussa un sourcil, mais posa la main qu'il m'avait offerte sur son cœur et fit un pas en arrière.

Alors, Hawke s'inclina.

Il s'inclina avec un tel raffinement qu'un éclat de rire faillit m'échapper. Je le ravalai et fis glisser mon arc contre le mur jusqu'au niveau inférieur. Puis, sans le quitter des yeux, je descendis de l'échelle.

En contrebas, le son des combats avait quasiment cessé. Il fallait que je retourne dans ma chambre, mais je ne pouvais pas emprunter le même chemin qu'à l'aller, pas avec Hawke dans les parages. Cela éveillerait ses doutes. Je glissai mon arme sous ma cape et l'accrochai dans mon dos. Lorsqu'il entra en contact avec mes blessures, je tressaillis.

« Vous êtes… » Il s'interrompit. Une expression étrange s'était emparée de ses traits. Je n'arrivais pas à comprendre ce qu'elle signifiait. Était-ce de la méfiance ? De la perplexité ? Ou quelque chose de totalement différent ? Il plissa les yeux.

En dessous, les lourdes portes s'ouvrirent en grinçant. Il était l'heure d'aller récupérer les blessés et les morts. Les Voraces seraient brûlés à l'endroit où ils étaient tombés. Je me déplaçai de manière à quitter les remparts…

D'un mouvement fluide, Hawke me bloqua le passage. Mon cœur se retourna. Je serrai les poings, avant de forcer mes doigts à se détendre. La lueur malicieuse avait quitté son regard. « Que faites-vous ici ? »

La patience que sa curiosité lui avait inspirée avait disparu. Je le dépassai. Je savais que pour le perdre, je devais descendre et me mélanger à la foule qui sortait des maisons pour savoir qui était décédé.

Je n'allai pas bien loin.

Il m'attrapa par le bras. « Je crois… »

Alors, l'instinct prit le dessus. Je me retournai et passai sous le bras qui retenait le mien sans me préoccuper de mon dos qui me brûlait légèrement. Le choc que je lus sur son visage fit naître un sourire sauvage sur mes lèvres. Une fois derrière lui, je me baissai et lui assénai un coup de pied circulaire dans les jambes. Il me lâcha pour amortir sa chute avec ses mains.

Ses jurons résonnèrent à mes oreilles pendant que je m'enfuyais et quittais les remparts pour atteindre le côté intérieur du Mur. Les escaliers les plus proches n'étaient qu'à quelques centaines de mètres…

Quelque chose s'accrocha à ma cape. La force de l'attaque me retourna et me plaqua contre la paroi. Je tentai de m'écarter, mais ne réussis pas à bouger de plus de quelques centimètres. En baissant les yeux, je vis qu'une dague maintenait mon vêtement à la pierre. Sous le choc, je restai bouche bée.

Hawke avança vers moi, la tête légèrement baissée. « Ce n'était pas très gentil. »

Alors, il n'apprécierait pas non plus ce que je m'apprêtais à faire.

Je saisis le manche de la dague et la libérai de la pierre. Après l'avoir retournée pour la tenir par la lame, je reculai le bras pour prendre de l'élan et…

« Ne faites pas ça », m'avertit-il en se figeant.

Je la jetai en direction de son visage d'une beauté révoltante. Il l'évita, comme je m'y étais attendue et…

Il la rattrapa par le manche, comme si de rien n'était. C'était… impressionnant. J'étais jalouse. Je n'aurais jamais pu faire une chose pareille. Je n'étais même pas certaine que Vikter en était capable.

Les iris brillants comme des pépites d'or, il émit un son désapprobateur et m'approcha de nouveau.

Je m'écartai du mur et m'élançai vers les escaliers que je voyais à présent devant moi. Si je parvenais à les atteindre…

Une forme obscure s'abattit devant moi. Je voulus m'arrêter, mais je glissai et perdis l'équilibre. Au diable ces chaussons et leurs semelles lisses et moelleuses ! Je tombai violemment sur la hanche. Quand la douleur se répandit dans mes reins, je ravalai un cri. Au moins, je n'avais pas atterri sur le dos.

Hawke se redressa, la dague contre sa hanche. « Ça non plus, ce n'était pas très gentil. »

Comment avait-il… ? Je levai les yeux vers l'étroit rebord du Mur au-dessus de moi. Était-il monté dessus pour me rattraper ? Il ne devait pas mesurer plus de quelques centimètres de largeur.

Cet homme était un grand malade.

« J'ai conscience que j'ai besoin d'une bonne coupe de cheveux, mais vous avez mal visé, dit-il. Vous devriez travailler là-dessus. J'aime bien mon visage, vous savez ? »

Au contraire, j'avais parfaitement visé.

Ruminant silencieusement, j'attendis qu'il se rapproche pour lui asséner un coup de pied dans le tibia. Il grogna tandis que je me relevai sans prêter attention à ma hanche et à mes fesses qui étaient probablement couvertes d'hématomes. Quand je tournai vers la droite, il sauta devant moi pour me bloquer, alors je fonçai sur la gauche. Il me rattrapa quand même. Je le frappai encore…

Hawke saisit ma cheville. Je hoquetai de surprise et battis des bras pour garder l'équilibre. J'écarquillai les yeux. Il observa ma jambe nue en haussant les sourcils. « Scandaleux », murmura-t-il.

Un grondement agacé m'échappa.

Il rit. « Et regardez-moi ces petits chaussons. Satin et soie ? Ils sont aussi jolis que votre jambe. Aucun garde du Mur ne porterait ce genre de choses. »

Quelle sagacité !

« Sauf si, bien sûr, on ne leur donne pas les mêmes vêtements qu'à moi. » Hawke lâcha ma cheville. Avant que je puisse m'enfuir, il m'attrapa par le bras et m'attira à lui. Tout à coup, je me retrouvai pressée contre son torse, sur la pointe des pieds.

Le soudain corps à corps me coupa le souffle. Ma poitrine était écrasée contre le cuir et le métal dur qui protégeait son ventre. La chaleur de sa peau semblait se diffuser à travers son armure et se répandre sous ma cape et la fine robe que je portais en dessous. Une vague de chaleur m'envahit. Je pris une grande inspiration. Le sang des Voraces empestait la pourriture, mais lui-même sentait les épices brûlées et la fumée épaisse. Le rouge me monta aux joues.

Ses narines palpitèrent. Même si cela pouvait paraître fou, ses iris semblèrent prendre une teinte encore plus vive, une magnifique couleur ambrée. Il leva son autre bras. « Vous voulez savoir ce que je pense ? »

La lame que je plaçai contre sa gorge le réduisit au silence. Les lèvres pincées, il me dévisagea. Il ne bougea pas et ne me libéra pas non plus. Aussi, je pressai légèrement la dague contre sa peau. Une perle de sang apparut juste en dessous de sa gorge.

« Correction », dit-il, avant de rire alors que la goutte de sang glissait le long de son cou. Ce n'était pas un rire sans joie ni un rire condescendant. Au contraire, il paraissait amusé. « Vous êtes une sublime créature meurtrière. » Il s'arrêta et baissa les yeux. « Jolie arme. Pierre de sang et os de Lycan. Très intéressant… » Il me regarda de nouveau en face. « *Princesse.* »

16

La dague. Bon sang. J'avais oublié qu'il l'avait vue à *La Perle Rouge*. Comment cela avait-il pu me sortir de la tête ? J'éloignai mon arme de sa gorge, mais il était trop tard.

La main de Hawke bougea à la vitesse de l'éclair et me saisit le poignet. « Toi et moi, on a des tas de choses à se dire.

— Nous n'avons rien à nous dire », rétorquai-je. Je m'en voulais non pas d'avoir commis une erreur stupide, voire deux… mais trois ! Et j'en voulais également à Hawke parce qu'il avait l'avantage.

« Elle parle ! » Ses yeux s'arrondirent sous le coup d'un choc feint. Quand il baissa la tête, je me crispai. « Je croyais que tu aimais parler, princesse. » Il marqua une pause. « À moins que ce ne soit seulement à *La Perle Rouge* ? »

Je ne répondis pas.

« Tu ne vas pas faire semblant de ne pas avoir la moindre idée de ce que je raconte, j'espère ? demanda-t-il. De ne pas être la même femme ? »

Je tirai sur mon bras. « Lâche-moi.

— Je ne crois pas, non. » Il pivota brusquement et tout à coup, je me retrouvai avec le dos et l'arc pressés contre la paroi du Mur. La collision me fit l'effet d'une langue de feu contre mon dos blessé, mais il me plaqua davantage. J'étais de nouveau prisonnière entre ses bras. Seuls quelques millimètres nous séparaient. « Après tout ce qu'on a partagé, tu me lances une dague au visage ?

— Tout ce qu'on a partagé ? Ça n'a duré que quelques minutes et à part s'embrasser, on n'a pas fait grand-chose », crachai-je. La réalité de mes paroles me frappa avec une grande clarté. C'était effectivement tout ce que nous avions fait. Seigneurs, j'étais vraiment trop naïve. À cause de mon manque d'expérience, j'avais rendu cet incident plus important qu'il ne l'était. Le réveil était brutal.

« On a fait plus que s'embrasser. » Sa voix baissa d'une octave. « Si tu as oublié, je serais ravi de te rafraîchir la mémoire. »

Des vrilles de tension se formèrent dans mon ventre. Une part de moi aurait adoré qu'il me rappelle ce que j'avais supposément oublié, mais heureusement, ce fut la partie la plus logique et intelligente de mon esprit qui remporta la manche. « Il ne s'est rien passé de mémorable.

— Et maintenant, tu m'insultes ? Tu blesses mon petit cœur.

— Ton petit cœur ? » Je reniflai. « Ne sois pas si mélodramatique.

— C'est difficile. Je te rappelle que tu m'as jeté une dague au visage et que tu m'as entaillé la gorge », me dit-il. Sa poigne douce et ferme contrastait avec le ton sévère de sa voix.

« Je savais que tu te déplacerais.

— Ah oui ? C'est pour ça que tu as essayé de m'égorger ? » Ses yeux dorés brûlaient sous ses cils épais.

« J'ai à peine percé la peau, le corrigeai-je. Et j'ai seulement agi ainsi parce que tu me tenais et que tu refusais de me lâcher. Visiblement, tu n'as toujours pas retenu la leçon.

— Au contraire, princesse. Tu n'arriveras plus à atteindre mon cou désormais. » Son pouce caressa l'intérieur de mon poignet pour me rappeler qu'il me tenait. Mes doigts se crispèrent autour de la garde de mon arme. « Mais si tu lâches ta dague, je te laisserai toucher d'autres parties de mon corps. »

Je m'étouffai avec ma propre salive. Savait-il à qui il s'adressait ? Ma voix était-elle à ce point banale qu'il ignorait qui se tenait devant lui ? Dans tous les cas, s'il ne m'avait pas encore reconnue, cela me donnait un avantage. Un maigre avantage, mais je n'étais pas en position de chipoter. « Quelle générosité ! rétorquai-je.

— Quand tu me connaîtras mieux, tu sauras que je suis particulièrement altruiste.

— Je n'ai pas l'intention d'apprendre à te connaître.

— Si je comprends bien, pour toi, c'est une habitude de t'introduire dans la chambre de jeunes hommes et de les séduire avant de prendre la fuite ?

— Quoi ? » Je hoquetai de surprise. « Qui a parlé de séduire des hommes ?

— Ce n'est pas ce que tu as fait avec moi, princesse ? » Son pouce caressa de nouveau, lentement, l'intérieur de mon poignet.

« Tu es ridicule, bafouillai-je.

— Je suis surtout intrigué. »

Je grognai et tentai de me libérer. Il rit pour toute réponse. Ses yeux me faisaient penser à du miel liquide. « Pourquoi est-ce que tu t'entêtes à me tenir ainsi ?

— En plus des raisons que nous avons déjà évoquées... autrement dit le fait que je tienne à mon visage et à ma gorge, tu sembles oublier que tu n'es pas censée te trouver ici. En te questionnant, je ne fais que mon travail.

— Ça t'arrive souvent d'interroger ainsi les gens que tu ne reconnais pas au sommet du Mur ? contrai-je. Quelle étrange méthode d'interrogatoire.

— Seulement les jolies filles avec de belles jambes nues. » Il se pencha vers moi. Quand j'inspirai, ma poitrine rencontra son torse. « Que fais-tu ici durant une attaque de Voraces ?

— Je me promenais. C'est très relaxant à cette heure de la nuit », crachai-je.

Ses lèvres se retroussèrent en coin, mais sa fossette n'apparut pas. « Que faisais-tu ici, princesse ? insista-t-il.

— D'après toi ?

— D'après moi, tu t'es montrée incroyablement stupide et imprudente.

— Pardon ? » L'incrédulité me fit l'effet d'un coup de tonnerre. « Comment peux-tu dire que tuer des Voraces est stupide ?

— A-t-on changé la politique de recrutement de la Garde du Mur pour enrôler des dames à moitié nues ? demanda-t-il. Sommes-nous à ce point désespérés ? »

La colère se répandit dans mes veines comme un feu de paille. « Désespérés ? Pourquoi faudrait-il être désespéré pour avoir besoin de mon aide ? Tu as vu la façon dont je manie un arc ? Oh, attends une minute. C'est parce que j'ai des seins ?

— J'ai connu des femmes avec des seins bien moins jolis que les tiens qui pouvaient couper un homme en deux sans ciller, répondit-il. Mais aucune ne se trouve ici à Masadonia. »

J'aurais voulu savoir où se trouvaient ces femmes. Elles paraissaient très intéressantes. Attendez. Des seins bien moins jolis que les miens ?

« Tu es très douée », reprit-il. Je reportai mon attention sur lui. « Et pas seulement avec une flèche. Qui t'a appris à te défendre et à manier une dague ? »

Je refermai la bouche. Je refusais de répondre.

« Je parierais que c'est la même personne qui te l'a offerte. » Il s'interrompit. « Dommage qu'il ou elle ne t'ait pas appris à éviter de te faire capturer. Enfin, dommage pour toi. »

La colère m'envahit de nouveau. Cette fois, elle me submergea. Je relevai le genou, avec pour objectif de frapper ses parties intimes, ces parties qui, apparemment, le rendaient plus qualifié pour se battre que moi.

Malheureusement, il me sentit bouger et se déplaça pour bloquer mon attaque avec sa cuisse. « Tu es vraiment violente. » Il marqua une pause. « Je crois que ça me plaît.

— Lâche-moi ! m'exclamai-je, à bout.

— Pour que tu me cognes ou me poignardes ? » Il glissa sa jambe entre les miennes en prévention pour éviter que je recommence. « On en a déjà parlé, princesse. Plus d'une fois. »

Je soulevai mes hanches du mur et tentai de m'en servir comme levier pour l'écarter, mais tout ce que je réussis à faire fut de presser une partie de mon anatomie particulièrement sensible contre sa cuisse musclée. Le frottement provoqua une soudaine montée de chaleur en moi, si puissante que j'eus l'impression d'avoir été touchée par la foudre. Je hoquetai de surprise et me figeai.

Hawke était immobile, lui aussi. Son corps se tendait sous le coup de la pression. Son torse se souleva contre ma poitrine. Que… Que se passait-il ? Malgré l'altitude et l'air froid de la nuit qui nous entouraient, j'avais chaud. Ma peau bourdonnait comme si elle avait été parcourue par des décharges électriques. Une chaleur écrasante, intense s'était substituée à la froideur douloureuse de mon corps.

De longues minutes s'écoulèrent en silence avant qu'il ne reprenne la parole. « Je suis revenu, cette nuit-là. »

Dessous, le bruit commençait à se calmer. Quelqu'un aurait pu nous surprendre d'un moment à l'autre, pourtant, en entendant ses paroles, je fermai les yeux. Il avait raison : j'étais stupide et imprudente.

Il était revenu.

« Comme je m'y étais engagé. Je suis revenu et tu n'étais plus là, poursuivit-il. Tu m'avais promis de rester, princesse. »

Je ressentis soudain une légère culpabilité, mais je ne savais pas si c'était parce que je lui avais menti ou parce que je lui avais jeté une dague en pleine tête. Les deux, sans doute. « Je… Je ne pouvais pas.

— Tu ne pouvais pas ? » Il baissa de nouveau la voix. Elle était plus grave, plus rauque. « Quelque chose me dit que lorsque tu veux vraiment quelque chose, rien ne t'arrête. »

Un rire amer m'échappa. « Tu ne sais rien.

— Peut-être. » Il me lâcha le bras et, avant que je comprenne son attention, glissa la main sous ma capuche. Ses doigts froids rencontrèrent le côté droit de mon visage où je ne portais aucune cicatrice. Le contact me fit frissonner. Je voulus reculer, mais je n'avais aucune échappatoire. « Ou peut-être que j'en sais plus que tu ne le penses. »

Une sensation de malaise me démangea la peau.

Hawke baissa la tête et pressa la joue contre le côté gauche de ma capuche. « Tu crois vraiment que je ne sais pas qui tu es ? »

L'intégralité de mes muscles se tendit. Ma bouche fut soudain très sèche.

« Tu n'as rien à dire ? » Il fit une pause, puis, la voix à peine plus forte qu'un murmure, il ajouta : « Penellaphe ? »

Et mince.

Je soufflai bruyamment. Je ne savais pas si je devais me sentir soulagée de ne plus avoir à me demander s'il était au courant, ou si je devais avoir peur. En tout cas, ma confusion fit monter ma colère en flèche. « Tu viens à peine de le comprendre ? C'est inquiétant pour quelqu'un qui est censé me protéger. »

Il rit doucement. C'était un son aussi agaçant que communicatif. « Je l'ai su à l'instant où tu as retiré ton voile. »

Les lèvres entrouvertes, j'inspirai légèrement. « Pourquoi… n'as-tu rien dit ?

— À toi ? Ou au duc ?

— Les deux, murmurai-je.

— Je voulais voir si tu aborderais le sujet en premier, mais visiblement, tu comptais faire semblant de ne pas être la même fille qui fréquente *La Perle Rouge*.

— Je ne fréquente pas *La Perle Rouge*, le corrigeai-je. Mais toi oui, apparemment.

— Tu t'es renseigné sur moi ? Je suis flatté.

— Pas du tout.

— Je ne suis pas certain de pouvoir te croire. Tu mens beaucoup, princesse.

— Arrête de m'appeler comme ça, lui ordonnai-je.

— Je préfère ce titre à celui que je suis censé utiliser pour toi. Pucelle. Tu as un nom. Et ce n'est pas ça.

— Personne ne t'a demandé ton avis, lui dis-je même si je le rejoignais à cent pour cent.

— Mais tu m'as demandé pourquoi je n'avais pas mis le duc au courant de tes petites aventures, me rappela-t-il. Pourquoi aurais-je fait ça ? Je suis ton garde. Si je te trahissais, tu n'aurais plus confiance en moi et cela rendrait mon travail encore plus compliqué. »

Son explication pleine de bon sens eut le goût amer de la déception. Je ne voulais même pas chercher à savoir pourquoi. « Comme tu as pu le voir, je suis parfaitement capable de me débrouiller.

— Oui. » Les sourcils froncés, il s'écarta. Alors, ses yeux s'écarquillèrent un peu, comme s'il venait de comprendre quelque chose.

« Hawke ! » cria quelqu'un en contrebas. Mon cœur trébucha. « Tout va bien là-haut ? »

Il sonda l'obscurité de ma capuche un instant, avant de tourner la tête par-dessus son épaule. « Tout est parfait.

— Il faut que tu me laisses partir, murmurai-je. Quelqu'un va monter et…

— Et te surprendre ? Te forcer à révéler ta véritable identité ? » Ses yeux ambrés trouvèrent de nouveau les miens. « Ce serait peut-être pour le mieux. »

Je pris une grande inspiration. « Je croyais que tu ne voulais pas me trahir.

— C'était avant que je sache de quoi tu étais capable. »

J'eus soudain très froid.

« Mon travail serait bien plus simple si je n'avais pas à m'inquiéter que tu fasses le mur pour combattre les Voraces… ou pour rencontrer des hommes dans des endroits comme *La Perle Rouge*, continua-t-il. Et qui sait ce que tu fais d'autre lorsque tout le monde croit que tu es dans tes appartements ?

— Je…

— J'imagine que si j'en parle au duc et à la duchesse, ta manie de t'armer d'un arc et de monter au sommet du Mur te passera. »

Mon cœur se serra sous le coup de la panique. « Tu n'as aucune idée de ce qu'il fera si tu le lui dis, lâchai-je. Il… » Je m'interrompis.

« Que ferait-il ? »

Je pris une inspiration lente pour me calmer, puis relevai le menton. « Peu importe. Fais ce qui te semble juste. »

Hawke me dévisagea un long moment, pendant ce qui sembla durer une éternité, puis il me lâcha et fit un pas en arrière. L'air froid s'engouffra entre nous. « Tu ferais mieux de regagner ta chambre, princesse. On continuera cette conversation plus tard. »

Surprise, je restai immobile un moment avant de retrouver mes esprits. Alors, je m'éloignai du Mur et me mis à courir. Sans même regarder derrière moi, je sus qu'il ne me quitta pas un instant des yeux.

En sortant de l'ancien accès des serviteurs, je ne fus pas surprise de trouver Tawny qui m'attendait dans ma chambre. Pourtant, j'avais dû patienter une heure ou presque que les portes se relèvent pour pouvoir rentrer.

Elle hoqueta de surprise. « Je commençais à croire que tu ne reviendrais pas. »

Je refermai la porte grinçante derrière moi et me tournai vers elle. Je fis lentement tomber ma capuche.

Elle se figea. « Est-ce que tu… tu vas bien ? » Son regard sonda le mien. Je me rendis compte qu'elle tremblait. « Était-ce terrible ? L'attaque ? »

J'ouvris la bouche, mais avec tout ce qui s'était passé, je ne savais pas par où commencer. Je m'appuyai contre la porte. Mon cœur battait encore très fort à cause de ma confrontation avec Hawke. Mon esprit était sens dessus dessous. Et mon ventre se nouait à l'idée que les Voraces aient réussi à atteindre le sommet du Mur.

« Poppy ? » murmura-t-elle.

Je choisis de commencer par la partie la plus importante. « Ils étaient très nombreux. Des dizaines. »

Sa poitrine se souleva violemment. « Et ? »

J'ignorais ce qu'elle voulait savoir, mais être tenu dans l'ignorance était bien plus dangereux que de connaître la vérité. « Plusieurs ont réussi à escalader le Mur. »

Elle écarquilla les yeux. « Oh, mes dieux. » Elle posa la main contre sa poitrine. « Mais les portes ont été relevées…

— On les a arrêtés, mais de nombreux… de nombreux gardes sont morts ce soir. » J'avançai et déboutonnai ma cape avec mes doigts glacés. Je la laissai tomber par terre, puis m'approchai de la cheminée devant laquelle je me tins plusieurs minutes pour me réchauffer. « Ils étaient si nombreux qu'ils ont pris de court la première ligne. S'il y en avait eu davantage…

— Ils auraient réussi à entrer ?

— C'est possible, oui. » Je m'éloignai de l'âtre. Avec précaution, j'attrapai mon arc et le rangeai dans mon coffre avant de refermer le couvercle. « Ils ont envoyé les cavaliers, mais au moins deux Voraces avaient déjà réussi à grimper. S'ils patientent aussi longtemps, la prochaine fois, il sera peut-être trop tard. Je crois… Je crois qu'ils ne s'attendaient pas à ce qu'ils en soient capables. »

Tawny s'assit au bord du lit. « Est-ce que… tu en as tué ? »

Je retirai mes chaussons avant de reporter mon attention sur elle. « Bien sûr.

— Tant mieux. » Elle leva les yeux vers la fenêtre derrière lesquelles les torches brûlaient de nouveau dans la nuit. « Il y aura beaucoup de drapeaux noirs demain. »

Oui. Chaque foyer ayant perdu un fils, un père, un mari ou un ami hisserait un drapeau pour lui rendre hommage. Le commandeur Jansen rendrait visite à toutes les familles pendant les jours qui suivraient. De nombreux bûchers seraient allumés.

Je craignais aussi que certains soldats rentrent chez eux ce soir, ou dans leurs dortoirs, alors qu'ils avaient été mordus par un Vorace pendant l'attaque. Cela arrivait à chaque fois.

Je me laissai tomber sur le lit. Mes cheveux empestaient la fumée. Avant que j'aie pu ajouter quoi que ce soit, un coup résonna contre la porte.

« J'y vais », annonça-t-elle en se levant. Je ne l'en empêchai pas. C'était sans doute Vikter ou un autre membre de la Garde royale qui venait s'assurer que tout allait bien. Pendant qu'elle allait ouvrir, j'attrapai ma tresse et la défis rapidement. Je l'entendis expliquer : « La Pucelle est en train de dormir…

— Cela m'étonnerait. »

Le cœur martelant mes côtes, je bondis hors du lit et me retournai au moment où Hawke entrait. Mon expression outrée ressemblait sans doute à celle de Tawny.

Il referma derrière lui. « Il est grand temps qu'on ait cette conversation, princesse. »

17

Il n'avait plus de sang sur le visage et ses cheveux noirs humides bouclaient contre ses tempes et son front. Je ne voyais pas son épée à lame longue, mais les deux plus petites étaient toujours accrochées à sa taille. Debout dans ma chambre, les jambes écartées de la largeur des épaules, la mâchoire contractée, Hawke me faisait penser à Théon, le dieu de l'entente et de la guerre.

Ainsi, il paraissait tout aussi dangereux que sur le Mur.

Et au vu du feu ardent qui brûlait dans ses yeux dorés, il était clair qu'il n'était pas venu ici pour faire la paix.

Il jeta un coup d'œil en direction de Tawny qui, comme moi, était réduite au silence. « Nous n'avons plus besoin de vous ce soir. »

Cette remarque la laissa bouche bée.

Moi, j'eus une réaction très différente. « Tu n'as pas l'autorité nécessaire pour la congédier.

— Ah non ? » Il haussa un sourcil sombre. « En tant que garde personnel, il me revient d'éloigner les menaces.

— Les menaces ? demanda l'intéressée, perplexe. Je ne suis pas une menace.

— Si. Vous risquez de trouver des excuses à Penellaphe ou mentir pour elle. Vous venez de m'affirmer qu'elle était endormie alors que je sais pertinemment qu'elle était sur le Mur », rétorqua-t-il. Elle referma la bouche.

Elle se tourna vers moi. « Quelque chose me dit que je n'ai pas toutes les informations.

— Je n'ai pas eu le temps de t'en parler, lui expliquai-je. Et ce n'était pas très important. »

Elle ne semblait pas me croire.

À côté d'elle, Hawke renifla. « Je suis sûre que c'est la chose la plus excitante qui te soit arrivée depuis longtemps. »

Je plissai les yeux. « Tu surestimes grandement l'impact que tu as sur ma vie.

— Je pense avoir une bonne idée du rôle que j'y joue, au contraire.

— J'en doute, lançai-je à mon tour.

— Je me demande si tu crois la moitié des mensonges que tu profères. »

Tawny nous observait l'un après l'autre.

« Je ne mens pas, merci bien. »

Il sourit. Sa fossette apparut sur sa joue droite. « Si ça peut te faire plaisir, princesse.

— Ne m'appelle pas comme ça ! » m'écriai-je en tapant du pied par terre.

Il haussa un sourcil. « Ça t'a fait du bien ?

— Oui ! Parce que l'autre option, c'était de te frapper.

— Quelle violence ! » Il rit doucement.

Oh, mes dieux.

Je serrai les poings. « Tu ne devrais pas être ici.

— Je suis ton garde personnel, répondit-il. Du moment que c'est pour assurer ta sécurité, je peux aller où bon me semble.

— Et de quoi crois-tu devoir me protéger ici ? m'enquis-je en examinant la pièce autour de nous. Un méchant pied de lit contre lequel je risque de me taper le pied ? Ah, non, je sais ! Tu as peur que je m'évanouisse. Tu es particulièrement doué pour t'occuper de ce genre d'urgence.

— C'est vrai que tu as l'air un peu pâle. Ma capacité à rattraper les femmes fragiles et délicates pourrait s'avérer utile. »

J'inspirai profondément.

« Mais d'après ce que j'ai vu, à part une tentative d'enlèvement isolée, la plus grande menace qui te guette, princesse, c'est toi-même.

— Eh bien… », souffla Tawny. Je lui jetai un regard qui aurait dû la faire fuir de la pièce, mais elle se contenta de hausser les épaules. « Il n'a pas tort.

— Tu ne m'aides pas.

— Penellaphe et moi devons discuter, déclara-t-il sans me quitter des yeux. Je peux vous assurer qu'elle est en sécurité avec moi et je suis certain qu'elle vous racontera tout ce dont nous aurons parlé plus tard. »

Elle croisa les bras. « Bien entendu, mais ce n'est pas aussi drôle que d'être aux premières loges. »

Je soupirai. « Ça ira, Tawny. On se voit demain matin. »

Elle me dévisagea longuement. « Tu es sérieuse ?

— Oui, confirmai-je. Quelque chose me dit que si tu ne nous laisses pas, il va rester planté là et aspirer l'air de la pièce…

— En étant particulièrement beau, ajouta-t-il. Tu as oublié de le préciser. »

Un bref gloussement échappa à ma dame de compagnie.

Je repris comme si de rien n'était. « Et j'aimerais me reposer un peu avant le lever du soleil. »

Elle soupira bruyamment. « Très bien. » Elle jeta un coup d'œil à Hawke. « Princesse.

— Oh, mes dieux », marmonnai-je. Je sentais déjà la migraine poindre derrière mes yeux.

Hawke l'observa s'éloigner et attendit qu'elle ait disparu derrière la porte attenante avant de parler. « Je l'aime bien.

— C'est bon à savoir, lui rétorquai-je. Qu'avais-tu à me dire qui ne pouvait pas attendre jusqu'à demain matin ? »

Son regard se posa de nouveau sur moi. « Tu as de très beaux cheveux. »

Je clignai des yeux. Mes cheveux bouclés étaient détachés. Je n'avais pas besoin de les voir pour savoir qu'ils étaient emmêlés. Je résistai à l'envie de les toucher. « C'est de ça que tu voulais me parler ?

— Pas tout à fait. » Il baissa les yeux et les fit glisser lentement de mes épaules jusqu'à la pointe de mes pieds. Son regard était intense, presque comme une caresse. Sur son passage, ma peau rougissait.

À ce moment-là, je me rappelai que non seulement mon visage était découvert, mais qu'en plus, je ne portais qu'une chemise de nuit au tissu très fin. La lumière de la cheminée et des lampes à huile ne faisait pas grand-chose pour cacher les formes de mon corps. Je rougis davantage et la chaleur me monta à la tête. Je tendis la main vers ma robe de chambre qui était déposée au pied de mon lit.

Le sourire entendu de Hawke m'emplit d'une vague d'irritation.

Je me figeai. Hawke n'avait peut-être pas vu toutes les zones d'ombre dissimulées sous ma chemise de nuit blanche, mais il en avait touché plusieurs avec ses mains. Une part de moi aurait voulu déplacer mes cheveux de façon à couvrir le côté gauche de mon visage, mais il avait déjà vu mes cicatrices et je n'en avais pas honte. Je refusais que la remarque du duc au sujet des compliments de Hawke ait le moindre impact sur moi. Cacher mon visage ou couvrir mon corps ne servait à rien. De plus, j'avais l'impression qu'il me lançait un défi, comme s'il s'était attendu à ce que je me conduise de cette manière.

Je n'en ferais rien.

Il y eut un long silence empli de tension. « Tu ne portais que ça sous ta cape ?

— Cela ne te concerne pas », lui dis-je en gardant les bras le long de mon corps.

Quelque chose passa sur son visage. Cela me rappela l'expression que Vikter arborait parfois lorsque je le battais, mais elle disparut trop vite pour que j'en sois certaine. « J'ai l'impression que ça devrait », admit-il.

Sa voix rauque fit naître de la chair de poule sur ma peau. « C'est ton problème, pas le mien. »

L'étrange expression refit son apparition. Il semblait pris en étau entre l'amusement et la curiosité. « Tu… Tu n'es pas ce à quoi je m'attendais. »

Il paraissait si sincère que mon agacement se calma un peu. « Parce que je sais manier un arc et une dague ? Ou parce que je t'ai mis à terre ?

— Je n'y suis pas resté longtemps », me rappela-t-il. Quand il baissa la tête, ses longs cils dissimulèrent ses yeux si spéciaux. « Pour toutes ces raisons, mais tu as oublié d'ajouter ce qui s'est passé à *La Perle Rouge*. Je n'aurais jamais cru y croiser la Pucelle. »

Je ricanai. « Je m'en doute. »

Quand il releva les yeux, une foule de questions habitait son regard. Cette fois, je ne pourrais probablement pas y échapper.

J'étais trop fatiguée pour me disputer avec lui. Je me dirigeai vers l'un des deux fauteuils qui faisaient face à la cheminée, parfaitement consciente que la fente de ma robe dévoilait l'intégralité de ma jambe.

Et que Hawke n'en perdait pas une miette.

« Ce soir-là, c'était la première fois que je me rendais à *La Perle Rouge*. » Je m'assis et laissai tomber mes mains sur mes genoux. « Et la raison pour laquelle je me trouvais au premier étage, c'est parce que Vikter est arrivé. » Je plissai le nez en frissonnant. « Avec ou sans masque, il m'aurait reconnue. Je suis montée à l'étage parce qu'une femme m'a affirmé que la chambre était vide. » Je ne pouvais m'empêcher de penser qu'elle m'avait piégée, mais je ne pouvais rien y faire. « Je ne te raconte pas tout ça pour me justifier. Je… te dis simplement la vérité. Je ne savais pas que tu te trouvais dans cette pièce. »

Il ne bougea pas. « Mais tu savais qui j'étais. » Ce n'était pas une question.

« Bien sûr. » Je scrutai les flammes. « Ton arrivée n'est pas passée inaperçue.

— Je suis flatté », murmura-t-il.

Je réprimai un sourire. Dans la cheminée, les flammes s'enroulaient et ondulaient autour de l'épaisse bûche de bois. « Je ne parlerai pas de la raison pour laquelle je suis restée.

— Pas la peine. Je le sais très bien.

— Ah oui ?

— Oui, je comprends mieux, maintenant. »

Je repensai à cette nuit et me remémorai ce qu'il avait dit. Il semblait avoir senti que j'avais eu besoin de faire des expériences, de vivre, tout simplement. Maintenant qu'il savait qui j'étais, cela paraissait logique, effectivement.

Toutefois, je ne comptais pas en discuter. « Que vas-tu faire au sujet de ma présence sur le Mur ? »

Pendant un long moment, il ne répondit pas, puis il s'approcha de l'endroit où j'étais assise. Avec ses longues jambes, il traversa très vite l'espace qui nous séparait. « Je peux ? » demanda-t-il en désignant le fauteuil vide.

Je hochai la tête.

Après s'être installé en face de moi, il se pencha en avant, les coudes posés sur les genoux. « C'est Vikter qui t'a entraînée, pas vrai ? »

Mon pouls s'emballa, mais je ne laissai rien paraître.

« C'est forcément lui. Vous êtes proches et il s'occupe de toi depuis ton arrivée à Masadonia.

— Je vois que tu t'es renseigné.

— J'aurais été stupide de ne pas apprendre tout ce que je peux au sujet de la personne que je suis censé protéger au péril de ma vie. »

Il n'avait pas tort. « Je ne répondrai pas à ta question.

— Parce que tu redoutes que je le répète au duc, alors que je ne lui ai jamais rien dit ?

— Tout à l'heure, sur le Mur, tu as admis que tu devrais le faire, lui rappelai-je. Que ça rendrait ton travail plus facile. Je refuse de faire tomber quelqu'un d'autre avec moi. »

Il pencha la tête sur le côté. « J'ai dit que je devrais le faire, pas que je le ferai.

— Il y a une différence ?

— Tu le sais très bien. » Son regard balaya mon visage. « Qu'aurait fait Sa Grâce si je lui avais tout raconté ? »

Je serrai les poings. « Rien.

— Alors, pourquoi as-tu réagi ainsi ? J'ai l'impression que tu avais envie de me confier davantage de choses, mais tu t'en es empêchée. »

Je détournai les yeux et reportai mon attention sur les flammes. « J'avais tout dit. »

Le silence retomba. « Tawny et toi, vous avez réagi étrangement lorsque le duc t'a fait appeler, l'autre jour.

— On ne s'attendait pas à recevoir un message de sa part. » Le mensonge m'échappa.

Il y eut une nouvelle pause. « Pourquoi es-tu restée terrée deux jours dans ta chambre après ta convocation ? »

Une douleur aiguë et cuisante irradiait de l'endroit où mes ongles s'enfonçaient dans mes paumes. Dans l'âtre, les flammes mouraient et vacillaient doucement.

« Que t'a-t-il fait ? » demanda Hawke d'une voix bien trop douce.

La honte m'étouffa. À l'arrière de ma gorge, elle avait un goût acide. « Qu'est-ce que ça peut te faire ?

— Pourquoi est-ce que ça ne me ferait rien ? » s'enquit-il. Et encore une fois, il paraissait un peu trop sincère pour être honnête.

Je tournai la tête avant même que je me rende compte de ce que je faisais. Adossé au fauteuil à oreilles, il avait enroulé les doigts autour des accoudoirs. « Tu ne me connais pas…

— Je parie que je te connais mieux que la plupart des gens. »

Le rouge me monta aux joues. « Ça ne signifie pas que tu me connais vraiment, Hawke. Assez pour te soucier de moi, en tout cas.

— Je sais que tu n'es pas comme les autres membres de la cour.

— Je ne suis pas un membre de la cour.

— Tu es la Pucelle. Le peuple te considère comme l'enfant des dieux. Il te place encore plus haut que les Élevés. Mais je sais que tu es pleine de compassion. Ce soir-là, à *La Perle Rouge*, quand on a parlé de la mort, tu as ressenti une vraie empathie pour les pertes que j'ai subies. Ce n'était pas forcé.

— Comment le sais-tu ?

— Je me trompe rarement sur les gens, me fit-il remarquer. Tu refusais de m'adresser la parole par peur d'être découverte jusqu'à ce que je dise que Tawny était ta bonne. Tu l'as défendue malgré le risque. » Il marqua une pause. « Et puis je t'ai vue.

— Qu'est-ce que tu as vu, au juste ? »

Il se pencha de nouveau et baissa la voix. « Je t'ai vue pendant le conseil de la ville. Tu n'étais pas d'accord avec le duc et la duchesse. Je ne voyais pas ton visage, mais tu avais l'air particulièrement mal à l'aise. Tu avais de la peine pour cette famille.

— Tawny aussi.

— Sans vouloir offenser ton amie, elle a ronflé pendant la majeure partie de la réunion. Je doute qu'elle ait entendu ce qui se passait. »

Je ne pouvais pas vraiment le contredire, mais ce qu'il avait vu, c'était que j'avais perdu brièvement le contrôle de mon don. Cependant, cela ne changeait rien au fait que je n'étais pas d'accord avec ce qui arrivait à la famille Tulis.

« Tu sais te battre, te battre efficacement, reprit-il. Et tu es très courageuse. Je connais de nombreux hommes, des hommes entraînés, qui ne monteraient jamais volontairement sur le Mur pendant une attaque de Voraces. Les Élevés auraient pu y aller. Ils auraient eu une plus grande chance de survie, mais ils ne l'ont pas fait. Toi si.

— Ce ne sont pas que des détails. Cela ne signifie pas que tu me connais assez pour te soucier de ce qui m'arrive ou non. »

Il plongea son regard dans le mien. « S'il m'arrivait quelque chose, tu t'inquiéterais pour moi ?

— Bien sûr. » Je fronçai les sourcils. « Je…

— Pourtant, tu ne me connais pas. »

Je refermai la bouche. Il m'avait bien eue.

« Tu es quelqu'un de bien, princesse. » Il se redressa. « C'est pour ça que ça te touche.

— Ce n'est pas ton cas ? »

Il baissa les yeux. « Je suis beaucoup de choses, mais on m'a rarement considéré comme quelqu'un de bien. »

Je ne savais pas comment répondre à cet aveu très personnel.

« Tu ne veux vraiment pas me raconter ce que le duc t'a fait ? » Il soupira. Son dos s'arqua légèrement contre le dossier. « Tu sais que, d'une manière ou d'une autre, je le découvrirai. »

Je faillis éclater de rire. S'il y avait une chose dont personne ne parlerait jamais, c'était bien de celle-ci. « Si tu le dis.

— Je le dis », répondit-il. Un battement de cœur passa en silence. « C'est étrange, tu ne trouves pas ?

— Quoi ? »

Il me regarda de nouveau dans les yeux. Je sentis ma respiration se bloquer dans mes poumons. J'étais incapable de tourner la tête. J'avais l'impression d'être… prise au piège. « Cette sensation que j'ai de te connaître depuis longtemps. Je sais que tu ressens la même chose. »

J'aurais voulu le nier, mais il avait raison et c'était étrange. Alors, je décidai de me taire. Je ne voulais pas en parler. J'aurais eu l'impression de m'engager dans une voie que je ne pourrais, finalement, pas emprunter. Cette pensée me serrait la poitrine. Je ne voulais pas non plus m'appesantir sur la question.

Parce que cela ressemblait à de la déception. Est-ce que cela ne signifiait pas que j'avais déjà commencé à avancer sur cette voie ? Je baissai les yeux.

« Que faisais-tu sur le Mur ? demanda-t-il.

— Je croyais que c'était évident.

— Ta motivation ne l'est pas, non. Dis-moi au moins ça. Dis-moi ce qui t'a poussée à monter sur le Mur pour les combattre. »

Je rouvris les poings et glissai deux doigts sous ma manche droite. Je les remontai le long de mon bras jusqu'à trouver mes deux cicatrices. Il y en avait d'autres sur mon ventre et mes cuisses.

Il aurait été facile de mentir, d'inventer une multitude de raisons, mais la vérité ne pouvait pas faire de mal. Le fait qu'une troisième personne soit dans la confidence changerait-il quelque chose ? Je n'en avais pas l'impression.

« La cicatrice sur mon visage. Tu sais d'où elle vient ?

— Ta famille a été attaquée par des Voraces quand tu étais enfant, répondit-il. Vikter…

— Il t'en a parlé ? » Un léger sourire fatigué étira mes lèvres. « Ce n'est pas ma seule cicatrice. » Quand il ne réagit pas, je sortis la main de sous ma manche. « Quand j'avais 6 ans, mes parents ont décidé de quitter la capitale pour rejoindre la vallée de Niel. Ils aspiraient à une vie plus calme. Du moins, c'est ce que l'on m'a raconté par la suite. Je ne me souviens pas beaucoup du voyage. Je me rappelle seulement que ma mère et mon père étaient particulièrement tendus. Ian et moi, on était petits. On ne savait pas grand-chose au sujet des Voraces, alors on n'avait pas peur d'être dehors et de s'arrêter dans l'un des plus petits villages du royaume, un village qui, je l'ai su plus tard, n'avait pas été le théâtre d'une attaque depuis des décennies. Leur Mur était bas, comme dans la majorité des petites villes. On était censés rester une seule nuit à l'auberge. Elle sentait la cannelle et le clou de girofle. Ça, je m'en souviens. »

Je fermai les yeux. « Ils sont venus la nuit, avec la Brume. Quand ils sont apparus, il était déjà trop tard. Mon père… Il est sorti dans la rue pour essayer de les ralentir pendant que ma mère nous cachait, mais ils sont entrés par la porte et les fenêtres avant même qu'elle ait réussi à mettre un pied dehors. » Le souvenir du cri de ma mère me força à rouvrir les paupières. Je déglutis. « Une femme qui séjournait à l'auberge a attrapé Ian et l'a poussé dans une pièce secrète, mais moi, j'ai refusé de quitter ma mère et… » Des flashs de cette nuit-là, sombres, décousus, essayaient de peindre un tableau dans mon esprit. Du sang sur le sol, sur les murs, le long des bras de ma mère. Ma main glissant hors de la sienne, d'autres mains qui m'empoignaient, des dents qui claquaient. Les griffes… puis une douleur ardente, déchirante et enfin, plus rien. « Je me suis réveillée plusieurs jours plus tard, à la capitale. La reine Ileana était à mon chevet. Elle m'a raconté ce qui s'était passé. Que nos parents n'étaient plus de ce monde.

— Je suis désolé », compatit Hawke. Je hochai la tête. « Je suis sincère. C'est un miracle que tu aies survécu.

— Les dieux m'ont protégée. C'est ce que la reine m'a dit. Que j'étais l'Élue. Plus tard, j'ai appris que c'était la raison pour laquelle la reine avait supplié ma mère et mon père de ne pas quitter la capitale. Car… si le Seigneur des Ténèbres savait que la Pucelle se trouvait sans protection, il enverrait des Voraces à ma poursuite. À l'époque, il voulait me tuer, mais apparemment, maintenant, il me préfère en vie. » Je ris, mais le chagrin était bien présent.

« Ce qui est arrivé à ta famille n'est pas ta faute. Qui sait pourquoi ils ont réellement attaqué ce village ? » Il se passa une main dans les cheveux, repoussant les mèches, à présent sèches, de son front. « De quoi d'autre te souviens-tu ?

— Personne… Personne à l'intérieur de cette auberge ne savait se battre. Ni mes parents, ni les femmes, ni même les hommes. Ils comptaient sur une poignée de gardes pour assurer leur protection. » Je frottai mes paumes l'une contre l'autre. « Si mes parents avaient su se défendre, ils auraient peut-être survécu. Ils auraient eu une chance, même infime, de s'en sortir. »

Un éclair de compréhension illumina le visage de Hawke. « Et toi, tu veux avoir cette chance. »

Je hochai la tête. « Je ne… Je refuse d'être sans défense.

— Personne ne devrait l'être. »

Je soufflai doucement et immobilisai mes mains. « Tu as vu ce qui s'est passé ce soir. Ils ont réussi à escalader le Mur. Si l'un d'eux parvient à passer de l'autre côté, d'autres le suivront. Aucun Mur n'est infranchissable et même si c'était le cas, des mortels maudits entrent parfois dans la ville. Cela se produit plus souvent que les gens ne le pensent. La malédiction pourrait se répandre à tout moment. Alors, si je dois tomber…

— Tu le feras en te battant », termina-t-il à ma place.

Je hochai la tête.

« Je le répète : tu es très courageuse.

— Je ne considère pas ça comme du courage. » Je baissai les yeux vers mes doigts. « C'est plutôt… de la peur.

— La peur et la bravoure vont souvent main dans la main. Elles font de toi un combattant ou un lâche. La seule différence, c'est la personne que tu es réellement à l'intérieur. »

Réduite au silence, je relevai la tête. Il me fallut quelques instants pour formuler une réponse. « Parfois, quand tu parles, tu fais bien plus vieux que ton âge.

— Seulement la moitié du temps, admit-il. Tu as sauvé des vies, ce soir, princesse. »

Je laissai passer le surnom. « Mais beaucoup sont morts.

— Trop, acquiesça-t-il. Les Voraces sont un fléau dont on a bien du mal à se débarrasser. »

La tête appuyée contre le dossier de mon fauteuil, je tendis les orteils en direction de la cheminée. « Tant que les Atlantiens vivront, il y aura des Voraces.

— Il paraîtrait », répondit-il. Je reportai mon attention sur lui. La mâchoire contractée, il observait le feu qui commençait à s'éteindre. « Selon toi, des maudits pénètrent dans l'enceinte de la ville, plus que les gens ne le pensent. Comment le sais-tu ? »

J'ouvris la bouche. Et mince. Quelle excuse pouvais-je lui servir ?

« J'ai entendu des rumeurs », poursuivit-il.

Merde.

Son regard glissa jusqu'à moi. « Ce n'est pas un sujet très abordé et seulement à demi-mot. »

Un sentiment de malaise m'envahit. « Il va falloir être plus précis.

— J'ai entendu dire que l'enfant des dieux aidait ceux qui avaient été maudits », répondit-il. Je me crispai. « Qu'elle leur permettait de mourir avec dignité. »

J'étais soulagée qu'il n'ait rien entendu de plus et qu'il n'ait pas mentionné mon don, mais en réalité, le fait qu'un nouveau venu tel que lui soit déjà au courant n'était pas très rassurant.

Si Vikter l'apprenait, il ne serait pas content. De toute façon, après ce qui s'était passé la fois précédente, je doutais qu'il m'autorise de nouveau à l'accompagner.

« Qui t'a raconté ça ? m'enquis-je.

— Des gardes », répondit-il. Mon estomac se noua davantage. « Pour être honnête, au début, je n'y ai pas cru. »

Je fis de mon mieux pour garder mon expression la plus neutre possible. « Eh bien, tu devrais t'en tenir à ta première intuition. S'ils pensent que je suis capable de trahir la couronne de manière aussi éhontée, ils se trompent. »

Il me dévisagea. « Je cerne plutôt bien les gens, rappelle-toi.

— Et alors ?

— Alors, je sais que tu mens », dit-il. Je me demandais ce qui lui avait fait penser que les gardes parlaient de moi en particulier. « Et je comprends pourquoi. Ces hommes parlent de toi avec une telle admiration dans la voix qu'avant de te rencontrer, je commençais à croire à moitié que tu étais vraiment une enfant des dieux. Ils ne te dénonceront jamais.

— Peut-être, mais tu les as entendus en parler. Cela pourrait parvenir aux oreilles de personnes malintentionnées.

— Je devrais clarifier ce que j'entends par “rumeurs”. En fait, ces hommes m'en ont parlé directement, m'expliqua-t-il, car j'aide moi aussi les maudits à mourir dignement. J'ai commencé à la capitale et je continue à le faire ici. »

Bouche bée, je sentis mon ventre se dénouer, mais mon cœur, lui, s'agita comme un poisson hors de l'eau.

« Ceux qui ont été maudits ont tout donné pour le royaume. Ils devraient être traités en héros au lieu d'être traînés en place publique pour y être assassinés. Ils ne méritent pas ça. Leur famille non plus. »

Je le toisais. Je ne savais pas comment réagir. Il disait à voix haute ce que je pensais tout bas et je savais que d'autres partageaient cette opinion. Évidemment. Mais apprendre qu'il n'avait pas peur de se rendre coupable de haute trahison pour faire ce qui lui semblait juste…

« Bon. J'ai assez abusé de ton temps. »

Je haussai un sourcil. « Tu n'as rien d'autre à me dire ?

— Je ne te demande qu'une chose. » Il se leva. Je m'attendais à ce qu'il m'exhorte de ne plus m'approcher du Mur et j'accepterais sans doute. Je n'en ferais rien, bien sûr, et il ne me croirait probablement pas. « La prochaine fois que tu sors, enfile des chaussures plus robustes et des vêtements plus épais. Ces chaussons risquent de te tuer et cette robe… elle risque de me tuer, moi. »

18

Hawke ne rapporta pas ma présence sur le Mur au duc, mais il en parla à quelqu'un.

Je le découvris en me réveillant quelques heures seulement après son départ et en allant voir si Vikter était prêt pour l'entraînement. Je ne fus pas du tout surprise de le trouver dans la pièce habituelle, prêt au combat. Je voulais lui parler de ce qui s'était passé avec les Voraces au sommet du Mur.

Lui voulait discuter de ce que Hawke lui avait dit. Apparemment, après avoir quitté mes appartements, il était tout de suite allé le voir. Je ne lui en voulais pas, mais le fait qu'il se sente obligé de tout aller répéter à Vikter était agaçant. Dans tous les cas, cela confirmait le fait qu'il avait compris que mon mentor était au courant que je m'étais trouvée sur le Mur ou du moins, qu'il ne serait pas surpris ni énervé de l'apprendre.

Toutefois, il s'était trompé. Vikter était en colère.

Les sourcils froncés, celui-ci marchait autour de moi pour observer ma position. Il vérifiait que mes jambes étaient bien tendues et que mes pieds étaient plantés à la largeur de mes épaules. « Tu n'aurais pas dû te trouver sur le Mur.

— Mais j'y étais.

— Et tu t'es fait surprendre. » Il se posta devant moi. « Qu'aurais-tu fait s'il s'était agi d'un autre garde ?

— Un autre garde ne m'aurait pas découverte.

— Ce n'est pas une plaisanterie, Poppy.

— Je n'ai rien dit d'amusant, rétorquai-je. Je suis honnête. Hawke est… Il est rapide et très bien entraîné.

— Raison pour laquelle nous travaillons sur les techniques de combat au corps à corps. »

Je pinçai les lèvres. « Je ne me débrouille pas si mal.

— Si c'était vrai, il ne t'aurait pas attrapée. Vas-y », m'ordonna-t-il.

Le menton rentré, je tentai de lui asséner un coup de poing. Il le bloqua avec son avant-bras. Je reculai de manière à trouver une ouverture, mais il n'y en avait aucune. Alors, j'en créai une. Je me déplaçai comme si j'allais lui donner un coup de pied. Il baissa aussitôt les bras de quelques centimètres. L'ouverture que j'attendais. Je le frappai aussitôt au ventre.

Il grogna doucement. « Bien joué. »

Je baissai les bras en souriant. « N'est-ce pas ? »

Vikter eut un sourire satisfait avant de retrouver son sérieux. « Je sais que tu en as sans doute assez que je te le répète, reprit-il, mais je vais te le dire quand même. Tu dois te montrer plus prudente. Et tu frappes seulement avec ton bras au lieu d'utiliser ton corps tout entier. »

J'en avais assez, en effet. « Je fais attention. Et je frappe comme tu me l'as enseigné.

— Ta droite est faible. Molle. Je ne t'ai jamais appris ça. » Il me saisit le poignet et le secoua comme celui d'un pantin désarticulé. « Tu n'as pas beaucoup de force dans les bras. Ta puissance est là. » Il plaça la main devant mon ventre. « Tu infligeras plus de dommages ainsi. Quand tu donnes un coup de poing, le haut de ton corps et tes hanches doivent accompagner le mouvement. »

Je hochai la tête et essayai. Même si je ratai ma cible, je sentis la différence. « Hawke ne me dénoncera pas à Sa Grâce.

— Tu le penses vraiment ? » Il bloqua ma nouvelle attaque. « C'est mieux.

— Si c'était son intention, il l'aurait déjà fait.

— Il a peut-être ses raisons pour attendre. »

Quelques jours auparavant, j'aurais été d'accord avec lui, mais ce n'était plus le cas. Pas après ce que Hawke m'avait confié. « Je ne crois pas qu'il le fera, Vikter. Je n'ai pas à m'inquiéter à ce sujet, et toi non plus. Je ne lui ai pas dit que c'est toi qui m'entraînes.

— Poppy », souffla-t-il. Son ton était le même que lorsque je lui avais demandé si je pouvais cacher une épée sous mon voile. Personnellement, j'étais persuadée que c'était possible. Il fallait simplement que je trouve le bon angle. « Tu ne le connais pas.

— Je le sais. » Je croisai les bras pendant que Vikter reculait. « Mais toi non plus.

— Je ne comprends pas quelles sont ses motivations, pourquoi il se tairait. »

Je me rappelai ce qu'il avait dit au sujet de *La Perle Rouge* et j'étais certaine que cela s'appliquait aussi au Mur, mais c'était plus que ça. Le fait que Hawke soit capable de risquer d'être condamné pour haute trahison pour avoir aidé les maudits en disait long sur sa personnalité. Toutefois, je ne pouvais pas en parler à Vikter. Pour des raisons de sécurité, on gardait son identité secrète au sein du réseau.

Aussi, je me contentai de lui expliquer : « Selon lui, s'il avait fait un rapport au duc, je ne lui aurais plus fait confiance, ce qui aurait rendu son travail plus difficile. Tu dois admettre qu'il n'a pas tort.

— C'est vrai, mais ça ne signifie pas que tu doives baisser ta garde. » Vikter demeura silencieux un instant. « Et je comprends, vraiment.

— Qu'est-ce que tu comprends, au juste ?

— Tu l'as avoué toi-même. C'est un très beau jeune homme…

— Ça n'a rien à voir.

— Et tu es toujours entourée de vieux bonshommes comme moi.

— Tu n'es pas si vieux. »

Il cligna des yeux. « Merci. » Une pause. « Je crois.

— Ça n'a rien à voir avec son apparence. Je ne dis pas que je le trouve repoussant. Au contraire, mais ce n'est pas pour ça que je lui fais confiance. » C'était la vérité. Ma foi en lui ne provenait pas de son physique avantageux. « Je ne suis pas stupide.

— Ce n'est pas mon propos. » Il se passa la main dans les cheveux. « Donc, tu lui fais confiance ?

— Je… Je lui ai expliqué pourquoi j'avais ressenti le besoin de me rendre sur le Mur et je lui ai raconté les évènements de la nuit où ma famille a été attaquée. Tu sais comment il a réagi ? Même si au début il m'a reproché de m'être trouvée là dehors, il a écouté mes raisons et tout ce qu'il a réussi à dire, c'était qu'il fallait que je me dégote des chaussures plus robustes. » Mieux valait que je garde pour moi la partie sur la robe. « Je lui fais confiance, Vikter. Y a-t-il une raison pour que je ne le fasse pas ? »

Vikter tourna la tête en soupirant. « Il ne nous a donné aucune raison de douter de lui. J'en ai conscience. Seulement, tu ne le connais pas et tu es très importante à mes yeux, Poppy. Pas seulement parce que tu es la Pucelle, mais parce que tu es… toi. »

Une boule d'émotion se forma dans ma poitrine et tenta de remonter le long de ma gorge. Sans lui laisser le temps de comprendre mes intentions, je me jetai sur lui et l'entourai de mes bras pour le serrer contre moi. « Merci », murmurai-je contre son torse.

Vikter était aussi tendu qu'un garde qui montait pour la première fois sur le Mur, mais il posa les mains sur mon dos. Et le tapota légèrement.

Je souris.

« Tu sais, je ne remplacerai jamais ton père et ce n'est pas mon but, mais tu es comme une fille pour moi. »

Je l'étreignis plus fort.

Il me tapota de nouveau le dos. « Je m'inquiète pour toi. En partie parce que c'est mon travail, mais aussi parce que c'est toi.

— Tu es important pour moi aussi. » Mes mots étaient étouffés contre sa poitrine. « Même si tu penses que mes coups de poing sont trop faibles. »

Un rire rauque lui échappa et il posa le menton contre le sommet de ma tête. « Seulement quand tu ne frappes pas correctement. » Il recula et prit mon visage entre ses mains. « Mais tu atteins toujours ta cible, ma fille. Ne l'oublie jamais. »

« Les dieux ne nous ont pas abandonnés. Les Élevés ne vous ont pas abandonnés. » La voix du duc résonnait depuis son perchoir sur le balcon du château.

Dessous, la foule remplissait la cour à ciel ouvert. Dans la lueur des lampes à huile et des torches, je me rendis compte que de nombreuses personnes étaient vêtues de noir, la couleur de la mort. Parmi eux, des cavaliers surveillaient l'assemblée à fleur de peau.

C'était la première fois que je voyais Sa Grâce s'adresser ainsi au peuple. D'habitude, la duchesse et lui ne se présentaient jamais devant autant de personnes à la fois, pas même durant le conseil ou le Rite. Lorsque Vikter et Hawke étaient venus me chercher pour m'escorter jusqu'au balcon, j'avais failli tomber de ma chaise.

Toutefois, en y réfléchissant, cela faisait des années que nous n'avions pas connu un tel incident avec des Voraces.

Des drapeaux noirs avaient été hissés sur de nombreuses maisons et bien trop de bûchers funéraires s'étaient embrasés à l'aube. L'air était encore chargé de cendres et d'encens.

« Grâce à la bénédiction des dieux, continua Teerman, le Mur n'est pas tombé la nuit dernière. »

Debout à l'arrière, à côté de Tawny et flanquée de Vikter et Hawke, je me demandais quel rôle avait bien pu jouer cette bénédiction. C'étaient des gardes, des hommes comme l'archer qui avait préféré mourir plutôt que de laisser un Vorace atteindre le sommet, qui étaient les vrais héros.

« Ils ont réussi à escalader ! cria quelqu'un. Ils ont failli passer au-dessus du Mur. Sommes-nous en sécurité ?

— Quand cela se reproduira ? » s'enquit la duchesse. Sa voix douce fit taire les murmures. « Car cela se reproduira. »

Dissimulée sous mon voile, je haussai les sourcils. Derrière mon épaule droite, j'entendis Hawke murmurer d'une voix pince-sans-rire : « Voilà qui devrait les rassurer. »

Je réprimai un sourire.

« La vérité n'est pas faite pour rassurer, rétorqua Vikter.

— Alors pourquoi mentons-nous ? » l'interrogea Hawke. Je pinçai mes lèvres un peu plus fort.

Les deux se comportaient ainsi depuis qu'ils étaient venus nous chercher, Tawny et moi. L'un d'eux disait quelque chose, n'importe quoi, et l'autre le contredisait. En général, le premier à avoir parlé avait le dernier mot. Tout avait commencé lorsque Hawke m'avait dit qu'il faisait étonnamment chaud ce soir et que je devrais en profiter pour me promener. Vikter avait déclaré que la température baisserait bien trop vite pour ça. Hawke lui avait alors demandé d'où lui venait son don pour les prévisions météorologiques.

En l'espace d'une heure, ils n'avaient eu de cesse de jouer au plus malin.

Hawke gagnait, avec au moins trois réparties d'avance.

Même si je l'avais défendu auprès de Vikter, et je n'avais pas menti en disant que je lui faisais confiance, j'avais encore du mal à croire son audace. Il ne m'avait pas conseillé de ne plus me rendre sur le Mur. Il ne m'avait pas non plus ordonné de rester dans ma chambre où, en théorie, j'étais plus en sécurité. Au lieu de ça, il avait écouté les raisons pour lesquelles j'avais besoin d'y aller et les avait acceptées. Il m'avait simplement demandé de porter de meilleures chaussures.

Et davantage de vêtements.

Cette dernière remarque m'agaçait autant qu'elle m'excitait, ce qui était perturbant. Bien entendu, je n'en avais pas parlé à Vikter.

Je reportai mon attention sur la duchesse qui venait de faire un pas en avant. « Les dieux ne vous ont pas abandonnés, répéta-t-elle en posant les mains sur la rambarde à côté de son mari. Nous ne vous avons pas abandonnés. Mais *ils* sont en colère. C'est la raison pour laquelle des Voraces ont réussi à atteindre le sommet du Mur. »

Un murmure de désarroi parcourut la foule.

« Nous nous sommes entretenus avec eux. Ils déplorent les récents évènements qui ont eu lieu ici et dans les villes alentour, dit-elle en observant les visages des habitants qui blêmissaient. Ils craignent que le bon peuple de Solis ait commencé à perdre la foi et à se tourner vers ceux qui souhaitent compromettre le futur de notre grand royaume. »

Les murmures se transformèrent en cris de protestation qui firent sursauter les chevaux. Les gardes calmèrent rapidement les cabrioles nerveuses des équidés.

« Comment pensiez-vous qu'ils réagiraient alors que des partisans du Seigneur des Ténèbres se trouvent parmi vous au moment où je vous parle ? demanda le duc. À cet instant précis, des Effondrés sont en train de m'écouter et se réjouissent face aux nombreuses vies prises par les Voraces. Dans cette foule, il y a des Effondrés qui prient pour le retour du Seigneur des Ténèbres. Des personnes qui célèbrent le massacre de Trois-Rivières et la chute du manoir du Blason d'Or. Regardez bien sur votre droite, puis sur votre gauche. Vous verrez peut-être quelqu'un qui a participé à la conspiration destinée à enlever la Pucelle. »

Des dizaines et des dizaines d'yeux se posèrent sur moi. Mal à l'aise, je remuai sur ma chaise. Alors, les uns après les autres, comme des dominos, les hommes et les femmes tournèrent la tête pour se toiser, comme s'ils voyaient leurs voisins pour la première fois.

« Les dieux entendent et voient tout. Même ce que vous ne dites pas, ce qui est caché dans votre cœur », reprit le duc. Je sentis mon estomac se tordre. « Comment réagissent les dieux quand ceux qu'ils protègent se tiennent devant nous pour remettre le Rite en question ? »

Je me crispai. Aussitôt, l'image de M. et Mme Tulis apparut dans mon esprit. Il n'avait pas prononcé leur nom, mais il aurait tout aussi bien pu le hurler sur le toit du château. Je ne le voyais pas dans la foule, mais cela ne voulait pas dire qu'ils n'étaient pas là.

« À quoi pouvons-nous nous attendre alors que certains souhaitent notre mort ? demanda Teerman en levant les mains. Alors que nous sommes les représentants des dieux en ce monde, le seul rempart entre vous, le Seigneur des Ténèbres et la malédiction que ses partisans répandent sur cette terre ? »

Et pourtant, aucun Élevé, ni le duc, ni la duchesse, ni aucun seigneur ou dame, n'avaient levé le petit doigt pour défendre le Mur. Tous étaient plus rapides et plus forts que les gardes. Ils auraient sans doute abattu deux fois plus de Voraces que moi avec mon arc et, comme Hawke l'avait dit, ils avaient plus de chance de survivre à ce genre d'attaques.

« Que pensez-vous qu'il se serait passé si les Voraces étaient parvenus à franchir le Mur ? » Il baissa les mains. « Beaucoup d'entre vous sont nés à l'intérieur de ces murs et n'ont jamais fait l'expérience de l'horreur d'une attaque de Voraces. Mais certains parmi vous savent. Vous venez de villes moins bien protégées ou vous avez été attaqués sur la route. Vous, vous savez ce qu'il se serait passé si quelques-unes de ces créatures avaient échappé à nos gardes, si les dieux avaient tourné le dos aux habitants de Solis. Des centaines d'innocents auraient été massacrés. Vos femmes. Vos enfants. Vous-mêmes. Beaucoup ne se trouveraient pas ici aujourd'hui. » Il marqua une pause. Un murmure monta de nouveau à travers la foule…

Et cela se produisit de nouveau.

Je sentis mes sens s'ouvrir sans mon autorisation. Ce n'était pas si étonnant. Face à une telle assemblée, je rencontrais souvent des difficultés à me contrôler, mais cette fois, je… je ne ressentais pas seulement de la douleur.

Quelque chose me chatouillait l'arrière de la gorge et me rappelait ce que j'avais senti dans l'atrium avec Loren.

De la terreur.

Elle grandissait, enflait, provenait de nombreuses directions différentes. Mon regard se posait sur un visage après l'autre. Une autre sensation me parvint. Chaude et acide. Ce n'était pas une douleur physique. On aurait dit de la colère. Mon cœur se mit à battre la chamade. Je ne ressentais pas de la douleur, mais… autre chose. Cela n'avait aucun sens. Pourtant, je la sentais contre ma peau comme si l'on me marquait au fer rouge. J'avais la gorge sèche. En contrebas, les gens joignaient les mains pour prier. Je fis un pas en arrière. D'autres observaient le balcon, une expression glaciale sur le visage.

Vikter posa la main sur mon épaule et me murmura : « Ça va ? »

Oui ?

Non ?

Je n'en étais pas certaine.

L'inquiétude déversa de l'adrénaline dans mes veines. Des doigts fantômes glacés me caressèrent la nuque. Ma poitrine se serra. J'avais envie de m'enfuir. Il fallait que je m'éloigne le plus vite possible de cette foule.

Mais je ne le pouvais pas.

Je fermai les yeux et me concentrai sur ma respiration. Je m'efforçai de reconstruire mes protections mentales. Je continuai d'inspirer et d'expirer aussi profondément et lentement que possible.

« Si vous avez de la chance, ils vous attaqueront à la gorge et ce sera une mort rapide, dit le duc. Mais beaucoup d'entre vous subiront un sort pire encore. Les créatures vous arracheront la chair et la peau et se repaîtront de votre sang pendant que vous hurlerez vos prières à ces dieux auxquels vous ne croyez plus.

— Je crois que c'est le discours le moins apaisant que j'aie entendu après une attaque », marmonna Hawke dans sa barbe.

Son commentaire me fit quitter ma spirale infernale. Son ton cassant coupa le cordon qui me connectait à la foule. Mes sens se rétractèrent et, tout à coup, la porte de mon esprit claqua et se verrouilla.

Je ne sentais plus rien, mais mon cœur battait très fort et de la sueur perlait à mon front. Son intervention avait fait bien plus que relâcher l'emprise que la peur du public avait sur moi. Il y avait créé une fissure, puis l'avait détruite. Les émotions avaient disparu si vite que je n'étais plus certaine qu'elles avaient été réelles. Ou si cela avait été mon esprit qui me jouait des tours, un assaut continu de différentes formes de peur et de panique. En bas, les visages retrouvèrent leur netteté.

Concentrée, j'observai de nouveau la foule et me concentrai sur les personnes qui n'affichaient aucune émotion. Déstabilisée par la neutralité de leur expression, je sentis une sensation de malaise descendre le long de ma colonne vertébrale. Je me focalisai sur un homme en particulier. Il était jeune et ses cheveux blonds tombaient sur ses épaules. Il était trop loin pour que je distingue la couleur de ses yeux, mais il toisait le duc et la duchesse avec les lèvres pincées et la mâchoire crispée alors que les personnes autour de lui échangeaient des regards emplis de détresse.

Je le reconnaissais.

C'était l'homme qui avait assisté au conseil de la ville. Il avait arboré la même expression et la même *chose* s'était produite, cet étrange raz-de-marée de sensations que je n'étais pas censée discerner.

Du moins, je n'en avais pas été capable jusqu'à présent.

J'examinai de nouveau la foule. Il était facile de repérer ses semblables. Il y en avait au moins une dizaine.

Je reportai mon attention sur le blond et repensai à ce que j'avais ressenti lorsque je m'étais trouvée avec Loren. À présent, cela prenait tout son sens. Aussi troublant que cela puisse être, la possibilité que le Seigneur des Ténèbres soit proche l'avait excitée. Elle avait des raisons de craindre que je le répète. Cet homme ne dévoilait peut-être aucune émotion, mais s'il n'était pas d'accord avec le sort que subissait la famille Tulis, ce n'était pas étonnant qu'il ressente de la colère.

Peut-être que tout était dans ma tête. Ou peut-être mon don faisait-il des siennes. Était-il possible qu'il évolue pour me permettre de ressentir d'autres choses que la douleur ? Je l'ignorais et il fallait que je creuse la question, mais pour le moment, je devais faire part de mon observation, juste au cas où.

Je tournai la tête sur la droite, vers Vikter. « Tu le vois ? soufflai-je en lui décrivant l'homme blond.

— Oui. » Il s'approcha davantage.

« Il y en a d'autres comme lui. » Je fis de nouveau face au public.

« Je les vois, dit-il. Hawke, reste sur tes gardes. Il faut s'attendre à…

— Des problèmes ? le coupa Hawke. Je surveille le blond depuis vingt minutes. Il avance lentement vers le balcon. Trois autres font le même manège. »

Je haussai les sourcils. Décidément, il était vraiment observateur.

« Est-ce qu'on est en sécurité ? demanda Tawny sans détourner les yeux de la foule.

— Toujours », murmura Hawke.

Lorsqu'elle me consulta du regard, je hochai la tête. J'espérais que cela la rassurait. Je baissai la main vers ma cuisse. Ma dague était accrochée sous ma robe blanche qui tombait jusqu'au sol. La sensation de la poignée en os contre ma paume m'aida à calmer les dernières bribes de panique.

Le duc continuait d'envoûter son public avec des contes violents et horrifiques. Moi, je reportai mon attention sur l'homme. Il portait une cape foncée. Cela signifiait qu'il cachait peut-être des armes en dessous. Je le savais d'expérience.

« Mais nous avons parlé aux dieux pour vous. » La voix de la duchesse résonna. « Nous leur avons dit que le peuple de Solis, en particulier les habitants de Masadonia, est digne de leur amour. Ils n'ont pas renoncé à vous. Nous nous en sommes assuré. »

Des cris de liesse éclatèrent. L'humeur de la foule changea aussitôt. Pourtant, l'homme n'avait toujours aucune réaction.

« Et nous rendrons hommage à leur confiance en dénonçant les personnes soupçonnées de soutenir le Seigneur des Ténèbres qui ne cherche qu'à répandre la destruction et la mort, continua-t-elle. Vous serez grandement récompensés dans cette vie et dans celle de l'au-delà. Cela, nous pouvons vous le promettre. »

Une nouvelle salve d'acclamations retentit. Quelqu'un cria : « Nous leur rendrons hommage pendant le Rite !

— Tout à fait ! s'écria la duchesse en retirant les mains de la rambarde. Existe-t-il un meilleur moyen d'exprimer notre gratitude envers les dieux que de célébrer le Rite ? »

Le duc et la duchesse reculèrent alors, côte à côte, sans jamais se toucher, levèrent la main en miroir de l'autre et se mirent à saluer…

« Mensonges ! » hurla une voix dans la foule. Il s'agissait de l'homme blond. « Menteurs ! »

Le temps sembla s'arrêter. Tout le monde se figea.

« Vous ne faites rien pour nous protéger. Vous vous terrez dans vos châteaux, derrière vos gardes ! Vous ne faites rien d'autre que nous voler nos enfants aux noms de vos faux dieux ! s'égosilla-t-il. Où sont les troisièmes et quatrièmes enfants ? Où sont-ils réellement ? »

Un son fracassant retentit alors, une inspiration collective qui résonna en moi et hors de moi, venant de partout à la fois.

L'homme écarta les pans de sa cape et brandit quelque chose. Il y eut un cri, comme un avertissement. Un cavalier se retourna, mais il ne fut pas assez rapide. L'homme prit de l'élan et…

« Saisissez-vous de lui ! » ordonna le commandeur Jansen.

L'homme jeta un projectile. Il ne s'agissait ni d'une dague ni d'une pierre. Sa forme était étrange, mais il fonçait droit en direction du duc de Masadonia. Celui-ci bougea à une vitesse telle qu'il devint flou. D'un coup d'épaule, Vikter me plaça derrière lui. Hawke passa un bras autour de ma taille et me serra contre lui tandis que l'objet non identifié nous frôlait et allait s'écraser contre le mur. Il tomba sur le sol. Je baissai les yeux.

C'était… une main.

Vikter se baissa pour la ramasser, puis, les lèvres pincées, se redressa. « Nom de dieux », marmonna-t-il.

Ce n'était pas qu'une simple main, mais celle grisâtre pourvue de griffes d'un Vorace.

Je me tournai de nouveau vers l'homme blond. Un membre de la Garde royale l'avait forcé à s'agenouiller et lui avait tordu les bras dans son dos. Du sang tachait sa bouche.

« Nous renaîtrons », cria-t-il. Un garde lui saisit l'arrière du crâne. « Dans le sang et la cendre ! Nous renaîtrons dans le sang et la cendre ! » Il scanda ces mots alors qu'il était emporté à travers la foule.

Le duc se tourna vers eux et éclata d'un rire froid et sec. « Et voilà, les dieux ont révélé l'un d'entre vous ! »

19

Hawke nous raccompagna rapidement, Tawny et moi, à l'intérieur du château pendant que Vikter allait parler au commandeur.

« Où cet homme a-t-il bien pu se procurer une main de Vorace ? » demanda Tawny, les traits tendus. On traversa la Grande Salle, sous les bannières.

« Il est peut-être allé au-delà du Mur et l'a coupée sur le cadavre de l'un de ceux qui sont morts hier soir, répondit Hawke.

— C'est… » Elle posa la main contre son cœur. « Je n'ai pas de mot. »

Je n'en avais pas non plus. Car il était possible que la main appartienne à un maudit qui s'était transformé au sein de la ville. Je gardai cette remarque pour moi. Nous croisions trop de serviteurs. « Je n'arrive pas à croire qu'il ait osé dire une telle chose au sujet des troisièmes et quatrièmes enfants.

— Moi non plus », répondit Tawny.

Quelle accusation terrible ! Ces enfants, dont une grande partie était désormais adulte, vivaient dans les temples et servaient les dieux. Même si j'aurais préféré que l'on accepte de faire des exceptions, le fait d'insinuer qu'ils étaient volés à des fins néfastes était scandaleux. Malheureusement, il suffisait de quelques mots pour infecter l'esprit d'une personne. Je n'imaginais pas ce que les parents de ces enfants pensaient à présent.

« Je ne serais pas surpris d'apprendre que d'autres pensent la même chose », commenta Hawke. Tawny et moi tournâmes la tête dans sa direction. Il avançait à côté de moi, un pas en arrière. Il haussa les sourcils. « Ces enfants ne sont plus jamais revus.

— Bien sûr que si, par les prêtres, les prêtresses et les Élevés, le corrigea Tawny.

— Mais pas leur famille. » Il examina les statues tandis qu'on se dirigeait vers les escaliers. « Si les gens pouvaient voir leurs enfants de temps en temps, ce genre de croyances serait facilement discrédité. Et les peurs se dissiperaient. »

Il n'avait pas tort, mais…

« Personne ne devrait proclamer ce genre de choses sans preuve, contrai-je. Cela ne fait qu'entretenir l'inquiétude et la panique, panique que les Effondrés ont eux-mêmes créée et exploitent.

— Je suis d'accord. » Il baissa la tête. « Regarde où tu mets les pieds, princesse. Je ne voudrais pas que tu reprennes les mauvaises habitudes.

— Je suis tombée une fois. Ce n'est pas une habitude, rétorquai-je. Et si tu es d'accord pourquoi dis-tu que tu n'es pas surpris que d'autres pensent comme lui ?

— Peu importe mon opinion. Je comprends leur raisonnement », répondit-il. Je refermai la bouche. « Si les Élevés souhaitent apaiser ces craintes, il leur suffit de montrer les enfants. Je ne vois pas en quoi cela interférerait avec les services qu'ils rendent aux dieux. »

Non.

Moi non plus.

Une fois arrivés au premier étage, on se dirigea vers la partie la plus ancienne du château. Quand je jetai un coup d'œil à Tawny, je me rendis compte qu'elle observait Hawke de près. « Qu'est-ce que tu en penses ? » lui demandai-je.

Elle cligna des yeux avant de tourner la tête vers moi. « Je crois que vous dites la même chose. »

Hawke se fendit d'un sourire en coin. Moi, je demeurai silencieuse. À son initiative, on s'arrêta devant la porte de Tawny. « Si cela ne vous dérange pas, j'aimerais m'entretenir avec Penellaphe en privé. »

Je haussai les sourcils sous mon voile pendant que Tawny nous regardait l'un après l'autre en dissimulant à peine son air réjoui. Elle attendit ensuite que je lui donne le feu vert.

« Tout va bien. »

Elle hocha la tête, puis ouvrit la porte et s'arrêta suffisamment longtemps pour dire : « Si tu as besoin de moi, frappe. » Elle marqua une pause. « Princesse. »

Je grognai.

Hawke ricana. « Elle me plaît vraiment.

— Je suis certaine qu'elle serait ravie de l'apprendre.

— Et toi ? Tu serais contente d'apprendre que tu me plais beaucoup ? » me demanda-t-il.

Mon cœur manqua un battement. Stupide organe. « Si je réponds "non", tu seras triste ?

— Dévasté. »

Je reniflai. « Je n'en doute pas un instant. » On atteignit ma porte. « De quoi voulais-tu me parler ? »

Il désigna mes appartements et, comprenant qu'il voulait discuter d'une chose que personne ne devait entendre, je tendis la main vers la porte.

« Je devrais entrer en premier, princesse. » Il me dépassa sans problème.

« Pourquoi ? » Je grimaçai dans son dos. « Tu penses que quelqu'un pourrait m'attendre à l'intérieur ?

— Si le Seigneur des Ténèbres s'en est pris à toi une fois, il recommencera. »

Un frisson descendit le long de ma colonne vertébrale tandis que Hawke pénétrait dans ma chambre. Deux lampes à huile avaient été laissées allumées près de la porte et du lit et l'on avait remis une bûche dans la cheminée qui baignait la pièce dans une lueur chaude et douce. Comme je ne voulais pas regarder le lit trop longtemps, je fixai le dos musclé de Hawke qui examinait la pièce. La pointe de ses cheveux effleurait le col de sa tunique. Ses mèches paraissaient si… douces. Je ne les avais pas touchées, cette nuit-là, à *La Perle Rouge*. Je le regrettais.

Quelque chose clochait chez moi.

« Je peux entrer ? demandai-je en nouant mes mains ensemble. Ou dois-je attendre que tu vérifies qu'il n'y a pas de moutons de poussière sous mon lit ? »

Hawke me toisa par-dessus son épaule. « Ce ne sont pas les moutons de poussière qui m'inquiètent. Les traces de pas, en revanche ? Oui.

— Oh, mes dieux…

— Le Seigneur des Ténèbres continuera tant qu'il n'aura pas obtenu ce qu'il souhaite », dit-il en détournant le regard. Je frissonnai. « Ta chambre devrait toujours être inspectée avant que tu n'y entres. »

Je croisai les bras. Malgré le feu de cheminée, j'avais soudain très froid. Je le regardai retourner vers la porte et la refermer en silence.

Alors, la main posée sur la poignée de son épée, il me fit face. Mon pouls s'emballa. Son visage était une véritable œuvre d'art. Avec ses lèvres pulpeuses, la forme de ses sourcils et le creux sombre sous ses pommettes hautes, il aurait pu être le modèle de l'un des tableaux exposés à l'Athénée de la ville.

« Est-ce que ça va ? demanda Hawke.

— Très bien. Pourquoi ?

— J'ai l'impression qu'il t'est arrivé quelque chose pendant le discours du duc. »

Je pris note de ne plus jamais oublier à quel point Hawke était observateur. « Je… » J'aurais voulu nier, mais je savais qu'il ne me croirait pas. « J'ai été prise de vertige. Je n'ai pas assez mangé aujourd'hui. »

Son regard balaya la partie exposée de mon visage. Malgré le voile, quand il me scrutait ainsi, je me sentais complètement mise à nu. « Je déteste ça.

— Quoi ? » m'enquis-je, un peu perdue.

Hawke ne répondit pas immédiatement. « Parler à un voile.

— Oh. » Je portai la main à la section qui dissimulait mes cheveux. « J'imagine que c'est le cas de nombreuses personnes.

— Je ne pense pas que ça te plaise, à toi non plus.

— Non », admis-je. Je jetai un coup d'œil alentour comme si je m'attendais à ce que la prêtresse Analia soit cachée dans un coin. « Je veux dire que je préférerais que l'on puisse me voir. »

Il pencha la tête sur le côté. « Qu'est-ce que ça fait ? »

Mon souffle se bloqua dans la gorge. Personne… Personne ne m'avait jamais posé cette question.

Le voile m'inspirait de nombreuses pensées et émotions, mais, même si je faisais confiance à Hawke, je n'étais pas certaine de savoir comment mettre des mots dessus.

Certaines choses, quand on les disait à voix haute, prenaient vie.

J'avançai vers un fauteuil et m'assis au bord en tentant de trouver une réponse adéquate. Alors, je lui dis la première chose qui me passa par la tête. « Étouffant. »

Il s'approcha. « Alors pourquoi le portes-tu ?

— Je ne savais pas que j'avais le choix. » Je levai les yeux vers lui.

« Tu as le choix, maintenant. » Il s'agenouilla devant moi. « Il n'y a que toi, moi, les murs et un mobilier d'un goût douteux. »

Je réprimai un sourire.

« Tu portes ton voile quand tu es avec Tawny ? » demanda-t-il.

Je secouai la tête.

« Alors, pourquoi le portes-tu maintenant ?

— Je… J'ai le droit d'être dévoilée en sa présence.

— Moi, on m'a dit que tu devais porter ton voile en toute circonstance, même en présence de ceux qui ont le droit de te voir. »

Il avait raison, bien entendu.

Il haussa un sourcil.

Je soupirai. « Je ne porte pas mon voile quand je suis dans ma chambre. Personne d'autre que Tawny n'y entre jamais. Ici, j'ai davantage l'impression de contrôler les choses. Je peux…

— Faire le choix de ne pas le mettre ? » termina-t-il à ma place.

J'acquiesçai, surprise qu'il ait compris du premier coup.

« Tu as le choix, alors.

— Oui. » En réalité, le voile me servait également de protection. Avec, je me rappelais qui j'étais et l'importance de ma position. Sans, il était facile de désirer… de désirer, tout simplement.

Il chercha mon regard à travers le voile. Plusieurs secondes s'écoulèrent ainsi. Puis il hocha la tête et se leva lentement. « Si tu as besoin de quoi que ce soit, je serai devant la porte. »

Une boule étrange se forma dans ma gorge et me déroba l'usage de la parole. Je restai figée tandis qu'il quittait la pièce et continuai de fixer du regard la porte close bien longtemps après son départ. Je ne bougeai pas. Je ne retirai pas mon voile. Pas pendant un long moment.

Pas tant que le désir était toujours là.

Le soir suivant, je me tenais devant le bureau privé de la duchesse au premier étage. Il se trouvait en face de celui du duc. Je tournai le dos à ce dernier. Je ne voulais pas le voir et encore moins y penser.

Deux gardes royaux étaient postés devant la porte et Vikter patientait à côté de moi. Le matin même, je lui avais avoué ce qui s'était passé durant le discours, et que je n'étais pas certaine d'avoir réellement ressenti quelque chose. Il m'avait suggéré d'en parler à la duchesse, car il était peu probable que la prêtresse m'apporte une explication satisfaisante et car, selon son humeur, était plus à même de parler franchement.

J'espérais simplement qu'elle aurait envie de discuter.

Vikter et moi ne parlions pas en présence des autres membres de la Garde royale, mais je savais qu'il était inquiet. Si mon don évoluait, quelles seraient les conséquences ? Et si c'était mon esprit qui me jouait des tours, alors…

« *Cela pourrait être dû au stress lié à tout ce qui s'est passé ces derniers temps*, m'avait-il dit. *Il vaudrait mieux que tu attendes pour voir s'il s'agit réellement de ton don avant d'alerter qui que ce soit.* »

Si c'était dans ma tête, alors cela pourrait se retourner contre moi, mais je ne voulais pas attendre que cela se reproduise. Je préférais savoir tout de suite s'il s'agissait d'un problème lié à mon don pour mieux pouvoir réagir.

La porte s'ouvrit. Un garde royal sortit. « Sa Grâce va vous recevoir. »

Comme nous en avions convenu, Vikter resta à l'extérieur. Mes pouvoirs n'étaient censés être connus que du duc, de la duchesse et du clergé du temple.

J'enfreignais tellement de règles qu'il n'était pas étonnant que Hawke ait été surpris que je n'enlève pas mon voile, la veille. Voilà à quoi je réfléchissais pendant que je me dirigeais vers la salle destinée aux entrevues. Je repoussai cette pensée dans un coin de mon esprit et regardai autour de moi.

J'avais toujours aimé cette pièce avec ses murs ivoire et ses meubles gris pâle. Il s'en dégageait une certaine sérénité et, malgré l'absence de fenêtres, elle était également chaleureuse et accueillante. C'était sans doute grâce aux nombreux chandeliers. La duchesse était assise à une petite table ronde où elle tenait une tasse à la main. Habillée en jaune très pâle, elle me rappelait le printemps dans la capitale.

Elle releva la tête et un léger sourire apparut sur son visage sans âge. « Venez vous asseoir. »

Je m'approchai et m'installai sur la chaise face à la sienne. Sur la table, il y avait une assiette de viennoiseries. Il ne restait que celles avec des noix. Les scones aux chocolats avaient déjà tous été dévorés. La duchesse possédait la même faiblesse que Vikter.

« Vous vouliez me parler ? » Elle plaça la tasse fleurie et délicate sur la soucoupe assortie.

J'opinai. « Oui. Je sais que vous êtes très occupée, mais j'espérais que vous pourriez m'aider. »

Elle se pencha. Ses cheveux ondulés couleur rouille dégringolèrent sur ses épaules. « Je dois admettre que vous avez attisé ma curiosité. Je ne me rappelle pas la dernière fois que vous m'avez demandé de l'aide. »

Moi si. C'était le jour où je l'avais suppliée de m'autoriser à garder ma chambre dans l'ancienne partie du château. Quelque chose me disait qu'elle n'avait toujours pas compris mes motivations. « Je désirais m'entretenir avec vous… » Je pris une grande inspiration. « Au sujet de mon don. »

Ses yeux noirs comme de l'encre s'arrondirent légèrement sous le coup de la surprise. « Je ne m'attendais pas à cela. Quelqu'un a-t-il découvert vos capacités ?

— Non, Votre Grâce. Ce n'est pas ce qui s'est passé. »

Elle attrapa la serviette qui était posée sur ses genoux et s'essuya les doigts. « Alors, de quoi s'agit-il ? Je vous en prie, ne faites pas durer le suspens plus longtemps.

— Je crois qu'il évolue, lui dis-je. Je pense avoir ressenti… autre chose que de la douleur à plusieurs occasions. »

Lentement, elle déposa la serviette sur la table. « Vous avez utilisé votre don ? Vous savez que les dieux vous l'interdisent. Vous devez d'abord leur prouver que vous en êtes digne.

— Je sais. Je ne m'en sers pas. » Je mentis facilement, peut-être un peu trop. « Mais parfois, il s'actionne tout seul. Quand je suis entourée d'un grand nombre de personnes, j'ai du mal à le contrôler.

— En avez-vous fait part à la prêtresse ? »

Grands dieux, surtout pas. « Cela n'arrive pas souvent. Je vous le jure, et cela n'a commencé que très récemment. Je redoublerai d'efforts pour le contrôler. Dans tous les cas, lorsque ça m'est arrivé, j'ai eu l'impression de ressentir autre chose que de la douleur. »

La duchesse me dévisagea sans ciller pendant ce qui me sembla durer une petite éternité. Puis elle se leva de son siège. Mal à l'aise, je la regardai s'approcher du petit meuble blanc collé contre le mur. « Que pensez-vous avoir ressenti, alors ?

— De la colère, répondis-je. Pendant le conseil de la ville, et hier soir, j'ai ressenti de la colère. » Je refusais de mentionner Loren. Je ne lui ferais pas une chose pareille. « Elle venait de l'homme qui…

— L'Effondré ?

— Oui. Du moins, je le crois, admis-je. Je pense que je percevais sa colère. »

Elle se servit un verre avec un décanteur. « Avez-vous ressenti autre chose d'anormal ?

— Je… Je pense que j'ai aussi ressenti de la peur. Lorsque le duc parlait des attaques de Voraces. La terreur ressemble beaucoup à la douleur, mais la sensation n'est pas la même. Je crois également avoir senti quelque chose comme… je ne sais pas. De l'excitation ? De la hâte ? » Je fronçai les sourcils.

« Je suppose que c'est plus ou moins la même chose. Dans un sens je…

— Sentez-vous quelque chose en ce moment même ? » Elle se tourna vers moi, son verre à la main. C'était sans doute un verre de sherry.

Je clignai des yeux derrière mon voile. « Vous voulez que j'utilise mon don sur vous ? »

Elle hocha la tête.

« Je croyais…

— Peu importe ce que vous croyiez », m'interrompit-elle. Je me crispai. « Je veux que vous utilisiez votre don et que vous me disiez si vous ressentez quelque chose. »

Même si sa requête était particulièrement étrange, je m'exécutai. J'ouvris mes sens et les sentis s'étirer vers elle où ils ne rencontrèrent que le néant, le vide le plus total. Un frisson dansa le long de ma peau.

« Sentez-vous quelque chose, Penellaphe ? »

Je coupai le lien. « Rien du tout, Votre Grâce. »

La duchesse inspira profondément par le nez avant d'avaler son verre d'une seule gorgée. Très impressionnant.

J'écarquillai les yeux tandis que je tentais de comprendre sa réaction. On aurait presque dit qu'elle s'attendait à ce que je ressente quelque chose de sa part, mais cela n'avait jamais été le cas. Et je pensais que cela n'arriverait jamais.

« Bien », souffla-t-elle. Elle se retourna, sa robe tournoya autour d'elle, et elle reposa son verre.

« Je me demande si je ressens vraiment des choses ou si… » Quand elle me fit de nouveau face, je m'interrompis.

« Il me semble que votre don… grandit », observa-t-elle en avançant vers moi. La lumière vive qui brillait au-dessus d'elle faisait étinceler la bague en obsidienne à son doigt. Elle agrippa le dossier de la chaise. « Cela semble logique que cela se produise à l'approche de votre Élévation.

— Si je comprends bien, c'est… normal ? »

Elle claqua la langue. L'espace d'un instant, elle eut l'air de vouloir dire quelque chose, mais sembla changer d'avis. « Oui, je le pense, mais je… je n'en parlerais pas au duc. »

En entendant cette mise en garde assez peu subtile, je sentis mes épaules se crisper. Je n'avais jamais su si la duchesse était au courant des… goûts de son mari. Il me paraissait étonnant qu'elle ne se doute de rien, mais une part de moi aurait préféré qu'elle soit aveugle. Parce que si elle savait et ne faisait rien pour l'en empêcher, en quoi était-elle meilleure que lui ? Était-ce juste de ma part de la juger ainsi ? Ce n'était pas parce qu'elle était une Élevée qu'elle possédait le moindre pouvoir sur son mari.

« Cela lui rappellerait… la première Pucelle », murmura-t-elle.

Choquée, je relevai les yeux vers elle. Je ne m'étais pas attendue à ce qu'elle parle de mon prédécesseur, de celle qui avait vécu avant moi, la seule dont je connaissais l'existence. « Est-ce… arrivé à la Pucelle précédente ?

— Oui. » Elle serrait tellement fort le dossier de la chaise que ses phalanges étaient blanches. Je hochai la tête. Il n'y avait eu que deux Pucelles, deux Élues des dieux. « Que savez-vous d'elle ?

— Rien, admis-je. Je ne connais pas son nom, ni même l'endroit où elle habitait. » Ou ce qui était advenu d'elle lors de l'Élévation.

Ou pourquoi je devais faire attention à ne pas rappeler son existence au duc.

« Il y a une raison à cela. »

Ah oui ? La prêtresse Analia ne m'avait jamais rien enseigné à ce sujet. Elle ne répondait jamais à mes questions sur elle ou mon Élévation.

« Nous ne parlons pas de la première Pucelle, Penellaphe, dit-elle. Ce n'est pas un choix de notre part. Nous ne pouvons pas, tout simplement.

— Les dieux… l'interdisent ? » devinai-je.

Elle opina d'un mouvement de tête. Son regard semblait pénétrer mon voile. « J'accepte de violer cette règle aujourd'hui en priant pour que les dieux me pardonnent, car j'espère que ce que je vais vous dire vous permettra de ne pas connaître la même fin. »

J'avais un très mauvais pressentiment.

« Nous ne parlons pas d'elle. Jamais. Son nom n'est pas digne de nos lèvres ni de l'air que nous respirons. Si cela était possible, je le ferais effacer ainsi que son histoire dans son intégralité. » La chaise se brisa sous ses doigts. Je sursautai.

Mon cœur manqua s'arrêter dans ma poitrine. « A-t-elle été jugée indigne par les dieux ?

— Un miracle a voulu que ce ne soit pas le cas, mais cela ne signifie pas qu'elle était digne de leur amour. »

Si les dieux ne l'avaient pas rejetée, pourquoi personne ne parlait d'elle ? Son comportement n'avait pas pu être si terrible que ça.

« À la fin, cela n'a eu aucune importance. » La duchesse Teerman leva les mains. Le bois de la chaise était craquelé. « Ses actes l'ont menée à sa mort. Le Seigneur des Ténèbres l'a tuée. »

20

« *Après des années de destruction qui ont décimé des villes entières, laissé des campagnes et des villages en ruines et ôté des centaines de milliers de vies, le monde était au bord du chaos lorsque, à la veille de la Bataille des Os brisés, Jalara Solis des îles Vodina a rassemblé ses forces à l'extérieur de la ville de Pompay, le dernier bastion atlantien.* » Terriblement mal à l'aise, je m'éclaircis la voix. Non seulement il s'agissait de la phrase la plus longue de l'histoire de l'humanité, mais, en plus, j'avais toujours détesté lire à haute voix. Avoir Hawke comme public n'aidait pas. Je ne l'avais pas regardé depuis que j'avais commencé à lire. Pourtant, j'étais presque certaine qu'il faisait tout ce qui était en son pouvoir pour rester alerte et ne pas s'endormir debout. « *Qui se trouvait au pied des montagnes de Skotos…*

— Skotos, m'interrompit la prêtresse Analia, se prononce "Skotis". Vous le savez très bien, Pucelle. Lisez correctement. »

Mes doigts se crispèrent contre l'ouvrage relié en cuir. *L'Histoire de la Guerre des Deux Rois et le royaume de Solis* comptait plus de mille pages. Chaque semaine, durant mes sessions avec la prêtresse, on me forçait à en lire plusieurs chapitres. Je l'avais probablement déjà lu en entier des dizaines de fois et j'aurais juré que la prêtresse changeait toujours la façon dont « Skotos » devait être prononcé.

Je ne le lui fis pas remarquer. À la place, je pris une grande inspiration et tentai de réprimer l'envie presque irrésistible de lui envoyer le tome au visage. Cela lui aurait fait mal. Elle aurait sans doute eu le nez cassé. L'imaginer une main sur son visage ensanglanté m'emplissait d'une joie malsaine.

Après avoir ravalé un bâillement, je me concentrai de nouveau sur le texte. Je n'avais pas beaucoup dormi, car j'avais passé une bonne partie de la nuit à réfléchir à ce que m'avait appris la duchesse.

Comme je l'avais dit à Vikter, je n'avais pas obtenu beaucoup de réponses, mais c'était un soulagement d'avoir la confirmation que je ne perdais pas la tête. Même si j'ignorais ce que cela signifiait, mes pouvoirs grandissaient. La duchesse n'avait pas souhaité poursuivre la conversation. Par conséquent, même si je savais que ce qui se passait était normal, je savais aussi que la première Pucelle avait fait quelque chose qui l'avait conduite à interagir avec le Seigneur des Ténèbres qui l'avait tuée.

Ce n'était pas très rassurant.

Pas plus que le fait de savoir que la première Pucelle était liée au duc d'une manière ou d'une autre. Était-ce pour cela qu'il me traitait comme il le faisait ? Peut-être que cela n'avait rien à voir avec ma mère, finalement.

Je pris une légère inspiration. « *Qui se trouvait au pied des montagnes de Skotis...*

— En réalité, cela se prononce "Skotos" », nous interrompit une voix provenant du coin de la pièce.

Mes yeux s'arrondirent derrière mon voile. Je tournai la tête vers Hawke. Son visage était dénué d'expression. Je jetai un coup d'œil vers la prêtresse qui était assise en face de moi sur un tabouret en bois tout aussi dur que le mien, sans coussin.

J'ignorais quel était son âge. La peau de son visage était lisse et elle ne portait pas de maquillage, mais elle approchait sans doute des 40 ans. Il n'y avait aucun cheveu blanc dans ses cheveux bruns qui étaient attachés en chignon contre sa nuque. Ainsi, elle me faisait penser aux faucons que je voyais parfois perchés très haut dans le jardin de la Reine. Une robe rouge informe couvrait son corps à partir du cou. Seules ses mains étaient visibles.

Je ne l'avais jamais vue sourire.

Et elle ne souriait certainement pas maintenant en regardant Hawke par-dessus son épaule. « Et comment le sauriez-vous ? » Le dédain dégoulinait de son ton comme de l'acide.

« Ma famille est originaire des terres agricoles qui se trouvaient près de Pompay avant qu'elles ne soient détruites et deviennent le désert que nous connaissons aujourd'hui, expliqua-t-il. Les habitants de cette région ont toujours prononcé le nom de la chaîne de montagnes de la façon dont la Pucelle l'a fait en premier. » Il s'interrompit. « La consonance et l'accent de cette partie très à l'ouest du royaume peuvent être difficiles à maîtriser… pour certains. La Pucelle ne semble pas faire partie de cette catégorie. »

L'insulte était évidente. J'étais persuadée que mes yeux étaient sur le point de sortir de leurs orbites. Je me mordis la lèvre pour m'empêcher de sourire.

Les épaules déjà raides de la prêtresse Analia s'étaient contractées alors qu'elle fixait Hawke. Je pouvais pratiquement voir la vapeur sortir de ses oreilles. « Je n'avais pas réalisé que je vous avais demandé votre avis, dit-elle sur un ton aussi méprisant que son regard.

— Toutes mes excuses. » Il inclina la tête en signe de soumission, mais ce fut peine perdue, car ses yeux ambrés scintillaient d'amusement.

Elle hocha la tête. « Excuses…

— Je ne voulais pas que la Pucelle ait l'air peu instruite si une discussion sur les montagnes de Skotos devait avoir lieu », ajouta-t-il.

Oh, mes dieux…

« Mais à partir de maintenant, je resterai silencieux. Je vous en prie, continuez, Pucelle. Vous avez une si jolie voix que je me retrouve malgré moi fasciné par l'histoire de Solis. »

Un éclat de rire me chatouillait la gorge, mais je ne pouvais pas le laisser franchir mes lèvres. Je détendis ma prise sur le livre. « *Qui se trouvait au pied des montagnes de Skotos, les dieux ayant fini par prendre parti.* » Puisque la prêtresse ne m'interrompit pas, je continuai. « *Nyktos, le dieu de tous les dieux, et son fils Théon, le dieu de la guerre, apparurent devant Jalara et son armée. Ayant acquis une certaine méfiance à l'égard du peuple atlantien et de sa soif surnaturelle de sang et de pouvoir, ils souhaitaient les aider à mettre fin à la cruauté et à l'oppression dont ces terres avaient été victimes sous le règne d'Atlantie.* » Je pris une grande inspiration.

« *Jalara Solis et son armée étaient courageux, mais Nyktos, dans sa grande sagesse, vit qu'ils ne pourraient vaincre les Atlantiens qui avaient acquis une force comparable à celle des dieux grâce au sang des innocents…*

— Ils ont tué des centaines de milliers de personnes durant leur règne. “Grâce au sang des innocents” est une manière plus édulcorée de dire ce qu’ils faisaient. Ils mordaient les gens », expliqua la prêtresse Analia. Je relevai la tête pour la regarder. Une lueur étrange s’était allumée dans ses yeux marron foncé. « Ils buvaient leur sang et se soûlaient avec le pouvoir, avec leur force et leur quasi-immortalité. Ceux qu’ils ne tuaient pas devenaient la vermine que nous connaissons à présent sous le nom de Voraces. Voilà contre qui notre roi et notre reine bien-aimés ont courageusement pris position. Ils étaient prêts à mourir pour les renverser. »

Je hochai la tête.

Elle serrait les poings si fort sur ses genoux que ses doigts rougissaient. « Continuez. »

Je n’osais pas regarder Hawke. « *Ne souhaitant pas assister à la défaite de Jalara des îles Vodina, Nyktos accorda la première Bénédiction, partageant avec Jalara et son armée le sang des dieux.* » Je frémis. C’était aussi une manière édulcorée pour dire qu’ils avaient bu le sang des dieux. « *Enhardis par cette force et cette puissance, Jalara des îles Vodina et son armée ont pu vaincre les Atlantiens lors de la Bataille des Os brisés, mettant ainsi fin au règne du royaume corrompu et misérable.* »

Je commençai à tourner la page, sachant que le chapitre suivant traitait de l’Élévation de la reine et de la construction du premier Mur.

« Pourquoi ? » demanda la prêtresse.

Perplexe, je lui fis face. « Pourquoi quoi ?

— Pourquoi avez-vous frissonné en lisant le passage sur la Bénédiction ? »

Je ne m'étais pas rendu compte que j'avais été aussi transparente. « Je… » Je ne savais pas quoi dire pour ne pas énerver la prêtresse et éviter qu'elle aille me dénoncer encore une fois au duc.

« Vous paraissez perturbée », fit-elle remarquer. Sa voix s'était adoucie, mais je la connaissais suffisamment pour ne pas tomber dans le panneau. « Qu'est-ce qui vous trouble ainsi au sujet de la Bénédiction ?

— Je ne suis pas perturbée. La Bénédiction est un honneur…

— Pourtant, vous avez frissonné, insista-t-elle. Alors, à moins que vous ne trouviez l'acte de la Bénédiction particulièrement agréable, j'en conclus que quelque chose vous inquiète. »

Agréable ? Le rouge me monta aux joues. Heureusement que je portais un voile… « C'est juste que… la Bénédiction ressemble à la façon dont les Atlantiens ont acquis leurs pouvoirs. Ils ont bu le sang des innocents tandis que les Élevés s'abreuvent du sang des dieux…

— Comment osez-vous comparer l'Élévation à ce que les Atlantiens ont fait ? » Elle se pencha vivement en avant et saisit mon menton entre ses doigts. « Ce n'est pas la même chose. Peut-être avez-vous pris goût au bâton. Vous faites exprès de me décevoir et de décevoir le duc. »

À l'instant où sa peau entra en contact avec la mienne, je verrouillai mes sens. Je ne voulais pas savoir si elle ressentait de la peur ou autre chose.

« Je n'ai jamais dit cela », répondis-je. Du coin de l'œil, je vis Hawke se rapprocher. Je déglutis. « Seulement que cela ressemblait…

— Le simple fait que vous mettiez ces deux pratiques en parallèle me préoccupe grandement,

Pucelle. Les Atlantiens ont pris sans consentement. Durant l'Élévation, le sang est offert par les dieux. » Sa prise se resserra, presque douloureuse, et mon pouvoir me démangea, presque comme s'il voulait être utilisé. « Ce n'est pas quelque chose que je devrais avoir à expliquer à celle qui représente l'avenir du royaume et l'héritage des Élevés. »

D'aussi loin que je me souvienne, tout le monde m'avait toujours considérée ainsi – même Vikter. Cette phrase m'agaçait autant qu'elle pesait sur mes épaules. « L'avenir du royaume tout entier repose sur le fait que je sois donnée aux dieux à mon 19e anniversaire ? »

Ses lèvres déjà fines devinrent presque inexistantes.

« Que se passerait-il si je ne m'élevais pas ? » m'enquis-je en pensant à la première Pucelle. À ce que j'avais compris, elle ne s'était pas élevée, mais tout le monde était encore là. « Comment cela empêcherait-il les autres de s'élever ? Les dieux refuseraient-ils de leur offrir leur sang… ? »

Je hoquetai de surprise en voyant la prêtresse lever la main. Cela n'aurait pas été la première fois qu'elle me frappait. Contre toute attente, sa claque n'atteignit pas sa cible.

Hawke avait bougé si vite que je ne l'avais pas vu quitter le coin de la pièce. À présent, il se tenait près de nous, les doigts enroulés autour du poignet de la prêtresse. « Retirez les doigts du menton de la Pucelle. Tout de suite. »

Les yeux écarquillés, elle dévisageait Hawke. « Comment osez-vous me toucher ?

— Et vous ? Comment osez-vous toucher la Pucelle ? » La mâchoire contractée, il la toisait de toute sa hauteur. « Je n'ai sans doute pas été assez clair. Si vous ne lâchez pas la Pucelle, je devrais répondre à votre attaque sur sa personne. Et croyez-moi, le fait que je vous touche sera le cadet de vos soucis. »

J'observais la scène qui se déroulait devant moi en retenant ma respiration. Personne n'était jamais intervenu durant les tirades de la prêtresse. Tawny ne pouvait rien faire, car elle s'exposait à un châtiment pire que le mien et je ne lui souhaitais rien de la sorte. Rylan nous avait souvent tourné le dos pour ne rien voir. Hannes aussi. Même Vikter ne s'était jamais montré aussi direct. Il trouvait généralement un moyen de nous interrompre et d'empêcher la situation de s'envenimer. J'avais été frappée plus d'une fois devant lui. Il n'avait rien pu faire.

Hawke, lui, n'avait pas hésité à s'interposer et était clairement disposé à exécuter sa menace. Même si j'en paierais le prix plus tard, tout comme lui, j'aurais voulu le serrer dans mes bras. Pas parce qu'il m'avait protégée, car, entre nous, des branches du bois du Rêveur m'avaient frappée plus fort qu'elle. Mais parce que voir la suffisance habituelle de la prêtresse disparaître sous l'effet du choc et être témoin de la façon dont sa bouche restait ouverte et ses joues s'étaient marbrées de rouge étaient presque aussi satisfaisants que si je lui avais jeté le livre au visage.

Vibrant de rage, elle relâcha mon menton, et je m'écartai. Hawke libéra son poignet, mais il ne recula pas. Elle posa les mains à plat sur ses genoux. Sa robe rouge se soulevait en rythme avec sa respiration.

Elle tourna la tête vers moi. « Le simple fait que vous évoquiez une telle possibilité prouve que vous ne saisissez pas l'honneur qui vous a été fait. Lorsque vous vous présenterez devant les dieux, vous serez traitée avec le même respect que celui dont vous avez fait preuve aujourd'hui.

— Qu'est-ce que cela veut dire ? demandai-je.

— Cette session est terminée, répondit-elle en se levant. Le Rite est dans deux jours. J'ai beaucoup à faire. Je n'ai pas de temps à perdre avec quelqu'un d'aussi indigne que vous. »

Je vis Hawke froncer les sourcils. Aussi, je me levai et posai le livre sur mon tabouret avant qu'il ne fasse une nouvelle remarque. « Je suis prête à retourner dans mes appartements, lui dis-je avant de faire un signe de la tête à la prêtresse. Bonne journée. »

Elle demeura muette. Je me dirigeai alors vers la porte et fus rassurée d'entendre Hawke me suivre. Après avoir traversé la salle du banquet à moitié, je repris la parole.

« Tu n'aurais pas dû faire ça, le réprimandai-je.

— J'aurais dû la laisser te frapper ? Depuis quand est-ce acceptable ?

— Depuis que tu vas être puni pour quelque chose qui ne m'aurait même pas fait mal.

— Je me moque de savoir si elle a la droite d'un souriceau. Une société dans laquelle ce genre de comportement est toléré est pourrie jusqu'à la moelle. »

Déstabilisée, je m'arrêtai et le regardai. Ses yeux étaient comme des éclats d'ambre. Les muscles de sa mâchoire étaient tendus. « Est-ce que ça vaut la peine de perdre ta place et d'être ostracisé ? »

Il arbora une expression agacée. « Si tu me poses cette question, c'est que tu ne me connais pas.

— Je te connais à peine », murmurai-je. La peine que me causaient ses paroles était ridicule.

« Eh bien, maintenant, tu sais que je ne resterai jamais les bras croisés quand quelqu'un cherchera à te frapper pour la simple et bonne raison qu'il ou elle en a le pouvoir », rétorqua-t-il.

J'allais lui dire que son comportement était ridicule et qu'il passait à côté du véritable problème, mais en réalité, il avait raison. Nous vivions dans une société pourrie jusqu'à la moelle. Ce n'était pas la première fois que je pensais une telle chose. Les dieux m'en étaient témoins. Mais je n'avais jamais vu la vérité avec une telle clarté.

Je repris ma route en silence. Il marchait à côté de moi. Plusieurs minutes passèrent ainsi. « Ce n'est pas comme si j'étais d'accord avec la façon dont elle me traite. Je me suis retenue de lui jeter le livre au visage.

— Ça aurait été drôle. »

Je faillis éclater de rire. « Si je l'avais fait, elle m'aurait dénoncée. Comme elle te dénoncera sûrement.

— Au duc ? Laisse-la faire. » Il haussa les épaules. « Cela m'étonnerait qu'il accepte qu'elle frappe la Pucelle. »

Je reniflai. « Tu ne connais pas le duc.

— Qu'est-ce que tu veux dire ?

— Qu'il l'applaudirait sans doute, répondis-je. S'ils ont bien quelque chose en commun, c'est leur difficulté à contrôler leur tempérament.

— Il t'a déjà frappée, affirma simplement Hawke. C'est ce qu'elle a insinué en disant que tu avais pris goût au bâton ? » Il m'attrapa par le bras et me força à lui faire face. « T'a-t-il battue ainsi ? »

L'incrédulité et la colère qui emplissaient ses yeux dorés me donnèrent la nausée. Oh, seigneurs. En me rendant compte de ce que je venais plus ou moins d'avouer, je me sentis blêmir, puis rougir. Je me débattis. Il me libéra. « Ce n'est pas ce que je voulais dire. »

Les traits tendus, il me fixait. « Qu'est-ce que tu voulais dire ?

— Qu'il y a plus de chances que le duc te punisse toi que la prêtresse. Je ne sais pas ce qu'elle entendait par "bâton", répondis-je rapidement. Elle dit parfois des choses qui n'ont aucun sens. »

Hawke me dévisagea. « J'ai sans doute mal compris, alors. »

Soulagée, je hochai la tête. « Oui. Je ne veux pas te causer de problème.

— Et toi ?

— Ça ira », m'empressai-je de le rassurer. Je recommençai à avancer, consciente des regards torves que nous lançaient les serviteurs qui passaient autour de nous. « Le duc me fera seulement… la morale, il en profitera pour me donner une leçon, mais toi, tu risques…

— Rien du tout », dit-il. Je n'en étais pas aussi sûre. « Elle est toujours comme ça ? »

Je soupirai. « Oui.

— Cette prêtresse a l'air d'une… » Il s'interrompit. Je jetai un coup d'œil vers lui. Il avait les lèvres pincées. « Une sacrée garce. Je dis rarement ce genre de choses, mais là il n'y a pas d'autre terme. Et encore, je pèse mes mots. »

Je faillis m'étouffer sur un éclat de rire. Je détournai le regard. « Elle… Elle est quelque chose. Elle est toujours très déçue par… mon manque d'implication dans mon rôle de Pucelle.

— Comment es-tu censée lui montrer ta motivation ? me demanda-t-il. Non, en fait, la vraie question, c'est : qu'attendent-ils de plus de toi ? »

Je faillis lui sauter au cou, mais je ne le fis pas parce que cela aurait été terriblement inapproprié. À la place, je me contentai d'un bref hochement de tête.

« Je n'en suis pas certaine. Ce n'est pas comme si j'essayais de m'enfuir ou d'échapper à mon Élévation.

— Tu le ferais ?

— C'est une drôle de question », marmonnai-je. Mon pouls s'emballa. J'avais failli lui dévoiler mes peurs.

« Je suis sérieux. »

Mon cœur vint frapper mes côtes. Je m'arrêtai dans le couloir étroit et court et m'approchai d'une fenêtre qui donnait sur le jardin. Je tournai la tête vers Hawke. Il ne semblait pas plaisanter. « Je n'arrive pas à croire que tu me demandes ça.

— Pourquoi ? » Il se plaça derrière moi.

« Parce que je ne pourrai jamais faire ça, avouai-je. Je ne le ferai pas.

— J'ai l'impression que ta place d'honneur ne comporte que très peu d'avantages. Tu n'as pas le droit de montrer ton visage ou de sortir de l'enceinte du château. Tu n'as même pas eu l'air surprise que la prêtresse essaie de te frapper. Cela me pousse à croire que c'est quelque chose d'assez commun, fit-il remarquer, les sourcils froncés. Tu n'as pas le droit de parler à la plupart des gens et personne ne doit t'adresser la parole. Tu es enfermée dans ta chambre une grande partie de la journée. Ta liberté est restreinte. Les droits que tout le monde considère comme acquis sont des privilèges pour toi, des récompenses *a priori* très difficiles à obtenir. »

J'ouvris la bouche, mais je ne savais pas quoi dire. Il avait énuméré tout ce qui me manquait avec une clarté douloureuse. Je détournai le regard.

« Alors, je ne serais pas surpris d'apprendre que tu cherches à t'échapper, finit-il.

— Est-ce que tu m'en empêcherais ? demandai-je.

— Que ferait Vikter ? »

Je fronçai les sourcils. Je ne comprenais pas pourquoi il me posait la question, mais je répondis quand même franchement : « Je sais que Vikter tient à moi. Il est… Je crois que mon père lui aurait ressemblé s'il avait été en vie. Et je suis un peu la fille qu'il n'a jamais eue. Pourtant, il m'en empêcherait. »

Hawke resta silencieux.

« Alors, et toi ? insistai-je.

— Je serais trop curieux de savoir comment tu t'y prendrais pour t'arrêter. »

Je dissimulai mon rire en toussant. « Tu sais quoi ? Ça ne m'étonne pas.

— Elle va te dénoncer au duc ? » s'enquit-il au bout d'un moment.

Ma poitrine se serra tandis que je reportai mon attention sur lui. Il regardait par la fenêtre. « Pourquoi me poses-tu la question ?

— Est-ce qu'elle va te dénoncer ? répéta-t-il au lieu de répondre.

— Je ne pense pas », mentis-je avec bien trop de facilité. La prêtresse avait sûrement demandé une audience dès qu'elle nous avait quittés. « Elle est bien trop occupée avec le Rite. Tout le monde l'est. » Le duc également. Avec un peu de chance, je ne serais pas convoquée tout de suite et, par conséquent, Hawke non plus. Si on l'affectait à un autre poste, il était peu probable que je le revoie un jour.

La tristesse que m'inspira cette pensée signifiait qu'il était grand temps de changer de sujet. « Je n'ai jamais assisté à un Rite.

— Même en cachette ? »

Je baissai la tête. « Je suis blessée que tu puisses suggérer une telle chose. »

Il rit. « C'est vrai. Comment puis-je penser qu'avec ton habitude de désobéir, tu es capable de faire ça. »

Je souris.

« Tu n'as pas raté grand-chose, pour être honnête. Il y a beaucoup de discours, quelques larmes et l'alcool coulent à flots. » Il me regarda dans les yeux. « C'est après le Rite que les choses deviennent… intéressantes. Tu sais ce que c'est.

— Pas du tout », lui rappelai-je, même si je me doutais de quoi il parlait. Un jour, Tawny m'avait raconté qu'une fois le rituel terminé, lorsque les nouvelles dames et nouveaux seigneurs en Attente avaient été emportés et les troisièmes enfants étaient partis avec les prêtres, la fête prenait un autre tournant. Elle devenait plus… frénétique et libre. Du moins, c'était mon interprétation. J'avais du mal à imaginer les Élevés participer à ce genre de choses. Ils étaient toujours si… froids.

« Mais tu sais à quel point il est facile d'être soi-même lorsqu'on porte un masque, murmura-t-il sans me quitter des yeux. Tout paraît possible lorsque tu peux faire semblant d'être quelqu'un d'autre. »

Mes joues se colorèrent. En effet, je le savais. C'était *gentil* à lui de me rafraîchir la mémoire. « Tu ne devrais pas parler de ça ici. »

Il pencha la tête sur le côté. « Personne n'est assez proche pour nous entendre.

— Peu importe. Tu… On ne devrait pas en discuter.

— Plus jamais ? »

J'allais répondre par l'affirmative quand quelque chose attira mon attention. Je détournai le regard. Dehors, les arbres à papillons violets ondulaient doucement dans la brise.

Hawke resta silencieux quelques instants avant de me demander : « Tu veux retourner dans ta chambre ?

— Pas particulièrement.

— Tu préfères aller dehors ?

— Tu crois que ce serait raisonnable ?

— Tu peux te défendre et je suis là, moi aussi. »

Mes lèvres se retroussèrent en coin. Le fait qu'il reconnaissait que je pouvais me débrouiller me faisait plaisir. « J'adorais le jardin. C'était le seul endroit où, je ne sais pas, mon esprit était en paix. Je pouvais me contenter d'exister. Je n'avais pas à réfléchir ni à m'inquiéter… de rien. C'était si paisible.

— Ce n'est plus le cas ?

— Non, murmurai-je. Plus du tout. C'est étrange comme personne ne parle de Rylan ou de Malessa. On dirait presque qu'ils n'ont jamais existé.

— Parfois, se souvenir de ceux qui sont morts signifie faire face à sa propre mortalité, me dit-il.

— Tu crois que le concept de la mort met les Élevés mal à l'aise ?

— Bien sûr, répondit-il. Ils ont peut-être un statut qui ressemble à celui des dieux, mais ils peuvent être tués. Ils peuvent mourir. »

Le silence retomba entre nous. Des serviteurs et d'autres personnes nous dépassèrent. Plusieurs dames en Attente firent semblant de s'arrêter pour admirer le jardin en discutant du Rite, mais je savais qu'elle ne s'attardait pas près de nous à cause de la vue, ni même à cause de ma présence. Non, c'était le très bel homme à mes côtés qui les intéressait. Hawke, lui, ne semblait pas les remarquer. Même si je gardais les yeux baissés, je sentais son attention sur moi. Au bout d'un moment, l'une des maîtresses déboula et les somma de se disperser. On se retrouva de nouveau seuls.

« Tu as hâte d'assister au Rite ?

— Je suis curieuse », admis-je. Il ne restait plus que deux jours avant le grand évènement.

« Moi, j'ai hâte de te voir. »

Mes lèvres s'entrouvrirent sur un souffle. Je n'osais pas le regarder. Je craignais de faire quelque chose de complètement fou. Quelque chose que la première Pucelle avait peut-être fait et qui était peut-être la raison pour laquelle la duchesse la jugeait indigne.

« Tu ne porteras pas ton voile.

— Non. » On ne me demanderait pas non plus de porter du blanc. Ce serait comme mon escapade à *La Perle Rouge*. Je pourrais me mêler aux autres sans qu'ils sachent qui j'étais. *Ce* que j'étais. « Mais je serai masquée.

— Je préfère cette version de toi, m'avoua-t-il.

— Masquée, tu veux dire ? demandai-je en imaginant qu'il pensait à notre première rencontre.

— Pour être sincère… » Sa voix me paraissait plus proche. Lorsque j'inspirai, un parfum de cuir et de pin m'enveloppa. « Je te préfère sans voile ni masque. »

J'ouvris la bouche, mais, et ça devenait habituel face à Hawke, je ne savais pas quoi répondre. J'avais le sentiment que j'aurais dû le dissuader de me dire ce genre de choses, mais ces mots-là ne me venaient pas non plus. Je n'avais jamais été capable de les prononcer.

Alors, je fis la seule chose qui me vint à l'esprit. Je changeai de sujet. « Tu m'as dit que ton père était fermier. » Je m'éclaircis la voix. « Tu as des frères et sœurs ? Il y a des seigneurs en Attente dans ta famille ? Une sœur ? Ou… » Je bafouillai. « Moi, je n'ai qu'Ian.

Enfin, je n'ai qu'un seul frère. J'ai hâte de le revoir. Il me manque. »

Hawke resta silencieux si longtemps que je dus me tourner vers lui pour m'assurer qu'il était toujours là et qu'il respirait encore. C'était le cas. Il m'observait. Une certaine froideur se dégageait de ses yeux ambrés.

« J'avais un frère.

— Avais ? » Mes sens s'ouvrirent. Je n'eus pas le temps de les contrôler. Je contractai les jambes pour éviter de faire un pas en arrière. Je ne percevais rien d'étrange, mais je sentais l'angoisse de Hawke, une douleur glaciale qui me transperçait la peau. Elle était aiguë. Voilà donc d'où provenait sa peine.

Il avait perdu un frère.

Je réagis sans me soucier de ce qu'il pourrait penser ni du fait que nous n'étions pas seuls. C'était un besoin irrépressible, comme si mes pouvoirs dictaient mes gestes.

Je touchai simplement sa main et la serrai dans l'espoir que cela soit interprété comme un geste de sympathie. « Je suis désolée », lui dis-je. Comme d'habitude, je pensais à une plage ensoleillée et aux embruns… mais rapidement, ce que j'avais ressenti lorsqu'il m'avait embrassée prit le dessus.

Ses traits tirés s'adoucirent tandis qu'il regardait par la fenêtre. Il cligna une fois des yeux, puis deux.

Je rétractai ma main et nouai mes doigts ensemble en espérant qu'il n'avait pas remarqué mon intervention. Il restait immobile, comme figé sur place. Je haussai les sourcils. « Tout va bien ? »

Il cligna de nouveau des yeux. Cette fois, il rit doucement. « Oui. C'est juste que… Je viens de ressentir une sensation très étrange.

— Ah oui ? » Je l'observai de près.

Hawke hocha la tête et passa sa paume sur son cœur. « Je ne sais pas comment l'expliquer. »

À présent, je commençais à m'inquiéter. Avais-je fait davantage que soulager sa peine ? Quoi, je n'en étais pas certaine, mais si mes pouvoirs évoluaient, tout était possible. J'ouvris de nouveau mes sens. Tout ce que je ressentis en retour fut de la chaleur. « Est-ce une mauvaise sensation ? Devons-nous aller chercher un guérisseur ?

— Non. Pas du tout. » Le rire de Hawke se fit plus franc, moins incertain. Ses yeux de la couleur du miel plongèrent dans les miens. « Mon frère n'est pas mort, au fait. Pas besoin de me témoigner de compassion. »

Ce fut à mon tour de cligner des paupières. « Oh ? J'ai cru… » Je ne terminai pas ma phrase.

« Tu es sûre que tu ne veux pas aller te promener dans le jardin ? »

Estimant qu'il était grand temps pour moi de m'enfermer avant de faire une autre bêtise, je secouai la tête. « J'aimerais retourner dans ma chambre. »

Il hésita un moment puis hocha la tête. Sur le trajet, on ne parla ni l'un ni l'autre. Visiblement, Hawke essayait de comprendre pourquoi il se sentait… plus heureux, plus léger. Et moi, je me demandais ce qui était arrivé à son frère pour provoquer ce genre de réaction, surtout si ledit frère était encore en vie.

21

Moins de vingt-quatre heures plus tard, je faisais de nouveau quelque chose de terriblement imprudent et, cette fois, je risquais de le regretter pour de bon. J'avais imaginé ma mort des centaines de fois, mais je n'avais jamais pensé que cela puisse arriver parce que j'avais *emprunté* un livre à l'Athénée.

En dix-huit ans d'existence, j'avais fait des choses bien plus dangereuses qui avaient failli me coûter la vie. À de nombreuses occasions, j'avais moi-même été surprise d'en sortir indemne. Pourtant, c'était bien le prétendu journal intime de Mlle Willa Colyns, le livre dont Loren et Dafina avaient discuté, que je serrais contre ma poitrine au bord du précipice. Un seul faux pas et ce serait la chute. Cet ouvrage était le genre de littérature que la prêtresse Analia m'interdisait. Si l'on me surprenait en sa possession, cela lui donnerait une nouvelle preuve que je ne respectais pas mes devoirs de Pucelle.

Alors, bien sûr, il fallait que je le lise.

Je m'étais ennuyée à mourir toute la journée. J'avais lu les livres que Tawny m'avait fait passer en douce au moins trois fois et je ne pouvais pas me résoudre à les parcourir encore une fois. Je ne pouvais pas non plus compter sur elle pour aller m'en chercher de nouveau, car elle avait été réquisitionnée par la duchesse et les maîtresses pour préparer le Rite. Je savais que je ne la reverrais peut-être même pas le lendemain matin. J'allais donc passer la journée, à l'exception du moment où je m'entraînerais avec Vikter, entre quatre murs. Et plus je restais dans ma chambre, sans rien pour m'occuper l'esprit, plus je pensais à ce que Hawke avait dit à propos de tous les droits qui m'avaient été retirés.

Bien entendu, j'en avais eu conscience, mais en général, les autres ne semblaient pas le voir. Étant donné qu'ils étaient constamment avec moi, cela était sans doute devenu la norme pour eux. Mais pour Hawke, qui était nouveau, rien de tout cela n'était acceptable.

C'est ce qui m'avait poussée à traverser seule le bois du Rêveur jusqu'à l'Athénée pendant que Hawke se tenait devant la porte de ma chambre, persuadé que je me trouvais à l'intérieur. Vikter, lui, était… eh bien, je n'en avais aucune idée. J'avais l'impression, vu la fatigue et la tristesse que j'avais aperçues dans ses yeux ce matin, qu'il avait été appelé la veille pour s'occuper d'un maudit et qu'il ne m'avait pas prévenue.

J'avais le sentiment qu'à l'avenir, il cesserait de m'impliquer dans ses escapades, et cela m'irritait. J'avais prévu d'en discuter avec lui à la première occasion. Je ne voulais pas être exclue alors que je pouvais aider les gens. Il devrait se faire une raison.

Mais pour le moment, je devais me concentrer pour ne pas mourir ou, pire, me faire attraper.

L'air froid de la nuit soufflait autour de moi tandis que j'avançais, plaquée contre le mur de pierre, en priant pour que le rebord large de trente centimètres ne s'effondre pas sous mon poids. Il aurait été étonnant qu'en le construisant, quelqu'un ait pensé à la possibilité qu'une Pucelle complètement stupide déciderait de grimper dessus.

Comment les choses avaient-elles pu si mal tourner ?

M'introduire dans l'Athénée n'avait pas été difficile. Avec ma cape noire informe, mon fidèle masque sur le visage et ma capuche relevée, je doutais que ceux que j'avais croisés dans les rues de Masadonia eussent été capables de déterminer si j'étais un homme ou une femme et encore moins de reconnaître la Pucelle. Pour que cela soit plus sûr, j'avais quand même emprunté la porte arrière de la bibliothèque. Me faufiler dans les couloirs et les escaliers étroits sans être vue avait également été un jeu d'enfant.

Quand il le fallait, je savais me fondre dans le décor, comme un fantôme.

Les problèmes avaient commencé au moment où j'avais trouvé le journal relié en cuir de Mlle Colyns. Au lieu de ressortir et de retourner au château comme j'aurais dû le faire, je m'étais attardée dans une salle déserte.

Comme je devenais folle dans ma chambre, je n'avais pas eu envie de rentrer et les coussins du canapé que j'avais trouvé dans la pièce m'avaient appelée. La présence d'un bar rempli d'alcool, en revanche, m'avait étonnée, mais je m'étais installée à côté des larges fenêtres qui donnaient sur la ville en contrebas et avais ouvert le livre usé. Dès la fin de la première page, je rougissais tellement que mes joues me faisaient mal. Je venais de découvrir ce qui se passait lorsqu'on n'embrassait pas sur la bouche ou sur le sein comme… comme Hawke me l'avait fait avant qu'il sache qui j'étais, mais à un endroit beaucoup plus intime.

J'étais incapable d'arrêter de lire. Je dévorais les pages couleur crème.

Mlle Willa Colyns avait vécu une vie très... intéressante aux côtés de nombreuses personnes tout aussi fascinantes. J'avais atteint le passage où elle parlait de sa brève aventure avec le roi, aventure que je ne pouvais concevoir, je n'en avais même pas envie, lorsque j'entendis des voix dans le couloir. L'une d'entre elles m'interpela en particulier, car je n'aurais jamais cru l'entendre dans une bibliothèque.

Le duc.

Cela signifiait que j'avais été si absorbée par ma lecture que je ne m'étais pas rendu compte que le soleil s'était couché.

Il ne m'avait pas convoquée la veille ni ce soir. Les préparatifs du Rite m'offraient un répit. Hawke en avait apparemment bénéficié, lui aussi, puisqu'il était toujours mon garde personnel. Toutefois, si le duc me trouvait ici, tous les répits du monde ne pourraient me sauver.

C'était la raison pour laquelle je me retrouvai perchée sur le rebord du mur à l'extérieur de ce qui s'était avéré être le bureau du duc au sein de l'Athénée. Heureusement, la fenêtre par laquelle je m'étais enfuie ne donnait pas sur la rue principale. Elle était dissimulée par le bois du Rêveur.

Seuls les faucons me voyaient... et pourraient être témoins de ma chute.

En entendant des glaçons tombant dans un verre, je ravalai un grognement. Cela faisait au moins trente minutes qu'il se trouvait dans cette pièce. Il s'agissait de son deuxième verre, sans doute de whisky.

Je n'avais pas la moindre idée de ce qu'il faisait ici. Il ne restait que quelques heures avant le début du Rite. Il aurait dû rencontrer les futurs seigneurs et les nouvelles dames en Attente ou les parents qui s'apprêtaient à offrir leur troisième-né aux temples, mais non, il était là, à boire du whisky tout s…

Un coup résonna contre la porte. Je fermai les yeux et me tapai la tête contre le mur en silence. De la compagnie ? Il comptait recevoir des visiteurs ?

Finalement, peut-être que les dieux m'observaient sans cesse et me punissaient pour mon comportement.

« Entrez », lança-t-il. Un instant plus tard, j'entendis la porte s'ouvrir et se refermer. « Vous êtes en retard. »

Oh, non. Je reconnaissais ce ton froid et monocorde. Le duc n'était pas content.

« Toutes mes excuses, Votre Grâce. Je suis venu aussi vite que j'ai pu », répondit son interlocuteur. C'était un homme, mais je ne reconnus pas sa voix. Il aurait pu s'agir de n'importe qui : un Élevé, un intendant, un marchand, un garde…

« Pas assez vite », rétorqua le duc. Je grimaçai. J'avais de la pitié pour la personne sur laquelle il posait sans doute un regard désapprobateur. « J'espère que vous avez ce que je vous ai demandé. Cela m'aiderait à restaurer la confiance que je place en vous.

— Tout à fait, Votre Grâce. Cela m'a pris un certain temps. Comme vous le savez, cet individu n'est pas très bavard.

— Oui. Ils ne le sont jamais lorsqu'on les retire du devant de la scène et qu'ils n'ont plus d'audience, commenta le duc. Je suppose que vous avez dû vous montrer très convaincant pour le faire parler.

— Bien sûr. » Il émit un rire rauque avant de continuer. « Ce n'est pas un Atlantien. Cela a été confirmé.

— Dommage », dit le duc. Je fronçai les sourcils. En quoi était-ce une mauvaise nouvelle ?

« J'ai appris son nom. Lev Barron, premier-né d'Alexander et Maggie Barron. Il avait deux frères. L'un est mort de… maladie avant son Rite. Le deuxième a été offert aux temples il y a trois ans. Il n'était pas surveillé par nos hommes. Son comportement durant votre discours a été une véritable surprise. »

Ils parlaient de l'Effondré, celui qui avait jeté une main de Vorace sur le balcon pendant que le duc et la duchesse s'adressaient au peuple au sujet de l'attaque.

« Vous êtes-vous renseigné sur sa famille ? s'enquit le duc.

— Oui. Son père est décédé. Sa mère vit seule dans le Quartier bas. Elle nous a été utile pour le faire parler. »

Le duc ricana. Je sentis mon estomac se retourner. « Qu'avez-vous appris de plus ?

— Je ne pense pas qu'il fasse partie d'une communauté d'Effondrés. Il assure qu'il n'a jamais rencontré le Seigneur des Ténèbres et qu'il ne croit pas qu'il se trouve en ville. »

Une vague de soulagement m'envahit alors que le vent soulevait les pans de ma cape.

« Et vous l'avez cru ? demanda le duc.

— Je lui ai donné une bonne raison de ne pas mentir », répondit l'homme qui, d'après ce que j'avais entendu, était sans doute un garde. Je pensai à la mère du prisonnier. Était-ce pour la protéger qu'il avait craché le morceau ?

Cette simple idée me donnait envie de vomir. Les Effondrés méritaient d'être traités sévèrement, mais je ne savais pas trop ce que je pensais du fait d'utiliser des membres de la famille pour obtenir des informations.

« Vous a-t-il révélé quoi que ce soit au sujet de ce qu'il a avancé ? Concernant le troisième enfant des familles ?

— Seulement qu'il connaissait la vérité, qu'ils n'étaient pas au service des dieux et que tout le monde l'apprendrait bientôt.

— Il n'a pas dit ce qu'il pensait être la vérité ? »

Je tournai la tête vers la fenêtre. Je retenais ma respiration. Je voulais savoir ce qu'il pensait.

« Non, Votre Grâce. La seule autre information que j'ai pu obtenir est la manière dont il s'est retrouvé en possession d'une main de Vorace », confia-t-il. C'était également… bon à savoir. « Il s'agirait de la main d'un garde qui aurait été infecté et qui serait quand même rentré dans sa famille. Selon lui, il a aidé la famille à le tuer avant qu'il se transforme.

— Pour qu'il puisse mourir dans la dignité », se moqua le duc. J'écarquillai les yeux. Il… était au courant ? De ce que nous faisions ? « Ces bonnes âmes finiront par mener la ville à sa perte. »

Il exagérait légèrement, mais je devais admettre que je n'avais jamais pensé qu'il puisse y avoir des Effondrés dans nos rangs.

« Il n'aurait pas avoué, par hasard, qui l'a aidé à tuer ce Vorace ? s'enquit-il.

— Non.

— C'est dommage. J'aurais adoré savoir qui a omis de nous en parler et pourquoi. » Le duc soupira comme si cette inconnue lui était insupportable. « Vous aviez autre chose à ajouter ?

— Non, Votre Grâce. »

Il n'y eut pas de réponse immédiate. Au bout d'un moment, le duc demanda : « L'Effondré respire-t-il encore ?

— Pour l'instant.

— Bien. » On aurait dit qu'il s'était levé. J'espérais que cela signifiait qu'il partait. *Pitié, seigneurs, faites qu'il parte !* « Je pense que je vais aller lui rendre une petite visite. »

Je haussai les sourcils.

Voilà qui était surprenant.

« Comme vous le souhaitez. » Silence. « Devons-nous organiser un procès ? »

Je faillis éclater de rire. Les Effondrés n'avaient pas le droit à un vrai procès. On les jetait en place publique et on lisait les charges contre eux. L'exécution suivait rapidement.

« Après ma visite, ce ne sera pas nécessaire », déclara le duc. Sa réponse me laissa bouche bée.

Le sous-entendu était clair. S'il n'y avait pas de procès, il n'y aurait pas non plus d'exécution publique, pour la simple et bonne raison qu'il serait déjà mort. Des Effondrés étaient décédés à plusieurs reprises en prison. Selon la version officielle, il s'agissait de suicide ou de l'œuvre d'un garde un peu trop zélé. Mais à présent, je me demandais si le duc ne se faisait pas justice lui-même.

Était-ce le même Élevé qui, j'en étais persuadé, ne s'était pas sali les mains depuis la Guerre des Deux Rois ?

Cela n'aurait pas dû me surprendre. Il était cruel et vicieux et il savait le cacher derrière un masque de civilité. Je n'aurais pas non plus dû être choquée par l'idée que l'Effondré soit tué sans être soumis à une farce de procès. Il soutenait le Seigneur des Ténèbres et même si certains d'entre eux ne participaient pas aux rébellions et aux tueries, les idées qu'ils faisaient germer avaient plusieurs fois fait couler le sang.

Mais… le fait que quelqu'un meure dans une cellule sombre et humide aux mains d'un Élevé à peine meilleur qu'un Atlantien ne me plaisait pas non plus.

Enfin, la porte s'ouvrit et se referma et le silence régna. Je patientai en tendant l'oreille pour capter le moindre son. Rien. Pourquoi le duc avait-il choisi d'organiser ce rendez-vous ici ? Et depuis quand était-il au courant de l'existence du réseau ? Le journal serré contre ma poitrine, les doigts engourdis, je me rapprochai de la fenêtre…

À l'intérieur, un léger claquement retentit. Je m'immobilisai. Était-ce la porte qui claquait ? Ou que l'on venait de verrouiller ? Oh, mes dieux, si on m'avait enfermée, je devrais enfoncer la porte. Attendez une minute. Non, la porte se fermait uniquement de l'intérieur. Quelqu'un était-il entré ? Était-ce le duc ? Il était impossible qu'il se soit rendu compte de ma présence, sauf si, bien sûr, il voyait à présent à travers les murs. Alors, qui ?

« Tu es toujours là, princesse ? »

En entendant sa voix, j'écarquillai les yeux et restai bouche bée. Hawke. C'était Hawke. Dans la pièce. J'avais du mal à y croire.

« Ou es-tu morte écrasée en bas ? » reprit-il. Je songeai sérieusement à sauter. « Je n'espère pas. Ça nuirait à ma réputation de garde. J'étais persuadé que tu étais dans ta chambre. » Une pause. « Sagement à ta place. Pas sur le rebord d'une fenêtre, plusieurs mètres au-dessus du sol, pour une raison que je n'arrive pas à comprendre, mais que je meure d'envie d'entendre.

— Et mince », murmurai-je en regardant autour comme si j'avais pu trouver une échappatoire. Ce qui était stupide. À moins que des ailes me soient soudainement poussées dans le dos, la seule issue possible était à travers la fenêtre.

Un battement de cœur plus tard, Hawke passa la tête par ladite fenêtre et m'observa. La douce lueur de la lampe illuminait ses pommettes. Il haussa un sourcil.

« Surprise ? » couinai-je.

Il me dévisagea un moment. « Rentre. »

Je ne bougeai pas.

Avec un soupir à faire trembler les murs, il tendit la main vers moi. « Dépêche-toi.

— Tu pourrais me dire "s'il te plaît" », marmonnai-je.

Il plissa les yeux. « Je pourrais te dire des tas de choses. Estime-toi heureuse que je me retienne.

— N'importe quoi, grommelai-je. Recule. »

Il attendit, mais quand il comprit que je n'allais pas prendre sa main, il disparut dans la pièce en jurant dans sa barbe. « Si tu tombes, ça va t'attirer des ennuis.

— Si je tombe, je meurs. Je ne vois pas quels ennuis je pourrais avoir.

— Poppy ! » se fâcha-t-il. Je ne pus m'empêcher de sourire.

Était-ce la première fois qu'il m'appelait ainsi ? J'en avais l'impression. J'avançai avec précaution le long du rebord. Je m'agrippai au haut de la fenêtre avant de me baisser. Hawke se tenait à côté du canapé. À l'instant où il m'aperçut, il s'élança vers moi à une vitesse incroyable. Surprise, j'eus un moment de recul, mais je ne tombai pas. Il avait passé un bras autour de ma taille. Un instant plus tard, j'étais à l'intérieur de la chambre, les pieds sur la terre ferme, le journal coincé entre son torse et ma poitrine. À part à cet endroit, tout le reste de nos corps se touchait. Mon ventre et mes jambes étaient pressés contre les siens. Quand je respirais, je pouvais presque sentir son parfum d'épices et de pin sur ma langue. Avant que j'aie pu prononcer un mot, il saisit l'arrière de ma capuche.

« Ne fais pas ça », lui intimai-je.

Trop tard.

Il l'avait déjà fait tomber. « Un masque. Ça me rappelle des souvenirs. » Son regard glissa sur mon visage jusqu'aux mèches de cheveux qui s'étaient échappées de ma tresse et tombaient à présent sur mes joues.

Je rougis et tentai de me libérer. Il refusa de me lâcher. « Je me doute que tu n'es pas content…

— Tu t'en doutes ? » Il s'esclaffa.

« Bon, d'accord. Je sais que tu n'es pas content, corrigeai-je. Mais je peux tout t'expliquer.

— Je l'espère bien, parce que j'ai des tonnes de questions à te poser, rétorqua-t-il avec des yeux dorés qui étincelaient de malice. Pour commencer, comment as-tu réussi à sortir de ta chambre ? Et enfin, qu'est-ce que tu fabriquais sur ce rebord ? »

La dernière chose dont j'avais envie était de lui parler de l'ancien passage des serviteurs. Je tentai de mettre de l'espace entre nous. « Tu peux me lâcher maintenant.

— Je peux, mais je ne sais pas si c'est une bonne idée. Tu risquerais de faire quelque chose d'encore plus dangereux que faire l'équilibriste sur un rebord de moins de trente centimètres. »

Je plissai les yeux. « Je ne suis pas tombée.

— C'est censé tout excuser ?

— Je n'ai jamais dit ça. Je te fais simplement remarquer que j'avais la situation sous contrôle. »

Hawke cligna des yeux, avant d'éclater de rire. Un rire rauque et profond qui résonna au plus profond de moi-même et fit naître de délicieux frissons dans mon ventre. Heureusement, il ne sembla pas se rendre compte de ma réaction. « Tu avais la situation sous contrôle ? Je me demande ce que ça donne quand ce n'est pas le cas ! »

Je ne répondis rien. Quoi que je dise, j'avais la sensation que ça se retournerait contre moi. Notre proximité n'arrangeait rien à l'affaire. Comme sur le Mur, la façon dont il m'étreignait me rappelait notre rencontre à *La Perle Rouge*. Je ne risquais pas de l'oublier. J'avais du mal à réfléchir lorsqu'il me serrait si fort. Je me débattis pour tenter de me libérer, mais je réussis seulement à me frotter davantage contre lui.

Hawke resserra sa prise sur moi. Tout à coup, j'avais l'impression que son étreinte avait changé, comme s'il ne me maintenait plus seulement en place. Il me serrait dans ses bras. Il m'enlaçait. Le ventre noué, je levai lentement les yeux vers les siens.

Il me scrutait, lui aussi. Une tension s'était installée autour de sa bouche tandis que le silence nous enveloppait. Je savais que j'aurais dû lui ordonner de me lâcher. Mieux, j'aurais dû l'y obliger. Je savais comment me libérer. Pourtant, je ne bougeai pas. Pas même lorsqu'il glissa les doigts de son autre main sous mon masque. Rester là, immobile, et le laisser faire étaient sans doute la pire torture que je m'étais infligée de toute ma vie. Il hésita. Je me demandais s'il attendait que je réagisse, que je dise quelque chose. Quand ce ne fut pas le cas, un feu ardent s'alluma dans ses yeux ambrés. Ses doigts descendirent lentement jusqu'à ma pommette. Il suivait leur mouvement du regard. Ma peau bourdonnait. Quand il s'aventura plus bas, sur mes lèvres, je hoquetai de surprise. Soudain, ma poitrine était trop petite pour contenir mon cœur.

Il baissa la tête. Mon souffle se bloqua dans mes poumons. Le moindre muscle de mon corps se tendit sous le coup de la panique et du désir. La façon dont il se penchait vers moi, les paupières à moitié fermées, trahissait son intention. Il allait m'embrasser. Mon pouls s'emballa. Il déposa un baiser sur ma joue qui s'embrasa. Je savais pertinemment ce que j'aurais dû faire, mais je ne bougeais pas. Hawke avait raison. Avec un masque, je pouvais faire semblant d'être quelqu'un d'autre.

Alors, je fermai les yeux. Hawke m'avait donné mon premier baiser, mais si nous nous embrassions maintenant, ce serait comme la première fois. Il savait qui j'étais désormais. Il m'avait vue sans mon voile. Il savait.

J'en avais envie. Je le voulais, lui.

22

Mon cœur battait très fort tandis que ses doigts descendaient sur mon menton. Il me força à relever légèrement la tête et j'eus l'impression de tomber. Ses lèvres se déplacèrent jusqu'à mon oreille. Son souffle chaud me donna des frissons.

« Poppy, murmura-t-il d'un ton rauque et grave.

— Oui ? » répondis-je très bas sans reconnaître ma propre voix.

Sa main glissa le long de ma gorge. « Comment es-tu sortie de la pièce sans que je te voie ? »

Je rouvris aussitôt les yeux. « Quoi ?

— Comment as-tu quitté ta chambre ? » répéta-t-il.

Il me fallut un moment pour comprendre qu'il n'avait jamais eu l'intention de m'embrasser. Il avait simplement voulu me distraire. Me sentant extrêmement naïve, je jurai dans ma barbe et tentai de m'écarter. Cette fois, il ne me retint pas.

Le visage en feu, je reculai. Je battis en retrait de plusieurs pas et baissai le journal en prenant une grande inspiration.

J'étais vraiment… stupide.

Comme je ne voulais pas qu'il se rende compte que j'avais cru qu'il allait m'embrasser et, pire, que je l'aurais laissé faire, j'essayai de reprendre de la contenance. La déception, toutefois, était toujours présente et je ne ressentis aucun soulagement. « Qui te dit que je ne suis pas sortie sous tes yeux ?

— Impossible. Et je sais que tu n'es pas passée par la fenêtre. Ce n'est pas faisable, répondit-il. Alors, comment as-tu fait ? »

La frustration atteignit son paroxysme. Je me tournai de nouveau vers la fenêtre. L'air froid qui entrait dans la pièce me fit du bien. Maintenant qu'il m'avait attrapée, je savais qu'il fallait que je lui donne une explication. « Il y a une porte qui donne sur les anciens passages utilisés par les serviteurs dans mes appartements. » Je serrai le livre un peu plus fort. « Je m'en sers pour atteindre le rez-de-chaussée sans être vue.

— Intéressant. Et où débouchent-ils au juste ? Au rez-de-chaussée ? »

Je ris et reportai mon attention sur lui. « Tu n'as qu'à aller voir toi-même. »

Il haussa un sourcil. « Pas de problème. »

Alors que je le regardais dans les yeux, je fus forcée d'admettre que je ne m'étais toujours pas remise de ce qui venait de se passer. J'étais toujours aussi déçue qu'il ne m'ait pas embrassée. Cela prouvait que j'avais besoin d'apprendre à maîtriser mes émotions.

« C'est comme ça que tu t'es rendue sur le Mur sans être vue », dit-il. Je haussai les épaules. « Je suppose que Vikter est au courant. Rylan l'était aussi ?

— C'est important ? »

Il pencha la tête sur le côté. « Combien de personnes connaissent l'existence de cette porte ?

— Pourquoi me poses-tu la question ? » rétorquai-je.

Il fit un pas vers moi. « C'est un problème de sécurité, princesse. Au cas où tu l'aurais déjà oublié, le Seigneur des Ténèbres cherche à t'enlever. Une femme a été tuée. Tu as fait l'objet d'une tentative de kidnapping. Découvrir un moyen lui permettant de se déplacer dans le château jusqu'à ta chambre sans être vu serait du pain béni pour lui. »

Un frisson secoua mes épaules. « Certains des serviteurs les plus anciens du château sont au courant, mais ce n'est pas le cas de tout le monde. Ça ne m'inquiète pas. La porte se verrouille de l'intérieur. Pour entrer, il faudrait enfoncer la porte et si quelqu'un essaie, je serai prête à le recevoir.

— Je n'en doute pas, murmura Hawke.

— Je n'ai pas oublié ce qui est arrivé à Malessa ni la tentative d'enlèvement.

— Ah bon ? Alors, tu t'es simplement dit que c'était une bonne idée d'aller te promener en ville pour aller à la bibliothèque ?

— Je ne me suis pas promenée. J'ai traversé le bois du Rêveur. Je suis restée moins d'une minute dans la rue, lui dis-je. En plus, j'avais une capuche et un masque. Personne n'a pu voir le moindre millimètre de mon visage. Je n'ai pas peur de me faire enlever, c'est vrai, mais je me suis quand même préparée à cette éventualité.

— Tu as ta petite dague préférée ? » Sa fossette fit son apparition.

« Oui, ma petite dague préférée », répondis-je sèchement. J'étais à deux doigts de la lui jeter au visage. Cela n'aurait pas été la première fois. « Elle ne m'a jamais laissé tomber.

— C'est comme ça que tu as échappé à l'enlèvement la nuit où Rylan a été tué ? devina-t-il. L'homme n'a pas pris peur en entendant les gardes approcher. »

Je soupirai bruyamment. Je n'avais plus aucune raison de mentir. « Oui. Je l'ai poignardé. À plusieurs reprises. Il était blessé quand on lui a fait signe de battre en retraite. J'espère qu'il est mort.

— Tu es vraiment violente ! ronronna presque Hawke.

— Tu n'arrêtes pas de dire ça, mais ce n'est pas vrai. »

Il s'esclaffa. C'était un rire profond et sincère. « Parce que tu ne te vois pas telle que tu es.

— N'importe quoi, marmonnai-je. Au fait, comment t'es-tu rendu compte que je n'étais plus là ?

— J'ai voulu m'assurer que tout allait bien, dit-il en passant une main sur le dossier du canapé. J'ai pensé que tu avais peut-être besoin de compagnie. Ça me semblait idiot de rester debout dans le couloir à m'ennuyer à mourir alors que tu étais coincée dans ta chambre où tu t'ennuyais sans doute tout autant. J'avais raison, d'ailleurs, sinon, tu ne te serais pas enfuie. »

Sa réponse me prit au dépourvu. « C'est vrai ? »

Il haussa les sourcils.

« Tu es vraiment allé voir si je... voulais de la compagnie ? »

Il hocha la tête. « Pourquoi est-ce que je mentirais à ce sujet ?

— Je... » Je ne savais pas comment lui expliquer que même Vikter ne faisait pas ce genre de choses quand il était posté devant ma porte. Mes gardes n'avaient pas le droit de rester avec moi, car le duc aurait considéré cette interaction trop intime. Personne ne venait vérifier ce qui se passait dans l'ancienne aile du château. Malgré tout, Vikter demeurait à l'extérieur.

Hawke, lui, était différent. Il me le prouvait depuis le début. « Aucune importance. »

Il resta silencieux un instant. Quand je relevai la tête, je me rendis compte qu'il s'était rapproché. À présent, il était appuyé contre le canapé. « Comment t'es-tu retrouvée sur le rebord de la fenêtre ?

— Eh bien, c'est une histoire très amusante…

— Je n'en doute pas. Ne m'épargne aucun détail. » Il croisa les bras.

Je soupirai. « Je suis venue chercher quelque chose à lire. Je suis entrée dans cette pièce, parce que je… je ne voulais pas retourner tout de suite dans ma chambre. Je ne me suis pas rendu compte qu'elle était spéciale. » J'observai le bar. Ce simple détail aurait dû me mettre la puce à l'oreille. « J'ai entendu le duc arriver dans le couloir. J'ai préféré me cacher dehors plutôt qu'il me surprenne ici.

— Que t'aurait-il fait ? »

Je haussai encore une fois les épaules. « Ce n'est pas arrivé. C'est tout ce qui compte. » Je changeai aussitôt de sujet. « Il avait rendez-vous avec un garde de la prison. Du moins, je pense que c'est ce qu'il était. Ils ont parlé de l'Effondré qui a lancé la main de Vorace. Le garde a réussi à le faire parler. Il a dit que l'Effondré ne pensait pas que le Seigneur des Ténèbres était en ville.

— C'est une bonne nouvelle. »

Son ton m'interloqua. Je jetai un coup d'œil dans sa direction. « Tu ne le crois pas ?

— À mon avis, si le Seigneur des Ténèbres a survécu aussi longtemps, c'est qu'il ne confie pas sa position à n'importe qui, même pas à ses plus fervents partisans », répondit-il.

Il n'avait pas tort. « Je pense… Je pense que le duc va tuer l'Effondré lui-même. »

Il pencha la tête sur le côté. « Et ça te dérange ?

— Je ne sais pas.

— Je crois que tu le sais très bien, au contraire, mais que tu n'as pas envie de le dire. »

J'en avais assez qu'il voit juste aussi souvent. « Je n'aime pas l'idée que quelqu'un meure dans un donjon.

— Une exécution publique est préférable ? »

Je le dévisageai. « Pas vraiment, mais au moins, cela semble plus…

— Plus quoi ? »

J'inspirai profondément. « Au moins, ce n'est pas caché. »

Il me toisa à son tour, d'un air presque curieux. « Intéressant. »

Je grimaçai. « Quoi ?

— Toi.

— Moi ? »

Il hocha la tête puis tendit la main vers moi. Avant que je ne comprenne son intention, il avait déjà attrapé le livre.

« Arrête ! » Comme je ne m'étais pas préparée à son geste, je sentis le journal relié en cuir glisser entre mes doigts. Et soudain, je ne le tenais plus. Il avait réussi à me l'arracher des mains. Seigneurs. Il avait le journal. S'il voyait de quoi il s'agissait, j'allais mourir de honte. Finalement, j'aurais peut-être dû sauter par la fenêtre.

« Le Journal de Mlle Willa Colyns ? » Les sourcils froncés, il le retourna. « Ce titre me dit quelque chose.

— Rends-le-moi. » Je tentai de le récupérer, mais Hawke s'éloigna. « Rends-le-moi tout de suite !

— Je te le rendrai à condition que tu me fasses la lecture. Je suis sûr que c'est plus intéressant que l'histoire du royaume. » Il ouvrit le livre.

Avec un peu de chance, il était illettré.

Pitié, qu'il ne sache pas lire.

Son sourire s'évanouit.

C'était bien ma veine.

Les sourcils froncés, il se rendit à la première page. Je savais ce qui s'y trouvait. Mlle Willa Colyns y décrivait un baiser *très intime* avec une terrible précision. « C'est un choix de lecture intéressant. »

Mes joues brûlaient comme des milliers de soleil. Je me demandais si Hawke m'en voudrait si je lui envoyais ma dague en pleine face.

Encore une fois.

Un sourire réapparut sur son visage, sa fossette aussi. « Penellaphe. » Il prononça mon prénom avec un air si choqué que j'aurais levé les yeux au ciel si je n'avais pas été aussi gênée. « C'est… une lecture scandaleuse pour la Pucelle.

— La ferme.

— C'est très vilain », me réprimanda-t-il en secouant la tête.

Mon agacement atteignit son apogée. Je relevai le menton. « Il n'y a rien de mal à lire au sujet de l'amour.

— Je n'ai pas dit le contraire. » Il me regarda. « Mais je ne crois pas que ce qu'elle écrit ait quoi que ce soit à voir avec l'amour.

— Oh, alors, tu es un expert dans ces choses-là, maintenant ?

— Plus que toi, il me semble. »

Je refermai la bouche. La réalité de cette affirmation me toucha en plein cœur. Alors, j'explosai. « C'est vrai, j'oubliais ! Les servantes et les dames en Attente ne parlent que de tes visites à *La Perle Rouge*. Tu dois avoir une tonne d'expériences.

— Tu es jalouse ?

— Jalouse ? » Je m'esclaffai et levai les yeux au ciel. « Décidément, tu surestimes l'importance que tu as dans ma vie. »

Il ricana avant de se remettre à feuilleter le journal.

Énervée, je me tournai vers le bar. Un verre à whisky était resté dehors. « Ce n'est pas parce que tu as plus d'expérience… avec ce qui se passe à *La Perle Rouge* que je ne sais pas ce qu'est l'amour.

— Tu as déjà été amoureuse ? demanda-t-il. L'un des intendants du duc a capté ton attention ? Un seigneur ? Ou peut-être un garde courageux ?

— Jamais.

— Alors, comment peux-tu savoir ce que c'est ?

— Mes parents s'aimaient profondément. » Je jouai avec le bouchon serti de pierres du décanteur. « Et toi, Hawke ? Tu as déjà été amoureux ? »

Je ne m'attendais pas à ce qu'il me réponde. Aussi, quand il le fit sans réfléchir, je restai bouche bée. « Oui. »

Une sensation étrange que je ne comprenais pas se réveilla dans ma poitrine. Lorsque je tournai la tête pour le regarder, je me rendis compte que je ne ressentais plus le moindre ressentiment envers lui. J'ignorais pourquoi je réagissais ainsi face à lui. C'était sans doute lié au fait qu'il me faisait sortir de mes gonds. « Quelqu'un de ta région ? »

Est-ce que tu l'aimes toujours ?

Cette question fut la deuxième à me venir à l'esprit. Heureusement, j'eus le bon sens de ne pas la prononcer à voix haute.

« Oui. » Il n'avait pas levé les yeux du livre. « Mais c'était il y a longtemps.

— Longtemps ? Tu n'étais qu'un enfant alors ? » demandai-je. Il ne pouvait pas avoir plus de quelques années de plus que moi, pourtant, à l'entendre, cette histoire semblait avoir eu lieu une éternité plus tôt.

Il rit, puis un sourire en coin étira ses lèvres. Sa fossette se creusa sur sa joue droite. La tension dans ma poitrine se dissipa. « Tu as lu beaucoup de pages ?

— Ça ne te regarde pas.

— Non, c'est vrai, mais j'aimerais savoir si tu es arrivée à ce passage. » Il s'éclaircit la voix.

Attendez une minute.

Il comptait lire à voix haute ?

Non.

Pitié.

« Je n'ai lu que le premier chapitre, répondis-je aussitôt. Tu as l'air de regarder le milieu du livre, donc…

— Parfait. Alors ce sera tout nouveau pour toi. Voyons voir, où en étais-je ? » Il fit glisser son doigt sur la page jusqu'à son centre qu'il tapote. « Ah oui, ici. *Fulton m'avait promis que lorsqu'il en aurait fini avec moi, je serais incapable de marcher droit pendant une journée. Il avait raison.* Eh bien, c'est impressionnant. »

J'écarquillai les yeux.

« *Les choses que sait faire cet homme avec sa langue et ses doigts n'ont d'égal que la longueur impressionnante, l'ardeur décadente et la chaleur torride de sa…* » Il gloussa. « Cette femme a un don pour les adjectifs.

— Pas la peine de continuer.

— *Virilité.*

— Quoi ? hoquetai-je.

— C'est la fin de la phrase », m'expliqua-t-il. Lorsqu'il leva les yeux, je sus tout de suite que les paroles qui s'apprêtaient à franchir ses lèvres me tueraient sur place. « Oh, tu ne sais peut-être pas ce que signifie "virilité". Il me semble qu'elle parle de sa bite. De sa queue. De son chibre. De son…

— Oh, mes dieux, murmurai-je.

— Qui est apparemment très long et très chaud…

— C'est bon ! J'ai compris !

— Je voulais juste m'en assurer. Je ne voudrais pas que tu te sentes trop gênée pour me poser des questions ni que tu penses qu'elle faisait référence à son amour pour elle.

— Je te déteste.

— Mais non.

— Je vais te poignarder, l'avertis-je. Et j'y prendrai plaisir. »

Il baissa le livre en faisant mine d'être inquiet. « Ça, je veux bien le croire.

— Rends-moi ce journal.

— Bien sûr. » Il me le tendit. Je le lui pris rapidement des mains et le serrai contre ma poitrine. « Tu n'avais qu'à me le demander.

— Quoi ? hoquetai-je, incrédule. Je l'ai fait plusieurs fois.

— Désolé. » Il n'avait pas l'air désolé du tout. « J'ai une ouïe très sélective.

— Tu es… Je te hais.

— Tu l'as déjà dit. » Il s'approcha pour me tapoter le sommet du crâne. Je voulus lui donner une claque, mais il s'écarta au dernier moment. « Mais tu te trompes. Je sais que tu m'adores.

— Je sais encore ce que je ressens.

— Allez viens. Il faut que je te ramène avant que tu ne réussisses encore une fois à te mettre en danger. » Il s'arrêta devant la porte. « N'oublie pas ton livre. Je veux que tu me résumes chaque chapitre pour demain. »

Il était hors de question qu'on reparle de ce journal ensemble.

Je l'emportai quand même. Ce n'est que lorsqu'il posa la main sur la poignée de la porte qu'une pensée me traversa l'esprit. « Comment as-tu su où j'étais ? »

Hawke tourna la tête dans ma direction, un léger sourire aux lèvres. « Je suis très doué pour pister les gens, princesse. »

« Je suis très doué pour pister les gens, marmonnai-je dans ma barbe l'après-midi suivant.

— Quoi ? » Tawny se tourna vers moi en fronçant les sourcils.

« Rien. Je parle toute seule », répondis-je. Je pris une grande inspiration et repoussai Hawke hors de mon esprit. « Tu es très belle. »

Et c'était la vérité.

Tawny avait les cheveux relevés. Quelques boucles serrées encadraient son visage. La couleur de ses lèvres était assortie à celle de son masque et de sa robe, un rouge profond et vibrant. Le vêtement fin et sans manches épousait ses formes légères. Elle se dirigea vers l'endroit où je me tenais près de la cheminée. Elle n'était pas seulement belle. Elle était sûre d'elle et à l'aise avec son corps et j'étais en admiration devant elle.

« Merci. » Elle lissa le tissu au niveau de son épaule avant de laisser tomber sa main. « Toi, tu es absolument renversante, Poppy. »

Une petite pointe d'excitation naquit dans ma poitrine et se répandit jusque dans mon ventre. « C'est vrai ?

— Bien sûr. Tu t'es regardée dans un miroir ? »

Je secouai la tête.

Tawny me dévisagea. « Tu as enfilé une robe, une magnifique robe conçue sur mesure, et tu ne t'es même pas regardée ? Et en plus, tu m'as laissée m'occuper de tes cheveux. Ils pourraient ressembler à un nid d'oiseau et tu ne le saurais même pas ! »

Un gloussement nerveux m'échappa. « Je n'espère pas.

— Parfois, tu es vraiment étrange. »

Elle n'avait pas tort, c'est vrai, mais j'aurais eu du mal à lui expliquer pourquoi je ne m'étais pas encore regardée dans un miroir. C'était si rare de me voir dans une autre couleur que du blanc. Quand je me grimais pour sortir, je ne faisais jamais attention à mon reflet. Et puis cette fois, c'était différent. J'avais le droit. Certaines personnes qui me connaissaient me verraient ainsi.

Hawke, par exemple.

J'eus soudain l'impression que des oiseaux de proie avaient élu domicile dans mon ventre et picoraient mes entrailles. J'étais... nerveuse.

« Allez. » Tawny me prit par la main et me tira dans la salle de bains. Elle me força à avancer jusqu'au mur contre lequel était appuyé un miroir en pied. « Regarde-toi. »

Cela pouvait paraître ridicule, mais je faillis fermer les yeux. Au lieu de ça, je me forçai à observer mon reflet. Je n'étais pas certaine de me reconnaître et pas seulement à cause de l'absence de voile ou du masque rouge que l'on m'avait fait apporter en même temps que la robe.

« Qu'est-ce que tu en penses ? » demanda Tawny. Elle apparut derrière moi.

Qu'en pensais-je ? Je me sentais… nue.

La robe était magnifique. Cela ne faisait aucun doute. Les manches en soie écarlate, juste assez ombragées pour cacher les cicatrices sur mes bras, étaient longues et fluides, et avaient un délicat liseré en dentelle au niveau des poignets. Le tissu léger était opaque au niveau de la poitrine et jusqu'aux cuisses, la robe épousant mes courbes et dissimulant ces zones. La jupe était ample, et une bande plus épaisse de soie créait l'illusion de volants séparés par quelques centimètres, mais tout le reste était aussi transparent qu'une chemise de nuit.

Je regrettais de ne pas l'avoir essayée au préalable. Elle était restée accrochée dans mon armoire suffisamment longtemps. J'ignorais pourquoi je ne l'avais pas fait.

Mensonge.

Je savais parfaitement pourquoi je ne l'avais pas essayée. Parce que si je l'avais fait, je l'aurais renvoyée chez les couturières.

Tawny avait réussi à me convaincre de garder une grande partie de ma chevelure détachée. Seules les premières mèches étaient attachées avec de minuscules pinces. Le reste tombait dans mon dos en boucles épaisses.

Hawke me verrait dans cette robe.

« Je pourrais peut-être utiliser mes cheveux pour me cacher ? suggérai-je en les séparant en deux et en les passant par-dessus mes épaules.

— Oh, mes dieux ! » Tawny éloigna mes mains en riant et remit mes cheveux en place. « On ne voit rien.

— Je sais, mais… » Je pressai mes mains fraîches contre mes joues échauffées.

« Tu n'as jamais été autorisée à porter une robe comme celle-ci, termina-t-elle à ma place. Je comprends. Tu as le droit d'être nerveuse. » Elle recula et fouilla à l'intérieur du petit sac qu'elle avait apporté. « Tu es magnifique, Poppy.

— Merci », murmurai-je en jetant un coup d'œil à mon reflet. Je me sentais vraiment jolie. Dans cette robe, tout le monde l'aurait été.

Tawny revint vers moi, un pot dans une main et un pinceau fin dans l'autre. « Garde les lèvres entrouvertes et ne bouge pas. »

Je m'exécutai pendant qu'elle me peignait les lèvres de la même couleur que ma robe. Quand elle eut terminé, elle s'écarta. Ma bouche était… voyante.

Je n'avais jamais porté de maquillage. Cela ne m'était, bien évidemment, pas autorisé. Pourquoi ? Ma peau était censée demeurer aussi pure que mon cœur, ou quelque chose dans le genre. Je n'en étais pas certaine. La duchesse avait pris la peine de me l'expliquer, mais j'avais sans doute cessé d'écouter à un moment donné.

« Parfait, murmura Tawny en rangeant le pot et le pinceau dans son sac. Tu es prête ? »

Non.

Pas du tout.

Mais il fallait que je le sois. Le Rite débuterait au crépuscule et le soleil se couchait déjà.

Le pouls affolé, je hochai la tête. Tawny me sourit. Il me sembla que je lui souris également. Du moins, je l'espérais. Je la suivis jusqu'à la pièce principale.

Lorsqu'elle tendit la main vers la poignée de la porte, je faillis faire un malaise. Hawke serait là dehors avec Vikter. Je mourais d'envie de m'enfuir. Où, je n'en avais aucune idée. Il suffisait peut-être que je me cache dans mon lit, sous les couvertures...

Vikter était seul.

Je regardai des deux côtés du couloir en m'attendant à y trouver Hawke, mais il n'y avait personne.

« Vous êtes toutes les deux ravissantes », dit Vikter. C'était étrange de le voir habillé dans une autre couleur que le noir et sans sa cape blanche de garde royal. Lui aussi était vêtu en rouge écarlate pour le Rite. Sa tenue se composait d'une tunique sans manches et d'un pantalon assorti.

« Merci », souffla Tawny en me prenant le bras. Je murmurai la même chose.

Il me regarda en souriant en coin. « Tu es sûre que tu es prête, Poppy ?

— Mais oui, répondit Tawny en me tapotant le bras.

— Oui », affirmai-je à mon tour en comprenant que Vikter ne bougerait pas avant mon feu vert.

Il hocha la tête et ensemble, on avança dans le couloir. Hawke ne travaillait-il pas ce soir ? Étant donné que j'assistais au Rite, j'avais imaginé qu'ils m'escorteraient tous les deux. Je m'étais peut-être trompée. Pourtant, il avait dit qu'il avait... hâte de me voir. Cela signifiait-il qu'il serait présent même s'il ne travaillait pas ?

Mon cœur battait la chamade tandis que nous descendions les escaliers. Le fait qu'il soit là ou non n'aurait pas dû m'importer. Je ne m'étais pas habillée ainsi pour lui.

Mais où était-il ?

Je tentai de me convaincre de ne pas poser la question. Je me le répétai. Malgré tout, elle m'échappa. « Où est Hawke ?

— Il est allé voir le commandeur, il me semble. Il nous rejoindra au Rite. »

Le soulagement m'envahit, suivi de la sensation grisante de l'excitation. Je soufflai. Si ma question et ma réaction avaient paru étranges à Vikter, il ne l'avait pas montré. Tawny, en revanche, me serra le bras. Je jetai un coup d'œil dans sa direction.

Elle sourit. Je savais que sous son masque, elle soulevait un sourcil moqueur.

On se rendit dans le hall d'entrée où les gens du peuple et les dames et seigneurs en Attente ou Élevés, ainsi que les serviteurs, étaient vêtus de rouge. L'eau de toilette et le parfum se mélangeaient aux rires et conversations.

C'était… assez impressionnant. Mon premier réflexe fut de verrouiller mon dos et de renforcer les barrières de mon esprit. Toutefois, lorsqu'on pénétra dans le hall, mon cœur battait toujours aussi fort. L'arche qui menait à la Grande Salle se trouvait devant nous, illuminée.

Lorsqu'on y entra, j'eus l'impression que l'air n'atteignait plus mes poumons.

Seigneurs…

Il y avait tellement de monde. Des centaines de personnes se tenaient devant l'estrade, entre les piliers et dans les alcôves des fenêtres. En temps normal, je me serais tenue là-haut, à l'écart de la foule. Pas ce soir. Je n'en revenais toujours pas que le duc et la duchesse n'aient pas exigé que je me joigne à eux. Il n'y avait tout simplement pas assez de place. Une dizaine de membres du clergé s'y trouvaient déjà, la prêtresse Analia y compris, et tout autant de gardes royaux.

Je regardai autour de moi en tentant de contrôler ma respiration. Les bannières blanc et or accrochées entre les fenêtres et derrière l'estrade avaient été remplacées par les bannières rouge vif du Rite ornées du blason royal. Des fleurs de la même couleur débordaient des vases, des quantités astronomiques de roses et fleurs variées. Sur l'estrade, il y avait une discontinuité dans les couleurs, une éclaboussure de blanc parmi le rouge. Pour une fois, ce n'était pas moi qui sortais du lot. Vêtus de tuniques et de robes blanches, les deuxièmes fils et filles se tenaient près de leurs familles. Derrière eux, les parents des troisièmes enfants serraient leur progéniture dans leurs bras. Tous, même les parents, portaient une couronne de roses rouges sur la tête.

« Je ne veux plus jamais voir une seule rose de ma vie, dit Tawny en suivant mon regard. Tu n'imagines pas le nombre d'épines que je me suis planté dans les doigts en fabriquant ces couronnes.

— Elles sont très jolies », la complimentai-je tandis que Vikter surveillait la foule qui continuait à emplir la pièce.

La majorité ne nous accordait pas la moindre attention. Seules quelques convives marquaient un temps d'arrêt en nous voyant passer. Leurs yeux s'arrondissaient derrière leurs masques tandis qu'ils reconnaissaient Tawny ou Vikter et comprenaient qui j'étais. J'avais le visage en feu. Heureusement, peu semblaient s'en rendre compte. Pour les autres, j'étais… comme eux. Je me fondais dans la foule. Je n'étais personne.

La tension à l'intérieur de ma poitrine se dissipa à mesure que mon pouls ralentissait. Il m'était également plus facile de respirer. Je n'avais plus l'impression que mes barrières mentales allaient s'effondrer à tout moment.

À cet instant, je n'étais pas la Pucelle.

J'étais Poppy.

Je fermai les yeux. Mes muscles tendus comme la corde d'un arc se relâchèrent. Voilà pourquoi j'avais tant attendu ce moment. Parce que je pouvais être moi-même.

C'était ce qui rendait cette nuit magique.

Lorsque je rouvris les paupières, je reportai mon attention sur l'estrade sans m'attarder sur le côté gauche où se tenait la prêtresse. Je repérai la duchesse qui parlait à un garde royal que je connaissais. Je le croisais souvent devant les appartements du duc. D'ailleurs, ce dernier n'était pas là. Je me demandais où il se trouvait. Quand un prêtre rejoignit la duchesse et le garde, je posai les yeux sur les personnes devant l'estrade. En les voyant, je pensai à la famille Tulis. Aussitôt, un voile se déposa sur mon excitation. Ils se trouvaient sans doute ici avec leur fils et se préparaient à dire au revoir à un nouvel enfant. Ce soir-là, ils ne feraient pas la fête. Ils ne…

« Pucelle. »

Je sentis les poils se dresser sur ma nuque. Je tournai la tête en sachant pertinemment qui se trouvait derrière moi.

Le seigneur Brandole Mazeen.

23

Outre le duc et le Seigneur des Ténèbres, il était la dernière personne que je désirais voir se tenir derrière moi. Comme Vikter, sa tunique rouge était sans manches, et sous son masque, ses yeux noirs semblaient étinceler. Je réussis toutefois à garder mon calme. « Mon seigneur. »

Un sourire sardonique lui tordait la bouche tandis qu'il me détaillait, s'attardant sur certaines parties de mon anatomie d'une manière qui me faisait vraiment regretter de ne pas être couverte d'un sac de la tête aux pieds. L'espace d'un court instant, il se détourna pour faire un signe de tête à Tawny et Vikter, puis reporta son attention sur moi. « J'ai entendu dire que vous avez déplu à une certaine prêtresse, récemment. »

La tension s'empara de nouveau de moi et enfonça ses griffes acérées dans ma nuque. Je le dévisageais.

Il s'approcha de moi, bien trop pour la convenance. « Vous n'allez pas tarder à recevoir une nouvelle leçon, très chère. »

Je pris une grande inspiration. Aussitôt, son eau de toilette, épaisse et musquée, attaqua mes sens. Je le regardai dans les yeux alors que le parfum en question faisait remonter un souvenir à la surface. Il n'avait pas senti ainsi le soir où il m'avait coincée dans une alcôve, le soir où Malessa avait été assassinée.

Son odeur avait été différente, musquée certes, mais aussi très sucrée.

Comme du jasmin.

Il avait senti le jasmin.

Je repensai aussitôt au pétale que j'avais trouvé sous le fauteuil dans la pièce où Malessa avait été découverte. Il n'y avait pas eu de jasmin à l'intérieur. Sauf si, bien sûr, il avait été remplacé par les lys, mais Tawny ne m'avait-elle pas… ?

« Je suis navré, intervint Vikter en posant la main sur mon bras, mais nous devons…

— Pas la peine de prendre la fuite, rétorqua Mazeen sans me quitter des yeux. C'est moi qui m'en vais. Profitez bien du Rite. » Et sur ce, il nous contourna et descendit les quelques marches menant au niveau principal de la Grande Salle.

« Qu'a-t-il voulu dire ? demanda Vikter à voix basse.

— Rien du tout. » Le cerveau fonctionnant à cent à l'heure, je me tournai vers Tawny. « Tu as bien vu Malessa le jour de sa mort. Le matin. Je me trompe ? »

Elle pinça les lèvres. « Non, c'est bien ça.

— Est-ce qu'elle portait un bouquet ? Te souviens-tu des fleurs dont il s'agissait ? »

Elle cligna des yeux. « Je… Je ne sais plus. Je crois qu'elles étaient blanches. »

Le pétale trouvé dans cette pièce avait été blanc. C'était du jasmin à n'en pas douter. Mon ventre se creusa.

Elle m'adressa un regard interrogateur. « Pourquoi me poses-tu ces questions ?

— J'aimerais bien le savoir, moi aussi, fit remarquer Vikter.

— Je ne sais pas… » Je me tournai vers la masse de personnes rassemblées dans la salle. Je ne voyais plus Mazeen. Je le revoyais devant la porte de la morte, froide et immobile. Il n'avait pas bougé lorsque Rylan m'avait raccompagnée jusqu'à ma chambre. De plus, avant de m'aborder ce soir-là, il était sorti d'une pièce attenante. Quelle pièce ? Je n'en étais pas certaine. Qu'est-ce que cela signifiait ?

Il s'était peut-être trouvé en compagnie de Malessa avant sa mort. À moins qu'il ne s'agisse d'une coïncidence. Dans tous les cas, c'était un Atlantien qui l'avait tuée. C'était la seule chose dont nous étions sûrs. Aucune autre créature n'aurait pu causer une telle blessure sans verser la moindre goutte de sang.

« Poppy. » Vikter me toucha doucement le bras pendant que le prêtre se plaçait au centre de l'estrade. « Tout va bien ? »

Je hochai la tête. Je lui parlerais plus tard de mes soupçons. Pour le moment, je n'étais pas certaine d'y voir clair.

« Où est le duc ? murmura Tawny. Le Rite va commencer. »

Il n'était toujours pas arrivé. La duchesse faisait les cent pas sur la gauche, où l'on pouvait accéder à l'estrade par l'arrière.

« Nous sommes rassemblés ici ce soir pour honorer les dieux », déclara le prêtre. Le silence tomba sur l'assemblée. « Pour honorer le Rite.

— Excusez-moi », souffla une voix derrière nous.

Je me tournai en même temps que Vikter. Lorsque je reconnus la femme qui venait de s'adresser à nous, une onde de choc me parcourut.

Il s'agissait d'Agnès.

Oh, mes dieux…

J'écarquillai les yeux tandis qu'elle nous regardait l'un et l'autre avec nervosité. Elle portait du rouge, comme tout le monde, une jupe et une blouse sans doute teintes pour l'occasion. Elle avait l'air en meilleure forme que la dernière fois que je l'avais vue, mais ses cernes indiquaient que le deuil de son époux n'avait pas été facile.

« Je m'excuse de vous interrompre, dit-elle en gardant la tête baissée. Je vous ai vus et… il fallait que je vienne vous parler.

— Aucun problème. » Vikter me jeta un coup d'œil en coin. « Voulez-vous aller discuter dans un endroit plus privé ? »

Elle acquiesça. Je n'imaginais pas une seule seconde qu'elle ignorait qui j'étais.

Vikter reporta son attention sur moi. « Je reviens tout de suite.

— En fait, je voudrais m'entretenir avec elle, déclara Agnès tandis que le prêtre débutait une prière. Si vous le voulez bien. » Elle croisa brièvement mon regard. « Je ne prendrai pas beaucoup de votre temps. »

Vikter était sur le point de refuser, je le voyais, mais notre petit groupe commençait à attirer l'attention. On nous toisait d'un air désapprobateur. « Aucun problème, répondis-je à sa place. On peut sortir un instant. »

« Qui est-ce ? » me demanda Tawny en silence. Je me forçai à hausser les épaules. « Je vous attends ici », me dit-elle.

Vikter escorta rapidement Agnès jusqu'au couloir quasiment désert. Quelques retardataires se dépêchaient de rejoindre la Grande Salle. Il nous guida vers une alcôve près de l'une des arches qui menaient au jardin. « Ce n'est pas très prudent de nous approcher ainsi, déclara-t-il presque aussitôt.

— Je sais. Je suis désolée. Je n'aurais pas dû, mais je… » Elle me scruta du coin de l'œil. « Je ne pensais pas que vous seriez présente.

— Comment m'avez-vous reconnue ? » demandai-je.

Vikter tourna vivement la tête vers moi. Son masque ne parvenait pas à dissimuler son incrédulité. Peu importait. Pour savoir comment elle m'avait identifiée sans voir mon visage, je pouvais prendre le risque de lui parler.

« Ce n'était pas le cas, jusqu'à ce que cet Élevé, enfin, ce seigneur, vous adresse la parole, répondit-elle. Je ne m'attendais vraiment pas à vous voir ici.

— Bon sang », jura Vikter dans sa barbe.

Mazeen venait de me donner une nouvelle raison de le détester. Ce n'était pourtant pas nécessaire.

« Que vouliez-vous lui dire ? »

Agnès déglutit. Sa gorge ondula. « Si je pouvais lui parler en privé…

— Hors de question. » La voix de Vikter avait perdu toute douceur. « C'est impossible. »

L'inquiétude se lut sur le visage rougi de la femme.

« Il a raison, confirmai-je, mais vous pouvez parler en sa présence. »

Elle joignit ses mains. « Vous… Je voulais simplement… vous remercier pour ce que vous avez fait. » Elle jeta un coup d'œil autour de nous avant de continuer. « Pour mon mari et moi.

— Vous n'avez pas besoin de me remercier », lui assurai-je.

Si ce n'était que de cela qu'elle avait voulu discuter, je me demandais pourquoi elle avait insisté pour me voir seule.

Vu la façon dont Vikter plissait les yeux, il était évident qu'il se posait la même question.

« Je sais. Vous avez été très bons avec moi. Tous les deux. Je ne crois pas… Non, je sais que j'aurais été incapable de régler ce problème seule. Je voulais simplement… » Les lèvres pincées, elle s'interrompit.

Des cris de liesse résonnèrent dans la Grande Salle. Je jetai un coup d'œil vers la porte. On annonçait les noms des dames et des seigneurs en Attente qui iraient rejoindre les serviteurs.

« Vous vouliez simplement… ? répéta Vikter.

— Je… » Sa poitrine se souleva sur une grande inspiration. « J'ai appris ce qui vous est arrivé, ce qui se passe ici. De cette… cette pauvre fille. De la tentative d'enlèvement à votre égard. Il y a des rumeurs qui circulent.

— Quel genre de rumeurs ? » s'enquit-il.

Agnès s'humecta les lèvres. « Les gens murmurent que ce serait l'œuvre du Seigneur des Ténèbres. »

Ce n'était pas une révélation. Pourtant, de la chair de poule se forma sur ma peau.

« Je ne sais pas ce qu'il en est pour cette pauvre fille, reprit-elle. Je… Je ne pensais pas que vous seriez ici ce soir. Quand je vous ai vue, j'ai ressenti le besoin de vous parler de ce que j'avais entendu.

— Merci, lui dis-je tandis que de nouvelles exclamations de joie nous parvenaient. Je vous en suis reconnaissante. »

Elle croisa brièvement mon regard. « Je veux simplement m'assurer que vous êtes en sécurité.

— Tout comme moi », rétorqua Vikter en se redressant de toute sa hauteur.

Elle hocha la tête. « En particulier dans une foule comme celle-ci. Il y a tant de monde. S'il… S'il a réussi à entrer une fois, il y arrivera encore. D'autres pourraient y parvenir également.

— Il est entré deux fois, la corrigeai-je. Ou au moins deux de ses partisans. »

Elle ouvrit la bouche, puis la referma.

« Je pense que vous avez compris que je suis son garde personnel », supposa Vikter. La femme hocha la tête. « Ma seule mission est de la protéger. J'apprécie votre volonté de nous faire part du bruit qui court. »

Elle opina de nouveau.

« Et nous vous serions éternellement reconnaissants si vous pouviez nous dévoiler tout ce que vous savez, poursuivit-il, car j'ai l'impression que vous ne nous avez pas tout révélé. »

Sa remarque me prit au dépourvu.

« Je ne suis pas certaine de comprendre.

— Ah non ? » demanda-t-il d'une voix adoucie.

Elle secoua la tête. « Je vous ai déjà suffisamment dérangés. Je ferais mieux d'y aller. » Elle recula. « Excusez-moi. » Elle me regarda droit dans les yeux. « Restez sur vos gardes. Je vous en prie. »

Agnès se retourna et se dirigea d'un pas rapide vers l'entrée du château. Vikter fit mine de la suivre avant de se figer. « Bon sang, grogna-t-il. Où est Hawke ?

— Je ne sais pas. » Je le cherchai autour de nous, en vain, puis me concentrai sur un passage obscur qui donnait au jardin. « D'après toi, qu'a-t-elle omis de nous dire ?

— Je n'en suis pas sûr. » Il se passa une main dans les cheveux. « J'ai la sensation qu'elle nous cachait quelque chose, mais je suis peut-être paranoïaque. Allez, viens. » Il posa la main contre mon dos. « Je suis sûr que j'exagère. »

Je n'étais pas certaine qu'il le pense vraiment, mais je le laissai me raccompagner jusqu'à la Grande Salle où l'on retrouva Tawny.

« Tout va bien ? demanda-t-elle.

— Oui. » Du moins, je l'espérais. Je ne savais pas comment interpréter les paroles d'Agnès.

Tawny considéra Vikter avant de nous informer : « Les troisièmes-nés sont presque tous passés. »

J'observai l'estrade. « Le duc n'est toujours pas arrivé ?

— Non, murmura-t-elle. C'est étrange, non ? »

Très étrange. S'était-il passé quelque chose lors de sa visite à l'Effondré la veille ? Si cela avait été le cas, une annonce officielle aurait été faite. La cérémonie se poursuivit, mais entre la disparition du duc, mes soupçons concernant le seigneur Mazeen et la présence inattendue d'Agnès, j'avais la tête ailleurs. Le prêtre aurait tout aussi bien pu parler une autre langue. C'était peut-être le cas. Je n'étais pas capable de me concentrer, et c'était dommage parce que j'avais toujours été curieuse de…

Soudain, ma nuque me chatouilla. Je sentais une présence très forte à mes côtés. Je n'aurais pas pu expliquer pourquoi, mais je savais qu'en tournant la tête, je *le* verrais.

Hawke.

Et j'avais raison.

Le souffle coupé, je laissai mon regard se promener sur le pantalon et la tunique rouge écarlate qui laissait apparaître une bande de peau au niveau de sa gorge, puis sur sa mâchoire dessinée à la serpe et sur ses lèvres pulpeuses. La courbe de son masque rouge mettait en valeur ses pommettes. Une mèche de cheveux noirs tombait sur son front et venait effleurer le tissu rigide.

Il était…

Hawke ressemblait à l'image que je me faisais des dieux pour lesquels les temples avaient été bâtis : impressionnants, inaccessibles et dont le charme avait quelque chose d'effrayant.

Je savais qu'il me toisait avec autant d'intensité que moi. Il me scrutait avec une telle concentration que ma peau bourdonnait. J'en frissonnai. Chaque centimètre de mon corps, dévoilé ou non, se réveilla. L'effet qu'il me faisait d'habitude semblait décuplé.

« Salut », couinai-je et regrettai aussitôt d'avoir ouvert la bouche.

Il me fit un sourire en coin. Sa fossette se creusa. « Tu es… très jolie », me complimenta-t-il. Mon ventre se noua de la plus délicieuse des façons. Il se tourna vers Tawny. « Vous aussi. »

Elle sourit. « Merci. »

Il jeta un coup d'œil à Vikter. « Vous aussi, bien entendu. »

Ce dernier renifla. Je souris pendant que Tawny gloussait. « C'est vrai que vous êtes particulièrement beau ce soir », fit-elle remarquer. J'aurais pu jurer que les joues de Vikter s'étaient empourprées. Je reportai mon attention sur l'estrade.

« Pardon pour le retard, s'excusa Hawke en se plaçant derrière moi.

— Tout va bien ? » demandai-je en regardant droit devant. Si le seigneur Mazeen était au courant de ce qui s'était passé avec la prêtresse Analia, il était certain qu'elle était allée faire un rapport au duc. Je doutais qu'elle ait tu l'implication de Hawke dans cet incident.

« Bien sûr, m'assura-t-il. On m'a simplement demandé de procéder à des vérifications de sécurité. Je ne pensais pas que cela serait si long. »

J'aurais voulu lui demander si on lui avait fait la moindre remarque, mais si je le faisais devant Vikter, celui-ci aurait des questions et je ne voulais pas qu'il s'inquiète.

Alors que les personnes offertes à la cour et aux temples étaient conduites vers la sortie, la duchesse descendit de l'estrade, et s'arrêta pour parler aux familles, puis à d'autres membres de la cour. De la musique retentit et des serviteurs entrèrent avec des plateaux remplis de verres de champagne. Les dames et seigneurs, y compris ceux qui étaient en Attente, se séparèrent en petits groupes. Des marchands et autres gens du peuple se joignirent à eux.

Vikter observa l'avant de la pièce avant de se tourner vers moi. « Il faut que je parle au commandeur », dit-il. Quand je hochai la tête, il se tourna vers Hawke.

« Je la protégerai », répondit-il avant que Vikter ait ouvert la bouche. La sensation étrange, un peu pathétique, réapparut au creux de mon ventre.

Étant donné que je m'attendais à ce que Vikter le contredise, je fus surprise de le voir accepter son excuse sans broncher. Commençait-il à apprécier Hawke ? À lui faire confiance ? Ou souhaitait-il simplement rattraper le commandeur avant de perdre sa trace ?

Sans doute la dernière option.

« J'ai manqué quelque chose ? demanda Hawke en se déplaçant sur la droite, à environ trente centimètres derrière moi.

— Rien du tout, lui garantit Tawny. À part si vous teniez à assister à tout un tas de prières et d'adieux larmoyants.

— Pas particulièrement », rétorqua-t-il d'un ton pince-sans-rire.

Cela me fit penser à… Je regardai Tawny. « Ils ont appelé la famille Tulis ? »

Elle fronça les sourcils. « Tu sais quoi ? Je ne crois pas. »

Cela signifiait-il qu'ils ne s'étaient pas présentés ? Si c'était le cas, cela équivalait à un acte de trahison. Des gardes iraient frapper à leur porte et leur enfant serait envoyé servir les dieux. M. et Mme Tulis, eux, se retrouveraient probablement en prison.

Leur seule chance était de quitter la ville, mais personne n'y entrait ni n'en sortait sans l'accord de la Garde royale. Il leur faudrait posséder de bonnes connexions pour tenter un tel pari. Et même s'ils parvenaient à s'enfuir… où iraient-ils ? Des avis de recherche seraient placardés dans toutes les villes alentour.

Malgré tout, je comprenais qu'ils prennent ce risque. Cet enfant était le seul qui leur restait.

Je sortis de mes pensées en voyant la duchesse se rapprocher, flanquée de plusieurs gardes royaux qui, comme Vikter et Hawke, avaient fait l'impasse sur leur cape blanche et tenue noire pour l'occasion.

« Penellaphe, me salua-t-elle avec un sourire bien rodé.

— Votre Grâce », murmurai-je aussi sobrement que possible.

Elle fit un signe de la tête à Tawny et Hawke. Son regard s'attarda quelques secondes sur ce dernier. Je me mordis l'intérieur de la joue pour cacher mon amusement. « Vous avez apprécié la cérémonie ? »

Même si je n'avais assisté qu'à quelques minutes, j'acquiesçai. « Sa Grâce n'est pas parmi nous aujourd'hui ?

— Il est en retard », répondit-elle sans hésiter. Toutefois, le coin de ses lèvres se contracta. Elle fit un pas en avant et baissa la voix. « N'oubliez pas qui vous êtes, Penellaphe. Vous ne devez pas vous mêler à la foule, ni socialiser.

— Je sais », lui assurai-je.

Ses yeux noirs croisèrent brièvement les miens, puis elle reprit sa course pour butiner de groupe en groupe, comme une abeille qui aurait été couverte de pierres précieuses. Des rires attirèrent mon attention. Les coupables étaient Loren et Dafina.

« J'ai une question », intervint Hawke.

Je penchai la tête. « Laquelle ?

— Si tu n'es pas censée te mêler à la foule ni socialiser, ce qui est la même chose, au fait », fit-il remarquer. Je souris. « À quoi bon t'autoriser à participer ? »

Ma bonne humeur s'évanouit.

« C'est une très bonne question, dit Tawny, les mains jointes devant elle.

— Je n'en ai pas la moindre idée », admis-je.

Pendant plusieurs minutes, personne ne parla. Je perdis la duchesse de vue. Le duc ne semblait toujours pas être arrivé.

Je soupirai et me tournai vers Tawny.

Elle était vraiment magnifique ce soir. Le rouge mettait en valeur sa peau brune. Je n'avais pas besoin de suivre son regard pour savoir ce qu'elle fixait avec tant d'intensité. L'air un peu triste, elle observait les couples se former et se lancer dans une valse que je n'aurais probablement jamais pu maîtriser, même si j'avais été autorisée à m'entraîner. Ses yeux suivaient leurs mouvements avec ferveur, et je savais pertinemment qu'elle connaissait chaque pas par cœur. Alors, pourquoi était-elle ici et pas là-bas avec eux ?

Évidemment, je connaissais la réponse.

C'était à cause de moi.

La culpabilité pesait sur ma poitrine comme une pierre. « Tawny ? »

Elle se tourna vers moi. « Oui ?

— Tu n'es pas obligée de rester avec moi. Tu peux aller t'amuser.

— Quoi ? » Elle plissa le nez derrière son masque. « Je m'amuse déjà. Pas toi ?

— Bien sûr, mais tu n'es pas forcée de me chaperonner. Tu peux y aller. » Je désignai la piste de danse et la salle en général où les gens s'étaient regroupés par trois ou quatre. « Ça ne me dérange pas.

— Ce n'est pas la peine. » Elle s'évertuait visiblement à sourire. Mon cœur se serra. « Je préfère être ici avec toi plutôt que d'aller là-bas sans toi.

— Merci », lui dis-je. J'aurais voulu la prendre dans mes bras. Faute de mieux, je posai la main sur la sienne. « Tu es une bonne amie, mais je n'ai pas besoin que tu sois mon ombre ce soir. J'en ai déjà deux. »

Tawny jeta un coup d'œil par-dessus mon épaule. « Tu n'en as qu'une. Vikter est toujours avec le commandeur.

— Et je n'en ai pas besoin de plus. S'il te plaît. Vas-y Tawny. Je t'en prie. »

Elle me dévisagea. Je voyais qu'elle hésitait. Avant qu'elle décide de refuser, je mentis : « Pour tout te dire, je suis très fatiguée. Je n'ai pas bien dormi la nuit dernière. Je ne compte pas m'attarder.

— Tu es sûre ? »

J'acquiesçai.

Son corps entier semblait vibrer sous l'effet de l'effort qu'elle devait fournir pour ne pas se jeter dans mes bras. Lorsque je relâchai sa main, elle hocha discrètement la tête. Elle me regarda une dernière fois, puis descendit les marches et traversa l'étage pour rejoindre Dafina et Loren qui étaient en compagnie de trois seigneurs en Attente.

Soulagée, je souris. J'espérais qu'elle s'autoriserait à profiter de sa nuit, et pour m'en assurer, je savais que je devais partir. Si je m'éternisais ici, entre les énormes géraniums rouges, elle reviendrait.

Je sentis Hawke se rapprocher avant même qu'il ne parle. Une vague de chaleur dansa sur ma peau. Je tournai la tête à droite, où il se tenait à seulement quelques centimètres de moi.

« C'est gentil de ta part, remarqua-t-il en observant la pièce.

— Pas particulièrement. Pourquoi devait-elle se morfondre ici parce que moi, je ne peux rien faire d'autre ?

— Tu ne peux vraiment rien faire d'autre ?

— Tu étais là quand Sa Grâce m'a rappelé que je ne devais pas me mêler à la foule ni…

— Fraterniser.

— Elle a parlé de “socialiser”, le corrigeai-je.

— Mais tu n'es pas obligée de rester ici.

— Non. » Je reportai mon attention sur la piste de danse en ravalant un soupir. Il fallait que je parte. L'idée de retourner dans mes appartements ne me plaisait pas, mais si je ne le faisais pas, Tawny reviendrait me tenir compagnie. « J'aimerais regagner ma chambre.

— Tu es sûre ? »

Non. « Bien entendu.

— Après toi, princesse. »

Agacée, je me tournai vers lui. Il fit un pas sur le côté. « Il faut que tu arrêtes de m'appeler comme ça.

— Mais ça me plaît. »

Je le dépassai et soulevai ma jupe pour monter les quelques marches. « Pas moi.

— Tu mens. »

Je secouai la tête tout en contournant des groupes de personnes masquées et souriantes. Aucun m'accorda la moindre attention. La plupart avaient sans doute déjà oublié que la duchesse m'avait adressé la parole.

En dehors de la Grande Salle, l'air était bien plus frais grâce au courant d'air qui s'engouffrait par les accès qui donnaient sur le jardin. Je jetai un coup d'œil dans leur direction avant d'avancer dans le couloir.

« Où vas-tu ? » demanda Hawke.

Surprise, je m'arrêtai et lui fis face. « Dans ma chambre, comme je… » Je m'interrompis.

Hawke me dévorait du regard. Ses yeux ambrés s'attardèrent à l'endroit où mes cheveux tombaient sur mes épaules, puis glissèrent vers la dentelle délicate qui bordait mon corsage. Mon décolleté n'était pas aussi profond que celui de certaines dames en Attente que j'avais vues ce soir. Seule la partie haute de ma poitrine était visible, mais… c'était déjà beaucoup pour moi, étant donné que d'habitude, le col de ma robe montait jusqu'à mon menton.

« J'ai menti. Tu n'es pas jolie, déclara-t-il.

— Quoi ?

— Tu es absolument sublime, Poppy. Splendide, amenda-t-il en secouant un peu la tête. Je... j'avais besoin de te le dire. »

Ses mots suscitèrent une émotion si vive et si intense que je perdis le contrôle de mon don. Mes sens se déployèrent avant que je ne puisse les arrêter. Je ne ressentis aucune souffrance de sa part, hormis un léger sentiment de tristesse. Je le dévisageai. Il y avait... autre chose. Deux émotions distinctes. L'une me rappelait le goût de la tarte au citron. L'autre était plus prononcée et... épicée, un peu fumée. La première pouvait être de la curiosité ou de l'incertitude. Comme s'il n'était pas sûr de quelque chose. La seconde...

Bons dieux.

Il me fallut quelques instants pour comprendre de quoi il s'agissait. J'avais chaud. Mon bas-ventre était un peu douloureux. Cela ressemblait à du désir.

« J'ai une idée, dit-il en plongeant son regard intense dans le mien.

— Ah oui ? » Le souffle court, je tentai de reprendre le contrôle sur mon pouvoir.

Il hocha la tête. « Elle ne consiste pas à retourner dans ta chambre. »

L'excitation m'envahit, mais... « Je suis à peu près sûre que si je n'assiste pas au Rite, il faut que je rentre dans mes appartements. C'est ce qu'on attend de moi, en tout cas.

— Tu portes un masque. Moi aussi. Tu n'as pas non plus la tenue habituelle de la Pucelle. Pour reprendre tes propres paroles, personne ne saura qui nous sommes.

— C'est vrai, mais...

— Sauf si, bien sûr, tu veux rentrer. Ce livre te passionne peut-être tellement que...

— Il ne me passionne pas ! m'exclamai-je, le rouge aux joues.

— Je sais que tu n'as pas envie d'aller t'enfermer. » Lorsque j'ouvris la bouche, il ajouta : « Tu n'as pas à me mentir.

— Je… » Je ne pouvais pas mentir. Il ne me croirait pas. « Et où suggères-tu que j'aille ?

— Que *nous* allions ? » La lumière des appliques se refléta sur son masque alors qu'il désignait le jardin d'un mouvement du menton.

Mon cœur bondit dans ma poitrine tout en se serrant. « Je ne sais pas. C'est…

— C'était ton refuge, avant, me coupa-t-il. C'est devenu un lieu de cauchemar pour toi, j'en ai conscience, mais il le restera seulement si tu ne fais rien.

— Si je ne fais rien ? Comment puis-je changer le fait que Rylan y est mort ?

— Tu ne peux pas. »

Je levai les yeux vers lui. « Je ne comprends pas où tu veux en venir. »

Il s'approcha et baissa la tête. « Tu ne peux pas changer ce qui s'est passé là-bas. Comme tu ne peux pas changer le fait qu'avant, tu y trouvais la paix. Il faut remplacer ton dernier souvenir, le mauvais, avec un nouveau. Un bon souvenir. Puis plusieurs, jusqu'à ce que la balance penche vers le côté positif. »

J'ouvris la bouche pour le contredire, mais demeurai silencieuse. Je réfléchis sérieusement à ses propos. Mon regard se posa sur l'obscurité derrière la porte. Il y avait une certaine logique derrière ses paroles. « À t'entendre, on dirait que c'est facile.

— Pas du tout. C'est difficile et pénible, mais ça fonctionne. » Il tendait la main vers moi. Je la scrutai comme si elle contenait un animal dangereux, un animal mignon à l'air tout doux que j'aurais voulu caresser. « Tu ne seras pas seule. Je serai à tes côtés et pas seulement pour te protéger. »

« Je serai à tes côtés et pas seulement pour te protéger. »

Surprise, je levai les yeux vers lui. Ses mots venaient de toucher une corde sensible, une chose à laquelle j'essayais de ne pas penser. Je ne comptais plus le nombre de fois où je m'étais sentie seule depuis le départ d'Ian. J'étais presque toujours entourée, mais ceux qui se tenaient à mes côtes le faisaient souvent par obligation. Même Tawny et Vikter. Je savais qu'ils tenaient à moi et *vice versa*, mais cela ne changeait rien au fait que parfois, ils étaient là sans l'être vraiment. Je me posais beaucoup de questions. Quand je manquais de confiance en moi, je me demandais si Tawny aurait été mon amie si elle n'avait pas été ma dame de compagnie. Elle se serait sans doute comportée comme Dafina, Loren ou les autres dames en Attente.

Comment Hawke pouvait-il le savoir ? Savait-il que je nourrissais ces peurs ? J'aurais voulu l'interroger, mais je n'avais absolument pas envie d'aborder le sujet. La solitude s'accompagnait souvent d'une lourde et rêche couverture de honte, et d'un manteau fait d'embarras.

Mais avec Hawke, durant le peu de temps que je l'avais connu, je ne m'étais jamais sentie seule. Était-ce seulement à cause de sa présence ? Quand il était dans une pièce, il en devenait le centre. Où y avait-il plus que ça ? Même si cela m'était interdit, je ne pouvais nier qu'il m'attirait.

Je ne voulais pas retourner dans ma chambre, livrée à des pensées contradictoires que je ne pourrais jamais mettre en pratique. Je n'avais pas envie de passer une autre nuit à regretter de ne pas avoir vécu.

Toutefois, si je ne me trompais pas sur ce que j'avais ressenti en ouvrant mes sens, était-ce bien raisonnable ? Je pouvais avoir commis une erreur, mais… et si ce n'était pas le cas ? Aurais-je la force de me rappeler ma place ? Je n'aurais même pas dû me poser la question.

Mais je… j'avais envie de le suivre.

Je pris une légère inspiration. Au moment où j'allais lui prendre la main, je me figeai. « Si quelqu'un me voit… nous voit…

— En train de nous tenir la main ? Mes dieux ! Quel scandale ! » Un sourire taquin étira de nouveau ses lèvres. Cette fois, sa fossette fit son apparition. « Il n'y a personne. » Il observa le couloir. « À part si tu vois des gens que je ne vois pas.

— Oui, je vois les esprits de ceux qui ont pris de mauvaises décisions », rétorquai-je.

Il rit. « Je doute que l'on nous reconnaisse dans le jardin. On est masqués et le seul éclairage provient de la lune et de quelques lampes. » Il agita les doigts. « Et puis quelque chose me dit que ceux qui s'aventurent là dehors seront trop occupés pour nous remarquer. »

J'imaginai aussitôt la raison pour laquelle ces personnes seraient occupées.

« Tu as une mauvaise influence sur moi », murmurai-je en plaçant ma main dans la sienne.

Hawke enroula ses doigts autour des miens. Leur poids et leur chaleur contre les miens étaient agréables. « Seulement parce que tu le veux bien, princesse. »

24

« Je ne suis pas sûre que ce soit très logique », lui dis-je.

Il avança vers l'arche qui menait au jardin en riant. « Ma logique est imparable.

— Je ne crois pas que tu aies le recul nécessaire pour en juger », lui fis-je remarquer en souriant légèrement.

Quand on sortit, l'air froid de la nuit nous accueillit. Le parfum doux et familier des fleurs et du sol riche et humide fit battre mon cœur un peu plus fort.

Je regardai partout autour de moi à la recherche d'une anomalie, d'un détail différent par rapport à la dernière fois où je m'étais tenue ici. Il y avait forcément quelque chose. Des lampes à huile étaient disposées le long du sentier principal, mais les autres chemins étaient sombres. Le clair de lune n'était pas assez puissant pour les éclairer. Je ralentis ma foulée tandis qu'une légère brise faisait onduler les buissons et soulevait des mèches de mes cheveux.

Hawke parla d'une voix douce. « L'une des dernières fois que j'ai vu mon frère, c'était dans l'un de mes endroits préférés. »

Sa révélation me força à sortir de mes pensées. Je cessai d'examiner la moindre fleur que nous dépassions. De toute façon, je ne savais pas ce que je cherchais. On aurait dit que je m'attendais à voir des pétales fanés dégoulinants de sang ou à ce que le duc fasse enfin son apparition. La réaction qu'avait eue Hawke précédemment en parlant de son frère m'avait donné l'impression que ce n'était pas un sujet qu'il souhaitait aborder. Aussi, j'étais surprise qu'il en parle de lui-même.

« Chez nous, il y a des grottes cachées dont très peu de personnes connaissent l'existence, reprit-il sans me lâcher la main. Il faut avancer assez loin dans un tunnel en particulier. Il est étroit et sombre. Il n'y a pas beaucoup de monde qui ose s'y aventurer.

— Mais ton frère et toi, si ?

— Mon frère, l'un de nos amis et moi, oui. On était jeunes et à l'époque, j'avais plus de courage que de jugeote. Mais je suis content qu'on y soit allés, car au bout des tunnels, il y a cette énorme caverne remplie de l'eau chaude la plus bleue que j'aie jamais vue.

— Une sorte de source chaude ? » Des conversations chuchotées s'élevaient des coins sombres que nous dépassions.

« Oui et non. L'eau de chez moi… n'est comparable à aucune autre.

— D'où… ? » Je tournai la tête vers un chemin plongé dans l'obscurité d'où provenaient des sons étouffés. Gênée, j'en écartai rapidement les yeux. Je sentis soudain plus que jamais sa main dans la mienne, ses doigts calleux contre les miens et la force de sa poigne. Je repensai à la sensation intense, épicée et fumée que j'avais ressentie émaner de lui un peu plus tôt. « D'où… es-tu originaire ?

— Un petit village. Je suis sûr que tu n'en as jamais entendu parler, répondit-il en me serrant la main un peu plus fort. On allait dans cette grotte dès qu'on le pouvait. Tous les trois. C'était notre petit monde. Il se passait des tas de choses à ce moment-là, des choses d'adultes que nous ne comprenions pas vraiment. » Sa voix s'était faite lointaine, comme s'il se trouvait ailleurs, dans un autre temps. « Nous avions besoin de cette échappatoire, d'un endroit où l'on pouvait se rendre sans se soucier des problèmes de nos parents et des conversations chuchotées que nous ne comprenions pas vraiment. Nous en savions suffisamment pour deviner qu'un évènement terrible se préparait. C'était notre havre de paix. » Il s'arrêta et baissa les yeux vers moi. « Comme ce jardin l'était pour toi. »

La fontaine de la Pucelle voilée n'était plus qu'à quelques pas. Le bruit de l'eau nous enveloppait. « Je les ai perdus tous les deux ». Une ombre passa sur son visage, mais son expression demeura intense. « Mon frère, quand nous étions très jeunes, puis mon meilleur ami. Ce lieu synonyme d'aventures et de bonheur s'est transformé en un cimetière de souvenirs. Je ne pouvais pas me résoudre à y retourner sans eux. C'était comme si la caverne était devenue hantée. »

Je n'avais pas besoin d'ouvrir mes sens pour savoir qu'il ressentait de la douleur. Cela n'aurait pas été une bonne idée d'utiliser mon pouvoir sur lui une deuxième fois. Sans parler du fait qu'il évoluait et que j'ignorais ce que cela signifiait. Toutefois, comme nous nous tenions la main, je me permis de penser à des choses heureuses et de les lui transmettre brièvement à travers ma paume.

Sa main trembla. Je repris la parole pour le distraire. « Je comprends. Je n'arrête pas de regarder autour de moi en me disant que le jardin devrait être différent, qu'il aurait dû subir un changement visible pour se conformer à ce que je ressens. »

Hawke s'éclaircit la voix. « Mais il est toujours pareil ? »

Je hochai la tête.

« Il m'a fallu un long moment pour me décider à y retourner. Je ressentais la même chose que toi. Je pensais qu'en mon absence, l'eau était sans doute devenue boueuse et avait perdu sa chaleur. Ce n'était pas le cas. Elle était toujours aussi bleue, calme et chaude.

— As-tu remplacé les souvenirs tristes par de bons souvenirs ? » demandai-je.

Dans la lueur argentée de la lune, un sourire en coin illumina son visage. Il secoua la tête. Ses traits s'étaient détendus. « Je n'en ai pas eu l'occasion, mais j'en ai bien l'intention.

— J'espère que tu pourras le faire », murmurai-je. Étant donné qu'à présent, il faisait partie de la Garde royale, il ne pourrait sans doute pas y retourner avant plusieurs années. Le vent souffla une mèche de mes cheveux sur mes épaules et ma poitrine. « Je suis désolée pour ton frère et ton ami.

— Merci. » Il leva les yeux vers le ciel parsemé d'étoiles avant de continuer : « Je sais que ce n'est pas la même chose que ce qui est arrivé ici, à Rylan, mais je comprends ce que ça fait. »

Je baissai la tête vers nos mains jointes. Mes doigts à moi étaient tendus, souples et rigides à la fois. J'aurais voulu les enrouler autour des siens. « Parfois, je me dis que… j'ai eu de la chance d'avoir été si jeune lorsque Ian et moi avons perdu nos parents. Mes souvenirs sont un peu flous. Ça me permet d'avoir un certain, je ne sais pas… degré de détachement ? Je sais que ça peut paraître étrange, mais je me sens chanceuse. J'ai eu plus de facilité à me remettre de leur disparition, car, quelque part, c'est comme s'ils n'étaient pas réels. Pour Ian, ce n'est pas la même chose. Il a beaucoup plus de souvenirs avec eux que moi.

— Ce n'est pas étrange, princesse. L'esprit et le cœur fonctionnent ainsi, c'est tout, déclara-t-il. Tu n'as plus du tout vu ton frère depuis qu'il est parti pour la capitale ? »

Je secouai la tête. « Il m'écrit le plus souvent possible. Une fois par mois, en général, mais je ne l'ai plus vu depuis le matin de son départ. » Les lèvres pincées, je pris mon courage à deux mains et refermai mes doigts sur les siens. Cette fois, on se tenait réellement la main. Ce n'était pas seulement lui qui tenait la mienne. Pour la plupart des gens, ce geste était insignifiant, peut-être même ridicule, mais pour moi, c'était un grand pas. C'était précieux. « Il me manque. » Quand je levai les yeux, je me rendis compte qu'il me regardait, lui aussi. « Je suis convaincue que ton frère te manque, à toi aussi, et j'espère… j'espère que tu le reverras. »

Il pencha la tête sur le côté et ouvrit la bouche comme pour prendre la parole, mais la referma. Un moment passa. Il leva son autre main et saisit une mèche de mes cheveux. Surprise, j'inspirai profondément. En sentant ses doigts effleurer la peau au-dessus de ma poitrine, je fus envahie de frissons qui descendirent d'abord sur mes seins, puis bien plus bas.

Le rouge aux joues, je me libérai de sa poigne et reculai pour me détourner. Mon pouls battait à cent à l'heure. Je joignis mes propres mains. Était-ce normal de réagir aussi fort à un simple contact ? Je n'en étais pas certaine. Je trouvais cela étonnant. J'avançai de plusieurs pas tout en cherchant quelque chose à dire. N'importe quoi.

« Je... » Je me raclai la gorge. « Mon endroit préféré dans le jardin est le coin des roses nocturnes. Il y a un banc à côté, lui expliquai-je très rapidement. Avant, j'allais les voir s'ouvrir tous les soirs. C'étaient mes fleurs favorites. Maintenant, je ne les supporte même plus en bouquet.

— Tu as envie d'y aller ? » me demanda Hawke qui se trouvait à quelques dizaines de centimètres derrière moi.

J'y réfléchis. Je pensai aux pétales soyeux noirs et aux fleurs violet vif des jacarandas... puis au sang qui avait formé une flaque sur le sentier. La façon dont il s'était insinué dans les interstices de la pierre m'avait ramenée à une nuit différente. « Je... Je ne crois pas.

— Tu veux voir l'endroit que je préfère ? »

Je tournai la tête alors qu'il venait se poster à côté de moi. « Tu en as un ?

— Bien sûr. » Il me tendit de nouveau la main. « Tu veux le voir ? »

Je savais que j'aurais dû refuser, mais j'en étais incapable. Je plaçai ma main dans la sienne et en silence, Hawke contourna la fontaine pour continuer sur le sentier principal. Ce n'est que lorsqu'il tourna à gauche où le parfum doux et entêtant de la lavande emplissait l'air que je compris où il m'emmenait.

Le saule pleureur.

Tout au bout de la partie sud du jardin de la Reine se trouvait un énorme saule pleureur vieux de plusieurs centaines d'années. Ses branches atteignaient presque le sol et créaient une canopée épaisse. Durant les mois les plus chauds, de minuscules fleurs blanches apparaissaient parmi ses feuilles.

« Tu aimes les saules pleureurs ? » l'interrogeai-je quand il apparut devant nous. Des lanternes avaient été accrochées à des poteaux tout autour de l'arbre. Les flammes étaient enfermées derrière du verre.

Il hocha la tête. « Je n'en avais jamais vu avant d'arriver ici. »

Je n'étais pas surprise qu'il n'en ait pas vu à la capitale. Avec leurs racines profondes, ces plantes étaient connues pour tout détruire sur leur passage et n'étaient donc pas les arbres de prédilection en ville. Toutefois, je me demandais où se trouvait le village où il avait vécu qui avait des terres agricoles et des grottes, mais pas de saules pleureurs. « Ian et moi, on s'amusait à jouer à l'intérieur. Personne ne nous voyait.

— Vous vous amusiez ou vous vous cachiez ? s'enquit-il. Parce que moi, c'est ce que j'aurais fait. »

J'esquissai un sourire. « Oui, bien sûr. Je me cachais dessous et comme tout bon grand frère, Ian me suivait. » Je le regardais. « Tu y es déjà allé ? Il y a des bancs, mais on ne les voit pas de l'extérieur. » Je fronçai les sourcils. « En fait, il pourrait y avoir quelqu'un dessous en ce moment même et on ne le saurait pas.

— Il n'y a personne. »

Je haussai les sourcils au-dessus de mon masque. « Comment peux-tu en être sûr ?

— Je le sais, c'est tout. Allez, viens. » Il tira sur mon bras en avançant. « Fais attention où tu mets les pieds. »

Je me demandais si sa certitude avait un lien avec ses talents de pisteur. Tout en le suivant, je me frayai facilement un chemin le long du muret de pierre. De sa main libre, il écarta plusieurs branches. Je fis un pas en avant et en l'espace de quelques secondes, nous nous retrouvâmes dans une obscurité presque totale.

Les longues tiges se remirent en place. La lumière de la lune ne parvenait pas à percer le feuillage épais, et seule une faible lueur provenant des lanternes voisines s'y infiltrait.

J'observai les alentours. Je ne voyais que le contour du tronc. « Mes dieux. J'avais oublié à quel point c'était sombre ici le soir.

— On a l'impression d'être dans un autre monde, fit-il remarquer. Comme si on avait traversé un voile pour entrer dans un monde enchanté. »

Je souris. Sa réflexion me faisait penser à Ian. « Tu verras quand il fera plus chaud. Des fleurs apparaissent près des feuilles. Oh ! Et quand il neige. Les flocons s'accrochent aux branches et tombent sur le sol, mais très peu parviennent à pénétrer la canopée. Alors, on a vraiment l'impression d'être dans un autre monde.

— On aura peut-être l'occasion de le voir ensemble.

— Tu crois ?

— Pourquoi pas ? » demanda-t-il. Je le sentis se tourner entièrement vers moi. Quand il reprit la parole, je sentis son souffle contre mon front. « Il finira bien par neiger, non ? On se faufilera hors du château juste avant le coucher du soleil et on viendra ici. »

Consciente de sa proximité, je m'humectai les lèvres d'un geste nerveux. « Mais est-ce qu'on sera là ? La reine m'aura peut-être rappelée à la capitale d'ici là, lui dis-je, formulant la possibilité à laquelle je n'avais pas voulu penser jusqu'à présent.

— Peut-être. Alors, il faudra trouver d'autres aventures, répondit-il. Ou devrais-je plutôt les appeler des mésaventures ? »

Je ris. « Je pense que ce sera beaucoup plus difficile de sortir en douce dans la capitale, surtout… surtout aussi proche de mon Élévation.

— Si tu crois que je ne trouverais pas un moyen de t'aider à faire le mur, c'est que tu n'as pas suffisamment foi en moi. Je peux t'assurer qu'au moins, avec moi, tu ne te retrouveras pas coincée sur le rebord d'une fenêtre. » Dans le noir, je crus sentir le bout de ses doigts caresser ma joue gauche, mais le contact avait été trop subtil et bref pour que j'en sois certaine. « Je te signale qu'on est cachés sous les branches d'un saule pleureur le soir du Rite.

— Ça ne m'a pas paru très compliqué.

— Seulement parce que c'est moi qui ai pris les devants. »

Je ris encore une fois. « Si tu le dis.

— Tes doutes me blessent. » Il lâcha ma main et s'écarta. « Tu as parlé de bancs ? Ah, attends ! Je les vois. »

Je fixai la forme obscure qui était sans doute l'arrière de sa tête. « Comment est-ce que tu peux voir quoi que ce soit ?

— Tu ne peux pas ?

— Euh… Non. » Je sondai l'espace devant moi.

« Alors, j'ai une meilleure vue que toi. »

Je levai les yeux au ciel. « Tu te vantes de les voir, mais dans une seconde, tu vas te cogner à…

— Ils sont là. » Hawke s'arrêta. C'était incroyable, pourtant, il s'assit bel et bien, comme s'il voyait parfaitement les sièges.

Bouche bée, je continuai de fixer sa silhouette. Puis je me rendis compte qu'il me voyait peut-être parfaitement alors que je ressemblais à un poisson hors de l'eau et fermai la bouche. Il avait raison : sa vue était sans doute meilleure que la mienne.

Ou la mienne était moins bonne que je ne l'imaginais.

« Tu veux t'asseoir ? me demanda-t-il.

— Je voudrais bien, mais contrairement à toi, je ne vois pas dans le noir… » J'inspirai profondément. Il venait de m'attraper la main et de me tirer vers lui. En quelques secondes, je me retrouvai assise… sur ses genoux.

« Tu es bien installée ? » On aurait dit qu'il souriait.

J'étais incapable de répondre. Il me tenait toujours la main. La seule chose qui me venait à l'esprit était le passage du journal de Mlle Willa Colyns où elle aussi s'était assise sur les genoux d'un homme, mais il y avait eu moins de vêtements et…

« Ça ne doit pas être très confortable. » Il passa un bras dans mon dos et m'attira contre son torse. « Voilà. C'est mieux. »

Oui.

Et non.

« Je ne voudrais pas que tu aies froid », ajouta-t-il. Son souffle chaud caressait ma tempe. Il était si grand que même ainsi, le sommet de ma tête ne touchait pas son menton. « Ça fait partie de mes responsabilités en tant que garde personnel.

— C'est ce que tu es en train de faire ? Tu me protèges du froid en me gardant sur tes genoux ?

— Exactement. » Sa main contre mon flanc me brûlait.

Je portai mon attention sur ce qui était sans doute sa gorge. « C'est terriblement inconvenant.

— Plus que de lire ce journal obscène ?

— Oui, insistai-je, le visage en feu.

— Mais non, ce n'est… » Son rire résonna en moi. « Je n'arrive même pas à mentir. Tu as raison, c'est inconvenant.

— Alors pourquoi fais-tu ça ?

— Pourquoi ? » Son menton frôla le haut de mon crâne. « Parce que j'en ai envie. »

Je clignai des yeux une fois, puis deux. « Et si, moi, je n'en ai pas envie ? »

Il émit un nouveau rire rauque. Des frissons me parcoururent. « Princesse… Je suis sûr que, même si tu ne vois pas à plus d'un centimètre devant toi, si c'était le cas, je serais déjà allongé sur le dos, ta dague pressée contre ma gorge. »

Eh bien…

« Tu as ta dague avec toi, pas vrai ? »

Je soupirai. « Oui.

— Je le savais. » Il me lâcha la main. Je la laissai tomber sur mes genoux. « Personne ne peut nous voir. Personne ne sait que nous sommes ici. Tout le monde te croit dans ta chambre.

— C'est quand même imprudent. Si quelqu'un nous surprend…

— Je l'entendrai approcher », me coupa-t-il. Avant que j'aie pu lui faire remarquer que son ouïe ne pouvait pas être aussi spéciale que sa vue, il ajouta : « Et si ça arrivait, la personne ne te reconnaîtrait pas, de toute façon. »

Je m'écartai légèrement pour mettre de l'espace entre son torse et le mien. « C'est pour ça que tu m'as emmenée ici ?

— Qu'est-ce que tu entends par là, princesse ?

— Pour… faire des choses inconvenantes ?

— Qu'est-ce qui te fait dire ça ? demanda-t-il d'une voix soudain grave en posant la main sur mon bras.

— Tu plaisantes ? Je suis assise sur tes genoux. Je doute que ce soit la façon dont tu discutes de manière innocente avec les gens.

— Je fais rarement des choses innocentes, princesse.

— Quelle surprise ! marmonnai-je.

— Si je comprends bien, tu m'accuses de t'avoir emmenée ici, au lieu de t'avoir raccompagnée dans tes appartements privés où il y a un *lit*… » Ses doigts glissèrent lentement le long de mon bras droit. « Pour me livrer à un type de comportement indécent en particulier ?

— C'est exactement ce dont je t'accuse, oui, même si ma chambre aurait été un choix plus approprié. » Mon pouls s'était emballé à l'instant où mes fesses s'étaient retrouvées sur ses genoux. À présent, j'avais l'impression que mon cœur allait exploser hors de ma poitrine.

« Et si je te disais que tu te trompes ?

— Je… » Mon ventre se serra tandis que ses doigts se frayaient un chemin jusqu'à ma taille. « Je ne te croirais pas.

— Alors, si je te disais que ce n'était pas mon intention première ? » Son pouce glissa contre ma hanche. « Mais qu'ensuite, il y a eu le clair de lune et toi, avec tes cheveux lâchés, dans cette robe, et alors l'idée m'est venue que ce serait l'endroit idéal pour avoir une conduite totalement inappropriée.

— Je… Je te répondrais que c'est plus crédible. »

Sa main passa sur le tissu fin de ma robe. « Alors, tu sais tout.

— Au moins, tu es honnête. » Je me mordis les lèvres. Les palpitations au niveau de mon bas-ventre s'emballaient. C'était dangereux. Même si personne ne nous surprenait, j'avais l'impression de défier les dieux. Quelques baisers volés… Bon d'accord, un peu plus que quelques baisers volés étaient sans doute pardonnables. Mais ceci ?

Selon le duc et la duchesse, ainsi que la reine, même les baisers volés n'étaient pas pardonnables. Mais si les dieux avaient eu l'intention d'intervenir, ne l'auraient-ils pas déjà fait ? Je repensai à ce que Tawny m'avait dit un jour : elle n'était pas sûre que les règles que l'on m'imposait avaient été dictées par les dieux.

Si j'avais interprété correctement ce que la duchesse m'avait appris au sujet de la première Pucelle, celle-ci avait fait de nombreuses choses interdites.

Pourtant, elle n'avait pas été jugée indigne de l'Élévation.

« Tu sais quoi ? On va passer un marché.

— Un marché ?

— Si je fais quelque chose qui ne te plaît pas... » Hawke fit glisser sa main le long de ma cuisse. J'en eus le souffle coupé. Ses doigts se refermèrent sur ma dague à travers la robe. « Je te donne la permission de me poignarder.

— Ce serait un peu excessif.

— J'espère que tu m'asséneras un coup superficiel, ajouta-t-il, mais dans tous les cas, ça en vaudra la peine. »

Je souris. « Tu as vraiment une très mauvaise influence sur moi.

— Je croyais qu'on avait déjà établi qu'il fallait le vouloir pour être influencé.

— Et je t'ai déjà dit que ce n'était pas logique », lui rappelai-je en fermant les yeux tandis qu'il traçait le contour de ma dague rangée dans son fourreau.

Un autre frisson brûlant me parcourut l'échine, et j'eus l'envie soudaine de serrer mes jambes l'une contre l'autre. Toutefois, je me retins.

Je lui résistai. La veille, j'avais pourtant failli le laisser m'embrasser.

« Je suis la Pucelle, Hawke », lui rappelai-je. À moins que ce fût moi qui avais besoin de l'entendre. Je n'en étais pas certaine.

« Je m'en moque. »

Choquée, je rouvris vivement les paupières. « Je n'arrive pas à croire que tu puisses dire ça.

— Je le répéterai s'il le faut. Je me moque de ce que tu es. » La main de Hawke quitta mon dos. Un instant plus tard, il posait sa paume contre ma joue avec une précision déroutante. « Ce qui m'importe, c'est *qui* tu es. »

Oh.

Oh, seigneurs.

Mon cœur se gonfla si vite et si fort que ce fut un miracle que je ne m'envole pas de ses genoux jusqu'au sommet du saule. Ce qu'il venait de déclarer…

Il s'agissait sans doute de la chose la plus gentille, la plus parfaite que j'avais jamais entendue.

« Pourquoi ? » m'enquis-je. Je regrettais presque qu'il ait prononcé ces paroles. « Pourquoi dis-tu une telle chose ?

— Tu me poses sérieusement la question ?

— Oui. Ça n'a aucun sens.

— Tu n'as aucun sens. »

Je lui donnai une tape sur l'épaule… ou sur le torse. Une partie musclée, en tout cas.

Hawke grogna. « Aïe. »

Je ne l'avais pas frappé assez fort pour lui faire mal. « Tu n'as rien.

— Je vais avoir un bleu.

— Tu es ridicule, rétorquai-je. Je le répète : ce qui sort de ta bouche n'a aucun sens.

— Je suis parfaitement honnête. C'est toi qui me frappes sans aucune raison. Alors je ne comprends pas où tu veux en venir.

— C'est moi qui ne comprends pas ! » La frustration m'envahit. Je voulus me lever, mais il me retint. Ou je le laissai me retenir. Je n'en étais pas certaine. C'était encore plus agaçant. « Tu pourrais passer la soirée avec n'importe qui, Hawke, quelqu'un avec qui tu n'aurais pas à te cacher sous un saule pleureur.

— Pourtant, je suis avec toi. Et je t'arrête tout de suite : ce n'est pas parce que je fais mon travail. J'aurais très bien pu te raccompagner jusqu'à tes appartements et rester posté devant ta porte.

— C'est ce que je dis ! Ça n'a aucun sens. Il y a tout un tas de personnes qui seraient ravies de participer volontairement à… ça. Tu n'as qu'à claquer des doigts », lançai-je. La jolie Britta me vint à l'esprit. J'étais convaincue qu'il avait couché avec elle. « Tu ne peux pas m'avoir. Je suis… inavable.

— Je suis à peu près sûr que ce n'est pas un mot.

— Ce n'est pas le problème. Je n'ai pas le droit de faire ça. Rien de tout ça. Je n'aurais pas dû faire ce que l'on a fait à *La Perle rouge*, poursuivis-je. Peu importe que je veuille…

— Mais tu le veux. » Son murmure dansa sur ma joue. « Tu me veux, moi. »

Mon souffle se bloqua dans ma gorge. « Ça n'a aucune importance.

— Au contraire, tes désirs devraient être ce qui importe le plus. »

Un rire bref, sans joie quitta mes lèvres. « Ce n'est pas le cas. Ce n'est pas non plus le problème. Tu pourrais…

— Je t'ai très bien entendue, princesse. Tu as raison. Je pourrais trouver quelqu'un avec qui ce serait plus simple. » Il traça le contour de mon masque du bout des doigts depuis mon oreille droite jusqu'à ma joue.

J'ignorais toujours comment il pouvait voir ainsi dans la nuit. « Des dames ou des seigneurs en Attente qui ne sont pas obligés de se conformer à des règles ou à des restrictions et qui ne sont pas des Pucelles que j'ai juré de protéger. Je pourrais occuper mon temps de bien d'autres façons sans avoir à expliquer en détail pourquoi j'ai choisi d'être où je suis et avec qui. »

Les coins de mes lèvres s'affaissèrent.

« Le problème, continua-t-il, c'est qu'aucun d'eux ne m'intrigue. Toi oui. »

« Tu m'intrigues. »

« C'est vraiment aussi simple pour toi ? » demandai-je. J'avais envie de le croire… et en même temps, cela semblait risqué.

Il appuya son front contre le mien. Comme je ne m'y attendais pas, cela me surprit. « Rien n'est jamais simple. Et quand ça l'est, ça en vaut rarement la peine.

— Alors pourquoi ?

— Je commence à croire que c'est ta question préférée.

— Peut-être. » Je réprimai un sourire. « C'est juste que… Seigneurs. Je ne comprends pas comment tu peux être aussi intrigué. Tu m'as vue. » Mon visage était en feu. J'espérais sincèrement qu'il ne pouvait pas le voir. Je n'aimais pas en parler, mais c'était la réalité. « Tu as vu à quoi je ressemble.

— Oui, et tu sais déjà ce que j'en pense. Je l'ai dit devant toi, devant le duc, et tout à l'heure, devant la Grande Salle…

— Je m'en souviens. Je n'en parle pas pour que tu me fasses des compliments. Mais… » Bon sang. Je regrettais d'avoir ouvert la bouche. « Peu importe. Oublie.

— Non. Je ne peux pas.

— Génial, marmonnai-je.

— Tu as l'habitude d'avoir des salauds comme le duc en face de toi », déclara-t-il. Un son qui ressemblait à un grognement s'échappa de sa gorge. « C'est peut-être un Élevé, mais c'est surtout un minable. »

Mon cœur dégringola dans ma poitrine. « Tu ne devrais pas dire ce genre de chose, Hawke. Tu…

— La vérité ne me fait pas peur. Il est peut-être en position de pouvoir, mais c'est un homme faible qui prouve sa force en essayant d'humilier des personnes plus puissantes que lui. Comme toi. Ta force lui donne l'impression d'être incompétent. Ce qu'il est. Et tes cicatrices ? Elles sont la preuve de ton courage. La preuve que tu as survécu. L'évidence de la raison pour laquelle tu es là alors que des individus de deux fois ton âge ne le seraient pas. Elles ne sont pas laides. Bien au contraire. Elles sont magnifiques, Poppy. »

« Poppy. »

« C'est la troisième fois que tu m'appelles comme ça, lui fis-je remarquer.

— La quatrième », me corrigea-t-il. Je clignai des yeux. « On est amis, non ? Seuls tes amis et ton frère utilisent ce surnom. Je sais que tu es la Pucelle et que je suis un membre de la Garde royale, mais j'espère que malgré tout, on peut être amis.

— On est amis. » Je le pensais sincèrement.

Quand il plaqua sa main contre ma joue, je sentis un frisson le parcourir. « Je ne… Je ne suis pas un très bon ami ni un très bon garde en ce moment. Je ne… » Ses doigts glissèrent le long de mon visage et allèrent s'enrouler autour de ma nuque. Ils s'y attardèrent quelques secondes avant de disparaître. « Il faut que je te raccompagne jusqu'à ta chambre. Il se fait tard. »

Je laissai échapper un soupir tremblant. « C'est vrai. »

Il allait me raccompagner jusqu'à cette chambre où j'étais la Pucelle, l'Élue. Où je n'étais pas Poppy, mais l'ombre d'une personne qui n'avait pas le droit d'avoir de besoins, de vie ou de désirs. Là-bas, il ne me verrait plus pour qui j'étais vraiment.

« Hawke ? » murmurai-je. Les battements de mon cœur résonnaient comme des coups de tonnerre. « S'il te plaît. Embrasse-moi. »

25

Hawke était tétanisé. Je n'étais même pas certaine qu'il respirait encore. Ma demande l'avait choqué, m'avait choquée moi-même.

J'avais sans doute cessé de respirer, moi aussi.

« Seigneurs, souffla-t-il en posant de nouveau la main contre ma joue. Tu n'as pas à me le demander deux fois, princesse. Ni de me supplier. »

Avant que j'aie eu le temps de lui répondre, ses lèvres se posèrent sur les miennes. Le léger contact me fit entrouvrir les lèvres de surprise. Je le sentis sourire contre ma bouche. Je regrettais de ne pas le voir, car j'avais l'impression que c'était un vrai sourire, avec les lèvres retroussées des deux côtés et une fossette sur chaque joue. Sa bouche glissa contre la mienne comme s'il en traçait le contour. Je restai parfaitement immobile tandis qu'il faisait le chemin en sens inverse. Mon cœur était comme un papillon coincé à l'intérieur de ma poitrine. De petits frissons se répandirent à travers mon corps. Tremblante, je saisis l'avant de sa tunique et en froissai sans aucun doute le tissu fin.

Il s'agissait davantage d'une caresse que d'un baiser, mais sa douceur, sa délicatesse, m'ébranlait, me touchait au plus profond de mon âme.

Puis il pencha la tête et, alors, tout changea. Ce baiser, plus profond, était si pur qu'il me coupa le souffle. Lorsqu'on se sépara, on respirait tous les deux très fort. Je ne voyais pas ses yeux dans le noir, mais je sentais son regard pénétrant sur moi.

À cet instant, je ne pensais plus à celle que j'étais. Je ne pensais plus à ce qui m'était interdit et à ce qui était bien ou mal. Je ne réfléchissais plus. Je ne savais pas qui avait bougé en premier. Hawke ? Moi ? Les deux en même temps ? Dans tous les cas, nos lèvres se retrouvèrent. Cette fois, il n'y avait plus la moindre hésitation. Il n'y avait plus que du désir, du désir à revendre et des centaines d'autres sensations proscrites qui me parcouraient. Sa bouche embrasait la mienne, faisait bouillir mon sang et enflammait mes sens. Ses mains se posèrent sur mes épaules puis descendirent le long de mes bras. Il frissonna et un son s'échappa de sa gorge, un grognement et un gémissement mêlés. De petits tremblements de plaisir et de panique me parcoururent lorsqu'il écarta mes lèvres. Le désir qui se manifestait dans nos baisers aurait dû m'effrayer – et c'était peut-être le cas, car c'était trop et pas assez à la fois. Je gémis en sentant ses mains contre mes flancs. J'avais l'impression que mon corps brûlait, qu'il…

Hawke me souleva par la taille et m'installa à califourchon au-dessus de lui. Je me retrouvai pressée contre lui. Son pantalon et ma robe ne dissimulaient pas grand-chose. Je le sentais parfaitement. Je frémis tandis qu'une douleur exquise m'envahissait. Le gémissement qui lui échappa, un son rauque et profond, fit s'envoler mes dernières hésitations. Je plaçai les mains contre son torse et les fis remonter sur ses épaules avant de les enrouler autour de son cou. Je m'émerveillai en le sentant réagir sous mes doigts. Alors, je fis ce que j'avais voulu faire à *La Perle Rouge*. J'enfouis mes doigts dans ses cheveux. Ils étaient aussi doux que je l'avais imaginé. C'était bien la seule chose qui était douce chez lui. Le reste de son corps était dur et chaud.

Hawke m'enveloppa dans ses bras et me serra si fort contre lui qu'il n'y avait presque plus le moindre espace entre nous. Il m'embrassa encore et encore. Je savais que c'était plus qu'un simple baiser. Cela allait bien au-delà, au-delà de ce qu'il ressentait ou ce qu'il me faisait ressentir.

Ses paroles m'avaient émue au plus profond de moi. C'était excitant. Je me sentais vivante, comme si je me réveillais enfin après un long sommeil.

Et je ne voulais pas que ça s'arrête.

Pas quand une myriade de sensations se déversait en moi. Au fond de mon esprit, je savais que j'avais perdu le contrôle de mon don. Les vannes étaient ouvertes en grand, à tel point que je ne savais plus ce qui venait de lui, de moi, ou de nous deux.

L'instinct prit le dessus, guida mon corps. J'ondulai des hanches. Il frissonna encore et captura ma lèvre inférieure entre les siennes. Il souleva ma jupe pour me toucher les mollets. Un tremblement me parcourut, comme si j'avais été frappée par la foudre.

« N'oublie pas, souffla-t-il contre ma bouche tandis que ses mains remontaient jusqu'à la courbe de mes genoux. Si tu n'aimes pas quelque chose, dis-le-moi et j'arrêterai. »

Je hochai la tête et cherchai de nouveau sa bouche dans l'obscurité. Lorsque je les trouvai, je me demandais comment j'avais pu tenir aussi longtemps sans l'embrasser.

Je me demandais comment je pourrais m'en passer par la suite.

Cette pensée menaça de faire retomber la fièvre, mais soudain, ses mains se déplacèrent et me la firent oublier. Ses caresses transformaient mon sang en lave ardente qui se déversait dans toutes les parties de mon corps. J'avançai les hanches jusqu'à ce que l'on soit collés l'un à l'autre. Je bougeai. On ondula ensemble. Il me semble que je murmurai son nom juste avant de l'embrasser encore, glissant ma langue entre ses lèvres, contre ses dents…

Hawke s'écarta vivement. Le souffle court, il déposa son front contre le mien. « Poppy », souffla-t-il. Ainsi, mon surnom ressemblait à une prière aussi bien qu'à un juron.

« Oui ? » Mes poings s'ouvraient et se refermaient autour de ses cheveux soyeux.

« C'est la cinquième fois que j'utilise ce surnom, si tu comptes toujours. »

Je souris. « Bien sûr.

— Parfait. » Il sortit ses mains de sous ma robe et l'une d'elles se fraya un chemin jusqu'à ma joue. Il traça le contour de mon masque. Le fait qu'il pouvait voir dans le noir alors que j'en étais incapable me frappa de nouveau. « Je crois que je n'ai pas été tout à fait honnête avec toi.

— Quoi ? À quel propos ? » Je libérai ses cheveux et posai les mains sur ses épaules.

« Quand je t'ai promis que j'arrêterais », avoua-t-il d'une voix douce. Ses doigts descendirent le long de ma joue jusqu'à mon menton. « Non, ce n'est pas tout à fait ça. Je ne ferai jamais rien qui te déplaît. Mais en disant ça, je savais très bien que tu ne m'empêcherais pas de faire quoi que ce soit.

— Je ne comprends pas où tu veux en venir. » Je fermai les yeux. Même si je ne saisissais pas ce dont il me parlait et si nous ne nous embrassions plus, j'appréciais l'intimité que procuraient nos positions. J'aimais la sensation de son front contre le mien.

Il fit glisser le bout de ses doigts sur le côté de mon cou. « Je peux être franc ?

— Je n'en attends pas moins de ta part. »

Mes sens étaient toujours ouverts. Je le savais parce qu'une sensation inconnue venait de me parvenir à travers la connexion. Toutefois, ce fut trop bref pour que je puisse en déterminer la teneur.

Il déposa un baiser sur ma tempe. Je repensai alors à cette étrange émotion qui avait obstrué ma gorge comme une couche de cendres. « J'étais à deux doigts de t'allonger par terre et d'être un très, très mauvais garde. »

Mon souffle se bloqua dans ma gorge. Une vague de chaleur me traversa. Je ne savais pas grand-chose sur la question, mais j'en savais suffisamment pour comprendre ce que cela signifiait. « C'est vrai ?

— Oui », répondit-il avec sérieux.

J'aurais dû ressentir du soulagement et dans un sens, c'était le cas, mais pas entièrement. Mes émotions étaient sens dessus dessous. J'avais au moins conscience d'une chose.

« Je ne crois pas que je t'aurais arrêté », murmurai-je. Je l'aurais laissé m'allonger par terre et me faire tout ce qu'il voulait. Peu importait les conséquences.

Un tremblement parcourut son corps. Il gémit. « Tu ne m'aides pas beaucoup.

— Je suis une mauvaise Pucelle.

— Pas du tout. » Il déposa un baiser sur mon autre tempe. « Tu es une fille normalement constituée. C'est la façon dont on te demande d'agir qui est ridicule. » Il marqua une pause. « Mais oui, tu es une très mauvaise Pucelle. »

Au lieu de m'offusquer, parce que même sans compter ce soir, je ne pouvais pas le nier, j'éclatai de rire. Hawke passa de nouveau un bras autour de ma taille et me serra contre lui. Sa main remonta jusqu'à ma nuque. Je posai la joue contre son épaule. Il se crispa un instant, puis ses doigts me massèrent doucement la nuque. Je ne sais pas combien de temps on resta ainsi, en silence, cachés sous les branches du saule pleureur, suffisamment longtemps, en tout cas, pour que mon sang échauffé refroidisse et que les battements de mon cœur ralentissent. Malgré tout, je ne bougeai toujours pas. Hawke non plus. Son étreinte était peut-être aussi agréable que les baisers et les caresses.

C'était peut-être même mieux… mais d'une manière différente.

Toutefois, il commençait à se faire tard. Sans surprise, ce fut Hawke qui se montra raisonnable. Il embrassa le sommet de ma tête. La douceur de ce geste me serra le cœur si fort que ça en fut presque douloureux.

« Il faut que je te raccompagne, princesse.

— Je sais. » Je m'accrochai quand même à lui.

Il rit. Je souris contre son épaule. « Il faut d'abord que tu me lâches.

— Je sais. » Je soupirai, mais je ne me levai pas. À l'instant où l'on sortirait de la canopée, on quitterait ce havre de paix où je n'étais que Poppy pour retrouver le vrai monde. « Je n'en ai pas envie. »

Il demeura silencieux si longtemps que je craignis d'avoir dit quelque chose de mal. Mais, au bout d'un moment, il me serra un peu plus fort. Quand il prit la parole, sa voix était étonnamment rauque. « Moi non plus. »

Je faillis lui demander pourquoi nous étions obligés de rentrer, mais je me retins. Il se leva et m'emporta avec lui. Je posai les pieds par terre à contrecœur. On resta ainsi, l'un contre l'autre, mes bras tendus, toujours enroulés autour de son cou, bien trop peu de temps à mon goût.

Je pris une grande inspiration, rouvris les yeux et fis un pas en arrière. Je ne le voyais pas, mais je ne fus pas surprise de sentir sa main s'emparer de la mienne. Il me guida vers le rideau de branches du saule pleureur.

Il s'arrêta. « Prête ? »

Pas du tout. J'acquiesçai quand même. Tandis que nous sortions de notre cachette, mon cœur menaçait de devenir lourd. Je refusais que cela se produise. Du moins, pas à cet instant. J'avais toute la nuit pour transformer ces moments en souvenirs.

Et de nombreuses nuits après cela.

On réemprunta le chemin éclairé par les lanternes. Le jardin était silencieux. Seuls le vent et le bruit de nos pas résonnaient. Je jetai un coup d'œil en direction des sentiers plongés dans l'obscurité et me demandai où étaient passés les conversations chuchotées et les gémissements étouffés. On tourna au coin et on s'approchait de la fontaine lorsque…

On tomba nez à nez avec Vikter qui ne portait plus de masque.

Mon cœur bondit dans ma poitrine. Je trébuchai en arrière. Hawke pivota vers moi pour me rattraper, mais je réussis à garder l'équilibre. « Oh, mes dieux, murmurai-je en levant la tête vers Vikter. J'ai failli avoir une crise cardiaque. »

Il me dévisagea un long moment avant d'examiner Hawke à son tour. Les traits tendus, il observa nos doigts entrelacés.

Oh, merde.

Lentement, Vikter releva la tête. Je tentai de me libérer. Hawke me retint un instant, avant de me lâcher. Je joignis mes mains devant moi. Je savais que mes yeux étaient arrondis derrière mon masque.

« Il est temps de retourner dans votre chambre, *Pucelle* », cracha Vikter d'une voix grave.

Son ton me fit tressaillir.

« J'étais en train d'escorter *Penellaphe* jusqu'à ses appartements », rétorqua Hawke.

Vikter tourna vivement la tête dans sa direction. « Je sais pertinemment ce que tu t'apprêtais à faire. »

Sa répartie me laissa bouche bée.

« Cela m'étonnerait », murmura Hawke.

C'était clairement ce qu'il ne fallait pas dire. « Tu crois que je ne sais pas ? » Vikter avança vers Hawke. Même si ce dernier était plus grand de quelques centimètres, ils étaient face à face. « Il suffit de vous regarder pour comprendre. »

De nous regarder ? Je cillai et touchai mes lèvres qui bourdonnaient toujours. Elles me parurent un peu gonflées sous mes doigts. Je tournai la tête vers Hawke. Effectivement, ses lèvres étaient gonflées à lui aussi.

Malgré tout, il ne battit pas en retraite. Il soutint le regard de Vikter. J'ignorais comment il comptait se défendre.

« Il ne s'est rien passé, Vikter. »

Eh bien…

« Rien ? s'exclama Vikter. Je ne suis pas né d'hier, mon garçon. »

Je clignai des yeux.

« Ça, c'est certain, répondit Hawke. Mais vous dépassez les bornes.

— *Je* dépasse les bornes ? » Vikter émit un rire sans joie. « Est-ce que tu comprends vraiment ce qu'elle est ? s'enquit-il d'une voix si faible qu'elle était à peine audible. Est-ce que tu as conscience de ce qui se serait passé si quelqu'un d'autre que moi vous avait surpris ? »

Je fis un pas en avant. « Vikter…

— Je sais qui elle est, rétorqua Hawke. Et pas seulement *ce* qu'elle est. Tu as peut-être oublié qu'elle n'était pas seulement un putain d'objet inanimé dont le seul but était de servir le royaume. Ce n'est pas mon cas.

— Hawke ! » Je reportai mon attention sur lui.

« Venant de toi, c'est le pompon ! Comment la vois-tu au juste, Hawke ? » Vikter pénétra davantage dans son espace vital. Ils étaient à présent aussi proches que Hawke et moi l'avions été sous le saule pleureur. « Elle n'est qu'une conquête de plus sur ton tableau de chasse. »

Je hoquetai de surprise et fis volte-face. « Vikter !

— Elle représente le défi ultime pour toi, c'est ça ? » continua-t-il. Je restai bouche bée.

Hawke baissa légèrement le menton. « Je comprends que tu cherches à la protéger. Vraiment. Mais c'est la dernière fois que je le répète : tu dépasses les bornes.

— Et moi je te dis qu'à partir de maintenant, si tu veux passer un moment seul avec elle, il faudra me passer sur le corps. »

Hawke sourit en coin. Il n'y avait pas de fossette. Le clair de lune semblait affûter ses traits et créer des ombres sous ses yeux et ses pommettes. « Elle te voit comme un père, affirma-t-il d'une voix si calme qu'elle me donna des frissons. Si un incident malencontreux devait se produire, elle en souffrirait beaucoup.

— C'est une menace ? » Vikter haussa les sourcils.

« Je t'explique simplement pourquoi je n'accède pas à ta requête sur-le-champ, l'avertit Hawke. Mais maintenant, il faut que tu recules. Si tu ne bouges pas, il va y avoir un blessé et ce ne sera pas moi. Et Poppy se mettra en colère. » Il se tourna vers moi. « C'est la sixième fois que j'utilise ton surnom », ajouta-t-il. Je ne pouvais rien faire d'autre qu'observer la scène, impuissante. « Je ne veux pas lui faire de la peine, alors recule, bordel !

— Arrêtez, tous les deux », murmurai-je en attrapant Vikter par le bras. Il ne bougea pas d'un pouce. « Je suis sérieuse. La situation dégénère pour rien. S'il vous plaît. »

Ils continuaient de se toiser. On aurait dit que je n'étais plus là. Au bout d'un moment, Vikter finit par faire un pas en arrière. J'ignorais s'il avait lu quelque chose de particulier dans l'expression de Hawke ou s'il en avait eu assez que je tire sur son bras. Dans tous les cas, il s'écarta. Dans la lueur de la lune, son visage était terriblement pâle.

« Je vais m'occuper d'elle pour le reste de la soirée, déclara-t-il. Tu peux partir. »

Hawke arbora un sourire suffisant. Je lui adressai un regard noir qu'il ne sembla pas remarquer. Il demeura silencieux lorsque Vikter me prit par le bras et s'éloigna. Je le suivis. Au bout de quelques pas, je jetai un coup d'œil derrière moi.

L'endroit où s'était tenu Hawke était désert.

J'observai les alentours. Il n'était nulle part en vue. Comment avait-il fait… ?

« Je ne sais pas quoi te dire, déclara Vikter. Seigneurs. Je t'ai cherchée après en avoir terminé avec le commandeur, mais je ne t'ai pas trouvée. Heureusement, je suis tombé sur Tawny qui m'a appris que tu étais retournée dans ta chambre. Je suis allé voir si tout allait bien, mais tu n'étais pas là. Alors, j'ai pensé que tu étais peut-être ici. Crois-moi, je ne m'attendais pas à *ça*. »

Pour quelqu'un qui ne savait pas quoi dire, il avait pourtant parfaitement trouvé ses mots.

« Bon sang, Poppy. Tu es plus intelligente que ça. Tu connais les risques. Et je ne parle pas du royaume ! »

L'entendre jurer attira mon attention. Je levai la tête vers lui tandis qu'il continuait de me traîner sur le sentier.

« Si quelqu'un t'avait vue avec lui, le fait que tu manques quelques jours d'entraînement aurait été le cadet de mes soucis », poursuivit-il. Mon estomac se noua. « Et Hawke est un professionnel. Il n'aurait jamais dû poser la main sur toi !

— Il ne s'est rien passé, Vikter.

— Ne me raconte pas de salades, Poppy. Tu as l'air d'avoir été copieusement embrassée. J'espère que c'est tout ce qui s'est passé.

— Oh, mes dieux ! m'exclamai-je, le rouge aux joues.

— Ne me mens pas.

— On était en train de retourner dans ma chambre… »

Vikter s'immobilisa et baissa de grands yeux vers moi.

« Ce n'est pas ce que tu crois, insistai-je. Et c'était la vérité. Je t'en prie. Laisse-moi t'expliquer ce qui s'est passé », le suppliai-je. J'essayais à tout prix de trouver un moyen d'arranger la situation.

« Je ne suis pas certain de vouloir le savoir. »

Je fis comme si je n'avais rien entendu. « Après que tu es parti parler au commandeur, je me suis sentie coupable parce que Tawny refusait de me laisser seule. Je savais que tant que je restais au Rite, elle se sentirait obligée de me tenir compagnie. Alors, je lui ai dit que je retournais dans ma chambre pour qu'elle puisse s'amuser.

— Ça n'explique pas comment tu t'es retrouvée ici avec lui.

— J'y arrive, répliquai-je en essayant de faire preuve de patience. Hawke a compris que je ne voulais pas vraiment aller me coucher et il savait à quel point les jardins étaient importants pour moi, avant. Il m'y a emmenée pour que je puisse… dépasser ce qui s'était passé avec Rylan. C'est la raison pour laquelle nous étions ici.

— J'ai le sentiment que tu ne m'as pas tout raconté. »

À ce stade, je ne pouvais plus continuer à mentir. Du moins, pas sur tous les sujets. « On s'est promenés et Hawke m'a montré son coin préféré du jardin. Là-bas, je… je lui ai demandé de m'embrasser. »

Vikter serra les dents et détourna le regard.

« Et on s'est embrassés, c'est vrai. C'est arrivé. Mais il n'y a rien eu de plus. Il s'est arrêté avant que ça n'aille trop loin », lui assurai-je. C'était la vérité. « Je sais que je n'aurais pas dû lui demander…

— Il n'aurait pas dû être aussi prompt à accepter !

— Ce n'est pas le problème.

— Bien sûr que si, Poppy.

— Non ! » Je libérai mon bras de sa poigne et serrai les poings pour m'empêcher d'attraper quelque chose et de le lui jeter au visage. « Je te dis que ce n'est pas le problème ! »

Le choc se lut sur son visage.

Je m'efforçai de baisser la voix. « Le problème, c'est cette mascarade. Tout ce que l'on m'interdit. Je ne peux même pas avoir une nuit à moi pour faire des choses normales et m'amuser un peu. Je ne peux rien faire sans qu'on me rappelle ce que je suis. Sans qu'on me rappelle que je n'aurais jamais les privilèges que toi, Tawny et *tous les autres* possédez. » Ma voix se brisa. L'arrière de ma gorge me brûlait. « Je n'ai absolument *rien*. »

Son expression s'adoucit. « Poppy…

— Non. » Je fis un pas en arrière. J'avais du mal à le voir à travers mes larmes. « Tu ne comprends pas. Je ne peux pas fêter mon anniversaire, parce que ce n'est pas digne des dieux. Je n'ai pas le droit de pique-niquer dans le bois du Rêveur ou de dîner avec d'autres personnes parce que je suis la Pucelle. Je n'ai pas le droit de me défendre parce que ce serait inconvenant. Je ne sais même pas monter à cheval. Presque tous les livres me sont interdits. Je ne peux pas socialiser ni me faire des amis parce que je n'ai qu'une raison d'être : être offerte aux dieux pour servir mon royaume. Un évènement que, d'ailleurs, personne ne souhaite m'expliquer. Qu'est-ce que cela signifie, au juste ? »

Je respirais fort. Je tentai de ravaler mes émotions, mais j'en étais incapable. Quelque chose en moi s'était brisé, s'était ouvert. Je ne pouvais plus m'arrêter.

« Je ne sais même pas si j'aurai un futur après mon Élévation. Dans moins d'un an, je n'aurais peut-être plus la chance de faire ce que tout le monde tient pour acquis. Je n'ai pas de vie, Vikter. Je n'ai rien.

— Poppy, murmura-t-il.

— On m'a tout enlevé : ma liberté, mes choix, mon futur... et pourtant, je dois quand même subir les *leçons* du duc, crachai-je en frissonnant. Je dois rester immobile pendant qu'il me frappe. Pendant qu'il me reluque et me touche ! Pendant que lui et ce seigneur font ce qu'ils veulent. » Je pris une grande inspiration qui me brûla la gorge. J'enfouis mes mains dans mes cheveux et serrai les poings pendant que Vikter fermait les paupières. « Je dois rester immobile et tout accepter. Je ne peux pas crier ni pleurer. Je ne peux rien faire. Alors, je suis désolée si le fait que, pour une fois, je prenne une décision toute seule est une telle déception pour toi, le royaume, le peuple tout entier et les dieux. En quoi est-ce un honneur d'être la Pucelle ? De quoi devrais-je être fière ? Qui voudrait être à ma place ? Si tu connais quelqu'un, dis-le-moi, je la lui céderai avec joie. Avec tout ça, ce n'est pas étonnant que j'aimerais que l'on me juge indigne ! »

À l'instant où les mots franchirent mes lèvres, je plaquai mes mains contre ma bouche. Vikter rouvrit les yeux. On se jaugea un long moment. La vérité était comme une épée à double tranchant entre nous.

« Poppy. » Vikter examina les alentours avant de tendre la main vers moi. « Tout va bien. Tout ira bien. »

Je ne le laissai pas me toucher. Je pliai les doigts. Tout n'allait pas bien. Et cela ne s'arrangerait pas. Je l'avais dit. J'avais révélé la vérité. À voix haute. Mon cœur battait la chamade. J'avais des haut-le-cœur. Je me tournai et me remis à marcher en direction du château. J'avais envie de vomir. « Je veux retourner dans ma chambre », murmurai-je en baissant les mains. Il voulut parler. « Non. S'il te plaît. Je veux juste retourner dans ma chambre. »

Dieux merci, il ne répondit pas. Il se contenta de me suivre. Je me concentrai sur l'action de poser un pied devant l'autre. Si je m'autorisais à réfléchir, la bombe d'émotions qui s'était logée dans ma gorge risquait d'exploser. J'exploserais, moi. C'était ce que je ressentais. J'avais l'impression que j'allais éclater en une pluie d'étincelles et de flammes. Lorsqu'on pénétra dans le hall d'entrée et donc, dans la lumière, je me moquais bien de l'image que je renvoyais et de ce que les gens diraient s'ils me reconnaissaient. Mon corps tout entier tremblait sous l'effort de garder…

Un énorme craquement qui rappelait celui d'un morceau de bois se fendant en deux retentit. On fit volte-face vers la Grande Salle au moment où un cri s'élevait, suivi par de nombreux hurlements. Des hurlements perçants qui fendaient l'air les uns après les autres. Mon cœur dégringola.

Quelqu'un, une dame en Attente, sortit de la pièce à reculons. Les mains pressées contre sa bouche, elle se prit les pieds dans sa robe rouge.

Vikter s'avança aussitôt vers les portes, puis s'arrêta. Il pivota vers moi. Je savais qu'il comptait d'abord me raccompagner à ma chambre, mais les cris continuaient, ainsi que des clameurs de panique et d'horreur. Quelqu'un rejoignit la dame en Attente. Puis un serviteur sortit avec un plateau vide à la main. Il tourna la tête et vomit.

« Que s'est-il passé ? » demandai-je. Personne ne me répondit. Personne ne m'entendait par-dessus les plaintes. Je plongeai mes yeux écarquillés dans ceux de Vikter. « Tawny est à l'intérieur. »

À la façon dont sa mâchoire se contracta, il était clair qu'il s'en fichait. Il voulut m'attraper, mais je fus plus rapide que lui, comme il m'avait appris à l'être. Je l'évitai et me précipitai vers la porte. Ses jurons étouffés résonnèrent à mes oreilles.

La foule se ruait vers la sortie, en sens inverse, et me heurtait au passage. Une multitude de visages masqués accourait de toutes les directions. On me poussa sur le côté, mes pieds glissèrent sur le sol verni, mais je tins bon. Tawny était à l'intérieur. Je ne pensais à rien d'autre et me frayai un chemin parmi les convives pris de panique.

En apercevant l'estrade, ou plutôt ce qui se trouvait derrière, je me figeai. « Oh, mes dieux », murmurai-je.

À présent, je savais ce qui avait provoqué ce craquement. L'une des tringles en bois auxquelles étaient accrochées les lourdes bannières s'était brisée. L'une d'elles était tombée, s'étalant sur le sol de la plateforme, mais du rouge striait encore le mur.

Je vis alors ce qui avait cassé la barre, ce qui pendait de celle qui était encore debout. La corde tendait des bras vers l'extérieur, et des quantités de liquide rouge zébraient une peau très pâle. Je savais de qui il s'agissait. Je savais pourquoi la duchesse se tenait au centre de la Grande Salle, les bras le long du corps, et pourquoi tous les autres étaient figés en état de choc. Les cheveux de la victime étaient si blonds qu'ils semblaient presque blancs.

C'était le duc.

Malgré la distance, je reconnus l'arme qui lui avait transpercé la poitrine. Le cœur. Je l'aurais reconnue n'importe où.

C'était le bâton avec lequel il me battait.

Au-dessus de lui, était écrite en rouge, en lettres de sang, la signature du Seigneur des Ténèbres.

Nous renaîtrons…

Dans le sang et la cendre.

26

Le duc de Masadonia était mort.

Il avait été assassiné.

J'étais incapable de détacher les yeux de sa dépouille. Je sentis Vikter s'approcher de moi. Il me dit quelque chose, mais je ne l'entendis pas. Les battements de mon cœur étaient assourdissants.

On avait transpercé le cœur du duc de la même façon que l'on tuait les maudits et les Voraces, avec une arme dont le bois provenait de la Forêt sanglante.

Avec la canne qu'il avait caressée avec tendresse avant qu'elle ne fende l'air et ne me meurtrisse la chair. Parfois, il avait même réussi à m'ouvrir la peau.

Hébétée, je me demandais comment on avait réussi à planter le bâton dans son torse. Les extrémités n'étaient pas pointues. Au contraire, elles étaient lisses et arrondies. Cela avait sans doute nécessité une force surhumaine. Sans parler du fait que le duc s'était probablement défendu, à part si, bien sûr, il avait d'abord été mis hors d'état de nuire.

Seul un Atlantien en aurait été capable.

Vikter me toucha le bras. Lentement, je détournai le regard du cadavre du duc. « Il est mort, soufflai-je.

Il est vraiment mort. » Un gloussement terriblement inapproprié remonta le long de ma gorge. Je refermai la bouche et reportai mon attention sur l'endroit où il était empalé.

Je ne trouvais pas la situation amusante. Loin de là. Je n'avais pas aimé cet homme. Pour être franche, je l'avais haï de tout mon être. Mais le fait qu'un Atlantien ait réussi encore une fois à pénétrer dans l'enceinte du château était terrifiant. Alors, non, ce n'était pas drôle.

Mais ce n'était pas triste non plus.

Seigneurs. J'étais bel et bien indigne de mon statut. J'étais une horrible personne. Malgré tout, un soupir de soulagement franchit mes lèvres. Il n'y aurait plus la moindre leçon. Plus d'œillades appuyées et de contacts indésirables. Plus aucune douleur infligée par sa main. Plus la moindre honte qui me collait à la peau. Mon attention se porta sur un Élevé grand et brun qui venait de rejoindre la duchesse. Plus de seigneur Mazeen.

Sans le duc, il n'avait plus le moindre pouvoir sur moi. Je faillis retrouver le sourire.

Un mouvement sur la gauche attira mon attention. Lorsque je me tournai, je vis Tawny qui jouait des coudes pour passer à travers un groupe d'Élevés et de seigneurs et dames en Attente. Elle se précipita vers moi. Ses yeux étaient écarquillés derrière son masque.

Lorsqu'elle secoua la tête, ses boucles rebondirent contre ses joues. « Je n'arrive pas à y croire », dit-elle en me prenant les mains. Elle examina brièvement l'estrade, frissonna, puis reporta son attention sur moi. « Ce n'est pas réel.

— Si, c'est bien réel. » Je me tournai de nouveau vers la plate-forme. Des gardes essayaient de décrocher le duc, mais il était bien trop haut. « Il leur faut une échelle.

— Quoi ? murmura Tawny.

— Une échelle. Sinon, ils ne réussiront jamais à l'atteindre », fis-je remarquer. Je sentais ses yeux sur moi. « Tu crois qu'il était là depuis le début ? Pendant toute la cérémonie ?

— Je ne sais que penser. » Elle se plaça dos à la scène. « Du tout.

— Au moins, on sait pourquoi il n'est pas venu, lui dis-je.

— Poppy, s'indigna-t-elle à voix basse.

— Pardon. » J'observai la duchesse qui parlait au seigneur. Ses lèvres bougeaient très vite. « La duchesse n'a pas l'air particulièrement bouleversée, tu ne trouves pas ? »

Vikter s'interposa. « Je crois qu'il est grand temps que je te raccompagne à tes appartements. »

Il avait sans doute raison. Aussi, je hochai la tête et…

Du verre explosa. Des éclats volèrent dans tous les sens. Je me tournai vers l'origine du bruit. C'était une fenêtre qui donnait sur le jardin. Tawny me serra le bras. Une deuxième fenêtre se brisa, sur notre gauche cette fois. On se retourna vivement. Des morceaux de verre s'abattirent sur les gens qui se tenaient là, le groupe duquel elle avait fait partie. Les exclamations choquées laissèrent place à des cris de douleur. Une fille trébucha en avant et porta ses mains tremblantes à son visage ensanglanté. De nombreuses coupures minuscules striaient ses joues et son front. Il s'agissait de Loren. Elle se plia en deux en hurlant. La fille blonde qui se tenait devant elle se retourna lentement.

Un éclat de verre sortait de son œil. Du sang coulait à flots sur son visage. Elle s'effondra comme un château de cartes.

« Dafina ! » s'écria Tawny. Elle me lâcha avec l'intention évidente de la rejoindre.

Je sortis de mon état de choc pour la retenir par le bras tandis qu'un seigneur en Attente tombait à son tour à genoux, puis la tête la première. Avait-il été touché, lui aussi ? Je n'en étais pas certaine. Tawny tourna la tête vers moi. « Qu'est-ce que tu fais ? Je dois aller la voir. Elle a besoin d'aide…

— Non. » Je la tirai vers moi. Loren s'agenouilla près de son amie et tenta de la relever, de la faire bouger. Une autre fenêtre explosa. « Tu ne dois pas t'approcher des fenêtres. Je suis désolée. »

Les yeux de ma dame de compagnie brillèrent. « Mais… »

Quelque chose fendit l'air et frappa un seigneur. L'impact le retourna. Elle hurla. Une flèche lui avait transpercé l'œil. C'était un Élevé. Pourtant, il était mort avant d'avoir touché le sol. Le sang se répandit sous son corps.

Les Élevés pouvaient mourir.

Leur tête et leur cœur étaient tout aussi vulnérables que ceux des mortels. Celui ou celle qui avait décoché cette flèche le savait.

Son épée courte à la main, Vikter poussa Tawny et moi derrière lui. La duchesse qui était à présent entourée de gardes royaux cria : « Allez la mettre en sécurité ! Tout de suite ! Emmenez… »

Une flèche toucha le garde qui se tenait devant elle. Du sang gicla de sa gorge. Il ouvrit et referma la bouche en silence en essayant de l'arracher.

Mes dieux…

Je me cognai à Tawny tandis que Vikter se retournait pour nous guider vers la sortie. On se mit à avancer. Je tendis la main vers ma dague…

Des hurlements retentirent à l'extérieur de la Grande Salle. Soudain, tout se figea. C'étaient des cris de douleur.

De terreur.

De mort.

Puis une vague humaine se déversa à l'intérieur de la pièce. Élevés et mortels, basses gens et nobles, tous couraient vers nous. La teinte rouge des robes et des tuniques était plus vive que jamais. Les visages étaient soit blêmes, soit mouchetés de sang. Certains tombèrent avant même d'avoir atteint les marches. Des flèches et des… couteaux étaient fichés dans leurs dos. D'autres, dans leur fuite effrénée, dégringolèrent dans l'escalier.

Nous allions nous faire piétiner.

Je ne sortis pas ma dague. Je ne pouvais pas les combattre. Ils n'étaient pas les ennemis.

« Merde », grogna Vikter en se tournant vivement vers moi. Tawny était pétrifiée. Quand il me regarda dans les yeux, je sus ce qui allait se passer. Mon cœur se contracta. « Protégez la Pucelle ! » cria-t-il.

J'attrapai Tawny et l'enveloppai dans mes bras pour la serrer contre moi le plus fort possible. Vikter fit la même chose avec moi. Les gardes nous encerclèrent. Comme j'étreignais Tawny, ils étaient obligés de former une barricade autour de nous deux.

« J'ai peur, murmura-t-elle contre ma joue.

— Tout ira bien », mentis-je. Je me forçai à ouvrir les yeux même si j'aurais préféré les garder fermés. Mon cœur martelait ma poitrine. Je pris un bref instant pour adresser une prière aux dieux. J'espérais que Hawke n'était pas dans les parages, qu'il s'était rendu en ville pour relâcher la pression. « Prépare-toi… »

J'eus l'impression de recevoir une pluie de rochers.

Des corps s'abattaient sur les gardes dans toutes les directions et les poussaient contre nous. Les poignées de leurs épées se pressaient contre nos côtes, nos os. Leurs coudes s'enfonçaient dans notre chair. Des vases se brisaient. Des gens, aussi. La foule qui avait fui la Grande Salle pour s'y engouffrer de nouveau de plus belle allait trop vite…

On aurait dit une vague qui se déversait sur le sol. Elle emporta les gardes les uns après les autres, jusqu'à ce que je sente l'étreinte de Vikter se desserrer. Et, tout à coup, il avait disparu. Quelque chose, quelqu'un, me frappa de plein fouet et nous fit tomber, Tawny et moi. Elle fut aussitôt entraînée par les gens qui hurlaient et criaient en fuyant ce qui leur avait fait peur.

Ce fut ma dernière pensée avant que la pièce se retrouve sens dessus dessous. Mes pieds quittèrent le sol et je flottai soudain dans les airs. Je vis les dieux peints sur le plafond, puis des visages terrorisés, couverts de sang, de la mousse au coin des lèvres. Quand je retombai, je glissai et m'ouvris les genoux sur le carrelage dur.

Je tentai de me relever, car je savais que je ne devais pas rester à terre. « Tawny ! » m'époumonai-je en la cherchant, mais je ne voyais qu'une mer de rouge.

Un genou entra en contact avec mes côtes et me coupa le souffle. Une botte s'abattit sur mon dos et m'écrasa sur le sol. Une douleur atroce descendit le long de mon échine. Je rampai à l'aveugle sur la nourriture tombée à terre, les roses piétinées, et seigneurs… oh, seigneurs, des corps chauds et humides.

Lorsque je parvins enfin à me relever, quelque chose s'accrocha à ma jupe. Je retombai la tête la première.

Je me retrouvai face à face avec Dafina. Le temps sembla s'arrêter tandis que je fixai son œil d'un bleu magnifique grand ouvert, mais déjà vitreux. Son masque, aussi criard que celui de Loren, était tellement couvert de sang qu'il était presque entièrement rouge. Il fallait que j'essuie les petites pierres précieuses. Il fallait…

C'est alors que j'aperçus Loren, recroquevillée derrière Dafina. Je la rejoignis à quatre pattes et lui pris le bras. Elle releva vivement la tête. Elle était vivante !

« Lève-toi », lui dis-je en m'efforçant de me redresser. Quelque chose m'en empêchait. Je regardai derrière moi et le regrettai aussitôt. C'était un corps. Je saisis ma jupe à deux mains et la déchirai pour me libérer. Lorsque je reportai mon attention sur Loren, une légère odeur de soufre âcre me parvint. Mon ventre se serra. « Lève-toi ! Lève-toi ! Lève-toi !

— Je ne peux pas, gémit-elle. Je ne peux pas. Je ne peux… »

Quelqu'un me tomba dessus. Je criai et saisis Loren par la robe, le bras, les cheveux… tout ce que je pouvais atteindre, et la forçai à enjamber Dafina. Mes sens étaient grands ouverts. De la terreur et de la douleur s'échappaient d'elle, m'assaillaient de tous les côtés. Je me remis debout et tirai sur le bras de Loren pour qu'elle m'imite. Devant nous, j'aperçus un pilier. Je décidai qu'il s'agissait de notre destination.

« Tu vois ce pilier ? lui demandai-je. Il faut qu'on aille là-bas. On pourra s'y accrocher.

— Mon bras, hoqueta-t-elle. Je crois qu'il est cassé.

— Pardon. » À la place, je la pris par la taille.

« Il faut que je m'occupe de Dafina. Je dois l'emmener avec moi. Je ne peux pas la laisser comme ça. Il faut que je m'occupe d'elle. »

La gorge nouée, je continuai de la tirer vers le pilier. Je ne devais pas penser à Dafina, à son masque, ni au seul œil qui lui restait. Je ne devais pas penser aux corps que nous piétinions. Sinon, tout serait terminé. « On y est presque. »

Quelqu'un s'écroula sur nous, mais je tins bon. Loren aussi. On y était presque. Plus que quelques pas et nous serions hors de la cohue. Nous serions…

Loren convulsa. Un liquide chaud éclaboussa le côté droit de mon visage et de mon cou. Quand ses bras s'affaissèrent, je la rattrapai avant qu'elle ne tombe. Son poids appuyait sur les hématomes que j'avais sans doute au niveau des côtes. « Tiens bon, lui dis-je. On y est presque. » Je baissai les yeux. Elle était en train de tomber. J'étais incapable de la retenir.

Elle s'effondra. Je n'arrivais pas à croire ce que je voyais. Tandis qu'on m'entraînait sur la gauche, puis sur la droite, je refusais d'accepter ce qui se trouvait devant mes yeux. Il ne pouvait pas y avoir une flèche plantée à l'arrière de son crâne qui vibrait encore à cause de la force de l'impact.

« On y était presque », murmurai-je.

Un sifflement perçant résonna à l'intérieur, suivi d'un autre, puis encore un autre. Je relevai lentement la tête pour observer l'obscurité du jardin. Certaines ombres étaient plus sombres, plus tangibles que d'autres. Elles se rapprochaient.

Quelques instants plus tôt, je m'étais trouvée là-bas avec Hawke. Avait-il réussi à s'éloigner à temps ? Ou était-il tombé… ?

Non. Je ne devais pas penser à ça. Il était probablement parti. Il ne pouvait en être autrement.

Quelqu'un m'attrapa par le bras et me retourna.

« La porte latérale. » Le visage du commandeur Jansen apparut devant moi. « Nous devons nous rendre à la porte latérale, Pucelle. »

Hébétée, je clignai des yeux. « Vikter. Tawny. Je dois les trouver…

— Ce n'est pas important pour le moment. Il faut que je vous fasse sortir d'ici. Bon sang ! » Il jura en me voyant m'écarter pour examiner la foule à la recherche des personnes qui comptaient pour moi. Il tenta de m'attraper, mais mon bras était poisseux et glissant. Je fonçai en direction de la masse grouillante.

« Tawny ! hurlai-je en poussant un vieillard du passage. Vikter ! Tawny…

— Poppy ! » Des mains s'accrochèrent à mon dos. Je fis volte-face. C'était Tawny. Son masque avait disparu et sa coiffure était complètement défaite. « Oh, seigneurs, Poppy ! »

Je la pris dans mes bras. Derrière elle se trouvait le seigneur Mazeen. Je croisai son regard glacial. « Ravi de voir que vous êtes toujours en vie », déclara-t-il.

Avant que j'aie eu le temps de répondre, Vikter se précipita vers moi et m'écarta de Tawny. « Tu es blessée ? » cria-t-il en essuyant le sang sur mon visage.

J'ouvris la bouche pour répondre avant d'apercevoir la duchesse derrière nous, encerclée par les gardes. Derrière eux se trouvait le duc.

Des flammes léchaient ses jambes, remontaient le long de son torse et s'étalaient jusqu'à ses bras.

« Mes dieux », s'exclama Tawny. Je crus qu'elle avait vu la même chose que moi. Puis je me rendis compte qu'elle faisait face à l'entrée de la pièce. Je me retournai.

Des dizaines de personnes habillées en tenue de cérémonie pour le Rite, le visage dissimulé derrière des masques argentés, se tenaient devant les portes et les fenêtres brisées. *Des Lycans.* Les masques avaient les caractéristiques des Lycans : les oreilles, le museau, les canines allongées. Ceux qui se trouvaient devant les portes étaient armés de dagues et de haches de guerre. Ceux devant les fenêtres tiraient des flèches. C'étaient des Effondrés. Il y avait peut-être même des Atlantiens parmi eux.

Alors, je compris.

Ils avaient été parmi nous depuis le début de la soirée. Je repensai à Agnès, à ce qu'elle nous avait confié et à la nervosité dont elle avait fait preuve. Vikter avait senti qu'elle ne nous dévoilait pas tout. Avait-elle été au courant ? Avait-elle voulu m'avertir ? Et les gardes et les gens du peuple allongés par terre blessés ou morts, dans tout cela ? Les Élevés qui étaient tombés ? Loren et Dafina qui n'avaient jamais fait de mal à une mouche ?

Je serrai les poings.

« Nous renaîtrons ! hurla l'un d'eux.

— Dans le sang et la cendre ! termina un autre.

— Nous renaîtrons ! crièrent plusieurs d'entre eux en descendant les marches. Dans le sang et la cendre ! »

Je pris la main de Tawny et Vikter m'attrapa par le bras. « Il faut qu'on bouge. Vite », dit-il avec un signe de tête au commandeur qui se trouvait à présent à côté du seigneur.

Les gardes royaux nous encerclèrent, ainsi que la duchesse. Ensemble, on avança à travers la foule. Ils nous guidèrent jusqu'à la porte latérale dont l'accès était refusé aux autres. J'étais écœurée. Nous nous échappions alors qu'eux restaient coincés à l'intérieur.

« On ne peut pas faire ça », leur dis-je. Quand on me poussa de force à travers la porte, je le répétai plus fort. « Ils vont se faire massacrer ! »

La duchesse, qui me précédait, tourna la tête dans ma direction et posa ses yeux noirs sur moi. « Les Élevés vont s'en occuper. »

En temps normal, cette remarque m'aurait fait éclater de rire. Les Élevés ? Ils ne prenaient jamais part à aucun combat ! Pourtant, un éclat terrible brûlait dans ses yeux, à l'endroit où auraient dû se trouver ses pupilles si j'avais pu les voir. On aurait dit du charbon ardent.

Alors qu'on avançait, on croisa d'autres personnes qui s'élançaient en sens inverse, dans la Grande Salle. Ce n'étaient pas des gardes. Il s'agissait d'Élevés, hommes et femmes. Dans leur regard brûlait la même lueur féroce.

Sans ralentir, je jetai un coup d'œil derrière moi. La dernière Élevée venait de franchir la porte. Sa robe écarlate ressemblait à une cape. Un garde royal ferma l'accès derrière elle et s'appuya contre le bois, ses deux épées à lame courte croisées devant lui.

Tandis que nous traversions le hall et contournions les statues, des gardes couraient tout autour de nous. Je les regardai tous un par un, avec l'espoir, et la peur, d'apercevoir Hawke. Toutefois, aucun visage ne m'était familier.

Puis les cris provenant de la Grande Salle cessèrent.

Je trébuchai. Tawny tourna la tête, elle aussi. Tout s'était arrêté d'un coup.

« Dépêche-toi, Poppy », me pressa Vikter.

On déboula dans la salle de banquet. Un garde se précipita vers nous. Son visage et ses bras étaient tachés de sang. « Ils sont devant la porte arrière. Ils ont encerclé le château. Nous sommes obligés de les combattre.

— Non, déclara la duchesse. Nous allons attendre. Ici. Cette pièce fera l'affaire. » Elle avança. « Ils ne parviendront pas jusqu'à nous.

— Votre Grâce…, intervint Vikter.

— Non. » Elle se tourna vers lui. La même flamme étrange brillait de nouveau dans ses yeux. « Ils n'arriveront pas jusqu'à nous. » Elle reporta son attention sur moi. « Amenez Penellaphe. »

Les muscles autour de la bouche de Vikter se contractèrent. On échangea un regard. Il secoua la tête. Sans lâcher la main de Tawny, je suivis la duchesse dans l'une des salles dont elle se servait pour accueillir des invités. Au fond de moi, j'étais rassurée qu'elle n'ait pas choisi celle dans laquelle Malessa avait été assassinée.

Parce qu'il y avait de grandes chances pour que l'on meure tous ici.

Le commandeur resta à la porte, l'épée à la main. Je compris tout de suite qu'il allait retourner se battre. Ma dague me brûlait contre ma cuisse.

Lorsque la porte se referma, je lâchai la main de Tawny et jetai un coup d'œil autour de nous. Il n'y avait qu'une seule fenêtre, mais elle était si petite que personne n'aurait pu passer au travers.

Les lèvres pincées, la duchesse se laissa tomber sur un divan. Le seigneur Mazeen la rejoignit. Je me rendis compte que plusieurs gardes royaux demeuraient avec nous.

« Ma chère petite, vous semblez sur le point de vous évanouir de peur, dit la duchesse à Tawny. Nous serons très bien ici. Je vous l'assure. Venez. » Elle tapota le siège. « Asseyez-vous avec moi. »

Tawny me consulta du regard. Je lui fis un discret signe de tête. Elle prit une légère inspiration et rejoignit la duchesse, qui se tourna vers le seigneur. « Bran, pourquoi ne nous servirais-tu pas un verre de whisky ? »

Alors que le seigneur se levait pour obéir à la duchesse, je jetai un coup d'œil à Vikter et murmurai : « C'est de la folie. »

Sa mâchoire se contracta.

« S'ils parviennent à entrer ici, on sera des cibles faciles. » Je parlai à voix basse. « Si on ne brûle pas d'abord à cause du duc. »

Il se détourna de la duchesse et acquiesça. « Tu es armée ?

— Oui.

— Tant mieux. » Il examina la porte. « Si quelqu'un parvient à entrer, n'hésite pas à te servir de ce que je t'ai appris. »

Je lui adressai un regard interrogateur.

« Je me moque que l'on te voie, murmura-t-il. Défends-toi. »

Je soufflai doucement en hochant la tête. Il y eut un bruit de verres qui s'entrechoquaient, puis rien d'autre. Les gardes avaient les yeux rivés à la porte. Moi, je restai plantée près de Vikter et jetai un coup d'œil de temps en temps en direction de Tawny. Elle regardait droit devant elle. Elle n'avait pas touché à la boisson qu'elle tenait à la main. En revanche, chaque fois que je portais mon attention sur le seigneur Mazeen, je le trouvais en train de m'observer.

Le fait qu'un tel monstre respirait encore alors que tant d'autres avaient péri était vraiment injuste.

Une telle réflexion était indigne de ma part, mais cela m'était égal. C'était mon ressenti. J'ignorais combien de temps s'était écoulé, mais au bout d'un moment, mes pensées se tournèrent vers Hawke. La peur de le perdre transformait mon sang en glace.

Je touchai légèrement le dos de Vikter et attendis qu'il me fasse face. « Tu crois que Hawke va bien ? murmurai-je.

— Il est doué pour tuer, répondit-il en se concentrant de nouveau sur la porte. Je suis certain qu'il va bien. »

De nombreux gardes qui étaient tombés ce soir avaient été doués pour éliminer leurs ennemis. Le talent n'avait pas la moindre importance face à une flèche qui sortait de nulle part.

Je me forçai à respirer lentement et profondément. Le duc était mort. Masadonia subissait le même sort que le manoir du Blason d'Or, mais Tawny allait bien. Vikter aussi. Et Hawke était sans doute en sécurité, quelque part. Ce… Ce serait comme la nuit où les Voraces nous avaient attaqués, durant laquelle ma mère…

Quelque chose cogna contre la porte. Tawny hoqueta de surprise et pressa sa main contre sa bouche.

Vikter posa un doigt contre ses lèvres. Je retins ma respiration. Il pouvait s'agir de n'importe quoi. Cela ne servait à rien de paniquer. Oui, nous étions acculés, mais nous…

Un choc fit trembler la porte sur ses gonds. Tawny se leva d'un bond, tout comme la duchesse. Les gardes se postèrent devant l'entrée, épée à la main.

Le bois se fissura. Des éclats volèrent dans tous les sens. Quelqu'un démolissait la porte avec une hache de guerre.

« Que disiez-vous, Votre Grâce ? s'enquit Mazeen en soupirant. Qu'ils n'arriveraient pas jusqu'à nous ?

— La ferme, cracha-t-elle. Tout va bien. »

Un morceau de bois tomba. Tout n'allait pas bien.

Vikter tourna la tête vers moi. On se toisa longuement. Alors, j'inspirai profondément et pivotai pour poser le pied sur un fauteuil. Je remontai ma jupe…

« Là, ça devient intéressant », fit remarquer le seigneur.

Je plongeai mon regard dans le sien en dégainant ma dague. J'aurais adoré la lui enfoncer dans le cœur. Il le comprit sans doute, car je vis ses narines se gonfler sous le coup de la colère.

« Penellaphe ! s'écria la duchesse. Que faites-vous avec une dague ? Et sous vos jupes, par-dessus le marché ? A-t-elle toujours été là ? »

Un gloussement aigu et paniqué échappa à Tawny derrière la main qui couvrait toujours sa bouche. Elle écarquilla les yeux. « Pardon. Je suis désolée. »

La duchesse secoua la tête. « Que faites-vous avec une dague, Penellaphe ?

— Je m'efforce de rester en vie », répliquai-je. Ma réponse la laissa bouche bée.

Si nous nous en sortions, j'allais sans nul doute en entendre parler. Je fis face à la porte. Dans le couloir, tout semblait calme. Rien ne bougeait à travers le bois fendu. L'un des gardes royaux s'en approcha et se baissa pour regarder au travers.

Il pencha la tête sur le côté. « Merde ! s'exclama-t-il en se retournant. Reculez ! »

Je sautai aussitôt vers l'arrière, tout comme Vikter, mais deux des gardes ne furent pas assez rapides. La porte explosa hors de ses gonds et les frappa de plein fouet. L'un tomba à terre sous le coup de l'impact tandis qu'un bélier s'enfonçait dans la poitrine du second. Un craquement horrible retentit.

Vikter brandit son épée et découpa la chair et les os. Le bélier s'écrasa à terre… avec le bras qui le tenait. Un homme cria. Du sang giclait de l'endroit où son membre avait été sectionné. Il tomba sur le côté, puis ses compagnons déferlèrent dans la pièce, engloutissant Vikter et les gardes. Il n'y avait pas le temps de céder à la panique ou à la peur. L'un des Effondrés avança en faisant tourner sa hache dans sa main. J'ignorais s'ils étaient là pour moi ou pour tuer tout le monde. Dans tous les cas, avec mon masque et la façon dont j'étais habillée, ils ne pouvaient pas me reconnaître.

L'homme derrière le masque de loup ricana. « Jolie dague. »

Ils ignoraient que je savais m'en servir.

Il leva sa hache de guerre. Je crus entendre la duchesse hurler. Ou peut-être était-ce Tawny. Je n'en étais pas certaine. Les sons se fondirent dans le décor. L'instinct prenait le dessus.

J'attendis que la hache siffle dans l'air avant de m'élancer et de passer sous son bras. Une fois derrière lui, j'enfonçai la dague dans sa nuque, au même endroit que je visais pour les maudits.

Il était mort avant de se rendre compte que je l'avais tué.

Lorsqu'il tomba, la tête la première, je vis que la duchesse me dévisageait, les yeux écarquillés.

« Derrière toi ! » cria Tawny.

Je fis volte-face et me baissai pour éviter une autre hache. Je donnai un coup de pied dans les jambes de mon nouvel agresseur qui s'effondra. Vikter se tourna vers lui et le transperça avec son épée. Alors que je me redressai, je vis qu'un Effondré s'apprêtait à lui enfoncer une dague dans le dos.

Je hurlai pour le prévenir. Vikter asséna un coup de coude dans le menton de l'homme pour le faire reculer.

Un autre Effondré se précipita vers moi en brandissant sa hache. Je m'élançai vers la gauche. Au même moment, quelque chose s'abattit sur le masque en métal de l'homme. Un verre. En jetant un coup d'œil derrière mon épaule, je vis que Tawny avait à présent les mains vides. Elle ne le resta pas longtemps. Elle saisit le décanteur et le brandit comme une épée.

Je fonçai en avant et plantai mon arme dans le cœur de l'Effondré. Il s'écroula et m'emporta avec lui. Je m'étalai sur lui en grognant. Quand je voulus me relever, quelqu'un me donna un coup de pied dans la main. Une douleur brûlante remonta le long de mon bras. Ma dague, elle, avait dégringolé par terre.

J'avais du mal à respirer. Seigneurs. Ça faisait mal. En cherchant à me redresser, je tombai sur les fesses. Je reculai ainsi, les yeux rivés sur mon ennemi. Mes doigts meurtris s'enroulèrent autour de la poignée d'une hache.

Au-dessus de moi, l'Effondré leva une épée à deux mains, prêt à l'abattre sur moi. Mon cœur battait à tout rompre.

« C'est la Pucelle ! s'écria la duchesse. Elle est l'Élue ! »

Qu'est-ce que… ?

Il hésita.

Je resserrai ma prise sur la hache et me jetai sur lui. Il essaya de reculer, mais je le touchai au ventre. Du sang gicla. Il cria et lâcha son épée pour poser les mains sur sa blessure, pour empêcher…

De la bile remonta le long de ma gorge, mais je me forçai à abattre la lame sur son cou, lui évitant ainsi une mort atroce par éviscération.

Malgré la blessure à ma main, je continuai d'agripper mon arme. Un Effondré tua un garde, puis avança vers Tawny. Du sang dégoulinait de son épée. Alors, je levai la hache au-dessus de ma tête et fis ce que Vikter m'avait enseigné. Je m'assurai que la lame était parfaitement droite avant de la faire basculer en arrière pour prendre de l'élan et de la jeter de toutes mes forces en avant. Elle fendit l'air et frappa l'Effondré dans le dos. Il s'écroula. Son épée tomba à côté de lui.

« Mes dieux, marmonna le seigneur Mazeen qui me regardait avec de grands yeux.

— Souvenez-vous-en, la prochaine fois », le mis-je en garde en ramassant l'épée à lame courte. « Et de ceci, aussi », crachai-je. Cette nouvelle arme était légère et acérée des deux côtés. Avec, je tranchai la gorge d'un nouvel ennemi.

Le souffle court, je me tournai vers Vikter qui venait d'enfoncer son épée à travers le dernier Effondré. Seul un garde était encore debout. Je baissai mon arme. Ma poitrine se soulevait violemment tandis que j'enjambais les corps… en morceaux. « C'est terminé ? »

Vikter jeta un coup d'œil au couloir. « Je crois, mais on ferait mieux de ne pas s'attarder ici. »

Il était hors de question que je reste. La duchesse et le seigneur étaient libres de faire ce qu'ils voulaient. Je me tournai vers Tawny.

« Comment ? » s'enquit la duchesse. Ses mains et ses vêtements étaient immaculés. Moi, je devais être couverte de sang. « Comment est-ce possible ? demanda-t-elle en observant le carnage. Comment ?

— Je l'ai entraînée », répondit Vikter. Je ne m'attendais pas à ce qu'il avoue. « Et je n'ai jamais été aussi content de l'avoir fait.

— Elle n'a clairement pas besoin de gardes pour la protéger », fit remarquer Mazeen. Il épousseta sa tunique en grimaçant. « C'est vraiment inconvenant, pour une Pucelle. »

J'étais à ça de lui montrer à quel point je pouvais l'être.

Vikter me toucha le bras. « Plus tard », me dit-il à voix basse. « Venez ! » Il jeta un coup d'œil en direction de Tawny. « Nous ne sommes pas en sécurité ici.

— Ah bon ? » murmura Tawny qui tenait encore le décanteur à la main. Elle s'avança. « Je ne m'en étais pas rendu compte. »

Vikter reporta son attention sur moi. Même si ses joues étaient plus rouges que dorées, il me sourit. « Je suis très fier de toi. »

Un peu plus tôt, dans le jardin, j'avais voulu lui jeter quelque chose au visage. À présent, je mourais d'envie de le prendre dans mes bras. J'allais le faire lorsque Tawny cria.

Alors, le temps sembla ralentir… mais pas suffisamment pour stopper ce qui était en train de se passer.

Vikter se tourna à moitié vers la porte à côté de laquelle un Effondré blessé s'était relevé et brandissait une épée. Il la lança. Du sang brillait sur sa lame.

« Non ! » hurlai-je, mais il était trop tard.

Le projectile avait atteint sa cible.

Le corps de Vikter convulsa. Il arqua le dos. La lame s'était enfoncée dans son torse, juste au-dessus du cœur. Une expression choquée sur le visage, il baissa la tête. Je le fixai moi aussi. J'étais incapable de croire ce que je voyais.

L'Effondré récupéra l'épée. Ma propre arme me glissa des mains. Je n'avais qu'une idée en tête : rattraper Vikter. Il ne pouvait pas tomber. Il ne pouvait pas toucher le sol. Il trébucha en arrière et je l'enveloppai de mes bras. Sa bouche s'ouvrit et se referma.

Puis ses jambes cédèrent sous son poids et il s'effondra. Il tomba. Je ne me souvenais pas m'être baissée, pourtant je pressai mes mains sur sa plaie. Je levai les yeux pour appeler à l'aide.

Tout à coup, la tête de l'Effondré vola dans la direction opposée à son corps et je vis Hawke qui se tenait là, les iris d'un ambre ardent, les joues tachées de sang et de… suie. Derrière lui se trouvaient d'autres gardes. Alors que son regard balayait la pièce, il se posa sur nous et s'arrêta. Je reconnus son expression, l'éclat dans ses orbes dorés, tandis qu'il baissait son épée couverte de sang.

« Non », lui dis-je.

Hawke ferma les yeux.

« Non. Non. Non. » Ma gorge me faisait mal. Je pressai un peu plus fort la main contre la blessure de Vikter. Du sang s'écoulait entre mes doigts et glissait sur mon bras. « Non. Seigneurs, non. Je t'en prie. Ça va aller. S'il te plaît…

— Je suis désolé, murmura Vikter d'une voix rauque en posant sa main sur la mienne.

— Quoi ? hoquetai-je. Tu n'as pas à être désolé. Tu vas t'en remettre. Hawke. » Je relevai vivement la tête. « Tu dois l'aider. »

Il s'agenouilla aux côtés de Vikter et posa une main sur son épaule. « Poppy, souffla-t-il d'une voix douce.

— Aide-le ! » m'écriai-je. Hawke ne dit rien. Il ne fit rien. « S'il te plaît ! Va chercher quelqu'un. Fais quelque chose ! »

Vikter me serra la main un peu plus fort. Lorsque je baissai les yeux, je me rendis compte que son visage était déformé par la douleur. Je sentais également sa souffrance à travers mon don. J'avais été si choquée, si décontenancée, que je n'avais pas pensé à m'en servir. Je tentai de m'emparer de sa souffrance, mais j'étais incapable de me concentrer. Je n'arrivais pas à faire remonter des souvenirs joyeux à la surface. Je ne pouvais rien faire.

« Non, non », répétai-je en fermant les yeux. Je possédais ce don pour une raison. Je pouvais l'aider. Je pouvais le délester de sa douleur jusqu'à ce que quelqu'un…

« Poppy, souffla-t-il. Regarde-moi. »

Je rouvris les yeux. Ce que je vis me fit tressaillir. Du sang coulait aux coins de ses lèvres trop pâles.

« Je suis désolé de ne… pas… t'avoir protégée. »

Les larmes m'empêchaient de le voir clairement. Le flot de sang qui s'écoulait de sa blessure avait ralenti. « Tu m'as toujours protégée. Tu continueras de le faire.

— Non, c'est faux. » Son regard se posa quelque part, derrière mon épaule, où se tenait le seigneur Mazeen. « Je ne t'ai pas protégée… en tant qu'homme. Pardonne-moi.

— Tu n'as rien à te faire pardonner, gémis-je. Tu n'as rien fait de mal. »

Ses yeux commençaient à perdre leur éclat. « Je t'en prie.

— Je te pardonne. » Je me penchai en avant et pressai mon front contre le sien. « Je te pardonne. Je te le jure. Je te pardonne. »

Vikter frissonna.

« Non, je t'en prie, murmurai-je. Ne me quitte pas. Je t'en supplie. Je ne peux pas… Je ne peux pas supporter tout ça sans toi. S'il te plaît. »

Sa main glissa hors de la mienne.

Je pris une grande inspiration qui se bloqua dans ma gorge. Alors, je relevai la tête et le regardai. J'examinai frénétiquement son visage. Ses yeux étaient ouverts, ses lèvres entrouvertes, mais il ne me voyait pas. Il ne voyait plus rien.

« Vikter ? » Je plaçai la main sur son torse pour sentir son cœur. Juste un battement. C'était tout ce que voulais. Rien qu'un battement de cœur. Pitié. « Vikter ? »

Quelqu'un murmura mon nom. C'était Hawke. Il posa la main sur la mienne. Je levai les yeux vers lui en secouant la tête.

« Non.

— Je suis désolé, dit-il en soulevant doucement ma main. Je suis vraiment désolé.

— Non ! répétai-je en haletant. Non.

— Il me semble que notre Pucelle a franchi une certaine ligne avec ses gardes royaux. Je ne pense pas que les leçons qu'elle a reçues aient été utiles. »

Une vague glacée déferla du sommet de mon crâne et descendit le long de ma colonne vertébrale. Hawke leva les yeux vers le seigneur. Sa bouche bougea, et il me sembla qu'il disait quelque chose, mais c'était comme si le monde extérieur n'existait plus. Je ne l'entendais pas à cause du bourdonnement dans mes oreilles, à cause de la rage absolue qui battait dans mes veines.

« Pardonne-moi. »

« Je ne t'ai pas protégée. »

« Pardonne-moi. »

« Je ne t'ai pas protégée. »

Mes doigts s'enroulèrent autour d'un objet en métal. Je me levai de la mare de sang et me tournai. Je vis le seigneur Mazeen qui se tenait là, sans la moindre tache de sang sur le corps et les cheveux à peine décoiffés.

Il me regarda.

« Pardonne-moi. »

Il me sourit d'un air suffisant.

« Je ne t'ai pas protégée. »

« Je ne l'oublierais pas de sitôt », dit-il en désignant Vikter d'un geste de la tête.

« Pardonne-moi. »

Une éruption de fureur et de douleur explosa en moi. Sa source était si profonde et les dommages si grands que je sus que quelque chose s'était fissuré de manière irrévocable.

Je fus rapide, comme Vikter me l'avait enseigné. Je brandis l'épée. Le seigneur Mazeen ne s'attendait pas à mon attaque, mais il se déplaçait très vite, comme tous les Élevés. Il tendit le bras, comme pour bloquer mon geste. Il pensait sans doute en être capable. D'ailleurs, il ne s'était toujours pas départi de son sourire. Mais ma colère me rendait plus rapide, plus forte, plus dangereuse.

La fureur me conférait de la puissance. Les dieux eux-mêmes n'auraient pu y échapper. Les Élevés encore moins.

J'abattis la lame sur son bras, à travers la chair, les muscles, puis l'os. Le membre sectionné tomba à terre, aussi inutile qu'il l'était, lui. La bouffée de satisfaction que je ressentis lorsqu'il hurla comme un animal blessé fut exquise. Mazeen fixait le sang qui jaillissait du moignon juste au-dessus de son coude. Ses yeux sombres étaient écarquillés. Autour de nous, les gens criaient, hurlaient, c'était assourdissant, mais je n'en avais pas terminé. Je tranchai son poignet gauche, coupant ainsi la main qui avait maintenu la mienne sur le bureau du duc et m'avait privée des dernières bribes de pudeur auxquelles je m'étais raccrochée pendant que le duc me battait.

« Je ne t'ai pas protégée. »

Le seigneur tomba en arrière contre le fauteuil. Quand il retroussa les babines, un son étrange s'échappa de sa gorge. On aurait dit les grognements portés par le vent juste avant que la Brume n'arrive. Je fis tournoyai mon arme. Alors, l'épée, l'épée de Vikter, trouva sa cible.

« Pardonne-moi. »

Je décapitai le seigneur Brandole Mazeen.

Son corps glissa sur le sol. Je levai mon arme et l'abattis encore et encore sur ses épaules et son torse. Je ne m'arrêtais pas. Je voulais le mettre en pièces. Peu importait tous les cris qui me parvenaient.

Quelqu'un passa un bras autour de ma taille et me força à reculer. On me prit également l'épée des mains. Un parfum de pin et de bois me parvint. Je savais qui m'étreignait, qui m'écartait de ce qui restait de Mazeen. Pourtant, je me débattis. Je le griffai et me démenai pour me libérer. Il demeura imperturbable.

« Arrête, dit Hawke en pressant sa joue contre la mienne. Seigneurs, arrête. Arrête. »

Je lui assénai un coup de pied dans le mollet et la cuisse, puis me cambrai. Il perdit l'équilibre.

Pardonne-moi.

Il referma ses bras autour de moi et me souleva. Il me déposa ensuite de telle façon que mes jambes furent coincées sous mon propre corps.

« Arrête, je t'en prie, répéta-t-il. Poppy… »

« Je ne t'ai pas protégée. »

Les cris étaient si forts qu'ils me faisaient mal aux oreilles, à la tête, à la peau. Dans un coin de mon cerveau qui fonctionnait encore, je compris que c'était moi qui criais, mais je ne savais pas comment arrêter.

Un éclair de lumière explosa derrière mes paupières, puis les ténèbres m'enveloppèrent.

Je sombrai alors dans le néant.

27

Appuyée à moitié contre le bord de la fenêtre, je regardais les torches brûler à l'extérieur, de l'autre côté du Mur. La pression des larmes qui ne voulaient pas tomber me faisait mal aux yeux.

J'aurais voulu pleurer, mais j'avais l'impression que le lien qui me connectait à mes émotions avait été coupé. Ce n'était pas que la mort de Vikter n'était pas douloureuse. Au contraire, je souffrais à chaque fois que je pensais à son nom… mais une semaine et demie après sa mort, je ne ressentais toujours rien d'autre. Pas de chagrin. Ni de peur. Seulement de la peine et de la colère. Beaucoup de colère.

Peut-être était-ce parce que je n'étais pas allée à ses funérailles. Je n'avais assisté à aucune d'entre elles. Pourtant, les morts étaient si nombreux qu'on regroupait les cérémonies par dix, voire plus. Du moins, c'était ce que m'avait dit Tawny.

Cela n'avait pas été un choix de ma part. J'avais été inconsciente. J'avais beaucoup dormi cette semaine. Des journées entières étaient passées ainsi sans que je m'en rende compte, abrutie par les médicaments. Je ne me rappelais même pas le bain que m'avait fait prendre Tawny pour nettoyer le sang ni m'être allongée dans mon lit. Je savais qu'elle m'avait parlé, mais je ne me souvenais d'aucune de ses paroles. J'avais l'impression étrange de ne pas avoir été seule pendant que je dormais. Je me remémorais la sensation de paumes calleuses contre ma joue, de doigts qui repoussaient des mèches de cheveux tombées devant mon visage. J'avais un vague souvenir de Hawke qui me parlait, qui murmurait alors que la pièce était baignée dans la lumière du soleil ou lorsque la nuit avait repris ses droits. Je pouvais encore sentir ses caresses sur ma peau, dans mes cheveux. Pendant mon sommeil, cela avait été mon seul lien avec la réalité.

Je fermai les yeux jusqu'à ce que la sensation fantôme disparaisse, puis les rouvris.

Quatre jours après l'attaque du Rite, j'avais appris que Hawke avait utilisé une sorte de point de pression au niveau de mon cou pour me faire perdre connaissance. Je m'étais réveillée un peu plus tard dans ma chambre, incapable de parler. Mes cris m'avaient déchiré la gorge. Hawke avait été présent, tout comme Tawny, la duchesse et un guérisseur.

Ce dernier m'avait offert une poudre pour dormir et, pour la première fois de ma vie, je l'avais acceptée. J'aurais sans doute continué à la prendre sans discontinuer si Hawke ne me l'avait pas confisquée.

Ce jour-là, j'avais appris que l'attaque que nous avions subie ne s'était pas limitée au château. Les Effondrés avaient mis le feu à plusieurs maisons luxueuses sur les Allées radieuses pour y attirer des gardes du Mur et du château. Hawke avait été appelé à la rescousse après m'avoir quittée dans le jardin. Cela expliquait pourquoi il avait eu de la suie sur le visage.

Ces incendies avaient été une idée de génie. Je devais l'avouer. Étant donné que les soldats étaient occupés, les Effondrés avaient pu se déplacer sous le couvert de la nuit et abattre ceux qui restaient autour du château avant qu'ils se rendent compte de leur présence. Après quoi ils s'étaient lancés dans un massacre de grande envergure en sachant que les hommes déployés pour les incendies ne seraient pas avertis tout de suite.

Personne ne savait réellement quel message ils avaient voulu faire passer, ni s'ils avaient été à ma recherche. Aucun Effondré n'avait été fait prisonnier et ceux qui avaient réussi à s'échapper s'étaient de nouveau fondus dans la masse.

Les Élevés avaient agi comme la duchesse l'avait dit. Ils s'étaient sali les mains. Malheureusement, leur aide était arrivée trop tard. La majorité de ceux qui étaient restés dans la Grande Salle était morte. Seules quelques personnes avaient survécu. Le traumatisme était tel que certains ne se souvenaient même plus de ce qui s'était passé.

Plus d'une centaine de personnes étaient mortes cette nuit-là.

Seigneurs. Je préférais dormir.

Au moins, quand je dormais, je ne pensais pas au duc qui brûlait à l'endroit où il avait été pendu et empalé. Je ne revoyais pas l'œil bleu unique de Dafina ou Loren qui avait été abattue en cherchant à retrouver son amie. Je ne me rappelais pas la sensation de piétiner les morts et les mourants, en sachant pertinemment que je ne pouvais rien faire pour eux. Les masques de loup en métal ne hantaient pas mes cauchemars. Le sourire de Vikter ou le fait qu'il m'ait dit qu'il était fier de moi non plus. Dans mon sommeil, j'oubliais que, dans son dernier souffle, il m'avait demandé pardon parce qu'il n'avait pas réussi à me protéger. J'oubliais que mon don m'avait fait défaut au moment où j'en avais eu le plus besoin.

Je regrettais tout ce que je lui avais dit dans le jardin.

Je regrettais… d'avoir assisté au Rite et d'être allée sous ce saule pleureur. Si j'étais restée dans ma chambre, comme il me l'avait été demandé, nous n'aurions pas été au cœur de l'attaque. Elle se serait tout de même produite et des gens seraient morts, mais Vikter serait peut-être encore là.

Une petite voix au fond de mon esprit me soufflait qu'à l'instant où Vikter aurait appris ce qui se passait, il n'aurait pas hésité à aller se battre. Et je l'aurais suivi. La mort l'aurait emporté dans tous les cas. Elle trouvait toujours un chemin.

Durant ces journées passées dans le néant de mon esprit, je n'avais pas pu réfléchir à ce que j'avais fait au seigneur Mazeen ni à ce que je ressentais à ce sujet.

Ou plutôt à ce que je ne ressentais pas.

Je n'avais pas le moindre regret. Je serrai les poings si fort que mes ongles s'enfoncèrent dans mes paumes. J'aurais recommencé sans hésiter. Pire : j'aurais voulu pouvoir recommencer tout de suite et c'était perturbant.

Lorsque j'étais inconsciente, je ne pensais pas. Rien ne me paraissait important.

Mais, à présent, j'étais réveillée et je n'avais plus que mes pensées, ma douleur et ma haine pour me tenir compagnie.

J'aurais voulu mettre la main sur tous les Effondrés et leur faire subir le même sort que Mazeen.

La deuxième nuit après mon réveil, j'avais essayé. J'avais enfilé ma cape et mon masque, et avais attrapé l'épée à lame courte que Vikter m'avait offerte plusieurs années plus tôt, car ma dague s'était perdue dans le chaos de la nuit du Rite. J'avais eu l'intention de rendre une petite visite à Agnès.

Elle avait été au courant. Rien n'aurait pu me persuader du contraire. Elle avait été au courant et même si elle avait tenté de me mettre en garde, cela n'avait pas été suffisant. Le sang qui avait été versé ce soir-là était sur ses mains. Le sang de Vikter souillait sa peau. Mon mentor et ami avait bu du chocolat chaud chez elle et l'avait réconfortée. Elle aurait pu mettre un terme à cette folie.

Hawke m'avait rattrapée au milieu du bois du Rêveur et m'avait ramenée de force au château. C'était à ce moment-là que mon coffre rempli d'armes m'avait été confisqué et que l'on avait condamné l'accès aux anciens passages des serviteurs.

Alors, je restais assise. J'attendais.

Chaque soir, depuis que j'étais réveillée, je m'attendais à ce que la duchesse me convoque. À recevoir un châtiment. Car j'avais commis un acte interdit qui rendait toutes mes précédentes fautes obsolètes.

J'avais tué un Élevé.

Pucelle ou non, il faudrait me punir. Me juger indigne de mon rang.

Un coup résonna sur la porte. Je détournai le regard de la fenêtre. Hawke entra et referma la porte derrière lui. Il portait son uniforme de garde, entièrement noir à l'exception de la cape blanche caractéristique des membres de la Garde royale.

Personne n'avait encore remplacé Vikter. J'ignorais pourquoi. Peut-être qu'après avoir vu ce dont j'étais capable, la duchesse avait décidé que je n'avais pas besoin d'être autant protégée. Mais j'aurais eu du mal à me défendre sans arme. Ou peut-être était-ce parce que trois gardes étaient morts en moins d'un an autour de moi. Ou car il y avait eu tellement de morts qu'ils se retrouvaient en sous-effectif.

Chacun à un bout de la pièce, on se toisa longuement. J'étais raide comme un piquet.

Entre Hawke et moi, l'atmosphère était tendue.

Je ne savais pas si c'était à cause de ce qui s'était passé dans le jardin, puis avec Vikter, ou de l'acte que j'avais commis dans cette pièce. Sans doute les deux à la fois. Dans tous les cas, quand il venait me voir, il demeurait silencieux. Je n'avais pas la moindre idée de ce qu'il pensait ou ressentait. Mon don s'était retranché derrière des murs si épais que je n'y avais plus accès.

Il resta planté là en silence. Il se contenta de croiser les bras et de me dévisager. Je ne comptais plus le nombre de fois où je l'avais vu faire ça depuis que je m'étais réveillée. Et en même temps, à chaque fois qu'il essayait de me parler, je ne répondais pas. Je le fixais.

C'était sans doute la raison pour laquelle l'ambiance était si étrange entre nous.

Comme le silence s'éternisait, je plissai les yeux. « Quoi ?

— Rien.

— Alors qu'est-ce que tu fais ici ? demandai-je.

— J'ai besoin d'une raison ?

— Oui.

— Je n'en ai aucune.

— Tu es venu vérifier que je ne m'étais pas échappée ? lançai-je.

— Non. Je sais que tu ne peux pas sortir d'ici, princesse.

— Ne m'appelle pas comme ça, crachai-je.

— Au moins, il y a du mieux. »

Je fronçai les sourcils. « Du mieux ? Par rapport à quoi ?

— Toi, répondit-il. Tu n'es pas très gentille, mais tu parles. C'est mieux.

— Je n'essaie pas d'être désagréable, rétorquai-je. Je n'aime pas que tu m'appelles comme ça, c'est tout.

— Oui, oui, murmura-t-il.

— Peu importe. » Je détournai les yeux. Je me sentais… Je ne savais pas exactement. Mal à l'aise, je me tortillai. Cela n'avait rien à voir avec l'inconfort de la pierre dure sous mes fesses.

Je n'en voulais pas à Hawke. J'étais juste en colère contre… le monde entier.

« Je comprends », me dit-il d'une voix douce.

Quand je relevai la tête, je me rendis compte qu'il s'était rapproché. Je ne l'avais pas entendu bouger. Il ne se tenait plus qu'à environ un mètre de moi. « Ah oui ? » Je haussai les sourcils. « Comment pourrais-tu comprendre, au juste ? »

Il me dévisagea. L'espace d'un instant, je ressentis autre chose que de la colère ou de la douleur. La honte me brûlait comme de l'acide. Bien sûr que Hawke comprenait, du moins, jusqu'à un certain point. Il comprenait sans doute davantage que bien des personnes.

« Je suis désolé.

— Pour quoi ? » Ma voix avait perdu de sa dureté.

« Je te l'ai déjà dit peu de temps après ce qui s'est passé, mais je ne suis pas sûr que tu m'aies entendu », dit-il. Je repensai à cette vague sensation de l'avoir eu près de moi. « J'aurais dû te le répéter plus tôt. Je suis désolé pour ce qui s'est passé. Vikter était un homme bien. Et malgré notre dernier échange, je le respectais. Je suis désolé de ne rien avoir pu faire. »

Le moindre de mes muscles se crispa. « Hawke…

— Je ne sais pas si ma présence aurait changé la donne, reprit-il, mais j'aurais dû être avec vous. Je suis désolé d'avoir manqué à mon devoir et de ne rien avoir pu faire une fois que je vous ai rejoint. Pardon…

— Tu n'as pas à t'excuser. » Je me redressai. J'étais restée assise si longtemps que mes articulations s'étaient raidies. « Je ne te tiens pas responsable de ce qui s'est passé. Ce n'est pas contre toi que je suis en colère.

— Je le sais. » Il examina la fenêtre qui donnait sur le Mur derrière moi. « Mais ça ne change pas le fait que j'aurais voulu pouvoir faire quelque chose pour éviter ça.

— Moi aussi, j'aurais aimé faire les choses différemment, avouai-je, les yeux rivés à mes mains. Si j'étais retournée dans ma chambre…

— Si tu étais retournée dans ta chambre, l'attaque aurait eu lieu quand même. N'en prends pas la responsabilité. » Un battement de cœur plus tard, je sentis ses doigts se poser sous mon menton. Il me força à relever la tête pour croiser son regard. « Tu n'es pas coupable, Poppy. Pas du tout. C'est plutôt moi qui… » Il s'interrompit en jurant. « N'endosse pas de responsabilités qui incombent à d'autres personnes. Compris ? »

Oui, mais cela ne changeait rien. Alors, je lui dis : « Dix. »

Il fronça les sourcils. « Quoi ?

— C'est la dixième fois que tu m'appelles Poppy. »

Il eut un sourire en coin. L'ombre de sa fossette apparut. « J'aime t'appeler comme ça, mais je préfère "princesse" encore plus.

— Quelle surprise ! » rétorquai-je.

Il baissa la tête. « C'est normal, tu sais ?

— Quoi ?

— Ce que tu ressens, répondit-il. Et ce que tu ne ressens pas. »

Mon souffle se bloqua dans ma gorge. Mon cœur se serra. Ce n'était pas seulement l'œuvre de la peine. Derrière, il y avait également une émotion plus légère, plus chaleureuse. Ses paroles étaient la preuve qu'il avait vécu ce que j'étais en train de vivre. Je ne savais pas si j'avais bougé ou si c'était lui, mais mes bras se trouvaient soudain autour de lui, et il me serrait aussi fort que je l'étreignais. Ma joue était collée à sa poitrine, sous son cœur. Quand son menton se posa sur le sommet de ma tête, je frémis de soulagement. Ce moment, aussi tendre fût-il, ne changeait rien à la situation. La douleur et la colère étaient toujours là. Mais Hawke était si doux et son étreinte… Elle était emplie d'espoir, de la promesse que ce que je ressentais n'était que temporaire.

On resta ainsi un long moment avant que Hawke ne s'écarte. Alors, il coiffa en arrière les cheveux qui tombaient devant mon visage. Un frisson me parcourut.

« En réalité, je ne suis pas venu sans raison, avoua-t-il. La duchesse souhaite s'entretenir avec toi. »

Je clignai des yeux. Le moment était venu. « Pourquoi ne me l'as-tu pas dit plus tôt ?

— Notre discussion me paraissait bien plus importante.

— Je ne crois pas que la duchesse serait d'accord avec toi », lui fis-je remarquer. À son expression, il était clair que cela lui était égal. « Il est temps que je sache quel sera mon châtiment pour avoir… fait ce que j'ai fait au seigneur Mazeen, non ? »

Hawke fronça les sourcils. « Si je pensais qu'une punition était à l'ordre du jour, crois-moi, je ne t'emmènerais pas la voir. »

La surprise m'envahit. Cela me prouva encore une fois que je pouvais ressentir d'autres émotions. « Et où m'emmènerais-tu ?

— Loin d'ici », répondit-il. Et je le croyais. Il ferait ce que personne d'autre n'avait réussi à faire, pas même… pas même Vikter. « Si tu veux tout savoir, un message est arrivé de la capitale. »

C'était étrange d'être aidée par Tawny pour enfiler mon voile, de le porter et encore plus de m'apercevoir que le château était exactement le même qu'avant l'attaque. Mis à part la Grande Salle, bien entendu. D'après ce que j'avais vu, elle avait été barricadée. Un coup d'œil en direction de la pièce dans laquelle était mort Vikter m'indiqua que la porte avait été remplacée.

C'était tout ce que j'avais besoin de savoir.

La duchesse portait du blanc, comme moi, mais mes vêtements étaient la tenue traditionnelle de la Pucelle. Les siens étaient des habits de deuils. Assise derrière le bureau qui avait appartenu à son mari, elle examinait une feuille de papier. Il ne s'agissait pas du cabinet privé du duc. Si nous nous étions retrouvées là-bas, je ne sais pas quelle aurait été ma réaction.

Je n'arrivais toujours pas à croire qu'il eût été tué. Le choix de l'arme du crime avait sans doute été anecdotique. Pourtant, la coïncidence continuait de m'interroger.

Lorsque la porte se referma derrière nous, la duchesse leva la tête. Elle paraissait… différente. Ce n'était pas à cause de la couleur de sa robe ni de ses cheveux tirés en arrière en un chignon simple. C'était autre chose, mais j'étais incapable de mettre le doigt dessus. Je dépassai les bancs. Il y avait deux autres personnes dans la pièce : le commandeur et un garde royal.

Elle me toisa. Je me demandais si elle pouvait voir que j'avais gardé les cheveux détachés sous mon voile. « J'espère que vous vous portez bien. » Elle marqua une pause. « Ou du moins, mieux que la dernière fois que je vous ai vue.

— Je vais bien », répondis-je. Ce n'était ni un mensonge ni la vérité.

« Parfait. Je vous en prie. Asseyez-vous. » Elle désigna un siège et je m'exécutai.

Tawny s'installa à côté de moi, mais Hawke resta debout sur ma gauche. Je m'efforçai de ne pas penser que Vikter aurait dû se tenir à sa place.

« Il s'est passé beaucoup de choses pendant que vous… vous reposiez, reprit la duchesse. La reine et le roi ont été mis au courant des récents incidents. » Elle tapa un long doigt contre le parchemin.

Le message avait sans doute été envoyé par pigeon voyageur jusqu'à la capitale, mais seul un chasseur avait pu apporter une réponse des souverains jusqu'ici. Il avait sans doute voyagé nuit et jour, et changé de cheval en cours de route. En temps normal, il fallait plusieurs semaines pour couvrir cette distance.

« À la suite de la tentative d'enlèvement dont tu as été victime et de l'attaque qui a eu lieu le soir du Rite, ils ne te croient plus en sécurité ici, annonça la duchesse. Ils demandent ton retour à Carsodonia. »

J'avais su que ce jour arriverait. Depuis l'incident, j'avais accepté le fait qu'il y avait de grandes chances pour que la reine me rappelle à la capitale. La date de mon Élévation serait peut-être même avancée. Je n'étais donc pas étonnée, mais cela n'expliquait pas pourquoi je ne ressentais aucune peur ni aucune appréhension.

Je n'éprouvais que… de la résignation. Peut-être même un léger soulagement parce que je ne voulais plus rester dans ce château. Je ne pensais pas à ce qui se passerait une fois que je serais dans la capitale. Je n'imaginais même pas mes retrouvailles avec Ian. Toutefois, il y avait une autre émotion qui me démangeait. La perplexité.

« Excusez-moi, dis-je soudain, mais pourquoi ne me punissez-vous pas ? »

Hawke tourna la tête vers moi. Sans le regarder, je savais qu'il arborait la même expression que Vikter aurait affichée.

La duchesse demeura silencieuse un long moment avant de reprendre la parole : « Je suppose que vous voulez parler du seigneur Mazeen. »

L'estomac noué, j'opinai.

Elle pencha la tête sur le côté. « Pensez-vous que vous devriez être punie ? »

J'étais sur le point de lui répondre comme je l'aurais fait deux semaines avant l'attaque, quand je m'étais encore efforcée d'être celle que, je commençais à le croire, je ne serais plus jamais. « Je ne pense pas être la mieux placée pour en juger.

— Pourquoi ? » La curiosité se lisait sur son visage.

« Parce que… il y avait des antécédents. » Je me contentai de cette explication. À côté de moi, Tawny avait pressé sa cuisse contre la mienne. Je pris une grande inspiration. « Je sais que je devrais être punie.

— Vous devriez l'être, acquiesça-t-elle. C'était un Élevé. L'un des plus anciens. »

Une certaine tension se dégageait de Hawke. Je le sentis se rapprocher légèrement de moi.

« Vous l'avez découpé comme un boucher avec une pièce de viande », reprit-elle. J'aurais dû ressentir de l'effroi, voire du dégoût, autre chose que cette sensation de satisfaction qui m'envahissait. « Mais je suis certaine que vous aviez vos raisons. »

Ma mâchoire tomba par terre.

La duchesse s'adossa à son siège et ramassa sa plume. « Je connaissais Bran depuis de très longues années. Il y a très peu d'aspects de sa personnalité qui m'étaient inconnus. J'espérais qu'étant donné votre statut, il se serait mieux conduit. Apparemment, j'avais tort. »

Je me penchai en avant. « Est-ce que vous… ?

— Si j'étais vous, je ne poserais pas cette question », m'interrompit-elle. Son regard fixe plongea dans le mien. « Vous n'aimeriez pas ma réponse et ne la comprendriez pas. Je ne vous demanderais pas de le faire d'ailleurs. Voyez cela comme une leçon nécessaire, Penellaphe. Certaines vérités ne font que détruire et pourrir ce qu'elles n'oblitèrent pas. La vérité ne libère pas toujours. Seul un idiot qui a été abreuvé de mensonges toute sa vie peut le croire. »

Ma poitrine se souleva vivement, mais je refermai la bouche et me rassis. Elle était au courant. Elle avait toujours su pour le duc et le seigneur. Peut-être pas exactement ce qu'ils avaient fait, mais elle savait. Mes doigts s'enfoncèrent dans le tissu de ma jupe.

« Vous êtes la Pucelle, poursuivit-elle. C'est pour cela que vous ne serez pas punie. Soyez-en reconnaissante et n'en parlez plus jamais. » Un muscle tressauta sous son œil. « Et rendez-vous service. Ne perdez plus un seul instant à penser à eux. Je sais que ce sera mon cas. »

Je la fixai tandis qu'elle desserrait sa prise sur la plume. Alors, je compris. S'il m'avait traitée comme il l'avait fait, pourquoi aurait-il agi différemment avec sa femme ? Après tout, je ne les avais jamais vus avoir des gestes tendres l'un envers l'autre. Cela allait au-delà de la nature plus froide des Élevés. Ils ne s'étaient jamais touchés. Être un Élevé ne signifiait pas que l'on ne pouvait pas être victime de violence.

Je baissai les yeux et hochai la tête. « Quand… Quand dois-je partir pour la capitale ?

— Demain matin, répondit-elle. Vous nous quitterez au lever du jour. »

28

« Je n'abandonnerai pas Tawny ici, insistai-je auprès de Hawke. Il en est hors de question.

— Elle ne viendra pas avec nous. » Des flammes dansaient dans ses yeux ambrés. « Je suis désolé, mais c'est impossible. »

Nous étions dans mes appartements. Cela faisait moins de trente minutes que nous avions quitté le bureau de la duchesse. Et nous avions une audience. Tawny était là. Le commandeur aussi. Pourtant, on aurait pu croire qu'ils n'étaient même pas dans le même bâtiment que nous.

Hawke et moi nous disputions depuis au moins dix minutes.

« Alors, heureusement que ce n'est pas toi qui décides, lui fis-je remarquer en me tournant vers le commandeur. J'ai besoin…

— Je suis désolé, Pucelle, mais je ne voyagerai pas avec vous. » Le commandeur Jansen entra dans la pièce. Jusqu'à présent, il s'était contenté de rester posté devant la porte. « Seul un petit groupe vous accompagnera. Hawke est votre garde personnel. C'est lui qui dirigera les opérations.

— Comment peut-il diriger quoi que ce soit ? » Je criais presque. « Il vient à peine d'intégrer la Garde royale.

— Mais il est le seul qu'il vous reste. »

Sa réponse menaça de me blesser. Aussi, je me retournai vers Hawke et fis la chose la plus immature que je pouvais. Je reportai ma frustration sur lui. « Tu imagines sérieusement que je vais la laisser ici ? Où des Effondrés tuent des gens de tous les côtés ?

— Tu imagines sérieusement que je vais l'emmener au-delà du Mur ? »

Tawny tenta de s'interposer. « Si je peux…

— Oui ! m'écriai-je. Tu m'y emmènes bien, moi !

— Justement. En raison du manque d'effectif, seuls quelques gardes peuvent nous accompagner. Tous auront pour mission de te protéger, toi. Pas elle.

— Je sais…

— J'ai conscience que tu sais te défendre. Tout le monde dans cette pièce l'a compris, crois-moi, mais on parle de sortir, princesse. De franchir le Mur. Sais-tu quel chemin nous allons devoir emprunter ? s'enquit-il. Nous allons traverser les Plaines désertées et la Forêt sanglante. »

L'appréhension me noua l'estomac. « Je sais.

— Il faudra également parcourir des zones fortement peuplées par des Effondrés. Ce ne sera pas un voyage facile, et je ne mettrai pas ta sécurité en péril », dit-il en me fusillant du regard. Le Hawke qui m'avait serrée si fort et si tendrement quelques heures auparavant avait disparu. À sa place se trouvait…

Un garde royal dont Vikter aurait été fier. Je ne pus m'empêcher de me sentir blessée. Hawke n'était pas mon ami ou… ou peu importe ce qu'il était pour moi en ce moment. Il était un militaire chargé de me garder en vie et de me livrer saine et sauve à la reine et au roi.

Il baissa la tête sans me quitter des yeux. « Si l'on emmène Tawny avec nous, c'est comme si on l'utilisait comme appât pour attirer les Voraces. »

Je le dévisageai, incrédule. « Je n'ai jamais rien entendu d'aussi stupide.

— Ce n'est pas plus stupide que de devoir me disputer avec toi alors que je ne vois que la moitié de ton visage », rétorqua-t-il.

Je levai les mains au ciel. « Ça, c'est ton problème, pas le mien. »

Il me fixa un long moment avant d'éclater de rire, puis de se tourner vers Tawny. « Je sais que vous voulez rester avec elle et je comprends, mais ce ne sera pas la caravane habituelle. Il n'y aura pas des dizaines de gardes et on ne s'arrêtera pas dans les auberges les plus luxueuses. Notre rythme de marche sera effréné et il y a de grandes chances pour que vous voyiez encore du sang couler. »

Je me tournai vers Tawny. Avant que j'aie pu parler, elle dit : « Je sais. Je comprends. » Elle avança. « J'apprécie que tu veuilles que je t'accompagne, Poppy, mais je ne peux pas. »

Je tombai de haut. « Tu… Tu ne veux pas ? » Elle avait pourtant été si enthousiaste à l'idée de revoir la capitale.

Bien sûr, si je partais, son temps lui appartiendrait de nouveau. Du moins, une grande majorité. Je pinçai les lèvres.

« Si, j'aimerais beaucoup. » Elle se posta devant moi et prit mes mains dans les siennes. « L'idée de sortir me terrifie. Il faut que tu me croies. »

Je ne demandais pas mieux.

Elle porta nos mains jointes à sa poitrine. « Et ce n'est pas tout. Hawke a raison. De nombreux gardes… nous ont quittés. Ceux qui t'escorteront ne pourront pas s'occuper de moi et je ne sais pas me battre. Pas comme toi. Je ne pourrai pas faire ce que tu as fait. »

Ce que j'avais fait ? Parlait-elle de se défendre… ou du sort que j'avais réservé à Mazeen ?

« Je ne peux pas venir avec toi », murmura-t-elle.

Je fermai les yeux et soupirai. Elle avait raison. Hawke aussi. Cela aurait été irresponsable et illogique d'emmener Tawny avec nous pour ce voyage. Et même si je n'aimais pas l'idée de l'abandonner dans une ville où la situation était aussi instable, j'insistais surtout, car… car…

Je laissais derrière moi tout ce qui m'était familier.

Tant de choses s'étaient produites en peu de temps. Tant de vies avaient été perdues. Je n'avais pas l'espace mental ni la capacité émotionnelle nécessaires pour m'inquiéter du fait que l'Élévation puisse être avancée ou que les dieux me jugent indigne. Je ne me préoccupais pas réellement de l'avenir. Le problème était que tout changeait très vite et Tawny… elle était la seule personne qu'il me restait « d'avant. »

Et si je ne la revoyais plus jamais ?

Je pris une inspiration tremblante. Il ne fallait pas que je pense ainsi. Je ne devais pas non plus lui transmettre mes peurs. Je rouvris les paupières. « Tu as raison. »

Les larmes lui montèrent aux yeux. « Je déteste avoir raison.

— Heureusement qu'il y a quelqu'un de rationnel dans cette pièce », marmonna Hawke.

Je tournai vivement la tête dans sa direction. « Personne ne t'a demandé ton avis. »

Le commandeur Jansen siffla doucement.

« C'est cadeau, princesse. » Il sourit d'un air suffisant. Je lâchai les mains de Tawny pour me tourner vers lui, mais il se dirigea vers la porte devant laquelle il s'arrêta. « Encore une chose. N'emporte pas grand-chose avec toi. Et ne t'embête pas avec ton foutu voile. Tu ne le porteras pas. »

Les yeux fermés, le menton levé, je savourais la sensation de l'air frais du matin contre mes joues et mon front nus tandis que je me tenais près des parois noires du Mur. Ce n'était pas grand-chose, mais cela faisait des années que le soleil et le vent n'avaient pas touché mon visage dans son intégralité. Ma peau me picotait délicieusement. Même la raison pour laquelle j'avais le droit de commettre cette entorse n'aurait pas pu gâcher ce moment.

Pendant notre voyage en direction de Carsodonia, le voile ferait de moi une cible facile. La façon la plus efficace d'éviter les Effondrés et le Seigneur des Ténèbres était de nous assurer que les personnes que nous croisions ne me reconnaissent pas. C'était pour cela que notre petit groupe s'était rassemblé près du Mur. Je portais une cape marron foncé sans fioriture sur un pull épais, des brais et des bottes. J'ignorais ce que les gens penseraient en me voyant, mais ils ne devineraient jamais que j'étais la Pucelle.

C'était également pour cela que j'avais fait mes adieux à Tawny dans mes appartements. Les serviteurs du château savaient qu'elle était ma dame de compagnie et parmi eux pouvaient encore se trouver des Effondrés. Hawke ne voulait prendre aucun risque.

Nos au revoir n'en avaient été que plus déchirants. Beaucoup de choses pouvaient se passer entre cet instant et celui où elle me joindrait à la capitale, et les nouvelles voyageaient lentement. Mon estomac se noua. Je ne pouvais malheureusement rien n'y faire. Je ne pouvais qu'espérer la revoir un jour. Je devais y croire.

Mais je ne prierais pas.

Car les dieux n'avaient jamais répondu à mes prières.

De toute manière, je ressentais de la culpabilité à leur demander une faveur, car je… je ne pouvais plus nier ce que j'avais dit à Vikter.

Je voulais être jugée indigne.

Je soupirai et me concentrai sur la sensation du vent qui soulevait les cheveux sur mon front et au niveau de mes tempes.

La duchesse n'était pas venue me dire au revoir.

Cela ne me surprenait pas. Je n'étais pas blessée comme je l'aurais été auparavant. Je n'étais même pas déçue. J'ignorais s'il s'agissait d'une bonne ou d'une mauvaise chose.

« Tu as l'air contente. »

En entendant la voix de Hawke, je rouvris les yeux et me tournai vers lui. Je le regrettai presque aussitôt.

Debout à côté d'un cheval noir imposant, Hawke ne portait pas l'uniforme des gardes. Un pantalon marron foncé moulait ses jambes et mettait en valeur ses muscles puissants. Sa tunique à manches longues était taillée dans un tissu épais adapté au froid de l'hiver, tout comme sa cape doublée de fourrure. Dans la lumière du soleil, ses cheveux avaient la couleur des ailes des corbeaux.

Étonnamment, il était encore plus beau habillé comme un homme du peuple.

Il me toisait, un sourcil haussé pendant que je… pendant que je le dévorais des yeux, il fallait bien l'avouer. Le rouge me monta aux joues. « C'est agréable.

— L'air sur ton visage ? » demanda-t-il. Il avait tout de suite compris de quoi je parlais.

Je hochai la tête.

« J'imagine. » Son regard parcourut mon visage. « Je préfère largement cette version de toi. »

Je me mordis les lèvres et tendis la main pour caresser doucement le museau du cheval. « Il est magnifique. Il a un nom ?

— On m'a dit qu'il s'appelait Setti. »

Je souris. « Comme le cheval de guerre de Théon ? » Setti me donna un petit coup de tête pour que je continue de le caresser. « C'était un véritable héros.

— Je suis sûr qu'il sera à la hauteur, répondit Hawke. Je suppose que tu ne sais pas monter à cheval ? »

Je secouai la tête. « Je n'ai plus essayé depuis… » Mon sourire s'élargit. « Seigneurs. C'était il y a trois ans. Avec Tawny, on s'est faufilées jusqu'aux écuries et on a réussi à monter sur l'une des bêtes avant que Vikter n'arrive. » À cette pensée, je perdis tout enthousiasme. Je baissai la main et reculai. « Non. Je ne sais pas monter à cheval.

— Ça va être intéressant… et une véritable torture, étant donné que tu seras sur le même cheval que moi. »

Mon cœur s'emballa. Je levai la tête. « Pourquoi ? »

Il eut un sourire en coin. Sa fossette fit son apparition. « À part le fait que cela va me permettre de te garder à l'œil ? Sers-toi de ton imagination, princesse. »

Mon imagination fonctionnait très bien, merci. « C'est inconvenant, lui dis-je.

— Ah bon ? » Il baissa le menton. « Là dehors, tu n'es pas la Pucelle. Tu n'as ni voile ni responsabilités. Tu es juste Poppy. »

Mon regard croisa le sien. La poussée d'excitation et de soulagement que je ressentis prouvait que sous la douleur et la colère d'autres émotions couvaient. « Dès notre arrivée à la capitale, je redeviendrai la Pucelle.

— Peut-être, mais ce n'est pas pour aujourd'hui ni pour demain, répondit-il en se tournant vers l'une des sacoches accrochées à la selle de son cheval. Je t'ai apporté quelque chose. »

Je me demandais bien de quoi il pouvait s'agir, étant donné que je n'avais pu prendre avec moi que des sous-vêtements et deux tuniques de rechange.

Après avoir ouvert un sac, il plongea la main à l'intérieur et en produisit un objet enveloppé dans un linge. Il l'ouvrit et me le tendit.

Lorsque je vis de quoi il s'agissait, mon cœur s'arrêta avant de redémarrer de plus belle. Je reconnus tout de suite la poignée ivoire et la lame rouge foncé.

« Ma dague. » Ma gorge se noua. « J'ai cru… que je l'avais perdue.

— Je l'ai trouvée cette nuit-là. » Il y avait un fourreau en dessous. « Je ne pouvais pas te la rendre tant que j'avais peur que tu t'enfuies avec… mais tu en auras besoin pour ce voyage. »

Le fait qu'il s'assure que je sois capable de me défendre me touchait beaucoup. Quant au fait qu'il ait trouvé ma dague et l'ait gardée en sécurité…

« Je ne sais pas quoi dire. » Je m'éclaircis la voix. Il me la tendit. À l'instant où mes doigts s'enroulèrent autour de la garde, je laissai échapper un soupir tremblant. « Vikter me l'a offerte pour mon 16e anniversaire. C'est ma préférée.

— C'est une très belle arme. »

La boule qui s'était formée dans ma gorge se désagrégea. Je hochai la tête. Après avoir glissé mon arme avec précaution dans son fourreau, je l'accrochai autour de ma cuisse droite. Il me fallut un moment pour retrouver l'usage de la parole. « Merci. »

Il ne répondit pas. Lorsque je relevai la tête, je vis un petit groupe approcher. Deux hommes que je ne connaissais pas étaient à cheval et six autres guidaient leurs montures vers nous.

Je reconnus deux des gardes immédiatement. J'avais joué aux cartes avec eux à *La Perle Rouge*. Phillips et… il me semblait que le second s'appelait Airrick. Ils n'eurent pas l'air de me reconnaître. Ils me saluèrent d'un geste de la tête sans jamais me regarder dans les yeux.

Mes cicatrices me démangèrent, mais je résistai à l'envie de les toucher ou de tourner la tête pour les rendre invisibles.

J'étais surprise de voir ces hommes, car ils n'étaient pas des chasseurs, mais il n'y avait sans doute pas eu suffisamment de gardes pouvant se joindre à nous. Dans tous les cas, j'étais contente de voir Phillips, car il avait affronté des Voraces de nombreuses fois et était toujours en vie.

« L'équipe est au grand complet », murmura Hawke avant de faire les présentations. Les noms qu'il me donna refusèrent de s'imprégner dans mon esprit à l'exception des deux que je connaissais déjà… jusqu'à ce que l'un d'eux réveille un souvenir. « Voici Kieran. Il est arrivé de la capitale en même temps que moi. Il connaît bien la route que nous allons emprunter. »

C'était le garde qui avait frappé à la porte ce soir-là, à *La Perle Rouge*. J'avais l'impression d'assister à une sorte de réunion anniversaire. Au moins, cette fois, je pouvais voir à quoi il ressemblait. Il avait environ le même âge que Hawke. Ses cheveux noirs étaient coupés à ras. Ses yeux, d'un bleu pâle étonnant, me faisaient penser à la couleur du ciel en hiver. Le contraste avec sa peau aux nuances chaudes et beiges, comme celle de Tawny, était saisissant.

« Ravi de vous rencontrer, dit Kieran en montant sur son cheval.

— De même », soufflai-je en remarquant qu'il avait le même accent, très léger, que Hawke. J'aurais été incapable d'en déterminer l'origine.

Il se tourna vers Hawke. Son visage anguleux était vraiment très séduisant. « Si on veut traverser les plaines avant la tombée de la nuit, il va falloir songer à se mettre en chemin. »

Hawke se tourna vers moi. « Prête ? »

Je jetai un coup d'œil vers l'ouest, vers le centre-ville de Masadonia. Le château des Teerman s'élevait au-dessus du Quartier bas et de la Citadelle, tout en pierre et en verre, rempli de merveilleux souvenirs et d'évènements cauchemardesques. Quelque part, à l'intérieur, Tawny vaquait à ses occupations pendant que la duchesse s'emparait du contrôle de la ville. Quelque part, à l'intérieur, mon présent était devenu le passé. Je me tournai vers le Mur. De l'autre côté m'attendait mon futur.

29

Nous voyagions depuis plusieurs heures à travers les Plaines désertées et je n'avais plus besoin de compter uniquement sur mon imagination pour comprendre ce que Hawke avait insinué lorsqu'il m'avait appris que j'allais monter sur le même cheval que lui.

Il n'y avait que très peu d'espace entre nos deux corps. Cela n'avait pas été le cas tout de suite. Lorsque les lourdes portes du Mur s'étaient ouvertes et nous avions dépassé les torches, consciente que les hommes qui voyageaient avec nous savaient qui j'étais, je m'étais tenue bien droite et avais ignoré la sensation du bras de Hawke autour de ma taille. Toutefois, le rythme était soutenu. Ce n'était pas une course effrénée, mais je n'étais pas habituée à la façon dont un cheval se mouvait. Ma posture très raide était rapidement devenue gênante et douloureuse. Au fur et à mesure, je m'étais rapprochée de Hawke jusqu'à ce que mon dos soit pressé contre son torse et mes hanches entre ses cuisses. À un moment, le capuchon de ma cape avait glissé, et je ne l'avais pas relevé, en partie parce que j'aimais la sensation du vent sur mon visage…

Et en partie parce que je pouvais sentir le souffle chaud de Hawke contre ma joue chaque fois qu'il se penchait pour me parler.

J'avais eu raison. C'était tout à fait inconvenant. Ou, du moins, la façon dont je me sentais quand il me tenait dans ses bras était inappropriée pour une Pucelle.

Au bout d'un certain temps, je m'étais détendue et avais profité de la sensation de ses bras autour de moi. Je savais qu'une fois arrivés à destination, tout serait terminé. Peu importait à quel point Hawke avait confiance en lui.

Dans la capitale, les choses seraient tout simplement différentes.

J'observai les plaines désertes. Avant, elles avaient accueilli des fermes et des auberges dans lesquelles les gens pouvaient s'arrêter et se reposer. À présent, il n'y avait plus que de l'herbe, des arbres courbés et noueux et du lierre qui courait sur les murs des bâtiments en ruines.

J'étais convaincue que chaque bâtisse que nous dépassions était hantée.

Les Voraces avaient détruit les plaines. Ils massacraient quiconque tentait de s'aventurer en dehors du Mur et souillaient les terres fertiles avec leur sang.

Nous nous rapprochions de la Forêt sanglante.

Je m'attendais à l'apercevoir à tout moment et j'essayais de ne pas penser à la position du soleil et à l'endroit où nous serions lorsque la nuit tomberait.

Hawke changea légèrement de position et passa le bras sous ma cape. La bouche sèche, je sentis le cheval ralentir. Sa paume était contre ma hanche. Malgré le pull en laine et le pantalon qui couvraient ma peau, la chaleur de sa main me brûlait.

« Ça va ? » me demanda-t-il. Son souffle dansa sur ma joue.

« Je ne sens plus beaucoup mes jambes », admis-je.

Il rit doucement. « Tu vas t'y habituer.

— Génial », rétorquai-je. Lorsque son pouce me caressa la hanche, je pris une grande inspiration et resserrai ma prise sur le pommeau de la selle.

« Tu es sûre que tu as suffisamment mangé ? »

On avait grignoté du fromage et des noix en chemin. Même si, en temps normal, j'aurais mangé un repas bien plus important, je n'étais pas certaine de réussir à le faire sur un cheval. Cela secouait beaucoup trop. Je hochai la tête et remarquai que Kieran et Phillips qui se trouvaient devant nous avaient ralenti. Depuis le début, ils se rapprochaient de temps en temps pour se parler, mais j'étais trop loin pour entendre ce qu'ils se disaient.

« On s'arrête ? demandai-je.

— Non. »

Je fronçai les sourcils. « Alors, pourquoi est-ce qu'on ralentit ?

— C'est à cause de la route… », répondit Airrick, sur notre gauche. Quand il s'interrompit subitement, je souris. Il avait été sur le point de m'appeler Pucelle. Il l'avait déjà fait plusieurs fois et Hawke l'avait menacé de le faire tomber de son cheval s'il continuait. Heureusement, il avait réussi à s'arrêter à temps. « Elle est accidentée et il y a une rivière, mais il est difficile de voir ce qui se cache dans la végétation.

— Ce n'est pas tout », ajouta Hawke. Il continuait de tracer lentement des cercles contre mon pull.

« Ah non ?

— Tu vois Luddie ? » Hawke parlait de l'un des chasseurs qui chevauchaient à notre droite. L'homme n'avait pas été très bavard depuis notre départ. « Il vérifie qu'aucun barrat ne nous approche. »

Je grimaçai. Les barrats étaient des rongeurs dignes des pires cauchemars. Selon la rumeur, ils avaient la taille d'un sanglier. « Je croyais qu'ils avaient disparu ?

— C'est la seule chose que les Voraces ne mangent pas. »

Et n'était-ce pas révélateur ? Je frissonnai. « D'après toi, combien y en a-t-il là dehors ?

— Aucune idée. » Il resserra sa prise autour de ma taille. Il était clair qu'il mentait.

Je jetai un coup d'œil à Airrick.

Il se détourna.

« Et toi, tu le sais, Airrick ?

— Euh… Eh bien, je sais qu'il y en avait beaucoup plus, avant », répondit-il en adressant un regard nerveux à Hawke. Il reporta aussitôt son attention sur la route. « Ils ne causaient pas autant de problèmes, à l'époque. Du moins, c'est ce que mon grand-père m'a raconté quand j'étais enfant. Il vivait ici. C'était l'un des derniers.

— C'est vrai ? »

Airrick hocha la tête. Hawke continuait ses caresses. « Il faisait pousser du maïs, des tomates, des haricots et des pommes de terre. » Un léger sourire étira ses lèvres. « Il me disait que les barrats n'étaient rien de plus que de la vermine.

— J'ai du mal à imaginer que des rats qui pèsent plus de cent kilos puissent être considérés comme tel.

— Ils étaient charognards. Ils avaient plus peur des hommes que l'inverse », expliqua Airrick. Peu importait qu'ils laissent les gens tranquilles. J'étais persuadée que si j'en voyais un, je serais terrifiée. « Quand tout le monde est parti, ils ont perdu leur…

— Source de nourriture ? » finis-je à sa place.

Il opina avant d'observer l'horizon. « Maintenant, ils considèrent tout ce qu'ils croisent comme un repas potentiel.

— Nous y compris. » J'espérais sincèrement que Luddie avait une vision parfaite et un sixième sens en ce qui concernait les barrats.

« Très intéressant, dit Hawke tandis que Setti dépassait le cheval d'Airrick.

— Décidément, tu n'as que ce mot à la bouche, rétorquai-je.

— Seulement quand tu es là. »

Je m'autorisai à sourire à pleine dent, car personne ne nous regardait et j'en avais envie, tout simplement. « Pourquoi est-ce que je t'intrigue, cette fois ?

— Quand est-ce que tu ne m'intrigues pas ? demanda-t-il. Tu n'as pas peur des Effondrés, ni des Voraces, mais tu trembles comme un chaton mouillé à la simple évocation d'un barrat.

— Les Voraces et les Effondrés ne se carapatent pas à quatre pattes. Et puis ils n'ont pas de fourrure.

— Les barrats ne se carapatent pas, répondit-il. Ils courent, presque aussi vite qu'un chien de chasse qui a repéré une proie. »

Un nouveau frisson me parcourut. « Tu ne m'aides pas beaucoup. »

Il rit. « Tu sais ce que j'aimerais, maintenant ?

— Qu'on ne parle plus de rats géants mangeurs d'hommes ? »

Hawke me serra contre lui. Ma poitrine se gonfla. « À part ça. »

Je ricanai.

« Rends-moi service et attrape ce qui est dans le sac à côté de ta jambe gauche. Fais attention. Tiens-toi bien au pommeau.

— Je ne tomberai pas. » Je me tins malgré tout et soulevai le rabat de la sacoche avec précaution.

« Oui, oui. »

Je ne l'écoutai pas. Mes doigts rencontrèrent un objet lisse recouvert de cuir. Les sourcils froncés, je le saisis et le sortis. À l'instant où j'aperçus la couverture en cuir rouge, je hoquetai de surprise et le reposai à la hâte.

« Oh, mes dieux ! » Les yeux écarquillés, je me redressai.

Hawke éclata de rire. Kieran tourna la tête dans notre direction. Voyait-il à quel point mon visage était rouge ?

« Tu n'es pas croyable. » Je tournai la tête. L'espace d'un instant, je me perdis dans la contemplation de son sourire. Ses deux fossettes étaient de sortie. Puis je me rappelai ce que je venais de voir. « Où as-tu trouvé ce livre ?

— Comment est-ce que j'ai mis la main sur le journal coquin de Mlle Willa Colyns ? J'ai mes méthodes.

— Comment ? » répétai-je. La dernière fois que je l'avais vu, il avait été caché sous mon oreiller. Avec tout ce qui se passait, je ne m'étais même pas demandé ce que l'on aurait pensé en le découvrant dans mon lit.

Sans doute beaucoup de choses.

« Je ne le dirai pas », répondit-il. Je le frappai sur le bras. « Quelle violence ! »

Je levai les yeux au ciel.

« Tu ne veux pas me faire la lecture ?

— Non. Hors de question.

— Je te le lirai peut-être, plus tard. »

C'était encore pire. « Ce ne sera pas nécessaire.

— Tu es sûre ?

— Certaine. »

Son rire étouffé fut doux contre ma nuque. « Où en es-tu, princesse ? »

Je pinçai les lèvres avant de soupirer. « Je l'ai presque terminé.

— Il faudra que tu me le racontes, alors. »

Cela ne risquait pas d'arriver. J'avais du mal à croire qu'il avait trouvé ce livre et l'avait apporté. Il aurait pu prendre n'importe quoi. Pourtant, il avait choisi ce journal. Le coin de mes lèvres me chatouilla. Tout à coup, je souris et m'esclaffai. Lorsqu'il m'étreignit un peu plus fort, je me détendis contre lui.

Hawke m'intriguait, lui aussi.

La cadence s'accéléra. J'avais l'impression que nous faisions la course avec la lune. Je n'avais pas besoin de regarder devant nous pour savoir que nous perdions.

C'est alors que je la vis.

Le premier aperçu me glaça le sang. Une mer écarlate s'étendait à perte de vue.

Nous avions atteint les abords de la Forêt sanglante.

Les chevaux nous firent avancer alors que mon instinct me hurlait de reculer. J'étais incapable de détourner les yeux de la forêt alors que je savais que sa vision hanterait mes nuits pendant de nombreuses années. Je ne l'avais jamais vue d'aussi près. J'avais rejoint Masadonia par une route différente qui demandait plusieurs jours de voyage supplémentaires. C'était une masse informe de couleur rouge et d'une nuance plus foncée qui faisait penser à du sang séché. Sous les sabots, le sol devenait de plus en plus accidenté. Des choses craquaient et se fendaient. Étaient-ce des brindilles ? Des branches ? Je voulus baisser la tête…

« Non, m'arrêta Hawke. Ne regarde pas en bas. »

Ce fut plus fort que moi.

Mon estomac se retourna. Le sol était recouvert d'os blanchis par le soleil. Il y avait des crânes de cerfs et d'animaux plus petits. Des lapins, peut-être ? D'autres étaient plus longs, trop longs pour être ceux d'un animal, et…

Je pris une grande inspiration et me détournai de ce triste spectacle. « Ces os…, dis-je, la gorge nouée. Ce ne sont pas que des os d'animaux, pas vrai ?

— Non. »

Je posai la main sur le bras autour de ma taille et m'y accrochai. « Est-ce que ce sont les os des Voraces qui sont morts ici ? » S'ils ne se nourrissaient pas, ils dépérissaient jusqu'à ce qu'il ne reste que leur squelette.

« Certains. »

Un tremblement me parcourut.

« Je t'avais dit de ne pas regarder.

— Je sais. »

Mais je l'avais fait quand même.

Je ne pouvais plus fermer les yeux. Les feuilles rouges brillaient dans la lumière faiblissante. On aurait dit qu'elles avaient absorbé du sang. C'était une vision terrible, mais d'une beauté troublante.

Les chevaux ralentirent. Celui d'Airrick se cabra et secoua la tête, mais il le força à avancer. Le cœur battant à tout rompre, je regardai les branches se rapprocher. Les feuilles lisses qui ondulaient légèrement dans le vent semblaient nous inviter à approcher.

À l'instant où l'on atteignit les premiers arbres, la température chuta. Les rayons du soleil qui brillaient encore avaient du mal à traverser la canopée. De la chair de poule se forma sur ma peau. Je levai la tête.

Certaines branches étaient si basses qu'en tendant la main, j'aurais sans doute pu toucher l'une des feuilles qui avaient la forme de celles d'un érable. Toutefois, je n'en fis rien.

Personne ne parla. On se mit en rang, deux par deux, et suivit le sentier qui avait été formé par un passage régulier. Tout le monde était aux aguets. Comme je n'entendais plus de craquement sous les sabots des chevaux, je me dis que je ne risquais rien à regarder par terre.

« Il n'y a pas de feuilles, murmurai-je.

— Quoi ? » Hawke se pencha vers moi et parla à voix basse.

J'examinai rapidement le sol de la forêt. « Il n'y a pas de feuilles par terre. Seulement de l'herbe. Comment est-ce possible ?

— Cet endroit n'est pas naturel, répondit Phillips.

— C'est le moins que l'on puisse dire », fit remarquer Airrick en observant les alentours.

Hawke se redressa. « Nous allons bientôt devoir nous arrêter. Les chevaux ont besoin de repos. »

Une poigne de fer se referma sur mon cœur. Je serrai son bras un peu plus fort. Je sentais mes ongles s'enfoncer dans sa peau, mais j'étais incapable de le lâcher.

Lorsque je laissai échapper un soupir tremblant, mon souffle blanchit l'air.

On continua ainsi pendant une heure. Quand Hawke signala au groupe de s'arrêter, seul le clair de lune éclairait nos pas. Les chevaux ralentirent avant de s'arrêter. Ils respiraient très fort.

« Ça m'a l'air d'être l'endroit idéal pour camper », commenta-t-il.

J'eus soudain une terrible envie de glousser, mais ce que nous nous apprêtions à faire n'avait rien d'amusant.

Nous allions passer la nuit ici, au cœur de la Forêt sanglante, où les Voraces se déplaçaient en liberté.

30

Je n'avais jamais eu aussi froid de toute ma vie.

Le sac de couchage n'empêchait pas la température glaciale du sol de monter jusqu'à moi et la couverture, même si elle était épaisse, tout comme la fourrure, ne combattait pas l'air glacé. Mes doigts étaient de véritables glaçons à l'intérieur de mes gants. Je ne cessais de trembler, pourtant, il n'y avait rien à faire : cela ne me réchauffait pas.

À l'intérieur de la Forêt sanglante, la nuit, il faisait sans doute vingt degrés de moins qu'en ville. S'il pleuvait, les gouttes se transformeraient sans doute en neige.

Cela faisait environ vingt minutes que je m'efforçais de trouver le sommeil. Une fois endormie, je n'aurais pas à m'inquiéter de me transformer en bloc de glace. Mais dès que j'entendais l'herbe crisser ou le souffle du vent, je portais la main à ma dague, rangée dans la sacoche qui me servait d'oreiller. Entre le froid, les barrats en liberté et la menace d'une attaque de Voraces, il paraissait impossible que je parvienne à m'endormir. Je ne comprenais pas comment on pouvait fermer l'œil ici. J'avais à peine été capable de manger durant notre dîner rapide et silencieux.

Quatre hommes s'étaient assoupis. Quatre autres montaient la garde à quelques mètres, chacun posté à un coin du campement. Hawke était allé parler à l'un d'entre eux, mais à présent, il avançait vers moi à grandes enjambées. Une part de moi voulut faire semblant de dormir, mais je savais qu'il s'en serait rendu compte.

Arrivé à ma hauteur, il s'agenouilla. « Tu as froid.

— Ça va », marmonnai-je en claquant des dents.

Une minute plus tard, je sentis ses doigts nus contre ma joue. Je me tendis. « Correction : tu es gelée.

— Je vais me réchauffer. » Je l'espérais. « Au bout d'un moment. »

Sa main pendait entre ses genoux. « Poppy… Tu n'es pas habituée à ce genre de températures.

— Parce que toi, oui ?

— Tu ne sais pas à quoi je suis habitué. »

C'était la vérité. J'observais sa main baignée dans l'obscurité. Même si ses paumes étaient calleuses, il avait des doigts longs et gracieux. C'étaient des doigts d'artiste. Pas ceux d'un garde. Ni d'un tueur.

Il se leva. L'espace d'un instant, je crus qu'il allait rejoindre les autres pour monter la garde, mais il n'en fit rien.

En resserrant la couverture rêche autour de moi, je le regardai sortir son sac de couchage et l'installer par terre. Sans un mot, il m'enjamba comme si je n'étais rien d'autre qu'un tronc d'arbre. En un clin d'œil, il se retrouva allongé derrière moi.

Je tournai la tête vers lui. « Qu'est-ce que tu fais ?

— Je m'assure que tu ne meures pas de froid. » Il déroula l'épaisse couverture en fourrure et l'étendit sur ses jambes. « Ça risquerait d'entacher ma carrière de garde.

— Je ne vais pas mourir de froid. » Mon cœur se mit à battre très fort. Il était si proche que si je m'allongeais sur le dos, mon épaule toucherait la sienne.

« Tu trembles tellement que tu vas attirer tous les Voraces à des kilomètres à la ronde. » Il roula sur le côté, derrière moi.

« Tu ne peux pas dormir à côté de moi, soufflai-je.

— Ce n'est pas ce que je fais. » Il tira la couverture sur moi et en profita pour poser son bras sur ma taille.

J'étais tétanisée. « Alors comment est-ce que tu appelles ça ?

— Je dors *avec* toi. »

J'écarquillai les yeux. « En quoi est-ce différent ?

— Il y a une énorme différence. » Son souffle chaud effleura ma joue. Mon pouls ralentit avant de s'emballer.

Enveloppée par l'obscurité, je ne sentais plus que la sensation de son bras autour de moi. « Hawke, tu ne peux pas dormir avec moi.

— Je ne veux pas que tu meures de froid ni que tu tombes malade, et on ne peut pas faire de feu, car ce serait trop dangereux. Alors, à part si tu préfères que quelqu'un d'autre vienne dormir ici, on n'a pas beaucoup le choix.

— Je ne veux pas que quelqu'un d'autre dorme avec moi.

— Je le savais », répondit-il d'une voix taquine et suffisante à la fois.

Je rougis. « Je ne veux pas que quelqu'un dorme avec moi, tout court. »

Ses yeux trouvèrent les miens dans le noir. Quand il reprit la parole, ce fut dans un murmure. « Je suis au courant pour tes cauchemars, Poppy. Je sais qu'ils peuvent être intenses. Vikter m'avait mis en garde. »

Le chagrin remplaça la gêne avant même qu'elle s'installe en moi et la fit voler en éclats. « C'est vrai ? » Ma voix était enrouée.

« Oui. »

Je fermai les yeux sous le coup de la douleur. Évidemment. Vikter avait prévenu Hawke. Il l'avait sans doute fait la première nuit où Hawke avait gardé ma chambre. Au fond de mon cœur, je savais qu'il l'avait fait pour moi et non pas pour Hawke. Il avait voulu éviter que ce nouveau garde réagisse d'une manière qui m'aurait causé de la honte ou du stress.

Vikter avait été… Seigneurs. Il me manquait.

« Je veux être suffisamment proche de toi pour intervenir si jamais tu as un cauchemar », continua-t-il. J'ouvris les yeux. « Si tu cries… »

Il ne termina pas sa phrase. Si je criais, je pouvais attirer les Voraces.

« Alors, s'il te plaît, détends-toi et essaie de te reposer. On a une longue journée demain si on veut espérer ne pas dormir une deuxième fois dans la Forêt sanglante. »

Une centaine de répliques cinglantes se bousculèrent sur ma langue, mais j'avais froid et si je faisais un cauchemar, il fallait que quelqu'un parvienne à me réveiller avant que je hurle de toutes mes forces. De plus, la chaleur de Hawke commençait à se diffuser à travers la couverture qui nous enveloppait et à se répandre dans ma chair et mes os glacés.

De toute façon, il ne faisait que dormir à côté de moi. Ou avec moi, comme il l'avait si bien dit. Et ni l'une ni l'autre de ces choses n'étaient interdites.

Et puis j'aurais été hypocrite de m'offusquer pour cela alors que nous avions déjà fait des choses que j'aurais clairement dû éviter de faire. En comparaison avec ce qui s'était passé à *La Perle Rouge* ou durant le Rite, c'était d'une extraordinaire chasteté. Peu importait que je tremblais à présent pour une tout autre raison que le froid.

« Dors, Poppy », me pressa-t-il.

Soufflant aussi fort que je le pus, je posai de nouveau ma joue contre le sac. Je tressaillis. Le tissu avait beaucoup refroidi pendant que j'avais relevé la tête. Je regardai droit devant moi, les yeux rivés sur la silhouette de l'un des gardes qui se tenait dans le clair de lune.

Lorsque je fermai les paupières, mon attention tout entière se focalisa sur les parties de mon corps qui étaient en contact avec celui de Hawke.

Son bras était enroulé autour de moi, mais sa main ne me touchait pas. Elle pendait sans doute dans le vide devant moi. C'était étonnamment… poli de sa part. Son torse était collé contre mon dos et chaque fois qu'il inspirait, il s'appuyait davantage contre moi.

Les seuls sons que j'entendais, à part les battements fous de mon cœur – je me demandai s'il les entendait, lui aussi –, étaient le bruissement des feuilles soulevées par le vent qui me faisait penser au bruit d'os secs qui frottaient les uns contre les autres et le hennissement étouffé des chevaux.

Hawke s'était-il déjà endormi ? Si c'était le cas, je sentais que ça allait m'énerver.

« C'est terriblement inconvenant », marmonnai-je.

Son léger rire m'agaça autant qu'il me donna des frissons. « Plus inconvenant que de te faire passer pour une servante à *La Perle Rouge* ? »

Je fermai la bouche si rapidement que je fus étonnée de ne pas me casser une molaire.

« Ou que la nuit du Rite où tu m'as laissé… ?

— La ferme, crachai-je.

— Je n'ai pas terminé, répondit-il en se serrant davantage contre mon dos. Et quand tu as fait le mur pour aller combattre les Voraces ? Ou chercher le journal… ?

— C'est bon, j'ai compris, Hawke. On peut arrêter de parler, maintenant ?

— C'est toi qui as commencé.

— Euh… non. Pas du tout.

— Quoi ? » Un éclat de rire rauque lui échappa. « Tu as dit, et je cite : c'est terriblement, méchamment, irréfutablement…

— Tu viens d'apprendre l'existence des adverbes ? Parce que ce n'est pas du tout ce que j'ai dit. »

Hawke soupira. « Désolé. »

Il n'avait pas l'air désolé du tout.

« Je n'avais pas compris qu'on recommençait à faire semblant que toutes ces choses inconvenantes n'avaient pas existé, fit-il remarquer. Enfin, je ne suis pas surpris. Après tout, tu es la Pucelle… pure, chaste et innocente. L'Élue. »

Oh, mes dieux…

« Qui se réserve pour un noble mari. Qui, lui, ne sera pas pur, ni chaste, ni innocent… »

Je voulus lui donner un coup de coude, mais j'avais oublié que j'étais emmitouflée dans une couverture et couverte d'une autre. Tout ce que je réussis à faire fut d'exposer mon corps à l'air glacial.

Il rit.

« Je te déteste. » Je me dépêchai de m'enfermer de nouveau dans mon cocon.

« Tu vois, c'est ça le problème. Tu ne me détestes pas. »

Je ne savais pas comment répondre à ça.

« Tu veux savoir ce que je pense ?

— Non, merci. »

Il ne m'écouta pas. « Tu m'aimes bien. »

Les sourcils froncés, je gardai les yeux rivés sur la petite clairière.

« Suffisamment pour te comporter de manière très inappropriée avec moi. » Il marqua une pause. « Plusieurs fois.

— Va-t'en. Je préfère mourir gelée.

— Ah, oui, pardon. On agit toujours comme s'il ne s'était rien passé. Je n'arrête pas d'oublier.

— Ce n'est pas parce que je n'en parle pas toutes les cinq minutes que je fais semblant que ça n'est pas arrivé.

— Pourtant, en parler toutes les cinq minutes est tellement plus drôle ! »

Mes lèvres se retroussèrent en coin. Je relevai la couverture sur mon menton. « Je ne fais pas comme s'il ne s'était rien passé, répétai-je. C'est juste que…

— Ça n'aurait pas dû se produire ? »

Je ne voulais pas dire ça. Car si je prononçais ces mots, je ne pourrais plus jamais les effacer. « C'est juste que je ne suis pas censée… faire tout ça. Tu le sais. Je suis la Pucelle. »

Il demeura silencieux un instant. « Et qu'est-ce que tu en penses, toi ? »

Après plusieurs tentatives de réponse infructueuses, je fermai les yeux et répondis honnêtement : « Je ne veux pas de ces responsabilités. Je ne veux pas être offerte aux dieux et si je suis toujours en vie après, je ne veux pas être mariée à quelqu'un que je n'ai jamais rencontré et qui sera sans doute…

— Sans doute quoi ? » Sa voix était douce, presque apaisante.

Je déglutis difficilement. « Qui sera sans doute… » Je soupirai. « Tu sais comment sont les membres de la cour. La beauté est subjective, mais les défauts sont… inacceptables. » Le rouge me monta aux joues. Mes paroles avaient le goût de la cendre. « Si je finis avec un Élevé, je suis sûre que la personne avec laquelle la reine me mariera aura ce genre de mentalité. »

Pendant un long moment, Hawke demeura silencieux. Je lui en fus reconnaissante. Je faillis me retourner pour le serrer dans mes bras. Rien de ce qu'il aurait pu dire n'aurait rendu mon aveu moins embarrassant.

« Le duc Teerman était un connard, déclara-t-il. Je suis content qu'il soit mort. »

Un éclat de rire m'échappa soudain, suffisamment fort pour que le garde qui faisait les cent pas se fige. « Pardon. Je ne voulais pas rire aussi fort.

— Ce n'est pas grave. » J'avais l'impression qu'il souriait.

Je cachai mon propre sourire dans la couverture. « Tu as raison au sujet du duc, mais… Même si je n'avais pas ces cicatrices, je ne pense pas que l'idée de l'Élévation me plairait. Je ne comprends pas comment Ian a fait. Il connaissait à peine sa femme et je… Je ne crois pas qu'il soit heureux. Il ne parle jamais d'elle. C'est triste, parce que nos parents s'aimaient. Il aurait mérité de vivre la même chose. »

Moi aussi, je le méritais. Pucelle ou non.

« Il paraît que ta mère avait refusé de s'élever.

— C'est vrai. Mon père était un premier-né. Il avait de l'argent, mais il n'était pas élu des dieux, répondis-je. Quand ils se sont rencontrés, ma mère était une dame en Attente. C'était le hasard le plus total. Son père, mon grand-père, était proche du roi Jalara. Mon père s'est rendu au château avec lui, une fois, c'est à ce moment-là qu'il a vu ma mère. Le coup de foudre. » Mon sourire s'effaça. « Je sais que ça peut sembler idiot, mais je le crois. Ça arrive… à certaines personnes.

— Ce n'est pas idiot. Ça existe. »

Le coin de mes lèvres s'affaissa. Sa voix était étrange. Je n'aurais pas pu l'expliquer, mais je me demandai soudain si cela lui était arrivé, s'il avait rencontré quelqu'un dont il était aussitôt tombé amoureux. Après tout, il m'avait avoué avoir déjà aimé.

Tout à coup, ma poitrine me brûlait.

« C'est pour ça que tu es allée à *La Perle Rouge* ? Pour trouver l'amour ?

— Je ne connais personne qui y va pour trouver l'amour.

— On ne sait jamais. » Il resta silencieux un instant. « Qu'y as-tu trouvé, Poppy ? »

Sa voix était douce, presque séductrice. « La vie.

— La vie ? »

Je fermai de nouveau les yeux. « Je veux juste vivre un peu avant mon Élévation. » Avant ce qui se passerait durant la cérémonie. « Je n'ai pratiquement pas vécu. Tu le sais. En allant là-bas, je ne cherchais rien de particulier. Je voulais juste connaître un peu plus…

— La vie, finit-il à ma place. Je comprends.

— Vraiment ? Tu le penses ? » Je n'étais pas certaine que Tawny elle-même comprenne.

« Oui. Autour de toi, tout le monde peut faire ce qu'il veut. Toi, tu es prisonnière de règles archaïques.

— Tu es en train de dire que les demandes des dieux sont archaïques ?

— C'est toi qui l'as dit, pas moi. »

Je fronçai le nez. « Je n'ai jamais compris pourquoi c'était ainsi. » Je rouvris les yeux. « Tout ça à cause de la façon dont je suis née.

— Les dieux t'ont choisie bien avant ta naissance. » Il paraissait plus près. Si nous n'avions pas été enveloppés dans des couvertures, j'aurais sans doute senti son souffle contre ma nuque. « Tu es née dans le linceul des dieux, protégée même dans le ventre de ta mère, voilée depuis la naissance…

— Oui, murmurai-je. Parfois, j'aimerais… j'aimerais être…

— Quoi ? »

Quelqu'un d'autre. Quelqu'un d'autre que la Pucelle. Le penser était une chose. Le dire à haute voix en était une autre. J'avais été à deux doigts de l'admettre à Vikter, mais je refusais de prononcer de nouveau ces paroles.

Il était grand temps de changer de sujet. « Ce n'est pas important. Je dors mal. C'est aussi pour ça que je me suis retrouvée à *La Perle Rouge*.

— À cause de tes cauchemars ?

— En partie. Parfois, mon esprit… refuse de s'arrêter. Il ressasse les choses encore et encore, répondis-je en frissonnant un peu.

— Quel genre de choses ? » s'enquit-il.

La question me déstabilisa. Personne à part peut-être Tawny, sûrement pas Vikter, n'aurait osé me le demander. À part Ian s'il avait été dans les parages. « Ces derniers temps, c'est l'Élévation.

— J'imagine que tu as hâte de rencontrer les dieux. »

Je reniflai comme un petit cochon. « Loin de là. Au contraire, je suis morte de peur… » Je pris une grande inspiration. J'étais choquée de l'avoir dit à voix haute.

« Ne t'en fais pas, tout va bien, répondit-il comme s'il avait perçu mon malaise. Je ne sais pas grand-chose au sujet de l'Élévation et des dieux, mais je serais terrifié à l'idée de les rencontrer, moi aussi.

— Toi ? » Mon incrédulité grandit. « Terrifié ?

— Que tu le croies ou non, certaines choses me font peur. Le secret qui entoure le rituel de l'Élévation en fait partie. Tu avais raison ce jour-là, avec la prêtresse. Il y a des similitudes avec ce que font les Voraces. Comment cessent-ils de vieillir et sont-ils immunisés contre les maladies ? Comment vivent-ils durant ce qui ressemble à une éternité aux yeux des mortels ? »

Mal à l'aise, je sentis mon estomac se nouer. « Grâce aux dieux. À leur Bénédiction. Ils apparaissent durant l'Élévation. Le simple fait de poser les yeux sur eux change une personne, expliquai-je, mais mes mots sonnaient creux à mes propres oreilles.

— Alors, ça doit être quelque chose. » Si mes mots sonnaient creux, les siens étaient aussi secs que les Terres désolées. « Je suis étonné.

— À quel sujet ?

— Toi. » Quand il prit une grande inspiration, son torse toucha de nouveau mon dos. « Tu n'es pas ce à quoi je m'attendais. »

Non, c'était évident.

La plupart des gens seraient enthousiastes à l'idée de rencontrer les dieux et de devenir un Élevé. C'était le cas de Tawny et d'Ian avant elle, ainsi que des dames et seigneurs en Attente. Pourtant, ma mère et moi étions différentes. Nous n'étions pas uniques ni spéciales, d'ailleurs nos raisons n'avaient rien en commun, mais cela rendait notre situation difficile.

« Je devrais dormir. Toi aussi.

— Le soleil va se lever bien plus tôt qu'on ne le pense, mais tu ne t'endormiras pas ainsi. Tu es tendue comme la corde d'un arc.

— Oui, eh bien, ce n'est pas évident de dormir sur le sol dur et froid de la Forêt sanglante, surtout en ayant peur qu'un Vorace essaie de m'égorger ou qu'un barrat me dévore le visage. J'ai connu plus accueillant.

— Aucun Vorace ne s'approchera de toi. Aucun barrat non plus.

— Je sais. J'ai ma dague dans mon sac.

— Le contraire m'aurait étonné. »

Je souris dans la nuit.

« Je te parie que je peux te détendre suffisamment pour que tu t'endormes comme un bébé. »

Amusée, je ricanai.

« Tu doutes de moi ?

— À ce stade, je ne vois pas comment ce serait possible.

— Tu es si innocente. »

Je plissai les yeux. « Peut-être, mais je ne vois pas le rapport.

— Oh, il y en a un et je peux te le prouver.

— Si tu le dis. » Je soupirai.

« Je le dis et quand j'aurai terminé, juste avant de t'endormir, le sourire aux lèvres, tu admettras que j'avais raison.

— Ça m'étonnerait », rétorquai-je même si j'aurais aimé qu'il trouve une solution pour…

Sa main se posa soudain contre mon ventre. Je sursautai et tournai vivement la tête vers lui. « Qu'est-ce que tu fabriques ?

— Je t'aide à te détendre », répondit-il. La seule chose que je pouvais sentir était qu'il s'était redressé.

« Tu me trouves détendue ?

— Attends. Ça va venir. »

J'étais sur le point de lui rétorquer que je ne voulais pas attendre quand sa main se mit à décrire de petits cercles lents. Je fermai la bouche. Par je ne sais quel moyen, il avait réussi à glisser sa main sous les couvertures, sous la cape et sous mon pull. Il n'y avait plus qu'un maillot de corps entre sa peau et la mienne. Ses doigts dessinèrent des mouvements de plus en plus amples jusqu'à ce qu'ils atteignent presque le bas de mes seins. Il ne faisait que me caresser le ventre, pourtant, c'était nouveau et différent et… intime. Sa caresse me procurait une sensation de chaleur et me faisait frissonner.

« Je n'ai pas l'impression que ça me détend.

— Tu pourrais commencer par poser la tête sur ton sac. » Il se baissa et ses lèvres effleurèrent ma joue. « Rallonge-toi, Poppy. »

Je m'exécutai seulement parce que sa bouche était trop proche de la mienne.

« À chaque fois que tu fais ce que je te demande, j'ai l'impression qu'il va neiger. » Il se rallongea à son tour et continua de me parler à l'oreille. « Si seulement j'avais un moyen de capturer cet instant…

— Maintenant, j'ai envie de me redresser, c'est malin.

— Pourquoi est-ce que ça ne m'étonne pas ? » Ses doigts descendirent un peu plus bas, sous mon nombril. « Mais si tu fais ça, tu ne sauras jamais ce que j'ai derrière la tête. Et je commence à te connaître. Tu es curieuse. »

Une douce chaleur naquit sous sa main et descendit plus bas. Je jetai un coup d'œil nerveux au garde. « Je ne crois pas… qu'on devrait faire ça.

— “Ça” ? » Il traça le bord de la ceinture de mon pantalon. Je sursautai. « J'ai une question plus intéressante pour toi. Pourquoi es-tu réellement allée à *La Perle Rouge*, Poppy ? Pourquoi m'as-tu laissé t'embrasser sous le saule pleureur ? »

J'ouvris la bouche pour répondre, mais ses lèvres effleurèrent l'arrondi de ma joue et me rendirent muette.

« Pour vivre. Ce n'est pas ce que tu as dit ? Tu es restée avec moi dans cette chambre vide pour vivre. Tu m'as laissé t'embrasser sous le saule pleureur parce que tu voulais ressentir des choses. Il n'y a rien de mal à ça. Rien du tout. » Ses lèvres touchèrent de nouveau ma joue. Un léger frisson me parcourut. « Pourquoi est-ce qu'on ne peut pas faire la même chose ce soir ? »

Je fermai brièvement les yeux. Quand je les rouvris, je posai aussitôt le regard sur le garde.

« Laisse-moi te donner un avant-goût de ce que tu as manqué en t'enfuyant de *La Perle Rouge*.

— Les gardes », murmurai-je. J'avais bien conscience qu'ils étaient mon unique crainte. Pas les dieux, ni les règles, ni mon statut.

« Personne ne peut voir ce que je fais. » Sa main bougea et s'insinua entre mes cuisses. Lorsqu'il la posa à plat entre mes jambes, mon pantalon ne me parut plus si épais.

« Mais on sait qu'ils sont là. »

Le tourbillon de vives sensations que je ressentais m'empêchait de respirer normalement. Elles pesaient sur mon cœur et s'étaient également logées dans mon bas-ventre.

« Ils n'ont pas la moindre idée de ce qui se passe. Ils ne savent pas que j'ai la main entre les cuisses de la Pucelle. » Tandis qu'il parlait, je sentais son souffle ardent contre ma peau. Il me colla à son torse. J'entrouvris les lèvres sur un soupir. Mes fesses étaient pressées contre ses hanches. Il émit un grognement grave qui me donna soudain très chaud. « Ils ne savent pas que je te touche. »

Alors, il ne se contenta plus de me toucher. Il me caressa. Il fit glisser deux doigts contre mon pantalon, contre la partie la plus sensible de mon anatomie. Une vague de chaleur humide me submergea. Je baissai les yeux. Je m'attendais presque à voir ce qu'il faisait sous les couvertures.

Dans l'obscurité, je n'aperçus rien.

Mais je ressentis absolument tout.

Comment en étions-nous arrivés là ? J'étais incapable de répondre à cette question et je n'étais pas certaine d'en avoir envie. J'avais déjà eu un aperçu de ce que je ressentais à cet instant et il m'avait semblé bien trop court. N'était-ce pas ça, vivre, après tout ? Prendre une bouchée par-ci et une gorgée par-là ? L'idée n'était-elle pas de se repaître du plus d'expériences possible ?

Moi en tout cas, je voulais expérimenter le maximum de choses, surtout après avoir subi autant de douleur et de colère pendant si longtemps. À cet instant, je n'éprouvais rien de tout ça.

Bientôt, j'arriverais à la capitale. Il était possible que mon Élévation ait lieu plus tôt que prévu. Si j'en sortais vivante, je savais pertinemment que la personne que l'on me forcerait à épouser ne me ferait pas ressentir la moitié de ce que Hawke me faisait ressentir : l'agacement et la colère, le rire et l'amusement, ou ceci… ce tsunami de plaisir intense et dévorant.

Ses doigts jouèrent avec la couture de mon vêtement et la pressèrent contre moi suffisamment fort pour que je ressente le contact jusqu'au bout de mes orteils. Le moindre centimètre de ma peau s'était réveillé.

Comment pouvait-il croire que cela m'aiderait à dormir ?

J'avais les yeux grands ouverts à présent. Mon pouls s'était affolé et mon cœur martelait ma cage thoracique. La façon dont il me touchait et frottait ses doigts contre moi me donnait envie d'onduler les hanches.

Quand il fit remonter sa main le long de mon pantalon, sa paume frôla la peau nue de mon bas-ventre. Ses longs doigts se concentrèrent sur un point sensible et décrivirent de lents cercles. « Je te parie que tu es déjà mouillée. Tu dois être toute douce et prête à me recevoir. » Sa voix était un grognement suave contre mon oreille. « Et si je vérifiais ? »

Je frissonnai. Je craignais à moitié qu'il le fasse.

Et à moitié qu'il ne le fasse pas.

La friction de ses doigts, la sensation du tissu rêche contre ma peau… et ses paroles… seigneurs, c'était décadent, purement obscène. Je voulais que ça ne s'arrête jamais.

« Ça te plairait ? » me demanda-t-il. Mues par l'instinct, mes hanches roulèrent contre les siennes pour qu'il me touche encore. Il grogna de nouveau, un son approbateur rauque et sauvage. « J'aimerais faire plus que ça. »

Les yeux entrouverts, je regardai la silhouette de l'un des gardes qui patrouillait lentement dans la partie du campement exposée au nord. Mon corps et ma peau brûlaient d'un feu interdit. J'ondulais de nouveau les hanches. Cette fois, ce ne fut pas la seule réaction que je fus incapable de contrôler. Je les bougeai avec une intention bien précise, en rythme avec ses doigts. Le plaisir que j'en retirai fut presque douloureux.

Je n'aurais pas dû le laisser faire. Pas même dans l'intimité d'une chambre. Et encore moins dans un lieu où quelqu'un aurait pu nous surprendre à tout moment. Je ne doutais pas que si les gardes tournaient la tête vers nous, ils se rendraient aussitôt compte de ce qui se passait. J'étais pratiquement sûre que le soldat le plus proche, celui que j'observais à cet instant précis, était Kieran. Il paraissait aussi alerte que Hawke.

C'était mal.

Alors pourquoi… était-ce si bon ? Si naturel ? Mon sang se transformait en lave incandescente sous les caresses de ses deux doigts longs et fins.

« Tu sens ce que je suis en train de faire, Poppy ? »

Je hochai la tête.

« Imagine qu'il n'y ait rien entre mes doigts et ta peau. »

Je tremblai.

« Je ferais ça. » Il les pressa un peu plus fort, un peu plus brutalement. Mes jambes tressautèrent. « Je m'enfoncerais en toi, Poppy. Et je te goûterais. Je suis sûre que tu es douce comme le miel. »

Oh, mes dieux…

Je me mordis les lèvres et lâchai la couverture pour poser la main sur son avant-bras. Il s'arrêta. Il attendait. Sans un mot, je soulevai mes hanches contre sa main et enfonçai les doigts dans sa peau. La douleur devenait insupportable.

« Oui, souffla-t-il. Tu aimerais ça, pas vrai ?

— Oui », murmurai-je en me forçant à répondre.

Quand il recommença à bouger, je faillis crier de plaisir. « J'ajouterais un autre doigt. Tu serais très étroite, mais tu serais prête à les accueillir. »

Ma respiration était de plus en plus erratique. Je sentais les tendons de ses bras rouler sous ma main tandis que mes hanches bougeaient en rythme avec les cercles que ses doigts décrivaient.

« Je les ferais aller et venir en toi. » Ses lèvres effleurèrent ma peau, juste sous mon oreille. « Et tu les suivrais avec tes hanches comme tu le fais maintenant. »

C'était exactement ce que je faisais. Sans ressentir la moindre honte. Accrochée à son bras, j'ondulais des hanches contre sa main à la poursuite de cette tension incroyable qui s'accumulait en moi.

« Mais on ne fera pas ça ce soir. On ne peut pas. Parce que je serais incapable de m'arrêter. Il faudrait que je te possède tout entière. Et quand cela arrivera, je veux entendre tous les sons que tu feras. »

Avant d'avoir ressenti la moindre déception, avant même d'avoir compris la douce promesse qu'il me faisait, je le sentis glisser la main plus bas. Il appuya les doigts contre le centre de mon entrejambe pendant que son pouce continuait de caresser la partie qui palpitait le plus. Ses mouvements n'avaient plus rien de lent. Il savait exactement ce qu'il faisait avec cette tension enivrante à laquelle je ne pouvais échapper. Il bougea derrière moi et réussit à passer un bras sous mon épaule. Ainsi, il me plaqua contre son torse. Tout à coup, je ne me mouvais plus seulement contre sa main, mais contre lui. Les mouvements de mes hanches devenaient incontrôlables et brutaux. De légers gémissements franchissaient mes lèvres. Je me sentais prise au piège de la plus délicieuse des façons entre sa main et son corps dur et musclé. Il… Il se passait quelque chose. La chose que m'avaient promise ses baisers et les caresses trop brèves. Mon corps se tendit comme la corde d'un arc que l'on tire en arrière avant de viser. Mes lèvres s'entrouvrirent. Hawke pressa sa main contre ma bouche pour étouffer le cri de plaisir que j'aurais été incapable de ravaler. Ses lèvres chaudes se posèrent contre ma gorge, puis ses dents. Elles étaient terriblement acérées et…

La tension explosa. J'explosai. Le plaisir me submergea, intense et soudain. C'était comme si l'on m'avait poussée du haut d'un ravin. Je tombai et frissonnai par vagues de plaisir palpitant. Et je continuais de tomber jusqu'à ce que la main entre mes jambes ralentisse, puis s'arrête. J'ignorais combien de temps s'était écoulé. Je n'avais même pas remarqué que les doigts de Hawke n'étaient plus contre mes cuisses ni contre ma bouche. Les battements de mon cœur commençaient à peine à se calmer lorsque je me rendis compte qu'il avait posé une main contre mon ventre et un bras enroulé autour de mes épaules pour garder mon corps complètement détendu contre le sien.

J'aurais sans doute dû dire quelque chose, mais quoi ? « Merci » me paraissait déplacé. Ce n'était pas non plus très correct de ma part de ne rien lui donner en retour. De plus, il fallait que je vérifie que Kieran ou un autre militaire n'avait pas remarqué ce que Hawke… ce que *nous* avions fait sous ces couvertures. Malheureusement, j'étais incapable de garder les yeux ouverts. Ou de parler.

« Je savais que tu refuserais de l'admettre, me confia Hawke d'une voix grave et rauque. Mais toi et moi, on saura toujours que j'ai eu raison. »

Un sourire fatigué étira mes lèvres.

Il avait raison.

Cette fois encore.

31

Lorsque je me réveillai juste avant l'aube, j'eus du mal à croire que j'avais dormi aussi profondément. On aurait pu penser que j'avais dormi dans un lit bien moelleux et non pas allongée sur le sol dur et froid.

D'ailleurs, je ne m'étais pas réveillée naturellement. C'était une conversation murmurée qui m'avait tirée de mon sommeil.

« On a couvert plus de distance que je ne le pensais, dit Hawke à voix basse. On devrait atteindre Trois-Rivières avant la tombée de la nuit.

— On ne pourra pas y rester », répondit quelqu'un. Je reconnus la voix de Kieran. « Tu le sais. »

Son inquiétude était légitime. La ville comptait de nombreux Effondrés. Je clignai des yeux. À travers la pénombre, je les vis qui se tenaient à quelques mètres de moi. Quand je posai le regard sur Hawke, je rougis. Je devinais à peine son visage, mais je me souvenais de ce que nous avions fait pendant la nuit.

« Je sais. » Il avait les bras croisés. « Si on s'arrête à mi-chemin pour se reposer, on pourra traverser la ville pendant la nuit et atteindre New Haven au matin.

— Tu es sûr de vouloir faire ça ? » demanda Kieran. Je haussai les sourcils.

« Comment ça ?

— Tu crois que je n'ai pas remarqué ce qui se passe ? »

Mon pouls s'emballa. Je repensai aussitôt à Kieran qui patrouillait pendant que Hawke me murmurait des paroles obscènes à l'oreille. Nous avait-il vus ?

Oh, seigneurs. Je rougis, mais malgré la honte, je fus surprise de me rendre compte que je n'avais aucun regret. Je n'aurais rien changé à ce qui s'était passé la veille.

Hawke demeura silencieux. Mon esprit imagina alors les pires scénarios. Est-ce que lui, il regrettait ? L'interdiction ne s'appliquait pas seulement à moi. Même si je ne connaissais pas exactement les lois que devaient suivre les gardes royaux, j'étais à peu près certaine que le commandeur ne verrait pas nos relations d'un très bon œil.

Hawke le savait forcément.

Tout comme moi. Pourtant, cela ne m'avait pas empêchée d'aller jusqu'au bout.

« N'oublie pas ta mission », déclara Kieran.

Hawke ne répondit pas. Alors, sans le lâcher du regard, il répéta : « N'oublie pas ta mission.

— Je ne l'ai pas oubliée une seule seconde. » Son ton s'était durci. « Pas une seule.

— C'est bon à savoir. »

Hawke revint dans ma direction. Je fermai les yeux, car je ne voulais pas qu'ils se rendent compte que j'avais entendu leur conversation. Je le sentis s'arrêter devant moi. Un instant plus tard, il caressa ma joue du bout des doigts.

Je rouvris les paupières. Maintenant qu'il était là, je ne savais pas quoi dire. De toute façon, lorsqu'il fit glisser son pouce dans le creux de ma joue, puis sur ma lèvre inférieure, toute pensée cohérente me quitta. Un frisson empli de plaisir fantôme me parcourut.

« Bonjour, princesse.

— Bonjour, murmurai-je.

— Tu as bien dormi ?

— Oui.

— Je te l'avais dit. »

Je souris en rougissant, malgré la conversation que j'avais surprise. « Tu avais raison.

— J'ai toujours raison.

— J'en doute.

— Est-ce qu'il faut que je te fasse une nouvelle démonstration ? » demanda-t-il.

Mon corps fut soudain complètement réveillé et prêt à sauter sur l'occasion. Toutefois, mon cerveau, lui aussi, avait recommencé à fonctionner. « Je ne crois pas que ce soit nécessaire.

— Dommage, chuchota-t-il. Il faut qu'on se mette en route.

— OK. » Je m'assis. Mes muscles étaient si tendus que je grimaçai. « Laisse-moi une minute. »

Quand je sortis du cocon de couvertures, Hawke me prit la main et m'aida à me mettre debout. Il épousseta ensuite ma tunique. Ses mains s'attardèrent sur mes hanches avec une familiarité qui me serra le cœur. Je levai les yeux vers lui. Même dans le clair-obscur de la Forêt sanglante, l'intensité de son regard m'envoûta.

« Merci pour hier soir », dit-il. Sa voix était si faible que personne d'autre que moi ne pouvait l'entendre.

La surprise m'envahit. « J'ai l'impression que c'est moi qui devrais te remercier.

— Même si ça fait plaisir à mon ego, rien ne t'y oblige. » Il entrelaça nos doigts. « Tu m'as fait confiance hier soir… mais surtout, j'ai conscience que nous avons pris un risque. »

Effectivement.

Il fit un pas vers moi. Son parfum de pin et d'épices brûlées me monta au nez. « Le fait que tu aies pris ce risque avec moi est un honneur, Poppy. Alors, merci. »

Une douce sensation grandit en moi, mais je remarquai que sa voix charriait une certaine gravité. Comme nos mains étaient jointes, j'en profitai pour ouvrir mes sens, ce que je n'avais plus fait depuis la nuit du Rite.

Je perçus tout de suite sa tristesse sous-jacente, acérée comme une lame de rasoir et désormais familière, mais il y avait autre chose. Ce n'était pas du regret. L'émotion avait un goût citronné. Je me concentrai jusqu'à ce que ses sensations deviennent les miennes, jusqu'à pouvoir me les approprier et les reconnaître. J'étais désorientée et tiraillée. Ce n'était pas étonnant. Je ressentais tout cela moi-même.

« Tout va bien ? » me demanda Hawke.

Je sectionnai le lien et lui lâchai la main en opinant. « Je ferais mieux de me préparer. »

Sachant pertinemment qu'il m'observait, je m'écartai et relevai la tête. Une très faible lumière grisâtre perçait à travers les branches lourdes de feuilles. Mon regard croisa celui de Kieran.

Il avait tout vu et à son expression, il était clair qu'il n'était pas content.

Il paraissait soucieux.

J'avais craint que Hawke change de comportement après sa conversation avec Kieran, mais ce ne fut pas le cas. Je ressentis un grand soulagement.

C'était bien la preuve que je perdais le contrôle de la situation.

Car cela n'aurait pas dû me soulager. Au contraire. Nos rangs et rôles étaient menacés. Pourtant, j'étais heureuse. Un espoir nouveau m'emplissait.

C'était totalement fou. Nous n'avions aucun avenir ensemble. Durant ce voyage, je pouvais me permettre de n'être que Poppy, mais bientôt, je redeviendrais la Pucelle. Même si l'on me jugeait indigne durant l'Élévation, cela ne signifiait pas que je coulerais des jours heureux avec Hawke. Je serais sans doute exilée. Je ne forcerais jamais personne à me suivre dans une telle vie.

Bien entendu, je n'imaginais pas que Hawke m'accompagnerait si j'étais exilée. C'était idiot. C'était…

C'était ce qu'on faisait quand on aimait quelqu'un comme ma mère avait aimé mon père.

Dans tous les cas, la nuit précédente ressemblait à un rêve. Je ne pouvais pas la décrire autrement. Je n'allais pas laisser des suppositions et les conséquences gâcher ce souvenir et ce qu'il signifiait pour moi. Je ferais face aux problèmes lorsqu'ils se présenteraient.

Pour l'instant, je devais me concentrer pour ne pas tomber de Setti.

Le vent glacé me fouettait les joues tandis que nous traversions la Forêt sanglante au pas de course. Nous allions tellement vite que les feuilles rouges et les troncs gris et écarlates se mélangeaient.

Nous avions atteint le cœur de la forêt où il y avait moins d'arbres et où davantage de lumière s'infiltrait.

Malheureusement, le soleil ne réchauffait pas l'atmosphère. À mesure que nous avancions, l'air refroidissait et les arbres devenaient de plus en plus étranges.

Les troncs et les branches se tordaient, formaient des spirales qui s'élevaient vers le ciel. Les brindilles s'emmêlaient. Ce n'était pas à cause du vent. Les arbres ne penchaient pas vers le sol. Leurs écorces… semblaient humides, comme si de la sève s'en écoulait.

J'avais eu raison. Ici, la pluie se transformait en neige. Quelques heures après notre départ, des flocons étaient tombés sur nous et avaient recouvert l'herbe verte et luxuriante de chaque côté du sentier en terre. J'avais enfilé mes gants, mais je n'étais pas certaine que mes doigts avaient décongelé depuis la veille. J'avais également remonté ma capuche, mais elle cachait seulement mon visage jusqu'à un certain point. J'ignorais quelle distance il nous restait à parcourir. La forêt paraissait s'étendre à l'infini.

On ralentit. Les racines épaisses et noueuses se détachaient du sol et grimpaient sur notre route comme si elles essayaient de reconquérir la parcelle de terre utilisée par les vivants. Impressionnée par leur force, je desserrai ma prise sur le pommeau et regardai vers le bas pendant que les chevaux se frayaient un chemin à travers les obstacles. Quelque chose sur le sol attira mon attention. Je jetai un coup d'œil sur ma droite, au-delà du cheval d'Airrick. Des pierres étaient empilées près d'un arbre avec tant de soin que cela ne pouvait pas être naturel. Quelques mètres plus loin, d'autres pierres étaient rassemblées. Cette fois, il ne s'agissait pas d'une pile, mais d'un motif. À ma gauche, je vis un cercle de pierres parfait. Il y en avait plusieurs, certains étaient vides, d'autres avaient un caillou en leur centre. D'autres encore étaient parés de pierres placées de manière à faire croire que le cercle était traversé d'une flèche.

Comme le blason royal.

Une sensation de malaise me glaça le sang. Il était impossible que ces pierres aient formé ces motifs par hasard. Je tournai la tête pour en parler à Hawke lorsque…

L'un des chevaux à l'avant se cabra et faillit faire tomber Kieran de la selle. Il tint bon et réussit à calmer l'animal en lui caressant la nuque.

« Qu'est-ce qui se passe ? » demanda Noah, un chasseur qui avançait devant nous, lorsqu'on s'arrêta.

Phillips leva un doigt pour nous réduire au silence. Le souffle court, j'observai les alentours. Je ne voyais rien et n'entendais rien non plus, mais les muscles de Setti étaient contractés sous mes jambes. Il se mit à reculer. Je posai la main contre son cou et tentai de le rassurer pendant que Hawke tirait sur les rênes. Les autres chevaux semblaient tout aussi nerveux.

Discrètement, Hawke tapota l'endroit où ma dague était accrochée. Je hochai la tête et glissai la main sous ma cape pour empoigner le manche de mon arme. Je parcourus les arbres du regard…

La menace apparut de nulle part. Une masse noire et rouge bondit dans les airs et s'abattit sur Noah. Surpris, son cheval cabra et le soldat tomba violemment sur le sol. Soudain, la créature était sur lui et essayait de lui lacérer le visage avec ses crocs acérés. Le pauvre tentait tant bien que mal de la maintenir à distance.

C'était un barrat.

Je réussis à ravaler le cri qui montait le long de ma gorge. L'animal était énorme, bien plus gros qu'un sanglier. Une fourrure épaisse et graisseuse recouvrait une colonne vertébrale courbée. Ses oreilles étaient pointues, son museau mesurait la moitié de mon bras et ses griffes s'enfonçaient dans l'herbe et l'arrachaient pour atteindre le chasseur.

Phillips se tourna sur son siège, arc à la main, et mit la flèche en place. Il la relâcha. Le projectile siffla dans les airs et frappa la créature au niveau de la nuque. Celle-ci hurla et tenta de retirer le projectile. Noah en profita pour la repousser.

Après avoir réussi à se relever, Noah dégaina son épée à lame courte. La pierre de sang étincela dans la lumière du soleil. Il leva son épée, puis l'enfonça dans le flanc de la bête, la réduisant à jamais au silence.

« Seigneurs », grogna-t-il en essuyant le sang sur mon front. Il se tourna vers Kieran qui tenait toujours son arc bandé, flèche prête à tirer. « Merci.

— C'est normal.

— S'il y en a un, c'est que le troupeau est dans les parages, déclara Hawke. Il faut qu'on… »

La forêt prit vie de tous les côtés. Des bruissements retentirent. Le son venait de la droite.

J'eus un mouvement de recul qui me plaqua un peu plus contre Hawke. Le troupeau arrivait. Noah jura. Il sauta sur une branche basse au moment où les rongeurs déboulaient des buissons et entre les arbres.

Ils n'attaquèrent pas.

Ils nous dépassèrent en courant et en sinuant entre les chevaux agités. Il y en avait des dizaines qui criaient et couinaient. Ils sautaient par-dessus les racines avant de disparaître dans les fourrés.

Toutefois, cela ne me rassurait pas. Car s'ils couraient, c'était qu'ils fuyaient quelque chose.

En regardant autour de nous, j'aperçus d'épaisses vrilles de Brume approcher. Mes cheveux se dressèrent sur ma tête. Une odeur terrible emplit l'air.

Une odeur de mort.

« Il faut qu'on parte d'ici. » Kieran avait remarqué la même chose que moi. « Sans plus attendre. »

Noah sauta à terre et se réceptionna, accroupi. Ses pieds disparurent dans la Brume de plus en plus dense. Le cœur au bord des lèvres, j'agrippai le pommeau de la selle et me penchai en avant. Je sentis Setti se tendre sous moi. Noah se précipita vers son cheval et saisit les rênes d'une main. L'autre tenait toujours son épée. Il brandit la lame dans les airs.

Le Vorace se déplaça entre les arbres à la même vitesse que la flèche qui avait frappé le barrat. Ses vêtements déchirés, en lambeaux, battaient dans le vent. Il enfonça ses doigts griffus dans le torse du chasseur et l'attaqua à la gorge. Un liquide écarlate coula le long de son torse. Il cria et lâcha son épée en reculant. Son cheval partit d'un coup, au-delà des gardes les plus en avant.

Un hurlement me glaça le sang. Quand un deuxième lui répondit, puis un troisième, je sentis mon estomac se nouer.

« Merde », grogna Hawke. Luddie fit faire demi-tour à son cheval et abattit une lance en pierre de sang sur la tête du Vorace qui avait fait tomber Noah.

« On ne parviendra pas à s'enfuir. » Il releva son arme. « Pas avec ces racines. »

Mon cœur s'emballa. Je savais ce que cela signifiait. La Brume nous arrivait à présent aux genoux. La chance avait tourné.

« Tu sais quoi faire, me dit Hawke. N'hésite pas. »

J'opinai brièvement de la tête, puis il descendit de Setti, sur les racines. Je l'imitai, mais évitai de poser les pieds sur les appendices noueux. En regardant autour de moi, je vis que tout le monde faisait la même chose.

Lorsqu'il aperçut la dague que je tenais à la main, Airrick haussa les sourcils.

« J'ai appris à m'en servir », lui dis-je.

Il m'adressa un sourire amusé. « Je ne sais pas pourquoi, mais cela ne m'étonne pas.

— Ils sont là », déclara Kieran en levant son épée.

Il avait raison.

Ils surgirent d'entre les arbres, une masse grise de chair creusée et de vêtements pourrissants. Il n'y avait pas le temps de paniquer. Même s'ils n'avaient que la peau sur les os, ils étaient d'une rapidité terrifiante.

« Ne les laissez pas toucher les chevaux ! » cria l'un des gardes.

Hawke n'hésita pas. Il s'élança et planta son épée dans le torse du premier.

Je ne voyais rien à part des crocs tachés de sang, mais je me tins prête. Quand l'un d'eux jeta son dévolu sur moi, je plantai la main sur son épaule en essayant de ne pas penser à la peau et aux os qui semblaient se désagréger sous ma paume, puis enfonçai ma dague dans sa poitrine. Lorsque je la retirai, du sang putride gicla dans les airs. Le Vorace tomba. Je me tournai aussitôt pour saisir la chemise déchirée d'une autre créature qui fonçait tout droit vers Setti. Je plantai la lame de mon arme à la base de son crâne, puis la retirai en grimaçant.

Je levai les yeux. Mon regard croisa aussitôt celui de Hawke. Il m'adressa un léger sourire qui laissait entrevoir la promesse d'une fossette. « Je n'aurais jamais cru trouver une chose sexy dans le contexte des Voraces. » Il frappa et coupa la tête de la créature la plus proche. « Mais t'observer combattre est terriblement excitant.

— C'est inconvenant », marmonnai-je en lâchant le Vorace. Je me retournai et évitai les mains d'un autre. J'attaquai au moment où il saisissait ma cape, et transperçai sa cage thoracique avec ma dague. Il faillit me faire tomber en s'effondrant.

Ma dague était efficace. Malheureusement, elle nécessitait un combat au corps à corps. En observant le champ de bataille, je vis Kieran qui se déplaçait avec la grâce d'un danseur. Une épée dans chaque main, il abattait Vorace après Vorace. Luddie, lui, faisait bon usage de sa lance et Phillips de son arc. Airrick était près de moi. À présent, la Brume nous arrivait aux cuisses.

Un Vorace s'élança vers moi en criant. Je resserrai ma prise sur le manche en os de Lycan et attendis qu'il soit à ma portée pour enfoncer la pierre de sang sous son menton. Je reculai et pris une grande inspiration pour tenter de ne pas vomir. Cette odeur…

« Princesse ! J'ai trouvé une meilleure arme pour toi. » Hawke ramassa l'épée en pierre de sang de Noah qui était tombée à terre et la lança dans ma direction. Je la rattrapai d'une main.

« Merci. » Je replaçai ma dague dans son fourreau, me retournai et tranchai aussitôt la gorge du Vorace le plus proche.

J'adorais ma dague, mais une épée en pierre de sang très légère était bien plus pratique dans ce genre de situation. Désormais, je pouvais garder mes distances. Le cœur battant la chamade, je blessai un autre Vorace. L'arrière de ma jambe heurta quelque chose. Je sautai vers la droite et posai le pied par terre. Alors que j'attaquais, ma botte glissa entre les racines. Je touchai le Vorace à la poitrine, mais manquai le cœur. Je récupérai mon arme et me déplaçai. Cette fois, je visai la gorge.

J'avais oublié ma position.

Mon pied était bloqué. Je chutai en avant et tentai désespérément de me rattraper lorsque quelqu'un tomba sur moi et me libéra sans le vouloir. Airrick. Il tacla la créature et ensemble, ils disparurent dans la Brume.

Je m'y enfonçai, moi aussi. L'espace d'un instant, je ne vis plus qu'un film blanc. La panique explosa dans mon ventre. Ma main libre toucha le sol. Il était visqueux sous ma paume. Alors, je me retrouvai plusieurs années en arrière, jeune et effrayée, accrochée à ma mère, désespérée…

Dans mon esprit, j'entendis la voix de Vikter. Un conseil qu'il m'avait donné au tout début, lorsqu'il avait commencé à m'entraîner. « *Ne te laisse jamais envahir par la panique. Si tu paniques, tu es morte.* » Et il avait eu raison. Si la peur pouvait aiguiser les sens, la panique ralentissait les mouvements.

Je n'étais plus une enfant.

Je n'étais plus petite ni sans défense.

Je savais me battre. Je savais me défendre.

Avec un cri, je sortis de mes souvenirs. Je me remis debout au moment où un Vorace sans le moindre cheveu sur la tête m'atteignait. Je brandis l'épée devant moi et lui perçai le cœur. Il n'eut aucune réaction. Ses yeux dénués d'âme croisèrent les miens, puis il frissonna et s'effondra vers l'arrière. Lorsque je me tournai pour chercher Airrick, je me rendis compte que la Brume était en train de disparaître. Elle redescendait le long de nos jambes et s'éclaircissait. C'était bon signe. J'approchai d'un Vorace blessé qui rampait, à présent visible, vers l'un des chevaux. Je lui donnai un coup de pied sur le dos pour le faire tomber. Il hurla. Je le réduisis au silence avec mon épée. La Brume avait complètement disparu.

Le souffle court, je regardai Hawke enfoncer son épée dans la poitrine du dernier Vorace vivant, puis jetai un coup d'œil alentour pour évaluer les dégâts. Seuls cinq gardes étaient encore debout, sans compter Hawke. Kieran et Luddie se tenaient au-dessus d'un chasseur qui était clairement mort. Quant à Noah, dont j'avais manié l'épée, il était décédé à l'instant où le Vorace avait enfoncé ses crocs dans son cou. Je continuai de tourner jusqu'à trouver Phillips. Il était agenouillé près de…

Airrick.

Non.

Il était allongé sur le dos. Ses mains et celles de Phillips étaient pressées contre son ventre. La pâleur de son front faisait ressortir ses cheveux bruns. Il y avait… Il y avait tellement de sang. Je baissai mon arme et m'approchai d'eux en enjambant les cadavres de Voraces.

« Est-ce qu'elle… va bien ? » Du liquide vermeil s'écoulait de sa bouche tandis qu'il regardait Phillips. « La… »

Ce dernier jeta un coup d'œil dans ma direction. Sa peau hâlée avait pris une teinte grisâtre. Son expression était grave. Il hocha la tête. « Elle va très bien.

— Tant mieux. » Sa respiration était chuintante. « Tant… mieux. »

Le cœur serré, je me mis à genoux et déposai l'épée à côté de moi. « Tu m'as sauvée. »

Ses yeux se posèrent sur moi. Un rire faible et sanguinolent lui échappa, comme une quinte de toux. « Vous n'aviez pas… besoin… qu'on vous sauve.

— Si », lui dis-je en examinant son ventre. Les griffes du Vorace avaient déchiré sa chair. Ses entrailles n'étaient plus à l'intérieur de son corps. Je réprimai un frisson tandis que Hawke nous rejoignait. « Tu as été là quand j'étais en mauvaise posture, Airrick. Tu m'as sauvée. »

Hawke s'agenouilla à côté de Phillips et me dévisagea. Il secoua la tête. Il n'avait pas à me le dire. Je le savais déjà. Ce n'était pas une blessure dont on pouvait se remettre. Et elle était sans doute très douloureuse. Je n'avais pas besoin de mon don pour m'en rendre compte, mais j'ouvris tout de même mes sens. L'horrible agonie que je ressentis à travers notre lien me fit tressaillir.

Sans détourner le regard d'Airrick, je pris sa main entre les miennes. Je ne pouvais pas le sauver, mais je pouvais faire ce que je n'avais pas pu avec Vikter. L'aider à traverser ce moment. Il m'était interdit de me servir de mon pouvoir devant témoins, et cela n'était pas très judicieux, mais je m'en moquais. Je ne pouvais pas rester assise sans rien faire, quand j'étais capable d'apaiser sa peine.

Alors, je pensai à la plage, à la façon dont Hawke me faisait rire, me donnait l'impression d'être vivante et je fis passer toute cette chaleur et cette joie à travers le lien qui m'unissait à Airrick.

Je sus tout de suite que cela avait fonctionné, car les traits de son visage se relaxèrent et son corps cessa de trembler.

Il me regarda avec de grands yeux. Comme ça, il paraissait très jeune. « Je n'ai… plus mal.

— Ah non ? » Je me forçai à sourire. À travers le lien, je continuais de lui envoyer vague après vague de lumière et de chaleur. Je ne voulais pas que la moindre bribe de souffrance ne s'y immisce.

« Non. » Une expression d'émerveillement apparut sur son visage. « Je sais que ce n'est pas le cas, mais je… vais bien.

— Je suis rassurée de l'apprendre. »

Il m'observait. Je savais que Phillips et Hawke nous regardaient. Je savais sans me tourner vers eux qu'ils avaient compris que cet apaisement soudain n'avait rien à voir avec les différentes étapes précédant la mort. Aucun homme souffrant d'une telle blessure n'aurait pu mourir aussi paisiblement.

« Je vous connais », reprit Airrick. Son torse se souleva violemment avant de retomber plus lentement. « J'ai pensé… qu'il ne valait mieux rien dire… mais on s'est déjà rencontrés. » Davantage de sang coula hors de sa bouche. « On a joué aux cartes. »

Surprise, je lui souris avec plus de sincérité. « Oui, c'est vrai. Comment m'as-tu reconnue ?

— Ce sont… vos yeux », répondit-il. Le temps qui s'écoulait entre le moment où sa poitrine redescendait et celui où elle se gonflait de nouveau devenait très long. « Vous perdiez.

— Oui. » Je me penchai en avant en continuant à chasser sa douleur. « D'habitude, je suis plus douée que ça. Mon frère m'a appris à jouer. Mais ce soir-là, toutes mes cartes étaient mauvaises. »

Il rit encore. Cette fois, le son fut très faible. « Oui… Moi aussi. Merci… » Son regard se posa quelque part derrière mon épaule, très loin de moi, très loin de nous. Il avait atteint l'au-delà. Ses lèvres tremblèrent et il sourit. « Maman ? »

Sa poitrine se gonfla une dernière fois et ne redescendit pas. Airrick décéda quelques secondes plus tard, le sourire aux lèvres. Ses yeux vides brillaient. J'ignorais s'il avait réellement vu sa mère, mais je l'espérais. Je lui souhaitais d'avoir été accueilli par cette dernière et non pas par le dieu de la mort, Rhain. L'idée que nos proches viennent nous chercher lorsque nous mourions était agréable. Je voulais croire que la femme de Vikter et leur enfant l'avaient attendu, eux aussi.

Lentement, je baissai sa main et la posai sur son torse. Lorsque je relevai la tête, Phillips et Hawke me fixaient intensément.

« Tu lui as fait quelque chose », dit Hawke en sondant mon regard.

Je ne répondis pas.

Je n'eus pas à le faire. Phillips le fit à ma place. « Alors, les rumeurs sont vraies. Je les ai entendues, mais je ne voulais pas y croire. Seigneurs. Vous avez la main divine. »

32

Notre petit groupe reprit la route à vive allure. Nous avions désormais trois gardes de moins qu'à notre départ de Masadonia. Quelques heures plus tard, on trouva le cheval de Noah qui broutait tranquillement. Une fois qu'il fut attaché à la monture de Luddie, on continua notre chemin.

On s'arrêta aux abords de Trois-Rivières pour que les chevaux se reposent, puis on traversa la ville de nuit. Mon cœur était lourd, mes jambes endormies et douloureuses, mais, surtout, j'étais inquiète.

Lorsque les autres nous avaient rejoints, Phillips n'avait pas dit un mot au sujet de ce que j'avais fait. Pourtant, il ne cessait de jeter des coups d'œil dans ma direction. Chaque fois, il semblait se demander si j'étais bien réelle. Cela me rappelait la façon dont les serviteurs m'avaient regardée quand ils me voyaient avec mon voile.

C'était gênant, mais ce n'était rien à côté de la réaction de Hawke.

Au-dessus du corps inerte d'Airrick, il m'avait dévisagée comme si j'étais un puzzle dont il aurait manqué des pièces. Il était clairement surpris et je ne pouvais pas lui en vouloir, mais j'avais cru qu'il aurait des questions à me poser. Quand on s'était arrêtés près de Trois-Rivières, j'avais tenté de lui parler, mais il s'était contenté de secouer la tête. Il m'avait dit « Plus tard » et m'avait conseillé de me reposer. Bien entendu, j'avais insisté et il avait mis un terme à la conversation en s'endormant… ou en faisant semblant.

J'ignorais s'il était en colère, déstabilisé ou… blessé parce que je ne lui en avais pas parlé plus tôt. Dans tous les cas, je ne regrettais pas d'avoir utilisé mon don pour adoucir la mort d'Airrick. Hawke et moi finirions par en discuter. Et bien plus tôt qu'il ne le pensait. Je résistai à la tentation d'ouvrir mes sens pour sonder ses émotions. Je préférais qu'il me dise lui-même ce qu'il ressentait plutôt que tricher ainsi.

Parce que lire ses émotions maintenant serait de la triche, presque une trahison.

Quand on atteignit New Haven, la nuit commençait à tomber rapidement. On traversa le petit Mur sans problème. Hawke descendit de cheval et alla parler à l'un des gardes avant de se rasseoir derrière moi et d'avancer sur la rue pavée.

Kieran avait pris la place d'Airrick. Il chevauchait à côté de nous, tandis que nous traversions la ville endormie entourée d'une forêt dense. On dépassa des magasins fermés pour la nuit avant de pénétrer dans une zone plus résidentielle. En comparaison avec le Quartier bas, les maisons étaient plus petites, mais elles n'étaient pas aussi entassées les unes sur les autres. Elles étaient également en meilleur état. Le commerce rapportait clairement de l'argent et les nobles qui régnaient sur cette ville semblaient mieux gérer les fonds publics que les Teerman.

Une centaine de mètres à l'intérieur du quartier, une première porte s'ouvrit. Un vieil homme à la peau noire en émergea. Il ne dit rien. Il se contenta de faire un signe de la tête à Kieran, puis à Hawke. Un jeune garçon sortit de derrière lui et courut jusqu'à la maison voisine. Il tapa à la porte. Aussitôt, les volets s'ouvrirent. Un autre garçon passa la tête par la fenêtre. Devant nous, Phillips posa la main sur son épée. « Mon papa est… » En voyant notre petite caravane, il s'interrompit et écarquilla les yeux. Il poussa un cri de joie et disparut dans la maison en souriant à pleines dents pour appeler son père.

Le premier garçon frappa ensuite à la troisième porte et fit apparaître un autre enfant, une fille, cette fois, avec des cheveux plus roux que les miens. Lorsqu'elle nous vit, ses yeux s'arrondirent comme des soucoupes.

Puis, de l'autre côté de la rue, une autre porte s'ouvrit. Celle-ci révéla une femme d'âge moyen qui portait un nourrisson aux bras. Elle sourit. Le bébé nous fit un signe de la main. Un peu mal à l'aise, je lui répondis. Le premier garçon avait rameuté du monde. Une troupe d'enfants suivait notre progression depuis le trottoir. Les portes s'ouvraient les unes après les autres. Les habitants de New Haven nous observaient sans rien dire. Certains nous firent signe de la main, d'autres nous sourirent. Quelques-uns, plus frileux, restaient sur le pas de leur demeure.

Je me penchai en arrière et murmurai : « C'est un peu bizarre.

— Je crois qu'ils n'ont pas beaucoup de visiteurs », répondit Hawke en me serrant la taille. Mon idiot de cœur bondit dans ma poitrine.

« C'est un jour excitant pour eux, commenta Kieran d'un air amusé.

— Ah bon ? murmura Hawke.

— À les voir, on dirait qu'on fait partie de la famille royale. »

Il ricana. « Alors, c'est qu'ils n'ont vraiment pas beaucoup de visiteurs. »

Kieran lui adressa un regard appuyé, mais Hawke semblait s'être détendu derrière moi. C'était sans doute bon signe.

« Tu es déjà venu ici ? demandai-je.

— Brièvement. »

Je jetai un coup d'œil à Kieran. « Et toi ?

— J'ai traversé la ville une ou deux fois. »

Je haussai un sourcil quand la forteresse de New Haven apparut devant nous. Il n'y avait pas de double enceinte comme dans le château des Teerman et la taille des deux bâtiments n'était pas comparable. Haute de seulement deux étages, la structure en pierre vert grisâtre semblait avoir survécu à une autre ère.

De justesse.

Soudain, quelque chose de froid toucha le bout de mon nez. Je levai les yeux. Des flocons de neige tombaient au hasard dans le jardin que nous traversions en direction des écuries. Plusieurs gardes habillés en noir nous y attendaient. Ils nous firent signe de la tête et nous invitèrent à entrer dans un large espace qui sentait le cheval et le foin.

Je fermai les yeux un instant et desserrai ma prise sur le pommeau de la selle en soupirant de soulagement. Notre périple à travers le royaume était loin d'être terminé, mais au moins pour cette nuit, nous aurions un lit, quatre murs et un toit au-dessus de nos têtes.

Des choses que je ne considérerais plus jamais comme acquises.

Hawke descendit, tendit les bras vers moi et fit gigoter ses doigts. Je haussai un sourcil et me laissai glisser de l'autre côté du cheval.

Il souffla.

Tout sourire, je caressai le cou de Setti. J'espérais qu'il pourrait se remplir la panse du meilleur foin possible et se reposer. Il le méritait.

Les sacoches autour des épaules, Hawke m'approcha. « Reste à côté de moi.

— Bien sûr. »

À son expression, il était clair qu'il ne me croyait pas. J'avais répondu bien trop vite à son goût. Une fois que les autres nous eurent rejoints, nous sortîmes des écuries. La neige tombait de plus en plus fort et commençait à recouvrir le sol. Je serrai les pans de ma cape contre moi. Devant nous, l'entrée de la forteresse s'ouvrit et un autre garde, un grand blond aux yeux bleu pâle de la couleur d'un ciel d'hiver, apparut.

Kieran lui serra la main. « Ça fait plaisir de te voir », lui dit le garde avant de poser les yeux sur Hawke et moi. Son regard s'attarda quelques secondes sur le côté gauche de mon visage avant de se poser de nouveau sur Kieran. « Ça fait plaisir de vous voir, tous.

— Le plaisir est partagé, Delano », répondit Kieran. Hawke posa la main contre mes reins. « Ça fait trop longtemps.

— Pas assez longtemps ! » s'exclama quelqu'un depuis l'intérieur du bâtiment.

Quand je me retournai, j'aperçus un espace ouvert éclairé par des lampes à huile. Un grand homme brun et barbu, aux épaules larges, franchit deux portes en bois. Il portait un pantalon foncé et une tunique au tissu épais. Une épée à lame courte était attachée à sa taille. Pourtant, il n'était pas habillé comme un garde.

Kieran sourit. Je clignai des yeux. C'était la première fois que je le voyais sourire. Jusqu'à présent, je l'avais trouvé charmant, mais froid. En un clin d'œil, il était devenu beau à couper le souffle. « Elijah, tu sais bien que c'est moi qui t'ai le plus manqué. »

Elijah rencontra Kieran à mi-chemin et l'enveloppa dans une étreinte si puissante que les pieds du garde quittèrent le sol. Des yeux noisette, plus dorés que marron, se tournèrent vers l'endroit où Hawke et moi nous trouvions.

Avec un sourire en coin, l'homme relâcha Kieran. Ou plutôt, il le laissa tomber. Kieran trébucha en arrière, mais parvint à garder l'équilibre. « Et qu'avons-nous là ? demanda Elijah.

— Nous avons besoin d'un abri pour la nuit », répondit Hawke.

Pour une raison qui m'échappa, Elijah sembla trouver cette requête amusante. La tête rejetée en arrière, il s'esclaffa. « Nous avons tous les abris qu'il vous faut.

— C'est bon à savoir. » Hawke garda sa main dans mon dos. Perplexe, je jetai un coup d'œil en direction de l'entrée du bâtiment.

Plusieurs personnes, hommes et femmes, étaient sorties. Comme les habitants de la ville, leurs expressions étaient hétéroclites. La plupart souriaient, mais certains me faisaient penser à l'Effondré qui avait jeté une main de Vorace sur le duc et la duchesse.

Où était le seigneur ou la dame qui dirigeait la ville ? Le soleil n'était pas encore couché, mais il n'y avait pas de fenêtres de ce côté de la bâtisse. Le fait qu'ils se déplacent à l'intérieur n'aurait donc pas été un affront envers les dieux. D'ailleurs, je ne voyais aucun Élevé parmi la foule. Cet homme était peut-être un intendant du seigneur. Celui-ci était peut-être occupé ? Je remarquai que Phillips observait la scène avec les yeux plissés. Il semblait se poser les mêmes questions que moi.

« Nous avons beaucoup de… choses à nous dire », déclara Elijah en posant la main sur l'épaule de Kieran d'une façon qui me fit hausser les sourcils.

Une femme aux cheveux noirs portant une tunique vert forêt et un pantalon assorti nous approcha. Un épais châle crème couvrait ses épaules. Je remarquai tout de suite ses chaussures.

C'étaient des bottes.

Quand elle s'avança, je m'aperçus que ses yeux étaient d'une couleur similaire à ceux d'Elijah, voire exactement la même. Étaient-ils de la même famille ? Elle paraissait dix ans plus jeune que lui et être plus proche en âge de Hawke et moi. Une nièce, peut-être ? Elle nous adressa à tous un sourire crispé. Comme Delano, elle fixa les cicatrices visibles sur mon visage. Son expression ne dévoilait aucune pitié. Seulement de la curiosité, ce qui était préférable.

« Je dois m'entretenir avec plusieurs personnes. Magda va t'accompagner à ta chambre, m'annonça Hawke avant de se tourner vers la femme aux cheveux noirs, sans me laisser le temps de répondre. Installe-la dans une chambre où elle pourra prendre un bain et fais-lui apporter un repas chaud.

— Oui… » Elle commença à se pencher, comme pour faire la révérence, mais se reprit à la dernière minute. Elle rougit joliment avant de reporter son attention sur moi. « Pardon. J'ai du mal à tenir debout en ce moment. » Elle tapota son ventre légèrement arrondi. « Sans doute la faute de bébé numéro deux.

— Félicitations », m'exclamai-je en espérant que c'était la réponse appropriée. Je me tournai vers Hawke. « Hawke…

— Plus tard », répondit-il avant de faire volte-face et de se dépêcher de rejoindre Kieran et Elijah. Phillips était déjà avec eux et examinait le moindre centimètre carré de la forteresse.

« Venez, m'intima Magda en me touchant légèrement le bras. Nous avons une chambre au deuxième étage qui a sa propre salle de bains. Je vais vous faire monter de l'eau chaude. Pendant que vous ferez vos ablutions, le cuisinier vous préparera à dîner. »

Comme je ne savais pas quoi faire d'autre, je suivis Magda à travers la porte d'entrée, puis une porte dérobée qui menait à une cage d'escalier. J'étais surprise que Hawke m'ait laissée seule. Il savait que je pouvais me défendre, mais cela me semblait étrange. À moins, bien sûr, qu'il soit certain qu'aucun Effondré ne se cache ici.

Dans tous les cas, cela n'expliquait pas comment Hawke connaissait le nom de cette femme, alors que personne n'avait fait les présentations, et que, selon ses propres paroles, il n'avait traversé cette ville que brièvement par le passé.

La chambre était étonnamment spacieuse et aérée. Pourtant, la seule source de lumière naturelle provenait d'une petite fenêtre étroite qui donnait sur le jardin. J'aimais les poutres apparentes au niveau du plafond et jamais un lit ne m'avait paru si accueillant.

Toutefois, je n'osais pas m'en approcher, car mes vêtements étaient couverts de sang de Voraces, de terre et de sueur. Je posai ma cape sur une chaise en bois qui semblait très lourde et m'assurai que mon pull dissimulait ma dague.

Un feu avait été allumé dans la cheminée et un repas, un ragoût de bœuf riche en saveurs, m'avait été apporté avant l'eau chaude pour le bain. Je le dévorai jusqu'à la dernière miette, ainsi que les biscuits qui l'accompagnaient. Si la petite armée de serviteurs commandée par Magda n'était pas intervenue, j'aurais sans doute léché l'assiette.

Pendant que la baignoire se remplissait d'une eau fumante, Magda accrocha une robe de chambre bleu pâle à une patère dans la salle de bains. En la voyant, je sentis ma gorge se nouer sous le coup de l'émotion.

Elle n'était pas blanche.

Je fermai les yeux.

« Poppy ? » dit la femme. Je rouvris vivement les paupières. Plus tôt, elle m'avait demandé comment elle devait m'appeler. C'était le nom que je lui avais donné. « Tout va bien ?

— Oui. » Je clignai des yeux. « La route a été… éprouvante.

— J'imagine », assura-t-elle. Je doutais qu'elle le puisse. « Si vous laissez vos vêtements près de la porte, je m'assurerai qu'ils soient nettoyés cette nuit.

— Merci. »

Elle sourit. « Il y a du savon et des serviettes propres à côté de la baignoire. Avez-vous besoin d'autre chose ? »

J'aurais voulu lui demander où était Hawke, mais elle n'en avait probablement pas la moindre idée. Aussi, je déclinai et elle se dirigea vers la sortie. Tout à coup, je repensai aux Élevés. « Magda ? la rappelai-je. Qui sont le seigneur et la dame qui habitent ici ?

— Le seigneur Halverston est parti chasser avec plusieurs hommes, répondit-elle. Il aurait aimé vous accueillir, mais il faisait presque nuit et il était déjà sur le point de s'en aller quand il a appris votre arrivée.

— Oh. » Un noble qui chassait avec des hommes du peuple ? Décidément, ces gens étaient vraiment curieux.

« Autre chose ? »

Cette fois, je secouai la tête et ne l'empêchai pas de prendre congé. Je me déshabillai rapidement et laissai mes vêtements près de la porte. Le sol était glacé. Le feu de cheminée ne l'avait pas encore réchauffé. Dague à la main, je me dépêchai de rejoindre la baignoire.

Après la découverte de la robe de chambre, c'était sans doute la deuxième meilleure chose qu'il m'arrivait ce soir.

L'eau chaude enveloppa mes muscles endoloris. Je frottai ma peau avec un savon parfumé au lilas et me lavai les cheveux deux fois. Je barbotai si longtemps que je craignis que mes doigts ne se fripent comme des raisins secs. Alors, je m'essuyai avec la serviette et enfilai la robe de chambre. En me dirigeant vers la petite coiffeuse, je fus ravie d'y trouver une brosse à cheveux. J'avançai dans la chambre en me coiffant d'un geste absent avant de poser la dague sur la table de chevet. Quand j'eus terminé, il ne me restait plus rien d'autre à faire qu'attendre.

Je m'assis sur le bord du lit. Je me demandais ce que faisait Tawny. Se liait-elle d'amitié avec les autres dames et seigneurs en Attente ? La tristesse me serra le cœur et je l'accueillis. Je préférais ressentir cela plutôt que de la colère et de la douleur. Mon amie me manquait.

Vikter aussi.

La gorge nouée, je fis courir ma main sur le doux tissu bleu. Mes yeux me brûlaient, mais les larmes refusaient de couler. J'aurais aimé pleurer une bonne fois pour toutes. Je soupirai et jetai un coup d'œil à la tête de lit. Il y avait deux oreillers, comme s'il s'agissait d'un lit destiné à deux personnes.

Un coup sur la porte me fit sursauter. Je bondis du lit et tendis la main vers la table. Quand la porte s'ouvrit, je saisis ma dague avant de faire volte-face.

« Hawke », soufflai-je.

Il haussa les sourcils. « Je pensais que tu dormais.

— C'est pour ça que tu es entré sans prévenir ?

— J'ai frappé. Je ne suis pas entré sans prévenir. » Il referma la porte derrière lui et avança vers la lumière. Il s'était lavé et changé, lui aussi. Ses cheveux humides ondulaient contre ses joues. « Mais ça me rassure de voir que tu étais prête à te défendre au cas où il s'agissait de quelqu'un que tu ne voulais pas voir.

— Et si je ne veux pas te voir, toi ? »

Il eut un sourire en coin. « On sait tous les deux que ce n'est pas le cas. » Son regard glissa lentement sur mon corps. « Au contraire.

— La taille de ton ego ne cessera jamais de m'émerveiller. » Je reposai la dague et examinai la pièce autour de moi. Étant donné que le seul autre siège était la chaise qui paraissait très inconfortable, je n'eus pas d'autre choix que de me rasseoir sur le lit.

« Je ne cesse jamais de t'émerveiller, tout court », répondit-il.

Je souris. « C'est bien ce que je disais. »

Il s'approcha en riant. « Tu as mangé ? »

Je hochai la tête. « Et toi ?

— Pendant que je prenais mon bain.

— Pratique.

— Je fais de mon mieux. » Il s'arrêta à quelques mètres de moi. « Pourquoi ne dors-tu pas ? Tu dois être épuisée.

— Je sais que le matin viendra tôt ou tard, et que nous serons de retour là dehors, mais je ne peux pas dormir. Pas encore. Je t'attendais. » Soudain nerveuse, je jouai avec la ceinture de ma robe de chambre. « Cet endroit est… inhabituel, non ?

— Pour quelqu'un qui ne connaît que la capitale et Masadonia, je suppose, répondit-il. Les choses sont bien plus simples ici. Moins de décorum.

— J'ai remarqué. Je n'ai pas vu le moindre blason royal. »

Il pencha la tête sur le côté. « Tu m'as attendu pour parler de bannières royales ?

— Non. » Je soupirai et lâchai ma ceinture. « Je voulais discuter avec toi de ce que j'ai fait à Airrick. »

Hawke resta silencieux.

Ma nervosité laissa place à l'agacement. « C'est suffisamment tard pour toi ? Le moment est bien choisi ? »

Ses lèvres se retroussèrent. « Parfaitement, princesse. Nous sommes seuls… ce qui me semblait essentiel. »

J'ouvris la bouche, puis la refermai aussitôt. Était-ce la raison pour laquelle il avait repoussé cette conversation ? Dans ce cas-là, il n'avait pas eu tort.

« Tu comptes m'expliquer pourquoi Vikter et toi ne m'avez jamais dit que tu avais cette… main divine ? »

Ma mâchoire se détendit. « Je ne l'appelle pas comme ça. C'est le nom que lui ont donné certains qui ont… entendu les rumeurs. C'est une des raisons pour lesquelles ils me considèrent comme l'enfant des dieux. D'habitude, tu entends tout et tu sais tout… mais ce détail n'est pas arrivé jusqu'à tes oreilles ?

— Je sais beaucoup de choses, c'est vrai, mais non. Je n'en avais jamais entendu parler, dit-il. Je n'avais jamais vu quelqu'un faire ce que tu as fait non plus. »

Mon regard sonda le sien. Il paraissait sincère. « C'est un don des dieux. C'est la raison pour laquelle je suis l'Élue. » L'une des raisons, en tout cas. « La reine m'a ordonné de ne jamais en parler ni l'utiliser. Pas avant d'avoir été jugée digne. Je lui ai plus ou moins obéi.

— Plus ou moins ?

— Oui. Vikter était au courant, mais pas Tawny. Rylan et Hannes ne le savaient pas. La duchesse sait, le duc aussi. C'était tout, lui expliquai-je. Et je ne m'en sers pas… trop souvent.

— Quel est ton don, au juste ? »

Je soupirai longuement. « Je peux… sentir la douleur des gens, aussi bien physique que mentale. Du moins, ça a commencé comme ça. Il semblerait qu'à mesure que je m'approche de l'Élévation, mes capacités se développent. On peut dire que maintenant, je peux sentir les émotions des gens, corrigeai-je en tirant sur la couverture à côté de moi. Je n'ai pas besoin de les toucher. Il me suffit que je les regarde. C'est comme si… je m'ouvrais à eux. En règle générale, je peux me maîtriser, mais parfois, c'est difficile.

— Dans une foule, par exemple ? »

Comme je savais qu'il parlait du soir où le duc s'était adressé aux habitants de la ville, je hochai la tête. « Oui. Ou quand quelqu'un projette sa souffrance sans s'en rendre compte. C'est assez rare. Je ne vois rien de plus que toi ou d'autres personnes. Je ressens ce qu'ils ressentent.

— Tu… ressens ce qu'ils ressentent ? »

Je levai les yeux vers lui.

Il me fixait intensément. « Si je comprends bien, tu as ressenti la douleur d'Airrick qui avait subi une blessure mortelle ? »

J'opinai.

Hawke cligna des paupières. « Ça a dû être…

— Atroce ? finis-je à sa place. Oui, mais j'ai connu pire. Les maux physiques sont toujours très vifs et brûlants alors que la peine psychologique et émotionnelle donne plutôt l'impression d'être plongé dans un bain glacial quand il fait déjà un froid mortel. Ce genre de douleur est bien pire pour moi. »

Hawke vint s'asseoir sur le lit à côté de moi. « Et tu es capable de sentir d'autres émotions ? Comme la joie ou la haine ? Le soulagement… ou la culpabilité ?

— Oui, mais c'est encore très récent. Je ne reconnais pas toujours le sentiment que je perçois. Je fais avec ce que je sais, mais… » Je haussai les épaules. « Pour répondre simplement à ta question : oui. »

Pour la première fois depuis que je l'avais rencontré, Hawke ne semblait pas savoir quoi dire.

« Et ce n'est pas tout, avouai-je.

— Clairement. »

Je ne prêtai aucune attention à son ton moqueur. « Je peux apaiser la souffrance des gens en les touchant. En règle générale, la personne ne le remarque pas… à part si ce qu'il ou elle ressent est vraiment très important.

— Comment fais-tu ?

— Je pense à… des moments heureux et je leur communique ce bien-être à travers le lien créé par mon don », répondis-je.

Il me dévisagea quelques instants. « C'est tout ? Il te suffit d'avoir des pensées agréables ?

— Je ne l'aurais pas dit comme ça, mais oui. »

Son expression changea, puis il me regarda dans les yeux. « Tu as déjà perçu certaines de mes émotions ? »

Je voulais mentir, mais je me retins. « Oui. »

Il se redressa.

« Au début, je ne l'ai pas fait exprès… Enfin, si, mais seulement parce que tu avais l'air de… je ne sais pas… d'un animal en cage, à chaque fois que je te voyais dans le château. J'étais curieuse. Je me rends compte que je n'aurais pas dû faire ça. Et je ne l'ai pas fait… souvent. Je me suis mis des barrières, en quelque sorte », ajoutai-je. Il haussa les sourcils. « La plupart du temps. Il y a des moments où je n'arrive pas à me contrôler. Éviter d'utiliser mon don, pour moi, c'est aller à l'encontre de… »

À l'encontre de ma nature.

C'était la raison pour laquelle, il était si difficile à maîtriser parfois. Bien sûr, ma curiosité me poussait souvent à me servir de mes pouvoirs, mais me retenir était bien pire. J'avais l'impression d'étouffer.

C'était le même sentiment que me procuraient le voile, les règles, les attentes et… ce futur que je n'avais pas choisi.

Pourquoi ma vie me semblait-elle si inadéquate ?

« Qu'as-tu senti en moi ? »

Sa voix me sortit de mes pensées. Je le regardai. « De la tristesse. »

Son choc se lut sur son visage.

« Un chagrin profondément ancré. » Je baissai les yeux vers son torse. « Il est toujours là, sous la surface, même quand tu souris et quand tu plaisantes. Je ne sais pas comment tu fais pour le supporter. Je me suis dit que ça avait peut-être un rapport avec ton frère et ton ami. » Comme il ne répondit pas, je crus avoir dépassé les bornes. « Pardon. Je n'aurais pas dû me servir de mon don sur toi et j'aurais sans doute mieux fait de te mentir...

— Est-ce que tu as déjà atténué ma douleur ? »

Je posai les mains à plat sur mes jambes. « Oui.

— Deux fois. Je me trompe ? Après l'incident avec la prêtresse et la nuit du Rite. »

Je hochai la tête.

« Maintenant, je comprends pourquoi je me suis senti... plus léger. La première fois, ça a duré un sacré bout de temps. Ça faisait longtemps que je n'avais pas aussi bien dormi. » Un éclat de rire lui échappa. Je le regardai en coin. « Dommage que tu ne puisses pas le mettre en bouteille et le vendre. »

Je ne savais pas comment réagir.

« Pourquoi ? demanda-t-il. Pourquoi avoir pris ma douleur ? C'est vrai, je ressens une certaine tristesse. Mon frère me manque à chaque inspiration que je prends. Son absence me hante, mais la peine est gérable.

— Je sais. Tu ne la laisses pas interférer avec ta vie, mais je... je n'aimais pas l'idée que tu souffres, admis-je. Je pouvais te soulager, ne serait-ce que de façon temporaire. Je voulais...

— Quoi ?

— Je voulais t'aider. Je veux utiliser mon don pour aider les gens.

— Et tu l'as déjà fait ? Pour d'autres personnes qu'Airrick et moi ?

— Oui. Pour les maudits. J'apaise souvent leurs souffrances. Et Vikter avait des migraines terribles. Parfois, je le soulageais un peu. Tawny, aussi, mais elle ne l'a jamais su.

— Alors, c'est comme ça que les rumeurs sont nées. Tu as aidé les maudits.

— Et leurs familles, parfois. Leur chagrin est tellement déchirant que j'y suis obligée.

— Pourtant, on te l'a interdit.

— Je sais, mais c'est complètement idiot. » Je levai les mains au ciel. « Je ne comprends pas pourquoi on m'empêche d'utiliser mes pouvoirs. Si les dieux m'ont offert ce don, c'est qu'ils m'ont déjà jugée digne de confiance, non ? raisonnai-je.

— Ce serait logique. » Il marqua une pause. « Et ton frère le possède aussi ? Ou quelqu'un d'autre, dans ta famille ?

— Non, je suis la seule. Avec la première Pucelle, bien sûr. On est toutes les deux nées dans le linceul des dieux, lui appris-je. Ma mère s'en est rendu compte quand j'avais 3 ou 4 ans. »

Il fronça les sourcils et me regarda de nouveau comme si j'étais un puzzle dont il manquait des pièces.

« Quoi ? »

Son expression s'adoucit. « Est-ce que tu es en train de lire mes émotions ?

— Non. Je t'assure : je fais de mon mieux pour éviter, même quand j'en ai vraiment envie. J'ai l'impression de tricher, surtout face à une personne… » Je m'interrompis. J'avais été sur le point de lui dire : une personne à laquelle je tiens.

L'estomac noué, je posai de nouveau mes yeux écarquillés sur lui. Je tenais à Hawke. Beaucoup. Mais pas de la même façon que je tenais à Tawny ou Vikter. C'était différent.

Oh, mes dieux.

Ce n'était sans doute pas une bonne chose, mais je ne ressentais aucune responsabilité à ce sujet. Pire, j'étais pleine d'espoir, d'excitation et de centaines d'émotions positives.

« Je regrette de ne pas avoir ton don, car j'aimerais vraiment savoir ce qui se passe dans ta tête en ce moment. »

Mieux valait qu'il ne le sache pas. « Je ne perçois pas ce que ressentent les Élevés, lui confiai-je pour changer de sujet. Absolument rien, alors que je sais qu'ils ressentent la douleur physique.

— C'est…

— Étrange, pas vrai ?

— J'allais dire perturbant, mais c'est étrange aussi.

— Je peux t'avouer quelque chose ? » Je me penchai vers lui et baissai la voix. « Ça devrait me soulager d'être en face de personnes que je ne peux pas sonder, mais ça n'a jamais été le cas. En leur présence, je ressens toujours… un très grand froid.

— Je peux comprendre. » Il se baissa à son tour et murmura : « Je devrais te remercier.

— Pour quoi ?

— Pour avoir soulagé ma douleur.

— Tu n'es pas obligé.

— Je sais, mais j'en ai envie », avoua-t-il. Sa bouche était vraiment très proche de la mienne. « Merci.

— De rien. » Mes paupières se fermèrent à moitié. Il sentait le pin et le savon, et son souffle était chaud contre mes lèvres.

« J'avais raison.

— À quel sujet ?

— Quand j'ai dit que tu étais forte et courageuse, répondit-il. Tu prends de nombreux risques en utilisant ton don.

— Je ne pense pas en avoir pris assez, au contraire, avouai-je. Je n'ai pas pu aider Vikter. J'étais trop…

bouleversée. Si je n'avais pas été dans le déni, j'aurais pu au moins prendre un peu de sa souffrance.

— Tu as pris celle d'Airrick. Tu l'as aidé. » Il pressa son front contre le mien, comme un baiser. « Tu n'es décidément pas celle que j'imaginais.

— Tu n'arrêtes pas de le répéter. Comment m'imaginais-tu ?

— Pour être honnête, je ne sais plus. »

Je fermai les yeux. J'aimais être proche de lui. J'aimais être… touchée quand je le décidais.

« Poppy ? »

J'aimais également la façon dont il prononçait mon nom. « Oui ? »

Il caressa ma joue du bout des doigts. « J'espère que tu sais que tu es la personne la plus digne que j'aie jamais rencontrée. Peu importe ce que d'autres ont pu te dire. »

Mon cœur se serra de la plus merveilleuse des façons. « Tu n'as pas rencontré beaucoup de personnes, alors.

— Si, beaucoup trop. » Il releva la tête et m'embrassa le front. Quand il recula, il fit glisser son pouce le long de mon menton. « Tu mérites bien plus que ce futur qui t'attend. »

Oui.

Je rouvris les yeux.

Il avait raison.

Je n'étais pas une mauvaise personne. Sous mon voile et derrière mon titre et mon don, j'étais comme tout le monde. Pourtant, je n'avais jamais été traitée ainsi. Comme Hawke me l'avait déjà fait remarquer, je ne possédais aucun privilège, pas même les droits les plus élémentaires. Et je…

J'en avais plus qu'assez.

Hawke s'écarta complètement. « Merci de m'avoir fait suffisamment confiance pour me confier tout ça », me dit-il d'une voix grave.

Décontenancée, je fus incapable de répondre. Un changement s'opérait à l'intérieur de moi. Un changement important et infime à la fois. Mon cœur s'emballa comme si j'étais en train de me battre pour survivre et… seigneurs. C'était exactement ce que je faisais. À cet instant précis, je me démenais pour avancer, tout simplement. Je venais de le comprendre.

Pucelle ou non, bonne ou mauvaise, Élue ou indigne, je méritais de vivre, d'exister sans être limitée par des règles que je n'avais pas choisies.

Alors, je regardai Hawke. Je le regardai vraiment. Et ce que je vis alla bien au-delà de la simple apparence physique. Il s'était toujours comporté différemment avec moi. Il n'avait jamais tenté de m'arrêter. Durant la nuit où il m'avait surprise sur le Mur et dans la Forêt sanglante où il m'avait confié une épée, il ne s'était pas contenté de me protéger. Il avait cru en moi et respecté mon besoin de me défendre. Et comme il l'avait dit, j'avais l'impression de le connaître depuis des années. Il… Il me comprenait et c'était réciproque. Il était fort et courageux et ressentait profondément les choses. Il avait perdu des proches, mais avait survécu. Il continuait d'aller de l'avant malgré le chagrin qu'il portait en lui. Il m'acceptait.

Et je n'avais aucun mal à mettre ma vie entre ses mains.

Je lui faisais confiance.

« Tu ne devrais pas me regarder comme ça, souffla-t-il d'une voix rauque.

— Comment ?

— Tu le sais très bien. » Il ferma les yeux. « Non, en fait, tu ne le sais peut-être pas. Je ferais mieux de m'en aller.

— Comment est-ce que je te regarde, Hawke ? »

Il rouvrit les paupières. « D'une manière que je ne mérite pas. Pas par toi.

— Ce n'est pas vrai, rétorquai-je.

— J'aimerais que ce soit le cas. Crois-moi. Il faut que je parte. » Il se leva et recula sans me quitter des yeux. Il n'avait pas l'air de vouloir s'en aller. Il prit une grande inspiration. « Bonne nuit, Poppy. »

Son nom sur le bout des lèvres, je le regardai se diriger vers la porte. Moi non plus, je ne voulais pas qu'il me quitte. Je n'avais pas envie de passer la nuit seule. Je ne voulais pas non plus qu'il croie qu'il ne me méritait pas.

Je voulais vivre.

Je le voulais, lui.

« Hawke ? »

Il se figea, mais ne se retourna pas.

Mon cœur battait de nouveau à tout rompre. « Est-ce que tu… veux bien rester avec moi, cette nuit ? »

33

Hawke ne répondit pas. Je n'étais même pas certaine qu'il respirait. J'avais l'impression de me retrouver sous le saule pleureur, le soir du Rite. Ce souvenir charria son lot de douleur.

Au bout d'un moment, il reprit la parole. « Je ne demande pas mieux, mais tu ne comprends pas ce qui se passera si je reste. »

J'avais la tête qui tournait. « Que se passera-t-il ? »

Il me fit de nouveau face. Son regard était perçant. « Je ne pourrai jamais partager un lit avec toi. Je ne tiendrai pas dix secondes avant de te sauter dessus. Non, en fait, on n'atteindrait même pas le lit. Je connais mes limites. Je sais que je ne suis pas un homme assez bon pour me souvenir de mon devoir et du tien et que je suis si incroyablement indigne de toi que ça devrait être un péché. Même en sachant ça, je ne pourrais pas m'empêcher de t'enlever cette robe de chambre et de faire exactement ce que je t'ai dit quand nous étions dans la forêt. »

Une vague de chaleur m'envahit. « Je sais. »

Il prit une grande inspiration. « Tu en es sûre ? »

Je hochai la tête.

Il fit un pas vers moi. « Je ne me contenterai pas de te tenir dans mes bras. Je ne m'arrêterai pas à un baiser. Je ne te pénétrerai pas seulement avec mes doigts. Mon désir pour toi est bien trop fort, Poppy. Si je reste, la prochaine fois que tu franchiras cette porte, tu ne seras plus la Pucelle. »

Son franc-parler me fit frissonner. Les mots en eux-mêmes n'étaient pas un choc. Son désir, si. Je ne m'étais pas imaginé être l'objet d'une telle passion. Je ne m'y étais jamais autorisé.

« Je sais », répétai-je.

Il avança de nouveau. « Tu en es vraiment certaine, Poppy ? »

Oui.

C'était étrange d'être si sûre de moi alors que j'avais passé si longtemps à ne pas me connaître – à ne jamais vraiment être autorisée à découvrir qui j'étais, ce que je pouvais aimer ou ne pas aimer, ce que je pouvais vouloir ou avoir besoin. Mais je savais maintenant.

Je l'avais su au moment où je lui avais demandé de rester. Je savais quelles pouvaient être les conséquences. Je savais ce que j'étais, et ce qu'on attendait de moi, et je savais que je ne pouvais pas le rester. Ce n'était pas ce que je voulais dans la vie. Cela n'avait jamais été mon choix.

Mais ça… Ça, je le voulais.

Je voulais Hawke.

C'était mon choix.

Je reprenais petit à petit le contrôle sur ma vie. Le processus avait commencé bien avant que je le rencontre, lorsque j'avais demandé à Vikter de m'apprendre à me battre, puis de m'intégrer au cercle qui aidait les maudits. D'autres étapes minimes avaient eu lieu eu fil du temps. En un sens, elles étaient sans doute plus importantes. J'avais changé, tout comme le don que l'on m'empêchait de manipuler alors que j'étais déterminée à le faire. Les risques auxquels je m'exposais et les aventures dans lesquelles je me lançais en étaient la preuve. Mon désir de braver l'interdit était le plus fort.

C'était la raison pour laquelle j'étais restée dans cette chambre à *La Perle Rouge* avec Hawke.

Pourquoi je n'avais pas hésité à sourire au duc et à lui rendre son regard lorsque j'avais été dévoilée.

Pourquoi j'avais parlé à Loren pour la première fois et m'étais rendue au Mur. C'était mon évolution qui m'avait permis de rester silencieuse pendant que le duc me donnait ses leçons. Lorsque j'avais sectionné le bras, la main et la tête du seigneur Mazeen, en réalité, j'avais coupé les chaînes que je n'avais jamais choisi de porter. À ce moment-là, je ne m'en étais pas rendu compte. Il y avait eu tant de petites étapes ces dernières années et encore plus ces dernières semaines. J'ignorais quand leur somme avait enfin porté ses fruits, mais je savais au moins une chose.

Hawke n'avait pas été le catalyseur.

Il était la récompense au bout du chemin.

Je portai mes mains à ma ceinture. Étonnamment, je ne tremblais pas. Sans baisser les yeux, je la dénouai. La robe de chambre s'ouvrit, puis glissa sur mes épaules. Je la laissai tomber à mes pieds.

Hawke ne détourna pas un instant le regard. Il ne semblait même pas cligner des yeux. Lentement, il parcourut mon corps tout entier. Il y avait suffisamment de lumière pour qu'il voie tout. Les pleins et les déliés, les parties sombres les plus cachées et toutes mes cicatrices. Les déchirures sur mes bras et mon ventre. Celles sur mes jambes qui ressemblaient à des griffures, mais qui étaient la preuve que j'avais été choisie par les dieux.

Lors de cette nuit lointaine, j'avais été mordue à cet endroit précis. Par des Voraces.

Pourtant, je n'avais pas été maudite.

Hawke ne s'en rendrait pas compte. Deux des personnes qui avaient été au courant étaient décédées. À présent, il ne restait plus que la reine, le roi, la duchesse et mon frère. Pour la première fois de ma vie, j'avais envie de dire la vérité à quelqu'un. Je voulais la dire à Hawke.

Mais ce n'était pas le bon moment pour ça.

Pas quand son regard revenait lentement vers le mien. Pas quand il me fixait comme s'il voulait s'imprégner de chaque centimètre de mon corps. Quand ses yeux rencontrèrent enfin les miens, je ne pus m'empêcher de frissonner.

« Tu es tellement belle, murmura-t-il d'une voix enrouée. Je ne m'attendais vraiment pas à ça. »

Puis il bougea à une telle vitesse que j'eus du mal à croire qu'il n'était pas un Élevé. En un battement de cœur, je me retrouvai entre ses bras, sa bouche sur la mienne. Il n'y avait rien de lent ni de tendre dans ce baiser. J'avais l'impression qu'il me dévorait. Et c'était ce dont j'avais envie. Je lui rendis son baiser et le serrai contre moi le plus fort possible. Quand je sentis sa langue frôler la mienne, il recula.

Alors, tout alla très vite. Avec mon aide, il retira sa tunique, ses bottes et enfin son pantalon. Lorsqu'il fut nu devant moi, je tremblai.

Il était… magnifique.

Finement musclé, il avait une peau dorée par le soleil. Son torse et son ventre avaient été ciselés par des années d'entraînement. La force et la puissance de son corps ne faisaient aucun doute. La vie avait laissé des marques sur lui sous la forme de légères entailles et de cicatrices plus importantes. Il était un combattant, comme moi. À présent, je voyais ce que j'avais été trop nerveuse pour remarquer plus tôt. Son corps était la preuve vivante de tout ce à quoi il avait survécu. La cicatrice rouge et profonde sous sa hanche sur le haut de sa cuisse sous-entendait qu'il faisait probablement des cauchemars, lui aussi. On aurait dit qu'on l'avait marqué au fer rouge.

« La cicatrice sur ta cuisse, murmurai-je. De quand date-t-elle ?

— De plusieurs années, quand j'étais assez idiot pour me faire attraper », répondit-il.

C'était étrange. Parfois, il parlait comme s'il était beaucoup plus vieux qu'il ne l'était réellement. Bien sûr, dans certains cas, une année pouvait sembler durer une éternité. Je continuai mon exploration… et écarquillai les yeux.

Oh.

Je me mordis les lèvres. Je n'aurais sans doute pas dû le fixer ainsi, cela paraissait indécent, mais je ne pouvais pas m'en empêcher.

« Si tu continues de me regarder comme ça, ce sera terminé avant que ça ait vraiment commencé. »

Le rouge aux joues, je me forçai à détourner les yeux. « Je… Tu es parfait. »

Son expression se durcit. « Non. Loin de là. Tu mérites quelqu'un qui l'est, mais je suis trop égoïste pour céder ma place. »

Je n'arrivais pas à comprendre pourquoi il se rabaissait autant. « Je ne suis absolument pas d'accord.

— Quelle surprise ! » s'exclama-t-il avant de passer un bras autour de ma taille.

En un instant, je me retrouvai allongée sur le lit, Hawke au-dessus de moi. Les poils de ses jambes étaient rêches contre ma peau. C'était plutôt agréable. Toutefois, en le devinant contre ma hanche, je sentis une boule se former dans ma gorge. Un risque bien réel lié à tout ceci venait de se rappeler à moi.

« Est-ce que tu es… ?

— Protégé ? » Ses pensées avaient visiblement emprunté le même chemin que les miennes. « Je prends l'aide mensuelle. »

Il parlait de l'herbe qui rendait les hommes et les femmes temporairement infertiles. On pouvait la mâcher ou la boire en tisane. J'avais entendu dire qu'elle avait un goût de lait tourné.

« Je suppose que ce n'est pas ton cas », ajouta-t-il.

Je ricanai.

« Tu imagines le scandale ? demanda-t-il en glissant la main le long de mon bras.

— Très bien, répondis-je en souriant. Mais ça… »

Son regard plongea dans le mien. « Ça change tout. »

De façon irréversible.

J'étais prête.

Hawke m'embrassa. Alors, je ne pensai plus à rien d'autre qu'à ses lèvres qui me faisaient l'effet d'une drogue. On s'embrassa jusqu'à ce que mon cœur martèle ma poitrine et ma peau bourdonne de plaisir. Quand je fus à bout de souffle, et seulement à ce moment, il commença son exploration.

Ses doigts s'aventurèrent sur le moindre centimètre de ma peau. Lorsqu'ils arrivèrent entre mes cuisses, je criai. Je compris très vite que ce qu'il avait fait dans la forêt, par-dessus mon pantalon, n'était rien par rapport à la sensation de sa peau contre la mienne.

Ses lèvres, puis sa langue suivirent ensuite la nuée enflammée que ses doigts avaient laissée derrière eux. Quand il s'attardait sur des zones particulièrement sensibles, des sons indécents s'échappaient de mes lèvres. Je me demandais si les murs étaient suffisamment épais pour les étouffer. Lorsqu'il atteignit les cicatrices sur mon ventre, il les embrassa avec dévotion. Je ne pouvais clairement plus penser qu'il les trouvait repoussantes.

Puis il continua de descendre, sous mon nombril.

En sentant son souffle à l'endroit où je le désirais le plus, mon cœur s'arrêta. Lorsque j'ouvris les yeux, je le trouvai installé entre mes jambes, le regard doré rivé au mien.

« Hawke », soufflai-je.

Ses lèvres se retroussèrent en coin en un sourire malicieux, terriblement sexy. « Tu te souviens de la première page du journal de Mlle Willa ?

— Oui. » Je ne l'oublierais sans doute jamais.

Alors, sans me quitter des yeux, il baissa la tête.

À l'instant où ses lèvres touchèrent ma peau, je me cambrai et enfonçai les doigts dans les draps. Quand sa langue me caressa, je crus que mon cœur allait s'arrêter. Ce fut peut-être le cas. Je ne m'étais pas attendue à un tel déferlement de sensations. C'était presque trop puissant. J'étais incapable de tenir en place. Je levai les hanches. Le grognement rauque de satisfaction que Hawke émit était presque aussi agréable que ce qu'il faisait.

Seigneurs…

Ma tête retomba contre le matelas. J'avais conscience que je me tortillais et qu'il n'y avait pas le moindre sens du rythme derrière mes mouvements. Une vive tension s'enroula et grandit en moi jusqu'à exploser.

L'intensité de la déflagration m'étourdit. J'avais peut-être prononcé son nom. Ou crié des propos incohérents. Je l'ignorais. Il me fallut un long moment avant de pouvoir ne serait-ce que rouvrir les yeux.

Hawke releva la tête. Dans la lumière des bougies, ses lèvres étaient rouges et gonflées. Lorsque son regard croisa le mien, sa profondeur me brûla la peau. Il n'avait jamais paru plus fier de lui qu'à cet instant. Il se passa la langue sur les lèvres. « Douce comme le miel, grommela-t-il. Comme je l'avais imaginé. »

Mon souffle se bloqua dans ma gorge. Je frissonnai. Il remonta le long de mon corps engourdi avec la grâce d'un prédateur. Je l'observai, incapable de détourner le regard, tandis que ses muscles puissants caressaient les miens. Les poils rêches de ses jambes chatouillèrent ma peau sensible. Je frissonnai.

« Poppy », souffla-t-il contre mes lèvres. Quand il m'embrassa, son goût se mélangea au mien et ses dents étonnamment pointues frôlèrent ma langue. En le sentant se positionner contre moi, entre mes lèvres, je perdis le contrôle sur mes sens. « Ouvre les yeux. »

Je les avais fermés ? Ah oui. Je les rouvris. Hawke avait un sourire en coin, mais son expression n'était pas aussi malicieuse que d'habitude. Il me dévisagea sans un mot. Ses hanches, son corps tout entier étaient immobiles. « Quoi ?

— Je veux que tu gardes les yeux ouverts, dit-il.

— Pourquoi ? »

Il rit et nous étions si proches que le son résonna au plus profond de mon corps. Je hoquetai de surprise. « Tu poses toujours tellement de questions...

— Si je n'en posais pas, tu t'ennuierais.

— C'est vrai », murmura-t-il en faisant glisser sa main le long de mon cou, puis plus bas. Ses doigts se refermèrent sur l'un de mes seins.

« Alors, pourquoi ? insistai-je.

— Parce que je veux que tu me touches, répondit-il. Et je veux que tu voies ce que tu me fais. »

Un frisson dansa sur ma peau. « Comment… veux-tu que je te touche ?

— Comme tu veux, princesse. Tu ne peux pas te tromper », murmura-t-il d'une voix rauque.

Je lâchai lentement les draps et posai la main sur sa joue. Son regard resta rivé au mien tandis que je faisais descendre mes doigts le long de sa mâchoire, sur ses lèvres douces, puis sa gorge. Mes sens étaient encore trop ouverts pour que je puisse me concentrer correctement, mais je déposai le bout de mes doigts contre son torse. Ses inspirations rapprochaient sa peau de ma main. Je continuai mon exploration, me délectant de la façon dont les muscles de son bas-ventre se contractaient et de la sensation de ses poils sous son nombril… et plus bas. Mes doigts effleurèrent son membre dur et soyeux. Un tremblement le parcourut. J'hésitai.

« S'il te plaît. Ne t'arrête pas, murmura-t-il, la mâchoire contractée et la main toujours sur mon sein. Mes dieux, ne t'arrête pas. »

Je me concentrai sur son visage pendant que je le touchais. Mes caresses produisirent des dizaines de petites réactions. Un muscle tressauta au niveau de sa mâchoire et ses lèvres s'entrouvrirent légèrement. Ses traits devinrent plus acérés. Les tendons de sa gorge s'étirèrent. Lorsque j'enroulai mes doigts autour de lui, il rejeta la tête en arrière et son corps si puissant et imposant frissonna. Je remarquai que sa respiration était de plus en plus rapide tandis que je le touchais à l'endroit où nos corps étaient presque réunis. Il trembla violemment. Le fait qu'il réagisse ainsi à ce que je faisais m'émerveillait. Je resserrai ma prise sur lui. Je prenais de l'assurance.

« Seigneurs, grogna-t-il.

— Ça va ?

— Peu importe ce que tu me fais, ça ira toujours. » Sa voix était devenue encore plus grave. « Mais ça, en particulier. Oui. »

Je ris doucement, puis recommençai. Je fis courir mes doigts sur toute sa longueur. Ses hanches ondulèrent comme les miennes l'avaient fait. Il glissa contre ma paume, contre moi, et poussa un grondement rauque et profond qui me procura un plaisir intense.

« Tu vois ce que tu me fais ? demanda-t-il en suivant ma main avec ses hanches.

— Oui, murmurai-je.

— Tu me tues. » Il baissa la tête. Ses yeux… ils étincelaient presque tandis qu'ils me toisaient. Ses cils les cachèrent à ma vue. « Je ne suis pas sûr que tu comprennes à quel point. »

J'examinai son regard. « C'est… une bonne chose ? »

L'expression de Hawke s'adoucit. Il posa la main contre ma joue. « Oui. Je n'avais jamais ressenti ça auparavant.

— Oh. »

Il pencha la tête pour m'embrasser et soutint son poids avec son bras gauche. Sa main quitta ma joue pour glisser le long de mon corps et se poser entre nous. « Tu es prête ? »

Le souffle court, je hochai la tête.

« Je veux t'entendre le dire. »

Un sourire étira mes lèvres. « Oui.

— Dieux merci. Si tu m'avais repoussé, je crois que je serais vraiment mort. »

Le rire léger qui franchit mes lèvres me prit par surprise, car il contrastait avec ce moment de tension, d'une importance écrasante.

« Tu crois que je plaisante. Mais tu ne sais pas », la taquina-t-il. Il m'embrassa de nouveau avant de s'enfoncer légèrement en moi. Il s'arrêta et grogna de nouveau. « Oh, oui. Tu es prête. »

Mon corps tout entier rougissait et tremblait.

Hawke me regarda de nouveau dans les yeux. « Tu m'impressionnes.

— Pourquoi ? » murmurai-je, perplexe. Je n'avais pratiquement rien fait, alors que lui m'avait… fait voir les étoiles avec le genre de baisers que je n'avais lu que dans des livres.

« Tu n'as pas peur d'affronter les Voraces. » Il captura mes lèvres avec les siennes. « Et pourtant, tu rougis et tu trembles quand je te dis que tu es toute mouillée et que je n'ai jamais rien senti de plus merveilleux contre moi. »

Ses paroles me firent rougir encore plus. « Tu es vraiment inconvenant.

— Et ce que je m'apprête à faire l'est encore plus, promit-il. Mais au début, ça risque de faire mal. »

J'en savais suffisamment sur le sexe pour être au courant. « J'en ai conscience.

— Toi, tu as encore lu des livres salaces. »

Une douce sensation naquit dans mon ventre et s'étendit au reste de mon corps. « Peut-être bien. »

Il rit, mais son rire se transforma en grognement lorsqu'il recommença à bouger.

Je ressentis une forte pression. Je ne pensais pas qu'il pouvait aller plus loin. Puis, tout à coup, une violente brûlure me coupa le souffle. Je fermai les yeux. Les doigts enfoncés dans ses épaules, je me crispai. J'avais su que ce serait douloureux, mais je ne m'étais pas attendue à ce que toute la chaleur que j'avais ressentie se transforme en un froid aussi glacial.

Hawke se figea au-dessus de moi. Il respirait fort. « Pardon. » Il déposa un baiser sur le bout de mon nez, sur mes paupières, sur mes joues. « Je suis désolé.

— Ça va. »

Il m'embrassa encore une fois, plus tendrement, puis posa son front contre le mien. Ma poitrine se souleva doucement. Voilà. Je venais de franchir la ligne interdite. Je ne ressentais ni culpabilité ni panique. Si j'étais honnête avec moi-même, cette ligne, je l'avais franchie dès que Hawke m'avait embrassée sans savoir qui j'étais. Les évènements qui s'étaient produits depuis avaient fini par l'effacer totalement. Depuis la nuit à *La Perle Rouge*, il n'y avait plus eu aucun retour en arrière possible et à cet instant, je me sentais… à ma place, comme s'il s'agissait de ma destinée, en quelque sorte. J'avais l'impression que je devais être ici, avec Hawke qui se souciait de qui j'étais et non pas de mon statut. Peu importait que les dieux me jugent indigne, car j'étais digne de ça : des rires et de l'excitation, du bonheur et de la joie, du sentiment de sécurité et d'acceptation totale, du plaisir et de nouvelles expériences, de tout ce que Hawke me faisait ressentir. Et lui était digne des conséquences de tout cela, parce que ce n'était pas seulement à propos de lui. Je l'avais su dès l'instant où je lui avais demandé de rester.

C'était à propos de moi.

Et de ce que je voulais.

De mes propres choix.

Je pris une grande inspiration. La brûlure diminua. Hawke était toujours figé au-dessus de moi. Il attendait patiemment. Avec précaution, je soulevai mes hanches pour rencontrer les siennes. La douleur était toujours présente, mais elle n'était plus aussi vive. Je recommençai. Hawke frissonna, mais il ne bougea pas. Pas jusqu'à ce que ma prise sur ses épaules se détende et que ma respiration se bloque dans ma gorge pour une raison bien différente. La friction était brûlante, mais ce n'était plus pareil. Les muscles de mon bas-ventre se tendirent tandis qu'une ondulation de plaisir me traversait.

Alors, Hawke se remit en mouvement, avec tant de tendresse et de douceur que je sentis des larmes me brûler les yeux. Je les refermai et passai les bras autour de son cou. Je m'autorisai de nouveau à sombrer dans la folie, dans les sensations qui montaient crescendo. Alors, mon instinct primaire reprit le dessus et guida mes hanches contre les siennes. On ondula l'un contre l'autre. Bientôt, la pièce se remplit de mes soupirs aigus et de ses gémissements graves. Cette sensation exquise, presque douloureuse, réapparut. Mes jambes se levèrent toutes seules et s'enroulèrent autour de ses hanches. Une délicieuse tension s'accumulait de nouveau en moi. Cette fois, elle paraissait plus puissante.

Il passa son bras derrière ma tête et enroula ses doigts autour de mon épaule. Son autre main empoignait ma hanche pour me maintenir en place. Il se mit à aller plus vite, plus loin. Ses mouvements étaient plus intenses. Je m'accrochai à lui et trouvai sa bouche à l'aveugle, tandis que sa main se glissait entre nos corps. Son pouce rencontra de nouveau cette partie si sensible de mon anatomie. Et quand il se mit à décrire des cercles avec ses hanches, la tension explosa encore une fois. Je criai tandis que la sensation se déversait en moi, plus intense et entêtante qu'avant. Le plaisir que j'avais ressenti plus tôt paraissait bien faible à côté de celui-ci. J'avais l'impression de voir les étoiles. Ce n'est que lorsque la dernière vague de frissons se termina que je me rendis compte que ses yeux dorés intenses me fixaient. Il retira sa main d'entre nos corps. En comprenant qu'il n'avait pas manqué une seconde de mon orgasme, je laissai échapper un gémissement.

Je posai une main tremblante contre sa joue. « Hawke », murmurai-je. J'aurais voulu pouvoir mettre des mots sur ce que je venais de ressentir, sur ce que je ressentais toujours.

Son expression se fit plus intense. Sa mâchoire se contracta et tout à coup, il sembla perdre la maîtrise qu'il avait sur son corps. Ses hanches claquèrent contre les miennes, si fort qu'on se déplaça sur le lit. Sous mes mains, ses muscles ondoyaient. Puis il rejeta la tête en arrière en criant et trembla.

Il enfouit ensuite son visage au creux de mon cou. Je sentis ses lèvres se presser contre mon pouls affolé. Le mouvement de ses hanches ralentit. La sensation de ses dents contre ma peau me fit tressaillir, mais elle fut rapidement remplacée par la douceur de sa bouche.

Je ne sais pas combien de temps on resta ainsi, avec notre peau humide qui refroidissait, et notre souffle qui se calmait. Je passai la main dans ses cheveux. Ses muscles s'étaient détendus. Il supportait toujours son poids sur ses coudes. Je me rendis compte qu'il n'était pas serein. Mon don tentait d'en déterminer la cause, mais il y avait trop d'émotions différentes en moi pour que je puisse la discerner.

Les lèvres de Hawke effleurèrent ma joue avant de capturer les miennes. Il m'embrassa tendrement, doucement. « N'oublie jamais ça. »

Je touchai son visage. « Je ne crois pas que je pourrais.

— Promets-le-moi », dit-il, comme s'il ne m'avait pas entendue. Il leva la tête et me regarda dans les yeux. « Promets-moi que tu n'oublieras pas, Poppy. Quoi qu'il arrive demain, le jour suivant ou dans une semaine, promets-moi que tu n'oublieras pas ce qui vient de se passer, que c'était bien réel. »

Je fus incapable de détourner le regard. « Je te le promets. Je n'oublierai pas. »

34

Quelques heures plus tard, un bruit me réveilla. J'étais allongée sur le côté. Un corps long et chaud était enroulé autour du mien. Une jambe était logée entre mes cuisses et j'étais enveloppée dans ses bras. Même si j'étais à moitié endormie, je pris immédiatement conscience des sensations inhabituelles que me procurait le fait d'être enlacée par quelqu'un. La caresse de sa peau contre la mienne, la façon dont ses poils rêches effleuraient ma chair, son biceps sous ma tête et son souffle chaud contre ma joue... Tout était nouveau et merveilleux. Mon cerveau était encore embrumé par le sommeil. Pourtant, je savais déjà que j'allais avoir du mal à y renoncer.

La dernière chose dont je me souvenais était d'avoir été allongée face à Hawke qui jouait avec mes cheveux tout en me racontant comment il avait acquis certaines de ses cicatrices. La plupart étaient le résultat de combats, mais quelques-unes dataient de son enfance et d'aventures qui avaient mal terminé. J'avais eu l'intention de lui dire la vérité sur certaines des miennes, mais je m'étais assoupie.

Lorsque le bruit retentit de nouveau, Hawke remua et leva la tête. On frappait à la porte. Il retira délicatement sa jambe d'entre mes cuisses. Il resta immobile une seconde, puis je sentis ses doigts sur mon bras. Il les fit glisser jusqu'à ma hanche, puis le bord de la couverture. Il la releva sur ma poitrine avant de se libérer et de placer un oreiller à la place de son bras. Un sourire fatigué, mais sincère, étira mes lèvres.

Le matelas tangua lorsqu'il se leva. Je l'entendis s'arrêter au pied du lit. Je clignai des yeux. Une des lampes à huile brûlait toujours et baignait la pièce dans une lumière jaune pâle. De l'autre côté de la fenêtre, il faisait toujours nuit noire. Malgré tout, Hawke enfila son pantalon, mais le laissa déboutonné. Le voir ainsi me tordit le bas-ventre. Il s'approcha de la porte, torse nu, à moitié habillé. La personne de l'autre côté comprendrait forcément ce qui s'était passé ici.

Je m'attendais à ce que la panique m'envahisse, ainsi que l'inquiétude et la peur d'être surprise dans une position compromettante et interdite, mais il n'en fut rien.

Peut-être parce que je n'étais qu'à moitié réveillée. Peut-être parce que l'agréable langueur de mes muscles s'était insinuée dans mon cerveau et avait réduit mon bon sens à néant.

Peut-être cela m'était-il égal d'être attrapée.

Il entrouvrit la porte. Celui ou celle qui se trouvait derrière parla d'une voix si basse que je ne l'entendis pas. Je ne perçus pas non plus la réponse de Hawke, mais je vis qu'il avait accepté un objet qu'on lui avait tendu. Un instant plus tard, il referma la porte et plaça ce qu'il tenait sur la chaise.

Comme il remarqua que je m'étais réveillée, il s'approcha de moi. Sans un mot, il recoiffa une mèche de mes cheveux derrière mon oreille.

« Bonjour, murmurai-je en fermant les yeux et en pressant ma joue contre sa paume. Il est l'heure de se lever ?

— Non.

— Tout va bien ?

— Très bien. Il faut simplement que je m'occupe d'une chose », répondit-il. Je rouvris les paupières. Tout en me regardant, il fit glisser son pouce sur ma joue, juste sous ma cicatrice. « Tu n'es pas obligée de venir avec moi.

— Tu es sûr ? » Je bâillai.

Il se fendit d'un léger sourire. « Oui, princesse. Rendors-toi. » Il me borda encore une fois avant de se redresser. « Je reviens le plus vite possible. »

J'aurais voulu dire quelque chose par rapport à ce qui s'était passé entre nous et ce que cela signifiait pour moi, mais je ne savais pas quoi et mes paupières étaient de plus en plus lourdes. Je me rendormis. Je me réveillai une seconde fois un peu plus tard. La lampe brûlait toujours et le lit était vide à côté de moi.

Lorsque je m'étirai, je sentis une douleur sourde et étrangère entre mes jambes, comme un rappel de ce qui s'était passé la veille… même si je n'en avais pas besoin. J'observai la pièce autour de moi. Aussitôt, mon regard se porta sur la chaise. Mes vêtements étaient posés dessus. Était-ce Magda qui était venue frapper à la porte ? Ou quelqu'un d'autre ? Dans tous les cas, la façon dont Hawke s'était présenté pour ouvrir ne laissait aucune place à l'imagination.

Je me mordis les lèvres et restai allongée, là, les yeux rivés sur la petite fenêtre. Je ne ressentais toujours pas de panique ni d'angoisse. Les gens parlaient entre eux. D'une manière ou d'une autre, ce qui s'était passé ici parviendrait aux oreilles des villageois dans les rues pavées. Le récit finirait par arriver à la capitale, jusqu'à la reine. Et même si, par chance, ce n'était pas le cas, les dieux, eux, savaient que je n'étais plus vierge. À leurs yeux, étais-je toujours la Pucelle ? Je l'ignorais.

Moi, en tout cas, je ne l'étais plus.

Je ne pouvais plus reprendre cette vie.

Une brève poussée d'angoisse me transperça la poitrine, mais ce n'était pas grave, car un élan de détermination l'éteignit rapidement comme l'eau arrête les flammes.

Je refusais de retourner à une vie où je n'avais aucun droit, où je devais cacher mon don et n'étais pas capable d'aider les gens, où je devais accepter que l'on fasse ce que l'on veut de moi parce que je n'avais pas le choix, parce que je devais penser à la sécurité de mes proches. Même si je savais que la reine ne me traiterait jamais mal, on attendrait de moi que je dissimule mes pouvoirs, que je sois silencieuse et invisible, amicale et apaisante. Chacune de ces choses allait à l'encontre de l'essence même de ma nature.

Je ne pouvais pas m'élever.

Deux options s'offraient à moi. La première était de tenter de disparaître et de me cacher. Vivre voilée pendant si longtemps avait au moins eu un avantage : très peu de personnes connaissaient mon visage. Bien entendu, il y en avait suffisamment pour qu'une description précise soit faite. Dans toutes les villes et tous les villages, les autorités auraient ordre de me chercher, mais je savais me montrer discrète.

Où irais-je ? Comment survivrais-je ? Qu'adviendrait-il de Hawke si je m'évanouissais dans la nature alors qu'il était censé me protéger ?

Je n'osais pas inclure Hawke dans mon futur à présent incertain. Quand je pensais à lui, mon cœur se gonflait. Ce que nous avions partagé la veille ne se limitait pas au plaisir physique. Ce genre de plaisir, il pouvait le trouver n'importe où. Pourtant, il m'avait choisie, moi.

Comme je l'avais choisi.

Et c'était important, car je n'aurais jamais pensé vivre une telle chose.

Quoi qu'il en soit, que Hawke fasse ou non partie de cet avenir, il ne me restait qu'une autre solution : aller voir la reine et me montrer honnête avec elle. C'était effrayant, car je… je ne voulais pas la décevoir, mais elle comprendrait. Il le fallait. Elle avait compris ma mère alors qu'elle avait été sa favorite. Il fallait qu'elle comprenne que je ne pouvais pas être ce qu'on attendait de moi. Sinon, je devrais le lui montrer.

Je me redressai et enveloppai les draps autour de moi.

Je savais ce que j'étais incapable de faire, mais j'ignorais ce que cela signifiait sur le long terme pour le royaume ou pour moi. De l'autre côté de la fenêtre, le ciel commençait à s'éclaircir. J'en parlerais à Hawke. Sans plus attendre. Il avait le droit d'être au courant et je voulais également savoir ce qu'il en pensait.

Ce qu'il en dirait.

Consciente que l'aube approchait à grands pas, je me levai et me préparai, utilisant l'eau restante pour faire une rapide toilette. Elle était froide, mais comme nous n'aurions sans doute pas accès à de l'eau propre de sitôt je ne me plaignais pas. Contente d'enfiler des vêtements propres, j'accrochai ma dague à ma cuisse. Je finissais de natter mes cheveux lorsqu'on frappa à la porte.

Hawke serait rentré sans frapper. Aussi, j'approchai avec méfiance. « Oui ?

— C'est Phillips », répondit la voix familière du garde.

Quand je lui ouvris, il se précipita à l'intérieur. Il me poussa et referma derrière lui. Les pans de sa cape se soulevèrent. Il avait la main posée sur le pommeau de son épée.

Une sonnette d'alarme s'alluma dans mon esprit. Je reculai.

« Vous êtes seule ? s'enquit-il en jetant un coup d'œil en direction de la salle de bains.

— Oui. » Mon cœur s'emballa. « Il s'est passé quelque chose ? »

Les yeux un peu fous, il se tourna de nouveau vers moi. « Où est Hawke ?

— Je… Je ne sais pas. Qu'est-ce qu'il y a ?

— Quelque chose ne tourne pas rond ici. »

Je haussai les sourcils.

« Ça ne tourne pas rond depuis le début. J'aurais dû écouter mon instinct. C'est lui qui m'a permis de rester en vie jusqu'à aujourd'hui, pourtant, j'ai préféré ne rien voir, m'expliqua-t-il très vite en se dirigeant vers une petite sacoche. Je me suis promené dans le bâtiment. Je n'ai pas trouvé un seul Élevé. Quant au seigneur Halverston ? Je n'en ai vu aucune trace.

— On m'a dit qu'il était parti chasser avec ses hommes, lui assurai-je. J'ai demandé à Magda où il était hier. »

Sac à la main, il me fit face et haussa les sourcils. « Vous connaissez beaucoup d'Élevés qui vont à la chasse ?

— Non, mais nous ne connaissons pas tous les Élevés.

— Il y a quelqu'un d'autre que nous ne connaissons pas. Ce Kieran. » Il s'arrêta devant moi. « Nous ne savons rien à son sujet. »

Perplexe, je secouai la tête. « Je ne connais aucun d'entre vous. »

À part Hawke. Lui, je le connaissais très bien.

« Vous ne comprenez pas ce que je veux dire. Je n'avais jamais vu Kieran avant le matin de notre départ. Je n'ai pu lui soutirer aucune information à part qu'il avait travaillé à la capitale. Toutes ces autres réponses étaient courtes et vagues. »

Je me rappelai les avoir vus discuter pendant notre voyage. Le fait que Kieran rechigne à répondre aux questions d'un inconnu ne signifiait pas grand-chose. « Il y a beaucoup de gardes sur le Mur. Vous les connaissez tous ?

— J'en sais suffisamment pour trouver étonnant qu'un garde fraîchement débarqué de la capitale soit chargé d'escorter la Pucelle, fit-il remarquer. C'est Hawke qui l'a recommandé. Lui-même est arrivé récemment et en quelques mois, il a obtenu l'un des postes les plus importants du royaume au sein de la Garde royale. »

Je pris une grande inspiration. « De quoi parlez-vous ?

— Nous ne savons rien au sujet de Hawke non plus. Il débarque et tout à coup, vous ne perdez pas un, mais deux gardes personnels. »

Sa réponse me laissa bouche bée. « J'étais présente quand Rylan et Vikter ont été tués…

— Et je sais que ce n'est pas normal que plusieurs gardes aient été écartés de la course pour devenir votre protecteur en faveur d'un garçon à peine majeur, me coupa-t-il. Je me moque des recommandations avec lesquelles il est arrivé à Masadonia, ou de ce que le commandeur raconte à propos de lui. Hawke a exigé que Kieran nous accompagne, et maintenant, on se retrouve dans un palais sans le moindre Élevé.

— Qu'essayez-vous de me dire, Phillips ?

— Qu'il s'agit sans aucun doute d'un piège. On est partis de la ville avec eux et ils nous ont menés dans la gueule du loup.

— Avec eux ? murmurai-je.

— Kieran, explicita-t-il. Hawke. »

L'espace d'un instant, je fus incapable de faire autre chose que de le fixer.

« Je sais que vous ne voulez pas l'entendre. Hawke et vous semblez… proches, mais je vous le répète : quelque chose cloche avec cet endroit et avec eux, et…

— Et quoi ?

— Evans et Warren ont disparu. » Il parla des deux gardes en regardant nerveusement vers la porte. « Ni Luddie ni moi ne les avons vus depuis environ une heure après notre arrivée. Ils ont rejoint leur chambre et ont disparu. Leurs lits n'ont pas été touchés, et on ne les a vus nulle part dans le bâtiment. »

Si c'était vrai… alors, c'était problématique. Mais ce qu'il suggérait était impossible. Je ne connaissais pas Kieran, mais je connaissais Hawke, et si Hawke lui faisait confiance, moi aussi. Alors, qu'est-ce que Phillips aurait à gagner en disant tout cela ?

L'explication la plus probable me glaça le sang. Phillips était forcément un Effondré. J'étais choquée. Je ne voulais pas y croire, mais le soir du Rite, les Effondrés s'étaient habillés comme tout le monde pour la célébration. Ils s'étaient mélangés aux autres pendant toute la soirée. Alors, ce n'était pas impossible.

Rien ne l'était.

Si Phillips était un Effondré, c'était... une très mauvaise nouvelle. Il était exceptionnellement bien entraîné. Pire encore, il savait que j'étais armée. Je n'avais donc pas l'élément de surprise pour moi. Je n'aimais pas non plus l'idée d'être seule dans cette pièce avec lui, surtout si je ne savais pas qui était à proximité.

Il fallait que je l'attire vers un endroit plus fréquenté.

« OK. Vous êtes... Vous vivez à Masadonia depuis un certain temps, et Vikter... il m'a toujours dit du bien de vous », mentis-je. Aussi loin que je m'en souvienne, Vikter ne m'avait jamais parlé de lui, mais il fallait qu'il me croie. J'ouvris mes sens. « Que dois-je faire ?

— Dieux merci, vous êtes sensée. J'avais peur de devoir vous emmener de force. » Il jeta un coup d'œil à la porte tandis que ses émotions commençaient à me parvenir. « Il faut qu'on sorte d'ici et vite.

— Et après ? » Il me fallut un moment pour comprendre ce que je ressentais. Il n'y avait pas de douleur, seulement le goût amer de... la peur.

« Venez. » Il me guida vers la porte sans lâcher la poignée de son épée, puis l'entrouvrit et sonda l'autre côté. Ce fut trop rapide. Je n'eus pas le temps de profiter du fait qu'il avait le dos tourné pour agir. « La voie est libre. » Il me regarda dans les yeux. « J'ai envie de croire en votre bonne foi, mais je ne suis pas stupide. Vous êtes probablement armée et vous savez vous battre. Je veux que vous gardiez vos mains de façon à ce que je puisse les voir. Je voudrais éviter de vous faire du mal, mais je n'hésiterais pas à employer la force pour vous éloigner d'ici et vous mettre en sécurité. »

Ce genre de menace ne me rassurait pas beaucoup, mais il avait peur.

Il était effrayé. Quand il fit un pas sur le côté, je compris qu'il voulait que je passe devant lui. Mes doigts me démangeaient. Je mourais d'envie d'attraper ma dague. De quoi avait-il peur ? De se faire attraper ?

« Luddie et Bryant nous attendent dans les écuries. Ils préparent les chevaux. »

Je hochai la tête. Au moment où je sortis, une porte s'ouvrit à l'autre bout du couloir.

Un courant d'air froid me parvint et Kieran apparut. Sans ma cape, je ne pourrais pas voyager. Phillips l'avait-il oublié ? Ou n'était-ce pas important à ses yeux ? Visiblement surpris de nous voir, Kieran s'immobilisa. « Que faites-vous ? »

Avant que j'aie eu le temps de répondre, j'entendis Phillips dégainer son épée. Mon cœur fit un bond dans ma poitrine.

« Qu'est-ce que tu fais, toi ? s'enquit Phillips. Ce n'est pas l'heure de partir. »

Kieran avança. « Je retournais dans ma chambre. » Son regard se posa sur moi. Il ne semblait pas s'être rendu compte que Phillips était prêt à attaquer. « Et tu n'as pas répondu à ma question. »

Phillips se tenait derrière moi. Je savais que je devais me montrer prudente. Même s'il préférait sans doute me garder en vie, ma mort aurait été un message très fort. Il pouvait me transpercer avec son épée par-derrière avant que j'aie saisi ma dague.

Je fixai Kieran en silence, en espérant qu'il verrait sur mon visage ce que je ne pouvais pas dire.

Il avança et posa la main d'un air nonchalant sur son arme. « Que se passe-t-il ici ? »

Phillips m'attrapa par le bras et me fit reculer, puis il brandit son arme. Il fut très rapide, mais Kieran le fut aussi. Il contra le coup, malheureusement, la pointe mortelle de la lame fut seulement déviée. Au lieu de pénétrer sa poitrine, elle trancha son ventre et sa jambe. Je hurlai tandis que Kieran baissait la tête pour examiner les dégâts.

Le son qui monta de sa gorge alors qu'il trébuchait en arrière me fit dresser les cheveux sur la tête. Une sorte de grondement qu'un mortel n'aurait jamais pu émettre. Je l'avais déjà entendu, la nuit où Rylan avait été tué dans le jardin de la Reine. L'Effondré avait fait le même bruit.

Le grondement se fit plus fort et se transforma en grognement rauque qui me coupa le souffle. Lorsqu'il leva la tête, mon cœur faillit s'arrêter.

Ses yeux bleu pâle…

Ils brillaient dans la faible lumière.

« Tu n'aurais pas dû faire ça. » Sa voix était différente, étrangère, comme si sa gorge était remplie de graviers. « Pas du tout. »

Kieran jeta son épée sur le côté. Elle claqua sur le plancher en bois. Je ne compris pas tout de suite pourquoi il s'était délesté de son arme, jusqu'à ce que je le regarde, lui.

Il se transformait.

Sa peau devenait de plus en plus sombre et fine. Sa mâchoire se déboîta et s'allongea. Son nez aussi. Ses os se brisèrent avant de se ressouder tandis qu'une fourrure fauve apparaissait sur le moindre centimètre carré de sa peau. La tunique qu'il portait se déchira au niveau de son torse. Son pantalon craqua sur ses genoux pliés. Il se pencha en avant. Ses doigts grandirent. Des griffes remplacèrent ses ongles. Ses oreilles poussèrent également et quand il ouvrit la bouche, un grognement violent et glacial s'en échappa. Des crocs sortirent de sa mâchoire et ses mains, *ses pattes*, s'abattirent sur le sol.

En quelques secondes seulement, l'homme qui s'était tenu devant nous avait disparu. Une créature gigantesque, une véritable masse de muscles et poils l'avait remplacé. Sur ses quatre pattes, elle était presque aussi grande que Phillips. Son existence même était impossible. Son espèce était censée avoir disparu plusieurs siècles plus tôt, exterminée durant la Guerre des Deux Rois.

Pourtant, je savais ce qu'était Kieran.

Oh, mes dieux.

Kieran était un Lycan.

« Courez ! » hurla Phillips en m'attrapant par le bras.

Ce n'était pas la peine de me le dire deux fois.

Phillips se trompait lourdement pour Hawke, mais il avait eu raison concernant Kieran. Quelque chose clochait clairement chez lui.

Lorsqu'il s'élança à notre poursuite, ses griffes crissèrent contre le sol. Il bondit et manqua saisir la cape de Phillips. Je courus plus vite que je n'avais couru de toute ma vie. Pendant que Phillips ouvrait la porte, je jetai un coup d'œil derrière moi. Mon instinct me criait de ne pas le faire, mais c'était plus fort que moi.

Le Lycan sauta et se retourna en plein vol. Il atterrit contre le mur. Ses griffes s'enfoncèrent dans la pierre. Grâce à cet appui, il réussit à se propulser jusqu'au milieu du couloir.

« Allez ! » Phillips me poussa dans les escaliers devant lui.

Ils étaient sombres. Seule une faible lumière y pénétrait pour me guider. Mes bottes glissèrent sur la pierre. Je m'accrochai à la rambarde et faillis tomber en atterrissant sur le palier suivant, mais je ne m'arrêtai pas.

On descendit les dernières marches au pas de course et on ouvrit la porte à la volée. Mon esprit se rappela alors que j'avais une arme sur moi. La lame en pierre de sang. Ma dague pouvait tuer un Lycan si je le touchais au cœur ou à la tête, comme les Voraces.

Sans cesser de courir sur le sol glacé, je dégainai ma dague.

« Les écuries ! » Phillips fonçait. Sa cape se gonflait derrière lui et ondulait comme les vagues d'une mer noire.

Hawke.

Kieran avait-il fait quelque chose à Hawke ? Mon cœur se serra.

Un hurlement brisa le silence du petit matin. Je levai la tête juste à temps pour voir le Lycan sauter par-dessus la rambarde.

Il atterrit derrière nous et poussa un nouveau cri à glacer le sang.

Une autre créature lui répondit dans les bois ou dans la forteresse. Un grognement qui me fit trembler d'effroi.

Il y en avait plus d'un.

« Seigneurs ! » hoquetai-je en repoussant plus que jamais mes limites. Je refusais de partir d'ici sans Hawke, mais il fallait que je m'éloigne le plus rapidement possible de cette chose. Je ne devais pas me disperser, car si je ralentissais ne serait-ce qu'une seconde, il me rattraperait.

On tourna au coin. Phillips glissa, mais réussit à garder l'équilibre. Ensemble, on se précipita vers les écuries. Il n'y avait pas un seul garde en vue. Ce n'était pas normal. Ils auraient dû être en poste à cette heure-ci.

Tout à coup, j'aperçus Luddie et l'autre soldat.

« Fermez les portes ! » cria Phillips lorsqu'on se rua dans le bâtiment. Les pauvres chevaux eurent la peur de leur vie. « Fermez ces satanées portes ! »

Les deux hommes se retournèrent. Je me forçai à m'arrêter et à faire volte-face. Je vis tout de suite qu'ils avaient remarqué les Lycans.

« Oh, merde », murmura Bryant, soudain très pâle.

Kieran gagnait du terrain.

Pendant que Luddie et Bryant sortaient de leur état de choc, je me précipitai vers une porte et la fermai avec l'aide de Luddie. Bryant et Phillips, eux, s'occupèrent de l'autre côté.

« Barrez la porte ! » hurla Luddie. Les deux autres se retournèrent et attrapèrent la barre. Ils la transportèrent et le bois grogna en se mettant en place.

Je reculai en haletant et continuai jusqu'à rencontrer un poteau. La poignée de ma dague s'enfonçait dans ma paume. Je baissai les yeux. Elle était faite en os de Lycan…

La double porte trembla. Je sursautai. La créature venait de se jeter contre elle.

« Est-ce que c'est ce que je pense ? » demanda quelqu'un. Il me semblait qu'il s'agissait de Bryant. « Un Lycan ?

— À part si tu connais une autre créature qui ressemble à un loup, oui. » Phillips se tourna alors que Kieran tentait de nouveau d'enfoncer la porte. La barre trembla sur son support. « Elle ne va pas tenir. Est-ce qu'il y a une autre issue ?

— À l'arrière, oui, répondit Luddie, mais les chevaux ne passeront pas.

— Tant pis pour les chevaux ! s'exclama Bryant en levant son épée. Il faut qu'on parte d'ici. C'est tout ce qui compte.

— Est-ce que l'un d'entre vous a vu Hawke ? Il a été appelé au milieu de la nuit », leur dis-je. Tous se tournèrent vers moi. Je me moquais bien de ce qu'ils pensaient. « Est-ce que vous l'avez vu ? »

Une planche de bois se brisa et une main griffue couverte de fourrure la transperça. Kieran attrapa le morceau de bois pour l'arracher.

« Il faut qu'on parte. » Phillips avança vers moi.

Je m'écartai. « Je ne partirai pas tant que je n'aurais pas trouvé Hawke.

— Vous n'avez pas vu ce qui vient de se passer ? » s'enquit Phillips. Ses narines se gonflèrent. « Vous m'avez pourtant affirmé que vous compreniez ce que je vous disais. Hawke est l'un d'entre eux.

— Hawke n'est pas un Lycan, rétorquai-je. Il n'est pas lié à ça. » Je désignai la porte du doigt. Le Lycan était en train d'en arracher une autre section. « Vous aviez raison pour Kieran, mais pas pour Hawke. Alors, est-ce que vous l'avez vu ?

— Moi, je l'ai vu. »

Je tournai vivement la tête. Un homme se tenait dans l'ombre. Quelque chose à l'intérieur de moi se recroquevilla.

Il avança dans la lumière. Cheveux marron en bataille. Barbe de plusieurs jours. Yeux bleu pâle de la couleur d'un ciel d'hiver. Une vague de colère à l'état pur me traversa soudain.

C'était lui.

L'homme qui avait tué Rylan se tenait devant moi, le sourire aux lèvres. « Je t'avais promis qu'on se reverrait. »

En l'examinant, je haussai un sourcil. Les trois gardes avaient pointé leurs armes sur lui. « Tiens, il te manque une main. J'aurais aimé te la couper moi-même. »

Il leva son bras gauche qui se terminait en moignon au niveau de son poignet. « Ce n'est pas un problème. » Ses étranges yeux pâles se posèrent sur moi. Dehors, les bruits émis par Kieran se turent. J'espérais que cela signifiait que nos chances de sortir vivants d'ici venaient d'augmenter. « Tu te souviens de la promesse que je t'ai faite ?

— Tu voulais te baigner dans mon sang et dévorer mes entrailles, répondis-je. Je n'ai pas oublié.

— Tant mieux, gronda-t-il en avançant, parce que je vais la tenir tout de suite.

— Recule ! lui ordonna Phillips.

— C'est un Lycan », l'avertis-je. À présent, je savais qu'ils étaient au moins trois.

« C'est qu'elle n'est pas bête », fit remarquer l'homme.

Phillips resta sur ses positions. « Je me moque de savoir quel genre de créature maudite des dieux tu es. Si tu fais un pas de plus, ce sera ton dernier.

— Créature maudite des dieux ? » Il rejeta la tête en arrière en riant et leva les bras. « Les dieux nous ont créés à leur image. Ce n'est pas nous qui sommes maudits.

— Si ça te fait plaisir de le penser, rétorquai-je en resserrant ma prise sur la dague. La tête ou le cœur, c'est ça, Phillips ?

— Oui, répondit Phillips en baissant le menton. L'un ou l'autre suffira à… »

Derrière nous, la barre qui maintenait les portes fermées se brisa et elles s'ouvrirent violemment, claquant contre les murs de la bâtisse. Les chevaux cabrèrent, mais ils étaient attachés. Ils n'avaient nulle part où aller. Je fis un quart de tour tout en continuant de tenir le Lycan en joue. Je m'attendais presque à voir Kieran foncer à travers le foin.

Mais ce n'est pas lui qui entra. Je faillis m'évanouir de soulagement.

« Hawke ! » m'écriai-je. J'étais trop soulagée pour être gênée de ma réaction. J'avançai vers lui. « Dieux merci, tu vas bien.

— Ne vous approchez pas », m'exhorta Phillips en me prenant le bras.

J'allais me libérer lorsque je remarquai que Hawke tenait quelque chose à la main. Cela ressemblait à un arc courbé, mais qui aurait été monté sur une sorte de poignée. Une flèche était déjà encochée, maintenue en place par un procédé qui m'échappait. Peu importait. Cela fonctionnerait. « Tue-le ! criai-je en m'éloignant de Phillips. C'est lui qui a… »

Une silhouette gigantesque apparut derrière lui, si grande qu'elle atteignait presque son torse. Kieran avançait derrière lui. Mon cœur manqua un battement. « Hawke, derrière toi ! » hurlai-je.

Phillips m'attrapa par la taille et me força à reculer tandis que Hawke levait son étrange arc. Kieran était pratiquement sur lui. Je ne voyais pas de pierre de sang sur sa flèche. Cela ne le tuerait pas.

Hawke me regarda dans les yeux. « Tout va bien. »

Soudain, Phillips fut propulsé en arrière et me lâcha. Je tombai en avant, sur les genoux. Quand je tournai la tête, ma tresse glissa de l'autre côté de mon épaule. Je m'attendais à ce qu'un Lycan se soit jeté sur lui.

Le Lycan du jardin de la Reine n'avait pas bougé. Phillips…

Il était appuyé contre un pilier, la tête penchée en avant. Son épée reposait sur la paille. Ses pieds ne touchaient pas le sol et un liquide sombre coulait sur le foin. Je levai les yeux.

Mon estomac se retourna. J'étais incapable de crier. Hawke avait fait feu. Je ne l'avais pas vu tirer, mais cela ne faisait aucun doute. La flèche avait traversé la bouche de Phillips et l'avait épinglé au poteau.

Je frissonnai. Derrière moi, Luddie cria. Je détournai les yeux de Phillips pour reporter mon attention sur Hawke.

Sous sa forme de loup, Kieran passa juste devant lui, sa grosse tête baissée vers le foin alors qu'il reniflait l'air. Luddie le chargea, mais trébucha et tomba en avant.

J'inspirai profondément. L'air se bloqua dans ma gorge.

Luddie n'avait pas trébuché seul.

Une flèche noire l'avait touché en plein dos. Le garde qui nous avait accueillis la veille sortit de derrière un cheval. Delano. Il avait les yeux pâles, lui aussi. Désormais, je savais que c'était une caractéristique des Lycans. Il baissa son arc.

Bryant tenta de s'échapper.

Il se retourna et s'enfuit en courant. Malheureusement, il ne réussit pas à aller très loin. Kieran s'accroupit, avant de bondir, aussi puissant et rapide qu'une flèche, et tout aussi précis. Il atterrit sur le dos de Bryant et le fit tomber sur la paille. Le garde n'eut même pas le temps de crier. Le Lycan retroussa ses babines et…

Je détournai vivement la tête tandis qu'un craquement humide résonnait dans les écuries.

Puis le silence retomba.

Je vis l'homme qui avait tué Rylan avancer lentement d'un air détendu. Il m'adressa un sourire moqueur. « Si tu savais comme je suis content d'assister à ce moment.

— La ferme, Jéricho », rétorqua Hawke d'un ton neutre.

Lentement, je le regardai. Il se tenait toujours au même endroit. Le vent soulevait et écartait de son visage des mèches de cheveux noirs. Il était toujours le même que lorsqu'il avait quitté ma chambre au milieu de la nuit. Il ressemblait à celui qu'il avait été plusieurs heures avant de m'embrasser, de me toucher et de me serrer dans ses bras.

Pourtant, il se tenait là, devant moi, un Lycan couvert de sang à ses côtés.

« Hawke ? » murmurai-je. Ma main libre se referma sur le foin humide à côté de moi.

Tandis qu'il me toisait, je sentis mon don se réveiller. Un lien invisible se créa entre nous, établissant une connexion, et je perçus… le néant. Aucune douleur. Aucune tristesse. Rien du tout.

J'eus un mouvement de recul. Ma poitrine se souleva violemment avant de retomber. Il y avait un problème avec mes pouvoirs. Seuls les Élevés me semblaient vides. Pas les mortels. Ni Hawke. Pourtant, j'avais l'impression que la liaison avait rencontré une barrière aussi épaisse que le Mur.

Aussi puissante que celle que je construisais dans mon esprit quand je voulais contenir mon don. Avait-il réussi à me… bloquer ? Était-ce possible ?

« S'il te plaît, dis-moi que je peux la tuer, dit Jéricho. Je sais exactement quelles parties de son corps je veux couper et envoyer en cadeaux.

— Si tu la touches, tu perdras bien plus que ta main cette fois. » La froideur qui s'échappait de la voix de Hawke me glaça au plus profond de mon âme. « Nous avons besoin d'elle. » Il ne me quitta pas une seule fois du regard. « Vivante. »

35

À genoux sur le sol, je fixais Hawke. J'entendais les mots qui sortaient de sa bouche et je voyais ce qui était en train de se passer, mais mon cerveau ne semblait pas comprendre la scène qui se déroulait devant moi.

Ou plutôt, mon cerveau comprenait, mais mon cœur… mon cœur niait sa véracité.

« Nous avons besoin d'elle. »

« Vivante. »

Nous.

« Tu n'es pas drôle, marmonna Jéricho. Je te l'ai déjà dit ?

— Des dizaines de fois », répondit Hawke. Je tressaillis. Mon corps tout entier se crispa. Son expression se crispa et il détourna le regard. Il observa les écuries. « Il faut arranger tout ça. »

À côté de lui, le Lycan s'ébroua comme un chien qui se serait promené sous la pluie, puis il se dressa sur ses pattes arrière et se transforma de nouveau. Sa fourrure s'écarta pour révéler une peau de plus en plus épaisse. Ses jambes se redressèrent et ses doigts retrouvèrent une taille normale. Sa mâchoire se remit en place. Et soudain, Kieran se trouvait là, vêtu d'un pantalon déchiré. Sa chemise s'était perdue quelque part. La blessure que Phillips lui avait assénée au ventre n'était plus qu'une marque rose.

Je me laissai tomber en arrière, sur les fesses.

Il tourna la tête à gauche, puis à droite. Son cou craqua. « Ce n'est pas le seul problème à régler. »

Hawke, toujours fermé, reporta son attention sur moi. « Toi et moi, il faut qu'on parle.

— Qu'on parle ? » Un éclat de rire m'échappa. Il me sembla un peu fou à mes propres oreilles.

« Je suis sûr que tu as des tas de questions à me poser », susurra-t-il. Je reconnus l'intonation malicieuse que je connaissais bien.

Elle me donna envie de me terrer dans un trou. « Où... Où sont les deux autres gardes ?

— Ils sont morts », dit-il sans la moindre hésitation. Il posa son arc contre son épaule. « C'était malheureusement une nécessité. »

« Je suis doué dans mon domaine.

— C'est-à-dire ?

— Pour donner la mort. »

Je savais sans l'ombre d'un doute que c'était ce qu'il avait fait après avoir quitté ma chambre. Un bourdonnement résonnait dans mes oreilles. Tout à coup, je remarquai que d'autres personnes se rassemblaient derrière lui, dans la lumière encore faible de l'aube.

Il fit un pas vers moi. « Allons...

— Non. » Je me levai. Étonnamment, mes jambes ne tremblaient pas. « Je veux savoir ce qui se passe ici. »

Hawke se figea. Lorsqu'il reprit la parole, sa voix s'était un peu adoucie. « Tu le sais très bien. »

Je pris une grande inspiration qui me brûla la gorge et les poumons... car il avait raison. Seigneurs.

Je le savais. Le bourdonnement s'intensifia quand je vis Elijah à l'extérieur, les bras croisés sur son torse musclé. Magda avait posé la main d'un geste protecteur sur son ventre arrondi. Elle regardait à l'intérieur des écuries d'un air plein de… compassion et de *pitié*.

« Tu mérites bien plus que ce futur qui t'attend. »

C'était ce qu'il m'avait dit la veille. Et moi, stupide et naïve, j'avais cru qu'il parlait de l'Élévation. Mais non. Il parlait de *ça*.

Magda fit volte-face, dépassa Elijah, puis marcha en direction de la forteresse.

« Phillips avait raison, dis-je d'une voix tremblante tandis que je mettais des mots sur ce que je savais déjà.

— Ah oui ? » demanda Hawke. Il tendit l'étrange arc à un homme qui était apparu derrière lui.

« Je pense que Phillips avait commencé à comprendre », répondit Kieran à ma place en baissant les yeux vers son ventre. La cicatrice rosée avait déjà disparu. « Quand je suis allé voir si tout allait bien, ils étaient en train de quitter sa chambre. Mais elle ne semblait pas croire ce qu'il lui avait raconté. »

Non.

Je ne l'avais pas cru parce que j'avais voulu croire en Hawke. Je lui faisais confiance, avec ma vie, avec mon…

Une douleur explosa soudain dans ma poitrine, comme si quelqu'un m'avait enfoncé une dague en plein cœur. Cela semblait si réel que je baissais la tête pour vérifier que ce n'était pas le cas. Pas de lame, ni de sang, ni de plaie sanguinolente qui aurait pu expliquer l'agonie dans laquelle je me trouvais. Quand je relevai les yeux, je remarquai que Hawke paraissait encore plus tendu.

« Il ne risque pas de comprendre quoi que ce soit, maintenant. » Jéricho saisit la flèche fichée dans la bouche de Phillips et l'arracha. Le corps de ce dernier s'effondra par terre. Jéricho lui donna un léger coup de pied. « On peut en être sûrs. »

Je me tournai de nouveau vers Hawke. J'avais l'impression que le sol s'ouvrait sous mes pieds.

« Tu es un Effondré.

— Un Effondré ? » répéta Elijah en s'esclaffant. Je sursautai.

Kieran sourit.

« Et moi qui ai dit que tu étais intelligente », fit remarquer Jéricho.

Je ne leur prêtai pas la moindre attention. « Tu te bats contre les Élevés. »

Hawke hocha la tête.

Une nouvelle fissure apparut dans mon cœur. « Tu… Tu connais cette… chose qui a tué Rylan ?

— Cette chose ? intervint Jéricho. Tu me blesses. »

Hawke ne répondit pas.

« C'est ton problème, pas le mien. » Je fis entièrement face à Hawke. « Je croyais que les Lycans avaient été décimés. »

Il haussa les épaules d'un air nonchalant. « Il y a beaucoup de choses que tu pensais être vraies et qui ne le sont pas. Les Lycans existent toujours, mais ils sont très peu nombreux.

— Est-ce que tu savais qu'il avait tué Rylan ? hurlai-je.

— Je croyais qu'il me suffisait de t'attraper et de m'enfuir avec toi, mais on sait tous les deux comment ça s'est terminé », dit Jéricho.

Je tournai vivement la tête dans sa direction. « Oui. Je me rappelle surtout comment ça s'est terminé pour toi. »

Sa lèvre supérieure se retroussa et il poussa un grognement qui me donna la chair de poule.

« Je savais qu'il allait m'aider à infiltrer le palais », avoua Hawke. Je posai les yeux sur lui.

« À… devenir mon garde royal personnel ?

— Il fallait que je me rapproche de toi. »

Je pris une inspiration tremblante. J'avais la sensation que mon cœur s'était ouvert en deux. « Eh bien, on peut dire que tu as réussi. »

Sa mâchoire se crispa de nouveau. « Ce à quoi tu penses… tu ne pourrais pas être plus loin de la vérité.

— Tu n'as pas la moindre idée de ce à quoi je pense, rétorquai-je en empoignant ma dague un peu plus fort. Alors, tout ça, c'était quoi ? Une ruse ? On t'a envoyé à Masadonia pour gagner ma confiance ? »

Kieran haussa les sourcils. « Envoyé ? »

Hawke le fit taire d'un simple regard. Son complice leva les yeux au ciel.

« Je suis arrivé à Masadonia avec un seul objectif en tête, répondit-il. Toi. »

Je frissonnai. « Quoi ? Pourquoi ?

— Tu serais surprise du nombre de personnes de ton entourage qui soutiennent Atlantie et qui souhaitent que le royaume renaisse de ses cendres. Beaucoup d'entre eux m'ont aidé dans ma tâche.

— Le commandeur Jansen ? devinai-je.

— Elle est maligne. Je vous l'avais dit. »

Mes yeux me brûlaient, tout comme ma gorge et ma poitrine. « Est-ce que tu as déjà travaillé à la capitale, au moins ? » Un détail me revint en mémoire. Je jetai un regard torve à Kieran. « Cette nuit-là à... » Je ne réussis pas à prononcer « à *La Perle Rouge* », c'était au-dessus de mes forces. « Tu savais qui j'étais depuis le début.

— Je t'observais depuis un certain temps, depuis le moment où toi-même tu as commencé à me remarquer, confia-t-il d'une voix douce. Peut-être un peu plus. »

Sa réponse faillit me tuer. Mon cœur était brisé pour de bon. Je voulus reculer, mais je me rendis compte que Jéricho s'était écarté pour permettre à Hawke de s'approcher de moi.

La situation m'apparut alors clairement, si clairement en fait que je manquai lâcher ma dague. « Tu... Tu as tout planifié depuis longtemps.

— Très longtemps.

— Hannes. » Ma voix était rauque et enrouée. « Il n'est pas mort d'un problème cardiaque, pas vrai ?

— Son cœur l'a lâché, affirma-t-il. Mais le poison qui a été glissé dans son verre le soir même à *La Perle Rouge* y est sans doute pour quelque chose. »

Le bourdonnement commençait à devenir insupportable. « Est-ce qu'une femme en particulier le lui a servi ? La même femme qui m'a envoyée à l'étage ? »

Il ne répondit pas. En revanche, Delano dit : « J'ai l'impression qu'il me manque des pièces importantes du puzzle.

— Je te raconterai plus tard », lui promit Kieran.

Je tremblais. Je le sentais. Comme je sentais les murs des écuries se refermer sur moi. J'avais été si naïve ! « Vikter ? »

Hawke secoua la tête.

« Ne me mens pas ! criai-je. Est-ce que tu savais qu'une attaque aurait lieu la nuit du Rite ? Est-ce que c'est pour ça que tu as disparu ? Pourquoi n'étais-tu pas présent quand Vikter a été tué ? »

Ses joues se creusèrent. « Ce que je sais, c'est que tu es en colère. Je ne peux pas t'en vouloir, mais je sais de quoi tu es capable dans ce genre de situation, rétorqua-t-il en avançant, les bras levés. J'ai beaucoup de choses à te dire… »

La souffrance que je ressentais prit le dessus comme la nuit du Rite où j'avais déversé ma colère sur le seigneur Mazeen. Je ne me contrôlais plus. L'instinct guida mes gestes. Je pris de l'élan et jetai ma dague dans sa direction.

Cette fois, je visai le cœur.

Hawke jura et s'écarta de la trajectoire de mon arme. Il l'attrapa en plein vol. Quelque part, derrière lui, quelqu'un siffla. Hawke, lui, se retourna vers moi. Son expression incrédule était presque comique. Au fond de moi, j'avais su qu'il la rattraperait. J'avais simplement eu besoin de le distraire pour me baisser et m'emparer de l'épée de Phillips. Je m'attaquai aussitôt au salaud qui avait tué Rylan. Jéricho sauta en arrière, mais il ne fut pas assez rapide. Je réussis à le toucher, au ventre, cette fois.

« Salope ! » s'écria Jéricho en appuyant la seule main qui lui restait contre la plaie béante.

Je me retournai juste au moment où quelqu'un se jetait sur moi d'un côté, puis d'un autre. On me tordit le bras. Quelque chose de chaud glissa sur mon ventre. Je me débattis et utilisai le poids de mon agresseur contre lui. Il tomba à la renverse, mais refusa de me lâcher. Je lui donnai un coup de tête. Un cri retentit et sa prise se desserra suffisamment pour que je puisse me libérer. Je saisis alors l'épée tombée à terre et l'agitai à l'aveugle. Un homme à peine plus vieux que moi écarquilla les yeux, puis baissa la tête. Je récupérai mon arme et fis volte-face. Je me retrouvai nez à nez avec Hawke.

J'hésitai.

J'hésitai comme une idiote, alors que je savais pertinemment qu'il travaillait pour le Seigneur des Ténèbres. C'était un Effondré. À cause de lui, des dizaines d'innocents étaient morts. Hannes. Rylan. Loren. Dafina. Et Malessa ? L'avait-il tuée, elle aussi ?

Vikter.

« Ce n'est pas très gentil, me réprimanda-t-il en m'arrachant l'épée des mains comme si je ne l'avais pas tenu de toutes mes forces. Tu es vraiment violente. » Il baissa le menton pour murmurer. « Ça m'excite toujours autant. »

Un hurlement de fureur m'arracha la gorge. Je lui assénai un coup de coude dans le menton. Sa tête partit en arrière. « Merde », souffla-t-il en toussant. Non. Il riait. Il *riait*. « Ça ne change rien à ce que je viens de dire. »

Je me retournai et courus en direction des portes, mais Elijah apparut devant moi. Je me figeai. Il avait bougé très vite. Il poussa un son désapprobateur.

De l'autre côté, je vis Kieran qui avait l'air de s'ennuyer ferme. Je me déplaçai encore. Il y avait une ouverture entre deux poteaux. Je m'élançai…

Des bras s'enroulèrent autour de ma taille. J'aurais reconnu ce parfum n'importe où. Pin. Épices brûlées. Hawke. Le sol se rapprocha de mon visage. Ça allait faire mal. Très mal.

L'impact ne vint jamais.

Aussi agile qu'un chat, Hawke nous avait retournés et avait encaissé la majorité du choc. Malgré tout, la chute m'avait secouée. L'espace d'un instant, je fus incapable de bouger.

« De rien », grommela Hawke.

J'abattis le talon de ma botte sur son mollet en criant. Son hoquet de surprise fit naître un sourire féroce sur mes lèvres. Je roulai et me débattis jusqu'à ce que mon ventre soit sens dessus dessous, mais parvins à me retourner entre ses bras. Je m'assis sur lui à califourchon.

Il me sourit. « La tournure des évènements me plaît beaucoup. »

Je lui mis mon poing dans la figure, au niveau de sa satanée fossette. Mes doigts me brûlèrent, mais j'étais prête à recommencer.

Malheureusement, il me saisit le poignet et me tira vers lui jusqu'à ce que mon corps soit plaqué contre le sien. « Tu me frappes comme si tu étais en colère après moi. »

Je me déplaçai de manière à lui donner un coup de genou à un endroit particulièrement sensible de son anatomie. Il s'en rendit compte. Mon genou rencontra seulement sa cuisse.

« Ça aurait fait des dégâts, me réprimanda-t-il.

— Tant mieux, grognai-je.

— Allons, allons. Tu seras déçue, plus tard, si je ne peux pas m'en servir. »

Je n'arrivais pas à croire qu'il ait pu dire ça. Mais il l'avait osé. « Si je m'écoutais, je te le couperais.

— Menteuse », souffla-t-il.

Le son qui s'échappa de ma gorge m'aurait effrayée si j'avais entendu quelqu'un d'autre le pousser. Je bondis d'un coup et me libérai de sa poigne. Au moment où j'allais abattre mon pied sur sa gorge, Hawke l'attrapa et tira dessus. Je tombai par terre, sur le flanc. La douleur m'envahit, mais je n'y prêtai pas attention. Je lui donnai aussitôt un coup de poing dans les côtes.

« Bon sang…, siffla Kieran.

— Vous pensez qu'il faut intervenir ? demanda Delano qui paraissait inquiet.

— Surtout pas, répondit Elijah en riant. Ça fait longtemps que je ne m'étais pas autant amusé. Qui aurait cru que la Pucelle pouvait se battre comme ça ?

— Bande de traîtres », hoqueta Hawke en inversant nos positions. Il se retrouva allongé sur moi. Je voulus le frapper au visage, mais il m'attrapa les deux poignets. « Arrête. »

J'essayai de soulever mes hanches. Comme cela ne fonctionnait pas, je redressai le haut de mon corps. Je me démenais comme un diable, pourtant il me retenait simplement par les poignets.

« Lève-toi !

— Arrête, répéta-t-il. Poppy. Arrête…

— Je te déteste ! » L'entendre prononcer mon nom était la goutte d'eau qui faisait déborder le vase. Je parvins à libérer l'une de mes mains et à le frapper au visage. « Je te hais ! »

Hawke me prit la main et la plaqua de nouveau contre le sol. Ses lèvres ensanglantées se retroussèrent. « Arrête ! »

Je me figeai.

Tétanisée, je le dévisageai. Le choc m'empêcha de parler pendant plusieurs longues secondes. Car je le voyais enfin. Je voyais qui il était réellement.

Il n'était pas un simple Effondré qui suivait les ordres du Seigneur des Ténèbres.

« C'est pour ça que tu ne souris jamais franchement », murmurai-je.

Comment aurait-il pu ?

Il fallait qu'il cache ses dents acérées.

Deux en particulier.

Des crocs.

Je me rappelais les avoir senties contre mes lèvres, ma gorge… et m'être fait la réflexion qu'elles étaient très pointues.

Seigneurs.

Désormais, je comprenais pourquoi il se déplaçait si vite, pourquoi il possédait une meilleure ouïe et une meilleure vue que tous ceux que je connaissais, et pourquoi, parfois, il semblait avoir vécu des dizaines d'années de plus que moi. C'était la raison pour laquelle il rompait le baiser à chaque fois que je m'approchais un peu trop de ses canines.

J'avais été aveugle.

Il n'était pas mortel.

Il n'était pas un Lycan.

Hawke était un Atlantien.

Je frissonnais. Quelque chose en moi mourut à cet instant. « Tu es un monstre. »

Ses yeux dorés si intenses étincelèrent. Ils n'étaient pas normaux. Ils n'avaient jamais été naturels. « Tu me vois enfin pour ce que je suis vraiment. »

Oui. Enfin.

Une créature de cauchemar grimée en créature de rêve. J'étais tombée dans le panneau. J'étais tombée amoureuse.

Tout à coup, je n'avais plus la force de me battre.

Le fait qu'il soit un Effondré était déjà une mauvaise chose, alors un Atlantien ? Son peuple avait créé les

Voraces qui avaient emporté ma mère et mon père, et qui avaient failli me tuer, moi.

Hawke sembla s'en rendre compte, car il se releva et me força à me redresser avec lui. « Delano, dit-il. Emmène-la. »

On me passa de mains en mains comme un sac à patates. Delano me maintint les bras collés le long du corps.

« Où dois-je l'emmener ? » demanda Delano.

Le torse de Hawke se souleva violemment. « À un endroit où elle ne pourra pas s'échapper ni se faire du mal. » Il marqua une pause. « Ou blesser quelqu'un, ce qu'elle n'hésitera sans doute pas à faire.

— Est-ce qu'on va la garder prisonnière ? interrogea quelqu'un. Vivante ? On va devoir nourrir et loger cette chose ? »

Cette chose ?

À les entendre, on aurait dit que j'étais le monstre qui soutenait le Seigneur des Ténèbres et pouvait créer des Voraces. On ne pouvait clairement plus rien faire pour ces gens.

« C'est la Pucelle ! cria un autre. Il faut qu'elle meure ! »

Des cris d'assentiment retentirent. Une autre personne s'exclama : « Renvoyez-la à sa reine et son roi de pacotille ! Mais juste la tête pour leur faire comprendre ce qui les attend.

— Nous renaîtrons ! » s'égosilla un jeune garçon qui se fraya un chemin à l'avant du groupe. C'était le garçon de la veille, celui qui avait couru de maison en maison.

Mes jambes se dérobèrent sous mon poids.

Plusieurs voix lui répondirent : « Dans le sang et la cendre !

— Personne ne la touche », déclara Hawke en examinant le groupe dans le jardin. Ils se turent. « Personne, répéta-t-il avant de se tourner vers moi. Sauf moi. »

Dès que j'aperçus les cellules sombres et lugubres sous la forteresse, et la masse blanche et tordue d'os qui tapissait la totalité du plafond, je repris du poil de la bête. Il était hors de question qu'on me laisse pourrir dans un endroit que personne n'avait visiblement quitté. Même mort.

Delano ne s'y attendait pas.

Je me libérai de son emprise et me précipitai vers le bout du couloir avant de me rendre compte qu'il n'y avait qu'une seule sortie. Je me battis, mais j'étais acculée et, avec l'aide d'un autre homme aux yeux dorés, il me traîna jusque dans un cachot avec un matelas fin à même le sol et referma des fers froids sur mes poignets.

Puis je me retrouvai seule.

J'examinai ma prison. Je ne voyais aucune issue. L'espace entre les barreaux était trop petit pour que je m'y faufile et, quand je tirais sur mes chaînes, le crochet auquel elles étaient fixées ne bougeait pas d'un millimètre.

Prise de panique, je reculai. Comment était-ce arrivé ? Comment étais-je passé du rêve d'un futur qui me serait propre, où je contrôlerais mon existence, à ceci ? Comment m'étais-je retrouvée dans une cellule, entourée de gens qui voulaient me découper en morceaux ?

Je connaissais la réponse et le coupable.

Hawke.

Le chagrin qui me transperça la poitrine éclipsa la douleur bien physique qui m'élançait au niveau du ventre. Ma gorge et mes yeux me brûlaient. Hawke… il n'était même pas mortel. C'était un Atlantien. Son peuple avait créé les Voraces, le fléau irrépressible qui gangrénait notre terre, les créatures qui avaient assassiné mes parents et avaient failli me tuer. C'était également un partisan du Seigneur des Ténèbres qui avait tué la dernière Pucelle et était à ma recherche. Hawke et les Lycans représentaient tout ce à quoi les dieux avaient tourné le dos, et tout ce contre quoi les humains s'étaient rebellés. Ils étaient la raison pour laquelle les Élevés avaient été bénis des dieux.

Comment avais-je pu ne pas m'en apercevoir ? Étais-je à ce point stupide ? Ou était-il simplement très malin ?

Peut-être les deux.

Car Hawke avait su s'y prendre. Il avait dit et fait les choses qu'il fallait. J'avais voulu à tout prix créer un lien réel avec quelqu'un, faire de nouvelles expériences, me sentir vivante. À tel point que j'avais fermé les yeux sur les choses qui auraient dû me mettre la puce à l'oreille. Il était arrivé à Masadonia dans un seul but : m'approcher. On pouvait dire qu'il avait réussi haut la main. Il avait obtenu mon amitié, ma confiance, ma…

Une colère noire mêlée de tristesse monta en moi. J'avais envie de crier, mais aucun son ne parvenait à franchir la boule qui m'obstruait la gorge.

Pourquoi avait-il… fait ça ? Ses paroles et ses actes n'avaient rien été de plus que de la poudre aux yeux.

Lorsqu'il m'avait affirmé que j'étais forte et courageuse. Quand il m'avait complimenté sur ma beauté. Il n'avait pas agi par devoir pour la couronne, mais parce qu'on lui avait ordonné de me surveiller. J'y avais cru. J'avais tout avalé.

M'avait-il menti sur toute la ligne ?

La douleur en tout cas était bien réelle.

Je le savais. En revanche, je n'étais plus certaine de savoir quelle en était la cause.

Je levai mes mains tremblantes à mon visage et écartai les cheveux qui étaient tombés de ma tresse. Pourquoi était-il allé si loin ? Pourquoi fallait-il qu'il s'insinue dans mon esprit et dans mon cœur ? Je ne m'étais pas contentée de lui faire confiance. Je m'étais offerte à lui. Entièrement.

Pourtant, tout avait été un mensonge.

Dès le début, dès le premier instant à *La Perle Rouge*, il avait su qui j'étais. Sans le savoir, je lui avais dévoilé énormément de choses à mon sujet.

Je me dirigeai vers le coin de la cellule et m'assis sur le matelas. Lentement, je m'adossai au mur. Une douleur ardente me déchira le ventre. J'exhalai doucement et observai ma main droite. Mes phalanges étaient gonflées et meurtries à cause du coup de poing que j'avais asséné. Mon sourire disparut aussi vite qu'il était apparu, car je doutais que Hawke montre le moindre signe de blessure. Après tout, c'était un Atlantien.

J'avais couché avec un Atlantien.

De la bile me remonta dans la gorge. Je fermai les yeux très fort. Il ne fallait pas que j'y pense. Cela me donnait envie de crier. Je devais rester alerte.

Qu'allais-je bien pouvoir faire ?

La ville entière était remplie d'Effondrés et d'Atlantiens qui voulaient ma mort. Heureusement que Tawny était restée à la maison. Il était clair que l'on me gardait au frais en attendant que le Seigneur des Ténèbres arrive ou qu'il donne ses ordres. Il avait déjà tué une Pucelle. Et j'étais là à mon tour, capturée. Il fallait que je sorte d'ici, mais il n'y avait aucune issue.

Je levai la tête en frissonnant. La tapisserie d'os me rappelait les racines de la Forêt sanglante. Cages thoraciques, fémurs, colonnes vertébrales, crânes… ils étaient tous entremêlés. Toutes les personnes qui se retrouvaient enfermées ici devaient faire face au sort que leurs prédécesseurs avaient enduré. Qui avait bien pu créer un tel lieu ? Et qui était capable de rester sain d'esprit dans une telle atmosphère ?

J'ignorais combien de temps s'était écoulé lorsque la porte s'ouvrit de nouveau et des bruits de pas résonnèrent. Sans doute plusieurs heures, car mon ventre criait famine. Je me crispai avant de me détendre légèrement en voyant qu'il s'agissait de Delano.

Il s'approcha et me tendit une petite besace. « Tu as faim ? »

C'était le cas, mais je ne répondis pas.

Il lança la sacoche dans la cellule. Elle tomba près de mes pieds dans un bruit sourd. Je la fixai.

« C'est du pain et du fromage, expliqua-t-il. Je t'aurais bien apporté du ragoût, mais j'avais peur que tu me le jettes au visage et il est bien trop bon pour être gaspillé. »

Je posai les yeux sur lui.

« Ne t'en fais pas. Ce n'est pas empoisonné.

— Pourquoi est-ce que je te croirais ?

— Il a interdit à quiconque de te toucher. » Il s'appuya contre les barreaux. « Quelque chose me dit qu'on n'a pas intérêt à te faire du mal, tout court. »

Je retroussai les babines. « Pourquoi repousser l'inévitable ? Le Seigneur des Ténèbres finira par me tuer, de toute façon. »

Ses yeux pâles croisèrent les miens. « Si le prince voulait te tuer, il l'aurait déjà fait. Tu ferais mieux de manger. »

Le prince. Ce n'était pas parce que les Effondrés considéraient Casteel comme leur héritier légitime qu'il l'était réellement.

Je fixai le sac. J'avais faim et j'avais besoin de prendre des forces. Un guérisseur m'aurait aussi été utile, car même si ma blessure avait cessé de saigner, dans un tel environnement, elle ne tarderait pas à s'infecter.

J'avançai avec prudence et soulevai la sacoche. « Tu comptes me regarder manger ?

— Je ne voudrais pas que tu t'étouffes. »

J'eus une envie étrange de rire, mais je la réprimai. J'ouvris le sac et mangeai le fromage et le pain. La nourriture se déposa dans mon estomac vide comme des blocs de pierre.

Delano demeura silencieux. Moi aussi. Je m'adossai de nouveau au mur. Un peu plus tard, la porte se rouvrit. Même si je n'en avais pas envie, je levai la tête. Une silhouette familière apparue vêtue de noir… Il ressemblait tellement au garde qui s'était moqué de moi parce que je lisais le journal de Mlle Willa Colyns. Mon cœur se serra comme si une main de fer l'empoignait.

Hawke s'arrêta devant la porte barrée. Son beau visage était celui d'un proche et d'un inconnu à la fois.

« Laisse-nous », ordonna-t-il. Delano hésita un instant avant de hocher la tête et de s'exécuter. Il nous laissa seuls, séparés par des barreaux.

« Poppy », soupira Hawke. Je frissonnai. « Qu'est-ce que je vais faire de toi ? »

36

Comme s'il ne le savait pas déjà.

« Ne m'appelle pas comme ça. » Lorsque je me redressai, les chaînes claquèrent contre le sol. Le mouvement tira sur la chair tendre autour de ma blessure. Rester debout était douloureux, mais je refusais qu'il s'en rende compte.

« Je croyais que ça te plaisait.

— Tu te trompais », répondis-je. Il sourit. « Qu'est-ce que tu veux ? »

Il pencha la tête sur le côté. Un battement de cœur passa. « Plus que tu ne pourrais jamais l'imaginer. »

J'ignorais ce qu'il voulait dire par là et je m'en moquais. Sur toute la ligne. « Tu es venu me tuer ?

— Pourquoi est-ce que je ferais une chose pareille ? » demanda-t-il.

Je levai les mains et fis tinter mes chaînes. « Tu m'as fait attacher.

— C'est vrai. »

Son air désinvolte me fit sortir de mes gonds. « Tout le monde dehors veut ma mort.

— Effectivement.

— Et tu es un Atlantien, crachai-je. C'est ce que tu fais. Tu tues. Tu détruis. Tu maudis. »

Il rit. « Je trouve ça ironique de la bouche de quelqu'un qui a été entouré d'Élevés toute sa vie.

— Eux, au moins, ils n'assassinent pas des innocents et ne se transforment pas en monstres...

— Non, me coupa-t-il. Ils forcent des femmes qui menacent leur ego fragile à dévoiler leur chair pour qu'ils puissent les battre et un tas de choses tout aussi terribles. Tu as raison, princesse, ils sont l'exemple même de la bonté et de la sagesse en ce bas monde. »

Mes lèvres s'entrouvrirent sur un souffle. Non. Je tressaillis. C'était impossible.

« Tu croyais vraiment que je ne découvrirais pas la vraie teneur des *leçons* du duc ? Je t'avais dit que j'y parviendrais. »

Je reculai d'un pas. L'humiliation que je ressentais à l'idée qu'il connaisse la vérité était plus douloureuse encore que les innombrables coups de bâton du duc.

« Il t'obligeait à te déshabiller en partie et il te frappait avec une canne taillée dans le bois d'un arbre de la Forêt sanglante. » Il enroula les doigts autour des bars. Mon cœur martelait ma poitrine. « Et il te disait que tu le méritais, que c'était pour ton bien, mais en réalité, ce n'était qu'une excuse pour assouvir son besoin maladif d'infliger de la douleur à autrui.

— Comment as-tu su ? » murmurai-je.

Il eut un sourire en coin. « Je peux me montrer très persuasif. »

Je détournai le regard. Tout à coup, dans mon esprit, je revis le duc, les bras ouverts, la canne plantée dans son cœur. Un frisson me parcourut. Je reportai aussitôt mon attention sur Hawke. « C'est toi qui l'as tué. »

Il sourit alors. D'une manière dont il n'avait jamais souri devant moi. Il dévoilait ses dents. Malgré la distance, je devinais ses crocs. Un nouveau tremblement me secoua.

« Oui, avoua-t-il. Je n'ai jamais autant apprécié de regarder la vie quitter les yeux de quelqu'un. »

Je restai bouche bée.

« Il le méritait et crois-moi, ce n'est pas seulement parce qu'il était un Élevé que sa mort a été lente et douloureuse. Je comptais bien m'occuper du cas du seigneur Mazeen par la suite, ajouta-t-il. Mais tu as réglé son compte à ce salopard toute seule. »

Je ne savais que penser de ces révélations. Il avait tué le duc et il aurait tué Mazeen parce que…

Je coupai court à cette ligne de pensée. Après ce qui venait de se passer, je ne comprenais pas pourquoi il avait agi ainsi. De toute façon, je n'avais pas besoin de comprendre. Du moins, c'était ce dont j'essayais de me convaincre. Ce n'était pas important. Pas plus que la partie profondément cachée en moi qui était ravie de savoir que c'était un peu grâce à moi si le duc était mort.

« Ce n'est pas parce que le duc et le seigneur étaient diaboliques que tu vaux mieux qu'eux, rétorquai-je. Ça ne rend pas tous les Élevés coupables des mêmes crimes.

— Tu ne sais rien, Poppy. »

Je serrai les poings. J'avais envie de hurler. Quand il déverrouilla la grille, je sentis tous les muscles de mon corps se tendre.

Il entra dans la cellule. Je lui adressai un regard assassin et regrettai de ne pas avoir une arme sous la main, même si toutes les armes du monde n'auraient pas suffi pour le vaincre. Il était plus rapide et plus fort que moi. Il aurait pu me faire tomber d'un simple mouvement du poignet.

Mais je comptais bien me battre jusqu'au bout.

« Toi et moi, il faut qu'on parle, déclara-t-il en refermant la grille derrière lui.

— Je ne crois pas, non.

— Ce n'est pas comme si tu avais le choix. » Son regard se posa sur les fers autour de mes poignets. Il fit un pas avant de se figer. Ses narines se gonflèrent. Ses pupilles se dilatèrent. « Tu es blessée. »

Mon sang. Il avait senti mon sang. La bouche sèche, je reculai. « Ça va.

— Ne raconte pas de bêtises. » Il m'examina toute entière avant de s'arrêter au niveau de mon ventre. « Tu saignes.

— À peine », répondis-je.

En un clin d'œil, il se retrouva devant moi. Je sursautai et me plaquai contre le mur. Comment avait-il pu me cacher une telle vitesse ? Lorsqu'il saisit les pans de ma tunique, je fus pris d'une peur panique.

« Ne me touche pas ! » Je m'écartai vivement. La douleur qui se répandit le long de mon flanc me fit grimacer. Il se figea et me toisa de toute sa hauteur. Mon cœur s'abattit contre mes côtes. « Arrête. »

Il haussa un sourcil. « Ce n'est pas ce que tu me disais hier soir. »

Le rouge me monta aux joues. Un rictus furieux me retroussa les lèvres. « C'était une erreur.

— Ah oui ?

— Oui ! crachai-je. J'aimerais que ça ne soit jamais arrivé. »

Seigneurs. C'était la vérité. Je ne souhaitais rien de plus que d'oublier que ce que nous avions fait avait paru beau et naturel. Un véritable tournant de ma vie.

J'avais été stupide.

Sa mâchoire se contracta. Un long moment s'écoula en silence. « Quoi qu'il en soit, tu es blessée, princesse. Laisse-moi t'examiner. »

Je respirai fort et relevai le menton. « Et si je refuse ? »

Son rire était toujours le même, mais il charriait une froideur qui n'avait pas été là auparavant. « Comme si tu pouvais m'en empêcher », dit-il. La réalité de cette remarque était insupportable. « Tu peux me laisser t'aider ou… »

Je serrais les poings tellement fort que mes doigts me faisaient souffrir. « Ou quoi ? Tu vas me forcer ? »

Hawke ne répondit pas.

La poitrine en feu, je le dévisageais. Je le détestais et je me détestais, moi, parce que je m'étais mise dans une position dans laquelle je m'étais promis de ne plus jamais me retrouver.

Une position de faiblesse.

J'aurais pu refuser et rendre les choses difficiles, mais à quoi bon ? Il était plus fort que moi et je risquais de me blesser davantage. J'étais suffisamment furieuse pour me moquer des conséquences, mais je n'étais pas complètement stupide.

Je détournai le regard et me forçai à souffler longuement. « Qu'est-ce que ça peut te faire si je me vide de mon sang ?

— Pourquoi penses-tu que je souhaite ta mort ? Si c'était le cas, n'aurais-je pas donné ce qu'ils veulent aux gens, dehors ? » demanda-t-il. Je reportai aussitôt mon attention sur lui. « Morte, tu ne m'es d'aucune utilité.

— Donc je suis ton otage jusqu'à ce que le Seigneur des Ténèbres arrive ? Vous avez l'intention de vous servir de moi contre le roi et la reine ?

— Bien joué, murmura-t-il. Après tout, tu es la Pucelle préférée de la reine. »

Je ne savais pas pourquoi et je ne voulais pas vraiment m'attarder sur la question, mais savoir qu'il me gardait en vie uniquement pour m'utiliser me blessait profondément.

« Tu veux bien que je t'examine, maintenant ? »

Je ne répondis pas, car ce n'était pas vraiment une question. Je n'avais pas le choix. Il parut satisfait que je l'aie compris, car il s'approcha de nouveau. Cette fois, je me crispai, mais je ne bougeai pas.

Il attrapa le bord de ma tunique sombre. Lorsqu'il la souleva, le dos de sa main effleura mon bas-ventre et ma hanche. Je me mordis l'intérieur de la joue. L'avait-il fait exprès ? Je gardai les yeux rivés sur ses cheveux noirs soyeux tandis qu'il continuait de relever mon vêtement. Il s'arrêta juste en dessous de mes seins, dévoilant ce qui allait sans doute devenir une nouvelle cicatrice.

Si je vivais suffisamment longtemps, bien entendu.

Car je doutais de rester en vie après avoir rempli mon rôle. Il n'y avait aucune raison pour ça.

Hawke fixa la balafre sanguinolente un long moment. Mon pouls s'emballa. Je me rappelais trop bien la sensation de ses dents, non de ses crocs, contre ma peau. Je frissonnai. Était-ce du dégoût ? De la peur ? Les derniers vestiges d'une émotion ravivée par les souvenirs ? Peut-être les trois à la fois. Je n'en avais pas la moindre idée.

« Mes dieux », grogna-t-il. Ses cils épais se soulevèrent et ses yeux rencontrèrent les miens. Ses pommettes me parurent plus creusées. Des ombres étaient apparues en dessous. « Tu aurais pu être éventrée.

— Qu'est-ce que tu es observateur ! »

Il ne sembla pas m'entendre. Il se contenta de me regarder comme si j'avais fait une bêtise. « Pourquoi n'as-tu rien dit ? Ça aurait pu s'infecter. »

Je me fis violence pour garder mes bras le long de mes flancs. « Je n'ai pas eu le temps. Tu étais trop occupé à me trahir. »

Il plissa les yeux. « Ce n'est pas une excuse. »

Un éclat de rire m'échappa. Je me demandais si je commençais déjà à avoir de la fièvre. « Bien sûr que non. Comment ai-je pu ne pas me rendre compte que la personne qui a assassiné mes proches, qui m'a trahie et qui répond à celui qui a massacré ma famille, tout ça pour m'utiliser à des fins malfaisantes, se soucie du fait que j'ai été blessée ? »

Ses yeux ambrés s'illuminèrent comme si des flammes dorées s'y étaient allumées. Ses traits devinrent plus acérés. De la chair de poule apparut sur ma peau. Mon sang se glaça dans mes veines. Encore une fois, il me prouvait qu'il n'était pas celui que j'avais imaginé. Il n'était pas mortel. Même si je mourais d'envie de m'enfuir, je refusais de le lui montrer.

« Tu es toujours si courageuse », murmura-t-il. Il lâcha ma tunique et se retourna. Il appela Delano qui, visiblement, n'était pas allé très loin, car il réapparut devant ma cellule en quelques secondes.

Appuyée contre le mur, je demeurai silencieuse tandis que Hawke attendait que Delano lui rapporte ce qu'il lui avait demandé. Le fait qu'il me tourne le dos aussi longtemps en disait long. Il ne me considérait clairement pas comme un adversaire à sa taille.

Delano revint avec un panier à la main. Je me demandais pourquoi ils gardaient ce genre de choses à portée. J'observai la cellule autour de moi. Gardaient-ils leurs prisonniers en bonne santé ? Les Élevés et les seigneurs de la forteresse s'étaient-ils retrouvés ici, eux aussi ?

Lorsque Hawke me refit face, nous étions de nouveau seuls. « Tu devrais t'allonger sur le... » Il jeta un coup d'œil autour de lui. Son regard se posa sur le matelas usé. On aurait dit qu'il venait de se rendre compte qu'il n'y avait pas de vrai lit. Ses épaules se tendirent. « Tu devrais t'allonger.

— Je suis très bien debout, merci. »

Il avança avec le panier à la main. Sa patience atteignait clairement ses limites. « Tu préfères que je me mette à genoux ? »

Un sourire mauvais étira mes lèvres. J'allais accepter quand...

« Ça ne me dérange pas. » Il baissa les yeux et se mordit les lèvres. « C'est la position idéale pour faire une chose que tu adoreras, j'en suis sûr. Après tout, je ne me lasse pas du goût du miel. »

Le choc me laissa bouche bée, mais la colère reprit rapidement le dessus. Je m'écartai du mur et me dirigeai vers le matelas. Je m'assis plus lentement que je ne m'étais levée. Je lui adressai un regard glacial. « Tu me dégoûtes. »

Riant dans sa barbe, il s'agenouilla à côté de moi. « Si tu le dis.

— Je le dis. »

Un sourire en coin étira ses lèvres. Il déposa le panier sur le sol. Un coup d'œil rapide me permit de voir qu'il contenait des bandages et de petites jarres. Rien que j'aurais pu transformer en arme qui n'aurait de toute façon pas servi à grand-chose. Il me fit signe de m'allonger et, après avoir juré dans ma barbe, je lui obéis.

« Surveille ton langage », murmura-t-il. Quand il tendit la main vers ma tunique, je la soulevai moi-même. « Merci. »

Je serrai les dents.

Sans se départir de son sourire, il sortit une bouteille transparente du panier. Il en dévissa le bouchon. Aussitôt, une odeur amère et puissante emplit l'air putride.

« J'aimerais te raconter une histoire », dit-il. Il baissa les sourcils en examinant la plaie.

« Je ne suis pas d'humeur… » Je sursautai. Il venait d'empoigner mon vêtement. Je saisis son poignet à deux mains. Je sentis à peine le contact de mes entraves glacées contre mon ventre. « Qu'est-ce que tu fais ?

— La lame a failli s'enfoncer dans ta cage thoracique », m'expliqua-t-il. Ses yeux dorés brillèrent de plus belle. « L'entaille remonte le long de tes côtes. »

La blessure n'était pas si grave, mais elle remontait effectivement le long de mon flanc.

« Je suppose que c'est arrivé lorsqu'on t'a arraché l'épée des mains ? » demanda-t-il.

Je ne répondis pas et je ne le lâchai pas non plus. Je m'attendais à ce qu'il se libère malgré tout, mais il se contenta de soupirer. « Crois-le ou non, je n'essaie pas de te déshabiller pour abuser de toi. Je ne cherche pas à te séduire, princesse. »

Ce qui aurait dû me rassurer eut l'effet inverse. La brûlure au niveau de ma poitrine remonta le long de ma gorge et forma une boule qui m'empêcha de respirer correctement. Je le dévisageai. Évidemment qu'il n'essayait pas de me séduire. C'était déjà fait. Il était parvenu à me faire baisser la garde et à gagner ma confiance. Je m'étais ouverte à lui, je lui avais confié mes rêves de devenir quelqu'un d'autre, ma crainte de retourner à la capitale et… seigneurs… l'existence de mon don. J'avais partagé avec lui beaucoup plus que des mots. Je l'avais accueilli dans ma chambre, dans mon lit, en moi. Il m'avait murmuré à l'oreille que mes caresses l'enivraient. Il avait vénéré mon corps, chacune de mes cicatrices. Il m'avait dit qu'elles me rendaient encore plus belle et je…

Je l'aimais beaucoup.

Peut-être plus que ça.

J'étais tombée amoureuse de lui malgré les interdits. Et je savais que c'était en partie à cause de lui que j'avais décidé d'annoncer à la reine que je refusais de me soumettre à l'Élévation. Un tremblement parcourut mes doigts. La brûlure grimpa jusqu'à mes yeux.

« Alors, tout était faux ? » La question m'échappa. Je reconnus à peine ma voix éraillée. À l'instant où les mots flottèrent dans l'air autour de nous, je les regrettai déjà parce que je… je connaissais déjà la réponse.

Hawke se figea. On aurait dit une statue qui décorait le hall d'entrée du château des Teerman. Je le lâchai. Un muscle se contracta au niveau de sa mâchoire et ses lèvres restèrent scellées.

Un léger sanglot chercha à m'échapper. Je le réprimai de toutes mes forces. Cela ne m'aida pas à apaiser la honte qui s'était installée au creux de ma poitrine, comme des charbons ardents. *Je ne pleurerai pas. Je ne pleurerai pas.*

Incapable de le regarder davantage, je fermai les paupières. Ce fut encore pire. Je le revis en train de m'observer avec ses lèvres gonflées et brillantes. La colère, la honte et une douleur plus profonde que je n'avais jamais ressentie me piquèrent les yeux.

Je sentis ses mains bouger, soulever ma tunique avec précaution. Un peu plus et ma poitrine était entièrement exposée. Cette fois, ses doigts n'effleurèrent pas ma peau par accident. Malgré le manque de luminosité, je savais que mes cicatrices étaient visibles, surtout aux yeux d'un Atlantien. La veille, je m'étais déshabillée devant lui et l'avais laissé me regarder tout entière. Je l'avais cru. Il avait été très convaincant. Mon ventre se noua. Qu'avait-il pensé, en réalité ?

Qu'avait-il ressenti en touchant mes cicatrices, en les embrassant ?

Tout à coup, il brisa le silence. Je sursautai. « Ça risque de faire un peu mal. »

Sa voix me semblait plus rocailleuse que d'habitude. Je le sentis se pencher en avant, puis la première goutte de liquide toucha la plaie. L'air siffla à travers mes dents tandis qu'une douleur ardente m'élançait sur le côté droit. Le parfum amer et astringent s'éleva dans l'air. De la mousse se forma sur la blessure. J'accueillis la peine avec plaisir, car elle détournait mon attention de la souffrance qui palpitait dans ma poitrine.

Les yeux fermés, je rejetai la tête en arrière. Davantage de liquide coula sur la plaie, créant plus de mousse et fit naître une nouvelle vague de douleur.

« Pardon », marmonna-t-il. Je le croyais presque. « Il faut qu'on laisse reposer un peu pour s'assurer que ça brûle le moindre début d'infection. »

Génial.

Avec un peu de chance, ça brûlerait aussi mon idiot de cœur.

Le silence retomba. Cela ne dura pas longtemps. « Les Voraces étaient bien notre faute », dit-il. Son aveu me prit au dépourvu. « Leur création. Les monstres dans la Brume, la guerre, ce qu'est devenue cette terre, vous, nous… Tout a commencé par un acte d'amour aussi fou que désespéré des centaines d'années avant la Guerre des Deux Rois.

— Je sais. » Je m'éclaircis la voix. « Je connais l'histoire.

— Es-tu certaine de connaître la vraie version ?

— Je connais la seule qui existe. » J'ouvris les yeux et détournai aussitôt le regard des chaînes et des os noueux.

« Tu sais uniquement ce que les Élevés ont poussé tout le monde à croire. Ce n'est pas la vérité. » Il souleva la chaîne qui reposait contre une partie de mon ventre. Je me crispai tandis qu'il l'écartait avec soin. « Mon peuple a vécu en harmonie auprès des mortels durant des milliers d'années avant que le roi O'Meer Malec…

— Il a créé les Voraces, le coupai-je. Je te l'ai dit…

— Tu te trompes. » Il se laissa aller en arrière pour s'asseoir, un genou relevé, et posa le bras dessus. « Le roi Malec est tombé amoureux fou d'une mortelle. Elle s'appelait Isbeth. Certains racontent que la reine Eloana l'a empoisonnée. D'autres qu'une maîtresse bafouée du roi l'a poignardée. Apparemment, il avait l'habitude d'être infidèle. Dans tous les cas, elle a subi une blessure mortelle. Malec voulait à tout prix la sauver. Il a alors commis un acte interdit : la faire s'élever. Ce que tu connais, en tout cas, sous le nom de l'Élévation. »

Mon cœur se logea quelque part dans ma gorge, à côté de la boule d'émotions contradictoires.

Hawke leva les yeux et les plongea dans les miens. « Oui. Isbeth était la première Élevée. Ce n'était pas ton faux roi et ta fausse reine. Elle est devenue la première Vampry. »

Mensonges. Des mensonges sans queue ni tête.

« Malec a bu à sa source et ne s'est arrêté que lorsqu'il a senti son cœur faiblir, puis il a partagé son sang avec elle. » Il pencha la tête sur le côté. Ses yeux dorés scintillaient. « Si le secret de l'Élévation n'était pas si bien gardé, cela ne serait pas une si grosse surprise pour toi. »

Je voulus me redresser, mais me rappelai que j'avais un liquide mousseux sur ma plaie. « L'Élévation est une bénédiction des dieux. »

Il se fendit d'un sourire moqueur. « C'est loin d'être le cas. Il s'agit plutôt d'un acte qui peut créer des êtres quasiment immortels ou rendre un cauchemar réalité. À la naissance, les Atlantiens sont presque mortels. Nous le restons jusqu'à la Sélection.

— La Sélection ? » m'enquis-je. Ce fut plus fort que moi.

« C'est à ce moment que nous nous transformons. » Il retroussa les lèvres et passa la langue sur une de ses canines pointues. Je le savais. Les livres d'histoire en faisaient mention. « Nos crocs apparaissent et s'allongent lorsque nous nous nourrissons. Mais ce n'est pas le seul changement.

— Comment ça ? » La curiosité était la plus forte. Autant en apprendre le plus possible.

« Ce n'est pas important. » Il attrapa un linge. « On est peut-être plus difficiles à tuer que les Élevés, mais on peut mourir », reprit-il. Je le savais également. Les Atlantiens avaient les mêmes points faibles que les Voraces. « On vieillit plus lentement que les mortels. Si on fait attention, on peut vivre des milliers d'années. »

J'aurais voulu lui dire que chaque détail importait, surtout le changement qu'il souhaitait me taire, mais une nouvelle question me brûlait déjà les lèvres. « Quel… Quel âge as-tu ?

— Je fais plus jeune que mon âge.

— C'est-à-dire ? Plusieurs siècles ? demandai-je.

— Je suis né après la guerre, répondit-il. J'ai vu deux siècles s'écouler. »

Deux siècles ?

Seigneurs…

« Le roi Malec a donc créé le premier Vampry. Ils… font partie de nous, mais ils ne sont pas comme nous. La lumière du jour n'a aucun effet sur nous, contrairement aux Vamprys. Dis-moi, as-tu déjà vu un Élevé à l'extérieur, au soleil ?

— Ils ne sortent pas en plein jour, car les dieux ne le font pas non plus, expliquai-je. C'est leur façon de leur rendre hommage.

— Comme par hasard. » Le sourire de Hawke se fit malicieux. « Les Vamprys reçoivent ce qui s'apparente le plus à l'immortalité, comme nous, mais ils sont incapables de s'exposer au soleil sans que leur peau ne se mette à pourrir. Tu veux tuer un Élevé sans te salir les mains ? Enferme-le dehors sans le moindre abri. Il sera mort avant midi. »

Cela ne pouvait pas être la vérité. Les Élevés faisaient le choix de vivre la nuit.

« Ils ont également besoin de se nourrir et je parle bien sûr de sang. Ils doivent le faire régulièrement pour éviter que les blessures et les maladies dont ils ont souffert avant l'Élévation ne réapparaissent. Ils ne peuvent plus procréer, et quand ils se nourrissent, ils sont souvent envahis par une frénésie qui les pousse à tuer le mortel dont ils volent le sang. »

Il tapota la plaie avec un linge en s'assurant de ne pas exercer une pression trop importante et épongea le liquide restant. « Les Atlantiens ne se nourrissent pas des mortels…

— Si je te le dis, rétorquai-je. Tu imagines que je vais gober tout ça ? »

Il leva les yeux vers moi. « Le sang des mortels ne nous apporte rien, car nous ne l'avons nous-mêmes jamais été, princesse. Les Lycans n'ont pas besoin de se nourrir ainsi. Nous oui. Nous nous nourrissons quand nous en avons besoin, sur d'autres Atlantiens. »

Je secouai la tête. Comment pouvait-il penser que je le croirais ? La façon dont ils traitaient les mortels, comme du bétail, était la raison pour laquelle les dieux leur avaient tourné le dos et le peuple s'était révolté contre eux.

« Nous pouvons soigner sans transformer. Les Vamprys en sont incapables. Mais la différence la plus importante est la création des Voraces. Un Atlantien n'en a jamais créé. C'est l'œuvre des Vamprys. Au cas où tu n'aurais pas suivi, ce sont ceux que tu appelles les Élevés.

— Tu mens. » Je serrai inutilement les poings contre mes flancs.

« Je dis la vérité. » Il observa ma blessure en fronçant les sourcils. Il ne releva la tête qu'après avoir posé le linge de côté. « Un Vampry ne peut pas en engendrer un autre. Ils ne peuvent pas compléter l'Élévation. Quand ils vident un mortel de son sang, ils créent un Vorace.

— Cela n'a aucun sens.

— Pourquoi ? »

La colère grondait dans ma poitrine et me brûlait davantage que le produit qu'il avait utilisé pour nettoyer ma plaie. « Si c'est la vérité, alors comment sont créés les autres Élevés ? Comme mon frère ? »

Sa mâchoire se crispa et son regard se fit glacial. « Parce que ce n'est pas un Élevé qui leur offre le don de la vie. Ils utilisent un Atlantien. »

Un rire incrédule m'échappa. « Les Élevés ne travailleraient jamais main dans la main avec un Atlantien.

— Je me suis mal exprimé ? Je n'en ai pas l'impression, pourtant. J'ai dit qu'ils utilisaient un Atlantien. Ils ne travaillent pas avec. » Il souleva un pot et en dévissa le couvercle. « Quand les pairs du roi Malec ont découvert ce qu'il avait fait, il a abrogé les lois qui interdisaient l'acte de l'Élévation. De nombreux Vamprys furent créés et beaucoup ne surent pas contrôler leur soif. Ils vidèrent leurs victimes de leur sang, ce qui créa les Voraces. Ces derniers se répandirent à travers le royaume comme la peste. La reine d'Atlantie, Eloana, tenta d'arrêter leur propagation. Elle déclara que l'Élévation était de nouveau interdite et ordonna que les Vamprys soient détruits pour protéger l'humanité. »

Je l'observai plonger la main dans le pot, puis le poser sur le côté. Une substance épaisse, blanche comme du lait, recouvrait ses longs doigts. Je reconnus l'odeur. C'était le même baume que l'on m'avait déjà appliqué. « C'est de l'achillée ? »

Il hocha la tête. « Entre autres. Ça va accélérer la cicatrisation.

— Je peux… » Je sursautai en sentant le baume froid contre ma peau. Hawke étala le mélange sur mon ventre et le réchauffa.

Moi aussi, soudain, j'avais très chaud.

Je serrai les poings plus fort tandis qu'un frisson indésirable me parcourait. *Il t'a trahie*, me rappelai-je.

Il s'est joué de toi. Je le détestais. Vraiment. La boule dans ma gorge s'engorgea et je rougis.

Heureusement, Hawke semblait concentré sur sa tâche. Je ne voulais pas qu'il sache à quel point la sensation de sa peau contre la mienne m'affectait.

« Les Vamprys se sont rebellés, reprit-il après avoir pris davantage de baume dans sa main. C'est ce qui a déclenché la Guerre des Deux Rois. Les mortels ne se sont jamais révoltés contre des Atlantiens cruels et inhumains. Ce sont les Vamprys qui ont pris les armes. »

Mon regard quitta ses mains pour se poser sur son visage. Ce qu'il me racontait était familier, mais c'était une version plus sombre, altérée de la vérité.

« Le nombre de morts pendant la guerre n'a pas été exagéré. En fait, beaucoup disent qu'il y a eu encore plus de pertes que l'on ne pense. Nous n'avons pas été vaincus, princesse. Le roi Malec a été renversé, forcé de divorcer et exilé. La reine Eloana s'est remariée et le nouveau roi, Da'Neer, a retiré les troupes du champ de bataille et ramené ses hommes à la maison. Il a mis fin à une guerre qui détruisait le monde.

— Et qu'est-il arrivé à Malec et Isbeth ? demandai-je, même si je ne croyais pas vraiment ce qu'il racontait.

— Selon vos écrits, Malec est tombé au combat, mais en réalité, personne ne le sait. Sa maîtresse et lui se sont volatilisés, répondit Hawke en refermant le pot. Les Vamprys ont pris le contrôle des terres restantes et ont nommé leurs propres roi et reine, Jalara et Ileana. Ils ont appelé leur nouveau territoire le Royaume de Solis. Ils se font appeler des Élevés, se servent de nos dieux qui sont en dormance depuis très longtemps, pour expliquer leur existence. En l'espace de quelques siècles, ils ont réussi à effacer la véritable histoire. Tout le monde a oublié que la grande majorité des mortels se sont battus aux côtés des Atlantiens contre la menace commune que représentaient les Vamprys. »

Pendant un long moment, sans doute une minute entière, je fus incapable de parler. « Je n'y crois pas un instant.

— Je comprends. Ça doit être difficile d'imaginer que tu appartiens à une société dirigée par des monstres qui volent les troisièmes-nés des familles sous le prétexte d'un Rite pour s'en nourrir. Et s'ils ne les tuent pas, ils deviennent…

— Quoi ? » hoquetai-je. Mon incrédulité se mua en colère. « Depuis le début, tu me racontes des mensonges, mais là, tu vas trop loin. »

Il déposa un bandage propre sur ma blessure et passa les doigts sur les bords jusqu'à ce qu'il adhère à ma peau. « Je ne t'ai raconté que la vérité, comme l'homme qui a jeté la main de Vorace. »

Je me redressai et baissai ma tunique. « Est-ce que tu es en train de me dire que ceux que l'on offre aux dieux deviennent des Voraces ?

— D'après toi, pourquoi l'accès aux temples est seulement autorisé aux Élevés et à ceux qui les dirigent, comme les prêtres et prêtresses ?

— Parce que ce sont des lieux sacrés auxquels même certains Élevés refusent d'accéder, rétorquai-je.

— Est-ce que tu as déjà vu un enfant qui a été envoyé là-bas ? Un seul, princesse ? Est-ce que tu as entendu quelqu'un, à part un prêtre, une prêtresse ou un Élevé, mentionner qu'il en avait croisé un ? Tu n'es pas idiote. Tu sais que ce n'est pas le cas, me dit-il. La vérité, c'est que la majorité meurt avant même d'avoir appris à parler. »

J'ouvris la bouche.

« Les Vamprys ont besoin d'une source de nourriture, princesse, une source qui n'éveille pas les soupçons. Quel meilleur moyen pour ça que de convaincre un royaume entier de leur confier leurs enfants sous prétexte d'honorer les dieux ? Ils ont créé une religion si puissante qu'un homme dénoncerait son propre frère s'il refusait de se plier à la coutume. Ils se sont joués de tous et ont utilisé la peur de ce qu'ils ont créé contre le peuple. Et ce n'est pas tout. Tu n'as jamais trouvé étrange que tant de jeunes enfants meurent d'une maladie du sang ? Souviens-toi de la famille Tulis. Ils ont perdu deux enfants ainsi. Les Élevés ne sont pas tous capables de suivre un régime strict. Le manque de contrôle est un vrai problème chez les Vamprys. Ils se glissent dans la nuit pour voler des enfants, des femmes et des maris.

— Tu penses que je vais gober tout ça ? Que les Atlantiens sont innocents et que tout ce qu'on m'a appris est un mensonge ?

— Pas vraiment, mais ça valait la peine d'essayer. Nous ne sommes pas complètement innocents…

— C'est vrai. Vous enlevez les gens et vous les tuez, crachai-je.

— Entre autres choses. Le problème, c'est que tu ne veux pas me croire. Pas parce que mes propos sont insensés, mais parce que ça remet en cause ta vision de la vie. Parce que cela signifie que ton frère adoré se nourrit d'innocents…

— Non.

— Et les transforme en Voraces.

— La ferme ! » grognai-je en me relevant d'un bon. Le mouvement rapide et soudain ne me cause presque aucune douleur.

Il se leva à son tour, avec agilité, et me toisa de toute sa hauteur. « Tu ne veux pas accepter ce que je dis, même si c'est logique, parce que cela signifie que ton frère est l'un d'entre eux et que la reine qui s'est occupée de toi a massacré des milliers... »

Je ne réfléchis pas. J'étais furieuse et j'avais peur, parce qu'il avait raison. Cela remettait en question mon existence tout entière. Personne n'avait jamais croisé un Élevé durant la journée. Personne ne pénétrait jamais dans les temples. Pourquoi Hawke aurait-il tout inventé ? Pourquoi aurait-il imaginé un mensonge aussi complexe alors qu'il savait qu'il serait très compliqué de me convaincre ?

Alors non, je ne réfléchis pas.

Je me contentai de réagir.

La chaîne claqua sur le sol tandis que j'abattais mon poing dans sa figure.

Il enroula ses doigts autour de ma main avant qu'elle entre en contact avec sa mâchoire. Seigneurs. Il bougeait trop vite pour moi. Il me tordit le bras et me retourna. Je me retrouvai écrasée contre son torse musclé, le bras coincé entre nous. Il s'empara aussi de mon autre main. Un cri de frustration s'échappa de ma gorge. Je tentai de lever la jambe...

« Ne fais pas ça », murmura-t-il d'une voix douce. Son avertissement me fit frissonner.

Je ne l'écoutai pas.

Lorsque je lui assénai un coup de pied dans le mollet, il grogna. Je recommençai.

Alors, il me plaqua, face contre le mur. Je me débattis, en vain. Il n'y avait pas le moindre espace entre lui et le mur froid et humide.

« Je t'ai dit de ne pas faire ça. » Son souffle chaud caressa ma tempe. « Je suis sérieux, princesse. Je ne veux pas te faire de mal.

— Ah non ? C'est trop tard… » Je refermai la bouche.

« Quoi ? » Il déplaça mon bras pour qu'il ne soit plus entre nous, mais il ne me lâcha pas. Au lieu de ça, il posa ma main contre le mur, comme avec l'autre.

Je restai muette. Je refusais de lui avouer à quel point il m'avait déjà blessée. Admettre une telle chose signifiait qu'il y avait une faiblesse à exploiter. Il avait déjà bien assez de choses à utiliser contre moi.

« Tu sais que tu ne peux pas me faire grand-chose », dit-il en posant sa joue contre la mienne.

Je me crispai. « Alors, pourquoi suis-je enchaînée ?

— Parce que recevoir des coups de poing ou de pied et se faire griffer n'est pas très agréable, contra-t-il. Et même si les autres ont reçu l'ordre de ne pas te toucher, cela ne signifie pas qu'ils seront aussi compréhensifs que moi.

— Compréhensif ? » Je tentai de m'écarter du mur, mais c'était impossible. « Tu appelles ça être compréhensif ?

— Étant donné que je viens de passer du temps à nettoyer ta plaie et à la bander, je le pense oui. Un merci serait le bienvenu.

— Je ne t'ai pas demandé de m'aider. » Je bouillais intérieurement.

« Non, parce que tu es bien trop fière pour ça. Tu aurais préféré pourrir de l'intérieur plutôt que d'accepter ma main tendue, me fit-il remarquer. Je peux m'asseoir sur mes remerciements, si je comprends bien ? »

Pour toute réponse, je renversai vivement ma tête en arrière. Malheureusement, il s'y attendait et je ne parvins pas à le toucher. Il pressa ma joue contre le mur. Je me tortillai pour tenter de lui échapper.

« Tu es exceptionnellement douée pour désobéir, gronda-t-il. Presque autant que pour me rendre fou.

— Je suis également douée pour autre chose.

— Ah bon ?

— Oui, crachai-je. Je suis très douée pour tuer les Voraces. J'imagine que tuer un Atlantien n'est pas très différent. »

Il émit un rire rauque. Je sentis le son résonner contre mon dos. « Nous ne sommes pas consumés par la soif, alors nous ne sommes pas aussi facilement distraits que les Voraces.

— On peut quand même vous tuer.

— C'est une menace ?

— À toi de voir. »

Il resta silencieux un moment. « Je sais que tu as traversé de nombreux moments difficiles. Je sais que ce que je t'ai raconté est dur à accepter, mais c'est la vérité. Je te le jure, Poppy.

— Arrête de m'appeler comme ça ! m'écriai-je en me débattant.

— Tu ne devrais pas faire ça, me conseilla-t-il d'une voix plus rauque, plus grave. Ou pas. Continue. C'est la plus douce des tortures. »

Je ne compris pas tout de suite où il voulait en venir. Puis je le sentis contre mes reins. Mon souffle se bloqua dans ma gorge. « Tu es un grand malade.

— Je sais, je suis tordu, sombre, un vrai pervers. » Sa légère barbe frotta contre ma joue. J'arquai le dos. Il sembla se rapprocher davantage et ses doigts s'allongèrent contre les miens. « Je suis beaucoup de choses.

— Un meurtrier ? proposai-je, car j'avais sans doute besoin de me le rappeler. Tu as tué Vikter. Tu as tué tous les autres. »

Il se figea. Quand il prit une grande inspiration, son torse se souleva contre mon dos. « J'ai tué. Delano et Kieran aussi. Celui que tu appelles le Seigneur des Ténèbres et moi avons joué un rôle dans la mort de Hannes et Rylan, mais pas de celle de cette pauvre femme. Ça, c'était l'œuvre d'un Élevé qui n'a sans doute pas été capable de contrôler ses pulsions. Je suis prêt à parier qu'il s'agissait du duc ou du seigneur Mazeen. »

Mazeen.

Un parfum de fleur s'était dégagé de lui, des mêmes fleurs que Malessa avait manipulées plus tôt dans la journée.

« Nous ne sommes pas responsables de l'attaque du Rite ni de ce qui est arrivé à Vikter. »

Seigneurs, j'avais envie de le croire. Je voulais croire que je n'avais pas couché avec l'homme qui avait causé la mort de mon mentor. « Alors qui ?

— Ceux que vous appelez les Effondrés. Ceux qui nous soutiennent, répondit-il d'une voix à peine plus forte qu'un murmure. Mais nous ne leur avons jamais ordonné de faire une telle chose.

— Tu penses vraiment que je vais croire que ce monstre que les Effondrés soutiennent ne leur a pas ordonné d'attaquer le Rite ?

— Ce n'est pas parce qu'ils soutiennent le Seigneur des Ténèbres que celui-ci les dirige, rétorqua-t-il. En fait, de nombreux Effondrés agissent de leur propre chef. Ils connaissent la vérité. Ils ne veulent plus vivre dans la peur que leurs enfants soient transformés en monstres ou volés pour en nourrir d'autres. Je n'ai aucun lien avec la mort de Vikter. »

Je frissonnai. Je le croyais, mais je ne savais pas exactement pourquoi. En revanche, peu importait que le Seigneur des Ténèbres commande de façon active les Effondrés. Vikter était quand même mort à cause lui. Ils avaient agi pour sa cause.

« Mais les autres, tu les as tués. Ce n'est pas parce que tu l'assumes que cela rend la chose plus acceptable.

— Je n'avais pas le choix. » Il écarta le menton de ma joue, avant de continuer : « Et tu ne l'as pas non plus. Tu m'appartiens. »

Mon cœur se retourna dans ma poitrine. « J'appartiens au Seigneur des Ténèbres, tu veux dire ?

— Je sais très bien ce que j'ai dit.

— Je ne suis à personne.

— Si tu le penses vraiment, alors tu es stupide », lança-t-il d'un air presque taquin. Il posa la tête contre la mienne avant que je puisse me débattre. « Ou tu te mens à toi-même. Depuis le début, tu es sous la coupe des Élevés. Tu le sais. C'est une des choses que tu détestais. Ils te gardaient en cage. »

Je n'aurais jamais dû me confier à lui. « Au moins, cette cage était plus confortable que celle-ci.

— C'est vrai », murmura-t-il. Plusieurs secondes s'écoulèrent. « Mais tu n'as jamais été libre.

— Même si c'est vrai… » Ça l'était et c'était très douloureux. « Ça ne signifie pas que je vais arrêter de me battre, l'avertis-je. Je ne me soumettrai pas.

— J'en ai conscience. » Sa voix avait pris une inflexion étrange. On aurait presque dit de l'admiration… Cela n'avait aucun sens.

« Et tu es toujours un monstre, crachai-je.

— C'est vrai, mais je ne suis pas né comme ça. On m'a forcé à le devenir. Tu m'as demandé comment je m'étais fait cette cicatrice au niveau de la cuisse. Est-ce que tu l'as vraiment regardée ou est-ce que tu étais trop occupée à admirer ma b…

— Tais-toi ! hurlai-je.

— Tu aurais pu remarquer qu'il s'agissait du blason royal. On m'a marqué », poursuivit-il. Je hoquetai. La cicatrice avait en effet ressemblé à cet emblème. « Tu veux savoir pourquoi je suis aussi au fait de ce qui se passe durant vos foutues Élévations, Poppy ? Comment je suis au courant de ce que tu ignores ? Parce que l'on m'a retenu prisonnier dans l'un de ces temples pendant plus de cinquante ans. On me lacérait, on me faisait saigner, on se nourrissait de moi. Mon sang était versé dans des calices en or et les deuxièmes-nés le buvaient après avoir servi de repas à la reine, au roi ou à un autre Élevé. J'étais du bétail. »

Non.

Je ne pouvais pas le croire.

« Et je n'étais pas seulement leur nourriture. On m'utilisait pour toutes sortes de divertissements. Je sais plus que quiconque ce que c'est de ne pas avoir le choix », confia-t-il. Le sens de ses paroles m'emplit d'effroi. « C'est ta reine qui m'a marqué au fer rouge. Si quelqu'un n'avait pas été suffisamment courageux pour m'aider, je serais toujours prisonnier. Voilà. C'est comme ça que je me suis fait cette cicatrice. »

Sans le moindre avertissement préalable, il me lâcha les mains et recula. Je tremblais comme une feuille, mais je ne bougeai pas. Je restai ainsi pendant de longues minutes. Lorsque je me retournai enfin, il se tenait déjà à l'extérieur de la cellule.

S'il racontait la vérité…

Non. C'était impossible. Seigneurs, c'était insensé.

Tout à coup, un froid glacial m'envahit. Je croisai les bras contre ma poitrine. Les chaînes s'entremêlèrent.

Hawke m'observa à travers les barreaux. « Le prince et moi ne souhaitons pas qu'il t'arrive malheur. Je te l'ai déjà dit. Nous avons besoin de toi vivante.

— Pourquoi ? murmurai-je. Pourquoi suis-je si importante ?

— Parce qu'ils ont le véritable héritier du royaume. Ils l'ont capturé lorsqu'il m'a aidé à m'enfuir. »

Je croyais que le Seigneur des Ténèbres était l'unique héritier au trône d'Atlantie. Si les propos de Hawke étaient véridiques, alors… « Le Seigneur des Ténèbres a un frère ? »

Il hocha la tête. « Tu es la favorite de la reine. Tu es importante pour elle et pour le royaume. Je ne sais pas pourquoi. Peut-être que ça a un rapport avec ton don. Ou peut-être pas. Dans tous les cas, on te remettra à leurs soins s'ils libèrent le prince Malik.

— Vous voulez faire un échange.

— C'est toujours mieux que de te renvoyer en morceaux, non ? »

L'incrédulité me secoua de part en part, suivie par une douleur sourde au niveau de la poitrine. « Tu viens de passer un temps fou à m'expliquer que la reine, les Élevés et mon frère sont tous des Vamprys assoiffés de sang qui se nourrissent de mortels. Et quand le frère du Seigneur des Ténèbres sera libre, tu me renverras dans la gueule du loup ? »

Hawke ne répondit pas.

Un rire un peu cassé, comme un sanglot, m'échappa. Si c'était le cas, cela confirmait ce qui paraissait de plus en plus évident.

Il se moquait bien de mon bien-être ou de ma sécurité. Il voulait seulement s'assurer que je respire lors de l'échange.

Je posai la main contre mon cœur pour atténuer la douleur. Un nouvel éclat de rire franchit mes lèvres.

La mâchoire de Hawke se contracta. « On va te trouver un meilleur lit. »

Je ne savais pas comment répondre, mais il était hors de question que je le remercie.

Il releva le menton. « Tu as le droit de ne pas me croire, mais tu devrais. Sinon, ce que je m'apprête à te révéler sera un choc. Je vais bientôt me rendre auprès du roi Da'Neer d'Atlantie pour lui annoncer que je t'ai capturée. »

Je relevai vivement la tête.

« Oui, le roi est vivant. La reine Eloana aussi. Ce sont les parents de celui que tu appelles le Seigneur des Ténèbres et du prince Malik. »

Le choc me rendit muette. Il s'éloigna vers la sortie, avant de s'arrêter.

Le dos tourné, il me dit : « Tout n'était pas un mensonge, Poppy. Je te le jure. »

37

Tout n'était pas un mensonge.

De quoi parlait-il ?

De son frère ? Du reste de sa famille ? De la culture des terres et les grottes qu'il explorait étant enfant ? Du premier amour qu'il avait perdu ? De ce qu'il avait dit à mon sujet ?

Peu importait. Je faisais les cent pas dans ma cellule, mais avec les chaînes qui entravaient mes poignets, mes mouvements étaient limités.

Après son départ, je m'étais assise sur le matelas et j'avais essayé de démêler le vrai du faux. Cela m'avait paru impossible. Sans que je m'en rende compte, le sommeil m'avait envahie. Mon esprit ne s'était pas endormi. C'était mon corps qui m'avait lâchée. J'avais dormi jusqu'à ce que des cauchemars me réveillent. Mes cris avaient résonné contre les murs en pierre.

Cela faisait longtemps que les souvenirs de la mort de mes parents n'avaient plus hanté mon sommeil, mais le fait qu'ils me trouvent ici n'était pas étonnant.

Je repoussai plusieurs mèches de mon visage et me retournai en prenant soin de ne pas emmêler les chaînes.

Peut-être… Peut-être que les Élevés étaient réellement des Vamprys créés par accident par les Atlantiens. Je pouvais l'envisager. L'histoire que Hawke m'avait racontée était bien trop détaillée pour être un simple mensonge. J'avais soupçonné que le seigneur Mazeen était à l'origine de la mort de Malessa. Je savais plus que personne qu'il était capable d'une grande cruauté.

Et seigneurs… je croyais Hawke au sujet de sa cicatrice. Je n'imaginais pas que la reine en personne l'ait marqué ainsi et ni qu'on l'ait retenu prisonnier pour les raisons qu'il avait évoquées, mais l'émotion que j'avais perçue dans sa voix n'avait pas été feinte. Il avait été retenu contre son gré et utilisé de manière que je pouvais à peine comprendre.

Cela ne signifiait pas que tout était vrai, que les Élevés se nourrissaient de mortels, les séquestraient dans des temples ou les enlevaient dans leurs maisons au milieu de la nuit pour transformer en Voraces ceux qu'ils ne vidaient pas entièrement de leur sang. Comment aurait-il pu cacher un tel secret ? Les gens s'en seraient rendu compte.

Mais c'était peut-être le cas.

Et c'était peut-être ce qui avait poussé les Effondrés à soutenir le royaume vaincu d'Atlantie.

Je secouai la tête.

Cela impliquait que tous les Élevés étaient au courant de la supercherie. Qu'aucun d'entre eux n'avait refusé de se soumettre au rituel en connaissant le prix à payer. Pas même mon frère.

Notre mère, en revanche, s'y était opposée.

Mon cœur se retourna sur lui-même.

Elle avait refusé parce qu'elle était tombée amoureuse de mon père, pas parce qu'elle avait appris la vérité. Elle avait refusé et le Seigneur des Ténèbres l'avait tuée quand même.

À moins que… la duchesse ait menti à ce sujet. Mais pourquoi ? Pourquoi aurait-elle fait une chose pareille ? Le Seigneur des Ténèbres, le prince Casteel, contrôlait les Voraces.

Sauf que les Voraces ne semblaient pas répondre à autre chose qu'à leur faim. Je ne les avais jamais vus s'arrêter au milieu d'une attaque ni même présenter la moindre faculté de raisonnement.

Si c'était vrai, si le Seigneur des Ténèbres ne les contrôlait pas, cela signifiait-il que les Élevés se servaient d'eux pour maîtriser la population ? Pour empêcher les gens de poser trop de questions et les pousser à offrir leurs enfants aux dieux pour ne pas les mettre en colère et éviter qu'ils envoient des Voraces nous attaquer ?

L'espace d'un instant, je craignis d'être frappée par la foudre pour avoir seulement osé penser une telle chose. Hawke avait raison. C'était une religion.

Je recommençai à faire les cent pas.

Comment les Voraces avaient-ils atteint une ville qui n'avait pas subi d'attaques depuis des décennies, lorsque ma famille y était arrivée, si le Seigneur des Ténèbres ne les y avait pas envoyés ?

Cela n'avait aucun sens. Toutes ces questions commençaient à me faire mal à la tête. Même si les dires de Hawke étaient corrects, ne serait-ce qu'en partie, cela ne changeait rien au fait qu'ils étaient eux-mêmes responsables d'un nombre incalculable de morts.

Tout n'était pas vrai. Ce n'était pas possible. Mon frère était si doux et gentil qu'il n'aurait jamais accepté l'Élévation en connaissance de cause.

Hawke jouait avec mes nerfs. Il m'affaiblissait, me faisait douter. Du moins, cela n'aurait pas été étonnant.

Je m'arrêtai et fixai mes mains du regard. Il comptait me livrer aux personnes qui, selon lui, avaient abusé de lui. N'était-ce pas horrible ?

Mes yeux me brûlaient, mais j'inspirai profondément pour me calmer. Il était hors de question que je pleure. Je ne verserais pas la moindre larme pour lui, ni pour ce qui lui était censément arrivé, et encore moins pour ce qu'il m'avait fait. Je refusais que cela me détruise. Il avait déjà brisé mon cœur et c'était bien suffisant.

La porte au bout du couloir s'ouvrit. Je relevai la tête. Delano était accompagné d'un homme à la peau brune. Ses iris avaient la même teinte marron doré que ceux d'une partie de ses camarades.

C'était un Atlantien.

« Ravi de voir que tu es réveillée, dit Delano. Je suis venu te voir tout à l'heure, mais j'ai préféré te laisser dormir. »

Je ne voulais même pas penser au fait qu'il était entré ici pendant que je dormais.

« Je vais ouvrir la porte et Naill et moi, on va t'escorter vers une pièce plus confortable », m'expliqua-t-il. Je haussai les sourcils. « Ne fais rien de stupide, d'accord ?

— D'accord », répétai-je. L'espoir renaissait en moi.

Delano sourit. « Ce n'était pas très convaincant.

— Non, c'est sûr, acquiesça Naill. Mais on ne peut pas lui en vouloir, si j'étais à sa place, je me dirais aussi que ce serait l'occasion de m'échapper. »

Mon espoir mourut aussitôt.

Le sourire de Delano aussi. « Il faut que tu comprennes quelque chose, Pucelle. Je suis un Lycan.

— J'avais compris.

— Alors, tu as aussi compris que si tu as réussi à échapper à Kieran hier, c'est parce qu'il n'avait pas la moindre intention de t'attraper. Moi, je ne te ferai pas de cadeau. »

Un frisson me parcourut.

« Je suis un excellent chasseur. Peu importe dans quelle direction tu t'enfuiras, je te retrouverai, insista-t-il.

— La vérité », intervint Naill. Ses pommettes hautes et anguleuses attirèrent mon regard. « C'est que je suis encore plus rapide que lui et qu'on ne veut pas te faire de mal. Et ça risque d'arriver si tu t'enfuis parce que quelque chose me dit que tu transformeras n'importe quoi en arme et qu'on sera obligés de se défendre. Mais *lui*, *il* se moquera bien de savoir si c'était de la légitime défense ou non. »

Les narines gonflées, je soufflai par le nez. Je n'avais rien à faire de ce qu'il voulait, faisait ou pensait.

« Il nous clouerait au mur dans la Grande Salle. Personnellement, on préfère respirer et garder tous nos membres, merci. Alors, s'il te plaît, sois sympa, dit Delano en déverrouillant la grille. Même si perdre ma main ou une mort certaine serait terrible, je n'aime vraiment pas l'idée de devoir frapper une femme. » Il entra dans la cellule. « Même quelqu'un d'apparemment aussi dangereux que toi. »

Je lui souris, mais sans la moindre joie. J'étais simplement contente qu'ils aient compris que j'étais une adversaire de taille.

Mais je n'étais pas stupide. Je savais que je ne pouvais pas les semer. Je n'avais aucun intérêt à me mettre en danger, juste pour leur compliquer la tâche. Même moi, j'étais capable de le reconnaître.

Je soulevai les bras et fis claquer les chaînes.

Sans me quitter des yeux, Delano sortit une clé d'une poche de sa tunique et ouvrit mes fers. Ils tombèrent et tintèrent contre le sol dur.

Naill tourna la tête en direction de la porte. Delano l'imita. J'étais détachée et sans surveillance. Je jetai un coup d'œil à l'épée accrochée à la taille de ce dernier.

« Merde », jura Naill. Le ton de sa voix attira mon attention.

Delano émit un grognement menaçant qui me donna la chair de poule. « Qu'est-ce que tu fous ici, Jéricho ? »

Le souffle coupé, je vis une grande silhouette se détacher des ombres.

« Je me promène, affirma-t-il.

— Tu racontes des conneries, cracha Naill. Tu es descendu exprès ici tout seul. Pour la voir. »

Jéricho posa les yeux sur moi. Je me crispai. « Tu as raison, dit-il, et tort à la fois. »

Des bruits de pas résonnèrent devant la porte. J'entendis Delano jurer encore une fois.

« Je suis venu la voir, reprit Jéricho, mais je ne suis pas seul. »

Non, il ne l'était pas. Il y avait six hommes avec lui. Tous restaient dans l'obscurité.

« Ce que tu es en train de faire est complètement stupide », lui fit remarquer Naill en bloquant l'accès à la cellule.

Jéricho me fixait toujours à travers les barreaux. « Peut-être.

— Je sais que tu considères que tu as le droit de te venger. Elle t'a blessée.

— Deux fois », précisai-je.

Delano m'adressa un regard qui signifiait clairement que je ne les aidais pas.

Jéricho eut un sourire mauvais. « N'oublie pas la main. » Il leva son bras gauche. « C'est important.

— Ça, c'est entièrement ta faute, répondit Delano. Pas la sienne.

— Peut-être, mais je ne peux pas vraiment me venger sur le prince, pas vrai ? » rétorqua Jéricho. Je fronçai les sourcils. J'avais cru que c'était Hawke qui lui avait coupé la main.

« Tu ne comprends pas qu'il aura ta tête si tu lui fais du mal ? Notre tête à tous ? supplia Delano. Il a dit que personne ne devait la toucher. Si vous menez votre plan à bien, vous mourrez tous. C'est ce que tu veux, Rolf ? Ivan ? » Il donna le nom de ceux qui se cachaient. « Il verra ça comme un acte de trahison. Vous pouvez encore sortir d'ici vivants, mais ce ne sera pas le cas si vous faites ne serait-ce qu'un pas en avant. »

Personne ne fit mine de partir.

L'un d'eux, un homme plus âgé aux yeux marron, avança. « Bon sang, c'est la Pucelle, Delano. Elle a pratiquement été élevée par la reine pour devenir une Élevée. Les Élevés m'ont volé mon fils au beau milieu de la nuit.

— Ce n'était pas elle, rétorqua Naill.

— Je comprends que le prince veuille l'utiliser pour libérer son frère, mais toi et moi, on sait tous les deux que Malik est sans doute déjà mort, lança Jéricho. Et si ce n'est pas le cas, je ne donne pas cher de sa peau. Il a sûrement perdu la boule et ne sait même plus qui il est.

— Mais si on renvoie son cadavre à ses parasites royaux, ce sera un puissant message, dit un autre. Ça les secouera. Ça nous donnera l'avantage.

— Et on veut cet avantage, intervint le dénommé Rolf. Je suis sûr que toi aussi. Ces salopards ont tué l'intégralité de ta meute, Delano. Ta mère, ton père et tes sœurs n'ont pas eu autant de chance. Ils ont fait durer le plaisir…

— Je sais très bien ce qui est arrivé à ma famille », gronda Delano. Mon estomac se noua. « Mais ça ne change rien au fait que je ne vous laisserai lui faire aucun mal.

— Elle se tenait aux côtés du duc et de la duchesse Teerman, s'éleva une voix qui me fit tressaillir. Elle est restée plantée là quand ils nous ont annoncé à ma femme et à moi que notre fils serait offert aux dieux. Elle n'a pas levé le petit doigt. »

Lorsque l'homme qui venait de parler avança dans la lumière, j'eus un mouvement de recul. C'était M. Tulis. J'étais si surprise de le voir ici que j'étais tétanisée.

Il porta son attention sur moi. Son regard était empli de haine. « Tu ne me feras pas croire que tu ne savais pas ce qu'ils faisaient. Tu ne me feras pas croire que tu ne savais pas ce qui arrivait à nos enfants ! cria-t-il. Ce qui arrivait aux gens qui ne se réveillaient jamais ? Tu savais forcément ce qu'ils étaient. »

J'ouvris la bouche pour répondre, mais la seule chose qui m'échappa fut : « Votre fils est avec vous, maintenant ?

— Les Élevés ne mettront jamais la main sur Tobias, me promit-il. Nous ne perdrons pas un autre enfant. »

Mon don choisit cet instant pour se réveiller. Secouée, j'entendis à peine la voix de Delano. « Et tu trahirais le prince qui a aidé ta famille à s'échapper ? Qui s'est assuré que ton fils pourrait grandir en toute liberté ? »

M. Tulis ne me quitta pas des yeux. « Je ferais n'importe quoi pour sentir le sang des Élevés couler sur mes mains.

— Je ne suis pas une Élevée, murmurai-je.

— Non, cracha-t-il d'un ton méprisant en brandissant un couteau. Tu es seulement leur avenir. »

J'aurais voulu lui dire que j'avais eu le projet de parler à la reine de leur cas, mais que je n'en avais pas eu l'occasion. Toutefois, cela n'aurait rien changé. La haine qui se dégageait de lui était bien trop forte.

« Ne faites pas ça, les avertit Delano en dégainant son épée.

— Il s'en remettra, déclara Jéricho. Si l'on doit te tuer pour s'assurer qu'il n'apprenne jamais la vérité, je n'hésiterais pas. C'est ton problème, pas le mien. »

Alors, tout alla très vite.

Rolf poussa M. Tulis derrière lui et Naill l'attaqua avec la dextérité d'une vipère. Il saisit l'homme plus imposant que lui par le torse et enfonça ses crocs dans sa gorge qu'il lacéra, arracha…

Quelqu'un lui fonça dessus et l'obligea à lâcher sa proie qui tomba contre les barreaux. Du sang giclait de la plaie. Rolf rit. « Tu m'as mordu. » Il leva les bras et son dos s'arqua et craqua. « Je n'arrive pas à croire que tu m'aies mordu. » Ses derniers mots se transformèrent en grognement tandis que ses genoux se pliaient. Il claqua des dents et se mit à quatre pattes.

Naill repoussa son assaillant et retroussa les babines. Il poussa un feulement qui ressemblait tellement à celui d'un chat que je repensais au félin que j'avais vu en cage plusieurs années plus tôt.

Le chat des cavernes qui me faisait penser à Hawke.

Naill se jeta sur l'homme et le plaqua par terre. Alors, Delano se tourna vers moi. « Tue tous ceux qui s'approchent de toi. » Il me lança son épée. Surprise, je l'attrapai et le regardai pivoter vers ceux qui se rassemblaient autour de la cellule.

Delano se transforma. Sa chemise se déchira et il tomba en avant, ses doigts allongés sur le sol, alors que des poils blancs apparaissaient à la vitesse de l'éclair sur son corps d'animal.

En un clin d'œil, un énorme Lycan se tint près de moi. D'autres personnes entrèrent dans la pièce.

« C'est la fête », dit Jéricho. Je compris aussitôt que ces gens n'étaient pas là pour nous aider. Il me fit un clin d'œil. « Tu es très populaire.

— Normal. J'ai deux mains », rétorquai-je.

Toute trace de sourire quitta son visage.

Rolf réussit à entrer dans la cellule. Delano se jeta aussitôt sur lui. Ils tourneboulèrent sur le sol en une masse de fourrure marron et blanche. Delano prit le dessus et claqua des dents à quelques centimètres des siennes.

Naill se précipita vers un homme et le plaqua si fort contre les barreaux qu'ils se fendirent. L'homme s'effondra et ne se releva pas.

L'Atlantien se retourna pour saisir l'un de ceux qui s'étaient glissés dans la cellule. L'un d'eux, celui qui avait parlé en premier, se trouvait face à moi. En regardant ses yeux qui n'étaient ni bleu glacier ni ambrés, je sus qu'il s'agissait d'un mortel.

« Je ne veux pas vous faire de mal, soufflai-je.

— Aucun problème, dit-il en brandissant une épée à lame courbée. Mais moi, je n'aurais pas le moindre scrupule. »

Il me chargea en poussant un cri de guerre. Je n'eus aucun mal à l'éviter. Je tournai sur moi-même et abattis la poignée de l'épée à l'arrière de sa tête pour l'assommer. Peut-être qu'il aurait d'autres dommages, je l'ignorais. Je ne voulais pas admettre que ses paroles m'avaient blessée au point que j'avais retenu mon coup.

Mon adversaire suivant, lui, n'était pas mortel. C'était un énorme Lycan au pelage bringé. Les babines retroussées, il me montra les dents en grognant.

« Merde », murmurai-je.

Il s'élança vers moi. Je reculai et donnai un coup d'épée dans sa direction. La pointe s'enfonça dans son flanc au moment où il rencontrait le mur. Il prit appui pour se redresser. Prise de panique, je brandis de nouveau mon épée. Cette fois, je l'enfonçai dans son ventre. Je tentai de la libérer, mais elle était coincée. Le Lycan hurlait et balançait ses griffes dans ma direction. Je desserrai ma prise sur l'arme, mais je ne fus pas assez rapide. Ses pattes lacérèrent l'avant de ma tunique, juste sous la gorge. Le tissu céda et une douleur aiguë et brûlante se répandit à l'avant de mon corps.

Je trébuchai vers l'arrière. En baissant la tête, je vis que mon vêtement était ouvert en deux et que ma peau était rouge.

Naill se précipita vers moi. « L'épée à lame courbée ! hurla-t-il. Ramasse… »

Un homme abattit une sorte de batte sur sa tête. Il fut pris de spasmes, puis ses yeux roulèrent dans leurs orbites. Il s'effondra au moment où je saisissais l'épée dont il m'avait parlé.

En me redressant, j'entendis un cri. C'était Delano. Du sang maculait sa fourrure blanche. Je priai pour qu'il s'agisse de celui de Rolf.

Quand il fit un pas mal assuré sur le côté, je compris que ce n'était pas le cas. C'était le sien. L'une de ses jambes plia sous son poids. Il tomba à terre tandis que Rolf avançait vers lui en secouant la tête.

J'ignorais pourquoi je fis ce choix. Il fallait que je me concentre sur ceux qui étaient déterminés à me tuer. Pourtant, je préférai abattre mon arme sur la nuque du Lycan. Elle était si aiguisée qu'elle traversa les tendons et les os comme un couteau dans du beurre.

Rolf n'émit pas le moindre son. Il n'en eut pas le temps…

Comme je n'eus pas le temps d'éviter le coup qui me fit tomber par terre. Mon dos me brûlait, mais je ne lâchai pas l'épée. Je respirai à travers le feu qui semblait s'être allumé dans…

Je hurlai. Des dagues pointues s'étaient enfoncées dans mon épaule et me forcèrent à me retourner sur le dos. Non, pas des dagues. Des griffes. Je fis valser mon arme. Elle s'enfonça dans le flanc d'un Lycan. Il me libéra en grognant. Je roulai sur le côté et me mis à genoux. Ma vision devint floue.

Je ne vis pas la botte arriver.

La douleur explosa entre mes côtes et me coupa le souffle. Je tombai sur le flanc. Cette fois, ce fut mon bras gauche qui trinqua. Je reculai vivement et relevai la tête.

Jéricho avança d'un air menaçant. « Qu'est-ce que je t'avais promis ?

— De te baigner dans mon sang », chuintai-je. Mes côtes étaient clairement brisées. « De te repaître de mes entrailles.

— Oui. » Il s'agenouilla. « Oui, je… »

Je brandis l'épée dans sa direction. Il s'écarta si vite qu'il tomba sur les fesses. Il cria. Son corps se contorsionna avant de se raidir.

« Salope », cracha-t-il en relevant la tête. La lame avait ouvert sa joue et son front en deux.

Elle lui avait aussi percé le globe oculaire.

« Je vais te massacrer.

— Est-ce que ça fera repousser ta main ? » demandai-je en me relevant. J'avais mal partout. « Ou ton œil ? » Je le contournai et restai à une grande distance de lui, avant de me retourner…

Je vis M. Tulis. Quand mes yeux rencontrèrent les siens, une chose très étrange se produisit. Je voulus inspirer, mais une explosion de douleur au niveau de mon ventre me coupa la respiration. Mon corps tout entier fut pris de spasmes. J'abandonnai mon arme.

Surprise, je baissai la tête. Il y avait quelque chose dans mon ventre. Une dague. La lame d'une dague. Je relevai la tête. « Je… J'étais… rassurée de ne pas vous voir, vous et votre fils, lors du Rite. »

M. Tulis écarquilla les yeux. Je saisis la poignée de la dague et l'arrachai. Un hurlement m'arracha la gorge. Je reculai et essayai de reprendre mon souffle alors que du sang coulait le long de mes jambes. En attendant Jéricho se lever, je me retournai. Sa main droite… elle n'était plus humaine. Lorsqu'il m'attaqua, je ne réagis pas assez rapidement. Ses griffes s'enfoncèrent dans mes vêtements et ma chair, et mon pied glissa sur le sol rendu poisseux à cause du sang. Mon sang.

Ma jambe gauche s'affaissa sous mon poids. Je m'effondrai. J'essayai d'amortir ma chute avec mes bras, mais ils ne me répondaient plus. Je ressentis à peine l'impact avec le sol.

Quelqu'un rit.
Lève-toi.
J'essayai. Je tenais encore la dague dans ma main. Je la devinais contre ma paume.
Il y avait des cris de… liesse. Ils étaient contents.
Lève-toi.
Aucun de mes muscles ne bougea.
Le goût métallique était de plus en plus présent dans ma bouche. Je tressaillis. Je savais ce que cela signifiait. Je savais pourquoi je n'arrivais plus à bouger mes bras ni mes pieds.
Le visage ensanglanté de Jéricho apparut au-dessus de moi. Ses cheveux en bataille étaient imbibés de sang. « Tu sais par quoi je vais commencer ? Ta main. » Il souleva mon bras. « Je crois que je vais la garder en souvenir. » Une lame étincela. « Je sais exactement comment je vais m'en servir. Qu'est-ce que vous en dites, les gars ? » demanda-t-il.
Des éclats de rire lui répondirent. Quelqu'un suggéra d'autres parties du corps à conserver. Cela causa une nouvelle vague d'hilarité.
J'étais en train de mourir.
J'espérais seulement que cela irait vite et que je ne serais pas consciente pour ce qui allait se passer.
« Alors, je ferais mieux de commencer ! » s'exclama-t-il en riant et baissa son arme.
Le coup ne vint jamais.
Au départ, je crus que je ne l'avais simplement pas senti. Puis je me rendis compte que Jéricho ne se tenait plus au-dessus de moi. Des plaintes et des grognements retentissaient. Il y eut des gémissements aigus, puis un souffle chaud caressa mon front et ma joue. En tournant la tête, j'aperçus des yeux bleu pâle et de la fourrure blanche comme de la neige. Le Lycan

me donna un petit coup de truffe humide, puis releva la tête et hurla.

Je clignai des paupières. Soudain, une ombre tomba sur moi. Kieran était penché au-dessus de moi. « Merde, jura-t-il. Allez chercher le prince. Tout de suite ! »

38

Des bras me soulevèrent doucement du sol crasseux. Kieran. Son visage était flou et mes oreilles bourdonnaient. Tout autour de moi disparut. Il n'y avait plus rien. Je ne ressentais plus aucune douleur. Je restai ainsi jusqu'à ce que j'entende sa voix. Hawke.

« Ouvre les yeux, Poppy. Allez », m'encouragea-t-il. Je sentis des doigts écarter la dague de ma main. Elle tomba sur le sol à côté de moi. Il saisit mon menton. « Il faut que tu ouvres les yeux. Je t'en prie. »

« Je t'en prie. »

Je ne l'avais jamais entendu parler ainsi. Mon cœur fatigué tenta de battre un peu plus fort, mais cela réveilla la douleur dévorante, dévastatrice. Je me forçai à lui obéir.

« Ah, te voilà. » Un sourire apparut sur ses lèvres, mais il était faux, forcé. Il n'y avait ni fossette, ni chaleur, ni lueur amusée dans ses iris dorés.

Incapable de me contrôler, dans un élan de stupidité, je fis ce que j'avais évité depuis que j'avais découvert la vérité à son sujet. J'ouvris mes sens affaiblis et l'angoisse émaner de lui. Elle était plus forte qu'avant. À présent, elle s'enfonçait en moi comme des dagues.

Comme des griffes.

Je pris une grande inspiration. Le goût du sang emplissait ma bouche. « J'ai mal.

— Je sais. » Il m'examina. Il n'avait pas compris. « Je vais tout arranger. Tu n'auras plus mal. Tu n'auras plus rien du tout. Pas une seule cicatrice supplémentaire. »

Je ne saisissais pas. Comment comptait-il s'y prendre ? Mes blessures étaient bien trop nombreuses. J'avais perdu trop de sang. Le froid remontait déjà le long de mes jambes.

J'étais en train de mourir.

« Non », répondit-il. Je me rendis compte que j'avais pensé à voix haute. « Tu ne peux pas mourir. Je ne le permettrai pas. »

Alors, il leva mon bras jusqu'à sa bouche et je vis ses canines acérées que j'avais déjà senties contre ma peau. Incrédule, je l'observai mordre son propre poignet et en déchirer la peau. Je hurlai et levai la main pour tenter de couvrir la plaie. Il m'avait enlevée. Il avait tué pour se rapprocher de moi, puis m'avait trahie. Il était l'ennemi. À cause de lui, je me retrouvais encore une fois sans défense. J'étais en train de mourir. Le fait qu'il saigne n'aurait pas dû m'affecter.

Pourtant, je m'inquiétais.

J'étais vraiment idiote.

« Je vais mourir idiote », marmonnai-je.

Il fronça les sourcils. « Tu ne vas pas mourir », répéta-t-il. Les muscles autour de sa bouche étaient crispés. « Je vais bien. Je veux juste te faire boire. »

Boire ? Mon regard se posa sur son poignet. Il ne voulait quand même pas que je…

« Casteel, tu es… », interrompit Kieran.

Casteel ?

« Je sais parfaitement ce que je fais. Je ne t'ai pas demandé ton avis, ni de conseils. » Du sang rouge vif coula le long de son bras. « Je n'en ai pas besoin. »

Kieran ne répondit pas. Moi, je le contemplai avec une fascination morbide. Hawke tendit son poignet ouvert vers moi, vers ma bouche.

« Non. » Je m'écartai, mais n'allai pas bien loin. Son bras était comme une barre de métal autour de ma taille. « Non.

— Il le faut. Sinon, tu vas mourir.

— Je préfère… mourir plutôt que de me transformer en monstre, déclarai-je.

— En monstre ? » Il rit, mais ce n'était pas un son joyeux. « Poppy, je t'ai déjà raconté la vérité au sujet des Voraces. Ça va seulement te guérir. »

Je ne le croyais pas. J'en étais incapable. Parce que cela signifierait que tout le reste était vrai également, que les Élevés étaient réels. Qu'Ian était…

« Tu vas le faire, m'ordonna-t-il. Tu vas boire. Tu vas vivre. Fais-en le choix, princesse. Ne m'oblige pas à prendre la décision à ta place. »

Je tournai la tête et pris une grande inspiration. Alors, je sentis une odeur étrange. C'était une odeur qui ne ressemblait pas à celle du sang ni à celle des Voraces. Elle me faisait penser au parfum des agrumes au moment des premières neiges, frais et acides. Comment le sang pouvait-il sentir ainsi ?

« Penellaphe. » Hawke reprit la parole. Sa voix avait une inflexion différente. Elle était plus douce, plus grave, comme un écho. « Regarde-moi. »

Tout à coup, j'eus l'impression de ne plus avoir le moindre contrôle sur mon corps. Je levai les yeux vers lui. Ces yeux… Ses iris de la couleur du miel semblaient tournoyer et des éclats dorés tourbillonnaient à l'intérieur. J'ouvris la bouche. Je ne pouvais pas me détourner. Que… Que faisait-il ?

« Bois », murmura-t-il ou cria-t-il. Je n'en étais pas certaine. Sa voix était partout à la fois, autour et à l'intérieur de moi. Quant à ses yeux… j'étais toujours incapable de m'en détacher. Ses pupilles semblaient s'élargir. « Bois à mes veines. »

Une goutte de sang tomba de son bras jusqu'à mes lèvres. Elle coula dans ma bouche et son goût sucré et acidulé toucha ma langue. Ça picotait. Il pressa complètement son poignet contre moi et son sang se déversa dans ma gorge, chaud et épais. Au fin fond de mon esprit, je me disais que je n'aurais pas dû le laisser faire. C'était mal. J'allais devenir un monstre, mais ce goût… Je n'avais jamais rien goûté de tel. C'était un véritable bouleversement. Je déglutis et continuai de boire.

« C'est ça. » La voix de Hawke était plus profonde, plus suave. « Bois. »

Et c'est ce que je fis.

Je bus tandis qu'il me regardait, qu'il ne loupait pas une miette. Je bus et ma peau se mit à bourdonner. Je bus, les mains accrochées à son bras ensanglanté alors que je ne me souvenais pas d'avoir bougé. Le goût du sang… C'était un pur péché, riche et décadent. Avec chaque gorgée, la douleur et la souffrance diminuaient et mon rythme cardiaque ralentissait, se calmait. Je bus jusqu'à ce que mes paupières se ferment d'elles-mêmes. Jusqu'à ce qu'un kaléidoscope de bleu vif et éclatant m'enveloppe. Cela me rappelait la couleur de la mer de Stroud. Ce bleu était d'une clarté étonnante, comme s'il s'agissait d'un plan d'eau vierge de toute trace humaine.

Mais ce n'était pas un océan. Sous mes pieds, je sentais des pierres dures et froides et des ombres se presser contre ma peau. Des rires étouffés me poussèrent à détourner le regard de l'eau pour contempler une personne qui avait des cheveux sombres.

« Ça suffit, dit Hawke d'une voix tendue. Tu en as eu assez. »

Non, ce n'était pas assez. Pas encore. J'agrippai son poignet un peu plus fort et suçai le sang avec plus de vigueur. Je me nourris comme si je mourais de faim. C'était ce que je ressentais, en tout cas. Cette substance était ce qui m'avait manqué toute ma vie.

« Poppy », grogna-t-il en libérant son poignet déchiré.

Je tentai de le suivre avec ma bouche, parce que j'en voulais plus, mais mes muscles étaient liquides et mes os, ramollis. Alors, je me laissai tomber dans ses bras. J'avais l'impression que je flottais. Je ne comprenais pas pourquoi ma peau continuait de bourdonner et tant de chaleur envahissait ma poitrine. Combien de temps s'était-il écoulé ? Je l'ignorais. Peut-être quelques minutes ou plusieurs heures avant que Hawke prononce mon nom.

Lorsque j'ouvris lentement les yeux, je vis qu'il me regardait. Son visage était un peu flou, surtout au niveau des contours. Il avait la tête appuyée contre le mur et il paraissait parfaitement détendu, comme si c'était lui qui avait bu un breuvage magique.

« Comment tu te sens ? » demanda-t-il.

Je n'étais pas certaine de savoir comment répondre à cette question. Mon corps me brûlait-il comme s'il était en feu ? Est-ce qu'il me piquait et m'élançait ? Non. « Je n'ai pas froid. Ma poitrine… elle n'est pas froide.

— Il n'y a pas de raison pour qu'elle le soit. »

Il fallait tout que je lui explique. « Je me sens… différente. »

Un léger sourire apparut sur ses lèvres. « Bien.

— J'ai l'impression que mon corps… n'est pas ancré.

— La sensation ne tardera pas à disparaître. Détends-toi et profite de l'instant.

— Je n'ai plus mal. » Je tentai de calmer mes pensées, mais elles tournoyaient dans mon esprit. « Je ne comprends pas.

— C'est grâce à mon sang. » Il leva la main et écarta quelques mèches de cheveux qui étaient tombées sur ma joue. Le geste me fit frissonner. Ça me plaisait. J'aimais ce qu'il me faisait ressentir. Depuis le début. Mais à présent, je n'étais plus censée apprécier quoi que ce soit venant de lui. « Le sang des Atlantiens a des propriétés curatives. Je te l'ai déjà dit.

— Je… J'ai du mal à y croire, murmurai-je.

— Ah oui ? » Il souleva mon bras. « Tu n'as pas été blessée ici ? »

J'observai mon avant-bras qu'il me montrait. Du sang séché et de la terre y étaient collés, mais à l'endroit où des griffes avaient déchiré la chair, il n'y avait plus que de la peau bien lisse.

« Et ici ? poursuivit-il en enroulant ses doigts plus haut, juste en dessous de mon épaule. Tu n'as pas reçu un coup de griffes ici ? »

Mon regard se porta sur la cicatrice pâle de l'ancienne attaque de Vorace, juste à l'intérieur de mon coude. Je me forçai à examiner l'endroit où son pouce continuait à décrire de petits cercles. Il n'y avait pas de nouvelles marques. Aucune blessure béante. Je restai interdite. « Il n'y a… Il n'y a pas de nouvelles cicatrices.

— Et il n'y en aura pas, dit-il. Je te l'ai promis. »

Il m'avait bien fait cette promesse. « Ton sang est… fabuleux. »

Réellement. L'esprit au ralenti, je pensai à tout ce que l'on aurait pu accomplir. Les blessures qui auraient pu être soignées. Les vies que l'on aurait pu sauver. La plupart des gens n'accepteraient pas de boire du sang, mais…

Attendez une seconde.

Je plongeai de nouveau mes yeux dans les siens. « Tu m'as forcée à boire ton sang.

— Oui.

— Comment ?

— C'est l'un des pouvoirs que l'on acquiert parfois à la maturité. Nous ne sommes pas tous capables de… contraindre les autres.

— Tu t'en étais déjà servi ? Sur moi ?

— Tu aimerais sans doute pouvoir me blâmer pour certains de tes actes, mais non, Poppy. Je n'en ai jamais ressenti le besoin ni l'envie.

— Pourtant, tu viens de le faire.

— Oui.

— Et tu n'en as pas honte.

— Pas du tout, répondit-il en se fendant d'un sourire malicieux. Je t'ai promis que je ne te laisserais pas mourir et tu serais morte, princesse. Tu étais à l'agonie. Je t'ai sauvé la vie. Certains diraient que des remerciements sont de mise.

— Je ne t'avais rien demandé.

— Mais tu es reconnaissante quand même, non ? »

Je refermai la bouche. Je l'étais.

« Il n'y a vraiment que toi pour te disputer sur ce genre de sujet. »

Je n'avais pas voulu mourir, mais je ne voulais pas non plus devenir un Vorace. « Je ne me transformerai pas…

— Non. » Il soupira et reposa mon bras contre mon ventre. « Je t'ai raconté la vérité, Poppy. Les Atlantiens n'ont pas créé les Voraces. Ce sont les Élevés. »

Mon cœur manqua un battement. Je levai les yeux vers les poutres apparentes. Nous n'étions pas dans une cellule. Je tournai la tête. Il y avait un lit rustique recouvert d'épaisses couvertures et une petite table à côté. « On est dans une chambre.

— On avait besoin d'intimité. »

Je me souvenais d'avoir entendu la voix de Kieran, mais à présent, la pièce était vide. « Kieran ne voulait pas que tu me sauves.

— Parce que c'est interdit. »

Il me fallut quelques instants pour me remémorer ce qu'il m'avait expliqué. Mon ventre se noua. « Est-ce que je vais me transformer en Vampry ? »

Il s'esclaffa.

« Qu'est-ce qui te fait rire ?

— Rien. » L'autre côté de ses lèvres se retroussa. « Je sais que tu ne veux toujours pas admettre la vérité, mais au fond de toi, tu sais que j'ai raison. C'est pour ça que tu m'as posé cette question. »

Sans doute. Je n'avais pas la capacité intellectuelle ni émotionnelle pour m'appesantir sur le sujet. Pas pour le moment.

« Pour que tu te transformes, il aurait fallu que tu boives plus de sang. » Il posa de nouveau la tête contre le mur. « Il faudrait également que je sois un participant actif. »

Les muscles de mon bas-ventre se contractèrent, preuve que je commençais à reprendre du poil de la bête. « Comment… pourrais-tu participer davantage ? »

Le sourire de Hawke se fit plus suave, aussi érotique que le goût de son sang. « Tu veux que je te le montre ? »

Ma peau s'enflamma. « Non.

— Menteuse », murmura-t-il en fermant les yeux.

La chaleur se répandit dans tout mon corps, comme si une étincelle m'avait soudain embrasée. Je bougeai légèrement. J'avais moins l'impression de flotter. Je me sentais plus ancrée. Je tentai de ne pas y penser. « Est-ce que… Naill et Delano vont bien ?

— Ils s'en remettront. Je suis sûr qu'ils seront ravis d'entendre que tu as pris de leurs nouvelles. »

J'en doutais. Quelque chose se produisait en moi, changeait.

Mon corps était comme étranger. La chaleur se répandait dans mes muscles, rougissait ma peau et s'accumulait au creux de mon ventre. J'imaginais que c'était lui, le sang de Hawke, qui se diffusait lentement dans chaque millimètre carré de ma peau.

Il était en moi.

Je ne contrôlais plus rien, comme cette nuit-là dans la Forêt sanglante, comme dans la chambre de *La Perle Rouge*.

Ma poitrine était lourde et douloureuse. Cela n'avait rien à voir avec le manque d'oxygène, une quelconque blessure ou le froid. Non. C'était la même sensation que lorsque Hawke m'avait touchée, lorsqu'il m'avait déshabillée et embrassée… absolument partout. Je me sentais libérée. Mon ventre vibrait, ma peau aussi. Un désir tranchant comme une lame de rasoir me traversait, un désir sombre qui me consumait.

Hawke inspira par le nez et son torse sembla se figer. Ses traits étaient toujours flous, mais plus je le contemplais, plus j'avais chaud.

« Poppy, souffla-t-il.

— Quoi ? » Ma voix paraissait pleine de miel.

« Arrête de penser à ce que tu penses.

— Comment tu sais ce que je pense ? »

Il baissa le menton. Son regard était comme une caresse. « Je sais. »

Je frissonnai et bougeai les hanches. Le bras de Hawke se resserra contre moi. « Tu ne sais pas. »

Il resta silencieux. Je me demandais s'il pouvait sentir le feu liquide qui coulait dans mes veines, l'humidité qui s'accumulait entre mes jambes.

Je me mordis les lèvres. Quand je goûtai son sang, je gémis et fermai les yeux. « Hawke ? »

Il émit un son rauque. Peut-être prononça-t-il un mot, mais il était inintelligible.

Le souffle court, je m'étirai. La chemise et le pantalon rêches frottèrent contre ma peau et la pointe durcie et sensible de mes seins. « Hawke, répétai-je.

— Non, fit-il, soudain crispé. Ne m'appelle pas comme ça.

— Pourquoi ?

— Parce que. »

Il y avait de nombreuses choses que je ne devais pas faire ni dire, mais je rencontrais des difficultés à me concentrer sur autre chose que la façon dont mon corps tout entier brûlait et bourdonnait. Ma main bougea, remonta le long de mon ventre, sur ma tunique en lambeaux jusqu'à ma poitrine. Mue par l'instinct et le désir, je refermai les doigts sur ma chair frissonnante, au creux de ma paume. Un tremblement douloureux me traversa.

« Poppy, grogna Hawke. Qu'est-ce que tu fais ?

— Je ne sais pas », murmurai-je en me caressant à travers le tissu fin de mon vêtement déchiré. Je me cambrai. « Je suis en feu.

— C'est le sang, rien de plus », dit-il d'une voix rauque. Mon instinct me soufflait qu'il me regardait et cela m'enivrait davantage. « Ça va passer. Tu devrais… Il faut que tu arrêtes ça tout de suite. »

Je n'en fis rien. J'en étais incapable. Mon pouce passa sur mon téton durci et je hoquetai de surprise. Ça me rappelait ce que Hawke m'avait fait, mais il ne s'était pas seulement servi de ses mains. Je voulais qu'il recommence. Une douleur intense palpitait entre mes jambes. J'ondulai les hanches et pressai mes cuisses l'une contre l'autre. Le geste ne m'apporta pas le soulagement que j'espérais. Au contraire, la pression ne fit qu'empirer les choses. « Hawke ?

— Poppy, pour l'amour du ciel. »

Le pouls affolé, je rouvris les paupières. J'avais raison. Il avait les yeux rivés sur moi, sur mon autre main qui, de sa volonté propre, avait commencé à s'aventurer sur mon ventre et plus bas.

« Embrasse-moi. »

Des lignes de tension apparurent autour de sa bouche. « Tu n'en as pas vraiment envie.

— Si. » Mes doigts atteignirent le haut de mon pantalon, à l'endroit où il était entrouvert. « J'en ai besoin.

— Ce n'est que passager. » Son expression s'éclaircit. Il se forçait clairement à prendre le dessus. « C'est à cause du sang.

— Je m'en moque. » Le bout de mes doigts effleura la peau nue sous mon nombril. « Touche-moi. S'il te plaît. »

Un grondement s'échappa de sa gorge. « Tu crois me détester ? Si je fais ce que tu me demandes, tu voudras me tuer. » Il s'interrompit et sourit. « Enfin, encore plus que maintenant. Tu ne sais pas ce que tu fais. »

Ses paroles étaient pleines de sens, mais je ne voulais pas les entendre. « Non.

— Non ? » Il haussa un sourcil, mais ne détourna pas le regard de ma main.

« Je ne te déteste pas », répondis-je et la façon dont mon cœur se tordit me dit que c'était la vérité. Cela aurait dû m'énerver.

Il émit le même son grave, puis saisit mon poignet. Je faillis pleurer de joie. Il allait me toucher.

En réalité, il se contenta de maintenir ma main en place.

« Hawke ?

— J'ai comploté pour t'arracher à tout ce que tu connaissais. J'ai mis mon plan à exécution. Et c'est loin d'être le pire de mes crimes. J'ai tué des gens, Poppy. Il y a tellement de sang sur mes mains qu'elles ne seront jamais propres. Je vais renverser la reine qui prenait soin de toi, et beaucoup d'autres mourront dans le processus. Je ne suis pas un homme bien. » Il déglutit bruyamment. « Mais j'essaie de l'être. »

La nervosité me noua le ventre. Ses mots… Ils auraient dû me mettre en colère, mais je… Je le désirais et être raisonnable… c'était ce que j'avais fait toute ma vie. Je n'en avais plus envie.

« Je ne veux pas que tu sois un homme bien. » Sans m'en rendre compte, j'avais agrippé sa chemise avec mon autre main. « J'ai envie de toi. »

Hawke secoua la tête, mais lorsque je tirai sur la main qu'il tenait, il se pencha vers moi. Quand il s'arrêta, à quelques centimètres de ma bouche, ma prise sur son vêtement se resserra. « Dans quelques minutes, lorsque l'orage sera passé, tu recommenceras à haïr ma simple existence et tu auras raison. Tu seras révoltée de m'avoir supplié de t'embrasser. Malgré tout, je sais que tu n'as jamais cessé de me désirer. Quand je serai de nouveau en toi, et je le serai un jour, tu ne pourras pas rejeter la faute sur mon sang. »

Je le dévisageai. Le brouillard du désir se dissipa légèrement. Il leva ma main et la porta à sa bouche. Contre toute attente, il déposa un baiser au centre de ma peau. C'était un acte très tendre que les amants du monde entier partageaient sans doute souvent.

Je retirai ma main. Il me lâcha et je la posai sur ma poitrine. Les picotements commençaient à disparaître, mais la douleur du désir contrarié était toujours là. Elle n'était plus aussi forte que quelques minutes auparavant. Une part de moi était en train de se réveiller. Il disait la vérité. Ce que je ressentais pour lui n'était pas entièrement lié au sang que j'avais bu.

Mes sentiments étaient à vif, sens dessus dessous. Je le détestais et en même temps, je ne le haïssais pas. Même si c'était stupide, je tenais à lui. Je le désirais… Je désirais ses baisers, ses caresses. Mais je voulais aussi lui faire du mal.

Nous n'étions pas amants.

Nous étions des ennemis et nous ne serions jamais rien d'autre. J'étais entourée de personnes qui m'exécraient.

« Je n'aurais jamais dû te laisser seule, dit-il. J'aurais dû me douter qu'une chose de ce genre se passerait. J'ai sous-estimé leur désir de vengeance.

— Ils… Ils voulaient me tuer.

— Ils paieront pour ce qu'ils ont fait. »

Je me décalai. J'avais moins l'impression de flotter. Je me sentais plus… solide. Je bougeai mon bras le long de ma jambe, encore surprise de ne plus ressentir la moindre peine. « Qu'est-ce que tu vas faire ? Les tuer ?

— Oui », répondit-il. J'écarquillai les yeux. « Et tous ceux qui souhaiteront emprunter la même voie. »

Je le dévisageai. Je ne doutais pas un instant de ses paroles. Toutefois, il ne pouvait pas remettre en question la loyauté de l'intégralité de ses partisans et semblables. Je n'étais pas en sécurité ici. « Et moi ? Qu'est-ce que tu vas faire de moi ? »

Il plongea son regard dans le mien. Un muscle se crispa au niveau de sa mâchoire. « Je te l'ai déjà expliqué. Je vais t'utiliser pour négocier la remise en liberté du prince Malik. Je te promets que personne ne te fera plus le moindre mal. »

J'allais lui rétorquer quelque chose quand, tout à coup, je me rappelai le nom dont s'était servi Kieran pour l'interpeler. Mon corps tout entier se tendit, mais je continuai de fixer ses beaux yeux. « Casteel ? »

Il se figea contre moi.

« Kieran… Kieran t'a appelé comme ça. » Tandis que j'examinais son visage si séduisant, les mots de Loren me revinrent en mémoire. Elle avait entendu dire que le Seigneur des Ténèbres était très beau et que son physique lui avait permis de pénétrer dans le manoir du Blason d'Or et de séduire la dame Everton…

Alors, je me remémorai les paroles de Hawke lui-même, à *La Perle Rouge*. *« Mon apparence a poussé certaines personnes à prendre des décisions discutables. »*

Mon cœur s'était arrêté, mais à présent, il repartait à vive allure. Les évènements s'emboîtaient. Des choses d'apparence anodine, comme des commentaires qu'il avait faits ici et là, et des choses plus importantes, comme le fait qu'il m'avait empêchée de dire son nom le soir où nous avions fait l'amour. Tout le monde répondait à ses ordres. Dans les écuries, Jéricho lui avait obéi et avait semblé ne pas vouloir le mettre en colère… même si cela ne l'avait pas fait abandonner ses envies de vengeance. Kieran et les autres prononçaient son nom comme si c'était une plaisanterie.

Parce qu'il ne s'appelait pas Hawke.

Et nous n'avions pas fait l'amour. Il m'avait baisée.

« Oh, mes dieux. » Le cœur au bord des lèvres, je pressai la main contre ma bouche. « C'est toi. »

Il ne répondit pas.

J'avais envie de vomir. Je tirai sur ma tunique déjà déchirée. « Voilà ce qui est arrivé à ton frère. Voilà pourquoi tu ressens tant de tristesse à son sujet. Il est le prince que tu espères échanger contre moi. Tu ne te nommes pas Hawke Flynn. C'est toi ! Tu es le Seigneur des Ténèbres !

— Je préfère qu'on m'appelle Casteel ou Cas, rétorqua-t-il alors d'une voix dure et distante. Si ça ne te plaît pas, tu peux toujours m'appeler prince Casteel Da'Neer, second fils du roi Valyn Da'Neer, frère du prince Malik Da'Neer. »

Je frissonnai.

« Mais jamais le Seigneur des Ténèbres. Ce n'est pas mon nom. »

L'horreur m'envahit. Comment avais-je pu être aussi aveugle ? Les signes avaient été là depuis le début. J'avais été stupide. Et pas qu'une fois. Le fait d'apprendre qu'il était un Atlantien ne m'avait pas davantage ouvert les yeux. Je n'avais pas vu ce qui était sous mon nez.

Tout, depuis le début, n'avait été qu'un mensonge.

Je réagis sans réfléchir et lui assénai mon poing dans le torse, puis je lui donnai une claque. Ma paume me faisait mal. Il me laissa faire. Je poussai son épaule, lui hurlai dessus tandis que des larmes m'obstruaient la vue. Je le frappai encore et encore…

« Arrête », dit-il au bout d'un moment. Il m'attrapa par les épaules et m'attira contre lui. Il referma ses bras autour de moi pour immobilier les miens. « Arrête, Poppy.

— Lâche-moi », ordonnai-je, la gorge en feu.

Mon cœur se tordait sous le coup d'une émotion que je percevais d'habitude chez les autres. Je faillis ouvrir mes sens pour savoir si elle venait de lui ou du plus profond de mon être, mais m'en empêchai.

« Je vais t'utiliser. »

Cette souffrance était la mienne. Il ne m'avait pas sauvée parce qu'il se souciait de moi. Ce n'était pas non plus pour cette raison qu'il m'avait promis que personne ne me blesserait plus jamais. Je ne cessais de l'oublier. Hawke…

Hawke.

Ce n'était même pas son nom. Il s'appelait Casteel.

Et il avait un plan. Nos conversations, chaque fois qu'il m'avait embrassée, touchée et m'avait dit que j'étais forte et courageuse, que je l'intriguais, que je ne ressemblais à personne d'autre… tout n'avait été qu'un stratagème qu'il avait opéré sous une fausse identité pour obtenir ma confiance. Pour que je baisse ma garde en sa présence. Pour que je quitte Masadonia volontairement avec lui et tombe dans un nid de vipères qui voulaient soit m'utiliser parce que j'étais la Pucelle, l'Élue, la favorite de la reine, soit me tuer… pour les mêmes raisons.

Je fermai les yeux.

Il était pire que Jéricho et ceux qui désiraient ma mort. Au moins, eux ne faisaient pas semblant. Tout ce que je savais sur Haw… sur Casteel, de son nom à la première nuit à *La Perle Rouge*, avait été un mensonge.

Il était parvenu à ses fins, et à quel prix ?

Rylan était mort.

Phillips et Airrick ainsi que tous les gardes et chasseurs qui nous avaient accompagnés étaient morts.

Vikter était mort.

Mes parents étaient morts.

Ils m'avaient volé tous ceux qui comptaient pour moi, de sa propre main ou en délivrant l'ordre à quelqu'un de le faire. Tout ça pour retrouver son frère, un autre prince. Je pouvais le comprendre, même sympathiser… mais il m'avait également dérobé mon cœur.

Il m'avait fait tomber amoureuse du Seigneur des Ténèbres.

Car même si tout ce qu'il m'avait raconté était vrai, même si l'histoire que l'on m'avait apprise était un mensonge, même si les Élevés étaient des Vamprys responsables de la création des Voraces, et de ce qui était arrivé à mes parents, même si mon frère était maintenant l'un d'eux, il restait le prince Casteel, Seigneur des Ténèbres.

« Poppy ? »

Mes yeux me piquaient. Je roulai sur le côté. J'avais besoin d'espace. J'aurais voulu fuir cet endroit, le fuir, lui. Je n'étais pas en sécurité ici. Ni par rapport aux autres ni par rapport à lui.

Plus il me gardait ici avec lui, plus je rencontrerais des difficultés à me rappeler la vérité, plus je voudrais croire que j'étais spéciale à ses yeux, simplement parce que j'avais besoin de l'être pour quelqu'un. N'importe qui. D'être davantage qu'un pion. À force de passer du temps avec lui, j'oublierais le sang qui tachait ses mains.

Et qu'il avait déjà brisé mon cœur deux fois. Même après sa première trahison, je tenais encore à lui. J'aurais voulu le haïr, il le fallait, mais j'en étais incapable. Le simple fait d'y penser me mettait à l'agonie. Comment avais-je pu être aussi stupide ?

Je ne pouvais pas l'autoriser à recommencer. Il ne fallait pas que j'oublie.

La panique éclata en moi et me força à rouvrir les yeux. Mon regard un peu fou ne sut où se poser. « Lâche-moi.

— Poppy », répéta-t-il en plaçant les doigts contre ma nuque. Je me tendis avant de me rendre compte qu'il vérifiait mon pouls. « Ton cœur bat trop fort. »

Je m'en moquais. Je me moquais bien que mon cœur explose hors de ma poitrine. « Lâche-moi ! » criai-je. Je voulus poser la main sur le sol pour prendre appui, mais ma paume rencontra la dague…

La dague avec laquelle M. Tulis m'avait poignardée. La lame était en pierre de sang.

Mon cœur s'arrêta un instant. J'observai l'arme. Une boule de chagrin s'était formée dans ma gorge. J'avais du mal à respirer, à accepter que je… que j'aimais cet homme qui avait causé la mort de tant de personnes.

Qui m'avait abandonnée ici avec des gens, ses partisans, qui souhaitaient ma mort.

Qui m'avait menti sur toute la ligne, y compris au sujet de son identité.

Mon cœur se brisa en deux et déversa de la glace dans ma poitrine. À partir de ce moment et jusqu'à la fin, je savais que je ne ressentirais plus jamais qu'un grand froid.

« Poppy… »

Je laissai l'instinct reprendre le dessus et me retournai dans ses bras. Je ne sentis pas la poignée dans ma main, mais je sentis la lame s'enfoncer dans son torse. Je sentis son sang chaud éclabousser mon poing lorsque la garde de la dague rencontra sa peau.

Lentement, je relevai les yeux vers lui.

Les siens s'arrondirent sous le coup de la surprise, puis se baissèrent.

La dague dépassait de sa poitrine.

De son cœur.

39

Les mains tremblantes, je lâchai mon arme et tombai de ses genoux. Je m'écartai à reculons, incapable de détacher les yeux de l'expression de choc qui déformait son visage.

« Je suis désolée », murmurai-je. Je ne savais pas pourquoi je m'excusais ni pourquoi mes joues étaient humides. Était-ce du sang ? Son sang ?

Il leva les yeux vers moi. « Tu pleures. » Un filet de sang dégoulinait au coin de ses lèvres.

Oui, je pleurais. Je n'avais plus pleuré depuis la nuit où j'avais regardé Vikter mourir. Pourtant, les larmes coulaient à présent sur mon visage. Je me redressai sur des jambes flageolantes et fis un pas sur le côté. Je ne savais pas ce que je faisais, ni où j'allais, mais je m'approchai de la porte. Elle était déverrouillée.

« Je suis désolée », répétai-je en frissonnant.

Un rire épais et humide, comme une toux, lui échappa. Il se pencha en avant et plaqua ses mains sur le sol. « Non, hoqueta-t-il. Ça m'étonnerait. »

Pourtant, je l'étais.

Je me retournai et sortis à l'aveugle dans le couloir qui donnait sur une autre porte. L'air était froid et humide, mais je le sentais à peine. Je n'avais aucun plan, aucune idée de la façon dont je sortirais de la forteresse. Je me contentai d'avancer.

Lorsque j'atteignis la moitié du couloir, j'eus l'impression qu'on avait appuyé sur un interrupteur. L'horreur et la tristesse s'envolèrent et mon instinct reprit le dessus. Le souffle court, j'ouvris la porte à la volée et me précipitai dans l'escalier, puis à travers l'arche, jusque dans…

La neige.

L'espace d'un instant, je suis frappée par la beauté des flocons épais qui flottaient lentement vers le sol. Une fine couche blanche recouvrait déjà le sol et les arbres nus. Le silence était total. Tout paraissait pur, inviolé.

Soudain, une voix résonna à l'intérieur de l'édifice. Il fallait que j'avance. Je courus sur l'herbe couverte de neige en direction des bois. Au fond de mon esprit, je savais que je n'étais pas équipée pour m'échapper. Les vêtements que je portais étaient trop fins et ils l'auraient été même avant d'avoir été déchirés. J'ignorais où j'étais exactement et où me rendre. Il y avait peut-être des Voraces dans ces bois. Il y aurait en tout cas des Effondrés. Je pouvais également croiser des Lycans qui seraient sans doute capables de suivre ma trace. Malgré tout, et même si mes bottes glissaient sur le sol, je persistai. Je m'enfuyais parce que…

Je l'avais poignardé.

En plein cœur.

Il était probablement mort à l'heure qu'il était.

Je l'avais tué.

Un sanglot déchiré remonta de ma gorge. Les flocons de neige poussés par le vent se mêlaient à mes larmes. Oh, seigneurs. J'y avais été obligée. Tout avait été un mensonge. Lui. Nous. Tout. J'y avais été obligée. J'y avais été…

Il n'y eut aucun avertissement. Aucun son. Rien.

Pourtant, tout à coup, un bras s'enroula autour de ma taille et mit fin à ma fuite. Je criai. Mes jambes se dérobaient sous mon poids, mais je ne tombai pas. Je me retrouvai plaquée contre un torse chaud et musclé. Mes pieds pendaient au-dessus du sol.

Le choc me coupa le souffle. Je savais de qui il s'agissait avant même qu'il n'ouvre la bouche. Son parfum de pin et d'épices l'avait trahi, ainsi que la rage, mêlée de chagrin et d'incrédulité similaire à la mienne, que je percevais à travers mon don. Dans ma précipitation, j'avais oublié de refermer mes sens et pour la première fois depuis notre rencontre, ses émotions le submergeaient, et moi aussi.

Ce n'était pas le Hawke dont j'étais très vite tombée amoureuse qui me tenait contre lui.

Ce n'était pas le garde qui avait juré de me protéger qui saisissait une poignée de mes cheveux et me forçait à pencher la tête sur le côté.

Ce n'était pas le souffle chaud de Hawke qui caressait ma gorge nue.

C'était *lui*.

Le prince Casteel Da'Neer d'Atlantie.

Le Seigneur des Ténèbres.

« Contrairement à un Lycan ou à un Élevé, un Atlantien ne meurt pas si on le poignarde en plein cœur, grogna-t-il en tirant davantage ma tête en arrière. Si tu voulais me tuer, il fallait viser la tête, princesse. Mais il y a bien pire. Tu as oublié.

— Qu'est-ce que j'ai oublié ?

— Que c'était *réel*. »

Alors, il m'attaqua.

Deux explosions jumelles de douleur transpercèrent mon cou. Je convulsai. La brûlure se propagea dans tout mon corps, me stupéfiant par son intensité. Je ne pouvais plus bouger. Je ne pouvais même pas crier.

Son bras autour de ma taille était comme un étau de fer et il aspirait violemment le sang des blessures que ses canines avaient créées. Les yeux écarquillés, je tremblai et laissai tomber les mains sur son bras. Mes ongles s'enfoncèrent dans sa chair. La brûlure et la sensation de succion contre mon cou tandis que le sang passait librement de moi à lui court-circuitaient mon esprit. Un cri se fraya un chemin le long de ma gorge…

Et soudain, quelques secondes seulement après qu'il avait enfoncé ses crocs dans ma peau, tout changea.

La brûlure intense se transforma en autre chose, une sensation tout aussi écrasante, mais complètement différente. Une nouvelle douleur fit irruption en moi, fit bouillir mon sang jusqu'à ce que de la lave en fusion se déverse dans les moindres recoins de mon corps.

J'avais les yeux ouverts, mais je ne voyais plus rien. Une chaleur ardente se répandit dans ma poitrine et dans mon ventre avant de se concentrer entre mes cuisses. Il aspira un peu plus. Cette fois, je le ressentis jusqu'au cœur de mon anatomie. Le désir fut si soudain, si vif, que je me cambrai contre lui.

Il grogna. Ses bras se resserrèrent autour de moi. Je le sentis dur et épais contre mes fesses. Je m'accrochai à lui alors que la tension grandissait en moi…

Sans crier gare, il leva la bouche de mon cou et me lâcha. Je trébuchai en avant et manquai tomber. Tremblante de confusion et de désir, je me tournai vers lui.

Il se tenait là, à un mètre de moi. Son torse se soulevait sous le coup de sa respiration haletante. Il avait les yeux grands ouverts et du rouge souillait ses lèvres.

Je levai la main et la pressai contre ma gorge. Une chaleur humide se répandit sur mes doigts. Je fis un pas en arrière.

« Je n'arrive pas à y croire », dit-il en passant sa langue sur la lèvre inférieure. Il ferma les yeux brièvement et frissonna. Le grondement qui lui échappa me fit penser à celui des Lycans. Quand il rouvrit les paupières, ses pupilles étaient si dilatées que seul un trait d'ambre était visible. « Mais j'aurais dû m'en douter. »

Avant que j'aie eu le temps de comprendre ce qu'il disait ou ce qui allait se passer, il se jeta sur moi. Il se déplaça si vite que je le vis à peine bouger.

Sa bouche s'écrasa sur la mienne. L'une de ses mains s'enfouit dans mes cheveux, tandis que l'autre attrapait ma taille. Il ne m'embrassait pas.

Il me dévorait. Je goûtai mon propre sang sur ses lèvres, sur sa langue. Je le goûtai, lui.

Quand avais-je commencé à lui rendre son baiser ? Au bout de quelques secondes ou au moment où ses lèvres avaient touché les miennes ? Je l'ignorais. Tout ce que je savais, c'était que je le désirais. Peu importait que cela soit bien ou mal, j'avais envie de lui.

Ce fut la raison pour laquelle je ne réagis pas lorsqu'il m'allongea par terre. Le contraste de la neige froide contre mon dos et de la chaleur de son corps pressé contre moi me fit hoqueter de surprise. Je ne crois pas qu'il m'entendit. Il était bien trop concentré sur ses baisers fougueux. Je me rendais compte que jusqu'à présent, il s'était retenu. Désormais, il ne cachait plus sa vraie nature.

Il ondula des hanches et fit descendre sa main jusqu'à la mienne. On bougea ensemble jusqu'à haleter. Il attrapa ma lèvre inférieure entre ses dents. Je ressentis une légère brûlure, mais il frissonna en grognant. Je sentis de nouveau un goût métallique dans ma bouche.

Soudain, il rompit le baiser et se redressa suffisamment pour me regarder. « Dis-moi que tu en as envie, fit-il sans cesser d'onduler les hanches. Dis-moi que tu en veux plus.

— J'en veux plus, murmurai-je sans vraiment réfléchir à ce que nous étions en train de faire, ce qui s'était passé, ce qu'il était…

— Oh, dieux merci », grogna-t-il. Alors, il glissa sa main entre nous et tira sur ses braies si fort qu'il souleva mes hanches. Des boutons sautèrent et atterrirent sur la neige à côté de nous.

« Seigneurs », murmurai-je.

Il émit un rire bref et rauque, puis descendit mon pantalon jusqu'à me libérer une jambe. De l'autre côté, le tissu resta coincé au niveau de ma cheville. « Tu sais que cette tunique est foutue, pas vrai ?

— Quoi ? »

Seul le bruit de l'étoffe qui se déchirait me répondit. Lorsque je baissai la tête, je vis que mes seins étaient nus. Il les regardait, lui aussi. Ses yeux suivirent la traînée de sang sur mon ventre avant de remonter vers mes tétons durcis. D'une main, il s'attaqua à ses propres braies.

« Je les tuerai, murmura-t-il. Je les tuerai tous. »

Je ne pensais pas qu'il parlait de ceux qui avaient causé mes cicatrices les plus anciennes.

Puis, je ne pensai plus du tout.

Il m'embrassa tout en s'installant sur moi, entre mes jambes, et tout à coup… le monde se mit à tourner autour de moi. Cette fois, il n'y eut aucun préliminaire, pas de nuées de baisers ni de caresses langoureuses. Je ressentis une légère gêne, mais elle se transforma rapidement en un plaisir palpitant, intense. Il n'y avait plus de place dans mon esprit, dans mon corps ou entre nous pour autre chose que ce que nous ressentions. Il n'y avait plus que lui et moi, le goût de mon sang et du sien sur nos lèvres et ce désir que je ne comprenais pas vraiment.

Autour de nous, la neige tombait de plus en plus dru entre les arbres, humidifiant mon dos et mes cheveux tandis que nous nous agrippions l'un à l'autre. On entendait seulement le son de nos baisers humides, de nos corps qui s'éloignaient pour mieux se retrouver et de nos gémissements.

Notre baiser s'attarda, puis il fit glisser ses lèvres sur mon menton et plus bas. Ses dents acérées effleurèrent ma gorge. La sensation fit courir un frisson le long de ma colonne vertébrale. Il se figea au-dessus de moi. Allait-il me mordre encore une fois ? Au lieu de ressentir de la peur, je me surpris à ressentir une vive chaleur. La douleur provoquée par ses canines avait été brève. Ce qui avait suivi, en revanche…

Je serrai un peu plus ses épaules. J'étais bien trop perdue dans le moment pour me demander si je le désirais vraiment ou pour réfléchir aux conséquences.

Sa langue me caressa la peau, décrivit des cercles autour des marques encore sensibles qu'il avait laissées derrière lui. Lorsqu'il releva la tête, j'aperçus brièvement ses yeux. Ses pupilles étaient dilatées. Puis ses paupières s'abaissèrent et il m'embrassa de nouveau.

Il reprit également ses mouvements de bassin.

Ses hanches se retiraient puis revenaient, en roulant et en frottant pendant que ses doigts jouaient avec ma poitrine. Il bougeait lentement maintenant, si paresseusement que le plaisir en devenait presque douloureux. Je frissonnai sous lui, et glissai la main dans ses cheveux rendus humides par la neige.

La tension montait de nouveau en moi, si forte que ses mouvements lents et mesurés, comme s'il tentait de me pousser à bout, ne me suffisaient plus. Je soulevai les hanches pour lui faire comprendre qu'il devait accélérer, me pénétrer plus profondément, mais il n'en fit rien… jusqu'à ce que je crie de frustration et lui tire les cheveux.

Il rit et grogna à moitié avant de relever la tête. « Je sais ce que tu veux, mais… »

Le cœur hors de contrôle, je me tortillai sous son poids. « Mais quoi ?

— Je veux que tu dises mon nom.

— Quoi ? »

Ses hanches continuaient de décrire les mêmes cercles lents qui me rendaient folle. « Je veux que tu m'appelles par mon vrai nom. »

Mes lèvres s'entrouvrirent sur un souffle.

Il s'arrêta de nouveau. Ses yeux brillaient. « C'est tout ce que je demande. »

Tout ce qu'il demandait ? C'était déjà beaucoup trop.

« C'est un aveu, expliqua-t-il en me caressant du bout du pouce. Je veux que tu admettes que tu sais parfaitement qui est en toi, qui est celui que tu désires si fort, alors que tu as conscience que tu ne devrais pas, alors que tu aimerais ne pas ressentir tout ça. Je veux t'entendre prononcer mon véritable nom.

— Tu es un connard », murmurai-je.

Il eut un sourire en coin. « Certains m'appellent comme ça, c'est vrai, mais ce n'est pas le nom dont je parlais, princesse. »

J'aurais voulu démentir. Seigneurs. Cela lui aurait fait les pieds.

« De quoi es-tu capable pour obtenir ce que tu veux, Poppy ? » demanda-t-il.

Je resserrai ma prise sur ses cheveux et tirai dessus pour qu'il baissât la tête. Un éclat de surprise passa dans ses yeux étincelants. « De beaucoup de choses, crachai-je. Votre *Majesté*. »

Il ouvrit la bouche pour répondre, mais j'enroulai mes jambes autour de ses hanches et profitai de sa surprise, et de ma propre colère, pour inverser nos positions. J'avais eu l'intention de me relever et de l'abandonner ici, mais je n'avais pas prévu la sensation que me procurerait le mouvement.

En me redressant, je le sentis s'enfoncer un peu plus en moi. Mon corps était parfaitement emboîté contre le sien. Mon cri se transforma en gémissement et je plantai les mains sur son torse. Mes dieux. C'était presque trop bon.

« Oh », murmurai-je en respirant difficilement.

Son torse se soulevait de manière aussi erratique sous mes doigts. « Tu sais quoi ?

— Quoi ? » Mes orteils se recroquevillèrent à l'intérieur de mes bottes.

« Je n'ai pas besoin de t'entendre prononcer mon nom, finalement, déclara-t-il, les yeux à moitié fermés. Je veux juste que tu recommences ce que tu viens de faire. Si tu ne bouges pas tout de suite, tu vas me tuer. »

Un gloussement étonné m'échappa. « Je… Je ne sais pas quoi faire. »

Son expression s'adoucit légèrement alors même que le désir à l'état pur brillait toujours dans ses yeux réduits à deux fentes. « Bouge, c'est tout. » Il posa les mains sur mes hanches et me souleva de quelques centimètres avant de me baisser de nouveau. Un grognement sourd lui échappa. « Comme ça. Tu ne peux rien faire de mal. Tu ne l'as toujours pas compris ? »

Je n'étais pas certaine de saisir le sens de ses paroles, mais j'imitai ce qu'il venait de faire, allant et venant au-dessus de lui alors que la neige tombait sur sa chemise. Mes paumes glissèrent et je me retrouvai légèrement en avant. Il effleura alors un point à l'intérieur de moi qui envoya des vagues de plaisir à travers mon corps. « Comme ça ? » soufflai-je.

Ses mains agrippèrent mes hanches un peu plus fort. « Oui, c'est parfait. »

À chaque mouvement, il touchait de nouveau le même point sensible et le plaisir grandissait de plus en plus. Sans m'en rendre compte, je me mis à bouger plus vite et même si j'avais fermé les yeux et rejeté la tête en arrière, je savais qu'il me regardait. Je savais que son regard était rivé sur mes seins et l'endroit où l'on se rejoignait, et cette pensée me rendait folle.

Tout à coup, la tension explosa et m'emporta avec elle. Je criai tandis que je frissonnais et que mon corps convulsait, transpercé par des éclats d'extase.

Alors, il changea de position, m'allongea sous lui et abattit ses hanches contre les miennes. Sa bouche captura la mienne, pendant qu'il bougeait au-dessus de moi, en moi. Le plaisir grandit de nouveau, atteignit des sommets d'une intensité aveuglante. Il était si proche du but qu'il perdait le contrôle. Son corps puissant ondula une dernière fois, se pressa violemment contre moi, et son cri se noya dans nos baisers. Il tremblait.

J'ignorais combien de temps on resta comme ça, allongés dans la neige. Le rythme de nos cœurs et de notre souffle se calma jusqu'à redevenir normal, mais il tenait toujours mes épaules aussi fort et son front était posé contre le mien. Au bout d'un moment, je sentis son pouce me caresser paresseusement la taille.

La passion dévorante envolée, il ne restait plus que de la confusion. Je ne ressentais ni regret ni honte. J'étais seulement… perdue. « Je ne… Je ne comprends pas, murmurai-je d'une voix rauque.

— Qu'est-ce que tu ne comprends pas ? demanda-t-il en bougeant au-dessus de moi.

— Tout ça. Comment est-ce seulement arrivé ? » Je grimaçai en le sentant se retirer.

Il se figea. Il avait les sourcils froncés. « Tu vas bien ?

— Euh… Oui. » Je fermai les yeux. Il resta un instant immobile avant de s'allonger à côté de moi.

« Tu es sûre ? » insista-t-il.

Je hochai la tête.

« Regarde-moi et dis-moi que je ne t'ai pas fait mal. »

Je rouvris les yeux et reportai mon attention sur lui. Il était appuyé sur un coude et ne semblait pas se soucier de la neige qui tombait sur nous. « Ça va.

— Tu as grimacé. Je t'ai vue. »

Incrédule, je secouai la tête. Mon don m'était inutile. Je ressentais bien trop d'émotions pour me concentrer sur celles de quelqu'un d'autre. Je ne pouvais même pas… tricher. « Je ne comprends pas. À part si j'ai imaginé ces deux derniers jours.

— Tu n'as rien imaginé du tout. » Il me dévisagea tandis que je clignai des yeux pour me débarrasser des flocons qui étaient tombés dans mes cils. « Tu regrettes ce qui vient de se passer ? »

J'aurais pu mentir, mais je n'en fis rien. « Non. Et... toi ?

— Non, Poppy. Tu devrais le savoir. Le fait que tu en doutes me tue. » Il serra les dents et détourna le regard. « La première fois que l'on s'est rencontrés, je... Je ne sais pas. J'ai tout de suite été attiré par toi. J'aurais pu t'enlever à ce moment-là. Cela aurait évité beaucoup de choses qui se sont produites par la suite, mais j'ai... j'ai perdu de vue ma mission. Chaque fois que j'étais près de toi, j'avais l'impression de te connaître depuis bien plus longtemps. Et je crois que je sais pourquoi. »

Pour lui, cela semblait expliquer pourquoi l'on s'était jetés l'un sur l'autre alors que je venais de lui planter une dague dans le cœur. L'air froid et humide me fit frissonner.

Notre attirance l'un pour l'autre n'expliquait pas ce comportement.

« Tu as froid. » Il se leva dans un mouvement fluide, referma son pantalon avec le dernier bouton qu'il restait et me tendit la main. « Il faut qu'on aille se mettre au chaud. »

Oui. Moi en tout cas. Lui ne sentait sans doute pas la différence, étant donné qu'il était capable de se remettre d'un coup de poignard en plein cœur en seulement quelques minutes.

Je lui pris la main et lui rappelai ce qu'il semblait avoir oublié. « J'ai tenté de te tuer.

— Je sais. » Il m'aida à me relever. « Je ne peux pas vraiment t'en vouloir. »

Sous le choc, je le regardai se pencher et remonter mon pantalon le long de mes jambes. « Ah non ?

— Non. Je t'ai menti. Je t'ai trahie. J'ai joué un rôle dans la mort de personnes que tu aimais, répondit-il en énumérant ses fautes comme s'il s'agissait d'une liste de courses. Je suis surpris que tu n'aies pas essayé plus tôt. »

Je continuai de le dévisager.

« Et je doute que ce soit la dernière fois. » Le coin de ses lèvres s'affaissa. Il cherchait à fermer mon pantalon, mais s'était rendu compte que les boutons avaient volé quelque part dans la neige. « Bon sang », marmonna-t-il en soulevant ma tunique. Elle était déchirée en plein milieu. Il tira sur les deux pans, comme si cela aurait pu réparer les dégâts, puis jura de nouveau et abandonna. Alors, il retira sa propre chemise. « Tiens. »

Je restai plantée là. Je me demandais si c'était la perte de sang ou les effets de l'orgasme qui me causaient des hallucinations. Peut-être un mélange des deux. « Tu… n'es pas en colère ? »

Il haussa un sourcil et me regarda dans les yeux. « Et toi, tu es toujours énervée ? »

Je n'eus pas à y réfléchir à deux fois. « Évidemment.

— Alors, oui. Je t'en veux toujours de m'avoir poignardé en plein cœur. » Il avança vers moi. « Lève les bras. »

Je m'exécutai.

« Tu n'as pas raté le cœur, au fait. Au contraire, tu as très bien visé, reprit-il en me forçant à enfiler sa chemise par la tête, puis en passant mes bras crispés dans les manches. C'est pour ça qu'il m'a fallu une petite minute pour te rattraper.

— Ça t'a pris plus d'une petite minute. » Ma voix fut étouffée par la chemise un instant avant que je réussisse à en sortir la tête.

Avec un sourire en coin, il tira sur la deuxième manche. « Bon, d'accord. Deux minutes. »

En baissant les yeux vers la chemise, j'aperçus le trou laissé par la lame. Il ne se trouvait pas au niveau de mon cœur, mais de mon ventre. J'examinai alors son torse nu. Il y avait une plaie et tout autour la peau était rouge et écorchée. J'eus un haut-le-cœur. « Est-ce que ça va guérir ?

— Dans quelques heures, on n'y verra que du feu. Peut-être même plus tôt.

— Le sang des Atlantiens, murmurai-je avant de déglutir, la gorge nouée.

— Dès qu'on me blesse, mon corps se soigne automatiquement, m'expliqua-t-il. Et puis, je me suis nourri. Ça a accéléré le processus. »

« Je me suis nourri. »

Ma main remonta jusqu'à ma gorge où les deux petites plaies avaient déjà commencé à se refermer. Une légère vague de plaisir me parcourut. Je retirai vivement ma main. « Est-ce que le fait que tu te sois nourri va me transformer ?

— Non, Poppy. Je ne t'ai pas assez pris de sang et tu n'en as pas pris assez de moi, non plus. Tu vas sans doute être un peu fatiguée, c'est tout. »

Je reportai mon attention sur sa blessure. « Ça fait mal ?

— À peine », marmonna-t-il.

Je ne le croyais pas. Je posai la main sur son torse à quelques centimètres de son cœur et fis appel à mon don. Je le sentis grandir, alors j'ouvris mes sens. Lui se figea contre moi. La tristesse lancinante que j'avais toujours perçue en lui était toujours là, mais elle semblait plus forte, plus vive qu'avant, cependant il parvenait à la contenir. Elle ne le contrôlait plus.

Toutefois, il y avait une autre forme de douleur en dessous. Plus chaude. Une douleur physique. Même si la blessure se réparait toute seule, elle le faisait souffrir. Et pas qu'un peu.

Alors, je fis ce que je peux pour le soulager sans vraiment y réfléchir. Je pris sa douleur, ses douleurs. Cette fois, je ne pensais pas aux plages de la mer de Stroud. Je me remémorai ce que j'avais ressenti lorsqu'il avait été en moi, lorsqu'il avait bougé à l'intérieur de mon corps.

J'étais encore plus perdue.

Il posa la main sur la mienne. Quand je levai les yeux, je m'aperçus que les lignes de tension autour de sa bouche avaient disparu. Son regard était admiratif. « J'aurais dû comprendre alors. » Il porta ma main tachée de nos sangs à ses lèvres et déposa un baiser sur mes phalanges.

« Quoi ? demandai-je en essayant de ne pas prêter attention à la façon dont mon cœur avait bondi dans ma poitrine.

— La raison pour laquelle ils te voulaient tellement qu'ils ont fait de toi leur Pucelle. »

Je ne suivais pas vraiment le fil de sa pensée, mais c'était sans doute parce que mon cerveau était encore un peu embrumé.

« Allez viens. » Il tira sur ma main et se mit à avancer.

« Où va-t-on ?

— Maintenant ? On va rentrer, se laver et… » Il s'interrompit en soupirant lorsqu'il vit que je tenais mon pantalon pour éviter qu'il tombe. Avant que je comprenne ses intentions, il me souleva et me serra contre son torse, comme si je n'avais pas pesé plus lourd qu'un chaton mouillé. « Et apparemment, on doit aussi te trouver un nouveau pantalon.

— C'était le seul que j'avais.

— Je t'en trouverai un autre. » Il reprit son chemin. « Je suis sûr qu'un enfant acceptera de me céder le sien en échange de quelques pièces. »

Je fronçai les sourcils.

Sa bouche était détendue, ornée d'un léger sourire. Il enjamba une branche tombée à terre.

« Et après ? m'enquis-je.

— Je te ramène à la maison. »

Mon cœur s'arrêta pour la centième fois de la journée. « À la maison ? » Je ne m'étais pas attendue à cette réponse. « On retourne à Masadonia ? Ou on continue vers Carsodonia ?

— Aucun des deux. » Il baissa la tête. Ses yeux contenaient une myriade de secrets. Alors, il sourit d'un sourire si large et sincère qu'il me coupa le souffle. Il avait bien deux fossettes, une sur chaque joue. Cela confirmait le fait que jusqu'à présent, il s'était retenu de sourire franchement. J'aperçus même la pointe acérée de ses canines. « Je t'emmène en Atlantie. »

40

Il me déposa sur le sol de la pièce dans laquelle il m'avait donné son sang et je l'avais poignardé. *Il*. Je fixai la marque humide sur le parquet où le sang avait été nettoyé.

Il.

Il fallait que je cesse de penser à lui de manière impersonnelle. Il avait un nom. Un vrai. Je ne l'utiliserais peut-être jamais quand il me le demanderait, mais je devais arrêter de penser à lui dans mon esprit en tant que Hawke ou un inconnu.

Il s'appelait Casteel. Cas.

C'était la chambre dans laquelle il avait sauvé ma vie et celle où j'avais tenté de prendre la sienne.

Il avait réussi.

J'avais échoué.

Mon regard se posa sur Kieran, posté à côté de la porte, qui m'observait comme si j'allais me précipiter vers la fenêtre et bondir au-dehors. Il haussa un sourcil. Je détournai les yeux.

Il était parti, les dieux savaient où, et avait laissé à Kieran le rôle de sentinelle. Je savais ce qu'il avait fait en premier car, après son départ, une dizaine de serviteurs avaient rempli la baignoire d'eau chaude dans la salle de bains et une servante avait déposé un pantalon noir et une tunique propres sur le lit.

Une partie de moi était surprise qu'il m'ait ramenée ici et non pas dans une cellule. J'ignorais ce que cela signifiait et si cela avait la moindre importance.

Mes pensées étaient encore sens dessus dessous. Mes convictions s'étaient envolées. Il n'avait répondu à aucune des questions que je lui avais posées sur le chemin du retour. Par exemple : l'Atlantie existait-elle vraiment ?

Selon les livres d'histoire, le royaume avait été rasé durant la guerre.

Mais tout ce que j'avais cru savoir s'était révélé faux.

Je me frottai la joue et jetai un coup d'œil à Kieran. « L'Atlantie existe toujours ? »

Si ma question le surprit, il ne le montra pas. « Pourquoi n'existerait-elle pas ?

— On m'a appris que les Terres désolées…

— Étaient ce qu'il restait de l'Atlantie ? me coupa-t-il. Il s'agissait seulement d'un avant-poste. Ces terres n'ont jamais constitué l'intégralité de notre royaume.

— Alors, l'Atlantie existe toujours ?

— Tu es déjà allée par-delà les montagnes de Skotos ? »

Le coin de mes lèvres s'affaissa. « Tu réponds toujours à une question par une autre question ?

— Ah bon, c'est ce que je fais ? »

Je lui adressai un regard agacé.

« Personne ne s'est jamais rendu au-delà des montagnes de Skotos, argumentai-je. Il y a seulement d'autres montagnes.

— Des montagnes si larges et si hautes que leurs sommets se perdent dans une brume épaisse ? C'est vrai, mais les montagnes ne s'étendent pas à l'infini, Penellaphe, et cette brume ne contient pas de Voraces, mais elle n'est pas naturelle pour autant », dit-il. Un frisson dansa sur mes épaules. « Ce brouillard sert de protection.

— Comment ?

— Il est si épais qu'on ne distingue pas où l'on met les pieds. Et en même temps, on a l'impression de voir tout ce qui nous entoure. » Une lueur étrange emplit ses yeux bleu pâle. « La brume qui recouvre les montagnes de Skotos est là pour forcer quiconque tente de s'y aventurer à faire marche arrière.

— Et qu'arrive-t-il à ceux qui persistent ?

— Ils n'atteignent jamais l'autre côté.

— Parce que… l'Atlantie se trouve au-delà des Skotos ? demandai-je.

— D'après toi ? »

D'après moi, discuter avec Kieran requérait beaucoup de patience et d'énergie, deux choses qui commençaient à me faire défaut.

« Tu ne comptes pas te laver ? » s'enquit-il.

J'en mourais d'envie. Ma peau n'était pas seulement sale, elle était aussi glacée, et je portais toujours sa chemise ensanglantée.

Mais j'avais aussi envie de me rebeller, parce que je ne comprenais rien et parce que, comme *il* me l'avait prédit, j'étais fatiguée. « Et si je refuse ?

— C'est ton problème, répondit-il, mais tu sens Casteel. »

Entendre son nom me fit sursauter. Son vrai nom. « Je porte sa chemise.

— Je ne parlais pas de cette odeur. »

Il me fallut un instant pour comprendre ce qu'il voulait dire. Lorsque j'assemblai les pièces du puzzle, je restai bouche bée. « Tu peux sentir… ? »

Le sourire de Kieran se fit carnassier, comme le loup qu'il était.

« Je vais prendre mon bain. »

Il rit.

« La ferme », rétorquai-je en rassemblant mes nouveaux vêtements et en me dirigeant rapidement vers la salle de bains. Je refermai la porte derrière moi et fus agacée de voir qu'il n'y avait pas de verrou.

Je jurai dans ma barbe et observai la pièce autour de moi. Plusieurs patères étaient fixées au mur. J'y accrochai la tunique et le pantalon, puis je me déshabillai rapidement et entrai dans le bain parfumé à la lavande. J'évitai de prêter attention à la légère douleur que je ressentais au niveau d'une partie très intime de mon anatomie. Je ne m'autorisais pas à réfléchir. Je me contentais de frotter ma peau pour retirer mon sang et… le sien. Mon estomac se retourna. J'utilisai aussi le pain de savon pour nettoyer mes cheveux. Lorsque la mousse coula le long de ma nuque, je plongeai la tête sous l'eau et y restai quelques instants.

Je demeurai ainsi jusqu'à ce que ma gorge et mes poumons protestent et que des points blancs apparaissent derrière mes paupières closes. À ce moment seulement, je sortis la tête de l'eau en haletant.

Qu'allais-je faire à propos de *lui* ? À propos de tout le reste ?

Un rire étranglé, grave, m'échappa. Je ne savais même pas par où commencer pour régler ce bazar. Je venais d'apprendre que le royaume d'Atlantie existait toujours et c'était loin d'être la révélation la plus déstabilisante. Seigneurs. Je ne savais toujours pas comment, après avoir appris sa véritable identité, j'avais pu le poignarder en plein cœur avant de retomber volontairement entre ses bras.

Je fermai les yeux et me passai les mains sur le visage. La morsure n'expliquait pas tout. Elle avait eu un effet aphrodisiaque, c'était certain, tout comme son sang, mais cela s'arrêtait là. Qui aurait cru qu'un tel acte aurait pu être si agréable ?

Car ça l'était…

Je frissonnai tandis que mon bas-ventre réagissait à ce souvenir.

Si je voulais avoir une chance de m'échapper, il fallait que je cesse de penser à ce genre de choses.

Je devais échafauder un plan, et vite, parce que même s'il ne semblait pas m'en vouloir d'avoir tenté de le tuer, je n'étais pas en sécurité ici. Je ne serais en sécurité nulle part en compagnie de ces gens. Ils me haïssaient. Et si la moitié des choses que Kieran et lui m'avaient racontée au sujet des Élevés et de ce qu'ils avaient fait était vraie, je ne pouvais pas leur en vouloir. Je ne leur avais rien fait personnellement. C'était ce que je représentais qui leur était insupportable.

Il était difficile de croire que les Atlantiens étaient les innocents et que les Élevés étaient des tyrans qui avaient réussi à détourner un royaume entier de la vérité.

Mais…

Mais je n'avais jamais revu un troisième ou un quatrième enfant offert aux dieux durant le Rite.

Je ne comprenais pas non plus comment des personnes comme le duc Teerman ou le seigneur Mazeen avaient pu recevoir la bénédiction des dieux.

Je n'avais jamais vu un Élevé lever le petit doigt pour combattre les Voraces, la seule chose que le peuple de Solis craignait plus que la mort elle-même.

Pour rester en sécurité, le peuple était prêt à faire et à croire n'importe quoi.

Il m'avait dit que les nobles utilisaient les Voraces pour contrôler le peuple. Si c'était la vérité, cela fonctionnait. Les gens sacrifiaient leurs propres enfants pour garder les monstres à distance.

Alors, c'était probablement vrai.

Pire, certaines personnes étaient sans doute dans la confidence. Les prêtes et les prêtresses, par exemple. Les proches de la cour qui ne s'étaient pas élevés. Comme mes parents.

Seigneurs. Je n'arrivais plus à me mentir à moi-même.

Ce qui s'était passé avec lui en était la preuve. Son sang m'avait guérie. Il ne m'avait pas transformée. Et ses baisers ne m'avaient pas maudite. Ni sa morsure, pour le moment.

Les Élevés étaient des Vamprys, ils étaient le mal qui rongeait cette terre. Ils se servaient de la peur pour contrôler les masses. Ils étaient de véritables démons aux visages d'anges qui se nourrissaient de ceux qu'ils avaient juré aux dieux de protéger.

Et à présent, mon frère était l'un d'entre eux.

Je ramenai les genoux contre ma poitrine et enroulai les bras autour de mes jambes. Je fermai les yeux pour empêcher les larmes de couler et posai la joue contre mon genou. Mon frère ne pouvait pas être comme le duc. C'était impossible. La duchesse n'était pas si mal. La reine non plus, mais…

Mais s'ils se nourrissaient d'enfants, vidaient presque des innocents de leur sang et créaient des Voraces, ils ne valaient pas mieux que le duc.

Les lèvres pincées, je repoussai des larmes qui menaçaient de couler. J'avais déjà suffisamment pleuré aujourd'hui. Ian… Seigneurs. Ian ne pouvait pas être comme eux. Il était doux et tendre. Je ne le croyais pas capable de tout ça. Je ne pouvais pas imaginer une telle chose.

Et puis il y avait mon cas. Si tout n'avait été que mensonge, je n'avais jamais été destinée aux dieux. Qu'avaient-ils compté faire de moi ? Pourquoi avaient-ils fait de moi l'Élue et lié autant d'Élévations à la mienne ? Était-ce à cause de mes pouvoirs ? Je repensai à ce qu'il avait dit après que j'avais absorbé sa douleur. Il savait quelque chose.

Il fallait qu'il m'en parle.

Si je n'étais pas en sécurité ici, je ne l'étais pas non plus auprès des Élevés. Si je parvenais à m'échapper, sachant ce que je savais à présent, je ne pourrais pas retourner parmi eux. Et en même temps, je ne pouvais pas rester et l'autoriser à m'emmener en Atlantie alors que je représentais un royaume qui avait massacré un nombre incalculable d'innocents et réduit leur prince à l'état d'esclave pour créer de nouveaux Vamprys.

Comment aurais-je pu rester à ses côtés ?

Peu importait ce que je ressentais pour lui, je ne pouvais plus lui faire confiance. Je devais accepter mes sentiments et les regarder en face. Je l'aimais.

J'étais amoureuse de lui.

Cependant, même si, par miracle, je réussissais à lui pardonner le fait qu'il était venu à Masadonia avec l'intention de me kidnapper et de m'utiliser comme monnaie d'échange, je ne pourrais pas fermer les yeux sur le sang qui avait été versé par sa faute. Je n'oublierais jamais Rylan, Vikter, Loren, Dafina et tant d'autres, morts de sa main, par ses ordres ou à cause de ce qu'il représentait. Je ne pourrais plus jamais le croire par rapport à notre relation.

Qu'avait-il dit à ce sujet, d'ailleurs ?

Il m'avait laissée penser qu'il avait des sentiments pour moi. Il m'avait fait croire que je n'étais pas seulement une personne qu'il devait protéger, tout ça pour se servir de moi. Depuis le début, il avait été intrigué parce que je n'étais pas celle à laquelle il s'attendait, c'est-à-dire, apparemment, une sympathisante sans foi ni loi des Élevés. Il s'était montré gentil et attentif parce qu'il avait eu besoin de découvrir tout ce qu'il pouvait sur moi, et peut-être parce que je lui plaisais. Mais qu'est-ce que cela signifiait vraiment ?

Ce qui s'était passé dans les bois prouvait qu'il était attiré par moi, qu'il ne faisait pas semblant, mais la passion n'était pas de l'amour. Ce n'était pas de la loyauté. Cela ne durait pas.

En réalité, il n'avait jamais vraiment rien dit à notre sujet, ni en tant que Hawke ni en tant que Casteel.

Et cette vérité m'ébranlait. Elle me faisait souffrir, parce qu'il m'avait fait ressentir une chaleur que je n'avais jamais connue auparavant. Malheureusement, il fallait que je me confronte à la réalité.

Dans ma tête, je réfléchis aux solutions qui s'offraient à moi. M'échapper. Retrouver mon frère, car il fallait que je sache s'il était toujours le même, puis… Quoi ? Disparaître ? D'abord, je devais trouver un moyen de partir d'ici.

Les Lycans me traqueraient et il…

Lui échapper serait une mission quasiment impossible.

Mais il fallait que j'essaie. Il y avait forcément un moyen. Peut-être plus tard, quand je n'aurais pas l'impression d'avoir la tête dans du coton, je saurais quoi faire. Fatiguée, je laissai mes pensées vagabonder. Je m'étais sans doute endormie, recroquevillée dans la baignoire, car soudain, j'entendis quelqu'un appeler mon nom.

« Penellaphe. »

Je relevai vivement la tête et clignai des yeux. Kieran se trouvait devant moi. Qu'est-ce que… ?

« Bon. » Il était agenouillé près de la baignoire. La baignoire dans laquelle j'étais entièrement nue. « Je commençais à croire que tu étais morte.

— Quoi ? » Je posai le bras sur ma poitrine et serrai les jambes le plus fort possible. Je ne voulais pas imaginer ce qu'il voyait sous la surface de l'eau. « Qu'est-ce que tu fais ici ?

— Je t'ai appelée, mais tu n'as pas répondu, dit-il d'une voix sans émotion. Ça fait longtemps que tu es là. J'ai pensé qu'il fallait que je vérifie que tu étais encore vivante.

— Bien sûr que je suis vivante ! Pourquoi est-ce que je ne le serais pas ? »

Il haussa un sourcil. « Au cas où tu l'aurais oublié, tu es entourée de personnes qui veulent t'assassiner.

— Je n'ai pas oublié, mais je doute qu'elles se cachent dans l'eau de mon bain !

— On n'est jamais trop prudent. » Il n'avait pas l'air pressé de se lever et de partir.

Je le fixai du regard. « Tu ne devrais pas être ici et je ne devrais pas avoir à t'expliquer pourquoi.

— Tu n'as rien à craindre de moi.

— Pourquoi ? À cause de *lui* ? crachai-je.

— Qui ? Cas ? » demanda-t-il. Je clignai des yeux. C'était étrange d'entendre ce surnom de la bouche de quelqu'un d'autre. « Il ne serait pas content de me savoir ici, c'est vrai. »

Je ne savais pas si c'était censé me rassurer ou m'énerver.

Le fantôme d'un sourire apparut sur son visage. « Puis il serait… intrigué. »

J'ouvris la bouche, mais mon esprit ne savait que faire de cette réponse. Je n'avais rien à ajouter. Absolument rien. Je me remémorai ma lecture au sujet des Lycans et des Atlantiens. Il existait une sorte de connexion entre eux, mais très peu de détails avaient été consignés sur sa nature. Dans tous les cas, quelque chose me disait qu'un prince bénéficiait probablement d'un lien avec un Lycan. J'aurais voulu lui poser la question, mais étant donné que j'étais nue dans une baignoire, le moment était mal choisi.

Kieran baissa les yeux. Son regard s'aventura le long de mes bras, sur l'arrondi de mon ventre et de mes cuisses. « Au sein de mon peuple, les cicatrices sont admirées. On ne les cache jamais. »

La seule cicatrice qu'il pouvait voir était celle à ma taille. Du moins, je l'espérais. « Au sein de mon peuple, il n'est pas poli de regarder une femme nue dans sa baignoire.

— Ton peuple a l'air très ennuyeux.

— Va-t'en ! » hurlai-je.

Kieran se leva en riant avec sa grâce et sa fluidité de mouvement habituelles. « Le prince n'aimerait pas te savoir dans une eau froide et sale. Tu devrais sortir. »

Mes ongles s'enfoncèrent dans la chair de mes jambes. « Je m'en moque.

— Tu ne devrais pas », répondit-il. Je serrai les dents. « N'oublie pas qu'il te veut alors qu'il sait que c'est une mauvaise idée. Alors qu'il sait que cela se terminera encore une fois en tragédie. »

41

Après m'être séchée et avoir enfilé des vêtements propres et secs, je fis tout ce qui était en mon pouvoir pour oublier la courte conversation que j'avais eue avec Kieran dans la salle de bains.

Le pantalon était un peu serré. Je me demandais un instant s'il n'avait pas réellement appartenu à un enfant… mais il était propre et doux. Alors, je n'avais pas à me plaindre. La tunique à manches longues avait été taillée dans un lainage épais et descendait jusqu'à mes genoux. Des fentes sur le côté remontaient jusqu'à mes hanches, ce qui aurait pu me permettre d'atteindre facilement ma dague.

Malheureusement, je ne l'avais plus vue devant l'incident dans les écuries et étant donné ce que j'avais fait avec la dernière sur laquelle j'avais mis la main…

Je grimaçai.

Je doutais qu'on me la rende de sitôt, ce qui compliquait mes projets de fuite. J'avais besoin d'une arme, n'importe laquelle, mais je voulais surtout récupérer celle que Vikter m'avait offerte.

J'ajoutai ce paramètre à mon plan qui n'en était pas vraiment un. Du moins, pas encore.

Kieran quitta la pièce peu de temps après mon retour dans la chambre. Il ferma la porte à clé derrière lui, mais il n'était probablement pas allé très loin. Il montait peut-être même la garde de l'autre côté.

Je voulus tresser mes cheveux avant de me rappeler la marque dans mon cou, alors je les laissai détachés. Puis je parcourus la pièce sans but. Il n'y avait aucun moyen d'en sortir. La fenêtre était trop petite. Étais-je vouée à rester enfermée ici jusqu'à ce qu'*il* décide de me libérer ?

Avec un soupir, je me laissai tomber sur le lit. Il était moelleux et bien plus épais que le matelas en paille de la prison. Je m'allongeai, face à la porte, et me recroquevillai sur le côté.

Que se passerait-il lorsqu'il reviendrait me voir ? Aurait-il changé d'avis sur le fait que j'avais tenté de l'assassiner ? Ce qu'il m'avait raconté au sujet des Élevés était sans doute vrai, mais il restait le Seigneur des Ténèbres. Il était dangereux. Il me l'avait avoué lui-même.

Il avait énormément de sang sur les mains.

Vu l'état de mes nerfs, je n'aurais pas cru pouvoir m'assoupir à nouveau, mais ce fut exactement ce qui se passa. C'était sans doute à cause de la morsure, encore un peu douloureuse, et de ses effets. Alerte, les yeux rivés à la porte, je ne m'étais pas attendue à m'endormir. Pourtant, je m'éveillai soudain d'un sommeil profond et sans rêve. Je ne compris pas tout de suite ce qui m'avait réveillée. On n'avait pas prononcé mon nom. Personne n'avait parlé.

Je sentis simplement une douce caresse sur ma joue, puis sur le côté de ma gorge, juste au-dessus de la morsure. J'ouvris lentement les yeux. La pièce était sombre. Des chandeliers avaient été allumés au mur, ainsi qu'une lampe à huile sur la table de chevet. C'était lui.

Il était assis au bord du lit. En le voyant, je sentis ma poitrine se creuser, comme toujours. Quelque chose me disait que cela ne changerait jamais, peu importait ce que j'apprendrais de plus à son sujet.

Au moins, il avait enfilé une nouvelle chemise.

Vêtu entièrement de noir, il était aussi beau qu'impressionnant. En le regardant, je ne voyais plus un garde en uniforme. Je voyais le Seigneur des Ténèbres. Je baissai les yeux vers la manche de la tunique que je portais, puis mes jambes repliées. Je m'attendais à apercevoir mon pantalon. À la place, je m'aperçus qu'on m'avait couverte avec un plaid. Surprise, je levai les yeux vers lui.

Il ne dit rien. Moi non plus. Pas pendant un long moment. Ses doigts étaient figés contre mon cou, au-dessus des marques. Au bout de ce qui me sembla durer une éternité, il écarta sa main et me demanda : « Comment te sens-tu ? »

Je ris. Ce fut plus fort que moi. Un gloussement m'échappa.

La tête penchée sur le côté, il m'adressa un sourire en coin. « Quoi ?

— Je n'arrive pas à croire que tu me poses cette question alors que je t'ai poignardé en plein cœur.

— Tu préférerais me la poser, peut-être ? »

Oui ? Non ? Peut-être ?

Son sourire s'élargit. « Je suis rassuré de voir que tu te soucies de moi. Je vais très bien.

— Je m'en moque, marmonnai-je en m'asseyant.

— Menteuse », murmura-t-il.

Il avait raison, bien entendu, car, sans m'en rendre compte, j'avais déjà ouvert mes sens pour vérifier par moi-même qu'il ne souffrait plus d'aucune peine physique. Les effets de mon intervention s'étaient dissipés. Je le savais parce que la tristesse qu'il ressentait toujours était de nouveau là, sous la surface. Toutefois, il y avait autre chose. Quelque chose que j'avais déjà perçu. Une sorte de conflit intérieur, de confusion.

« Tu n'as pas répondu à ma question.

— Je vais bien. » Je rompis la connexion et baissai la tête vers la couverture jaune et usée. Je me demandais à qui elle appartenait.

« Kieran m'a dit que tu t'étais endormie dans ton bain.

— Est-ce qu'il t'a raconté qu'il était entré dans la salle de bains ?

— Oui. »

Surprise, je le regardai dans les yeux.

« J'ai confiance en Kieran, déclara-t-il. Tu as dormi plusieurs heures.

— Ce n'est pas normal ?

— Ce n'est pas anormal, en tout cas. Je crois que je… » Il fronça les sourcils comme s'il venait à peine de comprendre ce qu'il ressentait. « Je crois que je culpabilise de t'avoir mordue.

— Tu crois ? » Je haussai les sourcils.

Il parut réfléchir un instant avant de hocher la tête. « Il me semble, oui.

— J'espère bien que tu culpabilises !

— Même si tu m'as poignardé et abandonné à une mort certaine ? »

Je refermai aussitôt la bouche. La nausée m'envahit. « Clairement, tu n'es pas mort.

— Clairement. » Il y avait un éclat malicieux dans son regard. « J'étais juste un peu essoufflé.

— Tu m'en vois ravie », marmonnai-je en levant les yeux au ciel.

Il rit.

Agacée, je repoussai le plaid et me déplaçai de l'autre côté du lit. « Qu'est-ce que tu fais ici ? Tu me ramènes en prison ?

— Je devrais. Si quelqu'un d'autre que Kieran avait appris que tu m'avais attaqué ainsi, c'est ce que l'on attendrait de moi. »

Je me levai. « Alors, pourquoi est-ce que tu ne le fais pas ?

— Je n'en ai pas envie. »

Je l'observai un long moment. Mes poings se fermaient, puis s'ouvraient contre mes flancs. Lui restait assis sur le lit. « Et maintenant ? Qu'est-ce qu'on fait, Votre Majesté ? » En voyant sa mâchoire se contracter, je ressentis une immense satisfaction. « Tu me gardes enfermée ici jusqu'au moment de notre départ ?

— Cette chambre ne te plaît pas ?

— Elle est bien mieux qu'une cellule insalubre, mais ça reste une prison. Une cage. Peu importe la qualité des meubles. »

Il demeura silencieux un instant. « Et tu t'y connais, pas vrai ? Après tout, tu es enfermée depuis que tu es enfant. Voilée. Au sein d'une cage dorée. »

Je ne pouvais pas le nier. Ma vie avait été une succession de cages confortables et dépouillées. Les raisons avaient été différentes, mais le résultat était le même. Je croisai les bras et tournai la tête vers la petite fenêtre et le ciel nocturne de l'autre côté de la vitre.

« Je suis venu te chercher pour le dîner.

— Pour le dîner ? » Incrédule, j'écarquillai les yeux et reportai mon attention sur lui.

« J'ai l'impression qu'il y a de l'écho dans cette chambre, mais oui. Je suis sûr que tu as faim », dit-il. Mon estomac choisit ce moment pour le confirmer. « On parlera de la suite une fois que nos ventres seront pleins.

— Non. »

Il haussa les sourcils. « Non ? »

Je savais que je discutais pour pas grand-chose. Comme je l'avais fait avec Kieran. Mais je refusais d'être à la disposition de quelqu'un. Je n'étais plus la Pucelle et notre relation ne s'était pas améliorée comme par magie parce que nous avions perdu nos inhibitions dans la forêt. Il m'avait trahie. J'avais tenté de le tuer. Il avait toujours l'intention de se servir de moi pour libérer son frère. Nous étions des ennemis. Peu importait la vérité.

Peu importait mon amour pour lui.

« Tu as forcément faim », insista-t-il. Il s'allongea sur le côté et s'appuya sur un coude. Il n'aurait pas pu avoir l'air plus détendu.

Ou plus désirable.

Je hochai la tête. « J'ai faim. »

Il soupira. « Alors quel est le problème, princesse ?

— Je ne veux pas manger avec toi, répondis-je. Voilà le problème.

— Eh bien, il va falloir que tu te fasses une raison, parce que tu n'as pas le choix.

— C'est là que tu te trompes. J'ai le choix. » Je lui tournai le dos. « Je préfère mourir de faim plutôt que de manger avec vous, *Votre Majesté*… » Je couinai et sursautai. Il venait d'apparaître devant moi. Il avait bougé si vite que je ne m'en étais pas rendu compte. « Seigneurs, grommelai-je en posant ma main contre mon cœur affolé.

— Tu as tort, princesse. » Ses yeux brûlaient d'un feu ambré tandis qu'il me toisait de toute sa hauteur. « Tu n'as pas le choix quand cela touche à ton bien-être et ton satané entêtement.

— Pardon ?

— Je refuse que tu t'affaiblisses ou que tu t'affames seulement parce que tu es en colère. Je comprends. Je comprends pourquoi tu m'en veux, pourquoi tu as envie de me contredire sur tous les sujets et de me mettre des bâtons dans les roues. » Il fit un pas vers moi. Ma colonne vertébrale se raidit. Je refusais de reculer. Ses yeux brillèrent de plus belle. « Et je ne voudrais pas qu'il en soit autrement, princesse. Ça me plaît beaucoup.

— Tu es un grand malade.

— Je n'ai jamais dit le contraire, rétorqua-t-il. Alors, lutte contre moi. Dispute-toi avec moi. Vois si tu peux vraiment me blesser la prochaine fois. Je te mets au défi. »

Les yeux arrondis par la surprise, je baissai les bras. « Tu… Il y a vraiment quelque chose qui cloche chez toi.

— Sans doute, mais je refuse que tu te mettes en danger sans raison valable.

— Tu l'as peut-être oublié, mais je suis capable de me débrouiller toute seule, lui fis-je remarquer.

— Je ne l'ai pas oublié. Je ne t'empêcherai pas de prendre les armes pour protéger ta vie ou celle de tes proches, dit-il, mais je ne te laisserai pas enfoncer une épée dans ton propre cœur pour prouver que tu as raison. »

Une partie de moi était sous le choc. Je n'arrivais pas à croire qu'il ne comptait pas m'empêcher de me battre. L'autre était furieuse, car il pensait pouvoir me contrôler. Je laissai échapper un cri de frustration. « Bien sûr que non ! À quoi te servirais-je si je meurs ? Tu as toujours l'intention de m'échanger contre ton frère. »

Un muscle se contracta sur sa mâchoire. « Si tu meurs, tu ne me seras plus d'aucune utilité. »

Je pris une grande inspiration qui me brûla les poumons. À quelle réponse m'étais-je attendue ? Qu'il ne voulait pas que je meure parce que je comptais pour lui ? Je n'étais pourtant pas si sotte.

Je ne pouvais pas me comporter aussi bêtement.

« Viens. Le repas va refroidir. » Sans attendre ma réponse, il me prit la main. Il commença à marcher, mais je restai fermement rivée à ma place. Quand il tourna la tête vers moi, il resserra sa prise, sans pour autant me faire mal. « Ne rends pas les choses plus difficiles, Poppy. Tu as besoin de manger. Et si tu ne veux pas passer tes journées enfermée dans cette pièce, il faut que les gens voient que je t'ai accordé ma protection. »

S'il appréciait réellement que je me batte contre lui, il allait être servi. Je mourais d'envie de lui rendre la vie dure. Malheureusement, mon bon sens l'emporta. De peu. J'avais faim et si je voulais m'échapper, il fallait que je prenne des forces. De plus, j'avais besoin que les gens se rendent compte que j'étais intouchable. Si dîner avec lui et faire semblant que nous étions les meilleurs amis du monde me le permettaient, alors je devais accepter.

Et ce fut ce que je fis.

Je le laissai me guider hors de la pièce. Je ne fus pas surprise de voir Kieran qui nous attendait à l'extérieur. Vu son expression amusée, il avait sans doute entendu au moins la moitié de notre dispute.

Il ouvrit la bouche.

« N'essaie même pas », le menaça-t-*il*.

Kieran ricana, mais ne dit rien. Il se contenta de fermer la marche. On emprunta l'escalier que nous avions dévalé quelques heures plus tôt et je tentai de ne pas repenser à ce moment de folie dans les bois, à ce qui s'était passé lorsqu'il m'avait attrapée.

Une vague de désir m'enveloppa malgré tout.

Il m'adressa un regard interrogateur auquel je ne répondis pas. Je priai simplement pour qu'il ne puisse pas sentir la direction qu'avaient prise mes pensées.

Dès qu'on entra dans la partie commune, Kieran ralentit de manière à marcher juste derrière moi. Je savais que c'était un acte conscient de sa part. Des Effondrés au visage pâle étaient alignés le long du mur et murmuraient entre eux. Ils nous suivaient du regard. Je reconnus certains d'entre eux qui avaient assisté à la bataille dans la cellule. J'aperçus Magda. Il n'y avait aucune pitié dans ses yeux à présent, seulement… de la curiosité.

Je relevai le menton et redressai le dos. Les Élevés étaient peut-être le mal incarné et un nombre inconnu d'habitants de Solis étaient sans doute leurs complices, mais ce qu'ils m'avaient fait prouvait qu'ils n'étaient pas meilleurs qu'eux.

On tourna au coin. Je levai la tête…

« Oh, mes dieux », murmurai-je. Je fis un pas en arrière et portai ma main libre à la bouche. Je me cognai à Kieran.

Celui-ci posa la main sur mon épaule pour m'aider à garder l'équilibre, mais je ne voyais que le mur au bout de la salle. J'étais tétanisée. Je pouvais à peine respirer, tant l'horreur m'étouffait.

À présent, je comprenais pourquoi les gens avaient affiché des visages si pâles dans la partie commune. Des corps avaient été cloués aux murs au niveau des mains avec des éclats de pierre de sang, les bras tendus. Certains avaient reçu un pieu rouge brunâtre au centre du torse, d'autres à travers la tête. Certains étaient des mortels, d'autres des Atlantiens. Il y en avait six de chaque côté. Je reconnus Rolf et l'homme que j'avais assommé. Je vis…

Je vis M. Tulis.

Je sentis mes genoux trembler. Il était mort. Son visage avait pris une teinte grise fantomatique. Il avait été mortel, pourtant un pieu sortait de sa poitrine immobile.

Tout ce qu'il avait voulu avait été de sauver son dernier enfant. On lui en avait donné l'opportunité. Il s'était échappé. Et maintenant… il était ici.

Ils n'étaient pas tous morts.

L'un d'entre eux respirait encore.

Jéricho.

Je verrouillai mes sens pour m'empêcher de les tendre vers lui et percevoir la douleur qui émanait de sa personne. Sa tête tombait en avant et son torse se soulevait sur ses inspirations saccadées. De la pierre de sang transperçait ses paumes, mais le coup mortel avait été porté au niveau de sa gorge. Du sang se déversait sur sa poitrine, sur son pantalon et sur le sol sous lui.

« Je t'ai promis qu'ils paieraient pour ce qu'ils ont fait. » Il n'avait pas l'air fier ni satisfait. « Maintenant, les autres savent ce qui les attend s'ils tentent de te faire du mal. »

De la bile remonta le long de ma gorge. « Il est… Il est encore vivant, murmurai-je sans quitter les yeux du Lycan.

— Et il le restera jusqu'à ce que j'en décide autrement », répondit-il en me lâchant la main. Il avança sans un regard en arrière. Deux hommes ouvrirent les larges portes en bois qui menaient à la Grande Salle. Il y entra et se dirigea vers le centre d'une table sur laquelle étaient disposés de nombreux plats sous cloche.

J'avais envie de vomir.

Kieran serra mon épaule un peu plus fort. « Ils ont eu ce qu'ils méritaient. »

Vraiment ?

Même M. Tulis ? J'avais conscience qu'il m'avait porté le coup fatal, mais…

« Avance », dit-il en me poussant légèrement. Je réussis à mettre un pied devant l'autre et à dépasser les corps épinglés aux murs comme des papillons,

Dans mon état de sidération, je ne me rendis pas compte que je m'asseyais à sa droite, ce qui était généralement une place d'honneur. Kieran s'installa à côté de moi. Je ne bougeai pas tandis que les serviteurs découvraient les plats de nourriture et que le reste de son entourage prenait place. J'aperçus Delano et Naill. Contre toute attente, j'étais rassurée de les voir en bonne santé. Ils m'avaient défendue. Peu importait, finalement, les raisons qui les avaient poussés à le faire.

Devant nous se trouvait un véritable festin. Ragoût de bœuf. Canard rôti. Viande froide et fromage. Pommes de terre au four. Tout sentait divinement bon.

Malgré tout, ma nausée ne s'était toujours pas calmée. Je n'arrivais pas à bouger. Kieran me proposa du bœuf. J'acceptai sans doute, car il m'en servit. Puis ce fut le tour du canard et des pommes de terre. Ce fut *lui* qui découpa un morceau de fromage et le déposa dans mon assiette avant d'attraper son verre. Il semblait s'être rappelé qu'il s'agissait de mon péché mignon.

Je fixai mon repas. Je ne voyais pas la nourriture. Je voyais les corps à l'extérieur de la pièce. Autour de nous, la conversation fut lente à démarrer, mais elle devint bientôt un bourdonnement sourd. Les verres et les assiettes claquèrent. Des rires résonnèrent.

Et il y avait des cadavres accrochés aux murs à l'extérieur de la Grande Salle.

« Poppy. »

Je clignai des yeux avant de lever la tête vers lui. Son regard n'était plus aussi dur, mais sa mâchoire, elle, aurait pu couper du verre.

« Mange », m'ordonna-t-il d'une voix grave.

Je ramassai ma fourchette et embrochai un morceau de viande. J'en pris une bouchée et mâchai lentement. Le goût était aussi bon que l'odeur, mais il se déposa comme un poids sur mon estomac. Je soulevai quelques pommes de terre.

Un moment passa, puis il dit : « Tu n'es pas d'accord avec ce que je leur ai fait ? »

Je jetai un coup d'œil dans sa direction. Je ne savais pas comment répondre, ni même s'il s'agissait d'une véritable question.

Verre à la main, il s'adossa à sa chaise. « Ou es-tu si choquée que tu as perdu l'usage de la parole ? »

Je déglutis et reposai doucement la fourchette sur la table. « Je ne m'attendais pas à ça.

— J'imagine. » Il sourit et porta son verre à ses lèvres.

« Combien de temps vas-tu les laisser ainsi ?

— Aussi longtemps que je le voudrais. »

Mon cœur se serra. « Et Jéricho ?

— Jusqu'à ce que je sois certain que tout le monde ait compris. »

En me rendant compte que plusieurs hommes autour de nous avaient cessé de parler pour nous écouter, je choisis mes mots avec soin. « Je ne connais pas très bien tes hommes, mais quelque chose me dit qu'ils ont compris la leçon. »

Il prit une gorgée de sa boisson. « Ce que j'ai fait te dérange. »

Je savais qu'il ne s'agissait pas d'une question. Mon regard se porta de nouveau sur mon assiette. Est-ce que cela me dérangeait ? Oui. Cela aurait perturbé n'importe qui. Du moins, je l'espérais. La violence dont il était capable était choquante, mais pas totalement surprenante, ce qui le distinguait encore plus du garde que je connaissais sous le nom de Hawke.

« Mange, répéta-t-il en baissant sa coupe. Je sais que tu as besoin de plus de nourriture que ça. »

Je réprimai l'envie de lui dire que j'étais parfaitement capable de déterminer la quantité d'aliments que j'avais besoin d'ingérer. Au lieu de ça, j'ouvris mes sens. Ses émotions étaient différentes. Elles avaient un goût… acide, presque amer. Le désir de tendre la main vers lui pour le réconforter était si fort que je me forçai à serrer les poings sur mes genoux. Était-ce ce qui s'était passé entre nous qui lui faisait ressentir une telle angoisse ? Ou ce qu'il avait fait à ses propres partisans ? Peut-être les deux. J'attrapai mon verre et fermai les yeux. Quand je les rouvris, il me regardait à travers ses cils épais.

J'aurais pu lui dire que cela me dérangeait. Je pouvais également me taire. Il s'attendait sans doute à l'une ou l'autre réponse de ma part. Cependant, je choisis de lui dire la vérité. Pas parce que je lui devais quoi que ce soit, mais parce que je me le devais à moi-même.

« Au début, j'ai été horrifiée. C'était choquant de les voir ainsi, surtout M. Tulis. Tu m'as prise au dépourvu, mais ce qui me perturbe le plus, c'est que je… » Je pris une profonde inspiration. « Je ne me sens pas si mal que ça. »

Il ouvrit grand les yeux. Son regard était perçant.

« Ces hommes ont ri lorsque Jéricho a parlé de me couper la main. Ils ont applaudi pendant que je me vidais de mon sang. Ils lui ont donné des idées de morceaux de mon corps à découper et à conserver », lui dis-je. Le silence autour de nous était insupportable. « Je n'avais jamais rencontré la majorité d'entre eux. Pourtant, ils étaient ravis de me voir me faire tailler en pièces. Alors, non, je n'ai aucune pitié pour eux.

— Ils n'en méritent aucune, déclara-t-il d'un ton sans appel.

— Je suis d'accord », murmura Kieran.

Je relevai le menton. « Mais ils restent des mortels et des Atlantiens. Ils méritent une mort digne.

— La mort à laquelle ils te destinaient ne l'était pas, me fit-il remarquer.

— Ils avaient tort. Ce n'est pas pour ça qu'il faut faire la même chose », contrai-je.

Il examina mon visage. Le sien s'était détendu. « Mange, répéta-t-il.

— C'est une obsession », rétorquai-je.

Il eut un sourire en coin. « Mange et je te parlerai de notre plan. »

Ses paroles attirèrent l'attention de plusieurs personnes. Priant pour que mon estomac ne se rebelle pas, j'acceptai de manger franchement au lieu de me contenter de picorer. Je n'osais pas regarder Kieran, car si je me tournais vers lui, je verrais le hall derrière les portes de la Grande Salle.

« Nous partons demain matin », déclara-t-il. Je faillis m'étouffer sur un morceau de fromage. Autour de moi, personne ne paraissait étonné.

« Demain ? » couinai-je, à mi-chemin entre la panique et l'espoir. J'aurais plus de chance de m'échapper sur la route qu'ici.

Il hocha la tête. « Je te l'ai déjà dit. On rentre à la maison. »

Je pris une grande rasade de ma boisson. « L'Atlantie, ce n'est pas chez moi.

— Si. Du moins, en partie.

— Comment ça ? » demanda Delano, face à moi. Il prenait la parole pour la première fois.

« Nous aurions dû nous en rendre compte plus tôt. Tant de choses ont désormais un sens alors qu'elles n'en avaient pas avant. J'ai compris la raison pour laquelle ils ont fait de toi la Pucelle, pourquoi tu as survécu à une attaque de Voraces, d'où viennent tes pouvoirs…, expliqua-t-il en baissant la voix pour cette dernière partie pour que seuls les gens les plus proches l'entendent. Tu n'es pas mortelle, Poppy. Du moins, pas complètement. »

J'ouvris la bouche, avant de la refermer. Je n'étais pas certaine de l'avoir bien compris. L'espace d'un instant, je crus que quelque chose s'était logé dans ma gorge. Je bus. La sensation était toujours là.

Le regard bleu glacier de Delano s'intensifia. « Tu es en train de suggérer qu'elle…

— A des origines atlantiennes ? termina-t-il à sa place. Exactement. »

Ma main trembla. Je renversai ma boisson sur les doigts. « C'est impossible, murmurai-je.

— Tu en sûr ? » lui demanda Delano. Quand je tournai la tête vers lui, le choc déformait ses traits. Il examina mon visage avant de s'attarder sur mon cou.

« À cent pour cent, répondit-il.

— Comment le sais-tu ? » insistai-je.

Un léger sourire étirait ses lèvres pulpeuses. Il baissa les yeux et lui aussi regarda ma gorge.

La morsure, je m'en apercevais maintenant, était à peine cachée par mes cheveux. Mon sang. Il le savait parce qu'il… avait goûté mon sang ?

Delano écarquilla les yeux et s'adossa à son siège. Il me dévisageait comme s'il me voyait pour la première fois. J'oubliais le problème du hall et me tournai vers Kieran. Lui ne paraissait pas surpris. Il haussa un sourcil. Il ne l'apprenait clairement pas ce soir. « C'est rare, mais ça arrive. Un mortel croise la route d'un Atlantien. La nature suit son cours et neuf mois plus tard, un enfant généralement mortel naît de cette union. » Kieran s'interrompit et fit glisser son pouce sur le bord de sa coupe. « Mais il y a des exceptions. Il arrive que l'enfant soit à la fois mortel et atlantien.

— Non. Vous vous trompez. » Je me tournai sur mon siège. « Mes parents étaient tous les deux mortels.

— Comment peux-tu en être certaine ? » me coupa Hawke. Non, pas Hawke. Casteel. Le prince. « Tu pensais que j'étais mortel, moi aussi. »

Mon cœur se noua. « Mais mon frère… c'est un Élevé, maintenant.

— C'est une excellente remarque, intervint Delano.

— Seulement si l'on considère qu'il s'agit de son frère biologique », dit-il. Je hoquetai de surprise.

« Ou qu'il s'est vraiment élevé », ajouta quelqu'un d'autre.

Le verre glissa de mes mains.

Il réagit à la vitesse de l'éclair et le rattrapa avant qu'il tombe sur la table. Après l'avoir posé, il me prit la main. « Ton frère est toujours en vie. »

Mon cœur s'était arrêté. « Comment le sais-tu ?

— Je le surveille depuis des mois, Poppy. Il n'a jamais été vu durant la journée. J'imagine que ça signifie qu'il s'est élevé. »

Quelqu'un jura et cracha par terre. Je fermai les yeux. Des origines atlantiennes ? Si c'était la raison pour laquelle j'avais été choisie et la source de mes pouvoirs, le duc et la duchesse avaient-ils été au courant ? Et la reine ? Je rouvris les yeux. « S'ils le savaient, pourquoi m'ont-ils gardée en vie ? »

Il pinça les lèvres. « Pourquoi retiennent-ils mon frère ? »

Je sursautai. Mon sang se glaça. « Je ne peux pas faire ça, pas vrai ? Je n'ai pas le… euh… les bonnes parties pour ça.

— Les bonnes parties ? toussa Kieran. Qu'est-ce que tu lui as mis en tête ? »

Le prince lui adressa un regard agacé. « Les dents. Je pense qu'elle parlait des dents. » Il retroussa sa lèvre supérieure et passa la langue sur l'une de ses canines. Mon ventre se serra sous le coup du désir et de la gêne. « Ils n'en ont pas besoin. Il leur faut seulement ton sang pour compléter l'Élévation. »

Si je n'avais pas été assise, je serais tombée à la renverse. J'aurais voulu nier, mais pourquoi m'aurait-il menti ? Il n'avait rien à gagner. Alors je me penchai légèrement en avant et me demandai si je n'étais pas en train de faire une attaque cardiaque.

« Je suis curieux, Cas. Pourquoi devons-nous rentrer ? » l'interrogea Kieran. J'aurais juré qu'il connaissait déjà la réponse à cette question. « On s'éloigne de l'endroit où est retenu ton frère.

— Il n'y a pas d'autre possibilité, répondit-il sans me quitter des yeux. Tu sais que les Atlantiens ne peuvent se marier que si les deux époux se trouvent au sein du royaume ? C'est la seule façon pour eux de ne faire qu'un. »

Le silence s'abattit sur la pièce. Moi, je restai bouche bée. Je ne m'étais pas encore remise de cette histoire d'origines et voilà qu'il disait…

Cette satanée fossette fit son apparition sur sa joue droite, puis la gauche. Casteel Da'Neer, le prince d'Atlantie, sourit à pleines dents et leva nos mains jointes. « Nous rentrons à la maison pour nous marier, ma princesse. »

Remerciements

En 2016, Laura Kay et moi-même nous trouvions à l'aéroport de Cincinnati quand je lui ai parlé du *Sang et la cendre*. Ce fut la première personne à me dire : « Je veux lire ça ! Écris-le tout de suite ! » Je ne l'ai pas fait. Il s'agissait de *high fantasy*, ou fantasy épique, un genre auquel je ne m'étais jamais essayée, et je me répétais que j'avais besoin de temps pour déterminer si j'étais capable de construire une véritable histoire à partir de cette idée folle. Ce temps, je ne l'ai pas pris. Pas en 2016, ni en 2017 et encore moins en 2018. Ce n'est que lorsque j'ai abordé le sujet des « livres du cœur » (ceux que l'on n'attend pas de nous, mais que l'on doit écrire à tout prix) avec J. R. Ward que j'y ai repensé. Grâce à cette conversation, en septembre 2019, j'ai trouvé le courage de décider enfin qu'il était temps de me lancer. Laura Kaye et J. R. Ward, je vous dois donc de grands remerciements. Sans vous, *Le Sang et la Cendre* serait resté à l'état d'idée et ne serait jamais devenu un véritable roman.

D'autres personnes se sont assurées que je termine ce livre. Brigid Kemmerer dont l'enthousiasme m'a donné le courage de persévérer dans un genre qui m'était quasiment inconnu. Wendy Higgins qui, après avoir terminé sa lecture, a eu des paroles aussi belles qu'inspirantes. Jen Fisher qui est tombée amoureuse de Hawke dès le troisième chapitre et m'a aidée à travers de nombreuses remarques. Andrea Joan qui m'a envoyé des paragraphes entiers de réactions au fur et à mesure de sa lecture. Les JLAnders qui ont tout de suite été curieux de ce nouveau couple si mystérieux et ravis d'embarquer dans cette nouvelle aventure à mes côtés.

Au début, j'avais l'intention de publier ce livre en autoédition. J'avais de nombreuses raisons de le faire, mais deux d'entre elles me tenaient particulièrement à cœur. Premièrement, je voulais que le roman sorte le plus vite possible. Deuxièmement, j'avais besoin de travailler sans attente ni pression de la part d'un éditeur. Puis j'ai entendu parler de Blue Box Press. Je savais déjà qu'ils effectuaient un travail fantastique sur les collections 1001 Dark Nights, alors, j'ai contacté Liz Berry. Je n'avais pas la moindre idée de la façon dont elle allait réagir en apprenant ce que j'écrivais et la méthode de publication que j'envisageais. J'étais persuadée qu'elle allait refuser ma proposition d'emblée, mais ce ne fut pas le cas. En l'espace d'un coup de fil, elle avait déjà décidé d'éditer mon roman et imaginé une technique de marketing en parfaite adéquation avec mes souhaits. À cet instant, j'ai su que *Le sang et la cendre* était entre de bonnes mains. Merci à MJ, Liz et Jillian (et à Steve, parce que c'est l'heure de lire du Steve Berry !) d'avoir pris ce risque avec moi. Votre enthousiasme, votre amour, votre soutien et vos remarques constructives m'ont permis de terminer cette histoire et de la remettre entre les mains des lecteurs. Merci également à toute l'équipe : Chelle, Jen Watson et Kim !

Merci, Sarah J. Maas, pour ton soutien. J'essaierai de ne pas te caresser les cheveux comme un vieux pervers la prochaine fois que je te verrai. Lexi Blake, sans tes conseils, on serait encore en train de choisir l'arrière de la jaquette, alors merci. Hang Lee, tu es terriblement talentueuse. Avec seulement trois concepts : épées, flèches, forêt sanglante, tu as été capable de créer la plus belle couverture que j'aie vue depuis longtemps. Tu as des doigts de fée. Merci à Stephanie Brown de s'être occupée de tout et à Ernesto Flooffington III de m'avoir donné l'impression qu'un Gremlin courait au-dessus de ma tête pendant que je travaillais. Aux JLanders Reviewers qui ont été mis au courant de l'existence de ce roman avant les autres, merci d'avoir tenu votre langue et de m'avoir donné votre opinion sincère. Enfin, un grand merci à vous, lecteurs, qui avez acheté ce livre et qui allez le lire. Sans vous, rien de tout cela ne serait possible.

À propos de Jennifer L. Armentrout

Autrice de best-sellers en tête des listes du *New York Times* aux États-Unis et à travers le monde, Jennifer vit à Shepherdstown, en Virginie-Occidentale. Ne croyez pas les rumeurs que vous avez entendues sur cet État.

Quand elle ne travaille pas, elle passe son temps à lire, à regarder de très mauvais films de vampires, à faire semblant d'écrire ou à profiter de son mari, de Diesel, leur chien policier à la retraite, d'Apollo, un chiot Border Jack un peu fou, de dix alpagas qui jugent tous ses faits et gestes, et de deux chèvres.

Son rêve de devenir autrice est né en cours de mathématiques pendant lesquels elle inventait des nouvelles… ce qui explique ses notes désastreuses. Jennifer écrit de la romance *New Adult* contemporaine, fantastique, paranormale ou empreinte de science-fiction.

13719

Composition
NORD COMPO

Achevé d'imprimer en Italie
par GRAFICA VENETA
le 16 mai 2023

Dépôt légal : novembre 2022
EAN 9782290379554
OTP L21EPGN000780-615328-R2

Éditions J'ai lu
82, rue Saint-Lazare, 75009 Paris
Diffusion France et étranger : Flammarion

Staffordshire Customs,

SUPERSTITIONS & FOLKLORE.

Photo by J. W. Bernard, Wednesbury.] [By kind permission of "Wednesbury Borough News."

MAYORAL RECEPTION OF H.R.H. THE PRINCE OF WALES IN WEDNESBURY MARKET PLACE, JUNE 13th, 1923.

Staffordshire Customs,

SUPERSTITIONS & FOLKLORE.

BY

FREDERICK WM. HACKWOOD,

Author of "Staffordshire Gleanings," "Dragons and Dragon Slayers,"
"The Bridal Book," etc., etc.

[Reprinted from the "Lichfield Mercury."]

I turn to sleep, content that from my sires
I draw the blood of England's midmost shires.
—John Drinkwater.

Republished
EP Publishing Limited
1974

Republished 1974 by EP Publishing Limited
East Ardsley, Wakefield
Yorkshire, England

First published 1924 by The "Mercury" Press,
Lichfield, in an edition of 75 copies

The publishers wish to point out that, as this is a photographic reproduction of the original edition, the quality of this reprint faithfully represents the standard of printing of the original, and not that to which present-day readers may be accustomed

---

ISBN 0 7158 1057 X

Please address all enquiries to EP Publishing Limited
(address as above)

Printed in Great Britain by
The Scolar Press Limited
Menston, Yorkshire

CONTENTS.

I.—Introductory.

HISTORY is the grand illuminant which reveals the story of past ages in the broad aspect of the national life, throwing the lime-light particularly on the strutting of princes, statesmen and other great ones of the earth across the stage of the national drama. Of the intimate life and thought of the common people, whose daily labours kept them remote from the society of kings and palaces, it shows us really next to nothing To understand the general state of society during the by-gone centuries of long ago, a study has to be made of the ancient habits and beliefs of the people, of their sports and pastimes, particularly of the many forms of recreation in which they indulged themselves when occasional surcease from toil released them from those almost unremitting ties of servitude which the social conditions of the time imposed upon them. During the Middle Ages the dull, drab lives of the people were only relieved by a profusion of childish rites, pageants and ceremonies, the origins of which were traceable mostly to papal Rome, or to a more remote Paganism, if they were not lost altogether in the mists of a prehistoric antiquity. It is proposed in the following pages to recall and study some of these vestiges of antiquity; for, though such trivialities may be regarded by the academic chroniclers as the mere dregs and lees of history, they really constitute an element that is undoubtedly essential to the full and proper understanding of the past.

And perhaps not the least interesting feature of our study will be found in the omens and portents, in the strange superstitions and curious beliefs, by which our unlettered ancestors, entirely ignorant of natural science, sought to account for all the strange happenings they did not understand, by attributing some fanciful cause to every effect, phenomenon and uncommon manifestation of nature.

With regard to the ancient customs of Staffordshire, a number of the more curious and striking of them have, by virtue of their extraordinary quaintness, been treated with almost exhaustive fullness in one or other of the previous volumes of this series. In the present work, to exclude further mention of them would be to leave a sense of incompleteness; they will therefore be included in their proper places, but with a necessary condensation for brevity, references being added in each case to the earlier and fuller descriptions emanating from this pen. Among these famous old Staffordshire customs which have acquired for themselves more than a local fame may be mentioned Lichfield Greenhill Bower, Bromley Horn Dance, Jack of Hilton, the Tutbury Minstrels, etc., etc.

The acknowledged authority on this subject, treated nationally, is John Brand, the antiquarian, whose work entitled "Popular Antiquities" was first published in 1777. Locally, and particularly with reference to the counties of Stafford and Salop, the subject has been ably and exhaustively treated by the well-known antiquarian writer, Mr. G. T. Lawley, of Wolverhampton, an account of whose careful and extensive researches has already been given in "Staffordshire Sketches" (pp. 58-59). Mention is also made in the same volume to the valuable contributions relating to Staffordshire made to "The Folk Lore Journal" by Miss Burne.

II.—New Year Customs.—General.

THE first day of January has not been marked out by the Church for any special observance, and was scarcely noticed at all by writers earlier than the eleventh century. In the Church Calendar it commemorates the Circumcision of the Infant Jesus, a Jewish custom performed on the eighth day after birth; and the earlier Church writers invariably speak of this date as the Octave of Christmas. On the ancient Staffordshire Clogg Almanacks the date is marked with the symbol of a Ring, which doubtless may be interpreted as the Circle of Eternity, one year ever following another, world without end.

STAFFORDSHIRE CLOGG ALMANACKS.

The arrival of the first day of a new year naturally suggests the provision of a Calendar for the due reckoning and checking off of its days, months and seasons. Staffordshire is peculiarly celebrated for its long-continued use of Clogg Almanacks, a system of reckoning introduced by the Danish invaders in old Saxon times, and not obsolete in the seventeenth century, two hundred years after the appearance of the printed Calendar.

The Clogg Almanack, as its name imports, was constructed of a "log," or square piece of wood, box, fir, or oak, which marked three months on each of its four edges, a notch being cut for each day's mark. The first day was marked by a notch with a patulous stroke inclining from it, and every seventh by one longer than those intervening.

From the notch indicating a Saint's Day issued a symbol for that particular saint; as two outline Keys for St. Peter's Day (June 29th), and a Catherine Wheel for St. Catherine, Virgin, on November 25th. All these symbols were arbitrary, and extremely crude in design, such as the inexpert carver would find easy to produce. It sufficed if only the festival were accurately indicated. It might be easy to read St. David's Day in a Harp, or St. Valentine's in a True Lover's Knot, but not all were so easy of interpretation.

Over against many of them, on the left hand, appeared several marks symbolical of the Golden Number or cycle of the moon. If this number were under five, it was denoted by so many points; if five, by a hooked line drawn from the notch representing the sign of five. When above five, and under ten, the hooked line or V had one or more points appended to it. These points were now continued over it, and a stroke crossed it for ten. At nineteen it was intersected by two strokes.

These curious instruments were not always exactly alike. Some have been found which were hexagonal, the signs intermixed with Runic characters — one that was flat divided into six columns; and one that was in separate tablets. Specimens are preserved at Oxford in the Bodleian Library and in the Ashmolean Museum. Engravings of Clogg Almanacks were given in Dr. Plot's "Staffordshire"; by Gough in his edition of Camden's "Britannia"; and by Hone in his "Every-Day Book." As Runic characters have appeared in many of them, they have sometimes been called Runic Staves (Run-Stafas, or "mysterious staves"), and they are clearly of Norse origin. In primitive communities the notched rod served for all manner of calculations. Did not Robinson Crusoe calculate the lapse of time on a notched post?

BELL-RINGING—CAROL SINGING —FIRST-FOOTING.

Of New Year customs to be noted here there may be said to be two types; those peculiar to Staffordshire localities, and those commonly observed throughout the country.

The New Year is very generally welcomed by joyous peals of the church bells, which in the words of Tennyson's "In Memoriam" are supposed to

Ring out the old, ring in the new,
Ring happy bells across the snow:
The year is going, let him go;
Ring out the false, ring in the true.

A number of religious bodies also hold Watch Night Services at midnight in their respective churches or chapels, so that the

New Year may discover the congregations at their devotions.

The other equally widespread custom of the Waits or Carol Singers is duly observed. The singers are invariably rewarded with largesse, and sometimes entertained by the more hospitably inclined with seasonable refreshments

Superstition exists as to the luck brought into a house by the first person permitted to cross the threshold after the midnight hour has struck. In no part of the county is a female accounted as a desirable person to " let the New Year in " to a house; and while in some parts a dark male is held to be " lucky," in other quarters a fair man is preferred as a bringer of good luck. The difference may possibly be traced to have originated in the far-away centuries when the native Celt and the Saxon invader were struggling for supremacy in this debateable borderland of Mercia. In many parts bands of boys go round to perform the rite of " loosing in the New Year " (as they call it), and many superstitious householders are most careful in the selection of the youth accepted for this solemn performance, some preferring a light complexioned male and some a dark one. On the borders of Derbyshire a dark-complexioned man or boy is strictly preferred, while it is considered most unlucky for a woman to be the " first foot "—sure to bring sickness it is believed! As an opportunity of levying blackmail on superstitious householders, the boys never neglect to make the most of it.

The ditty with which these enterprising youths cover their friendly attacks on the purses of their good neighbours runs:—

The cock sat up in the yew-tree,
 The hen came chuckling by,
I wish you a Merry Christmas
 And every day a pie;
A pie, a pie, a peppercorn,
A good fat pig as ever was born,
A pocket full of money,
A cellar full of beer,
And a good fat pig
To last you all the year!
 And pray God send you
 All in a joyful
Glad New year,
A New Year!

While the general tenour of the ditty is obviously one of hearty good-will and all seasonable good wishes towards the householders, the allusion of the first two lines is too subtle for interpretation in such context. Another South Staffordshire " first-footing " carol for the occasion generally runs thusly in the vernacular:—

Here we come a-wandering,
 Across these fields so green;
Here we come a-wandering,
 So fair unto be seen.
God send you happy. God send you happy
Pray God to send you all a happy New Year.
Year.
We am your neighbour's childeren,
 What beg from door to door;
We am your neighbour's childeren,
 What you have seen before.
God send you happy. God send you happy
Pray God to send you all a happy New
 Year.

The approved observance on these occasions is for the householder to open the front door and admit the selected youth, who runs through the house yelling at the top of his voice the sententious greeting, " Please to let the New Year in! The Old Year out, and the New Year in!" making his exit by the back door after duly collecting his backsheesh on the way.

In Handsworth, the part of Staffordshire which serves as a mere " dormitory of Birmingham," the custom is more businesslike and far less sentimental. There gangs of boys parade the dark streets from midnight till breakfast-time merely chanting with " damnable iteration " the curt phrase, " New Year in!" The monotonous repetition of this curt appeal for householders' patronage is aggravated by the fact that Birmingham workmen are not notoriously early risers.

In some parts of North Staffordshire it is customary for householders to open their doors wide just before midnight, as if to accord the coming year a hearty welcome. In most parts it was formerly the custom to ring a muffled peal on the church bells just before the clock struck twelve, and while the striking was in progress to remove the bandages ready to break out into a merry peal on the last stroke of midnight.

Among the Black Country colliers superstition prevented them doing any work in the pits on New Year's Eve or on New Year's Day. Many housewives in the same region would never dream of carrying fire from one room to another, or of giving anyone a light on New Year's Day; a superstition supposed to be traceable to a period as remote as the Beltane fires of our pagan predecessors, essentially the same thing as the "fires of Baal," when the Druids practised a form of fire worship.

The custom of Wassail is very well known, being so commonly observed in all parts of the country. The name is derived from the Anglo-Saxon "was hæl," to be in health, and was the pledge-word in drinking together. The wassail-bowl was honoured in all parts of the country, the liquor termed wassail being generally composed of warm ale, sweetened and spiced. The old custom in Wednesbury was to add roasted apples, the white pulp of which burst through the skins and floating on the top of the liquor, won for it the descriptive name of "Lambs-wool." In Lichfield an ancient custom long observed at Christmas and New Year was for roysterers to call upon the inhabitants with a cup and entreat a contribution either of drink or of "wassail" money.

III.—New Year Customs: Local and Special.

HAVING treated the New Year Customs shared in common with the other counties, we now have to deal with those peculiar to Staffordshire.

JACK OF HILTON.

One of the strangest old customs in this county or any other appertains to the Manor of Essington, lying between Wolverhampton and Walsall. In Norman times the manor was part of the great barony of Dudley, but later it was held by a peculiar feudal service from the neighbouring Lord of Hilton. It was one of those freakish contracts made between lord and tenant of olden times which have been classed as "jocular tenures." By the terms of his charter of holding the tenant of Essington was bound to bring to the hall at Hilton every New Year's Day a goose, and to drive it at least three times round the fire, while the said fire was being blown by Jack of Hilton. This part of the ceremony being finished, the lord of the manor of Essington, or his bailiff, carried it to the table cooked, and received a dish from the lord of Hilton for his own mess.

Not the least curious part of this rent-paying business was the instrument known as Jack of Hilton, a little hollow image of brass, in the form of a man kneeling on one knee. In its mouth is a little hole of a size sufficient to admit the head of a pin. Through another hole in the back of the figure it was filled with water. This hole was then stopped up and the figure placed on a strong fire. Presently the evaporating water forced a continuous blast through the hole of the mouth which was used to blow the fire.

Of the date or origin of the image nothing definite can be stated but from the indecent nature of it the probability is that it came from some Eastern Country, and has had some connection with ancient Phallic worship.

Also when this curious feudal service began no record exists to show; but before it became obsolete it is said to have been performed uninterruptedly for upwards of a hundred and forty years.

"Jack of Hilton" is still carefully preserved by the Vernons of Hilton as one of the most prizeable possessions of the family. This account of the custom is as brief as it possibly may be; a longer one will be found in the writer's earlier volume of the series, "Staffordshire Curiosities," pp. 99—102.

ABBOTS BROMLEY HOBBY HORSE DANCE.

Another local custom is equally curious, and as strange, perhaps, as any in the whole of England, and is known as the Abbot's Bromley Hobby-horse Dance. So quaint and so far famed is it that notwithstanding the full treatment of the subject previously given in "Staffordshire Curiosities," published in 1905, an omission to mention it in this series of articles would be inexcusable. The present treatment, however, must be brief; and mention may be made of the fact that it was celebrated three times a year; namely at Christmas, on New-Year's Day, and on Twelfth-Day—and according to one writer on May 12th. The origin of this custom is also unknown, but one authority has ventured to suggest that it was instituted to commemorate some special privilege of hunting in the neighbouring forest.

The custom may be several centuries old, but apparently its origin does not go back into the mists of high antiquity. It is based on the Morris Dance, borrowed from the Moors, and introduced into England through Spain, probably through a royal marriage or some similar alliance with that country in mediæval time. It differs from similar local customs of the dance type in that it is not merely a May Day revel, but was generally celebrated at Abbot's Bromley in Mid-winter, and the steps performed were those of a familiar old country dance called The Hays.

An old description of the Hobby-horse Dance says that on the occasion of its performance a person danced through the principal street carrying between his legs the figure of a horse composed of thin boards. In his hands he bore a bow and arrow, which last entered a hole in the bow; and stopping on a shoulder in it, made a sort of snapping noise as he drew it to and fro, keeping time with the music. Five or six other individuals danced along with this person, each carrying on his shoulder a reindeer's head, three of the heads painted white and three red, with the arms of the chief families who had at different times been proprietors of the manor painted upon them. To this Hobby-horse Dance there also belonged "a pot which was kept by turns by four or five of the chief of the town whom we call Reeves, who provided cakes and ale to put into this pot. All the people who had any kindness for the good interest of the institution of the sport, giving pence apiece for themselves and families, and so foreigners too, that came to see it; with which money the charge of the cakes and ale being defrayed, they not only repaired their church but kept their poor too; which charges are not now perhaps so cheerfully born."

This practice (says the same old writer) "seems to have existed at other places besides Abbot's Bromley; for we find Hobby-horse money frequently mentioned in the old parish books, both of Stafford and Seighford. It continued in force till the era of the Civil Wars between the Parliament and the House of Stewart, at which time Sir Simon Degge informs us, that he saw it often practised." This county historian adds in another part of his work that "they had something of the same kind to get money for the repair of the Church of Stafford, every Common Council then collecting money from his friends, and whosoever brought in the greatest sum to the Hobby-horse was considered as the man of best credit, so that they strove who should most improve his interest." (See Parochial Antiquities of Stafford MS, Gough's Camden, Vol. II, p. 514).

The "properties" used in the dance—the hobby-horse, the antlered heads, the bow and arrow, the wooden spoon used to collect the money, etc.—were stored in the tower of the church under the care of the vicar.

* * *

Among other Staffordshire towns in which this scheme of raising funds for the repair of the church was Wednesbury. A description of this mumming play as practised in Tudor times, and gleaned from the records of the Court of Star Chamber, will be found in "Odd Chapters in the History of Wednesbury," pp. 80-83.

IV.—Epiphany Customs: General and Local.

INCLUDED in the Christmas cycle of festivity is January 6th, which by some in olden times was supposed to bring the great Christian winter feast to a close, though others held that it continued till February 2nd, known as Candlemas. In the Church, January 6th was known as Epiphany, from a Greek word signifying "manifestation," because it was the celebration of the visit of the Wise Men from the East to the Infant Saviour, and was therefore the manifestation of Christ to the Gentiles. Also it was known as Twelfth Day, being twelve days after Christmas Day.

The monarch's Epiphany gifts of gold, frankincense, and myrrh at the altar of the Chapel Royal is an ancient custom long since discontinued.

This festival was religiously celebrated in the first three centuries of the Christian era, and came to be known later as Old Christmas Day. When Christmas came to be feasted on December 25th, Twelfth Day survived as the Feast of Epiphany, and a law of Alfred the Great made the twelve days after Christmas all festivals; while January 7th, devoted to half work and half play, was nicknamed St. Distaff's Day. The zenith of this holiday's popularity was reached about the time of Shakespeare, who named one of his comedies "Twelfth Night"; while Ben Jonson wrote several of his masques for the amusement of the Royal Court on this night of high festivity, when the services of mummers and musicians were in great demand. Supper was the prelude to the evening's mirth, when the fun centred round a huge plum cake which crowned the festal board, and in which were secreted a bean and a pea. At the cutting of the cake was struck up a rollicking song:—

> Now, now the mirth comes,
> With the cake full of plums,
> When Bean is King of the Sport here.
> Besides which, you must know,
> The Pea also
> Must revel as Queen of the Court here.

The two lucky revellers who found the Bean and the Pea were then saluted as the merry monarchs of the feast. The query here suggests itself—Was this the origin of the modern slang salutation of a familiar friend as "Old Bean"?

Rural celebrations included the footing of old country dances in decorated barns, the singing of toasts to oxen in the stalls and fruit trees in the orchard, and the lighting of great bonfires.

According to Blount, the seventeenth century antiquary, "the inhabitants of Staffordshire make a fire on the Eve of Twelfth Day in memory of the blazing star that conducted the Three Magi to the manger at Bethlehem." Halliwell in his Dictionary of Archaic Words comments on this under the word "Blaze," which he says was the name given to this fire, adding that Yule Logs were sometimes called "Blazes." The practice of thus commemorating the Star of Bethlehem was not confined to Staffordshire, where joyous scenes of Wassailing accompanied the celebration, but was also observed in the neighbouring counties of Hereford and Gloucester, where the celebrants provided visitors with a bounteous supper and pledged them in cups of good cyder.

A WALSALL CUSTOM.

Among the seasonal customs of the county is one connected with Walsall, where on "Twelfth Eve," every person belonging to the town and the out-hamlets of the parish was entitled "to receive a penny loaf providing that he came to fetch it." This charity is known as the Moseley Dole; its origin has been almost lost in the obscurity of the forgotten past. According to local tradition, one Thomas Moseley, of Walsall, in the far-away times of long ago, while riding through the town once heard a child crying for want of bread on the Eve of Epiphany, whereupon he resolved that if he could prevent it, such distressing circumstances should never happen there again. To which end he settled his manor of Bascote, in the county of Warwick, upon the town, to provide annually a penny loaf for every person within the liberties of Walsall, on Twelfth Eve, for ever.

Such is the picturesque legend of the foundation. The truth seems to be that

Thomas Moseley, of Moxhull, by deed of feoffment, dated 30 Henry VI., settled his manor of Bascote, for performing annually an Obit for the souls of him and his wife Margaret, in the church of Walsall, and in the Abbey of Hales Owen. No mention is made in the deed of any dole to be given; but the remainder of the rents is given absolutely to the town of Walsall. Whether the town gave, at the first, this bread dole out of their part of the rents, is uncertain; but the first record of its bestowal on the poor is in 1539, when the bellman summoned the people to repair to the church to pray for the souls of Thomas and Margaret Moseley; upon which occasion the dole was given, and the sum of £7 10s. 9d. charged to that account. It would seem therefore that the dole was merely "customary."

Then came the Reformation, and as a consequence Obits, as prayers for the dead, were regarded as Popish superstitions, and as such declared illegal. The alert reformers failed not to seize the lands which endowed this illegal custom; and the Bascote estate remained Crown property till the 28th Elizabeth, the town, however, renting the land and continuing the dole. Queen Elizabeth then gave the manor to Sir Jacob Crofts, the Controller of her household, who sold it to two men, named Shaw and Headcock respectively, who in turn sold it to the Walsall Corporation, in whose hands the property remains. These latter transactions reflect more credit on the town of Walsall than on the Crown authorities.

In the seventeenth century Dr. Plot estimated the value of the property at £100 per annum, and the dole absorbed some £23 of it.

Sir William Dugdale, in his History of Warwickshire, says nothing about the dole while giving an account of the Moseley gift to the town of Walsall. He says that one Thomas Moseley, of Moxhull, in the county of Warwick, being lord of Bascote in that county, gave it in trust, A.D. 1452, to William Lyle and Thomas Magot, for the use of the town of Walsall. Lyle being the surviving trustee, his son John claimed it as his own land, denying the trust. Hereupon, a suit being commenced by the town against him in 1515, it was adjudged to Richard Hurst and John Ford, for the use of the said town, who soon after made a new feoffment, and so it continues in the hands of trustees to this day.

From this account it has been thought that Hurst and Ford were the first beginners of this dole, and that they gave it the name of Moseley's Dole, not because he was the founder of it, but because it was paid out of the profits of his lands.

According to the MSS. of Dr. Wilkes, the Willenhall antiquary (in the "Universal Magazine" for January, 1788), "in 1726 a commission for charitable uses being issued out of Chancery, for this county, among the rest complaint was made against the Corporation of Walsall about this dole; but it plainly appeared that the lands belonged to the Corporation, and that the Dole was only customary, which might be continued or omitted as the Corporation pleased." When, however, an attempt was once made to discontinue the customary dole, the populace showed such a clamorous and riotous disposition, that the town authorities were forced to continue it without further ado.

In later times up till the year 1825 a penny was paid to each inhabitant of Walsall and Rushall, and the distribution day was regarded by the children as a day of rejoicing. A man went round with a bag of coppers, and having ascertained the number of persons in each house left as many pence. The Charity Commissioners then raised an objection to this method, and the Corporation with the funds at disposal erected eleven almshouses for necessitous widows, one for Rushall, and five each for the borough and the foreign of Walsall, each occupant receiving 2s. per week, paid out of the general borough funds The money distribution had been made by the Sergeants at Mace, who delivered so many pence and reserved an equal number for the Court Leet.

From the returns of the administration of this ancient dole estimates have been formed of Walsall's approximate population before the days when the "numbering of the people" was a regularly enforced formality. In the 13th Henry VII. (1498) it was calculated to be "about 1,809"; in 1686, according to Plot, the population "did not exceed 5,500"; and in 1813, according to Pearce's History of Walsall, "in such proportion has the population been progressively increasing" that this historian and town official (he was Vestry Clerk) estimated the population for that year at 14,000, "including Rushall, which is not very populous," of whom "about 9,000 live in the town." The estimate was far too high; the parliamentary census of Walsall in 1801 had been 10,399, and in 1811 it was returned at 11 189; by 1821 it had reached only 11,914

It should be added that Thomas Mollesley and another founded a charity in Walsall Church on September 21st, 1447. An " Obit," it may be explained, was the practice of keeping a light perpetually burning in the church as a religious duty on behalf of the commemorated dead.

Also see Edwards's " Old English Customs " (1842), p. 55, where connected with another old benefaction to benefit the poor of Walsall the use of an archaic word may be noted. " Fourty shillings are payable to the parish to ease the poor inhabitants of their ' Lewnes.' " This rare word is a synonym for " a poor-rate levy. '

V.—Lenten Customs.

BESIDES Feasts and Festivals, the Church has appointed certain Fasts and Vigils to be observed. Of the latter, the most important is the forty days of fasting known as Lent, instituted to teach men self-discipline, and to commemorate the forty days of Christ's fasting in the Wilderness in preparation for His earthly ministry

The word Lent is of Anglo-Saxon origin ("lencten"), and signifies Spring, at which season of the year it occurs, commencing on Ash Wednesday and continuing till Easter Day.

SHROVE-TIDE.

As the forty days of Lent were regarded as a severe trial to the flesh, the Church in its wisdom looked with leniency on certain indulgences with which by ancient custom the eve of the great Spring Fast came to be ushered in—it was thus Ash Wednesday was immediately preceded by Collop Monday and Shrove Tuesday. On the Monday it was customary in many parts of England to indulge in a good dinner of meat collops, or bacon rashers, garnished with eggs; and on the Tuesday to eat bounteously of pancakes.

Shrove-tide signifies the time of confessing sins, as the Saxon word shrive, or shrift, means confession; for it was considered as but right and fitting that to enter upon the austerities of Lent in a suitable frame of mind a Christian should first be confessed and shriven by the priest

Pancake Tuesday is perhaps the most popular of all the school holidays, if indeed the comestible with which it is celebrated is not the favourite delicacy of all school children. The custom of tossing the pancakes at Westminster and other public schools is well known.

At Lichfield Grammar School the old practice of "barring out" the masters on Shrove Tuesday (or Goodish Tuesday, as it was also sometimes called) formerly prevailed. On one of these occasions, probably about 1684 or 1685, Joseph Addison, then a scholar, displayed a degree of disorderly daring scarcely to have been expected from one who afterwards developed so well regulated a temperament as characterised this great English essayist.

In some parishes a church bell is rung at eleven o'clock to notify all cooks and house-wives to begin prepare the batter. To this ding-dong the children will often chant an accompaniment, which at Bilston, Wednesbury and surrounding Black Country towns runs in this wise:—

Ding dong, pan on, pan on, ding-dong,
Pull the big one off, put the little one on,
Ding-dong, pan on, pan on, ding-dong!

—while at Wolverhampton, the patronal saint of which is the "Prince of the Apostles," and custodian of the keys of heaven, the words are:—

Pancakes and frittes,
Say the bells of St. Peter's!

The first three pancakes that came off the fire were anciently regarded as sacred, and after the cook had marked them with a cross and sprinkled them with salt to keep out evil spirits, they were placed aside, the superstition of the country folk expressing itself in the rhyme:—

Good pancakes made of milk and beer
Are made for no one present here;
There's one for Peter, one for Paul,
The third for Him who made us all.

If it snowed on Shrove Tuesday the Black Country cook never failed to carry the frying-pan outside the door, so that a few flakes might mix with the batter, being supposed to improve the mixture in some way.

In no Infant School was the customary half-holiday allowed to be forgotten, every little voice being uplifted in the shrill chorus with which the audacious youngsters enlivened their way to morning school:—

Pancake Day is a very happy day,
If you don't give us holiday
We'll all run away!

This children's red-letter day marked the opening of a number of outdoor games; among them the boys began to play tip cat or marbles, the girls to exhibit their skill with skipping-ropes or at hop-scotch, the apparatus for which made a sudden, and as it were a spontaneous, reappearance from hiding-plaees long unknown to all but the children themselves.

It was formerly the custom in some towns and villages to play football on

Shrove Tuesday, not according to modern methods and approved rules of scoring goals, but of pitting all the youth and manhood of one parish against the massed players of a neighbouring parish and endeavouring to drive the ball into the opponents' territory.

Thus we read in Plant's "History of Cheadle":—

"Football was played on Shrove Tuesday in the main street of this town, when the shop-keepers put up their shutters, it being held that they had no remedy for broken windows on that day."

"MOTHERING SUNDAY."

The fourth Sunday in Lent, or Mid-Lent Sunday, is commonly known as "Mothering Sunday," from an old custom widely spread throughout the country, of children and servants visiting their parents' home on that special day. From the amount of feasting which usually accompanied the celebration, it could scarcely be accounted as part of the Lenten fasting observance. Yet in the family circle there was always a solemnity as well as a joy in this highly popular annual festivity, so religiously and almost universally kept, not only in Staffordshire, but throughout the entire Midlands. To the filial mind there could be no greater pleasure than that of spending a day in the old home with the old folks there.

The custom of "Mothering" has been associated with the lesson read in church for that day, but how such connection arises it is difficult to say, for it was Jacob who went down into Egypt to his son, and not Joseph who went to his father, much less his mother.

Another origin of this practice of all the younger branches of a family visiting their mother on this particular day of the year has been suggested as traceable to an ancient Church custom. In the early era of the English Church it was customary for the congregations of many surrounding parishes to pay a ceremonial annual visit to the "mother" church of the diocese. Thus it was that the various companies of Christian worshippers went in procession on this day to the Cathedral, each parish led by its banner, vast open-air services being held for the combined processionists, followed by administrations of the Sacraments of Baptism and the Lord's Supper inside the Cathedral. The records of Lichfield Cathedral show that processions of this kind were wont to be made to the "Mother Church" from Wolverhampton, Wednesbury, Walsall, Bilston, Yoxall, and other ancient parishes, all paying their oblations in "St. Chad's Farthings" or other money. As collisions sometimes occurred between rival parishes, the Bishop ordered in 1357 the substitution of a simple cross for the processional banner

Of the annual ceremonial visits of parochial congregations to the Cathedral, or mother church of Lichfield diocese, at Mid-Lent, some interesting details are given in Beresford's "History of the Diocese." The reverend historian says:— "The pilgrims entered the minster by the south door, turning to the right down the south choir aisles. They got perhaps a short exhibition of the head of St. Chad as they passed along under the stone gallery over the Prebendaries' robing-room door. Then they would go on towards the great shrine where the yearly offerings were made."

These processions were possible in the primitive days of the Early Church, but in later times, when the population had greatly increased, such formal annual attendance at the Cathedral Church was discontinued.

The duty or obligation was transferred to the collegiate and deanery churches, to which all the various prebendal populations stood in a similar relationship as the collegiate churches to the Cathedral. The costs of these annual proceedings were defrayed by the respective parishes, as the following parochial statements indicate:—

		£	s.	d.
1693.	For going to ye Mother Church with ye children and ye parishioners	1	3	6
1698.	For ye Procession on Midlent Sunday	0	15	0

It must be borne in mind that in very early times one church served for collective assemblies of public worshippers coming from the scattered communities of a wide area; and when in course of time a single church was found totally inadequate to accommodate such large congregations small chapels were erected in certain convenient localities for the simple purpose of worshipping God, but not for the administration of the Holy Sacraments. These small edifices were known as "chapels-of-ease."

The ancient practice of assembling vast congregations of massed parishes had necessitated the open-air administration of Baptism and of the Lord's Supper to large numbers for whom accommodation could not be found inside the Cathedral. The priests of the mother church laid claim to all fees arising from baptisms, burials, churchings, etc., which became a source of considerable revenue; and by not licensing the chapels-of-ease for administering those priestly offices, it became incumbent on the people to attend the mother church for such purposes.

As an equivalent for the benefit they conferred on the people of these out-hamlets by building for them conveniently situated chapels-of-ease, the Dean and Chapter of the mother church demanded that once a year all the people should march in procession on Mid-Lent Sunday to the mother church, there to offer their alms and oblations. In time the people grew lax, and orders were circulated by the Dean to the curates of parishes reminding them of the ancient and laudable practice of attending the mother church at Mid-Lent; but notwithstanding all such reminders and behests this old ecclesiastical custom fell gradually into disuetude, and to-day is reflected only in the social custom of "Mothering Sunday's" time-honoured family festivities. Still there is something delightfully picturesque in the idea of those ancient processions of devout Christians, singing sweetly as they marched through the sylvan glades of Cannock Forest on their way from Wolverhampton and Wednesbury, or from Longdon or Yoxall, on their pilgrimage to the sanctified shelter of Lichfield's benignant pile.

Mothering Sunday has also been called "Lætare Sunday," from the first word of the Introit ("Lætare Jerusalem, et conventum facite," etc.). The Epistle, taken as it is from Galatians iv., sets forth the privileges of Christians as claiming a share in the treasures of heaven and also a "mother" in that Jerusalem which is above; the Gospel, too, relates the feeding of the five thousand in the desert. So that there are in the Church service for the day various scriptural allusions which seem to warrant a brief relaxation from the austerities of Lent. Whether justified in such an interpretation or not, it is certain the good folks of Staffordshire have always looked upon this day as one of joy and festivity, with special dishes appropriate to the occasion. The special fare varies in different places. In the Black Country around Wednesbury the Mid-Lent dinner usually consists of a loin of veal followed by laid-pudding, so called from the fruit, custard, and other ingredients being carefully baked in layers. At Draycot-in-the-Moors, in North Staffordshire and near to Cheadle, the seasonable dish is fig-pie, made of dry figs, sugar, and treacle. Other places also have their own special Mothering Sunday dish.

Little honour is now accorded by the ordinary population to Ash Wednesday, as the first day of Lent, or to Palm Sunday, the next before Easter Sunday, whatever special religious observances marked them in pre-Reformation times. It is still the common practice to refrain from flesh meat and to keep solely to a fish diet on Ash Wednesday; while the custom is maintained in some parishes of decorating the church on Palm Sunday — which commemorates the triumphal entry of Christ into Jerusalem just prior to His Passion —with branches of "English palms," represented by twigs of box, yew, or willow, the last-named when bearing catkins being most in favour.

GOOD FRIDAY.

The celebration of Good Friday seems to be chiefly marked here, as elsewhere, by the eating of Hot Cross Buns. These buns with the mark of the cross upon them, now bought at the bakers' shops, were formerly baked in every household. A child-rhyme sung in the Black Country runs:—

One a penny, pokers,
Two a penny, tongs,
Three a penny, fire-shovels,
Hot Cross Buns!
Hot Cross Buns!
One a penny, two a penny,
Hot Cross Buns!
Give one for our sister
And one for our brother,
One for our father,
And one for our mother,
One a penny, two a penny,
Hot Cross Buns!

This ditty is as conspicuous as most compositions of the kind for bad rhyme and obscure reasoning; but possibly the interpretation of he allusions is to the effect that fire, and well attended fire, is essential to the buns being served really hot.

Bread baked on Good Friday is believed to keep sweet for a year; though there is now little or no religious significance attached to the mark of the cross. In the year 1250, however, such markings became the subject of legislative action, when the Sheriff of Staffordshire was ordered by the King, at the instance of the Pope's legate, to prohibit bakers selling bread marked with a cross, or the paschal lamb, or the Saviour's name, lest the sacred device should be broken or dishonoured.

VI.—Easter Customs.

EASTER, "the highest of all the Church feasts," commemorates the resurrection of Christ, "the first-fruits of them that slept"; it is the day which opened the door of life to all believers. The word Easter is probably derived from the Saxon "Oster," which signifies "to rise."

Easter Day (which fixes all the moveable feasts in the year's calendar) always occurs the first Sunday after the full moon which happens upon or next after the 21st March, and if the full moon happens upon a Sunday, Easter Day is the Sunday after.

"HEAVING DAYS."

In the industrial towns of Staffordshire Easter Monday and Easter Tuesday were commonly known as "Heaving-days." On the Monday it was customary for the men to "heave" the women and then salute them with a kiss; on the following day the women retaliated similarly on the men. The custom of "heaving" is widely spread throughout the counties of the Midlands and the North, and is sometimes also known as "lifting." The act of the "lifting" from the ground indicates that the origin of the practice was designed to represent our Lord's rising from the tomb. The custom was one which could only be popular in ruder times, when manners were coarser, and the standard of national education ignored the refinements of social intercourse.

Hinde's "Guide to Wolverhampton" has this reference to the custom:—"It was in the classic locality of Townwell-fold on Easter Tuesday, 1838, that he personally experienced the existence of the old Easter custom of heaving. Not bearing in mind the season of the year, he ventured on a short cut into Darlington Street, through Townwell-fold. Until halfway through there was no sign of danger, but when fairly in the net, out bounced a bevy of nymphs who barred further passage, and one of the most stalwart seized and fairly heaved him off the ground, claiming and receiving the silver guerdon demanded as the forfeit."

The Tuesday's observance was always more hearty and certainly conducive to greater hilarity than the men's performance of the rite on the previous day. It must be noted that the arrival of twelve o'clock noon on either day put an end to the accustomed privilege. The fines collected were always spent on an afternoon's revel in some favourite tavern.

The present writer can remember a similar Easter Tuesday scene in Wednesbury upwards of fifty years ago, when that town was still a coal-producing area and ere its prolific mines had been exhausted. It was in the narrowest part of the High Street near to Rollasons-fold that a band of brawny pit-bank wenches took up their position for levying blackmail on all male passers-by. And the narrow-mouthed Fold serving them well as a place of ambush, their raids on unsuspecting male strangers proved invariably successful, and much backsheesh was collected for the afternoon's entertainment.

It is recorded that at West Bromwich Heath toll-gate three-quarters of a century ago a band of sturdy viragos actually stretched a rope across the road to stop all vehicles, from which the male passengers were compelled to alight and submit to be blackmailed on the approved Easter Tuesday plan.

When the lady celebrants of this ancient custom were neither young nor good-looking their attentions were not always regarded with favour by their victims; and it was sometimes amusing to see tall and strong young men running as for their lives from a gang of aggressive and determined-looking women—indeed it was a problem every Easter Tuesday morning for masters, managers and clerks to get to their respective offices without having to submit to the unwelcome kisses of these amorous Amazonians. No respect was ever paid to personal dignity or social position.

Numerous writers refer to the prevalence of the "Lifting" custom in Staffordshire during the earlier half of the nineteenth century. Hone, in his "Every Day Book" (I., 212), mentions the fact and gives an illustration of a man seated in an armchair being "lifted" by half-a-dozen brawny females. Little is recorded, however, of the custom of eating or presenting Easter Eggs—the egg, from which life is hatched out, being no doubt employed symbolically to represent a tomb from which life emerges at a resurrection of the body.

ROLLING DOWN THE GRASSY SLOPES.

In some parts of England eggs are boiled hard, and at the same process dyed in bright colours. These "Pasch Eggs" are then used in a sport which consists mainly of rolling them down grassy slopes, and racing them in competition against each other. In the Black Country of South Staffordshire there was a sport largely indulged in on Easter Monday—the earliest holiday in the year suitable for outdoor games—in which young people amused themselves by rolling down grassy hill-sides and racing each other to the bottom. This practice was regularly followed in Wednesbury till the first quarter of the nineteenth century, the venue always being an undulating open space called The Mounts. However unobjectionable such a pastime might be for young men, it was scarcely suitable for young women clothed in skirts and petticoats to engage in; so as times progressed and manners became less coarse, this old-time revel was gradually frowned out of existence, and we hear no more of it after 1830.

EASTER OFFERINGS.

An ancient Church custom was that of parishioners making offerings to the clergyman of the parish at fixed and constant periods—personal tithes of a customary nature due at Easter, or Whitsuntide, or Christmas, or sometimes on the feast of the dedication of the church. The first and last of these seasons seem to have been the most popularly observed, and in few ancient parishes were these Easter Dues unknown. Indeed, when new parishes were formed in the earlier part of the nineteenth century — as the ecclesiastical districts of St. John (1846) and St. James (1848) at Wednesbury—Easter offerings from the parishioners were still accounted part of the clerical income. In many parts of the Black Country such offerings were due on the Wake Sunday.

Allusion has already been made to the custom of assembling companies of worshippers from outlying parishes at the Cathedral Church of Lichfield on Mid-Lent Sunday, when offerings and oblations were made to the diocesan clergy. Similar offerings at Easter came to be known as Chad-farthings, the sum of a farthing supposed to be due from each worshipper for the purpose of hallowing the font for Christenings.

CLIPPING THE CHURCH.

The old custom of Clipping the Church was practised in many parts on Easter Monday, probably because its symbolism has reference to the watch of soldiers set round the tomb of Christ by the Roman authorities. At Walsall the practice at the beginning of the nineteenth century was to assemble the school children in the forenoon, and then to march them in procession to the church, followed by crowds of people. Arrived at the sacred edifice, the building was encircled by the children, who turned their backs to it and joined hands, facing outwards. They then danced slowly with measured step round the church, singing in time to the music:

Round about Thy Temple, Lord,
  Throw Thine own protecting arm,
Keep it from the fire and sword,
  Keep it safe from every harm.

The reference in this ditty to "fire and sword" seems to carry the origin of the custom back to the times when pagan Danish invaders were wont to rifle and burn down Christian churches—the time when churches had of necessity to be provided with towers, which adjuncts were built originally not merely as belfries, but as places of refuge from a remorseless enemy.

Mr. G. T. Lawley records the practice of Clipping the Church being followed at Wolverhampton during the early nineteenth century, both at the ancient parish church of St. Peter and at the newer edifice dedicated to St. John, the ceremony being always brought to an end by loud "Huzzahs" from the children. At Walsall the children were rewarded for their exertions with a feast of Hot Cross Buns.

VII.—May Customs.

OF all the months of the year, May, the favourite of the old dramatists and poets, was assuredly the most popular for outdoor amusements and celebrations. It is ushered in with Maypole Dancing and a variety of sports generally known as May Games. Its place in the Calendar almost ensures bright, smiling and cheerful weather; as its name implies, it is the "growing month," when nature presents its most beautiful aspect, verdant and blossoming, scarcely a growth but is in its most luxuriant and gracious mood. The ancient Romans celebrated the Calends of May, their youths going forth into the fields to dance and sing in honour of Flora, the goddess of fruits and flowers. Similarly in this country it was customary for young people to go out "Maying" very early in the morning of the first day of May. For decades after the nearer environs of the Black Country towns had lost their pristine rurality, it was a well-observed annual custom for parties of young men and maidens to sally forth soon after dawn from those smoky centres of industry to gather and carry home as trophies of the welcome Springtime's happy arrival whatever May-blossoms they could find on their pleasant rambles through the lanes and woods and fields. As, owing to the backwardness of the season since the alteration of the Calendar in 1752, the yield of white hawthorn blossom at that date was generally next to nil, these over-sanguine celebrants of our English Floralia had generally to content themselves with bearing home the brave green boughs of the hedgerows, together with bunches of bright spring flowers from the meadows. Of course, there were various superstitions connected with this "Maying" custom; to take the may into a house uninvited was "unlucky"—in what way it brought bad luck to the household was left undefined round Bilston and Wolverbury, but at Perry Barr it was believed that some member of the family would assuredly suffer with fever before the year was out.

Another superstition had reference to the magical effect of May dew; and while in most places the villagers set forth in a body to gather May-boughs, in some of the villages of North Staffordshire solitary and stealthy visits to the woods were paid by the rustic beauties intent on gathering May dew with which to bathe their faces, for such a secret and ceremonial ablution was believed to beautify the complexion beyond the powers of any cosmetic known to art.

The fair maid who, the First of May,
Goes to the fields at break of day,
And washes in dew from the hawthorn-tree,
Shall ever after handsome be.

Less poetic were the instincts of the miners and ironworkers of South Staffordshire. The Black Countryman's invitation to the Floralian revel was couched in the language of their native Doric in these terms:—

Waaken chaps and wenches gay,
An' off t' country to gether may!

—and the knoceker-up who roused his companions from their drowsy slumbers would shout up at the bedroom window some such salutation as—"Now, Joe, bist gooin' a-Mayin'?" or as this—"Waak up Ben! Let's goo an' fatch a Maypole, an' gether some May!"

Happy—and somewhat rare — was the occasion on which this "Maying" did not degenerate into a "wheying"—"whey" being the nickname which the colliers and forgemen applied to their May-morning drink of rum and milk, the latter always procurable in the country, and the former carefully carried with them in bottles stowed in their ample pockets. Indeed, not unfrequently the later hours of the day were spent in conviviality at some country tavern with a reputation as a place of resort on popular holidays.

The pastoral spirit of the festival has been thus expressed by a Staffordshire bard of high repute, Richard Barnfield, of Darlaston (near Stone), and a worthy contemporary of Shakespeare; the allusion is found in his "Shepherd's Content":—

He leads his wench a country horn-pipe round
About a Maypole for a holyday;
Kissing his lovely lasse (with garlands crown'd)

With whooping Heigh-ho! Singing
care away,
Thus doth he passe the merry month
of May.

We are reminded in these lines of the popular custom of crowning the May Queen with wreaths of flowers, the most fitting feature of all the day's observances.

To sample reminiscences of the most characteristic of all the May-day institutions, the Maypole Dance, we must go back to a simpler age, to the pastoral England of bygone centuries, when communities organised for holiday-making as now they only come together for business projects. In the old days of "Merrie England" a whole village would go forth in a body, "as the first flush of light appeared at Heaven's eastern gate," armed with knives and hatchets and other tools, to search the woods for a suitable Maypole, which they bore back in triumph to the village green. There the new season's trophy was quickly set up, decorated with ribbons, and became the axis around which all the day's festivities centred. Merry peals were rung on the church bells, and the happy dancers footed it to the music of the village band, mayhap consisting of the church choir reinforced for the occasion by pipe and tabor. In some places the village musicians accompanied a vocal tribute rendered by the dancers. Mr. Lawley has preserved a catch formerly performed by the Maypole Dancers of Bilston. It runs:—

All round the Maypole we will hop
From the very bottom to the very top:
Now I've got my Nancy
To trundle on my knee.
Oh! my lovely Nancy,
She's the girl for me,
She hops and she skips
While the tabors play.
It's well for the shepherds
On the first of May.
First come the buttercups,
Then come the daisies,
Then come the gentles,
And then come the ladies.
So all round the Maypole here we trot
From the very bottom to the very top.

If memories of these simple joys cling to the historic streets of old London till they were abolished by the Puritans, it cannot strain the imagination to form a mental picture of an old-time Maypole Dance on the "High Green" of Wolverhampton, now known as Queen's Square, and constituting the busy centre of the modern town's commercial life..

No May-day revels were considered complete without the performances of the Mummers and the Morris Dancers, of whom mention is made elsewhere in these chapters. Bonfires were also a frequent accompaniment of these celebrations.

Another accompaniment of the day's proceedings in some places was a May-feast, often provided by the generosity of the Squire. At the festive table on such free and happy occasions full licence was given to the Fool of the band of mummers to indulge in all sorts of pranks for the amusement of the company. The words of the May Toast proposed at such feasts varied in different places. The form used in olden Wednesbury has been recovered by Mr. G. T. Lawley. It ran:—

Here's a health to the merry month,
The merry month of May;
Drink deep, and pladge it in a cup,
To drive dull care away.
Pledge it all, both great and small,
Pledge it now, come one and all,
Hurray, hurray, hurray!

Now to give some official records of May celebrations in the olden times. Here are a few entries found in the churchwardens' accounts preserved in the Parish Registers of Wolverhampton::—

	£	s.	d.
1665.—For ye gathering of ye May, May-poles, and for Ringers, as was usual		15	9
1671-2.—For Ringing, and for Music on May-day ...		12	6

Similar annual items are found in the Registers of St. Leonard's Church, Bilston:—

	£	s.	d.
1689.—For May-day, May-pole, and for Ale, etc.	1	2	6
1702.—For a May-pole, and for Ringers ..		4	6
1706.—For ye Ringers as usual, and for a Bone-fire on ye Thanksgiving Day then		3	0

In the Churchwardens' Accounts of the Parish Church of St. Laurence, Darlaston, are many similar items to this:—

	£	s.	d.
1759, May 1.—For Ringing on May-day		12	0

At Stafford we find these entries:—

1612.—Paid for making two ladders of the Maypole, and for seasoned timber for the staves, wch. Ladders are hanged under the Shire Hall.

Allusion has already been made to the raising of money for the repair of the church structure by means of Hobby Horse Dances on May-day, at Whitsuntide and other holiday times (see Chap. III.). This custom prevailed in several parishes, and in the Stafford accounts appear these items:—

	£	s.	d.
1611.—Pd. Blynde Peter for playing at the Hobby Horse		2	0
1612.—Imprimis, pd. for 4 yards of Cotton and ynckle for a fool's Coate		14	2
("Yncle" was probably "inkle," a kind of tape). For Wearing the Coate 2 days at the Hobby Horse		2	0

The money collected by this means was handed over to the churchwardens of St. Chad's and Grey Friars' Churches.

The church accounts of Bradley parish (near Stafford) contain the following:—

	£	s.	d.
1684.—Given the young people at ye Bone-fyor (May 1)	0	0	6
1688.—Paid for Ale at the Thanksgiving day and for raising the May-pole	0	1	0

In some places a Thanksgiving was offered for the Return of Spring—at Oxford, as is well known, the choristers of Magdalen College sang a thanksgiving hymn at dawn from the top of the church tower.

The Maypole was sometimes a permanent institution and was then painted in various colours, and an illustration in Hone's "Year Book" shows it to have been done in a spiral design after the manner of a barber's pole. This is an illustration of the subject as it is depicted in the stained glass window of Betley Hall, near Newcastle-under-Lyme, in Staffordshire, dating from early Tudor times, and probably the oldest treatment of the subject to be found in England. The pole is shown to be planted in a grassy mound of earth, and has affixed to it the red cross banner of St. George, and a white pennon or streamer emblazoned with a red cross and terminating in two forked points.

Hone gives in another part of his work a further description of the famous ancient window at Betley, on which was also painted eleven of the characters who took part in the Morris Dances round the Betley Maypole. Hone prints an impression of two of them, one Maid Marian, and the other The Fool, and very quaint figures they are.

The whole spirit of the May-day Celebration was one of joyous revelry and "free indulgence in all rustic sports, as it were, in glad response to the glowing invitation of ethereal Springtime."

VIII.—Oak-apple Day.

ANOTHER old-time celebration held in May, besides that which welcomed its advent, was one of more recent growth and more restricted popularity, known as Oak-apple Day, kept on the 29th of the month. This was to commemorate the escape of Charles II. from his Parliamentary foes by hiding in the oak-tree in Boscobel Woods. Being of a political character, its observance never became general but Boscobel, though in Salop, was but a mile or so outside the borders of Staffordshire, and this county therefore acquired more than an ordinary interest in the institution.

As a matter of historic fact, the actual hiding in the "Royal Oak" at Boscobel occurred in September, when the King was a fugitive from the Battle of Worcester, fought 3rd of that month, 1651; but the 29th May was fixed as the political festival because it was the anniversary of both the birth and the restoration to the throne of Charles II. It became a custom to decorate this King's statue in London with boughs of oak and for loyal supporters of the House of Stuart to wear oak-leaves in their hats on this day of the year, in memory of Charles's escape from his pursuers and of his Restoration in 1660. Of the partisan nature of the custom there is evidence in the taunting rhyme of the London street boys:—

> The Royal Oak
> The Whigs doth provoke!

—to which boys of the opposite faction, wearing plane-tree leaves in their hats, retorted:—

> Plane-tree leaves,
> The church-folk are thieves!

At the Restoration in 1660 an Act was passed which inserted in the Book of Common Prayer a form of service for "a perpetual thanksgiving on 29th May, the day of his Majesties' nativity and restoration"—but by the time of Queen Victoria this was considered to be of too controversial a nature, if not altogether politically one-sided for the service of a national church, and it was ordered to be disused on March 25th, 1849.

The Battle of Worcester was fought on Wednesday, September 3rd, 1651, and Charles arrived at Whiteladies, a nunnery three-quarters of a mile from Boscobel House on the Shropshire borders of this county, early the next morning. The Staffordshire places identified with the romantic adventure of the royal fugitive, Bentley Hall, Moseley Hall, and Chillington are all in this vicinity.

Hereabouts in olden times was the great Brewood Forest, which overspread the borders of the two counties, and within whose sylvan precincts stood the Cistercian house of Whiteladies, and (on the Staffordshire side) the Benedictine house of Black Ladies Boscobel, an Italian name derived from "Bosco bello," meaning the beautiful wood, was (as previously mentioned) in Salop; and to this mansion on the night following the Battle of Worcester, Charles II. and his party, who had lost themselves on Kinver Heath, were brought by Peter Giffard, a member of that ancient Chillington family whose history is practically that of the county itself.

In the later Stuart period it was customary for the people of the district to start early in the morning of the Restoration day to make a rendezvous of such places as Bentley Hall, Moseley Hall, Chillington, and Boscobel, where they adorned themselves with oak-leaves and spent the day in outdoor sports—an "afterpiece" to the ancient May revels.

At an early period of its institution the celebration in rural places came to be known as Oak-Apple Day, because it was honoured by the wearing not only of oak-leaves, but the sporting of oak-apples (generally gilt) wherever they could be obtained. It was a Royalist fancy, the

> Leaves unknown
> Admiring, and strange apples not her own.

The practice was honoured chiefly in Shropshire and round the Wolverhampton district of this county. To obtain oak-apples was not always easy, as they are not ripe till the middle of June—they are not a fruit or a seed, but a gall produced by an insect, useful in commerce for the gallic and tannic acids employed in the making of inks and dyes and in the tanning of leather. No doubt a spray of oak-leaf and an oak-apple, all gilt, made an effective badge for personal adornment.

At Penkridge many of the schoolboys regularly sport an oak-leaf in honour of the occasion, while some also carry a sprig of nettle wherewith to chastise any comrade who failed to wear the emblem of loyalty. This curious custom, also once regularly observed by the schoolboys of Norbury (Staffordshire), can be traced back many generations, though probably no real partisan or political significance is now to be attached to it; rather is it prompted perhaps by the spirit of the old May games, which were a spontaneous and natural form of rejoicing for the return of spring, when Mother Earth was once more throwing up from her fresh green lap

The yellow cowslip and the pale primrose.

That genial and observant naturalist, Mr. Tom Gloster, of Walsall, describing a recent visit to the neighbourhood of Brewood, wrote:—

" In spring and summer it is the rendezvous of innumerable parties who make short excursions to Boscobel, Bishopswood, Whiteladies, the Bell at Tong and Wheaton Aston, all within easy walking or driving distance. Quite an influx of visitors fills the place (including a fair sprinkling of Americans) about Oak-Apple Day, when Boscobel is gaily dressed in honour of the Merrie Monarch, whom it is well known hid in the old oak tree. Very close to Boscobel in Bishopswood, a delightful place for country rambles. Here I found my earliest spring flowers. Violets, cowslips, and bluebells line the hedgerows and ditches very early in May, while a little later on honeysuckle can be gathered in rich perfume," etc., etc.

The present " Royal Oak " at Boscobel, it should be noted, is not the original tree in which King Charles hid himself. According to antiquaries, it is a grandson of the original ivied patriarch, the two predecessors having been hacked to pieces by devoted Jacobites to provide themselves with souvenirs or mascots. Relics of the real royal oak are to be found in a chair and a salver in the Bodleian Library at Oxford; while the Barber-Surgeons' Company of London possess a curious memorial of the celebrated tree in the shape of a cup of silver, partially gilt, the stem and body representing an oak-tree from which hang acorns fashioned as little bells, made by the order of Charles II. and presented by him to the Company for use as a loving cup.

Such demonstrations could not always be free from political or even from religious animus. This is manifest from the recorded history of the Wednesbury Riots against the Methodist followers of John Wesley in 1743. In a pamphlet " published by John Wesley, A.M., Fellow of Lincoln College, Oxford," in 1745, and entitled " Modern Christianity Exemplified at Wednesbury," the following statement is printed among the sworn evidence collected:—

" On the 21st of June a great Multitude gathered in Wensbury Churchyard; among them was Harvey Walklett, of Wensbury, and Richard Dorsett, of Darlaston. Harvey said to Richard Dorsett, ' Methinks they are not well armed as I would have them.' Richard answered, ' There are many pretty fellows from Darlaston. I know them to be of good blood.' Harvey replied, ' There is John Baker with the Oak Bough in his hat. He will break the first pane of Mrs. Eaton's windows.' Accordingly they went to Mrs. Eaton's first, and from thence to other houses. Here are about four-score houses in and about Wensbury, in many of which there are not three panes of glass left."

The pamphlet, which is one of the most interesting documents in the history of Wesleyan Methodism, contains plenty of evidence as to the unscrupulous ferocity of the Jacobite faction at that period. The wearing of the Oak badge was palpably a political challenge of a purely partisan character, and not merely commemorative of an historical event.

Records of the local celebration of the Restoration Day are numerous:—

Wolverhampton.

	£	s.	d.
1663.—Given to ye Ringers on May ye 29th for ringing in honour of his blessed Majestie's most gracious restoracion ...	0	3	0
1731, May 29.—Paid for ye ringing on ye King's Restoracion day ...		15	0
1732, May 29.—Paid ye ringers for ringing on King Charles's Restoracion...		15	0

Bilston.

	£	s.	d.
1690.—For ringing ye bells on May 29, and for ale for ye ringers		3	0
1698.—For ye ringers given May 29		2	6

Darlaston.

1807.—For drink at Foster's for ye ringers on ye May ye 29th	5	0
1826.—May 29th paid ye ringers	12	0
1829.—Paid ringers on May 29	12	0

Wednesbury

1790.—May 29 Paid to the ringers	10	0

Similar items appear in Handsworth and other churchwardens' accounts.

Among the amusements devised by the Royalist squires of the neighbourhood for commemorating the historic event was one greatly enjoyed by the schoolboys of the Chillington district. A school holiday was given on May 29th, when all the lads of the village were assembled on the green, half of whom had their caps adorned with oak-leaves, the other half being without this badge of distinction. The game was a kind of tournament called the Royal Oak Fight, which took place under the eye of the schoolmaster and the assembled parents. A number of each party, mounted on the shoulders of their fellows, and armed with wooden lances or swords, charged each other, laying about with their weapons and each one trying to dismount his adversary. Many gallant charges were made and many a foe reeled beneath the attack, but it seemed to be an arranged affair that the oak-leaf cavaliers should invariably prove the victors, and their leader was always crowned by the master with a garland, and known for the rest of the day as "King Charlie." The game, it will be observed, was very much like that known in other parts as "French and English."

Such were some of the old Staffordshire folk customs observed at the close of the "merry month" when "May was gliding into June." But the observance was much less a seasonal festival or May Day Revel than a political celebration. As the Royalists of old Penkridge were wont to sing:—

The parson he was glad,
And the clerk he was not sad,
When the King came back to his own
again.

IX.—Rogation Days: "Beating the Bounds."

ANOTHER summertime observation of great antiquity was the perambulation, by clergy and laity in solemn procession, of the fields and orchards at the most critical season of the year for growing crops, to supplicate the Almighty for His blessing on all the fruits of the earth. At a later period in this country the institution was slightly modified to processioning round the parish boundaries, for the due preservation in the memories of every class of the community, of a correct knowledge of the bounds and position of communal and individual properties. Various names were applied to this old English institution, the best known being Beating the Bounds.

The times appointed for this annual observance were the three days before Ascension Day, or Holy Thursday, and were called Rogation Monday, Tuesday, and Wednesday, from a Latin word "rogatio," an asking. Special Litanies of supplication for the "fruits of the earth" were often used on these occasions.

Before the Reformation the parochial perambulations were performed with great ceremony. The lord of the manor with a great banner, priests in surplices and with crosses, parishioners with hand-bells or staves, walked round the parish in procession, stopping at wayside crosses and other landmarks, "saying or singing gospels to the corn," and at some places "allowing the drinking of good cheer," which last custom was remarkable, as Rogation Days were among the appointed fasts of the Church Calendar. In this anomaly we may recognise a mixed origin from Christian and Pagan rites, as the Romans had a custom called Terminalia, a festival held at this season of the year in honour of the god Terminus and the goddess Ceres. From our Christian form of observance have beeen derived the rather common place-name "Gospel Oak,' which indicates one of the stopping places on these occasions where the gospel for the day was read. There is a Gospel Oak where the boundaries of **Wednesbury**, **Sedgley** and **Tipton** come together. Other variations of the place-names are Gospel End and Gospel Trees, always found on or near to a parish boundary.

After the Reformation much of the religious element of this observance fell out of use, and it was only the civic custom of "beating the bounds" which survived to later times.

An oak tree, a great stone, a spring, or other notable land-mark, was generally one of the stopping-places favoured by a minister and his churchwardens for the reading of portions of the Bible. Here is an extract from a perambulation of **Norton Canes** made in 1775:—

". . . and so on to Newlands Well, which Well is a gospel place, and a Psalm was sung and a Gospel read by the said John White, the Curate; and from the said well up the Lane on the north side to the top of the said Little Newlands Lane, and from thence across and over a small inclosed piece of land to the Gravelly Path on the road from Cannock to Lichfield where there is a Foot Bridge, which is a Gospel Place, and a Gospel was read, and a cross was made [on the ground], and from thence along the publick road and highway leading from Cannock towards Lichfield, across the Common or Heath called Cannock Wood untill you come over against the Round Turrett which hath on the southern side of the said road at about an hundred yards distance from it in which road a Cross was made, and on the Turrett is a Gospel Place, where the said Curate read a gospel and a psalm was sung," etc.

The opinion in which such venerated stopping-places were held is to be gathered from Herrick's "Hesperides":—

Dearest, bury me
Under that Holy-Oke, or Gospel Tree,
Where (though thou see'st not) thou
may'st think upon
Me, when thou yerely go'st procession.

In his "History of Shenstone," published by the Rev. Henry Sanders in 1794, he sets forth the Reformers' attitude towards the ancient practice in this statement:—

"It was the custom at **Shenstone** to go a processioning or bannering, as the people term it, once only in about seven years in this parish, on account of the expense, or at the charge of the lord of the manor, or the coming in of a new vicar, the nature of which custom and whence it hath its rise, may please the reader. At the time of the Reformation, when processions which made part of the solemnity in the Gang Week were abolished by reason of the abuse of them, yet for retaining of the perambulating of the parishes, it was enjoined in the reign of Queen Elizabeth that the people should once a year, at the usual time with the ministers and substantial men of the parish, walk round the parish as was customary, and at their return to church make their common prayers, provided that the minister at convenient places shall admonish the people to give thanks to God for the increase and abundance of the fruits of the earth, repeating the 103rd Psalm. At which time the minister shall inculcate this and such-like sentences—Cursed be he that shall remove his neighbour's landmarks. No such prayers have indeed since been appointed, but there is a homily divided into four parts; the three first parts to be used on Monday, Tuesday, and Wednesday, and the fourth on the day that the parishioners make their procession. Bishop Sparrow, in his Rationale of the Common Prayer, says that the service formerly appointed in the Rogation Day of procession was the 103rd and 104th Psalms, with the Litany and suffrages, and the Homily of Thanksgiving (7th Elizabeth). The two Psalms were to be said at convenient places in the common perambulation, the people thus giving thanks to God. At their return to church they were to say the rest of the services mentioned and enjoined. Gang Week is that we call Rogation Week. The word Gang is Saxon, signifying a walking or going about, and was particularly applied to this week from the custom of walking the bounds of the parish."

In his history of the Collegiate Church of Wolverhampton, the Rev. Dr. Oliver says:—

"The parish of **Wolverhampton** lies rather dispersedly and unconnected, and contains seventeen townships and hamlets, all subject to the Collegiate Church, though distinct as to secular matters. Thus Pelsall, although separated from the main part of the parish by the hamlet of Bloxwich, in the parish of Walsall, still belongs to Wolverhampton. The boundaries of the parish are, in some parts, defined by what are called Gospel trees, from the custom of having the Gospel read beneath their branches by the clergyman at the annual perambulation. This useful ceremony has not been long discontinued at Wolverhampton; for it was performed by my predecessor in 1824."

It will be apparent from this example of the great practical utility of such ceremonial performances in an unlettered age when maps, plans, or other documentary evidence was not always forthcoming.

Writing of Wolverhampton, Shaw in his "History of Staffordshire" (ii. Part I., p. 165), published in 1798, says:—

"Among the local customs which have prevailed here may be noticed that which was popularly called Processioning. Many of the older inhabitants can well remember when the sacrist, resident prebendaries, and members of the choir, assembled at Morning Prayers on Monday and Tuesday in Rogation Week, with the Charity Children bearing long poles clothed in all kinds of flowers then in season, and which were afterwards carried through the streets of the town with much solemnity, the clergy, singing-men and boys dressed in their sacred vestments, closing the procession, and chanting in a grave and appropriate melody, the Canticle, Benedicite, Omnia Opera, etc. This ceremony, innocent at least, and not illaudable in itself, was of high antiquity, having probably its origin in the Roman offerings of the Primitia, from which it was adopted by the first Christians, and handed down to modern times. The idea was, no doubt, that of returning thanks to God, by whose goodness the face of nature was renovated, and fresh means provided for the sustenance and comfort of his creatures. It [? the religious ceremonial] was discontinued about 1765. The boundaries of the township and parish of Wolverhampton are in many points marked out by what are called Gospel Trees. . . . Those near the town were visited for the same purpose by the Processioners before mentioned, and are still preserved with the strictest care and attention."

Writing in 1813 on the subject of these Nightingale in "The Beauties of England and Wales" says:—"Every part of the vicinity of Wolverhampton is covered with gardens, and when the eye is directed to any considerable distance the country presents a scene sufficiently indicative of its agricultural prosperity."

Here is Dr. Oliver's account of the last Perambulation of the Wolverhampton boundaries in 1824, to which allusion has just been made:—

"First day, Monday, May 24. Assembled at the Rev. Thomas Walker's (the Sacrist) and proceeded to a cottage a little on this side of the eighth milestone on the way to Stafford; where, in a garden on the right hand side of the road was a well, but which we found filled up; here the gospel was read the first time. From thence about the third of a mile on the said road is a Lane on the left hand side which took us to Kinvaston; where in a Fold-yard fronting the house (now in the occupation of Mrs. Charles Wootton) once stood an Elder Tree, but which we found exchanged for a slab of Gornal stone built into the wall; here the gospel was read a second time. From thence we proceeded to Hatherton, the seat of the late Moreton Walhouse, Esq. (and now of his widow), where, in a plantation near to the house was a Well, but which is now filled up, and a Stake or Stone is placed to perpetuate the spot; here the gospel was read the third time.

"From thence we proceeded to Hilton, the seat of Col. Graham (the son of the late Henry Vernon, Esq.) and which we found occupied by servants; here, within the gates in front of the house, on the right hand side after passing the bridge, the gospel was read a fourth time. From thence we proceeded across the road leading from Wolverhampton to Cannock, down a lane on the left hand side, to Featherstone; where, under an Oak Tree in the road, near to the house now occupied by Mr. William Price, the gospel was read a fifth and last time for this day.

"Second day, May 25. Assembled at the Rev. T. Walker's, and proceeded to Wednesfield; where, in the Chapel, the Gospel was read the first time, the Clerk being in readiness at the door. From thence we proceeded to Goswell Bush on Essington Common, but in consequence of the inclosure of the Common, the bush is now surrounded by a little clump of trees by the roadside leading from Wolverhampton to Bloxwich and Essington Wood; here the Gospel was read a second time. We now turned back and proceeded to Pelsall; where, after waiting some time for the Clerk, the Gospel was read in the Chapel, for the third and last time this day.

"Third day, May 27, Thursday. Assembled at the Swan Inn, and proceeded to Willenhall; found the Clerk waiting at the gate, entered the Chapel, where the Gospel was read a first time. Proceeded from thence to Park Brook, which we crossed; returned and went to Bentley Hall, the residence of Edward Anson, Esq., where the Gospel was read a second time under an Elder Bush at the back of the house on the left handside. From thence through Willenhall we proceeded to Bilston. On our arrival at the Chapel here we found the gate locked, the Clerk having forgotten the time; he came however in a few minutes and having unlocked the doors the Gospel was read therein the third time. From thence we proceeded to Bradley Hall, now in the possession of Mr. Nailer, whose daughter conducted us through the house into the garden, at the bottom of which is a sort of Well or Pit, but which we were told was once a Bath; here the Gospel was read the fourth time. From thence we proceeded through Bilston, by Catchems Corner, Goldthorne Hill, and the Penn Road, to St. John's Chapel, or as it is commonly called, the New Church; on our arrival here we found the doors locked, but having immediately procured the key of the north door from Riddo, the Clerk, we entered the chapel, and the Gospel was read for the fifth time; and which concluded the Perambulation."

Nothing could be more right and fitting than that a perambulation (the mere mileage of which was a considerable factor in the formality) undertaken for the survey and delimitation of legal boundaries, should be carefully and officially recorded, as this was by the Minister and his Churchwardens, in the proper Church Book.

Not the least noticeable feature in this report is the remark on the inconvenience caused by the inclosure of common land. The inclosure of such lands was at that time a great public grievance all through the country. It was a public wrong for which the large landowners were mainly responsible, though many other parties took advantage of the opportunity of the many enactments which were rushed through Parliament to give effect to this form of land grabbing. In 1807 the Quarter Sessions of Stafford appealed against an order under a recent local Act for the inclosure of certain common fields and "Waste" in the parish of St. Mary on the "boundaries of the manor of the borough." The Court of Quarter Sessions found that "there was no consent in writing from the Mayor or Burgesses of Stafford to alter the boundaries of the said borough, and therefore that so much of the said award as related to such alteration of the boundaries and liberties of the manor of the borough of Stafford should be void."

Another parish of large area where the Rogation Day observance was long celebrated is **Walsall.** The acreage is about 10,000, and the ceremony there occupied three days, but in three successive years. Prayers were first read in the Church, and then the Vicar, accompanied by various officials, friends and other parishioners, walked the boundaries, and were at different points regaled with bread and cheese and ale. The first year the Procession started from Shavers End, taking in Walsall Wood and its neighbourhood. The second year from the Butts Gate (near the centre of the present Arboretum), through Bloxwich and Bentley to James Bridge. The third year from James Bridge to Bescot, Barr, Longwood, and thence back to the Butts Gate. Afterwards the Vicar, officers and friends dined together. Prior to the Reformation the ceremony was a very imposing one; the lord of the manor was usually present, the priests carrying banners and crosses. the assembled parishioners following. The last recorded perambulation (states Dr Willmore in his history of the town) was in the years 1805, 1806, and 1807, on which occasion the public dinner was held at the Dragon Inn.

The ceremony of Beating the Bounds of **Wednesbury** was observed a little later than this. At Tame Bridge, where the three parishes of Wednesbury, Walsall, and West Bromwich come together, a number of boys were thrown into the River Tame—not an uncommon part of the ancient custom as observed in many parishes—a practice which was supposed to impress on their youthful memories both the situation and the substance of the parish boundary at that point. The boys were never unwilling to submit themselves to the ordeal, as this participation in the day's proceedings entitled them to a due share of the refreshments—generally in the form of bread and cheese and beer—served out at the adjacent hostelry, the Bull's Head at the Delves.

A similar custom, also supposed to be an "aid to memory," was to bump a number of boys on the softest part of their anatomy against a boundary stone or the trunk of a boundary tree

Pearce's history of Walsall, published in 1813, gives the boundaries of the parish in detail, as surveyed for liability of the inhabitants to do "statute work for the repair of the roads" in 1768. As the writer was Vestry Clerk, his statements are official and authoritative. He records the successive perambulations of 1779, 1800, and 1801, when the dinners were held at the White Swan Inn; and he makes mention of the "Gospel Tree, near the Crown, in Wood End Lane," and gives as part of the third day's perambulation in which this landmark occurs, "the watercourse from James Bridge to Bescot Bridge," the parish of Wednesbury being on the south-west of the line.

Than a natural watercouse there can be nothing more definitive as a boundary line between two places. But in this same neighbourhood of James Bridge occurs an arbitrary boundary line of an artificial and therefore most unsatisfactory type. From James Bridge right through the business centre of the town of Darlaston, and on towards Cock Heath, the boundary is the centre line of the highway, so that the buildings on one side of the road are in Darlaston and those on the other are in Wednesbury parish. Near the first part some of the houses stand in the two parishes — those near the junction of Walsall Road and Sparrows Forge Road—and when the bounds were beaten in more recent times a man was always made to climb over the roofs so that the boundary line might be accurately struck.

Original ancient boundary lines were invariably marked by some natural feature, more or less conspicuous and permanent; and it may be taken that this artificial line is not the genuine one of early times. The River Trent, for instance, near Burton, has always divided the counties of Stafford and Derby for miles along its course, the legal line of demarcation being taken as the centre of the main channel.

In passing, it may be noted that at Burton the Trent once flowed in three channels, and owing to the configuration of the land Burton-on-Trent bridge has always been necessarily a long one of many spans. There are really two channels now, hence the need to particularise for a legal boundary line

Not infrequently an aged parishioner was taken along by the processioners, and at certain points his evidence of the boundary marks was taken down in writing in the presence of witnesses, and the record duly deposited in the parish chest or other place of security for future reference. When the Wolverhampton boundaries were being beaten in 1775, an old man named Walter Gough was examined respecting the boundary of the parish on the east side, where a dispute had arisen with the parish of Walsall; the said Gough, put upon oath, testified that the boundary had been marked by an oak-tree and an ash-tree on either side for 68 years. This witness said he remembered because when he was fifteen years old he was thrown by the Parish Clerk into a heap of nettles that grew near, in the Rogation Week perambulation, and in consequence of the same stinging had to be in bed for two days afterwards. Walsall not having a witness whose memory went back so far, had to yield its claim.

In some parishes a castigation was actually administered as "an aid to memory" to a number of small boys at appointed boundary marks. It is to be hoped that the only "marks" left were those on the boundary!

The main sources of our information respecting the old-time observances of this ancient ceremony are the Churchwardens' Account Books of the various parishes.

The **Wolverhampton** Churchwardens' Accounts contain references to various charges incurred on these occasions, as:—

		£	s.	d.
1728.	May 25.—Paid for a treat at ye Cock in Rogation Week	0	16	8
1729.	May 20.—Ringers for ringing 3 days in Rogation Week		15	0
1730.	May 5.—At ye Cock for ye Charity Boys and Processioners		16	0
1740.	May 10.—Paid ringers for Procession rolls and drink	1	1	0
	Paid for ye entertainment of Officers of our church at ye time of ye said Procession		13	4
1742.	May 10.—For a treat at ye Cock in Rogation Week and for a treat for ye clergy	1	7	10
1746.	May 7.—For ringing at ye Procession and for eating and drinking at Willenhall		19	0
1750.	Paid for ye entertainment of divers of ye Parishioners and Inhabitants of ye township of Wolverhampton who attended ye Minister in ye Perambulation of ye said parish		15	0
	Paid ye ringers for ringing 3 days at our church at ye time of ye said Procession, as was usual on that occasion...		15	0

In 1782 at the business part of the Rogation Meeting it was resolved that in future only £5 be "allowed for ye expenses of ye Perambulation," and "likewise there shall be only one bell-keeper from this time."

In the neighbouring parishes similar charges are found entered in the church accounts. Thus:—

Bilston.

	£	s.	d.
1691.—Ye charge for ye Procession		19	6
1705.—Paid for ye Processioners for refreshments and ale		8	9
1706.—For a treat at ye Perambulation and ale for ye same		9	11
1725.—This year, May 2nd, ye Wolverhampton clergy in their perambulation came to Bilston and ye outbounds. They were treated at Widow Stone's house, ye charge whereof, which was charged in John Shale's account, was		8	0
1732.—May 16. For ye Processioners' treat ...		13	6

Darlaston.

	£	s.	d.
1807. June 10.—Paid George Green for a dinner when processioning ...	1	10	0

The ancient Rogation custom was regularly kept up at **Penkridge** till 1820. The following account of the perambulation in 1732 is entered in the Parish Register under that date:—

"First Day.—(1) From the Church to Penkridge Stone Cross. (2) Drayton Cross, which stood on the north bank of the Four Lanes' Ends, at the upper end of Drayton town. (3) The bank before Thomas Bird's, the Miller's door, at the bottom of Drayton. (4) The bank near the Well at the upper house at Woolgarston. (5) The east corner of Mr. William Birch's barn at Pileton. (6) The Four Oaks on the west end of Pileton Green. (7) The bank before Pileton Hall Gate at the north corner of the upper garden. (8) The pit place on the south side of the road, at the Three Lanes' Ends at the bottom of the Furlongs between Pileton and Penkridge, commonly called the Three Crosses. (9) Penkridge Market Place.

" Second Day.—(10) The bank at the Four Lanes' Ends on the south side of Cuttleston Bridge. (11) The east corner of Congreve Field called the Beggar's Bush. (12) Whiston stone cross. (13) The yew tree at the upper end of the pool at Bickford Green. (14) The bank before Whiston Hall in the corner next Whiston. (15) Coopre's well of Mitton in the close beyond the house by the roadside that leads to Shredicote, the northern out-boundary of this parish. (16) Levedhall (Levedale) Chappel Yard at the upper end. (17) Longridge Kitchen. (18) Preston Chappel, now a little house inhabited by the widow Wooley.

" Third Day. — (19) The bush over against John Dawn's. (20) Bitham Green. (21) The gate places in a narrow lane at the bottom of Mr. Stevenson's cross leasow, near Foomes. (22) West corner of Rodbaston foldyard."

This route description is interesting from the enumeration of so many land-marks, crosses, and other " gospel places."

Within recent times the boundaries of **Codsall** parish were perambulated in quite modern style by the Vicar, Church-wardens, Overseers and parish officers, who assembled at the church-gates on the Rogation Tuesday, where a photograph of the party was taken before they started. At Gunstone Bridge they were joined by the Assistant Overseer of the adjoining parish of Brewood, who carried a book in which was recorded an account of a similar " walking " in 1861, and who accompanied them along the line of the common boundary. At Bilbrook, where a cottage and outbuildings stood across the line of boundary between the parishes of Brewood and Tettenhall, the younger members of the party climbed over the roofs, followed by a director of the route, a County Council surveyor, who carried a chart of reference. Thence the route followed was by Dam Mill, along the brookside to the Wergs, and along the turnpike road to Wrottesley Lodge. After another photograph had been taken in Wrottesley Park the walk was resumed round Wrottesley Observatory, and then by way of the Junction Inn to Kingswood Church. Refreshments were then served to the party in the adjoining schoolroom.

An account of a recent perambulation is given thus in a history of **Brewood**:— " This ceremony commenced, agreeably to notice, from the Bell Inn, in the Streetway Road, westward, on the morning of the 16th September. Mr. Birks, of Horsebrook, who, as a grown man, had walked the boundaries 23 years ago, acted as chief guide. As the clergy of the parish took no part in the perambulation, the old custom revived in many parishes of late years, to connect religious services with municipal ceremony, was not observed. The order of the Vestry for the perambulation of the parish having been read, the procession started along the Watling Street or Streetway Road, the brook which divides Brewood from Blymhill, and to the Shire Stone, at a Lodge called the White Oak Lodge, where those who had not previously made the perambulation were bumped: on to Lady Isabella's Well, up the road to Boscobel, outside Boscobel fence through Spring Coppice, to Renshaw Wood Lane—at this part of the route not only was the Royal Oak distinctly visible, but a magnificent view over the valley of the Severn, commanding the Wrekin and the Clee Hills: along the Renshaw Wood Lane to the road leading from Boscobel to Codsall Wood, where the road runs parallel with Chillington Park wall, and on through lanes and fields to Gunstone; here Pendeford Brook is the boundary to Coven Lawn, at which place, it being half-past five, the procession returned to Brewood and dined at the Swan Inn.

" On Tuesday morning, starting from Coven Lawn, across the fields to the Three Hammers Bridge, and along the brook to Brinsford, the Shropshire Union Canal had to be crossed once, the Staffordshire and Worcestershire Canal twice, and the Grand Junction (L. & N.W. Railway) twice: on through Paradise, Aspley, the Four Ashes and Crateford, leaving Eaton House to the right, into the Streetway Road, and back to the Bell Inn, where the perambulators dined. Parish authorities from Codsall, Saredon and Shareshill met the perambulators on their respective boundaries. The farmers on several points accompanied the procession through their grounds, and the inhabitants generally showed the greatest courtesy, though surprise was expressed that it was so long since a perambulation had passed before.

"The parishioners' churchwarden accompanied the perambulation on foot throughout, took the chair at both dinners, and was amongst the first to wade knee-deep through the culverts under the canals and railway. The actual time passed in walking was 7½ hours on Monday and 6½ hours on Tuesday. The boys and others engaged in the procession showed the utmost endurance and good humour, and at Deepmore Brook, the boundary to Shareshill, the broadest and deepest stream to be crossed, the young men shouted, as lifting Mr. Birks upon their shoulders, they plunged into the water."

It will be observed that the line of route so circumstantially described here, is where Staffordshire is divided from Shropshire in the region of historic Boscobel.

Records of quite modern perambulations of **Newcastle-under-Lyme** are also available. In 1865 the boundary line which separates Newcastele from Stoke, Wolstanton and Trentham parishes was carefully traversed. At a subsequent observance of the ceremony the party met at 9 in the morning at the Dry Bridges, Gallowstree Lane, the following gentlemen attending officially for their respective parishes:—Newcastle, Mr. J. Knight (clerk to the Guardians), Mr. W. H. Dutton, Mr. Thomas, Mr. E. Turner, Mr. H. Broomhall, Mr. R. Read, and Mr. G. Kettle; Wolstanton, Mr. Lowndes, Mr. W. Myatt, and Mr. Clayton; Stoke, Mr. Young, Mr Higgin, and Mr. Taylor; Trentham, Mr. Steele and Mr. Bentley. The past was represented by an old man 75 years of age, named Joseph Pattison, who made an efficient pioneer; and the future by six lads from Orme's School, who no doubt had cause to remember long the line of march taken that day through the soaking rain, their memory being assisted by the customary adventures peculiar to a beating of parochial boundaries. Some of the toughest of the veterans also are recorded to have done themselves great credit on this occasion, wading through canals and clambering over the roofs of houses in their enthusiasm for correctitude of parochial definition. Although only an hour was taken in the middle of the day for refreshment, part of the perambulation had to be left over for a second day owing to the failure of the daylight. Another perambulation of Newcastle was performed in March, 1887.

The civic character of the more modern custom is realised by a reference to the practice of **Lichfield**, where a Corporation Charter granted or confirmed by Charles II. provided that "the bailiffs and common councilmen shall annually on the Nativity of the Blessed Virgin (September 8) perambulate the boundaries of the city and county of Lichfield and the precincts thereof." It will be noted that the ecclesiastical element is entirely eliminated, even to changing the date of observance from Rogation Week. In the old registers of St. Michael's in this city is an entry relating to the custom half-a-century earlier than the date of the above Charter:

1638.—Paid for an horse for
Mr. Hobbocke the curate
at ye Perambulation ... xii d.

Lichfield still keeps up the picturesque observance of the "Sheriff's Ride" round the city boundaries, with an unbroken record since the reign of Queen Mary. The circuit of the city boundaries is upwards of sixteen miles, and the attendance at the perambulation in September, 1921, was as large as ever. The assembly (which included the Mayor, the Corporation and the city officials) met at the Guildhall, where the Sheriff (Councillor F Garratt) entertained his friends with light refreshments before starting. A number were mounted on horseback, but every other known means of road transport was also brought into use, a curious admixture of the ancient and the modern. The route lay up Beacon Street, to Cross-in-hand Lane, and on to the Stafford Road at Lyncroft Hill. From thence to Lea Grange the way lay across fields till the lane leading to Elmhurst and Stychebrook was reached, and thence in the direction of Curborough to Brownsfields. After traversing more fields the way led to Gosling Lane, and then on to Trent Valley Road: the railway was crossed and thence by way of Darnford Mill the party came to the Horse and Jockey Inn at Freeford, where they were entertained at luncheon by the Sheriff, with all the customary festivities. Resuming the "Ride," the way led across fields to Knowle, then to the Birmingham Road, through fields again to Aldershawe, Sandyway, Pipe Grange, Maple Hayes, and Pipe Green, and so out into Abnalls Lane back to Cross-in-hand Lane. Here a touch of the picturesque was lent by the presence of the City Mace and Sword Bearers and other uniformed attendants, aided by the glorious weather of a fine autumnal day.

Another record shows the observance of the custom at an unusual time of the year. In the parish register of **Alrewas** (which is on the Trent near its junction with the Tame) occurs this entry:—

1794. — This year, October 1, the boundaries of the parish of Alrewas were perambulated.
John Simmonds, Curate.
John Smith. Churchwarden.

The transference of the Lichfield celebration from Rogation to the Nativity of the Blessed Virgin is believed to have been in the nature of an official revival of the ancient institution which had fallen into disuetude during the Civil Wars.

Sufficient examples have been given to indicate the nature and history of this old custom, which in its day certainly served many useful purposes, religious, social and civic. The period at which the greatest amount of confusion arose through the ignoring of ancient landmarks and the obliteration of old boundary lines, was that subsequent to the introduction of the Poor Laws, when Churchwardens and Overseers sometimes wilfully disowned certain poor portions of their own parochial areas, with the view to escape future liability for those parishioners more likely to require relief from the rates, than to contribute a share towards them. Human affairs can sometimes be actuated by very sordid motives. How different from the old poet's apothegm:—

That ev'ry man might keep his owne possessions,
Our fathers us'd, in reverent Processions,
With zealous prayers, and with praiseful cheere,
To walke their parish-limit once a yeare;
And well-knowne markes (which sacrilegious hands
Now cut or breake) so border'd out their lands
That ev'ry one distinctly knew his owne,
And many brawles, now rife, were then unknowne.

X.—Ascension Day: Well Dressing.

ASCENSION Day, or Holy Thursday, occurs forty days after Easter, and ten days before Whit Sunday; and in many places was observed as the day on which special reverence was paid to Wells, Springs, and Fountains. In his "History of Staffordshire," Dr. Plot tells us (p. 318):—

"They have a custom in this county, which I have observed on Holy Thursday at **Brewood** and **Bilbrook**, of adorning their wells with boughs and flowers. This, it seems, they do, too, at all the Gospel-places, whether wells, trees, or hills; which being now observed only for decency and custom's sake is innocent enough. Heretofore, too, it was usual to pay their respects to such wells as were eminent for curing distempers, on the Saint's day whose name the well bore, diverting themselves with cakes and ale, and a little music and dancing; which, whilst within these bounds, was also an innocent recreation. But whenever they began to place sanctity in them, to bring alms and offerings, or make vows at them, as the ancient Germans and Britons did, and the Saxons and English were too much inclined to"—and the good doctor goes on to expatiate on the superstitions of ancient Well Worship. This was written in 1686, under Puritan influences.

A writer in the "Gentleman's Magazine" in 1794 mentions this observance at Brewood and Bilbrook being kept up then.

Well worship, or Wiell-weorthung as it was called among our Saxon ancestors, had to be curbed by the Councils of the early Anglican Church; but from those times to the present such practices as well dressing, well blessing, and other forms of well reverence have persisted in many remote places.

The antiquary Timbs, in his "Garland for the Year," tells us that—"It was formerly the practice at **Lichfield** on Ascension Day, for the clergyman, accompanied by the churchwardens and sidesmen, followed by children, bearing green boughs, to repair to the several springs, and there read the Gospel for the day after which cakes and ale were distributed. During the ceremony the doors of the houses were decorated with green boughs. This custom was founded upon one of the early institutions of Christianity—that of blessing the wells and springs."

At **Shenstone**, near by, also, as we have already quoted from Sanders' history of that parish, a similar practice was kept up. "They adorned the wells with boughs and flowers on Holy Thursday," he writes in 1794. To the present day the custom of well dressing is regularly honoured in Derbyshire; and it would seem that the nearer we get to that county the longer the practice lingered in Staffordshire. Of its observance at **Ilam**, near Ashbourne, we read:—"For days before Midsummer Day the villagers were busily engaged in collecting thousands of flowers and plants from yeomen's gardens and cottagers' enclosures ready for the festival of the well. These floral tributes were cunningly entwined and arranged upon rustic frames of various shapes and sizes, which had been previously covered over with a thick coating of well-tempered clay, into which the short stems were inserted, and by this means they were kept fresher and were more long-lived. When the frames were fully decked nothing was to be seen but a thick carpet of beautiful colours wrought into many appropriate devices. The largest of these concealing the front of the well was usually about twelve feet high; and many others of smaller dimensions made up a surface of more than a hundred square feet thus emblazoned. Elegant garlands, too, stretching in various directions to the neighbouring houses, served further to display the taste of the village belles, who always lent their aid to direct the labours of the ruder decorators. The church bells rang merry peals; the charity school children walked in procession through the street with music and colours; and the day was concluded with a country dance in which all ages and stations bore their part."

Are not these simple joys of our ancestors worthy of preservation, of imitation by their more sophisticated descendants, who to-day can bore themselves to weariness with the resources of civilisation at their disposal? This idea of rustic festivity was easily capable of expansion, and in some places the programme was much more elaborate.

This surface decoration of floral mosaics was applied to frameworks of many and various shapes, dimensions, and designs; sometimes to the panels of a triumphal arch constructed of the green branches of trees; to fanciful shapes, such as Chinese pagodas or Greek temples; and sometimes to form a bower in which a villager, dressed up as the deity of the fountain, pretended to deliver oracles to maids and matrons touching the future life in store for them. Such village festivities were patronised by crowds of merry makers drawn from all the countryside around, to whose further entertainment came the aid of mummers and morrice dancers, wrestlers and cudgel-players, and all the usual train of performers who came together at a May Revel or a Whitsun Ale. The village of **Barton**, in East Staffordshire, long kept up the custom.

Mr. G. T. Lawley gives an account of two somewhat recent celebrations in North Staffordshire of what he terms "Well Wakes," which, however, were not kept according to ancient custom on Ascension Day. One, the date of which was 1884, was held at **Milton**, when the New Well was beautifully decorated with green boughs and bright flowers, the festivities on each of the two days beginning at one o'clock with a procession headed by the band of the First Staffordshire Artillery, followed by the May Queen, mounted on a white pony, and attended by her maids of honour; the rear brought up by Jack-in-the-Green, Robin Hood, and a company of Morrice Dancers. The programme, organised by an able local committee, included Maypole dancing, Old English sports, and other competitions for which prizes were offered, all so admirably arranged and well advertised that special trains were actually run to bring visitors and patrons from Stoke, Leek and other surrounding towns.

A similar celebration took place at the village of **Endon**, near Leek, where the principal well had been specially decorated for the occasion by a local French artist, and a great gathering of visitors was brought together for the two fete days. Here the proceedings began on the Monday with a special sermon preached in the church by the Rev. G. Herbert Smith; after which a procession was formed, headed by the Staffordshire Railway Company's Brass and Reed Band, and composed of the Maypole Dancers and other local performers. The usual dances and field sports were indulged in, and all passed off well at this, recorded as the forty-third anniversary of, the village festival.

Well Wakes of this kind are celebrated—or have been, within recent times—at a number of villages in the adjoining county of Salop. Not the least famous of the annual Well Dressing celebrations is that of Tissington, in Derbyshire.

Of the subject of Staffordshire Wells generally—Holy Wells, Curative Waters, Saline Springs, etc.—a later chapter will treat more fully.

XI.—Whitsuntide, the Great Summer Festival.

WHITSUNTIDE occurs when the countryside has put on its brightest aspect; when the fields, the woods, and the hedgerows are lush with new growths; when the landscape is gay with hawthorn, lilac and laburnum, and the orchards linger still in bloom; when the meadows are pied and patterned with all the delicate hues of England's loveliest spring flowers. A time when Nature thus rejoices has never failed in its appeal to holiday-makers. In olden times it was the season of pageantry and outdoor sports, the festival of the Hobby Horse and the Morrice Dancers, when youths dressed up to represent Robin Hood and his boon companions, Will Scarlett, Little John, Friar Tuck, Maid Marion, the Dragon, Bavian the Fool, and other famous characters of legend and ballad lore—

The Hobby Horse doth hither prance
Maid Marion and the Morrice Dance.

In the towns it was the time of the **Craftsmen's Processioning**, when members of the various trade guilds assembled at their own Hall in the morning, every man clad in a new livery, to proceed to church before indulging in their annual field sports. The procession was headed by priests and singing boys, chaplains and clerks, after whom came the Court of Master and Wardens, followed in long line by the "Livery"—othewise the members of the guild.

Here we are called upon to consider two types of Whitsun customs; those of a national character observed generally in many parts of the country, such as Whitsun Ales; and those of a purely local character, as the Greenhill Bower at Lichfield. The special local forms of celebration will be dealt with in separate chapters.

Whitsuntide was always a festival for processioning; in former times the Trade Guilds indulged in the practice, and in many places to the present day advantage is taken of the favourable weather, reasonably to be expected at this time of the year, by the Village Clubs and Friendly Societies to make an annual parade of the streets with flags and bands, every member decked out with his badge of office, and resplendent in the regalia of the "Order" to which he subscribes. At Wednesbury it was for many years in the earlier part of last century the custom not only for the "Clubs to walk" on Whit Monday, but for all the Sunday Schools in the town to hold a sort of Gala Day. The children from the various places of worship generally attended a service first, then marched in procession to the Market Place, where a hymn was sung, followed by the National Anthem; after which they were marched away, either to their own respective headquarters, or to some convenient field, there to be regaled with tea and buns, and to take part in outdoor games and field sports.

In many other country parishes a similar form of Whitsuntide festivity was observed. After a full-dress parade of the Village Club to a special church service, the annual club feast took place at the headquarters in the village tavern, the Lodge Room being adorned with flags and banners, and its windows generally thrown wide open, through which floated upon the balmy summer air which seldom failed to mark these holiday, occasions, many rustic sounds of innocent revelry.

In Old England there were various times of holiday-making in the year which were known as Ales, of which the most popular was the **Whitsun Ale**. There were Church Ales, and Clerk Ales, under the auspices of the Church; Give Ales to celebrate a gift or bequest, and Bride Ales (Bredales) to celebrate a wedding—different parishes held their own special Ale Feasts. For the holding of these customary Ales some places regarded it as a parochial duty to provide a Church House, in which were stored utensils for brewing and spits for cooking. The malt and the edibles were given by the parishioners to the Churchwardens, and the profits of the day's feasting were distributed by the latter in the relief of the poor or devoted to some other worthy parochial object. The custom was fairly general, but the details of the proceedings varied in different localities. Also the times differed, some places keeping Midsummer

Ales, others celebrating their Mead-mowings, and not a few keeping their chief Ale Feast at the village Wakes, or church dedication festival. Others again inclined manorially, and held a Leet Ale. But in all the chief feature was the prominence given to the consumption of the old English national beverage, ale. As in "Pericles" it is recorded of an old song, that

> It hath been sung at festivals,
> On Ember eves and holy ales.

Some antiquaries hold the opinion that these customary Ales had their origin in the Love Feasts mentioned in the New Testament. It is a fact that they were sometimes held in the churchyards, which were no sooner made enclosed spaces than they were appropriated to various secular uses, particularly as places of parochial recreation and amusement. As Stubbs, in his "Anatomie of Abuses," tells us, the money collected on these occasions went "to repaire their churches and chappels, to buy books for the services, cuppes for the celebration of the Sacraments, surplesses for Sir John, and such other necessaries." In this context we may read for "Sir John" the parish priest. The prefix "Sir" was then used as we now read the abbreviation "Rev.," being a translation of "dominus" applied as a scholastic title to priests and curates.

As a great ecclesiastical festival, Whitsuntide was naturally a time for the observance of special Church customs. **The Floral Decoration** of the church was one.

It was an ancient belief that Paradise was planted with fragrant flowers. Thus in Scott's "Minstrelsy" (v. 181):—

> Fair were her erbers with floures,
> Rose and lili divers colours,
> Primrose and parvink,
> Mint, feverfoy, and eglenterre,
> Colombin and mother-ver,
> etc., etc.

To imitate in a terrestrial paradise, it was therefore necessary to call in the aid of sweet flowers—whence, no doubt, grew up the practice of church decoration, particularly at Christmas and other holy feasts. At Bilston records are found of such floral decorations at Whitsuntide, and at a surprisingly late period, too, as:—

1689.—Paid for dressing ye chapel at Whitsuntide .... 6d.
1691.—For dressing ye chapel with birch .... 6d.
1697.—For birch to dress ye chapel at Whitsuntide .... 6d.
1702.—For dressing ye chapel, and to Ann Knowles for birch and rose .... 10d.

Another old Church custom was that of **Religious Symbolism.**

In olden times priests contrived a picturesque piece of symbolism at Whitsuntide to bring home to their congregations a realistic representation of the ecclesiastical mystery commemorated at that feast day—the Descent of the Holy Ghost. A wooden box was fixed up in the church in which were kept a number of pigeons of the purest white plumage, and which were allowed to fly in and out during the service.

> On Whitsuntide whyte pigeons tame
> In strings from heaven fly,
> And one that framed is of wood,
> Still hangeth in the sky.

No direct evidence of this custom remains in Staffordshire, but Mr. G. T. Lawley has traced a vestige of it in an old Wolverhampton place-name. He says that a well which helps to supply the water at Messrs. W. Butler and Co.'s Brewery is called Culver-well, a name derived from the Anglo-Saxon word "Culfer" or "Culefre," signifying pigeon, and was so called because it anciently stood near the dove-cote of St. Wilfruna's Monastery, where the birds were bred for this and similar religious purposes. In other counties numerous references are found in the church accounts to payments made on account of doves or pigeons, and "pigeon holes"; as at Brentford and Chiswick, near London.

Yet another ancient Church custom was that of the **Pentecostal Oblations.** In the ancient English Church a cathedral like that at Lichfield was denominated "the Baptismal Church," or the church where Baptism and the Eucharist were alone celebrated after Christianity had become sufficiently settled to render river baptism unnecessary, in contradistinction to the private chapels which had been substituted for the ancient places of heathen adoration. The sacrament of the Lord's Supper was administered by the Bishop himself weekly; and at Pentecost an annual procession was made to the mother church, when oblations were offered by every communicant This was the origin in this particular bishop's "parochia," or diocese, of the Chad-penny, or Chad-farthing (in other places called the Smoke-farthing), the Pentecostals or customary oblations at Whitsuntide being so called locally in honour of St. Chad, the founder of the great Mercian diocese. Such "smoak-farthings" by degrees became a standing annual rent, a part of the ecclesiastical revenues due at Whitsuntide, and reckoned on the number of chimneys in the contributory parish. In many ways, civil, social, and ecclesiastical, Whitsuntide was by no means the least important festival in the year.

Happy the age, and harmelesse were the dayes
(From them true love and amity was found)
When every village did a May-pole raise,
And Whitsun-ales and May-games did abound.

XII.—Lichfield Greenhill Bower: A Special Whitsun Festival.

THE most ancient, popular, and regularly observed of local Whitsuntide customs is that known as Lichfield Greenhill Bower. In origin and essence it was probably a floral festival, but in the course of time it came to be associated with the City Court of Array, a purely military display. For hundreds of years it has been celebrated by the processioning of the City Corporation and Trade Guilds, the members of these bodies assembling together in holiday mood every Whit Monday, and marching from the Guildhall to a neighbouring eminence known as Greenhill, where it was the custom to erect bowers or booths for the exhibition of the city's products in craftsmanship, and where the festal distribution of cakes and ale, followed by sports and merry-makings, was wont to be honoured in the good old English style. The military element took its origin from the famous Statute of Winchester (1285), according to which old feudal enactment every freeman between the ages of 15 and 60 was liable to serve in the national defence, and to provide his own equipment according to the annual value of his lands or goods. The assessment ranged, in addition to personal service, from the provision of a hauberk (coat of mail) and breastplate of iron, a sword and a knife, and a horse to ride (if the size of his holding in land warranted such demand), down to a sword, bow and arrows, a gisarme (bill or battle-axe) and lesser weapons. A free-born Englishman had to appear with

> Masses of yron and gaddes of stele
> And gysarmes for to smyten wele.

In those early times the display was intended to indicate the feudal fighting strength of a place, but after the decay of feudalism an annual parade of men in armour was continued under the official direction of the municipal authorities.

Previous to the reigns of Henry VIII. and Elizabeth, to protect the realm from invasion and domestic insurrection, the monarch under authority of various Acts of Parliament, was accustomed to issue Commissions of Array, whereby certain officials of approved loyalty were sent into every county to muster and array (that is, to set in military order) the inhabitants under arms—in other words, to take stock of every local fighting force, and so estimate the strength of our national defences, though no man, except in case of urgent necessity, could be forced to go out of the kingdom, and sometimes not out of his own county.

For centuries, according to this ancient Assize, each man had to keep his armour in his own house, ready for the inspection of the two Constables of the parish or liberty, twice a year. In later times, when the obligation was dying out, it became customary in many places to keep the "parish armour" in the church, where the tower became a sort of armoury. Defaulters discovered at an Array were presented by the Constables before the Justices.

By a law of 27 Henry II. (1181) it was ordered that a "view" of arms and armour should be made regularly in every town by those having jurisdiction over it.

The local historian, William Pitt, writing in 1817, accounts the Lichfield Court of Array as one of the most remarkable surviving institutions illustrative of the manners and customs of our ancestors. He says:—

"Early on the morning of Whit Monday, the high constables of the city, attended by ten men armed with fire-locks, and adorned with ribbons, preceded by eight morrice-dancers, a clown fantastically dressed, and drums and fifes, escort the Sheriff, Town Clerk and Bailiffs, from the Guildhall to the Bower at Greenhill, a mount situated at the south-east extremity of the city in the parish of St. Michael, where a temporary booth is erected for their reception. On this mount a title of the court is proclaimed by the common cryer; the names of all the householders in the twenty-one wards of the city, according as they are enrolled, are called over; and all persons owing suit and service to this court, called the Court of

Array, or View of Men and Arms of the manor and lordship of Lichfield, are required to appear, under pain of fine and amercement. After this ceremony is ended the Constables attended by the armed men, &c., take their leave, and march through the streets to the opposite extremity of the city and summon the Dozener, or Petty Constable of that ward, to attend. He immediately comes forth, bearing a flag or ensign, joins the procession and the armed men fire a volley over every house in the ward. The inhabitants, on this salute, invite the Constables into their houses and present them refreshments, while drink is given to their attendants. The Dozener then, bearing his pageant, attends them to the Bower, and the Town Clerk from a roll calls forth the name of every householder in the ward. Those who answer to their names are invited into the Booth and regaled with a cold collation, and those who neglect to appear are fined one penny each. In this manner the Constables go through the twenty-one wards, and perform similar ceremonies in each; consequently it is late in the evening before they have performed their toilsome task. The Court of Array is then concluded, and the Constables preceded as before by the martial music, dancers, and armed men, and attended by the Petty Constables formed in two lines, with their gorgeous banners, concludes the festivity by a procession through the principal streets to the Market-place, where on their arrival the Town Clerk in the name of the Bailiffs and Citizens, delivers a charge to the High-Constables. The purport of this address is to thank them for their attendance, and inform them that in consequence of the firm allegiance of their predecessors several charters and immunities were granted to this city, which it is hoped will stimulate them to the performance of their duty to the King and their fellow citizens. He concludes with advising them to retire peaceably to their homes, and pursue the paths of industry and virtue, that they may always be worthy of the peculiar privileges they enjoy as free-born Englishmen, and inhabitants of this loyal and respectful city. The Dozeners then deposit their colours under the belfry in the adjacent church of St. Mary."

This conveys a very fair impression of the manner in which the institution was honoured at the beginning of last century. A Dozener, it may be explained, was an officer appointed to have oversight of manorial Views of Frankpledge, for the maintenance of the King's peace, the limit of his jurisdiction originally being ten households, whence the form of the word was more frequently "Decimer." Both High and Petty Constables were first created by a statute of 13 Edward I. (1285).

More light is thrown on the subject by the Rev. Dr. Falconer, who says this uncommon ceremony is a mixture of civil and religious institutions. "The Bailiffs are lords of the manor, and hold a Court Leet at their Guildhall, on Whit Monday, annually; but in former times that room being too small for the accommodation of the number of inhabitants who were bound to pay suit and service to them, they adjourned the Court to the more spacious place on Green-hill. The town was then divided into distinct wards; the names of the inhabitants in each ward were enrolled, by which means it was known with certainty the number of inhabitants each ward contained; and, by appearing personally, it was discovered how many of them were capable of bearing arms in defence of their country. To this was joined the religious institution; a representation of the tutelar Saint was formerly exposed to the view of the populace annually, to excite Veneration, and likewise it was exhibited on some particular emergent occasions to ward off some threatening evil. This being a time when all the inhabitants were assembled it was deemed most proper to exhibit the effigy of their favourite Saint; and after it had answered the purposes of the day, what more proper place could be thought of than the belfry of the church, and where they might have an opportunity of holding a Synod? However absurd and ridiculous these ceremonies may appear in the eyes and to the enlightened minds of the present age, they had undoubtedly their advantages; pageants and parades struck the minds of the populace with reverential awe and respect; they made them submit patiently to subordination; they afforded them an opportunity not only of discovering the number of inhabitants, but the number of effective men to protect their rights and properties; and they promoted mirth and hilarity. Nor were these the only benefits to be derived from them; the neighbouring inhabitants partook of the advantages; the nobility and gentry resident within several miles round the town, before they had adopted the pernicious custom of deserting their native mansions, and mispending their time and substance in the debaucheries of the metropolis, thought it sufficient entertainment and recreation for themselves and their children to attend the Whitsun Bower Gala. Crowds of them were used to flock in, and to increase their amusement there were displayed a variety of other exhibitions adapted to the taste of those times, such as bear and bull-baiting, interludes, flying-chair, legerdemain practitioners, wild beasts, &c. Uncouth as these amusements may be deemed by our modern refined taste, they had their charms and their utility; the novelty and dexterity of them excited admiration, they did not tend to promote vice and immorality, and they afforded an opportunity to all ranks of people to assemble and spend their time in innocent mirth and hilarity."

This is the view of the institution presented by a clerical commentator at the end of the eighteenth century, and are reminiscent of the old bull-baiting ballad which began:—

Success unto yo' Wedgbury lads
wheerever yo' may be,
Who took a bull to Greenhill Wake
to stir up mirth and glee!

The Greenhill Bower celebrations after being discontinued many years were revived with some éclat on Whit Monday, June 3rd, 1816, though shorn of much of their former pomp and pageantry. They are still continued much as the Lord Mayor's Show is honoured—as a survival of medieval pageantry, combined with the usual concomitants of a modern wake or pleasure fair. The order of the evening procession was generally arranged somewhat on these lines:—

Pipe and Tabor
(the Musicians decorated with ribbons).

Tom Fool and Maid Marian.

Morrice Dancers dancing sarabands, and clashing their staves.

Two Captains of the Armed Men.

Twenty-four Armed Men, with Drums playing.

Twenty-one Dozeners, with emblems and standards.

Two Constables.

Gaoler.

Sheriff.

Serjeant-at-Mace and Town Cryer.

Bailiffs and Town Clerk.

Citizens, etc., etc.

In addition, there have often been in more recent times processions of Trades, Topical Tableaux, Fire Brigade Displays, and a variety of other "shows" of a picturesque character in which the ancient and the modern were mixed up indiscriminately, regardless of history or chronology. The "Lichfield Mercury" of May 8th, 1818, contained a long advertisement of the attractions provided a century ago, when the "Bower" lasted over three days, and which included "an unrivalled performance of Indian Jugglers at the Guildhall," an exhibition of Wombwell's Royal Menagerie with "several animals new to this country, including the Rhinoceros or Unicorn of Scripture," and of course that highly appreciated and never-failing item, the historic parade of Men in Ancient Armour.

An account of the Greenhill celebration of 1825 is given by Hone in his Every-day Book, II., p. 334.

The Statutes of Array were repealed in the reign of James I., when a rearrangement of the military forces of the country superseded the necessity of these old feudal "assizes of arms."

A fuller account of this ancient and historic institution will be found in "Staffordshire Curiosities," pp. 118-124, published by the present writer in 1905.

XIII.—A Staffordshire Whitsun Mumming in a Star Chamber Case.

MENTION was made, at the close of Chapter III., of a local Mumming Play which appears to have been regularly performed in South Staffordshire in early Tudor times for the direct purpose of raising church funds. The records of the case are so peculiar as to demand attention in a work of this kind; and as the incident described occurred on a Whit-Wednesday—or "the Wednesday before Trinity"—this is the place in which to treat it.

It was no uncommon thing for largesse to be collected for church objects by Whitsun-Ales or by a Whitsun Morrice, as is frequently disclosed by an examination of old Churchwardens' Account Books. A business intimacy between the Wardens and the parish Mummers is revealed by payments for the provision and repair of the performers' dresses, or their musical instruments, mixed up with items for the church repairs.

A Mummer means a masker, or one disguised behind a vizard, for in ancient times an actor invariably wore a mask. The usual times and festivals at which these amateur actors and dancers displayed their abilities were May Day, Whitsuntide, or other summer-time holiday suited to outdoor revelling, although an exception to this rule was noted in the case of the Abbots Bromley Horn Dance, which seems always to have been celebrated at Mid-winter.

The recognised characters to constitute a band of Mummers were Robin Hood, Maid Marian, Friar Tuck, Little John, Will Scarlett, Tom the Piper, and the Fool; also the Hobby Horse prancing about, stick and bladder in hand, inside a paste-board nag; and not infrequently the Fiery Dragon, another paste-board creation with a man inside it to work its fiery breathings and other mechanical contrivances. The favourite jig performed by these masqueraders was the Pyrrhic or Military Dance, involving much clashing of wooden swords or staves, and the rhythmic jingling of innumerable bells attached to garters and other parts of the dress. Though the dancing was invariably clever, it was not free from many coarse antics intended to raise a laugh, even by the sacrifice of good taste and refined manners

The facts of the strange and curious affair in connection with the custom of Mumming here to be related have been found in the records of the famous (or infamous) Court of Star Chamber, a new form of tribunal set up by Henry VII., who came to the throne after the close of the thirty years of civil strife known as the Wars of the Roses.

This unpopular high court was intended to deal with and to severely repress all routs, riots, and insurrectionary movements; and when the country was so divided by political parties and factions it naturally became an engine of tyranny, till it was summarily suppressed in the reign of Charles I.

It would appear that a band of Mummers made up of members from Wolverhampton, Walsall and Wednesbury made themselves so conspicuous in the year 1498 as to bring themselves within the meshes of the law. Their practice was to attend the neighbouring Wakes, and after giving their performances to make a collection for the repair of one or other of the local churches. Their show consisted of the customary Morrice Dances, and the performance of an Interlude in which they introduced all the stock characters, Robin Hood, Maid Marian, Hobby Horse and all the rest of them, except that for Friar Tuck they substituted an unheard of character they called the Abbot of Marham.

It was no uncommon practice with Mummers to change a national legendary character into a local well-known public character; but why an "Abbot of Marham" should be a public character in Staffordshire is a problem which cannot be solved here. Marham is the site of an ancient nunnery in Norfolk; if that religious establishment held among its endowments any lands in South Staffordshire, and if the head of that establishment had gained popularity—or, it might have been, unpopularity—in dealing with the Staffordshire tenants, then some clue to the mystery might be forthcoming. This practice of substitution in a Mumming Play is analogous to the present-day "guying" of an unpopular character on the Fifth of November, or in a Christmas Pantomime.

The moneys collected at these al fresco performances seem to have been applied to maintaining the fabrics of the three parish churches, but for some reason not disclosed (not improbably political) a deadly feud had arisen between the Walsall and Wednesbury contingents. This was the cause of all the trouble. The appellants to the High Court were the Walsall men. Here is the text of the terrorised "orators" of Walsall:—

To the King our Sovereign Lord.

Humbly sheweth unto your highness, your faithful subject and true liegeman, Roger Dyngley, Mayor of Walsall; and Thomas Rice, of the same town: That whereas your said orators, on the Wednesday next before Trinity Sunday, the thirteenth of your reign, were in God's peace and yours, in the said town of Walsall. Thither came one John Cradeley of Wednesbury and Thomas Morres of Dudley, in your said county; and then and there made affray upon the said Thomas Rice, and hym sorely wounded and bett [beat] so that he was in peril of his life.

Whereupon the said Mayor, with other inhabitants, did arrest John Cradeley and Thomas Morres, and there did put them in prison according to your laws, there to remain till it were known whether the said Thomas Rice should live or die.

An incontinent thereupon one John Beamonde, squyer; Walter Levison, of Wolverhampton; Richard Foxe, priest, of the same town; and one Robert Marshall, of Wednesbury, arreysed and riotously assembled themselves at Wednesbury with other riotous persons to the number of 200 men, that is to say, with bows, arrows, bills, and gleves [long daggers] with other unlawful weapons there gathered and assembled to the intent to have come to have destroyed your said town of Walsall, saying openly that they would fache out of prison the said John Cradeley and Thomas Morres, and destroy your said town of Walsall.

And thereupon William Harper and William Wilkes, Justices of the Peace, charged the said riotous persons to keep the peace upon a great pain to be forfeited to your grace. By reason whereof the said rioters from that time ceased from further riot.

And whereas the said Justices of the Peace, knowin the said rioters intended to make more riot, and to execute their malice in doing some mischief or hurt to the said town, or to the inhabitants thereof, for eschewing any riot or breach of the peace, commanded the inhabitants of Walsall, Wednesbury, and of divers other towns, their adherents, that they should not assemble together out of the said towns, and should not come to a Fair that shuld be holden at Wilnale, on Trinity Sunday, the next following.

And the inhabitants of Walsall the same day kept at home.

Notwithstanding, came one from Hampton [Wolverhampton] whose name is William Milner, calling himself the Abbot of Marram, and one Walter Levison with him, with the inhabitants of Hampton to the number of four-score persons in harness [armour] after the manner of war, to Wilnale, to the said Faire. And also one Robert Marchall, of Wednesbury, calling himself Robyn Hood, and Sir [Rev.] Frederick Foxe, priest, with divers other persons, to the number of 100 men and above, in harness, came in likewise, and met with the said other rioters at the said town of Willnall, and then and there riotously assembled themselves. commanding openly that if any of the town of Walsall came therefrom, to strike them down; and in the said town contimued their riotous assembly all the same day; and if any man of Walsall at that day had been at that Fair, they should have been in jeopardy of their lives.

Please your highness to grant your Letters of Privy Seal to be directed to the said John Beamonde, Walter Levison, Sir Richard Foxe, priest, and Roger Marshall, to commanding them to appear before your Council to answer to the premises.

Some of the spelling in the foregoing Plaint has been slightly modernised. Of the leading characters named in it, the John Beamonde, "squire," was undoubtedly John Beaumont, lord of

Wednesbury, who died in 1502; the Walsall magistrates, Harper and Wilkes, were probably the lords of Rushall and Bloxwich, respectively; the "Sir" Roger (or Robert) Marshall, priest, may have been Vicar, or a chantry priest at Wednesbury; the "Sir" Richard Foxe, priest, may have been attached to the Collegiate Church of Wolverhampton; and the Walter Levison (sometimes called Luson) was certainly a member of that family of Leveson, originally of yeoman status in Willenhall, and who rose to eminence as wool-staplers in Wolverhampton — he was probably the same Walter Levison who was Bailiff of the Staple in Wolverhampton in 1491. Evidently they were all "men of light and leading."

The Walsall plaint was duly received by the Court of Star Chamber at Westminster, where it was endorsed—"1st July, in the 13th year to appear." In due course three several letters were issued therefrom to Walter Levison, Richard Foxe, and Roger Marchall, "to appear at Michalmas Term in the 14th year."

The next document in the case runs:—

The Mayor & Inhabitants of Walsall against John Beaumonde, Esq., and Others.

Answer of Sir Roger Marchall.—The Bill is only "feyned a yenst him in pure males [malice] for his great trouble, and vexation, and loss of goods." He did not riotously assemble with any persons in arms, nor is he guilty of any riot. As for the coming to the said Fair at Wylnale, "hit hath bin of old tymes and accustomed in the said Fere day that with the inhabitants of the sede towns of Hampton, Wednesbury, and Walsall have come to the said Fere with the capitanns called the Abbot of Marham, or Robin Hodys, to the intent to gether money with their disports to the profight of the churches of the said lordships, whereby great profit hath grown to the said churches in times past."

Whereupon the said Roger Marchall and his Company at the special desire of the Inhabitants of Weddesbury came in peaceable manner to the said Fair, according to the same old custom, and there met with one John Walker, of Walsall, and divers others of the said town, and then and there they made as good cheere "unto them as they should do to ther lovying neyburs"—And he denies that they came riotously.

This answer of the priest, Marchall, who played the chief character in the Guisers' masquerade, traverses the entire plaint. It should be mentioned that John Beaumont was a known benefactor of the church at Wednesbury, just as was Walter Levison of the church in Wolverhampton. Here is the statement of the latter defendant:—

Answer of Walter Levison. — He heard say at Hampton, where he dwells, that "a rumour and mysdemeanyng" against the King's peace was had in Walsale, and that the Inhabitants were riotously disposed against John Beamont. Whereupon the said Walter with two of his servants, in peaceable manner, and without any harness, came to the said Beamont to his place at Weddesbury, to know how the Mayor and Inhabitants of Walsall would entreat him.

This amounts to a counter-charge against the Walsall complainants. Lastly, we have the answer of John Beaumont, around whom the entire charges seem to centre.

John Beamont said—That he knew of no hurt that they willed to him. It had been of old time used and accustomed on the said Fairs Day that the Inhabitants of Hampton, Weddesbury, and Walsale have come to the Fair with such Captains as they have of old time used, to the intent to gather money with their disports, to the use of the said churches of their lordships.

Here the Court records fail us, so that we do not know how the case terminated, and what came of it all. It would seem, on the face of it, that some parties for private spite were taking advantage of the nervous tension of the central government in London. No sooner had the first Tudor monarch, Henry VII., ascended the throne, for which the rival factions of York and Lancaster had been contending for thirty years, than rival claimants, such as Perkin Warbeck and Lambert Simnel, put in appearance to contest his right. There was much political dissension abroad, and only three years previous to this curious episode the lord of Bescot had been sent to the block as a traitor—and Bescot Manor is situated midway between the four disaffected places, Wolverhampton, Willenhall, Walsall, and Wednesbury.

In the records quoted it is interesting to observe that the fifteenth century text spells fetch as "fache," gather as "gether," and contains other specimens of orthography which indicates that though there has been a change in the vowel sounds of standard English, the old pronunciation approximates to that of the present-day local dialect.

Whatever the inner significance of it all may be, it is evident that the Willenhall Trinity Fair of 1498 must have been a very lively festival.

XIV.—Tutbury Court of Minstrelsy and the Custom of Bull-running.

THE Church Calendar has fixed August 15th as the Feast of the Assumption, to commemorate the Virgin Mary being "assumed" to the glories of Paradise.

The Blessed Virgin Marie's feast hath
here his place and time,
Wherein departing from the earth, she
did the heavens clime.

The "morrow of the Assumption" (that is, the 16th) was the date upon which for very long time was practised another very ancient and extremely curious Staffordshire custom—that known as the Tutbury Bull-Running. But the Bull-Running custom was subsidiary to another which must first be described—the Tutbury Court of King's Minstrels.

The famous Castle of Tutbury was held from Norman times by the Ferrars family, till forfeited in the reign of Henry III. through the rebellion of its noble lord. It then passed to the Earl of Lancaster. In 1350, John of Gaunt, Duke of Lancaster, son of Edward III., rebuilt the castle, which had suffered severely in civil warfare. This royal duke in 1374 married a Spanish princess, and in this Staffordshire stronghold the pair kept regal state.

Tutbury was long distinguished as the scene of much festivity and splendour. As a result of its widespread fame for princely magnificence, numbers of minstrels crowded to the place from all parts of Christendom, till it became necessary to have recourse to some expedient for preserving order amongst them, and determining their claims of precedence.

Accordingly, one of their own number, with the title King of the Minstrels, was appointed with this view, and under him several inferior officers to assist in the execution of the laws of the institution. A charter was granted by John of Gaunt in which he styles himself "John, by the grace of God, King of Castile and Leon, Duke of Lancaster," etc. As to the legal status of the King of the Minstrels there can be no doubt, as his power and privileges were set forth in a subsequent charter granted by Richard II. and confirmed by Henry VI. "in the 21st year of his reign to license trumpeters and other minstrels." The charter of the Duke was dated 1381, "granted under our privy seal at our Castle of Tutbury," which was the Court of the Royal Duchy of Lancaster.

The fines and other punishments, which by virtue of this charter, the King and his officers inflicted upon defaulters, being found in numerous instances to exceed the due bounds of justice, it was deemed expedient to institute a Court, to be held before the Stewards of the Manor, on the morrow after the Assumption, for the purpose of hearing all complaints, and determining all controversies, connected with Minstrelsy within the Honour of Tutbury. (An Honour was a group of Manors with peculiar rights and privileges.)

On the Court day, all the Minstrels being assembled at the Mansion House of the Bailiff of the lordship, they, together with the Steward and the Bailiff, walked in procession from hence to the church in the following order:—

Music.
Minstrels, two and two.
Steward—King of the Minstrels—Bailiff.
Stewards and Officers of the late King
of the Minstrels,
with white wands in their hands.
Inhabitants of the Borough and Honour
of Tutbury.

Divine service was performed by the Vicar of Tutbury, who received one penny from each Minstrel as a fee due to him upon this solemnity. Service being finished, the procession then proceeded from the church to the castle hall. Here, the King of the Minstrels having seated himself between the Steward and the Bailiff (or their deputies), one of his officers gave notice that all Minstrels dwelling within the Honour of Tutbury (which was very extensive, comprehending the counties of Stafford, Derby, Nottingham, Leicester and Warwick) and owing suit and service to that Court, "must draw near and give their attendance upon pain and peril that might otherwise ensue; and that if any man would be assigned of suit or plea, he or they should come in, and they should be heard."

The names of the Minstrels were now called over from the court roll, and two juries empanelled (twelve jurymen chosen from Staffordshire, and twelve from all the other counties), who after receiving a charge from the Steward on the importance of music, and the duties they had to perform, proceeded to elect their officers for the ensuing year. The King was chosen from the four Stewards then in office, one year out of Staffordshire, and the other out of Derbyshire.

Of the new Stewards, two were elected from each of these counties, three being nominated by the jurors, and one by the person who held the Court. After the election the jurors retired to a private room, leaving the old King and Bailiff and their assistants in the hall, "quaffing the rosy bowl and enjoying the music of contending Minstrels." Upon the return of the jurors, they presented their new chief officer to the Court by the title of King. The old King instantly arose and delivered to him a white wand or staff ("album baculum") in token of sovereignty. He next drank to his health in a plentiful libation of wine, wishing him all joy and prosperity in his office. The same form was observed with respect to the Stewards.

The business of the Minstrels' Court being concluded, the company withdrew to partake of a sumptuous repast provided for them by the Steward of the lordship. This was a fitting termination to the day's procedure, and worthy of any court of the troubadours of old romance.

But it would seem that upon the proceedings of this highly privileged musical corporation was grafted a subsidiary institution of quite another character, probably a relic of ruder times, and no doubt for the purpose of popularising the festival with the mob. This was the custom known as the Tutbury Bull-Running. That it was an ancient local custom is evident from an Inspeximus (as it is called in the Letters Patent) by Henry VI. expressed in these terms:—

"There is an ancient privilege belonging to the Honour of Tutbury that the Minstrels who come to matins there on the Feast of the Assumption of the Blessed Virgin, shall have a bull given by the Prior of Tutbury, if they can take him on this side the river Dove, which is next Tutbury; or else the Prior shall give them xl d. for the enjoyment of which custom they shall give to the lord at the said Feast yearly xx d."

So in the afternoon the Minstrels and others assembled at the gate of the Priory. The bull was produced, and after the poor brute's horns, ears, and tail had been cut off, his body besmeared with soap, and his nostrils blown full of pepper, was let loose. If the Minstrels could catch him and hold him, if only so long as to deprive him of the smallest portion of hair, he was declared to be their property, provided this was done within the confines of Staffordshire and before the set of sun. The bull was next collared and roped, and being brought to the Market Cross, was baited with dogs. After which the wretched animal was delivered to the Minstrels, who might dispose of him as they deemed proper.

According to the charter, the Minstrels only were entitled to engage in the sport, the multitude being positively restrained under severe penalties from approaching the bull nearer than forty yards. In process of time, however, the crowd began to take part in the exciting chase. Then arose a bitter and active animosity between the people of Staffordshire and those of Derbyshire — Tutbury, be it understood, stands on the Dove, which divides the two counties—and the rivalry was carried to such excess that the day's chase seldom ended without the spilling of much human blood. Notwithstanding which, the barbarous custom was continued till the eighteenth century.

In the meantime Tutbury had passed into the hands of the Cavendish family, acquired like many other estates when the property of the Church was divided at the Dissolution of the Monasteries.

How the institution deteriorated may be gleaned from a document in which is described the curious tenure by which it was supported. It is a Petition from the Court of Minstrels to the ducal owner of the manor in 1772, and commences thus:—

"The Honourable and Antient Court of the Minstrels,

Assembled at Tutbury, 17 August, 1772.

To the Duke of Devonshire.

May it please Your Grace,

We the Jury of this Court most humbly petition Your Grace, that the Writings concerning this Court may be laid open before the King and Stewards of this Court, that we may understand our right. We apprehend we have a right to a piece of ground called the Piper's Meadow, formerly in the hands of Pratt of Tutbury, now Thomas Tatler of Etwel, who lets it to Samuel Salt of Rolston. This rent has been publicly demanded at the Castle, but without any redress. Therefore for the want of the rest of perquisites we receive our Dinners for 25 men; viz., twelve Jurymen for Staffordshire and twelve Jurymen for Derbyshire, and beer to the aforesaid dinners; and twelve shillings acknowledgment for the rent of this piece of ground; which said twelve shillings we expect to be made whole rent of the said Piper's Meadow, as it is now let for the yearly rent of . . . . Likewise the perquisites of the amerciaments, which used to be 3s. 4d. for every Minstrel that doth not appear if enrolled; and 6s. 8d. for playing upon an Instrument, and not appearing in this Court.

Most gracious Duke, we cannot maintain the rights of straining for these misdemeanours of the Minstrels of Staffordshire, Derbyshire, Leicestershire and Warwickshire without the protection of your Grace.

It hath therefore been concluded, and believed that Derbyshire stands to the conclusion, that, without the rent of the said Piper's Meadow be paid to the King of the Minstrels, the said Juriors do not appear. There is want of Members, want of Juriors, want of Stewards; and, in consequence, must in a short time be a want of a Bull-Running," etc., etc.

The Petition goes on to declare that the Court of Minstrels cannot be carried on, and is likely to decay unless the Duke provides a timely remedy. The document is signed by Henry Coxon, "King," the panel of Jurymen, and the two Stewards.

That the Petition failed to save and perpetuate the horrible custom of Bull-Running—a custom no doubt originating in an imitation of Spanish bull-fighting, introduced by John of Gaunt to please his wife Constance, a daughter of Pedro the Cruel of Castile—no one will regret. It was perhaps unfortunate that the abolition of the custom in 1778 also involved the disappearance of that romantic relic of the troubadours, the Tutbury Court of Minstrels. For some time afterwards, however, a Minstrels' Court survived in attenuated form, and shorn of its ancient glories, held in the Steward's House, situated on a part of the site of the historic old Castle.

Associated with these twin institutions were several other quaint and remarkable customs which will be found set out in "Chambers' Book of Days," II., 225, which is accompanied by an interesting illustration of the Festival.

A fuller account of the Tutbury custom was given by the present writer in his "Staffordshire Curiosities," published in 1905.

A similar old custom was once celebrated in Lincolnshire, but the Stamford Bull-Running, which was kept on November 13th, was even more brutal, the populace being encouraged there to act like furies let loose from hell in pursuit of the poor beast.

A ragged troop of boys and girls
  Do pellow him with stones—
With clubs, with whips, and many nips
  They part his skin from bones.

XV.—Saints' Days and Minor Customary Observances.

THE early Christian Church in this country sought to win its converts from their old pagan practices by converting the heathen temples into churches, and substituting a simple form of Christian worship for the old forms of idolatry. It would not be very difficult to trace some of our most cherished customs—the use of mistletoe at Christmas, for instance—to a pagan origin. Pope Gregory advised that the people should be encouraged to come together on their ancient festival days, and worship the guardian saints peculiar to such days. Booths made of the branches of trees were erected about the church, in which the people were allowed to feast and make merry. But these saints' day feastings soon became abused, and before the reign of Edgar steps had to be taken to restrain the intemperance and licentiousness which marked their celebration. Long after all taint of heathenism had disappeared, the propensity of the English to self-indulgence was difficult to overcome on these occasions. The churchyards were appropriated to various secular uses. Aubrey, the antiquary, tells us that " in every parish was a church-house, to which belonged spits, crockes, and other utensils for dressing provisions. Here the housekeepers met." The young people were there, too, and had dancing, shooting at butts, and other pastimes, their seniors gravely sitting by, and looking on, " as the young contended." At the church-door was set up a tree, upon which a banner was hung out, beneath which young maidens stood to gather in contributions. Also close at hand was erected a green arbour, called Robin Hood's bower. Of the brewing of church ales by the church-wardens, mention has already been made. (P. 31.).

From Trinity Sunday to Christmas Day (which latter is immediately preceded by the solemn preparation season of Advent) is a long period of about half-a-year, in which occur none of the great festivals of the Church. But though we have no general customs of national observance to record of this long stretch of the calendar, we shall find, to engage our notice, quite a number of minor seasonal customs and saints' days with peculiar observances; and, more to our present purpose, a number of interesting local customs, for it was during this non-festal part of the year that most of the Parish Wakes occurred

TRINITY DAY OBSERVANCES.

In a Lichfield diocesan document of the year 1496 we have this record of a Trinity Sunday and other Saint Days' celebrations:—

" John Arundel, Bishop of Lichfield and Coventry, by a decree of Confirmation under the seal of the diocese, directed to the Mayor of Walsall, and his Brethren, in honour of the Holy and undivided Trinity, the beloved Mary, and All the Saints, and for the advantage of Walsall Church, declaring that they (the Mayor and his Brethren) shal kepe the drynkynges iiii times in the year, and he that is absent at any of these drynkynges to forfeit a pound of waxe to burn for the light of the Chapell of Soynte Kateryn, in the said Churches. Item :—The wardens shal cause the priste to give monycon [query, " moncorn," meaning " beere-corn," or " barley-bygge "] both to the Church of Walsall, and in the Chapell of Bloxwiche, iiii days before every drynkynge, under the like forfitt of a pound of waxe for the said altar."

ST. BERTELIN'S DAY.

September 9th is the day which in the Roman Calendar was set apart for the commemoration of the patron saint of the town of Stafford, St. Bertelin. He is said to have served St. Guthlac and " been of all others the most dear to him, and to have led an anchoretical life in the forest." He fixed his cell in the wilderness of Bethney, the site of which afterwards became the town of Stafford, where his relics were long kept with great veneration, but where now his very name is all but forgotten. An account of St. Guthlac and of St. Bertelin will be found in " Staffordshire Curiosities," pp. 135-138.

MIDSUMMER CUSTOMS.

Midsummer Night in old England was celebrated in many parts by the lighting of immense bonfires—so called because they were really "boon-fires," the fuel being begged as seasonable boons from the neighbours. Around these roaring fires the people gathered to indulge in various sports, the young men daring each other to jump through the flames, or making hoops covered with tow or other inflammable material, which, when set alight, were started to trundle themselves down slopes or hill sides, and running away into the distant darkness as glorious whirling rings of fire, were the earliest form of artificial fireworks. This practice lingered latest at Wyrley and other parts of the undulating Chase, and was not unknown in Wednesbury and Bilston. It was supposed to be a relic of heathen ritual performed around ancient Baal fires; for Fire Worship was once prevalent in many parts of the world from Persia and Phœnicia to Western Europe and Britain. In his History of Wolverhampton, Dr. Oliver expresses the opinion that the name of Bilston is derived from Beli, the principal male divinity of ancient Britain; Mr. W. H. Duignan has also written, "I know no better etymology of Bilston than the Gaelic 'Beal-tuinn,' the fire of Bel, or Baal, the great Gaelic god." The Bible has references to "consuming fire," "burning mountains," "flames of fire," and "flaming sword"; all such references probably associated with the widespread institution of Sun or Fire Worship. That vestiges of this ancient practice lingered in the region, which in modern times became known as the Black Country, is peculiarly noteworthy; for in the heyday of its iron-trade prosperity a night view of South Staffordshire, when the sky was lit up by the lurid glare of countless furnaces, presented the aspect of a Tierra del Fuego, a veritable Land of Fire.

That Staffordshire is a county of wide contrasts occurs to the mind in association with this reflection on a plethoric excess of artificial light in the south of it; for in the north is an extraordinary spot where for three months in the year the inhabitants are denied natural sight of the sun. This is a very narrow valley called Narrowdale, a gorge in the limestone rocks four miles from Longnor, from which the sun is invisible during the three months of mid-winter, and on its first appearance in spring does not become visible till about one o'clock in the afternoon. There could be no greater incentive to the worship of the Sun than such long deprivation of its vitalising beneficence.

To resume our main subject of old customs: It is probable that in the more ancient towns of this county, such as Lichfield and Newcastle, the medieval practice of Setting the Watch on Midsummer Eve was once observed. In addition to the standing watch, it was customary on such occasions for hundreds of citizens, shouldering pikes, partisans, or halberts, or bearing torches or cressets of fire, to join in an annual Marching Watch, all in military array—a weird and picturesque night pageant.

SOULING DAY CUSTOMS.

The last day of October, the vigil of All Saints' Day (which is the first of November), is popularly known as All-hallow Even, and is associated all over the country with quite a number of old customs and superstitions. One of them, while not peculiar to Staffordshire, had a firm hold on the popular mind of this county, and is mentioned by Brand in his "Popular Antiquities." This authority says that "on All Saints' Day the poor people in Staffordshire, and perhaps in other country places, go from parish to parish 'a-souling,' as they call it; that is, begging and puling [or 'singing small'] for 'soul cakes,' or any good thing to make them merry. This custom is mentioned by Peck, and seems a remnant of Popish superstition to pray for departed souls, particularly those of friends. The Souler's Song in Staffordshire is different from that which Mr. Peck mentions, and is by no means worthy of publication."

This opinion is not that of the Folk Lore Society, which has published several variants of this quaint old Staffordshire song. Here is one version, collected at Keele in 1880, upon which the Editor of the Folk Lore Journal remarks:—"The picture of St. Peter waiting at Heaven's Gate for a dole which is to purchase admission of poor souls in purgatory is very striking." It runs:—

Soul, soul, for an apple or two,
If you've got no apples, pears'll do.
Up with your kettles and down with
    your pans,
Pray, good Missis, a Soul Cake!
Peter stands at yonder gate
Waiting for a Soul Cake—

One for Peter, two for Paul,
Three for Him who made us all.
Souling-day comes once a year—
That's the reason we come here!

A commoner Staffordshire form of the Souling Song ran in this wise:—

Soul, soul, for an apple!
Pray, good Missis, a couple!
One for Peter, two for Paul,
And three for Him who made us all!
Allaby, allaby, eebyeer,
Soul-day comes but once a year.
When it's gone it's never the near,
For goodness' sake,
A good Soul Cake.
Up with your kettle, and down with your pan,
Give me an apple and I'll be gone!

In other parts of the county the rhyme ran in quite a different strain:—

Here comes one, two, three jolly boys
All in a mind.
We are come a-souling
For what we can find—
Both ale, beer, and brandy,
And all sorts of wine!

A version taken down at Eccleshall in 1884 was in this form:—

We'll have a jug of your best October beer,
And we'll come no more a-souling till this time next year.
With talking and walking we get very dry,
So I hope you good neighbours will never us deny.
Put your hand in your pocket
And pull out your keys,
Go down into your cellar
And draw us what you please!

All Hallows means, of course, All Saints; and November 2nd was fixed by the Roman Church as All Souls' Day for the commemoration of the Departed Faithful. The mixing up of the three dates, and the rigmarole of the Souling Verses, are the result, no doubt, of a pre-Reformation religious practice being continued as a popular custom under a Protestant regime. Take, by way of a further illustration, the utter nonsense contained in the customary thanks rendered for the gift of a Soul Cake, or other largesse:—

God save your saul,
Bones and all!

BITE-APPLE DAY CUSTOMS.

Dr. Plot in his "History of Staffordshire" (1686), in describing the Clog Almanack, says:—"A pot is marked against the 23rd November, for the Feast of St. Clement, from the ancient custom of going about that night to beg drink to make merry with.

West Bromwich Old Church is dedicated to St. Clement, who seems to have been a popular saint in this locality, for well into the nineteenth century his day was observed throughout the Black Country with the old custom which gave it the name of Bite-Apple Day. The game of Bite-Apple was played in various ways in Wednesbury, Bilston and the adjacent towns, and was always a source of innocent merriment for whiling away a dark winter night.

One form of the sport was to suspend a string from the ceiling, and at the end attach an apple, which was put in motion pendulum-like. The players stood around, with mouths on a level with the swinging fruit, which, while arms were kept rigorously behind the back, they tried to catch with their teeth and take a good bite—more often than not getting instead a good bang on the nose, to the intense enjoyment of all the others. Sometimes the players were armed with forks, with which to impale the elusive fruit and convey it to the mouth for a good bite. Another variant of the sport was to attach to the string a wooden lath, balanced at about its middle, and having the apple at one end and a lighted candle at the other. In trying to snatch a quick bite at the apple, the players would often succeed only in getting a burnt mouth. This form of the game was evidently of some antiquity, as Stafforde in his "Niobe, or Age of Tears" (1611), writes:—"They call to mind an old gambole, contrived with a thread, which being fastened to some beame, hathe at the nether ende of it a stick, at one ende of which is tied a candle, and at the other an apple, so that when a man comes to bite at the apple the candle burns his nose."

"Notes and Queries," p. 393, in a note written in December, 1851, states that at Oldbury, a Worcestershire town almost projecting into the Staffordshire Black Country, a custom prevailed for children and others to go round on St. Clement's Day begging for apples, and on St. Thomas's Day begging for money.

At Wednesbury a superstition accompanied this apple eating observance. A young girl would pare an apple, taking care to remove the whole paring in one unbroken piece. Then, standing away from the others, she would throw the paring behind her over her left shoulder. Whatever form the apple paring assumed on the floor, the nearest manuscript capital it resembled would be the initial of the name of her future husband.

Both in Staffordshire and Worcestershire "Old Clem's" Day was long faithfully observed, the children going round to their neighbours' doors singing a doggerel ditty something in this form:—

Clemeny! Clemeny! Clemeny mine!
A good red apple and a pint of wine,
Some of your mutton, and some of your
veal,
If it is good, pray give me a deal:
If it is not, pray give some salt.
Butler, butler, fill your bowl;
If thou fillest of the best,
The Lord'll send your soul to rest;
If thou fillst it of the small,
Down goes butler, bowl, and all.
Pray, good mistress, send to me,
One for Peter, one for Paul,
One for Him who made us all,
Apple, pear, plum, or cherry,
Any good thing to make us merry;
A bouncing buck and a velvet chair,
Clement comes but once a year:
Off with the pot, and on with the pan,
A good red apple, and I'll be gone!

A similarity between this old folk rhyme and that used on Souling Day is very noticeable. Speaking generally, the custom of "Souling, or begging for apples," on All Souls' Eve is practised in the north of the county, and replaced in the south by that of Clementing on St. Clement's Eve.

DOLEING DAY CUSTOMS.

St. Thomas's Day falls on the winter solstice, the shortest day in the year.

St. Thomas gray, St. Thomas gray,
The longest night and the shortest day.

Coming in the middle of winter, the period of hardship for the poor, this day was often selected for the distribution of church doles. In some places it is designated Doleing Day, and in others Mumping Day—"mumping" being a cant term for begging. In olden days the poor went "a-corning," that is, begging corn from the farmers; in later times they went "a-gooding," that is, they made the round of the houses of their richer neighbours, begging a supply of goods or money to provide good things with which to enjoy the coming festival of Christmas.

It was recorded in "Notes and Queries," in 1857, that the custom of "Gooding" existed in full force in Staffordshire at that date, where "not only the old women and widows, but representatives of every poor family in the parish make their round in quest of alms. The clergyman (wrote the correspondent) is expected to give a shilling to each person, and at all the houses a subsidy is looked for, either in money or in kind. In some parts of the same county a sum of money is collected from the wealthier inhabitants of the parish, and placed in the hands of the clergyman and churchwardens, who on the Sunday nearest St. Thomas's Day distribute it in the Vestry under the name of St. Thomas's Dole.

The words of the children's chanty for this occasion in South Staffordshire were:—

Call up the butler of this house,
Put on his golden ring,
Let him bring us a glass of beer,
And the better we shall sing.

To this, round Wednesbury and Darlaston was added:—

Please to remember St. Thomas's Day,
The longest night and the shortest day.

In both these towns such doles as warm coats for poor men and woollen gowns for women, as blankets for the bed and fuel for the hearth, and other bodily comforts calculated to alleviate the distresses incident to wintry weather, have long been distributed at this appropriate season of the year. At Burton-on-Trent two antiquated forms of charity are honoured on St. Thomas's Day; one known as the "Widows Groats," and the other a distribution of the profits or rents collected from a benefaction property by the "two Town's Masters," who at one time were the retiring Parish Constables and later the two retiring churchwardens. So it is in many parishes, the 21st December is the chosen customary day for the bestowal of alms on the poor and needy; it is a sort of "clearing day" in the Christian year for an adjustment of a few of the social inequalities between Dives and Lazarus.

XVI.—Christmas Customs and Superstitions.

OF all the Christian festivals in the Church Calendar, none has been more honoured in this country than Christmas; and it is still observed as the chief holiday of the year, the season of good-will and general jollity, the time for family re-unions and festive merry-makings. The Church recognises it as the birthday of Christ, though it is now agreed that Christ was born four years before the acknowledged commencement of the Christian era; while the 25th December was not fixed in Rome as the date of celebration till about the year 380, previous to which the date had varied, sometimes January 6th and sometimes March 25th having been recognised. That the Nativity occurred at mid-winter is scarcely feasible, for shepherds do not and did not lie out in the fields of Palestine at that season of the year. Political reasons connected with Pagan practices may have influenced the final selection of December 25th. Possibly the Christian festival may have been fixed for December 25th in an attempt to supersede, with fitting practices and suitable ceremonies, the Roman Saturnalia which was kept at mid-winter with much feasting and many jovial pastimes.

Long before England became converted to Christianity, December 25th was a feast day in these islands.

"The ancient peoples of the Angli," according to Bede, "began the year on the 25th December, and the very night which is now so holy to us they called . . . the mothers' night, by reason, we suspect. of the ceremonies which in that night-long vigil they performed."

With the climate of this gray northern country, no season could be more fitted for the enjoyment of the pleasures of home life, and family indulgence in "parlour pastimes."

Heap on more wood!—the wind is chill!
But let it whistle as it will,
We'll keep our Christmas merry still.

CHRISTMAS BELLS.

To usher in Christmas Day with a joyful peal on the church bells is a widespread custom honoured no less in Staffordshire than elsewhere. In his History of Wolverhampton, Dr. Oliver enumerates the Tide Songs of old English monastic life, and with reference to the midnight service, adds:—

"In conformity with this latter custom, it is usual at Wolverhampton on Christmas Eve, at the same hour, to commence a peal upon the bells. . . . This ringing shows that in early times on Christmas Day all the kingdom rose to nocturns. As courtiers congratulate kings on their birthdays, they then thought it a piece of religion to pay their duty to the King of Kings on his."

Of the prevalence of the practice, evidence is found in the Churchwardens' Accounts of many parishes. For example, we find in the Bilston registers:—

	s.	d.
1685.—December 25. Paid the Ringers for ringing on Christmas Eve as usual...	7	0
1690.—December 25. To the Ringers for ringing at Christmas	5	0

At a later date the Darlaston books contain similar entries, as:—

	s.	d.
1807.—December 25. Paid to ye Ringers for ringing on Christmas Day	5	0
1829.—December 25. To the Ringers given	12	0

THE CHRISTMAS WAITS.

Other forms of music have been requisitioned for the due enjoyment of this great festive season, notably Carol Singing—a feature which will be treated in a separate chapter—and the practice of Waits, or performers playing instruments of music, going round the streets to play suitable and seasonable tunes at the doors of various residents selected for the honour. The word Wait is another form of Watch, so that the Christmas Waits are really a musical Watch, or patrol of minstrels. In olden times anthems suited to the Christmas celebration were rendered by precentors or by singing friars within the sacred edifices, while lay persons made a practice of rendering Christmas minstrelsy in the open air. From the latter practice arose the custom of the musical itinerants we now know as the Waits, who in pre-Reformation times also gave performances in the streets on the nights of Shrove Tuesday and Michaelmas Day. In the industrial age of the nineteenth century the practice of the Christmas Waits was taken up in most of the manufacturing towns by Brass Bands attached to the works and factories, and in some places (latterly) by the Salvation Army Bands.

THE CHRISTMAS MISTLETOE.

The use of floral decorations at Christmastide is a popular and well-known custom, the winter season calling largely for the employment of evergreens for this purpose. Because in the course of their pagan worship the Druids of old employed the Mistletoe, which they cut down with a golden sickle, this plant has been described by some well-known writers as unholy, and not permissible for use in a Christian church. This is at variance with fact. The poet Gay says:—

Now with bright holly all the temples strow,
With laurel green and sacred mistletoe.

And Herrick, referring to the taking down of the church decorations when Christmas is past, wrote:—

Down with the rosemary and bays,
Down with the mistletoe.

Then we have a peculiar local exemplification in the case of Wolverhampton, where it was once a custom on Christmas Eve to place mistletoe on the altar of the Collegiate Church to be blessed by the priests, after which it was distributed by them among the congregation, being regarded as then possessing medicinal powers, particularly efficacious in the case of fevers. Clearly the plant was not regarded as unholy in these parts. The Bilston Registers contain this item:—"1672, Dec. 25. For dressing ye chapel with holly and mistletoe, 2s. 6d." Darlaston Registers bear testimony of a like nature with this entry:—"1801, Dec. 25. To Wm. Brereton, for mistletoe and holly, 6d." Another Staffordshire custom indicates the esteem in which the plant was held when a small bag containing mistletoe was hung round a person's neck as a safeguard against witchcraft and evil spirits.

WASSAILING.

A once widespread Christmas custom was that of Wassailing, already mentioned on pp. 4 and 7. The favourite Wassail drink in the Black Country was mulled elderberry wine. Harwood in his History of Lichfield says:—"An ancient custom is still observed at the time of Christmas, of calling upon the inhabitants with a cup and entreating a contribution either of money or drink. The origin of this custom, which is denominated Wassailing, is uncertain." There can be little doubt that this form of midnight revelry had its origin with our Saxon progenitors, in whose tongue "Wæs hæl" signified "Be in health," the words commonly used in pledging a health. The practice was confirmed by the Danish invaders, who in their pagan days drank to Woden and Thor, and who after their conversion honoured St. Olave in the Wassail bowl.

A jolly wassel bowl,
A wassell of good ale,
Well fare the butler's soul
That setteth this on sale,
Our jolly wassel!

CHRISTMAS FEASTING.

At this season, always one of exuberant feasting, the viands peculiar to it were numerous and diverse, and it was the time when tables and sideboards groaned under the weight of good cheer—boar's head and brawn, capons and game, mince pies and plum puddings; and of course, as the old ballad saith, "there was good plenty of fat provender, and of beef, beer, and bread was no niggard." It was a Staffordshire superstition that bread baked on Christmas Eve would never go mouldy; the probability was that after so prolonged a festivity there was none left to test the belief. The consumption of Mince Pies was induced by a hospitality which promised for every one eaten before the Christmas ended, a "happy month" in the following year; while extra Plum Puddings were stored away in their basins to be boiled up again on special occasions when required months later.

An old custom was to eat a dish of Furmety (or Frumity) on Christmas morning. In anticipation of this, youths and maidens went "a-leasing" in the cornfields at harvest time, and a portion of their gleanings was made into a miniature wheat-sheaf, which was hung from the kitchen rafters to be saved for this purpose. At Christmas the grains of wheat were stewed in milk, seasoned with cinnamon, and well sweetened to make the toothsome dish. The name Furmety is said to be derived from "furmentum," signifying leaven or yeast; and the dish is considered to be an improvement on another Staffordshire pottage called "Lumpty-tums," made by boiling coarse oatmeal in milk. Poor Robin's Almanack, 1676, mentions Furmety along with Mince Pies and Plum Puddings among the Christmas dishes. Joseph Allen, the cordwainer poet of Onecote, near Leek, in a ballad in praise of the native Lumpty-tums, says:—

> Potatoes they are windy meat,
> But Furmety it is a treat.

CHRISTMAS SUPERSTITIONS.

Among Christmas Eve customs and superstitions are several of a very pleasing and entertaining nature. A Norse custom introduced into this country was to drink Wassail to the cattle in their stalls, who would be found at midnight on their knees, as if in adoration of the Christ born in a stable. From the same source of origin came a belief that on this night in the year all the powers of evil were rendered harmless A pretty Christmas legend illustrative of this superstition is recorded in the History of Bilston It is to the effect that in Saxon times a site between Bilston and Wednesfield was fixed upon by a noble, who had embraced the Christian faith, for the erection of a church by which to commemorate his conversion. The spot, however, was inhabited by fairies, who were so offended by the intrusion upon their domain that at night time they carried away all the stones which had been erected during the day.

This elfish interference was persisted in so constantly that at last the baffled nobleman was compelled to abandon his pious intentions, leaving the fairies in undisturbed possession. But on Christmas Eve, when all mischievous fairies, goblins and spirits of evil are known to be rendered powerless by the superior spirits of good, when the "bird of dawning" sings all night long, it was reported that on this strangely haunted spot were heard the chiming underground of beautiful church bells, and the distant sounds of a ghostly choir singing the "Gloria in Excelsis." Whether the proposed temple of Christ was eventually erected on the site the charming legend fails to inform us; but the name by which the place was afterwards known locally was by no means so pretty as the story—it was called Church Hole!

This legend belongs to a somewhat common type, and in various parts of the country many variants of it may be found. In his History of Staffordshire, Dr. Plot writes:—"The superstitious veneration that some people in this country, especially in the Moorlands, amongst the ancienter sort, and sometimes those of very good fashion, owe to the Fraximus Sylvestris or Quicken-tree, which they firmly believe preserves them from the fascination of evil spirits, upon which account many are very careful to have a walking-stick of it, and stick boughs of it about their beds." In recent times Black Country folk have been addicted to planting hedges of this tree (the elder) round their gardens; and as mentioned elsewhere, they make the elderberries into wine, a mulled bowl of which constitutes their favourite Wassail drink at Christmas-time.

Again with regard to the superstition of warding off the influence of evil spirits at this holy season, Mr. G. T. Lawley has collected some curious examples of its working. He records that at Bilston, about the end of the eighteenth century, superstitious inhabitants made a practice at Christmas-time of drawing a chalk line across either end of their street or lane, and adding a cross to each extremity of the line, under the belief that no elf or goblin, witch or warlock, could cross that line or enter their houses. A similar precaution against witchcraft and demoniac influence was sought to be effected by others, who fixed two crossed straws on the lintels of their street doors on Christmas morning.

. . . . .

Christmas, the end of the civil year, always the season for recalling some of the quaintest customs and most picturesque beliefs of the past, is regularly observed with as much zest and hearty good-will in Staffordshire as elsewhere in the kingdom. The foregoing, with two chapters to follow, one on Carol Singing and one on Christmas Mumming, will comprise an account of the county's Yuletide observances as comprehensive and succinct as is possible within the scope of this work.

XVII.—Christmas Carols.

CAROL - SINGING, like Wassailing, both customs of wide observance, is honoured throughout Staffordshire, and both customs could no doubt be traced to a pagan origin. As we may recall, Virgil (Dryden's translation) has it anent the winter festival of Saturn :—

In jolly hymns they praise the god of wine,
Whose earthen images adorn the pine,
And there are hung on high in honour of the vine.

Black Country carol-singers, though on an expedition of merry wassailing, were always scrupulous in refraining from raising their harmony till the joyous midnight peel of the church bells had quite ceased.

A WILLENHALL COLLECTION.

The repertory of a Black Country band of Carol-singers was a wonderful assortment of Christmas lyrics, crude of language and quaint in expression. A Willenhall collection used to include not only the universal favourites, " While shepherds watch," " Lo, the Eastern Magi," and " Crown Him Lord of all," but local curiosities like " Dives and Lazarus," which took twenty minutes to sing, and " The Creation o' the World," the longest in the book, which occupied twice that length of time. The latter was sung by two voices, line by line alternately, and the last two lines repeated in unison. It was sung andante, with a pause on the last note of the line; and the invariable custom was that if a mistake was made the singers had to begin it all over again, a custom fruitful of much liveliness in a Christmas tavern " sing-song."

Another extraordinary carol in this collection was called " The Cock o' th' Dish," a relic of the old cock-fighting days. It was said to be an ancient monkish composition, designed to teach the people Bible history, and contained many phrases that were unadulterated blasphemy. It is unquotable beyond the lines :—

This roasted cock that lies i' the dish
Shall crow full fences three.

Many of the Christmas carols were made to serve also for the New Year's Eve carolling. For instance, the one given in Chapter II. (p. 3), " The cock sat up in the yew tree," was used at Christmas-time with a different ending whch ran :—

The lanes are very dirty,
My shoes are very thin,
I pray, good missus and master,
To chuck a penny in!
To chuck a penny in!

A NORTH STAFFORDSHIRE CAROL.

Some years ago appeared in " Notes and Queries " a curious Christmas Carol, stated to have been taken down from the lips of the boy who sang it, and who said he had learnt it from his father, and had never seen it printed or written. It was contributed by a correspondent in North Staffordshire, and is said to have been sung by the Morrice Dancers there to " a wild and beautiful tune." The composition shows it to be a specimen of pure folk-song :—

All the Bells in Paradise.

Over yonder's a park, which is newly begun,
All bells in Paradise I heard them a-ring;
Which is silver on the outside, and gold within,
And I love sweet Jesus above all things.

And in that park there stands a hall,
All bells in Paradise I heard them a-ring;
Which is covered all over with purple and pall,
And I love sweet Jesus above all things.

And in that hall there stands a bed,
All bells in Paradise I heard them a-ring;
Which is hung all round with silk curtains so red,
And I love sweet Jesus above all things.

And in that bed there lies a knight,
All bells in Paradise I heard them a-ring;
Whose wounds they do bleed by day and by night,
And I love sweet Jesus above all things.

At that bed-side there lies a stone,
All bells in Paradise I heard them a-ring;

Which is our blessed Virgin Mary then
kneeling on,
And I love sweet Jesus above all things.

At that bed's foot there lies a hound,
All bells in Paradise I heard them a-ring;
Which is licking the blood as it daily runs
down,
And I love sweet Jesus above all things.

At that bed's head there grows a thorn,
All bells in Paradise I heard them a-ring;
Which was never so blossomed since Christ
was born,
And I love sweet Jesus above all things.

In the construction of this carol two characteristics of old-time composition will be noted—the cumulative form of narrative and the constant repetition of the refrain. Altogether it rings true as a genuine emanation of the folk mind.

A SOUTH STAFFORDSHIRE CAROL.

Now compare it with a popular Christmas ditty sung by the children in South Staffordshire:—

The Sunny Bank.

As I sat on the sunny bank,
As I sat on the sunny bank,
As I sat on the sunny bank,
On Christmas Day in the morning.

I spied three ships come sailing by,
I spied three ships come sailing by,
I spied three ships come sailing by,
On Christmas Day in the morning.

And who should be in these three ships,
And who should be in these three ships,
And who should be in these three ships,
But Joseph and his fair lady.

O he did whistle, and she did sing,
And all the bells on earth did ring,
For joy our Saviour he was born
On Christmas Day in the morning.

In medieval times church bells were rung for popular rejoicings; and the trees of Paradise were supposed to be hung with musical bells which were set ringing by the eternal breezes from the throne of God. In the popular mind, bells were ever an adjunct to the rendering of praise and glory, either to God or man.

A GORNAL CAROL.

The repetition of a line several times was a common device in the composition of the old folk-songs. The following, first recorded by Folk-Lorists in 1886, has its first line sung three times:—

A Gornal Nail-Makers' Carol.

The Jews they crucified Him,
O, the Jews they crucified Him,
O, the Jews they crucified Him,
And nailed Him to a tree!

Mary stood a-weeping,
Mary, etc., etc.,
To see the Lord a-bleeding.

Then Joseph begged the body,
Then, etc., etc.,
And laid it in a tomb!

Came down then an angel,
Came, etc., etc.,
And rolled away the stone.

And then up rose the Saviour,
And, etc., etc.,
To conquer Death and Hell!

Then tell John, James, and Peter,
Then, etc., etc.,
I'm risen from the dead!

The eternal gates were open,
The eternal gates were open,
The eternal gates were open,
To let our Saviour in!

A WEDNESBURY CAROL.

The crudities of language and of religious sentiment in the following example testify to the genuineness of its antiquity:—

The Seven Joys of Mary.

The first great joy that Mary had,
It was the joy of one,
To see her own Son Jesus Christ
A-sucking at her breast-bone.

Chorus.

A-sucking at her breast-bone, my boys,
O happy may we be!
Praise Father, Son, and Holy Ghost
To all eternitie.

The second great joy that Mary had,
It was the joy of two,
To see her own son Jesus Christ
A-making the lame to goo!
Chorus.—A-making the lame to goo, etc.

The third great joy that Mary had,
It was the joy of three,
To see her own Son Jesus Christ
A-making the blind to see!
Chorus.

The fourth great joy that Mary had,
It was the joy of four,
To see her own Son Jesus Christ
A-preaching to the poor!
Chorus.

The fifth great joy that Mary had,
  It was the joy of five,
To see her own Son Jesus Christ
  A-making the dead alive!

Chorus.

The sixth great joy that Mary had,
  It was the joy of six,
To see her own Son Jesus Christ
  Raised on the crucifix!

Chorus.

The seventh great joy that Mary had,
  It was the joy of seven,
To see her own Son Jesus Christ
  Ascending up into heaven!

Chorus.

XVIII.—Christmas Mumming Plays.

AS in the later centuries it has been customary for the theatre to abandon the legitimate drama at Christmas time in favour of pantomime, so in olden days it was the practice of the Mummers to present a special Christmas Play suitable for indoor presentation—in both cases the characters being drawn from legend and romance, and the plot being generally a medley of more or less incoherent episodes loosely strung together.

In the north of the county the Mummers were usually known as Guisers. The nineteenth century Mummers in these Folk Plays went round from house to house, asking permission to play their Mumming in kitchens of private houses, or in some large room of a public-house. They were dressed fantastically in paper and tinsel, and coloured rags; some with blacked and some with floured faces; some wearing masks; some with false beards and wigs. The combat was done with broad-bladed wooden swords, with the flat of which a good sounding whack could be given.

In the older days of "Merrie England" the commodious halls of the squirearchy afforded a more convenient stage for the presentation of these old mumming plays. And they were always popular, as the old ballad informs us:—

> To shorten winter's sadness,
> See where the folks with gladness,
> Disguised all are coming
> Right wantonly a-mumming—
> Fa lal la!

One of these Christmas Mumming Plays, last seen performed in the bar parlour of a Wednesbury tavern in 1879, was but little removed from the common type, in title, or plot, or dialogue. Here is the Black Country version of the old theme:—

GOOD ST. GEORGE AND THE BOLD HECTOR.

Enter (after a loud knock at the door) Open-the-Door.

O-t-Door:
The first that doth step in is good old Open-the-door,
And, lads, if you'll believe me well, I've opened many a score.

(With sly wink and gesture at this, He next proceeds to clear an open space for the other actors, who have now followed him in, but leave him the centre of the stage.)

Give room, give room, in this gallant hall, give us room to play,
And you shall see a right Merry Masque Upon this happy Christmas Day.
So shift the chairs, and make a good wide ring,
That you may see us well, both act, and dance, and sing.
Silence, brave gents and lovely ladies fair! Now give an eye,
To see and hear our queer, quaint comico—tragedie.

(He retires. St. George takes centre of stage.)

St. George:
Here come I, St. George approved of old,
A Knight of valour and virtue, stout and bold.
Many the gallant deeds that I have done,
Clean victories, both east and west, that I have won.
In deadly marsh, and eke on sandy plain,
Giants, griffins and rocs in swarms I've slain—
'Twas I that brought the famed dreaded dragon to slaughter,
For which I gained the Egyptian Monarch's handsome daughter.

(Enter to him Bold Hector.)

Hector:
Who's this that boasts in Hector's hearing?
Of all braves and braggarts, I'll soon make a clearing!
I am bold Hector! Bold Hector is my name,
And with my trusty sword, I always win the game!

(Enter, smartly, Slasher.)

Slasher:
The game, Sir? What game, Sir? This game's not in your power,
The brave St. George will slash and slay you dead within the hour!

(Enter, stately, the Black Prince).

Prince:

Not so fast, my gallant lads and heroes all!
Fair's fair, brave's brave; but when you try a fall,
Sides and chances equal, for Englishmen is reckoned—
So to see all things square, I'll act for one as Second.

Slasher:

Well said, most noble prince. To make the combat square,
You second good St. George, and I will see Bold Hector fair.

(The two Principals and two Seconds prepare their arms.)

(Enter, deliberately, Safety Sam.)

Sam:

Hear one last word for peace from Safety Sam of Staffordshire!
Peace is a noble thing, though it may be bought too dear.
So ere to mortal strife, these noble gallants do repair,
"May God defend the right!" be our one and only prayer.

(Enter, with roguish sidling shuffle, Beelzebub.)

Beelzebub:

Here comes I, sly old Beelzebub!
Over my shoulder I carries my club,
And in my hand a frying pan—
So don't you think I'm a jolly old man?
If you think I'm cutting it rather fat,
Just drop a penny in the old man's hat—
A useful penny it is you'll then lay out,
If you want to see the whole of our fine play out.

(Enter, impishly and perkily, the little Blue Dwarf.)

Dwarf:

Stand off, stand off! I've fought ten thousand duels on The Delves,
And all you knaves that want to fight, had best defend yourselves.
No foe stands up but I'll smash and hash him as small as flies,
And sell his vile carcase to make into nice mince pies—
Mince pies hot, mince pies cold,
Good mince pies at ten days old!

(Black Prince coolly lifts him up bodily, throws him into the arms of Beelzebub, who carries him out. The two champions, St. George and Bold Hector, and their seconds, Black Prince and Slasher, take the centre, and the combat begins. The fencing is done with much dancing round the ring, loud c'ashing of swords, and the excited shouts of the other actors. After many fierce lunges and rapid parries, and cracks on the head and legs with the flat of the swords, Hector is stabbed and falls prone.)

Slasher:

O champion saint, O holy George! what hast thou done?
Thou hast gone and slain my dear, my only son!
He was indeed my first-born, and my true-begotten heir—
I cannot, will not, idly stand and see him bleeding there!
A doctor, a doctor! I'll give ten thousand pound,
If but a good and learned doctor can be found!

(Enter, slowly and sedately, the Doctor.)

Doctor:

Here come I, the great and learned Doctor Brown,
The cleverest, safest doctor in all the town.
Crutches for lame ducks make I, and spectacles for poor blind bats,
Also barber-leech I am, to shave and bleed all pussy cats.
I've travelled far, in Italy, Titaly, Dudley Port, and Old Spain,
But right glad I am to be once more in Old Wednesbury again.

Slasher:

What diseases, sir, are they you cure?

Doctor:

Why, all diseases known, you may be sure:
The gout, the scurvy, and the ptysic,
And all of them without a drop of physic.
So [taking Hector gravely and skilfully by the hand] you get up, sir, and sing that fine old song,
Of one who's not been dead for very long.

Hector (rising erect again):

Once was I dead, but now I am alive,
God bless the Doctor, who made me to survive!
Through his great art, I was not dead for very long,
And so to prove his skill, let me sing to you a live man's song!

(Sings some popular song of the day, which has a chorus in which all can join.)

Beelzebub:

Our play is played, and now we've done,
We hope we've given you lots of simple fun.
So if you think at all it's really funny,
You'll fill our empty pokes with lots of money.
Send us away, please, now that all is calm,
And sly old Beelzebub 'll do you no harm.
Take notice that we've got no leathern bottle,
And nothing was poured down the dead man's throttle.
For your fun 'twas he fought, and got himself slain,
For your money he'll rise and fight his battles o'er again.
We hope this nonsense your spirits will joyful rouse,
So we bid you Good-day, and Peace be on this noble house!

(All join hands to dance round, to the accompaniment of some other popular song—which at the end is changed to one to which they march out, Beelzebub collecting the largesse in his frying pan.)

In the Folk Lore Journal, Vol. IV., p. 350, is printed a Christmas Guiser's Play of the same date emanating from Eccleshall, and which is virtually the same dramatic story, though not quite as good in plot or dialogue. In the northern version the characters are called Open-door, Old Beelzebub, Little Doctor, King George, Noble Soldier, Black Prince of Paradise, Little Jack Devil-doubt, and Sing Ghiles (? Sir Guy of Warwick). As usual, the action includes much challenging to fight and clashing of swords. The finale in this case is a chorus (the music is given), "On a bleak and a cold frosty morning."

The main object of these performances was always to collect largesse, and the performers therefore sought popularity by "playing to the gallery," as the professional actors express it

XIX.—Natal Superstitions and Christening Customs.

SUPERSTITION, in an ignorant and unlettered community, accompanies the life of man from the cradle to the grave. The credulous beliefs connected with the natal and christening customs of olden Staffordshire were as varied and curious as those of any other part of the country.

NATAL SUPERSTITIONS.

It was considered unlucky to weigh a new-born child, and if any proud and boastful parents were daring enough to essay such an experiment, the warning was at once forthcoming that the child would certainly die before the year was out. The first time baby was taken from its mother's arms to be carried out of the room, it was taken upstairs before downstairs, otherwise the child would never rise in the world. No infant, if the hopes for its future were to be realised, should have its nails or its hair cut before it was twelve months old. If, however, the child's nails grew inconveniently long, its mother might bite off the ends without fear of any disaster in consequence. To rock an empty cradle was to rock a new baby into it; a challenge to the fates not always popular with a couple whose quiver was already full. No self-respecting woman, on rising from child-bed, would pay a visit till she had first been churched—this is easier to understand than many of the other practices, which reek of pagan prejudices and a belief in vindictive deities.

A well-known Black Country superstition is that a child born with a caul (membrane) over its face can never be drowned; and more than that, if the caul were kept in the possession of another person, that lucky possessor would be immune from death by drowning. Hence these cauls came to have a marketable value in Staffordshire, and one was sold within living memory at Ocker Hill for a goodly number of guineas. Mostly, however, they were very carefully preserved in the family to which they came by nature, and were often regarded as heirlooms too precious to be parted with. How they were sometimes handed down from generation to generation is seen in the clause of a will of Sir John Offley, of Madeley Manor, dated May, 1658:—" Item, I will and devise one jewell done all in gold enamelled wherein is a caul that covered my face and shoulders when I first came into the world, the use whereof to my loving daughter, the Lady Elizabeth Jenny, so long as she shall live: and after her decease the use likewise thereof to her son Offley Jenny during his natural life, and after his decease to my own right heirs for ever, and so from heir to heir to be left so long as it shall please God in his goodness to continue any heir male of my name, desiring the same jewell not to be concealed or sold by any of them."

It was a very common Staffordshire belief that a cat would " suck the breath " of a baby with fatal results, and that therefore it was dangerous to leave a sleeping infant alone in a room with a cat. Why the animal should prefer to inhale a vitiated atmosphere while there was an ample supply of pure air available is difficult to understand. This was, no doubt, another libel on the harmless, necessary cat.

CHRISTENING CUSTOMS.

Baptism is a Christian rite symbolic of the entrance into the Church of Christ, and is popularly known as christening. Many customs and superstitions have clustered around the religious practice of baptism, which indeed is one of the ceremonies which has split the Christian Church into quite a number of denominations—as the Baptists, who regard this sacrament of primary importance; the Anabaptists, who hold that those baptised in infancy should on attaining years of discretion be baptised " anew "; and other sects of different shades of opinion on the subject.

The Bilston register records in September, 1726, the case of a man—" he came from Hedgeford," otherwise Hednesford—who "was an Anabaptist and would not suffer his children to be baptised"; also a good number of baptisms about that period, of those of "riper years" who customarily should be brought to the font at "one month old or under."

The outward visible form of administering the rite of baptism has been prolific of controversy in the Church for centuries; whether it should be administered to infants to ensure their admittance into the Church at the earliest opportunity, or reserved till they have arrived at years of discretion and can judge for themselves; whether the ceremony should be performed by sprinkling, by immersion, or by pouring water on the head—all these are points which have divided men's opinions, and so weakened the Church in the past.

Dr. Oliver, writing of the conversion of England under St. Augustine in 597, says that "by the assiduity of the Christian missionaries the greater part of the island in a few years was converted to the profession of the Christian faith; thousands pressed for admission, and St. Chad, who first taught Christianity in Staffordshire, baptized multitudes in lakes and rivers."

In a Puritanical age, the religious difficulty arising from the differences of opinion regarding the validity of infant baptism, and various other sectarian differences, come in for frequent allusion in the parish registers of the time. In the Wednesbury registers appear the two following entries:—

"1695.—March 5. Elizabeth, daughter of Laurance Constable, an Anabaptist, and Mary his wife, was born." [Not baptised, be it noted.]

"1700.—Dec. 8. William, son of John and Elizabeth Cashmore, his wife, baptised at St. Margarett's Chapel, alias a barn in West Bromwich."

In the Bilston registers we read:—

"1689.—Dec. 15. Between ye two last entries John Jesson had a son baptised by some Nonconformist (Mr. Eccleshall I suppose), but what day I know not. The reason was because I would not baptise it (though in health wi'out godfathers and godmothers) though ye said John Jesson's other children were baptised according to ye way of ye Church of England, and his wife had been godmother to other children."

The minister here mentioned was probably the Rev. Joseph Eccleshall, who had been ejected from the living of Sedgley on account of his Nonconformity. He had established a Presbyterian Meeting House. Tipton registers contain entries in which the word "clandestine" is used, but probably its signification is merely that of "private" baptism. As thus:—

"1694. — Thomas Nock's child was christened clandestinely."

"1695. — Mary, daughter of John Dowler, was christened clandestinely ye 5th day of May."

The christening of illegitimate children often exercised the minds of the clerical registrars as to the proper wording of the entry to be made of a religious ceremony in such unfortunate cases. In the Wednesbury registers the helpless infant is sometimes bluntly labelled "bastard" (1718), and sometimes more euphemistically described as "filius populi," "a son of the people" (1731). Similar entries are found at Wolverhampton, as:—"1625. Richard and Elizabeth, pueri populi, were baptised on xii daye of March." . . . "1634. Sara, ye daughter of the people, was baptised ye xiii of November." . . . "1637. Ye son of the people was borne in ye house of John Ollifer and was baptised on xi daye of Aprill." . . . "1644. Judith, daughter of a people, was baptised ye first daye of September."

Whether an infant born in a Christian land were regarded as "a child of the people," or "as a child of God" (Creatura Christi—the alternative description sometimes registered), it was always desirable that it should be baptised before it died. Baptised infants who died within the month after their baptism were generally shrouded in the white cloth (or "chrisom") put on the head at baptism, and so came to be known as "chrisoms." Though the term "chrisom" was expunged from the Prayer Book of 1552, it lingered in common use long after; and effigies of infants so shrouded are found carved on monuments in Wednesbury Church and many others. In the earlier years of the Reformation period, the custom continued of making upon the child at the font the sign of the cross; the priest first dipping his finger into the "oleum chrismatis" (or chrism, a mixture of oil and balsam) and marking a cross first on the breast, then midway between the shoulders, and lastly on the head.

That the christening of the son and heir of a great feudal lord was made the occasion of a family rejoicing accompanied by much ceremony, appears from the records of an Inquisition held at Walsall, 8 May, 1355. The Bassetts of Drayton Manor, one of the finest old families of Staffordshire, had acquired by a marriage with the Beauchamps the lordship of the Manor of Walsall. At least seven successive heads of the house of Bassett were named Ralph, one of the last of whom had to sue by an Inquisition to get his Walsall inheritance out of the hands of Beauchamp, the youthful Earl of Warwick, to whom the King had granted the wardship. The case came, on the date named, before the King's Escheator for the County of Stafford, and sworn evidence had to be given that the claimant was of due age to inherit. Among the witnesses were John de Hurste, aged 50, and John-in-le-greve, aged 60, sworn separately and examined touching the year, day, and place of the heir's birth, who stated that "on the said day of his birth, they were present together, and saw the said Ralph then borne to the Church of Walsall, and there baptized, and carried back from the same unto the Manor [House] of Walsall, with Singers and a great crowd of people, giving praises to God for the birth of the said Ralph . . . showing the truth that he is of full age." Of a fourteenth century christening custom this is a really interesting and reliable account.

Burton-on-Trent parish register is one of the most perfect in England. It commences two years before the Dissolution of the Abbey of Burton—the first orders for the provision of parochial registers date from 1538, being rendered necessary in consequence of the dissolution of the religious houses and the cessation of their useful old registration practices. Burton register has been continued with much care to the present time, from the issue of that first momentous order by Henry VIII.'s Vicar-General, Sir Thomas Cromwell.

Not the least curious entry among the Baptisms is the following:—

"Willm Paget, first sonne of Thomas Paget, Lord Paget of Beaudesert, was born at Norwich in Mr. Stuard's house, within the parishe of St. Peter's, uppon a Wenesday betwene tou and thre of the clocke in the morninge, the seventene day of December, 1572, and was christened the xxiiij day of the same month, Willm. Lo. Burleighe, highe Treasorer of England, and Robert, Earl of Leacester, beinge his godfathers, and Margaret, the Countesse of Derbye, being godmother."

There is a later entry, in a very scholarly handwriting, such as was once customary to be made by a minister on his appointment to a cure—the Marquis of Anglesey is still not only patron of the living, but lay rector of Burton—which runs:—

"Noma eorum qui de sacro Baptismi fonte suscepti sunt a 24 º die Julij: quo die ego Joannes Harsall, Nordovicensis Legum Baccalaureus, Novi Collegij in Academia Oxoniensi Socius Burtonam veni, ab Honoratisso meo Patrono D. Guliel, Paget ad eclīæ Burtonensis curam accitus, 1601."

The practice of noting the precise hour and minute of birth arose from the belief in astrology, such particulars being required in "casting the horoscope" of the child, or foretelling its future career. An entry in the register of St. Edmund's, Dudley, gives not only the exact time of the birth of "Samuell, son of Sir William Smithe Clarke, Vicare of Duddly, born Friday morninge, being the xxviij of February, 1539," but adds most meticulously the astronomical signs of the day and the month, and the ruling planets of the day and the morrow.

CHRISTENING FEES.

The clergy of the Collegiate Church of Wolverhampton claimed a fee on every baptism performed in any church within their deanery. In the registers of St. Leonard's Church, Bilston, this claim is duly noted, thus:—"1685. Note. For every child baptized at Bilston the parents are to pay to ye Curate of Wolverhampton, and ye Sacrist there, tenpence as an ancient fee; but there lies no obligation on ye Curate of Bilston to collect this fee, and 'tis done merely of courtesy, and Wolverhampton doth not hinder ye Curate's fee." This ancient custom sometimes led to friction in the subsidiary parishes or chapelries, Bilston and Willenhall inhabitants regarding it as an imposition when other outlying hamlets had been relieved of such extra payments. The clergy of the mother-church further refused to allow children to be baptised in the out-parishes without a licence from them. Thus was find in the register of the Cellegiate Church these entries:—" 1617.—Ales [Alice] ye daughter of John Sheldon was by license baptized at Wolverhampton." . . . " 1634.—John, ye son of William Brookes, of Bentley, was baptized by license of the Minister of Wolverhampton." That the fees demanded were duly paid there is similar evidence, as thus testified in the registers of St. Leonard's Church, Bilston: " 1703.—July 31. Baptized Penelope, ye daughter of Mr. Edward and Mrs. Mary Perry. She was born about 5 of ye clock yt morning. My God-daughter pd. 10d. to Wolverhampton."

Performing the rite of baptism on the day of birth or very soon after seems to have been a common practice, to which entries in the Bilston registers thus testify:—

" 1704.—August 5. Baptized Henry, ye son of Hen. and Martha Smith, born between 2 and 3 yt morning.

" 1705.—Eleanor, ye daughter of John and Mary Marston, of Blakenall, in Wolverhampton p'ish. She was borne att Ettingsall, and being weake was baptized by me yt day att Ettingsall.

" 1706.—December 4. Henry ye son of John and Anne Jevon, borne 2 nights before about 12 o'clock.

" 1711.—July 2. Richard ye son of Will. and Eliz. Turton, borne a little before 2 of ye clock yt morning.

" 1715.—July 7. William ye son of Will and Eliz. Turton. He was born ye 3rd day of ye month (being Sunday) about 6 of ye clock in ye morning. Recd. 10d.

" 1718.—October 11. Elizabeth ye daughter of William Ames, bucklemaker (my nephew). She was borne ye 9th inst., being Thursday, about 2 o'clock afternoon. Recd. 10d. for W'Hampton." [This entry was made by Rev. Richard Ames, a bachelor curate of Bilston, long a veritable father of his flock.]

" 1720.—May 17. Abraham, Isaac, and Jacob, ye three sons of Thomas Beavon, bucklemaker. All born this day."

Here we notice a very common practice in the Black Country, of conferring Biblical names on children. The popularity of scriptural names in this district is amusingly illustrated by an anecdote of the early days of football, when some fifty years ago a Wednesbury team went to play the University eleven at Oxford. This Staffordshire team included an Eli and a Job, a Daniel and an Amos, to say nothing of Benjamin, Joseph and Samuel, hearing which names repeatedly called out by the excited players, one undergrad. was heard to remark, " By Jupiter, these fellows have brought a team of prophets and patriarchs against our ungodly crew!"

On the prevalence in some localities of certain baptismal names, Dr. Plot in his History of Staffordshire (1686) makes the following observation:—" It is remarkable that about Newcastle and in the Moorlands, the men's names are most commonly Ralph or Randal, and about Stafford and the southern parts of the county the name of Walter is most common. These two names prevail, I suppose, owing to the great estates and authority of the Earls of Chester and Essex, each in their respective quarters. Ranulph, the Earl of Chester's name, still prevails in the north, and Walter, Earl of Essex, who lived after him at Chartley, having since carried it in the south. It is still worthy of notice that here are some families that have constantly christened their eldest sons by the same name for many generations. Thus the Parkers of Audley have been all Richards for many descents. The family of Littleton, of Pillaton, are so nice on this point that unless the eldest son be named Edward they think he cannot live to enjoy the estate, on which account they have been all Edwards ever since Henry VI.'s time, the present survivor being the ninth of that name. This custom of christening the son constantly of the father's name, yet Mr. Erdeswick [writer of the first history of this county and a great authority on family pedigrees] does not approve, upon consideration that if a controversy should arise wherein a man should be forced to prove his descent this identity of name will so perplex it that it will be difficult to distinguish the donor from the donee, etc., whereas when the names are often or but alternately changed (as it is common in some families) the descent is so obvious that no man need fear any hazard in pleading it."

Such are some of the customs and superstitions by which we are fettered from the very moment of birth.

XX.—Marriage Customs.

MARRIAGE, as a human institution, has a history of portentous length; the customs and conventions by which it is surrounded are consequently too numerous and too diversified to be treated here, except only so far as examples and illustrations can be found in the history of Staffordshire.

But first as to Wedding Superstitions. In the Black Country a married woman should never remove her wedding ring from her finger, or it is believed she will be in danger of losing her chastity. If she loses or breaks her wedding ring, it must at once be replaced, and her husband must put it on her finger. This little golden circlet is regarded as a woman's most precious possesssion.

There are countless other marriage superstitions of too general a character to be included here

FEUDAL CUSTOMS.

The ancient feudal custom of wardship whereby a person might not marry without the consent of his (or her) superior lord, can be illustrated from the family history of the Fitz Nigels of Newcastle-under-Lyme. An inquisition held in 1265 disclosed that Sir John Fitz Nigel held a hide of land at Tunstall, and a wood called Hole-wood or Whorewood, by serjeanty [that is, the rendering of certain specified services], but these had been withheld by the family of Lazures, and had to be purchased from them by William, the father of John. And previous to this, William Fitz Nigel had been obliged to pay King John eleven marks for the enjoyment of his father's office, "and for liberty to marry at his own pleasure."

The feudal custom of "merchetum," sometimes called "the maiden's fee," a loathsome exaction of the lord of the manor on the marriage of a tenant's daughter, is proved to have been enforced in Wednesbury by the records of a Court held in 1310, when the lord John de Heronville was summoned to answer certain complaints. (Salt, Vol. ix., p. 17.)

OLD-TIME CUSTOMS.

Among the old-time wedding festivities of South Staffordshire was the holding of sports in which all the neighbours were invited to join. These sports generally included a game of football of that variety in which one parish community pitted itself against another, and the ball with which the match was contested being provided by the bridegroom was called the "bride ball." A rather unusual custom, peculiar to this county and the adjoining one of Salop, was for a bride and a bridegroom of the humbler classes to go to church unaccompanied by either father or mother, and to content themselves with the attendance of a bridesmaid and the best man. Around the Bilston district the custom was once prevalent of presenting the bride with white gloves. The white was, of course, symbolic of maiden purity, and the presentation was usually made at the church door by a party of friends and well-wishers.

The use of flowers at weddings is a custom of very general application everywhere; in Staffordshire a modified form was once observed in the rural parts by the sporting of the flower called "bachelor's button," which the village swains would carry not only pinned to their breasts, but have their pockets stuffed full of them. Perhaps these little modest blossoms were considered the most appropriate of "Flora's presents" with which to "welcome the fair."

The old custom of "playing the bride to church" was sometimes observed in later times. In the "Wolverhampton Chronicle" of January 1st, 1812, it may be read: "At the village church of Wolstanton, near Newcastle, on yesterday sen'night Mr. Samuel Davies and Mrs. Ann Turner were married, both of that place, and whose ages in the aggregate amount to 140 years. Three tedious days' courtship had evinced that it was a consummation devoutly to be wished. The happy bridal party were preceded to church by a band of musicians in token of the high esteem in which they held the bride."

The advanced age of the contracting parties here named is exceeded in an earlier announcement in a Staffordshire newspaper to the effect that William Chapman, of Stafford, was married to Martha Stafford, of the same place, when their two united ages amounted to 160 years.

Another eighteenth century marriage notice of local interest is worth quoting here for the unusual form of it. The "London Post" of August 8th, 1738, said: "A few days since the Rev. Mr. Harris, of Yattingdon, Berks., was married to Miss Nicholls, of Stafford, a young lady of great Beauty, an ample fortune, and endowed with all the valuable qualifications of her Sex."

An older custom still, that of escorting the wedding party to church with a mounted cavalcade, can also be illustrated from local chronicles:—"July 10, 1790. On Thursday last, at Ashbourne, Ralph Adderley, Esq., to Miss Mills, of Barlaston Hall, in this county. The splendour and magnificence of this wedding far exceeded any other that has occurred in this county for many years. The families attended were of the first distinction and formed a cavalcade of fourteen carriages."

A fine marriage custom honoured in, and worthy of, the literary age of Queen Elizabeth, was that of composing in honour of the bride a wedding song, called an Epithalamium. Some of the compositions were gems of poetry, as witness the Wedding Song of Edmund Spenser, 1595. The subject is dealt with at length in "The Bridal Book," and it is not without pride that it is possible here to present a Staffordshire specimen. In the "Birmingham Gazette" of August 19th, 1776, appeared the following public notice with an unaccustomed literary flavour: "Married at Muxtow, Staffordshire, Joseph Green, Esquire, of Birmingham, to Miss Betty Cotton, of Bellaport, youngest daughter of the late William Cotton, of Etwall, Derbyshire, a descendant (as we take it) of Charles Cotton, of Beresford Hall, Staffordshire, the author of the second part of Walton's Complete Angler.

Nuptial Ode.

Sons of Commerce, tho' to you,
Better strains than these are due,
Whilst the music of the bells,
To the world the pleasure tells,
Deign the freedom to excuse
Of a weak and willing muse,
Fired with joy, when truth makes known
What does honour to the town.
To please, ye votries of Hymen, away,
'Tis yours to be happy when Love crowns the day,
In raptures advance the appearance to grace,
For all other pleasures to Love must give place,
Then quickly ye Nymphs to the nuptials repair,
With Flora's best presents to welcome the fair.

. . . .

May such be the man, who deserving the fair,
Of life's daily blessings the choicest may share,
And those real comforts from wedlock arise
Which no friends of harmony too much can beprize."

Contrast this with a ballad of a later century, a copy of which is preserved in the Salt Library, at Stafford, in a chap book entitled "The Collier's Wedding." It is rich in allusions to many old local wedding customs. Thus, on the subject of "bedding the newly-wedded couple" the author says:—

The posset made, the bride is led
In great profusion to her bed;
The females with an edict come
That all the men depart the room.
Thus Nanny Foster caught the bowl
Where currant cakes in ale did roll;
Then, with a smile, said "Jenny, lass,
Come, here's thy health, without a glass."
Her arm supports it to her head;
She drinks and gobbles up the bread;
So every one their courses took—
Some watch for fear the men should look.

. . . .

Then Tommy next must be undressed,
But which of them can do it best?
It is no matter, all assist,
Some at his feet, some at his breast:
Soon they undress the jolly blade,
Who into bed is fairly laid.

In an earlier part of the ballad are passing allusions to other popular local customs. Thus, while the wedding party are at church,

Whole troops of colliers swarm around
And seize poor Jenny on the ground,
Till ribbons from her head are torn
And round the church she's in triumph borne.
Four rustic fellows wait the while
To kiss the bride at the church stile.

If the times were rude and the manners rough, popular custom was spiced with a simple-minded heartiness.

MARRIAGE FEES.

Allusion has been made to the claim of Wolverhampton mother church to receive the christening fees paid at the various outlying chapels-of-ease (Page 59). A similar claim was made with regard to marriage fees. For a time the dean and clergy of the Collegiate Church refused to permit the marriage ceremony to be celebrated in any of the said chapels, and inhabitants of the chapelries were forced either to pay double fees or to go to Wolverhampton to be married, where the chapter clergy secured the fees. The disputes over this claim were long and vexatious, and were little eased by a system of licensing which was at one time put in practice, and the following records of which may prove illuminating:—

"1609.—Mr. Richard Wilkes, of Willenhall, was married by licence of the Curates of Wolverhampton att Willnall on ye xxx day of Aprill."

[This is noteworthy because the bridegroom was the great-grandfather of Richard Wilkes, of Willenhall, the eminent antiquary and county historian.]

"1617.—John Webb and Marye Hanson were married at Willnall by licence of the Curats of Wolverhampton on ye 6 daye of Oct."

"1617.—James Davenport and Margery Gregge were married by licence att Willnall on xi day of Novr."

"1617.—John Lynton and Ffrances Stanley were married by licence of Wolverhampton att Bylston."

"1635.—William Harrison als. Rowlands, carpenter, and Elizabeth Bradley, of the p'ish of Kingswinfortt, were married by licence of the minister on ye ix day of Aprill."

MARRIAGE WITHOUT A RELIGIOUS SERVICE.

During Cromwell's Protectorate, the Little Parliament of 1653 decreed that marriage was to be merely a civil contract. Accordingly, it was enacted that the names of parties intending to be married were to be proclaimed either in church after morning service on three successive Sundays or in the Market Place on three successive market days, according to the wish of the parties. The market day proclamation was usually made by the Town Crier at the Market Cross, with his bell calling for publicity in the customary manner of public announcements. From the Wolverhampton register we glean:—

"The purpose of marriage betwixt John Thurstans, of the parish of Shifnall, and Elinor Toppinge, of Wolverhampton, was published three severall Lord's Dayes in the parish of Wolverhampton, and the said p'sons were afterwards married before Mr. Mathew Moreton, Aprill iii, 1654."

As a civil contract, marriage was to be performed before a Justice of the Peace. This Mathew Moreton was appointed a magistrate of the town by Cromwell; he was also made one of the County Commissioners responsible for the peace of Staffordshire, which resolved itself mainly into preventing the assemblage of "malignants," as the Royalist partisans were then designated. Here is another similar entry taken from the same register:—

"The purpose of marriage betwixt John Rushton and Given Morris, both of the parish of Wolverhampton, was published three severall Lord's Dayes in the parish church of Wolverhampton, and the sayd persons were afterwards married before Mr. George Brindley, the eighth-and-twentieth day of Ffebruary, 1653." Mr. Brindley was a colleague of Mr. Moreton on the Magisterial Bench. A marriage under precisely similar conditions, between Isaak Allen, of Wednesfield, and Elena Bellingham, of Wolverhampton, took place in the same parish church, before Henry Stone, a captain in the Parliamentary Army, and a well-known magistrate of Walsall, September, 1654. Stone was an aggressive and active Cromwellian, a prominent member of the Committee of Safety, whose headquarters were at Stafford.

Then we have cases of marriage intentions published in open market:—

"1654.—The purpose of marriage betwixt Thomas, the sonne of William Wall, of Wolverhampton, and Margarett, the daughter of Alexander Bach, of the parish of Tettenhall, was published three severall markett dayes in due time and place in the markett att Wolverhampton, and they were afterwards married att Wolverhampton, before Sir John Wyrley, 23 January."

Sir John was head of the ancient family of Wyrley, seated for centuries at Handsworth. In 1655 a marriage similarly proclaimed in Wolverhampton market, betwixt Humphrey Ironmonger and Elizabeth Smith was performed before Thomas Whitgreave, of Moseley Court. This is another noteworthy name. Mr. Whitgreave, though a Papist and an avowed Royalist who had given succour to his fugitive King, was a Wolverhampton magistrate of such high integrity as to retain unabated the confidence of the jealous Cromwellian Government.

A marriage of two parties hailing from "Wedgfield" (Wednesfield), after being published in Wolverhampton, was performed in Walsall before Henry Stone, March 13th, 1655. Immediately after, a marriage published in Wolverhampton was performed at Dunsly Hall before Mr. John Whorwood. He was of Sandwell Hall, and a Parliamentary partisan. Then we notice a marriage alliance of some social importance:—"The purpose of marriage between John Hoo, of Bradeley, in the parish of Wolverhampton, gentleman, and Mrs. Joane Coton, the daughter of Thomas Coton, gentleman, of Woodford, in the parish of Woodford, was published three severall Lord's Dayes, on Nov. 9, 16, and 23, 1656, in the parish church of Wolverhampton, and they were afterwards married at Walsall, Decem. 23, 1656, before Henry Stone, esquire." The Hoo family had been seated at Bradley Hall, between Bilston and Wednesbury, from the time of Henry VIII.; and the son of the marriage with a Warwickshire lady was the John Hoo, sergeant-at-law, who purchased the Manor of Wednesbury in the time of Queen Anne (1710). A marriage (1657) published according to law in Wolverhampton market is recorded as taking place at Lichfield before Henry Mott, the bride being Mary, daughter of John Parker, described as "of Michael's Parish" in that city — not "Saint" Michael's, be it observed. At Walsall, a marriage, similarly published in Wolverhampton, was effected the same year before William Ebbe, "mair of Walsall." When the quality married under these restrictive laws, the entries in the register were sometimes more lengthy and circumstantial.

"Mr. John Milward, sonne of the Wor'full John Millward of Snitterton, in the Countie of Darbie, Esqr.; and Miss Jane Sneyd, daughter of the Wor'full Mrs. Jane Sneyd, of Bradwall, within the County of Stafford, widdowe, weare published 3 severall Lord's dayes, in the parish church of Wolstanton, in the Countie of Stafford; and likewise in the parish church of Darby, in the Countie of Darbie aforesaid; viz. the 21st and 28th dayes of December and the 4th day of Januarie, 1656; according to an act of Parliament in that case made and provided (and noe exception made by any p'son) as by the certificates under the hands of the Registers of Wolstanton and Darby was made playnly to appear unto me: and the said Mr. John Milward and Miss Jane Sneyd weare married the 27th day of Januarie, 1656, before me Edward Brett, esqr., one of the Justices of the Peace for the Countie of Stafford: Witness my hand the day and year last above written —Edward Brett."

Of similar portentous length and stilted legal phraseology is the entry in the same register of the marriage before Edward Eardley, J.P., December 23rd, 1656, between Richard Marsh, son of Thomas Marsh deceased, late of Wolstanton, and Ann Rowley, of Broadfield, whose purpose was published at the Markett Crosse in Newcastle-under-Lyme on three several market days.

In many parishes the clergy resented the new Puritan law divorcing the religious ceremony from the legal form of the marriage contract, and showed their resentment in various ways. It is for this reason, no doubt, that no entries of marriage are to be found in the Wednesbury registers for the twenty years between 1643 and 1663. Yet they are a set of well-kept registers throughout. For instance, Vol. VIII. (1753) begins with the careful note, "From this time search ye new books where all Marriages are to be registered according to ye Marriage Act, which takes date at Lady Day, 1754." This was the Act which put an end to the disgraceful marriages at the Fleet Prison, and other irregularities of marriage.

In this connection it may be mentioned that Staffordshire once boasted a sort of local Gretna Green, where impatient couples were linked together for life without undergoing the tedious forms required in more punctilious places. This was Norton-in-the-Moors, six miles from Leek, where, till the Act of 1754 put an end to them, irregular marriages similar to those for which the Fleet Prison in London was long notorious were systematically performed. For some reason, Norton claimed the privilege of dispensing with the formality of banns or the production of a licence, and became the objective of many matrimonial excursions in the days of powdered wigs, lace ruffles, and silk brocade.

In the marriage registers of Wolverhampton a curious clerical situation would appear to be disclosed as existing there at this time. In 1655 Cromwell appointed to this living the Rev. John Reynolds, a Presbyterian, whom Calamy, the historian of the Nonconformist Church, describes as "a man of great genius, eminent for his skill in divinity, physic, and law. He was liberal and free in doing good in every capacity to all persons who came within his reach." The entry of a marriage is recorded as taking place before him, after compliance with the usual legal preliminaries, under date October 8th, 1657. Yet close to this entry is that of another marriage recorded to have been legally performed on August 28th, 1657, by "Mr. Ambrose Sparry, minister of Wolverhampton." It almost seems that Mr. Reynolds had not exactly superseded Mr. Sparry, but worked with him as coadjutor, since both sign the register for different entries of baptism. Mr. G. T. Lawley, the local historian, suggests that the Royalist portion of the congregation preferred to be married by the old minister, while those of Parliamentarian proclivities availed themselves of Mr. Reynolds's services. The latter was ejected from the living for his Nonconformity in 1661, and afterwards practised for many years in London as a physician.

Then appear some entries, the phraseology of which seems to indicate a change in the legal requirements. The purpose of marriage between "William Prowd, of Bylson," and a Jane Heeley, of Cannock, was published in Wolverhampton Church on September 5th, 12th, and 19th, 1657, "before ye end of morning exercise, without any exhibitio"; and between two parties, both of "Bylston," on May 29th, June 5th and 12th, 1659, "before the end of morning service without exhibition"; while several other items of a similar nature include the phrase, "before the end of morning exercise published without exhibition," as if the term "exhibition" had reference to certain fees. The last one signed by "John Raynolds, Minr. and Rr." is dated December 29th, 1659; after which follows in another handwriting, "Here endeth ye exercise of Mr. Reynolds." The office of "registrar" is distinctly named in the Tipton registers in a heading which runs thus: "A true record of all publications of marriage by authority of the Act of Parliament, beginning on 29 September, Anno Dom. 1653. By mee, John Showman, lawful registrar." At Harborne, as there was no market place, all publications of marriage had to be made in the church, where in 1653 "John Milward of Harborne" was appointed registrar.

A noteworthy compliance with the Cromwellian law is recorded in 1654, at Stafford, where the Mayor of the borough, Thomas Backhouse, performed the ceremony of marriage of the Rector of Stafford, the Rev. Robert Palmer, after the usual proclamation made in the market on three successive Saturdays. The simple form observed at such ceremony was set forth in these terms: "On the appearance of the parties before the magistrate, the man taking the woman by the hand, said, I, A. B., do here in the presence of God, the searcher of all hearts, take thee, C. D., for my wedded wife, and do also in the presence of God, and before these witnesses, promise to be unto thee a loving and faithful husband. The woman then made answer as follows: I, C. D., here in the presence of God, the searcher of all hearts, do take thee, A. B., to be my wedded husband, and do also in the presence of God, and before these witnesses, promise to be unto thee a loving, faithful, and obedient wife. The magistrate then in the following terms made answer: I, E. F., hereby declare before all men that A. B. and C. D. are hereby truly and lawfully married, according to the Act of Parliament made and provided." After the Restoration many couples who had misgivings about the legality of this form of marriage under the Cromwellian code sought to satisfy their scruples by being remarried before a clergyman.

In the present day it is said to be a sufficient trial of the nerves to hear one's banns read out in church in the quiet and subdued atmosphere of a reverent congregation; but we are left wondering what the feelings of a demure seventeenth century Puritan maiden must have been, when she heard her own "coming on disposition" towards matrimony vociferously proclaimed with loud clanging bell to a ribald crowd round the Market Cross—as Ellen Smith, of Leek, might have done when her approaching union with Robert Fernihough, the village carpenter of Ipstones, was cried on three busy market days in 1657.

The list we have given of these curious Cromwellian marriage customs could be extended a hundredfold from the old parish registers of Staffordshire.

A TAX ON THE MARRIAGE BED.

After Republican ideas of marriage forms and ceremonies had been got rid of, the wisdom of our legislators exemplified itself in 1695 by the imposition of a tax of 2s. 6d. on every marriage performed, with the proviso that if the parties were too poor to pay the fee, that amount must be remitted to the National Treasury by the parish authorities. For that purpose the parson or his churchwardens were bound to make out a list of the inhabitants in order that the number of marriageable people could be ascertained and the revenue from this source approximately arrived at. In the registers of St. Leonard's (Bilston) Church there is inserted a list of the inhabitants, with the following heading:—"Ye names of ye inhabitants wt'in ye Constablewick of Bilston, taken from ye assessm't for ye duties upon marriages, births, and burials, and upon bachellors and widdowes, wch assessm't was given in by Edwd. Perry and John Hawkesford, June ye 13th, 1695; and allowed by John Gray, Robt. Levison, and Ph. Foley, Esqs., three of his Majesty's Justices of Peace, being commissioners." The registers also contain many entries similar to the following:—"1699, July 20. Mr. John Fewtrill, of Easthope, Shropshire; and Ciceley Hartshorne, of Monmore Green, were married by me, on a license from Wolverhampton. He left 2s. 6d. with me as ye king's fee.—1703-4, April 27. Ye fee for Ric. Hampson's wedding, 2s. 6d."

This is not the place to discuss the right or expediency of such a form of taxation. It can only be observed that "when money is wanted money must be raised" has always been the guiding principle of our Parliamentary legislators.

Marriage, as a divine ordinance and a human institution, must continue as long as civilised man practices it as the confirmation of his twofold faith in life—life's continuity and life's desirability. To all adventurers into matrimony no wedding wish could be happier than that called after the departing bride and bridegroom by the benign old lady of High Offley, Eccleshall:—

"I wish you
A roof to cover you, and a bed to lie,
Meat when you're hungry, and drink when you're dry,
And a place in heaven when you come to die."

XXI.—The Wichnor Flitch: A Custom for the Test of Connubial Felicity.

THOSE who have taken the irrevocable step through the portals of matrimony may be divided into two classes, the happily married and the unhappily married; both of which must receive attention here.

Everybody has heard of the Essex custom of presenting a flitch of bacon to whatever married man presented himself at Dunmow Priory, and swore he did not repent him of his marriage, and had not quarrelled with his wife in the meantime, a year and a day after it. Yet comcomparatively few have heard of a similar Staffordshire custom associated with the Wichnor flitch. The Dunmow custom was originated in the reign of Henry III. by Lord Fitzwalter; that of Wichnor, a village on the road between Lichfield and Burton-on-Trent, in the reign of Edward III. The popularity of the former is owing not a little to the fact that it forms the subject of one of Harrison Ainsworth's historical novels.

Also the Dunmow flitch is mentioned in the "Vision of Piers the Plowman" (Robert Langland) and in the "Wife of Bath" (Geoffrey Chaucer) by the two earliest of our English writers.

The manor of Wichnor was granted about the tenth year of Edward III. by the Earl of Lancaster, lord of the honour of Tutbury, to Sir Philip de Somerville, on condition that "the said Philip shall fynde, meynteigne, and susteyne one bacon flyke, hanging in his halle at Wichenore, ready arrayed all tymes of the year bott in Lent, to be given to everyche mane or womane married, after the dey and yere of their marriage be passed, and to be given everyche man of religion, archbishop, prior, or other religious; and to everych priest, after the year and day of their profession finished or of their dignity reseyved in forme following—whensoever that any such before named wylle come for to enquire for the baccone in their own person, or by any other for them, they shall come to the bayliff or porter of the lordship of Whichenour, and shall say to them in manere as ensewethe:

"'Bayliffe, or porter, I doo you to know that I am come for myself (or if he come for any other, showing for whome) for one bacon flyke, hanging in the hall of the lord of Whichenour, after the forme thereto longinge.'

"After which relation, the bayliffe or porter shall assigne a daye to him, upon promise of his feythe to return, and with him to bringe tweyne of his neighbours; and in the meyn time the said bayliff shall take with him tweyne of the freeholders of the lordship of Whichenour, and they three shal goe to the mannour of Rudlowe, belonging to Robert Knyghtly, and then shal somon the foresaid Knightley, or his bayliffe, commanding him to be ready at Whichenour, the day appointed, at pryme of day, with his carriage; that is to say, a horse and sadyle, a sakke and a pryke, for to convey and carry the said bacon and corn a journey out of the county of Stafford, at his costages; and then the said bayliffe shal, with the sayd freeholders, somon all the tenants of the said manour to be ready at the day appointed at Whichenour, for to do and performe the services to the baconne. And at the day assigned, all such as owe services to the baconne, shall be ready at the gate of the manour, from the sonne risinge to none, attendyng and awayting for the comyng of him and his felowys chapaletts, and so all those whiche shal be there to doe their services done to the baccone; and they shal lead the said demandant, wythe tromps and tabours and other manner of minstralseye, to the halle close, where he shal fynde the lord of Whichenour ready to deliver the baccone in this manere:

"He shall enquire of him which demandeth the baccone, if he have brought tweyne of his neighbours, who must answere, 'They be here redy'; and then the steward shal cause these two neighbours to swere yf the said demandant be a weddyt man, or have been a man weddyt, and yf syth his marriage one yere and a day be passed, and yf he be a freeman or villeyn; and yf his seid neighbours make othe that he hath for him all these three points rehersed, then shal the bacon be take downe and brought to the hall dore, and shal there be layd upon one halfe a quarter of wheatte, and upon one other of rye; and he that demandeth the baccone shall kneel upon his knee, and shall hold his right hande upon a booke, which shal be laid above the baccone and the corne, and shal make oath in this manere:

"'Here ye, Sir Philip de Somervyle, lord of Whichenour, mayntayner and giver of this baccone, that I, A. syth I wedded B. my wife, and syth I had her in my kepyng, and at wylle, by a yere and a dae, after our marriage, I would not have changed her for none other, farer ne fowler, richer ne powrer, ne for none other descended of gretter lynage, slepyng ne wakyng, at noo tyme; and if the seid B. were sole, and I sole, I wolde her to be my wife before all the wymen of the world, and of what condytions soevere they be, good or evyle, as helpe me God and his seyntys, and this flesh and all fleshes."

"And his neighbours shal make oath that they trust verily he hath said truely. And yf it be found by his neighbours aforenamed, that he be a freeman, then shall be delyvered to him halfe a quarter of wheatte and a cheese; and yf he be a villein, he shal have halfe a quarter of rye, withoutte cheese; and then shal Knightley, the lord of Rudlowe, be called for to carry all their things to fore rehersed, and the said corn shall be layed upon one horse, and he that the baconne apperteyneth shal ascend upon his horse, and shal take the chese before hym. if he have a horse, and yf he have none, the lord of Whichenour shall cause him to have one horse and sadyl, to such tyme as he passed his lordshippe, and so shal they depart the manoyr of Whichenour, with the corn and the baconne to fore him that hath wonne ytt, with trompets, tabourets, and other manoir of minstralsee; and all the free tenants of Whichenour shall conduct him to be passed the lordship of Whichenoure; and then shall they retorne, except hym to who apperteinyth the carryage and journey withoutt the Countye of Stafford at the Costys of his lord of Whichenour, and yf the seid Robert Knightley do not cause the baconne and corne to be conveyed as is rehersed the lord of Whichenour shal do it to be carryed, and shal distreigne the said Robert Knightley for his default, for one hundred shillings in his manoir of Rudlowe, and shall kepe the distresse so takyn, irreplevisable."

Such were the singular conditions under which the lands of Wichnor, Sciercot Ridware, Netherton, and Cowlee were anciently held; conditions, it is said, laid down in the tenth year of Edward III. by John of Gaunt during his residence at Tutbury Castle, "to please the people and gain their affection."

No adequate motive has ever been assigned for the institution of this curious custom beyond the mere whim or caprice of the noble lord who granted the charter to Sir Philip de Somerville, and which ranks it in the class antiquaries have denominated "jocular tenures," of which the list found in the records of feudal land-holding is by no means short. Whether it was designed to afford to the inquisitive in such matters any just data upon which to calculate the proportion between the number of those happily married and those whose matrimonial alliances have proved failures, who shall pretend to determine? Food for reflection, however, is found in the fact that since the custom was first established, there have been remarkably few claimants for the prize, and so far as the old records go three couples only have had it awarded to them, of which one pair having quarrelled about the mode of preparing the bacon for the table, were adjudged to have forfeited it, and compelled to return it. The second successful couple were a sea-officer and his wife, who had never seen each other from the day of their marriage till they met in the hall to prefer their claim; and the third couple were a pair of simple-minded local rustics, the husband being a good-tempered, sensible fellow, and his wife luckily dumb.

No demandant for the flitch having appeared during several centuries, a wooden one was long ago substituted in its stead, apparently to serve as a friendly monitor to the young and free to be cautious of trusting themselves in the hymeneal noose.

Leland, the antiquary who wrote in the time of Henry VIII., says that Wichnor was the site of a very ancient mansion which was then in ruins, and that the spot on which it stood was subject to inundations from the Trent. Traces of this mansion are to be found in the meadows to the south-west of the church, and of a square moat encompassing an acre of ground. The manor passed into the hands of the Offley family, the founder of which was a Stafford mercer, in 1661. They built a new mansion commanding a delightful prospect of Needwood Forest.

The ancient hostelry called the "Flitch of Bacon," near the Wichnor Bridges Farm, in the old coaching days was a calling house for changing horses. The tenancy of the Farm and the Inn was held for about 170 years by a typical old English family named Stretton.

It might be thought that those happily married found their own reward without adventitious aids. Let us next consider the unhappily married—in the light of Old Customs.

XXII.—Wife-selling, as a Custom of the People.

THE Decalogue, as read out in church each Sunday, in enumerating a man's most enviable belongings likely to excite the cupidity of a covetous neighbour, includes with his personal goods and chattels "his ox and his ass," and—"his wife"! This being so, there can be little wonder that in an ignorant age there grew up, among a mass of other popular errors, the vulgar notion that in a wife a man possessed such proprietary rights as enabled him to dispose of her legally by sale, just as he might lawfully market any ordinary beast of burden. To give to the transaction the verisimilitude of commercial integrity, the common practice was for the man to place round the woman's neck a halter with which to lead her to market, having first passed with her through a toll-gate, and bought for her a ticket to be used as a sort of documentary guarantee. A century or so ago the practice of wife-selling was by no means uncommon in many parts of England; from the public Press of the period there have been gathered some Staffordshire examples in support of this statement.

The earliest instance is gleaned from an old document relating to Bilston, and which without any detail makes a bare statement to the following effect:—

"November, 1692. John, ye son of Nathan Whitehouse, of Tipton, sold his wife to Mr. Bracegirdle."

Next in chronological order is an extract from an old magazine known as "Lloyd's," dated 1720:—

"We were lately witnesses of a case of wife-selling in an old town in South Staffordshire. It appeared that the husband had set his affections on another woman, and his wife hearing of it, had very justly showed her displeasure in a variety of ways; whereupon the husband, who was a collier, took her to the market-place, and sold her to the highest bidder for five shillings. There was much excitement in the crowd which assembled to witness the act, and the affair ended with a good deal of drinking at the expense of the husband and the purchaser."

The next is an oft-quoted case, it having appeared in the well-known "Annual Register," under date August 31st, 1733:—

"Three men and three women went to the Bell Inn, Edgbaston Street, Birmingham, and made the following entry in the Toll Book which is kept there:—

Samuel Whitehouse, of the parish of Willenhall, in the county of Stafford, sold his wife, Mary Whitehouse, in open market, to Thomas Griffiths, of Birmingham. Value, one guinea. To take her with all her faults.

(Signed) Samuel Whitehouse.
Mary Whitehouse.

Voucher: T. Buckley, Birmingham.

The very businesslike air about the transaction is its most observable feature. About most of them the noteworthy feature is the apparent indifference and easy acquiescence of the woman to an arrangement in which she personally is the most intimately and vitally concerned party. Surely human nature, especially of the womankind, is unfathomable!

In those easy-going times the scandal of the practice rose to such a pitch that "Aris's Birmingham Gagette" of March 1st, 1790, was constrained to publish a warning notice to the public:—

"As instances of the sales of wives have of late frequently occurred among the lower classes of people who consider such sale lawful, we think it right to inform them that, by a determination of the courts of law in a former reign, they were declared illegal and void, and considered (a light in which religion must view them) as mere pretence to sanction the crime of adultery."

A county newspaper, issued March 1st, 1800, evidently referring to an incident in the life of Stafford, said:—

"On Tuesday last—Hodson, a chimney-sweeper, better known by the appropriate nickname of Cupid, brought his wife into the Market Place of this town and disposed of her by auction. She was put up at the sum of one penny, but as there were several bidders, and of course a good deal of rivalship, she sold for five shillings and sixpence. The usual delicate ceremony of tying a rope round the woman's neck was dispensed with; but we could mention a way in which a rope might very properly reward the persons concerned in this disgraceful violation of decency and morality."

The county town, a third of a century later, certainly supplies the next illustration, extracted from a Wolverhampton newspaper of 1832:—

"A disgraceful scene was exhibited in Stafford market on Saturday week. A labouring man of idle and dissolute habits, 'Rodney' Hall, residing at Dunston Heath, near Penkridge, led his wife into the town with a halter round her body, for the purpose of disposing of her in the public market to the best bidder. Having taken her into the Market Place and paid toll, he led her twice round the market, when he was met by a man named Barlow, of the same class of life, who purchased her for eighteenpence and a quart of ale, and she was formally delivered over to the purchaser. The parties then went to the Blue Posts Inn to ratify the transfer, followed by a considerable number of persons who had been attracted by the disgusting proceedings."

The same newspaper records the following case as occurring in November, 1837:—

"A strange and unwonted exhibition took place in Walsall market on Tuesday last. A man named George Hitchinson, brought his wife, Elizabeth Hitchinson, from Burntwood, for sale, a distance of eight or nine miles. They came into the market between ten and eleven o'clock in the morning, the woman being led by a halter, which was fastened round her neck and the middle of her body. In a few minutes after their arrival she was sold to a man of the name of Thomas Snape, a nailer, also from Burntwood. There were not many people in the market at the time. The purchase price was two shillings and sixpence, and all the parties seemed satisfied with the bargain. The husband was glad to get rid of his frail rib, who, it seems, had been living with Snape three years, at any time erroneously imagining that because he had brought her through a turnpike gate in a halter, and publicly sold her in the market before witnesses, that he is thereby freed from all responsibility and liability with regard to her future maintenance and support."

A descriptive account of a wife sale at Wednesbury, upwards of a century ago, written and published by a spectator of the scene, has been preserved. It runs:—

"The town-crier, taking his stand before a low tavern, rings his bell to attract attention, and then gives notice in slow, deliberate phrases, that 'a woman—and her little baby—will be offered—for sale —in the Market Place—this afternoon— at four o'clock—by her husband—Moses Maggs.'"

The announcement was received by roars of laughter, followed by loud "hurrahs," for the worthy named was one of the most notorious characters in the town, and commonly known as Rough Moey. He was a stout, burly fellow of about forty-five; his face had once been deeply pitted by smallpox, but the impress of the disease had been literally ploughed out by deep-blue furrows, the result of a pit explosion. He had lost one eye, and the place of one leg was supplied by a wooden stump. Neither in feature nor in figure was he prepossessing.

Shopkeepers came to their doors to pass remarks on the bell-man's announcement, and women with arms akimbo stood about the street in groups of two or three to gossip on the same subject. Other interested loafers adjourned the discussion to the nearest taproom. The crier moved away to repeat his announcement elsewhere, followed by a crowd of ragged urchins.

Just before the specified time a crowd gathered in the Market Place, in front of the White Lion, a well-frequented tavern, where four tall fellows, armed with cudgels, cleared a space, and kept back the eager sightseers from crushing upon a man, a woman, and an infant— the lions of the day.

The woman was younger than the man, probably about twenty-three, with as many good looks as was compatible with her situation in life, married, or "leased," to such a man as her mate. In her arms she carried a child about twelve months old, which was quite undisturbed by the uproar around. The woman was evidently in her best attire, her face was freshly washed, her hair was gathered behind in a bob and tied by a bit of blue ribbon, the ends of which floated behind in gallant streamers, no doubt in honour of the occasion.

Though a common hempen halter hung loosely round her neck, the end of which was held by her husband and master, she did not—to judge by her appearance—find the situation trying or unpleasant; and to such encouraging cries as "Ne'er mind, Sal, keep yer pecker up, and never say die!" she replied with a merry laugh, and such remarks as assured her hearers that she'd be glad to get rid of the old rascal, and that it served her right for marrying such an old vagabond.

Then some sort of order having been obtained, some ale was sent for, two tubs were brought out into the space and up-ended by the four stout fellows, on one of which the woman and her child were mounted, and on the other the man took his stand. While the ale was being consumed by the principals, a fiddler was brought in to enliven the proceedings with a merry tune or two.

During this interlude, inquiries among the crowd by the recording spectator, elicited these facts. That Rough Moey had given a sturdy pit wench, about half his own age, a new gown and other articles of dress, with a fortnight's treat, to marry him. That after a time she had transferred her affections to a good looking young collier; upon which the husband naturally became jealous and took to beating her. This, instead of curing her, only awakened thoughts of retaliation; and as Moey often came home at night in a state of helpless intoxication, she would gently unstrap the wooden leg of the sleeping drunkard and thrash him with it to her heart's content. At last, tiring of this state of affairs, the discomfited husband had resolved to put an end to it by the only means known to him, that of making a "lawful" transfer of an undesired wife, by selling her to her admirer in open market.

The fiddling having ceased, the attention of the crowd was concentrated on the principal actors in the scene. The man, holding the halter in his left hand, raised aloft a quart jug full of ale in the other, and with a sly wink of his single eye, said in a loud throaty voice, "Laerdies an' gentlemin, 'ere's all yoar good 'ealths!"—and taking a long, long draught, finished with a long sigh of satisfaction, "Ah-h-h!" while inverting the jug to show that it was empty. A number of his friends (or "butties," as he called them) responded with "Thank thee, Moey"; while some of the women shouted at him, "Well done, old lad!"

Near to the woman stood a stalwart young fellow, evidently the intending purchaser, who supplied her with ale. She was keeping up a running fire of wordy exchanges with the women around; but notwithstanding this attitude of bravado, her eyes were seen presently to fill with tears, and her bosom began to heave as if her heart were beating fiercely under the strain of suppressed excitement. Then her voice faltered, and hurriedly handing the child to the young man, she sat down on the tub, buried her face in her hands, and wept bitterly. Instantly all laughing ceased, the clamour was hushed, and a look of indignation spread over every woman's countenance. Even some of the men seemed unable to suppress a sense of outrage, expression to which was given by the expectant purchaser, who hissed out in a savage voice, "Come, now, o'l chap, ha' done with this foolery; and get on wi' it!"

So old Rough Moey got on in this strain: "Laerdies an' gentlemin," he said, "we all on us know how the matter stands. It caw't be helped, so we needn't be so savige about it." Then fortifying himself with another drink, and winking hideously with his remaining eye, he continued: "Laerdies an' gentlemin, I ax lafe to oppose to yer notice, a very hondsome young ooman, and a nice little babby wot either belongs to me or to somebody else." Here there was a general laugh, good humour again gaining the ascendant among the onlookers.

"Her's a good cratur," went on the amateur auctioneer, "an' goos pritty well in harness, wi' a little flogging. Her con cook a sheep'd yed like a Christian, and mak broth as good as Lord Dartmouth. Her con carry a hundred and a 'alf o' coals from the pit for three good miles; her con sell it well, and put it down her throat in less ner three minits."

This sally raised another laugh, and the orator was rewarded with more drink. Thus refreshed, Moey proceeded: "Now, my lads, roll up, and bid spirted. It's all right, accordin' to law. I brought her through the turnpike, and paid the mon the toll for her. I brought her wi' a halter, and had her cried; so everythin's right accordin' to law, and there's nothin' to pay. Come on wi' yer bids, and if yer gies me a good price fer the ooman, I'll gie yer the young kid inter the bargain Now, gentlemin, who bids? Gooin', gooin', gooin'! I cawn't relay—as the octioneer sez, I cawn't dwell on this lot!"

The orator ceased, and a cheer rewarded his efforts. A voice from the crowd shouted "Eighteenpence."

"Eighteenpence," repeated Moey, "on'y eighteenpence for a strong and full-growed young ooman! Why, yo'd ha' to pay the parson seven and six for marryin' yer, an' here's a wife ready made to yer honds—an' on'y eighteenpence bid!"

"I'll gie thee half-a-crown, o'd Rough Un," came from the young man whom all knew would be the purchaser.

"I'll tell thee wot, Jack," said Moey, "if thee't mak it up three gallons o' drink, her's thine. I'll ax thee naught fer the babby, an' the halter's worth a quart. Come, say six shillins!"

After a little chaffering the young man agreed to pay for three gallons of ale, which it was stipulated should be forthcoming at once, so that his newly-bought wife, himself, and a few chosen "butties," not forgetting the obliging fiddler, should participate in the ratifying pledge-cup.

The bargain being thus concluded, the halter was placed in the young man's hand, and the young woman received the congratulations of numerous dingy matrons. She wiped her eyes and smiled cheerfully; her new husband planted a sharp barking kiss on her rounded cheek by way of ratification, and as the new wedding party moved away the crowd broke up and slowly dispersed. The tragi-comedy of rude Black Country life was terminated.

Before judging too harshly of the revolting custom of our forbears portayed in the foregoing word-picture, let it be remembered that till the year 1857, when the Divorce Court was set up, legal dissolution of marriage was denied to all except such as were wealthy enough to obtain a special Act of Parliament. For lack of legal divorce countless thousands during the preceding centuries had been forced to lead unhappy married lives. This may perhaps explain the old-time custom of wife-selling, the notion of which is so repugnant to our modern sense of moral decency.

XXIII.—Burial Customs.

THE last scene of all in man's strange, eventful history is generally that of his burial and the obsequies attendant thereon; and to this final scene he is still unrelentingly pursued by ancient custom and stern convention. How strange many of these customs are, it is the purport of this chapter to disclose.

The disposal of his dead is a problem which man has solved in a variety of ways. First, to treat of Burial Places.

BURIAL MOUNDS.

The sacred enclosure of a churchyard, now utilised as a cemetery for the disposal of the dead, corresponds to the ieron, the walled and planted precincts of the Greek temples, whose soil was consecrated by the performance of religious rites. But in this country the churchyards were not used as burial places till the middle of the ninth century. Our English ancestors at first interred their dead, like the ancient Greeks, outside the towns; and often, as did the Romans, near the highways. Graves of the illustrious dead were piled up with earth into great mounds, the remains of which are known to us by such names as lows and barrows; the former easily detected in place-names like Offlow (Offa's grave), near Swinfen; Moxley, originally Mockslowe (Mocka's grave).

A list of these ancient sepulchral monuments in the county is given by Pitt. He says a large one is on the Watling Street, near Hints ("now," i.e., 1817, "a ruck of stones"), and another on Calf Heath, both of British origin; two at Kingswinford; one on enclosed ground east of Great Saredon, one on Colwich Common and another larger one at the other end of the common, known as Row-low, which means "regale sepulchrum," otherwise the monument of some petty king. There is one at Mathfield, another near Okeover, and one in Arbour Close, north-west of Okeover Chapel; there are three on Morredge, three on the Wever Hills, and three others known respectively as Queen Low, Gallows-knoll, and Astlow Cross. Lows are also found on Ribden, Reeden and Cauldon Hills, and on Wombourn Common; there is Cocklow and others on the hills near Warslow, on Eaton Hill, and on a hilly pasture near Leek at Oncott. Near Wednesfield are Stowman Low, North Lowfield, and South Lowfield, relics in name only of a great battle fought there in 910, the substance of the mounds having been removed in modern times for road-mending. Near by, at Bushbury, is yet another Low.

To these should be added a number of tumuli in the Cannock Chase region. Near Milford, completely shut in by three hills, is a curiously cup-shaped barrow called the Bury; examination showed it to be composed of large quantities of pebbles carefully selected from the gravel beds of the locality, at the base of which were found three separate and distinct layers of human bones, all showing the action of fire. Whether the latter indication had any connection with the custom of cremation is purely conjectural; tradition points out the tumulus as the resting-place of three kings slain in battle there. The barrow at Bury Bank is similarly associated with the burial of a giant there; just as Barrow Cop Hill is reputed to be the burying-place of three British kings slain in battle there in 286. Near Brownhills is Catshill, the early form of which name was Cutteslowe, meaning the burial mound of Cutha, the great warrior brother of Ceawlin, the founder of Wednesbury and conqueror of Mercia.

URN BURIAL.

For Cocklow, the large barrow situated a few miles to the north-east of Leek, it may be claimed to have produced evidence of the ancient practice of urn burial there. This barrow was excavated in 1852 by an antiquarian named Bateman, whose researches clearly proved its sepulchral character. In 1905 the barrow was entirely demolished to make way for a new road, when the Rev W. Beresford, Vicar of Leek, seized the opportunity to make a further investigation. The mound, when attacked by the workmen, was eighteen feet high and fifty yards in diameter, composed largely of alternate layers of white sand and black charcoal.

In the course of this second excavation a fine specimen of a British burial urn was dug up. This interesting relic was made of clay, ten inches in height, with a circumference round the rim of twenty-three inches. It was ornamented with the usual twisted thong pattern of angles and lines, and also had a double fillet, or two raised bands round the shoulder.

In being got out, the urn was broken, when a quantity of children's bones fell out, some of them showing hacks and marks of hard cuts; with them was a small sandstone heart, some two inches long and three-quarters of an inch thick, which had been rudely carved and deposited with the bones. The urn had been buried some three or four feet in the mound and about ten feet above the natural surface of the ground.

About 1832 two pieces of pottery were discovered at Hales Hall, near Cheadle, in a field that had been used as a bowling green; these fragments were reported to be similar to ancient burial urns, and were at first preserved carefully for comparison with known specimens found elsewhere in the same neighbourhood. Unfortunately, they were subsequently destroyed.

CHURCHYARD AND INTRAMURAL BURIAL.

The custom of burying within the precincts of towns or cities did not prevail till about the year 750; and it was not till near the Norman Conquest that, in this country, interments were made in the churches, unless it happened that persons reputed of great sanctity were so honoured, as in the cases of St. Audrey and St. Chad. Gradually founders and patrons of churches were given interment near the sacred fabric, at first being laid in the porch, or the entry to the cloisters, or in the cloister itself, or may be in the chapter-house or the sacristy. Sometimes bodies were deposited in the walls, at first on the outside, and then on the inside. Later came burials in the aisles and the establishment of chantries in them.

The reverent treatment of the dead has characterised civilised man in all ages, and honourable interment has been considered conducive to the repose of the departed spirit. Thus in the "Iliad":—

Let my pale corse the rites of burial know,
And give me entrance to the realms below:
Till then the spirit finds no resting place.

In early times bodies were disposed for burial in winding sheets or in shrouds. For persons of high rank or dignitaries of the Church, stone coffins came into use; a number of ancient stone coffins have been found in Lichfield Cathedral from time to time, as reported in the "Gentleman's Magazine."

Of the thirty-five Abbots who ruled over the destinies of the rich and powerful monastery of Burton-on-Trent, only one is reported to have been "buried sumptuously." They all doubtless found interment beneath the floors of the various chapels, and filled some of the stone coffins found in recent times lying about neglected in the abbey grounds.

Churchyards and cemeteries used as Christian burial places are duly consecrated to that purpose by a religious ceremony. Yet in a consecrated burial ground certain portions are in higher favour than others. The part of a churchyard which lies to the north of the sacred edifice is not regarded with favour as a last resting-place because it is always under the shadow of the tall building.

In South Staffordshire in bygone times it was a common practice for sextons to bury unbaptized infants under the churchyard yew-tree.

To be buried inside the sacred edifice was a much sought privilege.

Internal interment was prized; and the nearer to the altar the more so. Such favoured sepulture usually fell to the families of local magnates, till intramural burial was prohibited. An old rhyming epitaph has it:—

Here lies I at the church's door,
Here lies I because I am poor;
The further in, the more to pay,
But here lies I as snug as they.

A vault beneath the church porch was not to be lightly esteemed, and one at Wednesbury was the property of the most substantial yeoman family in the parish. Also the registers record the burial "in ye church porch of the widowe Crosse."

Concerning a chancel vault and its supposed proprietary rights, an extraordinary entry is that found in St. Leonard's register at Bilston:—

"1754, March 22.—On this day was buried in the family vault, in the south chancel of the Parish Church of Wednesbury, Elizabeth, the daughter of Edward Best, vicar of Wednesbury and minister of Bilston, and of Mary his wife. She died of the whooping-cough and convulsions on Tuesday, the 19th inst., aged twenty-two weeks, and was placed within the coffin of her grandfather, the late Rev. Mr. Edward Best, heretofore vicar of Wednesbury, who was interred in the same vault 35 years ago. His corpse was entirely reduced to dust, but his coffin, being made of inch boards of ye heart of oak, though somewhat decayed, seemed strong enough to continue many years longer."

Both the law and a public sense of decency tend to preserve the sanctity of Christian burial grounds. Seldom indeed are they disturbed, and then only with legal sanction formally obtained.

At the beginning of last century, when the Pottery district began to increase very rapidly in population, the Parish Church of Stoke-upon-Trent, then in a ruinous condition, was found too small, and deficient in accommodation. In 1826 it was determined to erect a new church on the site of the old building as near as "the previous inhumations would permit." At the same time the old burial-ground was enlarged to the extent of five acres, "and by the addition of 20,000 cubic yards of soil it was raised so as to place it out of the reach of floods to which it was previously liable."

About the year 1799 the entrance to Walsall churchyard from the High Street, at the summit of whose steep ascent it stands, had to be improved. A complaint of the manner in which the alteration was carried out was made to the "Gentleman's Magazine" by an aggrieved parishioner. It was reported that the churchyard was fairly cut in two by a passage twenty-four yards long and as "deep as a navigable canal," in the course of which "the dead were raised up, and corpses in all degrees of putrefaction were disturbed and laid promiscuously in the passage leading to the north porch, which by that means is much higher than before." The moral of this is that burial grounds should in the first place be selected with due care; and secondly, that interference with them should be made only of urgent necessity, and then with the utmost reverence.

The same writer goes on to speak of "a large vault or crypt under the chancel, filled with the sad remains of mortality, skulls and bones." An adjoining larger vault used for holding lumber, he says, has a fireplace, with a chimney carried up within one of the buttresses to the roof of the chancel. Communication to these two crypts was by a curious passage just beneath the communion table, through a fine old Gothic arch. The writer surmises that the date of this fabric is about the close of the fourteenth century, when Thomas Beauchamp, Earl of Warwick, was lord of the manor. But it is difficult to know whether we are to understand that the crypt was used as a common charnel house or as an exclusive family mortuary chapel.

One of the finest and most interesting specimens of a mortuary chapel in Staffordshire is that of the Chadwicke family at Mavesyn Ridware. In 1785, during some alterations to the chapel, which was formerly an oratory on the north side of the church, a stone coffin was found, with a circular compartment for the head; and in it a human skeleton which was declared to be that of Hugo Mavesyn, the Norman holder of the land in the time of Henry I. Though interred 640 years, the bones were found amazingly strong and the teeth singularly white and sound. In an adjoining Gothic niche in the wall was discovered the skeleton of another Mavesyn — Henry, a Knight Hospitaller, and grandson of Hugo. These remains, which had attached small pieces of linen sear cloth, were enclosed in a coffin of lead of an uncommon form. The Chadwickes are descended from the ancient Mavesyns.

Compare the reverential treatment of the dead secured by the possession of a private mortuary chapel, or even a family vault, with the treatment meted out to the bodies of Nonconformists during that period of religious intolerance which characterised the bitter struggle between the established dominant Church and the other denominations. Some of the parochial records of the time exhibit a sad lack of Christian charity.

Thus among the burial entries at Tamworth we find:—

1606.—Sept. 5. Was buried in a ditche, William Tomlinson, a papist.

1613.—Aug. 13. Was interred at night, Thomas Orton, of Ami'gton, recusant.

1644.—March 1. Cast into the ground, the body of Ellen, wife of Richard Enson, a popeling.

Similar narrowness of mind is disclosed by the wording of burial entries at Wednesbury during the early eighteenth century, the departed being sometimes contemptuously described as "papish";

while permission for the sepulture of any outside the membershiup of the Established Church was complacently regarded as parochial graciousness. Thus these two parishioners are supposed to be favoured by burial in their native soil:—

1706.—Aug. 18. George, son of Andrew and Mary Steevens, Roman Catholicks, was put into a grave in ye churchyard of Wednesbury.

1755.—Thomas Palin, an anabaptist, was put into a grave in the churchyard.

NIGHT BURIAL.

Night burial is a custom which presents a curious history. Torchlight funerals are recorded of great personages in the past; as of Mary, Queen of Scots, at Peterborough, and of Joseph Addison (whose father was Dean of Lichfield) at Westminster Abbey. In these cases the form of burial was perhaps distinctive. But night burial as a custom dates from Cromwellian times, when the Puritans made it an offence for those of the Established Church to bury their dead during the day with their customary religious services. Some of the leading families subsequently continued the practice of their own free will. The curate of Bilston made the following entry in his registers:—

"1720.—About ye middle of ye night between ye 24th and 25th of this month [October] dyed my Hon. friend, Wm. Ward, of Willingsworth, Esqre. He was ye only surviving son of ye Hon. Wm. Ward, Esqre., wo was Bro. to ye Rt. Honble. Lord Dudley, Baron of Birmingham. This Mr. Ward was one of ye Knights of ye shire for ye county of Stafford. He gave ten thousand bricks towards building ye house for ye curate of Bilston, his two sons John and ——— [illegible] having been under my tuition till they went to Eaton School. He died of ye nervous fevr. and was privately buried at Wednesbury in ye vault belonging to their family, in ye night between ye 3rd and 4th Novr."

Burials of distinguished personages at night were at one time not infrequent at Penkridge; a record in the registers there reads:—"1523. Richard Lyttleton of Wolgarstone, gent., was buried the 3rd April. The same day at night, Mr. James Lyttleton was brought from Chartley and buried at Penkridge." During the same period an ancestor of the present Lord Dudley was buried with much pomp and ceremony at Himley in the midnight hours. With the Dyott family of Lichfield torchlight funerals became a regular observance. At recent midnight funerals of the Dyotts it had also been customary for muffled peals to be rung out from the church bells as the cortege passed through the streets, and again at the conclusion of the Commitment Service. Owing to a blunder whereby the bells were rung at his wife's obsequies while the clergyman was in the midst of the prayer for the dead, the late Colonel Dyott left strict instuctions that no bell was to be tolled during his funeral service. When this occasion arrived another mistake was made in the newspaper report, which stated that "only the passing bell was tolled as the funeral procession passed through the streets." But the "passing bell" of old time was tolled only when the dying person was lying "in extremis."

The Dyott funeral processions through the streets of Lichfield to St. Mary's Church have always presented a weird and solemn spectacle; the flickering of the torches, the silent aspect and hushed reverence of the immense crowds standing with bared heads, and the slow tolling of the great bell, all combining to make the scene deeply impressive.

On the other hand, as against the practice of Night Burial, be it known that at Norton-on-the-Moors, near Newcastle-under-Lyme, in the church tower was affixed a notice-board on which appeared the following peremptory notification to parishioners:—

"As there is in many parishes a rule made, that, except the corpses be brought to the church by fair daylight, precisely at a certain hour, they are not to be buried till the next morning.

"And whereas there is in this parish a growing ill custom of burying at late hours, to the harm and danger of the living, without the least benefit to the dead.

"And whereas many persons attending funerals complain of the inconvenience of being subjected to the cold and damp of the night air, and obliged to return home in the dark

"Therefore, it is hereby ordered for the advantage of all and the disadvantage of none, that every corpse shall be at the church at the times hereafter mentioned, viz.:—

In November, December, and January at half-past three.

In October and February at four.

In all the other months at five.

Thomas Middleton, Curate.
Richard Ball)Church Wardens
Francis Hargreaves) 1775."

Disapproval of night interments could take no more practical form than this.

ALTAR LIGHTS.

The use of lights at funerals did not in pre-Reformation times terminate with the procession. Lights were kept burning on the altar in memory of the dead, for which purpose money was frequently given or bequeathed. The Rev. Richard Ames makes a record in the Bilston registers under date 1690:—" By an old writing in this towne it appeares yt one Nycolas de Handsworth, capello [possibly the secular priest of Handsworth] gave some land and a house to one William Tipton, and ye consideration was yt he should maintain a burning candle before ye high altar in Rowley church for ever, and pay twopence-halfpenny yearly upon Michaelmas day. This deed is dated at Rowley 1mo. Edwdi III., so it was about 363 years ago."

A property in Bilston was given in 1522 to the two wardens of Codsall Church and their successors for ever " to ye maintaining of ye services of ye Blessed Virgin Mary in yt church, and also upon condition yt ye souls of William Wylkes, his wife, his father and mother shall be there pray'd for for ever."

At Tamworth there were many similar foundations. Richard Bretton, of Tamworth, in 1518 gave lands for a Mass every Friday in that church, and an obit every year. Humfrey Jacob gave lands at Wigginton for an obit; Richard Dalton gave a meadow at Calforde, as did also Thomas Meire; and Thomas Taylor gave a shop in the Market Place, all for a similar purpose. Richard Baxter gave a croft at Drayton Bassett for an obit; while Lady Dorothy Ferrars in 1530 gave considerable property in Wigginton to maintain an obit with the whole choir every July 11th, with a solemn dirge sung on the evening of the same day, and a Mass of Requiem the next morning, all to be special prayers for the souls of her husband (Sir John Ferrars was already deceased) and herself. Each vicar officiating " at dirge and Mass was to have 6d., each of the two deacons 3d., for the ringing two knells 8d., for the hire of four tapers to burn about the herse at the time of the service 8d. To the bellman (for crying the services) 2d., to the poore people of the town at the discretion of the bailiffs 6s. 8d. Each of the four bailiffs to offer a halfpenny at the requiem and take 4d. for his labour." The same benefactress who had set forth so explicitly these instructions, in 1532 bequeathed £10 to the high altar " to bring her whome and for her month's mind "—that is, the observance for 28 days of special remembrances by priests and friends, including not only the performances of obits, dirges, and such offices, but the strewing of flowers on the grave, and not forgetting the accompanying drinkings for which provision was duly made.

We also read in the history of Tamworth Church that " the lights of the most Holy Trinity, and the lights of St Nicholas and St. Catherine the Martyr, fell under the care of the chief inhabitants of the town, who were elected yearly to the charge in autumn time at the Great Court. These Wardens of the Lights took oath to fulfil the duties of their office in gathering alms and taking the rents of the endowments for the purpose, so that they might trim their lamps and always keep them shining."

Mention has already been made, on pp. 8 and 9, of obits at Walsall Church. Very few ancient churches were without a Chantry Chapel in pre-Reformation times. A Chantry was an altar, often in a side chapel, specially endowed for the payment of a priest to chant Masses for the souls of those named by the pious founders, and to keep an altar light continually burning. Thus at Wednesbury there was a Chantry for the Beaumont family, and at Wolverhampton one for the Bradley family. A King's licence was required to establish these private chapels.

At the Reformation obits, and all similar " Popish superstitions," were swept away, and the chantry lands were confiscated. It is therefore difficult to account for the foundation of chantries after 1534. Yet one is reported to have been made at Walsall by Sir Edward Leigh, of Rushall. A foundation made by Thomas Allen, of Uttoxeter, in 1558 is probably explained that the year named was the last of the reign of Queen Mary, who had restored the authority of the Church of Rome. The instrument is worth quoting: " I will and devise that the said Master, fellows, and scholars of Trinity College, Cambridge, . . . shall . . . keep and sustain once in the year for me perpetually, four several obits or anniversaries solemnly by note, with all Divine service accustomed for all dead folks to be done, for my soul, and all Christian souls, at about such time of year as I shall fortune to die, on which Placebo and Dirge solemnly by note, on evening and Mass and Requiem, solemnly by note on the morrow following, spending and bestowing yearly at every of the said obits 40s. of good and lawful English money."

The Dirge (or dirige) and the Placebo were two of the most solemn portions of the Romish burial service.

At Wolverhampton Church a gift was made ostensibly to supply the building with artificial light; but the motive seems almost open to suspicion when the ritualistic use of lights in churches is remembered. The benefaction deed ran: "Mr. John Mason and his brother Thomas have bestowed ye greate faire candlestick now hanging in this church on ye inhabitants of this parish. And ye said John gave ten shillings with ye interest thereof to provide candles to be used therein, at ye festival time in ye winter and other dark and cloudy evenings: and two shillings yearly for ye cleansing of ye candlestick."

Over the centre aisle of the church were formerly suspended two brass candlesticks, other than those mentioned above, one of which bore the inscription:—"James Lane, citizen and merchant of London—his gift to Wolverhampton Church, 1669, late of Wednesfield, in the County of Stafford." The other was inscribed:—"A light to lighten the Gentiles. Francis Butler, Samuel Bennett, Churchwardens, 1741."

BURIAL IN WOOLLENS.

It can be readily understood that the provision of stone coffins was possible only in the case of wealthy families or rich confraternities. But when the population began to increase rapidly, and the towns became more crowded, it was found necessary to replace the swathing shroud or mummy-like winding-sheet by a more substantial casket in the shape of a wooden coffer or coffin. The use of the wooden coffin was at first confined to the well-to-do classes during the Tudor period, when it replaced the old cerecloth, made of linen dipped in hot liquid wax.

The Church authorities had insisted but little more than a century on bodies brought for burial being coffined in wood, when a new custom, which looked almost like a reversion to the old, came suddenly into use by the force of legislative enactment.

In the reign of Charles II a singular Act was passed (1666), the object of which was to "lessen the importation of linen from beyond the seas, and to encourage the woollen manufacture of this kingdom"; and on this account it provided that the dead should be buried in woollen only. It is perhaps a relic of this that a prejudice exists among the poorer classes to-day in favour of shrouds being made of flannel. The upper classes, however, disliked the Act, and stringent measures had to be taken to enforce it.

Many persons of rank, determined to keep up social distinctions even in death, rather than be buried in wool like the common herd, preferred to pay a fine of £5, as imposed by the Act, to obtain burial in linen. This feeling is reflected by entries in many parish registers.

In the registers of Aldridge parish we find an illustration in the entry: "1740, Sept. 19. Buried John Hoo, Esq. Paid for the burying in linen."

Under date July 16th, 1711, appears a declaration in the Darlaston registers, signed by Edward Best, the vicar of Wednesbury, and witnessed by the Clerk, Churchwardens, and Constable, that a true record had been kept of all the burials in Darlaston from August 1st, 1678, in which the bodies had been lawfully "wrapt and wound" in "no things than what is sheeps' woollen."

As the authorities were strict in the enforcement of the law, affidavits had to be made as to proper compliance with its provisions. These often appear in the parish registers:—

Willenhall, February, 1763.—Joyce Hill made oath that the body of Benjamin Stokes was buried in a shroud of lamb's wool only, pursuant to an Act of Parliament in that case made and provided. Witness my hand, Titus Neve."

West Bromwich, 1680, September 16.—John Doley who came from Tamworth was buried in woollen only.

1680-1, January 18.—John Ryder, a child so named, was buried in wool only.

Bilston, 1727, August 16.—John Lees, locksmith, was interred on this day, being ye first burial. The ceremony was performed by Mr Gibbons, of Codsall, in the presence of a large assembly. Received 7d. for Wolverhampton [the ancient fee]). Sarah Woodhouse made affidavit of his being buried in woollen."

In the same registers occurs:—" 1672. Paid for a winding-sheet for Old Marthyr, 2s. 6d." Also in these registers a burial in Wolverhampton is recorded, in which a charge of 4d. was made for a " jersey," and 5s. for a " coffin."

Tipton registers record the burial of " Thomas, ye sonne of John and Rebecca Whitehouse, August ye 27th, 1711, not shrouded." The first entry at end of the burials in 1681 runs:—" Thus far Certificates of ye Justices concerning burial in woollen and exhibited into the Dean's Court."

Quite a number of references to the practice occur in the Wednesbury registers. Among them we find mention of " Margaret Fidoe, a Quaker, buried in woollen at Guarnal [Gornal] 1696 "; and of Samuel Fidoe, a Quaker of this town, similarly buried at Gornal in 1698. In 1699 another Quaker, Thomas Horton, was " layd out in woollen." The Quakers had their own Meeting House and graveyard in Wednesbury, in which Jane Fidoe, widow, was " buried in woollen, 21 June, 1704." Under date September 2nd, 1701, the Vicar makes this important note:—

" Thomas Robbaston, a Quaker of ye parish of Darlaston, was put into a pit yt was made in ye yard joyning to ye Quakers' Meeting House in ye parish of Wednesbury. Mem.: yt there was noe affidavit ever made or brought to ye Vicar or Curate of Wednesbury (for ye abovenamed persons being buried in woollen) within ye time limited by ye Act of Parliament, whereof notice was given to the Churchwardens as ye Act of Parliament directs, by me—Edward Best."

Much earlier than this the Wednesbury registers contain a lengthy entry which discloses the vexatious amount of trouble the Act imposed on those who had to carry out its provisions. It was thus worded:—

" Richard Smith and Elizabeth Dutton makes affidavit that Stephen Smith, son of Richard Smith of Wednesbury, lately dead, was not put in, wrapt, or wound up, or buried in any shirt, shift, sheet or shroud made or mingled with flax, hemp, silk, hair, gold or silver, or any other material but sheeps' wool only. Dated this 2nd day of October in ye 30th year of ye Raigne of our Sovereign Lord, Charles the Second, King of England, Scotland, France, and Ireland, etc.

" Anno Dom. 1678.

" Sealed and subscribed by us who were present and witnessed to ye swearing of ye above affidavit.

Edward Smith) Witnesses.
Elizabeth Dutton)

" I, Thomas Lane, of Bentley, one of ye Kings Majesties Justices of the Peace for ye Countie of Stafford do hereby witness that ye day and year abovesaid, Richard Smith and Elizabeth Dutton came before me and made such affidavit as is above specified according to a late Act of Parliament intituled an Act for Burying in Woollen.

" Witness my hand ye fifth day of October. Anno Dom. 1678. — Thomas Lane."

The absurdity of such tiresome legal formalities as the above is eclipsed by an adjacent note solemnly recording that because Stephen Dunton had a " stil-born child " buried on Novemebr 16th, and failed to bring a certificate " in due time " according to the " specification of ye Act," he " was informed against at Stafford," the penalty of a distress by a Warrant from Sir John Wyrley, Justice."

What law could have been more irritating in its ill-timed incidence?

BURIAL FEES.

The claims set up and enforced by the Collegiate Church of Wolverhampton over the daughter churches, or chapelries, of Bilston, Willenhall and Pelsall, in respect of christening and marriage fees, were preferred also in respect of burial fees. These ecclesiastical death dues produced no inconsiderable portion of the clerical incomes, and they were of several kinds. There was the Mortuary, which was a sort of ecclesiastical heriot or customary gift, claimed by and due to the minister on the death of a parishioner. Anciently it was usual to bring the mortuary to church along with the corpse at burial, and thus it acquired the name of the " Corse present." In the time of Henry VIII. the mortuary fee had become an arbitrary exaction, which at times was actually levied on those who at death had no property in goods or chattels; an Act of 1530 expressly forbad the levying of mortuaries "from travelling or wayfaring men in the places where they fortuned to die." A mortuary might be an article of clothing, or any article of value. Another fee was chargeable for "breach," that is for digging or breaking up the ground for the interment; and in some instances a fee was claimed for a funeral sermon.

No better illustration of the charges made as burial fees could be found than occur in the following extracts from the Terrier (or authorised Land-roll) of the Vicar of Wednesbury, which is dated 8th July, 1726:—

Mortuaries: If the goods of the deceased are worth ten marks, 3s. 4d. is payable to the Vicar.
If the goods of the deceased are worth £30, to the Vicar 6s. 8d.; if worth £40, payable to the Vicar 10s.

Surplice Fees: For the burial of a person in the church, 1s.; ditto, Communion Chancel, 1s.

For breaking up the ground in the said Chancel, 10s.

Due to the Vicar (Mr. Ward's and Mr. Hoo's family being exempted) for preaching a funeral sermon, 10s.
If text be chosen for the Minister, £1.
For a burial in the churchyard, 8d.
For breaking open the ground for a still-born child, 4d.

Of the exempted families named, Mr. Ward was a territorial magnate, and an ancester of Lord Dudley, who lived at Willingsworth Hall near by, and whose monumental tomb is still to be seen in the church; while Mr. Hoo, of Bradley Hall, was the lord of Wednesbury Manor.

In Tudor times a charge (or oblation?) called a "Laystal" or a "Lestall" seems to have been made by the Wolverhampton clergy, as appears from the following entries in the parish registers of St. Peter's Church:—

"1527, March 31. It is agreed that all p'sons buryed in ye church, above 12 years of age, shall paye 6 shillings and 8 pence for a Lestall, and all under 3 shillings and 4 pence, and ye churchwardens are to answer for it."

Another entry runs: "1534. Mr. Rydley's wyfe dyed, and Mr. Rydley gave a great pot for a Lestall."

Mr. G. T. Lawley opines that the term "Lestall," equivalent to the word "Restall" in the adjoining County of Salop, implies a fee for intra-mural burial. The gift of a Pot, however, seems to be connected with the ancient custom of the funeral party drinking from a Pot of Wine to the memory of the departed.

Reverting to the claims of the mother-church of Wolverhampton upon the clergy of the outlying hamlets, here is a copy of an important document of the time of Queen Ann dealing with the matter; with some subsequent notes thereon extracted from the Bilston register:—

"At a Chapter held at Oxford for her Majesties Free Chapell of Wolverhampton, in ye County of Stafford, August ye 17th, 1709, by Consent of ye Dean and Prebendaries. Present at ye said Chapter: The Rev. Doctor Tho. Mannington, Dean of Windsor and Wolverhampton; Richd. Redding, Prebendary of Kinvaston; John Plymley, Preb. of Fetherston; John Hinton, Preb. of Willenhall; Richd. Ames, Preb. of Monmore; Walter Astley, Preb. of Wobaston; John Hillman, Preb. of Hatherton; and Tho. Allestry, Preb. of Hilton (by proxy); and Henry Wood, sacrist.

"Whereas it has been represented to us by ye inhabitants of ye chapelries of Pelsall, Bilston, and Willenhall, that severall inconveniences frequently happen on account of carrying ye dead within ye said chapelries to be interred at Wolverhampton, and are desirous to have ye chapels and chapelyards of ye said towns to be consecrated in order to ye buriall of their dead therein, the Dean and chapter have hereunto given their consent, provided ye inhabitants of ye chapelries aforesaid shall at all times hereafter pay ye customary levies to ye mother church, and likewise pay ye buriall fees to ye curate of ye sd. chapells as well as to ye curate of ye sd. mother church, and also shall defray ye charge of ye said consecration

"Memorandm.—That whereas ye inhabitants of Pelsall, Bilston, and Willenhall are desirous to have their chapells and chapell-yards consecrated for places of buriall, pursuant to ye act of chapter above written, and are willing to ascertain ye customary fees that are due to ye clergy of ye mother church of Wolverhampton for all times to come, to ye end all manner of disputes concerning ye same may for ye future be prevented. Now—the curats, chapellwardens, and underwritten inhabitants of each and every of ye said chapelries do in ye name of themselves and all ye inhabitants of ye sd. chapelries (by virtue of a general meeting of ye inhabitants of each and every of ye said chapelries after public notice given) own and acknowledge that time out of mind ye following fees have been due and payable to ye clergy of ye said mother church—that is to say, for ye churching of every woman in each and every of ye said chapelries, Tenpence; for ye buriall of every corpse in ye churchyard, Sevenpence; for ye buriall of every corpse in ye church or chancel, Fourteenpence; and that when any corpse is buried in ye church or chancel a choir fee is due to ye choir of ye said mother church, which fee is Five Shillings.

"And whereas ye clergy of ye said mother church of Wolverhampton, for ye greater security of ye above fees, do insist that ye curats of ye said chapelries shall not performe ye severall offices for which those fees are due until such time as these fees are actually for ye use of ye said clergy of Wolverhampton paid into ye hands of ye said curats of Pelsall, Bilston and Willenhall, now, ye said curats doe hereby promise that they will not performe ye offices for ye churching of any woman within any of ye said chapelries (after such consecration of ye sd. chapells and chapell-yards as aforesaid) until such woman (provided that she doth not receive alms of ye parish) shall have actually paid Tenpence for ye use of ye said clergy of Wolverhampton, nor bury any corpse in any of ye sd. chapell-yards till Sevenpence be paid for their use into the hands of ye said curats, nor bury any corpse in any of ye said chapells till Fourteenpence and Five Shillings (being the choir fee) shall for ye use of ye said clergy of Wolverhampton and ye choir of ye same be first paid into ye hands of ye said curats. And ye said curats do further promise that every half-year—that is to say, at ye feast of ye Annunciation of ye Blessed Virgin Mary, and at ye feast of Michaell the Archangel, or within 28 days of ye said feasts yearly—ye said curats will cause a copy of ye Register to be written out, and transmitted to some or one of ye clergy of ye said mother church of Wolverhampton, together with ye fees received for their use; and this acknowledgment, we the underwritten inhabitants do hereby promise to abide by in all times to come without any manner of fraud or reserve whatever. In witness whereof we have hereunto set our hands this thirtieth day of July, Ao. Dm. 1727.

"Whereas a choir fee of Five Shillings hath been accustomably paid to ye clergy and choir of ye mother church of Wolverhampton whenever a funerall sermon is preached at ye interment of any corpse, though in the churchyard, now, ye clergy of Wolverhampton do hereby consent to remitt ye choir fee of Five Shillings, when ye corpse is buried in ye chapell-yards, in consideration that ye curats of ye sd. chapells shall at all times hereafter receive and pay over ye fees above-mentioned."

Here follow the names of 55 inhabitants of Bilston, and of 59 inhabitants of Willenhall. Then occurs the following note:—

"That the subscription made to ye agreement 10th October, 1718, is in these words, viz., 'We, the underwritten Prebendaries, do consent to what is above written. — (Signed) John Hinton, John Hillman, John Plymley, Tho. Hall, Richard Ames.'

N.B.—Ye inhabitants of Pelsall did not think fitt to come into this agreement with ye Wolverhampton clergy, and therefore their chapell-yard was not consecrated for a buriall place at that time."

Further annotations in the Bilston register throw more light on this long-drawn-out dispute; as—

"1727. Mr. Edward Perry (late of Bilston), left by his will instructions that he should be buried at Bilston Chapel-yard" (then recently consecrated for burials) "but the Chapter at Wolverhampton refused to permit it, unless a certain fee claimed by them of immemorial custom was paid. This annoyed his relatives and friends at Bilston, who refused to pay. The deceased was therefore buried by me at Wolverhampton Church, rather than they would pay what, though an old custom, was thought by them an unjust demand."

Also in the Bilston register we have this later item: "1728, Augst. 17. Tomkys Isaac, gent, buried in ye chapell, aff [affidavit]. Recd. 14d. and 5s. (for Wolverhampton clergy) because buried in ye chapel."

Nor were only the three subsidiary chapelries of Bilston, Willenhall, and Pelsall subjected to the exactions of the collegiate church, as the following entries in the Wolverhampton register prove:—

"Penelope, a child of Philip Foley, of Prestwood, in p'ish of Kinver, in the county of Stafford, dyed at Wolverhampton, and was licensed by the ministers to be buried at Kinver, and pay'd to the minister and quire 6 shillings and 6 pence, ye second of October, 1674."

"Mr. Solomon Grosvenor, of Hilton, was licensed to be buried at Bushbury ye 13th day of December, 1674, and pay'd to ye quire 6 Shillings and 6 pence."

"1604. Humfry Norton, of Hatherton, was lycensed by the Curate of Wolverhampton to be buryed att Cannock, the xxiiii. of April, and did pay for the same to the Curates Vd. to the church IId."

"1611. Elizabeth Kenricke, of the Black Halse, widdowe, was licensed to be buryed att Shareshill ye xvii. of February, and payd to ye mynisters."

The Act authorising the erection of the new church of St. John at Wolverhampton in 1775, provided that out of the burial fees charged by the minister of the new parish, should be still paid to the clergy of the Mother Church, as also tythes, offerings, surplice fees, oblations and obventions. Such legislative provision at the formation of a daughter parish was common at a much later period.

In other parts of Staffordshire apparently there was once a custom by which the clergyman of one parish demanded a double fee for every corpse brought from another for interment. At Wetton, for instance, where the practice prevailed from 1691 to 1741, the registers in recording the cases use the strange term "transportation" in respect of the custom. The entry gives "an account of the persons who have bin transported into, or out, or through the towne of Wetton, for which six shillings and eightpence have bin paid to the Curate for each transportation."

Again at Keele the minister was accustomed to claim the same fee of six-and-eightpence, "or a modus for every corpse that is carried through any part of the parish of Keele to be buried in any other parish, if he, the said minister of Keel, shall in his own person or by his deputy in Holy Orders, offer burial to the said Corpse."

Of Mortuaries, a West Bromwlch terrier, dated 1693, allows the following scale: "all the accustomed surplice fees, for every burial in the church 1s., for every burial in the churchyard 4d., and mortuaries according to the statute." A certificate entered in the register in respect of these dues, and signed by the Rev. J. Rann, runs as follows: "I do hereby certify that while I was minister of West Bromwich I always received Mortuaries from housekeepers worth forty-seven pounds and upwards in moveable goods. according to the custom of my predecessors, July 13, 1762."

With reference to the fees for breach, or breaking up the ground, the same registers present these records.

	s.	d.
1692.—For breaking up the church 5 times	16	8
1704.—Received for breaking up the church for Hobbeage's grave	3	4
1744.—For breaking up the church	6	8

The register of Bradley parish (N. Staffs.) has:

1651.—Received by me, Thos. Birds of Mrs. Browne, for breaking up the church floor for Mr. Geo. Browne	3	4

When mortuaries were abolished by Act of Parliament these fees at Penkridge church were attached to the Prebend of Longrich, and the Prebendary records in the registers that he "thus loses his perquisites arising from certain lands and tenements in the manor of Muchall, and is therefore to be taxed at 26s. 8d. only."

THE RESURRECTIONISTS.

As previously observed, great reluctance is naturally felt to disturb the last resting-place of the sacred dead. Hence it may be conceived with what abhorrence the body-snatchers of a century ago were universally regarded. In 1832 was passed the Anatomy Act, which regulated the Schools of Anatomy and repealed so much of the previous Act as permitted a judge to direct that the body of a murderer, after execution, should be given up to dissection. At that period the graveyards of the Black Country were being constantly raided; and in 1828—the year in which Birmingham's new medical school, Queen's College, was founded—notices were posted throughout the district offering a reward for information that would lead to the conviction of the ghoulish offenders who had stolen a female body from Edgbaston churchyard on the night before Christmas. West Bromwich old churchyard, from its lonely situation and nearness to Birmingham, offered facilities of which such human vampires are said to have availed themselves freely. At Bilston the dread was at one time so great that after a burial it was deemed necessary to have a watchman on guard every night for several weeks to prevent the descration of the new grave. It was a topical issue when Tom Hood wrote his ballad called the "Resurrection man," which relates the story of a deceased wife's reappearance to her husband, and the burden of whose ghostly complaint was—

"O William dear, O William dear!
My rest eternal ceases,
For the body-snatchers, they have been,
And snatched me all to pieces!"

Earlier in the century a villainous sexton at Wednesbury is said to have connived at, and taken a very active part in, such nefarious practices—for a consideration of course. The tale told of the elaborate trick played upon him to punish him, and to terrorise him from future indulgence in such unhallowed practices, is too long to be detailed here. But the terrified plea with which "Old Picks" (for so he was called) abjectly supplicated his tormentors is worth repeating. "Good Mister, Devil!"—he besought his unknown admonisher—"Do forgive me, this once! I've been bell-ringer, psalm-singer, and amen-dinger at the old church for forty years! If you'll let me off this time, I'll never rob another stone, nor steal another bone!" And with that the villainous old ghoul was let off.

There are occasions when bodies decently interred have been legitimately moved for re-burial elsewhere. An example of what have been called sepulchral vagaries is that recorded of John Wilkinson, the Father of the Black Country iron-trade, who established the first blast furnace at Bradley between Bilston and Wednesbury. He had his body encased in his favourite metal, and by will directed that in his iron coffin he should be buried in his garden at Castlehead, with an iron monument weighing twenty tons erected above it. So enamoured was he of this idea, that he had his coffin made long before his death, and was always prepared to make a present of an iron coffin to any of his friends who might accept the offer. When he did die it was found that his coffin had been made too small, so he was temporarily interred till another could be cast. When placed in the ground a second time the coffin was found to be too near to the surface; it was accordingly taken up, an excavation was cut in the rock in which he was buried a third time. When Castlehead estate was sold in 1828 the family directed the coffin to be taken up and removed to the chapelyard at Lindale—its fourth resting-place.

XXIV.—Architectural Crosses, in Churchyards and by the Waysides.

IN olden times architectural crosses in three different forms were to be met with in this country on every hand—there was the Churchyard Cross, the Wayside Cross, and the Market Cross. Specimens of all three varieties were once common in this county.

The reason for the employment of this Christian symbol in a churchyard is fairly obvious. It is the symbol of life in death, of love in loneliness, of hope in despair; uplifted in the garden of death, it is a reminder of Him who died that others might live; to the eye of the bereaved it sends forth a cheering ray of hope for a future reunion.

Erected by the authority of the Church, their purpose was to give sanctity to the churchyard, and anciently it was believed that the nearer one was buried to the cross, the earlier would be the escape from Purgatory. It is significant that a cross was never erected on the north side of the church, for while our superstitious forefathers shrank from the idea of burial on the north side of the church, leaving the coldness of that overshadowed part to the poor and the outcast, the suicide and the still-born, they favoured as a last resting-place that portion of the churchyard which lay under the warmth of the mid-day sun, particularly that upon which the shadow of the cross fell.

The crosses varied widely in shape, size and design, according to the period in which they were erected. Most frequently the churchyard cross consisted of a sculptured shaft with a transverse arm at or near the top, and rose from the centre of a flight of steps round the base. Many were crosses only by courtesy, and might be a pyramidal erection, or a pillar supporting a tabernacle or saintly shrine. But this variation and diversity will be best realised as we proceed to consider the concrete specimens presented by olden Staffordshire.

CHURCHYARD CROSSES.

Not the least remarkable specimen is that at Wolverhampton, a genuine relic of antiquity many centuries old. Shaw, the county historian, writing in 1798, says: "In the churchyard, almost fronting the south porch, is a round pillar, about twenty feet high, covered with rude carvings, divided into several compartments. On the north-west face, at bottom, in the spandrils of a kind of arch, are cut a bird and a beast, looking back at each other. Above, divided by a narrow band, are other similar figures, or dragons with fore-feet and long tails, in lozenges. Above them, a band of Saxon leaves, and in lozenges, birds and roses. Over these, a narrow band, and then, in lozenges, beasts and griffins. Another band, and a compartment of rude carvings, and then a regular plain capital. Whether it once supported a cross is uncertain. The bottom of the pillar has stone masonry worked round it to keep it upright. Whether this is a Danish or a Saxon monument is not exactly determined."

Controversy has long raged as to the origin and significance of this ancient churchyard memorial; and it has not yet even been decided whether it was designed as a pagan pedestal or a Christian cross. Because several severe battles were fought in the vicinity between the Saxons and the Danes, there has been a local disposition to regard it as of Danish origin.

An official of the Society of Antiquaries has professed to trace in the weather-worn sculpturing the four evangelistic symbols, namely, the Angel of St. Matthew, the Lion of St. Mark, the Ox of St. Luke, and the Eagle of St. John. As against this another expert has read into the half-obliterated carving the pagan emblem of the Danish Raven. The only fairly safe conclusion seems to be that the memorial, from its sculptured enrichments in scrolls and grotesques, is probably of twelfth century Norman work. According to the "Gentleman's Magazine," this cross is comparable with that at Leek; most authorities agree on the high antiquity of both, but disagree as to their origin and significance.

The cross at Leek is equally curious and noteworthy, standing near the chancel door. It is some ten feet in height, rising from a pedestal three feet square, and the original steps are said to have been much worn by the knees of pilgrims who resorted there to pay their orisons. The cross arms, which probably it originally possessed, may have disappeared in the iconoclastic days of Puritanism; it now presents the form of a pillar with a small ornamental head like the central boss of the transverse arms. From the interlacing cable pattern and other ornamentations with which it is sculptured, it may possibly date from a pre-Norman period. An illustration of this pillar appeared in the April number of the "Gentleman's Magazine," 1780. It is certainly very ancient, and has a curious tradition associated with it—namely, that the shaft sinks lower into the ground every year by imperceptible degrees; and as the local rhyme runs,

When the Churchyard Cross shall disappear,
Leek town will not last another year.

In the same class of pyramidal crosses are those found in the churchyards of Chebsey, Checkley, Ilam, and Draycot. Notwithstanding the markings of imagery and fretwork upon them, their precise nature and origin has never been ascertained; one set of authorities declaring that they are shafts of ancient crosses, others that they are Danish monuments similar to examples found in both England and Denmark. At Checkley tradition says the monument there was set up to preserve the memory of a great battle between the Danes and the English, in which three bishops fell, and for whom the three great stones in the memorial were specially inserted. But the monument itself, consisting of three tapering stones, two of which bear traces of carving, offers no clue to its origin. Mr. F. Redfern, in his "History of Uttoxeter" (1886), expresses the opinion that they are all of sandstone, all of the same age, and bear the same kind of ornamentation. In size they are of three gradations, and if put together would make a tapering monument some fifteen feet in height. The ornamentation, though difficult to decipher, seems to consist of twelve interlaced figures, of a crude Saxon type of art.

The Chebsey example is a lofty stone of pyramidal shape standing in the churchyard. The one at Draycott is of the same type, and both have been attributed by county historians to the Danes. The same has been written of Ilam Cross, though in no case has the supporting evidence been of a very weighty character.

Cheadle churchyard cross of ancient sculpture had fallen into such dilapidation that a patriotic native of the town caused it to be restored at his private cost some years ago. The restored monument has a base of several steps from which rises the shaft profusely carved; on the west side is the figure of St. Edward, the patron saint of the church; on the east is King David, with his harp; on the north Solomon with a model of the Temple; and on the south is Melchisedec, priest and king—the four figures being all saintly kings. Surmounting these is a representation of the Crucifixion, and at the back of the cross are carved the instruments of the Passion. The original cross was early fourteenth century work.

Trentham churchyard cross is an ancient monument, believed to have been erected as a praying or penitential station on the spot where the body of St. Werburgh rested during its removal first to Hanbury and then to Chester. The base of the column (which is octagon in shape and has been much higher) rests on a circular stone of more modern date. The steps are much worn. the construction is simple, and as there is no evidence of a Saxon origin, this relic is probably not the original cross erected there.

Pattingham churchyard boasts an ancient cross which has been well preserved, and remains an object of great interest. In the pretty churchyard at Enville are the remains of an old cross, consisting of the lower part of the shaft, resting on a base of stone steps, three in number, and very much worn—supposed to be fifteenth century work.

The church at Rocester stands in the middle of a field in which there is the tall slender shaft of an old cross, having the edges rounded, though not perfectly cylindrical in section. Fret-work runs up each side of it. In an adjoining outhouse was found a tapering stone ornamented with something like a cross with trifoliated ends, and being about three feet in length. The carving gave no clue to the age or original purpose of this interesting relic. Rocester meritoriously repaired its broken cross at considerable expense in 1873.

In the cemetery of Rushall Church stands another curious old cross of indeterminate origin.

Although an ancient Wayside Cross at Penkridge has disappeared, a churchyard cross still exists there, the base and shaft of which are ancient work, while the upper part of the shaft and carved cross at the top are new. Rugeley has preserved its cross in a fresh position.

Mr. G. T. Lawley makes allusion to crosses at Blithfield, Madeley and Upper Stonnal; it will be observed that most of these relics of antiquity are discoverable in quiet out-of-the-way villages. Many of these relics of Romanism disappeared at the Reformation; and the modern manufacturing and industrial centres of Staffordshire are conspicuous for the absence.

WAYSIDE CROSSES.

Wayside crosses, being more aggressively Romanistic, have disappeared in larger numbers. Of many the names only remain; for tradition is more enduring than stone. As many of these crosses were fine specimens of Gothic ecclesiastical art, their loss is greatly to be deplored. The most interesting of those in this county was one near the county town, better known to-day merely as a place-name.

Weeping Cross, near Stafford, is believed to have been set up to mark the ecclesiastical boundary of the parish at that point; at any rate, it was always a stopping-place of the Rogation Day procession (see p. 23). Then in course of time, saith tradition, the ecclesiastical authorities named it as a place of public penance for offenders against canonical law, and here penitents were accustomed to stand for an appointed number of hours, or to kneel while repeating an imposed number of Aves and Paternosters, all in humility of mind and weeping for their sins. This well-known landmark, two miles south-east of Stafford, at the junction of the great London and North-western Road and the road from Walsall to Birmingham, was one of many similarly named places, as may be judged from the fact that an old proverb meaning to repent of an undertaking, was "to come home by Weeping Cross." This particular wayside cross is alleged to have been a mark by which a fugitive from the law in search of sanctuary knew that he was still some considerable distance from the church in which he was seeking shelter. Garner, in his "Natural History of Staffordshire," says it was also a place of execution for criminals; but this could hardly be a fact, as such an act of blood-shedding would be regarded as a pollution of the sacred emblem. Of the common penitential use there can be no doubt. Does not Shakespeare remind us of the practice in "The Merchant of Venice"?

> She doth stray about
> By holy crosses where she kneels and prays.

At Tixall is a very curious antique cross, erected on one of the ancient burial lows of Tixall Heath, in the midst of a gloomy looking clump of pines. By some it has been thought to be a memorial of the assassination of William Chetwynd by Sir Humphrey Stanley of Pipe, in the time of Henry VII. It is scarcely likely that such a tragic episode in the history of two rival houses would be a subject for public commemoration in this fashion.

Handsacre Cross, which formerly stood at the junction of three roads in the centre of the village, and not far from the church, although it disappeared more than a century ago, has its existence vouched for by the county historian, Shaw. He tells us of one Robert Atte Cross acting as witness to a document of local import, dated 1344 at Handsaker.

The antiquary, Dr Stukeley, in his Itinerary, tells us that at the beginning of the eighteenth century a remarkable stone cross stood in the road at Penkridge, but as it is not mentioned by any later writer it was probably destroyed soon after the learned doctor's visit. The site, however, is probably indicated in the name given to a small square opposite the White Hart Inn which is still known as Stone Cross—previously mentioned in Chapter IX. (see p. 25), as was also the cross at Drayton.

At a point midway between Walsall, Wednesbury, and West Bromwich is a locality known as Stone Cross, obviously named from the nature of the ancient landmark there. Here in bygone centuries stood a wayside cross of stone, not improbably supporting a shrine. The Rev. H. Saunders, in his "History of Shenstone," records that in 1794 he had seen "one of those stone pillars" at Stone Cross "much like those upon which diais are often placed (as in Shenstone churchyard), only vaster and higher." To a later generation there remained only the round stone steps on which a wooden fingerpost had been erected to point along the three roads diverging therefrom and leading respectively to the three townships before-named. This signpost stood till 1896, when some Vandalistic despoilers of ancient landmarks removed the interesting relic and supplied its place with a prosaic, utilitarian and very ordinary cast-iron lamp-post. From the position of this ancient cross, outside the two market towns of Walsall and Wednesbury, and on the highway between the latter and Birmingham, it is conjectured to have been set up during some period of plague and pestilence, when people trafficking with each other were afraid to enter the towns and come into actual contact with each other. To obviate the risks of infection, such wayside crosses were found highly convenient, the flat-stone at the foot serving the office of a counter. At this meeting-place buyers and sellers could come within speaking range of each other without making contact; a bargain could be effected, the purchase money dropped into a disinfecting bowl of vinegar, and the goods taken away when the vendor had again retired to a safe distance—the entire business transaction a compromise between commercial cupidity and an attempt to escape the deadly consequences of daring action.

A wayside cross on a well-frequented highway and near to the centre of a town became an objective of the sturdy beggars, needy outcasts, and all similar members of the vagrant train who in the Middle Ages infested the roads, journeying from town to town for the sole purpose of plying their roguish trades. Such a way-farers' rendezvous was that at Wednesbury known as Hancock's Cross, probably from the family name of the founder of the shrine there. In Tudor times this central open space had its name changed to High Bullen, and became equally notorious as a bull-baiting arena. From the top ran out one narrow lane called Beggars' Row, and another called Bedlam, street names which reveal the character of its old-time frequenters as including the poor, the needy and the lunatic. These dis-reputable alleys were demolished forty years ago, but to this day most of the common lodging houses of the town cluster round the High Bullen, which is memorable as one of the preaching places where John Wesley delivered his message to the unregenerate mob.

A somewhat similar place was no doubt Catherine's Cross at Darlaston, a widening of the road where the highway from Walsall cuts into the main road between Wednesbury and Wolverhampton. It is conjectured that a shrine dedicated to St. Catherine once stood at this junction of the highways.

XXV.—Market Crosses.

MARKET Houses are commonly styled Market Crosses, it is supposed, because the appearance upon the building of the Christian symbol was in olden times a reminder to the traders busily engaged around its precincts to exercise the religious duties of honesty and fair dealing, to be just in all their weights and measures, and perfectly straight in all their reckonings. Few of the old market towns were without a Market Cross. The most ancient were beautiful Gothic structures exhibiting the ecclesiastical spirit of the age in which they were erected; numbers of these perished in the Puritan period, as did that at Henley-in-Arden, in the adjacent county of Warwick, a gem of architecture which fell before the frenzied zeal of the Reformers. The more modern specimens are generally brick-built, and applied to various practical purposes, as Courts for manorial Leets, public assemblies, and so on. The Market Cross as a public whipping place for offenders against the law is alluded to by Shakespeare.

"To be whipped at the high cross every morning" is a line in "Taming of the Shrew."

The south side of the Market Place at Lichfield was formerly adorned by the "right beautiful" old church of St. Mary, till it was taken down in 1717 on account of its decayed condition, and replaced by a modern edifice. At a little distance is placed the Market House, a light building of brick, occupying the site of a very handsome Market Cross, erected by Dean Denton. The Cross is described as consisting of "eight arches, surmounted by carved rails or banisters, on the top of which statues of eight of our Saviour's Apostles were fixed, each carrying the emblem of his death, curiously carved to the life, in their several habits."

Tamworth's ancient Market Cross dated from the reign of Richard the Lion Heart, and stood at the junction of Church Street, Colehill and Gungate, not far from the Deans' house. It is mentioned in a deed tempo. Edward I. in a grant made by the lord of Tamworth Manor to one of his tenants, of "a tenement and curtilage near the Mercat Crosse." At a Great Court held at Tamworth, October 18th, 1516, it was ordered that "butchers should no more sharpen their axes and knives on the Cross, under pain of 12d. each to the common box." In the History of the Town, by the Rev. C. F. Palmer, it is stated that "the Cross has long been destroyed. The stones of the round steps were set up to form the horse-block of an inn, and to mark out the pig market close by. Even these worn-out relics disappeared in September, 1852, and now the only memorial of this ancient monument is the sign of the Inn, 'The Old Stone Cross.'"

Newcastle-under-Lyme, as becomes an ancient trading community, has a large and handsome Guildhall in the Market Place, adjacent to which is an elegant stone cross surrounded by a flight of steps convenient "for the accommodation of the market."

W. Molyneux in his "History of Burton-on Trent" (1869) says:—"The present Town Hall . . . erected in 1772 . . . occupies the site of an old building in which the corn market of the town was anciently held. The old Market Cross stood in front of the Almshouses in the Swine Market . . . on a site now occupied by the Old White Lion Inn."

A Market Cross at Walsall dated from the time of Elizabeth, erected in the year of the Spanish Armada, 1588. Like many similar institutions, the building served as a judgment hall and a charity school, as well as a market. Near by stood the stocks, the whipping-post and other instruments of punishment, till 1661; when, as we read in the parish register, "01s. 02d. was paid for removing ye stocks out of ye crosse." It was at one time known as the "High Crosse in Walsall," and evidently replaced an earlier one when it was set up in the spacious days of Elizabeth, "for the beautifyinge of the said towne, and also for the provision of places of punishment and correction of dyvers lewde and mysdemeyned persons." This Cross was taken down in 1691 and rebuilt by the Corporation.

The newer one was but a rude half-timbered building, and by 1734 was reported to be much out of repair; by 1802 its deficiencies in size and convenience led to its final demolition. These dates given by Walsall's latest historian do not agree with those of earlier writers. Pearce, writing in 1813, says the Market Cross, erected about 100 years since, is intended to be taken down to open the view of the church; while Glew, writing in 1856, states that a small market house was erected by the Corporation in 1809 where formerly had stood the Market Cross.

A similar building was the Market Cross at Wednesbury, which stood in the middle of the Market Place, opposite to the site of the present Golden Cross Tavern. It was built on pillars and arches, and consisted of two upper rooms approached on the north side by an uncouth flight of steps. The upper rooms were used for a charity school and other public purposes; as a Court of Requests, as a Court of Summary Jurisdiction and so on. John Wesley, who preached in it in 1743, calls it the Town Hall; here also another great preacher of those times held forth, the Rev. William Romaine, rector of St. Anne's, Whitefriars. The lower floor, or undercroft, was used as a butter market, till the accumulation of market refuse and filth made it impossible to do so. A prolonged dispute as to who was responsible for cleansing the building, the parish authorities whose stocks, pillory, and whipping post stood outside, and who exercised rights of ownership over the upper rooms, or the lord of the manor who received the market tolls. In the end the parish authorities resolved the problem by demolishing the Market Cross in 1824, and utilising the bricks to repair the churchyard walls.

The story of Brewood's Market Cross is given thus in J. H. Smith's history of that town. "In 1221 Henry III. granted a charter to William de Cornhull, bishop of Lichfield, to hold a market every Friday in Brewood, and Friday continued the market day till the discontinuance of the market here at the end of the last century. The Market Cross fell down in 1810. This cross was of great antiquity, but the building referred to was not the original one, the last one having been erected in the latter end of the seventeenth century, a period of great activity in Staffordshire in regard to the repair or rebuilding of Market Crosses. The lords of the manor held their Court Leet here at the annual fair in September until the building was destroyed, when it was transferred to the Swan Inn."

The earliest Market Cross in Wolverhampton dates from the reign of Henry III., who granted to Giles de Erdington, the then dean, and his successors, a charter to hold a market ever Wednesday, and a fair to continue eight days every year. The Dean proceeded at once to make the most of the royal concession, and with the consent of the Chapter caused "a faire mercat crosse to be erected upon ye towne greene, and appoyntede yat tolls sholde be levied in kinde uppon all merchauntes yet brought theyre goodes and merchaundise to be vended." A steward of the market was appointed and also one of the college clergy to preach at the Cross "every mercate day before 10 of ye clocke."

This Cross, no doubt of ecclesiastical design, remained in the hands of the Dean till the Reformation, when the inhabitants as a community agreed together to erect a new Market Cross by public subscription. This was in the year 1552, during the reign of Edward VI., and early in the Reformation era, when the population was numbered at 1,660 persons. A later entry in the Register informs us that the same year "ye market crosse was built at ye charge of ye towne." This building stood centrally on the High Green, opposite the wide entrance to the Collegiate Church. The upper part was used as a manorial court house and a charity school; and the under part accommodated the butchers' stalls. Under the provisions of the town's first Improvement Act, 1777, the cross was demolished. The key of the building is still preserved as a relic of this bygone institution, as is only befitting in a town which enumerates the making of locks and keys amongst its chief industries.

Mr. G. Price in his "History of Locks and Keys" (1856) gives an engraving of it; and says, "The drawing represents a noble outer-door key that belonged to the old Town Hall of Wolverhampton. The bow, although of a bold character, corresponding with the office of the key, is not inelegant in form. The particular construction of the lock it belonged to is unknown; but we are of opinion that all locks containing such intricate and numerous wards were constructed similar to the spring locks of to-day, in which the key does not perform a revolution."

A Market Cross, which was actually a cross, was existing in Leek in the fourteenth century. An old deed preserved in the Town Hall there has reference to this Cross, under date 1616, as the place where all extortioners were made to kneel, and particularly to "a certaine personne named Alsoppe of wel to do in ye toune, who was placede theyr by a justice of peace namede Gaunte, descended fro' ye auncient family of John of Gaunte, for wilful extortione, and for sayinge that ye publique property was wasted; and ye said Alsoppe dyd kneele at ye Crosse for one houre att noone in ye sight of alle people." Concerning this ancient monument a remarkable prediction was once current in Leek, which ran in rhyme thus:—

When this old crosse shall be removed
from toune
A lying tongue shall rise, and truth
be knocked doune.

The cross was removed early in the nineteenth century, and during the last years of its existence was the cause of much public strife in the town, being claimed on one hand as the property of the magistrates, and on the other as belonging to the inhabitants. Concerning the matter, Sleighs' admirable "History of Leek" says: "In 1806 the old market cross which stood on the site of the present Town Hall, was removed to Cornhill, and has lately been again taken down to make room for the appropriate cemetery chapels, but has been re-erected on a new rustic base in the adjoining grounds. The name of Joliffe was until very recently legible upon it. The fluted stone on the Sandon Road indicates where the market was held when the plague raged in the town, in 1646-7," when all the coins passing in payment were dropped into a bowl of vinegar to disinfect them.

Cheadle is an old market town. An order from the Committee regulating markets, dated August 3rd, 1652, was worded thus: "Upon the humble petition of the inhabitants of Cheadle, in the County of Stafford, it is ordered that the market that was kept on the Thursday in the said town, shall hereafter be kept on the Friday, unless good cause be shown to the contrary before the Committee on the 22nd September next, the order being published in every market town within ten miles of the said town of Cheadle, by the chief officer of every such market town, fourteen days before the said 22nd day of September. Daniel Glagrove, Thomas Atkins, Wm. Leman, William Purefoy, John Baker." In his "History of Cheadle," Mr. Robert Plant (1871) expresses the opinion that the Market Cross there was not of ancient origin, but dated from this alteration of the market day. This, however, seems very unlikely; the institution of crosses of any kind would be abhorrent to the minds of the Puritan party, who were in full authority in 1652.

Bagnall is a small place in the north of the county which is never included in a list of the market towns, and yet has records of the existence of a Market Cross. In his "Romance of Staffordshire" Mr. Henry Wedgwood thus gossips: "Comfortably seated on the steps of the old Market Cross, the hoary symbol of the days of yore, I now proceed to enfold its lore. It would be a capital subject to begin with the cross mouldering away, as it now appears to be, and of the days when holy friars wandering over these moorlands to preach the Gospel to the villagers sank under its shadowy sanctity to pay reverence to the Being it proclaims. On the origin of market crosses various opinions are to be found. One authority says that in early Saxon times market crosses were built upon land given by the lords of the soil, to commemorate the first preaching of the Christian religion on the spot, and where such preaching was continued until Christian churches could be built. They were afterwards used as stations in the religious processions. Market Crosses, says our other authority, were to be found in most towns possessing the privilege of a market. The tolls of the market generally belonged to some neighbouring monastery, and the crosses were erected by the friars in token of their right." With neither of these theories, particularly the latter, are we able to agree.

How Bilston, which so far as is known never was an ancient market town, came to possess a market cross, is difficult to understand. Bilston, like its neighbour Willenhall, was overshadowed in the matter of public institutions by the mother-parish, Wolverhampton. But Mr. G. T. Lawley adduces such evidence in favour of the assertion that a restatement of it cannot be denied here. There are records, he says, that Bilston once boasted two crosses, one called "Nether Cross where John Roberts and his wife now live (1690) and ye Overas Cross, hard by William Smith's, and I (the Rev. Richard Ames) do conceive that ye piece of ground called Overas Cross was anciently called Over Cross Croft." Mr Lawley identifies the site of the latter cross as near Swan Bank, as Smith's house was a customary tenement in that place held of the lord of the manor of Stow Heath. The site of Nether Cross has not been traced. Extracts from the Church books relating to the matter are:—

	£	s.	d.
1698.—For taking down ye old cross and bringing ye materials up	3	2	0
1701.—For mending Stoke's shoes, keeper of the cross	0	0	4
1702.—For repairs to ye Cross House	4	18	2
1706.—For glasing ye Cross House	0	1	0
1724.—For ale at ye town's meeting held at ye Cross	0	2	6
1738.—Ye Cross House was leased to S. Stokes for	30	0	0
1733.—July 3. At a Vestry Meeting of ye Inhabitants of Bilston it was unanimously agreed that a public cub, or place for ye security of prisoners, should be erected at ye public expense upon ye foundations of ye toune house commonly called ye Crosse.			

It is interpreted that the first of these entries means that the old or Nether Cross was taken down and the materials used to repair the Overas or Upper Cross. This latter remained as long as the market was held in the street, but when the inhabitants in 1825 petitioned for, and obtained an Act empowering trustees to erect a market, the old Cross House was removed.

XXVI.—Market Towns and Trading Customs.

HAVING explored some of the Customs, Superstitions and Folk Lore connected with the practice of religion in olden times, we turn now to consider a similar set of subjects as they were evolved from, and concerned with, the ancient methods of trading in this country. Nearly all buying and selling was done in open markets or fairs. Some towns were chartered to hold markets, generally once a week, although a few were privileged to hold more; and these mostly all grew in wealth and importance by virtue of their markets and fairs. In the earlier centuries no trading and trafficking was permitted outside a walled town, owing to the insecurity of property in those lawless times. Not only the days, but the hours of trading were strictly restricted and duly proclaimed. From the violation of any of these regulations punishable offences at law arose There were special Courts and officers to deal with market offences.

By "market" (mercatus) is understood the right to buy and sell commodities in the open air, and along a public thoroughfare, without liability to be charged with obstruction of the public highway. This right a town often acquired by virtue of a royal charter; in some few places the privilege came by use and prescription over a long period without challenge. The privilege of holding a market was. and is, highly valued, because it involved a right to collect tolls from all vendors occupying space in public street or market-place. This right was usually vested in the lord of the manor, but in later times it passed with more justice to the responsible local authority.

In some cases the the fortunes of an established market have fluctuated from time to time; once flourishing old markets have declined, and in other cases new ones have grown up, it may have been purely through an access of population, and without legal rights. Wednesbury market is an illustration of the former. Of Saxon foundation within the protecting circumvallation of the original "burgh," it evidently decayed and was non-existent for some centuries; then revived later, it was carried on by prescriptive right alone till the manor fell into the hands of a shrewd lawyer, who promptly obtained a charter for it from Queen Anne in 1709. These facts were brought out in a case tried in the Court of Queen's Bench in 1890, concerning liability of market tolls to be rated to the relief of the poor. The Lord Chief Justice, in giving judgment, expressed the opinion that the Wednesbury tolls were an ancient franchise, and in existence long before the year 1709.

In the opposite category would no doubt appear some of the parishes of the Pottery district, which first became populous at the end of the eighteenth century. Nightingale's history (1813) says: "Stoke has been lately rendered a market town. The market house is a very handsome building, and is furnished with all the accommodations requisite for its object." Handley (sic) is styled by the same authority a market town, with Saturday as the market day; also Lane End is designated a thriving market town with Saturday as the market day. The possession of a Market Hall, or covered market erected on private land, does not constitute a place a market town in the original meaning of the term. Almost invariably markets of modern creation are held at the week-end, as would be expected.

William Pitt, in his "Agriculture of the County of Stafford," an expert treatment of the farming methods and resources of Staffordshire at that period, published in 1808, gives a section on Fairs and Markets and the part they played in the distribution of foodstuffs and other produce. He prints the subjoined list of Market Towns, "Ancient and Modern," which would be more useful if it were more trustworthy:—

1.	Stafford, the county town, Market day	..	Saturday.
2.	Lichfield	...	Friday.
3.	Wolverhampton	...	Wednesday.
4.	Walsall	...	Tuesday.
5.	Burton-on-Trent	...	Thursday.
6.	Uttoxeter	...	Wednesday.
7.	Newcastle	...	Monday.

8. Leek ... Wednesday.
9. Stone ... Tuesday.
10. Cheadle ... Saturday.
11. Eccleshall ... Friday.
12. Rudgeley (small note) Tuesday.
13. Tamworth ... Saturday.
14. Tutbury (small note) Tuesday.
15. Abbots Bromley (do.) Tuesday.
16. Breewood (very trifling) Friday.
17. Penkridge ... Tuesday.
18. Cannock (declined).
19. Betley (declined)
20. Wednesbury (for fowls, butter, etc.) .. Saturday.
21. Burslem
22. Hanley-green
23. Lane End

} In the Potteries, now considerable markets for provisions.

24. Longnor (fowls, butter, etc.) ... Wednesday.

In his Topography of the county, published in 1817, Pitt deals in some detail with the condition of the markets at that date. Of the county town, **Stafford**, he says the Saturday weekly market is held in the spacious square of the Market Place, and in the Market Hall behind it. To **Lichfield** he accords two market days; one on Tuesday, which is inconsiderable; while the Friday market has on sale corn, cattle, meat, poultry, butter, and every useful article from the farm, and at which specimens of improved live stock are occasionally exhibited by the neighbouring gentleman farmers. The importance of trade and the status of the merchant in medieval times is revealed by a Latin epitaph on an old mural monument, ornamented with a cross fleury, discovered in an ancient burial ground to the north of the Friary, and of which the following translation was thus printed in the "Gentleman's Magazine" of 1746:—

Richard the merchant here extended lies,
Death, like a step-dame, gladly closed his eyes;
No more he trades beyond the burning zone,
But happy rests beneath this sacred stone.
His benefactions to the Church were great;
Tho' young he hasten'd from this mortal state.
May he, tho' dead in trade, successful prove
St. Michael's merchant in the realms above.

Wolverhampton markets, in existence in the time of Henry III., have flourished by reason of the town's fortunate position, having a fruitful country on one side and a region rich in minerals on the other. As the Black Country developed, its Wednesday Cattle Market became more and more important every decade. Similarly has **Walsall** market increased in volume and popularity with the later development of the Cannock Chase collieries. For centuries the market has been held in the High Street, which rises with a bold ascent from Digbeth to the top of the church-crowned hill; and when a proposition was made in 1847 to substitute a covered market by the erection of a Market Hall behind the Dragon Inn, the public protest was so spontaneous and so vigorous that the scheme was promptly abandoned by its alarmed promoters. A royal confirmation to hold this open market is dated 1402, while mention of the market tolls is made as early as 1283. When the Corporation erected a Pig Market at a cost of £2,000 in 1815 the question was raised whether the market rights were vested in the Town Council or the lord of the manor; but it was proved that the Market Cross had been rebuilt at the cost of the Corporation in 1692, and the lord of the manor disclaimed any rights in the matter.

Two factors have contributed largely to building up the importance of **Burton-on-Trent**; first, the many privileges enjoyed in ancient times by the rich abbey there; and secondly, the remarkable development of its brewery trade owing to the peculiar suitability of its natural water supply. Its Thursday market was first granted by King John, and confirmed by Henry III., and from the natural opulence of the surrounding country has always flourished. The piccages, or tolls payable, are worthy of note. The dues payable per square foot for stalls are 1d. on ordinary market days, but 1½d. at Fairs and Statutes, while "Showmen pay 1d. per wheel independent of standing ground." For every horse purchased at Fairs, 4d. toll; cows, 2d.; calves, 1d.; sheep and pigs. ½d. each. "For every broad-wheeled waggon bringing barley into the town at any time except Thursday (market-day) 1½d. each wheel, and 1d. for each wheel of other waggons. All other grain is free of toll." The trade of Burton in olden times depended largely on Derby.

The Wednesday market at **Uttoxeter** is held under a charter from Thomas, Earl of Lancaster, 1308. Pitt, in 1817, says of it: "It is a very considerable corn market; the grain is not pitched, but sold by sample," large quantities being sent away by canal. It is also a good market for butter, bacon, poultry and farm produce, purchased largely by higglers and chapmen for distribution elsewhere. "The clerk of the market regulates the weights and measures, and endeavours to prevent forestalling by ringing a bell at half-past ten o'clock; but the farmers evade this by taking their goods to the inns, where the chapmen from distant places privately purchase them." This market is rendered famous for all time by the well-known anecdote in the biography of Dr. Johnson, whose father rented a bookseller's stall there.

Swinnerton was granted a market in the reign of Edward I., but allowed the privilege to lapse.

Newcastle ranks as an ancient borough and market town, and derived its name from the fact that Edward, Earl of Lancaster, younger brother of Henry III., built a new fortress here, on a branch of the Trent, to replace an earlier one decayed. Not a vestige of that new castle now remains. It has an excellent market place in the centre of the principal street; of its trading proportions a century ago we read that "Monday is the regular market-day and another market on Saturday has been recently established to meet the demands of the increased population." . . . "Every alternate week a great beast market is held." In the reign of John, Newcastle was amerced for having changed its market-day from Sunday to Saturday (1203).

The Wednesday market at **Leek** was reported "still good" at the beginning of the nineteenth century. **Stone**, a well-built market town, does a good business in corn and other provisions every Tuesday. **Cheadle**, the market-day of which is sometimes recorded as Friday and sometimes as Saturday, is generally well provided with provisions of all kinds. Probably there is no charter right for the Saturday market.

Eccleshall market, held on Friday, was established by Bishop Durdent in 1161, and is still well patronised. **Rugeley** market, according to some historians, should be on Tuesday, while others declare with more warrant for Thursday; either way, it continues a flourishing institution. **Tamworth** has held a weekly market on Saturday by prescription, from the time the Kings of Mercia resided there; the place fell into decay, and lost the name of borough till Queen Elizabeth granted it a charter. **Tutbury** market on Tuesday is not largely attended, nor is **Abbots Bromley** on the same day of the week, although it has been accounted a good market in the past. **Brewood's** Friday market declined over a century ago, when the decayed market house was pulled down. **Penkridge** is more famous for its Horse Fair than for its Tuesday market, which sprang into existence subsequently to the Civil Wars. **Cannock** claims to be an ancient market town whose trade has declined; similarly ranked is **Betley**, which once certainly boasted a privileged market. The vicissitudes of **Wednesbury's** Friday market, which originated in Saxon times, like that of Tamworth, has already been mentioned. The Saturday night market there grew up, as in the Pottery towns, when the new industrial era after the invention of steam power and the introduction of canals brought a great access of population. It has already been mentioned how **Stoke** was "rendered a market town," and how and when **Hanley** and **Lane End** were similarly dignified with the same title, all being Saturday markets to serve their teeming populations. **Burslem**, the largest of these towns, holds markets on Mondays, Wednesdays and Saturdays; while **Longton** also boasts a Saturday week-end market. New industrial towns in other parts of the county have also set up week-end markets. Like Brewood, **Kinver** is another ancient market-town whose trade has decayed, though there a market house still remains.

In contrast, **Longnor** is reputed to have been once a market town, as also **Yoxall**; both claims are doubtful, though some historians have actually given the former Tuesday for its market day, while others have named Wednesday.

As showing the importance of markets in former centuries, it may be mentioned that a Petition of one Sir Henry Agard, Knt., was presented in 1635 to Charles I., in which the Petitioner states that his ancestors had been "Clerks of the Market to your Majesty and your most noble progenitors, Kings and Queens of England, and Dukes of Lancaster, in all places within the Honour of Tutbury in the Counties of Derby and Stafford." This matter of the hereditary clerkship was referred to the Chancellor of the Duchy of Lancaster. It was evidently an office worth contending for.

Tutbury market-day was altered from Tuesday to Saturday in 1624.

In olden times when roads were unsafe, when transport was difficult, and means of communication were limited, markets for the distribution of commodities by sale or exchange were extremely important. For the benefit of producers and the convenience of the vast body of consumers, particularly of all food-stuffs and the necessaries of life, the open market is not only one of our most ancient and valued institutions, but one which retains its popularity with fewest signs of diminution.

In "The Story of the Shire" (p. 249) local trading customs are commented upon, particularly the self-sufficiency of locally administered areas in the matter of weights and measures, in which no common or national standards prevailed throughout the markets of old England. So common a commodity as butter, for instance, was sold by the pound which was reckoned variously in different markets as containing 16, 17, 18, or 20 ounces, according to local custom. This is a point which Shaw's "History of Staffordshire" notices. In Vol. II., pt. i., p. 20, written in 1798, he says: "'Strike' is now the same thing as 'bushel,' though formerly two 'strikes' were reckoned to the 'bushel'; for the old custom having been to measure up grain in a half-bushel measure, each time of striking off was deemed a 'strike,' and thus 'two strikes' made 'one bushel'; but this is now become obsolete, bushel measures being in use; or if a half-bushel be used, it is deemed a half-strike; at present therefore 'strike' and 'bushel' are synonymous terms. The grosser articles are heaped, but grain is stricken off with the straight edge of a strip of board, called a 'strickless'; this level measure of grain is here provincially termed 'strike' and 'strickless.'"

Here we seem to have the origin of "striking" that level of a fair standard of measurement that was right and just for all markets. The old Staffordshire characteristic had been to give always the fullest honest measure that was pressed down and overflowing; under the shadow of the Market Cross it was felt that

> Bumping weight and heaped-up measure
> Gives the dealer promise of heavenly
> treasure.

XXVII.—Staffordshire Fairs: A General List.

A FAIR was a greater kind of market, generally kept once or twice a year, all kinds of merchandise were usually vended, though some fairs specialised in the commodities of the district or the season; as Cheese Fairs, Onion Fairs, Cherry Fairs, and so on. Crowds for other purposes than buying and selling were naturally attracted to these busy, thronged assemblages. Thus arose Hiring Fairs, for the hiring of farm servants for the ensuing twelve months; and presently, in many cases, the Pleasure Fair usurped most of the functions of the original Trading Fair. The combination of trade and pleasure is disclosed in Gay's lines:—

How pedlars' stalls with glittering toys are laid,
The various fairings of the country maid,
Long silken laces hang upon the twine.
And rows of pins and amber bracelets shine.
The mountebank now treads the stage, and sells
His pills, his balsams, and his ague-spells. . . . etc., etc.

The very name "Fair" awakens ideas of merry bustle and gay clamour, for in olden times it connoted a moving crowd not only of busy traders, but of rollicking merry-makers. To the fairs resorted mummers, jugglers, tumblers, beggars, pedlars, and all the catch-penny tribe—this was where the "fun of the fair" came in.

When the time of the legalised fair came it was forbidden to sell anything in the town except at the fair, under pain of all goods exhibited being seized and confiscated. So all the ordinary shops were closed—this was to ensure the fullest possible collection of the tolls due to the lord of the manor. The tolls at fairs were generally higher than those charged at the weekly markets

Those known as Mops, Statutes, or Hiring Fairs were utilised for the engaging of farm servants for the ensuing twelve months, on terms then and there fixed and agreed upon, which included the servants' board and lodging at the farmhouse of the hirer. These were generally held about September, when the harvest had been gathered in, so that the new servant might begin work with the renewal of nature's efforts for producing the next harvest. In North Staffordshire, as in Derbyshire and Cheshire, farm hirings often took place at Christmas, giving way on the Derbyshire boundary to Martinmas hirings. The rows of labourers waiting to be engaged, all dressed in their best, indicated their calling by various signs; waggoners, carters, and ploughmen displaying a bit of whipcord, the shepherds a lock of wool, cowmen a bit of cow-hair, and so on. These Hiring Fairs probably arose after the Black Death visitation of 1348, consequent upon which was a great scarcity of labour. It was in 1351 that Parliament stepped in with an endeavour to regulate labourers' wages, and a new law imposed fines on all who offered or accepted more than a fixed rate of payment. Then in the time of Richard II. the Justices were ordered to meet once a year at "Statute Sessions" to fix the scale for each Hundred, and to proclaim the same. These "Statutes" fell into disuse during Elizabeth's reign.

The use and popularity of Hirings lingered longest in the agricultural counties—Staffordshire's wealth of mineral resources changed its aspect to a mining and manufacturing area at a comparatively early period, and hastened the decline of its Hiring Fairs. At Burton-on-Trent the "Statutes" were held on the first Monday after Michaelmas, at which it was the custom for Constables and householders to meet for the purpose of hiring servants, and of settling the differences between masters and men, and arranging a scale of wages. The Statute Fair for Penkridge was the one held in October, and this declined very fast after 1840. Except in name, Mops and Fairs are but relics of a now discredited economic past.

Nearly all the ancient markets and fairs (as at Walsall and Wednesbury) had attached to them, as of right, a Court of Pie Poudre (or of Dusty-foot) for the expeditious trial and punishment of offenders against the laws of buying and selling as permitted in these privileged institutions, not omitting forestallers, regraters, and all who tried to raise prices. The name is of Norman-French origin, and indicates that justice was done in them so speedily that the dust had not fallen from the feet of the offenders taken into court. On the proclamation of the fair, for instance, all beggars and vagrants had to quit or be punished as the law directed. No person might use any unlawful weapon, or create a disturbance, or damage any goods. The form of proclamation usually began with, "Oyez, Oyez, Oyez," then it announced the nature of the franchises, the ancient customs of dues and tolls, and to whom belonging; the promise of summary justice; and ended with a benison on those in authority—the precise words at Burton being, "God save the Queen, and the Right Honourable the Marquis of Anglesey, and the Bailiff of this Borough."

As early as the reign of George II. it was found convenient to publish a list of authorised Fairs. To William Owen, of Fleet Street, London, bookseller, was granted the Royal privilege and licence for the sole printing publishing, and vending of "a complete and authentic account of all the Fairs in England and Wales, as they have since the alteration of stile [change in the Calendar, 1752] been settled to be held, with particular mention therein of all commodities which each of the said Fairs is remarkable for furnishing." In the Staffordshire list of authorised Fairs appear:—

Cannock: May 8th, for Horses and Pedlary. October 18th, for Horses, Cattle and Sheep.

Tamworth: May 4th, for Cattle and Sheep. July 26th, for Cattle and Wool. October 24th, for all sorts of Cattle.

Walsall: February 24th, for Horses and Horned Cattle. Whit-Tuesday, for Horses and Horned Cattle. Tuesday before New Michaelmas Day, for Horses, Cattle, Cheese, and Onions.

Wednesbury: May 6th, for Pedlary. August 4th, for Pedlary.

Wolverhampton: July 10th, for all sorts of Goods.

A later list than Owen's, "published with authority" in Whitaker's Almanack, enumerated these Staffordshire Fairs:—

Brewood: September 19th.

Burslem: Saturday before Easter, Whitsunday, and Christmas.

Burton-on-Trent: February 2nd, April 5th, Holy Thursday, October 28th.

Cellar Head [Cheddleton]: May 17th, first Thursday in November.

Fazeley: Monday after October 10th.

Leek: Wednesday before February 13th, Easter Wednesday, May 18th, Whit-Wednesday, July 3rd and 28th, Wednesday after October 10th. November 13th, Wednesday before Christmas.

Lichfield: Ash Wednesday, May 12th. Friday after St. Simon, Friday after Twelfth Day.

Newcastle-under Lyme: (vary).

Penkridge: April 30th, September 2nd, October 10th.

Rugeley: June 1st, October 21st.

Stafford: Tuesday before Shrove Tuesday, April 3rd, May 14th, June 29th, October 2nd, December 4th.

Tamworth: July 26th.

Tutbury: February 14th, December 1st.

Uttoxeter: May 6th, September 19th, November 11th and 27th.

Walsall: February 24th, Whit-Tuesday, Tuesday before September 29th.

Wednesbury: May 6th, August 3rd.

In 1810 Cooke's Road Book published the following, which professed to be a correct list of all the Fairs in Staffordshire:—

Abbots Bromley: Tuesday before Mid-Lent Sunday; May 22nd, September 4th, for Horses and Horned Cattle.

Barton Underwood: May 3rd, for Cattle and Sheep; November 28th (if Sunday the Saturday before), for Cows.

Bentley: July 31st and Whit-Wednesday.

Brewood: March 22nd, June 28th, October 13th, for Cattle and Horses.

Burton-on-Trent: February 5th, April 5th, for Horses and Horned Cattle; Holy Thursday, for Horned Cattle; July 16th, "of no note"; October 29th, "considerable" for Horned Cattle and Horses.

Cannock: May 8th, Horses and Pedlary; October 18th, for Horses, Cattle, and Sheep.

Cheadle: March 28th, Holy Thursday, for Horned Cattle; August 21st, October 18th, for Horned Cattle and Horses.

Eccleshall: Thursday before Mid-Lent Thursday; Holy Thursday, August 16th, first Friday in November, for Cattle, Sheep, and Saddle Horses.

Fazeley: March 21st, for Cattle; Monday after October 10th, for Cattle and Sheep; second Monday in February; last Monday in June, for Wool, etc.; and second Monday in December.

Hayward Heath: November 17th, for Pedlary and Sheep.

Holy Cross: Second Wednesday in April and September, for Cheese, Linen-cloth, and Cattle.

Leek: Easter Wednesday, May 18th, Whit-Wednesday, July 3rd, July 28th, Wednesday after October 10th, for Cattle of all sorts and Pedlar's Ware; Wednesday before Candlemas (old stile), November 13th, for Cattle and Pedlar's Ware.

Litchfield: Ash Wednesday, for Cattle, Sheep, Bacon, Cheese, and Iron; May 12th, for Sheep and other Cattle; first Tuesday in November, for Geese and Cheese.

Longnor: Tuesday before Old Candlemas; Easter Tuesday; May 4th and 17th; Whit-Tuesday, for Cattle and Pedlary; August 5th, for Lambs, Cattle, and Pedlary; Tuesday before Old Michaelmas, for Cattle and Pedlary; November 12th, for Sheep, Cattle, Pedlary.

Newcastle: Shrove Monday, Easter Monday, Whit-Monday, Monday before July 15th, Monday after September 11th, November 6th, for Cattle.

Pattingham: An annual Meeting on last Tuesday in April, for Cattle, Horses, Sheep, Pigs, etc.

Penkridge: April 30th, for Cattle; first Monday in September, for Saddle Horses and Colts.

Rugeley: June 6th, October 21st, for Horses, Sheep and Cattle.

Sandon: November 14th.

Stafford: Tuesday before Shrove Tuesday; May 14th, for Horses and Cattle; Saturday before St. Peter; June 29th; July 10th, for Wool; September 16th, 17th, 18th, for Cattle and Horses; October 2nd, for Colts; December 4th, for Cattle and Swine.

Stone: Tuesday after Mid-Lent, Shrove Tuesday, Whit Tuesday, May 29th, August 5th, for Cattle.

Tamworth: May 4th, for Cattle and Sheep; July 26th, for Cattle and Wool; October 24th, for all sorts of Cattle; first Monday in September and Monday before St. Paul's Day in January.

Tean: April 10th, November 12th, for Pedlary.

Tutbury: February 14th, August 15th, December 1st, for some few Horned Cattle.

Uttoxeter: May 6th, July 5th, for Horned Cattle and Sheep; September 1st, November 27th, for Black Colts and Horned Cattle.

Walsall: February 14th, Whit-Tuesday, for Horses and Horned Cattle; Tuesday before New Michaelmas Day, for Horses, Cattle, Cheese and Onions.

Wednesbury. May 6th, August 4th, for Pedlary.

Wolverhampton: July 10th, all sorts of goods

Yoxall: September 1st.

In this slovenly compiled list the name Haywards Heath may stand for Great Haywood, though there is no record of fair or market there; while Holy Cross may possibly signify Hoar Cross, a name which means "boundary cross"; it was the landmark at which met the four wards or bailiwicks of Needwood Forest, namely, Tutbury, Marchington, Yoxall and Barton. Longnor is the market town of the moorlands. The days given for Eccleshall Fairs are of doubtful accuracy.

XXVIII.—The Chief Fairs of Staffordshire.

STAFFORD, by reason of its status as the county town, acquired the right to hold a number of fairs during the year, some of them of very early date, though others were instituted late enough to be chronicled in the "London Gazette." Thus in that official journal of November 30th, 1685, it was notified that his Majesty Charles II. had been pleased to grant that ancient borough, by a new Charter, the right of a new fair to be kept on December 4th yearly, and another for Midsummer, on June 24th, yearly, for the buying and selling of all manner of cattle and horses, and all other commodities. More interesting is an announcement of six years earlier, printed in the "Gazette" of September 4th, 1679, in these terms:—"These are to certify all persons it may concern that there will be at Stafford this next Fair, being St. Matthew's Fair, this year kept the day following upon the 23rd inst., several tuns of new Hops, of the best manner, brought to be sold there at reasonable rates for the making of it a good Hop Fair for the future, for all the adjacent parts and markets, and elsewhere, to the Buyers' great ease and comfort."

The most important of the ancient fairs of Staffordshire was undoubtedly **Wolverhampton Wool Fair.**

In 1354 Edward III. granted a Market Charter to Wolverhampton, which was already at that time a busy mart for the sale of wool. The "staple of wool" was just then removed from Flanders to England and established at Westminster, Canterbury, Bristol, Hull, and the Staffordshire inland town of Wolverhampton. Fifteen years later, Newcastle, Exeter, and Chichester were granted similar privileges to deal with this staple commodity of wool. By "staple" is meant a principal commodity of merchandise, the dealing in which was in olden times privileged and strictly regulated by statute. Wool was England's chief staple for centuries, a fact symbolised by the Woolsack in the House of Lords. Lesser staples were those of woolfel, feather, lead, tin, cloth, butter, and cheese.

Any English might bring and sell wool at the staple; but only foreign merchants were allowed to take it out of the realm.

The Regulations in force at Wolverhampton Wool Fair in ancient times were:—

(1) When ye Merchandise is to be exported it shall be brought to ye staple to be weyed by ye standard, and everie sacke and sarplet of woole so weyed shall be sealed under ye seale of ye Maior of ye Staple.

(2) Nyther ye Maior nor Merchantes shall delaye anie man for gaine, nor take anie more than pertainethe to their office, under pain of imprisonment in ye town jail.

(3) Ye Maior and Bailiffes shall have jurisdiction and consuance within ye Staple of all persons and things concernynge ye Staple.

(4) If anie things pertayning to ye Staple be taken, Hue and Crie shal be levied after ye offender by ye towne cryer where such goods were taken, or by ye nexte towne, and if ye towne be negligent to arrest ye offender, ye foure next townes shall answer ye partie grieved his damage, if they cannot reasonablye excuse themselves.

(5) There shal be provided in ye towne certain rows or places where ye wooles may be kepte, and houses shal be set apart at rates to be assessed by ye Maior and Bailiffes and four discrete men of ye towne, and none shal be disturbed to lodge his merchandise in such hired houses.

(6) There shal be a Maior and two Bailiffes annually chosen, able for ye execution of their several places.

(7) Alien merchantes shal have free passes to and fro ye towne, and ye Maior and Constables of ye towne shall be answerable for their safety.

(8) A toll-keeper shal be approved to sit from seven in ye forenoone till sunset to receive ye assessed tolls.

(9) Proclamation of ye holding of ye Faire shal be given three dayes before, on paine of forfeiting 20 marks to ye Kinge, and shall cry and publish how longe ye Faire shal continue.

(10) That each burgage house shal appointe one man to be well armed and equipped, who shal be at ye service of ye Maior of ye Staple for ye preservation of ye goodes from theft, and for ye maintenance of ye peace during ye holdinge of ye Faire, ye Maior to provide two men fully armed and equipped at his owne faire coste and charge.

The term "staple" literally signifies "a heaping together"; in this case allotted spaces, called rows, were marked out for each vendor's heap of wool. "Merchants of the staple" were a privileged company of merchants in whom was vested the right to export the various staple wares of the country.

Wolverhampton Wool Fair, being conducted under strict Government regulations, was of national importance; and for centuries added to the prosperity and civic dignity of the town. The Staple Fair was opened with much ceremonial on July 9th. At noon on each of the three days before the staple opened, the Crier stood on the High Green and made proclamation of its legal status; the limits of the mart were assigned, within which only the business was to be transacted; lodgings for foreign merchants and other strangers were appointed; and a number of other necessary formalities were duly observed by the responsible authorities. On the opening morning a religious service in the church was attended by the Mayor, Bailiffs, Constables, Burghers, and Merchants; at the conclusion of which a procession was formed for the customary perambulation of the fair. This was headed by the owners of the burgage-houses on horseback and the Constables, then, led by a band of musicians playing the Fair Tune, the Steward of the Deanery Manor, the Mayor and Bailiffs, attended by the Crier, whose duty was to announce at certain points that the fair was open for the lawful transaction of business, according to the law of the land and the customs of the town; next followed the Dean and Chapter in their ecclesiastical vestments; and the rear was brought up by a following of sheep-shearers, fellmongers, wool-combers, dyers, fullers, weighers and packers, and others interested in the great wool industry, with a formidable rearguard of armed men at the end.

The hours of trading were quite early in the morning of each day, and the hour of closing was announced by the church bell. A Court for the regulation of all buying and selling, and the settlement of disputes, was held from 6 to 8 each day, ante-meridian; the last day being largely occupied by the granting of passports to foreign merchants, and the safe passage of all goods properly weighed and sealed with the official seal.

Some of the oldest and most respected family names occur in the list of sheriffs, or bailiffs of the staple; among them such well-known representative names as:—

1483.—Wm. Jennins.
1485.—Wm. Levison.
1486.—Ric. Goughe
1490.—Giles Osborne.
1491.—Walter Levison.
1492.—Rob. Moseley.
1493.—Edward Giffard.
1495.—T. Higham.
1496.—Y. Turton.
1497.—Roger Pype
1499.—R. Wrottesley.
1561.—Jon. Levison.

Some of these names are now to be found in the peerage.

When this important Wool Fair ceased to be held is not precisely known; probably it disappeared during the Civil War in the troublous times of Charles I. The original grant was for an eight days' fair, but it sometimes lasted fourteen days. The pageant guard of armed men was discontinued after 1789.

Lichfield's Shrovetide Fair is still holden. Last Shrove Tuesday (1923) it was opened with all the old-time ceremonial by the Mayor (Councillor J. H. Bridgeman), the Deputy Mayor (Councillor J. R. Deacon), the Sheriff (Mr. W. E. Pead), the Town Clerk (Mr. W. Brocksom), attended by the Aldermen and Councillors (including Mrs. Stuart Shaw and Miss Thompson), and a number of citizens and friends. The civic procession, headed by the sword and mace bearers and a contingent of local police, marched from the Guildhall by way of Bore Street and Conduit Street to the Market Square, where the Town Crier in the presence of a large assembly made the usual proclamation, in a loud voice, that the fair was legally open for "the sale of all goods, wares and vendible commodities whatsoever, paying the usual stallages, pickages, customs and duties for the same, and not using any fraud or deceit in buying or selling any unwholesome provisions whatsoever." Then followed the customary supplementary notification that the Court of Pie Poudre would be held in the Guildhall "for the redressing of all grievances or complaints that shall happen or arise during the time of this fair." But as the ancient institution has now degenerated from its original purpose of a trading mart to a mere pleasure fair, this court of summary jurisdiction was not called upon to exercise its old manorial functions. The civic procession then returned to the Guildhall, where the Mayor dispensed wine and Simnel cake to the guests after the manner of ancient custom as handed down from time immemorial.

Of the antiquity and high legal standing of **Walsall Fair** there are numerous documentary records. One document, dated 1219, states that William Ruffus (or Le Rous), lord of the manor, gave a palfrey to King Henry II. "to have a weekly market every Monday at his manor of Waleshale, and to have an annual fair for two days on the eve and on the day of St. Matthew the Apostle." Be it noted that the Parish Church is dedicated to this saint, whose day is September 21st. It was specially provided in the charter that the grant held good "unless the same market and fair be to the damage of neighbouring markets."

By a deed dated 2 Edward II. (1308), the burgesses of Walsall were granted "by Roger de Morteyn and Thomas Ruffus, knights, lords of Walsall Manor, for a certain money consideration, freedom from all demands of tollage and pannage, between Christmas and the Purification, and at all times of Fairs in Walsall, according to ancient custom."

The old "custom" here referred to was that the freemen of certain Saxon manors originally held in the King's own hands, like Walsall and Wednesbury, were privileged to go free of market tolls throughout the realm of England. The same reference leaves no doubt as to the antiquity of Walsall Fair. Another document of the year 1403, found in the Patent Rolls, is the royal confirmation "to Thomas Georges, son and heir to Theobald Georges, in fee, of the Market, Fair, and Free Warren of Walshale, as was conceded to Elena dė Georges in the Charter of Edward I.."

Again in the Charter Rolls of 1417-18 we learn that Richard de Bello Campo [Beauchamp], Earl of Warwick, lord of Walsall Manor, "may have one market every week on Tuesday, within the vill of Walshale, and two Fairs there every year."

A later Charter of Charles I. (1627) provides for two Fairs in this town, one on St. Matthias' Day (February 24th), the other on the Tuesday before the Feast of St. Michael, with the appropriation of various benefits and tolls arising from such Fairs.

Of Walsall Fairs, Pearce in his history of that town (1813) says with authority —he was Vestry Clerk at the time—that their dates are February 24th, Whit-Tuesday, and the Tuesday before St. Michael's Day; adding, "This last is sometimes erroneously set down October 10. The fair at Whitsuntide is not held by charter, but may be deemed a market day in that holiday time, and a fair by prescription."

As to the Proclamation of Fairs, and the Processioning of the Authorities at the Opening Ceremony, items of expenditure are recorded in Corporation Accounts and in Church Registers in Walsall and other parishes. They appear in such form as these entries:—

	s.	d.
1661.—Paid to 45 Clubmen yt. walked ye Fair	07	06
1802.—Paid for Music, being Fair Day	7	0
Paid B. Barber for Sergeants and Bellman's Cloaks £13	8	7
1803.—Music, being Fair Day...	7	0
1831.—Paid Deputy Constables in walking ye Fair	5	0

In the lists given in the previous chapter the dates assigned to **Burton-on-Trent** fairs do not agree in half of them. Then Pitt says in his County Topography (p. 45) that Henry III., who granted the market charter, also granted four annual fairs to Burton. "The principal," he states, "lasts six days; during the first five days more fine horses, particularly of the black breed, are usually exposed to sale than at any other fair in the kingdom. The sixth day is the festival of St. Modwen (October 29) and is appropriated to the sale of cheese, and to a variety of sports and pastimes. A second fair is held on Ascension Day; a third on 5 April for cattle; and a fourth, on 2 February (toll free), for horses, cattle, and merchandise."

Commenting on this subject, Molyneux, the historian of the great brewery town (writing in 1869), calls the Ascension Day institution a pleasure fair; and says St. Modwen's Fair is more ancient, having been granted to the Abbot by King John, and was originally of three days' duration, "but now and for many years past, of nine days' duration, terminating on the day it formerly began, namely, October 29. The last day is the great pleasure fair of the year, but also the occasion of a considerable trade in cheese and cattle." He also informs us that the fair held on February 2nd was established in 1771, and that the Statutes or Hiring Fair occurred on the first Monday after Michaelmas." There is a special location for the Swine Market, while the Cattle Fairs are held in Horninglow Street, near where the town bull used to be baited before the Bull Ring was removed to New Street."

Penkridge is an old market town (Tuesdays), which in 1316 obtained from Edward II., through its lord of the manor, Hugo de Blount, the right to hold a chartered horse fair on September 21st and seven following days. This fair became one of great importance to horse breeders and others, who attended regularly in large numbers to trade there. Such irregularities grew up in the 17th century that not only were they "condemned by the gentlemen of the county," but drew forth the censure of the Government, the following notice being printed in the "London Gazette" of September, 1674:—

"Whereas there hath been a disorderly coming to the Horsefair at Penkritch, in the county of Stafford, by horse coursers and others before the time of the said fair ought to begin; by reason of which many persons of quality, that have come from remote places, have been frustrated in their intentions in coming to the said fair.

"These are to give notice that the said fair doth begin on the one-and-twentieth day of September, and will be observed accordingly, and that all horse coursers and others are desired to observe the said time and not to come before."

This official reprimand not being effectual, a second one was published in the same organ five years later, from which it appeared that these objectionable traders came during harvest time, and made their sales of horses intended for the fair, all round Penkridge and the adjacent towns, to the great detriment of the said fair. All of which illustrates the importance of having fixed days and hours of business for a concourse of traders drawn from distant places for overt market transactions.

Penkridge Horse Fair has other literary associations. From a "Tour through Great Britain," in 1734, is taken this extract:—"In the way to Stafford we were much surprised in a most agreeable manner passing through a small but ancient town called Penkridge (vulgarly Pankridge) which happened to be a fair. We expected nothing extraordinary, but were surprised to see the prodigious number of horses brought there, and these not common and ordinary draught horses, such as we generally see at country fairs remote from London, but here were really incredible numbers of the finest and most beautiful horses that can be seen, being brought hither from Yorkshire, the Bishopric of Durham, and all the horse-breeding counties. We were told that there were not less than 100 jockeys and horse-keepers from London to buy horses; also an incredible number of gentlemen, attended with their grooms, to buy gallopers or race-horses for their Newmarket sports." The writer goes on to say that Penkridge meeting is the greatest fair in the world for light horses of high value—racers, pads, saddle horses, and the like; he speaks of the dexterity of the "northern" grooms in handling such fine creatures, some of them of Arabian breed with long pedigrees; and he notes the vast range of excellent stabling provided for the fair accommodation, presumably at the Littleton Arms Hotel.

In August, 1756, appeared in "Schofield's Middlewich Journal" a notice relating to Penkridge Fair, which clearly shows that it had not been maintaining its ancient high repute. It was to the effect that "a show of saddle-horses and colts would be held that year and in future on the first Monday and Tuesday in September." From which it has been inferred that this was an attempt to galvanise the fair into new life, if only for one-fourth of its former duration, after several years of complete failure. Fairs and markets, like many other human institutions, are very liable to vicissitude and fluctuation.

For the privilege of holding a market and a fair at **Abbot's Bromley**, the Abbot of Burton, who held the manor, gave two palfreys till the young King (Henry III.) came of full age. Another interesting record of this institution is that in 1630 Hugh May, Esq., obtained a patent, under the seal of the Duchy of Lancaster, of the office of clerk of the markets within the said duchy—evidently a post of some importance. The district around Tutbury was within the jurisdiction of the royal Duchy of Lancaster.

Yet again, as showing the affinity between markets and fairs, may be noted the terms in which these twin institutions were granted to Uttoxeter. It was in 1308, the second year of Edward II., that Thomas, Earl of Lancaster (eldest son of Edmund, second son of Henry III.), obtained a royal charter for holding a market every Wednesday at **Uttoxeter**, and also a yearly three-day fair on the eve, day, and morrow of St. Mary Magdelene (July 22nd). A more recent authority states that Uttoxeter had the right to hold a fair every fortnight for the sale of cattle and merchandise.

Thus also, **Yoxall**, having been a member of the Honour of Tutbury from the time of the Conquest, became a market town, and no doubt had at least one fair day in the year as a matter of course—a useful trading facility in the neighbourhood of Needwood Forest

Eccleshall has its market day on Friday, and four annual fair days, viz., Mid-Lent Thursday, Holy Thursday, August 5th, and the first Friday in November, chiefly for horses, cattle and sheep.

Rugeley has a Thursday weekly market, and two annual fairs—one on June 6th for colts and horses, and the other on October 21st for horses, sheep and cattle. Rugeley horse fairs attained importance through its position on the trunk railway from Holyhead, which brought fine consignments of Irish horses, for which there were often buyers representative not only of the British Army, but of the military forces of some of the Continental Powers.

Tamworth, having forfeited its early charter, held its weekly Saturday market by prescription only. But it had right of five annual fairs, fixed respectively for the Monday before January 25th; St. George's Day (Old Style), kept on May 4th; St. Swithin's, held in later times, July 26th; first Monday in September; King Edward the Confessors' Day, also changed with the alteration of the Calendar, to October 24th, and the four days following it.

Cannock allowed its weekly Tuesday market to lapse, and no record of a legal fair has been found.

As might be expected as due to its ancient importance **Newcastle-under-Lyme** had the right to hold six fairs in the year "for the sale of horses, cattle, and woollen cloths." Three of them were held on Church festivals, one of them on the first Monday in November, and the other two were movable ones in July and September.

Leek, besides a weekly market on Wednesdays, has the right to hold seven annual fairs, "chiefly for cattle and pedlars' goods." **Wednesbury**, in addition to its weekly Friday market, has a charter to hold fairs "for the buying and selling of all manner of cattle and beasts and all manner of goods," one on April 25th and the other on July 23rd, but as these dates were fixed in the Old Style calendar, they are now held respectively on May 6th and August 4th. Few small places have in the past been endowed with more of these evidences of royal favour than the moorland town of **Longnor**, which, in addition to a weekly Tuesday market, once possessed the privilege of holding eight annual fairs; some of the old lists name Candlemas Day and August 6th as two of the authorised dates. Then there is **Tean**, a hamlet near Checkley, which is found in the old lists of fairs. How it attained the right is not known, though it might have been through the access of population which accrued in 1747, when the tape manufacture was introduced there and a thousand looms were kept in constant employment.

It is also difficult to say when **Burslem's fairs** originated, though it is probable they came as pleasure fairs in a newly grown-up "populous place." The market-house there is certainly a modern erection.

XXIX.—South Staffordshire Wakes.

IN outward semblance Wakes differed very little from pleasure fairs, though in origin they were quite different. While fairs were instituted primarily for trading purposes, and in course of time came to attract to them crowds of idlers and other pleasure-seekers, Wakes were in origin but glorified Church Ales, lasting an entire week, and instituted in honour of the saint to whom the parish church was dedicated.

If the celebration of parish Wakes was often accompanied by gross indulgence in pleasures of various kinds, not to say in brutal anl licentious practices, the origin of these local festivals must not be forgotten. According to Bede, at the first Christianising of the English, the existing heathen temples were made use of after being dedicated to some Christian Saint. Indeed some of them were allowed to contain two altars, one for the saint, and one for the rites offered to Woden, or Thor, or Frea, the triad of the old Norse worship. Such devotions to demon gods, performed with many degrading rites, could have only a demoralising effect on the Christian converts. At Wednesbury, for instance, where a temple of Woden was dedicated to Saint Bartholomew, what hope was there that the peaceful teachings of the White Christ should prevail with a warlike people over their racial pride in a bloodthirsty God of War? For a generation or two at least the softer Christian virtues must have been at a discount with inherited prejudice and national traits of character.

Wakes were so-called because they were originally Watch Services, or Vigils of the Feast of Dedication, when as Spelman tells us "the pepul cam to the chirche with candellys brennyng, and wold wake and coome with light toward the chirches in their devocions; and after, they fell to lecherie and songs, daunces, harping, piping, and also to glotony and sinne, and so turned holinesse to cursydnees."

"The dedication of the Church is yerely had in minde,
With worship passing Catholicke, and in a wondrous kinde;
From out the steeple hie is hangde a crosse and banner fayre,
The pavement of the temple strowde with hearbes of pleasant ayre,
The pulpets and the aulters all that in the church are seene,
And every pewe and piller great are deckt with boughes of greene;
The tabernacles opened are, and images are drest,
But chiefly he that patron is doth shine above the rest"—

—writes the poet of the Reformation, Barnaby Googe, in 1570.

At first the Wakes were held in the churchyard which became, as at similar Church Ales, scenes of high revelry if not of actual debauchery. Tolerated by the Church for centuries, the more flagrant practices met with stern disapproval from the Puritan party at the Reformation. Later the Wakes were moved to the Market Places. As early as 1536 Henry VIII. sought to supppress the grosser practices; and in Elizabeth's reign a High Commission under Henry, Earl of Derby, at Manchester (1579) issued orders against pipers and minstrels, playing and masking, frequenting of ale-houses, bull and bear-baitings, and similar practices on Sundays, common feasts and Wakes. Notwithstanding which such brutal sports as bull-baiting and cock-fighting were inseparable from all Wake celebrations well into the nineteenth century. The character of these annual celebrations at the beginning of that century may be judged by the following snatch of song—

There in jovial days of yore,
The mad bull weltered in his gore,
The bullots joined hearty in the roar,
In the olden days of Wedgëbry.

A cock, a bull, a surly bear,
A cur tossed yelping in the air,
These were the frolics of the Fair,
In the olden days of Wedgebry.

Wednesbury Wake was abolished in 1874 by an Order signed by the Home Secretary in response to an application from the town authorities. This legal formality removed it from the Market Place and other public thoroughfares, though it survives in attenuated form on private land to this day.

Another feature of which official cognisance was taken in 1536 was the undue multiplication of local holidays, and the consequent interference with business, when every separate parish celebrated the patronal day of its own church dedication. Convocation ordered all dedication feasts to be kept on one and the same day everywhere, namely on the first Sunday in October. But the order had little effect—ancient custom was too strongly embedded in the popular prejudice. So far as South Staffordshire was concerned, it was a curious and fortunate fact that most of the parish Wakes occurred in the non-festal half of the year between Trinity and Advent.

In this busy work-a-day region, the first Wake in the year to occur was, strangely enough, Tipton, whose church was dedicated to St. Martin (November 11). As this Saint's day was found unsuitable for outdoor celebrations, Tipton kept its annual carnival (certainly after 1792) near to July 4, the date on which St. Martin's relics were translated to a Basilica at Tours, in 473. Darlaston church is dedicated to St. Lawrence (August 10), and Wednesbury church to St. Bartholomew (August 24), so that these two wakes occur within a fortnight of each other. Immediately follow the wakes of Willenhall and Rowley Regis, both these parish churches being dedicated to St. Giles (September 1). Walsall, whose patronal saint is St. Matthew (September 21) cultivated its pleasure fair, which occurs about this date, rather to the neglect of the parish wake. As a matter of course the wake was fixed for the Monday following the patronal festival, and the next day, Tuesday, was a legal fair-day; so by way of keeping up a whole week of festivity, the Wednesday and Thursday following were in later times devoted to horse-racing. Walsall race-course was situated between the railway station and the Wednesbury road, and the grand-stand which stood there for seventy years disappeared about 1879. A view of the race-course, with that once familiar feature on the landscape, forms the frontispiece to Pearce's History of Walsall (1813).

Another large town which did not cultivate its wake with the characteristic zest of the smaller parishes, was Wolverhampton; and this place, too, held a popular race meeting and enjoyed the prestige of an ancient fair. Bilston's ancient free chapel is dedicated to St. Leonard (November 6), but its wake was always celebrated at the end of July, altered no doubt to what was considered a pleasanter season. Brierley Hill, a modern ecclesiastical parish taken out of Kingswinford, has its church dedicated to St. Michael (September 29), and consistently holds its wake at Michaelmas. West Bromwich church was originally dedicated to St. Clement, a non-biblical saint (November 23), but at the Reformation was re-dedicated (with ultra-Protestant zeal) to All Saints (November 1), and so its wake has in modern times followed the later date, but whether since the Reformation, or from 1792 only, is not known.

As Clent, now in Worcestershire, was anciently a part of Staffordshire, a quaint old custom observed at its annual wake commands attention here. This place once held an annual fair for cheese on July 29th; but as Clent is chiefly noticed for the legend of St. Kenelm's Martyrdom, the wake here is known as Kenelm's Wake, at the celebration of which is observed the singular custom among the people of throwing crab apples at each other.

Assemblages of simple-minded and easily gullible crowds on pleasure bent were opportunities not to be neglected by sharpers, swindlers, and rogues of various descriptions. A swindling dodge perpetrated at Wednesbury Fair upwards of a century ago, and repeated soon after at Codsall, was for a band of pretended showmen to engage the blacksmith's unused smithy for the day, on the front of which was hoisted a great sheet bearing in big letters the startling announcement:—

> Come and see the greatest living Monstrositie—
> A cherry-coloured horse having his head where his tail should be !

Of course there are black cherries as well as red or white ones, and what the gulled sight-seers beheld when they had paid their pennies to go inside the "show" was a black horse standing with his tail in the manger. The confederate showman inside managed to joke his swindled patrons into a good humour; and working on the principle that fools never care to confess their folly, the gang long continued to dangle their bait before the open-mouthed rustics who still continued to Walk up ! Walk up ! and pay their pennies with engaging confidence.

At Tettenhall Wake in 1812 (evidently a privately organised affair) a programme of amusements was arranged which reflects the manners of the period very clearly. A printed bill of the sports at the Old Rose and Crown Inn was worded as follows:

I AM ALIVE O !

1. A Blind Man's Match at Nine-pins.
2. Grinning through a Horse's Collar.

3. Jumping in Sacks from the Old Rose and Crown down the Hill to the Turnpike.
4. Hot Hasty Pudding Eating.
5. A Ladies Sweepstakes, the best of Three Heats, twice round the Green.

First Prize.—Three Balloon Tuckers.
Second Prize.—Two Flannel Dickies.
Third Prize.—A Black Velvet Reticule.

No small merit of the old-time Wakes which followed each other week by week in the different parishes, was that they spread the holiday-making of the people over a longer period of the open summer weather, and afforded to the toiling masses better opportunities for outdoor pleasure than do the modern arrangements which require an entire nation to take its chief summer "outing" all together in one crowded August week, with the inevitable result that railway travelling is congested, the seaside and other pleasure resorts are crowded with visitors, who are in consequence put to the maximum of inconvenience and expense. And as the approach of the Wake everywhere was the signal for a vigorous campaign of house-cleaning, of white-washing and re-painting, repairing and renovating, and a general refurbishing and smartening up of houses and homesteads, all in the expectation of the welcome visitors from far and near, the institution could not have been without its advantages in an age ignorant of the laws of sanitation. Such local feasts, too, vied even with the general national celebration of Christmas, in the dispensation of hospitalities as profuse and lavish as they were hearty and generous. On the Wake Sunday and Monday every householder of means practically kept open-house; there was a special Wake brew, there was the provision of a specially large Wake joint; and no caller, however slight the acquaintance, but was made welcome to as much as he could eat and drink. Such, in the Black Country at least, were the wake customs of the good old times. How great a part these local carnivals played in the lives of the people may be gathered from the asseveration of the old Gornal woman that the "four seasons" were "Chrissmus and Aystertite, Our Waake and Whissuntite."

XXX.—Odd Notes on the Ancient Guilds.

NOT the least remarkable feature in the social and industrial life of the Middle Ages was the existence of Guilds—clubs or societies formed for a variety of purposes, the chief of which, no doubt, must be reckoned those for trading. They were the outcome of the Anglo-Saxon characteristic aptitude for co-operation, exemplified at an earlier period in the formation of societies for religious, friendly, burial, and even for drinking purposes. Indeed, none of the medieval trade or craft guilds were worked without the inclusion of some religious, charitable, and convivial elements.

Very few trades were without their combinations, both of masters and men, for the protection of their own trade interests. The powers and privileges sought were the management of their own trade, freedom from interference by the King's officers, and liberty of action in every form of self-government. The fellowship and brotherhood of the members was expressed in all their laws and regulations, which were stringently framed in no disguised hostility to outsiders and foreigners. Such matters as apprenticeship, hours of labour, rates of wages and selling prices were strictly regulated. The presence of an old Guildhall in a modern town argues the existence there in olden times of important trading fraternities. Mention has been made in Chapter XXV of the Guildhall at Newcastle-under-Lyme (p. 89).

In "Staffordshire Gleanings," published from the office of the "Lichfield Mercury" in 1922, will be found a chapter devoted to "The Craft Gilds of Olden Lichfield," in which allusion is made to the Mercers, the Cappers, the Bakers, the Tailors, the Saddlers, the Smiths, the Dyers and other trading confraternities of the old cathedral city. A century ago, it is worth mentioning, the city boasted "a considerable manufacture of sail cloth, and some others of smaller scale, which employed a good number of hands." Sail cloth was the principal trade.

There was recently offered for sale by a Birmingham bookseller a curious quarto manuscript volume inscribed on the vellum cover, "City of Lichfield Charter, 1661," and bearing within the cover the signature of Arthur Huckley." The text of the Charter occupied 69 pages; then followed four pages describing the city boundaries, and afterwards came a report of three cases submitted to Counsel, and the Answers signed by John Ford and Gryff Price. The date was July, 1770.

From the first case it would seem that after the Protectorate period the authorities tried to prevent strangers from carrying on any trade in the city, and consulted John Ford, who gave his opinion that it would be "extra vires," but, being pressed, added that "if the city was a corporation before the time of memory" a stranger might be penalised every time he made a sale.

The second case referred to Encroachments; and the third gave the opinion that neither Thomas Butler, the postmaster, nor any citizen could be imprisoned for refusing to act as Sheriff.

The Guildhall in Bore Street was anciently used by the religious fraternity of St. Mary and St. John the Baptist, but which the Corporation later appropriated for public purposes. "The front hall is spacious, and behind are several smaller appartments in which the business of the city is transacted." At the recent visit of the Staffordshire Society to the city, Mr. Brocksom, Town Clerk, acting as guide to the party, said the Guildhall was used by the Guild or Fraternity of Citizens, which was established in 1378 by Richard II. and lasted for 161 years under nine kings. In 1761 Sir L. Holt, of Aston, gave £100 towards the rebuilding of the hall, and in 1844 it was rebuilt by the Conduit Land Trustees. In 1548 Edward VI. dissolved the Guild and granted a charter of incorporation, with two bailiffs and 24 burgesses.

The same authority, in further explanation of the city regalia and plate, said:—"The two maces were presented, one by Charles II. in 1664, and the other, a replica, by William and Mary in 1690, there being two maces — a rather uncommon feature—because there were two bailiffs. The sword was presented by

James II. in 1686, and bore the arms of the Legge family. The Mayor's chain was presented by Colonel Dyott in 1873, and the Sheriff's by Mr. Lipscombe Seckham in 1895. The cup usually known as the Ashmolean cup, a beautiful example of hand-beaten silver, was presented by Elias Ashmole in 1668, and at that time cost £23 8s. 6d. It was still used at various civic functions, usually containing mulled port, and the toast drunk from it was one peculiar to Lichfield—' Church and King, Weal and Worship.' Two persons had to stand one on either side of the person who was drinking, a custom which originated in the old days to prevent the one who drank from being stabbed. The bowl and cups were given to the city by the children of the late Mr. H. W. Hewitt, who was Sheriff in 1839 and Mayor in 1842 and 1854. The portraits on the walls of the Guildhall were the originals from which the window at the end was painted, the window having been given by the Dean and Chapter. An interesting relic of the old times was the Guild Book, in a splendid state of preservation, containing the names of members of the old Guild."

Mr. Brocksom's statements, being authoritative, are valuable, and show the intimate connection which existed between the old Guilds and the City Corporation.

How inextricably town government was mixed up with Guild management in olden times is exemplified by the fact that in Walsall the chief public building was known sometimes as the Town Hall and sometimes as the Guild Hall. Sometimes indeed it was even dubbed the Burgess Hall. At the Reformation, when the property of all religious Guilds was confiscated, "the Towneha1," otherwise "St. John's Hall," was the seat of management of "eight or nyne chaunteries belonginge to the saide Guylde," and when the Crown came to seize the property of these suppressed religious confraternities, in 1547, it was alleged that the ownership of the said hall was "concealed" from the authorities. As indicative of the feasting and convivialities associated with such institutions, it is interesting to note in the equipment of this building were included "moche brass and pewter and other furniture of kitchen stuffe," as much indeed as "woolde furnishe sevenscore messes of meate." Also there were "twoo greate brasse potte belonginge to the same hall called Saint John's Hall." And that when there "ys any Marriage [Ales] or Churchales they kepe the same in the same Hall." It appears that on such occasions the "Victualers of the said Town" did sell or "utter their victualle there," as of right. Evidently, it was the tradition of these old time festivities, when corporate duties consisted largely of eating, drinking, and making merry, which inspired Glew in writing his History of Walsall in 1855, to rail so bitterly about the past records of the Guildhall. And this was the new building erected in 1773. There must have been a much older Guildhall than this insignificant building, because in the early years of Henry VI. (about 1422) an elaborate Code of "Ordynances" was drawn up for the government and regulation of the borough Guilds, in which are specified the duties of a variety of officials, including the Mayor, the Masters of the Guild, the Bailey, the Constable, and the Sergeants. Allusion is also frequently made to the Burgess Box, in which the funds were kept; for in those times, when banking facilities were unknown, people with money to treasure were dependent upon coffers or strong-boxes. The funds treasured in the Burgess Box evidently corresponded with what in modern times is known as the Borough Fund.

A consideration of the town of Burton-on-Trent as a trading community is not without historic interest. When the Civil War broke out the trade of the town suffered considerably. The people suffered when the troops of first one side and then the other were quartered upon them, and they were compelled to find provisions for them; and their distress was added to when their ablest men were forced to fight in the ranks of their oppressors. The Earl of Essex, leader of the Parliamentary forces, in a letter dated November 22nd, 1644, in reply to a petition to set up a garrison at Burton, said: "The reason I have detained your messenger so long is that upon discourse with some Stafford shire gentlemen concerning the placeing a garrison at Burton I fynd in them great opposition and unwillingness, in regard to the pooreness of the inhabitants there, and that the towne consisteth only of clothyers and maulsters, and if that be made a garrison, and shut up from trading, they would suddenly be impoverished; and likewise the Staffordshire horse having most of their maintenance from that place, and if any forces of other counties be put in garison there, theire forces haveing but lyttle pay now, would there be much straightened and discouraged; yet notwithstanding I have prevayled with them that a garison shal be placed there, for which purpose they have desired me, that they may put 200 horse and 100 foote there; and you to joyne with them and place in the rest . . . as becometh neighbors and loveing frends."

The anticipated impoverishment of the town and its trade was fully realised. Burdensome contributions were levied on the inhabitants for the support of the garrison; weekly payments were collected from Burton-upon-Trent, and Burton Extra, including Horninglow and Branston. Sir Simon Degge records that "it was, before the last war, a town given much to cloathing their kersies being in great esteem in this country, but since the war it has declined in trade, having suffered much by the plunder, it being held out against the King, at which time the church was much defaced by the occasion of two barrels of gunpowder casually fired in the church, which blew off the roof and burst all the windows."

Molyneux, the historian of the town, says: "It is difficult to say when the Woollen trade became the staple of the town, but it could not have been of long standing at the time of the Civil War. Leland, who wrote in the time of Henry VIII., says that there were then many Marbellers working in alabaster; and Camden subsequently describes Burton as famous for its alabaster works, the material being doubtless obtained from the neighbourhood of Hanbury, the point nearest to Burton where Gypsum occurs in sufficient quantities and of the necessary quality to be available for ornamental purposes. This branch of trade had doubtless been followed many centuries in the town, it being one specially encouraged in ecclesiastical and mortuary decorations before the Dissolution of the Monasteries, but after this event it gradually declined and so far as regards Burton, had, as may be inferred from the above, been supplanted by that of clothing before the middle of the seventeenth century. This was in turn succeeded by the manufacture of hats and military caps, the latter branch being, for a long time, extensively and successfully carried on at the Soho, by the firm of which the late Mr. John Port was the last representative. Branston in the time of Erdeswicke [1593] was famous for grindstones, but, like the alabaster, the rocks from which they were quarried lay at a considerable distance from the seat of manufacture."

Among the benefactions of Burton is one bequeathed by Thomas Boylston, of London, to establish a lectureship at Burton Parish Church, and it is interesting to note that in default of the original purpose not being carried out, it is provided that half the income be devoted "to the poor of the Cloth-workers' Company." By the term "Company" may, no doubt, be understood a Guild.

While the Merchant Guilds, Craft Guilds, and other trading fraternities were to be found in the towns, the municipal governing authorities of which were always deeply involved in their management, there was scarcely a parish in the fifteenth century which did not possess a Chantry Guild or other religious fraternity associated with its church, and in the management of which the clergy and churchwardens were invariably concerned. One of the most important in the Midlands was the Guild of Knowle, in Warwickshire, with an established college of ten chantry priests. Besides the primary duty of praying for the souls of departed members, it performed the functions of a provident club, a friendly society, and other social work of similar beneficence. The Guild House, an interesting specimen of ancient architecture, is still standing. The Guild Register has also been preserved, and shows that between 1451 and 1535 upwards of fifteen thousand members were enrolled, some of the members being drawn from Oxfordshire, Northamptonshire, Worcestershire, and Staffordshire. To recapture the spirit of the old Guild life might become a worthy mission of the present-day churches.

XXXI.—Trade Vicissitudes and Industrial Evolution.

IT is common knowledge that Staffordshire is one of the most populous manufacturing counties in England, and that its industrial eminence is based on the possession of vast mineral resources —iron of the finest quality, the coal with which to smelt and work this most useful of all the metals, and lime close at hand with which to flux the iron-ore in the furnace. The iron has been worked for many centuries; so much so in olden times that by the reign of Elizabeth statesmen were alarmed by the depletion of the Cannock woodlands, then rapidly disappearing as the charcoal necessary to supply the innumerable iron furnaces of South Staffordshire. When, near the close of the eighteenth century, James Watt perfected his steam engine at Soho, and applied one to produce a blast of sufficient strength to use mineral coal in the furnaces instead of charcoal, the local iron trade was not only firmly re-established, but multiplied a hundredfold, and developed in thousands of different ways never previously attempted or even contemplated. This important era was the beginning of the Black Country, with its smoky skies, its blazing furnaces, and characteristic griminess. It was about the same time that the Potteries sprang into existence at the other extremity of the county. For the establishment of this great local industry, and the artistic cultivation of it, we are indebted to the genius and business enterprise of Josiah Wedgwood, who, in 1763, stimulated by the superior earthenware imported from other countries, commenced a series of experiments having for their object the improvement of our English wares, particularly those for table use, requiring a firm durable body of good colour, covered with a rich and brilliant glaze, and capable of withstanding sudden changes of heat and cold without injury. The trade had located itself two centuries earlier in other parts of Staffordshire, where inexhaustible supplies of clay exist between the different measures of coal, some of the beds being fireclay suitable for kilns and furnaces; some coarse clay, fitted only for making bricks, tiles, and drainpipes; and other clays of finer colour and texture well adapted to the purpose of making household utensils. The earliest specimens, mentioned in 1610, were brown, red, or dark coloured earthenware, known as "butter pottery," because used mainly as pots to hold butter. From the making of these crude specimens of the potter's art has been developed the modern manufacture of all forms of earthenware, china, and porcelain of the finest quality and most delicate artistry—not, however, by continuing to employ the native material, but by the systematic importation of finer clays, brought in large quantities from Cornwall and other southern counties.

With the creation of the Potteries in the north of the county, and of the Black Country in the south, came the era of navigable canals. For the carriage of heavy crates of fragile pottery, or of bulky consignments of mineral coal and heavy iron goods, the old form of road transport was practically useless, and the urgent need of cheap water carriage was demonstrated early in the new industrial era. But Staffordshire unfortunately is situated high up in the central plain of England, where the natural waterways are all small unnavigable streams; hence manufacturers and business men saw the necessity of constructing artificial waterways. The Trent and Mersey Canal was begun in 1766, and that from Birmingham to Wednesbury coalfields in 1768. Before the end of the century the country had a complete network of canal navigations which served the country's internal trade till the railways supplanted them.

While, in the pursuance of our subject, we have treated first of the two great industrial centres of Staffordshire, let it never be forgotten that the county has a large and important area devoted solely to agricultural interests—that some of the finest and most beautiful examples of English scenery are to be found in great diversity within the county confines. Here space forbids that nothing beyond a reference be given—see the chapter on Agricultural Staffordshire in "Staffordshire Sketches," published in 1916. Nor is it intended here to give a history of Staffordshire's many and important industries—a subject too vast to paint on so small a canvas as a single chapter in a pocket volume. All that is here purposed is to call attention to the many interesting trade evolutions brought about by time and opportunity, and to the curious changes that sometimes occur in the industrial character of a town or neighbourhood.

Staffordshire is not one of the counties generally associated with the textile manufactures. Leek, owing to its nearness to Macclesfield in Cheshire, only a dozen miles away, was long ago influenced industrially to adopt the silk trade and take up the manufacture of sewing silks, twists, buttons (mohair as well as silk), ribbons, shawls, and silk handkerchiefs. Also the cotton trade from Lancashire has found its way to this town, particularly the making of tape, a small-ware commodity also produced extensively at Cheadle, Draycott, Kingsley, and Tean. A cotton manufactory established about 1780 at Alveton did not prosper, though the making of wire did succeed. An extensive cotton manufactory was established at Rocester by Richard Arkwright. Mayfield, on the Derbyshire border, and Tutbury have also taken a part in the cotton industry, though wool-combing was more largely followed in the latter place. Nor must it be omitted to mention that soft goods, in the form of hats and clothing, have been largely produced at Newcastle-under-Lyme. In the seventeenth century one of the chief trades of Burton-on-Trent was in clothing and woollen cloths, with specialties known as "kersies" and "tammies." At Tamworth the manufacture of superfine narrow woollen cloths was once extensively followed, as was also the manufacture of linen and the printing of calicos. The industrial history of Rugeley is intimately connected with the clothing trade and the production of hats and felts

Although Staffordshire is associated in the popular mind with hardware productions rather than with the output of soft goods, it may be surprising to learn that the pleasant neighbourhoods of Penkridge and Uttoxeter were once the seats of many ugly iron forges, as were many other Staffordshire villages situated close to forest lands which afforded a good supply of charcoal fuel. The once considerable industries of many other parishes have similarly disappeared with the changed conditions of time.

Lichfield, rejoicing in the possession of its beautiful ancient Cathedral, has long been associated with ecclesiastical art work; but it is not generally known that other parts of Staffordshire were once engaged in the production of articles of great artistic merit. In the 18th century Bilston and Wednesbury manufactured exquisitely beautiful trinkets in enamel ware, such as snuff-boxes, patch-boxes, tea-caddies, salt-cellars, brooches, breast pins, links, studs, hussifs, and a variety of other small wares, all ornamented with delightful little paintings by skilled artists. Now that the trade has been so long obsolete, it has almost been forgotten that these two Black Country towns ever produced such artistic gems, with the result that specimens in the collections of connoisseurs — and even in the National Collection at Kensington, as is admitted by the officials there—are frequently mislabelled as "Battersea Enamels."

At Bilston the enamel painters found occupation, after the decay of this industry, in decorating tea-trays, waiters, bread-baskets, and other articles of japanware, a trade introduced into the town at a later period. The japanning trade still flourishes there, chiefly in the production of larger articles, such as coal-vases, trunks, cash-boxes, and so on. Industrial evolution is well exemplified in two old Wednesbury trades. One former staple, the making of guns and gunlocks, led to the invention of wrought-iron tubes, of which the town's output is now very large; the inventor, Cornelius Whitehouse, from the very laborious production of gun-barrels, was led to devise a specially long furnace to heat the strip-iron and machinery to roll and weld it into long tubes, such as could be used for conveying gas, water, and steam, and for other purposes too numerous to mention here. From the other old staple industry, the making of coach ironwork, came the present-day manufacture of railway axles and railway plant. Expert as the iron-workers were in forging excellent coach axletrees, when the railway era superseded the old-fashioned stage coaches it was found necessary to produce something much more reliable for railway carriages. It was a Wednesbury Baptist minister who, seated at dessert one day, eating an orange, conceived the idea of giving strength to an axle, or pulley-shaft, by welding it from a bundle of iron faggots, like the sections of an orange are grouped round a centre. This was the curious origin of the "Patent Shaft and Axletree."

It may be claimed that the manufacture of iron safes and strong rooms is a natural outcome of the old lock and key industry. This latter trade has long time been settled round Wolverhampton, Willenhall, and Wednesfield. Like the nail-making and chain-making on the Worcestershire borders of the Black Country, it has always been a poorly-paid occupation. Within recent times iron padlocks of the cheapest kind made at Willenhall have been delivered free in Bombay or Calcutta, at fivepence- halfpenny per dozen!

The manufacture of anchor cables and ship's chains at a place in the very heart of the country like Tipton is a trade anomaly worth noticing; the inference being that no place round the coast can produce a better article in that line than Staffordshire.

The pre-eminence of Walsall in the saddlery trade may possibly be traced to the numbers and excellence of its tanneries, and the expertness of its curriers and leather stitchers in bygone times; the town has always enjoyed a good water supply, and an equally good supply of oak bark would be forthcoming from the adjacent woodlands of Cannock Chase.

Ancient Staffordshire having been so thickly wooded—within its confines were the three forests of Needwood, Cannock, and Kinver—was almost sure to have produced some exceptional customs in woodcraft. Dr. Plot, after observing that in this county timber grew to "as vast a bigness as in any part of England," notices the methods of stripping the oak-bark practised at Norton-in-the-Mores, Milton, Baddely, etc., where the bark was stripped between April 1st and June 30th, and allowed to stand naked all summer, drying in the sun, thus "becoming as hard and sound without as within, being as it were all heart and not so subject to worms"; nor was the bark lost to the tanner, fetching two shillings per load—no doubt the tanneries of Walsall making good demands for it—"over and above the charges of barking and pilling."

Stafford had also a big leather trade, and an important combination of craftsmen who followed their "mysteries" as tanners, curriers, and cordwainers.

The cast-iron hollow-ware trade no doubt firmly established itself round Wolverhampton, West Bromwich, and Spon Lane on account of the abundance and cheapness of pig-iron in that neighbourhood. There is no connection between the enamelling of frying-pans, saucepans and other iron cooking utensils, and the obsolete art enamel industry to which allusion has been made, except perhaps that in both cases the ingredients and method of mixing the enamel were regarded as valuable trade secrets.

The edge-tool trade at Bescot and Cannock is possibly a relic of the ancient local industry of the feudal fighting times, when whittles (a combination of dagger and dinner knife) and sword blades were fabricated at the numerous blade-mills which once stood along nearly every stream and watercourse of South Staffordshire.

The conditions of life in the South Staffordshire coalfield a century ago were hard, and all but intolerable. This was reflected by a publication called "The Miners' Catechism," a somewhat scurrilous statement of the colliers' opinion put into the form of a parody of the Church Catechism. For example:—"Rehearse the articles of thy belief. . . . I believe that my master, being set over me, is at liberty in his own opinion, to tyrannise over and cheat me by every means in his power; that he employs his butty to help him in so doing, and he again his doggy to assist in abusing and swearing at me; and that for all purposes of bullying and over-reaching, these three are one." And again:—"What is your duty to your masters? . . . My duty to my master is chiefly to slave for him and cringe to him from morning till night; to give up my life and strength in his service, and to expect nothing but ill-usage in return." A butty collier was one who got the mines by contract with the owner, engaging and paying the men the lowest rate possible. A doggy was an underground foreman. At that time the Tommy Shop system was in vogue at nearly every colliery; a system by which the masters took advantage of the drunken and improvident habits of the colliers by compelling them to buy their provisions and other necessaries from the retail shops they established near the place of work; thus by the profit of retailing taking a second toll on the men's wages. Not unfrequently a poor woman, the wife of an improvident collier, would supplicate the butty with "Please gie us a ticket on the Tommy Shop to keep us from clemming!" The amount of the ticket was so much drawn in advance on the wages due, which were generally paid only once a fortnight. The word "Tommy" is a provincialism meaning "food." This unfair system of trading was put an end to fifty years ago by the Truck Act.

This account of Staffordshire's numerous and diverse industrial productions is necessarily incomplete and purposely discursive. For something has to be said of the economic conditions and social life of the workers in the past era which has been under consideration.

At the present day the workers, mostly combined in trades unions, are fairly well paid, and enjoy all possible political freedom. But it was not always so, and a retrospect of the past economic conditions falls within our purview here.

Agricultural wages are largely influenced by the scale of wages prevailing in the adjacent manufacturing towns. It is evident that the scale of wages for unskilled labour in the northern towns of the county before the pottery trade had thoroughly established itself must have been desperately low. For example, a writer in the "Gentleman's Magazine" in 1769 states that the copper miners of Ecton Hill were content to work "like slaves in darkness" . . . "night and day, six hours at a time for one shilling" a turn. Was it the proximity of these mines that led to the establishment of brass, tin, and copper work in the adjacent town of Cheadle?

From an available report, dated 1792, some statements as to the feeding of the day labourers are very enlightening. At that period thousands of acres in the vicinity of Morredge, Ipstones and Dillorn, described as barren and dreary wastes, were enclosed and brought into cultivation; the potato crop produced there was large and of such excellent quality that in the neighbouring markets the price realised was twopence a bushel above the average. "In this part of the Moorlands," says the report, "the potato harvest is of great consideration, for the 30,000 artificers and yeomanry eat very little wheaten bread. Give a cottager in the Moorlands, with a wife and ten or twelve children, a cow and a rood or two of potatoe-ground, and you make him a happy man." This startling estimate of a peasant family's requirements applied to a district little more than half-a-dozen miles from the Potteries.

Indeed an accompanying statement relates that from Dilorn to Kingsley and Oakmoor is a chain of woods four miles in length, from which is supplied the wood to make crates for the pottery trade. The woods are described as consisting of straight oaks and ash, well filled out with underwood, systematically cut in gradual falls at seven years' growth—eighty-four acres thus admitting of twelve being cut annually, an interesting note for the advocates of a present-day reafforestation scheme.

Dr. Withering, the eminent botanist born at Harborne, and a member of the famous Lunar Society which often met at Lichfield, wrote the following comment on this subject: "A man and his wife and five children, living chiefly upon bread, as these people do, will consume one bushel of wheat per week; the man gains [earns] from six shillings to nine shillings per week, and his bread costs eight or more when such is the price of wheat. I know the necessity of working people, whose nourishment chiefly depends upon bread, having the best kind of bread, such as affords most nourishment. Nothing is got by the higher wages he may sometimes earn at piece-work; the man soon wears himself out by extra exertions, and his family lose his support the sooner. A day-labourer at fifty begins to be an old man; no other proof is wanting."

This was the period when all rural parishes were humanely compelled to make "allowances" in aid of the low wages of the day labourer, and when the country was thoroughly alarmed at the ever-increasing burden of the poor-rates. The subject is a controversial one, and therefore cannot be treated here; it will be found fully dealt with in the writer's larger work entitled "The Good Old Times."

Let us come now to more modern times and happier conditions of labour. The national custom of indulging in a "Saturday half-holiday" is supposed to have originated among the ironworkers of South Staffordshire; certainly Messrs. Tangye Bros., of Smethwick, were among the first big employers of labour to regularise the system at their important engineering works upwards of half-a-century ago. Nevertheless it is interesting to know that the notion is not altogether a novel one. In "Divers Crab-tree Lectures," published in 1639, we read:—

> You know that Munday is Sundayes
> brother;
> Tuesday is such another;

Wednesday you must go to church and pray;
Thursday is half-holiday;
On Friday it is too late to spin;
The Saturday is half-holiday agen.

In pre-Reformation times the calendar was interspersed with many saints' days and holy days, which in medieval centuries religiously called for a cessation of labour. But long after the industrial era set in, which was inaugurated by Watt's invention of the steam engine, " Saint Monday " was regularly honoured throughout the Black Country; indeed, the lock-filers of Wednesbury and Darlaston, and all who laboured at home in domiciliary workshops, seldom started the week's work till Wednesday or Thursday, and generally worked all night through on Friday, and till very late on Saturday night. Not till the Factory Acts came into operation, and regulated the hours of labour by law, were the old shiftless habits of workmen abandoned.

XXXII.—Curious Land Tenures.

THE Feudal System of land tenure in this country was so elaborated by William the Conqueror that its complexities would take more space to explain than is at disposal here. Suffice it to say that the primary idea on which it was based was that every foot of land in the kingdom belonged of right to the King, and that he had power to grant any portion to any subject, who in return would give him service and support. Each portion was called a feud, fief, or fee, and the holder was known as a feudatory, who was sworn to render certain aid in the national defence. Although the feudal tenant rendered military service in lieu of rent, and his tenure of the land was a grant of usufruct and not absolute ownership, in course of time feudal lands became hereditary, because the holder's son succeeded on agreeing to observe the conditions. This led to sub-infeudation, the feudatory being allowed to carve out portions of his fief; and the sub-grantee, in turn, to divide his holding to lesser men, till the lowest feudatory was the vassal who actually occupied the land. In every case there was made a mutual contract of support and protection on the part of the lord, and of service and fidelity on the part of the vassal. Besides these ordinary forms of tenure, there were many other peculiar ones, of which it is here proposed to give some Staffordshire examples. For instance, there was the tenure of Grand Sergeanty, the holding of land on condition of rendering the King specific service, as carrying his banner, acting as Master of the Royal Buckhounds, or the curious service of blowing a horn to raise the neighbourhood in case of invasion, a tenure called Cornage.

The manor of Tutbury was held by Cornage tenure. In 1569 Walter Achard claimed to be Hereditary Steward of Leek and Tutbury, in proof of which he produced a white hunter's horn decorated with silver-gilt ornaments. It was hung to a girdle of fine black silk, adorned with buckles of silver, on which were the arms and the fleurs-de-lis of the Dukes of Lancaster, from whom it descended. This badge was recently in possession of the **Stanhopes of Elvaston.**

This system in its simple form provided amply to meet the military necessities of the kingdom; but it had to be interwoven in its working with a scheme of fines and forfeits in order to provide a national revenue.

MILITARY TENURES.

The records of the Court of Exchequer preserve the details of many local illustrations. The first is found in the Testa de Neville, a national roll temp. Edward II., compiled by John Neville, a Justice in Eyre. It relates to Newcastle-under-Lyme and the feudal method of garrisoning the King's castle there:—"John de Cnocton holds the vill of Cnocton [Knutton] to fee farm, paying yearly to the Newcastle £4 11s. 6d., also performing guard of the same castle for forty days at the cost of our lord the King." . . . "William de Erdington [an ancestor of the Giles de Erdington who was Dean of Wolverhampton] holds the vill of Fenton to fee-farm, paying yearly to the said castle [Newcastle] 7s. 4d., performing the same guard at the castle aforesaid." . . . "William de Hanleg [Hanley] holds the vill of Hanleg to fee farm, paying yearly to the said castle 6s. and performing the same guard." . . . "Ralph de Bevill holds the vill of Langton [Longton] to fee farm, paying yearly 5s. to the said castle and performing guard there." . . .

"William Murrell holds one yard land [a variable quantity from 15 to 40 acres] within the said manor of Newcastle in the vill of Selton [Shelton] by the sergeanty of keeping haia of our lord the King there [a hay was an area enclosed for administrative purposes; for instance, Cannock Forest was sometimes called the Forest of the Seven Hays] which is called the Haia of Cleve" [now Cliff] . . .

"Henry de Audicheley [Audley] holds within the said manor the vills of Tunstal, C h a d d e r l e g [Chatterley] Bradwell, Turnedsfeld [Thursfield] and Normancott, by the sergeanty of serving on foot with a bow and arrows, within the said castle, for eight days in the time of war, at his own cost."

Stafford, like Dudley, was one of the great baronies held direct from the King as lord paramount, by a tenant-in-chief or tenant in capite. In the reign of Edward III., Edward Lord Stafford held the manors of Stafford, Bradeley and Madeley, by the service of finding for forty days, at his own charge, three armed men with three horses caparisoned for war as often as there should be war with Wales or Scotland.

The manor of Swinnerton was held by the family of Broughton, of the Bishop of Lichfield's manor of Eccleshall [even bishops held by military tenure] by the third part of a knight's fee, and other services which are thus set out:—"That they should find fourteen men at the Chace of Padmore for three days thrice a year: That they should find two ploughs in winter and as many in Lent, for two days each time, to plough the lord's demesne, wherever the lord pleased in this manor: That they should find fourteen men to reap in harvest, or pay five shillings and nine: To keep ward at the castle of Eccleshall for the space of forty days at their cost and charges." Here we have mention of both forms of tenure, by military service and by plough service. A knight's fee was a variable quantity of land, according as it was fertile or otherwise, supposed to be sufficient to maintain a knight with suitable retinue. The Conqueror, when he made his Domesday Survey of the country, divided it up into sixty thousand knights' fees. In those days the duty of Castle-guard, whether the stronghold belonged to the King or was a baronial fortress, was an important form of military service. In the time of Henry II. England contained 1,115 castles, and every one contained a manor, every man resident of which had to aid in keeping watch and ward.

Relative to the custody of a forest hay, here is another ancient record:—"Richard Lytelton and Alicia, his wife, daughter and heir to William Wynnesbury, acknowledged that they held, as a right, of her, the said Alicia, one messuage, one yardland, and twenty-seven shillings rent in Huntingdon, in the county of Stafford, of the King in capite, by grand sergeanty, viz., to keep the Hay of Teddesley in the forest of Cannock, in the county aforesaid." This Alicia became the mother of the first Sir Edward Littleton — a full account of the Hays of Gailey and Teddesley constitutes Chapter XXX. of the writer's "Chronicles of Cannock Chase," published from the "Mercury" Office in 1903.

From Madox's "Baronia" (p. 243) we glean:—"In or about the 5 Edward III. John de Perton held the manor of Perton in Staffordshire [Purton, near Wolverhampton] of the King in capite by grand sergeanty, to wit, by the service of one man armed with an aketon [leather jacket worn under mail], a habergeon [breastplate], a steel cap and a lance, in the King's army when he was engaged in warfare with the Welch."

Military service was rendered by freemen, from barons and nobles to yeomen or other freeholders; plough service, the humbler form of tenure, was performed by copyholders.

SOCAGE OR PLOUGH TENURE.

In no part of England was the servile condition of the feudal villeins exemplified more clearly than around Needwood Forest when Tutbury was held by the Ferrers family, from the Conquest to Henry III. Robert, Earl Ferrers, took many towns and villages, including Rolleston, Barton, Tunstal, Marchington, and Uttoxeter, as his demesnes of the castle. For the cultivation of his home farm he parcelled out contiguous lands to his bond tenants on the tenure that they were bound to mow the grass in his meadows, make the hay and carry it to the castle; and to work on the arable land, by ploughing it, sowing, reaping, mowing, and carrying the crops to the castle or manor house, at their own costs and charges. According to the "Cowcher," or register of transactions, in the Honour of Tutbury there were also due certain money rents in addition to these menial services which no freeman would deign to perform. These burdens were increased when hospitality had to be extended by the lord to royal and important visitors; for on the exertions of these servile tenants the castle was dependent for its provisions, "furniture" and all household requirements. Then, says a quaint old document concerning these lordly seigneurs, "began they to devise to increase their possessions with people, to defend themselves and their county in time of war, and to make the Honour more populous and stately erected free-boroughs within six miles of the castle; one at Tutbury; one at Argardisley, called Newburgh; and one other at Uttoxeter; and granted to the burgesses and inhabitants of any of them such parcels of land to build on, as in their several grants may appear; and to make men more desirous to plant their habitations in those places, procured for them markets and fairs within the same; and granted to the burgesses divers liberties of common of pasture, pannage [acorns and beech-mast, on which swine feed] and estovers [allowances of wood] in the forest of Needwood; and also that they should be free of all tolls, etc.; and granted to Tutbury 182 burgages, to Newburgh 101 burgages, and to Uttoxeter 127 burgages, which were all inhabited by handicraftmen, otherwise they could not live; for we find by the accounts from time to time, that all the lands within the said manors were granted to divers persons or else to customary tenants, and there was none reserved to the burgesses to maintain their living or only by some handycraft or trade of merchandise."

This enlightens us as to the manner in which a town of artificers grew up under the shadow of a feudal castle; the seigneur, to support his household state, obviously needed the services of workers and tradesmen as much as of agricultural hinds.

And so the document proceeds:—" Such was the wisdom and policy of our ancestors, to divorce the merchants and handycraftmen from the husband and tylth-men, that none of them should intrude upon other's gain. And by this means the good towns were builded, inhabited and maintained."

From another ancient Rental Book of Rolleston it would appear that the Bond Tenants or Copyholders of the aforementioned manors, or at least some of them, were also saddled with financial responsibility. Of the tenants holding their lands by copy of court roll [copyholders] 28 held tenements called Reves Places, and the custom of the tenure was that the holder " should be Reve when it cometh to his course "—that is, take his turn as acting Bailiff—" and shall collect the rent of the manor and the profits of the courts . . . out of his own costs and charges and pay the same to the receiver of the manor, and also at the audit shall make a true account." These Reeves were chosen annually, and for any delinquency on their part the whole body of copyholders were held responsible.

An early tenure connected with Burton-on Trent is of a more domestic character, and is interesting in its allusion to Burton beer. In 1292 Matilda, the daughter of Nicholas de Shobenhale, released to the Abbot and Convent of Burton the service and custody of the Abbey gate, together with the custody and annual rents thereto belonging, and all the tenements within and without the town of Burton which came to her by inheritance from Walter de Scobenhale, formerly janitor of the same [gate]. For which release the Abbot and Convent granted her daily for life " two white loaves from the monastery, two gallons of conventual beer, cider if they drank it, and one penny; also seven gallons of beer for her men, and one sextary of hay and another of corn from their granary yearly, and a mark of silver yearly. Also for her son Ralph handsome food and clothing from the Abbey." Monasteries were then freely used as hotels and lodgings for travellers and wayfarers, and the number of wealthy callers at Burton Abbey had made the gatekeeper's office a very profitable one.

Many of the tenures under Burton Abbey were typical of the times, and therefore to our modern ideas quite curious. In the time of Henry I. one Ormus, with seven men under him, held certain lands on condition that he owed suit to the lord's court, the hundred and the county courts, and went " into the army either with or without the abbot." In the same manner land at Wetmore was held by William de Sobehal, " for twelve pence, for which he paid the King's tax to the abbot, and was obliged to go wherever he was required either with or without the abbot." William de Meleburne held some abbey lands free of all service " except foreign service." With regard to socage service, a house and a croft of land at Wetmore were held by Ailwin the Priest " for which he worked one day "; a similar holding was in the hands of a tenant named Gamel, for which he rendered eightpence rent and eight days' work in August; another tenant for his holding had " to draw his plough thrice a year, and thrice in August to mow or reap with all his family." It was customary at harvest time to call on the services not only of the villein himself, but of his wife and children.

PERSONAL SERVICE.

Fancy tenures for performing personal services were very numerous in olden times. Edward III. granted to Simon de Rugeley and his heirs "the fishpond near Stafford, by the service of holding once the stirrup of the King at his first mounting upon his palfrey every time of his coming to Stafford." This fishpond or stew was without the eastern gate of the town of Stafford, and at another time was held by Ralph de Waymen, upon condition "that when the King should please to fish he was to have the pikes and breams, and the said Ralph and his heirs were to have all the other fishes, with the eels, coming to the hooks, rendering therefor to the King half-a-mark at the feast of St. Michael." In pre-Reformation times, when so many fast days were in the calendar calling for a fish diet, ponds and stews were important properties.

At Alrewas, on the Trent, by the way, according to the historian, Dr. Plot, the tenants had the right to catch fish a certain number of times in the year with a "unio ingenio" called a "strike," which the learned doctor says was a stall net, or a net put across the river to stop the fish.

A similar water tenure existed at Brewood, where "on the feast of St. Michael, a pecuniary mulct, named Stuck, was levied upon the tenants of the lord for the maintenance of the floodgates in the brooks which watered the meadows" —probably the dam where they were allowed to take the fish. An annual rent paid to Burton Abbey in 1190 by Nicholas de Gresley consisted of one salmon and twelve-pence. The manor of Wichnor provides more instances of tenure by personal service: When Thomas ap Griffiths held Wichnor, in the honour of Tutbury, he held also with it the small manor of Briddesbus on condition that he set the first dish before the lord of Tutbury on his birthday, should the said lord happen to be there.

Allusion has already been made to jocular tenures, of which a remarkable example has been described as "Jack of Hilton" on page 5, and not the least curious of which is that of the Wichnor Flitch (pp. 67-69), by which Sir Philip Somerville held that manor. The same favoured knight in the time of Richard II. was granted by John of Gaunt, then lord of Tutbury Castle, the manor of Briddeshall, on the conditions that (1) when his lord kept Christmas at his Castle of Tutbury, Sir Philip, or some other knight, his deputy, should attend him on Christmas Eve, and be lodged by the marshal of the castle in some suitable lodging in the town; (2, that on Christmas Day he should go to the dresser of the lord's meat and carry the meat to the lord's table, where he must carve for his lord's requirements—which service he was to perform at dinner and at supper. And when the lord had eaten, then the said Sir Philip was permitted to sit in the same seat as his lord, and be in turn served by the stewards of the castle. This service was to be continued until St. Stephen's Day, when he was at liberty to depart, after having first kissed the Earl. In those primitive times quite menial services were performed for the King by great nobles, and for the nobles by the lesser gentry.

FANCY TENURES.

Very often such things as gloves, roses, and other inconsiderable trifles entered into the conditions of a feudal bargain. Thus, in the reign of Edward II., one Robert Maunsell granted to Sir Ralph de Pickeford, with the consent of his two eldest sons, Hugh and John, all the vill of Patshull, near Wolverhampton, after his decease, except the dower of Alianor, his wife, paying a pair of gloves at Easter at Pateshall Church, except foreign ser vice due to his chief lord.

A West Bromwich indenture of lease, dated October 16th, 1649, mentions as rent a money payment of £30 a year, and the provision "of one rose flower." An indenture of lease, dated June 7th, 1658, concerning a property in the same parish, and known as Bridge End Croft, mentions the rent as "one rose flower to be given at or upon the feast day of St. John the Baptist (June 24th) if it be lawfully demanded." A portion of the manor of Tunstall was granted to Hugh, son of Walter de Newbold, by Sir Philip Somerville, on condition that he provided a chaplet of roses on the Feast Day of St. John the Baptist, and of dressing the Wichnor Flitch of Bacon (see Chapter XXI.) ten times a year with flowers, and on the Vigil of All Saints and on Christmas Eve with ivy.

The copyhold manor of Barton in the time of Edward I., then part of the Duchy of Lancaster, was held by certain rents of assize, together with a rent of six hens and one pair of spurs, six dozen arrows and one pound of pepper, and other services.

The "peppercorn rent," which marks the absolute minimum price paid for a tenancy, is still found in Staffordshire. For the rent of the old village school of Bushbury, near Wolverhampton, Mr. Staveley Hill, the landlord, still receives a peppercorn in a white envelope annually.

At Burton-on-Trent this ancient form of tenure by peppercorn rent died out in 1832, when Mr. John Port, of the Soho, held a lease of this nature, which he surrendered in favour of a lease at a fixed annual rent, and the custom there became obsolete.

In the time of Elizabeth, when military tenures were disappearing and feudalism was fast decaying before the advance of social progress, we find that the park of Longscroft, near Tattenhill, Burton, was purchased by Simon Arden, 1576, on condition that he provided her Majesty one light horse, and paid into the royal exchequer £1 6s. 8d. for his land in Yoxall, then valued at £10.

This locality has produced the greatest authority upon our present subject, that famous legal work entitled "A Treatise on Tenures" having been written by Judge Littleton a short time before his death in 1481. Sir Thomas Littleton, the learned judge, was a member of the ancient family of Littleton, of Pillaton; and his second son, Richard, was the lineal ancestor of the late Sir Edward Littleton, Bart of Teddesley.

The whole of Chapter XIV .was devoted to the brutal custom of Bull Running at Tutbury. This was an exceptional custom, but in many places it was customary for a piece of land to be held on the condition that the holder provided a bull to be publicly baited as an amusement for the populace. Thus the farm of the manor, or tenement called Kitchen Barnes, or Hay, in Burton-on-Trent, was leased 3 Edward VI. (1550) by Sir William Paget, for the joint lives of John Watson, his wife and son, at 26/8 per annum, "and the provision every year of one sufficient bull for the town of Burton and of a fat lamb to the lord of the manor." Although this is cited here, it is possible that the bull in this case was to be provided not for sport, but for stock purposes; as in some places it was customary for a bull and a boar to be kept for the parishioners, generally by the parson, in consideration of his having tithes of calves and pigs.

HERIOTS—BOROUGH ENGLISH.

Two ancient feudal customs widely scattered over the country were once prevalent in parts of Staffordshire. They are "Heriots" and "Borough English." Heriots are the rendering of the best beast, goods, piece of plate, or the like, as the custom may be, to the lord on the death of the tenant. By Borough English is meant the customary descent of lands to the youngest son. This departure from the usual law of primogeniture arose in remote and barbarous times, when, by an odious marriage law imposed on feudal tenants, it could not be certain whether a tenant's first-born was the issue of his body or of the manorial lord's. Tradition says that this custom was established as a contrivance of the Normans to degrade or destroy the Saxon nation; but it is more probable that it is of Danish origin at a more remote period. However, we will deal with Heriots first.

In the Church Register of Bradeley (North Staffordshire) occurs an entry made by the Vicar, who was also owner of the manorial rents, which reads:—"1635. Sould one beast which we took as a Heriott for the death of Thomas Steele: the beast we sould for £1 10s. 0d." In the manor of Clent the land is held on copyhold tenure subject on the death of a tenant to fines and heriots, the former amounting to one year's rent, and the best beast as a heriot due to the lord. Similarly the monastic lands belonging to Croxden, near Leek, were held before the Dissolution, for the life-time of the holder, on whose death the successor forfeited the best ox as a heriot.

Borough English once prevailed in the borough of Stafford. As late as 1811 there was a case tried in the Court of Chancery in which an injunction was sought to restrain the defendant from making leases of certain estates in and near to Stafford, ' and partly within the jurisdiction and customs of the borough, being held under customary regulations and descendable to the youngest or other son, and not to the eldest." It was a case in which the plaintiff's late father, Lord Chetwynd, who died in 1791, left him, the heir and successor, pursuant to trusts in the will of the grandfather, dated 1762. Defendant, through his counsel, Sir Samuel Romilly, pleaded that the plaintiff by the customary tenures could not succeed to the inheritence of the plaintiff as eldest son, and if he claimed under the limitations of the will it was a question of common law to be tried before a jury. The Lord Chancellor gave the opinion that the plaintiff showed no equity in his bill, and judgment for the defendant was entered.

The adulterous and degrading custom of Amabyr, which gave rise to the consequent custom of Borough English, was prevalent in various parts of Staffordshire (see p. 61), and so late as the reign of Philip and Mary it is recorded that one copyhold manor gave £60 to be free of it. It was so at the village of Barton-under-Needwood.

A strange custom anciently prevailed at Tutbury, where the lord of that mighty seignorial castle enjoyed the privilege of taking an amercement, or fine, for every bastard born within the lordship. The cognisance of the bishop of the diocese and the ecclesiastical courts was thus avoided, an oath being made that the bastard was begotten within the lordship, and a payment of ten shillings made to the lord.

The manorial lords of Burton-on-Trent exercised the right of calling for the suit and service of burgesses and tenants subject to the manor court, and who on their names being called were bound to appear either in person or by deputy and there to pay their "essoign-pence," every freeholder being liable to the amount of three pence, and all other tenants one penny, the latter generally called "smoke-penny." The word "essoign" is Norman-English for excuse, and the payment was a fine to excuse sickness, or infirmity, or other just cause for absence, and craving for longer time to discharge a feudal obligation. Smoke-pennies were always payable on manors which had formerly been held by religious houses, such as Burton Abbey; like the Hearth Tax, it was a method of levying which took cognisance of every hearth or household with least fear of miscount or overlooking.

LIVERY OF SEISIN.

In the conveyance of lands certain ceremonies were formerly used at common law, symbolical of the delivery by one party and the taking possession by the other. It was called "Livery of Seisin"; that is, the delivery by one side, and the seisin or taking possession by the other. Here is an example from a MS. written by Simon Ryder, of West Bromwich, dated November 21st, 1575:—"We, Robert and Simon Ryder were at a lyvery and seisen done in manner of form following—First, Jhon Parkshouse, of Hurst Hill, Sedgley, having a mortgage of certain land of Gregory Woodwarde of West Bromwich called Winses Ground, did his mortgage to the aforesaid Gregorie Woodwarde thereby settinge him in full state of the aforesaid Winses; and then the aforesaid Gregorie did seale an indenture of mortgage to the aforesaid Jhon Parkshouse, and my father digged a turfe with his bille, and Gregorie gott a twigge of an oak, the which grew over the water of Tame." Then follow signatures of witnesses—who saw in the getting of the turf and the twigg a symbol of the legal transfer of the land

Another example is derived from the same source: "Item, 5 November, Anno Dom. 1576. I, Robert Ryder, made an entry in a certain moor called Smalley's Moor. First, I entered in that part of Brickholt which is before Whersted, and there I cutt a bough of an oke, and digged a turf and stucke the bough in the turf, and did beare witness that here I entered in my own right, and then I laid the boughe and the turfe downe upon the hedge. And then I went into Saulles Moor and there I cut another boughe and digged a turf and stucke the boughe in it and sayd as before, and I hanged that boughe and turfe upon an oke which grew in the said moor, being in the presence of Nicholas Smith, Jhon Bridgman and Robert Ward."

When a clergyman entered upon a new benefice to assume the duties of parochial priest and take possession of his freehold, a custom of great antiquity, called "ringing himself in" was observed in many parishes. This method of self-induction took place at Bushbury as recently as 1883. After the Rev. Frederick Aston had been formally inducted by the Rev. J. T. Jeffcock, of Wolverhampton, with the usual presentation of the church key, he went to the bells and vigorously tolled to inform the parishioners that he was then in possession. The ceremony here again partakes of the nature of symbolism—it is a public announcement that the new clergyman has come as the real shepherd of the fold, not as a devouring wolf—as the Scriptures hath it, "Verily, verily, I say unto you he that entereth not by the door into the sheepfold, but climbeth up some other way, the same is a thief and a robber."

XXXIII.—Ancient Modes of Punishment.

THE criminal penal code of ancient times was one of remorseless severity. a sort of wild justice founded on the vindictive principle of "an eye for an eye and a tooth for a tooth," which alone would seem to satisfy the instincts of a rude and unlettered people. Punishments were regarded merely as deterrants likely to strike terror into the hearts of evil-doers; no element of a reformative or reclamatory nature ever entered into them. Yet sometimes, in an attempt to make the punishment fit the crime, they were not without an element of humour—as when the scolding tongue of a shrew was gagged by the iron branks.

Life and limb were held but cheaply in those rough times. It was never difficult to set in motion the rack, the gallows, the stake, or the boiling cauldron. Summary justice was administered by the petty manorial seignior; and few were the lords of manors who did not claim and secure from their overlord the right to erect a gibbet with which to terrorise the felon serf, the petty thief, or the forest outlaw. Almost every town had its gallows and every heath its gibbet.

"FURCA AND FOSSA."

Mercy tempered justice no more within the jurisdiction of an ecclesiastical manor than within that of a lay lordship. In the reign of Henry II. the Dean and Chapter of St. Mary's, Stafford, claimed the right of holding their own courts for the punishment of criminals within the deanery manor. The right was admitted and fully exercised for a number of years, till it temporarily lapsed during one of those periodical struggles against the encroachments of the King and baron. In 1250, however, the manorial grant was renewed to the Dean and Chapter, who were permitted to have their own gallows for the hanging of male offenders, and a water-pit for the drowning of female criminals, both "furca and fossa" (otherwise gallows and pit) being overtly established in the churchyard.

A similar claim was made by the Dean and Chapter of Wolverhampton in 1288, and successfully maintained by the then Dean, Theodosius Camilla. In the reign of Henry VII., owing to the numerous daring robberies of churches and neighbouring mansions, supposed to be committed by disbanded soldiers, the Dean petitioned the King for a renewal of the right, which had apparently suffered a lapse, and which being granted as of right, a gallows was again erected In course of time this instrument of punishment decayed, and in 1555 a new one was erected on the confines of Bilston, for the due maintenance of which, as we are informed by the parish registers, collections were made. Also within the parish of Bilston the lords of the manor of Stow Heath had a gibbet set up, on a site known to this day as Gibbet Lane; concerning which the registers of St. Leonard's Church, in that parish, contain the following entries: "1692. For setting up ye gibbett, 2/6. 1701. For repairing ye gibbett, 1/10."

The Salt Collections, Vol III., p. 178, contain a curious record to the effect that in the twelfth century Walter Durdent, Prior of Canterbury, afterwards Bishop of Lichfield, granted to Ralph, his steward, certain lands in Broomhall, together with the right of trying prisoners by fire and water, and hanging thieves, on condition that he supplied the high altar of Lichfield with candles to the value of 4/- a year.

The right or liberty granted to the lords of certain manors to judge any thief taken within their fee was anciently known by the Saxon name of Infangthef ("in," preposition; "fangen," to take; "thef," a thief). In 1291 Walter Devereux, as lord of West Bromwich, set up a claim to the four manorial privileges of (1) View of Frankpledge, (2) Infangthef, (3) Gallows, and (4) Wayf. Edward I. issued a summons of Quo Warranto ("By what right?") to numberless lords of manors, and when Devereux was summoned in 1293 to show his title to hold pleas of the crown in Bromwich said he could not answer to thē writ without Margaret, wife of Richard de Marnham, who held half the manor. Though the King's attorney disputed their right, a jury found in favour of Richard and Margaret as to the said manorial franchises.

From the Staffordshire Plea Rolls of 1344 we learn that "John de Alne indicted before Henry de Derlaston, Steward of Wednesbury, for breaking at night into the cellar of John de Heronville, lord of Wednesbury, in 17 Edward III., and feloniously stealing a mazer [a drinking bowl of grained or speckled wood turned in a lathe] worth 6/8, two mappas [table napkins] worth 6/-, a towel worth 1/6, a silver spoon worth 1/-, and a primarium [a special and principal mortgage of the lord upon the goods of his vassals] worth 2/-, and that he was a common robber, was found guilty and hanged." From which record it is manifest that the lord of Wednesbury in the fourteenth century exercised the manorial franchise of "gallows."

In 17 John (1216) Ranulph the Good, a famous Earl of Chester, obtained a charter empowering him to exercise in the manor of Newcastle-under-Lyme the franchises of Infangthef, Furcas [the right to hang felons on a gibbet], Theme or Team [the right to judge his bondmen and villeins], not to mention in detail certain rights of markets and tolls. Dr. Plot, the county historian, writing in 1686, mentions a stone being found at Newcastle in a place called Gallows Field, and marking the spot on which malefactors were hanged in olden times; "in the which stone the entire skull of a man was embedded," says the learned and garrulous old doctor, who then proceeds to add, "this curious fact is accounted for because the place when it was used for executions was nothing else but sandy land in which they used to bury the bodies of the malefactors, which in process of time turned to stone and inclosed the skull in it."

The memories and traditions of these old places of execution have often been long preserved in place-names, till modern ideas and more refined tastes have banished them in favour of names less gruesome. At Wednesbury the street name, Holden Road, has replaced the old name, Hangman's Lane, which once marked the location of the manorial execution elm.

In the "History of Burton" the erudite William Molyneux writes:—"The common mode of execution at this time was by hanging, and it appears the gallows on which these executions took place were permanent erections placed near the boundary of each township or manor. The Gallows Bridge at Branston doubtless indicates the locality of one of these terrible relics of feudal power; as also the Gallows Flat, till recently a large field on the verge of the manor of Burton, on the west of Derby Street, but now covered by buildings, and which a curious Saxon grant, bearing date 910, describes as 'the place where the thieves hangeth.'"

At Wolverhampton the place of public execution was the corner of a by-road branching out from the highway to Willenhall, and which was long identified by the name of Gallows Lane. In Clent (which was once part of Staffordshire) were several old place-names which were manifestly derived from their association with the fatal tree of justice; they were Hanging Close, Hanging Hill, and Gallows Brook. The adjacent manor of Broom similarly had its Hangman's Croft. Stoke-on-Trent, too, had its Gallows Tree Croft.

At Lichfield, about a mile from the London Road, is a place known as Gallows Wharf. It is situated at four cross roads where the Tamworth and Wall Road crosses the main highway mentioned. Half a century ago a decayed oak stump stood two feet out of the ground at the south-east angle, and was said to be the remains of the ancient gallows-tree. In St. Michael's churchyard was to be seen a slate gravestone engraved, "In Memory of ———, who was hanged at Lichfield ———." The two blanks represent the name and the date, here purposely omitted; but these particulars were said to be common knowledge in the city, and that the man was hanged for sheep-stealing.

At Uttoxeter, Edmund, Earl of Lancaster, claimed from Henry III. the right of erecting a gallows in that town, and also one at Tutbury, both of which then belonged to the said earl; and upon these fatal trees were hanged many outlaws and other offenders who committed breaches of the severe forest laws within the jurisdiction of Needwood. The forests at that time were all infested with outlaws and desperate fugitives from justice.

The ancient lords of Apedale and Helegh were possessed of the right of holding a Court Leet with the franchises of Gallows and Tumbril—the latter being the right to punish shrews and scolding women with the cooking stool—of which instrument of punishment more later.

A notable statute of 1 Edward III. (1327) sought to withdraw from the seignorial lords the exercise of the kingly prerogative of capital punishment, and provided that the manorial courts, after inquiring into the charge and finding the culprit worthy of death, should certify the prisoner over to the Justices of Assize to be dealt with. But owing to the frequently disturbed state of the country, the inadequacy of its policing, the uncertainty of the assizes, and other causes, the nobles long acted as if they still held the delegated power of the Sovereign in cases of life and death. The manorial courts, however, were strictly and sternly debarred from dealing with cases of peers and churchmen. It was not till the time of the Tudors, however, that the local gallows-tree ceased entirely to bear its ghastly fruit.

Here a distinction must be made between the gallows and the gibbet. Although the former, as a permanent and fixed station for manorial executions, disappeared from the scene four centuries ago, the wayside gibbet lingered on the landscape almost till within living memory. As late as the eighteenth century a judge of assize would often order some notorious highwayman to be hanged near the scene of his greatest crime, or a murderer on the spot where his dreadful deed had been committed.

Chapter XV. of the writer's previous volume entitled "Staffordshire Stories" (published in 1906) is headed "Tales of Gibbets and Gallows."

"PEINE FORTE ET DURE."

The most horrible and inhuman form of capital punishment practised in olden times was that known as the Peine forte and dure, which amounted to the victim being pressed to death. The term "peine" is probably an abbreviated corruption of "penance." This penalty of a lingering death was resorted to in the case of prisoners who obstinately became mute, and acted as if dumb when requested to plead or reply to a charge. In the era of religious persecutions, when co-religionists might be unwittingly betrayed, this pitiless punishment was in most request. It was adjudged at the Old Bailey for murder in 1777; and later still at Wells for burglary in 1792. In the Salt Library at Stafford is preserved a picture of an unhappy man lying naked on the floor of a prison, with a board upon his breast on which are placed a number of heavy weights. On the first day the poor wretch was given three morsels of bread, and on the second three draughts of stagnant water. And so on alternate days till he died from the pressure—or made answer as desired.

A Staffordshire illustration is found in the case of a man hailing from Cannock, who in March, 1674, was arraigned at Stafford Assizes for the murder of his father, mother, and wife. When brought before the Court he refused to plead, whereupon the Judge solemnly adjudged him guilty; and for his contumacy the prisoner was sentenced to undergo the Peine forte and dure—and the sentence of pressing to death was then actually carried out.

THE BRANKS, OR SCOLD'S BRIDLE

Not the least curious of old-time instruments of punishment was the Branks for bridling the unruly tongue of a scolding woman.

To curb a scold's tongue
  Put a branks on her head—
It will make her as silent
  As though she were dead.

The branks was a framework of iron which could be locked upon the head, and was armed in front with a gag having sharp edges, which fitted into the miserable woman's mouth to prevent her speaking, any attempt to do which would cut her tongue. Wearing this ingeniously cruel contrivance, the wretched culprit was led round the parish by a chain held in one hand of the Town Crier, while with the other he vigorously rang his bell to attract the attention of the public; or sometimes the chain would be used to fasten the offender to the pillory or the whipping-post. The intention was to hold up the woman in the iron mask to the jeers and scorn of the populace, till she was induced to show signs of penitence. Or if she remained refractory, she would be locked up for the night in the crib with a meal of bread and water beside her, to be consumed as best she could. After an exposure of this severity, the obloquy was generally sufficient to subdue the most violent virago. Whether the offence for which she was condemned by the steward or bailiff of the manor to undergo this humiliating punishment always merited it, is a moot point. It may have been that she was using "woman's weapon" all too freely, possibly in defence of her social rights, or in assailing a worthless and besotted husband; or very probably in the utterance of threatening and defamatory language for which the alternative penalty of a fine would have been just and adequate—had it not been for the consideration that her husband would have had to pay it!

In olden times there were probably few manors or parishes of considerable size in which one of these peculiar penal instruments could not be found. Here will follow the records which have been preserved of their use and existence in Staffordshire.

The one at Hamstall Ridware manor house, which may still be seen, has been described by the county historian, Shaw (1798), as " an iron bridle or cage to place on the heads of scolding women; it is made of narrow thin plates, opening in two equal parts, with vacancies for the nose and eyes, and when locked on, a circular flat piece of iron projected into the mouth of the wearer, so as effectually to occasion dumbness instead of loquacity. Near the centre is a ring to which is fastened a cord, in order to lead the offender to the Cross in the churchyard, where she was kept till she gave assurances of reformation, which tradition says the deprivation of speech ever produces." (See also Fosbroke's Antiquities, p. 237.)

Nightingale, in his "Beauties of England and Wales" (1803), writes:—" At Newcastle-under-Lyme there is an excellent device for the cure of shrews or scolding women, which has frequently been put in practice within the limits of this ancient borough, by a bridle being fixed to the scold's mouth, which deprives her of the power of speech. She is then led through the town and exposed to public shame till she promises amendment."

" A Short Account of the City of Lichfield," published in 1819, contains this reference:—" The Bridle heretofore used as a punishment for scolding women, who have undergone the punishment of the cuck-stool without reformation, consisted of a hoop of iron surrounding the neck, from which rose an arch, with a plate that entered the mouth and so compressed the tongue that the veriest scold would find it impossible to utter a word intelligently." One such instrument, said to have been in regular use by the Constables of Lichfield from the fifteenth century, was acquired by Mr. Green for the famous Museum he established in that city near the close of the eighteenth century.

The Walsall branks, according to the town's historian, Dr. Willmore, also seems to have found its way to the Lichfield Museum. It is described as fastening behind with a padlock. An illustration of a branks is contained in one of the plates of Plot's county history; in whatever varying shape the instrument was made, the sight of one should have been sufficient to curb the rage of the worst and most hardened " sower of strife among her neighbours."

The scold's bridle belonging to Wolverhampton was long kept in the Old Town House on the High Green, along with the pillory and the stocks and other obsolete instruments of punishment. It was on the steps of this public building that in bygone days the convicted scold was placed under the charge of the Constable, to be jeered at by the rabble. There the constable proclaimed her name, and the offence for which she was condemned to wear the iron mask till the specified length of her enforced silence gave token of her repentance and promise of better behaviour in the future.

Mr. G. T. Lawley states that the bridle which formerly belonged to Willenhall was preserved in the possession of Mr. John Harper J.P., of Brueton House, Bilston. It is described as being something like the skeleton of an old watchman's lanthorn, opening on a pair of hinges, and having a plate projecting inwards to bar the tongue's effort of speech when locked on the culprit's head.

Perhaps the latest instance of the infliction of this form of punishment in this county is that recorded in " The Staffordshire Advertiser " for May 12th, 1838. It is stated there that the scold's bridle was placed on the head of a scolding woman in the Justice Room by the order of the Mayor. Later we learn that this bridle was in the December following thoroughly repaired and painted and then placed in a conspicuous position in the Mayor's office. It is described as bearing the inscription, " Garrula lingua nocet " (a scolding tongue does harm), and later it became an exhibit in the Wragge Museum.

THE TUMBRIL, TREBUCHET, OR CUCKING-STOOL.

In one of the foregoing extracts it is disclosed that the punishment of the bridle was not imposed in Lichfield till that of the cucking-stool had been tried and found non-effectual on the persistently wranglesome female. A somewhat similar comment was made by Dr. Plot, whose County History (1686) contains (p. 389) this observation:—"They have a peculiar artifice at Newcastle and at Walsall for correcting scolds, which it does too so effectually and so very safely, that I look upon it as much to be preferred to the cucking-stool, which not only endangers the health of the party, but also gives the tongue liberty between every dip, to neither of which this is at all lyable, it being such a bridle for the tongue," etc., etc.

A cucking-stool—a name probably corrupted from ducking-stool, though sometimes derived from choking-stool—was an engine of punishment for unquiet women, consisting of a stool or chair at the end of a long pole, levered up and down like a see-saw on a stout upright fixed at the edge of a pond; so that at each dip of the stool the offender seated in it was thoroughly immersed in the muddy or stinking water. This contrivance was more anciently known as a tumbril, or a trebuchet. Relics of this implement of rough justice, employed at one time also for the punishment of men's immoralities as well as for women's slanderous vituperations, are now very rare. Tradition refers to the rotting and rusty remnant of one lingering in a cattle pond near the old manor house of Wednesbury; and Harwood in his History of Lichfield (p 383) copies the record of an item of 8/- expended in 1578 "for making a cuck-stool with appurtenances."

There stands, my friend, in yonder pool,
An engine called a ducking-stool,
By legal pow'r commanded down,
The joy and terror of the town,
If jarring females kindle strife,
Give language foul, or lug the coif.

That Uttoxeter possessed its ducking-machine is certain, as the following reference occurs in the parish register there (1672): "For repairing the stocks and cucking-stool, 10s. 00d."

Similarly the Bilston register under date 1695 has an item, "For a new ducking stoole for ye parish, 10s. 00d." A seventeenth century Constable of Walsall, one Henry Wood, rendered an account "for what he hath disburst for ye town from October, 1661, to October, 1662," which included this illuminating item:—"ffor getting ye cucking-stoole out of ye town brooke, 00, 00, 06 d."

The "cuckstool" at Stafford, which was repaired in 1620 and again in 1623, was usually kept in a "penthouse" at the "Gaole syde." As late as 1801 a woman was dipped at Kingston, Surrey, in the presence of many thousands of spectators.

Local literary references to this instrument of punishment are interesting in themselves, besides showing how familiar an institution it was to our forbears. Dr. Johnson, in conversation with a lady, once observed in his humorously ponderous manner: "Madam, we have different modes of restraining evil—stocks for the men, a ducking-stool for women, and a pound for beasts." Then Dr. Lightfoot, the celebrated divine—who, by the way, was a native of Stoke-on-Trent, and once held the rectory of Ashley in this county—writes in a pamphlet replying to a dissenting parson of Uttoxeter: "A wisp, or a cucking-stool had been a better return for your scolding than patience or reason." While an allusion in "Hudibras" gives a spelling which more than suggests a new and probably correct derivation of the name:—

When pudding wives were launched in
cockquean stools
For falling foul on oyster-women's
schools."

The form of the word "cockquean," or cock-scold, suggestive of a noisy, crowing hen, compels attention by the association of ideas.

That innocent women sometimes suffered this form of punishment unjustly, either through petty spite or persistent persecution, is almost certain. The differentiation of the sexes which reserved such degrading forms of punishment for women would be difficult to understand if human nature were not so uniformly consistent in its inconsistencies. We have to remember that when these forms of punishment were mostly prevalent was the age of chivalry, when knights and nobles vied in their professions of reverence and respect for all "fayre ladies"; when "God and the Ladies" was the typical motto of these gallant champions. But perhaps the explanation may lie in the mental reservation of an unconscious distinction between the women of high degree and the base-born female, a fine social discrimination between gentle and simple.

PILLORY.

The Pillory was a wooden erection for exposing an offender to public shame and derision, standing on an elevated platform with his head through an iron collar or a round hole in a board, which often also had two smaller holes in which his hands were similarly imprisoned. Another name for it was Collistrigium, from the stretching out of the culprit's neck. The Statute of Pillory was passed 51 Henry III.; and it was the appointed punishment for fraudulent millers and bakers, for users of false weights, for perjury and for forgery. Lords and Leets were to have a Pillory and Tumbril in their vill, or forfeit their rights in respect of these franchises.

At the Quarter Sessions holden at Wolverhampton, October 10th, 1813, one Thomas Gobrun, of Tettenhall, was found guilty of obtaining goods under false pretences, and was sentenced to stand in the pillory at Wolverhampton on Wednesday, the 13th, and afterwards to be imprisoned for one year. Wednesday was market day. Just before the Pillory was abolished, in 1837, a man was placed in that instrument of punitive exposure on Wolverhampton High Green, where for two hours he suffered the jeers, scoffs, and missiles of the rabble crowd. The convicting piece of evidence in concrete form, as of short weight or bad quality, was often tied round the culprit's neck.

In his History of Wolverhampton, Dr. Oliver writes: "A pillory was kept in the church down to a recent period, and when used was fixed in the market-place. I do not know by what authority this punishment was inflicted, for it does not appear that the Dean possessed the power."

The Pillory in the county town, Stafford, is alluded to in the public records of that place.

According to Dr. Willmore's history of the town, the Walsall Pillory, together with the Stocks and Whipping-post, anciently stood in close proximity to the Market Cross. We may take it that these obsolete implements of punishment were in constant requisition during the seventeenth and eighteenth centuries, from the frequency with which charges for their repair are met with in the churchwardens' accounts of the period.

The small village of Hixon, near to Colwich, is credited by the county historian, Dr. Langford, with possessing in quite recent years the upright post of the ancient Pillory.

Flogging, as a punishment for crime, being in favour with our forefathers, its administration without the customary judicial formalities may perhaps be excused in time of war. Local history tells us that during the Civil War, when Charles I. lay at Tutbury Castle, then under the command of Lord Loughborough, the Kings' army marched into Burton-on-Trent, the royal headquarters at the time. Between these two towns, on Whitsunday, May 25th, 1645, it is recorded that "a foot soldier was tyed. with his shoulders and breast naked, to a tree, and every carter of the [army] trayne and carriages was to have a lash at him for ravishing two women."

The execution of such rough and ready justice on a depraved criminal may be excused in a generation who believed so profoundly in corporal punishment as to institute a flogging horse for their unruly sons at school, as was the case at Lichfield Grammar School, if not at other public schools of the time.

THE WHIPPING POST.

A Whipping Post was a stout plank firmly fixed in the ground and having a pair of iron brackets into which the wrists of the culprit could be locked well above his head when triced up to it for scourging. The punishment of whipping was specified in many old statutes, particularly for beggars and vagrants. Under the old Poor Laws every parish sought to prevent strangers and wanderers getting a settlement, and so when destitute becoming chargeable on the rates. Such unwelcome visitors were generally apprehended, publicly whipped, and sent back to their native parish. Here is a copy of a Walsall parish memorandum, dated 1702: "To Joseph Howchins, ye Constable, for whipping a scamp at ye public whipping post, and for conveying him with a pass to Dawley, his lawful parish, . . . 4/-."

A public notice issued at Walsall in 1680 throws more light on the subject:— "It has been sworn before us, Acting Justices of the Peace, at Walsall, in the County of Stafford, that the p'ish is infected and overrun by sundrie p'sons, scamps, and villains, who by skulking within the Constablewick do give much trouble and disquiet to honest men, and by meeting certain of his Majestie's loyal subjects on the King his highway, and unlawfully using them. Now this is to command you that all such p'sons caught within the limits of the Constablewick shall be flogged by the Constable till the blood runs down their backs, and be treated as felons. And also, that the Churchwardens are authorised to grant ten shillings for every such vagabond that shall be caught, by whomsoever caught.

Joh. Stone.
S. Wilkes."

A similar notification emanated from a neighbouring parish in 1695 and was worded thus:—"To ye Constable of Bilston, Co. Stafford. Forasmuch as the herein mentioned John Greaves, a rogue and vagabond, was this day found begging in the parish of Bilston, and was brought before us, William Moseley and John Bovebroke, two of the Justices of the Peace. These are therefore to command you to strip the said John Greaves naked, from the middle upward, and to whip him publicly at the whipping-post, and then to convey him to Willenhall with the pass herewith sent you. Given under our hands on the third day of June, 1695.

William Moseley.
Joh. Bovebroke."

Stafford preserves an old county document relating to public whipping, of which the following is a copy:—

"Oct. 28, 1789.

"The County of Stafford to George Brooks, Dr.

"For publickly whipping Jane Mountford for Imbezzling and Secreteing six pounds of Toe which was delivered unto her to spin for William Gallimore; and John Foster as a Rogue and Vagabond privately whipt . . . £1 ,, 1 ,, 0.

Allowed by J. Williamson, 7 Nov. 89. Recd. the above Contents by me, George Brooks."

The parochial records of Stafford also have references to the judicial administration of the scourge. In 1612 there was an official disbursement of 6/6, "Pd. for a Coate for him yt. shall whipp Rogues." which item is immediately followed by a charge of 8d., "Pd. for whipping a Roague," no doubt by this same uniformed official of the Beadle status. In 1621 the sum of 6/- was awarded to the wielder of the whip "for whipping six rogues according to an order made for that purpose." Everything in Stafford was doubtless done according to law and official regulations; the Dogberry of Shakespeare's creation was a very real character in the daily life of the community in olden times. The records of his official activities are as numerous as they are similar. His name at Wolverhampton in 1690 was "J. Basford," when his fee for whipping a "cutpurse" was 4d. Half-a-century later modes of dress and scales of fees had altered, for in 1748 the official wielder of the lash was paid twice that amount for whipping a "pickpocket." In 1708 the Beadle of the town was expected to flog two women for the fee of 8d.

FLOGGING AT THE CART'S TAIL.

The flogging of convicted wrong-doers was not always administered at the town whipping-post. The punishment was sometimes ordered to be administered, by way of intensifying the ignominy of the sentence, "at the cart's tail." In the execution of this form of sentence, the culprit was securely tied to the tail-board of the town cart, which was then driven slowly through the town while the predetermined number of lashes was inflicted by the sturdy Constable on the bare back of the unfortunate sinner.

Quite an intimate and detailed account of this style of punishment, as administered at Wolverhampton a little over a century ago, has been printed in a local newspaper and reads as follows.—"The culprit was Stephen Bratt, of Monmore Green, and seeing that the Bratts were infamous in Hell Lane afterwards, whipping seems to have done no good to such brats. He came with a delicate appetite over Monmore Green, and crossing over the High Green, went into the Black Boy, and laid hands on a couple of ducks. For this he was placed in the hands of George Sparrow, the father of a race of Constables, of whom the last has but comparatively lately departed this life, but who lived to be officially quoted by so great an authority in titles and precedences as a Clerk to the Board of Guardians as a 'gentleman.' George Sparrow stripped the clothes from the rascal to his waist, tied him to the tail of the cart, and the cart was gently drawn from the pump in High Green to the top of Queen Street and back again; and George laid on with an arm that must have made Bratt feel that something more than a sparrow was at his back." From this it appears that the sentence did not specify a certain fixed number of stripes, and that the number inflicted depended upon the length of the specified route and the rate at which the cart was driven.

The "Wolverhampton Chronicle" for October 10th, 1813, contains the account of a similar penal castigation:—"At the

General Quarter Sessions in Wolverhampton, Thomas Francis, for stealing a quantity of rope, the property of George Rushbury, of Bilston, was ordered to be imprisoned for three months, and publicly whipped at the cart's tail at the Cockshutts Colliery, in this parish, on Wednesday next." This colliery was the scene of the robbery.

In 1826 a man was whipped at the cart's tail from Sedgley to Bilston for body-snatching. This was one of the latest instances of this parading form of scourging; though, in the same town and the same year a man and a boy were publicly whipped for vagrancy at the post in the then newly-erected market-place.

Brutal and degrading as a public flogging may have been in the case of hardened male offenders — does not the poet allude to such being whipped at High Cross every morning?—how much more so must it have been in the case of women and children? A feeling of shame and disgust is called up in reading the following extract from the Sessions Records of Newcastle-under-Lyme:—"At the General Sessions, held 21st March, 1703, in the Guildhall, before Francis Burton (Mayor) and William Lawton, two justices of the borough, and fifteen jurymen: Whereas Elizabeth Gardiner, widow, was at this Sessions indicted for receiving stolen goods of and from one John Birks, a servant of Mr. Thomas Burton, knowing them to be such, to which indictment she hath pleaded guilty, this Court doth therefore order that the said Elizabeth Gardiner for her said offence and misdemeanour, be to-morrow, being the 22nd day of this instant month of March, between the hours of nine and eleven in the morning, public set and fixed in the Whipstock, and there either by the Constables of this borough, or by their procurement, whipped upon her naked body betwixt the shoulders and the waist, until her body by such whipping be made bloody; and that the Constables do detain her in the common prison within this borough until the said punishment be so inflicted upon her, as aforesaid, she paying her fees of court, being ten shillings and fourpence."

THE STOCKS.

The Stocks were a wooden engine for imprisoning disorderly persons by the legs. Of the old instruments of punishment, it was the best known, because every vill which failed to provide a pair of stocks was liable to a penalty; and as a ready resource in aid of the parish Constable their use lingered till within a century ago, practically to the inauguration of the modern police system. In many quiet old-world villages the parish stocks are still preserved as a curiosity.

> 'Tis not restraint of liberty
> That makes men prisoners or free,
> But perturbations that possess
> The mind

—sang the philosophical Hudibras as he sat in the village Stocks.

Robert Plant, the historian of Cheadle (1871), gossips on the subject in this strain:—"Just below the Market Cross the Stocks once stood, and some there are now living in this town who have, for petty offences, been fastened to this wooden instrument. The offender was placed on a bench with his ankles fastened in holes under a moveable board, the period of punishment by this means usually being about two hours. Many men found drunk on Sundays have been put in the stocks by order of the Churchwardens. . . . Until half-a-century ago the Churchwardens had a variety of duties; one was to perambulate portions of the parish and visit public-houses on Sunday afternoons for the purpose of discovering tipplers, tip-cat players, and others who became occupiers of the dark-hole or the stocks."

The parish stocks were often situated near the churchyard gates when not set up in the market place. At Wolverhampton they were removed from the former to the latter position in 1552, and remained near the Market Cross till 1670, when they were returned to their old position.

At Walsall the move was made in the opposite direction in 1668, as a record of expenditure states: "For removing ye Stocks out of ye Cross, 01s. 02d."

Glew, the historian of Walsall, states that the Stocks in that town held a prominent position in front of the Guildhall to a very late period. He says (p. 36) "they were erected in 1847 during the mayoralty of a gentleman who bore the euphonious name of Box, which brought forth sundry effusions from the Walsall 'Muses,' such as—

> Yon curious leg vise, called the Stocks,
> The produce was of a Walsall Box.

This not very graceful appendage was removed in 1854, on a motion made in the Town Council by Mr. John Wilkinson, of

High Street, thus affording to the 'Muses' an opportunity of completing the verse as follows—

So much did public will prevail,
This leg vise had to give leg bail."

A fitting public place in which to preserve the old Stocks has been found in the Arboretum.

For long years at Wednesbury the Stocks and the Whipping-post stood together outside the Market Cross till that building was demolished in 1829, when the Stocks were removed to the foot of the High Bullen, and the Whipping-post disappeared entirely. The last resident magistrate to commit drunkards and other disorderly persons to the Stocks was the Rev. Isaac Clarkson, Vicar of the parish. A few years later the Stocks finally disappeared, probably owing to the substitution of a Crib, with an iron-studded door, by the side of the Workhouse, in Meeting Street.

In Bilston the ancient Stocks were kept in the Police Station yard till 1862, and were moreover brought once more into requisition at that date for punishing a youthful devotee of Bacchus, who in his pot valiantcy had defied the newly-uniformed myrmidons of the law.

A writer in the Willenhall Magazine of the time thus describes the episode:—" I was walking in Bilston last Friday, and observing a large crowd of people around the Police Station, I stepped across the road to see what was the matter. To my surprise, I discovered in the open air by the station wall, a man in the stocks! Yes, there he sat, looking as demurely as inebriation would allow at the gaping crowd around him. I inquired from the bystanders the nature of his offence, and discovered that he had been making an oratorical display in the justice room to the annoyance of the sitting magistrates, for which he had to pay a fine or sit in durance vile," etc., etc.

These were the genuine Stocks which probably had formerly stood at the entrance to the churchyard and which the Vestry had provided in 1764. Items of expenditure for the repair of the parish Stocks appear in the Bilston Registers in 1706, and in 1710.

The last resting-place of the old village Stocks at Penkridge was also outside the Police Station, a not unfitting meeting-place of the old and the new.

At the little village of Hill Ridware the ancient Stocks had (in 1818) stood from time immemorial at the junction of three roads, a situation which doubtless secured as much publicity as the church gates or the market cross in other places. For the main object of our ancestors in using such forms of punishment was to secure as much publicity as possible for the victim's degradation.

The Lichfield Stocks were in use to a comparatively late period for the punishment of drunkards. In construction they were somewhat uncommon, being set upon wheels, and kept in the Town Hall; when required for use they were wheeled out into the public street and placed in front of the building.

Stafford, perhaps because it was the county town, boasted two Stocks, one pair placed in the old Butter Cross, and the other on the Green, opposite the Ivy House, Forebridge.

How unpicturesque are modern ideas as compared with the antic, even in so simple a matter as the taking of leg-bail! Contrast the lock-up, the crib, the cage, or the dark-hole with the open village Stocks. And whoever thinks of the smile-provoking Stocks without recalling the Shakespearean instruction to a fussy parish constable:—

" You shall comprehend all vagrom men"?

PUNISHMENT FOR NON-ATTENDANCE AT CHURCH.

We are reminded by the above-quoted passage that our forefathers had not only different ideas of justifiable forms of punishment, but also of what constituted the legal delinquencies calling for the law's chastening hands. In the earlier years of the Reformation every man and woman was required by law to attend regularly at divine service in the parish churches. By a statute of Elizabeth's reign it was enacted that " if any person above 16 years of age shall be convicted of having absented himself above a month from church without lawful excuse, he shall be committed to prison and there remain until he shall conform."

Her Majesty's lieges were at liberty to attend market on Sunday, the day on which markets were mostly held, and buy and sell as freely as they desired, but woe to the parishioner who was ungodly enough to attend market and not enter the church for the weekly service. The churchwardens were bound to see that parishioners were present at church, and to present defaulters at the ecclesiastical court. Here is a copy of a Walsall record of Charles I.'s reign bearing on the point:

"Warrant granted at Sessions, November, 1636. To ye Constables and Churchwardens of Walsall Borough. These are to will and require you, in his Majestie's name, to charge and command you that you levie on ye severall persons undermentioned, the severall sums of money imposed upon them for their several offences after-mentioned, in which they were severally convicted before me at the Sessions held at Walsall, ye 8th day of November, 1636.

	s. d.
Of Richard Stone for his absence from church three Sabbath days together	iii ,, 0
Of Agnes Stone, wife of Richard Stone, for ye like	iii ,, 0
Of Robert Bird for ye like......	iii ,, 0
Of John Allen for ye like	iii ,, 0
Of Edward Brookes for ye like	iii ,, 0
Of John Morley for ye like ...	iii ,, 0
Of Jeane Morley (widow) for ye like	iii ,, 0

And if any of ye persons above sayd shall refuse or neglect to pay their severall forfeitures, and you can find no distress thereon to levie ye same, that then you or ye constable shall commit ye persons so refusing, or not having ye goods whereon to levie ye said forfeitures, into any of his Majestie's gaols, in ye borough and fforen of Walsall, there to remain until they shall have made payment of ye sayd severall forfeitures, and this shall be your sufficient warrant therein."

In the same records, under date 1656, is the item:—

	s. d.
From John Birch, as forfeiture for refusing to come to church	1 ,, 0

A Bilston record, somewhat to the same purport, is the following declaration of the surprisingly late period of Anne's reign:—

"1702. I, John Robyns, humbly confess and acknowledge that I have contemmed her Majesty's godly government and authority by absenting myself from church, contrary to ye laws of this realm, for which I am heartily sorry, and do promis that hereafter I will repair to church to hear divine service, and do my utmost to defend ye same. In confirmation and pledge of which I do here give £5 to ye poor of ye parish to be distributed by ye clergyman on Sunday after service at his own discretion."

A like public declaration is found in the registers at Checkley:—

"I, Thomas Woode, doe humbly confess that I have grievously offended God in contemning his Majestie's godly and lawfull government and authorities, by absenting myself from church and from hearing divine service, contrary to the goodly lawes and statutes of this realme, and in using and frequenting dissolved and unlawfull conventicles and assemblies under pretence and colour of exercise of religion, and I am heartilie sorrie in my conscience; and noe other person hath or ought to have anie power over his Majestie; and I promise and protest without dissimulation or any colour or meanes of any dispensation that from henceforth I will from tyme to tyme obey and performe his Majestie's lawes and statutes in repayring to churche and hearing divine service, and doe my uttermost endeavour to maintayne and defend ye same. Dated April 28, 1632.

Signed, Jas. Whitehall, Rector.

Fra. Shorley.
Thomas (x) Woode.
Richard Rawlings.
Anthonie Witherings,
Churchwardens.'

The wording of this document does not ring true as the spontaneous and unforced declaration of a free man. It must be remembered that 1632 was the beginning of that troubled era of Charles I., when religious controversies and political dissatisfaction culminated in civil war. But much earlier in the Reformation era, even in the reign of Edward VI., soon after the passing of the Act of Uniformity, we have symptoms of the same intolerant spirit among the governing authorities. At a Court held in the Staffordshire side of Tamworth on October 21st, 1550, the following penalty for religious recalcitrancy was agreed upon:—

"It: yt no ma' [man] shall receive no ma' into ther howssys [houses] att service tyme s'b pe' [sub pœna, that is, under penalty] of iii s. iiii d.—halff to ye Balies, and ye other to ye Com' Bocks." [Common Box or public fund.]

Also in the same ancient borough records appears this item of the following year, 1551:—

It: Will Woode was amerced in xii d. for keepynge of servants att ye sermonde tyme "—that is, keeping his servants away from church.

And now we come to the notice of the other executive and active duties which Churchwardens had to perform in those Puritanical times. First, be it understood that drunkards, if found drunk during the time of divine service, were taken by the Constable and Churchwardens and put into the Crib till they could be formally amerced by the magistrates; and if they were unable to pay the fine imposed were either set in the Stocks or the Pillory, and in flagrant cases also whipped. No notice was taken of the offence if committed before or after the time of church service. An illustrative case is thus recorded at Walsall:—

"1636. Mr. William Mountford for drinking in ye house of Robert Smyth on ye Sabbath day in ye time of evening prayer, iii s. iiii d.: of Robert Curteys for ye same, iii s. iiii d.: of John Curteys for ye same, iii s. iiii d. And if they or anie of them shall refuse to pay their severall forfeitures of iii s. iiii d. and you can find noe distress whereon to levie ye same, then ye Constable shall sett ye p'sons in ye Stocks, there to remain for ye space of iiii houres."

Sunday tippling was a punishable offence, or not, according to the hour in which indulgence was had.

EXCOMMUNICATION.

Besides the expiation of offences, there was in earlier centuries, under ecclesiastical authority, the process of purgation. The register at Lichfield records the following curious instance:— "In 1458 one William Godthink, who was accused of theft, was summoned to the church on Sunday. He was attended by eight of his neighbours, and swore before the altar that he was innocent, and the Bishop thereupon threatened excommunication against any one who should in future slander him." This process of purgation, says the Rev. W. Beresford in his History of Lichfield Diocese, was frequently performed; sometimes the process was carried out in the Market Place. Compurgation was a part of the old Saxon law; a compurgator was one who by oath justified another's innocence.

THE HUE AND CRY.

As it is necessary to catch the law-breaker before he can be punished, it may be explained here how the fugitive from justice was brought to book in those olden times, when means of communication were few and difficult. The old common law practice was to pursue the fugitive offender with Hue and Cry, that is, with shout and clamour; all felons such as had dangerously wounded another being sought by raising the neighbourhood with horn and voice. By an Edwardian statute, immediately after the commission of robberies and felonies pursuit was to be made from town to town, and from county to county, each town being held responsible for maintaining the Hue and Cry, till the offender was taken and delivered to the Sheriff. By a later statute of Elizabeth's reign, the pursuit was not recognised as effective unless made with both horsemen and footmen. Every constable and similar official who neglected this duty was liable to a penalty of £5. Private persons were expected to acquaint the officers with all the circumstances of the felony known to them, and to join in chase, though a wanton Hue and Cry, raised maliciously and wrongly, was severely punishable. Every vill and town was held heavily responsible, and the pursuit was given special publicity in the market towns.

References to the custom are to be found in the public accounts of many Mayors, Bailiffs and Churchwardens of the seventeenth century. Thus we find such entries as these at Stafford:—

	s. d.
1619.—Paid for sending away 9 Hue and Cries	1 ,, 4
1636.—Hues and Cries for the whole year	2 ,, 2

XXXIV.—Visitations of Plague and Pestilence.

CONSIDERING the way in which the people lived during the earlier centuries when sanitary laws were not only unknown but commonly violated, when medical knowledge was extremely limited and often misdirected, it is not surprising that the land was periodically visited by plague and pestilence, not infrequently bringing famine in its train Ill-ventilated dwellings and the absence of proper drainage schemes, tainted water supplies and a limited range of foodstuffs. all combined to undermine the public health.

The country was swept by plague at the close of the Romano-British period in A.D. 430, till there were scarcely enough left living to bury the dead. Soon after the Norman Conquest London experienced a great mortality in 1094, as Chichester had done in 772.

There were doubtless a number of plague visitations during the Middle Ages, some local and some national, of which no records have come down to us, most probably because writing was then a rare art. Staffordshire, in the region of Cannock, seems to have been slightly affected by one in 1361.

No visitation equalled that of 1348, known in history as the Black Death, a virulent and devouring fever of Oriental origin, which travelled westward across Europe, and to which by its devastation of Florence the world's literature is indebted for Boccaccio's "Decameron." Among its horrible symptoms were tumours under the armpits and in the groin, itching pimples and purple plague sores, and the vomiting of blood. In England alone over two million deaths occurred from it.

So they died! The dead were slaying the dying,
And a famine of strivers silenced strife:
There were none to love and none to wed,
And pity and joy and hope had fled,
And grief had spent her passion in sighing.

This appalling scourge found England rejoicing over Edward III.'s Conquest of France. At the beginning of 1348 Lichfield was taking a prominent part in those national rejoicings. This local celebration was characterised by all the colour, splendour and pageantry of the times as would be due to the victor of Crecy.

On the Minster Pools joyous water sports were held. A grand tournament was attended by all the chivalry and beauty of the county and countryside; in the lists the King himself ran a tilt against that doughty Staffordshire knight, Lancaster, the lord of Tutbury. Local tradition connects these famous Lichfield festivities with the inception of the idea of founding the Order of the Garter at the Round Table of Windsor in the following year, as to the Chapel of this Order at Windsor Palace Uttoxeter was appropriated. But this gorgeous spectacle at Lichfield took place in the early part of 1348; before the close of the year the country was becoming one mass of disease, filth, and putrefaction.

The whole country was paralysed in its affairs by the awful pestilence, and Staffordshire fared no better than the other counties. The diocesan registers at Lichfield reveal an extraordinary number of benefices falling vacant, the incumbents of which had no doubt in their faithfulness to duty in administering the last consolations of the Church, exposed themselves too freely to contagion. Tamworth lost a large proportion of its population. Palmer, the historian of the town, says:— "The inhabitants established for a time a Sanatorium, which might have been such a Lazaretto as the Italians were wont to set up outside their cities when some fearful scourge was upon them." Evidence of the devastation at Brewood is contained in the "Answers of the Custodian or Receiver of Rents of the Bishop of Lichfield's tenants" in that manor. The official lists for 1360 of "the names of the tenants of irrigated land, accustomed to pay Stuck [or Stouk, the flood-gate for supply] and who had died in the late pestilence" enumerates twenty men, which when the women, children and other males are added, would represent a large proportion of the population of so small a place at that time. The list gives the names of the dead tenants as:—

John Parkes.
John Ochel.
William at the Pool.
Walter Thurstans.
William Stuck.
William Silnot.
William Dobbin.
William Raven.
Thomas Henderson
Richard the Hinde.
William Godwyn.
William at the Mere.
William (illegible).
Richard o' the Green
Henry of Rowley.
Richard Schirman.
Henry the Heyward.
Nicholas of Crateford.
Adam of Northcott.

Among the local notables claimed as victims by the grim visitor of 1348 was William Bowles, the lord of Rushall. In the old family records a reference to the event is made in these somewhat obscure terms:—" The grete pestilence in anno xxv of the last Kynge E. in the which the said William Boweles deyde."

In November, 1560, a plague broke out in Tamworth and continued to rage with more or less violence till the end of 1563. The church registers contain a heading for " the names of them yt wer buried of ye plague in Ano. D'ni 1563," but for some reason the list of names does not follow, so that the extent of the ravages cannot be gauged.

The next plague which ravaged this county occurred in 1593. According to the church register of Alrewas, " this year in the summer time, 1593. was a great plague in England, in divers cities and towns, as in London there dyed in one weeke to the number of 2,000. and in Lichfield there dyed to the numbre of xi. hundred and odd, and at this tyme of writeing not clear reasted, being 28th Novembre." Evidently the mortality was very high at this visitation. From the parish register of St. Giles's, Newcastle-under-Lyme, while the average number of burials in the years immediately following was 10, in the year of the plague 57 burials are recorded, with a significant memorandum appended, " Magna Pestis grassatur " (a great plague raging). The eleven hundred carried off in Lichfield must have been half the population of the city, as in the reign of Henry VIII. the taxation of the place showed the number of householders to have been 400, and an average of five inhabitants to a house may be reckoned.

In 1596 the plague reappeared in Tamworth, upon which the town's historian, Palmer, remarks:—" This dreadful disease seems to have raged with great fury, aggravated by the partial famine which then prevailed in the country. The deaths were so numerous here that the distress occasioned by the insufficient supply of corn was, in some measure, alleviated." A memorandum in the parish register under date March, 1597-8, confirms this statement in significant language:— " Dyvers died of ye bloudie fluxe. At wch tyme the darth (dearth) of corne somewhat abated by reason of deathe and lauske rye."

In the seventeenth century we have records of plagues following quickly one after another. Why these alarming social symptoms? We know there had been no improvements in town planning, and that the water supplies were still polluted. Was it because the conditions of town life, which had barely sufficed through the previous centuries, failed altogether to bear the hygienic strain now that the population was increasing and overcrowding had set in? It is certain that the authorities either failed to recognise the laws of public health, or neglected to take concerted measures for its due preservation. Tamworth was again visited by the grim spectre of pestilence in 1606, though this time the visit lasted only from the October to the December of that year.

At Stafford plague broke out in 1610, and was of so virulent a character that the Sessions had to be abandoned. In the churchwardens' accounts that year it is recorded: " Worde was sent from Sir Walter Chetwynd that the sicknesse being dangerous the Sessions should not be holden here. Sent unto him to satisfie him of our care, by Thomas Clarke, a bottle of sacke and a bottle of muskadell; and for horse hire, 7/6." Surely no chairman could desire more courteous attention than this.

Tipton, Sedgley and other low-lying parts of Staffordshire on the borders of Dudley, suffered in common with the Worcestershire environments of that town, from a pestilential visitation in 1616. At Wolverhampton and Bilston a number of deaths were attributed to the Bloody Flux.

From Dudley, which appears to have been the plague centre, a public petition, dated April 8th, 1616, signed by Richard Foley (Mayor), Henry Jackson (Vicar), and Richard Finch (Bailiff), was presented to the Bishop of Worcester. It was worded: "The humble petition of the poore distressed towne of Duddeley most lamentablie complaineth and sheweth unto your good worships that whereas heretofore wee have with our willinge duty and bounden service acknowledged our obedience unto his majestie, and in the tyme of God's visitation upon your worship's commande did compassionatelie contribute unto the citie of Worcester, may it now please you that oure poore towne havinge grevious experience of sicknesse which hath continued for almost three-quarters of an year; and our said towne standing principallie on poor handicraftes men, who are much impoverished and now themselves wante ayde who heretofore dyd contribute to the reliefe of the poorer sorte, and likewise we having att this instant seven score children by reason of this sickness who either want father or mother or both, and many of these besides divers in like great wante. And for that the same sickness doth continewe, and suspected to increase unto our further impoverishments and imminent danger of famishment of many amongst us, wee havinge strayned our utmost abilitie for their succour until this instant, and not able further to sustayne their wants, doe most humblie petitionate and beseech your worship to tender our miserie and considerate our neede by collection and contribution within the countie, whereby the poore will be comforted and preserved, and thus for God's cause. Tenderinge our humble suit to the consideration of your merciful affections, wee in all humilitie remember ye service restinge to protest and confirme the truth hereof at your worship's command." The hope of the petitioners seems to have been that the Bishop would authorise the issue through his diocese of what were known as Briefs; that is, licences to make collections in the parish churches for the relief of widespread distress, such as would be the case of the orphans, widows and other sufferers by the epidemic in Dudley.

From the parish accounts of the county-town is extracted the following entry, which seems to indicate that in 1621 the public health was again of so threatening a character as to interfere with the administration by his majesty's judges: "Paid Mr. Moye for a sugar-loaf bestowed upon Justice Warburton at Summer Assizes, when we conferred with him for the wronge done unto us about indictments preferred at the assizes, tending to the breach of our liberties."

The next record of the kind occurs in the Stafford Corporation Accounts, and is of the nature of precautionary measures to prevent the spread of such devastating disease. In 1630 two payments are authorised; the first entry reads—"Paid to James Colliere for his paines and charge in riding post from London to bring a warrant from Mr. Drakeford and Mr. Jno. Worswicke to prevent W. Walthow and his wives (sic) comyng to towne ([Stafford] who had bynn in a house infected in London . . . £2 ,, 13s. ,, 4d." The second entry refers to the same case: "Paid ——— to go with a warrant to Norton to Wm. Wathow to acquaint him if he caime that waie he must not come into the towne amongst us."

A record of six years later is found in the Parish Register of Ashley (Staffordshire), dated November 30th, 1636. The entry is in Latin, and a translation reads: "To-day a seven days' fast has been commenced here, on account of the plague raging very much in London, Cambridge, Newcastle-on-Tyne, and many other parts of the kingdom. It is a terrible, and in our times an unheard-of event, that about six hundred persons have died for so many winters each week by the plague in London." It is difficult in these days to realise how slowly news travelled then. Much nearer than the three large towns mentioned, the news of whose sad plight had evidently arrived in some fortuitous manner at Ashley, the plague was making havoc among the population of this county. The registers of Tamworth that year record many deaths "by pest"; and at Walsall the grim spectre of plague was abroad, as the following drastic notice issued by the authorities there unmistakably testifies.

"To the Constable of Walsall Burrowe.

Whereas the infection of the Plague is dispersed into divers parts of the kingdome, by reason whereof it is verie dangerous to p'mit strange passengers to stay or abide in our Towne, these are therefore to require you that imedyatlie you appoint foure sufficient housekeepers to ward every day (till you shall have directions to surcease) who shall warde either in their own p'sons, or place some other able man in their turnes, such as you in your discretion shall approve of, who shall stand at every end of the towne, to keep out all suche strangers as shall not bring a certificate that they come from no infected places. And that you charge the said warders that they shall not suffer any suche strangers to stay in the Towne, as they will answare for their remissions at their p'ill. And if any whome you shall appoint shal be refractorie and refuse to ward, or shall be negligent in their places, that you give us notice of their names, and presse their offences; and we have ordered that their good behaviour shall be granted against them; hereof you may not faile, as you will answer for your neglect, at your p'ill. Given under our hands at Walsall Burrowe, the seventeenth day of June, Anno Dom. 1637. And further you warne all Innkeepers, Ale-house Keepers, and Victuallers within your Constablewick, that they doe not nor shall receive any suche stranger into their houses, withoute ye like Certificate, as they will avoyde the penaltie of being bound to their good behaviour and suppression for victualling or selling ale any longer. Tho. Wollaston (Mayor), Henrye Stone, William Webb."

This document is very illuminating on many points. The epidemic of 1636-7 was general and widespread, and the extent of its ravages is indicated by another Latin memorandum made by the scholarly parson of Ashley in his church registers From this we learn that the plague had visited Worcester, Nottingham, Grantham, Dunstable and Stafford, and that Melton, in Leicestershire, had been almost depopulated by it. Then the learned and careful chronicler adds this curious note: "From the beginning of the Spring to the present time there has been continual drought, except that occasionally there fell a very few drops but to-day within ——— hour there has been a copious shower. In —— in this county, in the village of Rolleston, and near Tutbury, there rained wheat, or grains resembling wheat, but somewhat blacker. We frequently saw it, and rubbed it with our fingers into a greyish powder." Whether the reverend gentleman would imply that there was any connection between the plague, the drought, and the natural phenomenon of a shower of wheat grains, we are left to conjecture.

Ten years later another plague added to the horrors of Civil War, which had broken out in 1642. In Stafford a great mortality occurred, and concerning the consequent distress an interesting document has been preserved among the Corporation records. Premising that the place referred to is evidently the hamlet of Great Yate, near Cheadle, in North Staffordshire, it is worth quoting in full:—

"To the Minister of Greetyate—

"Whereas it hath pleased Almightie God for a longe tyme to visitt the towne of Stafford with the plague, which by that meanes is now growne as poore, that unless some speedie course bee taken for their reliefe, the meaner sort off people must off necessitie break out for want of sustenance. These are therefore, as I am required, to acquaintye you with the desire of the Committie of Parliament, for that Committie and off the Inhabitants of the said towne of Stafford, that you would exhort your Parishioners to extend their liberal benevolence for the relief off the said distressed people; that a collection be tharfore made, and that you signify under your hand what money shall bee so collected, and that the said money be speedilee paid unto mee, together with the said significat, that I may pay the same as I am farther directed.

Tho. Myller.

20 d. 8 m. 1646.

"The names of the benefactors in Greetyate towards the relief of Stafford, visited by God's heavy judgment of the plague:—

		£	s.	d.
Imp.	John Goringe	0	2	0
Ite.	Robert Swenston	0	0	6
Ite.	Thomas Felthouse	0	1	6
Ite.	John Keelinge	0	0	6
Ite.	John Coupe	0	0	6
Ite.	Robert Burton	0	0	4
Ite.	Thomas Gretton	0	0	8
Ite.	Willia Keelinge	0	0	2
Ite.	Tho. Godwin	0	0	2
Ite.	Willia Mold	0	0	2
Ite.	Willia Allen	0	0	4
Ite.	Francis Goodhall	0	0	2
Ite.	John Pedhock	0	0	3
Ite.	Robert Holme	0	0	2
Ite.	Tho. Knight	0	0	2

Sum-a-total ... viii s. ii d.

Tho. Hinckley, Curat."

As the list does not cast to the total entered, possibly some items have been omitted inadvertently. The incident is historically interesting, as it shows a disposition on the part of the Parliamentary authorities to assume the same benevolent attitude as the old monarchical regime in granting Briefs for the relief of widespread distress. This view is strengthened by a notice which was published in the "Perfect Diurnal" of December 28th, 1646. It read thus:—"Friday, Dec. 25, 1646: the Houses sat this day, and the Commons ordered a collection throughout London and Westminister next . . . being the monthly fast-day, the moyety thereof for the poore of the small parishes, and the other moyety for the distressed and infected inhabitants by the plague of the town of Stafford." From these records it is apparent that the county-town was sadly impoverished as well as depleted in population by heavy mortality. Yet we hear of no great public efforts to fight these frequent visitations, by seeking the cause and applying a remedy. Nothing corrective or palliative seems to have been attempted except a profuse employment of sweet-smelling herbs and aromatic spices, and the burning of tar barrels in the open streets—efforts as futile as they were feeble.

What a ghastly Christmas was that of 1646 in a land torn by Civil War and ravaged by deadly plague! Recorded evidence is sometimes of a conflicting nature. Francis Redfern, writing his History of Uttoxeter in 1865, says:—"When in 1646 the Plague was blighting to an alarming extent several of the towns about—as Lichfield, Stafford, and Ashbourne, as well as the adjoining place Clifton — Uttoxeter appears to have escaped; and although so much oppressed by the exactions occasioned by the Civil War, was in a position to afford relief in sums of money to each place. To Ashbourne it sent a contribution of £3, to Clifton £5, to Lichfield £2 9s. 0d., to Stafford £2, all collected in the town, with the exception of 6s. 8d. given from the parish rates." The items paid to Ashbourne and to Clifton are duly entered by the churchwardens in the parish register, under date August 25th, 1646. As against this, the Staffordshire Directory states distinctly that "the Plague did visit Uttoxeter, and warrants were taken out to remove several soldiers suffering from the plague; but these were severely isolated to cabins erected outside the town, and so the contagion was prevented."

In the following year the Plague was certainly lingering in another part of the county. In Ward's History of Stoke, published in 1844, we read that in 1647 the Plague visited Burslem and that many of the inhabitants died of the malady. Mr. G. T. Lawley has printed a statement made many years ago by Mr. Sampson Bagnall, of Hanley, a descendant of the Bagnalls who were tenants of the Rushton Grange estate for a long period. This estate belonged to the ancient family of Biddulph of Biddulph, who were stedfast adherents to the Catholic faith, and was used as an occasional country retreat by them, and also to serve, when emergency required, as a hiding-place for a priest. The statement proceeds to say that the Plague was imported into this remote village by a domestic engaged to teach the young Biddulph children, and was communicated to the inmates of the Grange when she unpacked her contaminated clothing. Among the first victims to succumb were the young woman herself and several of the children. Some of the adult Bagnalls also died of the pestilence, which next spread to the lower parts of Burslem, about the Hole House and Hot-lane; and there the terror soon became so great that people were afraid of going near the infected sufferers, but supplied them with food and physic by leaving these requisites outside their dwellings. For some reason, says this source of private information, none of those who died of the Plague were buried in the churchyard, but were all interred in pits dug near the Grange, and the family priest privately administered the last rites of his church. The spot where these interments were made was long identified in a dell or hollow below the old house, known to the country people as Singing Kate's Hole, from an Italian lady given to warbling in the open air, who was once presumably a visitor at the mansion.

Official evidence of the alarming condition of the public health hereabouts is contained in an Order of Quarter Sessions made in 1647, to the following effect:—"Whereas by an Order under the hands of Thomas Crompton and Edwarde Mainwaring, Esqs., two of His Majesty's justices of the peace for this countye at Stone, dated the 11 November laste paste for the relief of the poor distressed infected persons visited with the plague at Burslem, the neighbouringe churchwardens and overseers of the poor of the several parishes were taxed and assessed in several sums, weekly, towardes the reliefe of the said infected poore to continue till the next Sessions, parte whereof was accordingly paid and the reste yet unpaid. It is therefore ordered by the Courte that the said Churchwardens and Overseers of the Poor of the several parishes shal pay in the monies in their hands or in arrear unto Hugh Meare, John Daniell, and William Wedgwoode, to bee by them disburste as they shal finde cause, and the same payment to be made, by everie severall parish for four whole weeks from the dates of the said order, and noe longer. And the new churchwardens and overseers are ordered to levie what shal bee unlevied by their predecessors, and pay the same accordingly." Accompanying this order were schedules of the Lewnes, or rates of levying and disposing the dues, which read thus:—"Halfe a lewne for the use of those at Rushton Grange that were visited with the sickness. A whole lewne made by the present churchwardens and overseers of the poore for the parish of Stoke-upon-Trent, and other parishioners then present for the relief of the poor who were visited with the plague at Burslem, etc. November 14, 1647."

This public document disposes of the suggestion made in the private statement that there was something surreptitious about the plague visitation of Rushton, and its treatment.

Less than twenty years later came the historic Plague of London, 1665, ushered in by a torrid June following a phenomenally dry spring. Everywhere throughout the country the local authorities sought to prevent the spread of the unexampled horrors of the capital by framing by-laws to protect themselves from infection being carried into their midst by travellers. Here is a sample public notice:—

"Walsall, 26 August, 1665. An Order of the Mayor and Justices of the Peace of the Borough and Fforren of Walsall.

"Whereas we apprehend the greate danger of the carriers going to and returning from London, having found by sad experience that for their owne private advantage (having at present double and treble pay for carriage than they had formerly) have not refused to bring downe both persons and goods, to their owne knowledge out of infected parishes and places, to the endangering not only of themselves and families, but of the whole towne and countrey. And also being induced hereunto by the late danger wee were in, by the death of a young man (wtch it not yet over). That if it please God to prevent our feares, it should not only lay an obligation of thankfulness for oure great deliverance, but ingage us for the future to use oure utmost diligence and endeavours for preventing of the like danger, doe hereby order in manner of forme following, that is to say—

(1) That if any Carrier shall for the future desperately endeavour to travell to London until it shal please God upon the removeall or good abatement of the sicknes wee may goe with lesse danger and more safety; and shal presume to come home to his owne house in Walsall, that his house shal bee shutt up for the space of one month at the least.

(2) That noe inhabitant presume to entertain any such Carriers or their servants into their houses or companies by the space of one month after their return from London, or receive anie goods or wares brought downe by them before the same have been aired by the space of one month at the least, upon the payne of having their house shutt up, and to be otherwise proceeded against as dangerous persons and contemners of authority.

(3) That noe inhabitant within the liberties of the borough and fforren aforesaid, shal hereafter presume to enterteine anye passengers brought by the carriers or otherwise, only ife they make it appeare by legall testimony that they have been out of the City and Suburbs of London by the space of one monthe at the leaste, and until they may receive them with more safety upon the like payne.

(4) Lastly, that all inhabitants, householders within the liberties of the sayd borough and fforren, doe watch and ward with either their owne persons or others that shal be approved of by the Constables, at such times and places as the Constables shal appointe. And that the Warders continue in their ward untill the Watch come to relieve them at night, and the Watchers continue their watch untill the warders come to relieve them in the morning, upon payne of everie one found negligent in any

of the premises, to be bound to their good behaviour.

Richard Blackham (Mayor).
John Saunson.
William Smith."

The document is distinctly illuminating, revealing to us, as it does, the palliatives attempted in the forms of cordon and quarantine.

In the neighbouring borough of Burton-on-Trent, during the continuance of the threatened infection, the inhabitants of the surrounding hamlets were not permitted to approach nearer the town than "the old lane called Butter-woman's Causeway on Burton Moore, where the ordinary butter and poultry markets were in consequence then held." In the Parish Accounts of Brewood we read that 12s. 6d. was paid that terrible year to the High Constable "for infected persons that were in Cheslyn Hay."

Reference to the same visitation is found in Cheadle parish registers in these terms: "Collected on the first monthly fast, being the second day of August, towards ye relief of persons and places visited by the Plague—14s. 7d."

Notwithstanding the numerous and stringent precautions with relation to the plague-stricken Metropolis, many outlying places failed to escape the contagion. It reached that remote and pleasant village, Ilam, introduced it is said by some tailor's goods sent down from London.

By the eighteenth century the progress in housing and town drainage was evidently making some impression on the epidemic diseases which still from time to time made periodic appearances. The attacks were not so virulent, nor the mortality so appalling. In 1734 Bilston appears to have been visited by an alarming disease known as the "bloody flux," which caused 67 more deaths than had occurred in the previous year, a number which must be considered in relation to the smallness of the population affected, say, a total of about 550. The victims are said to have succumbed in a few hours after seizure. The same parish was attacked in 1756 by an epidemic called "putrid fever" or "flux of fever." The first victim's death is recorded in the register on November 15th, 1756, and three days later we have the entry, "John Hughes, governor of ye Workhouse, died of flux of fever." From that date until June 1st, 1757, a period of about half-a-year, when the last record bearing the ominous words, "flux of fever," occurs, the epidemic had accounted for 51 deaths in a total of 81.

From this date the advances made in medical science must be credited with an improvement in the public health. In 1665 the national death rate was 80 per thousand; to-day it is about 15. But much slower was the progress made in sanitary science, and in 1832 and again in 1848 that scourge of India, Cholera Morbus, was imported and found a congenial place amidst the slum dwellings of our large towns. During the later visitation it took a toll of over a thousand a week for more than a year. The Black Country suffered severely from both visitations, particularly the earlier one, Bilston with a population of 14,492 recording 3,568 cases and 742 deaths. In Sedgley there were 290 deaths, and in Wednesbury 212; even in Wolverhampton, a well-governed town, there occurred 193 deaths in a population of 30,600. These two appearances of the Cholera fiend, with so short an interval between, roused the Central Government to somewhat belated Parliamentary action; inquiries into the sanitary conditions of all "populous places" were made, with the happy result of placing the first Public Health Act on the statute book of the country.

XXXV.—Holy Wells and Famous Springs.

CHAPTER XX. was devoted to the subject of Well Dressing. It now remains to discover the reasons our ancestors had for their widespread custom of thus honouring the sources of their water supply.

The waters of many natural springs are impregnated with the minerals through which they flow, thus acquiring certain properties on the reputation of which the particular spring built up its special character. The value our forefathers attached to wells of a curative nature will be appreciated when we recall the lessons to be learnt from the last chapter, that the prevalence and frequency of plague and epidemic disease were often more attributable to faulty water supplies than to any other cause. Can we imagine a large town like Wolverhampton without a proper "water-works" system? In Plot's "Staffordshire" (1686) we read: "Nor comes the town of Wolverhampton far behind Swynnerton, being situate high and where they have but four weak springs to supply that large town, which, too, rise altogether behind the Cock Inn (so that they may be esteemed as one), having different names appropriated to their several uses, as the **Pudding Well**, the **Horse Well**, the **Washing Well**, and the **Meat Well**, from which they fetch all the water they use for meat or drink all over the town in great leather budgets, or boraccias, laid cross a horse with a funnel at the top to fill them, such as they use much in Spain."

A regular and constant supply of good water to a town population was recognised as a worthy object of pious devotion in the year 1301, when a Lichfield bell-founder, Henry Champanar, granted "for the use and solace of the fryers minor of Lichfield, his fountains at **Frontewell**, near Alreshaw."

Dr. Wilkes mentions a number of wells in the Wolverhampton region, whose waters come through the solid rock, once of high repute, but now neglected if not entirely forgotten. A never-failing spring was that known as the **Culwell**, near to Wolverhampton on the road to Wednesfield, and which was one of the sources of the little river Smestall. On the Dunstall estate was a once popular well at **Chapel Ash**, with waters of some medicinal value. Towards **Seawall** was a spring of such repute as to become known as Spa Well. Grazeley Brook once boasted its **St. Laurence's Well**, and at Waddams Hill was an ancient open arched well which bore the strange name of **Meg-a-doodle's Well**. Wulfruna's well is supposed to have derived its sanctity from the Lady Wulfruna, the founder of Wolverhampton, who is said to have used it as her favourite resort. In the early Christian centuries its waters were much sought after by the sick and suffering. The site of this well is now marked by the name **Spring Vale**, and occupied by Hickman's Steel Works. A sixteenth century document contains this interesting account of it:—"To ye south of Wolferhamptune ys a famouse sprynge callyd Ladie Wulfruna's Sprynge, wher shee usyd to come and washe Yt ys saide yt ye ladie prayede for yt God woude endue yt with powers of no ordinaire virtu, inasmuche as yt itt hathe curyd manie, as itt wer myraculouslie, healynge ye lame, ye weake, ye infirme, as manie ther bee can testyfie."

The custom of honouring wells by dressing them with flowers on Holy Thursday has already been mentioned (p. 29) with regard to the wells at **Brewood** and **Bilbrook**. The same charming custom was once observed at the wells of Codsall, Seawall, Willenhall, and even at Monmore Green, which anciently boasted its curative waters, upon which festive occasions the people diverted themselves with cakes and ale, with music and dancing.

Notwithstanding the large number and high repute of the various curative wells round Wolverhampton, it is curious to note that a native of this favoured town sought the benefit of healing waters at a far distance from her home. Upwards of a century ago there was published a pamphlet entitled "Authentic Documents relative to the Miraculous Cure of Winefred White, of Wolverhampton, at St. Winefred's Well, alias Holy Well, in Flintshire, on 28 June, 1805, with Observations thereon." In essence the pamphlet is the story of a Roman Catholic pilgrimage by a pious servant girl who was a paralytic. And yet within a mile of Wolverhampton was a place whose early reputation for healing waters had won it the name of Dip-fields (now modified into **Deepfields**), indicating a place frequented by the sick to dip or bathe for the cure of skin disease. Another Black Country place-name, Spon Lane, is derived from the existence there of an ancient holy well, called **Spon Well**, the term "spon" signifying a piece of the true cross, and was so used by Bede in the eighth century.

A well with waters of a sulphurous nature was found in the adjacent Black Country town of Willenhall. It has an interesting history, as in the eighteenth century, when it was almost a craze to exploit such discoveries as Spas, there was an attempt to establish Willenhall as a fashionable health resort. The county historian, Dr. Richard Wilkes, who was a native of the place, erected over the well a stone bearing the inscription, "Fons oculis morbisque cutaneis diu celebris. Anno Domini 1728." A full description of this may be read in the present writer's book, "The Annals of Willenhall," in which an entire chapter is devoted to the subject of "**Willenhall Spaw.**"

Bilston in ancient times boasted a well known as **St. Crudley's**, the name probably being a corruption of St. Ceadda or St. Chad, to whom it was dedicated. It was situated in Lichfield Street, and long after its reputation as a holy well had departed, was taken charge of by the town authorities as an important source of the public supply. As late as 1809 to 1815 charges for the repair of Cruddeley Well appear in the parochial accounts.

On the Little Hill at Wednesbury was a public well anciently known as **St. Boniface's Well.** But numbers of old town wells are now not only neglected, but their names and sites are unknown to the present generation.

Clear and copious springs occur at the edge of the coalfields, but naturally in the present condition of the colliery areas there are few pure ones. The waste water pumped from the mines is highly impregnated with iron, and as it runs in a constant stream to the brooks which drain the mining areas, the channels and conduits are furred with a slimy yellowish deposit like iron rust

On the other side of Wolverhampton a well of sulphurous water rises at **Codsall**, and in olden times held a reputation for the cure of leprosy, a building called the Leper House being erected near it in Codsall Wood. In recent times the water has been highly esteemed for the cure of scorbutic cases and other skin diseases. "The water springs up through the hollow stump of a tree, and runs in a stream down the road, leaving a yellowness on the moss resembling flour of brimstone; in warm, dry weather it emits a sulphurous exhalation."

The Druids of the Ancient Britons taught the veneration of wells and fountains, placing each natural spring under the care of a presiding deity. During the Roman occupation the conquerors substituted the festivals of the Fontinalia. when water nymphs were transferred from their classic haunts and worshipped in the local streams. With the advent of the Saxons new Scandinavian mysteries were introduced, including forms of water divination, and a belief in evil spirits that inhabited certain wells and streams; and lastly, when our Saxon forefathers were converted to the religion of the White Christ, the evil spirits were exorcised, and the beneficent waters were placed under the care of Christian saints and martyrs. At no time in our history, it will be seen, have wells and springs lain outside the regard and consideration of the people. The rustic mind has sometimes confused the patronage of holy saints and pagan goddesses, but the idea of a presiding spirit has been constant.

The curative reputation of some mineralised waters was often a sound one. In olden times the possession of such a medicinal well was a valuable adjunct to a monastery; the water being considered "holy" added considerably to the reputation of the religious community who owned it. But sometimes the efficacy of the water was purely legendary, and any benefit to health that may have accrued from the use of it must be set down solely to faith-healing. Near West Bromwich is **Sandwell**, where a spring, trickling through the sandy soil, early acquired the name of Sancta Fons, the patron of which was said to be St. Augustine—

> Who, as early bards do tell,
> Gave to Bromwich this holy well.

Here in the time of Henry II. a Priory of Benedictines was founded by William de Offney, lord of the manor. The custom of giving names to wells, and dedicating them to patron saints, is of great antiquity.

The most famous of Staffordshire Holy Wells is that of **St Chad**, at Stowe, associated with the life history of that saint who christianised the Midlands and founded the see of Mercia. Leland the antiquary (1506 - 1552) says:—" Stowe Church, in the east end of the towne, where is St. Chadd's Well, a spring of pure water, where is seen a stone in the bottom of it, on which, some saye, St. Chadd was wont, naked, to stand in the water and praye. At this tyme St. Chadd had his oratory in the tyme of Wulphan, King of the Merches." During his great missionary efforts among the pagan Saxons, the good man fixed his hermitage at Stowe; and here later he settled with seven or eight monks, employing the water of the well to baptise his numerous converts. It was conveniently near his little church and deep enough for immersions. He died at Stowe, but his bones were afterwards removed to the site of Lichfield Cathedral, about the year 700, and enclosed in a rich shrine, which being resorted to by great multitudes of pilgrims, caused the gradual rise of the city of Lichfield from a small village. .Upon his canonisation, St. Chad became the patron of medicinal springs. The waters of the Stowe well had long time the reputation of curing sore eyes. In Stuart times a small temple-like edifice was erected over the chalybeate spring. Sir John Floyer, physician to Charles II., and a native of Lichfield, who was one of the earliest advocates of the cold water treatment, strongly recommended the waters of the Stowe well. The famous and learned doctor constructed a cold bath at Abnalls, a pleasant spot in the vicinity.

There are a number of Chadwells about the country, one of the best known of this name being Chadwell Springs, between Hertford and Ware, which was the source of the first pure water supply to the Metropolis three centuries ago, brought by the historical New River Company of London. An antiquarian who visited it in 1793 found on it an old stone inscribed " Chadwell," as if in earlier times it had been dedicated to a saint worthy of naming so copious a flow.

Canwell, near Tamworth, derives its name, which signifies Well of Power, from its possession of a spring of some medicinal efficacy. Here a priory of Benedictine monks was established in 1142, and the fountain dedicated to St. Modwen was sometimes called Modswell. The class of disease treated here were nervous weakness and general debility, whence the significance of that part of the place-name, " can," implying power or strength.

Farewell, again, derives its name from its spring of fair, clean water, which comes from the red sandstone. The spot was anciently a hermitage in the Forest of Cannock, till about 1140 a body of Benedictine nuns established a priory on so promising a site.

That the clerics and religious houses in pre-Reformation times seldom failed to exploit the mineral springs and wells in their own localities is very certain. So patent was the exploitation that a Puritan writer of the seventeenth century, one Thomas Powell by name, waxes sarcastic on the subject. He writes:—" Let them find out some strange water, some unheard-of spring; it is an easy matter to discolour or alter the taste of it, in some measure, it makes no matter how little. Report strange cures that it hath done, beget a superstitious opinion of it; good fellowship shall uphold it, and the neighbouring towns shall all swear for it."

St. Modwen is a local saint (see " Staffordshire Curiosities," p. 140) and is also the patron of a famous well at **Burton-on-Trent.** The site of this was called Andressy, and here huge crowds used to assemble in mediæval times to benefit from its supposed virtues. In the reign of Edward VI. in the rental book of the Pagets it is recorded that " St. Andrew's Isle, alias Mudwin's Chapell, was let to John Hewitt at will, at the annual rent or sum of three shillings and threepence." This place was apparently a flat meadow, opposite the churchyard, still known as Annesley.

Some fine springs come from the limestone in the Dovedale district, as at **Castern**, near Ilam. From the foot of a rock on the summit of **Mow Cop** is a remarkable spring which is never dry, a circumstance not easy to account for in such a situation, with very little higher ground about it.

Ilam, near the Derbyshire border, contains the tomb, well and ash of St Bertram, who is said to have confirmed the truth of his religious faith by many stupendous miracles there. Little is now thought of the saint or his tomb, though in olden times the ash was so venerated that the people deemed it extremely unlucky, if not positively dangerous, to break a bough of it.

The spring between Stafford and **Ingestre**, dedicated to St Erasmus, was once supposed to cure leprosy, and in recent times was considered a remedy for itch and scabs. The water contained a large proportion of salt. When the Ingestre water was highest in repute, in the reign of Henry VII., a chapel was erected beside it, and a priest received from its frequenters a fee to offer prayers for their recovery. Nor was the advantage small to the priest, the oblations to the chapel being entered in the King's Book at £6 13s. 4d. per annum.

The once famous springs at Ingestre and at **Beresford** have long lost their ancient repute.

Old Dr. Plot sums up in a brief list a number of holy wells. He says:—"There are many other waters such as the water of the well at **Gawton Stone** in Knypersley Park, which has some reputation for the cure of king's evil, and so has the spring called **Salter's Well**, near Newcastle-under-Lyme; and such is the water of the three wells near Shuston House, and of **St. Edith's Well**, both in the parish of Church Eaton."

A curious spring in **Alrewas Hayes** was reported by the gossiping Dr. Plot to be "bottomless." (The Mermaid's Pool at Leek was also supposed to be bottomless.)

The same authority stated that a tepid spring existed at **Beresford**; and though no one has located it since, the spot is certainly in the same line of fault as the Buxton natural baths.

At Wombourn was a well which in mediæval times was much resorted to on account of its medicinal waters. A holy hermit who lived near it dedicated it to the Virgin Mary, and for centuries afterwards it was known as the **Lady Well**. The priests of Wombourn and Penn are said to have claimed equal shares of the oblations left by the grateful frequenters who benefited by the waters. The ancient well is cut in the solid rock, and is overgrown by a cryptogamic plant which lends it a charming and attractive aspect.

Shenstone is proud in the possession of its St. John's Well, dedicated to the Baptist, on whose day miracles were once accounted to be performed by its healing waters.

Another St. Mary's Well was venerated at **Blymhill**, near Shifnal, because its waters were accounted a sovereign cure for sore eyes. A second name for it was the Elder Well.

In some parts of the county, says Dr. Plot, rocky subterranean passages exist which receive the waters that pour from the hills after heavy rains. In the parish of **Caverswall** is a spring which issues forth with so full a stream that it turns a mill less than a bowshot from its source. Another (he continues) runs plentifully from under a rock to the west of a small rivulet called the Tene, is stated to produce small bones of different sizes, most of them like the bones of sparrows or very young chickens. This phenomenon is the kind of "fact" which the credulous old doctor loved to chronicle. This story of the **Well in the Wall**, as it is called from its rocky mouth, becomes more unbelievable when we are assured that the strange osseous spray is thrown out all the year round except in July and August!

It is well known that springs with petrifying powers are to be found between **Sandon** and Gayton, at **Forest Side** near Uttoxeter, and on **Morredge**. The waters of these contain much calcareous matter. Between Talke and Audley, in the north of the county, is a spring of sulphureous water, called **Stoe-wall Well**, formerly valued as a specific for cutaneous diseases. It rises by the side of a brook and its water is of a dirty bluish cast; with the change of weather it is sometimes muddy. The natives extol its virtues as a curative of skin disease and as a sweetener of the blood. Sulphur springs have been found at **Weston**, and at **Butterton**, near Leek, was one which in 1840 was discovered to possess strong chalybeate properties also.

According to Sleigh, the historian of Leek, there was a noted well at Ashenhurst, near that town, known as the **Egg Well**, probably so called from the oval shape of the masonry in which it was protected. It bore the following inscription:—"Renibus, et spleni cordi, jecorique medetur, Mille malis prodest ista salubris aqua." The translation is given as:—

"The liver, kidneys, heart's disease these
waters remedy,
And, by their healing powers, assauge
full many a malady."

The observation of the town historian is to the effect that the water contained the usual amount of mineral in solution, but possessed no marked character whatever.

The once famous well at **Willowbridge**, south-west of Newcastle, contains water reported to appear clear as crystal and yet to leave the sides of a glass oily and of a bright yellow colour. The water, if evaporated by the gallon, leaves nothing behind. Its oil is so extremely volatile that when distilled "it comes over the helm upon the first heat and is always in the receiver before a drop of water appears." This was the report of Dr. Plot, who attributed its high medicinal virtues to "its balsamic qualities, and the great subtility and volatility of its oil of sulphur." When this peculiar and beautiful well became popular it was covered with a stone building where the spring emptied its abundant waters into a large circular bath or basin, over shadowed by graceful umbrageous trees. In the seventeenth century its healing virtues inspired the poets to laudatory verse.

A remarkable spring is that known as **St. Helen's Well**, at Rushton Spencer, near Leek. A small well is here plentifully supplied by a spring, which, joined by another of equal force, furnishes enough water for a reservoir employed in spinning cotton weft for the Manchester market. Sometimes, after a constant discharge of water for eight or ten years, it will suddenly become dry. This is said to happen in wet as well as in dry seasons, and always at the beginning of May, when most springs are usually at their fullest; and so it generally continues dry till the Martinmas of the following November. This strange and unaccountable behaviour has given rise to a superstitious belief that the phenomenon is the foreboding of some stupendous national calamity. In support of this belief, it is cited that St. Helen's Well ran dry before the outbreak of the Civil War; at the beheading of King Charles I.; at the Grêat Scarcity of Corn in 1670; and again for the pretended Popish Plot of 1679 engineered by the notorious Titus Oates. To verify prognostication of events so remote would be difficult; but in recent times it has been claimed that the well gave forth the same dread portent for the approaching death of King Edward VII., and again for the outbreak of the Great World War in 1914. The London "Daily Chronicle" of August 14th, 1922, commented on these ominous droughts and contained an illustration of the May Queen (Miss Irene Dakin) being carried shoulder high to St. Helen's Well for the performance there of certain quaint rites before her ceremonial enthronement, according to custom.

The character of the Rushton Well brings us into the domain of Pegomancy, or prognostication by the behaviour of fountains. The next step is to Hydromancy or divination by water, an ancient practice illustrated by the presence of Wishing Wells and fairy fountains, supposed to be haunted by water sprites and water nymphs.

In a wood at **Sedgley** is a wishing pool still resorted to by the young and sentimental.

At **Rockcliffe**, near Cheadle, situated on the side of a hillock is a well, to the waters of which many remarkable properties have been ascribed. Though it possesses no mineral impregnations, it has been famed for the cure of many disorders. But it seems to have been formerly resorted to more by the superstitious than the ailing, who professed to obtain prognostications of future events by the appearance of bubbles on the surface of the water produced by dropping therein stones or metals At one time there was a curious and lengthy inscription engraved on the wall of the well, but over a century ago the stones which bore it were removed to be utilised as building material by some iconoclastic landowner. A chronicler of the period, with more veneration for the past, gravely records the vandalism, and also ventures the profound opinion that at **Huntley**, near by, the sand there is gradually being formed into sandstone rock by the "agglutinating qualities" of salt water in the neighbouring springs.

Having thus far considered the subject of our native springs more from the sentimental point of view, we come now to regard them in the light of commercialism and take note of the part some of them have been made to play in the trade of the county.

Staffordshire has a considerable number of salt springs, not the least important being that at Weston-on-Trent, from which salt is produced as white and good as any in England. A century ago a writer records that he found the old saltworks of **Shirley-wich**, near to Weston, as deserving of attention, as a branch of the Grand Trunk Canal had been recently cut to convey coals to, and manufactured salt from the works. He describes how the brine was raised from the saline springs into a large reservoir by a water-wheel working a double pump. The wheel was worked by a stream flowing from the high ground at Chartley. The quantity of brine used daily was about 600 hogsheads, from which were made 520 bushels of salt, some 13 tons per day. The proportion of salt in the brine was about one-fourth. The whole process of manufacture was gone through in 24 hours, the evaporation of the water and the forming of the salt into blocks of half-a-hundredweight each. The blocks were dried in a kiln and neatly packed for conveyance, the loose salt being put into bags or baskets to be sent away. The pans in which the brine was boiled were of wrought- iron, and eight pans were kept working at one time. About a hundred persons were engaged in the industry, all of whom resided at Shirley-wich. The yearly output was some 160,000 bushels; the Government duty at fifteen shillings a bushel amounted to £120,000 per annum. The selling price per bushel was sixteen shillings, the difference of one shilling having to suffice for the entire cost of production in an industry consuming coal at the rate of 80 tons a week, or 4,160 tons a year. The salt spring was supposed to be inexhaustible, having been known for centuries, and varying in height but very slightly at the different seasons of the year, although a sudden breaking-in of fresh water had been known to weaken its strength. Any overflow of the saline water in its full strength was detrimental to the vegetation, and care had to be exercised to keep it out of the Trent or it would destroy the fish for a considerable length of the reach. Salt was then coming to be used largely in agriculture, for which the rough quality sufficed; the coarse salt employed in bleaching and other manufactures had the tax remitted. Revenue officers regularly attended the Shirley Works. The Staffordshire salt mines were discovered about 1670. The salt duty was first imposed in 1702, renewed in 1732, reduced in 1823, and happily ceased in 1825.

In 1705 it was publicly advertised that by the making of a new pit at Shirley-wich twice the quantity of salt was being produced there, and of better quality than before.

In 1817 **Rickerscote** sought to vie with Cheltenham and Bath as a spa and health resort. The waters were recommended for affections of the liver and digestive organs, for jaundice, and for scrofula, and for various forms of chronic debility. Besides being highly saline, they were declared to be moderately sulphurous and considerably chalybeate, besides being impregnated with iron. When taken in small doses, they acted as a moderate aperient. Used externally for immersion, they were claimed to be as efficacious as the waters of Harrogate.

Staffordshire has never produced commercial salt so extensively as the neighbouring county, Cheshire; nor been resorted to for the brine treatment of human ailments so much as Worcestershire. The spring at Rickerscote produces water with the same mineral ingredients as those at Weston and Shirley-wich, and near the latter place at Hixon a hotel and baths were established over a century ago.

Salt springs also occur at **Sandon**, **Enson**, **Draycott**, **Kingston**, **Tixall**, **Braunston**, and **Ingestre**, though in some of these places the marshy state of the surface with the absence of vegetation may be the only signs of their existence. Some of the brine for Shirley Works is supplied by springs in Ingestre parish. A few saline springs also occur in the south of the county, as at **Brierley Hill** and **Cradley Heath**.

XXXVI.—Popular Superstitions.

SUPERSTITION is that which survives in the popular mind after real religion is dead. It mainly consists of the fear and awe, of the reverence and worship paid to religious impressions which survive in the mind when correct notions of the Deity have been lost.

Effects suggest causes, and primitive man, in his ignorance of natural laws, was wont to attribute natural phenomena to various strange causes. The rumblings and eruptions of Vesuvius were said to be caused by the god Vulcan at work in his subterranean forge; the starry galaxy of the Milky Way was supposed to have its origin in the teeming breast of the Queen of Heaven; the repetition of sounds echoing through the hills was the mockings of mischievous dwarfs; and so with other physical phenomena which were not scientifically understood, the popularly assigned cause only varying with the religion and character of the people who originated the superstitious fallacy.

In most countries exists a popular belief in different classes of beings distinct from men, and from the higher orders of divinities. They are usually supposed to inhabit special regions of their own, as the depths of the sea, the rivers and fountains, the caverns of the earth, the recesses of the woodlands, or other remote and little frequented places. They generally excel mankind in power, and in knowledge, and are wonder-workers in the affairs of men. Fancy endows them with different characteristics — some are mischievous elves, some are good fairies, and so on. The circlets sometimes discernible on green turf, caused by the growth of a kind of fungus, are popularly known as Fairy Rings, and supposed to be the nightly haunts of the little folk. At West Bromwich they have Fairy Rings in a field near the Old Church, noticed by Christie Murray in one of his novels. The **fairy lore** of Staffordshire is dealt with in Chapter VI. of the author's work entitled "Staffordshire Sketches" (1916). Another class of phantom beings recognised by local superstition are gnomes and hobgoblins.

Under the favourable circumstances of a daily calling pursued in the darksome caverns of the earth, the creation of more fanciful beings than ordinary sprites has been fostered, and in many mining districts we are asked to believe in supernatural beings called **Knockers**. These goblins of the mines are regarded as friends of the miners and quite good natured. They have been described as half-a-yard high and very ugly, clad in a dress that is a grotesque imitation of the miner's garb, and carrying miniature picks and lamps.

Of the approach of danger in the mines they are said to give timely warning by distinct knockings, though common-sense has attributed such danger signals to the audible cracking of the disturbed coal seams.

Similar warnings of disaster were supposed to be conveyed to the superstitious miner of the Black Country by the **Seven Whistlers**, sometimes heard round the pit-mouth. The same ominous sound was known as the **Seven Whisperers** in the North Staffordshire coalfield. In both cases the real explanation is said to be found in the cries of flocks of birds, such as wild geese, during a night flight. The Saxons had great regard to the noises and flights of birds as presages of coming events.

In his history of Staffordshire, Dr. Plot writes:—"We need go no further than Wednesbury for an instance of unknown noises. The colliers there will tell you that early in the morning, as they go to the colepitt, they sometimes hear the noise of a pack of hounds in the air, which happens so frequently that they have a name for them, calling them **Gabriel's Hounds**, though the more sober folks take them to be wild geese making a noise in their flight."

To this superstition Wordsworth makes allusion:—

> He oftentimes will start.
> For overhead are sweeping Gabriel's
> Hounds,
> Doomed, with their impious lord, the
> flying hart,
> To chase for ever through aerial grounds.

The belief in this spectral pack is common in many parts. In Devon they are the Heath Hounds; in Cornwall, the Devil's Dandy Dogs; in Somerset, the

Bell Hounds; and in Wales they are Cwn Annwn.

The susceptibility of colliers to superstitious influences is not difficult to understand. Miss Amy Lyons, in her "Black Country Sketches," depicts an eighteenth century scene in the Cock-fighters' Arms at Wednesbury, to which a party of colliers had adjourned after being driven from the pit by the fearful sounds they had heard reverberating through the hollow workings, accompanied by other unaccountable phenomena. Discussing their alarming experiences, an old miner nicknamed Ribber says to the Butty (his employer), "Thee cosn't say thee hasn't been warned Ode Gabriel has ben aboute with hissen hounds pretty nigh all this wick, an' to-day thee couldst a' heerd 'em fine a yelpin'." Though few or none of the colliers could read, over the tap-room chimneypiece was a large painted board on which appeared in large type:—

YE COLLIERS GUIDE OF SIGNES AND WARNINGS.

(1).—To dream of a broken shoe, a sure signe of danger.

(2).—If you mete a woman at the rising of ye sun, turne again from ye pit, a sure signe of deathe.

(3).—To dreame of a fire is a sure signe of danger.

(4).—To see a bright light in ye mine is a warninge to flee away.

(5).—If Gabriel's Hounds ben aboute, doe no worke that day.

(6).—When foule smells be aboute ye pit, a sure signe that ye imps ben annear.

(7).—To charme away ghosts and ye like: Take a Bible and a Key, hold both in ye right hand, and say ye Lord's Prayer, and they will right speedily get farre away.

To this list of superstitious fancies and apprehensions may be added a number of others, equally illogical and groundless, known as **Warnings.** A collier would not descend the pit if on his way to work he encountered a cross-eyed woman or a one-legged man; or if he saw a robin perched on a wall or a pump or other artificial object, though if the bird were on a tree or a bush, or other natural object, no portent was created.

Among the strange beliefs common to the whole of this industrial area are these: If a dog howls in front of a nouse during the night, it is a sign of the approaching death of one of the household; if the howling is set up at the back of the house, no portent arises. Dyer, in his "English Folk Lore." says:—"In Staffordshire it is believed that when you hear a dog howl, you should take off your shoe from the left foot, spit upon the sole, place it upon the ground bottom upwards, and your foot upon the place you spat upon, which will not only preserve you from harm, but stop the howling of the dog."

Omens and **Death Tokens** form a prolific source of superstitious beliefs. A cinder flying out of the fire is the forerunner of death occurring to someone in the family of the person in whose direction the spark fled. Wednesbury folk called the shooting cinder a "coffin"; as in the days of tallow candles they called a black speck on the flaming wick a "visitor" to be expected. In snuffing a candle it was considered very unlucky to snuff the light out altogether.

If a child's marble rolled down the stairs it was a warning that some youthful member of the family would meet with an early death.

In "Staffordshire Curiosities," published in 1905, will be found an entire chapter on Death Tokens and Death Blights. Family ghosts are a venerable institution with a number of landed families. The Wednesbury Comberfords, who had their chief seat near Tamworth, cherished a family superstition that three warning knocks were always heard before the demise of any member of the family, "though he die at never so great a distance."

As is well known, a herd of wild cattle has been bred on the Chartley Estate of the Ferrers family. near to Needwood Forest, where they roamed at large for many centuries. They were peculiar in being cream coloured, with black ears and muzzles, and having long white horns tipped with black. To this herd a curious legend attached. In the year of the Battle of Burton Bridge, where Earl Ferrers led the rebellious barons against Henry III. and was attainted in consequence, a black calf was born in the Chartley herd. The downfall of the Ferrers occurring in the same year led to the tradition, transmitted from generation to generation, that the birth of a spotted, partly coloured, and especially a black calf, presaged the death of a member of the Ferrers family within the same year. Curiously enough, the coincidence has been observed to occur on a number of occasions.

To this category of superstitions belongs the popular belief of **Dream Warnings.** A curious case, headed "Supernatural Warning," is recorded in a work entitled "Sights and Shadows" (1893):—"A well-known vessel, the Kapunda, was lost early in the year 1887. In connection with this loss a very singular warning had been given to a Mrs. Benn, the mother of a young girl named Louisa Benn, of Queen Street, Wednesbury. The mother dreamed more than once, and so vividly that the scene was never absent from her mind; it came during the day as well as in the night—that the vessel in question, sailing in mid-ocean, struck a huge rock and immediately sank. The cries and shrieks of the despairing men and women, as heard by the dreamer, were appalling. In the meantime the daughter had journeyed to Plymouth in direct opposition to her mother's wish. The night after the girl left, her voice was heard by her anxious parent at Wednesbury crying out, "Oh mother, help me! O God, save me!"

Early the next morning, in consequence of the warning dream, the mother telegraphed the girl to return home immediately. The latter had gone on board with all her luggage, and this being so, the ship's doctor, being consulted, advised the girl to disregard her mother's appeal, as emanating from an unbalanced mind or a disorganised stomach. One of the ship's officers, however, advised differently; and though her luggage was stowed away in the hold, the girl decided to abandon it, and reluctantly returned home. Nor did the feeling of bitter disappointment lift its weight from the girl's mind till the news reached Wednesbury of the disastrous and life-destroying shipwreck of the Kapunda." Thus is actual fact sometimes stranger than storied fiction.

The charm, the amulet, or the talisman, that magic object the possession of which brought the owner good luck or in some way mysteriously influenced the fates to his advantage, might consist of almost anything, not the least curious form being that of a word or phrase. The "word charm" was discussed in the pages of the "Gentleman's Magazine" in the eighteenth century, and to that discussion the following contribution was made by the Lichfield antiquary, Richard Greene, who founded a museum in the city:—

"Litchfield. July 21, 1769.

"Among some papers in the cabinet of a gentleman in the neighbourhood of this city some years ago was found the enclosed writing, which for its singularity I wish to see inserted in your valuable magazine, in hopes that some of your ingenious correspondents may be induced thereby to favour the public with their sentiments. . . . It is written on vellum, and by the colour of the ink and shape of the letters appears to be ancient. A silver plate is suspended by a ribbon; an exact copy of the legend engraved upon which I hereby send you. . . . Richard Greene.

The Legend.

Amaymon the Great, King of the South; and principal governour of the meridian angle; together with our councellours, Aleche, Berith and Mala; unto our terristrial substitutes, Camret, Gygell, and Umbra, by our messenger, Emlon: Know that we have stood up before Him that sitteth on the Holy Throne, who hath delivered unto us a confined power in the Ark of Justice. Haste, therefore, and flee to the prey of our confines, and securely keep the same in the bands of obscurity, by your invisible subtleyes, from the pryings, and piercing eyes of incensed mortalls, untill the end and term of seven ages (beingthe result of time). In testimony of which guilty person we have signed these presents with our own characters, to which we always stick close.

Zay, Alzym, Muray Syron, Walgava, Rythin, Layaganum, Layarazin, Laysa."

This esoteric document, couched in all the approved jargon of the astrologists, is a fair specimen of its kind. The modern reader will find as much difficulty in trying to understand the workings of an educated mind which could employ itself in the composition of such a farrago of clotted nonsense, as in realising that people of position once placed implicit faith in the protective efficacy of these mysterious phylacteries.

It will be almost a relief to turn now from the imbecilities of "the wise men" to the credulities of the simple.

In many of the trivial occurrences of daily life there was a pretence to read and to interpret the workings of fate. A few generations ago it was believed that the possession of a crooked sixpence was sure to bring its owner good luck; that in business deals if the tradesman spat on the first money paid him by a customer more profitable tradings between them would be sure to follow; that if one's palm itched it was a sign that good money would be shortly coming into it, and particularly if the itching was

rubbed on wood
It was sure to come good.

The old gossips of the Black Country held that an itching nose was fraught with possibilities, which they expressed in the phrase, "Going to be kissed, cussed, or vexed." Whitish specks on the finger-nails were accepted in many parts of Staffordshire as lucky signs, interpreted by them in the popular saying:—

A gift on the thumb is sure to come,
A gift on the finger is sure to linger.

Another superstition declared that a white spot on the tongue indicated that the tongue had been speaking falsehoods; that if one's right ear burned someone at a distance was singing one's praises, but if it were the left ear which burned, the distant one was backbiting the sufferer. A hairy man was one surely born to grow rich. The smallest of garden spiders was known as a "money spider," and it was believed that if one got upon a person's clothes it was a sign that money was coming soon to that fortunate individual, providing the person caught the creature and threw it over the left shoulder without noticing where it went. To spill salt at table was unlucky; but if the clumsy spiller gathers up the salt and throws it over his left shoulder, the spell will be removed, and all is well again.

If the smoke incrusts on the bars of the grate, and then gets loosened till it hangs in a flake, it is said that a stranger will come, provided the flake does not fall into the fire; therefore when the stranger is thus heralded it is customary to clap the hands near to the bars in order to create a wind, saying at each clap, "Monday, Tuesday," etc., etc., and the "stranger" is supposed to fly off at the name of the day on which he or she is to come. Again if a knife falls from the table, a male visitor may be expected, and a female if a fork falls off. To turn a chair all the way round on one leg is considered unlucky and a reckless tempting of fate.

The homely and—when all baking was done at home—the common weekly duty of preparing the household bread, was fraught with portentous possibilities. Thus, if the top of a loaf came off in the oven, a death in the family was imminent. When the leaven was laid the top of the rising dough must be marked with a cross to keep off evil spirits (as Hot Cross buns are marked), and the marking must always be done with the edge of a knife, and never with a fork or skewer, and not even with the stabbing point of the knife.

She who pricks the loaf with fork or knife
Shall never be happy as maid or wife.

Should the barm make the newly-made dough so light that it rises above the kneading-pan and overflows, some family calamity is foretold by the domestic mishap. These baking customs are still observed among old-fashioned folk; and that of marking the dough with a cross is certainly as old as the time of Henry III., as the Close Rolls of the 36th year of that reign allude to it

A number of superstitious beliefs cluster round Good Friday. No soap-suds must be thrown down on that day, nor must the family washing be done, and to hang out washing on the clothes-lines is regarded as an unpardonable sin. To pick up a small coin or a horse-shoe, or even a nail on Good Friday, will bring good luck for a whole year. A copious shower of rain on Good Friday is a veritable godsend, and should be collected and carefully preserved, for it will cure sore eyes and not a few other ills to which the human frame is subject. On that day particularly no dinner knives should be allowed to lie crossed on the table, or serious family strife would arise in the household. Cakes baked on this portentous day and soaked in black currant tea will cure the most stubborn quinsey if applied hot. (See other Good Friday customs previously mentioned on page 12.)

Fern-seed was once supposed to possess magical powers; one was to make the possessor invisible, and invisibility was calculated to frustrate the attacks of sprites and demons. Says an old MS.: "Gadder ferne seede on Midsomer Eve, and weare itt about you continuallie. Gadder itt atween 11 and 12 o'clocke at noon of ye nighte." The local rhyme bearing on the matter runs thus:—

If the air be full of foul demons and sprites,
Then to the fern plant set fire in the night;
And when the smoke doth rise up on high,
The demons will vanish eftsoon from the sky.

When Charles I. was marching through Staffordshire he forbade the burning of fern because it was locally believed to bring down the rain

Folk Physic and Medical Superstitions constitute a prolific and interesting branch of our subject. The primitive people are still great believers in herb tea, or, as they call it, "yarb tay"; and infusions of all sorts — wormwood, horehound, hyssop, and yarrow (otherwise "thousand leaved grass") are requisitioned for various ailments, according to the native lore of the home physician. Angelica, a plant so called from the sweet scent of the root, is valued as a remedy for plague, an antidote to poison, and a useful application to sprained limbs. For several complaints of a chronic character the burr of the burdock is supposed to supply a useful remedy. The little yellow flower of the coltsfoot is used to brew a remedy for winter coughs (it is called sometimes the coughwort). but is only effective if gathered in the spring, and properly dried in paper bags hung to the kitchen ceiling through the summer months. Horehound is greatly in favour for chest complaints, while for liver complaints the plant in greatest demand is that popularly known as liverwort. Chest troubles are alleviated also by a preparation of the roots of marsh-mallow. The creeping plant called mouse-ear is an accepted specific for whooping cough. For a brisk purgative mounain flax is held in esteem by the country people, while for fomentations they commonly resort to "camomile blows."

That distressing child's complaint, whooping cough, which often so obstinately refuses to yield to ordinary treatment, calls for something more occult, and superstititon's imaginative aid has to be called in. It is believed that the complaint can be cured by passing the afflicted child under the branches of a common bramble bush nine times on three successive mornings, the operator repeating in a spirit of sublime faith the words:

> Under the briar and over the briar,
> I wish to leave the chin cough here.

Some of the folk physic of the old Black Country region included remedies so quaint and curious they evidently had been handed down from the pharmacopœia of medieval leeches. Thus the colliers and forgemen who indulged too heavily in malt beverages were wont to seek the rectification of a disordered system by doses of a concoction made from powdered snails. For black eyes and bodily bruises was applied a specific prepared from bruised carrots and resin. For the removal of warts and similar excrescences a sovereign remedy was supposed to be found in the parings of a horse's hoof boiled in rain-water. For croup in children a broth made from frogs was regarded as a certain cure; and to ensure a complete recovery from ague and fever nothing could be more efficacious than a stew made from rooks' feet and dock leaves.

There was another and even stranger cure for croup. In the old days, when pigeon-flying was the common pastime of forgemen and colliers, it was a custom to hold a warm, living pigeon to the throat of the afflicted child, and then let the poor bird die of starvation; it was believed that as the life of the pigeon ebbed away the child would slowly and as gradually recover.

> The cradled innocent, whose breath
> Was purchased by the pigeon's death,
> Who while to her sweet bosom pressed
> Transferred her anguish to its breast.

A number of the ancient folk remedies are of the nature of **Charms**, and apparently as dependant, for their proper working, on superstitious faith as on physical action. Of the many specifics for that common plague of infancy, whooping cough, one was to take a toad, cut off its fore feet and sew them in a bag, which was suspended round the neck of the afflicted child. Then the toad was set free. and as the poor creature pined away as the result of its mutilation, the cough would gradually leave the child. Another way of getting rid of warts (also of corns) was to wet these excrescences nine mornings in succession with one's own fasting spittle. To obtain relief from the agonies of toothachhe, it was only necessary—with the aid of faith, of course—to wear about the person the tooth of a dead man.

Cattle disease was equally susceptible to miracle-working charms Mischievous fairies were believed to shoot at cattle arrows headed with flint stones, which affected the stricken beasts with disease, the only cure for which was to make them drink of water in which one of the "elf-arrows" had been dipped. Country folk professed to find these elf-arrow heads buried in the earth; as they were generally about an inch long, half-an-inch broad and triangular in shape, they were doubtless relics of the stone age. Plot mentions in his "History of Staffordshire" (p. 369) this widespread superstition of "fairy arrows."

Another strange mineral charm commonly credited in the Moorland district was the "Eaglestone," which was formerly in demand by parturient women; a small stone declared by the wise woman who owned it to be taken from the nest of an eagle. The old crone who possessed this magic treasure hired it out on a scale fixed by time to relieve the pains of a woman in travail; and found it a more or less profitable source of income according to the amount of credulity in the neighbourhood.

So far as is known, these medical recipes of old Staffordshire have never appeared in any "Booke of Chirurgery," but are given here as handed down by oral tradition. They are quite comparable with the remedies given in the volume on "Primitive Physic," published by the Rev. John Wesley in 1747, from the Methodist Conference Office in London, and "sold at all Methodist Preaching Houses in Town and Country." They all belong to the old traditional class of remedies handed down through generations of "wise women." In the eighteenth century the therapeutics of the medical faculty were all more or less those of the quacksalver and the empiric. It was an unscientific age.

Now to consider the traditional, national, sovereign remedy known as the King's Evil Cure. One of the most widely spread superstitions was the belief that scrofula could be cured by the monarch's touch. This superstititon prevailed from the reign of Edward the Confessor to that of Queen Anne, and one of the last to be subjected to the healing virtue supposed to flow from the royal person was Staffordshire's most illustrious son, Dr. Johnson, in 1712.

In an MS. left by Dr. Johnson, containing some autobiographical details of his eorly life, and subsequently printed in 1805 in a small volume, now very scarce, we have the following account of his visit to London to be touched by Queen Anne, the writer being then three years old:—"This year, in Lent, 1712, I was taken to London to be touched for the evil by Queen Anne. My mother was at Nicholson's, the famous bookseller, in Little Britain. I always retained some memory of this journey, though I was then but thirty months old. I remembered a little dark room behind the kitchen, where the jack-weight fell through a hole in the floor, into which I once slipped my leg. I remember a boy crying at the palace when I went to be touched. Being asked 'on which side of the shop was the counter?' I answered 'on the left from the entrance,' many years after, and spoke, not by guess. but by memory. We went in the stage-coach, and returned in the waggon, as my mother said, because my cough was violent. The hope of saving a few shillings was not slight motive, for she, not having been accustomed to money, was afraid of such expenses as now seem very small. She sewed two guineas in her petticoat lest she should be robbed. We were troublesome to the passengers; but to suffer such inconveniences in the stage-coach was common in those days to persons of much higher rank."

Dr. Johnson does not record his opinion as to the efficacy of the royal touch, though he sacredly preserved the golden touch-piece which every sufferer received at the royal hands; but this was probably chiefly on account of his extreme views on the "divine right of Kings, and high Tory proclivities." Hewitt, in his "Handbook of Lichfield," tells us that "James II. in 1687, passed through Lichfield, and touched for the King's Evil there." The same author says: "Queen Anne also touched for the evil in our city, when Dr. Johnson, then a boy, was manipulated by the royal lady." It is inconceivable how a native of Dr. Johnson's birthplace could have fallen into so strange a mistake as that contained in the latter statement. Queen Anne never visited Lichfield, and we have Dr. Johnson's own authority for stating that he was taken to London to be touched. That James II. visited Lichfield is a fact, and that he touched for the evil may also be true; it was, therefore, this visit which would be much talked about for some years after. which may have induced Mrs. Johnson to try the efficacy of the royal touch for the malady which affected the future lexicographer.

The practice was introduced by Henry VII. of presenting the person "touched" with a small gold or silver coin, called a touch-piece. A gold piece bearing a design of George and the Dragon is said to have been given to Dr. Johnson.

Evidence of the practice of this royal charm at the earlier dates mentioned is contained in two Staffordshire records. In the registers of Stoke-upon-Trent Church we have the following entry, dated May 3rd, 1684:—"Memo. That the minister and churchwardens of Stoke-upon-Trent, in the county of Stafford, gave unto Catherine, the daughter of Arthur ——— and Mary his wife, of the parish aforesaid, upon the 3rd day of May, in the year of our Lord God one thousand and six hundred and eighty and ffoure, a certificate under their hands and seals, in order to her obtaining of his Majesty's sacred touch for the healing of the disease, called the King's Evil.

J. Bromfield, curate of Stoke, aforesaid.
John Yeats and Joseph Twiford,
Churchwardens."

Ward, in his History of Stoke-upon-Trent, quotes another entry from the same registers, as follows:—"Memorandum. That the minister and churchwardens of Stoke-upon-Trent, on the 29th day of August, 1687, gave unto John Bell, of Cobbridge Yate, a certificate under their hands and seals in order to his obtaining of his Majesty's sacred touch for his son Samuel Bell, for the healing of the disease called the King's Evil.

(Signed) J. Mainwaring, D.D., rector.
J. Machin,
John Stonier, Churchwardens."

These entries have reference to a notice which appeared in the "London Gazette" in the year 1672 in which his Majesty commanded "that notice be given that no persons whatsoever do come to be healed of the King's Evil, unless they bring a certificate under the hands and seals of the minister and churchwardens of the parishes where they inhabit, that they have not been touched before; and His Majesty requires that the ministers in their respective parishes do keep a constant register of such persons to whom they give these certificates."

Evidently the virtue which had been vulgarly supposed to lie in the King's touch ever since the Confessor's time had become much enfeebled under the Royal Stuart line of God-fearing monarchs, or there would have been no need for the precaution against persons coming to be touched again. The anxiety to be touched again, however, did not lie so much in the belief of the efficacy of the touch as in the receipt of the golden coin given to each person on being touched. Ward, in his history already alluded to, gives a description of the talisman of gold presented to every sufferer. He says: "An angel of gold (weighing barely two dwts.), bearing on one side the image of St. Michael overcoming the dragon, with the inscription, 'Soli Deo Gloria,' and on the other the figure of a ship in full sail, with the inscription, 'Anna, D.G. M. B.R F. et H. Reg., given by Queen Anne on a similar occasion, is now in the possession of a lady of our acquaintance of the age of 86, who had it more than 60 years ago from the person (a female), who in her childhood received it from the Queen, along with her Royal touch of benediction"

Dr. Johnson was subjected to the test of the royal touch on the advice of Sir John Floyer, the celebrated Lichfield physician to whom reference has previously been made. Queen Anne was the last British Sovereign who actually touched, though the service for the ceremony was printed in the Prayer Book as late as 1719.

That healing virtue flowed from the person of the King—"God's anointed"—gave rise to another superstitious practice. The physician of Henry VIII. has left it on record that "the King of England dothe hallowe everie yeare crampe rings which worn on one's finger dothe helpe them that hathe the crampe."

In the Black Country to this day a powk or stye on the eye is cured by rubbing a wedding ring across the affected part nine times for nine successive mornings, the operator repeating under her voice some incantation the secret of which is never divulged to the patient. For the alleviation of cramp in the leg the people of the same district have a verse charm which runs:—

The devil is tying a knot in my leg—
Mark, Luke, and John I beg
Crosses three now make to ease us,
For the Father, Holy Ghost, and Jesus.

XXXVII.—Witchcraft, Black Magic, Charms, and Divination.

WITCHCRAFT, or Sorcery, is a cozening art, wherein the name of God is profaned, and His power attributed to some vile creature. That person is often an ignorant old woman who is believed to have mysterious dealings with the devil.

The manifestations of supposed Witchcraft are as various as they are curious. The sudden illness of a person, or an unaccountable outbreak of murrain in cattle, or some similar inexplicable calamity, has often been attributed by the vulgar mind to the workings of Witchcraft.

It would be impossible here to enumerate the many forms assumed by this kind of diablerie; attention must be severely confined to recorded Staffordshire exemplifications.

Strangely enough, in our local recorded cases of Witchcraft it is as often a "cunning man" as a "wise woman" who figures as the chief character.

The church registers of Wolverhampton inform us that in 1529 the church was robbed and the churchwardens went to a "wise man." Another entry informs us that "one Pools robbed the church," and the churchwardens went to Bewdley, to the Lady Blount, for an answer about the "church goods," she having evidently interested herself in their recovery, though in what manner does not appear. It transpires further that she was to a certain extent successful, for in 1531 we are told that "the churchwardens received £10 12s. 6d. for the Church plate that they had at Bewdley,"—which was evidently part of the stolen goods. In the latter part of the sixteenth century the churchwardens at Bilston consulted a "wise man" respecting a robbery of church goods, but there is no record of the result in this case. In fact, it would seem that these "cunning men" were regarded with respect by all classes until 1614, when an Act was passed to the effect that "if any one should be convicted of having undertaken to tell where any treasure or goods lost or stolen may be found, he shall for the first offence suffer one year's imprisonment, without bail, once in every quarter stand in the pillory for six hours, and for the second offence suffer as felons without benefit of clergy."

Superstititon is based on the supernatural; hence the belief in miracles.

In the "History of Burton-on-Trent" (p. 43) occurs a remarkable record of belief in evil spirits. The historian, William Molyneux, is giving a list of the abbots who in early times ruled Burton Abbey, and says of Abbot Lewricus, who ruled for 35 years and died in 1085, that he "spoiled the rich shrine of St. Modwen to feed the poor, because there was then a great famine; for which the Lord took revenge (!) as the miracles of the said virgin (St. Modwen) set forth." Not less extraordinary than this conception of the Deity is that of the personality of the Arch Enemy, revealed in the historian's note to the succeeding abbot, "Geoffry de Malaterra, or Evilearth, who was expelled in 1094 for misapplying the conventual revenues. In his time happened that great miracle or horrid revenge of two rusticks of Stapenhill, at Drakelow, who fled to Roger Pitcarium, lord of Drakelow, as appears from the above miracle, whence the vulgar saying, 'the Devil of Drakelow.'"

The allusions in the foregoing are obscure. But there is another record of Burton-on-Trent of the practice of the **Black Art** there, the details of which are quite explicit, and tell a well-authenticated story.

In the Belvoir MSS. are preserved some documents which contain curious evidence given in a case of alleged Witchcraft, brought against a Burton-upon-Trent chirurgeon in the reign of Henry VII.

It was alleged against him that he had caused to be made a waxen effigy of his mother-in-law, a widow (who presumably had some property to leave behind her upon her decease), the superstition of the age firmly believing that if such a figure were carefully made to resemble the victim very closely, and then supposing the said figure were purposely kept in a warm place, that as the wax slowly melted away, so would the life of the unfortunate person represented by it waste as surely and as gradually away too. The accused denied the charge. He said he certainly had ordered the wax figure in question, but he merely wanted it as a specific against flux or dysentery for a case in which a lady patient was suffering. He said further that this particular figure was, in fact, not in any way like the person asserted, but that it resembled "a jolly water mawkin"—whatever that may have been—and that to prove his bona fides he would have openly received it as a legitimate medical remedy, even if it had been delivered in the presence of the Mayor himself.

The evidence for the prosecution is very full, and taken down in a way that would make some modern magistrates' clerks quite envious. It stands thus in the ancient manuscripts preserved at Belvoir Castle:—

The Case of Richard Bate, Surgeon, of Burton-upon-Trent.

1491, September 23.—His examination before John Gregory, John Bromilaw, Robert Albye, Peter Clarke, Aldermen, Justices of the Peace. "He sayeth he knoweth Howys Hasslybye wydow very well for she hath cost him c mercs by reason she hath trubled hym. He also sayeth hys wyffe ys the sayde Hassellbye's daughter. He also sayeth he hath a pacyent [patient] in the cuntrye whose name he wyll not declare, but she ys trubled with a flyxe [flux], and he to provyde a remedye thereof, came to Roger Tyler's housse at Nottingham, and there he desyred to understand of a cunnyng man that culd make a proporcyon or figure of a mayde with a garlande on her hedde and a flower in her hande: and there he harde of a paynter that culde make such thynges. Whereupon he sente Harry Watson for Mathewe the paynter and broughte hym thyther. And when thys examynate opened the matter to hym, the seyde Mathewe sayde—What wyll you doe with hyt? And he answered he wolde do no hurte with hyt, but doe you your offyce and I shall receyve hyt before Mr. Mayre. This examynate further sayeth he boughte the waxe of Mr. Albye and he delyvered the waxe to the seyde Mathewe with a boxe and bade Mathewe make him certyn cakes therewith of the lengthe and bredthe of the same boxe with the pycture of a mayde as above he hath sayde, with her heare [hair] hyngyng syde aboute her shoulders; and then he wulde gave hym an olde angell [a coin worth 10s.] yf he wulde make the same artificyally. Which thyng beyng done thys examynate sayeth he wulde have put thereto the powder of a poungarnett [pomegranate?] or of the shale thereof, the powder of synamoun [cinnamon], the powder of redde saundres [sandal wood] and the powder of nutmeg, to give to hys sayde pacyent to stey the flux called dissenteria. He wulde have baken the same together with pyppyns, which hys sayde pacyent shalle eate, and he bespoke these thynges about Frydaye was se'nighte. And upon Frydaye laste he came to the sayde Mathewe's housuse and there he saw a pycture in a boxe lyke a jolly water-mawkyn; and beyng asked by the cunstable yf he spake for that thynge and if the boxe was hys, he answered he spake for no such thynge; and as he thynketh the box that he delivered was greter [greater]. He further sayeth he knoweth Harry Arthur dwellyng nere Laughton in the Moning verye well. Harry Watson beyng examyned he sayeth he was by when the sayde Bate boughte the seyde boxe at Mr. Hurts the mercer and he payde for hyt iiijd., which boxe and the waxe the seyde Bate boughte at Mr. Allye's he delyvered to the seyde paynter to make the figure of a woman of the length of the boxe, and he promysed xd. for the doyng thereof, but what the seyd Bate wulde do with hyt he knoweth not. John Matthewe of Nottingham paynter examyned sayeth that the seyd Watson came to hym to wydo Greysbrooke's housse, and wylled him to go to Roger Tyler's which he dyd, and there the seyde Bate moved thys examynate [to make] the pycture of a maid with the seyde waxe and he asked to what ende, for harme thereof might insue. And he answered he ned not fare [fear] yt for he wulde receve the same before Mr. Mayre yf he wulde [wished]; which talke was aboute Thursdaye was se'nighte, and the same daye he delyvered to thys examynate a boxe with the waxe, and promysed thys examynate for the makynge thereof xs. yer (sic) a Kynge Harrye Angell, and then he bad hym make the same pycture yf thys examynate wulde, to the lykeness of a woman; whereappon thys examynate made the seyde pycture, and the nexte daye after, the sseyde Bate came to thys examynate's house for the seyde pycture. Uppon syght wherof Bate lyked well of the same, and sayde hyt was well and artifyciallye [artistically] done, and that he wulde send Watson for the same within a weke after, and that he should have a Kynge Harrye angell for hytt.

"Samuell Hassylbye, of Little Markeham, examyned, sayeth that the seyde Bate hath caused a pycture of waxe to be made to the forme and lykeness of Howys Hassylbye, wydoe the examynate's mother, to the yntente [intent] to consume her and make her [waste] awaye, and so to contynue that lyke practyse agaynste this examynate, wherebye theyre livynge mighte cume to the seyd Bate and to hys wyffe, which thyngs the wyffe of the seyd Bate hath confessed to this examynate her brother, wherbye he and hys mother mighte beware and help [save] themselves."

Among the lingering superstitions are present-day memories of an old woman given to witchcraft sticking a bullock's heart full of pins, with the vicious intent of piercing the heart of some deadly enemy with whom she had quarrelled beyond all hopes of forgiveness or reconciliation. On the other hand, it was an ancient Staffordshire practice to wear witch brooches, of some special design or occult virtue, for the purpose of warding off the secret attacks of witchcraft.

The great Nonconformist divine, Richard Baxter, in his "World of Spirits," p. 184, speaking of men who tell others of things lost and stolen, and that show the face of the thief in a glass and cause the goods to be brought back, says: "When I lived at Dudley, Hodges at Sedgley, two miles off, was long and commonly accounted such a one, and when I lived at Kidderminster, one of my neighbours affirmed that having his yarn stolen he went to Hodges (ten miles off) and he told him that at such an hour he should have it brought back home again, and put in at the window; and so it was, and, as I remember, he showed him the face of the person in a glass. Yet I do not think that Hodges made anyknown contract with the devil, but thought it an effect of art."

The Dudley corner of Staffordshire seems to have been a notorious locality for belief in, and the practice of, witchcraft. And this not only in the remote era when hags rode on b oomsticks to the moon, but long after it became a penal offence to pursue such nefarious practices; till the early nineteenth century we find instances of systematic cunning and knavery preying publicly on the credulous imbecility of the ignorant.

In the churchyard at Netherton, near Dudley, is a handsome tomb bearing a Latin inscription to the memory of a man named Dunn, who died in 1851, and who was widely known throughout the district during his lifetime as the Dudley Devil. This man openly professed to recover stolen articles by the working of charms, and drew his clients not only from the adjacent counties of Worcester and Stafford, but from places as distant as London and Scotland, to which his reputation had spread.

Nor were Dunn's believers confined to the humbler and more ignorant classes, for people frequently were known to wait upon him in their carriages, his charges for consultation varying according to the statement of his visitors. Dunn was by no means a man of mere ignorant pretension. He had received a fair education, was well acquainted with the works of the famous astrologers. and could cast a horoscope with as much facility almost as a Nostradamus or a Lily; and he acquired considerable wealth by his profession. It was in this way he obtained great influence over his believers, though the poor people of his own locality were firmly convinced that he had large dealings with the Gentleman-in-Black, after whom he was nicknamed, and by whose means he was able to do the most extraordinary things as well as foretell events. After receiving his fee from a client he would ask a great number of judicious questions concerning the habits of people about the house, and in a general way learn all he wanted to know about the case. He would then give them instruuctions how to act, and if the property was not returned in a given time, the name of the thief would be made known. Of course, the visit to his Satanic Majesty was soon spread about, with the hint that the thief would be found out. The purloiner, in many instances, was as superstitious as his or her fellow creatures, and, becoming terrified at the aspect of affairs, the stolen goods would be brought back in some mysterious way, and the thief was seldom or never known. But in many other cases Dunn was unsuccessful in frightening the delinquents, and the working of his charms was set at defiance by some of the more hardened of the petty pilferers. "Devil Dunn," as he was sometimes styled, after a career of many years of success, found his reputation failing and his trade declining. Taking up his residence at Dudley Port, he tried to carry on as an ordinary fortune-teller, and it is not surprising to learn that he was unable to foretell his own death, which was both tragic and sudden.

One of Dunn's magic charms has been preserved by Mr. G. T. Lawley. It was his cabalistic cure for toothache. Taking a piece of paper, the cunning medicine-man wrote on it:—"Peter . . . sat . . . at the gate of Jerusalem. . . . Jesus passed by . . . and said . . . What aileth thee, Peter? . . . Peter said . . . unto Jesus . . . My teeth ache . . . and are sore. . . I am unable . . . to stand or walk. . . . Jesus said . . . Rise and walk, Peter . . . in the name . . . of the Father . . . Son . . . and Holy Ghost. . . . He that puts faith . . . in these words I now speak . . . his teeth shall never ache."

This written charm was to be worn close to the sufferer's body. The charge for it was one shilling. It was dear or cheap at the price, according to the amount of faith brought to bear on the working of the charm by the purchaser.

Pitt's "Staffordshire" prints another cure for toothache, which, though given on the authority of the Court dentist at Vienna, is called "whimsical." It is to crush a ladybird between the fingers and rub the bruised insect on the gums and diseased tooth; the happiest effects are declared to result.

In 1751 an aged pauper named Osborne, and his wife, of the Staffordshire Moorlands, were seized by a mob, on a charge of witchcraft. dragged through ditches and pools. beaten and kicked so severely that the woman died from her injuries, and the man lingered for a few months in pain and wretchedness, and then died also. The case came under the notice of a humane clergyman, who had the machinery of the law put into operation against the offenders. One man, who was proved to have been one of the most ferocious of the assailants, was condemned and executed.

The "Wolverhampton Chronicle" of February 27th, 1822, recorded a curious case of the ascendancy acquired over a credulous subject by a reputed witch. At Horton, near Leek, a widow named Jane Ball, who owned a farm there, found herself in monetary difficulties, and easily fell a victim, under these circumstances. to the arts and machinations of an old woman who claimed to be able by affixing a certain mark on property to prevent it being seized for debt. Exactly how the spell was to work is not clear from the newspaper report, but when the creditor sent a constable from Newcastle to reconnoitre the farm premises the officer of the law was surprised to find all the live-stock gone and the house stripped of every vestige of furniture. A long and difficult investigation resulted in the discovery of the furniture in the house at Boothden, near Stoke-on-Trent, occupied by the designing woman, who was a descendant of Witch Hatton, of notorious memory; while the cattle had been sold as far off as Ormskirk and Whitchurch. The poor widow could only plead that she had been bewitched.

Some of these physical **Charms** exhibit, from the elaboration with which they were carried out, how deep seated were the superstitions of our untutored ancestors. Dr. Plot records another in his History of Staffordshire. The shrew-mouse was supposed to be "so baneful and deleterious" a creature, that "wherever it creeps over a beast, be it horse, cow, or sheep," the animal is afflicted with cruel anguish, and threatened with the loss of the use of the limb. Against this accident, to which they were continually liable, our provident forefathers always kept a "shrew ash" at hand, which when once medicated would maintain its virtue for ever And this was the way a "shrew ash" was made. Into the body of the ash tree a deep hole was bored with an auger, and a poor devoted shrew-mouse was thrust in alive, and plugged in with certain incantations, the words of which have long since been forgotten. The twigs of this magic tree gently applied to the affected limbs of the suffering beast were believed to relieve the pains immediately. A consciousnss of cruelty to the mouse never entered into consideration.

Though the credulous Dr. Plot was no doubt imposed upon when he recorded the Staffordshire method of curing the cattle disease known as Foule, the details communicated to him are at least proof of the lingering superstitions of the wild moorland regions. He writes:—"The disease which falling into their leggs and feet, causes such impostumes or cores of putrified matter, that they cannot go farr. They strictly observe the turf where the oxe, cow, or heifer thus distempered, sets his sick foot when he first rises in the morning, upon which they usually find some of the sanies [discharge] or matter of the impostume, press'd out by his weight: this very turf, with the impression upon it, they cut up, and hang upon a tree or hedge towards the north wind, which blowing upon it, the beast becomes cured in a few days." And this Dr. Plot was told in 1685 was practised also about Tamworth with good success!

Of **Divination** there were many forms; that is to say, that many different media were employed to divine what the future had in store. So numerous were they that space cannot be found here to give even a list of the names by which the necromancers of old distinguished them. We can only consider here concrete examples which are reported to have occurred in Staffordshire.

Dr. Olliver, in his "History of Wolverhampton," p. 171, says that "the Saxons were much given to divination," and mentions the regard they had to the neighings of horses when they went into battle; to the flight and noises of birds and "the augerie of fowles" in other ways; to "the presage of lots made of little sticks cut from fruit-bearing trees"; and other curious methods of reading the future, not a few of which have come down to us in some modified form or other.

In 1667, that period of political intrigue when all religious parties, Episcopalian, Nonconformist, and Catholic alike, were contending against each other for supremacy in the State, a curious form of divination was publicly mentioned hereabouts. In September of that year William Hopkins, of Wedgbury, in a deposition taken before Sir Robert Holt. of Warwickshire, stated that he "heard Edward Dolphin, of Camphill, near Birmingham, say that the Papists would be uppermost for a time; that he had Pythagoras' wheel, and could tell when an untruth was spoken, and cared not if he were hanged, so he could serve his country." What this instrument of divination was cannot be explained, but it was no doubt some part of an astrologer's equipment.

This engaging subject is pursued further in the writer's "Staffordshire Stories" (1906) under the heading, "Tales of Witchcraft and Superstition."

XXXVIII.—Curious Minor Customs.

THE everyday life of the people in olden times is often revealed by minor customs. many of which were of only local or limited observance, or were of so trivial a nature and infrequent occurrence as usually to escape mention by learned historians or general commentators. As in those times the Church was the dominant institution, not a few of these customs were associated with the Church.

SANCTUARY.

The Church even claimed to override the civil law under certain circumstances, founding that claim on the law of mercy. Thus certain churches and consecrated places exercised the privilege of Sanctuary for felons escaping from justice. A person accused of a crime (other than that of treason or of sacrilege) might fly to a privileged church or churchyard; and if within forty days he confessed himself in sackcloth guilty before the Coroner, and thereupon took an oath to abjure the realm, he might depart thence forthwith through any port assigned him, never to return to his native land without the King's leave; and so with cross in hand and with all convenient speed he was safe from all molestation as he made his way to the seaside. In the reign of Henry III. (1282) "Simon Wade put himself in the church of Bradleye and confessed himself a robber, and abjured the realm before the Coroner: his chattels are worth 2/9 for which the Sheriff answers. The village of Bradleye did not take him and he is therefore in mercy"—that is, liable to penalty. All the felon's goods were, of course, forfeited. Sometimes the offenders were detained in the churchyard stocks; it was their life that was protected.

Here is another record:—"A certain unknown Christian woman (no sanctuary was given to Jews or Heretics) put herself in the church of St. Chad at Stafford, and confessed herself a robber, and abjured the realm before the Coroner. Her chattels are worth 12d. for which the Sheriff answers. The town of Stafford is in mercy because she was not taken by it."

In one year no less than 20 Staffordshire criminals slipped between the meshes of the law in this way; little wonder that there were many disputes between the clergy and the civil powers. In the year 1300 the Dean and Chapter of St. Mary's, Stafford, complained to the King that their immunities had been infringed by the violent capture and imprisonment of Adam Coly and William de Offleigh. The men had committed certain felonies and were imprisoned in the gaol; from this they broke out and took sanctuary in the church, and were there captured and re-imprisoned. The Justices of the gaol delivery were commanded to restore the men to the Dean and Chapter.

The privilege of Sanctuary was curtailed under Henry VIII., and totally abolished under James I.

DISCHARGING DEBTS IN THE CHURCH PORCH.

The veneration in which sacred edifices and consecrated ground were held is further exemplified by the old custom of discharging debts in a church porch. Here is the record of a business transaction found in the papers of the Rider family who gave their name to Ryder's Green in West Bromwich:—

"Item the 29th day of September, ann. 1572.—Payd unto Richard Jennens, of Wednesbury, yeoman, five pounds of current English money to and for the use of Robert Byron, late of London, bricklayer, in the presents of Syr Henry Blakemore, Rychard Barker, John Hawks, Roger Walton, Richard Bennet, Robart Wright, John Watt alias Comson, Jhon Hopkis junior," etc.

[In a marginal note—"Paid in Bromwich church porch, by Robart Rider, my father—die et anno infra scripto."]

From this custom of paying debts in a church porch we discern that the sacredness of the edifice was supposed to give a solemn ratification to the transaction, to be a sort of religious receipt stamp.

GRAZING THE CHURCHYARD.

On the other hand, such is the inconsistency of human nature, little respect was paid in some places to the churchyard, often regarded at the present day as being

"God's Acre." Evidence is abundant that the churchyard was in many places used as a grazing ground, not only by the parson, but by parishioners who paid for the privilege. The poet Gay alludes to the practice:—

With wicker rods we fenced her tomb around,
To ward from man and beast the hallow'd ground,
Lest her new grave the parson's cattle raze,
For both his horse and cow the church-yard graze.

We have seen (pp. 81-82) the ecclesiastical squabble between the mother church of Wolverhampton and the daughter churches of Willenhall and Bilston, which eventually led to these two places being allowed to have their own burial grounds. What happened immediately after may be gathered from the following entry in the Willenhall Registers:—"August 7, 1774. It was agreed upon at a Vestry Meeting to allow ye Minister every year one pound one shilling, in order to prevent horses or cows being put in ye said chapel-yard."

Similarly at Bilston, where an old farm-road had formerly cut through the new burial ground, we are informed by the Register:—"Before ye chapel-yard was consecrated ye road was prejudicial to no one, but after ye consecration ye road became indecently offensive. . . . For building a new cow-house and dung-yard; the Rev. E. Best agreeing not to turn horse or cow into ye chapel-yard any more (1746)."

At Wolverhampton, where the church-yard adjoined closely to the market, it was found necessary in the eighteenth century to post a notice that persons found depositing rubbish on the consecrated soil would be taken to the public crib by the constables.

But Tamworth affords the earliest instances of such profanation. In 1421 it was ordered there that "no one shall put any animal into the churchyard, violating it, under pain of forty pence, half to go to the church, and half to the common box." In 1436 it was ordered, "No butcher to throw dung under the church-yard wall under pain of 20d., half to go to the Bailiffs and half to the Common Box."

A Tamworth public notice even much earlier than these is to this effect: "Those who have pigs to keep them out of the churchyard, under pain of 1d. a pig, half to go to the church and half to the chamberlains of the town."

In 1805 the Rev. John Atcherley, curate at Wednesbury, published a pamphlet of forty pages making many bitter complaints of the neglected and dilapidated condition of the church, and strongly objecting to the churchyard being regularly let as a grazing-ground for sheep. But perhaps the latest instance of such unseemly misuse of the consecrated acreage was at Ocker Hill, where a late vicar, the Rev. Angelo Solari, customarily turned his little riding pony into the churchyard.

THE DOG-WHIPPER.

Although such tolerance was extended to the presence of cattle on consecrated turf, the intrusion of a dog into a sacred edifice was sternly resented. The cause for this strong feeling is attributed to the widely spread legend of a stray dog who once got into a church and snapped up and devoured a consecrated wafer. Anyway there was in every parish church a beadle or other official appointed to drive out stray curs. He was called the Dog-whipper, and his duties often extended to waking up the sluggards overcome by the somnolent atmosphere of a drowsy service. An entry in Wednesbury Parish Registers runs:—

"1708, Dec. 30. Buried Robert Wiersdale, dog-whipper."

At Trysull one John Rudge gave by will, dated April 17th, 1725, 20/- a year, payable at 5/- a quarter to a poor man, to go about the parish church of Trysull during sermon, to keep the people awake and keep dogs out of the church. This sum was paid as late as 1830 by Cornelius Cartwright, Esq It should be remembered that at one time markets were held on the Sunday, and when the law compelled attendance at church it was often a habit for people to go from market to church, very tired and accompanied by their dogs In those times men did not always uncover their heads in church, and there were flagrant breaches of piety and decorum, if not disgraceful indulgence in violent brawls. At a later period, when pews were introduced, it was a common practice for the squire and other well-to-do parishioners to have a fireplace installed in the pew, where, shut in by high curtains, the worshipper could enjoy a cosy nap at sermon-time. Nor were the clergy always averse from such fleshly indulgences, some parsons before climbing the old three-decker stairs retiring to the vestry to smoke a pipe. Any way, the Rev. W. Moreton invariably did at Willenhall, and so did Parson Clare at Wolverhampton. That was in the old cockfighting days. Also at Wolverhampton there was a bequest of five shillings secured on land at Coven to be paid for keeping the boys quiet during the time of divine service. Payment was made till 1812. The beadle, the sexton, or other appointed person went round during sermon-time to wake up the sleepers with a long rod having a fox's brush at the end, or else a knob with which to deliver a smart rap on the head of the delinquent. We shall reserve harsh judgment on the church manners of our forefathers when we remember how that good Christian, Eutychus, fell asleep during the delivery of an unimpeachably sound sermon, as recorded in Acts xx.

At Bilston are several references in the old Registers to payments made to the Dog-whipper, an office held from 1706 to 1713 by Jon. Moseley. In 1759 the Vestry appointed James Fellows to keep order among the children and other disorderly persons during sermon and prayer time, for which he was to be paid 5/- a quarter, and be clothed every two years with a new silver-laced hat wig and coat. waistcoat, breeches and stockings; and if he proved satisfactory, to be employed as Town Crier.

It may be mentioned here that a list of the church property at Eccleshall. drawn up at the Reformation includes a Flabellum, which was a whisk for brushing the flies away from the wafer at Mass.

THE CURFEW BELL.

The well-known custom of ringing the Curfew Bell at nightfall was honoured in a number of Staffordshire parishes. As to the origin of it, the accepted version is that it was first imposed by the Conqueror upon the subjected Saxons to prevent the seditious night assemblies of disaffected persons. The word "curfew" is certainly of Norman origin, "Couvre-feu" meaning to cover up the fire, and put out the lights. Yet there was an earlier practice in King Alfred's reign to ring a bell for regulating the hours of labour, not unlike the Angelus bell. A quaint story of the custom is recorded in the history of Uttoxeter. It is told of Lady Tansley, the Abbess, who, journeying from Tutbury to Uttoxeter, was lost in the forest; but, hearing the curfew rung in the latter town, was enabled to direct her steps by the sound, and where she safely arrived, though much wearied by her wandering. In remembrance of the adventure, she gave a bell full of money to ensure the perpetual ringing of the curfew bell by which her anxiety had been relieved. The story does not end here. For centuries the curfew was regularly rung, preceded always by three tangs of the bell in honour of the pious benefactress, both night and morning, till a newly appointed sexton, either wilfully or forgetfully, omitted the usual preliminary tangs; whereupon, says tradition, the ghost of the Lady Abbess appeared in the belfrey, ascended the bell-rope, and vanished as suddenly as she had appeared. It is gratifying to learn that the custom has been kept up in recent times, the ancient curfew booming out from Uttoxeter tower every evening at eight o'clock except on Saturdays, when it is (or was) rung at seven.

At Abbots Bromley the curfew was rung (says the county historian, Garner) in 1842, when the Sacrist informed the inquirer that the bell was always tolled from the Monday after Michaelmas till Shrove Tuesday.

At Brewood the evening bell was tolled Allhallowmas to Candlemas. Concerning this observance, the following local opinion has been delivered:—"The amount paid for ringing this bell was long considered a parish expense, as it was each year paid from the church rates. The late Miss Leonora Moncton paid for its ringing from 1864 (the year in which the last church rate was granted by the Vestry) till her death. About Allhallows following (1870) £2 was found in the offertory in a packet marked for the bell-ringer (Mary Daw), who continued to ring it till Candlemas following. Opinions differ as to the origin of this bell. In Vestry in August, 1864. the then Vicar declared it would be a great comfort to knock out the charge for ringing the Curfew, as it was a stupid old relic of English feudalism." Well! This is a free country, and every man is entitled to his own opinion even on hoary "custom that rules the law."

In Burton-on-Trent it was the custom to ring the curfew from Michaelmas Day to Lady Day, each evening from a quarter before eight. During the remainder of the year the curfew was not tolled in the evening, but a bell was rung every morning from 5.45 to 6 o'clock. For these services a sexton was paid £10 a year, but in consequence of some misunderstanding, instructions were in 1867 given by the feoffees to discontinue the curfew, and its solemn warning is no longer heard in Burton. At Wolverhampton the parish registers contain allusion to the payments for ringing the 8 o'clock bell as late as June 28th, 1748. In quite recent years the curfew bell has been heard at Eccleshall.

Solemnly, mournfully,
Dealing its dole,
The curfew bell
Is beginning to toll.
Cover the embers
And put out the light,
Toil comes with the morning
And rest with the night.

ECCLESIASTICAL CORPORATIONS.

The tributary relationship of chapelries to the mother church has already been commented upon in the case of Wolverhampton, where for two or three centuries the outlying hamlets of Bilston, Willenhall, Pelsall, and also Featherstone, Hilton, Kinvaston, and Wednesfield were obliged to pay a proportionate share towards the repair of the mother church. As no wardens or other representatives of these hamlets were appointed to share in the control of the expenditure, they at last revolted, and after long and costly litigation succeeded in freeing themselves from the obligation in 1754 (see p. 81).

A similar state of affairs once existed in the north of the county around Stoke-upon-Trent. Here the hamlets of Burslem, Sneyd and Hulton paid one-third share towards the repair of the mother church; but in consideration of this obligation it was customary to elect annually three churchwardens, one for each hamlet; the occupiers of certain ancient farms and messuages in the several places—16 in Burslem, 14 in Hulton, and 13 in Sneyd—were bound to serve in the office in rotation. An entry in the Parish Register, under date 1657, contains a list of the tenants liable to serve as wardens; and the custom prevailed till about 1789, when, owing to the decay and breaking up of the ancient messuages, it was finally abrogated.

To the collegiate church of Penkridge attached a more curious constitution. In the Taxatio Ecclesiastica of Pope Nicholas IV. (to whose predecessors in the See of Rome the first-fruits and tenths of all ecclesiastical benefices had for long been paid) granted the tenths in 1288 to Edward I. for six years, towards defraying the expenses of a Crusade; and that they might be collected to their full value, the King caused a valuation roll to be drawn up in 1291; in this Roll are clearly set out the prebends of Penkridge and their respective values. These taxes from benefices held good till a new survey was made at the Reformation, 27 Henry VIII., when the first-fruits and tenths ceased to be forwarded to Rome and were transferred to the Crown. The new Valor Ecclesiasticus says of one of these collegiate portions that it is called the Prebend of Long-Rich (Longridge) and one "John Harden, remaining clerk of the Chapel of the Savoy, London, is prebendary there." The record then proceeds to state a curious circumstonce in connection with this prebend:—"There are, we learn, two little canons of the prebend; of the first was a certain William Yates, who because the mortuaries (burial fees —see pp. 80 and 83) are abolished by Act of Parliament loses his perquisites," and is consequently taxed to a smaller amount. For the same reason a reduction of tax was made in favour of Thomas Webb, holder of the second "little canonry." By "little canons" we are probably to understand minor canons, such as are ordinarily attached to cathedral corporations; but in this case they may have had peculiar duties to perform, semi-clerical and semi-civil.

Of the parish of Gnosall, an old topography, dated 1708, states: "Gnostall, Staffordshire, stands upon Rowley Water, between Knightley and Willbrightin. It had formerly a collegiate church with four canons, whose lands were leased after the Dissolution to Sir George Blount, who gave the same to one Draper; and the reversion was given by the King to the Bishop of Litchfield and Coventry, and settled on that see. The manor house there, called Burgh Hill, from Adam de Burgh, to whom it once belonged, descended from him to Knightley of Knightley, one of whose family demised it to Robert Harcoate. In this place the curious custom prevailed of the minister and churchwardens annually choosing a jury of twelve men or more, who not only join with them and the sidesmen in making presentation to the official (the church being a peculiar, anciently exempt from jurisdiction to all power except that of the Pope), but are empanelled and bring in their verdict in all ecclesiastical causes that happen among them for the year ensuing." Needless to say, this rare but commendable privilege has been swept away in the flood of many ecclesiastical changes and innovations.

CHRISTMAS CUSTOM.

A curious Christmas custom, characteristic of that season of festivity, was once observed at Great Barr. On Christmas Day it was customary for the rector to give to every resident parishioner who chose to call for it at the parsonage, a goodly ration of bread, beef, mustard and vinegar, with an accompanying drink of beer, as much as the caller could reasonably consume. When this gift in kind was commuuted to one in coin, the money distributed to the inhabitants of Barr and Aldridge is reported on one occasion to have amounted to £26 13s. 4d., equivalent to 1s. 6d. per head. A publication called "The Mirror" stated in 1834 that "the rector of Aldridge now gives to every housekeeper who demands it in Aldridge 6d., and in Barr 8d., which is called custom money." Barr is a chapelry attached to Aldridge.

PRISON CUSTOM.

It was reported in the "Wolverhampton Chronicle" of July 30th, 1817, that "the Bishop of Coventry and Lichfield, Dean of Durham, now in residence, has renewed a good old custom by sending to the debtors and felons in the county gaol, 81 in number, in lieu of an annual donation, an excellent dinner, consisting of beef, mutton, vegetables, and pudding, with a sixpenny loaf, and a shilling in money to each prisoner." This was said to be a very ancient custom in vogue before the Civil War, but very irregular in its observance after that period.

SCHOOL CUSTOM.

A strange school custom of medieval origin was that known as Barring-out, so strange as to be quite irreconcilable with modern ideas of school discipline. Dr. Johnson, in his "Life of Addison," says:—

"In 1683, when Addison had entered his twelfth year, his father, now become Dean of Litchfield, committed him to the care of Mr. Shaw, master of the Grammar School in that city. While he was under the tuition of Shaw, his enterprize and courage have been recorded in leading and conducting successfully a plan for 'barring-out' his master, a disorderly privilege which, in his time, prevailed in the principal seminaries of education, where the boys, exulting at the approach of their periodical liberty, and unwilling to wait its regular commencement, took possession of the school some days before the time of regular recess, of which they barred the door; and, not contented with the exclusive occupation of the fortress, usually bade their master defiance from the windows. The whole operation of this practice was, at Litchfield, planned and conducted by Addison." In this custom there was something of the spirit of Roman Saturnalia; it was certainly one in marked contrast with the austere discipline maintained in the neighbouring Grammar School of Stafford. The regulations framed in the time of Queen Anne for the good governance of the latter, provided for the appointment of two poor scholars to do the sweeping and dusting of the school and the library; for the regular attendance of all the scholars at church seated in open view of the master and the whole congregation, where they were to reverently and decently behave, and subject themselves to be publicly chastised for breaches of good conduct, as the minister should from time to time appoint. For the maintaining of this strict discipline one or two monitors were appointed to take notice of absence from church, or wrong behaviour during divine service, rendering account on Monday morning of such offenders as deserved to be corrected, by flogging or by the imposition of extraordinary exercises as the master should direct. Under an iron rule like this, indulgence in the common school custom of barring-out would have been unthinkable at Stafford.

EXEMPTION PRIVILEGE.

Exemption privileges are often illuminating, not only of old customs, but of the line of thought along which they grew up. Formerly the inhabitants of Burton were exempt from being impanelled on county juries; a custom which probably came down from the time when Burton was wholly in the hands of an ecclesiastical authority, and conflicts occurred between canonical and civil law. At Wednesbury an old family once enjoyed the curious privilege of being exempt from serving in any parochial office, such as churchwarden, overseer, or parish constable. Tradition said it originated at a period when, owing to inadequate police protection, horse-stealing was alarmingly rife in the parish, and the original grantee was awarded this privilege by a grateful community for having secured the conviction of several notorious horse thieves. The holder in 1801 claimed the right to sell the privilege to another person.

MOCK MAYORS.

Whilst ancient ecclesiastical customs are numerous enough almost to weary the reader, old civic customs are so rare that it may be a relief to turn to one or two that have merited the attention of the local chroniclers.

In Jeremiah Ingamell's "Historic Records of Newcastle-under-Lyme" (1871) it is stated that for more than 200 years prior to the passing of the Municipal Reform Act in 1835, after the annual legal election of the Mayor of that ancient borough had taken place at the Town Hall, the freemen used to assemble at the Market Cross and choose a Mock Mayor; at which burlesque election all the solemnity and formality of the original ceremonial was turned into ridicule and caricatured in the broadest manner possible. His mock worship was, with all the gravity it was possible to assume, summoned by the shrill notes of a nanny-goat's horn, to appear before his fellow-townsmen and show cause if—and why—he had any objection to filling the glorious office to which he had been called, with all the customary privileges of getting drunk and fining himself publicly, as an example; he was then conducted with stately steps by some highly popular fellow-townsman to the top step, and there invested with a costly and becoming robe of state, and had handed to him a wand of office nicely calculated to administer a sharp rap on the head of anyone calling for such correction The Mock Mayor-elect then handed forward his wife, and introduced the Mistress Mayoress to the admiring multitude, gathered around, with becoming ceremony. His worship next having commanded silence, the Town Crier with the usual preliminary bell-ringing read out a proclamation which declared:—Imprimis, that it was lawful for any man to put his hand in his breeches pocket and pay over to the Mayor's exchequer any sum less than 100 guineas. Secundus, that any grocer was at liberty to give to the Mayor's collectors as much tobacco as he pleased, always provided the amount did not exceed one hundredweight; also that the pipe-maker might furnish his worship with all the pipes necessary. Finally, that all the Mayor's brother freemen be recommended to eat bountifully of roast beef and plum pudding, and all young maidens to marry speedily, as it was better to be married than single, in proof of which conviction his worship forthwith signed and sealed the proclamation with a kiss. Accompanied by a prolonged flourish from the trumpet of goat's horn, the Mayor publicly kissed the Mayoress as an earnest of good faith.

A procession was then formed, the Mayoress mounted on a donkey, and the Mayor, surrounded by his boon companions, leading it through the principal streets, collecting tribute on the way, to be spent in Saturnalian revelry during the same evening.

To note how infectious this form of public buffoonery is liable to prove, we have only to turn to John Ward's "History of Stoke-upon-Trent" (1844), where we are informed that Hanley and Shelton, some 60 years previously (that would be when these places were rising into industrial prominence at the close of the eighteenth century), deeming it derogatory to be outvied by the corporators of the neighbouring town of Newcastle, commenced the custom of holding a Mock Mayor's Feast, sometimes called the Venison Feast, on account of the Marquis of Stafford annually presenting a fat buck to furnish forth the chief part of the entertainment.

The first nomination of the pseudo-Mayor took place September 18th, 1783, when Mr. Stephen Chatterley was "appointed to the honour of being Mayor of Hanley and Shelton." On the September 30th following Mr. Ralph Badderley was appointed as his successor, on which occasion seventy gentlemen, including strangers and visitors from Newcastle, were assembled at this curious celebration feast, all of whose names were formally recorded in the so-called Corporation Book. The test of admission to the freedom of this convivial Corporation was the drinking off a yard length glass of ale at one draught. This queer custom continued year after year, with but few intermissions, till the publication of Mr. Ward's history—he was clerk to Burslem Market Trust, to local Turnpike Trusts, and was therefore well informed on the subject.

The best known of these old civic burlesques was that of the mock election of the Mayor Garrett. Garrett is a dreary, uncouth district between Wandsworth and Tooting, made famous in the eighteenth century by this annual celebration organised by the rag-tag and bobtail of the population. Among those who honoured the rowdy pageant with their presence were David Garrick, John Wilkes, and Samuel Foote; the last-named, indeed, wrote a farce called "The Mayor of Garrett." In Hone's "Every-day Book" (II., pp. 409-425) will be found a long and exhaustive account of the solemn and elaborate foolery of electing a Mayor of Garrett, accompanied by several humorous illustrations.

Perhaps the latest attempt at burlesquing municipal institutions was that at Wednesbury when the town received its municipal charter in 1886. A smoke-room coterie at the White Horse Hotel, composed of some of the leading spirits of the town, formed themselves into a convivial confraternity in mockery of the newly-elected Corporation. The president of this conclave of humorists was provided with a spurious chain and badge of office, in imitation of that which adorned the mayoral breast; and a solemn ritual for conducting the business of the White Horse Fraternity was printed and circulated, copies of which are now very rare.

XXXIX.—Old Place Rhymes, House Inscriptions, Door-head Mottoes, Etc.

IN every part of England where folk-lore has not been entirely lost may be heard curious old Place Rhymes, crudely composed little jingles, in which the characteristics and peculiarities of the neighbouring towns and villages are summed up in terse phrases that strike the ear and linger in the memory. Some of these Place Rhymes are founded on long experience and acute observation; some spring out of local or historical events; some are satirical and manifestly begotten of local jealousies; but most of them carry that broad touch of caricature which leaves the salient features near enough to the original to be easily recognisable by those concerned.

Perhaps the best known in Staffordshire is that relating to "godless" Wotton-under-Wever-hill in the Moorlands, and runs:

> Wotton under Wever,
> Where God came never.

The antiquity of the distich is certified by the fact that it is commented upon by old Thomas Fuller in his "Worthies of England," that magnificent miscellany about the different counties, left unfinished in 1661. This notable writer says, under the heading of Staffordshire:—"This profane old proverb should die in men's mouths for ever. I confess, in common discourse, God is said to come to what He doth approve; to send to what He only permits; and neither to go nor send to what He doth dislike or forbid. But this distinction, if admitted, will help nothing to the defending of this profane proverb, and which it seems took its wicked origin from the situation of Wotton. So covered with hills from the light of the sun, a dismal place as report represented it," etc., etc

The physical facts in which this proverbial calumniation of Wotton originated are thus explained by another clerical writer, the Rev. J. Nightingale:—"People have noticed that the west wind always brings rain, but the east and south, which in other places are raining winds, make fair weather, unless the wind veers from the west to the south, and this they ascribe to its nearness to the Irish Channel." But surely the fertilising rain, even when accompanied by dismal skies, is among the gifts of a benignant deity. Pitt, in his survey of the county, has rejoiced in the fertility of the soil in the upper parts of the boundary river near to Rocester, and quotes the local rhyme:—

> In April Dove's flood
> Is worth a King's good.

The rhymes which attribute some characteristic to a place may occasionally have an element of truth in them, but often they are libellous caricatures, the outcome of neighbourly jealousies and easy rhyming:—

> Sutton for mutton,
> Tamworth for beef,
> Walsall for bandy legs,
> And Brum for a thief.

Similarly we have:—

> Barton-under-Needwood,
> Dunstal in the Dale,
> Tattenhill for a pretty girl,
> And Burton for good ale.

And again:—

> Walsall town for bandy legs,
> Bilston town for bulls,
> Hampton town for fancy girls,
> And Sedgley town for trulls.

In these uncouth rhymes a medley of characteristics are forced into notice; as local productions, the quality of the resident ladies, and, in the case of Walsall, a typical natural deformity—"bandy legs," traditionally attributed to the steep climb to the Parish Church perched on the summit of a steep hill. Another rhyme singing the praise of trade products is:—

> For boots and shoes and slippers rare,
> What town with Stafford can compare?

A similar rhyme on a neighburing town points to a plagiarism somewhere:—

> For silken threads both rich and rare,
> What city can with Leek compare?

A bitter gibe of jealous self-righteous neighbours is surely that which comes down from the old bear-baiting days and boldly alleges that

Tamworth and Uttoxeter
Both sold the church Bible to buy a town bear.

A hobbling place-rhyme is that given in Palmer's "History of Tamworth":

There's Bitterscote and Bonehill,
And Dunstall upon Dunn,
Hopwas and Coton,
And miry Wigginton;
Little Amington and Great Amington,
With the Woodhouses by,
Glascote and Wilncote,
And merry Faseley;
Comberford and Syerscote,
And Bole Hall Street—
And Tamworth is the head town,
Where all the cuckolds meet.

Tamworth's reputation in former times, it will be seen, has been freely besmirched by these vulgar rhymesters of the tavern, but the wicked folks of Newcastle-under-Lyme come in for the lash of Barnaby Googe, the poet of the Reformation, a passage in whose "Itinerary" runs:—

Newcastle-under-Line—a,
There I trounced it in burnt wine—a;
None but the wicked there remained,
Weekly lectures were proclaimed.

The taunt of irreligion formed a favourite topic with the composers of these old proverbial rhymes. Of Willenhall was composed the follow quatrain by some bitter censor of morals:—

A tumble-down church,
A tottering steeple,
A drunken parson,
And a wicked people.

There was a foundation of truth in this rhymed indictment at the end of the eighteenth century, when the fabric of the church was in a dilapidated condition, and the parson was a notorious cock-fighter. Mr. G. T. Lawley says the parson was generally supposed to have been a scion of royalty on the wrong side of wedlock, and was really a man of many virtues, but as many vices, and always consistently popular with his Willenhall flock. To scoff at the irreligion of a place was supposed to be most scathing in the period when public morality was at its lowest!

Not often do ordinary physical features enter into these descriptive old rhymes—except, as we shall see, when an objectionable feature is to be attributed to the work of the devil—but here is one of Longdon, a village near Armitage, whose name literally signifies "the long hill":—

The stoutest beggar that goes by the way
Cannot beg through Long in a summer's day.

In this couplet is admirably set forth the straggling length of Longdon — or the charitable dispositions of its inhabitants.

The ubiquity of the Devil is demonstrated by the number and variety of the places he is said to have appropriated as his own; we have Devil's Dyke, Devil's Punchbowl, Devil's Gap. Similarly, the Evil One's personality is befamed or defamed in numerous local legends expressed in old folk rhymes. Thus in the legendary lore of the beautiful country round Brewood the old rhyme runs:—

At Kyddemoor Green the Devil was seen,
At Brewood he was shoed,
At Gifford's Cross he mounted his horse,
At the Ball of Coven he was put in the oven,
At Chillington Hall they ate him, bones and all!

His maleficent influence has been associated with the once notoriously bad condition of the highways of this county, concerning which James I. is reputed to have said during one of his royal progresses that Staffordshire was good for nothing but to be cut up into strips to make good roads for the rest of the country. There is a rhymed saying round Betley, where this county touches Cheshire and Shropshire, concerning the bad roads of the locality. The rhyme, which is interesting in two points—the shortening of Mucklestone into "Muxon," and the original Norse gutteral pronunciation of the word "through"—runs in this wise:—

Audley, Madeley, Keele and Castle,
Hixon, Muxon, Woore and Aston,
Ranscliff is rugged, and Wrinehill is rough,
But Betley's the place where the Devil broke through.

The aspect of the Black Country, with its thousands of fiery furnaces, has naturally invited comparison with the home seat of his Satanic Majesty. One rhyme runs:—

When Satan stood on Brierley Hill
And far around him gazed,
He said, "I never more shall feel
At Hell's fierce flames amazed."

Another is:—

The Devil stood on Bradley Moor
And heard the forges roar;

Quoth he, "I've heard a row in Hell,
But none like this before."

A neighbouring Black Country district is similarly lampooned in a rhyme, the allusion to which is obscure as to meaning, though supposed to relate to awful language of the nailers which assailed the ears to every visitor strange to that busy industrial village:—

The devil ran through Sedgley,
Booted and spurred,
With a scythe at his back
As long as a swerd (sword).

Not the least interesting point in this rhyme is the Chaucerian pronunciation given to the word "sword."

His Satanic Majesty, in his "going to and fro in the earth," has evidently paid his blighting visits to the other extremity of the county. Here is a rhyme from the Moorlands:—

Stanton on the stones,
Where the Devil broke his bones.

Of Grindon neighbourhood, in the same quarter, there is an equally depreciative rhyme:—

Callow, Cauldon, Waterfall and Grin
Are the four foulest places I was ever in.

The county as a whole, compared with its neighbours, has had doubtful honour paid to it by the maker of these proverbial sayings:—

Nottingham full of hogs,
Derbyshire full of dogs,
Leicestershire full of beans,
Staffordshire full of queans.

The Staffordshire man only agrees with the rhyme when the last word is spelt "queens"; and anyone who disputes that orthography must be prepared to be dealt with by "Stafford law"—that is, to receive a sound cudgelling with a stout staff.

* * *

Ancient Charters sometimes contain interesting allusions to historic places. Near Penkridge is Rodbaston, held at Domesday by Richard the Forester, and afterwards by his descendants, the De Crocs, the De Brocs, and the De Loges in succession, as Chief Foresters of Cannock. Though the mansion has long disappeared, we still have the metrical grant of John o' Gaunt, when lord of Tutbury:—

I, John o' Gaunt, do give and do grant
To thee, John Eggington, right heir of Rodbaston,
So long as the water flows under Bull Bridge.

This Bulls Bridge (there is another at Moxley) was an ancient structure spanning the Penk.

An old farm near Eccleshall, known as "The Hough," had its lease tersely expressed in a single couplet:—

While the ivy is green and the holly is rough,
This is the lease to Blest of The Hough.

* * *

For convenience may be inserted here some notes on **House Inscriptions** and **Door-head Mottoes**—a cognate subject when considered as distinctive place-individuality.

Pillaton Hall, long the residence of the Littletons, even after it had sunk to the rank of a farmhouse, retained some of its old features. The spacious hall has a wainscot in carved panels, with projecting heads showing long beards and jocund faces, all in merry mood, and over the great chimneypiece was carved in quaint letters, "Jesus Marcy."

In Tamworth Castle, on a very splendid chimneypiece in the ancient drawing room, was richly sculptured in ornament of antique taste the motto "Only One." The castle was long the property of the Ferrers family. An octagonal table had deeply cut in the solid oak:—

" -||- Prayse and Glory and Wysdome and Thanks and Honor and Powere and Myght be vnto ovre . . . men, 1564." Some of the words were missing, being broken and lost; in the middle of the table was a horseshoe, which was an important part of the family coat of arms—for was not the founder of the Ferrers family originally a farrier?

When Mary Queen of Scots was being moved from her prison at Chartley to Fotheringay Castle, where she was executed, she stopped with her custodians for one night at Abbots Bromley manor house. This interesting historical fact was afterwards carved in an inscription above the door:—"Maria, Regina Scotia, quondam transibat istibat villam; 21 Septembris, 1586, usque Burton."

Dunstal Hall, near Wolverhampton, once the residence of the Wightwick family, had above the gateway the motto —"Viget viret vincit Veritas"; and between the windows appeared, "Vita periit mortis gloria non moritur"—it is indeed a prevailing truth that while death conquers life, renown is imperishable.

Freeford manor-house, near Lichfield, the seat of the famous Dyott family, bore above its entrance the amiable motto:—

Nil nisi bonum, portus amicus.

Over the entrance to Ingestre Church, built by Walter Chetwynd in 1677, was inscribed this not uncommon form of dedication:—

Deo. Opt Max.
Templum Hoo
A fundamentis extructum
Walterus Chetwynd
(Walt. Fil. Walt. Equ. Aur. Nepos)
L. M.
D. D. D.
Anno. Æra. Christianæ, 1676.

Cut in wood over the door of the Four Crosses Inn, Hatherton, was the inscription:—

Fleris, si scires unum tua tempora mensem;
Rides, cum non sit, forsitan, una dies.

It was believed to date from the time of Charles I., and has been rendered in English in the form following:—

You'd weep and cry
If sure to die
Before one month were past:
And yet you play
And sport away
This one poor day,
Though it may prove your last.

In the ancient hamlet of Great Madeley are some fine half-timbered houses, on one of which is carved the curt interrogation, "16—Walk, knave, what look'st at —47," the figures presumably being the date of the structure.

Over the front door of one of the many old half-timbered houses in Alrewas is the quaint inscription:—

Traveller, when you pass this way,
A blessing on this house, I pray;
And, if you've time, I ask your pardon,
Spare another for the garden.

On the front of an old house at Pelsall, sunk in the brickwork, was the lettering:—

VT. TIBI SIC. APIS. An'o Dom'i
TH. 1687.

Another thrifty Staffordshire man has rhymed it:—

One that would own his own roof-tree
Must emulate the busy bee.

Over the entrance of a small house at Windmill End, in the parish of Rowley, a small inserted stone bore the inscription:—

Beware of false spies,
And black-legged ones.

The bearing and signification are now unknown, but it may be recalled that the Gunpowder Plot conspirators were brought to bay and captured in this locality.

In the same parish a house was permanently marked with the builder's expression of disgust with officious neighbours; he had carved up, "Wise men build, but fools will be meddling." There is more character in this than in the common house inscription recording the mere names of the builder and the date of erection.

XL.—Children's Games: Pastimes and Amusements.

CHILDREN'S Games form a definite feature of Folk Lore; that is, those that boast any antiquity and belong to the concerted games which involve little chanties or action songs. Some of the games familiar to our childhood have been transmitted from generation to generation, through the general mind; some, indeed, have been traced through the ages as racial memory. They have been developed from the intense dramatic instinct of children, who are fond of imitating their elders, and find it easier to act their feelings than to communicate them in words. Some of them enshrine the memory of historical episodes. Thus:

I'm on Tom Tiddler's ground,
Picking up gold and silver;
If you come and pick it up,
You may keep it for ever

originally commenced "I'm on Tom Fryar's ground," and dates from the falling away of the Mendicant Orders from the ideals of St. Francis by their greed and corruption in the fourteenth century. The game of Oranges and Lemons is full of the history of the various City churches it enumerates, for which there is no space here; but the final couplet,

Here comes the candle to light you to bed,
And here comes the chopper to chop off your head,

is of general interest, being a thinly veiled allusion to the blood-thirsty activities of the block and the stake in the years of religious persecution at the Reformation period.

The fireside game called "Spanish Merchant" is said to have been invented by Queen Elizabeth, who played it quite gleefully with Lord Burleigh's children. In this game if a player "offers for sale what he hath not his hands upon" he forfeits, which is said to imply a caution to English traders never to give credit to Spanish merchants — at least, the Folk Loreist interprets it that way.

It is remarkable the number of children's games whose origin has been traced to political satire. Thus, Blind Man's Buff was a satire of buffoonery on Henry VIII. and Wolsey, when the ambitious Cardinal minister was bewildering his master with treaty upon treaty with those foreign princes who were most likely to assist him to the Papal throne; and who at last is caught himself and given over to a good, sound buffeting. The game of Tag and Tick belongs to Mary's reign, and at first the players saved themselves by touching cold iron, by which was pretended the severity of the Church of Rome. But in recent times the touching of wood has been substituted, and in this county the game is known as Ticky-ticky-touch-wood — the word doubtless standing for the touching of a "spon" or fragment of the true Cross. Did not an offender seeking sanctuary cling to the altar rails? Was it not an old Norse custom to touch each other's spear-shafts at "Wapentake" (weapon touch) when taking up arms in a common cause?

The "Parson has lost his Fuddling Cup" is a game that belongs to the Puritan period of the Commonwealth rule; while "I love my love with an A" just as clearly reflects the Court manners of the Restoration when the Merry Monarch played all sorts of games with the Court ladies, some of them not quite so innocent as this childish survival.

In all these children's games it will be noted that little or no apparatus is needed. In primitive times, while no money was forthcoming for expensive apparatus, a great call was made on the ingenuity and organising powers of the players. Nowadays children have forgotten how to play organised games of their own devising—degenerate childhood now seeks amusement in the artificialities of the Cinema, the Radio Broadcasting, or the Gramophone. The natural, spontaneous, constructive joy-making of children has been lost—the pity of it!

The ingenuity of children's game-rhymes compels our admiration, especially in those romping games in which young children can join in a "follow my leader" romp. Where is to be found a better composition in question and answer form of rhyme than in—

> How many miles to Bethlehem?
> Three-score-and-ten.
> Shall I be there by candle-light?
> Yes! there and back again!

—and then the final rally of childish fun with:

> Open the gates as wide as the sky
> And let King George and his wife come by!

The construction of these game chanties, even when rhyme gives way to assonance, is such that the rhythm carries the thoughts along to a harmonious conclusion.

A girls' singing game popular in Staffordshire and Salop was known as "Green Gravel." This is played as follows:—Any number of girls join hands and form a ring, placing one of their number in the centre. They then begin to circle round, singing the following verse:—

> Green gravel, green gravel, the grass is so green,
> The fairest young lady as ever was seen;
> We'll wash you in milk,
> And dress you in silk,
> And we'll write down your name
> With gold pen and ink.
> O Mary, O Mary, your true love is dead,
> He's sent you a letter, so toss up your head.

Here all the girls make the one in the centre a bow, while she makes a curtsy. Another girl then takes the centre, and the singing and dancing recommences.

The game, "William had Seven Sons," is of the nature of a simple acted charade. The children join hands and skip round, singing:—

> William had seven sons,
> Seven sons had William;
> And this is what they did
> The whole day long.

At the end of the verse one player sets up any action she pleases, as dancing or hopping, which the others have to imitate. Then the singing and skipping round is resumed, and another player performs the dumb motions for imitation — the more difficult or complicated, the greater the fun.

In many games the process of "counting out" has to be gone through to decide who is to be "out"—that is, to be the victimised player. Many are the forms of rhyme for this selection, when the players stand in a ring, and the leader touches each in turn with the accented syllable of the chanty. The Black Country form runs:—

> Harley oarley limber lock,
> Three wires in the clock,
> Sit and sing
> And pull the string,
> O U T
> Spells out goes she!

The variants of the counting-out rhyme are probably as numerous as the counties themselves, but one in another part of Staffordshire is certainly the strangest of them all. It seems to be based on the method of counting in some forgotten language — probably a Celtic tongue — remembered phonetically. It ran:—

> Ainy, tainy, tethery, fethery, fim,
> Sithum, lithum, dithum, dorum, dik.
> Ainy dik, tainy dik, tethery dik, fethery dik, bunkit,
> Ainy bunkit, tainy bunkit, tethery bunkit, fethery-bunkit, jaggun.

Be it noted that a Staffordshire place-name is almost unique in being used in a catch phrase by which children seek to confuse the ready speech of their play-mates. It is that tongue-entangling test of clear enunciation in the rapid utterance of—"Three tired toads trying to trot to Tutbury." Immense is the childish glee with which failure to accomplish this articulative test is greeted!

Staffordshire children have a game of hide-and -seek which goes by the name of "Cuckoo." One of the players covers his face while the rest seek all sorts of out-of-the-way places in which to hide themselves. When all are hidden, one of the number calls out "Cuckoo," and the player who is what is called "out" then commences his search until he finds one of them, who in turn takes the place of the seeker. Some children play this game under the condition that the one who is "out" must count twenty audibly while the rest hide themselves, and when the counting is completed he commences his search without waiting for the cry of "Cuckoo."

Another game of school boys is that called "Wind the Clock Up." This is played by a large number of children, who form themselves into a long line, laying hold of each other's hands. At one end of the line a player is stationed called "Jack o' the Clock," who remains stationary while the long line of players slowly wind themselves round him, singing as they go "Wind the clock up, wind the clock up." When the process of winding is completed, the whole group begin to jump up and down, singing "Tags and jags, a bundle of rags." After singing for a short time they commence to unwind themselves. This game is called in Shropshire "Wind up Jack."

A boys' game whose name is redolent of the ancient woodland sports of Cannock Chase is that known as "Stag-warning." One boy is chosen "stag"; he runs about the playground with his clasped hands held palms together in front of him trying to tick (i.e., touch) others. Each whom he touches joins hands with him, and they run together in an ever-lengthening chain, sweeping the playground from end to end, the boys at each end of the chain "ticking" others with their disengaged hands, till all are caught but one, who becomes the next "stag." The "stag" gives notice of his start by exclaiming:—

Stag-warning, stag-warning,
Come out to-morrow morning.

Round the Black Country the warning-cry was:—

Stig, stag, a rumping, a rumping stag,
The first one as I catch I'll put him in a bag.

In Salop the warning rhyme runs as follows:—

Stag-a-rag-a-roaring,
Very frosty morning,
What I cannot catch to-night
I'll catch to-morrow morning.

Allusion has already been made to the boys' game of "French and English," which the Civil War converted into "Cavaliers and Roundheads," as it was played at Penkridge and in the vicinity of Boscobel (p. 19). Another boy's game which comes down to us from the old fighting days of our warlike ancestors is that known as "Prisoners' Bars." This game sometimes known as "Prison Base," is of great antiquity. This was the way it was played:—An equal number of players having been chosen on each side, two large areas were formed side by side, the boundaries being outlined by means of chalk or paint. In front of these bases, or "dens"—as they are called in South Staffordshire—at a distance of twenty or thirty yards, a stake or stone was placed, to which the players had to run and touch before they could attempt to return to their home. The boundaries being finished, the players stood on the front line of the two dens, prepared the moment a rival player started to run to the boundary post to follow him and take him prisoner. The proceedings were somewhat like this: The parties having "tossed" for precedence, a player belonging to the side who had won the toss suddenly dashed out from his den, and with his utmost speed rushed to his boundary, which he had to touch, and then dart home again. A rival player started after him the moment the first one began to run, and if he succeeded in catching his opponent before he reached home he took him prisoner, and the latter was then unable to take further part until the game was over. While the first pair of players were running, a second player from the first den seized an opportunity while the attention was arrested by the first runners to rush for the boundary, and he was followed by a rival, as before. This was kept up until sometimes only one player remained in each den to protect it from being captured. Each pursuer could only follow the player he first followed Sometimes more than one player started at the same moment to pursue a rival, in which case one of them had to return to his den, and if one of the opposite party rushed out and touched him before he crossed the line back again, he was taken prisoner. When the game had proceeded until nearly all were taken prisoners on one side, it was terminated by the capture of the den while the few remaining players were running; for it was a rule of the game that when one side was hopelessly beaten the den-keeper must make a run for the boundary like the other players, and in his absence the den was taken, and the game ended with cries of "Burn the den, burn the den!"

In olden times the upper classes indulged in military sports and the sports of the chase, but the common people, like the children, were compelled to invent their own simple pastimes. Prisoners' Bars was highly popular with the adult youth of Staffordshire, as it appears to have been in other parts of the country. As early as the reign of Edward III. it was played with such zest that a proclamation was issued by that monarch prohibiting it to be played in the avenues of the Palace of Westminster during the sessions of Parliament. In that proclamation it was called "bars"—as thus: "Nil enfaunt ne autres ne leuf—a barres." Our authority for this is a MS. in the Harleian collection, No. 7,057. The reason for this sessional prohibition was that such great crowds of people assembled to witness the games that members of Parliament were hindered in their passage to and from the House. At Easter and Whitsuntide, when the nation kept their sports unbridled, however, "Prison Bars" was one of the most popular of their indulgences. Spenser, in his "Faery Queen," Book V., tells us that:—

So ran they all as they had been at base.
They being chased that eke did others chase.

The poet of all Nature, our divine Shakespeare, too, alludes to it in "Cymbeline," Act 5, Sc. 3, where Posthumus says:

He with two striplings, lads more like to run
The country base than to commit such slaughter,
Make good the passage——

Strutt, in his "Sports and Pastimes," tells us that in the year 1770 he saw a grand match at base in the fields behind Montague House (now the British Museum), between twelve gentlemen of Cheshire and twelve of Derbyshire, for a considerable sum of money, which afforded the vast concourse of spectators a great amount of entertainment.

The game was played with such avidity in the counties of Stafford and Salop during the first half of the last century that matches were frequently played between selected men from rival towns, and from rival counties. The players were frequently to be seen stripped nearly naked, and each side was urged on to victory by the shouts and cries (not always very refined) of the spectators, who too frequently had a monetary interest in the result. In the year 1755 two of these matches were played at Newcastle-under-Lyme (so says an old newspaper of the period), "between Staffordshire and Cheshire, which drew together several Thousands of People of both Sexes, and of all Ages: But whatever Diversion they might afford to the less refined Part of the Multitude, surely the little Regard that was paid to Decency on this Occasion, must be unpleasing to every modest spectator; twenty Fellows almost naked, exhibiting a Sight very improper for the Entertainment of young Imaginations and which ought to be discountenanced by every person in authority, or Lover of his Country. Notwithstanding which, many Fathers of Families appeared there with their Children, and Husbands carried their Wives to this most indelicate Diversion. Indeed, it is much to be regretted that most of our rustic Sports flavour either of Indecency or Barbarity." In olden times, when customs were more primitive, we can imagine grown men playing this game to while away the long summer evenings on the village greens of Staffordshire.

Another game played by school-boys and shepherd lads, both in this county and the neighbouring county of Salop, was of a kindred nature to that called by Shakespeare "Nine Men's Morris." This was played by cutting squares in the turf with a sheath knife. An indoor variant played till recent years in the Black Country was called "Tit, tat, tow, all in a row." This is played by two players on a board marked into nine squares, each player having three counters. The second player following the first tries to prevent him placing his counters all in line; and if the latter succeeds, he cries "Tit, tat, tow," as above. When played with a pencil instead of counters, one player marking a cypher and the other a cross, it is known as "Oughts and Crosses."

An ancient game known as "Shovel Board," once very commonly played in this part of the country, is thus referred to by Dr. Plot in his "Natural History of Staffordshire":—"At Chartley in this county, was a board or table more than thirty feet in length, consisting of two hundred and sixty pieces, which was undoubtedly used for this amusement. The game consisted in 'shoving' or pushing with the finger or 'nail' a piece of money along the polished surface of the table to a given point. The game was introduced in the reign of Henry VIII., whose groats (fourpenny pieces) were called 'shove groats.' In this table the pieces were generally about 18 inches long, some few only excepted, that are scarce a foot, which, being laid on longer boards for support underneath, are so accurately joined and glewed together, that no shuffle board whatever is freer from rubbs or casting. There is a joynt also in the shuffle-board at Madeley Manor exquisitely well done." Strutt, in his "Sports and Pastimes," says, "At one end of the board there was a line drawn across parallel with the edge, about three or four inches from it; at four feet from this line another is made, over which it is necessary for the weight to pass when it is thrown by the player, otherwise the 'go' is not reckoned. The players stood at the end of the table, opposite the two marks above mentioned, each of them having four flat weights of metal, which they shove from them one at a time alternately, and the judgment of the play is, to give sufficient impetus to the weight to carry it beyond the mark nearest to the edge of the board which requires great nicety, for if it be too strongly impelled, so as to fall from the table, and there is nothing to prevent it, into a trough placed underneath for its reception, the throw is not counted; if it hangs over the edge without falling, three are counted towards the player's game; if it lies between the line and the edge without hanging over it counts for two; if on the line and not up to it, but over the first line, it counts for one. The game when two play is usually eleven, but the number is extended when four or more are jointly concerned." A survival of this game used to be played in Black Country public-houses until the Act was passed to prevent gambling in licensed houses. It was called "Push Penny," or "Shove Halfpenny."

A writer in the "Monthly Magazine" for 1822 says:—"In Staffordshire, on the occasion of harvest, there is a sport called 'Crying the Mare,' when the reapers tie together the tops of the last blades of corn, which is 'mare,' and standing at some distance throw their sickles at it, and he who cuts the knot has the prize, with acclamations and good cheer." This sheaf was a much sought object by the reapers, as from it was usually made Christmas dish of "frumity," or "frumenty," while a miniature sheaf was carefully plaited and hung up among the rafters, where it remained till the next harvest, and was supposed to bring good luck. "Crying the Mare" is a seasonal game, and has long since died out, as the agricultural area of the county has receded before the advance of manufacturing industry.

Another game which used to be played by mischievous boys in the Black Country thirty or forty years ago was designated "Shoeing the Colt." This consisted of tying some greenhorn securely to the latch or knob of some irascible householder's door, and after pretending to hammer nails in his shoes. kicking the door loudly and then running rapidly away to some convenient hiding place to watch the victim receive a sound drubbing from the enraged paterfamilias, and jeering at the victim's sufferings.

An old Staffordshire ball game which was equally popular in many other counties was known as "Rounders," and was played as follows:—An equal number of players on each side was selected by leaders, each leader picking from those who wished to play the persons he thought most capable. Four heaps of stones were then placed at four points of the compass, and one heap was called the den, from which the ball was played. The side which won the toss had first innings, the opponents taking various positions outside the ring of stones ready to "field the ball," i.e., catch it, or stop it, and throw it back. When the ball was struck by the player with a small bat used for the purpose, he had to run as fast as he could round the circle, touching each heap of stones with his foot as he went. until he got back again to the den. If, however, an opponent caught the ball before it fell to the ground the player was out, or if the ball was merely stopped and thrown at the player as he ran round the circle and it caught him, he was also out. This continued until all the players were out but one, when the bat was thrown into the air and "Rounders" was cried out by all the players. The last player then struck the ball with all his might, and was compelled to run round the circle twice instead of once while the enemy was running after the ball. If he succeeded in making the double circle without being hit by the enemy with the ball, the game was won, all the inning side having another chance; on the contrary, if the runner was touched by the ball before he had made the necessary circles, the "outs" became the "ins," and the next game commenced. At the crisis of the game there was usually great excitement, the one set of players urging the runner to the top of his speed. and the other set urging the custodian of the ball to hit the runner before he got to the den.

"Tutball" was a similar game in which the bat was dispensed with, and the open hand used to smite the ball—once highly popular with the poorer children of the Black Country whose means precluded the possibility of providing other apparatus than a penny ball. The sport was played as follows: A number of players having been selected in much the same fashion as has been already described, stones or bricks were placed at intervals in a ring, which in most places were called tuts, from which, indeed, the game was called "Tutball." Here, however, the players, instead of throwing the ball into the air with the left hand and striking it with the bat as it descended, placed one of their number in front of the striker to bowl the ball for striking, and when the ball was struck the striker ran round to the various tuts or stations as in the game of rounders.

To treat of the many ball games played in olden times, or of the tavern games in which men indulged, would be impossible here. They will be found adequately described in the writer's larger work, "Old English Sports" (London, Fisher Unwin, 1907). But this must suffice of tavern games and adult amusements. Let us, by way of a conclusion, return to the more engaging theme of children's games.

In nothing is the delightful optimism of children seen so conspicuously as in their playing chanties. When one little competitor in a game has failed to win a good position, what consolation in joining other equally unfortunate competitors, and all trolling forth lustily the comforting rhyme, rendered with the inward conviction begotten of auto-suggestion:—

> The first's the worst,
> The second's the same,
> The last's the best
> In all the game!

Or, at the end of a long summer evening, when the spent energies after hours of play make the call of bed-time less unwelcome than usual, how glorious is the buoyant spirit of childhood which can abandon present joys with such assurance of their future resumption. In happy chorus their parting finale is:—

> The game's broke up,
> The shop's shut up.
> Ready for morrow morning!

An Index.